U0151911

国家清史编纂委员会·文献丛刊

中国荒政书集成

主　编　李文海
　　　　夏明方
　　　　朱　浒

天津古籍出版社

第五册

国家清史编纂委员会出版编委会

（按姓氏笔画排序）

马大正　于　沛　朱诚如

成崇德　李文海　陈　桦

邹爱莲　孟　超　徐兆仁

戴　逸

本书被列为国家古籍整理出版"十五"重点规划

本书出版得到国家古籍整理出版专项经费资助

高等学校全国优秀博士学位论文作者专项资金资助项目

教育部人文社会科学重点研究基地重大项目清代灾荒研究

中国人民大学"十五""二一一工程"清史子项目

海宁州劝赈唱和诗

清嘉庆二十年刻本

（清）易凤庭 辑

王丽娜 鲍克敏 王琳 吕兵 点校

序

　　今以天下之大，分而为省为郡，又分而为州为邑，使司牧之，欲谋所以安全之者，固守土者之责也。然事有非己所能独任者，不能不求助于人人。夫求助于人不可必，至求助于人人而愈不可必矣。以不可必之事，毅然行之而无疑者，非有爱民之实心而又有信民之实政，吾未见其有得也。甲戌夏六月，梧冈刺史自德清令迁海宁牧。先是，旱魃为虐，不雨者已浃旬矣。人心惶惶，虑无所得食。刺史下车之日，斋戒虔祷，雨辄降。而犹怜民之疾苦，白于大府，开仓以振。凡一切所设施有利于民者，无弗举也；有害于民者，无弗除也。于是州之人士，咸谓刺史真能爱民而信民者矣。夫以爱民信民如刺史，苟有求助于人人，而或不之应者，有是理乎？此劝赈之举，所为不崇朝而事已大集也。是役也，刺史自捐俸若干，阖州之城市乡镇捐钞若干，而各里之自为赈恤者又若干，余亦分俸以襄。刺史先为诗四章，以告州之人士，继又叠用前韵以嘉美之。惟时远近和者数百人。余时以公事在湖州，亦乐刺史政之有成，而依韵以和。今刺史将汇而刊之，属余弁言简端。余惟以刺史之爱民信民所得于州人士者，以复于刺史而已。至其诗，皆一时属和之作，凡所为感劝激发以咏歌其事而归美于刺史者，又足以见州人士爱戴之诚，而好行其德者鼓舞于弗衰也。

嘉庆乙亥五月顺德张青选谨序

自　序

　　余于甲戌夏由德清迁海宁，适苦旱，祷雨无灵，岁遂歉。哀鸿嗷嗷，而无籍之徒，挟饥民以扰巨室，威之则茕独堪怜，抚之则博施难继。夫余本拙于为政，当此繁重之区、凶荒之岁，而又初至此，无诚以信于民，此余所以日夜焦思，不遑暇食，几束手无策也。是年杭嘉湖三郡同被旱，前抚军陈公檄各属开仓以振，未几，调任山东。中丞颜公甫下车，首举荒政。前观察魏公，今调江苏者，相泛关塘至海宁，兼勘荒象，并饬郡伯严公留宁三日体访之。复奏留升任江苏方伯杨公循行三郡，履亩察灾，绘图入告，奉诏蠲缓，民乃有生机矣。而我宁之殷绅富室，素享熙朝太平之福以保守身家，莫不感激涕零而不能自已。余顺其情而开诚导之，其一二藉端滋扰者，戢之以刑，于是翕然共谅余之诚，亦遂安余之拙，各出资以赡邻里。此固都人士谊笃桑梓，即以宽余守土之责者也。其曷可忘耶？且夫救荒古无善策，欲以有无相通之义，激劝闾阎，恐待济者无穷，厚施者已倦，可一而不可再也。乙亥春，蚕麦未登，薪桂米珠，宁民穷迫之象较旧岁更岌岌焉。今方伯额公、观察何公复饬属粜常平，并详请移商汪制府籴闽米济之。然市价虽平，而赤贫者终无赀以谋升斗。余不得已复为劝赈计，作劝赈诗四律，捐俸倡之。东防张云巢司马亦倾俸以助，并出其任余姚时《荒政事宜》一卷示之，余遂得所遵循。然亦何敢必士民之终能安余拙而谅余诚否耶！然而斯文之感通有性情焉，不以迹而以诚，不以巧而以拙。一时文人学士，不问俗吏诗之工与不工，属而和者数百人，并及邻壤。因此踊跃乐输，旬日间集资数万。择公正者董其事，分厂赈施，计口授食，灾黎赖以活，余亦安然相与共济时艰。是余之施于宁者薄，而宁之报余者何其厚也，其又曷可忘耶？是举也，广文朱少仙、庞少梅共商定之。海防汤守戎以官梓里，故频倾俸焉。监州宋述堂、醮尹玉峰书、州尉田素存，其一时共事之劳均不可没云。或有笑余者曰：荒政诸书，成法俱在，子独假呫哔以从事，毋乃拙于谋？然惟深知州人士能谅余之诚，故不妨行余之拙，又乌知今日之解囊苏困，一唱群和，藉咏歌以行其惠者，非正乐余之拙而乃谅余之诚耶？如之何其忘之！爰就得诗之先后，编次成帙，嘱东海半人钟箬溪校订之，付剞劂。君子曰：志义举也。

嘉庆乙亥年夏六月知海宁州事易凤庭自记

海宁州劝赈唱和诗目录 *

劝赈诗四律

知海宁州事易凤庭

雪花正好祝年丰，（去腊大雪，今春未已。）菜色民犹旧岁同。剜肉医疮难诉苦，成裘集腋易为功。缓𪩘率土沾天泽，（去秋大宪绘荒象飞章入告，诏𪩘缓。）籴粜承流赞化工。（大宪借帑籴米平粜，其粜价不敷，道府宪以上捐廉赔补其运费。经理辛工，复饬州县捐办。）更望谊敦桑与梓，注兹挹彼有无通。

夥说今年胜去年，赈功何复结前缘。（去岁曾经劝赈。）鱼枯尚少乐饥水，鸿集群呼续命田。所贮得庐成万舍，自惭倾俸没多钱。解囊苏困须臾事，寄语仁人共勉旃。

肯将因果劝挥金，望报原非积善心。一念好生由我扩，万家活命感人深。救荒乏策师其古，有福如田种自今。无吝色时无德色，是真义举共相钦。

致旱由来戾气招，导迎善气转崇朝。厚生利用成三事，饮水思源记一瓢。好似阳光回病木，伫看春色到柔条。耕田凿井仍如旧，万户依然鼓腹谣。

　　前劝赈四律，意欲借唱和以成义举，非敢言诗也。赈成，诸君子和章归功于余，余何敢市众人之义以为己力。因前叠韵谢之，即以志愧。

清溪留祝屡年丰，（去夏由清溪调此，留别诗有"临岐留祝屡丰年"之句。）一样舆情望岁同。说到救荒民已病，谁为劝赈我居功。（赈事劝成皆诸君子之力。）人如秋叶凋残甚，天放春花点缀工。（春日晴明，麦豆颇好。）和气由来神感召，生机默与善机通。

漫道亲民已十年，（余自乙丑来浙，弹指十载。）推之不去即因缘。（旧岁曾引疾，不允。）官惭父母怜为子，地变沧桑谁有田。此米吏犹求五斗，如珠价迥异三钱。（唐青齐间斗米三钱，今已升米四五十文钱有奇。）那知仁里风原古，惠说分财竟舍旃。

篇章属和字千金，慰此抛砖引玉心。（谓诸君子和章。）报我岂徒琼九重，知君已植福根深。议开赈局曾闻古，成借诗坛或始今。（借唱和以成赈事，实余一时臆见，窃幸诸君子相与有成也。）顷刻满城花梦笔，结将善果一时钦。

鸿不哀鸣引领招，何来鸥鸟噪终朝。（正议赈施，有地棍纠饥民滋扰富室，俗谓之坐饭，余以刑戮之。）农夫急务锄非种，海水分量注此瓢。士有高歌谈道德，女无慨叹伐枚条。素餐我愧为司牧，每自心惊𪩘杀谣。

和　章

云巢张青选（东海防同知）

果然能转歉而丰，感召天和理大同。多士尚胥克用劝，先生不自以为功。政期善后心良苦，诗到勤民语益工。一事传闻堪告慰，江南贩枭已先通。

腊雪欣占大有年，与人为善亦因缘。君来自是随车雨，公等谁无负郭田。振乏岂须真破产，居官漫说不名钱。相期共凛屯膏戒，保富安贫尚慎旃。

布施曾闻满地金，佛家原是圣人心。若论功德真无量，但说镌铭亦自深。掠美市恩讥在昔，哀多益寡望于今。救荒安见无良策，善政宜民信足钦。

春酒犹迟折简招，政成刚好及花朝。（时余于役苕溪，刺史书来，二月初旬即可开赈。）归装尚有乌程酿，角饮还持瘿木瓢。（朱少仙所赠。）极目鳞塘真砥柱，关心蚕月是桑条。万家烟火都无恙，我亦委蛇歌且谣。

默园刘肇绅（诸暨县知县）

豚蹄斗酒祝年丰，春陌秋塍处处同。四境无虞忘帝力，三时不害颂神功。（是年诸暨颇稔。）独怜抚字心偏苦，其奈催科术未工。遏籴玩灾吾岂敢，乡邻原藉有无通。

岩邑频闻颂有年，屡丰何幸获天缘。并耕却判湖山地，厥赋均输上下田。饩廪预筹秋社谷，发棠仍计水衡钱。（米为别郡救荒运尽，邑无盖藏，仍请平粜。）盘中颗粒皆辛苦，雀鼠纷纷尚慎旃。

一掷湘流百万金，何如施济见仁心。输财卜式情先切，得食黔敖感已深。负襁欢声来指困高谊昔犹今。俭年谷是丰年玉，特达圭璋众所钦。

一麾五马远相招，百拜双鱼寄诘朝。（云巢司马以和梧冈刺史诗寄示。）海客争先输菽粟，州民依旧乐箪瓢。广场忽聚三年蓄，径寸能敷百尺条。早晚春耕盈绿野，愿随饭瓮继歌谣。

少仙朱文治（海宁州学正）

只求饭足望年丰，心与穷黎约略同。我懒救荒无善策，君才作吏有奇功。官民隔处知情甚，劝化难时得句工。脱手新诗传万口，生公顽石两圆通。

自莅盐官未半年，苍生幸结再生缘。下车迅发仓中粟，祈雨还苏石上田。只手扶持同举鼎，万人全活替言钱。居常桑梓歌恭敬，无死犹来尚慎旃。

何论饷米与捐金，实惠沾须实在心。桑下有人垂死起，淮阴他日报恩深。但看气运消成长，谁守田园古迄今。刺史慨然为领袖，俸钱散去等卢钦。

议赈连番执简招，绵绵春雨近花朝。任他早足江陵谷，有志宁悬陋巷瓢。欲乞天公开雾色，先期风伯不鸣条。麦秋时节缲丝后，樽酒同听乐岁谣。

少梅庞绍福（海宁州训导）

太平时节屡年丰，偶值灾祲稼弗同。何忍流离垂路侧，凭将雨露补神功。为民求食蠲先急，本性成诗句易工。从此阳和敷大块，至情无不克旁通。

下车尚未及经年，黎庶倾心感凤缘。一路仁风扬性海，满腔淳意发心田。眼前已自活千户，囊内何曾储半钱。自古戴星出入者，声名到处望旌旃。

活命何须布地金，议蠲议赈即仁心。但求温饱斯情惬，岂必贤良属念深。悬镜有明风自古，弹琴无事德推今。苔岑忝列三生幸，仰望丰标倍自钦。（甲寅恩科乡榜同谱。）

由来和气必祥招，三白纷纷定几朝。仁见千仓盈迥野，还将五石实空瓢。冲融淑景催珠树，煦妪风声飐玉条。自是海昌咸受福，康衢天府采吟谣。

述堂宋喆（海宁州州判）

重官修水愿年丰，（喆分判本州长安镇，曾乞病归。癸酉循例仍补原缺。）物换星移迥不同。河竟断流难济旱，谷虽布种亦无功。沿门托钵情堪悯，乞食吹箫曲未工。惟有仁人能济困，生机活处义声通。

民间最苦是荒年，典尽春衣学募缘。待赈几人成鹄面，救饥此日论心田。得储望满三千斛，易价频加一两钱。我亦穷官参末议，每从行部望旌旃。（喆襄办长安镇赈务。）

曾稽诱恤解腰金，活此灾黎惬众心。抚字勤劳功不伐，捐廉普济泽弥深。陶镕赈救称于古，富弼安流传至今。先给后闻成盛举，万家生佛永相钦。

求乞饥民不用招，春风暖度集崇朝。鱼苏涸辙君为水，诗润枯肠我有瓢。况复运筹开橐籴，早蒙蠲赋列科条。皇恩浩荡春如海，仁听元元作颂谣。

峄书玉琳（海宁许村场大使）

抚字情殷盛德丰，推心最乐与人同。劝输足慰苍生望，润物方知牧养功。膏泽豫占三白兆，锦机亲制七襄工。枣林风俗齐归厚，井里毗连缓急通。

来暮兴歌忽隔年，援民涸辙有天缘。望烟巧妇难为爨，失水良农悔种田。欲化高赀捐廪粟，先蒙廉吏罄囊钱。须知身教机偏捷，阴德宜培各奋旃。

四境均沾赐俸金，良规实意动人心。氓依稼穑饔飧给，士课文章沐浴深。荒政富韩传自昔，清标琴鹤见于今。从兹大用为霖雨，忝在同官窃拜钦。

欣临此地福星招，化沴为祥在一朝。刘麦晴云初被陇，熟梅新水又盈瓢。盐亭万灶安商业，保甲千村奉教条。自愧才疏诗后至，愿宣嘉绩附衢谣。

张问莱 (候补主簿)

偏灾偶雨失年丰，怅望郊原菜色同。乞籴有谁依古制，泛舟曾许济时功。挽输欲溥生成计，升斗难偿造化工。赖有灵川贤刺史，议捐议赈苦心通。

椎髻庞眉待稔年，艰难谁得再生缘。锄云纵失三时望，负郭犹存二顷田。全活应资仁者粟，通穷端藉使君钱。凭将一片如伤意，高义千秋各勉旃。

自挥麈尾解腰金，诱掖殊怜守土心。苕水清风余荫在，海昌膏雨及人深。己饥己溺情如一，移粟移民例革今。赢得哀鸿诗满幅，抚绥善政为时钦。

康济依然坐可招，转圜消息又今朝。野蔬充馔青浮席，村酒吹香绿满瓢。麦秀时光皆鼓腹，楝花风信不鸣条。十年喜遂棠封约，亲听居民击壤谣。

素存田朴 (海宁州吏目)

文鳐曾出验年丰，何事牂羊至慨同。户重炊珠终鲜饱，天虽雨玉亦无功。疗饥应乞仁人粟，补救谁回造化工。庚癸频呼真动听，官民隔处一声通。

樾荫频叨才半年，仰观善治即因缘。只倾一勺廉泉水，已润千畦瘠石田。惠政须期能济众，好官何必说多钱。公余许把新诗读，可当申言劝舍旃。

积义从来胜积金，翕然共体好生心。户钟甲族因期给，饭颗辛田饱德深。雷贮三星嗟自昔，鸿嗷中泽慰于今。闲来细听舆人诵，说到黔黎已感钦。

凫趋日日不须招，义举同看在一朝。此地果然多善士，有诗兼得贮吟瓢。回看野足供三輔，倍识官应守六条。从此欢声腾万口，龢飙吹作太平谣。

汤之盛 (海防守备)

方社祈年竟未丰，啼饥听去四郊同。岁华自有盈虚运，人事全凭补助功。蠲缓恩施蒙圣主，旬宣绩奏赖群工。泛舟拟激西江水，接引慈航路可通。

休记肥冬与瘦年（肥冬瘦年，见放翁诗注），周旋桑梓即良缘。好施要自安心地，利益何曾望福田。廉到范丹空有釜，清于刘宠更无钱。倡捐此际先倾俸，传语豪门共舍旃。

担石量来值数金，运筹民食费精心。福星喜见三春转，瑞雪欣逢一尺深。于芴兴歌传自昔，绘图题句颂而今。至诚定感丰亨兆，宿麦连云众所钦。

商量赈典屡相招，报仅涓埃愧此朝。但使千村同挹注，定知万户足箪瓢。誉传贤尹无双品，策胜常平第一条。他日跻堂还祝寿，篠骖处处播风谣。

躔六王登堦 (永康县教谕)

干才何必际时丰，歉岁偏能至大同。此井端需修绠汲，为舟真有济川功。官相酬倡情俱感，诗作吹嘘计甚工。但听首山庚癸诺，奚烦仿制卅年通。

浙右名区历几年，每从香火结因缘。（每莅一邑，皆得士民心。）一时人仰输仁粟，四首诗同记义田。好使荐绅谋集腋，免教褴褛乞余钱。树碑拟欲劳任昉，共指周困敢吝斾。

十载无惭暮夜金，一官终不负初心。诛锄门莠风霆肃，（里中无赖子聚众滋扰，君以刑律治之。）轸恤郊鸿雨露深。华渚持靴曾忆昔，（君于己巳秋去丽州，攀辕者蔽道。）海昌歌袴又传今。春风五马鸣珂响，如此循良实所钦。

邛须畴昔赋招招，动隔参商暮复朝。（与君别六七年矣。）廉吏居然莺出谷，（去秋擢海昌刺史。）儒官仍是鹤鸣瓢。词坛竟造无边福，荒政新添又一条。为语丽州诸弟子，好将旧句续新谣。（公去永日，诸绅士俱赋诗送行。）

孙鼎元（永康县训导）

其人如玉比年丰，后有名贤与昔同。未识荆州怀雅度，遥传海澨建奇功。循声报最开新政，佳句惊人夺化工。何事幼安严闭籴，输将已得有无通。

白苏两守说当年，曾结临安翰墨缘。佛子乍来如望岁，人情相得即为田。化民何异三春雨，植品真如万选钱。集腋功成擎易举，招人不待建旌旄。

施惠何殊布地金，巡行露冕得民心。星轺到处忧方剧，诗社开时感已深。华渚声称闻在昔，甘棠蔽芾到于今。阳春有脚多和煦，杜母羊公信足钦。

翘翘车乘以弓招，五马光荣在诘朝。深羡多才能制锦，自惭无术学悬瓢。露斑元豹难韬迹（闻去年君有归田之意），恤尾赪鲂在伐条。遥想海昌桃李客，新声迭唱太平谣。

简田祝堃（翰林）

穬䅸焉能必屡丰，何堪菜色四郊同。食饥敢诮齐黔汰，饩粟终怀郑罕功。视下如伤怀帝泽，毁家纾难赞天工。赒艰散利皆荒政，三十年筹例可通。

三白先春兆有年，所希布施且随缘。屡嗟挹注成杯水，弥望膏腴变石田。此日壶浆真见德，他时裘马漫抛钱。谁云基福资因果，挟纩奇温等细斿。

七宝何烦说布金，相空人我贵平心。尘飞野马须臾幻，草长春园积渐深。望救物情良可洁，张弓天道匪斯今。使君雅意图民瘼，饥溺关怀众所钦。

快雪时晴沴气消，如闻箫鼓庆春朝。腐儒一饱甘疏食，真率长生只木瓢。地暖欣看萌菜甲，土肥计日长桑条。芋魁饭豆知当免，扶杖同听鸿隙谣。

松霭周春（进士，广西岑溪县知县）

使君定意爱黎元，苦口谆详不惮烦。从此活人无万数，他年食报定高门。

黔敖到处街间听，惠泽长流遍海宁。试问前贤谁可拟，益州在越郑公青。

自来荒政重周官，十二条中事事难。须识古人深意好，灾黎永庆免饥寒。

葱郁仙岩灵秀钟，诗才庾鲍继高踪。更知浙右循声著，共仰南天文笔峰。

荔园张骏（进士，处州府教授）

盐官土沃拟新丰，比岁盈宁庆大同。偶祷桑林劳帝力，更烦棠舍问农功。寿昌平粜村村遍，元结陈诗字字工。椽笔梦回能补化，岂徒才思羡文通。

治县谱成仅半年，弦歌户户有深缘。春风嘘植来文苑，阴雨分膏到砚田。此日一钟争饩粟，他时五叟共输钱。爱人易使多明验，寄语诸绅亦勉旃。

豪门一诺抵千金，抚字仍关众母心。善则归人真克让，勤而不德似临深。偏灾代有征前史，和气祥来致自今。会见循良书上考，纷纷截镫我尤钦。

名纸先容不待招，鲁侯色笑睹崇朝。琴弹宓子声盈县，诗贮唐求锦满瓢。治剧何曾抛卷轴，型方是处守规条。竭来再和阳春曲，聊附民间五袴谣。

再 次 前 韵

多稌多黍祝财丰，亢旱谁知是处同。岁以闰余逢厄数，器因盘错建奇功。蠲征早荷丝纶锡，劝相还参化育工。传语邦人念桑梓，泛舟伫望往来通。

元枵幸不丽今年，匡救弥缝讲凤缘。否运定知能转泰，人情端的可为田。自公退矣抛衣税，犹己饥之舍俸钱。会议西园芝盖集，招邀何必用旂旄。

贷粟豪家比醵金，运筹晨夕每劳心。试看花县吟诗苦，已觉茅檐被泽深。郑侠绘图传往古，黔敖奉食效当今。阳春有脚来东海，藉藉仁声远迩钦。

岁稔全凭善气招，倡捐万石快今朝。但期编户充三餔，遄恤官厨饮一瓢。麦趁稚阳抽宿穗，桑蒙瑞雪长新条。太人占得维鱼梦，击壤行听满路谣。

唐维锡（进士，双穗场使）

书田无旱自常丰，何似耕夫受馈同。古者时乎为禄仕，清官我也念宗功。（余家世守清白，虽祖父出仕，至今仍然贫士家风。）如君风雅心良苦，（谓君劝赈诗。）满邑弦歌曲已工。闻道和诗千百首，（闻州人士好义，踊跃捐赈，各以诗答刺史，积而成帙。）果然保赤一诚通。

秀峰攻错忆当年，（曾记与君同肄业于梓里之秀峰书院，弹指已二十余年矣。）蕊榜花开兄弟缘。（乾隆甲寅恩科，余与君同举于乡。嘉庆甲子，余弟与君弟又同榜。）进士后先齐啖馅，郎官南北各芸田，（余以乙卯进士分发山西，历任阳城、曲沃、崞县知县。君以壬戌进士分发浙江，历任永康、平湖、德清，今海宁州。）囊无长物真如洗，（十余年知县，清贫如故。）家有元灯不卖钱。（余祖父解元。甲寅甲子，余兄弟均先后得元。）我既倦游宁恋栈，君羹为母一求旃。（宦海风波，险阻备尝，今复因公被议，不得已降捐场使，家贫亲老，勉为禄仕，思之怅然。）

知己相期利断金，一官不道负初心。（乾隆乙卯春，与君及秦鹤舟公车北上，同寓旅馆，把酒谈心，皆以能吏自居。今君与鹤舟官阶渐进，而余反被吏议，彼此相视，不胜升降之感。）盐梅未合调羹用，钱谷依然课绩深。（盐大使仍有催科之责，而粮户刁玩，追呼徒劳，例限甚严。较之县官时，诸事更觉掣肘。）兰谱都门重话旧，（癸酉余在都捐复，君因卓荐引，知己重逢，共话契阔，匆匆即别。）萍踪浙水又论今。（甲戌余得浙江温州双慧〔按：前文为穗〕场使，窃幸知好同官一方，颇为稍慰。）眼前赤子如伤切，荒政周官我夙钦。（余官山西时，曾办理救荒事宜。）

皇华原隔使车招，话别琴堂记此朝。（时余有黔地之役，需次省垣，益复无聊，因买舟来宁，与君话别。）刺史政成碑在口，（是时赈事已竣，灾黎无恙，颂声载道。）故人情重酒盈瓢。（余信宿粉署，饮酒赋诗，聊以解愁。）恩波似水春如海，生意窥园夏长条。（赈举于春，余夏月来署，得览安澜园之盛。）漫道文章能报国，缓勰早听盛时谣。

潜山俞思谦（监生）

上春犹共庆亨丰，入夏秋来忽不同。食仿黔敖难遍逮，政师富弼定多功。劝捐谁肯争输粟，代赈安能悉以工。闻说江南挑浅毕，且期开坝米船通。

三白应占大有年，穷民或得荷天缘。只愁现在难熬饿，要到将来始熟田。富室裘多集狐腋，贵人餐每罄金钱。倘能移此赒贫户，奢费何妨略舍旃。

积德从来胜积金，此中实可见天心。诏颁玉陛忧勤切，诗赋琴堂劝化深。共井同畴原自昔，饮和食德匪由今。先观本行从乡党，记得嘉言出杜钦。

微角凭谁奏二招，教他雪不到春朝。但看麦陇黄千顷，胜饮糟缸绿一瓢。晴日照空都是丽，和风拂面尽皆条。我虽生后三千载，愿和康衢百姓谣。

再 次 前 韵

嘉玉方思报岁丰，何期谷与玉相同。政能格俗知由德，诗可渐民信有功。漫道言甘成义举，那知心苦费良工。且欣米价时时减，尽说川湖估舶通。

制用须通三十年，只今那得续前缘。家中讵有千仓粟，境内空传万顷田。幸赖贤侯先劝赈，且教富室各输钱。生公说法真超绝，顽石点头也勉旃。

麦熟行看布地金，天心即是使君心。更欣乡党仁风溥，不负朝廷德意深。处处趋承惟恐后，年年丰熟愿从今。大儒经济原殊俗，自合教他远迩钦。

领赈人来不待招，每逢期日聚崇朝。虽然各给粮三合，已免惟餐水一瓢。早豆渐看垂嫩荚，柔桑行见满长条。农家饱食知堪必，荒熟轮年本旧谣。（谚云：过了荒年有熟年。）

又山查元偁（进士，刑部郎中）

甘雨方祈九谷丰，敦耕仍虑苦饥同。青黄尚未筹车祝，苍赤全资橐龠功。光转熙和临佛日，力苏枯槁费春工。万家烟火劳青眼，篱落村墟一望通。

泛舟告籴古无年，补救因公系凤缘。木酪菜根征旧史，杏花菖叶待新田。社仓早贮三千石，荆布谁输十万钱。有脚阳春能遍煦，鹿场齐望驻旌旃。

慰以诗歌墨是金，望他桑梓并关心。野田饥雀衔恩饱，涸辙枯鱼饮泽深。德种尧夫期迈古，业修和仲好传今。愿将此调琴弦谱，清韵流闻远迩钦。

人烟庆色喜重招，海国鸿归已昨朝。鹤俸公犹捐范甑，（捐俸倡首。）花溪我笑助颜瓢。（袁花镇，偁故里，助米三百石，又分助各庄共银约三千余两。）早占饼饵香盈垄，仁见桑麻绿满条。白叟黄童祈借冠，（公方题请实授。）春声万户动舆谣。

益斋倪承谦（生员）

正如饥谷玉逢丰，海国清溪一样同。（今宁邑讴歌，闻清邑亦然。）若不勤民遵敕命，那能到处便歌功。救荒赈给亲捐俸，课士论文更破工。父母无惭师道立，拜君教养两相通。

生来傲骨任年年，老去逢侯有夙缘。君自三公同转瞬，我惟一砚作良田。云泥车笠宁齐价，道义文章不论钱。惭愧丘园无以予，竿旄子子枉旌旃。

好句浑同百炼金，一时雏诵发欢心。恩加士庶时稀有，道积襟期谦益深。似此循良惟望古，谁知乐育却逢今。衰龄得遇临川彦，爱慕情深梦亦钦。

惠爱生民大小招，灾黎丛集自朝朝。人皆爱煞吴中困，我更情深颜子瓢。冬令闭藏摧百卉，春风披拂醒枯条。使君霈泽民欢乐，怀德维宁远近谣。

箬溪钟大源（诂经精舍肄业生）

昨岁恒旸获不丰，民无余粟阻饥同。幸劳廉吏仁慈意，早善穷檐补救功。郑侠新图生恐绘，夷中旧句本来工。俸囊久罄寻常事，更望粉榆任恤通。

青黄不接入新年，几等求鱼木枉缘。得雪长辰才种麦，待时小卯未耕田。受恩租已蠲三调，好义人其亩十钱。忧乐相关关不细，免教沟壑竟填旃。

不论输缣与散金，拊循亟慰长官心。须知聚室饔飧足，本赖熙朝雨露深。比户盖藏应此后，暂时推解且而今。好教让水廉泉里，一例淳风古可钦。

嗷嗷鸿雁自相招，得食欢然暮复朝。但使黔桑无饿者，漫愁陋巷有空瓢。灾黎仁活百千指，荒政原师十二条。听取家家歌饭瓮，声兼襦袴续长谣。

叠　前　韵

盛世苍生半席丰，不分肥瘠此心同。偶逢苦旱无禾岁，易策为山聚米功。劝勉自因疴痒切，感孚岂独语言工。笑他搜粟烦都尉，怎及人和赖政通。

手转荒年作熟年，小民真有再生缘。饱餐粒粒盘中饭，稳种双双圩上田。甲户足时兼戊户，富钱施后又男钱。一州除是孤寒者，为问何人怸舍旃。

也知饥木必穰金，调济端劳抚字心。不有清官倾俸始，几能赤子受恩深。十奇三异超乎古，万廪千箱积自今。治行江东应第一，循良书上举朝钦。

儿童欢笑也相招，腹饱蓬蓬自此朝。连番风香吹地面，应句雨足住天瓢（初春久雨，公祈晴立应）。已无菜色黄堪悯，更有桑阴绿可条。满眼太平佳气象，万家生佛一齐谣。

再　叠　前　韵

大峨诗老宋元丰，刺史仙才恰与同。摇动一枝如海笔，来施五色补天功。调非抹月嘲风比，句为忧民济物工。自是熙朝名进士，经腴吏治两相通。

竹马迎来已匝年，采风问俗有前缘。邦人额手称慈父，廉吏随身只砚田。诗就篇篇成丽锦，文传字字抵青钱。簿书丛里抽闲坐，想见濡毫一洒旃。

曾荷敲针度与金，（公曾赐书奖许拙作。）寒郊瘦岛益倾心。当将治谱看逾好，弹入琴弦韵转深。元结春陵推自昔，庾公荒谷见于今。语含菽粟皆真味，任是村农读也钦。

露浣蔷薇十手招，借抄传诵又连朝。不徒李洞呼为佛，更比唐求寄用瓢。金璀璨花高纸价，赤珊瑚树结词条。阳春难和从来事，重愧吴蒙里苍谣。

苏士枢（举人，候选教谕）

圣主敦临岁屡丰，厄年偶不与前同。夏秋旱魃交施虐，上次畦农鲜奏功。岂有壮丁乘月乏，而能小卯赴春工。痌瘝绘入琴堂梦，红帖飞颁令一通。

漫说肥冬变瘦年，尚期米汁佛随缘。停机泣并鲛人室，觅食栖无燕子田。况晰一州三万户，勿言两斛五千钱。请看不涸仓长在，好为穷黎再舍旃。

何当刺史为挥金，疾苦偏殷保赤心。义社可留云子老，廉泉直灌海人深。（一作：宿麦不愁三寸短，春膏已被十分深。）也知戊济难于再，却使庚呼绝自今。仁粟递鼛缘首善，不教连最上游钦。

人日先筹折简招，为人生计合今朝。经营续命还须线，省识投诗为此瓢。引尔颙蒙登饭颗，仗公明洁立冰条。部民枵腹无如我，拍手先赓饱德谣。

倪科捷（举人，德清县教谕）

何由转歉岁为丰，儒术宣猷迥不同。帝重廉能书上考，民须奠丽属鸿功。曾闻呼癸绸缪切，更识先庚指画工。千百黎元争托命，嘘枯一气具神通。

杼轴今空甚往年，亟须赈助各随缘。劝耕未作兴氓计，输粟先分穰户田。待哺几家悬众口，倾囊惠我漫论钱。难禁户外呼号迫，莫便无心竟舍旃。

连朝积雪白于金，一片仁慈刺史心。课士膏分官俸薄，催科明悉下情深。文章法古真先达，匡济从时正及今。临莅惠邀贤父母，循声应合万人钦。

不辞谆切广呼招，民困重苏只一朝。但使救荒无失策，免教乞食竞携瓢。和风晓度舒青壤，浓雨宵沾郁翠条。识得回春原有力，好将慈惠播歌谣。

陈宗羲（候选同知）

弦歌伫听乐和丰，济众先邀画策同。要使一夫无失所，居然两赈获全功（客秋曾劝令开设赈厂，今已两度矣）。真成时雨回枯槁，别有阳春敌化工。聚米何如今散米，主持荒政在流通。

六旬前记过凶年，先有椿枝结善缘。昭奖尚留恩似海，（乾隆丙子岁旱，吾乡初举煮赈，先君捐银二百，蒙宪奏请议叙。载州志。）传家敢道福为田。里门叠见嗟来食，民事初消薄俸钱。（丙子至今，五举煮赈，实自公始。）回首吾公名贯耳，人如望岁待旌旃。（去夏亢旱，闻公将至，海宁民望如云霓焉。）

眼中几个乐输金，仰副洪慈众母心。劝善初知为善少，施恩岂待报恩深。他山莫助今殊昔，将伯堪呼昔胜今。（丙午、甲子两次并劝米商捐资佐赈，今循旧劝举不果。）独累长官忧患切，豚鱼格处定争钦。（公先期晓谕穷黎，定于某日开赈，各宜安分以待。）

明如悬镜遍相招，修水凫飞又此朝。（开赈日，公黎明临厂，犹邀未捐数家补输佐赈。）但喜大裘起沟壑，（原唱有"成裘集腋"句。）不妨薄膳等箪瓢。（赈厂向例茹素，公临厂亦蔬食。）草生渐觉春浮野，雪压先看瑞满条。（春雪屡降。）最是裴张和气甚，并歌来暮协风谣。（宋别驾勷理赈事，故并及之。）

钟式丹（副贡生，候选直隶州州判）

瘠土由来少席丰，况逢江浙旱灾同。方嗟蒿目难筹策，谁料含铺易见功。施济乡村兼市井，欢呼商贾及农工。试看麦陇青如许，始信天人本感通。

壮不如人况老年，识荆自幸结前缘。官清似水犹捐俸，米价如珠莫问田。能使穷檐真受惠，顿教巨室乐输钱。（查比部独捐二千金。）殷勤寄语春耕者，稼事而今益勉旃。

新诗戛玉与敲金，想见诚求保赤心。葚屋感同山岳重，琴堂恩比海波深。爱民岂忍分遐迩，（阖州共三百七十二庄，捐俸遍及云。）好士何妨论古今。听取口碑传载道，忧怀从此免钦钦。

折简曾邀两度招，救荒急不待崇朝。余夫亦得瓶留粟，寒士无忧壁挂瓢。食罢人皆芸茂草，馌回女欲采柔条。赈成四境民康乐，愿效称觥进偲谣。

陆鸣盛（生员）

群心拟俟麦秋丰，其奈盈虚未尽同。平粜已劳苏困术，设糜更策济时功。丁男陌上耕伊始，子妇机边织未工。最是此时生计拙，有无何处可能通。

俨已重逢大有年，慈云下结海邦缘。倾囊快比三春雨，保赤功侔万顷田。黎庶即今长戴德，使君自昔不言钱。遥瞻官舍冰壶朗，依恋人人肯舍旃。

鼓舞同人利断金，乐输自是发真心。鱼虾价惯江乡熟，桑梓情联岁月深。忍见炊烟消此日，欣看桴腹饱于今。仁言仰荷仁人意，长捧诗篇夙夜钦。

村村老幼共相招，屈指春深又几朝。此日始尝寒露粟，连晨新试石云瓢。计时散予宁无策，按谱平分旧有条。转盼曾孙歌介福，好从乐岁谱民谣。

徐惟怿（副贡生）

长吏居高鄙不丰，万间广厦庇人同。设施悉协琴鸣韵，造化还凭笔补功。佛即是心行法普，春成著手赋诗工。士风民行归陶冶，雅颂声中一再通。

喜猎犹然似昔年，愿从翰墨结良缘。春深幸得居花县，岁恶何曾到研田。人仰官衙怀白璧，公耽文苑选青钱。只惭丘锦消磨久，绵密殊难道荷旃。

批寻众蒎别沙金，乐育都由爱育心。谦德自招虚己益，仁声倍觉入人深。西山循绩难专昔，（康熙初，相州许公酉山宰吾邑，多善治。）丁户醇风始播今。著作千篇征实效，三元家世四方钦。（唐易鼎臣著文千余篇，宋易被有三元坊。）

敢拟尧夫不可招，星云伫想睹崇朝。宽裁已被裘纯絮，醇饮同倾酒满瓢。况自珠玑生欬唾，居然金玉奉科条。贤侯布德祥和召，斛百知符射的谣。

叠 前 韵

岁俭筹令转岁丰，兰堂乐善与人同。活枯有命倾江力，补漏无痕炼石功。周政惠先施县积，虞官职果代天工。此邦引领宸游助，贤牧勤民宵旰通。

褰帷莅任未经年，黔首蒙庥幸凤缘。伫见黍苗成乐土，咸知耕耤本情田。空船共给全琼米，障籧谁私祖约钱。望重司城能使贷，棠阴是处仰旌旗。

颁示鸿章字字金，仁言利溥惬人心。写成花鸟（《宣和画谱》：易元吉花鸟专门）阳春满，谱入弦歌惠爱深。治术无偏经术正，叹声在昨颂声今。龚黄报最三公拜，喜起亲承帝曰钦。

不作嗟来饿者招，劝呼四野动春朝。人收美誉皆荒谷，我抱顽躯似落瓢。生意喜回梅点点，和风看拂柳条条。承流海国恩波阔，一曲升平和里谣。

徐瀛（举人，广西藤县知县）

岁俭先筹易以丰，长官饥溺万民同。盛朝保庶多良政，大吏推恩即治功。蔀屋半愁成雁户，麦苗初坼况蚕工。琴堂竭与培元气，酌济盈虚四野通。

预拟新年接故年，功难独举寄群缘。汤能续命双弓米，谷不盈瓶半顷田。载颂鸿施仁者粟，分叨鹤俸使君钱。相赒各有枌榆社，谁诺庚呼一报旗。

贫家市米米如金，蒿目弥殷保赤心。户饩以钟聊宿饱，室悬如磬奈春深。廪余红粟推其旧，官爱苍生感自今。苔水阳和随毂转，自应循卓上游钦。

黍谷春回不待招，酿膏遍洒复连朝。万家举火烟浮瓦，五里闻春雪满瓢。鱼泣讵愁依涸辙，鸿哀今竟集深条。骈蒙我亦仁人隶，易地应惭望泽谣。（瀛于壬申铨授粤西藤县。）

顾式金（廪生）

盈虚消息卦占丰，经济文章道本同。蔀屋剧怜悬磬苦，恩波遥载济川功。只期郑侠图休绘，定笑倪宽策未工。次第解囊人共劝，枣林村亦泛舟通。

福曜移来计半年，口碑一路感天缘。偶逢旱气成饥岁，才广仁心即义田。周急原须添二酺，倡捐不吝给千钱。琴堂早已劳筹画，末议旁参可舍旗。

局门试士月酬金，施济今尤佛佛心。与物皆春培俗厚，惟公懋德浃人深。龚黄政绩宜常变，召杜官声迈古今。四首新诗流至性，传观万姓一时钦。

熙妪风番暖律招，金穰瑞已兆今朝。翳桑置有良臣橐，陋巷分来学士瓢。渐使鸡豚增景色，勿令胥吏越规条。杏花菖叶东将作，叱犊声中起颂谣。

沈元熙（举人）

偶逢岁俭异年丰，烟断晨炊比户同。既乏备荒三载蓄，更无辟谷九还功。保民如子呼慈母，治国若医列上工。重见里闾风俗厚，捐金共解有无通。

莫须稌麦叹无年，赖有仁人结善缘。困指顿教歌鲁粟，仓开遍使咏刘田。已钦课士倾官橐，还仰怜贫解俸钱。何幸小民得贤牧，海隅长愿驻行旃。

蠲免频仍费帑金，草茅宵旰系皇心。南河差喜年逢稔，西浙重叨泽更深。涸鲋未枯均润及，哀鸿濒死复生今。更兼司牧能宣化，寅亮天工上下钦。

戾气潜消善气招，时旸时雨庆春朝。公余山水劳双屐，董戒诗歌寄一瓢。寒谷阳回凭暖律，冻枝嘘植发新条。茅檐转瞬盈宁告，四境衔环奏颂谣。

朱兆麟（生员）

无端九谷欠亨丰，太息米薪珠桂同。穰木饥金关岁运，哀多益寡赖人功。每看鱼涸情弥恻，欲写鸿嗷笔未工。深感贤侯谆劝切，一时推解意相通。

穷民今日遇无年，正是仁人结善缘。困廪慨诚培性地，斗升润亦养心田。已蒙吁请缓蠲泽，更沐恩施廉俸钱。况是梓桑当悯恤，尚期骄吝两忘旃。

春雨连宵遍地金，知由仁政格天心。集来众腋功成易，济得灾黎德更深。无滥无遗循自昔，散钱散米便于今。海隅全活应多少，乐只诗歌茂绩钦。

菲材猥荷束来招，羸瘵回春在此朝。自有里闾相继粟，便无道路见携瓢。霏微膏雨徐滋土，澹荡和风细拂条。待看麦秋咸鼓腹，村村遂听乐衢谣。

马如恒（生员）

灾黎空复望年丰，望赈情犹望岁同。拯厄救饥宣帝力，回生起死补天功。疮痍待抚穷方蘖，贾贩居奇富益工。仰赖仁言利旋溥，至诚感格鄙顽通。

锄莠扶良感去年，群生何幸结深缘。富民既免悬如磬，贫户何堪瘠是田。劝善教知推惠法，创捐慨舍养廉钱。谆谆谕笃维桑谊，力所能从合免旃。

苍黎系望重南金，重此菩提一片心。满袖清风生物广，随车甘雨泽民深。哀鸿得食安如昔，寒谷回春始自今。德意沦肌还浃髓，循声到处口碑钦。

善良薰德类为招，匡济文章判诘朝。哀益苦心苏涸鲋，渐摩雅化托吟瓢。春风煦物情何限，秋月扬辉政有条。从此民安歌乐只，讴思奕世载衢谣。

曹宗闽（举人）

下车德化喜民丰，薄海群黎望泽同。偶值愆阳违令序，欣逢循吏亮天功。勘灾百里瞻华盖，待泽千家仰化工。涸水余生蒙再造，呼庚呼癸有无通。

九重恩赉自年年，蠲缓今兹复有缘。伊古救荒无异策，从来善政在农田。编氓未饱仁人粟，司牧先分薄俸钱。一自青阳施泽后，和风甘雨绕旌旃。

不须投璧与捐金，片念能通万物心。身切恫〔痌〕瘝输愿急，谊敦桑梓系情深。比邻任恤风斯古，屡岁丰亨卜自今。总赖贤侯谆勉力，一时舆颂尽心钦。

同心拯济快相招，酌剂盈虚话永朝。能使啼饥皆饱德，何殊解渴获倾瓢。天回黍谷阳和气，春到寒林冻木条。从此茅檐添景色，伫听麦陇起歌谣。

马钰（候补郎中）

旧春春酒计祈丰，不料天灾旱较同。梅雨既悭空水利，河塍间裂损丰功。琴堂惠爱虔申祷，场圃经营枉费工。眚到米珠薪桂处，补苴无术藉疏通。

穷黎待哺日如年，劝赈诗颂胜结缘。移谷就饥鸿恋渚，施仁捐俸鹤分田。已闻蜀郡输余粟，安得凝之给饷钱。但使无遗休免滥，出于肺腑尚求旃。

一寸分笺一寸金，阳和煦物转天心。又栽桃李公墙满，更劝农桑棠荫深。折狱片言才早擅，悬鱼洁己事传今。舆情共说神明宰，苏困扶贫咸所钦。

枵腹相投鼓腹招，欢声暮暮与朝朝。携归白粲炊尘甑，淖取蒸藜散饮瓢。甘露快如蒙沛泽，春风方喜不鸣条。行看麦陇黄云秀，俗阜时和十部谣。

郑宁书（举人）

爱养陵零说沈丰，恩波流出一欢同。表来蜀土能筹变，状乞苏家又跨功。鼠穴荐饥铭易涮，鹊厅颂美笔难工。彦祥作吏元风雅，丐糈全凭藻思通。

人值寒山掘燕年，剧怜鲋涸冀随缘。路邕慨散千囷谷，鲁望惭无一稜田。民牧殷几思粟雨，世情悭似摘天钱。赖他榰道多全活（谓查澹余比部），仁义施来好报旃。

不欺常慎四知金，更覆慈云见佛心。雁户租纾齐石困，驹田仁话越脂深。绿繁阴自浓如昔，白夏香看熟记今，从此太峾隆报祀，熙朝何事醉麋钦。

两度劳公折简招，（去秋今春蒙招勤赈，书以事辞。）桐州客里又花朝。（时下榻富春崔湘潭明府署。）集裘自笑当螳臂，抒管虚怀记鹤瓢。辰磬惠闻歌梓里，（宁邑绅士均有和作。）庚笙荫愿谱琳条。宜春家世惭骚雅，苓落空思赋小谣。

王观成（生员）

甘草丛生喜卜丰，青黄未接鹄形同。殊恩浩荡宽蠲诏，温谕承宣赈恤功。积少成多义在劝，取赢补绌术期工。挽回大力凭贤牧，轸念斯民呼吸通。

司马循声复睹年，群呼生佛万家缘。仁由己立培心地，善欲人同广福田。周急尚分原氏粟，拯贫何惜况家钱。殷忧总为沟中瘠，踊跃输诚共勗旃。

劝语殷勤字字金，行间如揭爱民心。现前说法头皆点，就里推恩感倍深。三赈良模原效古，一时善策更宜今。蔼如传播春生脚，载颂南山士女钦。

欲集哀鸿何计招，稻粱谋赖自今朝。茅檐共溉生尘釜，泌水谁悬乐志瓢。挹彼斗升怜涸鲋，分将涓滴润枯条。行看歧麦呈秋瑞，到处欢闻壤击谣。

查一飞（举人）

方奉齐明卜岁丰，啼饥忽听四郊同。群呼父母深含痛，能活苍黎忍计功。心似阳春吹黍谷，力回天意胜神工。左餐右粥皆公赐，白骨衔恩亦感通。

尘生釜甑日如年，续命天教系众缘。甘雨车方临赤旱，不毛地已等无田。空船望贷全琮米，下户宜纾苗稷钱。赖我慈君能博济，桑阴茀舍伫旌旃。

新诗直抵万黄金，忧乐同人一片心。鹤俸减为闾井助，鱼苗活养海波深。恤邻大义原敦古，保赤奇方复见今。良吏业同良相业，郑公清献并堪钦。

利弊周咨以礼招，饥驱愁我又春朝。（新正蒙见招，适赴吴门。）众心感奋城千仞，公意清廉水一瓢。布谷伫分秧把把，炊烟仍锁柳条条。国家元气资培养，鼓腹重听击壤谣。

王淮（举人）

休将善举等抽丰，待食饥民待乳同。贤宰倡捐非市德，匹夫慕义敢居功。须思推与寻常事，莫吝锱铢计较工。富以其邻占畜卦，周官任恤谊相通。

平粜沾恩忆旧年，更蒙赈救劝随缘。九重特下蠲征诏，万户仍耕克敏田。保赤殷忧添白发，洽邻厚谊散青钱。总教颗粒归民腹，董率群公尚慎旃。

阿谁有术指黄金，感动全凭创善心。恻隐天良充乃大，慨慷义气激还深。监河待汲曾讥昔，黍谷回春直赖今。斗米缗钱资众力，孰为敛怨孰为钦。

幸托帡幪荷宠招，琴堂谆复训朝朝。推恩共发仓兼廪，饱德分叨箪与瓢。佳律传来金石句，生机慁满汝坟条。秋成转眼书丰稔，谱入新声颂且谣。

张传（候选教职）

运值金饥岁欠丰，噢咻心与古人同。温言广被春风座，大泽均沾化雨功。力可移山劳哲匠，裘能集腋见良工。指囷但得源源至，东道宁忧路不通。

兆占三白慰祈年，更约跻堂讲善缘。司牧倡捐开福地，缙绅协济种心田。要推赤子诚求意，不计青苗国息钱。看取从公无小大，何须应召望旌旃。

蠲缓频番费帑金，王心仁爱一天心。蓂阶锡福帡幪广，棠舍承流策画深。元晦置仓称自昔，香山救瘠见而今。他年报最膺三锡，谋鞠人看共叙钦。

爰诹公事互相招，色笑亲承乐此朝。菽粟但令如水火，闾阎何虑缺箪瓢。粮输蜀地三千里，政胜周官十二条。爱听弹琴传好句，和声鸣盛答衢谣。

曹宗载（廪生）

盛世欣歌岁屡丰，偏灾偶怅一隅同。明廷特沛蠲除诏，贤宰深劳补救功。筹画民生培国计，借资人力赞天工。里邻原有相赒谊，仰荷提撕感遂通。

欲挽无年作有年，博施妙结善人缘。扶持沟瘠跻康寿，推扩慈怀续义田。惠洽海陬十万户，忱纾担石五千钱。琴堂犹廑焦劳念，孰敢承流不勉旃。

诗成劝谕字镕金，调剂良工具苦心。比户饔飧兼德饱，应时雨露协恩深。福星一路宁推昔，有脚阳春复见今。且喜保民同保赤，能无杜母共相钦。

欢腾田叟聚相招，感颂神君话永朝。续命有缘瞻舜日，忘饥宁减乐颜瓢。来牟堪卜黄云穗，瑞雪先封白玉条。试驾辎车循野听，鸿嗷遍奏太平谣。

许嘉猷（举人，江苏沛县知县加捐知府衔）

时和华黍屡歌丰，诣意遍灾郡邑同。万户频闻宽大诏，九重深懋拊循功。请先蠲阁诚良策，念切伤痍赞化工。莫道贫无储担石，便宜发粟尚流通。

三农穑事不逢年，复业还应有夙缘。布惠神君留福地，拯饥赤子企珍田。灾荒续命惟虚廪，抚字劳心不计钱。（公首捐俸钱给赈。）今日间阎含哺乐，海隅到处望行旆。

青青麦陇未含金，曾忆微官利济心。芒砀勘灾行部远，军门捧檄恤民深。（昔年由砀山至丰、睢一带勘灾，又奉两江铁制军采办粮石，曾捐粟运至淮阴。）矜言解带须稽古，何意输粮又视今。多赖贤侯新布令，恤荒善政早神钦。

自笑衰年辱屡招，留香公廨话春朝。茅檐举爨尘蒙釜，井市施糜泽贮瓢。顿使阳和回黍谷，从教生意到兰条。康衢鼓腹升平象，粉社仁声已遍谣。

马世芳（举人）

天心欲转歉为丰，其奈哀鸿四野同。火旱木饥关岁运，农贫粟贵赖人功。茹荼尚觉回甘味，就谷真能挽化工。三代之民原似昔，但思枯菀两相通。

男耕女织自年年，叹息求鱼向木缘。济世有才真福地，善心克广即良田。圣恩屡下蠲租诏，贤宰频分清俸钱。况是间阎同食德，粥糜遍立庶人旆。

何人慷慨散多金，愿普民胞物与心。清献出官驰誉久，希文发粟感恩深。政颁十二须从古，功立三千请自今。乡里家家呼续命，仁风岂独一时钦。

万间广厦向人招，苏困扶危及此朝。菜色病饥弥惜粒，竹花和饮只留瓢。莠良易杂宜悬格，经纬分明在理条。盼到春和满寰宇，依然共进太平谣。

杨秉初（候补训导）

偏灾偶值欠亨丰，贤牧关心胞与同。仰屋空嗟无善策，运筹协力得全功。群知东海宏于泽，差比西湖代厥工。（时大吏浚筑西湖，以工代赈。）更喜蠲除蒙圣诏，从知家国本相通。

漫说亥年比丑年，赈仓与我缔重缘。（乙丑年，阮宫保师曾委督赈彭乌厂。）嗷嗷鸣雁悲中泽，攘攘群黎苦石田。细检间阎频发粟，详编户口好投钱。万民性命悬呼吸，寄语同人尚慎旆。

垂堂不坐重千金，积福何如积一心。虑舍无饥施惠普，泛舟免饿受恩深。飞凫化履传由昔，驯雉依桑感自今。清俸首捐创义举，阖州绅士意同钦。

风声远树不须招，蚁聚纷纷集一朝。宁冀稻粱携满橐，聊思饘粥饮沾瓢。所祈麦浪翻青陇，更祝桑畦长翠条。平秩南讹欣茂对，农民击壤献歌谣。

祝廷庆（举人）

雪消寅月试年丰，望岁情怀远近同。直使哀鸿忘肃羽，更偕驯雉著奇功。人将雨粟笺天宰，公妙帷筹补化工。从此昌昌风物好，指囷共乐有无通。

坼裂平畴忆去年，适来仙令信前缘。丹霄膏露分兰畹，绿野犁云起稻田。万户已周天府饩，一囊更费沈郎钱。扶鸠骖篠欢腾甚，来暮齐赓向翠旃。

不惜燕台市骏金，良工苦费育才心。（公于莅任后即举行月课，极示鼓励。）参苓人乐雕笼选，桃李阴看曲径深。崇雅由来宜法古，量才何必定非今。文翁政教胡瑗学，模范能无拨雾钦。

辑屦齐途不待招，饥乌啼少听春朝。裹粮肯热因人釜，饮水犹传挂树瓢。秀麦翻风簪细细，柔桑映日拂条条。康衢鼓腹依然在，惠我宁为五袴谣。

高维峻（副贡生）

隔岁吹豳卜屡丰，麦苗新长万畴同。仳离尚有庚呼痛，抚恤终叨子爱功。权济青黄安土著，念深苍赤代天工。保怀厚德加无已，伫见洪波远迩通。

阻饥偶尔值灾年，同里周旋亦善缘。敢以闭门夸果腹，竟忘耗土叹无田。扶持本属枌榆谊，哀益宁私斗斛钱。更望便宜持节至，万家泥首颂华旃。

捐赀共喜散囊金，成美惟凭现在心。自愧砚田收税薄，翻从罾井救人深。遄将种福期于后，聊为燃眉济自今。博众未能胞与在，忧心终日亦钦钦。

转眼仁风到处招，金穰预兆庆三朝。穷氓共纬春畴耒，贫士先安陋巷瓢。鼓腹村村无菜色，有年处处验冰条。翻嫌叔度来何暮，从此欢腾五袴谣。

王步铨（岁贡生）

比户讴歌赉锡丰，依然乐利与民同。请蠲已注仁人泽，矜赈重资刺史功。火旱木饥怜里困，庐储舟泛夺天工。竹花自此休充腹，哀益盈虚用贵通。

劝谕殷勤记旧年，闾阎又卜再生缘。颁行荒政先移粟，体恤人情好作田。廉宰犹捐千石俸，富家忍吝八铢钱。春回黍谷须臾事，信口吹嘘敢舍旃。

展诵瑶章字字金，视民犹子使君心。穷檐幸沐滋培厚，广厦还叨保护深。真似己饥兼己溺，直将宜古酌宜今。哺含腹果伊谁赐，清献声名世共钦。

蒙恩诗酒并征招，力效书捐不计朝。弥阙公真愁鲁罄，安贫我甚愧颜瓢。争看花发春生脚，转瞬桑稠叶满条。天气暖时饧好卖，箫声吹谱太平谣。

祝懋正（岁贡生）

人情望岁欲频丰，江浙偏逢旱涝同。蠲缓并施沾帝德，劝输协济补天功。情深蔀屋啼饥苦，日费琴堂画策工。譬若治河防溃决，下流壅滞贵疏通。

去年秋赈又今年，救得穷黎即善缘。何惜分光彻东壁，要资余润到枯田。新炊邻有相周粟，后福天应大雨钱。升合量人免贵籴，从今饥饿少求斺。

储蓄盈仓罄俸金，海疆百里感仁心。虽然歉岁支吾过，尚觉饥人冀望深。家给易周民灶匠，势分无碍去来今。无量接济欢宁谧，都是恩施敢勿钦。

忻承折简远重招，末议容参听政朝。尽力劝人输粟麦，一心安分乐箪瓢。即今生意回芳甸，自看新枝发旧条。从此年年逢岁稔，闾阎抃舞遍歌谣。

查世源（贡生）

瓣香士习仰南丰，（公最爱士，每月课手定甲乙，奖赏备至。）又恤穷黎胞与同。岁遇旱干频广济，（去秋今春两次劝赈。）恩邀蠲缓实殊功。鸠形鹄面民情急，黍雨棠阴治术工。要使一夫无不获，教人黾勉在融通。

下车最是记前年，便与州民结善缘。否运几家逢桂月，福星一路税桑田。（州东界连盐邑，贫民延扰，赖公恩威并济，遂安。）论文仍不遗荒政，饮水偏能舍俸钱。草木有知犹感德，斯人安堵岂忘斺。

一经虽不比遗金，善与人同亦素心。敢道书田耕或馁，也知义路入宜深。移民就食闻诸古，分市添乡睹自今。（各庄贫富不同，合捐分赈，均而不偏。）不独士林皆踊跃，万商慨助备堪钦。

随行自愧荷嘉招，应共输忱奋一朝。利溥仁言胜珠玉，春回陌巷在箪瓢。官真保赤慈为母，天已呈祥雪满条。共道桑麻盈绿野，不才也献太平谣。

马锦（候补中书科中书）

大有难书岁屡丰，一时善政口碑同。忧民常切疮痍念，仰食全凭补救功。鹄面鸠形随路悯，召棠郇黍入诗工。须知吏治由儒术，此事先生早贯通。

饿者纷纷日度年，能全众命亦机缘。青黄难接编贫户，功德无形造福田。笑学黔敖嗟使食，勉为卜式给多钱。乡愚颇识行仁好，董劝频劳召以斺。

俸余慷慨首捐金，我辈应怀曲体心。美举愿先桑梓近，善根恐负祖宗深。百年家计谁如昔，连岁饥荒又遇今。难得好官悉民隐，颁悬条教共相钦。

几度琴堂折柬招，绸缪荒政忆终朝。心原忘报淮阴饭，士或安贫陋巷瓢。入座春风荣小草，下车甘雨润枯条。哀鸿赋罢多稌黍，乡里人兴五袴谣。

徐鼎（生员）

歌行听取说元丰，龟兆盈畴泽国同。本为木饥权岁昔，冀调玉烛补天工。福星兼署文星目，荒政还偕德政工。移粟移民缘底事，允教国用卅年通。

襄帷俗化记经年，任恤频颁信有缘。十二条先悬甲令，万千户尽赖辛田。推恩不让监河粟，励志争如渭水钱。若待东皋农事遍，省耕随处驻行斺。

师比不用制黄金，莅治常怀设教心。绛帐春风陪日久，苍生夏雨沐恩深。争夸一叶清如此，会见双歧秀自今。敬取瓣香还致祝，文章经济合同钦。

设馆殷勤费屡招，授餐相约记终朝。凤传清节生尘甑，合拟长生赋木瓢。桃李春浓花万树，簿书夜检烛三条。寰瀛已奏哺含曲，兼补尧廷击壤谣。

钟鼎（廪生）

从来忧国愿年丰，圣世苍生一体同。郑侠不烦驰驿递，扈称自建济民功。信知水旱乘天运，端赖经纶补化工。劝籴歌成传疾苦，真教村媪亦能通。

米贵如珠近一年，穷黎谋食更何缘。可怜白屋锥无地，不及青毡砚有田。盛德果然堪比谷，好官谁道欲多钱。敬恭桑梓诗人意，感沐仁风共勉旃。

下车德政重南金，仰企琴堂一片心。粥饷桃花侵晓色，耕随燕子待春深。讴思补助征诸昔，感召祥和继自今。更有指困佳话在，口碑留取后人钦。

倾心髦士屡相招，桃李盈庭乐永朝。万灶炊烟连蔀屋，千金膏火遍团瓢。如春煦妪恩尤渥，若网分明政有条。自是曲高难属和，漫将下里缀风谣。

顾澜（生员）

彼苍何靳岁频丰，遽使啼饥蔀屋同。濒死几拚深壑瘠，再生幸仗哲侯功。蠲租特请申丹陛，发粟还筹补化工。更荷殷勤咨任恤，比闾自古谊相通。

偏灾未尽叹无年，慈母殊殷保赤缘。情迫拯援劳梦寐，躬亲省问历原田。勤敦义举宏仁术，首倡捐囊解俸钱。百里哀鸿何得所，群沾恺泽庇旐旟。

一时输粟更捐金，咸感神君恻隐心。德洽穷黎春并煦，恩苏涸鲋海同深。灾何难救才非易，天直堪回信始今。卓鲁循良欣再见，尽人爱戴尽人钦。

休象欣看喜气招，客冬瑞雪庆连朝。疮痍已仰恩镂骨，劝勉还殷诗寄瓢。槁黍回春浮碧浪，枯桑滋雨发新条。茅檐转瞬登康乐，拜赐仁人遍颂谣。

张廷基（生员）

豳鼓空祈岁屡丰，木饥火旱古今同。缓蠲幸被仁君泽，调剂深资众母功。续命何人勤义举，劝捐有句仰宗工。底须载得脂兼稻，益寡哀多彼此通。

商量杯酒正新年，清俸先捐倡善缘。贫口无烦工作赈，书生甚愧砚为田。立仓朱令三千石，航海吴公万贯钱。此日穷檐有生色，望尘子庶拜旐旟。

天公浪说雨黄金，荒政偏劳报国心。表瑞雪花年有兆，如膏春雨泽同深。炊烟比户仍如旧，菜色前村减自今。盼得麦苗坚且好，慰将终日念钦钦。

作乐应歌徵角招，下车初度百花朝。公堂政静调瑶轸，官舍春深泛酒瓢。鸿集已无悲肃羽，风来更喜不鸣条。从今鱼旐频占梦，好听康衢击壤谣。

陈朴（生员）

隔岁西成怅靳丰，荷公乐善与人同。尽心不假河东粟，济困还逾郑侠功。创令集裘敦梓谊，首先倾橐赞天工。海隅未分苍生厄，荫以甘棠蓄遂通。

度日何如等度年，新诗传语赈随缘。非筹富减千箱粟，奈处贫无一稜田。公退袖携风是友，讼稀庭有藓如钱。贤声早达宸聪听，不次莺迁肯舍旃。

无敢持贻暮夜金，殷勤一片爱民心。玉壶冰映清辉朗，黍谷春回淑气深。肯让文翁夸自昔，真欣召父见于今。听歌孔迩谁赓尾，岂独廉明世所钦。

或恐流离预抚招，俾安暮暮与朝朝。绸缪未忍哀飞雁，挹注宁遗陋苍瓢。大泽潜滋无涸辙，仁风轻度不鸣条。穷檐何幸叨帲覆，有脚阳春载路谣。

朱燮（候补中书科中书）

里闾五谷颂年丰，生植难期壤地同。民向穷途艰觅食，邑逢荒政待宣功。鹤粮淡泊捐何惜，雁户流离绘转工。争说海邦贤父母，劝令桑梓有无通。

短笠轻蓑望稔年，偶呼庚癸仗群缘。分将三月桃花粥，抵得千家燕子田。比户有烟餐玉粒，上天随雨落金钱。蓬蓬眼底春多少，几辈声名上细旃。

救贫要在善挥金，恺悌全凭一寸心。为善根如山积累，居官德比海遥深。劝农训士忧先乐，益寡哀多古迄今。两袖清风尘不染，翩翩儒雅晋卢钦。

春酒开筵未践招，者番景象又花朝。愧难举火增千灶，幸许赓诗献一瓢。陇上新黄摇麦穗，墙边嫩绿长桑条。江南蚕事差相慰，待听秋成乐岁谣。

马步瀛（贡生）

岁星出右欠亨丰，半载民饥菜色同。罍耻有瓶空已久，爨嗟无米不为功。哀鸿在野嗷何补，辟谷如仙术未工。此日若非调剂手，那教井里睦姻通。

无年保庶即丰年，活我苍生大有缘。劝富不悭困有粟，济贫好免石为田。绸缪心苦期安堵，挹注功深胜雨钱。自是海邦传德政，群濡厚泽敢忘旃。

万口争传散俸金，焦劳克副至尊心。闾阎快得承恩溥，狱讼还知种德深。华国文章工自昔，救荒政事布于今。官声直共仁声远，两浙东西孰不钦。

议赈殷勤几度招，辙鱼将涸在崇朝。成裘良策裁千腋，饮水高怀寄一瓢。甘雨淋漓都润草，和风披拂不鸣条。太平赖有回春力，依旧欢腾鼓腹谣。

王觊（生员）

岁歉何由转顺丰，遥怜饥馑四郊同。方传木酪终非策，邑施壶飧尚有功。况缓征输敷帝德，宜思振恤属臣工。胥匡先赖贤邦伯，草偃风行易感通。

鹄面人多似旧年，贤侯济急乐随缘。谋生忍使无生路，种福须知有福田。曾发社仓平橐谷，复捐官俸遍流钱。由来善政宜良法，下逮胥徒尚慎旃。

各破私囊散万金，从公小大有同心。爰知善教移风速，庶慰群情望泽深。周急及乡还及党，劝分宜古更宜今。海邦自此阳和被，惠我无疆德共钦。

民无离散不须招，饷饿嘘寒岂一朝。渐使痌瘝安衽席，从教贫窭乐箪瓢。他时稼穑成三务，尔日流庸著六条。万口欣传廉叔度，好将风化播衢谣。

徐潍（生员）

华黍长应祝岁丰，星躔枵耗偶相同。回生急待施良策，济困殊难奏巨功。已遣群黎沾圣泽，更颁荒政助天工。海陵自有仓箱积，善政真教汉代通。

士庶情殷借寇年，发棠望未绝前缘。立锥敢谓真无地，种福于今幸有田。折纳例通邛郲布，转输法便阆宾钱。使君活我人争说，况在枌榆盍勉旃。

其利真堪拟断金，恤邻何必不同心。阳和律转春膏足，沧海波回涸辙深。贷粟善心人似我，指困义举古如今。请看诏下褒贤士，卜式名高旷世钦。

车乘惭蒙宠礼招，苟香深幸接崇朝。圭璋望重丰年玉，冰雪心存陋巷瓢。忍使余粮分瘦鹤，却教生意上枯条。江城瑞信迎三白，待听康衢一路谣。

马瀛（生员）

嗷嗷人竞祝年丰，告歉偏难粒食同。非赖官如春有脚，争禁民苦岁无功。盈虚为溥均平德，酌剂真参造化工。都道使君能活我，一时缓急互相通。

何计无年转有年，几经擘画仰前缘。流民方苦珠为米，荒陇依然石是田。作巧妇炊空有术，集诸人益幸多钱。穷檐得被盈宁利，定见颠连一起旃。

斛米何堪值数金，亟需平减剧关心。扶持病鸟凭巢护，润泽枯鱼仗水深。按户指困传自昔，分棚饩粟法宜今。苍生千百争翘首，刺史贤能孰不钦。

曾荷衔斋折束招，冰壶静对记崇朝。俸因苏困悬留橐，诗为歌功贮有瓢。无复穷檐愁菜色，渐教酿泽遍枯条。鸿施布濩欢声溢，于芴于尤胜古谣。

徐绘（生员）

方幸吾乡岁屡丰，去年讵意旱干同。云霓徒望烦蒸候，畦陇频劳灌溉功。农或登收因地利，官为经画代天工。均荒补败惟公惠，旋转春和上下通。

惠令重申补旧年，捐输多寡谕随缘。仁言蔼吉敷春泽，良治均平耨福田。已感明刑绳栗果，更分清俸施金钱。灾黎得免流离苦，夙夜宁忘嘱慎旃（时客豫省）。

里中绝少积籝金，慕义犹欣一乃心。捐瘠亦皆怀悯恻，纤微奚足补高深。有秋最喜非迟久，乏月何嫌正值今。温谕清吟谆劝济，爱民如是迩遐钦。

一曲阳春淑气招，寒消九九已花朝。挽回造化吹凭管，调剂舆情酌用瓢。取次风光催麦秀，待将翠色蔚桑条。闾阎衣食咸攸赖，击壤仍听万井谣。

徐惟德（生员）

木饥金穰递凶丰，自古占年有不同。旱魃偶为干燠虐，生民殊赖斡旋功。圣恩汪濊宽蠲广，荒政精详酌剂工。德意感孚风偃草，有无随在乐相通。

漫说肥冬与瘦年，家家羞涩溯根缘。囊空多半偿珍谷，租入全同获石田。剥得长榆堪作粉，（乡人每取榆皮为粉和粥，以疗饥。）掘来香芋不须钱。（芦苇之间生野芋，芳甘可食，春来掘者甚多。）而今藉有稀糜进，葆旅充肠可舍旃。

太息床头解贮金，揭来空抱济人心。梓桑在望情殊切，庚癸同呼惠孰深。贷粟不书闻自昔，乞醴而与愧斯今。居乡任恤原民行，况领新诗敢不钦。

欲善心同不用招，饘酏勉与度昏朝。一瓯聊果穷檐腹，二簠差安陌巷瓢。灾去咸欣春有脚，阳回讵畏雪封条。盐官共仰骈禳始，饱德将闻四野谣。

王鸿（廪生）

一自恒旸损岁丰，议筹饘粥吏民同。发仓敢小汲公惠，捐俸尤多陈守功。但得编氓消菜色，不须食役起城工。请蠲请赈庸烦虑，斟酌盈虚国用通。

先泽留贻百卅年，敢因食德话前缘。分餐曾贷徐耕粟，负郭空余颜氏田。囷有桃花难当米，庭栽榆荚漫飞钱。愿他甲户陈因积，敬梓恭桑各勉旃。（康熙二十年间，海溢损禾。先高祖渭源府君捐米三百石开厂煮赈，邑侯书"谊笃梓桑"额奖之。今墓下孙曾授田无几，舌耕为活，思继先志而力不逮也。）

莫言斗粟值斤金，一饭淮阴尚在心。食若嗟来扬目去，田惟续命感恩深。肯教郑罕徒征古，须识尧夫又见今。益寡哀多均出入，贫民鼓舞富民钦。

苍鬌黄发远相招，沟壑无虞在诘朝。多谢阳春来有脚，不徒陌巷乐操瓢。足民王制余三食，散利周官第一条。从此尧天耕凿者，哺含腹鼓献衢谣。

叠　前　韵

电雷皆至便为丰，吏治何须翕翕同。野有黍苗郇伯泽，庭无雀鼠召公功。居邻让水心先净，吟到清风句易工。处是纯儒出良牧，词章经济一般通。

得慈父母得丰年，人与天心结静缘。岂有甘棠栽福地，转无嘉谷出情田。丁男自打祈蚕鼓，亥老欢分利市钱。总是使君多德意，招来不用表旌旃。

一篇诗抵一囊金，写出勤民缕缕心。人说文章聚乎此，我知河海就其深。拾遗律细宁须老，学士情豪不薄今。鞔鞳钟声宏以远，寸莛那得鼓钦钦。

秋月春风几度招，文坛许我战终朝。良田有砚何嫌石，饮水思源敢弃瓢。求粟幸叨仁者赐（鲜民失怙，蒙颁厚奠，故云），枯桑不受俗人条。明知郢曲高难和，且习齐咻学楚谣。

徐兆庠（廪生）

俸薄何曾拥席丰，先忧期与古人同。流行灾本关天意，赈济权能补化功。暮夜四知金每却，阳春一曲调偏工。即翰任恤多高谊，总被仁心默感通。

下车刚直荐饥年，合与斯民有夙缘。自古盘根资利器，祇今望岁获良田。捐施尽是仁人粟，倡率端由长吏钱。喜得穷檐无菜色，拊循到处仰行旆。

积善由来在散金，名儒利济早存心。却缘饥溺忧民亟，益信经纶学古深。权为哀多能益寡，法思通变更宜今。仁看病木春回后，岂独风流夙所钦。

高悬玉尺屡相招，月一衡量永夕朝。赤子尚烦筹饩粟，朱提仍喜润诗瓢。经权互用心常裕，仕学兼优政有条。自愧樗材邀奖拔，愿赓来暮附民谣。

梁步瀛 （生员）

豚蹄盂酒祝田丰，望岁心情我亦同。亢旱流年征气数，救荒善策赖人功。疮痍谨荷慈君念，薪水难支巧妇工。借箸前筹先要著，远招商贩粟流通。

捉襟景象见今年，补缀从谁续旧缘。恩诏已沾蠲缓泽，食租休问下中田。秋稀罢酿黄柑酒，灯耗都裁翠竹钱。（吾乡风土，元宵买竹搭棚悬灯，今岁裁去。）苦为穷檐招议赈，迁延甚恐负旌旟。

厚藏谁识况家金，慷慨捐施只问心。见说成多由积少，切须见浅更知深。周官任恤沿于古，易理平陂鉴自今。安得指囷饶破格，矜全桑梓万人钦。

敢言已甚辟相招，爰度爰咨集一朝。请益定原夫子釜，厌听休等许由瓢。源源膏泽来无竭，井井章程上有条。仁望麦秋瞻乏月，哺含齐唱太平谣。

倪善成 （生员）

一纸新诗抵岁丰，春风夏雨被人同。时逢亢暵愁无策，首创捐输喜有功。顿觉生回兼死起，行看人力补天工。闭关遏粜从来事，片念如伤足感通。

招来折柬值新年，樽酒重论结善缘。非为无毛嗟不地，只因获石叹如田。设廩肯让陈公德，解囊还胜刘守钱。传诵仁言思利普，普堪续命尚行旆。

漫云如土便挥金，济众全凭博施心。波载阳春同浩荡，泽流膏雨共遥深。朱仓郑舍规由旧，益寡哀多计自今。负海苍生齐解愠，慈君在望举相钦。

崇文计月以旂招，轸念民依又一朝。功到栽培愧樗栎，情怜危苦舍箪瓢。灾方能济元元困，乐土咸钦井井条。上体宸衷深抚恤，讴歌父母采风谣。

周钺 （生员）

频番布泽歉回丰，群感洪恩覆载同。备展富公匡世略，直追范老救时功。烹鲜已见和羹手，制锦从知补衮工。自古儒官多硕画，文章经济本相通。

连旬苦旱作饥年，飞下仙凫幸夙缘。那忍哀鸿流野泽，却愁枯草萎原田。全他赤子宁捐俸，真个纯臣不爱钱。转盼懋官宏保障，人争祷祀以求旆。

温如荆玉厉南金，写出琴堂抚字心。化雨曾沾桃李遍，仁风还入草茅深。天边卿月明如此，海上慈云望到今。实是阳春推有脚，顿教猿鹤一齐钦。

施济都承召父招，万家生气转花朝。公真不愧为霖雨，人尽相从乐饮瓢。史册书勋垂八叶，舆碑载德勒千条。采风试向盐官听，童叟咸多惠爱谣。

吴垣（生员）

一经策画啬成丰，奉以周旋况协同。鹿走鸿飞群望泽，莺鸣凫藻各趋功。恩能格破弥缝苦，美赞人成奖劝工。从此芸生咸鼓腹，挽回造化仗神通。

去年赒恤复今年，输助随人乐善缘。泽悯鱼枯谋挹水，囊分鹤俸劝犁田。财通冀免民悬磬，利溥谁甘籯障钱，到处望公如望岁，伫看竹马拜旌旃。

惭愧生无术点金，吹嘘亦复抱婆心。梁无但愿粗能有，绠短谁云汲太深。内史发仓风忆古，黔敖为食法宜今。来朝黍谷回春律，厚泽非徒海角钦。

曾闻满损适相招，转歉为盈在一朝。环郭行添陶令秫，崇门拟撤邺人瓢。重修佛氏三千善，足补周官十二条。转眼有年书太史，愿从击壤献衢谣。

苏璟（监生）

太史书年屡告丰，偏灾偶尔与汤同。腾黄早示蠲除赋，保赤重施赈济功。不道木康移火旱，端凭人力挽天工。睦姻任恤垂周礼，桑梓情殷古谊通。

才过新年似去年，哀多益寡好随缘。蠲廉毕竟先高厦，种福从知即美田。但使万家依旧井，莫贪五月卖新钱。呼庚呼癸颦眉听，为语穷民少待游。

凭天畀与尔多金，济困聊偿报答心。玉粒统筹三五缺，圭租分润几番深。好将令甲遵诸旧，便使田丁饱自今。鼓腹翻歌大垂手，乐施邻里一时钦。

畦童壤父笑相招，共道施麇在莫朝。乐善不难千斗斛，疗饥莫负一箪瓢。惊心翠麦靡柔本，活计青桑上故条。暂缓劝农先劝赈，上官前献下民谣。

应时良（廪生）

岁饥谁转俭为丰，刺史慈真佛子同。周礼凶荒原有政，尧民耕凿偶无功。全凭巨手回生意，即论鸿文亦化工。姑缓劝农先劝赈，殷然为酌卅年通。

过却灾年便稔年，哀多益寡且随缘。好将甲族盈余粟，补偿丁男瘠薄田。千万人看消菜色，二三月免食榆钱。帝心仰体官心慰，黾勉凭渠一舍游。

米贵如珠惜似金，不论升斗但论心。莫教敬梓恭桑厚，输与廉泉让水深。补助预充蚕麦豆，报施遑计去来今。只期饱德能无量，贤吏仁人一样钦。

红童白叟笑相招，为喜炊烟续暮朝。竞说使君煮饘粥，不徒寒士乐箪瓢。下车治首修三事，上考书应冠六条。家遍给还人遍足，一村村听邑黔谣。

唐绥（生员）

频闻米市价增丰，生计虽艰境不同。抚字贤劳宣善政，下车次第奏宏功。已饥已溺匡扶切，人鞠人谋补救工。黾勉齐心均量力，乡邻缓急喜交通。

朔风吹雪送残年，闭户穷黎感凤缘。恩已有波沾涸辙，福惟无量种心田。储瓶幸满仁人粟，挂杖宜投父老钱。料得枣林民俗厚，好施慷慨共随旟。

争先踊跃乐输金，比户咸孚爱育心。寂寂春堤愁就减，芃芃秋野望还深。救荒韩富师诸古，劝善龚黄挹自今。麦熟平畴闻雉雊，挽回有力合推钦。

不事黔敖左右招，欢呼鼓腹在崇朝。万家烟火温寒醽，百斛泉源给众瓢。棠舍花浓长受荫，槐堂树茂已垂条。侧闻处处成舆颂，愿续中和乐职谣。

许胯升（贡生）

岁歉何由转岁丰，凭教善行与人同。方州梦叶三刀兆，比户歌传五袴功。始信臣能宣主德，极知人可代天工。仁风惠露多沾拂，政论重颁诵一通。

权宜借寇未经年，载道欢声语凤缘。恩到推行春有脚，德能广种福为田。成珠如掷麻姑米，乞帖疑输敬德钱。从此嘉禾欣屡见，绿莎厅内拥旌旟。

不用庄山铸币金，分灾救厄切婆心。再登孰与三登厚，一获何如百获深。但得召前兼杜后，那知舒古复琳今。应龙歌语从头听，劝籴曾劳瘼瘵钦。

谦怀折节喜频招，谈论嘘枯在一朝。坐使万家操井臼，仝看阖境挹樽瓢。路粮自给三千斛，荒政还修十二条。同颖禾随两歧麦，渔阳听上太平谣。

叠 前 韵

几人歌续后元丰，无那空箪处处同。赤子岂能忘土著，圣朝原自有田功。讲求荒政青州善，图绘流民郑侠工。莫叹农夫情最隐，闾阎呼吸九重通。

秋稼何期阸闰年，今年无策更何缘。眼中岁喜辞阛茂，海畔民难待卤田。畏死鱼能相煦沫，赈贫天固不如钱。相饲本是周官意，应有陈诗达细旟。

久望为亭署却金，使君清节系人心。作馆王荟闻风起，分俸黄香种德深。奉诏恤民宁异昔，作歌劝籴更宜今。政成转恨来何暮，五袴声传百世钦。

万家安集底须招，红帖粮施第几朝。民命忽然苏海甸，春恩沛若酌天瓢。百虫饮雨时逢液，群卉迎风节应条。毕竟仁慈推我后，能教侯致太平谣。

钟汝淦（生员）

圣世年原庆屡丰，偶然旱与古汤同。全凭帝泽如天泽，便补民功作岁功。念切穷黎颁诏远，心劳良牧赋诗工。从知官是书生好，经济文章一贯通。

来暮歌声听去年，救灾曾结万人缘。桃花红发仓仓粟，苗叶黄愁稜稜田。政本犹农先去莠，俸频分鹤首捐钱。更欣吏畏神明治，琴阁风清共凛旟。

碎玉纷纷胜雨金，腊前三白见天心。麦蚕已卜春花熟，鸿雁还飞冻雪深。忧彼纳沟推若己，扶他同井劝从今。抚绥善体皇仁溥，倚重端应节府钦。

论文樽酒昨相招，示读吟笺又诘朝。最幸春风附桃李，顿令乐意满箪瓢。寒儒一例看如子，荒政重番布有条。欣到门生欢倍切，寻常不数召棠谣。

叠 前 韵

瓣香久矣祝南丰，今喜碑香万口同。始信仁言能溥利，由来阴德不矜功。祖谦作论风尤胜，尧佐为縻术最工。一掬廉泉濡染处，果然下笔有神通。

灾黎浑忘值灾年，凭仗贤侯造福缘。自得饘酏充晚食，已如稆秕熟秋田。民安耕凿携农器，邑鲜流亡仰俸钱。仁看村村行部去，杏花红处望旌旄。

宿麦青青菜散金，物华更慰使君心。分明甘雨和风被，仿佛沦肌浃髓深。庚癸频呼怜在昔，丁壬无恙感而今。救荒如此真良策，饱德端令道路钦。

辞家匝月赴朋招，归听欢声溢暮朝。（淦近自吴门旋里。）润涸遍苏鱼在辙，疗饥免掘菜名瓢。争称续命丝千缕，足补挥弦韵七条。我是欧阳门下士，（戊辰科，淦卷叨房荐。）只惭重叠献巴谣。

冯琳（生员）

未话今秋岁庆丰，河鱼腹疾宛相同。稻粱施惠是真德，云水名斋匪实功。抱玉何如宁国本，捐金直可代天工。拜风漫拟南山句，敢谓清明居上通。

生聚谁非越有年，好将桑梓结新缘。恤灾始是居安宅，怀宝原非种福田。巨室未须看白眼，仁风况复赉青钱。天朝蠲缓恩光溥，草上风来尚慎旃。

非徒劝谕且挥金，并见仁人似水心。德比三军寒纩挟，泽如万物雨春深。不书多贷宜师古，欲结宏功总自今。粢米任教珠颗颗，一时鼓腹尽相钦。

车乘翘翘辱我招，仁风何幸播崇朝。肯将老脸珠三颗，靳向双弓米一瓢。道穗既伊投寡妇，囊钱谁吝挂柔条。万家喜气尧天似，四野群黎遍起谣。

顾嵘（生员）

去秋空望稻粱丰，金木成灾处处同。自是民生关国计，从教补救敌天功。事难措手情偏切，诗为忧时句自工。争颂吾乡贤刺史，有无从此便相通。

竹马迎来值歉年，此邦天与再生缘。调停市价颁仓粟，量减均输到石田。口已似碑都挟纩，心原如水不名钱。使君重自捐清俸，踊跃从公尚勉旃。

风范如公欲铸金，望崇山斗早倾心。论文每喜龙门近，拯溺还怜菜色深。俗尚弦歌斯近古，乡敦任恤定推今。儒林循吏由来合，读史从教意倍钦。

屈指祥和次第招，雪花如掌庆连朝。放衙渐长闲庭草，饮水应稀陋巷瓢。绿意似云铺麦陇，春风吹暖彻桑条。黄柑斗酒提携便，仁听升平击壤谣。

潘德音 （廪生）

圣朝玉烛岁常丰，偶与商汤大旱同。云汉昭回何太甚，石田耕耨奈无功。几村尘甑虚烟火，一幅流民写画工。西望长安愁米贵，谁家制用卅年通。

九重宵旰悯凶年，涸辙欣逢再造缘。凤阁新颁宽赋诏，鱼鳞统计不毛田。仁看赤子无饥色，岂为青苗贷息钱。轸念民依勤劝稼，杏花时节望旌旐。

谁将清俸舍千金，刺史劳劳抚字心。恤下总由民命重，好生不负主恩深。救菑记纵传于昔，劝赈诗才始自今。报国文章经世术，儒林循吏共堪钦。

鸿飞中泽各相招，鸣盛和声在此朝。共体天心均雨露，尽教陋巷乐箪瓢。两歧麦影摇青浪，万本桑阴长碧条。依旧田家风景好，康衢齐唱太平谣。

陈守谦（候选布理问）

为国如公愿岁丰，扬尘回首两河同。（谓上下河去年因旱致潦。）膏腴圣世流无竭（漕粮奉旨蠲缓），舟楫臣心济有功。饱德旋教弦诵遍，生春早擅楮毫工。即今劝善怜民瘼，温语仁风四境通。

偶教耕稼不逢年，义举谆谆说善缘。讵忍视民生菜色，本来学道守书田。泉无苦口安庐井，鹤有休粮去俸钱。（公首捐八百缗倡赈。）转眼三时歌大稔，随车春雨湿华斿。

廉声早却四知金，此劝人间更此心。赤子饥如残冻解，好官情似暖波深。忧劳毕竟朝连暮，保障谁云古胜今。自是碑应传万口，本非小道一卢钦。

槐厅云集使君招，瑞雪春城压岁朝。画策何妨频借箸，投间合笑有悬瓢。波无扬处恬千顷，木向荣时绿万条。力欠指囷还附骥，康衢会听古诗谣。

叠 前 韵

安得田如砚屡丰，主持善政几人同。纵殊梁国移民策，已胜萧何饷士功。有脚阳春酬物望，知时好雨慰农工。野无青草今休论，万灶炊烟九折通。

社神力小失丰年，一月粮施万户缘。井上初无人食李，郊西曾欠雨肥田。能安州里原安国，但爱黎元不爱钱。已见春生修水路，何忧魑魅有逢斿。

长安米贵日销金，谁问壶中一片心。珠浦含光随夜永，棠阴浮黛入春深。卖刀改俗从公始，学稼谋生笑我今。忆昨高轩临下里，忧怀贤吏总钦钦。（开赈日，公曾临厂。）

此生未赴赤松招，升斗承欢暮复朝。西望妖氛空蜮穴，（时教匪久平。）北来圣泽散天瓢。（比年迭降恩旨。）公门偶附三千履，（赈事集议，曾陪末座。）荒政曾窥十二条。自是赈功应第一，事兼佳句入风谣。

褚嘉会（生员）

仙凫飞下羽毛丰，政绩循声遍处同。草长公庭弹古调，风清讼牍奏奇功。恤灾四野持良策，食德群黎颂化工。设舍道周今再见，一时赈济仰明通。

米珠讵料值今年，太息编氓乏善缘。复望釜钟颁部屋，更期膏泽沛春田。劝输困指仁人粟，捐俸囊倾廉吏钱。记取欢腾来满路，争迎竹马绕旌斿。

拯饥原不惜多金，利济诚求保赤心。化雨均沾桃李盛，仁风又被黍稷深。为筹任恤情思古，宁有流离叹至今。此事群将歌众母，文章经济并相钦。

愁听呼庚处处招，生全何幸遍崇朝。粟施粉社量千斛，诗满琴堂挂一瓢。泽雁欣看纾困苦，鲂鱼解忆咏枚条。采风愿告𫐉轩使，惠政讴吟劝赈谣。

朱恭寿（廪生）

太平云物卜年丰，旱魃无端虐一同。泛粟莫疏雍绛路，帅巫难奏禜雩功。蠲租有诏承恩泽，续命无田补化工。高义指困胥用劝，乡闾赒恤本相通。

偶尔黄杨厄闰年，公来栽植有前缘。长期赤子培元气，广为苍生种福田。五斗尽输陶令米，一囊先解阮郎钱。新诗合当平原帖，桑梓诸君各勉旃。

不限千钟及一金，贤哉父母济时心。政除害马民无扰，泽鲜哀鸿惠已深。移粟散财传自昔，解衣推食见于今。龚黄召杜俱无忝，况有文章共式钦。

殷勤下问且旁招，欲策和丰聚此朝。直使穷檐皆鼓腹，不教陌巷有悬瓢。功逾宋社三千石，政补周官十二条。会见维鱼占吉兆，召棠郁黍遍歌谣。

祝长清（候补训导）

父母慈祥抵岁丰，贫黎光景不相同。万家活命须奇策，一纸新诗有异功。广博济施凭众力，挽回造化补天工。拯危苏困原非异，惟有仁言足感通。

赈议前番又一年，今春重结再生缘。救荒先发千仓粟，祷雨曾苏万顷田。锦绣工题囊里句，闾阎欣解杖头钱。指困相赠寻常事，桑梓情关共勉旃。

何须因果说捐金，济困全凭好善心。泽似阳春看渐布，惠同膏雨共沾深。振兴文教师其古，鼓励淳风创自今。仰羡廉明贤刺史，捐廉散俸共相钦。

春来折柬又相招，念切生民在此朝。处己何妨常澹泊，济人胡不舍箪瓢。但期麦熟如禾熟，看取桑条胜柳条。宁待麦秋时节候，乡村孔迩已歌谣。

顾元雷（生员）

鸿飞休说羽毛丰，满野哀嗷待哺同。破釜尘生炊久断，空山橡少采无功。御寒仅有鹑衣结，舐笔愁图鹄面工。散利首垂荒政策，始知财本贵流通。

春盎坱埞戴舜年，诏宣蠲缓幸何缘。已蒙圣主咨民瘼，却羡仁人种福田。出廪何须天雨粟，散财岂赖地流钱。长官首倡分清俸，谊属粉榆更勉旃。

指日黄花尽散金，何堪菜色尚惊心。平章国事拯灾切，多少苍黎浃髓深。黍谷回春寒作暖，都亭赋粥古通今。蚨蠓知被卿云覆，义举应教万户钦。

辱费盘餐荷宠招，叨陪晤对侍终朝。惭无拄腹书千卷，幸有安贫水一瓢。从此生机都普遍，岂因旱祲尚萧条。自知不是荒年谷，也学巴人献里谣。

祝祖荫（生员）

庚癸群呼岁未丰，鹑衣菜色总相同。六乡已识黔敖食，五裤无殊叔度功。恺泽旁敷怀圣德，深恩遐被仰天工。烟生万灶回春意，一念慈仁自感通。

却比黄杨厄闰年，粥糜并日且随缘。分甘情荷东家粟，余润波萦北郭田。蕨粉厚磨聊代食，苔轮成串不为钱。捐输升勺非难事，用活枯鱼共勉旃。

雨雪何烦更雨金，年丰有兆慰农心。泽鸿得集施恩遍，陇雉初驯羡德深。仓发常平遵自昔，人欢安阜庆从今。使君熟悉啼号苦，清俸先颁信足钦。

倒廪开困义所招，吹枯起槁不终朝。粟肩老妇倾沙缶，薪负孱丁酌水瓢。菜绿荒园初苗甲，桑青古陌渐生条。竹花木酪行将免，用献刍荛当颂谣。

朱治馨（生员）

望岁人人祝屡丰，去年微祲海邦同。食珠早堕饥民泪，贷粟谁扶造化工。赖有贤侯宣帝泽，广教义举补天工。木饥水毁寻常事，苏困全凭赈济通。

诏书蠲缓记前年，主圣臣良有夙缘。保赤推恩民尽子，救荒种德福为田。万家愿沐壶飧惠，倾橐非权子母钱。赞化调元归帝力，承平何处不同庥。

清廉凛凛四知金，劝善全凭一片心。满眼疮痍增感易，长言药石动人深。解衣推食传于昔，救患分灾断自今。力拯群黎恩最溥，新诗读罢已先钦。

计拙愁孤名束招，哀鸿来集叹终朝。吟诗岂有催租吏，乞米空留贮月瓢。但得输将先富厚，也应推解挽萧条。使君会有安全策，万户腾欢起颂谣。

汪文渊（生员）

余一余三及岁丰，胡然悬磬四民同。贤侯独抱回天志，巨室宁忘支厦功。烟火万家呼众母，阳春一曲见良工。由来乐善期无倦，厚意全凭笔墨通。

力田信不若逢年，五党相赒幸有缘。九百尚堪与尔里，十千何病舍其田。栖茅岂虑人怀璧，比户浑如天雨钱。莫使嗟来终不食，招之好以庶人旃。

非云一诺必千金，民我同胞只此心。土壤山因成厥大，细流河以就其深。除租恩已行来远，善后宜还继自今。好体龚黄子庶意，云天高谊使人钦。

户试宁殊束帛招，更欣善政布终朝。未能如愿安三辅，且可希贤乐一瓢。令出已知人挟纩，年丰何论雪封条。却惭续命田无赖，载咏甘棠学古谣。

沈倬云（生员）

大有年来庆屡丰，偶然多稼不相同。穷檐待哺真堪悯，巨室输财罔计功。饮水清廉明素志，绘图蠲赈亮天工。群歌乐土怀良牧，达用经权擅变通。

迎祥自古重祈年，济困原非了夙缘。酬报何须存德地，慨捐犹自种心田。仓箱已少陈因粟，赈贷毋权子母钱。温语抚循诚义举，编民敢不共行旂。

贻讥钻核为多金，慷慨方知积善心。苗际旱时望更切，惠逢困极感弥深。三年报政逾于昔，万户啼饥免自今。抚字心劳曾废寝，仁声远播久相钦。

气数流行岂自招，尚希麦秀在来朝。虽民忍馁嗟悬罄，志士恒需乐饮瓢。好雨零时宁破块，和风吹处不鸣条。太平景象先期见，阖境恬熙起颂谣。

周勋常（生员）

稌黍频年庆屡丰，偏灾被旱偶从同。皇仁已下蠲租诏，吏治还论劝赈功。德意蔼然周海甸，教思正尔叶天工。使君洵是神明宰，有笔能令造化通。

炊玉殷忧可判年，天教借寇讵无缘。人过俭岁思丰岁，德种心田即义田。八口为筹贫户灶，一餐聊费富家钱。从教菜色回春色，蚕妇耕夫各勉旃。

不数平分管鲍金，谊关赒恤总同心。指困慷慨风仍古，借箸评量计本深。公叔救饥宁让昔，文翁化俗只如今。还教三复诗中意，桑梓枌榆一例钦。

老稚提携手共招，晨炊且喜续今朝。贤侯退食惟三省，贫士随身止一瓢。会见鸡豚隆报赛，行看闾巷免萧条。倡捐还自分清俸，凭轼遥听召杜谣。

朱炳章（生员）

愿转奇荒作裕丰，仁心曲尽孰能同。人如再造伊谁力，病得群扶始见功。大厦无梁难启宇，层台有众可程工。泛舟广济凭推挽，苦海回头有路通。

河阳花里祝丰年，慰望犹须续旧缘。惠溥廉泉皆德水，富分学海即良田。报君愿作扶人杖，惠我兼捐送别钱。闻说仁人多慷慨，婆心苦口慎听旃。

呼庚呼癸俟捐金，济众无非报国心。两袖清风嘘气淑，半年霖雨洽民深。无弦此调徒弹古，有饼何人再画今。莫道救贫惟窦氏，慨然持赠共堪钦。

苍生蒙福果谁招，解倒悬人快一朝。慈母仁言同菽粟，太平和气在箪瓢。召棠荫处扶衰草，郇雨膏时长翠条。他日绘图呈乐景，海昌无地不歌谣。

邹履吉（生员）

太史书年偶欠丰，琴堂忧亦与民同。泛舟谁运仁人粟，洒墨都参造化工。比户安龙公有政，关心哀雁句还工。苍髯歌诵传应遍，和到春声巷陌通。

标分题韵已经年，群荷栽培亦夙缘。岂独文章能报国，果然惠泽在均田。居官本洁犹分俸，济众因公不爱钱。保赤宛同膏雨被，饮和食德讵忘旃。

慷慨谁能一诺金，痌瘝在抱出诚心。色将成菜情非假，米欲如山愿益深。但使指困堪比昔，何妨为粥见于今。惠同文子怜饥者，竹帛功勋世共钦。

折节刍荛再次招，好催好雨润花朝。穷乡波及深千尺，陋巷风清乐一瓢。鼓腹渐看民皞皞，救荒齐话政条条。苍黎尽获余生乐，定谱阳和配古谣。

沈德孚（廪生）

岁星何处照年丰，力困东南一路同。五月蚕莘虽有待，三时穧蓑已无功。移风只惜鸣琴晚，得句翻因活国工。况是使君先出俸，谁家滞积不流通。

劝耕久已望逢年，劝籴还储作善缘。有麹不忧鱼疾腹，无芝应为鹤荒田。书成红帖粮中字，省到青藜杖上钱。能体好生蠲阁意，仁风常拂庶人旃。

日丽莎庭带解金，劝施心是恤贫心。廉明计析秋毫细，慈惠恩随春雨深。市尽禁钖威亦爱，吏皆献米古犹今。救荒听讲周官礼，满县潘花翘首钦。

邑有流民藉抚招，欣逢赈委自今朝。枌榆剥尽春回社，衡泌分来水满瓢。但使雁鸿安集羽，已征冰雪不封条。绝胜廿四中书考，比户甘棠他日谣。

张文枢（生员）

常愿祈年告屡丰，三登焉得普天同。爱民定有安民计，治世能兼劝世功。争看指困凭众力，因之借箸慰农工。穷黎好就嗟来食，共被仁风遐迩通。

九年耕可食三年，抚字应思昔日缘。藉尔陈陈山聚米，怜他处处石为田。万家悬磬愁无黍，众志成城幸有钱。正是视民犹视子，风清铃阁共钦旃。

不待挥来似土金，无多乃粒便仁心。室家告匮情难恝，邻里相周谊倍深。掘草良谋原自古，呼山妙策信于今。从兹造化人其代，好协天工用汝钦。

灾荒何代不曾招，百姓呼庚偶此朝。甲子占晴祈岁月，壬夫活命感箪瓢。江湖日暖蛟安窟，桑梓春生菜遍条。他日儿童迎拜处，百花香里听歌谣。

查有新（候选州同）

官民相爱愿年丰，饥馑偏遭慨叹同。中泽哀鸿宁有数，一时造物竟无功。缓蠲已沐殊恩溥，拯救还凭画策工。益寡哀多原至理，虽非友谊可财通。

河底扬尘忆去年，春来雨雪又何缘。遗蝗断种应无禨，宿麦如针尚在田。人悔水耕艰火食，天珍玉粒贱金钱。指困自昔推高义，有粟还期各舍旃。

积善从来胜积金，诸君合体长官心。家弦户诵诗传速，苦口良言意极深。卜式倾赀闻自古，黔敖设食见于今。植槐余荫他年事，此日神人已共钦。

未有弓旌辱见招，蓬门困守越昏朝。断炊十口啼终日，汲水三星贮一瓢。回忆廿年滞京洛，徒然匹马过中条。许身稷契逢贤牧，合和舆人作颂谣。

王仁（生员）

玉能宝世在年丰，嘉谷从今拟价同。邑有此盈兼彼绌，政惟因败转为功。清廉如水征循绩，煦妪登台荷化工。一视存仁勤劝恤，是真饥渴志潜通。

白雪连番兆有年，积荒人更乞生缘。木交岁昨云飞火，亥值春先水溢田。好善心原萌似谷，救贫天岂大如钱。群黎曾亦歌同稼，赈给还宜召以旐。

由来解带与捐金，赒乏多端总此心。波及不嫌同海阔，恩斯从可拟春深。九年通计传诸古，三事兼施验自今。共羡郑公留义举，望隆浙右久推钦。

化雨沾同馆下招，叨陪蓉尾又今朝。词章艳比花生烛，德泽酣于酒泛瓢。法外施仁欣再造，席间商政具新条。拯民重赖慈君力，颂祷冈陵引领谣。

朱銮（生员）

千万仓箱祝屡丰，闾阎望岁众皆同。胡然旱魃偏行虐，顿使农人解奏功。浩荡皇仁沾兆庶，汪洋政泽补天工。穷黎拯拔宁无术，余粟原期彼此通。

盐官荣莅甫经年，竹马迎来信有缘。布泽方希金作粟，屯膏转恐石为田。难堪屡袂黔敖食，能易薪刍遵路钱。更望梓桑都好意，指困奚惜勉行旐。

由来卜式善挥金，纳粟陈书结主心。倒箧倾囊财不吝，沦肌浃髓感弥深。高风早已闻诸古，义举何妨继自今。但得回生如大药，阴功济世鬼神钦。

名柬殷勤两次招，趋承端拟在今朝。贤侯已振尼山铎，下士犹安陋巷瓢。（銮以耳聋辞饮。）百里郊原都冷淡，万家炊火尚萧条。劝捐共饱仁人粟，顺则时闻击壤谣。

毛吉彝（生员）

圣世祥和例岁丰，旱灾底事与汤同。九重上慰宸衷念，万姓多推刺史功。锡福自然能造福，天工端赖有人工。经权斟酌修荒政，谁谓儒官少变通。

棨戟遥临忆旧年，盐官结得此生缘。正供乞免千仓粟，缓赋求宽一溉田。谁料薪犹仍似桂，从知天竟不如钱。紫标黄榜都无吝，转笑萧洪未舍旐。

那得春天肯雨金，重劳百里活民心。俸分饲鹤恩膏溥，户劝行糜德泽深。三九民余惭往古，二千石治独超今。青州胥吏知周急，闻道陈公四海钦。

游子临淮尺素招，匆匆行色度花朝。贫非敢掷佣书笔，乐奈将空饮水瓢。细雨河梁春挂席，轻风灞岸暮攀条。自怜千里关山隔，未听乡园麦秀谣。（如月六日有东楚之游。）

倪善治（生员）

旧日春光见物丰，天行秋旱两江同。农愁枯涸几无赖，社设捐输大有功。但愿倾囊能聚米，何须佐食待兴工。泛舟移粟应先计，安堵全凭善策通。

雪花呈瑞卜祥年，赈册重开此日缘。室尚空悬难续命，人犹枯守未耘田。编氓云集欣捐俸，邻邑风清颂选钱。不待薪刍偿价值，成裘集腋勉行旐。

望殷输粟且堆金，乐善推诚在一心。饱食奚堪枵腹甚，重裘偏恤冻躯深。时逢灾眚应思古，策欲弥缝岂自今。众志成城洵善举，民安衽席素怀钦。

何烦设铎屡相招，淑景春回在此朝。仁见菑畬饶菽麦，旋苏穷困守箪瓢。蒲嬴未必资长食，阳谷初看苗嫩条。转眼浴蚕天气好，闾阎乐业听歌谣。

金应 (生员)

几番瑞雪兆年丰，争奈民犹菜色同。鼫鼠饮河原仅饱，哀鸿满野待图功。号呼庚癸声何痛，酌剂盈虚法自工。真个恩膏似阴雨，教他绝壑一时通。

编户啼饥年复年，勤民赈济证前缘。思艰更有图艰法，锡福宁云种福田。自是夙明荒岁政，不烦上费度支钱。一夫隅泣还留意，序语殷勤教慎旃。（公劝赈序有"一夫向隅"之句。）

底事喧传夜却金，仁慈才见读书心。助来清俸情原重，（公先捐俸八百缗以为倡率。）讲到阴功意更深。善者好施元自古，愚民唤醒定从今。玉成义举知难得，一度思量一度钦。

琴堂设席下相招，秀士耆英会此朝。学道果然能惠爱，贫民原只望箪瓢。功成保障宁三载，（公知本州事未及一年。）绩溯龚黄贯一条。他日途中人侧耳，江东士女善歌谣。

倪宝元 (生员)

赢得琳琅一纸丰，笔花洒出雨膏同。驱除旱魃凭何术，拯济穷闾赖有功。岂止弦歌闻小邑，无非绳墨就良工。奉扬早见仁风被，籴闭还教顷刻通。

贫家拥雪度残年，感激民爹亦夙缘。价倍几将珠当米，岁凶并废砚为田。满庭丰草因悬镜，两袖清风不受钱。从此刍荛群献得，何难招以庶人斿。

周急何妨解囊金，须知分俸出婆心。人怜兔死悲犹切，屋听乌嗷望转深。荒政分明沿自昔，官声循卓到于今。文章原比连城重，腹贮经纶敢弗钦。

卑谦折柬具名招，宴集耆英不一朝。但愿仁人输釜秉，且容贫士守箪瓢。和羹他日思梅味，飞絮今宵忆柳条。转眼农桑齐乐业，采将美德入风谣。

朱鹭汀 (生员)

昌运原无沛菶丰，或蠋或缓沐恩同。常平籴粜伊谁力，周急乡邻敢道功。但使分多聊润寡，不须佐食以兴工。为霖更喜占三日，仁见神明上下通。

力田洵不若逢年，救得灾荒会有缘。施泽应教周梓里，戴星频见税桑田。哀多益寡诚良策，倒廪倾囷不爱钱。且为穷黎劳下问，堂前时动庶人斿。

谁如北斗散黄金，只此冰壶一片心。保赤保心情自切，望君望岁意弥深。海邦风土今犹昔，长吏慈祥昔让今。上有好焉知下甚，吾侪惟愿始终钦。

遇灾黎庶贵相招，鼓腹含欢在一朝。百里青黄饶菜麦，万家烟火足箪瓢。何当饥馑民无馁，具见先劳政有条。从此年年书大有，海滨同听太平谣。

管标 (生员)

善治何须纪岁丰，救灾良策海邦同。课程期月优而学，泽润三春迪有功。安稳茅檐培国本，转移人事代天工。分笺共谱宜民术，始信情真感自通。

胜事偏逢旱甚年，与人为善善成缘。只因百室无余粟，奚忍三农枉力田。仓有常平宁计利，厂开赈济敢论钱。谊敦梓里情原急，况乃殷勤召以旟。

亦知捐俸等捐金，共仰仁人一片心。天府缓征恩以普，琴堂劝赈念何深。诗成岂弟音同昔，政在慈祥抚自今。寄语村村无菜色，情殷恤恤古来钦。

善气薰蒸若类招，散财给粟近花朝。多藏与尔倾千石，守道何妨饮一瓢。造物无心怜小草，春风有意长柔条。待看策杖同民乐，曲谱升平定入谣。

张震雷（生员）

名香一瓣祝南丰，仁望恩波远近同。茅屋乍闻颂谷令，琴堂已握治蒲功。多稌多黍稀嘉兆，移粟移民见代工。此际群黎无菜色，救荒善政最神通。

去年被旱叹无年，幸结阳侯抚字缘。卧虎余威收悍俗，飞凫仙术润良田。下车先沛陶公米，隔岁重输郑子钱。记取星言曾凤驾，风声远树比旌旟。

救灾恤难肯捐金，阖邑闻风感盛心。彼此相通情乃洽，有无互济惠斯深。劝分出令虽遵古，倾俸赒饥创自今。况复易春传海宇，未工学步漫心钦。

大小从公不用招，亲瞻光霁赴崇朝。往来仅有悬钱杖，解掷难除饮水瓢。幸际盛朝开府库，兼逢良牧布规条。麦秋渐报双歧瑞，会见康衢击壤谣。

叠 前 韵

惰者年凶勤者丰，高低燥湿又难同。只缘旱魃恢焚虐，致费贤侯抚字功。邑有兼收随地利，邻多委积补天工。于今良牧筹良策，快睹捐输万井通。

腊雪纷纷卜有年，致祥和气有良缘。司城贷粟施仁政，范氏周贫号义田。忽见牂羊星在罶，愁无蛱蝶库飞钱。须知桑梓相关切，凡我同人尚慎旟。

何惜床头一束金，博施殊见恤邻心。千仓空祝民贫甚，半菽相尝士困深。输粟频书奚让昔，饩钟有令莫如今。虚空镜底挥椽笔，叠次传来远迩钦。

均财出粟不须招，攘攘熙熙花柳朝。愧我居邻颜子巷，问谁饮耐许由瓢。跻堂再诵风云句，比户群呼快活条。拟答甘霖膏雨泽，新诗谱作太平谣。

居祖望（生员）

时书云物望年丰，蒿目民艰去岁同。圣主已垂蠲缓泽，长官又举济施功。哀多益寡膏宜遍，酌古斟今法最工。所望共申谆劝意，谊敦桑梓羡流通。

曾怀贤守下车年，白叟黄童溯凤缘。早识春堪回病木，从知泽可抵良田。好生应解施仓粟，苏困先教散俸钱。何幸海隅无菜色，群思惠爱载旌旟。

利济端知在散金，乡邻赒恤早关心。分将巨室仓箱富，施作仁人惠泽深。麦秀两歧怀此日，雪飞三白验从今。即看露冕迎来后，轸念灾黎众望钦。

接士还将友道招，江州气概继今朝。穷檐已得粮盈釜，陋巷何愁饮一瓢。俸粟共知施赈意，抚民独法救荒条。为霖幸得慈云出，来暮思赓里巷谣。

封左垣（生员）

尧汤岂必尽年丰，后乐先忧自古同。愚贱只知艰食苦，贤劳独策济时功。沾濡阴雨膏流沃，讽咏新诗句琢工。海澨且休嗟涸辙，春波荡漾渐流通。

群祝频书大有年，求鱼毕竟木难缘。须知假贷监河粟，即是滋培负郭田。抚字已先倾白粲，解推谁复吝青钱。慈云一朵层层覆，善富胥教共勘踰。

穰旱乘除火与金，亟须补救挽天心。休征预卜逢时吉，福曜初瞻戴德深。骑竹儿童迎在昔，携鸠父老颂于今。哀多益寡均调剂，顿使穷黎感又钦。

桃李门墙数见招，餐和不厌度昏朝。法严冷面持三尺，水取廉泉饮一瓢。韩柳鸿文欣教育，龚黄循绩简科条。周官荒政偕仁政，试听康衢击壤谣。

潘虎拜 （生员）

雨旸愆处岁难丰，幸赖明庭一视同。不信转移多妙道，方知补救亦神功。囊中红粟收藏富，笔底青莲点化工。东海波臣齐望泽，泉分万派豁然通。

酸风苦雪度残年，两字饥寒万姓缘。忠信倘能存十室，秕糠自可埽千田。廉分杯水能捐俸，明彻晶笼不受钱。赢得素封皆感悟，天心赏善愿凭踰。

顿教大地布黄金，抚字难辜一寸心。饥雀飞来残雪薄，哀鸿集处暮云深。仁风翔洽民还古，德政汪洋我颂今。慈惠不须夸众母，功兼教养力尤钦。

受飧多士每相招，笑彼翳桑感一朝。岂有才华量斗石，偏甘志趣乐箪瓢。为看饱德诗千首，不负推恩心一条。爱士爱民无二致，循良已遍万人谣。

陈琳（职员）

仁歌华黍颂年丰，饥渴情犹一己同。劝赈阿谁先好义，恤贫还望共成功。心忧谷贵捐廉厚，念切民灾琢句工。所喜茅檐饶淑景，春风无处不流通。

烟墩遗迹缅当年，（七世祖风山公建望烟墩，以济民之乏食者。事详邑乘《义行传》。）推爱宁非夙昔缘。博济咸欣登乐土，施仁惟在种心田。下车善政歌官米，解囊鸿恩散俸钱。梓里桑麻依旧好，仁人贻我敢忘旃。

不同豪举乐挥金，拯济全凭恻隐心。酝化涵濡培德厚，仁声传诵入人深。谁言种善终无报，自古禳灾莫若今。待到秋成民气转，万家祷祝共相钦。

舟泛谁从楚北招，（曾伯祖清恪公抚湖北时，值江浙大饥，泛舟平粜。详载《通志·名臣传》。）哺含腹鼓又今朝。依然乐岁安耕凿，莫虑贫家缺甑瓢。时雨定教能润物，和风好在不鸣条。迟迟日影春长驻，静听农家作息谣。

周勋懋（生员）

玉烛和调九谷丰，恬熙人乐富饶同。偶愆雨泽因无岁，待及春耕未有功。能恤民艰知国本，为筹荒政补天工。从来良吏如良牧，只在流输血脉通。

追踪颜柳记当年，得借公来亦宿缘。政首锄强除莠草，仁能济众植心田。饥肠俄转低昂穀，众手争携清白钱。载道但闻歌父母，再生之德敢忘旃。

勤拳肯惜墨如金，一念旋回大造心。齿版须知生命重，口碑从此记恩深。风行草上征于感，瘠转沟中起自今。岂独弦歌能化俗，大儒经济古来钦。

均境分乡远近招，爱闻解带集崇朝。双弓贵比荆台玉，十里香沾陌巷瓢。瀛海溟波流浩浩，之江棠树荫条条。会看秋至摇风秀，卧听村村小麦谣。

梁羹（生员）

左出星辉兆岁丰，尚怜悬磬万家同。劝分竭虑苏民命，续赈多方究治功。化洽行春征乐利，绥爱有众肇农工。身先务稽谋生聚，畴弗输诚仰感通。

望食兴嗟日似年，无多资助好随缘。租因蠲处俱安业，民不移时可力田。比岁未升三谷数，分饥何惜一囊钱。穷檐幸免呼庚苦，转瞬蚕桑共勉旃。

吟到春归待一金，济贫之念未忘心。顾兹寒馁忧难释，恤彼逋亡虑更深。政法黄刘前启后，徽追召杜昔犹今。扶衰救弊诚良策，小大从公罔不钦。

流庸绥定不须招，非复嗷嗷逐暮朝。一片白云留案牍，半帘红日映诗瓢。安全黎庶宁无术，教养生民信有条。人在镜心咸仰望，仁风远播起歌谣。

朱传治（生员）

春浅来牟未告丰，民多菜色腊残同。已倾牧伯盈囊俸，冀补穹苍雨粟功。德意自成敷政美，诗篇尤觉感人工。指困莫为乡闾靳，忧患相扶谊本通。

饮啄无虞待有年，也如乐助劝随缘。不教鸿雁鸣中泽，好买乌犍种熟田。保甲籍应编户户，呼庚人遍给钱钱。海邦三百六村市，愿惠穷黎未靡旃。

两斛吴杭价五金，争输不惜是仁心。只期万灶炊烟暖，要比三春澍雨深。振廪贵多非贵少，设廛宜古亦宜今。好施岂为沽名具，义举能襄自可钦。

老弱端知试手招，使君活我又朝朝。胜将仙子胡麻饭，贮向长生瘿木瓢。善与人同原一致，政如冰肃不多条。伫看饱德无量处，蔀屋欢声满路谣。

徐绍曾（生员）

公擅文章笔下丰，诗成感格恤灾同。有余顿散仁人粟，造命都称刺史功。未起炊烟忧尚廑，能除菜色计何工。春花在望舒民困，国用从教处处通。

花飞瑞木兆丰年，清俸先颁本凤缘。活众真疑春有脚，论文端好砚为田。评当月旦如悬镜，清到官声不要钱。听得口碑都说道，肯将民隐暂忘旃。

春雨廉纤抵散金，为民为国剧关心。舆情共沐鸿慈溥，帝泽均邀碧海深。田白经看劳自昔，苗青劝插继于今。琴堂虽隔如亲睹，艰苦周知罔不钦。

甲科公有福能招，花满河阳值此朝。案牍空时编户帖，印床静处检诗瓢。鱼苏水暖西江脉，蚕待桑荣北陌条。事事焦心皆德政，来何暮又遍风谣。

金邦治（廪生）

赞荷皇朝雨露丰，鸣琴懋绩古贤同。仁风潜扇吹嘘力，爱日能舒造化功。此际春膏沾海甸，他年御弼亮天工。恤民报国丹忱在，忠恕由来理学通。

瑶章足抵玉丰年，感格人人晓善缘。风俗移从君子德，人情治即圣王田。仓分红朽公孙粟，商舍青蚨子母钱。一自南薰先协律，环舆沟壑勿填骊。

肯挥天府赐余金，衽席苍黎仰素心。四野甘霖沾泽厚，满城花柳荷春深。庖厨性命生皆再，骨肉团圆保自今。儿女不须呼贾父，御屏姓氏帝先钦。

海邦何幸福星招，抚字辛勤费屡朝。座列镜冰潜鬼蜮，花载桃李艳箪瓢。双歧瑞卜黄金穗，盈尺祥占白玉条。诚意格天民被荫，丰亨德政看同谣。

徐香祖（生员）

夏旱偏灾岁欠丰，家虚担石尽人同。谋生真藉回生力，煮赈惟凭劝赈功。户有棠阴思宰政，民无菜色补天工。闾阎困乏咸周济，予取予求任恤通。

缓蠲平粜话前年，良策今还续旧缘。十室已虚嗟似磬，千仓难给叹无田。咸欣鲋活斗升水，莫惜蚨飞子母钱。学道爱人君子事，仁言利溥岂求旃。

爱民如子愿捐金，夏雨频施费苦心。慰彼三农先已倡，益他万户利人深。黍苗布泽思前古，春酒跻堂颂自今。莫羡黔敖待饿者，厚生善政一时钦。

心田好种互为招，抚字关怀岂一朝。桑下从兹传置橐，沟中宁复见操瓢。呼庚呼癸诚无备，相保相赒大有条。海角安居逢圣世，频闻巷祝与衢谣。

管世泽（生员）

谷比荒年玉比丰，沾恩被泽万家同。宰官经济生灵福，灾眚权宜补救功。好似春风回黍谷，定为霖雨代天工。我歌乐只舆情协，学问源流治道通。

待哺嗷嗷已半年，饱餐一饭竟无缘。春来米价高于玉，叶在桑枝小似钱。自上好生开义路，凭谁种福仗心田。莫教仁里嗟星罶，公事丁宁共勉旃。

闾阎幸不吝分金，夏雨春风共此心。半载旱干天运蹇，九重蠲缓国恩深。俭思蟋蟀风何古，奢刺蜉蝣俗似今。纵饱莫辞耕作苦，长官嘉惠帝廷钦。

为议捐输置酒招，苍生托命在今朝。典谟奏绩和三事，官礼抡才饬六条。蔀屋风恬喧社鼓，琴堂政静挂诗瓢。丰年有兆兴廉让，处处频传击壤谣。

吴沛昌（廪生）

人望慈君比岁丰，养恬民听喜和同。传编循吏咸推德，惠浃苍生孰论功。不计还珠由合浦，端知集腋赖良工。文章车马争先拜，儒术元来与政通。

黄绶遄临未匝年，劝输合是有良缘。豪家争散重思粒，寒士惭无一棱田。已卜逢春调玉烛，况烦捐俸出金钱。颂声讵待碑文勒，名姓千秋尚忆旃。

新诗字字铸黄金，要使闾阎识此心。雨化行兼风化捷，恩波洄共海波深。千花古县传由昔，一叶钱塘记自今。免就蒲嬴屯水渚，芳规奚止近民钦。

诸生长为礼贤招，桃李新阴茂此朝。泽厚琴堂希召舍，风清公膳乐颜瓢。正侔富弼移青会，远胜吴中给饷条。昌亦河汾忝弟子，愿随群辈献歌谣。

徐钫（教职）

生逢盛世比年丰，偶值偏灾四境同。轸恤闾阎承帝泽，斡旋造化补天功。哀多宁异藏于己，济众奚烦代以工。况是谊关桑梓地，相啁相救本均通。

三白占丰兆稔年，使君先为结祥缘。山登饭颗邀仁粟，社重粉榆广福田。接续蚕工长命缕，均平鹤俸大官钱。却愁苜蓿荒如许，勺水功微愧赠旃。

穷黎炊米等炊金，菜色时膺恻隐心。里鄜推恩群族饱，国家藏富百年深。滋培元气无为有，调剂苍生古证今。翘首琴堂隆教养，儒林循吏两知钦。

夏阴冬日不须招，旋转阳和忽丽朝。续命田腴春满郭，长生粥暖雪翻瓢（韦巨源食帐有长生粥）。麦须仁洒黄金屑，桑眼将舒碧玉条。知否康衢传击壤，又添来暮入新谣。

高镜澜（生员）

仝看六出兆年丰，捐瘠生忧处处同。已溺已饥推素抱，吾胞吾与展全功。备荒奇策资群策，苏敝神工夺化工。言出仁人知利溥，一诚相感八方通。

水旱频仍莫计年，尧汤尚尔少天缘。漫当宦况愁如海，曲体人情学种田。懒向名花题玉管，且征善果布金钱。春回寒谷吹嘘遍，七字吟成愿勉旃。

妙手空空欲点金，首捐廉俸见精心。风行南国情偏洽，水汲西江感倍深。兴发直教师上古，流离何忍绘当今。澄怀相对琴堂月，匡济由来道自钦。

嗟来有食不须招，义举相成在一朝。壮士何容吹短笛，清流未许挂空瓢。膏深芃黍还连穗，荫比甘棠早发条。抚恤依然顺帝则，嬉游耕凿太平谣。

沈鲲（生员）

安得人间岁屡丰，去年我稼未能同。良农何幸逢良吏，食志还堪比食功。饭煮二红延命脉，瑞呈三白补天工。镜心普照清如水，泻作恩波万户通。

力耕自苦不逢年，未了浮尘粥饭缘。鲁尚无鸠喧亥市，晋能有豸感心田。闾阎共拜仁人粟，父母权分太守钱。烟火万家齐顶祝，行春拭目望旌旃。

救荒捐俸已多金，更激人间好善心。红粟特输情倍厚，苍生既饱德知深。按期课士栽桃李，编甲安良例古今。一曲鸣琴传治化，仁风洋溢共相钦。

设庐处处简相招，全活群黎在一朝。辰也备卿能请粟，癸乎睕酒喜操瓢。恍如夏雨恩千尺，恰在周官养六条。绘出太平真景象，称觥介寿采风谣。

周思兼（廪生）

春来菽屋几家丰，都道凫茈作食同。恤患邦人如有愿，救荒长吏不言功。只将一掬廉泉洒，似结千花宝塔工。从此百川层叠注，涸鳞无数泳游通。

过却肥年有瘦年，亟将人事补天缘。尽教有数分仁粟，便是无边种福田。价贵红秔愁似玉，囊空赤仄枉看钱。好凭一念回生意，努力人人竞舍旃。

好官不受四知金，但切殷然教养心。户鲜盖藏怜俗苦，诗多真挚感人深。饥㑩须识渠犹我，慷慨休令古笑今。公自劝捐民自乐，循声善行两堪钦。

近村欢喜远村招，九食三旬免此朝。稀米分来新量鼓，炊烟暖遍旧团瓢。熙熙顿觉恩如海，井井端知政有条。绝胜蕲州夸杜母，口碑香处万民谣。

张咏（生员）

补助时勤岁转丰，忧民仁望赈饥同。捐廉两度关休戚，比户重生颂德功。上体君恩承帝泽，职司民牧赞天工。劳农仍使安耕凿，亲睦从教缓急通。

集泽哀鸿似去年，一时待哺问前缘。三生有幸沾春泽，万井相依广福田。续命群将携给粟，探囊谁忍贮余钱。是饘是粥旋苏困，好待盈宁力勉旃。

梓里谁多季子金，年时珠桂最关心。十家九户空如许，百孔千疮苦更深。志士守毡安彼素，穷民茹蓼勉从今。借歌把注诚良策，感戴明公万姓钦。

忍为饥民赋大招，指陈生计永今朝。御穷共冀禾千穗，分润还筹饮一瓢。辛苦经营均粒食，丁宁嘱咐按科条。旋除多暴良多赖，待听群黎富岁谣。

徐伟业（生员）

稻粱频岁庆登丰，列郡灾余躏缓同。已是生成邀圣泽，可无补救借人功。欲知病木回春暖，试咏瑶章比昔工。莫负使君谆嘱意，谊敦梓里贵流通。

蒿目民艰似去年，好生更望续前缘。分将巨室仓箱富，种作仁心方寸田。荒政自堪占吏治，厚施不用费官钱。眼前调剂原非易，益寡哀多尚勉旃。

慷慨倾囊出俸金，恰劳贤守独关心。盘根错节才逾显，后乐先忧计转深。岂独悯农歌自昔，已教振廪救从今。慈云即是为霖手，露冕迎来众望钦。

蒙袂频烦举手招，雨膏遍被不崇朝。嘉禾已兆花三白，涸辙旋苏水一瓢。但使呼庚酬宿诺，何须令甲肃新条。福星幸得明东海，活我思虔召父谣。

俞敬佑（生员）

望岁情空颂屡丰，顺成漫说旧时同。偶书史馆无禾笔，再见琴堂饫粟功。梦得州刀新吏治，赐承时玉仗天工。（去腊连得瑞雪。）周官十二行荒政，散利由来尚变通。

不若无多羡有年，恤贫幸结使君缘。欢情散去乌陵稻，清俸肥他燕子田。急病果然书鲁籴，戴恩应否报刘钱，一民饥是公心事，保赤殷勤忍舍旟。

劝将集腋助南金，愿与人间共善心。宴集宾寅期事集，（公宴绅士，以劝捐赈。）春深耕卯感恩深。米输民吏曾闻昔，粥赋都亭又见今。共说甘棠长庇荫，口碑端不负时钦。

和气凭公德政招，卖花挑菜趁晴朝。戴星劳后犹摛管，饮水清余好挂瓢。鹭掠青畴斜笠影，蚕看绿意上桑条。循声一片来江上，惭愧词人乐府谣。

朱志鲲（生员）

海国频年庆屡丰，偏灾偶尔一隅同。剧怜赤子云霓望，幸有慈君雨露功。应候发仓宜月令，及时输粟代天工。权宜荒政公而普，闾惠覃敷万户通。

荆州愿识已多年，父母斯民倍有缘。礼士下车悬玉鉴，赈贫随处种心田。恫〔痌〕瘝念切先捐俸，里党情亲岂惜钱。谆戒颁来恩再造，输诚踊跃望行旟。

分得廉泉胜雨金，爱民爱国最关心。桑麻共乐承麻远，衽席同登拜贶深。苔水清声传自昨，盐官酽泽沛于今。福星朗处灾星退，感召祥和德遍钦。

安集哀鸿著意招，生灵全活在今朝。两歧应秀渔阳梦，一饮先沾陌巷瓢。利溥化疆怀乐土，春回薄海润枯条。濡毫莫罄甘棠什，众口成碑载道谣。

汤悦（生员）

玉烛调和偶欠丰，穷檐待泽迩遐同。痌瘝在抱真司牧，仓廪群倾敢据功。春作敷荣须化日，民痍苏醒仗宗工。即今实政流乡曲，上下恩情转眼通。

飞花争说是丰年，天本无私世少缘。买米最怜珍是玉，开仓始信福为田。胸怀施济愁无力，囊倒锱铢幸有钱。勉副仁心颂仁德，梦思犹自绕旌旟。

义侠从来不惜金，捐廉更复惬欢心。恩流枵腹恩斯茂，泽及啼饥泽愈深。民粟从教移自古，谷丝可免卖于今。阿谁为解倒悬苦，德望令人道路钦。

写就云笺一再招，总缘苏困望崇朝。官司才画赈饥策，黎庶群操陌巷瓢。此后可期安职业，从今不复叹萧条。仁风广播春膏动，鼓腹欣看击壤谣。

潘麟昭（生员）

救菑作记溯南丰，惠政施行清献同。为悯穷黎谋活计，先捐清俸劝成功。不须求米烦书帖，岂有流民绘画工。赢得吹嘘春意暖，霎时风草感斯通。

米煮双弓忆昔年，者番助赈又随缘。开诚公欲全民命，破吝人思广福田。岂独义仓常发粟，且教巨族共输钱。他时报最膺超擢，赤子依依忍舍旟。

蠲缓频频费帑金，痌瘝在抱廑天心。小民已沐君恩溥，贤令重施惠泽深。恤下仁风推及远，救荒新政始于今。儒官自古多经济，董煟屠隆一例钦。

诗歌劝处类为招，广厦材多构一朝。富室何妨求水火，贫家依旧乐箪瓢。扶衰携幼欢无际，益寡哀多事有条。编就活民书几卷，麦秋重听两歧谣。

许集梧(生员)

瓣香讵必奉南丰，感戴阳春到处同。百里饥寒分鹤俸，万家烟火仰鸿功。政成盘错才方大，景入苍凉句转工。共被圣恩宽正供，一番讽谕下情通。

福星遥莅未经年，赈济情殷结凤缘。乞效鲁公空有帖，贫如颜氏更无田。停来野杵无余米，典尽春衫不值钱。百尺楼高频引领，海邦处处望旌旗。

惭愧囊空不贮金，只输一片济时心。经纶共仰云雷际，刍牧从知雨露深。唯愿千箱盈似昔，宁徒五袴颂由今。疗民费尽饥鱼饵，爱戴应同杜母钦。

议赈频烦折简招，传来悬釜已连朝。何须书画挥千扇，长使闾阎忆一瓢。待割黄云供饼饵，叠颁白雪当科条。得知士庶衔恩处，半在诗篇半口谣。

许作金(生员)

为计西成谷不丰，使君乐善与人同。圣朝仁政先藏富，巨室隆施即效功。蠲赋薄征承帝泽，振财发粟代天工。休和默造苍生福，都本兰堂一念通。

发棠敢冀又今年，接续前功广福缘。人尽欢颜周蔀屋，更无假手避瓜田。心臧执犯鱼符令，首善先捐鹤俸钱。望泽亦如荒岁谷，辕童壤叟共求旗。

廉名曾凛四知金，推广仁慈共此心。一树棠阴分爱溥，万家菜色转机深。辙苏鱼涸难思昨，野慰鸿哀乐自今。此日龚黄瞻实政，阳春早已下车钦。

歌闻劝籴远相招，暖傍茆檐话永朝。仰屋旧嗟悬似磬，淖糜今喜酌盈瓢。循声国士无双誉，荒政周官第一条。比户琴弦传雅化，却惭郢曲杂巴谣。

曹蒋復(生员)

贤侯勤恤德弥丰，遄听讴歌感戴同。力可回天方造福，诚能动物定宏功。万家鱼梦心期切，两度鸿章指点工。太息集枯殊集菀，有无从此贵相通。

时雨随车兆瑞年，慈君仁里结良缘。白公出守尝蠲赋，范氏敦宗广义田。字值南金殊画饼，诗真左券各输钱。有期善举堪维世，接壤闻风庶勉旗。

仁人一诺重千金，保赤犹然赤子心。蔀屋饥寒行处是，琴堂忧思隔年深。书登任恤风追古，仓号常平政合今。为语二三耆旧者，识韩慕蔺实相钦。

村径频来使节招，恫〔痌〕瘝廑念不遑朝。黍生好待春回律，匏落宁忧实剖瓢。人道阳城能抚字，我思卓茂有科条。太平景象弦歌化，功叙惟歌采俗谣。

周兆松(生员)

刺史宁夸诗担丰，相期饶歉与民同。益占兴利方成务，谦若因人不自功。福我苍生熙帝载，保兹赤子亮天工。雨随车下都金粟，济大川凭舟楫通。

碧纱笼处兆丰年，庇谷琳琅天假缘。墨洒春膏传意蕊，笔垂秋露种心田。三台移镇输嘉谷，七福陈疏赐羡钱。瑞致当康由克劝，休居人尽是优旃。

一枝枚笔字千金，共仰明通公溥心。箕斗情怜空挹注，釜钟德广赞高深。重捐鹤俸恩逾昔，载咏鸿章例视今。甘雨和风生意满，如伤忧思尚钦钦。

金穰好倩玉偏招，烟火今宵又诘朝。申劝指困分宝券，丁宁就谷寄诗瓢。良于太傅三千户，恤以司徒十二条。黄发苍鬐爱得所，辎轩到处采欢谣。

叠 前 韵

四听讴歌德义丰，乐输踊跃不同同。蠲除两赋香山绩，代判三司大吏功。菖叶杏花瞻福曜，阳春白雪普奇工。怜渠流瘠争书版，善举由来易感通。

输将农可当逢年，幸得鸿慈种福缘。有脚春方来大地，沃心苗自胜良田。红生笔底分仁粟，青选囊中散义钱。容保无疆民气乐，万家鱼梦绕旌旃。

周急真逾仲里金，感孚黎庶共翘心。济人良策符三善，纪事新诗协四深。有干有年当自此，时风时雨愿从今。春华取次求秋实，比户尧封道肃钦。

保赤诚求远近招，刚逢新雨百花朝。幸邀坡老尝留牒，欲倩欧公记乐瓢。郁黍有华皆德穗，召棠无树不情条。呼庚转谱由庚叶，时会昌云歌且谣。

孙诒仲（生员）

兆占鱼梦实维丰，无奈青黄候不同。福造一方重请命，诚求万姓建奇功。如伤念切音昭德，由己情深句益工。总是琴堂宣上意，文章政绩本相通。

棠阴雨膏已经年，两度关心乐有缘。编册尚忧无藉子，勘灾曾注不毛田。所嗟贫户犹悬磬，争望仁人共贷钱。此日输将重济困，往来应得佐旌旃。

笔自生花墨洒金，谆谆开导济时心。斗升能活恩非浅，箕毕相联可感深。派别孰优还孰绌，周旋宜古亦宜今。捐来鹤俸安鸿集，任恤书陈远近钦。

瞻蒲望杏不须招，苏困还看夕异朝。挹去非同天上斗，测来犹是海中瓢。言情诗自逾三叠，兴利疏宜首六条。铜雀双飞鸣盛世，儿童齐唱太平谣。

徐倬（生员）

丹甑刚占已卜丰，劝输乐善与人同。慈祥圣主分蠲缓，剀切神明建德功。移粟尽心劳众母，救荒良策赞元工。休嗟涸鲋徒求活，浩荡恩波处处通。

福曜高悬又一年，临川彩笔记前缘。穷檐厚幸邀仁粟，巨室从教施义田。但使家无尘满甑，不妨人罄箧中钱。举筹善政关经济，学古谁云可舍旃。

冰座章程字字金，已饥已溺至诚心。经霜衰草回春易，得水枯鱼感泽深。肯让细侯传自昔，群言召伯再生今。循声奏最天颜喜，从此光荣薄海钦。

客岁烝黎感抚招，重邀酌济又今朝。惠分鹤俸逾征牒，义散蚨钱共纳瓢。夏雨春风成合德，金科玉律荷宽条。贤侯大有回天力，伫听民传五袴谣。

徐载亨（生员）

圣仁渐被屡歌丰，偶尔呼庚几郡同。蠲到客秋全利用，赈成乐土赖康工。廉能鼓俗占风动，诗为周贫制锦工。百里欣逢贤刺史，引恬引养擅宏通。

福星临照未经年，劝善聊循补助缘。莆屋四郊联命脉，棠阴此日旧情田。但求慷慨多输粟，不计慈祥待选钱。食德饮和仁政洽，行看晋秩共欢祐。

新声戛玉与敲金，写出菩提一片心。惟士有恒知利溥，斯人集益纪恩深。量洪颁帑縻怀昔，义取通财泽沛今。循吏爱民如爱子，应教奕世德音钦。

温语拊循两度招，再生涸鲋庆花朝。怜才熟副荒年谷，乐道群安陋巷瓢。菜色已回新菜甲，榆皮半剩旧榆条。阳春布处胥歌舞，属和羞呈下里谣。

郑光曙（生员）

旱魃跄跄岁不丰，可怜薪桂米珠同。请蠲已荷熙朝惠，推食尤叨廉吏功。直欲恤民兼报国，拼将人事补天工。拊循宜破常行法，何有何亡好共通。

幸沐恩波年复年，枯鱼重获再生缘。救荒自此传新议，种德由来有福田。公已思深周白屋，人谁器小靳青钱。能推立达真君子，乐与吾氓善共祐。

不悭一诺散籯金，坐视疮痍孰忍心。莫说贫皆沾泽厚，须知富亦沐恩深。好通财货敦桑梓，合酌盈虚继古今。无负使君行好德，忧思宜亟慰钦钦。

哀鸿中泽霎时招，忭舞康衢夕又朝。幸免灾黎满沟壑，何妨寒士一箪瓢。壬林颂德碑惟口，戊户金生政有条。壤叟辕童欢鼓腹，春风齐谱太平谣。

叠　前　韵

新成八咏擅词丰，宁藉生花有梦同。人即董成谁布令，公偏让善不居功。恩施海甸烦奚惮，句出仁心叠益工。此日长官名实副，文章经济早融通。

鸣琴叶奏屡丰年，案牍犹兼笔墨缘。温语十分浑似纩，丹忱一片即为田。已将廉洁称贤宰，况为苍生舍俸钱。顷听循声元早望，果然竹马迓旌祐。

盘残薇露字披金，传诵瑶章见锦心。爱士已沾时雨化，恤农更荷使君深。希文善策新仍旧，彦国高风古又今。岂弟无惭民父母，仁言仁闻两相钦。

颂德含和喜气招，咸歌来暮感崇朝。每承督课端磨砚，载和新诗胜有瓢。总是一心勤抚字，岂徒三便仰科条。思公调鼎他年事，四海群兴召伯谣。

梁龄增（举人）

时和华黍乐年丰，多稼如云四野同。新出香秔民食福，旧沾赈米孰为功。风声鼓动分珠易，惠集留传刻玉工。一事尚参疏拙见，农夫余粟贵流通。

得换冰衔记亥年，清官实受定前缘。农功次第收疆畛，文治薰蒸遍砚田。（州尊每月捐廉结课。）杂处莠民胥畏法，公明廉吏不贪钱。休将案牍劳慈父，苓采山巅尚舍旃。

移来都道况家金，郫识冰壶一片心。泽本灵川遗泽远，恩流渤海沭恩深。（州尊从学苏芸斋夫子。）循良传入追于古，公宴歌成始自今。更喜趋庭承训近，板舆迎养万人钦。

劝赈频烦折柬招，书捐络绎近花朝。斗升合取春粮曰，饎饎何劳挹水瓢。（吾乡前赈煮粥，今易米焉。）梨枣喜看传旧德，笔花留待发枯条。莫嫌共济诗成后，叔度还赓来暮谣。

高钺（教职）

十载才欣艾物丰。（乙丑水潦后，岁稔者十年。）忽然云汉吁天同。首山共切呼庚诺，苦海谁殷溺己功。小劫最怜鱼涸辙，有秋翻逊笔耕工。作霖刚澍随车雨，真个神君感易通。（公下车祷雨立应。）

庚公谷果属荒年，结得灾黎一饭缘。官达何曾撄世网，风仁好共沃心田。穷檐尽饱双弓米，廉俸应空九府钱。养瘠变酼凭雅抱，纷纷蒙袂怆逢旃。

义声奋激陋遗金，才大能恢覆物心。半菽替愁饥莫疗，两娑拼舍讽原深。力难鼎徙扛宜众，已歇沟推话到今。赢得八厨争粟乏，宰州端赖有卢钦。

风高任恤忘麾招，量子饔飧夕又朝。尽有村民关杜厦，肯将世事付箕瓢。岁饥食减人三鬴，春到愁添柳万条。却喜使君吟兴剧，新诗谱得赈贫谣。

马鼎（监生）

已占瑞雪兆年丰，其奈灾氛被尚同。木火相乘逢岁运，戊丁计户赞元功。进图曾下宽租诏，置带能回造化工。多少穷黎咸食德，救时师古理原通。

鹄面鸠形较昔年，都亭馈粥续前缘。须凭义宅资仁宅，好趁心田种福田。发社渐空平价米，倾囊早罄养廉钱。周贫赖有黔敖在，坐拥仓箱盍舍旃。

岂为沽名散橐金，扶筇携幼实伤心。竹花和饮饥堪疗，榆粉充肠病转深。五色旗原行自古，一缣绢或卖于今。欢声载道怀清德，慈惠风流凤所钦。

和气从来亦易招，惟深感召凛昏朝。糜盂豆实香成粥，酒库桑柔绿满瓢。计活万千推德泽，政颁十二著科条。春风春雨今沾足，四野欢歌甘泽谣。

杭宁求（监生）

偶逢旱涸欠和丰，忍见民颜憔悴同。一意急输图善治，十分良策验奇功。缓蠲苏困邀圣眷，夙夜匡灾出化工。取次相援随指画，设糜移粟尚流通。

群歌乐只已前年，赈册重开续旧缘。抚恤饥人情似海，宏施编户福如田。救荒野尚嗟青草，培德民咸感俸钱。从此不须愁菜色，集成义举共勤旃。

澄怀如水式如金，力欲回天在此心。清梦不离琴鹤远，新词还比露华深。甘棠勿剪人怀古，驯雉依桑我颂今。况是冰轮明海宇，玉壶清澈里闾钦。

一夕诸生馆下招，定筹细细暮连朝。经纶善画无年策，升斗咸分陌巷瓢。门种三千桃与李，政修十二网之条。吹枯听遍阳春曲，东海旋歌乐岁谣。

宋绍殷（监生）

宦况清廉不享丰，自然甘苦与民同。无衣可典贫无计，有粟能捐富有功。垂念饥寒如赤子，感蒙赈恤补天工。穷鳞幸得西江水，千里慈航一夕通。

九年耕未积三年，慨济多方结善缘。生路万家回苦海，婆心一点即良田。救荒公已无留俸，仗义人都不惜钱。洞悉情同时雨化，争先踊跃乐输掋。

喜闻温语劝捐金，一片慈恩济困心。掘草根时沾雨润，剥榆皮后得春深。庶民好恶通箕毕，良牧声名冠古今。始觉阳和流泽后，成人之美万人钦。

回天力厚一州招，菜色民今改昨朝。敦孝依然供菽水，安贫不计泛瓠瓢。琴非刑具能治世，风乃仁和渐长条。会见春祈秋有报，升平仍复听歌谣。

王师曾（生员）

旸雨愆期岁不丰，烝民仰屋怨咨同。抚绥幸有神明宰，赈恤频施补助功。灾已敷陈邀帝泽，官犹辛苦赞天工。琴堂下令如流水，远迩欢然馈饷通。

竹马迎公忆去年，弦歌化结士民缘。相赒莫说无仁里，好善休嗟乏义田。但使豪家轻一诺，宁忧斗米值千钱。辙中鱼尽沾河润，益寡哀多共慎掋。

休夸掷米变成金，清俸分甘惬众心。时到禁烟忘岁歉，户能举火被恩深。万家保甲遵诸古，两载呼庚慰自今。经济果然儒吏裕，海邦共作福星钦。

曲奏阳春善气招，飞鸿安集咏今朝。洞开燕寝高悬镜，闲擘鸾笺早入瓢。新什自堪谐玉律，清言浑欲镂冰条。左餐右粥诗中意，酬答都成击壤谣。

张元玲（监生）

三白已呈岁自丰，去年被旱稼难同。此盈彼绌良民利，益寡哀多君子功。悬磬兴嗟知俗困，泛舟有役赞天工。于今箪籴无相遏，便见恩波处处通。

米珠薪桂又今年，此际谁能了俗缘。赖有司城均饩粟，不愁贫户乏膏田。一钟施予如遗穗，百室盈宁胜雨钱。听到海隅歌白雪，何殊远树庶人掋。

莫道移民似惜金，要知君子已劳心。琴堂政瑕沉吟苦，茅屋餐时仰戴深。输粟殷勤谁过此，劝分恳切数如今。甘棠阴雨膏应遍，南北东西罔不钦。

为食何烦举手招，林林总总集崇朝。清晨仰给原思粟，薄暮高悬颜子瓢。麦陇欣觇浮碧浪，桑田快睹长新条。迨看物阜年丰候，满路声传五袴谣。

程元章（监生）

海邦未得庆年丰，百室兴嗟仰屋同。莫以不登轻地著，须凭攸济补天功。境传廪粟储庐舍，图绘流民想画工。此日劝分承雅化，呼山庚癸下情通。

懋昭祖德竞当年，胞与为怀奖善缘。（先高祖于康熙四十七年，岁值荐饥，捐米数百石。叔高祖士麟公捐米一千二百石，开厂五所，饥民赖之。邑令何公太祥详请，给"胞与为怀"匾额。事载州志。）**务使欢颜生饱腹，群推续命济良田。馨悬正匮千家室，缗赐重叨九府钱。却喜如春膏下沛，仁人利溥共襄旃。**

天曾无术雨黄金，一片难完缺陷心。数缕炊烟惊暮断，几番菜色恐春深。阳逢厄岁艰思昨，水润枯鱼活自今。况赖海陵仓粟发，乘权汉相德同钦。

当路黔敖任所招，饭香比户说晨朝。芳原岂拾醯桑葚，陋巷堪投饮水瓢。深爱县花添润泽，不教里梓久萧条。两歧麦秀秋将至，喜听康衢歌且谣。

朱埙（监生）

膴膴原田望岁丰，如何秋获稼难同。屯膏那得千峰雨，救旱还赊一溉功。降诏缓征宽物力，运筹移粟补天工。丁宁更向绅耆嘱，赒恤端须缓急通。

共道今年胜去年，幸逢众母结前缘。冰壶一片征心地，玉粒千仓散福田。但得鸠形无槁饿，何曾鹤俸吝缗钱。顺风呼去声加捷，料尔豪家尽勉旃。

何须遗子满籝金，协力同窥抚字心。福曜照人星彩遍，恩膏济众海波深。三槐余荫人怀旧，五桂联芳我颂今。伫看龚黄膺荐牍，循良声布远方钦。

风声树处远相招，大小从公在此朝。顾我菲才无尺寸，荷君盛德有箪瓢。名随河润通千里，诗协弦薰鼓七条。毕竟阳春谁和得，聊陪称兕献衢谣。

陆鸣惊（监生）

雪消海甸未全丰，忍听嗷嗷比户同。造物还须人力补，活民争仗使君功。恩原如岁春偕畅，事本由衷计易工。漫说米珠浑未觉，泛舟会见一时通。

好从今岁祝丰年，眼底仍须结善缘。小卯纵教农负耒，呼庚难待海成田。欢邀白社争输粟，笑指黄标拟散钱。窃愧仁人胞与量，杖头也向自求旃。

敢因梓里劝捐金，为报青天一片心。万户自兹衔化切，四知早已感人深。政先时务仍师古，柄假便宜更酌今。海国生灵苏此日，春风过处共相钦。

禁烟节近问谁招，粥受长生记此朝。肯使屑榆呼作饼，好偕同井共倾瓢。花还似锦全开树，柳更如金挽作条。转眼仓箱盈百室，太平衢巷听歌谣。

汪思谏（监生）

鱼梦难凭卜岁丰，拯荒治绩有谁同。缓征已沐天朝泽，劝赈犹烦刺史功。声念呼庚敦古谊，诗传令甲夺神工。就蒲为粥寻常事，何似相赒缓急通。

木饥水毁叹无年，东武苍生幸有缘。率作先分清献禄，追随群效善明田。但须涸辙怜枯鲋，底事悭囊笑守钱。转瞬麦秋蚕上箔，心悬庶免似旌旃。

望超荆玉与南金，一曲阳春济世心。才信仁言施利溥，遍看善政泽人深。恤邻自可通遐迩，登席从兹判昨今。垂映蓉楸辉汉沔，渊源遥接动群钦。

事责专司应特招，敬承周急趁春朝。欲忘德怨须求粟，只恐饥寒竟弃瓢。蔀屋安全歌果腹，士林培植发荣条。莺迁指日膺三锡，海澨欢声尽播谣。

钱泰观（廪监生）

士品生惭玉遇丰，更逢荒岁阻饥同。有粮且向公孙乞，无米难征巧妇功。未得晋秦输粟继，先劳卓鲁运筹工。还闻大府能飞檄，伫望邻疆积滞通。

封户虽闻值歉年，岂真一饱叹何缘。好将活处源头水，来润贫余郭外田。红粟藉延千口命，黄标莫惜数缗钱。救荒幸赖绸缪亟，未雨应教各慎旃。

医国方良药万金，标先急治雅关心。居奇贪贾惩宜重，逐末游民蠹最深。烟利倍盐宁自古，酒粮夺谷匪从今。由来治绩崇勤俭，名吏龚黄两汉钦。

琴堂课士感相招，文战原曾与诘朝。岂敢上书言利弊，本来托志在箪瓢。仰惟桑梓蒙良化，也许刍荛补政条。难得多情贤令尹，满城是处起歌谣。

胡尔荣（监生）

一经调剂便年丰，东海碑传万口同。不独磬无悬室虑，定知稊有积山功。上承圣主图艰切，下体群黎画策工。早听市平千日价，义仓仁社总相通。

悯旱重烦廑隔年，却凭心镜结群缘。潞公恩信三千石，杜父栽培十万田。待看红腰盈丙舍，免教黄口困丁钱。即今竹马争迎处，洒遍春霖绕翠旃。

仰叨绯带解腰金，慕义从教鼓众心。敢以闭关干粜禁，须知捧牍荷恩深。千村输粟风皆古，一树栽棠化及今。自是持衡专育物，兴歌乐只道途钦。

转眼春风杏旆招，叱犍准备课花朝。烟云霭不虚千灶，廉让泉争守一瓢。驯雉衡波飞麦陇，祥乌带日集桑条。只惭无笔图名绩，拟作芳冲五袴谣。

祝富明（监生）

白雪歌成望岁丰，此心卿士与民同。缓蠲圣主先颁泽，赈济慈君又建功。妙应无方皆德意，阳春有脚即天工。一言大溥仁人利，静体端知动必通。

春到铃斋又一年，赈烦重劝信何缘。为怜胞与施仁术，非藉饥荒种福田。移粟半倾游宦俸，（去夏平粜，一切运费及办理辛工，皆捐廉为之。）爱民重舍养廉钱。（今春又捐廉为阆州劝赈倡。）吾侪分合从公令，况以旂招更以旃。

积善皆云胜积金，指囷几辈有同心。岁因遇歉施恩易，人不愁饥戴德深。籴粜底须方泥古，捐输端合事从今。高门处处知推解，义仿黔敖信可钦。

自问何堪荷宠招，衡门星使贲连朝。公非欲罄书田粟，我愧惟存陋巷瓢。观化人文勤奖励，（公每月课生童，前列必蒙奖赏。）推恩民庶示规条。（设赈之先，晓谕贫民，慈严并示。）政兼教养真心服，愿效赓歌作颂谣。

钟其恕（监生）

能令歉岁亦成丰，民望君真望岁同。学到沉酣方有术，补来造化欲无功。应龙特擅歌词美，郑侠何烦绘事工。况与闾阎分廪禄，乡邻赒恤自相通。

且过荒年待熟年，一瓯糜粥亦前缘。须知官好能为福，始信人情便是田。帖比平原堪乞米，心嗤夷甫不言钱。吾曹寒士无施舍，也向亲朋共勉旃。

谁家喜舍数千金，里巷喧传好善心。为惜蓬茅成美举，永怀桑梓最情深。穷黎共乐有朝夕，德政相孚无古今。圣世恩波流海甸，甘棠蔽芾敢忘钦。

野老沿村笑且招，暄和天气过花朝。阳春有脚周千社，陋巷无忧托一瓢。麦陇香风闻饼饵，桑田绿荫长枝条。雨鸠声里黔敖罢，果腹时闻击壤谣。

杜文发（监生）

征祥何处卜年丰，瑞雪平铺万顷同。汁浸原蚕和谷种，精能御旱补人功。神明太守施仁政，熙攘生民感化工。自愧乏金敦梓谊，恩叨廉俸助相通。

劝施苦口说荒年，无异头陀募化缘。宪谕殷勤怀保赤，穷黎感激颂原田。冰心似玉葆天德，土价同金遍地钱。从此升平庆大有，仁风披拂冀行旃。

积德由来胜积金，瑶章讽诵格愚心。编民非细情尤切，抚字频颂体至深。纵有豪华齐自昔，忽焉慷慨化于今。咸知此举如膏泽，广被穷檐众共钦。

万众倾心岂待招，海隅向化匪伊朝。公庭考课忻多士，画粥清修师一瓢。捐俸赈饥敷惠泽，按图给廪列新条。秩然不紊心如镜，稳坐琴堂听颂谣。

俞佩玉（监生）

农祥初报岁时丰，尚有庚呼远近同。半载就荒萦睿虑，万人托命荷神功。旬宣端赖贤良绩，酌剂谁参造化工。咸仰使君敦劝迪，顿教滞积得流通。

嗷嗷争叹不逢年，济困还期扩善缘。心地滋培皆福地，良田收获本情田。即看食失人三哺，宁惜囊倾俸万钱。自古丰盈称乐土，几人乞食竞求旃。

沾丐须知不惜金，总缘待哺甚关心。渴饥宁患分甘少，贫病难禁望泽深。先甲先庚南共北，一钟一户古宜今。天工本赖人工代，寰宇从教戴德钦。

曾劳旌旆广征招，为惜贫民困一朝。但使沾唇分杏粥，何愁比户挂松瓢。春回泽国青余草，气霭芳林绿满条。瞬息浓香来麦陇，频书大有动讴谣。

羊犁（生员）

连番瑞雪兆年丰，待哺谁知处处同。尽道解襦能济苦，不如推食更多功。元辰布政勤民事，赤子衔恩乐化工。寄语敬恭桑梓者，须教比栉睦穷通。

艰难殆甚是今年，可叹求鱼木枉缘。只愿春郊回福地，惟祈夏屋植心田。劝农已种丁畦麦，惜命先施子母钱。况值熙朝多雨露，伫看闾巷拜旌旗。

争说春来粟似金，慨当以慷见婆心。纷纷雁集长天远，六六鱼游巨海深。阴雨频膏歌自古，甘棠勿剪颂而今。从兹海角阳和到，廉吏仁恩俗共钦。

相鬻相恤共相招，亲睦休风见此朝。遍向穷檐施菽粟，犹堪陋室具箪瓢。琴堂雅量诚多惠，梓里慈心极有条。鼓腹含饴逢圣世，好从衢巷听欢谣。

汪廷赞（监生）

两度拯饥赉锡丰，足征忧乐与民同。请蠲共被仁人泽，苏困还叨廉宰功。舟泛飞云施妙策，车行甘雨夺天工。黎元望补由庚句，如此能教下隐通。

六出花飞兆有年，穷檐结得再生缘。此时桑梓沾膏雨，化日禾苗咏大田。刺史肯捐袍下俸，阮郎敢惜杖头钱。疗贫本是关心事，况诵新篇忍舍旃。

春风字字柳条金，写尽鸾笺一片心。教我敦邻仁莫极，拟他指廪义尤深。已饥已溺何慈惠，移粟移民自古今。政彷〔仿〕周官该十二，阿谁蒙荷不钦钦。

玉屑瑶章几度招，哀鸿续命且终朝。颂恩应击康衢壤，解困聊分陋巷瓢。倾夜雨来初润麦，此时风起不鸣条。余三耕九从今卜，藉藉舆人信口谣。

谷绅（耆生）

长官争说下车迟，经济文章各擅之。为政先劳捐薄俸，救荒还喜得新词。可怜米价同珠价，听说民饥似己饥。抚字倘教讴父老，的应采入太平诗。

嗷嗷觅食太荒凉，煮粥分施策最良。愿望谊敦桑梓好，休将粟向釜钟藏。福田植去功无量，善果栽来义益彰。为语仁人须踊跃，急宜医得眼前疮。

筑厂纷纷临道周，饲他饿者正呻嗖。从教老稚来朝暮，应免妻孥〔孥〕堕壑沟。每到念生休诉苦，忍听嗟食莫含羞。如今都道蓬蓬饱，合比疮痍得渐瘳。

底事弹琴乐未曾，安全比户德堪称。仍开义廪催平粜，又给蠲符报缓征。泽溥浑如春日雨，操清还比玉壶冰。愿将福曜长留照，多少穷黎感不胜。

陈有孚（监生）

劝善殷然意极丰，欢声四起与雷同。始知刺史安民略，远胜将军聚米功。保赤心犹存母德，吹枯术已著神工。薄夫悍俗咸归化，岂等寻常缓急通。

穷闾悬磬入今年，既祸终朝转福缘。放眼已惊龙致雨，（时春霖屡降。）关心犹叹石为田。功殊煮海村村粥，事胜投川处处钱。纵有流亡应渐复，何烦招以庶人旃。

谊可流传是断金，片言已惬众人心。万家乃粒思源远，百姓如鱼得水深。耕读予衷还慕古，贤劳公事足推今。定教宦海传名宦，克爱从来有克钦。（仲信《慈宁殿赋》云：百姓克爱兮诸侯克钦。）

起死无边免大招，宰贤民乐太平朝。医贫何赖胝三折，饮德如酣酒一瓢。节到清明开火禁，春回桑梓爱风条。侧闻击壤从今始，四望炊烟接颂谣。

叠 前 韵

圣世年华偶欠丰，臣邻力协复心同。立监救困开生路，佐吏扶危建事功。宦海情波三折妙，管城春色一挥工。盐官万户勤劳治，共见仁心一点通。

维持德政忆前年，劝善诗成再造缘。时雨奉龙施渥泽，忧怀满纸垦情田。移来河内千钟粟，散去囊中万选钱。极意招安熙攘辈，春风风处建旌旃。

惜墨何须抵万金，圆机写出证婆心。经书作训菑畬辟，珠玉成行雨露深。扇拂仁风扬自久，诗歌棠荫遍而今。天教众母延民命，胞与为怀德可钦。

白发青髫一例招，拊循暮暮复朝朝。回生律转阳春曲，垂念恩周陋巷瓢。从此疗饥操左券，恍同振叶发柔条。欣欣群向和风里，含哺情深鼓腹谣。

郭耀宗（监生）

六出纷霏报岁丰，那知饥色去年同。拊循有术非邀誉，慷慨能施岂计功。莫谓恤贫行小惠，须知救敝藉良工。天恩下逮虽优渥，梓里还宜彼此通。

俭岁将祈物阜年，忻逢贤宰继前缘。纷纷化雨施仁里，霭霭春风动福田。济急多方先解囊，同人乐善共输钱。即今饥者咸甘食，鸿雁哀鸣庶免旃。

遍邑鸿施岂惜金，保民如子见婆心。三星每为伤怀切，万户从教感德深。政治已兼恬与养，谋猷具信古宜今。群沾余沥思仁惠，召杜遗风世共钦。

济穷赈乏共相招，德洽民心在一朝。合境衔恩安蔀屋，暂时养命寄葫瓢。漫言菜色愁饥馑，看到棠阴爱律条。他日荣名登史册，于今先听里歌谣。

金家亨（监生）

阳和虽已兆熙丰，庚癸仍呼万井同。任恤睦姻知尚义，振贫匡乏敢居功。复除民力歌仁政，调剂黎元颂亮工。益寡哀多原有训，何妨邻里暂相通。

六出纷纷表瑞年，使君下邑有深缘。豆花经雨开成锦，麦草当春绿满田。时济余荒思继粟，喜蒙斥俸散廉钱。嗟来莫作黔敖态，仰体慈祥各勉旃。

当年诱赈解腰金，争及贤侯惠爱心。神父群称施泽广，灵芝遍产沐恩深。救偏善法传于昔，周急高风继在今。试看穷檐多起色，口碑载道一时钦。

金饥木穰有时招，元气扶持在一朝。老弱不须求橡栩，闾阎从此乐箪瓢。虞潭曾出三千斛，周礼还开十二条。到处欢欣思帝力，家家击壤太平谣。

祝懋敦（监生）

气转阳和岁变丰，讴吟喜气四方同。民应活命来贤尹，时未周年见治功。忆昨偏灾伤地利，赖公全力赞天工（公下车值旱，即请平粜）。遗人良法分明在，今仿常平例可通。

长命杯倾又一年，官民交爱信前缘。救贫无策空如磬，得米由诗砚是田。（今春公又作诗劝赈，民赖以活。）苦口须知同药石，障身何用靳金钱。从来里党应相恤，不为阴功也勉旃。

不惜披沙重拣金，养民兼尽育才心。（公政务殷繁，连月课士不怠。）栽令梁栋丘山重，网取珊瑚渤澥深。万斛泉源凭涌地，一时花样要从今。化行绝似乔元达，邑有神君合共钦。

愧我曾无车乘招，偏从羁旅度昏朝。上书北阙输三策，（生于戊申、己酉两应北闱乡试。）驱马中山挂一瓢。（庚戌出都，客真定。）老返故园余旧业，春回生意到枯条。濡毫也欲扬仁政，乐府何年下采谣。

沈扬（候选县丞）

湛恩汪濊屡年丰，江浙偏惊赤地同。富岁偶然成俭岁，田功荒矣赖康功。海滨土瘠仓皇甚，贤宰心劳抚字工。记得下车方几日，劝分平粜政皆通。

共喜新春入旧年，还欣借寇有深缘。怆怀万灶炊无米，领袖重施福有田。常以实心观实效，勿论输粟与输钱。哀多益寡伊谁力，未雨绸缪尚慎旃。

曲奏阳春字字金，挥毫直达济时心。九重已沛恩膏渥，四境还资保息深。歌也有思诗是律，饥而不害古犹今。慈君能食兼能教，吏治儒风尽可钦。

三白原知善气招，来牟有信兆春朝。斯民尚自愁悬磬，非士谁能乐饮瓢。己溺己饥肩责任，至纤至悉备科条。福星一路公堪倚，万姓腾欢乐且谣。

陈守绳（候选布理问）

涤涤安能祝岁丰，望公真与望云同。义仓发粟权宜策，（公甫莅宁，即请平粜救荒。）篑土为山积渐功。驱善非关条教迫，劝歌况复措词工。谆谆无限哀矜意，座右还应列一通。

忍听呼庚似客年，岂真桑梓竟无缘。喘残应续穷黎命，身救先沾太守田。（公捐俸钱八百缗。）深望成山争聚米，记曾善贾散多钱。（前次岁歉，商捐佐赈。）荒虽天运偏图保，旧语翻新忆慎旃。（查初白先生《慎旃集》有"丰荒关天运，转瞬谁得保"句。）

胜教精舍布黄金，仗义无非恻隐心。视竟如伤颁诏急，（奉旨分别蠲缓。）饥真犹己德公深。浮图尖合宁辞瘁，（煮赈开期日，公犹亲临劝赈。）满路欢腾始见今。最是政成兼教养，令人知爱又知钦。

抡才争赴使君招，（公下车观风，至今每月课士不辍。）手不停批夕共朝。学道爱深犹制锦，采诗搜遍定盈瓢（和诗甚夥）。渐消菜色苏民困，得庇棠阴识政条。还乞君恩仍借寇，化行好听阜财谣。

俞宝华（副榜，候选直隶州州判）

吴头楚尾屡年丰，翘首茆檐愿尽同。壬妇偶然愆泽下，丁男枉自费农功。储藏何处盈千室，祈祷徒闻走百工。困指江东风不改，有无梓里要相通。

黔敖食路已经年，春到重叨续命缘。有几得辛雄地户，无端呼癸歉萸田。双弓敢讳桃花粥，一掬难寻菜子钱。多谢春陵唱于芧，衔恩纷集庶人谣。

劝挥金更胜挥金，天吏明明鉴此心。时届青黄怕难接，恩覃苍赤感尤深。菑其有乂应从古，集岂无鸠始自今。区芋分瓜见终小，何当义举阖州钦。

去岁琴轩荷见招，喜看校士又花朝。纷纭漫学乞升斗，澹泊惟期乐饮瓢。夜雪清严同剪烛，春风嘘拂不鸣条。平生温饱非吾志，敢献公堂乐只谣。

马源（候选州同）

偏灾难望稻粱丰，饥溺真如一己同。缓赋蠲租宣上意，变醨养瘠奏元功。桑田凤驾关心切，花县联吟琢句工。劝谕丁宁贤刺史，里闾惟愿有无通。

哀鸿致慨过新年，日望慈云缔善缘。剥蚀半残村落树，益哀全赖富家田。好教子敬豪输粟，休学长舆癖守钱。小大鸾旟承色笑，不须遍役庶人旃。

倡赈重烦割俸金，噢咻已费两年心。漫忧民力千家竭，共沐恩膏万斛深。转眼福星希自古，祈年方社祝如今。一时赓唱传佳话，恺悌诗情到处钦。

下士闻多以礼招，昭苏元气值花朝。壶飧赐给家三月，箪食平分口一瓢。贸贸莫嗟来葛屦，芃芃渐喜茁桑条。阳春法曲真难和，聊献巴人下里谣。

沈心葵（职员）

三农预卜岁时丰，赤旱何堪千里同。议缓议蠲邀恺泽，输金输粟奏奇功。希文赈恤筹多善，郑侠流离绘独工。凭仗慈君援水火，灾黎困极渐亨通。

豚蹄盂酒祝逢年，谁料苍生少福缘。只望嘉禾生乐土，奈无甘澍洒芳田。九天鸾诏轸民瘼，一叶琴堂捐俸钱。他日循良书报最，纶音宣擢拥旌旃。

设施赈法费多金，聊慰嗷嗷待哺心。非藉花封苏困切，那能草野沐恩深。常平发粟传于古，义士倾囊仰至今。万姓颠连劳抚字，忧怀无日不钦钦。

欲成义举宠相招，擘画嘉猷在一朝。尘釜不教空菽水，爨烟从此润箪瓢。力耕未得余三贮，济厄还修十二条。广被仁风扬海甸，遍闻巷祝与衢谣。

陈鳝（孝廉方正）

廪人分职治凶丰，歉岁空嗟我稼同。得遇贤侯来海邑，顿叫贫户被神功。宁云为牧刍难得，颇笑移民策未工。化导有方群响应，泛舟输粟自相通。

余不德政诵三年，迁任吾邦幸有缘。远近荐饥难乞籴，间阎久困或逃田。因公急计开仓廪，克己先为出俸钱。勉力共输还遍告，循行四境仰旌旃。

积少成多各布金，亦知好善有同心。躬亲表率恩方溥，邑少流亡泽亦深。仁术救荒非执古，邻封交劝合师今。是诚抚字心劳矣，第一循良孰不钦。

索居久已谢弓招，却荷临门更永朝。爱咏佳章如挟纩，愧无旨酒共倾瓢。赈同清献熙宁记，诗补周官荒政条。况复兴贤勤课士，岂惟五袴播风谣。

管题雁(生员)

皥皥民祝屡丰，云何菜色忽相同。木饥火旱时逢告，鸿集鱼枯救有功。发粟绘图思往事，饮和食德仰天工。者番重与仁人约，桑梓情敦缓急通。

频呼庚癸到今年，酌济盈虚结善缘。岂待泛舟商请粟，仍然凿井赋耕田。国恩特辟谋生路，偃室先思解杖钱。散利由来宜广益，招将人士以旂旍。

雨粟何妨再雨金，芸生奢望结痴心。谁知旧旱行灾久，顿使饥黎引领深。稼穑维艰传自古，青黄不接迄于今。与人为善施荒政，如此神君瘝瘝钦。

琴堂几度荷弓招，惠及穷檐在此朝。民自啼饥求口实，公因劝善寄诗瓢。春回黍谷添梅色，风暖长堤飏柳条。寄语同人休负义，兼将盛德播歌谣。

朱世缜(候选布理问)

救灾作记溯南丰，刺史仁心往哲同。水旱共资苏困力，艰难始见济时功。一钟户贷钦良牧，万里裘成信国工。勺水并难言小补（余曾从众勉输米石，复又捐给杂粮，二期终愧力绵），廉泉首注遍流通。

化雨随车忆去年，编氓喜结再生缘。鄞城买得重思稻，段氏宁无得意田。但使芜亭供豆粥，免教春墅拾榆钱。缓蠲已觉皇仁溥，被罢何妨更荷旍。

菜花满地散黄金，未慰穷檐望泽心。比户青秧千亩插，平畴红雨一犁深。仓开粉社师前古，牍奏棕桥感自今。胜彼中牟三异著，书来上考众心钦。

呼庚无事首山招，立起疮痍在一朝。雾淞宜添新饭瓮，炊烟齐试旧团瓢。林公善策筹三便，汉史清名誉六条。富教果然能保庶，鸣琴谱入太平谣。

钟佩芸(生员)

长官惠绩愿年丰，民乐民忧与己同。水仅升量宁得活，米非山聚不为功。有无黾勉情原共，酌济盈虚策最工。劝赈诗如荒政论，分明风俗可相通。

雨雪新年接旧年，纷纷觅食苦无缘。禁烟不待清明节，浸种犹迟白荡田。喜听振贫挨甲帖，早闻蠲税免丁钱。皇仁如海群当体，亟施陈陈勿靳旍。

肯谷何殊地布金，是人都具好生心。能无疾苦颠连恤，莫便锱铢计较深。益寡哀多传自古，救灾分患见于今。感恩岂必皆身受，兼有旁观袖手钦。

努力输将莫费招，琴堂告诫已连朝。手援忍使家悬磬，腹果从教树挂瓢。看取欢颜腾赤子，如回春意入青条。鳏生也在苍生列，颂德聊偕里巷谣。

郭蕙(生员)

年初景象兆亨丰，米价犹然珠价同。青不接黄春日候，盈将补缺善人功。蠲租诏为舒民力，推食心宜佐化工。载咏干糇无失德，斯情自可感而通。

余荒救彻好祈年，刺史婆心作善缘。饥尚在春谋籴政，事宜务本恤农田。劝输雅赋希文句，倡首先捐刘宠钱。糜粥救生齐设处，颂声到处仰旌旒。

囊罄群黎鬻子金，谋生何处更营心。私庐有贮推情易，比户邀施得惠深。遵路作民非独古，善明续命见于今。绿荷厅上清风在，观感由来德可钦。

不教庚癸更呼招，枵腹人欣鼓昨朝。何待蒲螺思海若，尽看穷巷乐箪瓢。无圭自集三千斛，散利还增十二条。瞬息篝车歌泽满，麦秋先起太平谣。

陈宗敬（生员）

抚字情殷望岁丰，救民饥似己饥同。谊关桑梓谁无意，施自乡间岂论功。春色已看周化宇，笔花原可夺天工。循声合继龚黄起，黄绢词先写百通。

籴粜承流忆去年，捐施还与结前缘。奚须义士方行赈，况是人情可作田。倡举每先分鹤俸，廉能只自选囊钱。扶衰救敝仁人意，为语闾阎共勉旃。

指困风邀亟挥金，仁者言能激义心。万井桑麻沾泽厚，千家户口感恩深。余波挹注凭盈歉，善政权宜酌古今。亢旱武汤曾不免，好生一念总堪钦。

村中老稚各相招，万姓欢腾在此朝。德被农夫安井里，感深贫士续箪瓢。迟迟春色回青甸，冉冉和风拂翠条。都道使君恩泽普，诗成听谱召棠谣。

汪澄之（生员）

岁事金穰祝屡丰，客秋转叹木饥同。扬风独仗回天力，激水均施润物功。几处磬悬思倒解，更番心苦属良工。海邦说遍生公法，会看人和政自通。

双凫飞下值灾年，天为慈君缔善缘。渐喜阳春回黍谷，重教灵雨沛桑田。泛舟争拜仁人粟，挂杖翻输太守钱。野外鸣驺亲抚字，杏花香里过旌旒。

针绣鸳鸯直度金，衡文久已折群心。栽来桃李新阴茂，念到枌榆旧谊深。荒政有谁堪继古，仁声无处不推今。他时会奏循良绩，报最应蒙黼座钦。

叠赴韩公馆下招，殷勤折柬又春朝。琴堂化洽道人铎，莆恩叩颜氏瓢。圣主蠲征原有诏，周官任恤自同条。曲高白雪愁难和，漫拟巴词备采谣。

徐镛（生员）

一过三春岁便丰，眼前珠桂万家同。重烦父母权生计，普劝绅儒建善功。膏雨频施蒙圣泽，惠风畅达赞天工。要知哀益凭群力，积少成多策最通。

轻财出粟举前年，复望仁人续善缘。涓滴旁流皆福泽，痌瘝隐念即心田。务期枵腹能全命，聊济燃眉莫惜钱。庚癸呼声从此息，无量功德勒旌旒。

点金无术试捐金，鹄面鸠形实系心。小草有伤推爱切，微虫活命感恩深。春台乐境登如昔，夜壑残生起自今。物遇熙阳都植立，好施似此众人钦。

当途为食可旁招，鲜饱无虞在几朝。我但倾囊输粟帛，人忘涸辙乐箪瓢。大公本有通财义，荒政尤先散利条。一自芸生皆得所，康衢重听太平谣。

郭文藻（生员）

瓣香敬为祝南丰，得士欢心到处同。赤地有灾怜稼旱，苍生无恙赖君功。帖临乞米消清昼，表进流民倩画工。不独嫠桑人感惠，万家炊火晓烟通。

下车曾未及经年，结善频烦两度缘。泽国已欣鱼得水，山家应共鹤谋田。腐儒不受嗟来食，贤令尤分薄俸钱。知否劝农劳税驾，春风一路绕旌旒。

煮饘不惜费千金，碑口争传刺史心。一曲薰风回物暖，万间广厦庇人深。河阳花县栽思昔，南国棠阴话自今。更望富民成义举，谊敦桑梓众相钦。

士聘蒲车四野招，陈蕃留榻更今朝。诗才奇若云千嶂，宦迹清于水一瓢。新麦登场遗滞穗，眠蚕食叶剩柔条。从堪日贱吴秔米，处处人歌击壤谣。

周大成（生员）

谢公颖秀小安丰，共式贤侯德政同。玉尺量才尝破格，金科奏最仰成功。云笺五色传仁宇，彩笔双枝夺化工。读罢新诗风义著，阳春有脚自周通。

义举刚逢桃李年，感呼幸得再生缘。葩流春藻金为粟，雨膏郇苗玉作田。策可救时苏老牒，心原无吝郭元钱。重输鹤俸怜鱼涸，任恤新书各勉旃。

明镜光生百炼金，元亭问字最关心。白飞五盖占年稔，红刻三条觉夜深。仁寿华开风迈古，菩提子散雨从今。安澜有泽春如海，治绩文章共足钦。

杏花菖叶令相招，丰黍甘棠乐永朝。为劝输将频折简，从教歌咏共投瓢。生春绮合忘忧草，挨藻词多快活条。风阜财时琴韵畅，尧衢处处采童谣。

魏宏纶（监生）

秋熇争威岁不丰，今年岂复去年同。谁知比户颠连状，又费当涂补救功。图绘流民形怕看，帖摹乞米句偏工。两番具见疴瘝切，直与灾黎呼吸通。

就食蒲嬴等昔年，（乙丑岁亦不稔，中丞阮公及前任孙公劝谕绅士煮赈。）陇西竹实苦无缘。推来帝泽原如海，体到人情即是田。何必良朋才裹饭，直须巨室各施钱。黔敖学得还须学，坐拥仓箱盍舍旃。

安得天公忽雨金，慰兹犹解倒悬心。人先食卯余粮少，户尽呼庚待泽深。稻熟红莲应此后，粥炊白粲且而今。可知疏傅捐财好，豁达襟期里党钦。

嗷嗷鸿集有谁招，铩翮悲鸣暮复朝。但使春风菀枯槁，顿教陋巷足箪瓢。陶镕文教捐清俸，纠察编氓有善条。（书院月课，编查保甲，皆公捐办。）此日干鳞分让水，和章听谱太平谣。

王照（生员）

声名遥骏溯岐丰，此日衔恩与昔同。膏雨连绵滋物性，慈云拥护补天功。救荒已荷栽成力，画策能参造化工。四境黎民咸有赖，不徒闾里得亨通。

令布期年胜百年，仁风化被乐随缘。市来求乞群输粟，农免流离可力田。温饱最宜绵世泽，困穷何计觅餐钱。凄凉满目凭谁给，聊把青蚨愿舍旃。

多方利济式如金，周恤无难协众心。村巷昔曾沾泽厚，乡关此复受恩深。煮糜保赤仍由旧，乐善同人始自今。播厥风声先树德，瑶章读罢正须钦。

庚癸频呼莫漫招，和风甘雨在今朝。良田有粟宜施众，陌巷无人不饮瓢。岂为千金思报答，只除百弊整规条。春风好与恩光合，鼓动群黎歌且谣。

曹燿(生员)

古时未必定年丰，荒政从知各不同。散利由来为首策，赈饥何幸继前功。爱民自溥仁人利，立意还参造化工。福曜照临刚半载，措施具见变而通。

雪泽兴农兆有年，穷黎活命岂无缘。天教召父公其利，人颂郇候雨我田。劝善士绅输玉粟，创捐良吏掷金钱。嗷嗷还定欣无恙，父老犹将赋慎旃。

谷翁岂尽吝多金，激劝咸遵好善心。说法有公顽石转，题诗寄意彩笺深。只闻赵守称于古，不料杨公复见今。纵有偏灾原不碍，盛名海国实心钦。

争说循良和气招，嘉禾同颖在今朝。仁看细麦盈千顷，何必春城乞一瓢。惟冀五风兼十雨，断无破块与鸣条。民歌乐只村村遍，恍似康衢击壤谣。

朱湘(生员)

粜籴原因岁俭丰，使君乐善与人同。社仓赈济均沾惠，义谷捐输更奏功。苏困多方师古训，救荒有术代天工。会看饘粥都亨遍，赞化承流处处通。

流珠炊玉忆当年，赒患重教结善缘。续命谁输仁者粟，多情即是圣人田。况逢大赍蠲天赋，更复洪施出俸钱。从此劝分都上体，解衣推食勉行旃。

素仰公庭置带金，无穷轸念济时心。万间庐贮情才慰，百丈城完泽取深。食就蒲嬴思往昔，安同枝鹿喜从今。海昌天赐仁慈父，全活殊恩世共钦。

旗开五色竞相招，散给刚逢花柳朝。市惠非同陈氏釜，乐饥却拟许由瓢。仁看蔀屋恩俱逮，咸话琴堂政有条。大地阳和欣渐转，普天共听太平谣。

张志远(职员)

万姓由来尽祝丰，饔飧无乏此心同。三时不害非人力，百室盈宁岂自功。仰赖天恩除旱魃，还叨君德佑神工。贤良刺史捐廉俸，泽沛东溟遍处通。

黎民冻馁遇荒年，一饭聊苏积困缘。残喘得延真口福，长饥能悯是心田。肠枯愁看尘生釜，手赐欣逢俸有钱。自是舍金群则效，领捐敢拟庶人旃。

闻说古来天雨金，浑忘贫富在天心。三年余一乐何有，五日为期喜益深。愆伏阴阳时已往，雨风调顺望于今。劝捐施助敦桑梓，保赤长筹感且钦。

逢荒遇旱问谁招，天怒蚩氓非一朝。薄俗遄知崇俭帖，浇风能挽藉诗瓢。公车甫驻敦儒术，庶事旋修按旧条。更复惠民关痛痒，儿童竹马进歌谣。

陆世瑾(生员)

谁移俭岁转为丰，眼见疮痍四野同。赖有贤侯师古法，能敷圣世济时功。救荒不数黔敖食，图貌宁烦郑监工。试问泛舟劳远役，何如桑梓有无通。

哀鸣鸿雁不逢年，抚字翻劳倡善缘。保甲已看编户籍，呼庚难望熟农田。共筹任恤关心计，岂有流亡愧俸钱。记得歌成来暮日，随车甘雨湿旌旗。

诗篇字字值兼金，慈惠依然佛子心。接到青黄三月近，感他苍赤万家深。指困有义传于古，续命何缘继自今。争颂使君能活我，北韩南郭世同钦。

民瘼相关抱牍招，禁饧时正近花朝。惠流东海桑千本，清比西湖水一瓢。夏屋庇人真得所，周官颁令不多条。只今乡社枌榆地，瓦缶同赓击壤谣。

张永铭(职员)

九鬷何时庆屡丰，殷勤望岁众心同。欲消黎庶饥寒色，端赖贤侯赈济功。坐待神仓书大有，堪将人力补天工。能承睿虑勤民隐，四境群蒙阆泽通。

捐输施赈甫经年，岂忆今春复结缘。已觉阳光回黍谷，旋看灵雨遍桑田。救荒自古无奇策，为善从来不计钱。从此免呼庚与癸，相期父老共思旗。

展诵新诗字字金，镕成一片爱民心。李皋发粟恩何溥，卜式捐资德亦深。良吏清风传自古，使君高谊冠当今。遥知活命应无数，此举令人共仰钦。

芳宴重开下束招，计时却值上元朝。何愁鱼留空三宿，且爱廉泉酌一瓢。雨后花红应满县，春来雪白不封条。农家依旧勤耕种，倾耳遥闻击壤谣。

葛谦(生员)

金穰未卜岁时丰，庚癸呼来到处同。欣解佩牛趋雅化，拟苏涸鲋运神功，觇来卿月祥光遍，唱彻阳春律句工。补救策良因恺悌，周官任恤本相通。

来暮欣歌记去年，生逢贤尹岂非缘。痌瘝在抱勤荒政，蹻缓蒙恩为力田。德仰平原应入画，宦同刘宠肯收钱。独先倾俸纾民困，振廪相赒共舍旗。

藻鉴真同百炼金，士农裕业最关心。下车先喜文风振，比户还沾恺泽深。星照海天瞻自昔，花飞晴雪兆于今。伫看麦献双岐瑞，有脚春来世所钦。

和气良由善气招，维鱼旧梦验今朝。小民幸免虚三釜，寒士仍当乐一瓢。海国程才量玉尺，词林矢操凛冰条。琴堂适与衡门对，于我宜赓孔迩谣。

周林桂(生员)

闾巷齐声卜岁丰，鸿嗷尚与去年同。恩流环海传贤政，困济群黎仰大功。幸沐蠲征膺圣德，赖施救策补人工。行看鼓俗春风捷，万物回阳验棣通。

有凶年后有丰年，赈济何妨广善缘。积雪邑多高卧客，亢阳野剩不毛田。输公待拜仁人粟，创举先捐官俸钱。儒术经纶宏爱育，旌书应表义民旃。

不徒诱义解腰金，一片仁慈保赤心。木实竹花充膳薄，枯鱼穷鸟感恩深。私财为粥传于古，出粟赒贫见在今。属付同侪诸义士，从来乐事众咸钦。

一封诗帖代弓招，念切饥寒叙永朝。但使通财咸解橐，免教乞食竞携瓢。劝耕且缓兴氓计，振乏严申保息条。拭目黄云堆陇首，仁声谱入太平谣。

许兆元(生员)

新粒登场价倍丰，斗升活我愿皆同。谁苏妇子啼号苦，端仗神明父母功。一视同仁情最切，分甘割爱策先工。莫言召杜来何暮，抚字情殷自感通。

冉冉流光又一年，救民新政总随缘。布恩下邑颁清俸，加惠群黎种福田。悬罄未能谋白粲，解囊先已费青钱。从兹树得甘棠荫，剪伐还须共慎旃。

或倾囷粟或挥金，量力捐输各尽心。一邑再生流泽厚，万家续命受恩深。循良美绩曾闻古，桑梓淳风又见今。下里自惭难属和，口碑争把德音钦。

淑景芳华不待招，回天有力在崇朝。青田仍好耕三月，旨酒何妨饮一瓢。陇麦风和添秀色，女桑春暖发柔条。民间那复愁枵腹，齐效康衢击壤谣。

葛慕洪(生员)

大祲难望岁年丰，四境啼饥处处同。黄纸蠲租原有诏，青蚨济困岂无功。聂夷中语陈情苦，元次山诗琢句工。蒿目时艰悬念切，湘潭日望米航通。

煮赈恩施记去年，而今重与结生缘。疗饥实赖双弓米，种福全凭一寸田。最苦民贫艰粒食，每愁官好惜金钱。无多廉俸频捐予，善事宁云姑舍旃。

何须妙术点成金，乐善应教共此心。力振饥乌毛羽健，恩苏涸鲋水波深。饮冰廉吏无殊昔，拯溺仁人不愧今。民瘼堪怜勤轸恤，可知忧戚倍钦钦。

深恐流亡不可招，复施赈济又今朝。生全岂止盈瓯粥，挹注无烦饮水瓢。(时赈施不煮粥，而以钱米代之。)但得宰官多惠爱，休嗟闾井甚萧条。阿侬伏处衡茅下，来暮欣听载道谣。

陈兰(职员)

万姓春来望岁丰，使君忧蹙与民同。芳塍百谷初谋器，成材义士本情田。郑公庐舍真奇策，遵路薪刍那计钱。试听闾阎歌乐利，服畴食德共绥旃。

贷粟何须三百金，累人口腹亦伤心。指囷愧乏推施义，蒙泽应多感戴深。一饭王孙传自昔，百朋君子诵而今。言言菽帛声声泪，白雪歌成下士钦。

嗟来乏食漫相招，冷炙残杯偶一朝。自古英豪多困饿，从今贤圣只箪瓢。元和已谱三千首，周礼还修十二条。碌碌惭非荒岁谷，也随父老贡歌谣。

钟德基（候选布理问）

灾年何必问申丰，叔度来时乐岁同。教并春风施厚泽，笔如秋露挟奇功。器逢盘错偏征利，诗到忧愁愈见工。一幅瑶笺欣读罢，文章政事果相通。

鸳湖滞迹已多年，晋谒犹疏一面缘。人叹米珠薪似桂，我嗟笔末砚为田。万家喜食桃花粥，二月谁求榆荚钱。更荷宰官分鹤俸，苍生饱德莫忘旃。

粉里何来布地金，劝施端赖爱民心。膏之岂患如膏少，雨我无劳望雨深。力用扶持风入古，义通矜恤验从今。眷怀胞与输公挚，不独廉声远近钦。

杏花村里酒旗招，戾气全消自此朝。听取琴鸣单父室，欣看饮乐子渊瓢。一帘草色侵瑶砌，百亩桑阴覆远条。绘出太平真景象，辎轩到处采衢谣。

郭骎（生员）

从来顺逆判凶丰，转祸为安道不同。登麦期遥望夏季，救民政善补天功。分金鲍叔恩难遍，宰肉陈平计独工。蠲赋缓征歌帝力，劝捐恩泽更流通。

犹捐廉俸已逾年，四境承流续善缘。厚泽两沾真义举，吉人多施好心田。（去年秋冬之交，出示劝捐，业经施赈。）碧桃香散看成粥，白粟囊开胜得钱。不忍民饥如己受，万民爱戴拱行斿。

两袖空虚不受金，万千户口独萦心。粉榆桑梓丁宁遍，夏雨春风长养深。仁政无能出其右，好官真个冠当今。爱民如子情真挚，捧读佳章意倍钦。

设筵投辖共相招，为感仁恩聚屡朝。能使穷檐盈釜甑，岂惟陋巷乐箪瓢。麦垂陇陌刚将秀，叶摘筐笼尚未条。从此蚕桑无饿者，佇听合邑起歌谣。

包鸿庆（生员）

率土惟期庆屡丰，虐遭旱魃稼难同。去秋共种三生福，开岁犹资再造功。重劝解囊襄善举，好教鼓腹务农工。郇候阴雨春如膏，苗黍芃芃生意通。

肃肃哀鸿似去年，饥区何处觅机缘。因时设法仍前辙，加少为多广福田。二月杏花香有粥，一囊红粟胜于钱。提筐妇女咸相勉，待到蚕忙盍舍斿。

抚字情殷掷俸金，苍生托命早关心。未逢寒食烟先禁，欲卖新丝疮已深。上有慈君能益下，古称众母验当今。阖州并戴恩波阔，微特修川万户钦。

谊敦桑梓共相招，计口均沾按几朝。茅舍烟浓分爨火，琴堂春静挂诗瓢。人人操券皆如愿，井井通源自有条。而况缓蠲蒙圣泽，颂声遍处入歌谣。

程远（生员）

由来天运有凶丰，恻隐之心大抵同。雅意求仁先强恕，惠风转败竟为功。鸿哀忍见伤夷象，鸠集能弥造化工。饱暖定应思冻馁，形神虽隔气仍通。

人人喜见太平年，最乐无如结善缘。拯济万家登福地，慈祥一点种心田。邻邦尚可输饥粟，贤牧犹能散俸钱。何况共敦桑梓谊，睦姻古道必求旃。

一寸阴功抵万金，民心联处洽天心。但知利泽教施满，敢以私恩责报深。慷慨泛舟宁让古，悯怜悬室即从今。富而好礼成公义，救彻燃眉德共钦。

邑有流离贵善招，唇依齿集在崇朝。贻谋犹记荒年谷，绳武空惭陋巷瓢。（远祖士麟公曾捐米一千二百石，设粥厂五所，载州郡志《义行传》。）惟愿仁人容乃大，弗令仳女歍其条。者番和气连春到，共起熙朝击壤谣。

邹履墀（生员）

饥谷浑如玉值丰，回生妙策果谁同。关心惟抱如伤念，额手齐呼无量功。一曲阳春回地脉，千钧大力代天工。盥薇百读犹膏润，顿使颛愚茅塞通。

公评月旦俟经年，多士犹思文字缘。肯使琳琅沉碧海，待题声价到蓝田。恩深能汲枯鱼水，廉甚常投饮马钱。此日功成非草草，甘棠新荫尽蒙旃。

何妨一诺竟千金，济众非同忏佛心。听到哀鸿情易动，拯从苦海泽弥深。解衣推食常怀古，益寡哀多又见今。青史若编循吏传，仁声遐播万人钦。

为粥宁同于路招，旌旗摇曳望今朝。饥寒命待原思粟，风雨心恬颜氏瓢。岂为沽名倾囊底，要非虚政紊纲条。转荒成熟天应助，伫听衢歌与巷谣。

曹鹏万（贡生）

和甘幸得屡年丰，击壤歌声海甸同。去夏密云人失望，入秋亢旱岁无功。啼饥孰谁苍生命，待赈须参造化工。真个为霖逢傅说，随车泽沛万川通。

深仁周浃又今年，岂为沽名结善缘。倾囊遍教沾俸米，生机即长自心田。湛恩已及筹三月，清节何曾选一钱。安堵不烦工代赈，青郊免下庶人旃。

露点均沾胜雨金，频番激劝感人心。不因两载贤劳积，那见群黎爱戴深。饮德如醇饥亦乐，济贫有术古犹今。还随里老扶鸠后，召杜风规已久钦。

下士频烦折柬招，琴堂晋接喜今朝。传诗足补荒年策，施惠难忘陋巷瓢。转眼雉媒骄麦陇，关心蚕事话桑条。百篇好待辂轩采，南土民讴媲古谣。

周徕松（生员）

准拟今秋歉转丰，入春呼癸尚相同。宸衷早有诚求意，良牧还施抚字功。续命无能惭我辈，救荒得策尚天工。莫嫌万里君门远，休息穷檐一气通。

霖雨愆期忆去年，救荒偏得遇良缘。路粮自是功逾海，义谷宁夸福似田。一粒亦倾囊底粟，五铢胜挂杖头钱。输将恐后情殊切，为劝同侪尚勉旃。

共悯时艰共醵金，共承鼓舞好施心。寒林木遇回春早，涸辙鱼欣积水深。劝籴成歌堪轶古，泛舟名役独超今。愿期异日标青史，盛德还教万古钦。

枌榆谊笃合相招，庶使苍生永夕朝。漂母尚留韩子饭，渔翁曾与伍公瓢。门悬木板申新令，户写丁男整旧条。伫看两歧占麦秀，抽毫续赋太平谣。

陈德舆（生员）

饱德从教卜屡丰，仁言利溥与人同。下车忍见流离象，保庶仍劳抚字功。为有凶荒嗟岁旱，不防经济补天工。民之父母邦之彦，政许周官不二通。

不须食报问何年，结得穷庐一饭缘。但可乐施皆福地，应知井养在心田。指困共拜仁人粟，解囊几同父母钱。民瘼动关良牧计，祝言水旱莫逢旃。

一诺还同季布金，由来善政得人心。花开匝县阳和遍，惠及茅檐恺泽深。草野推恩风入古，琴堂课士治宜今。安居乐业皆公赐，如此廉能世所钦。

胜他五色彩旗招，庚癸无呼赖此朝。庭下何曾劳置带，巷中讵可任悬瓢。苍生命系循良吏，红帖粮传食货条。想见都亭饘粥设，声声齐唱太平谣。

朱开三（增贡生）

感召祥霙颂屡丰，福星临莅口碑同。文章宗匠陈无己，经济才名徐有功。鹗荐冰衔膺计典，鸿裁玉尺重良工。下车第一筹荒政，甘雨随车涸辙通。

春回黍谷贺新年，坐镇东溟有凤缘。亥市泛舟催减价，寅恭分俸劝多田。篚书并乏胡威绢，囊锦翻空刘宠钱。两袖清风邀睿鉴，何须殷绮饷衣旃。

早登甲第捷泥金，守土频占岁守心。按部勾稽咨事密，指困调济惠民深。量移望紧谙繁剧，舆诵神明冠古今。犀照鸠形勤抚恤，鹓行交赞上游钦。

戴笠曾叨折简招，吟联月夕与花朝。近游愧续广微赋，至乐还思陋巷瓢。（己巳春，家静斋方伯招赴山左。）喜驾篠骖迎刺史，欣依樾荫鲜科条。恩周茅屋安耕邃，果腹行歌大古谣。

于增（职员）

岁星出左望亨丰，谁料偏灾一境同。纵有田畴难著力，若非补救不为功。恩光到处随云子，化泽深时让雨工。幸荷宰官调剂力，闾阎赒恤道求通。

一瓢系命日如年，握粟何妨结善缘。顿绝庚呼千百户，好商戊种十双田。叠施义谷兼廉谷，省卖男钱复女钱。不讳双弓饥食粥，为言同事共勤旃。

愿将慈母铸黄金，共感琴堂保赤心。夏雨沾多花县遍，春风吹入草民深。人歌叔度来何暮，德颂希文见自今。况复欢输仁者粟，救荒善政共相钦。

绣陇行看壤父招，疮痍顿而起崇朝。重操量与陈仓粟，好拾尘同陋巷瓢。已见三农消菜色，何愁四壁转萧条。穷黎食德将何报，爱戴欣歌下里谣。

金善余（生员）

惠然倾廪德何丰，绩茂龚黄埶与同。劫火方忧煎海国，仁心真可斡天功。琴堂韵协南薰奏，花县春舒大造工。一自恩膏流播后，闾阎相感亦相通。

谁恤穷檐二酺年，仁声感格藉机缘。奉扬已觉风从扇，推解群思福有田。比日街衢能鼓腹，沿村父老各持钱。循良报最钦褒重，传与邻封亦勉旃。

锦囊妙制镂如金，盥诵争传保赤心。丁册详明恩惠溥，寅签次第转移深。胸怀骥枥原如昔，步履龙钟愧至今。共沐仁风难和玉，妄将鄙语志崇钦。

恩波洋溢势难招，升斗思维暮与朝。纵赖如神分剑铁，剧怜负郭仅箪瓢。乡邻或有秋毫助，寇攘仍严六尺条。尚冀天心成素志，五风十雨德同谣。

许元恩（生员）

四境恬熙祝屡丰，天灾流及此方同。堆囷未慰三农望，摩厉难希一溉功。不识不知皆帝力，来咨来茹有臣工。眼前疮究谁医得，义谷黄香十万通。

无年要使似丰年，比户春风万姓缘。捐俸已邀仁者粟，除租从沐圣王田。本无青草室悬磬，如在黄寻天雨钱。可作周官荒政补，还期士庶共由旃。

谁堪斗粟值斤金，岁宿原来不守心。锄莠安良知政肃，绝甘分少戴恩深。煎沙烂石忧于古，炊玉流珠乐自今。伫看循良申报最，枫宸褒治亦相钦。

竞道休祥和气招，天枯不觉雨崇朝。言循职守粮千石，为厉清风水一瓢。庞统才堪舒骥足，陈彭节与握冰条。海滨不效蒲赢食，盛世常闻击壤谣。

钟德增（监生）

谷比荒年玉比丰，长官治术正相同。但能济众何嫌病，不待贪天自有功。事到艰难才愈显，情缘真挚语尤工。瓣香岂必祈田祖，下笔如神已感通。

叔度迎来忆去年，福星遥莅有前缘。琴堂不惜多颁俸，蔀屋还宜效力田。念切己饥谋贮粟，轸怀民瘼劝施钱。庶人共乐黔敖食，何用相招更以旃。

积谷从来胜积金，抚绥苦费使君心。嘉禾遍植谈何易，非种宜锄虑转深。康乐成书传自昔，和平为政验于今。苍生菜色应消尽，白叟黄童共祗钦。

大开东阁客频招，最喜论文暮复朝。岂独老农忘冻馁，从教寒士乐箪瓢。诗书自足觇经济，政事何烦设令条。不信吾侪真厚幸，听歌孔迩即民谣。

叠 前 韵

岁俭居然转岁丰，欣欣喜色四民同。偶遭灾歉贫非病，几费经营德是功。无产尚期端士习，得人直可代天工。鸿篇万口齐声诵，胜拂云笺写百通。

非公不至廿余年，喜得登龙有宿缘。志愿执经亲讲席，力惭负耒学耕田。拥麾指日膺三锡，待漏他年食万钱。为语闾阎诸父老，温言奚啻被裘旃。

落笔声同掷地金，虚怀想见好贤心。弦歌不废偏隅小，盘错方知器宇深。更喜怜才能到我，未闻折节有如今。沦肌浃髓民歌母，不独胶庠瘝瘵钦。

天时人事若相招，日转阳和应丽朝。绕郭桑云兼麦浪，沿村雨笠杂风瓢。廉声清比江三折，韵语新于政六条。从此春祺欣共迓，饧箫吹彻太平谣。

再 叠 前 韵

自怜毛羽几能丰，伏处衡茅屈蠖同。知己非缘沾小惠，因人或可效微功。倘谈经济原无分，即论诗词尚未工。我亦苍生均受福，贤侯公溥更明通。

曾闻忧国愿丰年，天果从人结善缘。乍喜流膏沾麦陇，更欣分润到书田（月课生童俱蒙奖励）。风清两袖阶余鹤，粟饱千家囊有钱。瘠土而今成沃土，小民何幸得逢旃。

君子由来利断金，果然好义有同心。慈祥德已沾濡普，踊跃人逾感格深。长孺贤声何让昔，疏公高谊又推今。甘棠茂荫栽千里，料得喧传列郡钦。

儿童负米复相招，为道炊烟展廿朝。述德也知操玉管，论功幸得仗诗瓢。爱民重士申三戒，易俗移风布五条。巴里词咸（按：原书残，或为"成"字）同蚓唱，敢将笔墨补风谣。

杨谨持（监生）

瓣香馥郁仰南丰，涵煦深情造化同。布泽初非收物望，投艰正欲试元功。恩加涸鲋推群力，惠我哀鸿集众工。境内共薰慈父德，解衣推食自相通。

力田究竟有丰年，雅化群知远俗缘。治去烦苛皆乐地，心存普济即良田。湛恩深似千寻水，诗句工如万选钱。自是乡村占煦育，一犁好雨共勤旃。

楚人一诺重千金，肯背琴堂乐善心。麦麮思由申叔远，翳桑泽自赵宣深。好生有念如天地，取善无穷契古今。莫道疏财近游侠，睦姻任恤昔相钦。

求助他山若待招，输将委积自朝朝。聚粮不下青州舍，持饮还同葛氏瓢。淑气移人盈万户，春晖被树暖千条。不须更念穷檐况，鼓腹时闻击壤谣。

杨履庄（监生）

雅化流行岁易丰，分灾救患众心同。薄糜设处称人善，清俸捐来不自功。小草依光情可状，春风被物写难工。会看万宝垂成日，积贮连云处处通。

黎庶欢娱待有年，今来召父岂无缘。翳桑已活千人命，歧麦还肥万顷田。谁道施仁无宿贮，要知慕义有余钱。东郊共说春蔬好，锄雨犁云尚慎旃。

乡村散积拟堆金，共体慈君爱育心。槁木喜逢春日暖，枯鱼竞乐碧波深。振贫良策传由古，安富嘉谟启自今。如此竭情勤抚字，他年青史定相钦。

劝分诗句若弓招，输积无嫌夕与朝。散处争夸仁者粟，携来岂类隐人瓢。穷檐亦具三年食，荒政还参十二条。从此春畦占菀特，采风应谱太平谣。

陈有声（监生）

定教转福得年丰，眼底呼庚万户同。赤地有灾萦帝念，苍生无恙赖臣功。辟将义路敦方俗，扇以仁风抵化工。不独翳桑人起死，新炊是处晓烟通。

祈年心事未逢年，劝善频烦两度缘（客秋已劝令开设赈厂）。但愿民如无患子，可怜境有不毛田。先教足食凭推食，素鄙埋钱更散钱（公捐廉俸倡赈）。共见拊循劳岂倦，春风一路驻行旌（各处赈厂，公亲临视）。

输粮谁惜米如金，碑口争论刺史心。一曲阳春回物暖，千间广厦庇人深。黔敖食已施仍旧，召伯棠应种自今。有此主持成此事，赈功四境万民钦。

两载凫飞不待招，神君在望自今朝。诗才奇若云千嶂，宦迹清于水一瓢。鱼跃顺流无涸辙，莺投深荫有风条。从看日贱江东米，民瘼全消起颂谣。

张申（监生）

庚癸频呼欠屡丰，哀鸿四境听相同。倘非保障回天力，那得仓箱补岁功。黍谷吹开春忽转，春陵赋就句尤工。致祥毕竟缘和气，传语邦人缓急通。

嘉谷谁知厄闰年，吉星移照有深缘。甘言吁众温如纩，淑气迎人福作田。保赤即今多雨露，推恩原不计缗钱。从教土物咸知爱，祖训聪听戒慎旃。

不信从前数雨金，酿钱贷粟见仁心。河阳煦妪花增茂，合浦清廉水更深。五袴兴歌师在昔，一钟饩粟叶于今。即看竹马遥迎处，藉甚仁声众所钦。

万丈春台乐土招，登之衽席快今朝。不愁瓿屋如悬磬，拟酌天浆尽举瓢。麦傍雌雊抽两穗，桑乘蚕浴长千条。阳春欲和惭巴曲，聊附康衢击壤谣。

朱雁汀（监生）

随阳雁觅稻粱丰，中泽嗷嗷感慨同。况是里邻宜协比，纵倾囊橐敢居功。缓蠲区别恩先布，廉俸捐输术已工。更喜高吟仍劝赈，诵诗直与政相通。

正值恩波浩荡年，枯鱼索水岂无缘。由来循吏多仁政，不为阴功种福田。稼穑艰难原是宝，丈夫意气总轻钱。雀环他日应难报，八百朱提尽舍旃。

积德由来胜积金，仁人只抱济人心。东风解冻寒同退，春雨如膏泽共深。按户书丁何异古，首山呼癸莫愁今。救灾谁道无良策，罕乐遗风远迩钦。

曾经几度以旌招，只为推恩在此朝。菜色减来歌醉饱，炊烟起处足箪瓢。共教高廪分红粟，直到柔桑拗碧条。从此村村忘岁俭，麦秋重听两歧谣。

陈廷栋（监生）

有秋频报庆年丰，共乐熙朝世大同。不道雨旸愆甲岁，遂教田泽废丁功。蠲储已荷天恩厚，劝赈全凭客语工。得失楚弓策非上，有无阖邑要相通。

农占稔获在今年，此际难寻粥饭缘。食鲜二红金作粟，雪徒三白玉为田。菰蒲且拾江干米，榆荚空飞陌上钱。敢向监河贷斗米，枯鱼煦沫勉同旃。

不辞清俸捐千金，珍重贤侯活我心。庚癸呼来声渐逼，丙丁鉴在感徒深。泛舟西雍风犹古，指困东吴快自今。移粟移民无不可，忧心从此免钦钦。

长安聚米估曾招，奈此相违匪夕朝。赤紧万家工相杵，清贫几户等悬瓢。星瞻箕簸天南度，漕运舟通水北条。停待麦秋转温律，更跻琴阁献幽谣。

卜谋（监生）

谷宜荒与玉宜丰，共仰贤侯品格同。运值逢年忘帝力，情殷望岁荷公功。炊愁无米难为巧，雨喜能膏允亮工。自是春来原有脚，万家韭稻意交通。

鸿慈平粜倏经年，义举输将续旧缘。水涸物偏腾亥市，饭香人共忆辛田。权宜缓急施仁粟，委曲筹谋出俸钱。卓尔经纶原不愧，欢颜士庶望旌旃。

琴堂输粟复输金，一片诚求保赤心。目击疮痍犹己切，情关冻馁感人深。宰官抚字堪追昔，桑梓醇风继自今。谦筮哀多征六吉，跻民仁寿始终钦。

蒿目颠连举手招，赈贫济乏及今朝。分书任恤征苏牒，重自捐廉陋许瓢。白雪高情传下里，阳春生意到枯条。能宣上德孚群望，鼓舞尧衢是处谣。

梁瑞（监生）

雨水愆期岁欠丰，偏灾乏食万家同。移民就粟知无补，捐俸倾廉大有功。上有风行能劝善，农当雪泽好兴工。长官如此劳心计，真意相孚自感通。

穷黎度日却如年，劝谕重教结善缘。为挟满怀救世术，咸存一点好心田。悯人不吝盈囷米，济困能倾满橐钱。羡煞谊敦桑梓辈，者番得慰望旌旃。

肯将赒恤舍多金，贤守无非惠爱心。万姓止呼沾利溥，一时苏困感恩深。救荒法美犹遵古，劝赈诗成独见今。日后甘棠思召伯，循良传载吏民钦。

不平市价远商招，转瞬千艘聚一朝。野老茅檐歌德泽，高人陋巷乐箪瓢。赈输愿助元随分，给发如期尽有条。仁看麦秋成熟候，夕阳依旧起吟谣。

戴应魁（监生）

鼋黑何缘肉不丰，己饥忧与此民同。缓辔已被天家泽，补救犹需长吏功。决水自能苏鲋困，烹鲜恰比割鸡工。五风十雨休征叶，感格多由一念通。

轸恤余灾自去年，更将赈济续前缘。欣占三白花飞雪，仁看双歧麦满田。食德饮和皆帝力，流通均布是天钱。指困谊在周桑梓，好副仁心共勉旃。

暮夜常教却馈金，独将止水凛□心。即看福曜经天朗，共被恩膏似海深。荒政转移凭酌古，灾黎调剂更宜今。须知圣世无捐瘵，府事修和凛一钦。

开阁频将下士招，栽培桃李及花朝。更能饱食安千室，岂独寒儒乐一瓢。捧粟共知铭德惠，作奸谁敢犯科条。循良绩自推循吏，来暮思赓叔度谣。

卜诗（监生）

抚字劳心祝岁丰，盈虚酌剂乐相同。濯罍濯溉畴离祉，输粟输金不任功。指日黍苗沾帝泽，及春膏雨荷天工。与胞民物征宏量，周急还当梓里通。

惠泽均施忆去年，重邀德政再生缘。偶因岁运嗟悬磬，始信人情可作田。共读鸿章传白雪，独捐鹤俸散青钱。谢公才望群矜式，义举从教各勉旃。

琴堂保赤励分金，善政端由善教心。思乐藻芹文治盛，泽丰耕凿福缘深。感呼续命风犹古，虔祝逢年兆自今。箕毕情联笙箦协，持平衰旺赞尧钦。

下里欣闻有令招，含和吐气喜今朝。欢颜共饫中衢酒，乐意宁同陋巷瓢。一点阳光回黍谷，三分春色到桑条。从兹鼓腹安农业，是处声声击壤谣。

庄持衡（监生）

泽已如春兆泰丰，救时善策恤书同。才高每作惊人句，量扩能宏及物功。一点阳和回造化，四方膏雨荷神工。试看竹马争迎后，宣布皇恩处处通。

申劝输将似去年，往来共结喜欢缘。能开郭氏藏金穴，定获杨家种玉田。义举自同衢有酌，美成宁患社无钱。哀多益寡流宏泽，敬颂功歌尽勉旃。

使君品望重南金，克树风声广德心。哀叹泽鸿思集久，涸怜辙鲋望恩深。戴星出入勤于昔，指日盈宁庆自今。踊跃共敦桑梓谊，新诗百读百回钦。

木饥望岁亟相招，济困扶危在诘朝。氓为酌盈饶菽粟，人非苦卓乐箪瓢。自歌瑞雪琼为树，仁见嘉禾玉作条。敬体宸居蠲缓意，四听衢祝入讴谣。

朱翘楚（监生）

昔年旱魃欠年丰，磬室空悬远近同。幸有仁人来劝赈，从兹穷鸟敢忘功。常平处处邀天泽，周急人人仰化工。庶免嗷鸿中泽集，吾侪哀乐共相通。

米煮双弓忆去年，者番且更结前缘。羊刍求后多奇策，鹤俸分来代力田。但愿小民无冻馁，何妨官俸舍金钱。高吟愈觉曹仓富，捧诵佳章共勉旃。

始知至信可除金，多寡相通见寸心。右粥左飧恩自普，注兹挹彼意偏深。无饥何必不如古，有谷应歌始自今。为下争先由上好，若公博济信当钦。

劝济乡邻几度招，贫民感惠在崇朝。豪家粟定输千石，陋巷人多乐一瓢。粥帖挥时书得意，社仓开处政多条。从今大有年年继，齐听康衢鼓腹谣。

顾庭椿（监生）

偶然天不畀年丰，愁听啼饥四野同。司牧得邀良牧顾，尽人争戴活人功。盈虚深悉穷民隐，酌剂堪参造化工。莫谓廉能少经济，此中具有大神通。

星回斗角感流年，重与同人说旧缘。囊岂待倾方见德，福如可种即为田。神仙尚有青精饭，上相曾分白打钱。况属群生联一气，能无慨予免求旃。

不堪斗米费多金，诉苦周知亿万心。芋菽无余嗟力竭，酒浆待挹望恩深。指囷雅谊曾闻昔，输粟高情亦越今。记得者番劳劝迪，歔声布处几人钦。

凭将义旨付旌招，绮席筵开乐夕朝。不惜推诚勤保赤，更无乞食竞操瓢。阳回黍谷舒三穰，韵绕琴堂理七条。闾泽还堪流境外，从教迤听遍风谣。

苏文炳（监生）

尧汤水旱岂常丰，量米量珠价略同。纵有流亡非岁罪，须知补助赖人功。济穷苏困回元气，益寡哀多赞化工。莫道救荒无善策，乡邻缓急本相通。

儿童竹马忆前年，普覆慈云信有缘。立政心惟存抚字，爱民功乃在康田。闾阎恐致尘生甑，廉俸捐同天雨钱。万姓此时咸仰泽，受恩深处敢忘旃。

贫家告籴苦无金，拨触平生济世心。黎庶欢呼春并畅，湛恩汪濊海同深。赈推甲族功由上，耕劝丁男庆自今。人望使君如望岁，口碑一路下民钦。

殷勤下问礼相招，黍谷春回在此朝。劝义先裁诗七字，款宾几尽酒千瓢。儒生康济寻常事，官礼遵行十二条。尤喜饥民将及麦，渔阳好听太平谣。

朱谨堂（监生）

旱魃流行夺岁丰，仁人当此惨心同。捐廉共荷回生德，平粜难酬保赤功。民意安恬风自化，诗情剀切句多工。而今相遇无枵腹，何虑恩波尚未通。

豆肥麦秀表丰年，困迫犹如旧岁缘。时雨润沾荒径草，春风和扇海滨田。赖人厚谊指困粟，愧我随缘典褐钱。种德无心期报德，舍旃有道好行旃。

天道好生广产金，堆金不舍拂天心。燃延眉际营生急，痛切疮痕待救深。善本欲培由此日，福根宜种在于今。况全桑梓成高谊，不是饥民也合钦。

自惭樗栎荷荣招，敢不倾心奋一朝。旋劝高门周井里，慨拯饥者助箪瓢。阳光遍照生枯木，春色遥瞻入旧条。从此闾阎安若堵，吾当洗耳听衢谣。

高思敬（监生）

谷逢荒比玉逢丰，政出贤侯便不同。力瘁先劳民自劝，化成哀益岁无功。泛舟敢惮纡途役，浚井犹筹代赈工。多少庞才争取法，始知官要读书通。

一隅不谊木饥年，天锡金吾借有缘。六月膏屯躬请命，万家井养课均田。米腾减请开棠粟，俸薄添捐挂杖钱。如此赤心谋保赤，骈缠世世敢忘旃。

纱碧新笼字字金，镕成一片善缘心。邦如肯谷延残易，吏不呼壕绝弊深。蠲缓自天欢动地，安怀师古术参今。请看接壤鸿嗷处，独有盐官万口钦。

龙钟未遂赴旂招，喜溢南檐话永朝。黍谷春风成米树，壤歌艳句入诗瓢。慈悲力普三千佛，酌剂才周十二条。含鼓若思来处福，甘棠兴感胜兴谣。

朱弦（监生）

原田高下判凶丰，利济盈虚孰不同。户到极贫忧不给，恩推阆〔阃〕属助为功。有榆可屑生安赖，无米难炊计未工。屈指里分三百六，一时周恤藉融通。

伏腊匆匆已过年，即甘饥渴亦随缘。只愁枕籍填空壑，重望熏修积福田。盛德好同炊玉粒，全生何幸采金钱。传来岂弟词多蔼，一视同仁尽勉旃。

蠲缓恩覃费帑金，为民请命见仁心。活人升斗功原溥，仰屋啼号望已深。麦已成秋空计日，桑何有土迫言今。何如王荟营饘粥，梓里关心世共钦。

献岁初筵荷广招，酌施补救不崇朝。尘生已类丹之甑，巷处何堪回也瓢。天意矜怜资接济，民情悦豫慰萧条。而今赖有仁人粟，鸿雁何曾入里谣。

张玉照(监生)

好奢恶俭乐言丰，节用难期俗尚同。民食比来常恐歉，天灾偶及罔施功。曾无积贮输仓粟，敢以艰鲜咎化工。犹幸绘图旋入告，一时呼吁帝阍通。

爨桂炊珠年复年，救贫善策竟何缘。女无余布都休织，人不逢秋空力田。欣荷恩纶沾圣泽(大宪奏淮江浙被灾各府州县分别蠲缓)，仰邀清俸佐官钱(公捐八百缗以为倡率)。嗷嗷中野哀鸿集，蒿目时艰忍舍旃。

筹食难求术点金，劝输总廑济时心。座开广宴忧民切(公淡旬设席，遍延阁〔阖〕邑绅耆大户，劝勉赈施)，春到穷檐布泽深。胞与至公人即我，解推同志古犹今。承流羡补思襄赞，父母兴歌乐只钦。

饥馑其如荐岁招，重开赈济慰昏朝。鸠形大息空三粲，菜色仓黄忍一瓢。好善乐施敦古道，分乡计口著新条。省耕膏雨随车足，鼓腹何时听俗谣。

李瑞明(监生)

圣泽敷如雨泽丰，群瞻海甸缓蠲同。皋谟凤重宣三德，禹绩时传续九功。胥保子民安地著，却欣贤守赞天工。从教枯木含生意，感被春风气遍通。

六花呈瑞入新年，康济犹当续旧缘。涸鲋望沾升斗水，哀鸿愁乏稻粱田。奇方辟谷难为食，善政通财敢吝钱。远近闻风兼被泽，招来底用庶人旃。

竞发青钱散白金，哀多益寡愿同心。风加庶草吹嘘易，海合群流灌注深。五党为州关遍处，三农生谷务从今。贤侯治歉廉平法，德迈文康万姓钦。

下士何当折简招，匡襄义举望朝朝。家无斗粟怜空甑，里有壶浆惠满瓢。苏困旋添新气象，赈穷还法旧科条。一乡从可观皇化，吏治蒸蒸路载谣。

孙贻谋(监生)

境内甘棠泽已丰，贤侯勤恤与胞同。诚心开石咸襄事，并力输金不伐功。八政洪畴先重食，一时良策复兴工。笔花催放春花茂，休养还应卜井通。

岁运循环大小年，新诗申劝福为缘。输将学海同沧海，聚得情田胜玉田。下泽鸠鸠分鹤俸，树风扈扈散凫钱。绿肥丰草甘为味，善气迎祥共懋旃。

青榆散荚柳抛金，有脚阳春舍利心。李井殷渠仁已遍，桐花麦穗德弥深。雀飞贝阙欣从此，鲸吼云江乐自今。迄用康年民克劝，惟公名绩实堪钦。

谊美恩明远近招，携囊合券又连朝。泉分苔叶绿盈掬，米散桃花红一瓢。云纪均和看覆盖，雪飞兆瑞不封条。厚生善政歌惟叙，南畅琴声解阜谣。

陈粹初（监生）

去冬三白报年丰，蔀屋穷檐望岁同。只以春残难接济，岂云荒尾易为功。薄征已沐君恩诏，捐俸重扬造化工。从此给求如水火，何无何有往来通。

屈指秋成待半年，青黄未接竟何缘。平施君子称其物，推广人情即是田。饥者仅求升数米，富家奚吝几文钱。同人大有端相继，桑梓无忘共勉旃。

丁宁诰诫劝捐金，保庶真同保赤心。政在养民由德化，情如饥我恤人深。海邦重赈恩由旧，清吏初临感自今。一县县花花尽放，街头儿女共相钦。

村村负粟远相招，升斗携归永此朝。义比原思施里党，乐怀颜子在箪瓢。匀匀夏雨沾花陌，蔼蔼春风到柳条。乞食箫声腔乍换，悲歌翻作太平谣。

孙宗道（监生）

绥万升歌奏屡丰，余三贮或不相同。斡旋造化惟先德，酌剂盈虚莫大功。喘问吴牛征燮理，闲驯鲁雀赞元工。鸠鸠扈扈琴笙协，即此壶浆意自通。

庄诵琅篇祝稔年，烝民乃粒再生缘。范流仁粟逾金粟，苗长心田广玉田。策救三时怀赤子，疏陈七福贷青钱。有无桑梓宜相恤，训式贤侯尚慎旃。

美成义举首输金，共白虚堂悬镜心。安集鸠鸿多剀切，雨膏苗黍自湛深。同胞同与无轩轾，有干有年迈古今。惠及穷檐真寿世，阳春白雪众相钦。

民乐翀簧左右招，褰轩鼓舞永今朝。矗思洞酌群祈爵，樽设中衢任挂瓢。福草葳蕤都合颖，寿华灼烁尽同条。郇膏并作春膏沛，雅瑄风琴击壤谣。

宋梿（监生）

半为岁歉半年丰，阆邑西成迥不同。自是农人有惰者，非关雨露少全功。劝捐凭仗贤侯力，拯苦还胜造化工。从此万家皆饱德，恩波四境已流通。

粟贵今年胜旧年，吾侪乐助且随缘。扶持闾左千家命，培养心头方寸田。欲指困须储肃米，便倾囊莫吝超钱。要知涓滴成河润，愿与同人共勉旃。

那得天生遍地金，哀鸿四野最伤心。岁荒官善救荒急，菜色人回春色深。仓设常平传自昔，政多惠爱颂而今。闾阎安堵民生遂，荫普甘棠远迩钦。

欣闻为食路相招，鼓腹斯民庆一朝。不赖琴堂颁赈济，几能陋巷乐箪瓢。无心阴德施红粟，有脚阳春苗翠条。来暮家家歌叔度，愧将巴曲续长谣。

杨湘园（监生）

酌剂盈虚为欠丰，洵知忧乐与民同。倡捐尽拜重生德，活命齐沾再造功。一念果然周万类，人谋真可代天工。民艰事事关心切，呼吸从知一气通。

天教良牧救荒年，海甸民何有此缘。遂使人皆安乐土，尽从公种好心田。情深保赤诚为国，身岂沾恩始施钱。伫看循良书报最，御屏名字孰同旃。

赈饥先是解囊金，仰沐明公抚恤心。造士无私多士喜，爱民施泽惠民深。德称龚遂休推昔，化想文翁见目今。是德是功兼是政，甘棠蔽芾永相钦。

生民安堵不庸招，顿使枯鱼起一朝。已见尘无封范甑，不教水饮乐颜瓢。春风渐长烧原草，车雨重苏旧日条。自是口碑多载道，黄童白叟尽歌谣。

汪文涛（童生）

圣主当阳岁屡丰，去秋偶不与前同。端由旱魃施为虐，累尔农氓少奏功。户有棠阴歌宰德，民无瘵辈仗天工。相周邻里寻常事，海滋先筹执简通。

花飞六出岂无年，利济苍生幸有缘。瑞麦于今沾谷雨，恩膏依旧遍桑田。前兹已食官仓粟，今此还输刺史钱。周急济贫根首善，蒲榆谁复尚求旃。

申命周详为此金，倡捐非是拾人心。虽由蔀屋盈虚验，均受天家惠泽深。凿井耕田仍法古，解衣推食继于今。呼庚呼癸从斯绝，利溥仁言共克钦。

红帖题诗有特招，万民生计转春朝。事同富弼成千舍，乐比颜回饮一瓢。引尔颛愚登福地，仗公清洁立冰条。部中枵腹无如我，学步先歌饱德谣。

管有声（童生）

占年预识稻粱丰，瑞雪霏霏远近同。只为民沾钟皓泽，自应天赞贾琮功。时当荒歉蒙嘉惠，力劝捐施补化工。从此穷檐多感戴，农商平粜互相通。

旱魃为灾忆昨年，涸鱼思水苦无缘。一天杲杲升红日，万顷荒荒作白田。祈雨不张街上伞，祭雩常费府中钱。虔诚祷祝公先导，绅士随行敢舍旃。

胡质清廉不受金，兢兢长自矢冰心。勘荒总是哀矜甚，请赈无非惠爱深。炊玉流珠悲在昔，赍粮设粥感于今。熙朝倘记循良传，第一名臣世共钦。

桃李门墙幸见招，得逢青眼在今朝。鉴来制艺方盈轴，搜得诗词复满瓢。和气无须申令甲，仁风不用设科条。海昌真似南阳郡，试听人间召父谣。

管怀许（童生）

苍生待哺想年丰，不道灾黎满眼同。薪桂米珠谁果腹，疗饥苏困望施功。沿江绣壤殚民力，近海穷檐感化工。伫待秋来仍足食，求田问舍万箱通。

六出霏霏兆有年，那知济赈续前缘。追思旧旱三时害，致叹歉收九井田。对宇望衡谁足食，裁冰割雪费多钱。爱民如子公心切，又劝仁人共舍旃。

好从富室劝施金，已溺己饥无异心。乐善要因仁者念，捐廉争仰爱人深。移民移粟难从昔，余九余三想自今。舌现广长频说法，新诗到处已神钦。

合属绅耆蒙宠招，琴堂借箸会崇朝。功成保障传三异，绩著哀矜惠一瓢。民有求生登衽席，公能起死活枝条。共襄义举期无怠，再卜秋成击壤谣。

朱宫桂（童生）

（按：原书此前显有脱漏）轴，便施猛雨泻天瓢。三冬寒气苞梅蕊，二月春光转柳条。今日沟中咸起瘠，仁声四野遍歌谣。

许楣（童生）

高歌击壤比年丰，偶值偏灾致慨同。一雨不随云慰望，三秋难得岁成功。篠骖忽起迎贤宰，桑雉初驯普化工。应是作霖邀睿赏，四郊待泽及时通。

为民续命又今年，倾俸还期广善缘。要使飞鸿安户籍，郴堪耕犊废农田。指困义重仁人粟，遮道廉思太守钱。杖履欣随诸父老，行春一路仰星旄。

一诺何惭季布金，爰知感激在人心。两年绩奏天庭远，万姓恩沾海国深。荒政在经因论古，仁风到处却思今。几曾暂辍弦歌业，清课琴堂最足钦。

频烦执枣重嘉招，踊跃舆情见此朝。何地不当施卫粥，是人皆可乐颜瓢。祥光已自笼青盖，生意先看透碧条。太史陈诗应待采，好编南国入风谣。

钟克喈（童生）

岁歉欢呼等岁丰，绸缪补救两番同。群生幸遇回生术，奕世应传济世功。薄赋推恩沾圣泽，平施妙策赞天工。穷檐朝夕忧无计，赖有权宜缓急通。

鹄面鸠形自去年，重逢劝赈话前缘。恩同旱甚施霖雨，惠及阳和种福田。挹注殷勤谋斗粟，吹嘘婉转索囊钱。睦姻任恤还师古，桑梓高情共勉旃。

争传慷慨乐输金，泽润生民在此心。莠草逢春机渐转，枯鱼得水乐弥深。慈祥直欲参天地，调剂还能酌古今。广被休风思爱助，养民善政使人钦。

麈尾难将万姓招，恩膏共度遍崇朝。善人富可全千户，饥者甘惟给一瓢。诗取国风歌孔迩，政垂周礼准科条。仁看麦秀民康乐，鼓腹时闻帝世谣。

冯本（童生）

瓣香敬祝为南丰，循吏贤声召父同。发粟周施成大德，挥金赈济树全功。筹时胜算施荒政，保赤深情转化工。正是仁风渐被处，家家相勉有无通。

圣世频书大有年，凶荒偶遇且随缘。三春已报如膏雨，四月还看秀麦田。争说郑侨同众母，咸知刘宠本无钱。闾阎共沐薰陶化，推食高风愿勉旃。

巨手鸿篇值万金，须知本自爱民心。万家共乐仁慈厚，百里均叨惠泽深。政备南康师自古，功传宗秀见于今。阳春有脚真如是，蔽芾棠阴合共钦。

近者怀恩远并招，阳和喜见布崇朝。充饥岂必需三釜，止渴应同饮一瓢。保庶心原先富教，振文风为立规条。春城草木皆生意，五袴从听下里谣。

钟步炘(童生)

耕九余三蓄欠丰，长官心戚与民同。劝将巨室分金惠，当得贫黎继粟功。有子倒悬须父解，诸人施力代天工。郑公糜粥青州粟，今古仁风一例通。

频颁膏泽自年年，公本婆心似佛缘。且缓劝耕禽布谷，待看刈麦水分田。儿童愿饱青精饭，父老思叨赤仄钱。赖得贤侯能体恤，一时喜气满旌旄。

颁将鹤俸罄囊金，保富怜贫共此心。灯号水晶随物见，笔垂秋露润人深。指困济惠原推昔，给饷承流又自今。料得清溪茂棠荫，(公由德清调任。)群黎翘首更相钦。

中春校士记相招，进谒慈颜月吉朝。一自明公能破格，几多寒士不空瓢。清心朗比冰三尺，德政和于玉七条。从此有山登饭颗，养民也惠万人谣。

陆振之(童生)

尧天自合颂年丰，中谷兴嗟此日同。谁是二红供麦饭，空将三白庆神功。凫茈才罢悲春日，庚癸呼成怨雨工。不有解悬真妙手，廪困积粟几时通。

饮和大地自年年，濒海生灵庆有缘。治重南康刚命吏，诏颁东海更蠲田。屏人私舍筹荒政，似水官囊出俸钱。共识琴堂宣化意，招来不用庶人旄。

人生何事重千金，胞与由来是此心。野外鹿鸣春草尽，泽中鸿诉雪花深。扶成莲社欢如昨，种有萍因福自今。安得衡阳贫士饷，刘郎快举万人钦。

黄鹄飞鸣未可招，有人愁坐叹终朝。家无甘酽藏千石，村少胡麻散百瓢。冻雨宁辞营大厦，春风只爱赋新条。仁看邹律阳回后，华黍年来击壤谣。

陆镜湖(童生)

五马初来岁欠丰，好官幸喜福星同。下车即绘流离状，(甫下车，即将旱灾申报。)驻节先收补救功。务与枯鱼商激水，喜看黔首荷神工。沾恩不独盐官地，隔邑爱资籴粜通。(上年各郡皆禁米出境，公不为禁。)

拥道鸣驺忆旧年，天教来结海昌缘。去思应有莱公柏。(解德清县印，即来吾州。)新政羞为燕子田。欲使欢颜依广厦，劝令殷户散多钱。口碑历历均堪志，襄事同心尚勉旄。

满纸琳琅字字金，诗歌绘出爱民心。莫嫌勺水波难活，幸藉群流泽易深。案户分施师自古，权宜通变酌于今。请看菜色村村减，贤牧持筹世共钦。

戾气消除瑞气招，奉扬圣化值春朝。庭开竹翠书千帙，人醉和风酒一瓢。漫说救荒无善策，仁看生意到枯条。阆〔阆〕州群荷拊循策，才罢新歌又鼓谣。

封福田(童生)

远近风传欠岁丰，焦思蒿目一时同。茅檐共切思饥虑，蔀屋先资乃粒功。拯溺有人情更急，倒悬待解术求工。海隅赤子啼号甚，赖有阳春一线通。

竹马欢迎记去年，欣逢循吏是良缘。职司父道兼师道，惠本心田即福田。先替万家筹粒食，并除一个选民钱。从知乐只歌宜遍，缮到葩经执舍旃。

亟分民瘼亟捐金，草野争推保赤心。绩奏三年犹日缓，恩同再造被春深。便民乞籴风遵古，有谷诒孙拟自今。惠政幸逢贤刺史，舆情舆论自同钦。

吹嘘风便肯相招，陪列琴堂话永朝。膏雨沾濡怀雅度，甘棠庇荫寄诗瓢。四民颂答扶持意，一纸书增教养条。料得迁莺看指日，声声众口出衢谣。

俞以诚（童生）

四民乐业仗年丰，饥馑遭时困顿同。几处鹄形诚足恤，数家鸡肋恐无功。宣言贷帑昭天德，庶姓蒙生并化工。父解子悬留至语，流传百世最圆通。

饥民度日竟如年，愧我难周一粟缘。收得稻粱先国课，分将斗升即心田。村留茅店艰谋食，里有行商善致钱。听得琴棠三五令，紫黄标榜共输旃。

自嗟点石不成金，竟日焦劳一片心。念我不如知我切，劝人较与别人深。箪瓢屡空难追古，笔墨承欢且度今。感戴循良无限惠，水晶灯照满城钦。

仰蒙义举一番招，温谕谆谆赈几朝。贬食不须留米瓮，卖书未忍弃诗瓢。福田种得原无界，恩例推来尚有条。咸待尧夫先发粟，兆民齐唱喜欢谣。

朱逢春（童生）

盛世咸歌岁屡丰，车书万里自来同。圣仁天子文思德，慈惠名贤守牧功。纵遇偏灾筹画备，亟行善政计谋工。海东僻壤恩膏普，平粜无余告籴通。

抚字勤劳只阅年，釜钟已结万民缘。散财直作延龄酒，输粟本称续命田。俭以持躬如帛幅，廉能济世出金钱。更令治下诸殷户，一视同仁尚勉旃。

真如粪土贱黄金，此是豪家侈泰心。但使移来种福厚，若能挥去积功深。黔敖设食周衢路，卜式轻财冠古今。麦秀两歧差可待，层云高义世皆钦。

赴厂纷纷以类招，扶携老幼在晨朝。恩加茕独日三合，（赈凡小口日得二合，大口鳏寡得三合。）泽逮卑田人一瓢。（乞丐不列户口册，各付一瓢。）细雨廉纤频润物，和风披拂不鸣条。持危济困疮痍起，共献阳春有脚谣。

陆镜江（童生）

大有年年屡报丰，只因去岁鲜从同。救灾幸赖仁人粟，（上年旱灾，幸赖常平粜粟济之。）活命全叨典牧功。（赖公实心办理，饥民戴德。）自昔赈蠲资帝力，由来实政赞天工。海昌从此民苏困，谁说权宜少变通。

关心饥馁已逾年，春到盐官又有缘。（去年夏季，公来牧，即举行荒政。今又歌诗劝赈。）满福珠玑纷丽藻，千村菽粟种心田。澹灾旧荷随车雨，分俸新施解囊钱。阖境尽沾贤守泽，会看父老拜旌旃。

肯襄义举散多金，都体冰壶一片心。勺水助波沟易涸，（寒家亦竭升斗以助。）众谋集腋泽弥深。饭香处处添非昔，菜色村村减自今。遥想当时迎五马，携来雨露久相钦。

公余造士远相招，旧荷鸿施忆昨朝。（去岁观风，曾叨拔擢赐膏火。）幸履琴堂瞻雅范，喜沾化雨润诗瓢。门迎桃李花千树，针度鸳鸯绪万条。樗栎也叨培植厚，敢将拙句谱风谣。

俞星璿（童生）

留作清溪屡岁丰，怜民情总一般同。劝捐岂是常人力，施赈咸叨刺史功。集腋已看成义举，挥毫真可夺天工。从今有脚阳春至，麦陇黄云百里通。

旌节来宁始一年，万民皆荷使君缘。应知福种如苗种，方信心田胜稻田。草绿最怜书有带，花开不羡夜多钱。赈捐敢道乡风古，鹤俸先颁众舍旃。

漫言富室肯挥金，全赖贤侯费苦心。报德应如天罔极，感恩恰似海同深。哀鸿定集欣从古，鸥鸟全除快自今。一念好生由此扩，忧思才得勉钦钦。

大儒经济喜相招，遐迩欢腾快此朝。屡荷琴堂频给粟，方教陋巷不悬瓢。迟迟春色回青甸，淡淡和风拂翠条。总被仁人恩泽溥，愿从都士献幽谣。

陈天保（童生）

人和即可抵年丰，桑梓情形比户同。良吏裕民先裕食，立言兼德亦兼功。何须乞米征书帖，却笑监门倩画工。合是当年洪佛子，文章经济两相通。

力穑民方待稔年，且欣续命有前缘。乍来五马多仁德，独倡群情种福田。开廪争分刘氏粟，闻风似挂邴原钱。仗公一念关休戚，十万苍生尽赖旃。

咸阳一字等千金，费尽琴堂抚字心。菜色全消黄自减，棠阴新庇绿尤深。饥寒情状人犹己，斟酌权宜古逊今。自是好官成义举，淳风遐迩合相钦。

铃斋课士辄相招，月旦公评记屡朝。破格垂青推法眼，精心保赤寄诗瓢。蚩氓喜比霖三日，廉吏清如冰一条。赢得欢声似雷动，抒情我亦谱风谣。

冯林（童生）

问岁情殷转岁丰，救荒仁政此心同。禹思鲜食诚堪虑，尧德难名自有功。笔力原能回帝力，人工信可代天工。上行下效如桴鼓，邻里相周义本通。

旱魃为灾忆去年，慈仁父至信天缘。赈施并计连村舍，接济兼筹负郭田。善举欲成先舍俸，高情谁敢吝输钱。弦歌百里沾仁泽，好语同人共勉旃。

奚须义士始挥金，相恤相賙在此心。晨火万家炊可续，清风两袖颂弥深。福田滋养宜师古，廪粟流通看自今。升斗苏如鱼涸辙，指囷高谊向来钦。

远近绥安不待招，为糜道路忽今朝。恩膏叠沛同郇雨，里巷偕来挂许瓢。枵腹渐期成鼓腹，枯条旋见转荣条。循声应并河阳著，草野还闻击壤谣。

查有荣（童生）

五谷春来未兆丰，农人望岁此心同。贤侯每切苍生虑，仁政能回造化功。岂意水耕兼火耨，端宜人力代天工。福星幸喜临东海，转眼汪洋涸泽通。

木岁偏饥是去年，救荒御旱苦无缘。萧条四野稀炊火，潦倒三农困力田。迤逐儿童骑竹马，愿随父老馈青钱。输财种福由公始，义举人人乐舍旃。

寸麦遥知抵寸金，双歧秀出慰农心。试看下里讴歌遍，半受神君惠养深。一县花红风近古，四山雪白庆从今。倾囷倒篚初无吝，文告煌煌众共钦。

谦投名柬遍相招，孝秀耆英会一朝。已见瑞烟生万灶，不愁寒水积空瓢。欢腾白屋人皆感，春满皇州柳放条。从此维鱼欣有望，泽中顿息雁鸿谣。

朱和鼐（童生）

枉说豚蹄祝岁丰，饥肠鸣与辘轳同。二三月未青黄接，千万间叨覆庇工。上体宸衷行实政，下敷厚泽代天工。诗云乐只真君子，共望南山诵一通。

抚字劳劳甫半年，两番谆劝岂无缘。化离那忍嗟中谷，施舍从教广福田。接下直忘官品级，忧民何惜俸银钱。郑仓李廪争相效，谁不倾囊共舍旃。

祇园遍地布黄金，无量功由无量心。菜色争怜如此瘦，春风斗觉感人深。耕三余一风殊古，编甲书丁法自今。从此哀多兼益寡，新颁荒政最宜钦。

流离雁户共相招，聊得餐饔继夕朝。善事直宜书史策，佳章且欲入诗瓢。海邦风俗敦千古，刺史清勤察六条。回忆下车曾几月，仁风到处遍歌谣。

管星河（童生）

腊底犹堪卜岁丰，春来觅食尚相同。绵绵雨雪添荒景，仆仆泥涂劝赈功。郊外传闻横道殣，海隅怜恤代天工。能开一点菩提念，稳趁风帆万里通。

屈指浮华几许年，荒灾偶降得无缘。而今人意深谋利，不觉天心暗损田。亟把厂开施白粥，免教饥剧索青钱。指囷一诺今谁是，少有囊赀要勉旃。

探索囊中纵一金，散于菜色亦仁心。糟糠聊且充饥度，风雨谁怜受病深。人待麦秋嗟尚缓，粟开仓廪望如今。移山众力非虚语，大小勤劳总可钦。

求福何须远处招，眼前即是自今朝。哀穷减我供多品，乐善分他啜一瓢。急以章程行惠策，莫令老弱转萧条。欲填沟壑知谁诉，能不殷然作劝谣。

葛谅（童生）

耕凿年年乐岁丰，从前旱患浙西同。黎民咸乏饔餐计，元后重施补助功。畎亩既难收地利，庙堂终是代天工。者番国赋犹蠲缓，更信皇猷卅载通。

闵闵依然望有年，天灾流处竟何缘。才闻鼓腹成枵腹，渐见良田等石田。幸遇郑公输出粟，欣逢遵路募多钱。瑶章到日频䦕赈，风草遵行尚慎旃。

谁将囊底吝余金，仰副民胞一片心。梓里相周谊尚浅，琴堂推泽惠弥深。劝分善政追于昔，捐俸仁衷创自今。从此群然歌乐只，龚黄召杜共相钦。

生佛来因福所招，饥民得哺不崇朝。食贫无奈悬如磬，济涸何妨饮以瓢。保赤已垂诗四首，选青尝限烛三条。不闻蔀屋呼庚癸，惟听神明满耳谣。

梁枚（童生）

岁值灾流谷欠丰，室嗟悬磬景相同。心存保赤修三事，政在宜民叙九功。惠诏下临蒙帝德，循声远播赞天工。从今深沐仁人福，得免沟填贫富通。

车下盐官未一年，仁风遍仰有前缘。文章固已能优士，草野宁惟劝力田。深念穷檐俱乏食，辄令殷户尽捐钱。合称父母真无愧，藉此贤劳忍舍旃。

春回细柳绽黄金，一片流传惠爱心。清凛四知坚吏治，德征三异入人深。琴堂雅化敷遐迩，花县清风迈古今。更励民敦桑梓谊，新施善政海邦钦。

珠玉诗成远近招，泛舟输粟在崇朝。如逢膏雨沾三月，恍拟天浆酌一瓢。化日舒长咸颂德，惠风和畅不鸣条。仁看麦秀双歧瑞，道路穰田听颂谣。

杨肇基（童生）

烝民偶不值年丰，百室真如悬磬同。倾俸济贫非小惠，劝捐赈乏有奇功。黔黎尽戴生全德，白首咸钦造化工。三代遗风欣再见，救荒政与古时通。

休论无年与有年，发心乐助总随缘。春无活计机停织，夏待尝新麦熟田。听讼平时清比镜，救民此日创捐钱。鸾旐大小从公后，踊跃争先敢舍旃。

行人路不拾遗金，端赖慈君保护心。平粜恩施期月久，好生德被一州深。仁风布处均遐迩，义举成时冠古今。自是琴堂端雅化，万民叨泽总群钦。

劝议曾经置酒招，民欣活计在今朝。纵然家不充三鬴，也幸身堪饮一瓢。万户尽看敦礼让，比邻无复叹萧条。我生何幸沾醇化，喜听康衢击壤谣。

汤汝翼（童生）

含花雪告岁时丰，谁道民犹菜色同。免税蠲租蒙帝德，分财散粟补天功。修将六府兼三事，开得千仓到百工。荒政颁行仁泽沃，闾阎艰苦上能通。

信祝平康自有年，那知下里竟无缘。救灾各处怜悬磬，介福从教咏大田。众济叨分千石俸，邻䦕聊助一囊钱。书捐本是关心事，况诵瑶章忍舍旃。

泽周蔀屋胜分金，温煦黎元一片心。廉宰业经颁谕再，穷檐屡得受恩深。载饥载渴伤邻里，移粟移民酌古今。妇子盈宁从此卜，丰功谁敢不时钦。

钧简遥颁几度招，春回黍谷在崇朝。官仓计口分藏粟，香粥随时挹满瓢。十日雨来欣润物，九霄风起不鸣条。劝功乐事歌敦俗，好比尧年击壤谣。

陈天佑（童生）

玉烛方欣岁屡丰，何缘致旱与汤同。常平久切疮痍念，拯救能回造化功。赢得青精兼白粲，好将人力补天工。设糜就食寻常事，国用还教卅载通。

三白征祥待有年，苍生托命且随缘。循声合数随车雨，惠泽能苏负郭田。休说黄杨同厄闰，早知翠荚共流钱。平民已奏康衢曲，广厦何曾乐细旃。

岁旱何由更雨金，振穷共庆勚同心。指困自见仓箱界，赈帛应知雨露深。诏有蠲租规自昔，田惟续命赖从今。道旁菜色人宜减，棠荫新浓远迩钦。

移民就谷若为招，德政颁余沛一朝。自是阳春长有脚，免教陋巷叹悬瓢。恩流泽国三千户，法本周官十二条。屈指麦黄应可计，双歧兼补太平谣。

钟鼎梅（童生）

辛勤抚字愿民丰，那料天灾两浙同。义举隔年曾济急，赈输此日见全功。礼耕义种儒生切，黍雨棠阴诗思工。群羡美君仁泽厚，有无仵看比庐通。

密雪飞花定瑞年，重看赈册续前缘。老农预望占鱼梦，恶岁何如守砚田。续命赖开仓内粟，捐金先解杖头钱。苍生托庇关心切，苏困无难招以旃。

囊中红粟惜如金，抚恤穷黎惕一心。禽向生嗟奇厄遇，鸿哀无托隐忧深。兴工佐食曾怀昔，移粟施贫又见今。仰颂贤良成美绩，岂惟一室共推钦。

荒政频颁喜见招，春光由此转崇朝。琴堂简易称三善，陋巷安恬剩一瓢。到处仁风看偃草，占来瑞雪不封条。年书大有推公德，海国旋听击壤谣。

陈奉彝（耆儒）

清香每日祝年丰，上祷桑林自古同。戌岁过于子岁歉，一擎那及众擎功。未填沟壑叨天德，聊继饔餐赖女工。瞻望阳春召烟景，长沾仁泽自融通。

谨守柴扉七十年，残篇糊口是前缘。甘棠少润闲书屋，米价频增歉砚田。圣主忧民施缓免，仁慈乐善散金钱。自惭悬磬难周急，输与邻翁得勉旃。

明公莅止式如今，兴起愚夫好义心。每叹门衰致学浅，咸叨利济感恩深。几翻粟贵无多月，四次年荒未及今。诚格能回天眷念，万民称颂鬼神钦。

劝章四律以旃招，济度贫民十数朝。咸待南滨欣采藻，我宁陋巷乐悬瓢。春风被及闲花木，淑气催舒新柳条。发政化行成美俗，野人听唱太平谣。

费英（童生）

雨旸时若屡年丰，偶与黄杨厄闰同。商代犹然逢旱岁，周家曾说有康功。好官惯体朝廷意，善政还参造化工。金玉下颁民鼓舞，文章经济两相通。

清俸轻捐忆去年，今春复造再生缘。定将人力回天力，种得心田即福田。争说仁人咸指粟，谁知廉吏早投钱。由来桑梓情原重，敢道吾民不勉旃。

济时有志且挥金，莫负殷勤刺史心。须识富家仓廪积，本缘圣世德恩深。流民图已闻于昔，劝赈诗才始自今。从此淳风他亦耀，循良岂独海邦钦。

领赈人来不用招，哀鸿集泽免今朝。分财争解陆公橐，为食莫空颜子瓢。父母情怜民菜色，苍黎荫托召棠条。哺含腹鼓宁忘德，合献家家击壤谣。

俞机（童生）

杯珓村村祝岁丰，褰帷牧伯此心同。已沾甘雨随车泽，更溥和风扇物功。民到啼饥原是苦，诗非有意要求工。闾阎传诵仁人语，顷刻欢然缓急通。

便从春到望丰年，天与官民两有缘。淡沱是风膏是雨，桑麻为圃麦为田。万家暖意生炊火，两度深恩舍俸钱。赢得人人俱踊跃，一时好义愿施旃。

清得贫惟带有金，解来更见爱民心。捐输厚薄随盈绌，感激情怀任浅深。米载苍头传自昔，粮均黄口喜从今。循良不少恭兼茂，第一推公最可钦。

以礼为罗秀士招，评文放赈自朝朝。官声不负书千卷，御赐应颁酒十瓢。无废事真看尽举，有恒政岂在多条。端宜邻邑争相羡，海国来听众母谣。

何镰（童生）

心香一瓣祝南丰，抚字苍生有孰同。济众尽教分薄俸，挥金真赖倡元功。足征厚惠将民惠，妙把人工补化工。多谢龙门疏凿手，盈虚斟酌藉流通。

群黎如获再生年，荒政颁行纪旧缘。匮釜绝怜南阮子，疗饥幸有北钟田。情深一盏桃花粥，义贮千缗榆荚钱。乐善好施同是念，闾阎妇子实凭旃。

公余惜墨敢如金，一幅瑶章写赤心。谦此课程书下下，恩同广厦庇深深。子民实政还如故，众母贤声颂自今。饥渴诚教同一己，穷檐抱戴寸心钦。

泽鸿涸鲋共欢招，义问仁声播一朝。利溥从教分饮啄，官清原自乐箪瓢。行看膏雨沾禾颖，陡觉和风拂柳条。刚值上林花发候，莺簧奏出太平谣。

徐进笏（童生）

木饥火旱欠年丰，望岁民情此日同。诵到歌风皆德政，沾来膏雨并神功。事先公粥成庐舍，美媲希文佐食工。义举共欣贤宰倡，相䦷相恤闾阎通。

瑞雪连番兆有年，好生愿结再生缘。同仁一视凭心地，积善余庆广福田。前此已输官廪粟，今兹又解俸囊钱。为期桑梓敦崇谊，慰我良箴敬佩旃。

休夸荆玉与南金，劝赈频烦抚字心。始信养民如子惠，端由学道爱人深。济贫周乏传于昔，推食解衣继自今。从此国无捐瘠辈，召棠郇黍一时钦。

哀多益寡互相招，百族衔恩在一朝。善断公明清案牍，佳吟斟酌付诗瓢。封宜汉邑三千户，政本周官十二条。茂绩循良勤圣治，巷衢愿进太平谣。

朱析（童生）

国家有道历年丰，百谷盈箱处处同。不意偶然遭夏旱，遂令从此旷农功。风清唳鹤公堂静，月朗鸣琴治谱工。恺悌劝捐真盛德，一时感戴万家通。

都说今年胜往年，民间有幸得良缘。村贫竞托沿门钵，野静全荒负郭田。红籥碧幢来父母，朱提赤仄施金钱。道旁童叟咸欢喜，巨室承风效勉旃。

人人受惜莫非金，济困扶危出善心。推与共施仁德厚，感孚直契道缘深。龚黄人羡超乎古，申甫天教降自今。倒峡词澜恩泽比，士民安得不相钦。

乡村欣跃尽人招，州有贤良佐圣朝。官署清标纾印绶，闾阎陌巷起箪瓢。仁风两袖吹棠荫，惠雨千丝润柳条。丹诏九重遥拜后，同声爱戴万民谣。

俞星瑶（童生）

贤宰诗成祝岁丰，瑶章重和不雷同。救民德比新民德，感化功如造化工。施赈犹怜民已病，吟篇更觉句尤工。舍捐多仗仁人唱，今日欣看梓里通。

籴粜乡间忆去年，承流赈济结前缘。分将鹤俸周贫户，勉彼鸠工业甫田。始信爱民如爱子，从知施德在施钱。跻堂献赋同云集，何必招摇更以旃。

官清民绝四知金，千佛慈悲即是心。富室乐输功尚浅，贤侯义举德殊深。仁风到处归淳朴，善政从来酌古今。万户欢腾民父母，循良廉洁一时钦。

村童野老各相招，赈领官衙快此朝。咸赖使君分食粟，不教寒士挂空瓢。情殷抚字东南遍，道载欢声远近条。户口千家沾泽厚，诗成合谱太平谣。

朱炳蔚（童生）

六花盈尺卜年丰，憔悴犹然万户同。悲闵一身难救苦，扶持众力好全功。圣朝恩旨纶音重，君子联吟琢句工。灾数时行原代有，由来膏泽贵流通。

莅我东滇忆去年，三生有幸结前缘。望梅胜止千人渴，得雨将苏万顷田。因地制宜真善策，不言所利肯私钱。泛舟输粟谁能继，就食移民共勉旃。

传抄高唱抵兼金，善与人同惬众心。囊尽囊空怜尔苦，振财出粟感人深。棠甘共爱超乎古，荼苦分尝记自今。珠玉琳琅争脍炙，万人传诵为公钦。

诗声兼与政声招，绝处逢生在诘朝。喜见闾阎无冻馁，群忘贫苦乐箪瓢。阳春有脚蒙推德，孔迩兴歌咏伐条。大史辎轩如采俗，康衢击壤听重谣。

张椿（童生）

寰宇苍生祝屡丰，此情朝野共相同。发棠德逊先捐事，请彻贤推博施功。出手援饥安庶姓，关心保富赞天工。顷占仁政回祥瑞，六出奇花兆已通。

社稷恒祈大有年，何虞旱魃遗饥缘。桔槔踏遍难芃黍，雨泽沾迟竟涸田。米若珠时惊白首，薪如桂处乏青钱。琴堂善政敷膏泽，化洽闾阎尽仰旟。

率仁举义导捐金，不啻移舆济众心。揆釜鱼生求救切，度鬵尘起望周深。呼庚与癸惊同昔，嗟罶惟星慨遇今。良牧清风参造化，恩光何处不欢钦。

捐俸分资以册招，万民感德颂昏朝。断齑何暇分三种，画粥犹虚对一瓢。槁欲苏时沾雨露，律回春处蘖枝条。青黄蕃接仁风致，转歉成丰喜色谣。

陈其镇（童生）

菜色俱缘谷不丰，抚绥敬议有谁同。捐廉预卜全民策，倡义还多弥盗功。周急情堪承圣训，好生德自协天工。上行下效如桴鼓，仗见风行及井通。

仁政重宣才度年，闻风谁不悟因缘。绸缪济困邀同志，规画扶艰展寸田。户若殷繁须赈米，人如疏淡亦分钱。村庄踊跃延生命，三百何曾或舍旟。

推仁岂必藉多金，实力承行即善心。累百成千资可集，入生出死泽还深。休言面鹄闻诸昔，不见形鸠计自今。适口有需堪续命，口碑舆诵共相钦。

仰给欢呼不待招，穷民络绎候崇朝。得求迥异逢庄鲋，怀惠还殊遗许瓢。化洽深村真一辙，春回瀲海竟同条。感恩饱德蚕桑熟，赈罢犹闻歌且谣。

钟锡元（童生）

不须诗牒说元丰，歉岁能教富室同。偶以灾荒勤睿虑，始知蠲缓即天功。发仓群乐人苏厄，载稻常嗤术未工。郑重使君敦劝意，仰承德化在流通。

雪花呈瑞入新年，涸鲋重苏有宿缘。活我原知心是佛，好生还种福如田。呼庚不乞公孙粟，称贷宁须子母钱。鹤俸颁来纾困乏，春郊行处望星旟。

积善由来愈积金，先忧后乐早存心。休和已沐天恩渥，经济多由学术深。酉岁求浆占自昔，辛期收麦验从今。曲阿高谊欣重见，困指乡邻世共钦。

从此灾黎举手招，为言善气转崇朝。官持廉节空鱼釜，人乐高风赋鹤瓢。植遍龚桑觇治绩，拔来庾薤凛科条。春陵唱彻知难和，好续钱塘一叶谣。

马德馨（童生）

甘霖瑞雪转年丰，可奈灾黎依旧同。举室罄悬缘岁旱，连阡辙涸误人功。饱经蒿目看何忍，饥索枯肠赋未工。草偃风行君子德，有无从此好相通。

木饥火旱致荒年，扼腕灾区为劝缘。纵有巨川皆大陆，可怜焦土〔土〕本良田。饮无朱令儿孙水，选乏刘公父老钱。仰赖创捐均德意，善人慕义共遵旟。

群遵一诺重千金，溥乃仁言一片心。枯荄通时知雨润，勾萌达处荷恩深。颁来荒政原从古，体到民情感自今。泽遍海隅欣食德，百年棠荫万民钦。

粥糜群向路人招，菜色民俱异昔朝。万户腾欢歌鼓腹，三农颂德协诗瓢。教之礼乐应多法，树乃风声仰有条。仁看阳和盈海宇，依然巷祝与衢谣。

孙赞虞（童生）

琴堂泽厚歉如丰，更导人间善与同。鲁匮臧孙能告籴，齐饥黔氏岂无功。化居禁积师前典，薄敛舒征仰化工。胞与相看无隔膜，周贫雅意共流通。

来暮因何适歉年，阙饥应亦有前缘。米薪已等珠兼桂，薦蓉何堪石是田。水汲江中难救鲋，书驰粤地急输钱。化通鄙吝欣推解，义举垂成共勖旃。

莫惜床头壮士金，无颜色却有真心。万家烟火怜疏淡，一滴恩膏量浅深。施惠因人风复古，给糜论口法由今。经权互济都相称，铭颂难宣意所钦。

旱魃驱除永莫招，雨旸时若转崇朝。权为劝就嗟来食，岂竟长携陋巷瓢。麦陇将生歧结穗，桑田旋伐远扬条。下车阴雨均仁德，合浦还珠尽乐谣。

吴昶（童生）

抚绥原不择年丰，遗廪规模救济同。倡自一心周自远，勤成众志独成功。春风已转阳春脚，化雨新调造化工。董劝事宜衡量去，盈虚分润即时通。

人从天意转流年，天保人和有宿缘。临政于今捐廪粟，治安自昔熟书田。下车宣化敦仁里，奉令群输活命钱。公溥同心棠荫厚，长春生气运行斿。

积金救困乐捐金，痛痒全关胞与心。不作布施邀誉美，直教援溺用忧深。本怀知我诚如昨，际会安民恰在今。学古入官抒凤蕴，恩周闾里共相钦。

鼓腹欢欣民共招，穷檐得哺感崇朝。惟携海国风双袖，只挹江村水一瓢。义切通财应踊跃，令从荒政按科条。路碑已遍斯邦口，耕凿依然太古谣。

封蓝田（童生）

苍赤咸祈五谷丰，嗷嗷待哺众相同。偶然灾眚情堪悯，不有恩施事鲜功。薪似桂休夸负易，米如珠枉说炊工。小民窃愿提携力，益寡哀多理自通。

星过元枵降此年，广施喜舍要随缘。勤农满望香粒，渴水无收等石田。富者每多藏赤仄，贫人所乏是青钱。有余不足寻常事，天道张弓盍信斿。

岂因豪举手挥金，要是慈祥恻怛心。施泽素封叨惠浅，拯人枵腹感恩深。茆檐有犬观非昔，蔀屋无鸠救自今。况遇爱民贤刺史，群然鼓舞万家钦。

旱魃炎威忽地招，仁风默化在崇朝。慈悲不愿题千佛，吟咏何妨贮一瓢。秋稼如云期得意，春桑满屋望攀条。生机畅遂功无量，盈耳洋洋遍颂谣。

马森（童生）

甘雨和风渐告丰，殷殷望岁万民同。能筹黎庶饔飧计，端赖贤侯润泽功。劝出家困敦国本，欲将人力补天工。群蒙此日阳和惠，喜见涓流涸辙通。

凶年转眼作丰年，黍谷春回亦夙缘。众庆维鱼占牧梦，人知输粟本心田。即看救乏能成策，愈信为官不爱钱。自此民心都感戴，远方招得不须旃。

先将鹤俸倡捐金，寤寐时存利物心。菜绽黄花沾泽厚，麦连青陇觉春深。呼庚纵已闻于昔，占甲应将庆自今。善政定堪邀睿赏，不徒草野共相钦。

下问刍荛折简招，助成义举及芳朝。从知撑腹榆千树，不抵充肠粥一瓢。泽返哀鸿宁去国，柳沾膏雨亦垂条。东风得藉吹嘘力，烧尾遥赓汲浪谣。

周如用（童生）

荐臻未遽庆年丰，菜色民还处处同。荒政散财推首务，凶年贷粟信奇功。苍生志切云霓望，黄阁恩施雨露工。从此免教人易子，顺成八蜡已先通。

景象群生胜去年，发仓赈恤续前缘。民常冻馁难糊口，地本膏腴可力田。应借富人珠作粟，好资贫士玉为钱。任他不食嗟来去，颂德情殷莫舍旃。

仁君捐俸劝捐金，诗律精华见苦心。共识郑公遗爱渥，更知清献用谋深。已饥已溺曾传古，民舞民歌忆自今。惠政合书循吏传，龚黄卓鲁遍相钦。

赞襄多士喜同招，设厂炊糜又一朝。心感好生欣俎豆，身逢再造乐箪瓢。纵输秦粟三千石，不外周官十二条。未雨绸缪真上策，常平良法万民谣。

葛方宣（童生）

从此熙朝岁岁丰，欢声喜气万民同。使君竟有回天力，百姓犹传祷雨功。旱后有年皆地利，灾余多黍亦人工。已看畎亩禾苗熟，更指河流上下通。

偶闻野老话前年，亢旱何人结善缘。刺史再迟三日到，盐官荒尽万家田。才如公抃筹官策，恩比宽饶出俸钱。但愿军门容借寇，朝朝马首拜旌旃。

带得甘霖抵万金，公车一路慰人心。天边华盖来何晚，海上苍生望正深。到日刚逢民乏食，救时真觉古犹今。神明四处称贤牧，大府论功列郡钦。

每随多士践弓招，官阁论题此一朝。庾亮楼前惟月色，唐求座上有诗瓢。导人文字花千样，化我乡民政六条。不是鲰生夸献赋，借他湘管写风谣。

倪大有（童生）

由来沃壤庆年丰，偶有偏灾自古同。正值木饥愁屡空，能输金带荷殊功。未须辛籴称良策，且绝庚呼转化工。幸遇使君宣帝德，应教利泽溥流通。

未获盈余积九年，博施端赖结良缘。室分远迩恒悬磬，力困东南牛薄田。剥得星榆谋一饱，负来斗米近千钱。者番艰苦民犹甚，忍听嗷嗷竟舍旃。

威行旱魃苦流金，劝赈心同劝善心。言出仁人其利溥，惠沾海国厥恩深。田名续命由来旧，仓号常平继自今。不必易薪称善牧，救荒得策万人钦。

指困不必藉旃招，鸿集能鸠在一朝。若使琴堂迟借箸，谁令陌巷乐操瓢。厚生惟念书三事，保恤胥遵礼六条。白发黄童欣击壤，甘棠蔽荫遍歌谣。

沈敦书（童生）

平粜蠲征帝泽丰，赈荒江浙见攸同。颁施既荷熙朝惠，捐劝还凭贤宰功。三异观成书自著，十奇致咏句谁工。解衣推食须臾事，从事相赒缓急通。

才逢五戊正祈年，尔日周贫广善缘。倡举先输清献粟，率由共效善明田。已沾膏渥三春泽，何惜囊倾万贯钱。呼癸呼庚声自昔，闾阎慷慨好施旃。

不殊管鲍说分金，桑梓联情惬众心。邑有棠阴叨庇切，民无菜色颂恩深。爱行善政师乎古，利溥仁言始自今。嘉誉恰符荒岁谷，一时治绩动群钦。

申命周详有特招，酌盈济歉在崇朝。家虚儋石愁悬磬，户载仁恩乐饮瓢。几度秋风曾偃草，连番瑞雪不封条。好编汉吏循良传，菰屋安全远播谣。

陈敬守（童生）

分俸周民赍锡丰，躬亲领袖博雷同。吟诗独抱如伤痛，劝善先期不伐功。胜似马援聚米策，何须郑侠绘图工。乐从果见如流象，德教由来易感通。

阻饥民苦不逢年，倡率捐输结善缘。直欲施仁周草野，非徒种德在心田。尘埃何处犹生釜，男女无人更质钱。莫论口碑听载道，双鸿应亦绕旌旃。

群然一诺重千金，仰体民胞物与心。半菽相周宁小补，细流不择自成深。罢闻闾里呼庚癸，共道仁慈迈古今。如此章程谁得似，笑他汲黯矫言钦。

倒悬得解赖旁招，无复饔飧欠夕朝。不假尽心移老幼，独筹善策继箪瓢。穷檐困醒来生气，寒谷阳回到弱条。百室盈宁熙皞甚，琴堂欣听太平谣。

陈鸿士（童生）

水涸农劳岁欠丰，贤侯忧切与民同。勋名合谱循良传，鼎力能回造化功。恻怛有怀殊隐痛，赈输无缺赖谋工。设庐移粟须臾事，保障流离四境通。

群呼庚癸阅新年，乐助重邀续旧缘。未免周饥嗟海邑，要看膏雨润春田。救荒早藉常平粟，拯溺欣颁国俸钱。两度恩光咸厚戴，欢腾极浦仰旌旃。

四知凛惕却遗金，清彻冰壶一片心。百里弦歌扬德盛，三秋惠政念民深。卅年通制还循古，一旦权宜却慕今。经济文章归大雅，非徒桃李及门钦。

叠见琴堂屈节招，流膏被泽近花朝。关心本裕匡时策，苏困频怜守巷瓢。一脉阳春舒有脚，十分经济列成条。等闲未许窥斑管，独诵周南入化谣。

胡涟（童生）

尧汤何必定年丰，蓄积饶多四海同。但使人民无失业，讵云造化有全功。心存抚字非关逸，政在催科不计工。犹忆当年晋吏部，孰居简要孰清通。

菜色无忧凶旱年，居民如获再生缘。桔槔引得一渠水，饘粥供来二顷田。万户顿教天雨粟，千村何惜地流钱。稻孙克副登楼望，时有西风猎画斿。

得意田轻无用金，好官仁政济仁心。风能去垢功尤大，雨喜随车泽自深。服息青苗徒泥古，租庸白著莫通今。苍生本是期台辅，才屈悬刀远近钦。

更番折简辱旌招，善气迎人不一朝。修得朵云资末笔，投从巨石满诗瓢。鲁恭妙策陈三异，苏绰高才布六条。庆溢闾阎同挟纩，鸣琴敷治省风谣。

徐鲸波（童生）

枳棘权栖羽自丰，循良报绩有谁同。居官本是诗书彦，为政宁惭竹帛功。风被浙西推雅化，雨施海角赞神工。要知学道人能爱，儒术原于吏术通。

听彻仁声又一年，停车问字亦前缘。直将父母为师表，大展经纶出砚田。弦管春风传白屋，文章月旦选青钱。诸生从此增身价，仰望龙门忍舍斿。

拯济穷闾分俸金，客秋已见费婆心。旧时感沐恩波广，新政重沾雨露深。报国拳拳多法古，忧民悄悄独超今。满城老稚全饥殍，景仰仁风瘝瘵钦。

淋漓手翰为贤招，奖劝谆谆已数朝。一纸活人环海邑，半年饮水润诗瓢。顿回寒色输梅蕊，旋觉春光上柳条。瑞雪呈祥今可卜，不妨预唱太平谣。

青雨（僧人）

底事昨秋获未丰，故教米价与珠同。拯灾自有前番样，积善须修现在功。布施金多何处满，流民图绘最难工。慈悲原是佛家本，方便门开说法通。

记否灾黎已隔年，沿门托钵募僧缘。好官自是忧民瘦，和尚亦曾种佛田。虚室无烟真似磬，菩提有树不名钱。笑他点石都成幻，布施还期共舍斿。

清俸先颁一橐金，慈航普济最关心。人皆鹄面形俱瘦，恩比海波水更深。漫说赈施传自古，从教苦厄度于今。廉泉洒出缤纷雨，学释还将儒术钦。

赈厂持筹次第招，于于老稚逐终朝。李余井上谁三咽，露洒瓶中注一瓢。泽有哀鸿今果腹，园名祇树已成条。万家生佛都传遍，作偈容添衲子谣。

通载（僧人）

为民为国祝年丰，荒政由来德政同。既荷熙朝蠲缓泽，还叨贤牧劝捐功。千村输粟资仁社，一树垂棠被化工。佛现宰官身说法，结成善果大神通。

木饥火旱已经年，粟纳须弥了万缘。种德凭谁延物命，好施争自广心田。辛公济困曾开榜，郭氏怜贫喜散钱。一片慈云垂荫处，春风浩荡飏旌斿。

刺史怜民解俸金，从教慕义畅仁心。川原得气乾坤大，草木怀春雨露深。梯有积山功似昔，室无悬磬说于今。阇黎禀受无为化，普渡慈航佛法钦。

迎来竹马众相招，甘澍随车忆昨朝。布令青阳才转律，联吟白雪已盈瓢。事成封邑三千户，政轶屯田十二条。到处催诗听击钵，木鱼也附太平谣。

潘文辂（拔页）

华笙犹未奏和丰，荒政周官酌与同。去岁已分贫户帖，入春重拜使君功。救灾曾巩书频议，谕俗刘翚句最工。乡杜〔社〕枌榆期共劝，由来泉义取流通。

女魃凭陵敢望年，野蔬木实亦无缘。蠲租天幸颁恩诏，饩粟人谁种福田。白撰先捐廉吏俸，青苗宁贷水衡钱。恤贫有意兼安富，积聚从今且散姤。

相将输粟与输金，抚字全凭一寸心。骑竹儿皆知政厚，翳桑人更感恩深。戊申封事传由昔，庚癸呼声免自今。为语棠阴诸父老，诗成聊可慰钦钦。

哀鸿中泽一时招，得食群呼暮复朝。谩〔漫〕说室如悬鲁磬，须知人尽乐欧瓢。晓风麦陇青浮浪，春雨桑田绿满条。转眼丰年图可绩，共舒和气发欢谣。

邻 壤 和 章

朱绶曾(苏州诸生)

司牧心惟愿岁丰，使君疾苦与民同。不应秋去无余粟，何事春来续赈功。泽普缓蠲沾帝德，情敦桑梓补人工。里邻自有相周义，所望盈虚挹注通。

东皋土润早迎年，调剂重寻赈务缘。伫望桑麻盈在野，谁家儋石足于田。捐输路尽施饘粥，领袖官先散俸钱。何事谆谆劳告诫，好将翰墨劝行旆。

义举原非浪掷金，士民共谅使君心。居同里闬情应切，疾有扶持感自深。是处指囷堪继古，岂如借马竟伤今。乡城藉藉成歌咏，公正由来众所钦。

四野饥鸿不待招，争趋如鹜集崇朝。无心调鹤花千圃，有念焚香水一瓢。仁术转移回黍谷，风怀啸傲咏柔条。麦秋更祝村村熟，比户还闻击壤谣。

陈其蕙(江苏生员)

客岁西成未庆丰，三吴形势此邦同。流离先荷生全德，补救能参造化功。如此长官真父母，自然舆诵遍农工。发仓政本周家制，载路仁声涣号通。

儒生学尚愧三年，月旦评文有夙缘。(公每月课士，蕙偶来宁应课，谬蒙赏鉴。) 经术流行皆善政，人情体贴即良田。能教比户安鸿宅，半出官家聘鹤钱。保赤艰辛勤日昃，他年勋业表旌旄。

廉吏何来暮夜金，玉壶清彻自盟心。如山案牍能无积，解网科条不尚深。一路福星称有素，万家生佛颂而今。穷黎依旧安如堵，庚癸谁呼阖邑钦。

村村携远藉怀招，顿起疮痍在一朝。到处阳春回地脉，旁敷膏雨注天瓢。心劳抚字民全活，治剔苛烦令有条。圣世续修循吏传，新诗几卷采风谣。

夏之礼(安徽生员)

比户仓箱粟未丰，长官轸念与民同。为怜苍赤行仁术，不接青黄藉赈功。人乐劝输情可见，诗能悚听句尤工。行看百里敷棠荫，到处讴歌感易通。

报德惟歌大有年，捐赀乐助且随缘。取民犹是施民食，活命群思续命田。老幼咸叨分俸惠，鹤琴那有买山钱。花封一路听舆颂，乐国何人唱舍旆。

果然一语胜千金，种福由来种在心。莲幕夙钦敦谊厚，茅檐几许受恩深。琴鸣单父传诸古，花满河阳继自今。此日采风编实政，民讴硕德总相钦。

趁食哀鸿逐队招，欣看麦秀待花朝。非仙谁点成金石，忘世空余饮水瓢。即墨听他夸煮海，汝圾遵彼伐杖条。恬熙景象依然在，会见康衢击壤谣。

程载缘（仁和生员）

欲将和气致年丰，上下先征乐善同。官好仁心周地轴，诗成巨笔补天功。救荒如抱调饥切，创志浑忘劝语工。笑指梅花春意暖，一枝管领众香通。

竹马迎来甫半年，口碑题处悟因缘。苍生困顿贫如病，赤手调停福是田。草野喜占三日雪，花封听散五铢钱。斯民自解敦桑梓，早识探囊肯舍旃。

蠲租贱粜已销金，未尽殷殷抚字心。枯木竟逢春日秀，浓恩如共海波深。准教畎亩安其旧，况有文章振自今。召伯甘棠郇伯黍，闻风何处不知钦。

小山我似惯相招，梦绕鸥家暮复朝。满耳弦歌探治谱，一身花雨洗吟瓢。莴檐已熟红银饭，桑土新抽碧玉条。从此鸣琴看醉饱，海天齐唱太平谣。

沈寅（仁和生员）

熙朝民物正滋丰，宇宙年年庆大同。龙魃无端争海甸，鲋鱼全活赖神功。春回盛德水生木，法补常平人代工。却许邻封师善策，盐官恩泽曲江通。

穷黎何计度凶年，为劝乡邻缔善缘。共播仁风君子国，仍教耕凿圣人田。素封争索长安米，清俸先输太守钱。此日贤侯怜蚁集，相招须食不须旃。

济急难将石点金，新春劝赈自焦心。枌榆有荫风初畅，薇蕨无苗雪尚深。爱士爱民闻在昔，思饥思溺到于今。回天力致荒年谷，待看调元赞帝钦。

万家生气若为招，日丽炊烟已几朝。百里均分原宪粟，一箪聊配子渊瓢。新诗自足与人善，荒政还应补此条。东望君门桃李盛，向风也答太平谣。

徐镛（仁和生员）

问道农家歉与丰，西畴东亩岂全同。荷锄自尽三时力，望岁难齐十月功。已幸民艰关帝念，更须人事补天功。诗歌劝义今宣布，生意油然四境通。

春光原是太平年，吹朽嘘枯自有绿〔缘〕。粒食分来廉吏俸，露膏泡遍海疆田。只求刘氏仓储粟，不比黄家天雨钱。陇畔耕夫翘首望，绿杨阴里飐旌旃。

一字珠玑一字金，诗人能动善人心。平时安富情先感，此日䁑意寒自深。倾廪不分官与士，指困何幸古犹今。穷溟饱德歌民牧，蓬岛仙人亦共钦。

有愿都偿不待招，况逢和气洽春朝。更谁乐饮衡门水，尚念廉持陋巷瓢。时雨润添龚赭色，南风阜自桂林条。绛帷得授风诗意，许并穷檐献俚谣。

朱桂（嘉兴教职）

旱魃为灾岁欠丰，民呼庚癸诺应同。救荒政溯成周法，保赤恩侔郇伯功。莫谓指困情易竭，缘知推食计弥工。哀多益寡情何恨，一念仁慈上下通。

俄看瑞雪兆丰年，更喜仁人遇有缘。赈济已闻输国帑，恤周直欲遍桑田。茅檐安稳休忘德，刺史清廉不爱钱。正是移山支众力，以旌招士或招旃。

底事倾囊不惜金，只缘民瘼我关心。农无余粟思家切，国有慈君忘岁深。何必成规俱法古，但看良策总宜今。琴堂更觉优而学，圣世英才得所钦。

劝勉殷殷许共招，双弓米煮趁花朝。漫夸富士储千石，不顾贫民餍一瓢。德比阳春舒卉木，仁同孔迩纪枚条。而今依旧民无馁，少长欣欣定有谣。

劳翀霄（石门生员）

三白呈祥岁兆丰，啼饥犹是去年同。垂青赖有拊循策，保赤端由激劝功。户尽饭香须众力，民无菜色仗神工。降康转瞬欣多稼，伫看时和八蜡通。

高风汲黯震当年，公守盐官续善缘。务使尽人离涸辙，还期以德种心田。雨随车至施膏泽，春逐旌开散俸钱。（公首先捐俸，绅民踊跃。）黍绿平畴驱晓雾，会看迟日丽彤旃。

诗成丽句抵兼金，绘出殷勤爱物心。惠泽更随春水长，殊恩直比海波深。阁〔阖〕州远近敷文藻。（公诗已传遍邻邑。）载道讴歌亘古今。（莅任甫半年，歌声载道。）再造洪施宣上德，一时瘝瘝共相钦。

哀鸿来集喜相招，万姓昭苏在此朝。只为转输饶菽粟，绝胜持赠有箪瓢。澹灾已息呼庚念，除莠还严编甲条。大地阳和回顷刻，欢歌谱出太平谣。

劳国政（石门生员）

琴堂为政祝年丰，瑞雪纷飞到处同。望岁群黎多至愿，恤灾良牧运奇功。殊恩已沐天家赐，小补还祈化泽工。瓶罄蚤知罍亦耻，敬承德意有无通。

白雪阳春又一年，敢将私惠结群缘。鸿哀中野无菰米，雉雊芳时有麦田。两月慨捐豪士粟，万民群仰吉人钱。村农水未盈升斗，羞对枯鱼共勉旃。

颠连到眼即挥金，果报从来不系心。惟恐米珠随日长，但愁薪桂与年深。救荒济困师于古，平籴均施继自今。何幸慈祥临海邑，勉人为善是人钦。

旱魃为灾民自招，河阳化洽转崇朝。士林从此遵三教，黎庶安然饭一瓢。时雨霏霏沾嫩草，和风拂拂报柔条。欢声遍野歌尧力，今日先听陌上谣。

汪嘉植（桐乡生员）

刺史行春蔀屋丰，导迎善气得攸同。扶偏欲挽回天力，激劝还思填海功。泽满青郊歌乐土，声流白社颂神工。儿童竹马争相睹，投谒先教姓氏通。

蠲征奠峕转丰年，又拜仁人再造缘。远近村郊争负襁，纵横阡陌尽腴田。救荒谁说无良策，施济何曾惜俸钱。（公首先创捐，士庶踊跃。）试出土牛吹暖律，欢声齐动绕旌旃。

却怜无术点成金，空抱绨袍一片心。（嘉庆十年，中丞阮芸台夫子奏发帑银设厂赈济，植曾经理其事，为典敝袍制送暑药。）谊属枌榆徒愿切，职居民社倍恩深。天行逢眚犹如昨，地利频兴喜自今。凭伏嘘枯勤保赤，昭苏有象梦先钦。

忍听哀鸿傍路招，指困催散在崇朝。乐饥莫就黔敖食，饮水空怀颜子瓢。天有回心风暖麦，民多和气雪封条。太平光景人人见，尽付康衢击壤谣。

汪重熙（桐乡生员）

安得鳝鱼验大丰，休征六穟九垓同。轩居多稼劳清问，图绘流民效异功。僻壤还思歌乐土，人谋原可夺天工。蠲征诏下欢声动，呼吸先从北阙通。

歔嘘望切屡丰年，夙夜思偿未了缘。百里关心输晋粟，胶西著说重秦田。泽均黄袄同开霁，法陋青苗仅贷钱。只为济人情甚迫，还期仗义共行旃。

筮易难符天雨金，救荒我亦有同心。家无儋石情空迫，谊切枌榆意转深。煮弩流风思在昔，发棠美意想于今。侧闻善政勤民隐，感入穷檐梦寐钦。

凭谁举手肯相招，贫士家风暮复朝。珠履任他烧薛券，玉杯容我乐颜瓢。（古人谓颜子箪瓢胜庆封玉杯。）闲寻幽趣松三径，笑看生机竹万条。独对短檠成短咏，巴人难和郢人谣。

汪宝鸿（桐乡生员）

爱养谁堪继沉丰，羡公真与古人同。移民共仗移山术，煮海何如煮粥功。独力难支知已瘝，众擎易举计殊工。斯民从此臻仁寿，博得时和八蜡通。

下车仙吏未经年，已结苍生粥饭缘。舌现广长消小劫，心存方寸护良田。泛舟争饱仁人粟，有药空名解厄钱。（《药谱》：连翘，名解厄钱。）实政实心斯实惠，行看春色绕重旃。

美政真成利断金，只期桑梓有同心。转移力系千钧重，施济恩教下尺深。惠及群黎堪继古，碑传德政独超今。仁风四扇祥和至，怀保应知入梦钦。

哀鸿相聚又相招，待哺嗷嗷暮复朝。周急好分原宪粟，矫情漫学许由瓢。穷民岂止三千众，荒政原传十二条。我本书生谈利济，笑它长铗漫歌谣。

叠　前　韵

书生何术祝年丰，庚癸频呼涸辙同。漫说为山须众力，未妨煮茧得同功。行春次第心先瘁，移粟商量策未工。遮首万人齐雪涕，由来善气本相通。

只愿频书大有年，循声普结万人缘。蠲租幸已邀明诏，输粟还期广福田。天本能仁开寿域，人须仗义舍金钱。嗷嗷倘未能相慰，方寸何容便舍旃。

刺史嘉篇抵万金，缠绵写出爱民心。荆生南亩情殊切，水汲西江泽最深。野草无青伤自昔，仁风保赤信于今。雪花瑞已占盈尺，抚字真教瘝寐钦。

沟壑欣无魂可招，昭苏功定属今朝。深耕拟发双歧瑞，饱食须谋百石瓢。康阜升平添景象，盈宁井牧减萧条。续貂自愧郢人和，敢谓歌成拟楚谣。

汪嘉乐（桐乡职员）

闾阎犹是乐熙丰，塞路欢声处处同。釜欲尘为伤命绝，米如珠赖补天功。共叨广厦骈幪福，焉用流民绘画工。瑞雪迎春占大有，会看诚意自孚通。

小劫灾荒又十年，祇林重聚讵前缘。（甲子岁，阮芸台先生抚浙，发帑赈济，乐尝与述堂别驾共事。）生前顿起罣桑饿，春及争耕负郭田。承去籧筐多感涕，量来庾釜破悭钱。莫轻蒙袂呼而与，好语同人尚慎旃。

得邀一顾抵千金，抚字原兼教养心。吐哺只缘文字契，廉隅共受琢磨深。名垂召父如公少，斧弄班门笑我今。不独运筹推保障，即论学术亦相钦。

绕路嗟来举手招，重阴特为转晴朝。关心民瘼哀悬室，快意诗成得满瓢。青草经春应渐长，柔桑计日又堪条。相忘帝力真何有，同听康衢击壤谣。

高廷璨（平湖廪生）

漫夸击壤颂熙丰，义粟仁浆是处同。贷到青苗原弊政，煮将白石奏奇功。转输共拜壶餐惠，代赈尤资土木工。邑有富民勤保护，为权缓急卅年通。

宰官说法现新年，信有沿门托钵缘。涸辙一杯倾性海，良苗几寸长心田。待他少转蹄涔水，任而常权子母钱。眼底荣枯皆赤子，阳春有脚望旌旃。

谁云虚牝掷黄金，感召祥和一片心。任恤素风由我复，解推挚谊入人深。哀鸿景象无畦畛，驯雉声名独古今。力起疮痍除菜色，撞钟伐鼓抱钦钦。

户有流亡可待招，普施糜淖救崇朝。喷声两岸空千斛，惠政多门活一瓢。东海鱼盐家晏晏，新丰鸡犬巷条条。苍黎共有重生乐，伫听田间鼓腹谣。

高一谔（平湖廪生）

欲把偏荒转作丰，无年仍与有年同。海壖共被输金惠，蔀屋群资贷粟功。未肯甘心辞力绌，翻因苦口得诗工。九重下诏筹蠲缓，更望比邻任恤通。

清泠耕父见当年，旱魃从人苦结缘。入夏乖龙眠大泽，经秋饥雀噪空田。老农不饱公孙粟，驵贾争盈姹女钱。幸有踏灾袁介在，编氓相望拜旌旃。

积粟由来胜积金，于丰图匮古人心。廪困笑指中无咎，升斗平分泽亦深。三日春粮储隔宿，千家饭瓮备如今。传闻邻邑师良法，倍觉龚黄政可钦。

鹅水双鱼远见招，刺船已过百花朝。遥知比户无悬耜，不见空林有挂瓢。厚泽并沾如拂槁，和风微扇静鸣条。鳜生未识韶韶韵，聊作民间襦袴谣。

陆树兰（平湖生员）

众鱼佳梦兆维丰，纳稼愁难咏既同。目断哀鸿连浙水，粮虚饥鹤废田功。卖文士有无家别，闭籴商荒转粟工。抚字剧怜贤宰牧，指困亲劝济穷通。

仙凫曾记莅平年，悬镜虚堂谢俗缘。学校遍栽桃李树，春秋大有麦禾田。到时化雨随双毂，去日廉风选一钱。望岁私心今尚切，盐官咫尺引旌旃。

粒米真教惜似金，频书岁歉岂天心。绿章上奏征输缓，红粟平分利济深。恭敬维桑歌自昔，称施及物惠宜今。不由茂宰推诚挚，轸恤何能志共钦。

蠲金聚米互相招，比户炊烟暮继朝。富者何妨与庚釜，饥躯羌可乐箪瓢。枯鱼得水宁无术，黍谷回春自有条。转瞬如云秋稼熟，黎民颂德听风谣。

张论（平湖贡生）

大地驰书五谷丰，援灾孔亟下江同。（上年川、湖、闽、广均书大有，惟浙西三百里及江南邻近府属被旱荐饥。）郑图曲绘颠连状，（大吏飞章入告。）汲粟争传橐籥功。（公莅任即请发仓谷平粜。）饫士饱餐谈礼乐，（安澜书院向无膏火，公捐廉养士。）荒村沽酒劳农工。使君保赤拳拳意，天遣䑲舻海外通。（近日台湾米航云集，价值稍平。）

戢影蓬庐不计年，自惭迂绌谢攀缘。襄成善举酬殷愿，放下痴心种福田。（去秋今春，平邑两举平粜，余勉力从事。）米比珍珠难作帖，肠同顽石肯那钱。昌黎也有啼饥苦，义路前驱尚勉旃。

结契忘言利断金，苔岑难得是同心。文翁勤学咨谋广，（公宰当湖时，书院所刊清献公课士条教，咸殷殷垂询。）闵叔居贫拜惠深。（别后时以珍馐下贡。）昼静鸣琴歌自昔，春寒听雨记如今。新诗八首传观遍，满座吟俦袖手钦。

有客天涯赋大招，荆花含泪又花朝。（仲兄熙河先生入都谒选，新正三日殁于旅舍，湘任侄行将扶榇旋里。）遥知古寺停轻骑，细拾残编贮半瓢。屈指雁程愁落日，惊心蚕事护柔条。田家尽说厘麰好，又听青青乐岁谣。

徐麐（平湖生贡）

圣化涵濡庆屡丰，盈宁百室万方同。偏灾偶遇劳宸虑，阖泽旁流赖庶功。惟愿闾阎敦恤谊，敢辞口舌负天工。眼前玉烛和调甚，群仰仁侯感召通。

旱魃贻殃纪去年，疮痍满目鬼为缘。祈求雨泽无雌蜺，履勘乡村遍石田。苏困难堪任巧妇，救饥端合告多钱。缓蠲既喜颁明诏，良吏恩施更赖旃。

鄙夫所宝是黄金，封殖常怀专利心。多藏厚亡和气塞，厥身丛怨祸机深。救焚一勺宜先及，作善千祥降自今。此际翻然能感化，活人阴德鬼神钦。

胡然将伯广为招，情切手援在一朝。敬念恫〔痌〕瘝勤擘画，哀矜鸠鹄急箪瓢。斗升酌给颁程式，老幼均沾布教条。从此嗷嗷声顿绝，海堧遍听再生谣。

屈何炯（平湖生员）

由来图匮必于丰，仓号常平到处同。难得治人修治法，要苏民命就民功。有余毕竟输将易，无力安能补缀工。最是皇仁怜赤子，使君呼吸一心通。

妙转无年作有年，阳和独结海堧缘。量珠容易开金穴，种玉何妨向石田。此日行春双画毂，前尘留别一青钱。瞻依共切龚黄政，五马乘来为报旃。

苦瓠中流抵万金，常怀涸辙济人心。好施原不区贫富，种德还须问浅深。户贷一钟稽自古，囊分半菽感而今。陈书业奏循良最，上策多应问郭钦。

蓬门小隐也同招，愁说炊烟断几朝。（炯亦应邑令王竹屿先生之召，分任劝赈事。）比户问谁储饭瓮，邻封先我酌天瓢。拊循肯恋黄绸被，感召旋征白玉条。鹄面鸠形回菜色，一时齐唱太平谣。

屈上谦（平湖生员）

救菑名记续南丰，耕凿仍看万井同。盛世偶传忧旱咏，循良饶有补天功。哀鸿缓缓依中泽，涸鲋洋洋仰化工。见说抚绥多惠政，古来制用卅年通。

瑞雪频占大有年，群黎幸结宰官缘。桔槔声遍条条岸，蓑笠影欹稜稜田。未卜素封倾窖粟，先看清俸出囊钱。他时报最称三辅，一路人惊郡将轺。

预筹饥木与穰金，实政由来本实心。万灶炊烟恩自普，一堂琴韵感尤深。尽教苍赤归丁戊，未许龚黄论古今。腹鼓哺含遍童叟，驰声直使鬼神钦。

户少流亡不待招，欢呼趋赴自朝朝。扶携喜见庞眉杖，斟酌从抛陋巷瓢。河润新流遥被泽，棠阴旧憩惜攀条。（公曾宰吾湖，故云。）扁舟小泊口碑熟，下里难辞劝赈谣。（春间兴山展墓，往返间备聆德政。）

陈缵祖（海盐生员）

向来一瓣祝南丰，仰止情殷望岁同。此日鹿轓欣近里，他年燕石待铭功。花间判尾劳无倦，松下哦诗静益工。受士常悬徐穉榻，岂容李下径私通。

盼睐垂青感昔年，龙门烧尾奈无缘。秋堂枉自劳冰鉴，夜雨依然种砚田。承训几番亲绛帐，遴才万选愧青钱。一从绳墨经裁后，倍惜分阴矢勉旃。

敢希砂砾指成金，大匠终无倦诲心。针度鸳鸯劳不惜，鞭如驽蹇感逾深。论文只眼空时俗，养士真情迈古今。岂独长才精吏治，人师模范共相钦。

来坐春风不待招，适逢膏雨沛崇朝。惠分清俸禾三百，操励廉泉水一瓢。拱雉渐驯青麦陇，祈蚕已长绿桑条。三生何幸沾仁德，献颂聊同里巷谣。

许春熙（海盐生员）

嗷嗷万姓卜年丰，今岁如何去岁同。纵有蠲征沾帝德，愧无余蓄补人功。桑榆赖以安千舍，藜藿终难慰百工。直待春风好消息，梅花依旧暗香通。

有小年时有大年，劝君赈贷且随缘。通才只为平心地，种德方知积福田。少妇叠沾堂下饼，老农重挂杖头钱。况经旱魃为灾后，穷谷深村更赖旃。

顷闻执事解腰金，正是仁人保赤心。半载就荒嗷雁久，一时得济感君深。封桩扶困传于古，出俸饲饥见自今。以谷给民推盛事，风流德义两相钦。

权将诗帖代弓招，为惜饥寒起早朝。几免剥榆藏柳箧，何须煮木贮花瓢。保安闾巷劳千虑，抚惜烝黎计六条。到得缫三盆手日，万家重唱太平谣。

王纯（海盐廪生）

九重宵念屡年丰，补救偏灾阎泽同。（浙省被灾处银米奉旨分别蠲缓。）仍叔频劳忧旱咏，赵公独著振贫功。(宋熙宁八年夏，吴越大旱。知越州赵公敛富人所输及僧道土〔士〕食之羡者，得粟四万八千余石佐其费。人受粟日一升，幼小半之。详南丰《越州赵公救菑记》。) 益衷总属皇恩普，移就居然造化工。帖妥茅檐谁竭力，州阒高谊有无通。

泽雁嗷嗷奈俭年，叩门辞拙复何缘。三旬九食愁尘釜，一啸四康叹石田。此日子皮千户粟，他时刘宠百文钱。定因邻善环民望，安得从游庆在旃。

我侯亦复芥千金。(我邑杨侯亦割俸千金倡赈，纯得参末议，著有《救饥借箸略》。) 保赤诚求一样心。乐氏率人绵裔远，苏家破产浃肌深。贤名海上争从古，温语庄前喻自今。(宁邑以庄为图。) 募富恤穷经略异，臣衷终始一惟钦。

曾听诸生馆下招，(公每月堂课，阖州生童云集听训。) 点朱涂墨费昏朝。肯为路粥嗟蒙袂，如饮天浆快举瓢。往往感恩倾父老，频频书拙缓科条。诗三百备辎轩采，(闻和公韵有三百余人。) 接壤同风遍处谣。

王泉香(海盐生员)

浙西黔首望年丰，春色宁俱秋色同。旱魃流行成小劫，贤侯入告著奇功。荷锄欲动西畴事，枵腹难兴东作工。圣泽共沾优且渥，一杭移粟未曾通。

愿仿黔敖度豕年，路旁能结几人缘。刘家救厄开仓粟，范氏怜宗置义田。渠有三余怜白骨，我凭万卷化青钱。从今刺史捐廉后，表率仁风立曲旃。

麦苗未熟瓮无金，忍听啼饥铁石心。舒难毁家嫌绠短，救人从井觉渊深。竹花滋味甘如旧，木酪荒烟煮到今。谁是仓箱乐盈满，祗羞瓶罄窃钦钦。

一曲阳春士庶招，劝成乐善植花朝。琴堂树德宁伤惠，陋巷安贫惯饮瓢。幸荷遗人新治谱，不教贷穗供科条。敢将月下推敲句，仰答鸿慈唱楚谣。

戴高(德清生员)

嗷雁低飞羽不丰，浙西三郡旱灾同。曝身洛令回天力，驾海仙人缩地功。(上年莅海宁新任，喜得甘雨随车。) 十万斛粮先减价，八千间厦早鸠工。曾教双鲤传书去，许簿池清活水通。(公清溪留别诗，高曾奉和及代稿，凡三叠韵。同徐学渌、蔡邦荣、黄珍等二十余纸，客秋两次从河厅程公邮筒发递，想达钧鉴。)

区种农夫望稔年，经畲我亦倚天缘。棠阴绿满听莺馆，露气农沾养鹤田。万口同餐炊玉粒，千畦隔属洒金钱。高轩过处苏民困，马后桃花马首旃。

厨连玉井倡捐金，惟有婆心是佛心。朱檄星驰天宪渥，绿章云捧国恩深。文翁化俗如齐鲁，汲黯开仓无古今。福惠自然枹鼓应，片言鼎峙众人钦。

忆昔春风屡见招，吟残梅雪又花朝。泉通月蜅初磨镜，僧踏云梯欲挂瓢。(谓游半月泉、宝庆寺诸胜，拙作骈于图后。) 琢句宾筵严一字，校文官烛限三条。(每月初旬课士。) 何期今日筹灾赈，煨芋留题甘泽谣。

蔡夔(德清举人，山西介休县知县)

虐由旱魃失年丰，集泽鸿哀是处同。漫说篝车资地力，翻须升斗佐天功。补苴端赖关心早，（客冬先经办赈。）播告还烦琢句工。（劝捐以诗，不假文告。）闻道忧民劳瘁甚，邮筒犹喜尺书通。

米价如珠甚去年，谁云觅食可随缘。号呼民幸依慈母，怀保官能种福田。才倡乐输倾廪粟，更筹告籴贷缗钱。使君愿力期宏济，从善何人不免旟。

妙术谁能手点金，端凭说法感人心。缶盈比屋流亡少，困指高门惠利深。颇怪暴巫传自古，讵教捐瘠见于今。口碑那禁人争颂，第一官原凤所钦。（时民间有第一好官之目。）

归隐青山不待招，（自谓也。此专叙莅德清时事。）贤侯剧喜晤崇朝。鸣琴罢忽传诗版，讼牒停仍对酒瓢。（公余即招夔诗酒谈心，或枉驾小园，坐花飞觞。）嘉荫爱留花一县，离情惜折柳千条。还教旧治歌新政，尽我兼听两地谣。

沈朝宗（德清举人，河防同知）

从来图匮在于丰，素抱原期世大同。比户方歌忧旱句，使君真有补天功。流亡民赖推恩早，昭示文凭染翰工。此日哀鸿赋安宅，缘知公溥本明通。

客秋留别祝丰年，又向盐官结善缘。凤仰清标心似水，务滋厚德福为田。指困竞上输官米，解囊争投续命钱。真是岁星无定向，直教处处望旌旟。

何来布地尽黄金，难写平生一片心。温语拊循安汝止，仁风披拂入人深。富公筑舍曾闻昔，郑氏呈图讵见今。始见阳春真有脚，冲和在抱总钦钦。

口碑藉藉有由招，积渐从知匪夕朝。愧我沿门犹托钵，输君酌海独操瓢。深期异亩禾双颖，最忆临歧柳万条。雏诵瑶篇情未已，巴词聊以代衢谣。

徐惟寅（德清职员）

甘澍愆期失岁丰，使君厚意有谁同。素丝凤矢冰渊志，彩笔能施雨露功。顿令鸿哀归乐土，缘知心苦属良工。海邦共颂回天力，自此频教八蜡通。

暌隔芝晖已一年，阶前芳草正延缘。仁风拂去依慈母，厚福由来积寸田。倡始尽倾升斗粟，乐输那计短长钱。直将文告传歌咏，集腋成裘信在旟。

谁将顽石点黄金，解得生公说法心。咳玉唾珠词亹亹，沦肌浃髓意深深。但教惠爱同于古，肯使流亡见自今。藉甚口碑方载道，才名不让晋卢钦。

忆昔琴堂折简招，疏帘清簟话终朝。山城焕色堆云堞，野寺探幽饮石瓢。地满棠阴怀旧泽，春回黍谷茁新条。去思来暮同时咏，处处争传五袴谣。

蔡邦荣（德清生员）

政平转歉即成丰，刺史才猷宰辅同。嗷雁四封逾万户，济人一口累千功。熙台衽席资全力，翠釜餱粮入化工。迅策应龙驱旱魃，春秋繁露语精通。

九州同享太平年，偶为灾黎结善缘。少女微风吹陇树，老农赤日种区田。陈书请粜常仓粟，出郭犹投饮马钱。肝胆照人真剀切，绕村红呴百花旟。

人多善愿布黄金，况廑仁慈父母心。令下一方山更重，恩垂千尺缧弥深。海门潮起仍如昔，黍谷春回直到今。想望鸾笺忽飞坠，焚香感颂肃然钦。

闻赈归来不待招，枯鱼幸活在今朝。流亡命薄穿双屦，抚字恩浓饱一瓢。岂有饥氓分畛域，更无荒政立科条。湖淆海澨花封近，到处欢声众母谣。

蔡开衡（德清生员）

神君抚宇喜年丰，旱魃为灾是处同。自昔救荒无善策，于今劝赈有深功。哀鸣难觅嗟来食，周急还凭设教工。幸得忧民贤父母，众多茕寡泽流通。

犁雨锄云冀有年，屯膏未逮杳无缘。人人望岁逢凶岁，处处良田等石田。分俸润贫倾廪粟，成裘集腋解囊钱。从兹厚惠沾应遍，谊笃维桑共勉旃。

丽句飞来字字金，缠绵洞彻爱民心。口碑播到仁声远，顶祝讴多德政深。捐赈有章原自古，乐输不吝孰如今。从知咳唾生珠玉，宛转低徊万姓钦。

不弃寒微荷见招，昔年禀训待终朝。花开福地新桃李，诗锡山城旧瓠瓢。句里怆怀唯疾苦，行间着意为萧条。即今二麦欣丰稔，伫听三秋击壤谣。

徐惟辛（德清职员）

鸾笺留别望年丰，彼此无分恻隐同。地异莫由求善策，心慈早卜奏奇功。泛舟曾羡当年事，赒委能参造化工。纵有蒲嬴临海满，充饥无藉遂遐通。

景色迁移似稔年，仁风鼓励协机缘。不须强致欢成赈，恰藉清吟启福田。倒廪倾囷登玉粒，哀多益寡集青钱。缘知体得如伤意，仁里纷纷竞勉旃。

劝谕佳章字字金，殷勤怀保是诚心。谁回枯槁生机速，顿作阳和被泽深。德可感人云自昔，诗能劝赈证于今。从容谈笑皆经济，国计民生共仰钦。

不仅慈祥抚恤招，锄奸警暴振今朝。咸知国法严三尺，共沐鸿恩饱一瓢。新政欣闻歌白雪，去思又见柳青条。风流刺史公卿度，到处宜传众母谣。

徐天培（德清职员）

人情处处祝年丰，饥馑如何远近同。倾俸救荒勤始事，劝分赈恤得成功。转移自有回天力，调剂方能夺化工。偶值偏灾须善策，困穷呼吸可相通。

虐遭旱魃愿逢年，庚癸频呼未了缘。筹度偏教成乐土，经营欲使变良田。泽民好似三春雨，化士浑如万选钱。（正值海宁州试。）风雅感人真盛事，至今别梦绕旌旄。（升署海昌，将及一载。）

疴瘵独切劝捐金，仁爱斯民一片心。比昔完城功更易，较他万舍德尤深。田称续命曾闻古，厄救凶灾又见今。坡老风流堪继美，玉成义举使人钦。

嗷鸿何藉楚辞招，引领充饥在诘朝。惠露涵濡安老弱，仁风披拂给箪瓢。恩沾小草承朱阙，（大宪以荒象入告，诏蠲缓钱粮。）法置鸮禽凛玉条。旧治传闻多向慕，巷衢尚有去思谣。

沈孝楷（德清生员）

临歧为我祝年丰，有脚阳春到处同。驯雉共臻封户象，铸牛新策捍塘功。偶逢涸辙愁鱼困，急调神符挹水工。不是长官筹画善，泛舟那得转输通。

耕法从来计九年，备荒乏策岂无缘。太仓屡发相因粟，濒海仍多未垦田。惟有张君能劝麦，可知刘守不名钱。频过桑下循郊野，燕寝何曾坐细毡。

一字贤于十万金，不须因果证婆心。但夸枌社风犹古，那识槐堂泽更深。赤地民应忘既往，青州法又创而今。缓鞠善布君王意，宁止循良列郡钦。

下士多惭解榻招，拈题曾记旧花朝。（公任德清，每月课士，楷承训示，县试蒙拔冠军。）文章敢继和凝钵，沆瀣亲沾曲阜瓢。秋水琴犹流雅操，春风棠又茁新条。昨宵海上挐舟过，十部喧传秘阁谣。

江毓荪（德清生员）

赖得琼章祝屡丰，春花不与去年同。诗才八桂无双士，荒政三吴第一功。鸿羽何烦商善策，兔毫竟可夺天工。希元堪笑真多事，漫著丛书写数通。

安乐无殊大有年，苍生何处得良缘。半升可饱官仓米，二顷奚须负郭田。如此长官如此政，不言功德不言钱。满城齐唱来何暮，儋石从兹愿舍旃。

由来美俗重分金，况复勤民有惠心。锦粲珠零惊笔落，黄童白叟荷恩深。劬劳抚字闻诸昔，翰墨风流说自今。循吏传兼文苑传，诗名官职世咸钦。

富岁良由善气招，太平有象自今朝。南风大麦催香饵，北斗天浆不举瓢。名士重来工吐属，他人未免重科条。遥知碧海青铜地，无限桑枝乐政谣。

俞鸿渐（德清生员）

年荒安堵等年丰，共说恩真众母同。几辈倾囊襄义举，古人赏地重民功。茅檐春暖啼饥少，花署宵深画策工。一副吟笺传诵处，始知诗兴〔与〕政原通。

旱魃为灾忆去年，问谁能结喜欢缘。添来菜色怜农面，种到棠阴尽福田。四境饱餐仁者粟，一囊先解使君钱。始知抚字宜从厚，肯为心劳或舍旃。

衡斋客到劝输金，曲尽为民请命心。万户炊烟从此复，诸君梓谊本来深。救荒奇策超乎古，转海云帆到自今。骑竹儿童扶杖叟，恩光在抱尽钦钦。

幸哉将伯竟堪招，安辑居然在一朝。功巨俨成千仞塔，力多宁裂百人瓢。鸣鸠拍拍飞春雨，嗷雁依依集旧条。还忆炊珠前度困，草茅愿献太平谣。

江毓荃（德清生员）

救灾一议重南丰，文笔诗才约略同。莫道劝分非善策，试看洒墨竟成功。文翁摛藻才尤俊，召父驰声术更工。最是鸿嗷安戢日，郡斋先已秘思通。

勤勤预祝大丰年，散赈须随此日缘。海岂无波难较辙，汤能续命不须田。分餐先割清官俸，补衲兼资巨室钱。益寡哀多俱获福，口碑藉藉绕旌斿。

休夸仁里乐输金，浩荡多缘长吏心。青郡文移扶杖听，紫阳论议动人深。百船筹画传于昔，七字殷勤感在今。那数希元兼董煜，沾沾故事漫相钦。

祥因善气每能招，甘雨和风集一朝。绚德自应刊宦稿，馥声宁合贮诗瓢。追章金玉非徒饰，酌剂盈虚绰有条。仁见西成秔稻熟，黄童白叟献欢谣。

江毓蘅（德清生员）

来牟贻我庆安丰，天意怜君乐大同。作善有权因劝善，立功何等不言功。涵濡雨露公堂足，翰墨渊云脱手工。自古待贫称上策，雅怀酝酿益清通。

唱和清溪又一年，风华仍似旧时缘。于人定拟恩难量，在我奚求福作田。已解宦囊沾白屋，更凭髦士散青钱。光明烛照原无蔽，斟酌公私尚慎斿。

一篇珠玉胜千金，字字恩勤父母心。海水藏波承泽远，春花骤熟感仁深。儒冠成例尊师古，吏治多方贵切今。等是为民图宿饱，闾阎踊跃使人钦。

声价循良可用招，歌功暮暮与朝朝。欢颜不惜捐千厦，清志何妨守一瓢。品判莠苗疏法网，才逾卓鲁郁词条。遥知冠盖来秋省，竹马欢迎遍地谣。

沈维鳌（德清生员）

偶逢魃虐乏年丰，嗟此啼饥两浙同。度牒尚烦坡老策，蠲租争颂乐天功。煮糜莫谓筹原下，乞米惟愁帖未工。十部何如书一纸，应教庚癸意先通。

随车甘雨话当年，嘘植今犹缔夙缘。闭籴无庸辛子榜，推恩还似范公田。捐余清俸聊供鹤，剩去空囊肯选钱。谕示诗篇情更挚，倾赀敢不复求斿。

乐济何须穴号金，绘图具见古人心。指困慷慨襟期旷，续命欢呼惠泽深。木酪空餐嗟在昔，桃花薄煮却宜今。哀多还问谁成美，义举由来众所钦。

道左黔敖不待招，炊烟忍使断终朝。春粮知鲜储三月，画粥端须仗一瓢。挹注每惭无策力，弥缝且喜有科条。而今麦陇香风遍，鼓腹旋闻击壤谣。

黄珍（德清廪生）

雁群偶欠稻粱丰，凫鹥寒汀忍饿同。忧旱祝良宁畏日，作饘王荟不居功。弥纶宇宙开生路，经济文章夺化工。从此天和能感召，思之自有鬼神通。

洞府花开不计年，仁风扇物遇奇缘。长流春涧一渠水，能灌秋塍万顷田。黄鹤兴豪常贳酒，青龙局胜莫论钱。神仙官职经临处，霞拥朱轮鹿引斿。

雪捏成银石点金，仙家妙道合天心。满瓯香稻罗阛熟，千尺桃花潭水深。饱及黡桑闻在昔，惠如公叔见于今。丰碑名重珠为字，螭首鸿章龙所钦。

月白风清胜地招，花如新嫁女三朝。中书君合题金简，玉带生宜似铁瓢。有意观潮踏东海，未须采药入中条。万人托命依鳌柱，我欲携琴谱郑谣。

戴作镕（德清生员）

部民安乐自新丰，宦辙清宁两地同。儒雅风流高士传，丹青元化大人功。诗升鲁颂存周乐，礼重冬官补考工。仍欲执经来问难，绿波春水片帆通。

清溪留别忽经年，每感春风旧日缘。犊买更教乌在屋，象耕不及鸟耘田。山中宝气连城璧，牖下书生万选钱。自顾无才蒙拂拭，蓬门常驻马前旃。

饥鸿全活手挥金，保赤因存报国心。千里春帆吴地远，一泓秋水楚江深。方医疮痏今摹古，图绘流亡古昉今。事有同情非隔膜，劝人人亦转相钦。

万斛商船不可招，饥躯忧暮复忧朝。诸君席上空弹铗，七客寮中独剩瓢。广厦在郊无界限，大榕垂荫有枝条。石人拍手儿童舞，一曲豳风入楚谣。

徐学洙（德清生员）

帝轸灾区降泽丰，东南黎庶颂声同。室家已沐蠲宽诏，牧伯仍襄赈济功。言出仁人占利溥，句从作者遣词工。使君若枉輶轩采，拊缶宁辞民隐通。

村醪社鼓说他年，满目饿殍恶作缘。国课输归徒有壁，朝饥救罢更无田。竹兼万亩难论户，丝熟千家不当钱。（山竹乡丝并苦价贱。）犹喜邦人瞻父母，流离至死畏戎旃。

昔人一饭抵千金，邂逅能怀杰士心。市上吹箫寒日惨，渚边垂钓碧波深。那能落魄随流俗，何况推恩重古今。闻道风徽追乐罕，驰声不独海邦钦。

去年苦想庆云招，（开元宫祈雨，洙亦与焉。）惜别仍连断韀朝。望岁殷情随去乌，爱民余恋托吟瓢。（曾读清溪留别诗并和韵。）陇头麦浪看新穗，陌上棠阴记旧条。多谢劝敦桑梓谊，惠风甘泽伫成谣。

徐养原（德清贡生）

籈车岁岁庆年丰，秋晚郊原我稼同。偶以灾黎烦圣虑，教从良牧奏康功。临来海甸波涛阔，赋罢春陵翰墨工。一种精诚托豪素，定知真宰与天通。

蕴隆为害甚常年，劝诱殷勤异俗缘。唯有正人能富谷，每因同井见情田。吁嗟请设黔敖食，补助还分刘宠钱。散利有方真善政，招徕何用庶人游。

衡斋挥翰比敲金，载咏新诗鉴此心。丽藻非徒邀士赏，仁言转觉入人深。饘餐托兴符风雅，劝籴行歌契古今。只为闾阎殷望岁，不禁忧国意钦钦。

忆昔琴堂屡见招，良辰趋谒话终朝。醇醪快欲倾三雅，好句清宜贮一瓢。竹马嬉娱迎鹢首，玉壶澄澈映冰条。福星东曜灾星隐，会见民兴甘泽谣。

徐天旭（德清生员）

岁歉何由转岁丰，使君区画孰能同。推诚早协中孚象，散利真成大有功。诗咏飞鸿忧独切，帖传乞米句偏工。范来此日应非暮，海甸从今惠泽通。

那堪两度见祈年，洵是前缘结后缘。万口腾欢思广厦，寸心种福比良田。恤灾先乞秦人籴，乐善争输萧氏钱。劝诱殷勤殊故事，早教蔀屋望华旃。

阳春一曲重南金，写出忧民润物心。厚意正如霖雨沛，仁言还共海波深。寇君惠爱征诸昔，白傅风流继自今。公望公才元不忝，文章经济久相钦。

官阁曾邀置酒招，温温淑气领崇朝。高怀每拥书千卷，雅致惟倾水一瓢。舍上棠阴将作幄，堤边柳色又盈条。岁星到处人争仰，两地喧传五袴谣。

倪鉴澄（德清生员）

声名肯让小安丰，奇策匡时本不同。仙吏只须敷雅化，编氓便可仗元功。勷成荒政才何异，藉作词坛计自工。千斛明珠十万户，诗书菽粟理原通。

甘棠移荫忆经年，结习仍留文字缘。校士定栽花满县，救灾始信砚为田。不愁图画无青草，赖有经纶费俸钱。遥想春风披拂处，偏教别梦绕旌旟。

价重江南三品金，文章政事实劳心。言辞恺悌仁人嚣，翰墨淋漓惠泽深。苕上循声称未歇，海边新志记从今。九重他日颁恩诏，殿最亲承帝曰钦。

瑶章索和海门招，一卷长吟夕复朝。乍启华笺迷郑锦，愧无好句入诗瓢。一翻佳话传三郡，异样新猷驾六条。重向茅檐耕与织，闾阎听取太平谣。

徐球（德清生员）

欲凭善政致年丰，良吏声传浙右同。海国偏灾初解厄，星黎托命不言功。输租仍奏倪宽最，记事何惭玉局工。转眼秋郊禾稼熟，谁言八蜡未须通。

甘棠移荫忽经年，巡部褰帷觊后缘。书贷正闻苏涸辙，穿渠永赖灌芳田。从知硕画原经术，底事虚衷愧俸钱。却笑河阳花满县，繁英空见拂芳旟。

衙斋暮夜谢投金，清似冰壶一片心。禁遏盗粮筹独早，剔除吏蠹惠尤深。烟光万户看依旧，麦穗双歧喜自今。试望赭山云雾里，马衔来往也知钦。

定知英彦惯旁招，暇日论文乐永朝。俭岁谁堪拟梁稷，春风不使怅箪瓢。传来吟稿生花笔，记绾行旌折柳条。才薄自怜虚睐饰，芜词聊用继氓谣。

胡来金（德清生员）

救灾一记溯南丰，计口输粮万户同。泽国至今夸美俗，熙宁以后奏奇功。最难长吏推诗伯，忍使流民付画工。七十二封环两浙，方州倡率赖宏通。

飞到双凫计十年，每于翰墨结因缘。风流岂屑追花县，经济从来属砚田。大笔淋漓刺史雨，清词贯串使君钱。请看新旧盐仓道，一路棠阴拥画旟。

何用饥穰判木金，端因善果格天心。先秋蝉已催禾熟，去腊蝗原入地深。尽道十千征自古，翻疑万亿创斯今。读书岂为耽章句，赢得编氓载道钦。

往岁衡文乐见招，琴堂风雨听终朝。题楹只愧经横末，醉墨频叨酒满瓢。溪送苕华偏一水，堤垂柳绿自千条。菲才敢说阳春和，待谱熙朝循吏谣。

蔡寿昌(德清生员)

竟将年啬改年丰,玉润金声想大同。才子由来多创见,福星随在有奇功。妃青俪白陈词婉,转绿回黄画策工。我欲临风呼杜母,海昌迢递梦难通。

别我谿城已一年,恩袍翻结此邦缘。漫将白雪征兰署,且喜黄云瀹麦田。菰弗疗饥徒有米,榆知助赈也抛钱。闾阎渐渐饶生趣,红杏花深系不斾。

好凭麈管劝挥金,珍重文人一片心。大有性灵情自挚,绝无雕饰语偏深。春风著意苏兰蕙,冬日何曾换古今。知否清溪诸父老,棠阴长此报钦钦。

扁舟来赴后堂招,师弟情深慰诘朝。种福曾闻捐鹤俸,歌功聊复寄诗瓢。苔痕细扫延三益,荷露轻研写六条。笑我雕虫真有幸,居然附入太平谣。

蔡志栋(德清生员)

分惠从来识义丰,乡邻交济遍成同。策由荒政才知善,事在苍生莫计功。无米最难为巧妇,苦心本是费良工。果然化雨随车洒,感格舆情到处通。

莅治清溪得数年,春风还契旧时缘。门墙立雪沾恩泽,陇畔成云劝力田。印锁常涵如水镜,囊空未办买山钱。超迁早见催新檄,杖履追随愿荷旃。

彭泽秋风菊绽金,未归应抱济时心。桂林谁许投闲去,海国从教被泽深。保赤经纶犹是昔,疗饥治术倡于今。义仓累贮相因粟,政绩还看共克钦。

不须度牒向人招,遍给饔餐自暮朝。他日花封存石刻,者番蕉社共吟瓢。心缘饱德终无量,法是施仁已有条。试听浙西传盛事,欢歌补作阜财谣。

吕东皋(永康廪生)

民和自可卜年丰,司牧承流乐大同。讵料救荒传雅什,都缘劝赈普仁功。篁骖夹道讴歌遍,露冕巡春酬倡工。儒吏始知即良吏,琼瑶下贶景明通。

占岁逢饥是木年,补天有手妙因缘。恩波处处瞻鸟屋,烟火家家起石田。济涸频分仁者粟,倡捐敢利好官钱。桃溪尚有棠阴在,河润无涯共仰旃。

律身早已重南金,更羡阳城抚字心。四野飞鸿嗷正迫,一人恤蚁泽偏深。循良报最闻中外,词句筹荒旷古今。曾向缁帷闻善政,琴堂此策倍堪钦。

黍谷春回律可招,文星福曜集崇朝。诗将实惠真霏玉,语带虚机等弃瓢。自此弦歌征雅化,居然井里起萧条。民歌孔迩真无忝,颂德殊惭下里谣。

应钟毓(永康举人)

心香瓣早仰南丰,立雪师门到处同。(老夫子历任名邑,钟毓俱随署读书。)学道今闻夫子训,为霖古有相臣功。三旬步祷书心疏,一病重生赖化工。(壬申年,老夫子宰德清,六月间大旱,祷雨不应。洗心书疏,焚以告天。中有"如果灾数难免,愿以一身当之"之语。越三日大雨。旋以祈求心力俱劳,一病两月，几于不起。每日绅耆环县门问疾者不绝，后竟无恙。）况复慈云先梓里，士民遥祝颂声通。（老夫子初任永康，兴利除弊，同民好恶。永邑黉序颓残，文运不兴，到任即首倡修之。嗣后科甲联绵，甘棠遗爱，士民至今歌颂焉。）

公余就正记年年，（每当公余，钟毓即以课艺就正，批削周详。）文字从来有夙缘。喜近兰枝香入室，频分鹤俸砚为田。（奉命课世兄辈读，优致馆金，以资膏火。）明经入贡惭佳士，蕊榜书名附选钱。（癸酉夏，钟毓拔贡，是年秋即举于乡。）此后鹏程谁指点，渊源深处自求旃。

骊歌怕唱刻千金，依恋鳣堂此日心。画舫南归承宠渥，布衣北上望恩深。（癸酉冬初，老夫子卓异引见。方归，钟毓又公车北上，不胜离别之感。）本非风汉何论古，不读南华也悔今。（昔刘蕡试卷为主司所赏，当路以为风汉，不中。温庭筠讥当路不读南华，遂摈不登第。钟毓春闱，试卷已荐，以诗中误用僻典见遗，唯自咎而已。）一自敝裘旋里后，又闻凫舄海邦钦。（钟毓自京不第回，而老夫子已由德清升任海宁州矣。）

杜门不出负相招，菽水承欢暮复朝。（今春承老夫子仍招至海宁署读书，钟毓以亲老尚未抱孙，心绪歉然，敬辞宠召。）一纸吟笺来海国，满腔仁念付诗瓢。（今夏接到劝赈诗，盥薇读之，仁心怦然。）治书久已刊成谱，荒政昔尝著有条。我是门生曾见惯，惟传旧事当新谣。

陈应藩（永康举人）

救旱何由歉转丰，按丁给粟万家同。才人自古多奇策，良吏因时建伟功。春暖寒庐啼怨少，夜阑粉署运筹工。从知王道入人处，只在新诗一线通。

双舄来游已十年，文章随地订良缘。（吾师官浙十年，历任永康、平湖、德清，今海宁，到处俱得士民心。）葐蒀难竭皆经训，康济无穷只砚田。韵事盛时兴赈事，输钱乐处选青钱。（劝赈时正值州试。）一时义举争传遍，遐迩何人不勉旃。

花署联朝劝掷金，归从北至识仁心。（是时应藩从京都回浙。）途逢父老谭恩盛，户有歌谣感德深。治谱已曾传自昔，新铡且复见而今。承颜三日旋言别，善诱循循最感钦。（应藩留署三日，仍拜别北上，诸承训示周详。）

丰稔都由协气招，依旬春雨足花朝。黄云万顷熟牟麦，白雪千家泛饮瓢。烟拂耕耘情得得，飚传笑语巷条条。安排秋日畦町外，听取农人乐岁谣。

吕堂寿（永康廪生）

霎然歉岁转为丰，良吏循声两浙同。旱魃竟难为世害，仁人独有补天功。能教泽国成淳里，无使流民付画工。刺史果然策画善，救荒苏困总圆通。

话别棠阴已七年，东西相距忆前缘。（计公任永时，别后今七载矣。）忽传恤患回天变，已识恩膏遍石田。调剂从知劳笔墨，输将尤肯助刁钱。（公既赋诗劝赈，又捐俸倡之。）河阳旧侣闻新政，每向花前仰画旃。

何须旸昊雨黄金，善政真能慰众心。恩到蚕桑情最切，泽苏涸鲋感尤深。黔敖路粥周苍赤，杜母慈怀无古今。煦育真如春有脚，闾阎安得不同钦。

昔年校士屡蒙招，冰署琴声听暮朝。（公任永时，每月课士，堂寿屡叨拔取。）自愧菲材同菽粟，频叨鹤俸助箪瓢。传来钜制知嘉政，便动离情怨柳条。也学涂鸦书满幅，愿歌五袴附氓谣。

李希周（永康廪生）

鸿雁嗷嗷羽不丰，天灾流播四郊同。人皆焦瘁难全命，泽匪汪洋未见功。善政踌躇心已苦，新诗恳挚句偏工。吟笺顷刻争传遍，梓谊仁心感召通。

曲尽输将补歉年，星黎齐感再生缘。爱民本是凭心地，济物非因种福田。多士解囊均仗义，使君倾俸不论钱。炊烟转盼家家足，无死原从尚慎旃。

纵值灾黎在木金，仁心真可格天心。蛙声仵见催禾熟，蝗害从兹入地深。奇策救荒传自古，衢歌鼓腹听于今。如斯伟绩谁能建，两浙官民应共钦。

忆昔曾邀折简招，遥遥相隔两花朝。歌功情切难成句，寄语途长漫贮瓢。惠政因风入我耳，离情含雨系长条。巴人也和阳春曲，为效村农击壤谣。

楼启通（永康举人）

每从康节祝年丰，乡国惊闻歉岁同。罄已多悬空仰屋，钵非一托可筹功。蠲租汉诏恩方渥，移粟梁廷策未工。珍重长官劳劝意，悃忱早与蔀檐通。

一阶华擢纪新年，合与邦人证宿缘。民色岂知犹是菜，人情到此可为田。但援范老赒邻策，不数冯骦市义钱。无限苍生修到福，政声嘉与树旃旃。

挹注无烦石点金，权衡凭仗在官心。进筹花外应争唱，起瘠沟中未厌深。洪范富民方喻谷，周官荒政亦宜今。勉惟饮水思源意，流泽都教瘝瘝钦。

归计江壖隐侣招，那堪珠粒课朝朝。泽鸿到处嗷千口，涸鲋惊心恋一瓢。雨后长河都挹润，春来病木总垂条。暂时展得均调手，谱作甘棠入里谣。

沈正楷（平湖举人）

寒霙六出兆年丰，望岁情殷上下同。灌溉未能通地脉，均输原足补天功。筹成荒政资良牧，图写流民谢画工。还愿指囷敦古谊，莫教缓急靳相通。

谱就笙诗颂稔年，哀鸿喜获再生缘。炊烟几断蜗牛舍，春雨旋开燕子田。但使编氓家有粟，不妨廉吏橐无钱。富公治术分明在，庚癸群呼克念旃。

片言慷慨劝挥金，自是平生济物心。一领大裘遮郡暖，万间广厦庇人深。悬鱼雅操差同昔，嗜蟹高风又见今。雍绛若通秦晋籴，底须水利问桑钦。

山登饭颗共相招，甘雨随车沛一朝。鱼米依然称泽国，云浆是处酌天瓢。枯鳞涸解苏赪尾，病木回春发旧条。鹦鹉洲前鸿雁懒，自惭最后献歌谣。

跋

　　守土有亲民之责，非可以风雅毕乃事也。而惟假风雅以行其爱民之政者，盖有至性存焉。夫人生之大节有二：曰忠，曰孝。忠之为道也显，而孝之为理也微。显可见而微不可见，盖必有待乎阐扬之者，则海宁州牧梧冈易公之谓也。甲戌夏，公自德清移署海宁，方大旱，请于当道平粜，以支一时。而民之困于旱者未苏，又有不逞之徒纠众索食，为大户扰。公忧之，作劝赈诗四首，刊刻流布，假风雅为劝赈计，并捐俸倡之。由是荐绅先生吐属雅驯者，悉赓和章，而乐善好施遂遍境内矣。今年入春后，甘澍叠沛，四野沾濡，天心应于上，民志和于下，合境乂安，岁则大熟。而太翁适至，而后乃今，公之喜可知也。太翁乐山水之游，每求天下奇闻壮观，以知天地之广大。舟车所届，凡山川人物之雄伟，与夫都会阛阓之喧阗，无不寓于目而识于心。见公之行事，辗然色喜，犹以慎民命、恤刑罚为兢兢，是其心之厚于仁，而公之善体其亲之心具见已。今圣天子以孝治天下，奉若天道，轸念民瘼，无不本一孝以格于上下。人臣苟体之以事君治民，虽偏隅下邑，亦足感苍昊，孚黔黎，风俗蒸蒸而日上。况以公之融融泄泄，推之为友于，普之为慈爱，仁心为质，纯任自然，和气满一堂，淳风扬四境，是忠臣出孝子之门也，不已立人生之大节而无憾也哉！然则劝赈之作，由忠孝而发为文章者也，其感人也固宜。至其养士治民，以实心行实政，不愧乎清慎勤者，有州人士之口碑在，毋俟余之附赘县〔悬〕疣为也。杭州府海宁州学训导会稽少梅子庞绍福顿首拜跋并书。

跋

　　盖闻大田多稼，小匹著于篇；中谷有蓷，风诗感乎物。伊古穰金饥木，代有丰歉。斯人兴往情来，若为赠答。然在心为志，祇士女所发抒而以言感人，非上下相酬劝也。即至老元聱叟舂陵传示吏之行短，李相公秘府有悯农之咏，亦用以下哀疾苦，要未闻群和德音。然则我州牧梧冈易公劝赈之作，与夫群公多士赓和诸篇，洵为千古新声，八珍异味焉。

　　公桂筅名贤，山斋华胄。绮年文采，已脍炙于艺林；早岁科名，复芬芳于蕊榜。红绫裹饼，锡自天厨；画竹剖符，分来浙水。初平山畔，仙霞供仙吏之餐；余不溪头，清水称清官之饮。固已歌棠遥听，都云狄使君活予；便思骖篠欢迎，群看真直院至矣。既而懋膺上考，果惬舆情。当慈云近海之时，正火伞撑空之候，肥遗忽见，三农枉拜田神；屏翳无灵，六月难期雨我。公则戴星而出，暴日以祈，跳珠苏半槁之禾，炊玉发常平之粟。顿使凫疽兔掘，依然民若小康；究缘獐稻薄收，毕竟年非大有。雪虽呈瑞，冻余村不胜寒；雨已如膏，春后野犹未绿。不有青黄之接，曷消苍赤之嗟？公乃重颁元淑，俸金几倍，令恩义廪，愿得人人而济，还多蔼蔼其言。抚字心劳，品既是救荒之谷；篇章语妙，诗亦为馈贫之粮。洒将十斛廉泉，绝胜八功德水；摇动一枝健笔，如开万吉祥花。闻君子之风，胥克用劝；广同患之恤，信可以兴。一唱百和者发乎情，千喜万悦者通乎义。施遂渊成而山积，句因璧合而珠联。听司马之清吟，江州再见；留拔茶之善政，益国重来。安定六经，诗人其余事；弱齐三绝，韵语为最工。孟参谋琢句宁寒，贾长江铸词非酸，良以气求声，应谊协寅恭宜，其曲异工同，心兼子惠矣。而且耆英先达，咸抒饱德之词；墨职骚流，竞奏饮和之曲。英华咀于仓库，芳润漱乎典坟。三味则迥越酸盐，五音而并含宫徵。化卤田为膏壤，逊此讴吟；彼甘泽与复陂，输其悦豫。田刺史政成得雨，唱不贫者仅属蚩蚩；薛沧州惠在通渠，谣无棣者宁皆雅雅。笑葛天之唱和，不过三人；陋松陵之磽确，徒夸百首。布帛菽粟者其质，纂组锦绣者其文。变愁苦作欢愉，前歌后舞；以揄扬宣德意，竞美争奇。都擅三百五篇之长，足补一十二条之阙。真彦和所云，崇文之盛世，招才之嘉惠也。源疾类彦威，学惭仲伟，一人已半，敢夸续晋阳秋；全豹窥斑，谬许作诗评品。曩者芜辞三献，踵声正愧雕龙；今兹锦帙齐缮，目论益欣附骥。等井蛙之说海，莫测涛澜；类山獭之祭鱼，翻资餍饫。抽栗尾而借抄恐后，付麻沙而阅市纷来。纂入农书，传为治谱。即此有声是画，上襄熙朝耕织之图；从今无口不碑，再赓乐岁仓箱之什。东海半人钟大源谨跋。

附诸董事开赈公禀

　　为仰体宪仁禀明开赈事。窃今长嬴司令，嗟霖雨之不施；旱魃为灾，叹火云之如炽。田禾将槁，农夫生涸辙之忧；河水不流，贾客鲜泛舟之役。以致米腾腾其日贵，饥扰扰而不宁。虽施一撮之多，莫与诸人之饱。夫己饥己溺，谁念斯民；乃望岁望君，幸逢贤牧。清溪旧仰循良之治，医疮痍而方切去思；近海新传廉惠之声，需襦袴而兴歌来暮。恩威并济，不竞不絿；教养兼兴，以暇以整。下车而首崇学道，不愧师儒；抚字而心切啼饥，斯真父母。衙斋廑念，隐抱恫〔痌〕鳏〔瘝〕，编户施仁，特延董正。造册则权不假之书吏，扰赈则刑必加之棍徒。绅等仰体仁慈，不忘任恤，敬敦桑梓，敢惮勤劳。手帖频书，彷鲁公而遍乞；釜庾请益，学冉子其何辞。惟是旧贯难仍，校户半同落叶；新捐莫续，集腋勉强成裘。核捐书而金粟列多寡条，总贫户而男女分大小口。逮弥两月，上缺一旬，分作四期，给连五日。路辍耕男之耒，咸贸贸以偕来；家提绩女之筐，看累累其载道。别都图而不遗不滥，先正薄书；稽众寡而以斗以升，若合符节。不须黄菊，始延老羸之龄；偶与白餐，可免辗饥之厄。天悯泥涂之苦，故展长晴；春回黍谷之温，聊资短饱。凡此穷黎之倚赖，罔非宪泽之覃敷。绅等名列黔敖，不嗟来食；介思原宪，尚愧素餐。勷善事之速成，喜生灵之可活。捐赈公厂，集而成会计之书；出纳有司，奉以备平衡之案。谨呈。

附诸董事赈竣公禀

为赈务告竣公吁备案事。窃以天地之大德曰生，政事之常经先养。帝庭咨十有二牧，食哉惟时；农亩食九次八人，勤而不匮。惟是雨旸恒若，一极备而一极无；补助兼施，用省耕而用省敛。救荒垂政，先散利于薄征；保息养民，由恤贫而安富。恩施不倦，困自能亨，鼓舞尽神，否将生泰。此如病厄之未愈，尚赖参苓；颠蹶之初兴，亟需辅翼也。伏惟仁台下车之始，正黎元涸辙之时，其雨深出日之忧，大旱鲜作云之望。官衙斋宿，日岂惟三；神社虔祈，诚专于一。岂谓雨师失职，旱魃成灾，河水不流，泛舟莫济，禾苗立槁，抱瓮徒劳。田比石而多荒，米如珠而莫掷。空仓到处，难安噪雀之饥；樊圃依然，莫禁羝羊之触。宰神德化，祛渡虎而不惊；邑恐流亡，听哀鸿而待抚。小廉大法，同切民依，此界彼疆，上陈奏牍。赋邀蠲缓，颁恩诏于东南；田别下中，薄岁租于畎亩。固然君子，治此野人；尤赖厚藏，怜兹贫户。此劝捐仓猝，同郑重以防秋；竭力补苴，非优游而卒岁也。洎乎星移律传，腊尽春回，睹岁景之苍凉，慨居人之憔悴。请邻祭灶，门无爆竹之声；砍桂炊珠，室少辛盘之晏。运逢开泰，人赋愁霖，届上元而市不县〔悬〕灯，未寒食而家先禁火。斗升莫贷，难延餬口之资；杼轴其空，莫佐养生之计。此辗饥之愬春甚于秋，赈济之施，急不可待缓者也。而仁台以无倦之精神，行以忠之实政，诚能动物，诗可感人。挖肉医疮，吁众感而义形于色；好生活命，扩一念而情见乎词。遂使安祖谈诗，鹿呼同食，生公说法，石尽点头。编户编民，添数期而德遍；捐钱捐粟，照旧簿而日增。聚既可以成山，散即同于流水。至若福田广种，子亦类于相思；胜果自因，食不知其谁氏。凡此捐施之稠叠，罔非宪泽所振兴，而乃曲荷裁成，倍加鼓励。为赈饥而减膳，食不厌夫茹蔬；屏仪从而循行，取必严于胥役。秉此清德，允堪上迓天和；匪特捐廉，足以下培民气也。从此麦秋垂穗，风吹饼饵之香；蚕月条桑，日映缲丝之色。泯怨咨于乐利，转杌陧为平康。田可播琴，蜡还歔籥。民风近古，歌介寿而称觥；吏治崇文，燕嘉宾而鼓瑟。范希文先忧后乐，不愧名臣；富郑公出粟活人，实多阴德。用呈赈册，条列捐书，恭叩琴堂，乞存冰案。谨呈。

灾 赈 全 书

清道光三年刻本

（清）杨西明 编辑

郝秉键 点校

帮刻诸君姓氏

会稽章东垞
江西黄复堂
仁和叶正帆
山阴赵朗夫
常州汪竹香
仁和顾菊坪
仁和胡兰叔
山阴陆　瓒

较〔校〕对

仁和沈梅士
钱塘沈许堂
会稽鲁东溪

灾赈全书初稿自序

　　吾闻太平之世，风不鸣条，雨不破块。当今道光纪元之年，日月合璧，五星联珠，瑞应呈祥，信且征矣。行见麦秀两歧，禾登九穗，乐升平而庆大有，何雨旸之失时哉？又闻之，鲁恭为中牟令，政成三异，曰：虫不入境，东海孝妇诬伏，大旱三年。方今贤者，在位修德治政，感召天和，莫不含脯鼓腹，如登春台，又何饥馑之有哉？然天□循环，雨旸不能必其时若，故圣如禹汤而不免水旱之灾。庚文康为丰年玉，稚恭为荒年谷，荒政一道，自古不讳。国朝惠鲜怀保，视民如伤，虽灾祲未见，而宵旰每切焦劳，偶有一隅偏灾，则恩膏随即下逮，凡穷檐之疾苦、灾户之饥寒，莫不上廑睿虑。故廷臣修辑条例，载在编册，至精至当，历历如绘，宁可千万日不用而有所遵循，不可一日不备也。余于嘉庆二十二年，蒙本邑宣明府招至幕中，赞襄金谷。明府勤于政治，精明强干，知遇既深，报称益难。二十三四两年，连岁旱灾，蠲缓并办。明府以实心行实事，凡事必根求底理，且各邑以明府之贤明，修札下问者无虚日。余不敏，日迷闷于新陈例案，旁及故纸堆中，既足以援引，且以备登答也。嗣后随见随录，有加无已，分门别类，题曰《灾赈全书初稿》。曰全书者，意在全备也；曰初稿者，尚须逐加增订也。质之诸相知，咸称善，且促余刊刻行世。余谓此成例也，何足异？吾幕中或高年望重，或少年英俊，于灾于赈，闻之熟矣，频年例案，按册可考，得毋以仆为好事乎？吾闻良贾深藏若虚，吾知勉矣。时在道光三年修禊日，语石生序于奉化官廨。

凡　例

　　一、现行律例分门别类，表而出之，曰正条。

　　一、正条之后，附载引证条款。引证者，正例之源流也。如征七免三之旧例，于雍正五年改为征三免七；收成五分亦准成灾，始于乾隆二年。余广收成案，始悉其详。

　　一、正例一二条而引证有三四条不等，余之备述而不惮烦者，或钦奉谕旨，仁恩浩荡，或廷臣条奏，或部臣核议，引今据古，缕晰详明，引而伸之，阅者豁然贯通。

　　一、正条各例，明白显著，有无须引证者，不复多赘，以昭简易；亦有求其引证，余浅见寡闻，无从根查，宁遗漏以待异日增补，不敢以似是而非之成案，援以为证。

　　一、国家喜庆，有恩诏豁免者，是恩蠲，非灾蠲也，不可误认，今止载灾蠲。

　　一、灾赈条款有与正例不符，及成案并未著成定例以及部驳之款，察其日后可用，以备察查者，附入杂载款内。

　　一、新旧条陈无非申明例案，并无新论，更有窒碍难行之举，并不多赘。

　　一、近日所阅邸抄，办理风灾、雹灾以及地震等案，均附赈恤引证之后，余皆分门列入。

　　一、《灾赈指南》及《荒政辑要》等编久经刊刻通行，兹不多赘。

目　录

灾赈全书卷一

总　略

正　条

一、凡部内有水旱霜雹及蝗蝻为害，一应灾伤应减免之田粮，有司官吏应准告而不即受理申报上司亲行检踏，及本管上司不与委官覆踏者，各杖八十。若初覆检踏，有司承委官吏不行亲诣田所，及虽诣田所不为用心从实检踏，止凭里长甲首朦胧供报，中间以熟作荒，以荒作熟，增减分数，通同作弊，瞒官害民者，各杖一百，罢职役不叙。若致枉有所征免（有灾伤当免而征曰枉征，无灾伤当征而免曰枉免）粮数，计赃重者坐赃论（枉有所征免粮数目，奏准后发觉谓之赃，故罪重于杖一百，并坐赃论）。里长甲首各与同罪，受财（官吏里甲受财，检踏开报不实，以致枉有征免）者，并计赃以枉法从重论。其检踏官吏及里长甲首（原未受财止）失于关防，致使荒熟分数有不实者，计不实之田十亩以下免罪，十亩以上至二十亩答二十，每二十亩加一等，罪止杖八十（官吏系公罪，俱留职役）。若人户将成熟田地移丘换段，冒告灾伤者，计所冒之田一亩至五亩答四十，每五亩加一等，罪止杖一百；其冒免之田令纳税粮，依额数追征入官。（律）

一、天下有司，凡遇岁饥，先发仓廪赈贷，然后具奏请旨宽恤。

一、凡夏灾不出六月底，秋灾不出九月底，先以被灾情形题报。其被灾分数，按限勘明续报。逾限者，交该部议处。（例）

一、州县详报被灾情形，查勘分数，遵照题定四十日限期办理。其距省遥远地方，准照交代之例，扣算程途日期。如逾限，照例题参，交部议处。（例）

一、赈济被灾饥民以及蠲免钱粮，州县官有侵蚀肥己等弊，致民不沾实惠者，革职拿问，照侵盗钱粮例治罪。督抚、布政使、道府等官不行稽察者，俱革职。（例，嘉庆十五年修改。）

一、凡遇歉收之岁，贫士与贫民一体赈恤。（例）

一、各省遇有灾害之年，该督抚将清理刑狱之处奏闻请旨。（例）

一、凡各省地方被灾不及五分，有奉旨及督抚题请缓征者，于次年麦熟后，只令催征旧欠；其本年钱粮准于九月后催征。若深冬方得雨雪及积水退者，缓至次年秋收催征。如被灾八分、九分、十分者，将该年缓征钱粮俱分作三年带征，被灾五分、六分、七分者，分作二年带征，以纾民力。（例）

一、江海河湖居民猝被水灾，该地方官一面通报各该管上司，一面赴被灾处所验看明确，照例酌量赈济，不得濡迟时日。（例）

一、凡沿河沙洲地亩被冲坍塌，即令业户报官，勘明注册；遇有淤涨，亦即报官查丈，照原报之数拨补。此外多余涨地，不许霸占。如从前未经报坍，不准拨给。至隔江远户，果系报坍有案，即将多余涨地秉公拨补。若坍户数多，按照报坍先后，以次照拨。倘补足之外尚有余地，许召无业穷民认垦，官给印照，仍令各属按数造报，统俟五年大丈，再行履勘，造册送部，以定升除。其报坍报涨在两县接壤之处者，委员会同两邑地方官据实勘验，秉公拨补。如有私行霸占，将淤洲入官，照盗耕官田律治罪。地方官不查丈明确，以致拨补舛错，查出照官吏不用心从实检踏律分别议处。（例）

一、凡遇地方荒歉，借给贫民米石谷麦，或开垦田土，借给牛具籽种，以及一切吏役兵丁人等办公银两，原系题明咨部，行令出借。倘遇人亡产绝，确查出结，题请豁免。如有捏饰侵渔以及未经报明，私行动借者，即行题参，按律治罪。（例）

一、漕粮原有定额，凡荒地无征者，该督抚勘实具题，准予蠲豁；仍责令各州县招垦，毋致久荒。（《漕运全书》）

一、凡田地沿江沿海坍没水中、无从征漕者，照例保题豁免。（《漕运全书》）

一、漕粮例不蠲缓，其有灾伤过重地方，全行豁免或按数蠲免者，均钦奉特旨遵行。（《漕运全书》）

一、漕项钱粮原无带征之例，有被灾至重，该督抚题请宽缓者，亦准分年带征。（《漕运全书》康熙九年）

一、荒缺田地题豁漕粮，随漕银米一律蠲免。（《漕运全书》康熙十年）

一、凡漕粮遇灾，其应征米石，如本地米有不足，准其籼米代抵，或以粟米暂行改兑。（《漕运全书》）

一、凡水淹田亩，例于每年冬底确勘一次，涸则起征，淹则停免。雍正十年题准：淹田漕米先于粮册删除，照压征之例，俟冬勘后，涸则次年带征，淹则题请蠲免。（《漕运全书》）

一、州县卫所官奉蠲钱粮，或先期征存，不行流抵，或既奉蠲免，不为扣除，或故行出示迟延，指称别有征款及虽为扣除而不及蠲额者，均以侵欺论罪，失察各上司俱分别查议。（《户部则例》）

一、沿河州县报潦，令地方官会同河员确勘。如有查勘不实及隐瞒民灾等弊，将地方官、河员一并题参，照例分别议处。（《吏部则例》）

一、乾隆二十二年七月，奉上谕：向来直省遇有偏灾，本邑正佐不敷分办，例委邻封州县及佐杂试用等官协同查办，原期体察周详，勿致遗滥。乃委员以例无处分，事非切己，不过扶同具结，虚应故事，甚非差委本意。委员既经派遣，则承办皆分内之事，自应与地方官功过一体。嗣后委员内如有查灾不据实结报，办赈不实心挨查，草率从事，仍前怠忽者，该督抚查明题参，照地方查办灾赈不实一体处分，著为例。钦此。（《吏部则例》）

勘 报 限 期

正 条

一、地方遇有灾伤，该督抚先将被灾情形日期飞章题报，夏灾限六月终旬，秋灾限九月终旬。题后续报灾伤，一例速奏。凡州县报灾到省，准其扣除程限，督抚司道府官以州县报到日为始，迅速详题。若迟延半月以内递至三月以外者，按月日分别议处，上司属员一律处分，隐匿者严加议处。(《户部则例》)

一、州县勘报续被灾伤分数，除旱灾以渐而成，仍照四十日正限勘报外，其原报被水被霜被风灾地续灾较重，距原报情形之日在十五日以外者，准于正限外展限二十日勘报；距原报情形之日未过十五日者，统于正限内勘报请题，不准展限。若已过初灾勘报正限之后，续被重灾，准另起限期勘报。(《户部则例》)

一、凡地方被灾，该管官一面依限勘报，一面将应赈户口迅速开赈，另详请题。若灾户数少，易于查察者，即于勘报限内带查并报。(《户部则例》)

一、蠲免钱粮数目，于具题请赈之日起，再扣两个月造报题达。如有迟延，照造报各项文册违限例分别议处。(《吏部则例》)

引　　证

户部为请宽报勘灾伤等事。该臣等查得湖北布政使安图奏前事，查定例内开，夏灾不出六月底，秋灾不出九月底，先以被灾情形题报，其被灾分数限一月查明续报，逾限者交部议处。嗣经臣部议覆江西万载县知县许松佶条奏，被灾分数限一月内造报，未免为时太迫，查勘之员瞻顾考成，草率完结。嗣后造报分数，查勘之员宽以十日，上司宽以五日，总之以四十五日为限等因。于雍正六年九月十八日奉旨：依议。钦遵通行在案。今该布政司安图奏称，地方偶遇灾伤，被灾有先后，离省有远近，常有题报之限已届，而州县官尚须亲勘情形，方敢通报，无如路途遥远，及至抵省，已在定限之外，应请嗣后州县官详报地方被灾情形，照交代等项事件之例，准其扣除程途限期。至题报情形之后，委员查勘分数，定限四十，离省程途不行扣除，州县勘官畏避处分，惟求速竣，其中遗漏草率，恐所不免，亦应请于四十日之外一并准其扣除程限等语。查勘办地方灾伤，办理最宜详慎，倘距省遥远，州县迫于定限，止图无误考成，查勘不能周详，则遗漏草率之处诚所难免。应如该布政司安图所奏，嗣后州县详报被灾情形及查勘被灾分数，均仍照题定限期办理。其距省遥远地方，准其照交代之例，扣算程途日期。如详报到省在限外，而扣算程途日期尚未逾限者，免其揭参。若到省在限外而查算应扣之程途业已逾限者，即行照例参处，仍于题报文内将各州县已未违限程途月日逐一分晰声明，听候核议。俟命下之日，通行各督抚转饬所属，一体遵照可也等因。乾隆二年十月二十六日奉旨：依议。钦此。

户部为请酌赈济之条例等事。会议得调任布政使严瑞龙奏称，查报被灾户口，宜与被灾顷亩分数勒限办理也等语。查乾隆二年七月内九卿议覆升任安徽布政司晏斯盛条奏案内，议令各省嗣后倘遇灾伤，一面题报情形，一面酌量饥民多寡及时赈济，仍于四十五日限内题明加赈。俟赈务告竣，将赈过户口造册题销。其被灾分数，即于查勘之时随疏声明。至应免钱粮，于具题请赈之日扣限两月造报等因在案。是被灾应赈户口，原令限内题明加赈，俟赈毕将户口细数造册题销。今调任布政司严瑞龙请将被灾户口与被灾顷亩分数勒限确查之处。臣等伏查，蠲免以分数为凭，赈济以户口为据。各省勘报分数，限内果能将户口细数一并查明，原可速赈务而拯民困。但被灾情形有轻重不同，应赈户口亦有多寡不一，倘被灾较重而户口繁多，概令一并查明，则承办官或因迫于期限，不无草率遗漏，转于灾黎无益。应令各督抚，嗣后各属如查勘分数限内，其户口细数易于查察者，即令乘便带查，以速赈务。倘户口繁多，一时难以并举，即照旧例，将被灾分数于限内查明，具题加赈。其应赈户口俟赈毕报销，于疏内声明，仍速饬确查，毋致稽延遗滥，庶赈务不致需时，而民困得以早苏矣！

又奏称，勘灾限内，有续经被水成灾村庄，应将原定例限酌量加展也等语。查定例，夏灾不出六月底，秋灾不出九月底，先将被灾情形题报，州县查勘分数，遵照四十日限期办理等语。至于报灾之后续有灾伤，其应作何扣限之处，例内原未分晰，是以各省有自续报情形之日起限另报者，亦有即于正限之日查勘汇题者，办理均不画一。今调任布政使严瑞龙奏请勘灾限内有续报被水村庄，将原定例限扣展之处。臣等伏思，灾荒难以预料，情形自应确查，惟是于正限之内并令查明，既恐办理草率，若于续报之时另行起限，又虑查勘稽迟，自应将续报灾荒加展限期。但其中时日距前次报灾之案不无多寡，若概于正限之外加半扣展，则办理各官皆得藉限期有余，不行速办，于续报被灾之区既无裨益，且于初次应赈之户转致稽迟。今臣等公同酌议，嗣后除旱灾以渐而成，仍应照旧例办理外，如查勘水灾限内，有原被水村庄复经被灾较重者，距先报之期未过十五日，不准展限，统于正限内查勘汇题；十五日以外者，准其于续报情形案内声明，展限二十日查办；倘有已过正限，准其另起限期各等因。乾隆十一年十二月初八日题。本月初十日奉旨：依议。钦此。

灾地赶种

正　条

一、地方官报灾之后，该管官若将所报灾地目为指灾地亩，不令赶种，留待勘报分数，致误农时者，上司属员一体严加议处。（《户部则例》）

引　证

乾隆五年六月十七日，奉上谕：有人条奏，各省遇有水旱成灾地亩，一经报荒之后，即不许种莳。谓之指荒地亩，以待州县勘灾出结，又候上司委员查验，若复行种莳，便无可凭。而历经查验，动须数月，虽有可耕之时，往往坐废。以此被灾之百姓常有不愿报灾以图耕种收获者，而赈恤减粜等恩泽又俱不得沾受以救目前等语。朕思报灾定例，夏灾不出五月，有司查勘易毕，何至久稽时日？且春田既灾，全赖及时赶种秋禾以资接济。凡有牧民之责者，正当躬亲督劝，加意经理，若因查灾，反致误其耕种阻民生计，有司之罪不可逭矣。人言如此，大有关系。各督抚务须留心体察，如有前弊，经朕访闻，惟于该督抚是问。钦此。

灾蠲分数缓带征

正　条

一、凡水旱成灾，地方官将灾户原纳地丁正赋作为十分，按灾请蠲。被灾十分者，蠲正赋十分之七；被灾九分者，蠲正赋十分之六；被灾八分者，蠲正赋十分之四；被灾七分

者，蠲正赋十分之二；被灾五六分者，蠲正赋十之一。（《户部则例》）

一、勘明灾地钱粮，勘报之日即行停征。所停钱粮系被灾十分、九分、八分者，分作三年带征；系被灾七分、六分、五分者，分作二分带征。其五分以下不成灾地亩钱粮，奉旨缓征及督抚题明缓征者，缓至次年麦熟以后，其次年麦熟钱粮递行缓至秋成。若被灾之年深冬方得雨雪及积水方退者，该督抚另疏题明，将应缓至麦熟以后钱粮再缓至秋成以后，新旧并纳。（《户部则例》原例）

一、勘明灾地钱粮，分别蠲缓，据实奏报，候旨施行。该督抚接奉恩旨之日，即饬知各该州县立即张贴誊黄，如有私行隐匿征课者，严参重究。系被灾十分、九分、八分者，分作三年带征；系被灾七分、六分、五分者，分作二年带征。其五分以下不成灾地亩钱粮，有奉旨缓征及督抚题明缓征者，缓至次年麦熟以后，其次年麦熟钱粮递行缓至秋成。若被灾之年深冬方得雨雪及积水方退者，该督抚另疏题明，将应缓至麦熟以后钱粮再缓至秋成以后，新旧并纳。（《户部则例》续纂）

一、民田内应征漕粮及漕项银米，被灾之年，或应分年带征，或与地丁正耗钱粮一律蠲免，该督抚确核具题，请旨定夺。（《户部则例》）

一、凡漕粮已经带征，遇带征之年复又被灾，其上年带征之粮，准其分年压征带补。（《漕运全书》康熙七年）

引　　证

乾隆三年五月十五日，奉上谕：各省地方偶有水旱，朕查蠲免钱粮旧例，被灾十分者，免钱粮十分之三；八分、七分者，免十分之二；六分者，免十分之一。雍正五年间，我皇考特降谕旨，凡被灾十分者，免钱粮十分之七；九分者，免十分之六；八分者，免十分之四；七分者，免十分之二；六分，免十分之一。实爱养黎元，轸恤民隐之至意也。朕思田禾被灾五分，则收成仅得其半，输将国赋，未免艰难，所当推广皇仁，使被灾较轻之地亩亦得恩沾实惠者。嗣后着将被灾五分之数亦准报灾，地方官查勘明确，蠲免钱粮十分之一，永著为例。钦此。

乾隆二年闰九月，奉上谕：浙江今岁收成颇称丰稔，惟温、台二府属有滨海被水之县邑，谷价未免昂贵，已据大学士嵇曾筠等悉心筹画，动拨各仓米石，运往二郡分贮，以备将来平粜之用。朕思温、台所属既有被水之处，除高阜田禾丰收者，自应照常征收钱粮外，其洼地薄收之田，虽不至成灾，而贫民力量不足，若令依限完缴，未免竭蹶。着大学士嵇曾筠转饬有司，将薄收之处详确查明，分别缓征，以恤民隐。该部即遵谕行。钦此。

乾隆三年二月十二日，奉上谕：上年直隶等省有收成歉薄之州县，冬春以来，雨水又觉短少，惟山东奏报得雨，似可足用，其余则尚未沾足，朕心甚为忧虑。当此青黄不接之时，东作方兴之候，正宜急为筹画，以恤民艰。已谕令各该督抚因地制宜，或减价平粜，或借贷仓粮，凡有利益民生者，即速定议举行，毋得忽视。今思仲春之月即定例开征钱粮之时，若有司遵例催科，在有力之家尚可免〔勉〕强输将，而贫乏之家实为艰窘，深可悯念。着直隶等省督抚将去岁歉收之州县一一确查，所有应完钱粮暂停征收，俟麦秋时酌看收成情形，再行奏闻，归并秋季钱粮项下带征完纳。如此则地方无追呼之扰，民力可以宽舒，农工不致有旷。该部可遵谕速行。钦此。

户部等衙门为钦奉上谕事。乾隆三年八月初八日，内阁奉上谕：各省缓征钱粮，例于下年带征，以完国课。朕思年谷荒歉有分数多寡不同，若本年被灾尚轻，次年幸值丰收，则完纳带征之项尚不致于竭力。若本年被灾较重，则民间元气已亏，次年即遇丰收，小民既完本年应输钱粮，又欲完从前带征之项，力量岂能有余，必至竭蹶从事。朕念切养民，闾阎生计日筹于怀。今思虑及此，其如何酌量变通，著为定例，惠济斯民之处，九卿定议具奏。钦此。钦遵抄出到部。该臣等会议得宽舒赋税，固为惠济之覃敷，而调剂盈虚，尤见仁恩之所广被。查各省被灾田亩作何催征旧欠之处，先经臣等议覆安徽布政使晏斯盛条奏案内，被灾地方钱粮，次年麦熟后只令催征旧欠，其当年钱粮准于九月后再行催征。至被灾之处有延至深冬方得雨雪及积水方退者，必得次年春夏始得布种秋禾，缓至秋成催征，以纾民力等因题覆。于乾隆二年七月二十七日奉旨：依议。钦遵通行在案。但缓征钱粮虽有缓至次年麦熟并秋后征收之例，而一年之内仍属新旧全征，且并不分别被灾之轻重，概于次年催令完纳，则被灾较重之地方，小民元气未复，诚不免于拮据。今蒙皇上念切民瘼，特颁谕旨，将各省缓征钱粮作何酌量变通之处，令臣等会议具奏。仰见皇上诚求保赤，惠济黎元之至意。查乾隆三年五月十五日奉上谕：各省地方偶有水旱，朕查蠲免钱粮旧例，被灾十分者，免钱粮十分之三；八分、七分者，免十分之二；六分者，免十分之一。雍正年间，我皇考特降谕旨，凡被灾十分者，免钱粮十分之七；九分者，免十分之六；八分者，免十分之四；七分者，免十分之二；六分者，免十分之一。实爱惠黎元，轸恤民隐之至意也。朕思田禾被灾五分，则收成仅得其半，输将国赋，未免艰难，所当推广皇仁，使被灾较轻之地亩亦得均沾恩泽者。嗣后着将被灾五分之处亦准报灾，地方官查勘明确，蠲免钱粮十分之一，永著为例。钦此。钦遵在案。臣等伏思蠲免钱粮之分数，既按被灾之轻重以为多寡，则带征钱粮之年分亦应视被灾之轻重以定催科。睿虑周详，诚为筹画尽善。臣等公同酌议，应请嗣后除各省偶逢水旱，勘明被灾不及五分，有奉旨缓征及督抚题请缓征者，仍照该布政司晏斯盛条奏之例，分别缓至次年麦熟后及秋收后缓征外，如本年被灾八分、九分、十分者，灾伤较重，盖藏多虚，应将该年缓征钱粮俱分作三年带征，以纾民力。其被灾止五分、六分、七分者，虽收成歉薄而被灾较轻，民间尚不致于过窘，应将该年缓征钱粮分作二年带征完纳。至于前项缓征钱粮，经征各官仍于考成册内扣明分数，统于年限案内造报查核。如此酌量变通，则被灾小民咸得从容完纳，而催科不扰，俯仰弥宽，益沐皇仁之浩荡矣等因。乾隆三年八月二十六日奉旨：依议。钦此。

出 示 晓 谕

正 条

一、凡有蠲免，俱以奉旨之日为始，其奉旨之后部文未到之前，有已输在官者，准作次年正赋，永著为例。如官吏朦混隐匿，即照侵盗钱粮律治罪。（例）

谨按：勘办灾伤，定例以勘报之日停征，未成灾以前已输在官者，向抵次年正赋，其勘办成灾以后、部文未到以前遵例停征，焉有输纳则例与谕旨两岐？故户部纂修则例现将"勘报之日停征"一语删除。

例载灾蠲分数条：

一、奉蠲之后，出示晓谕，刊刻免单，按户付执，并取里长甘结，咨送部科。若不给

免单，或给而不实，该官吏均以违制计赃论罪。胥役需索，按律严究。失察官议处。(《户部则例》)

一、遇蠲免年分，令各该州县查明应征应免数目，预期开单，申送藩司核定，发回刊刻，填给各业户收执，仍照单开各款，大张告示晓谕。(《户部则例》)

<h2 style="text-align:center">引　　证</h2>

乾隆二年七月三十日，奉上谕：蠲免钱粮，所以纾民力而惠黎元，或偏灾偶见，尤宜急加宽恤。故《周礼》荒政以薄征为先。乃不肖州县一闻蠲免恩旨，往往于部文未到之前，差役四出，昼夜催比，追呼之扰更甚于平时。迨恩旨到日，百姓已完纳过半。朝廷有赐复之恩，而闾阎不得实被其泽，甚至官吏分肥，侵渔中饱，情弊种种，深可痛心。我皇考世宗宪皇帝洞悉其弊，雍正十一年八月内蠲免甘肃地丁银两，奉旨将已完在官之项准抵明年正课。此诚万世之良规，所当遵奉者。嗣后凡有蠲免，俱以奉旨之日为始。其奉旨以后、部文未到之前，有已输在官者，准作次年正赋，永著为令。如官吏朦混隐匿，即照侵盗钱粮律治罪。钦此。

户部为敬陈吏治事宜等事。会议得陕西道御史胡定奏前事等因。查向例，蠲免钱粮俱经户部议，令该管督抚转饬所属，出示晓谕，俾民间均沾实惠，历年遵照在案。今该御史胡定奏称，不肖有司串同经承，每亩少免毫厘，名曰短扣，皆因未尝明示以科则，而仅开其总数，里户何由而知？嗣后令布政司按蠲免分数分别科则，出示晓谕州县，于各户名下填明蠲免银数，每名各发一单等语。查蠲免钱粮，原期逐户均沾，难容丝毫克扣，如有前项等弊，自应立法防闲。惟是布政司为钱粮总汇，计一省之中不下百余州县，一邑内不下百余里图，若令查明分数，分别科则，逐一出示，不惟势难周遍，亦且烦琐难行。臣等伏查直省豁免钱粮，如遇水旱，系按地亩成灾分数分别扣蠲；如逢恩免，系按花户应输粮额匀算扣除。又雍正十三年十月内升任御史蒋炳条奏征粮案内，经各省督抚先后题覆，如安庆、江苏、江西等省则用易知单，福建、广东、山东、山西、直隶、湖北、湖南、河南、浙江等省则用滚单、样单，西安、四川、贵州等省则用红簿，云南、广西、甘肃等省则用实征额册，或给发花户，或刊刻出示等因各在案。是现今征收钱粮，遵用易知由单，凡田地科则及应征额数，里民原属周知，了若指掌。臣等酌议，嗣后遇有蠲免分数，如安庆等省则于给发花名易知单、样单、滚单内一并注明；其西安等省则于所出示内一并刊刻晓谕，俾里民自行磨对，按数扣除。如此则立法似属简易，而毫厘亦不能侵欺矣等因。乾隆五年十一月十三日奉旨：依议。钦此。

嘉庆十六年九月，奉上谕：御史杨怿曾奏请严申停征蠲免事宜一折。向来各省偶遇水旱偏灾，由该督抚报明分数，降旨分别蠲缓。其各省蠲免以奉旨之日为始，奉旨之后、部文未到以前，已输在官者，准作次年正赋，惟奉旨日期以及蠲免分数，村野小民无由周知，而不肖官吏以因缘为奸，或于部文未到以前催比，更急私图肥己，且有奸猾书吏复藉名垫纳，加倍勒偿等情，及各督抚颁示恩旨，通谕各州县，尚有隐匿，不急为悬挂者，嗣后著各督抚饬令各州县遇恩旨颁到之日，即将奉旨日期遍行晓谕，立即刊刷实征额册串票等，注载明晰，俾小民得知蠲免分数，官吏无从欺隐，务期实惠及民，以副朕爱育黎元之至意。将此通谕知之。钦此。

应蠲各款

正　条

一、灾蠲地丁正赋之年，其随征耗羡银两，按照被灾分数一律验蠲。（《户部则例》）

一、漕粮遇蠲，随漕等项银两例应照额征解。康熙三十九年，江南淮扬府属叠被水患，该督抚题请并蠲，钦奉恩旨准豁。（《漕运全书》）

一、漕粮漕项例不蠲缓，乾隆二年题准：倘有被灾地方，令有漕督抚确勘实在情形，或应分年带征，或按分数蠲缓，临时具题，请旨遵行。（《漕运全书》）

一、乾隆三十一年钦奉上谕：蠲免漕粮款内尚有例征折色及民户输粮官为办漕者，虽征收银米不同，其为按田起漕之例则一。著再申谕，办漕各省州县内有征收折色者，一体概予蠲免（白粮黑豆麦石一体通行蠲免）。（《漕运全书》）

一、灾伤地方应征漕粮及改折漕价，当年不能完纳者，酌量被灾轻重，或全行缓征，或缓一半，或分作两年三年带征。（《漕运全书》）

一、恩蠲普免钱粮年分及遇水旱偏灾钱粮应蠲应缓之州县，其驿站所需夫马工料银两，或无项坐支，或坐支不敷，饬令造报臬司核明确数，径赴藩司请领，毋庸由臬司移领给发。（《户部则例》）

引　证

户部为请酌工食之免减等事，议覆内阁学士兼礼部侍郎张坦麟奏前事。查直省各官额设人役所需工食，向于地丁项下编给。遇有水旱题蠲分数钱粮，系由各省督抚查明各本省成例，或应扣荒，或应拨补，分别办理。如江南、湖广等省向系扣荒，其余直隶、福建、陕西、云南、贵州、广西、山西等省向系于地丁米折等项银内按数拨补。久经遵循，造报奏销在案。又于乾隆元年三月内钦奉上谕：教佐各员俸工银两，概免扣荒一案，系版荒沉缺，概免扣除，与水旱成灾者不同。至正印各员之衙役工食银两，亦不在钦奉上谕之内。且此项工食，当日俱就各本省情形因地制宜，定为成例，亦间有遇灾拨补者，俱由各该督抚查明确实被灾分数、实在应扣若干，专案指款请拨。今据张坦麟奏称，各役工食，遇灾歉年分，旧例各按分数一体扣减，势必节外生枝，民受其害，请照常全给，与佐杂教职一视同仁等语。查各役工食银两，版荒灾荒，俱应照所缺之数扣除给发之项。若概议拨补，额设之经费有常，既未便遽更成例；若不变通酌给，则原系各役应得之项，恐于版荒之外复扣灾荒，又难于枵腹应役，或藉端扰累，亦未可定。臣等详加酌议，请将版荒银两仍照各本省定例造报外，嗣后直省各州县倘遇歉收，其编征工食银两按照分数蠲免者，应令各该督抚将所蠲工食之数确实查明，循照直隶、福建等省拨补灾荒扣缺之案，专案指款，报部动拨，臣部于奏销案内查核题销。庶各省皆可画一办理，而各役亦得共被皇仁。俟命下之日，通行直省各督抚一体遵照可也等因。乾隆二年六月二十五日题。本月二十七日奉旨：依议。钦此。

户部为遵旨议奏事。议覆安徽巡抚纳敏奏各属灾蠲役食银两统于起运银内扣除，仍照原编按数给发一折等因。查各省人役工食银两，例系按照田地编征，内有版荒灾免，向系按款派蠲。嗣于乾隆二年六月内臣部议覆原任内阁学士张坦麟条奏案内，以直隶各州县倘遇歉收，其编征工食银两照分数蠲免者，将所蠲之数查明指款，报部动拨。至老荒缺额工食，于乾隆二年闰九月内钦奉谕旨：自戊年为始，俱准于地丁项下照额编之数全行支给，免其扣荒。钦遵各在案。又于乾隆十二年十二月内据前署苏抚爱折奏，江省版荒并遇灾蠲免役食银两动支正项拨补，必待报部核明始准支给，驳查往返，隔阂经岁，州县因穷，役不能久，待那项垫给，又复多寡不齐，不肖之员即以此影射亏空，以致钱粮不清。嗣后版荒，役食银两准其在各处地丁银内补足，遇灾蠲免役食，将应蠲之数统于起运银内扣除，仍照原编按数给发等因。经臣部覆准，亦在案。续据升任安抚纳咨称，上下两江，事同一例，除安省版荒向于各属地丁内支给奏销，毋庸再议外，所有灾蠲役食，请援照苏省之例，遇灾照所蠲之数统于起运银内扣除，照原编按数给发。经臣部以事关动拨起运正项钱粮，不便据咨遽议，行令题明办理。今该督既经会同总督黄公词具奏，应如所请，嗣后凡遇灾蠲，役食银两准其查照苏省之例，一体办理。至奏称安省灾蠲，文庙祭祀暨颜料价值亦系专案拨补，均属例应拨补之项，并请照办等语。查安省积年采办颜料等项，所需价值铺垫银两系于各属地丁项下照额编征。适遇被灾蠲免，向系专案造册咨部，统于解司地丁银内照数拨补，系属岁额之项。亦应如所请，嗣后凡遇灾蠲颜料价值，将应蠲之数统于起运银内扣除，照原编按数给发采办，仍令造入灾蠲并奏销各案内，分晰声明，报部查核。至安省文庙祭祀荒缺灾蠲银两，例于存公耗羡银内拨补。嗣于乾隆十三年二月内经臣部于酌定章程案内，安属每年议给银二百三十两零，奏准在案，未便更张成例，于地丁项下拨补。应将该抚所请一并照办之处，毋庸议。乾隆十四年五月二十七日题。本月二十九日奉旨：依议。钦此。

户部议覆安徽布政使晏斯盛条奏款内，查丁银一项，未经摊入地粮均征，以前原系另款征收，凡遇灾荒，原与地粮一例蠲免。自雍正六年丁银摊入地亩均征之后，其丁银即出于地粮之内，设有灾荒，自应一体酌免。且查直隶、江南等省地方，亦有灾荒将丁银一体豁免之案。相应行令各督抚，嗣后倘遇灾荒，减免钱粮，即将丁银统入地粮内核算蠲免，以昭画一。乾隆二年七月奏准在案。

赈 恤

正　条

一、民田秋月水旱成灾，该督抚一面题报情形，一面饬属发仓，将乏食贫民不论成灾分数，均先行正赈一个月，仍于四十五日限内，按查明成灾分数，分晰极贫、次贫，具题加赈。被灾十分者，极贫加赈四个月，次贫加赈三个月；被灾九分者，极贫加赈三个月，次贫加赈两个月；被灾八分、七分者，极贫加赈两个月，次贫加赈一个月；被灾六分者，极贫加赈一个月；被灾五分者，酌借来春口粮。应赈每口米数，大口日给米五合，小口二合五勺。按日合月，小建扣除。银米兼给，谷则倍之。贫生饥军各随坐落地方与赈，江南各卫饿军准其一体与赈。住居灾地营兵，除本身及家口在三口以内者不准入赈外，其多余家口，仍准入赈。（《户部则例》）

一、闲散贫民同力田灾民一体给赈，闻赈归来者，一体入册赈恤。贫生赈粮，由该学教官散给；灾民赈粮，州县亲身散给。如州县不能兼顾，督抚委员协同办理。运米脚费同赈济银米，事竣一体题销。赈毕之后，正遇青黄不接，仍准州县详请平粜。（《户部则例》）

一、折赈米价，有奉恩旨加增折给者，以奉旨之日为始。其奉旨以前，仍照定价折给。事竣分晰日期报销。（浙江折赈米一石，定价一两二钱；每谷一石，定价六钱。《户部则例》）

一、浙省水冲民房，楼房每间二两，瓦平房每间一两，草房每间五钱，草披每间五钱五分。淹毙大口埋葬二两，小口一两。（《户部则例》）

一、浙江省被水田亩，沙淤石压者，每亩给修复银二钱；水冲田禾，每亩给籽粒银一钱，令其及早垦复，不致国赋缺征。所用银两，于司库酌款动给，事竣取结题销。如有藉端捏报影射等弊，指名题参。（沙压深厚，日久不能耕种，奏请豁除粮赋。《户部则例》）

引　　证

户部为遵旨议奏事。议得军机处奏称，据元展成折奏，〈会〉宁县夏禾不及五分，业经题报旱灾。又凉州、宁夏等府属，夏禾亦被旱灾，现据陆续题报。查元展成所奏，会宁等县旱灾乃例应题报之事，已据元展成将会宁等三县题请缓征，酌给灾户口粮，经户部覆准在案。但查夏禾旱灾，应蠲应赈各项，历来办理不同。查自康熙四十六年以来，各省凡遇旱灾，按限题报，并查明被灾分数，将本年钱粮暂停征收，俱系照例办理。又乾隆三年五月钦奉恩旨，将水旱被灾五分之处亦准报灾，蠲免钱粮十分之一。是旱灾蠲免分数亦已奉有恩例。至于灾民应赈济者，向来各省或请散赈，或请借贷，或秋苗虽经得雨而麦收不足接济，仍请散赈。虽灾伤无一定之形，原应随时酌量拯救，然赈济未有定例，是以从前各省督抚有将情形据实入告请赈，亦有未经奏请而奉特旨赈恤者。或动正项，或捐俸工，或动存公银两办理，又不画一。窃念赈济事关民命，而夏灾较之秋灾稍有不同，其如分别加赈及借给籽种补种秋禾并秋禾虽经得雨而待食艰难，应否仍行接济之处，交部详议具奏等因前来。查赈灾拯困，歉岁重抚恤之政；而酌缓济急，因时有补救之方。臣等谨按定例开载，夏灾不出六月底，秋灾不出九月底，该管督抚勘明题报。至应作何赈恤之处，例内并未详悉开载，是以前次直隶偶遇夏灾，或请散赈，或请借贷，或秋苗得雨仍请赈恤办理，均不划一。今查节年成案，惟乾隆二年直隶麦收歉薄，经原任直督李题请统俟收获秋禾之时确查，分别办理，所议尚属明晰。盖缘贫民终岁之计，惟赖西成，早禾虽被灾裰，若大田布种齐全，不过一两月间，仍有晚禾登场，可资接济，较之秋禾失收必须徂春历夏新谷方升者，其待赈缓急迥不相侔，所当按照情形，量为区别，以重赈务而均惠泽者。臣等酌议，嗣后夏月被灾，仿照从前直隶办灾成案，略为变通。如秋禾种植将来可望收成者，应统俟秋获之时确勘分数另行办理外，其间或有得雨稍迟、布种较晚必需接济者，应令该管督抚酌量，或借籽种，或贷口粮，秋后免息还仓，以示轸恤。至于秋月被灾，其需赈情形固非夏灾可比，但前此只据各省督抚分别极贫、次贫，酌量加赈，其于被灾几分、应赈几月之处，例内并未分晰开载。是以各省有加赈三四月者，即有加赈六七月者，亦不画一。伏查收成六分以上，定例并不成灾。约计丰歉适中之岁，民间一年收获，完纳夏税秋粮之外，所余只不过四五分以资口食。若一旦被灾加赈，自应照依灾损之数，按其缺乏，量为补救。臣等酌议，凡被灾五分仍有五分收成者，本年钱粮恩蠲一分复行缓征，揆之收成六分仍行按限完赋，其情形约略相等，应于来岁春月酌借口粮外，毋庸加赈。其被灾六分者，收成尚有四分，应择其极贫者加赈一个月。其被灾七八分者，收成尚有二三分，应择其极贫者加赈两个月，次贫者加赈一个月。其被灾九分者，收成仅有一分，应择其极贫者加赈三个月，次贫者加赈两个月。其被灾十分者，则灾伤过重，应择其极贫者加赈四个月，次贫者加赈三个月。其余一切应行赈恤事宜，仍令该督抚因时因地，妥议题明办理。又风水为灾，如涧溪泛溢、飓风吹刮等项，直省督抚或题请加赈，或具奏奉旨优恤，向亦并未著有定例。伏思风水等患，多属一隅偏灾，其附近处所仍然收获，且坍倒房屋，均行援引升任内阁学士凌如焕条奏之例，动拨存公银两，量给修葺，则民情业已安贴。臣等仰体皇仁，并请敕下该管督抚勘验，如果一时民食艰难，即于常平仓谷内酌量借给口粮籽种，俟收成还项，免其加息。倘于秋月陡遭风水为灾，损伤大田，其有田亩瘠薄，向鲜盖藏，以及地方积歉，复遇灾祲，官为借贷之外，仍需量行赈恤者，应令该管督抚妥议具题，请旨遵行。又水雹为灾，旧例有贷无赈，续于乾隆二年凌如焕条奏案内，准其一体赈恤。臣等伏思，地方偶值冰雹，亦属一隅偏灾，且损伤禾稼，多在夏月。嗣后应令统照前款所议夏灾之例办理，以昭划一。再，查各省赈给米数，每名每日有支三四合至七八合不等，其间数目参差，亦无成规。夫因灾施赈虽有轻重之分，而计口授食应无多寡之殊。伏查各项支放口粮，定例每名日支八合三勺，若被灾散赈，待哺者众，自应酌减其数，但过于短少，亦恐不敷日用。臣等酌议，每大口日给五合，小口减半，则多少似属适中。以上各条，恭候命下之日，通行直省督抚遵照，并载入则例，永远奉行等因。于乾隆五年九月十一日奏，本日奉旨：此奏依议。赈济之事最关紧要，固不可不先定条例，以便遵行。然临时情形难以预料，虽定例千百条，亦终不能该括，惟在该督抚因时就事，熟筹妥办而已。夫雨旸不能必其时若，旱潦不能保其全无，即一省一邑之内亦或参差不齐。如果应行赈济，即于常例之外多用帑金，朕亦无所吝惜。倘该督抚不留心稽查，以致有司奉行不当，徒饱奸胥滑吏之私橐，小民不沾实惠，则虚糜国帑，究何稗益耶？盖各省遇有水旱，皆缘朕与督抚、诸王平日政事不能感召天和，潜消灾沴，已应抱愧。若复经理不善，使闾阎至于失所，则父母斯民之责，返躬自问，又何忍乎？将此并谕各督抚知之。钦此。

　　户部为敬陈管见等事。该臣等会议得广东道监察御史李清芬奏称，原办散赈成例，被灾至七分、八分者，极贫者赈六个月或五个月，次贫者赈五个月或四个月、三个月，又次贫者或三个月、两个月、一个月。今户部新例，被灾九分、十分者，极贫赈四个月，次贫赈两个月；被灾八分、七分者，极贫赈两个月，次贫赈一个月，与向例大相径庭。又散赈极贫、次贫、又次贫三等，今新例将又次贫删去，小民何由均沾？倘各省督抚有将灾民分别两等开送者，部臣必据向来所报户口之多寡，以前后不符指驳矣。又向例大口日给米五合，小口日给米三合，今新例小口日给米二合半，核减已甚。又地方被灾，有夏旱、夏水、秋旱、秋水、遭风、冰雹各项，户部定议遭风冰雹以及夏天被水，均不动赈。夫各省地土种植不同，有种二季者，有种一季者。若五六月之间猝被水灾，其种一季者，禾稼自已绝望，即种两季者，横流冲决，难以复种，纵使得种杂粮，所获无几。至于风雹损伤大田与水旱无异，若概不准赈，小民何以卒岁？请将散赈一事，照乾隆元年以来所办成案斟酌行之。目前正值淮扬等府办赈之时，仰恳敕下臣工妥议速覆等因。臣等谨查定例，内开：地方如遇水旱，即行先赈一月，再行查明户口具题加赈。所有户部前议酌定月分一条，系专指加赈而言。该御史李清芬因为前后通算，以为月分减少，奏请变通。臣等伏查定例，收成六分以上并不成灾。计民间丰歉适中之岁，一年收成，完纳夏税秋粮而外，所余只不过四五分以资口食。其被灾五分仍有五分收成，本年钱粮恩蠲一分复行缓征，较之收成六分仍行按限完赋者，情形约略相等，是以只准于来岁酌借口粮，毋庸再议加赈。至被灾六分者，收成虽有四分，其粮食不无稍缺，是以将极贫者加赈一个月。再，被灾之始，例有抚恤一月口粮，是连加赈两个月矣。至被灾七八分者，收成只有二三分，因择其极贫者加赈两个月，次贫亦加赈一个月，连抚恤则两个月者即系三个月矣。至被灾九分者，收成只有一分矣，极贫加赈三个月，次贫加赈两个月，连抚恤则三个月者亦系四个月矣。至被灾十分者，因灾伤过重，择其极贫者加赈四个月，次贫再赈三个月，连抚恤则四个月者即系五个月矣。是原议加赈多寡，均照依缺损之数，按其缺乏量为补较。其间青黄不接之时，复有平粜酌借各项，均足以补赈济之所不及。今若以偶尔偏灾，遽议加赈至六七个月以上，裨小民终岁待赈，微论经费有常，难以为继，且使成灾之区较之收成六分者所获转多，于情理亦觉未协，则户部前此定例原属持平。至若地方连年荒歉，或灾出非常，原议一切应行赈恤事宜，令该督抚因时因地，妥议题明办理，并遵奉谕旨，因时就事，熟筹妥办。是以定例以来，除各省偶被偏灾，照例办理外，其有不能照常办理者，或将极贫加赈自五六月至七八月不等，次贫自三四月至五六月不等。现在江南淮、徐、庐、凤一带，前奉谕旨，在于正赈之外复行加赈，今又据侍郎周学健会同该督抚奏请格外赈恤，复经户部议覆准行。是按分酌定大概者，部臣权衡之法；随时加增散赈者，圣主浩荡之恩。嗣后各省偶被偏灾，既有户部题定条例便于遵循，倘如须额外加赈之处，即钦遵前奉谕旨，熟筹妥办，于灾民实属有益，毋庸再行更张。又户部原议加赈裁去又次贫一条。伏查从前办理赈务，如湖广、山西、贵州等省，并不分别极贫、次贫，山东、陕西等省亦只分极贫、次贫，按月给赈，惟江南、浙江二省分为极贫、次贫、又次贫。其极贫、次贫尚易查验，若又次贫一项则与次贫相去无几，既不便酌减赈恤，致有偏枯，且恐逐一查察分晰，未免耽延赈期，徒滋胥役繁扰之弊。是以户部原议只分极贫、次贫两项。又次贫即在其内，不为区别，原为便民起见。即近来办理成案，亦惟就督抚题报极贫、次贫数目核实准销，非若该御史李清芬所奏，将灾民分别两等开送者，必据向来所报之数，以前后不符指驳也。至大口日给米数，查各省有大口日给米三合、小口一合五勺者，亦有大口日给米五合、小口三合者。其江南、山东、湖南等省，则系大口日给米五合、小口日给米二合五勺，或折给大口谷一升，小口谷五合，惟贵州地方偶有被水冲坏之处，赈济四五十日不等，系大口日给米八合，小口日给米四合，并非常行事例。户部原议以被灾之时，待哺者众，自应将各省散给米数量加酌定，但恐过于短少，是以斟酌其中，照江南等省日给大口米五合、小口米二合五勺之例，着为定议，较之大口三合、小口一合五勺，既量为加增，比之小口三合者，亦略为酌减。是多寡尚属适中，并非若该御史李清芬所奏，按数核减已甚也，应仍照原议办理。又夏月被灾，如秋禾种植齐全将来可望收成者，统俟秋收之时确查分数。盖缘农民终岁之计惟赖西成，早禾虽被灾祲，若大田布种齐全，不过一两月间，晚禾即可登场，较之秋禾失收，必须徂春历夏新谷方有，必需接济者，固定有酌借籽种口粮之例。今该御史李清芬以五六月之间猝然被灾，其种植一季者，小民既已绝望，种植两季者，横流冲决，难以复种，若概不准赈，小民何以卒岁？不知户部原议统归秋成办理者，系专指秋禾已种齐全可望收获而言，若种植止有一季，其夏灾即准照秋灾办理。是以甘肃省夏禾被伤，经户部议，令该督抚查明不能种植秋禾之处，即行酌加赈恤在案。其各省种植两季之地方，若夏灾后不能种植秋禾，亦即与秋灾无异。故定例以来，直隶、江南、福建等省夏月被灾轻重，仍系照例加赈，并未著有概不准赈之条。至水雹为灾，多在夏月，向例有贷无赈，是以户部原议令其查勘情形，统照夏灾定例办理。其风灾一项，原议令该督抚确查勘验，如一时民食艰难，即于常平仓谷内酌借籽种口粮等项；倘或伤损大田，必须赈济者，即具题请旨遵行。是一切夏月水旱风雹各灾均系随时酌办，俾赈恤皆归实济。必如该御史李清芬所奏，照乾隆元年以来所办旧案遵行。查未经定例以前各有成案，内有赈济五六月者，照此办理，固属格外宽裕，其尚有赈济一两月者亦照此办理，月分转致减少，此多彼寡，未免偏枯，且与前奉因时就事熟筹妥办之谕旨不符。总之，该御史李清芬奏请酌定户部原定条例，固属推广皇仁之事，惟是灾祲本属无定，经理期于得宜，各地方官果能凛体，临时情形难以预料，定例千百条亦不能该括圣谕，或斟酌于定例之中，或变通于成例之外，无实心并无实力，托言补救，恐不及时，无论循新例办理，究无裨益。即依该御史所奏，照乾隆元年以来所办成案行之，岂遂不须斟酌而自能裨益乎？固户部原议例明而意未显，是以奉行不一。今江省淮、徐等处业经奏明赈恤事宜，应令遵照现议办理外，其安省庐、凤等处正在查赈，应行令侍郎周学健会同督抚详细确查，务使灾民均沾受惠，以仰副皇上诚求保赤之至意。嗣后各省赈恤，俱照此议办理等因。乾隆七年四月二十日奏。本日奉朱批：依议。钦此。

户部为遵旨密议事。会议得翰林院编修李锦奏称，一直省赈济之宜银数兼发也等语。查赈济之施，原因荒歉之岁，地方米谷必致缺乏，而发粟散赈，即可令乏食贫民借以餬口。是以历来赈济，多以开仓发粟为先，如仓贮不敷赈济而拨运邻近谷石，又挽运需时，灾民不得即沾升斗，则银谷兼赈，亦属便民之举。是以乾隆二年十月内据晋抚石等奏请，将晋省被灾州县银米兼赈。奉旨：如果邻邑米多易运，即照部议拨给。若粮少运难，着暂行银米兼赈。钦此。钦遵在案。今该编修李锦奏请遇有岁歉银谷兼赈之处，事属便民，应如所奏，行令各该督抚，嗣后遇歉收之岁赈济贫民，除该州县存仓谷石足敷赈济，仍动支仓谷散给外，其有仓谷不敷散赈者，令该督抚酌量情形，准其银米兼赈，在于地丁银内动支赈济，仍将用过银数及动用仓谷一并造册题报核销等因。于乾隆三年六月二十七日奉旨：依议。钦此。

乾隆三年四月二十二日，奉上谕：各省所有学田银粮，原为散给各学廪生、贫生之用，但为数无多，或地方偶遇歉年，贫生不能自给，往往不免饥馁，深可悯念。朕思伊等身列胶庠，自不便令有司与贫民一例散赈。嗣后凡遇地方赈贷之时，着该督抚学政饬令教官将贫生等名籍开送地方官，核实详报，视人数多寡，即于存公项内量拨银米，移交本县教官均匀散给，资其饘粥。如教官开报不实，散给不匀，及为胥吏中饱者，交督抚学政稽察，即以不职参治。至各省学租，务须通融散给极贫、次贫生员，俾沾实惠。此朕体恤生员之意，若生员等不知感激自爱，因此而干预地方，以致肆行种种不法之事，该督抚等仍应照例查察，毋使陷于罪戾。钦此。

嘉庆二十四年四月二十八日，奉上谕：阮元等奏勘明万州、乐会被风情形，动项抚恤一折。上年琼州府属叠被飓风，万州、乐会县两处情形最重。该督等委员赍带银两前往抚恤。兹据勘报，给发房船修费并抚恤伤毙人口，共用银九千九百六十四两零，着加恩准其在于藩库田房税羡项内动支报销。其该二州县淋湿仓谷，除尚堪晒碾出粜者，仍令将变价银两发给该州县，于本年秋收后照数买补外，其霉坏不堪变价之万州仓谷一千九百四十三石零、乐会县仓谷三百十二石零，免令该州县赔补，并准其在于匿税沙坦存贮花利项下拨给，照数买补还仓。钦此。（风灾）

嘉庆二十四年六月十八日，奉上谕：程国仁奏查明被雹村庄恳请分别施恩一折。东省本年雨旸时若，二麦丰登，惟莱阳、海阳二县滨海地方麦收较晚，于闰四月内先后被雹，收成稍歉。兹据该抚查明具奏，着加恩将被雹最重之莱阳县大吕疃等十二村庄乏食贫民赏给一月折色口粮，其应征本年新赋及二十三年原缓钱粮，俱缓至二十五年秋后启征。被雹次重之莱阳县芦儿港等七十九村庄应征本年新赋及二十三年旧欠钱粮，并海阳县李家等庄十五村庄应征本年新赋，俱缓至二十五年秋后启征。被雹较轻之莱阳县四镇等庄二十六村庄应征本年新赋及二十三年旧欠钱粮，并海阳县东炉头等十一村庄应征本年新赋，俱缓至二十五年麦熟后征收。所有应征分解该二年未完德仓银两，随同地丁耗羡一律分别缓征，以纾民力。该部知道。钦此。（雹灾）

嘉庆二十四年七月二十日，奉上谕：方受畴奏查明古北口内外被冲房间人口酌议抚恤一折。古北口地方，本年六月间，因雨后山水陡发，河湖长水丈余，淹毙人口，冲塌房间，当经降旨，令方受畴即行查明具奏。兹据该督查明，密云、滦平二县，除官房不计外，被冲兵民瓦草房一千七百三十八间，漂没兵民男妇二百二十四名口，现存男妇大小二千九百一十二名口。此次该处被水较重，着加恩照乾隆四十九年之例加倍抚恤。所有兵民被冲房间，瓦房每间给银二两，草房每间给银一两；被冲倒塌，尚存料物，准其减半散给。其淹毙人口，大口给银二两，小口给银一两；被水男妇大口给银一两，小口给银五钱。即于藩库动款迅速放给，事竣造册报销。该部知道。钦此。

嘉庆二十四年七月十五日，奉上谕：程国仁奏海丰县被潮地亩恳请展缓钱粮一折。山东海丰县境上年被潮未成碱废地亩，本年复受海潮，播种晚禾，亦属失时，若再催输粮赋，民力恐有未逮。着加恩将海丰县原缓二十三年旧欠钱粮展至二十五年秋后启征，二十四年新粮及漕项、临德等仓民佃正耗等项银两递缓至二十六年秋后启征，坐落该县境内灶地应征新旧钱粮，随同正赋一律办理，以纾民力。该部知道。钦此。（潮灾）

嘉庆二十五年八月初九日，奉上谕：姚祖同奏许州地震藩司亲往抚恤一折。本年六月二十六日，河南许州东北乡地震，被灾一百六十九村，共震坍房九千一百余间，草房一万六千九百四十余间，压毙男妇四百三十余名口，被压受伤者五百九十余名口。览奏且惧且悯，自应赶紧抚恤。据该抚查照成例（奏内照嘉庆二十年陕州地震成案），压毙人口每大口给银二两，小口给银七钱五分，受伤之人酌给医药调治。倒坍房间无力修整者，每瓦房给银一两，草房给银五钱。着即令该藩司认真督办，务令俾沾实惠。其无地贫民鳏寡孤独，着加恩动用常平仓谷，散给一月口粮，大口三斗，小口一斗五升。该抚实心经理，无令一夫失所，用副朕仰承先志爱恤黎元之意。钦此。（地震）

嘉庆二十五年九月二十五日，奉上谕：董教增奏火药局失火轰毁局房伤毙兵民一折。浙江宁波府提标右营火药局因春配火药迸出火星，各春火发，轰毁房屋，兵民轰毙者三十一名，受伤者四十八名，情殊可悯。着该督抚查明，照例分别恤赏。至制造火药，理宜小心防范，此次伤毙多命，非寻常疏忽可比，所有同城专管兼统各员，着该督抚查取职名，咨部分别议处。被焚房间，并着赔修。钦此。（火药轰发）

嘉庆二十五年十月十六日，奉上谕：广泰奏场灶荡田被水恳请缓征一折。本年七月间，浙江仁和场荡田被淹，收成歉薄，灶力不无拮据。着加恩将仁和场歉收荡田六百三顷十六亩应征新旧盐课钱粮，均缓至来年秋后带征，以纾灶力。该部知道。钦此。（盐场办缓）

道光二年十一月，奉上谕：孙尔准奏查办赈务仍请易钱散放一折。前据御史宋其沅条陈赈务内称，领银折侵时价散钱，每多克扣等语。经朕通谕各督抚等严行饬禁，兹据孙尔准查明，安省放赈，历系易钱散给，因灾赈大口小口应领银数零星，若剪凿凑合，折耗必多，州县不能逐一较兑，胥吏秤少分厘，折钱计算已少十数文，稽查不便。又乡愚妇孺〔孺〕能识戥平银色者甚少，归家弹兑，复求找换，既难相信，且分厘高下亦非易辩，恐转生争竞〔竞〕。至灾户急于售食，银非易钱，不便行用，兑换者多，市价昂贵，于穷黎殊无裨益，自属实在情形。着照所请，准其仍循旧章，由司库给发银两，交该州县卫承领，易钱散放，严禁铺户市侩抬价居奇，并将易银放钱实数榜示通衢，俾乡曲灾黎咸皆喻晓。该抚务随时访察，饬令经手各员妥为办理，不可有名无实。倘不肖州县希图染指及胥役等克扣分肥，一经查出，立即从严参办。毋稍徇隐，以副朕轸念黎元至意。钦此。

灾赈全书卷二

米 船 免 税

正 条

一、凡被灾地方，米船过关，果系前往售卖，免其纳税，给予印票，责令到境之日，呈送地方官钤盖印信，回空查销。如有免税米船偷运别省，并未到被灾地方粜卖者，将宽免之税加倍追出，仍照违制律治罪。（例）

引 证

乾隆三年七月十九日，奉旨：周廷燮奏请蠲除米税，以裕民食。朕御极以来，加惠民生，免赋蠲租，不下千万。计算米粮之税，于国课所增几何，何难概为蠲除，以广恩泽？但为民生计，有必须详加筹画者。盖各省丰歉不一，偶遇歉收之省，除蠲恤平粜、抚绥安顿外，又特免关榷米税，俾客商图利，争趋云集，转运流通。此昔日皇考屡行之善政，近岁朕踵而行之，具有成效。是蠲免米税实亦救荒之一策也。若平时概令蠲除，则各省地方丰歉盈虚，均属一例，富商大贾趋利若鹜，歉收之处与丰收之处毫无分别，国家又何以操鼓舞之权而使商贾踊跃从事于无米之地哉！惟是各省情形，或朕未及周知，该督抚等当仰体轸念民瘼之意，遇地方歉收，有籍外省接济者，即行奏闻，免收米税。如情形孔急，奏请需时者，即一面奏闻，一面停其输税，将此永著为例。钦此。

乾隆三年十月二十五日，奉上谕：顷据苏州织造海保奏称，江南总督那苏图奏准江苏地方岁旱歉收，凡商贩米船过关时，询问前往被灾各邑售卖者，给与印照，免其纳税。臣随即出示，通行晓谕，已经旬日，而愿往灾邑者甚少。及细察其故，因商人见部文内有给与印照，责令到境呈送地方官钤印，令其回空验销之语，惟恐奉请钤印，难免守候稽延，是以尚多观望。抚臣许容与臣面同商酌，稍为变通，凡询明实系运往灾邑粜卖米船，随时给照免税，随即开明商名米数，行知该邑印官，查果到境，立时申报查考，毋得守候留难。至所给过关免税照票，听其随便，回空缴销，地方官不必钤印。在关既有该邑申报到境印文，即可据以存案报部等语。朕因上下两江民食艰难，百计筹画，以期接济外，有举行通商转运之法，广致米谷，惠我烝黎，若其中稍有阻滞稽延，则非朕降旨之本意矣。今览海保所奏，伊与许容商酌办理之处甚是。着该部即速行文各处关差，凡有商船贩米至被灾之州县者，俱照此例行。至于商船先报前往某县，若此县贩运者多，米粮已可敷用，即不妨准其转移邻邑。总之，歉收之地乏食之民皆吾赤子，不容歧视也。是在该督抚董率有司，酌量本地情形，善为经理，以鼓舞商人，不必拘定前议，务使商贾踊跃，源源而来，获贸易之利，毋守候留难之苦，免吾民艰食之虞。此即善体朕心，克尽父母斯民之职者矣！钦此。

办灾经费

正　条

一、凡查勘地方灾赈，除现任正印及丞倅等官不准支给盘费外，教职及县丞、佐杂、候补、试用等官俱按日支给盘费，所带书吏、跟役口粮杂费一体支销。浙省官每员日给薪水银一钱，坐船一只，日给船钱饭食银三钱二分。随带经书二名，每名日给饭食银三分，小船一只，日给船钱饭食银二钱。随从人役三名五名不等，每名日给饭食银三分。船一只，日给船钱饭食银二钱。散给银米厫所书役、匠人，俱照例支给。查造册籍纸张，于公费等银内动用，据实报销。（《户部则例》）

一、浙江省采买拨运米石，陆路车运每石每里给银七毫，平坦排运每石每里给银一厘，险峻每石每里给银一厘五毫，过坝盘塘每石每里给银五毫。水路如系外江拨运每石每里给银五丝，遇有剥浅按时酌给，本省官塘大河每石每里给银一毫，百里之外仍照外省拨运例给发，内河小港每石每里给银一毫五丝，山溪簰运每石每里给银一毫五丝。（《户部则例》）

一、江苏陆路每石每里给银一厘五毫。水路官塘大河及内河宽畅处所每石每里给银八丝，内河小港浅窄处所每石每里给银一毫。（《户部则例》）

一、州县官捕蝗需用兵役民夫，并易换收买蝻子费用，应准其动公。其已定公项而仍致滋害伤禾者，奏请着赔。（《吏部则例》）

引　证

乾隆元年七月初五日，奉上谕：地方偶有水旱之事，凡查勘户口，造具册籍，头绪繁多，势不得不由胥役里保之手。其所需饭食舟车纸张等项费用，朕闻竟有派累民间，并且有取给于被灾之户口者。若遇明察之有司，尚知稽查禁约，至昏愦庸懦者，则置若罔闻，益滋闾阎之扰矣。嗣后直省州县倘遇查勘水旱等事，凡一切饭食盘费及造册纸张各费，俱酌量动用存公银两，毋许丝毫派累地方。若州县官不能详察严禁，以致胥役里保仍蹈故辙，舞弊蠹民者，着督抚立即题参，从重议处。该部即通行晓谕知之。钦此。

借 给 贫 民

正　条

一、凡社仓谷石，不遇荒歉借领者，每石收息谷一斗还仓；小歉借动者，免取其息。（例）

一、各省常平仓谷，如遇灾歉必须接济之年，准详明上司借给。仍查明借户果系农民，取具的保，先麦后谷，先陈后新，按名平粜面给。（《户部则例》）

一、因灾出借籽种口粮，凡夏灾借给者，本年秋成后启征；秋灾借给者，次年麦熟后启征。均免加息，扣限一年催完。限满不完，将经征官议处，遇灾仍照例停缓，均于仓粮奏销案内造报。（《户部则例》）

一、各省偏灾地方，节年出借未完籽种口粮牛具等项，查明实在力不能完者，取具册结，送部保题豁免。（《户部则例》）

引　　证

乾隆三年二月，奉上谕：乾隆元年六月内，朕曾降旨，各省出借仓谷与民者，旧有加息还仓之例。在此青黄不接之时，民间循例借领，则应如是办理；若值歉收之年，岂平时贷谷可比，至秋收后只应照数还仓，不应令其加息。此乃兼常平、社仓而言也。今闻外省奉行不一，凡借社仓谷石者，照此办理，而借常平仓谷者，遇歉收之年，仍循加息之成例，似此则非朕旨之本意矣。嗣后无论常平、社仓谷石，但值歉收之岁，贫民借领者，秋后还仓，一概免其加息，俾蔀屋均沾恩泽，将此永着为例。钦此。

嘉庆二十四年五月初六日，奉上谕：陈若霖奏海宁等三州县被雹损伤麦豆请借给籽种一折。浙西海宁州十七等都，石门县四都、十二都，桐乡县八都、二十三都等处，同时被雹，麦豆歉收，贫民未免艰于耕作，著再〈加〉恩将被雹之海宁州地八百八十四顷零、石门县地十四顷零、桐乡县地六十五顷零歉收民户，查明实在无力者，每亩酌借籽本谷三升，于常平仓内动支。其有不愿领谷者，每谷一石照例折借银六钱，于地丁项下动支，秋后免息征还，以纾民力。钦此。

道光元年三月十三日，奉上谕：长龄奏请借给被灾地方贫民口粮一折。甘肃省上年被灾地方，前经加恩赏给籽种口粮。兹据该督奏，宁夏等五州县现当青黄不接之时，贫民口食维艰，恳借官粮以资接济。着加恩借给宁夏县贫民三四两月口粮三千石，宁朔县口粮三千石，平罗县口粮三千石，狄道州口粮三千石，陇西县口粮二千石。该督即督同藩司饬令该管道府委员认真监放，务祈实惠及民，勿任胥吏侵渔滋弊。该部知道。钦此。

道光元年三月二十七日，奉上谕：方受畴等奏请灶户修滩工本一折。长芦丰财场盐滩连年歉收，停晒三十三副，该灶户资本缺乏，一时无力修整。加恩着照所请，在于征存加价项下拨银二万一千六百两，借给各灶户分领修滩，自道光元年奏销后起，分作四年扣缴还款。该部知道。钦此。

平　　粜

正　　条

一、平粜仓谷，以存七粜三为率。其浙省仁和、钱塘、海宁、海盐、平湖、镇海、象山、定海、永嘉、瑞安十州县暨嘉松、宁绍两分司，准存半粜半；乌程、归安、德清、淳安，准存六粜四。如遇水歉价昂，准其逾额平粜。若岁稔价平，亦不必拘定存七粜三之例。（《户部则例》）

一、平粜价值，丰岁每石照市价减银五分，歉岁减银一钱，不得过三钱。（《户部则例》）

一、平粜谷石，本年秋成后即如数买补。其本地邻境谷价俱昂，而该处仓储尚堪接济者，准报部缓至下年买补。如仓贮谷石接济不敷，必须买补，而本地邻境谷价俱未能平减，准详明上司，在于别州县买补，盈余银两，通融添增价值，买补足额。该督抚务查明实在情形，一面办理，一面奏闻。（《户部则例》）

一、采买谷石，如附近水次舟楫可通地方，即于邻境采买，其不通水路者，准在本地采买，不必远赴邻封。仍将何处价贱应行采买地方，先期报部备查。该督抚饬属秉公采买，倘有短发价值及勒派折收等弊，一经发觉，惟该督抚是问。（《户部则例》）

一、甲年买成谷石，于乙年粜四粜三之外，尚有存七存六者，每石开报气头三合、廒底一合；其存七存六各石，于丙年又经粜三粜四，只存四存二者，每石开报气头六合、廒底二合；存半粜半之州县，将存半谷石，每石报气头三合、廒底一合。（《户部则例》）

一、州县买补仓谷，遇本地有谷之家情愿出售于官者，准其议定价值，见谷交银，官为挽运。若有预发价银强行派买，及勒令卖户上仓交纳者，察出议处。（《户部则例》）

一、各省仓谷减价平粜，其价值解存司库或就近之道府库，至秋收务依原粜之数领价买补。其买补仓谷，时价不敷，于本邑粜卖盈余银两内动支。倘谷价昂贵，不能于次年买补，声明报部展限。若故意迟延，不行买补，以玩视仓储题参。倘遇府县交代，未及秋收买补之期，所存价值无亏，即令新任领买，不得指勒推诿，违者将该员及该管各官分别议处。（例）

引　证

户部为遵旨密议速奏事。江南司案呈内阁交出都察院左副都御史范璨奏称，臣阅邸抄，河南按察使王丕烈条陈，富户于收仓之后，令其陆续粜卖，不许闭粜以长市价。如有积至千万石而不即售，察出罚修本地工程一案。经部议覆，青黄不接之时，米价昂贵，地方有司自应谆切劝谕盖藏充裕之家，令其酌留食用外，陆续粜卖，以济民食，原不必绳之以法。应请敕下直省督抚，转饬地方官，先行出示晓谕，务使恪遵禁令，陆续粜卖，以平市价。如有积米数多，闭粜妨民者，酌量情形，勒令出粜。其罚修本地工程之处，无庸议等语。臣思登谷收仓，正米价平减之候，国家犹恐谷贱伤农，发帑粜买，原不必促令粜卖，以致有用弃于无用。部议改在青黄不接之时，善矣！至若积米数多者，酌量情形，勒令出粜，而不准用罚，亦可谓适中而无偏重之虞矣。然臣以为尚有当参末议者。夫原奏有云：贫民不能向买，势必归于富有之商贩。斯言正当理会。如其为本地之商，诚有如原奏所言，一困于富户之闭粜，再因〔困〕于商贩之居奇。如其为外来之商，或数百里数千里之遥，与本地全无涉也。臣窃虑富家平日必有亲熟之牙行，既不许其闭粜，自群趋于便捷。其深山穷谷之中，驼运尚艰，若滨水州县，舟楫可通，何难朝呼夕至，采运一空？夫向日所患，民之贫者无担石之储，空虚犹居半也。迨富者一无留余，此日之空虚，乃真空虚也。然问之富户，富户曰：功令宜遵也；问之商贩，商贩曰：遏粜有禁也。地方有司亦有无可如何者。顾国家虽设有常平仓，安得有如许之谷米为之补苴于大地空虚之日乎？臣愚以为，民间患其浪费而喜其积蓄，所以崇墉比栉。古人最重盖藏，诚以天时难测，新旧交接之际，重可虞也。尝有二麦将获而水汛骤发，秋谷将登而蝗雹告祲，一岁之中，无时无刻不惊心怵惕者。设当其时，非富民之尚有盖藏是赖而谁赖乎？臣历任在外，如逢雨旸时若之年，收成可保，无不开仓发囷，市集之粮山堆海积，惟恐米价渐减，争先出粜，则乐岁无容劝也。惟是俭岁歉收，青黄不接之侯〔候〕，市价腾踊，待哺嗷嗷，斯时急宜密劝富户，惇睦乡里。如数百石之家，令其自家门首零星出粜，亲自经理；倘盈千累万之户，其附近村落分设粜局，亦须零星出粜，亲自经理，务使本地买食穷民均沾实惠。如此办理，庶不为商贩远运一空也。且既系俭岁，民食艰窘，尤当谕以任恤之谊。其不愿减价者，不必强之。如有乐于行善情愿减价者，州县官核其所粜若干、所减若干，酌其多寡，量为嘉奖，或赉花红，或给匾额，行善者多，或统作一碑志，以为乡党劝，则富民益加鼓舞而贫民大有裨益矣。臣在安省曾试行之而颇得其济，有每石减五分者，有减一钱者，甚有买米来家，仍照原价出粜者。经臣奏明，奉有谕旨在案。此即使民相养，非全仰给于公家之大义也。然臣所谓劝谕富户而必用密者何也？盖有余之家，众所觊觎，未形之患，法所预防。查乾隆七年之冬、八年之春，湖广、江西、江南等处抢粮之案，俱未能免，而江西尤甚，一邑之中竟有抢至百案者。夫约计一案聚有一二十人，统计百案，则村村相接，处处效尤，几一二千人，其为害匪浅鲜矣。然彼时犹未彰明较著也，若大张告示，不许久贮，保无奸顽之辈，声言朝廷之惠爱穷黎若此，煽惑良善，纠党成众，或踵门凌辱，或逞殴行凶，或本属小康而妄称巨户，或稍留食用而指有余藏，或勾通地方总甲而私相勒诈，或朋比衙门胥吏而装点捏呈。其尤甚者，本其挟制之有因，肆其抢夺之恶习，此皆未可定者，而富民不重累乎？如是而富民尚肯好行其德乎？夫犹是民也，以善人待之，不得不趋于善；以不善人待之，亦遂甘居于不善。恒情大率如是。臣故以为宜用密札，令地方有司亦皆密为劝导，不特贫者无挟制之缘，而富者且更有乐善之举矣。总之，地方不可一日无积贮，无富民是无积贮也。贫与富皆赤子，弭其衅乃以调其平也。令使闾阎之中各自零星粜卖，则富有之惠人者良多。官民之际实以情谊感乎，则恻怛之动人者最速等因。于乾隆九年十二月十五日奉朱批：这所奏是。该部密议速奏。钦此。钦遵于本月十六日抄出到部。臣等伏思闾阎之盖藏充裕，始足以备水旱灾祲之需，故余三余九，重之自古，而缓急足用，民无菜色，皆恃农有余粟，于以有备而无患也。然户口之贫富不齐，有无相济者，任恤之谊，或偶见于善良，而锱铢是计者，贪鄙之风久锢，成于习俗。盖渔利之辈多属素封，家有余粒，一遇歉岁，知市价之倍昂，遂珍藏之弥固，价必取盈，利惟图厚，而五党相赒之意置之膜外而不顾，是好德之心不敌其谋利之心。此臣等于议覆王丕烈奏内所以有酌量情形勒令出粜之议也。然定其时曰歉岁，非谓行于丰稔之年也；酌其数曰累万盈千，非谓积三五百石之家也；先行晓谕，非不令而禁也；酌量情形，非漫无区别。既已酌留其食用，又非有亏其原值，朝廷无所利于其间，而恤灾救困皆得相济以有无。政之所谓变通以行之者，此也。今该左副都御史范以原奏有贫民不能向买，势必归于商贩之语，恐既不许其闭粜，势必搬运一空，奏请于俭岁歉收、青黄不接之候，急宜密劝富户，惇睦乡里，如数百石之家，令自家门首零星出粜；盈千累万之户，令其附近村落分设粜局，亦须零星出粜，皆亲自经理等语。是既可以杜本地富户之囤积，又可以绝外来商贩之远运。本地积米自多，而日买升合以糊口之贫民得以均沾实济，洵可补臣等部议所未及。应如所奏，嗣后各地方遇有歉岁，米价腾踊，即令各富户于自家门首及附近村落陆续零星出粜，其有囤积图利、贵谷病民者，仍照旧例办理。又奏称俭岁民食艰窘，尤当谕以任恤之谊，如有乐于行善，情愿减价者，州县官核其所粜若干、所减若干，酌其多寡，量为嘉奖，或赉花红，或给匾额，行善者多，或统作一碑志，以为乡党劝等语。查士民乐善好施，原有题请议叙之例，而捐输社谷，亦有递加奖励之条。今殷实富户如有情愿减价平粜以济贫民，数在千石以上者，亦应如该左副都御史范所奏，酌加旌奖，以示鼓励。至奏称乾隆七、八两年，湖广、江西、江南等处多有抢粮之案，为害匪浅，若大张告示，不许久贮，恐有奸顽之辈煽惑良善逞殴行凶及勒诈挟制抢夺等弊，宜用密札，令地方有司密为劝导等语。臣等窃思，民生之日用，原限于丰啬之不齐。富者每多独拥之利，贫者易生觊觎之心，偶遇歉岁，艰于谋食，遂致激成抢夺。此皆奸顽之恶习，亦有司经理之未善也。使身任地方各官果能先行劝谕，多方开导，令积粟之家笃念桑梓，出其有余，以平市价，以惠乡党，则恤贫正所以安富，而息事即可以宁人，正左副都御史范之所谓弭其衅乃以调其平也。若夫国家之禁令，必万姓明白通晓，始可以易知而易从。今使储粟者敦雍睦之行，鬻食者无挟制之缘，但饥无虞而贫富均安。此即使民相生相养之道，可家喻而户晓者，似不必密为劝导也。应仍请敕下各直省督抚，于荒歉之岁先行出示晓谕，使富户凛然知功令之宜遵，违者有在官之禁，从者蒙赏赉之荣。即地方有挟制滋扰等弊，则各省督抚严饬所属实力查禁，不得借端生事。如有不肖有司乘间作奸及有贫民勒诈挟制抢夺等事，该州县不能禁抑者，即照例参处，从重处分，庶乎于民无累而于法相安矣。俟命下之日，臣部通行各直省督抚一体钦遵办理可也等因。乾隆九年十二月二十五日奏。本日奉朱批：依议速行。钦此。

　　道光元年五月二十三日，奉上谕：左辅奏平粜仓谷请援案减价以济民食一折。上年湖南省雨泽愆期，收成歉薄，地方当青黄不接之时，粮价昂贵，应借粜仓谷以资接济。其偏瘠地方，若仅照常例减价，民食仍不免拮据。据该抚查明，奏请援照成案，再行酌减，加恩着照所请。该省此次平粜粮石，凡中米市价在二两以上者，每石准其减价三钱，俾穷民易资餬口，该抚务留心稽查，通饬各属，严禁牙侩奸胥囤贩渔利，以期实惠及民，用副朕轸念穷黎至意。钦此。

以 工 代 赈

正　条

　　一、直隶各省地方民堤民埝，遇偏灾歉收之年，该督抚查明应修工段，实在民力不敷者，照例具题，兴工代赈，照依修筑官河官堤土成工价，准给一半。（《工部则例》）

　　一、乾隆十六年十二月，奉上谕：大学士高斌等会商南北两运减河折内所称，修浚河堤桥坝各工，据各该道属河工成规约需银十二万一千余两。今请于停赈之时，照兴工代赈旧例给价，共约估需银九万一千余两，俾小民得以力作餬口等语。四处减河在武清、宝坻、宁河、天津、青县、沧州诸境，今岁皆值偏灾，寓赈于工，自于小民有益。惟是以工代赈，向例较之河工成规给价转少，朕思地方既有偏灾，即不用其力，尚且多方抚恤，乃因寓赈于工，转致减价给发，于理未协。即该地方已经给赈，而赴工之人未必即系领赈之人，亦无从区别。盖所谓兴工代赈，在其工原属不必兴者，第为灾黎起见，既受赈之后，因以修举废坠，俾得藉以餬口，自应循照往例，若实系紧要工程，亟应修作，自又当照原价给与。此项减河修浚工程所有土方工价银两，着照河工成规，全行支给，以副朕子惠黎元至意。其嗣后各省以工代赈之处，俱令分别工程缓急，照此办理。该地方官务须督率稽察，俾工归实用，毋令浮冒滥销。该部遵谕速行。钦此。（《户部则例》）

引　证

嘉庆二十四年十一月初三日，奉上谕：御史俞肯堂奏偏隅被水勘不成灾之处，请饬地方官劝谕绅民预筹疏浚蓄泄之方以工代赈一折。本年河南黄河漫溢，下游被水之区甚广，业已蠲赈频施，俾灾黎不致失所。惟勘不成灾各乡村，为例赈所不及者，全系地方官妥为安抚。如该御史所奏疏浚积水、修治沟洫、浚淤筑陂各事宜，不但有裨田庐，兼可便穷民工作。着该督抚特饬各府县，因地制宜，劝谕乡民捐资妥协，保术〔卫〕桑梓，以敦任恤，而佐善施。钦此。

嘉庆二十五年九月十三日，奉上谕：孙玉庭等奏增培黄河堤岸以工代赈一折。着照所请，早为兴办。所有估需银七十六万余两，除河库现存滩地变价银十八万余两准其支用外，其不敷银五十八万两，着户部即行筹款，就近拨解。钦此。

损坏仓库财物

正　条

一、凡仓库及积聚财物，主守之人安置不如法，晒晾不以时，致有损坏者，计所损坏之物价坐赃论（罪止杖一百，徒三年），着落均赔还官。若卒遇雨水冲激，失火延烧（若仓库内失火，自依本律，杖八十，徒二年），盗贼（分强窃）劫夺，事出不测而有损失者，委官保勘覆实，显迹明白，免罪不赔。其监临主守官吏若将侵欺借贷那移之数，乘其水火盗贼，虚捏文案及扣换交单籍册申报瞒官，希图倖免本罪者，并计赃以监守自盗论。同僚知而不举者与同罪，不知者不坐。（律）

一、起运（征收钱帛、买办军需、成造军器等物件）官物，长押官及解物人安置不如法，致有损失者，计所损失之物坐赃，着落均赔还官。若船行卒遇风浪及（外人）失火延烧或盗贼劫夺，事出不测而有损失者，申告所在官司，委官保勘覆实，显迹明白，免罪不赔。若有侵欺者（不论有无损失事故），计赃以监守自盗论。（律）

一、旧城适遇山水骤发、江湖涨溢以及雨水连绵，冲卸坍损，费在三百两以上及千两上下者，地方官据实详报，由布政司亲往勘估，详请动项兴修。开工后责成道府来往察查，工竣由督抚亲自验收。如需费在三百两以内，故意浮估，希图动项，察出严行参究，着落赔修。（《工部则例》）

捕　蝗

正　条

一、凡有蝗蝻之处，文武大小官员率领多人公同及时捕捉，务期全净。其雇募人夫，每名计日酌给银数分以为饭食之资，许其报明督抚，据实销算。果能立时扑灭。督抚具题，照例议叙。如延蔓为害，必根究蝗蝻起于何地及所到之处该管地方玩忽从事者，交部

照例治罪，并该督抚一并议处。（例）

一、雍正六年八月十七日，奉上谕：蝗蝻最为田禾之害，然迅加扑灭，可以人力胜之。昔我圣祖仁皇帝训饬地方官，谆谆以捕蝗为急务，其不力者加以处分，无非养民防患之至意。乃州县有司往往怠忽从事，不肯实心奉行，而小民性耽安逸，惮于捕灭之劳，且愚昧无知，又恐捕扑多人，以致残伤禾黍，瞻顾迟回，不肯尽力。不知蝻子初生，就地扑灭，易于驱除，一或稍懈，听其生翅飞扬，则人力难施，且至蔓延他境，为害不可言矣。前江南总督范时绎奏邳州地方有蝗蝻萌生，朕即谕令竭力扑灭。旋经该督奏闻，该地方已经扑尽，当即批谕范时绎云：扑尽之说，朕实未信。须令有司实力奉行，无留遗种，莫被属员蒙蔽。近闻彼处蝗蝻，该地方官并未用力扑灭，与朕前旨相符矣。地方官如此怠玩从事，而督抚尸位，付之不闻，是何理也？著范时绎查明题参，并将该督抚交部严加议处，以儆怠玩。嗣后各省地方如有蝗蝻为害之处，必根究其起于何地，其不将蝻子即时扑灭之地方官，著革职拿问。若蝗虫所到之地，而该地方官玩忽从事，不尽力扑〈灭〉者，亦革职拿问，并将该督抚严加议处。特谕。钦此。

乾隆三十五年六月十七日，奉上谕：据胡文伯参奏捕蝗懈缓之署宿州知州张梦班等一折，已批交该部严察议奏。至另折所称前因蝻孽尚未飞腾远去，地方官皆督夫扑捕，未经参奏等语，是成何言？甚属非是！地方偶有蝻孽萌生，或有先期雨泽稀少，更值天气炎蒸，势难保其必无，朕亦何尝因一经生蝻，遽科有司之罪？司民牧者平时自当悉心体察，防于未然，及生发之初，即力为设法搜捕，原可不留遗孽，以人力胜之。果其捕除迅速，方当交部议叙，以示奖劝。若始时既已玩延，浸至飞扬滋蔓，渐益孳生，其为贻害田禾，将复何所底止？是以捕蝗定例綦严，朕于玩视民瘼之劣员，从不肯稍为宽贷，而于捕治蝗蝻之实政，亦不容稍有稽延。即如今年夏，直隶近畿州县多有蝻子间段长发，朕亦责令大吏率属克期扑捕，有诿卸贻误者，令该督指名严参治罪，并特派侍卫等前往，竭力会办。所至即随时净尽，不致伤损庄稼。可见捕蝗并非人力难施之事，任封疆者岂可徇州县官诡饰之词，因循姑息，不急急为间阎除大患乎？且蝗蝻自初生以致踊跃，俱有踪迹可寻，纵使长翅飞腾，究不离旁近地面，安能远越百余里外，成群停集？即或疆壤毗连，偶然飞入，地方官亦当上紧集夫扑灭，保卫农田。若意存畛域，藉口邻封，以致耽延日久，其与本境滋长者何异？况飞蝗所起之处，遗蝻必不能尽绝，原难掩人耳目。是办理捕蝗之事，只应就现在蝗蝻处所地方官之用力不用力以定功罪，不必更问起自何方。若置现在而不论，转欲究所从来，则如裘日修前次查捕武清、东安飞蝗，辄谓其生于河淀无人之所，为怠玩属员预留开脱地步，不复切实跟查，岂可为训？今胡文伯所称尚未远去，冀为该知州宽免处分。其见与裘日修相去无几，于事理全未体会，徒使黠猾之吏以蝗不出境，有幸无事为得计，谁复肯及时力捕，尽心民事乎？是胡文伯失察生蝗之处分尚轻，而为劣员文过之情节较重。胡文伯着交部严加议处，并就现在飞蝗之处予以处分，毋庸查究来踪，致生推诿。著为令。钦此。

引　　证

吏部为敬陈管见等事。议得山东巡抚朱定元疏称，蝗蝻生发日久，且各处尽力扑灭，禾稼并未成灾，似应免其查参等因。本部以飞蝗究系起于何地之处并未声明，与原奉谕旨不符，移咨该抚遵旨办理，再行秉公详查，到日再议。去后，今该抚止以各属蝗蝻生发日久，又称夜尽飞来，莫辨方向为词。从前该抚并未遵奉谕旨办理，一有蝗蝻为害之处，务行查明所起之处，将不即扑灭之该管地方严行查参，毋以日久难查，藉词支饰，致使奉行不力之州县官概行幸免。如此则蝻子初生，地方官自必迅加搜查，而飞蝗不致为害禾苗矣等因。乾隆六年七月二十五日题。本日奉旨：依议。钦此。

乾隆十八年七月十九日，奉上谕：州县捕蝗不力，既有革职拿问之定例，又有不报上司者革职之例，一事而多设科条，适足滋弊。即堂司官或知奉法，而胥吏之称引条例，上下其手，或重或轻，分滋讹议。年来直隶查参捕蝗不力之案，办理多未画一，即其证也。至州县捕蝗，需用兵役民夫并换易收买蝻子，自有费用。其勤民急公者，或不劳而事已济，而锱铢是较、玩视民瘼者，往往藉口无力捐办。现在各省寻常事件尚得动公办理，以此要务，何以转不动支公项？朕谓捕蝗不力，必应遵照皇考世宗宪皇帝谕旨，重治其罪，不可姑息，而费用则应准其动公。嗣后州县官遇有蝗蝻，不早扑除，以致长翅飞腾贻害田稼者，均革职拿问，著为令。其有所费无多，自行捐办，而实能去害利稼者，该督抚据实奏闻议叙。其已动公项而仍滋害伤稼者，奏请著赔。又今岁江南各属蝻孽萌生，虽经该督抚具奏，乃从未将地方官据实题参，岂非庇下而欺远？着该督抚明白回奏。钦此。

捐 助 议 叙

正　条

一、绅衿民士有于歉岁情愿捐资出赈者，亲赴藩司具呈，所捐之项本人自行经理。多者题请议叙，少者给与匾额。（《户部则例》）

引　证

吏部为请敕更捐助议叙之例等事。内阁抄出协理陕西道事江南道监察御史郭石渠奏前事，乾隆二年九月十三日奉旨：所奏是，该部议奏。钦此。议得协理陕西道事江南道监察御史郭石渠奏称，好善乐施各省绅衿士庶，经督抚题请奖励，从优议叙者甚多。在捐助虽非捐纳，而议叙选用究与捐纳之例相符，盖因此时捐纳等项未经停止故也。今各项捐纳概行停止，则捐助之例自应变通，不得复援旧例。近见江苏题请奖励捐助，经部议叙，仍照从前之例，有职衔之官员固得即用即升，即无职之贡监，亦准给衔选用。其中有革职通判倪兆鹏者，该抚并未声明所以革职之故、有无赃私，一经捐助，便准复还职衔，给以原品顶带。臣恐此后素封之家既不得捐纳以登仕路，即群起而趋捐助，以博功名，假好善之虚声，启夤缘之捷径。因之贿嘱官吏，以虚作实，以少报多，受爵公朝，拜恩私室，种种弊端，皆从此起，正途之铨选又多壅滞。臣请特颁谕旨，将捐纳议叙之例稍为变通。其现在有职衔之官员，只许量所捐之多寡，加其品级，随带任所，不得即选即升。无职之贡监，只许量所捐多寡，加其应得之职衔，给与顶带荣身，不准归班选用。至于革职捐助之员，必实系事属因公，审无赃私者，方准复还职衔，给与原品顶带。庶劝善已属多方，而名器不以滥假等语。查雍正十一年五月内奉上谕：朕于直省地方偶遇灾祲，即为之寝食不宁，蠲租发粟，截漕平粜，多方抚恤，务使贫民无一不得其所。又念各该地方虽或收成歉薄，岂无盖藏丰裕之家，岂无谊笃桑梓？休戚相关，各人量力乐输，既可以展其姻睦任恤之情，亦可以为恤灾扶困之助。是以曾经降旨，通行劝导。然以听绅衿士庶为之，不可强也。近闻直省地方捐资周急，好善乐施者颇不乏人，此诚乡邻风俗之美，亦人心古处之一验也。此等良善之人，应加恩泽，以示褒嘉。著各该督抚留心体察，秉公确访。其捐助多者，着具题奏请议叙，少者亦着地方大吏给予匾额，并登记榜册，免其差徭，以贻朕与人同善之至意。钦此。续于雍正十二三等年，江南、河南、山东、福建等省绅士人等，因各该处年岁歉收出资捐助，经督抚等具题请旨，分别议叙在案。原以直省州县偶遇收成歉薄，该地方绅士薰陶圣化，谊笃桑梓，不忍独拥厚资，分赡邻里，好义之情，实属可嘉。我世宗宪皇帝念切民瘼，与人同善，特令督抚秉公核实，准予议叙，所以为人心风俗计者，至深且远。至其所捐之项，皆以济本地之百姓，一锱一铢，朝廷无所利于其间，究与捐纳事例有间，未可以相拟并论也。况此项议叙人员，择其捐数多者量加录用，原属赏善盛典，即名器亦无冒滥之弊。臣等谨按《周礼》大司徒掌邦教，令五家为比，使之相保；五比为闾，使之相受；四闾为族，使之相助；五族为党，使之相救；五党为州，使之相赒；五州为乡，使之相宾。又以乡三物教万民而宾兴之，一曰六德，二曰六行，而孝友睦姻任恤列于礼乐射御书数之前。卿大夫三年大比，考其德行道艺，与其贤者能者，献之于王，登于天府，内史贰之。是好善乐施，正《周礼》所谓睦姻任恤之行，果其心存利济，善行昭著，从优议叙，予以仕进之阶，即古者考德论行乡举里选之义也。今该御史奏称捐助虽非捐纳，而议叙选用究与捐纳之例相符，是捐纳之例既停而捐纳之条仍在，正途铨选〈又多壅滞〉，恐非平允之论。至于原任江苏巡抚邵题请奖励一案，臣等详查旧例，公同酌定，不惟与各款捐例不同，即较之从前旧例亦迥不相侔。查捐例，捐银二百两者，准其随带加一级。又从前江南候补道程建捐银三万两，先经议叙，准其加光禄寺少卿衔。今江苏候选郎中黄履昊捐银三万一千余两，止议以加三级，给与从三品顶带，仍以郎中选用。向例候选州同捐银一千五百余两，以应升之缺即用。又从前福建议叙案内，候选州同张文桔捐银三千两，以应升之缺双月即用。今江苏候选州同方绣璋捐银八千二百余两，方准以本项应升之缺入于双月升选五缺之后选用。再，捐例候选州同捐银八百两，以应得之缺即用。又从前福建议叙案内，生员蔡奕淳捐银一千两，给与县丞职衔。其间轻重迟速，亦属皎然。且捐例停止在乾隆元年，各员捐助济赈多在雍正十二三年，伊等岂能预料捐例将停，藉此为议叙之地。至原任湖南宝庆府革职通判倪兆鹏，该抚册内虽未将该员革职情由详细声明，臣等详查档案，该员先于雍正五年以承审盗案迟延题参革职，并无赃私，亦未问拟，既经捐银一千四百两、米三千石，酌议复还顶带，并不准起用，亦无过优之处。今若如该御史所奏，将议叙之例再加变通，究之现任者仍然准其加级，革职而无赃私者仍然给与顶带，不过贡监人等止准加以职衔，不许选用，遂谓名器不以滥假。不知职衔顶带正所谓名器也，若以宜加奖励，则宾兴有礼，虽贻以爵禄而无嫌。若以为不宜奖赏，则名器所关，虽假以职衔而不得，势必将议叙之例概行停止。窃恐善无以劝，俗无由成，于民风世教均有未便。但该御史奏称，嗣后素封之家不得捐纳，则群起而趋捐助，以博功名，因之贿嘱官吏，以虚作实，弊端种种，皆从此起。诚恐有不肖有司受人贿嘱，虚捏详款，希图议叙，滥邀录用，亦未可定。应请敕下直省督抚，嗣后如偶有收成歉薄地方及修城筑堤义学社仓等公事，所属绅衿士民中有盖藏丰裕乐于捐输者，令该地方官秉公详查，造具清册，申报督抚。该督抚再行确查，审无浮滥，具题请旨。臣部按其捐数多寡分别议叙，候旨遵行。如该地方官不行详查，或受人贿嘱，有以少报多，滥邀议叙者，或经科道纠参，或被旁人首告，除本人不准议叙外，饬将该督抚及地方官从重议处。如此则于嘉奖善良之中，寓剔弊防奸之意，为善者咸有以劝，而不肖者不得滥邀，庶于吏治民风均有裨益矣等因。乾隆二年闰九月初七日，奉旨：依议。钦此。

藉灾滋事

正　条

一、被灾地方，饥民爬抢，若并无器械，人数无多，实系是抢非强者，仍照抢夺例问拟。如有纠伙持械，按捺事主，搜劫多赃者，照强盗例科断。其实因灾荒饥饿，见有粮食，伙众爬抢，希冀苟延旦夕，并无攫取别赃者，该督抚酌量情形，请旨定夺。(例)

一、地方如遇灾赈，饬令有司预将查明分数赈恤事宜先行宣示，务令愚民洞悉规条，俾知大泽难以滥邀，非分不可妄冀。倘有聚众嚣凌情弊，该管督抚详加确访。如果有司玩视民瘼，即查明照例严参。倘系不肖奸民，藉端要挟，以及纵容妇女生事，即按律分别究拟，毋得遽揭属员，致长嚣风。(《吏部则例》)

一、凡被灾最重地方，饥民外出求食，各督抚善为安辑，俟本地灾祲平复，然后送回。(例)

引　证

户部为遵旨议奏事。内阁交出该臣等议得吏科掌印给事中马宏琦奏称，直隶地方连岁歉收，仰圣主如天之仁，蠲赈频施，毋使一夫失所。地方大吏承宣德意，亦时时体察，所属州县惟恐稍有隐漏，以致大泽不周，不肖奸民转生非分之想。如地方本有灾轻灾重之不同，而灾轻者辄恨不得与灾重者同科，户口本有应赈不应赈之各异，而不应赈者辄恨不得与应赈者一致，于是归怨有司，扬言控告，或拦马喧哗，或围署罗唣，有司惟恐闻诸上官，往往畏避央求，莫敢与较。本年三月内，大学士鄂尔泰奉差路过河间，即有彼处奸民唆使悍泼妇女，千百成群，声言拉轿诉冤，地方官着急求恳，不肯遽散，始而索钱一二百文，及如数给与，又欲加增二百文，地方官猝无以应，而伊等作揖求宽，仍然踞坐，不理前途。州县闻之，且耻且惧，莫不四路差人，预先安顿。又如本年四月内，直隶督臣孙嘉淦于被水地方奉旨普赈，加赈之后，复查明已涸未涸村庄，请旨加赈。此次赈济，本非一律均沾，而未经被赈者辄纠集多人，蜂拥喧诉，口称我等同一被水，何以彼庄赈，我庄不赈。若欲悉徇其请，国家安得如许钱粮任其冒滥？若但置而不问，则恃势嚣凌，动辄聚众，必致酿成地方之大患。且臣闻山东民风与直隶无异，若不严加禁止，则部民可以制本官固属废法之渐，而任事者避咎不遑，将来设有赈务，如何分别办理？臣请特颁谕旨，晓谕该省督抚，嗣后所属地方如有匿灾遗赈，查有确据者，立将地方官严参，以为玩视民瘼者戒。若前项衅端，动辄围署抗官，聚众勒掯，该管上司不得遽将地方官参劾，仍查明挟制情由，将为首之人重处。至妇人虽例不加刑，而罪坐夫男，律有明条，嗣后倘敢出头滋事，即行按律拿究。如此则立法均平，愚顽知儆等因前来。查定例地方倘遇水旱，该督抚一面题报，一面遴委大员亲勘，酌量被灾情形，视其饥民多寡，先发仓廪及时赈济在案。又乾隆二年，直隶偏灾案内，经原任直督李卫题准，各州县内此地既被偏灾，不得以别处有收，笼统牵算，虽一县止有数处村庄，顷亩无多，亦不令稍有遗漏，分别极贫、次贫，逐一赈济，亦在案。今给事中马宏琦以直隶、山东百姓挟官冀赈，奏请禁戢。臣等伏思体察民瘼者，宰牧之职；恭顺待命者，编氓之分。前此直隶赈济一案，原议分别重轻，杜绝遗滥。其间办理未协各员，又据该督题参究处，固已多方优恤，共沐皇仁，普沾实惠。该给事中马宏琦所奏本年三月间，河间府民妇成群，声言诉冤，索取钱文。又查勘积水村庄，纠集多人，蜂拥喧诉。臣等详绎此等情形，或则愚民无知，妄希赈贷，或则待哺情切，易致喧哗，但以部下子民敢于要挟官府，体统攸关，此风断不可长。臣等酌议，嗣后如遇赈灾，务令有司预将查明分数赈恤事宜先行宣示，务令愚民洞悉规条，俾知大泽难以滥邀，非分不可妄冀。倘有前项聚众嚣凌情弊，应令该管督抚详加确访。如果有司玩视民瘼，即行查明，照例严参。倘系不肖奸民藉端要挟以及纵容妇女生事，即行按律分别究拟，毋得遮揭属员，致长浇风。如此则官凛处分既定，以警匿灾之弊，而民之法度亦可以免挟制之端矣。俟命下之日，臣部通行直省一体遵照可也。乾隆四年七月三十日奏。本日奉旨：依议。钦此。

雍正八年十二月，奉上谕：今年直隶、山东、江南、河南有被水之州县，闻本地乏食穷民有餬口散往邻封者，若该地方官员视为他处之人，不肯加意抚恤，必致流离失所。且三春耕种之时，若不旋归本土，又必荒弃故业。着各省督抚转饬有司，凡遇外来被灾就食之穷民，即动支常平仓谷，大口日给一升，小口五合，核实赈恤，再动用存公银两，赏为路费，资送回籍，并行文原籍地方官收留照看，以副朕念。嗣后以此为例。钦此。

乾隆四年八月二十九日，奉上谕：自古帝王抚御寰区，惟以爱养斯民为第一要务。朕即位以来，仰体皇祖、皇考勤求保赤之圣心，宵衣旰食，偶遇水旱灾伤，真视为己饥己溺，百计经营，散赈蠲租，动辄数十百万，期登斯民于衽席，此薄海内外所共知者。无奈蚩蚩之众，顽朴不齐，外省官员多言屡赈之后民情渐骄。即如今年江南地方，初夏未雨，即纷纷具呈告赈，是不以赈为拯灾恤困之举，而以赈为博施济众之事矣。更有一种刁民，非农非商，游手坐食，境内小有水旱，辄倡先号召，指称报灾费用，挨户敛钱，乡愚希图领赈蠲赋，听其指挥，是愚民之脂膏已饱奸民之囊橐矣。迨州县踏勘成灾，若辈又复串通乡保、胥役，捏造诡名，多开户口，是国家之仓储又饱奸民之欲壑矣。迨勘不成灾，或成灾而分别应赈、不应赈，若辈不能遂其所欲，则又布贴传单，纠合乡众，拥塞街市，喧嚷公堂，甚且凌辱官长，目无法纪，以致懦弱之有司隐忍曲从，而长吏之权竟操于奸民之手。刁民既得滥邀，则贫民转致遗漏。是不但无益于国，并大有害于民。言念及此，殊可痛恨！再，在荒岁春冬之际，常有一班奸棍，号召灾民，择本地饶裕之家，声言借粮，百端迫胁，苟不如愿，辄肆抢夺。迨报官差缉，累月经年，尘案莫结。在刁滑之徒尚可支撑苟活，而被诱之愚民多至身命不保。是灾民之不死于天时之水旱，而死于刁民之煽惑者，又往往然也。今年下江淮北一带及上江凤颖〔颍〕等处多被水患，河南水灾较甚，山东、直隶亦有被水之州县。着该省督抚董率有司，将朕谕旨通行告诫，如有犯者，决不姑贷，俾灾民知有必邀之膏泽，帖然安释而不致惑于浮言，刁民知有难犯之宪章，凛然畏惧而不敢蹈于法网，则仓储皆归实用，而闾阎共沐恩施，庶不负朕早夜焦劳，爱养斯民之至意矣。将来地方旱潦，不能保其必无，该部可行文各省督抚，咸知此意，一体遵行。钦此。

乾隆八年五月初一日，奉上谕：国家爱养斯民，惟恐一夫失所，为百姓者正当奉公守法，以受国家惠养之恩。乃看近来情形，地方偶尔歉收，米粮不足，价值稍昂，督抚未尝不筹画办理，而刁顽之徒遂乘机肆恶，招呼匪类，公行抢夺，目无法纪。如果系穷民乏食，自当赴州县衙门告籴，若官员办理不善，亦当赴上司衙门申诉，岂有借谷少之名，遂扰害良善，挟制官长，逞其凶锋，行同光棍。此则乡邑之大蠹，不可不重加惩治，以儆颓风者。乃无识之督抚间遇聚众抢夺等事，欲自讳其平时化导之不力，与临时禁约之无方，止将州县官参劾一二员，以卸己责，而于抢夺之案朦混归结，无怪乎刁风日长而无有底止也。至于有司，或营私作弊激成事端，或玩视民饥困苦莫恤，该督抚自当据实严参，未有百姓罢市哄堂，恃强凌弱，而可以姑息养奸者。又如国家设立营制，原以弹压地方，乃近日汛弁兵丁遇有抢夺之事，类皆观望，淡漠视之，岂设兵卫民之本意？著督抚提镇严饬所属弁兵协同文员实力查拿，若有推诿不前者，亦即严参，交部议处。钦此。

乾隆十二年十一月二十二日，奉上谕：朕闻闽省风俗，尚鬼信巫，偶遇雨旸失时，遂有无籍之徒，意在敛钱肥己，因而诡称某处神佛灵应，聚众迎赛，或将神像抬至街衢，挟令地方官跪拜迎送。种种恶习，殊属不经。凡地方官偶遇水旱，自督抚大吏以至州县有司固当竭诚致祷神明，为民请命，岂有棍徒籍名聚众抬神，挟制官长，因而籍名争衅，滋生事端，甚为风俗人心之害。此风断不可长！嗣后着严行禁止，倘有违犯，即照律治罪。地方官倘或悠忽从事，姑息养奸，即着该督抚参处。他省或有似此恶习者，着该督抚一体办理。钦此。

乾隆四年十二月初二日，奉上谕：今岁河南被水颇重，江南亦有歉收之州县。闻豫省及上江民人贫苦乏食，转徙道路，有前往九江口而官吏禁止不许渡涉者。此虽得之传闻，未必不确，着河南、安徽巡抚悉心体察，安辑抚绥，毋使流离失所。倘已离本乡，行至他省，他省督抚即应饬令有司设法救济，免其冻馁，于春暖时资送回籍，毋得膜视。或他处有似此出境觅食民人，亦照此办理。该部即遵谕行文各督抚知之。钦此。

奉天将军达、府尹苏为遵旨密议具奏事。咨准户部札开：查奉属咨送流民，前据该府尹咨请援照乾隆八年直隶资送贫民，日给路费银六分。经本部以各省资送流民回籍之例，先于乾隆五年四月议覆苏抚张条奏议定，每大口给制钱二十文，小口减半，其年老有病，酌加脚力银三分等因，通行各省在案。至乾隆八年，直隶资送贫民，日给路费银六分，原系随时酌量办理，并未著为成例。今该府尹等咨称，奉属流寓民人俱由陆路还乡，非彼沿河地方舟楫可以相通，脚力未免昂贵，道途遥远，难以按站而行，较之别省贫民，情形实有不同，必须宽裕资助，仍援照八年直隶资送贫民日给银六分之例办理等语。应如所咨办理。至资助流民所需路费一项，前据该府尹以奉属并无存公银两动支，而平粜米价亦系应行买补还仓之项，未便竟行动用，应令该府尹暂于粜价银内酌量借用，其将来作何拨补还项之处，于报销案内声明，报部查核可也。

垦　荒

正　条

一、凡沙洲坍塌，令业户报官，勘明原业顷亩若干、实坍若干，注册立案。遇有淤涨，仍报官丈明拨补。先尽成洲有业之坍户，有余再及沙滩水影无课之坍户，仍各以其报坍先后为序。再有余剩，召民认垦升课。若各户未经报坍在先，及虽曾报坍而于新涨沙洲私行霸占者，淤洲入官，照盗耕官田律治罪。地方官查丈不确，拨补不公者，照官吏不用心从实检踏律议处。

一、隔属坍涨芦洲，如此属新涨之地实系彼属旧坍之数，上下对岸，显有形迹可据者，该上司委员会同两邑地方官据实勘验，秉公拨补。该新涨地方不得藉称本处之涨抵补本处之坍，曲为偏袒。若所坍与所涨形迹不符，旧坍地方不得妄争。

一、成熟田亩或因水冲沙压变为硗薄者，准其随时查明取结，造册题报减则。日后或培植复熟，亦应随时确勘，取具册结题报，仍按照原则征收。

一、直省实在可垦荒地，无论土著流寓，俱准报垦。一地互报，尽先报者。凡报垦必开具界址土名，听官查勘，勘后示限五个月认种，地付垦户，取结给照，限年升科。贫者酌借牛种，升科后带完。每于岁底，州县将岁垦荒地及填用司颁印照各数造册申司，该司将地数汇请督抚具题，仍于升科时核实奏销。倘垦户将实有业户之地串通捏垦，朦官给照，及有指垦户承垦之地冒争祖业者，均依隐占他人田宅律治罪。垦户不请印照，以私垦论，官勘不实，并予议处。至承垦后或实在垦不成熟，仍准报官勘明，销照退业。凡垦荒，值有古冢，周围四丈以内不得开垦。

一、开垦荒地，任从民便。倘地方官稍涉抑勒，以少报多，或以多报少，并以熟报垦，及不分荒熟，一例升科飞洒，捏升钱粮者，从重处分。又或未曾欺隐，抑民首报荒田，托名清厘田粮，无故查丈，致滋扰累者，均予严究。

一、各直省荒地，州县官册报开垦，该督抚即另委隔属贤员履亩丈勘，所垦与所报之数果属相符，取结送部，照例分别六年、十年，入额起科。倘丈勘不符，将原报官议处。如委勘之员一时朦混，日后发觉，将委查出结官一并查议。至将届升科时，该督抚按年委员覆加查核，如果有坍塌更改之处，据实具题请豁。其成熟田地，仍分别升科，如有应行政〔改〕正而互相徇隐者，照荒熟地亩不分晰明白例议处。

一、地有初垦时本属低洼瘠薄，年久土脉渐变膏腴，该地方官随时勘明，造具册结，按照等则题报升科。

一、浙江省沿海新涨沙涂，孤悬海外，封禁附近内地者，官为丈勘，以百亩为一号，十号为一甲，挨次编册，出示召垦。承垦者照依示内号数具呈，无论民灶，以先报者为准，注册给照。灶则移场经理，民则归县管办。并令各垦户将所办号数自立界石，承及十号，印官亲诣点验，于十甲内择老农专司教导，六年后著有成效，从优如奖。

一、凡陂泽池塘，但关水道，无论官地民业，概禁报垦。有恃己业私垦者治罪，该管官滥听者议处。

一、濒临江海湖河处所沙涨地亩，如有阻遏水道为堤工之害者，毋许任意开垦，妄报升科。如有民人冒请认种，以致酿成水患，即将该民人家产查抄，严行治罪，并将代为详题之地方官等一并从重治罪。

一、各省报垦田地，水田以六年起科，旱田以十年起科。将届起科，该督抚委员覆勘，有水冲沙压及实在垦不成熟者，取结题请开除。若升科后冲塌及减则，或山田此冲彼长，水田此坍彼涨者，以新抵旧无着者，仍予题豁。其旧熟田粮田有前项情形者，一例办理。

一、民间开垦田亩，于初垦时不行报官，后经自首者，即以自首之年入额升科，失察之地方官免其议处。

一、凡内地及边省零星地土，听民开垦，永免升科。浙江、江宁等属以不及三亩为断。

一、浙江之象山县大小南田、樊峴、鹁鸪头、大佛、大月峴、箬鱼山等处地方荒田，永远封禁，如有混请开垦者，将具呈之人从重治罪。

一、丈量按部颁弓尺，广一步，纵二百四十步为亩（方广十五步，纵十六步）。有私自增减者议处（丈量应于农隙时举行）。（以上皆《户部则例》）

处　分

一、凡遇灾荒之年，州县不详报上司者，革职，永不叙用。若州县已经详报，而上司并不准接题达者，将上司亦革职。

一、州县将成灾报作不成灾者，俱题参革职，永不叙用。如不实心确勘，少报分数者，革职。

一、沿河州县报潦，令地方官会同河员确勘。如有查勘不实及隐瞒民灾等弊，将地方官、河员一并题参，照前例分别议处。

一、夏灾不出六月下旬，秋灾不出九月下旬，先将被灾情形题报。如州县详报到省在限外，而扣算程途日期尚未逾限者，免其揭参。如迟报逾限，半月以内者罚俸六个月，逾限一月以内者罚俸一年，逾限一月以外者降一级调用，逾限二月以外者降二级调用，逾限三月以外者革职。巡抚、布政司、道府等官以州县报到之日起算，如有迟逾，照例一体处分。其被灾分数限四十五日查明，造册题报。如州县、道府、布政司、巡抚各官查造迟延，亦照此例议处。

一、勘灾不委厅员印官，乃委教官查勘，或浮报灾荒者，俱罚俸一年（如勘灾浮报，照查勘不实革职例减等议处）。若止报巡抚，不报总督，及报灾之时未送印结，或册内不分晰明白者，罚俸六个月，督抚即照此例议处。

一、官员将蠲免银两增多减少造入册内者，州县官降二级调用，司道府官罚俸一年，督抚罚俸六个月。如被灾未经题免之先，报册内填入蠲免者，州县官罚俸一年，该管上司俱罚俸六个月。

一、蠲免钱粮数目，于具题请赈之日起再扣两个月，造报题达如有迟延，照造报各项文册违限例分别议处。（例附后）

一、赈济被灾之民及蠲免钱粮，州县官有借民肥己，使民不沾实惠者，革职拿问。其督抚、布政使、道府等官不行稽查，令州县任意侵蚀者，俱革职。若督抚不将侵冒之员照例参请拿问者，降三级调用。

一、地方被灾，蠲免赈济，倘有不肖书役暗中扣克，诡名冒领，该州县漫无觉察者，降二级调用；故为容隐者，革职。

一、州县遇查勘被灾等事，凡一切饭食盘费及造册纸张各费，俱动用存公银两，不许丝毫派累地方。倘有胥役里保舞弊蠹民，将州县官照前例分别议处。

一、委员内如有查灾不据实结报，办赈不实心挨查，草率从事仍前怠忽者，该督抚查明题参，照地方查办灾赈不实一体处分。

一、平粜借谷，地方州县官不实力稽查，致书役包买渔利勒指出入者，降一级调用。

如州县官已觉察而故为容隐者，将该州县革职。

一、凡邻省歉收告籴本地，官〔地〕方官禁止米粮出境者，该督抚据实题参，将州县官降一级留任，不揭报之该管上司罚俸一年，不题参之督抚罚俸六个月。倘本省歉收，米粮不敷民食，而奸民射利之徒私行贩运出境，于民生亦有未便，令该督抚酌量情形，据实题明，许其暂行禁止。

一、州县官遇有蝗蝻，不早扑除，以致长翅飞腾，贻害田稼者，革职拿问。该管知府、直隶知州不行查报者，亦革职。司道、督抚不行查参，降三级调用。若已经查报而不能速催捕除者，道府降三级留任，布政使降二级留任，督抚降一级留任。该督抚等不得于长翅飞腾之后，以该道府现在揭报，于本内声叙邀免，不能速催处分。协捕官不实力协捕，以致养成羽翼，为害禾稼者，亦革职。

一、凡有蝗蝻地方，文武官弁有能合力搜捕，应时扑灭者，该督抚确查具题，准其纪录一次。

一、地方有异灾（水旱等灾不在此内）不申报者，罚俸一年。（以上皆《吏部则例》）

一、官员造报各项钱粮文册迟延，或限内卸事，并违限不及一月及一月以上者，俱罚俸三个月，迟延二月以上者罚俸六个月，违限三月以上者罚俸九个月，违限四五月以上者罚俸一年，违限半年以上者降一级留任，违限一年以上者降二级留任，违延二年以上者降三级调用。其文册遗漏重开，数目舛错，或多开少造，遗漏职名者，俱罚俸三个月。该管各官未经查出，据册照转，罚俸一个月。（《吏部则例》）

一、地方偶遇偏灾，钦奉恩旨缓征钱粮，各省有以缓征银数另作十分计算考成者，亦有经征督催各官均以额征数目统作十分扣算者，办理不免参差。臣等伏查已未完分数，督抚、藩司以通省额征数目合计考成，道府直隶州以通属核计考成，州县丞倅及营屯卫所以应征额数计算考成。无论经征督催均作十分计算，如于额定考成之外，将缓征钱粮另作十分考成，未免重复参处。应请嗣后各直省遇有缓征钱粮，统归应征年额合计，未完分数按成扣算，俟催征限满，核明已未完数目，将经征督催各职名分别查参。如年额应征银一万两内现征八千两，缓征二千两，其现征银内当年完银四千两即作为完半，完银八千两即作为全完。至缓征限期届满时，仍合前已征完之八千两计算分数。如缓征数内又完银一千两，即以未完一成参处，均于奏销册内声明备核。其当年作为全完者，无须参处。一切展缓钱粮，均照此例各归各年统计处分，以昭画一。（嘉庆十七年《户部纂修则例》）

杂　载

办灾人员鼓励

嘉庆二十四年十月二十八日，奉上谕：朱勋奏，渭南县知县徐润因委赴华州查勘被水村庄，乘马蹄浅，堕入潭内，经差役捞救出潭，半日始苏，次日仍亲往设法疏导，并将居民委〔妥〕为安抚，可否量加鼓励等语。徐润前在军营，著有劳绩，此次查办水灾，复能不辞劳瘁，甚属勤奋，加恩赏换花翎，即以同知直隶州知州尽先补用。钦此。

例外再请展限一月

户部为谨报各属等事。据苏抚顾题，查各州县被水田亩既多，查勘需时，若照定限四十五日结报，诚有草率之虞，应请照例准加展一月，饬令将成灾分数详加确核，造册具题。乾隆元年八月覆准。

部议蠲赈毋庸绘图

户部议覆协理山东道监察御史霍备条奏案内，一被灾省分将该地方饥馑情形、赈济实事绘图进呈，俾其啼饥号寒，一粒一丝，不啻皇上亲历茅檐而遍为手援，则凡此沐恩再生之众，有如扶老携幼，环叩阙下，而一觐天颜等语。查向来蠲赈案内从无绘图之例，盖地方受灾多属仓猝，一面飞饬查勘，一面具报情形，刻不容缓，既无暇于绘图，及造册报销，分别极贫次贫、大口小口以及蠲免钱粮、赈过银米，按册而稽，已灿若列眉，了如指掌，又无需于绘图也。我皇上惠鲜怀保，视民如伤，虽灾祲尚属未见，而宵旰每切焦劳。倘水旱偶有偏灾，则膏泽随即下逮，凡穷檐之疾苦、灾户之饥寒，固不待绘图而已在睿虑之中。若将饥馑情形、赈济实事一一绘图，无论被灾之轻重分数、赈恤之多寡数目，断非笔墨描写所能曲尽，且恐将来地方各官视为故套，徒事妆点，而捏报冒销之弊未必不因此而生。总之，地方各官如果留心民瘼，即不绘图而蠲赈皆著实效，若其膜〔漠〕视民命，即令绘图而粉饰，究属虚文。应将该御史所请绘图之处，毋庸议。乾隆三年十一月二十六日奉旨：依议。钦此。

东省捐恤冲刷

东抚程奏：查东省于夏至节后，东三府农田颇殷望泽，旋于五月十四五并十九、二十及二十二等日，登州、青州各属普沾渥泽，省西一带亦被甘霖，秋禾高粱俱皆长发畅茂。兹值溽暑，大雨时行，省城于五月二十二日晚间雨势滂沱，山水涨发，城外西南一带地卑山近，水势猛勇，猝不及防，民居房屋间有损伤。当经济南府知府嵩岫、历城县知县戴屺等各冒雨驰赴查勘，次早雨息。查得被水冲刷共计一百六十二家，坍塌房屋共六百八十一间，并淹毙大小男女七名口。一经遇水，即已消退涸复，并未损伤田禾，不致成灾。臣当与藩臬两司会议，被水各户民瘼攸关，亟宜妥为安抚。现将坍房各户查照定例给与修费银两，极贫每户一两五钱，次贫一两，再次贫五钱，俾令上紧修葺，其淹毙人口亦照例给予埋葬银两。当即饬委该府县查明，分别造册，赶紧给发。现已陆续散放，所用银数无多，臣与在省司道府捐廉办理。现在被水之处，臣亲加察看，民情安顿，不致失所，理合恭折奏闻。嘉庆二十四年六月十四日奉朱批：若成灾，不可讳饰。钦此。

灾赈全书卷三

《灾赈总论》　万枫江　著

水旱灾荒，尧汤盛世亦所不免，全在州县速为查报，妥协办理。若有意粉饰，无术抚绥，或冒捏荒数不以实及题报违限，俱有降革处分。而捕蝗尤为严切，据各里呈报，务即亲临查勘，将被灾情形先行差人通禀后，再细查明确，备文具详。详看内写目前真实情形，切不可铺张已甚之词。如遇水灾冰雹，务查有无漂没庐舍、损伤田禾人口以及城垣、仓库、衙署、桥梁、堤圩、海塘坍塌溃决等项。文内叙入灾重者，有委员分头查勘、停征抚恤各事宜。夏灾秋灾，总以题报情形之日起，扣限四十五日具题，以题报分数之日起，再扣限两个月。将应免钱粮题蠲，其蠲免分数、赈恤月分，俱有定例。若风水为灾，倒坍房屋，动拨存公银两，量给修葺。冰雹为灾，照依夏灾办理。夏灾总看秋收分数办理。再查饥口，惟实在务农力田之佃户、无业孤寡之穷民方许入册，若有田之业户，并开店生理别有手艺营生者，不得混入。又有田在此都而身居别都者，应归本都造报。又有一家分佃各田，此处被灾而彼处有收者，有同一户居住，彼种之田成熟而此种之田被灾者，均须确查，分别办理。如被灾情形不至十分深重，民间尚可支持可以不必赈恤者，或仓谷无几可以银米兼济、或折银散给者，详报分数，文内即应声明，以免日后周章。旱灾逐渐而成，犹可随时查察，惟水灾猝然而至，受害最惨，其中弊窦尤多。如报灾时地保甲长以及劣衿刁棍串通奸胥猾吏，辄将一切老荒版荒已经除粮之地，并坑洼池塘历来不涸之地，或交界邻邑别县之田地，因一片汪洋，难以识别，遂混行开报。甚至一村一庄一图一圩被灾者不过十之一二，而呈报之时笼统朦混。若不能核实，据呈转报，查勘之时，又凭乡地引至一二被灾处所，指东话西，遂以为实，不能处处踏勘，则是否成灾，未经目击，从何辨别？必致轻重任乡保之口，分数凭书吏之权，移易增减。此报灾之弊也。如查赈则捏报诡名，多开户口，或一户而分作几户，或此甲而移之彼甲，按籍有名，核实无人。此捏报户口之弊也。劣衿刁民见乡地混报，吏胥侵蚀，即从中挟制，或于本户之下多开数户，或于领赈之时顶名冒领，乡地吏胥明知而莫可如何。此衿棍混冒之弊也。其各衙门书吏视为利薮，给票则有禀钱，造册则有册费，灾民无力出钱，即行删减口数。州县如此，府司胥吏明知其弊，因而勒索，稍不遂意，将册籍苛驳。更有上下勾通，将空白印册交给，任其朦开捏造，俱于赈粮内取盈。此胥役侵肥之弊也。州县长厚者任其朦蔽而不能觉察，柔懦者受其牵制而无以自展。又或平时仓谷霉变亏缺，借此开销，或希冀盈余，可以入己。此官吏徇私之弊也。至于蠲免钱粮，有已征在官，实欠在民，其中以完作欠，混弊甚多，取祸最烈。故凡遇灾赈，必须精明强干，用人得宜，不惮烦劳。内署一手核定，权不外移，并预先筹画章程，次第晓示，共知遵守。至查灾事宜与官役饭食纸张等费，定例周详，委员到县协查监赈及上司按临亲勘，尤须照料妥协，总在因地随时，善为经理。今将江苏、安徽、湖南办理灾赈规条及两江、河南捕蝗各事宜摘录其概，以资考订，庶几胸有成竹，展布裕如也。

《办灾赘言》　　嘉庆二十四年语石生拟

一、成灾五分以至十分，此指收成之分数也。假如被水被旱田亩收成正〔止〕有一分，则为成灾九分；有二分，则为成灾八分；无收成者，则为成灾十分。收成自五分四分三分二分一分以至无收，均为成灾。

一、开报成灾分数，或一律十分灾，或九分灾，或八分灾不等；或分等第，或五分六分，或八分九分。切弗顾目前清折之好看，以为甲庄被灾五分，乙庄被灾七分，丙庄九分不等，非特蠲数不能划一，即带征年分亦属参差。扣免各款，如理乱丝，上房需费更重，弄巧成拙矣。故办灾即分等第，只以五分六分或六分七分开报，或八分九分或九分十分开报，临期酌量轻重而行，以带征年分划一也。其不分等第，只一律开报十分者，一概蠲十分之七，均作三年带征也；或一律开报九分者，一概蠲十分之六也。稍分等第，已觉繁冗，故分数以一律较为简易，未可以四乡各庄情形拘泥。

一、被灾时造报秋成分数，应声明除被灾地亩外，收成确有几分，应自六分止，其五分即成灾矣。收成六分者为歉收。

一、详报统计被灾田几分几厘，此言合属之田作十分算计其灾田分数也。如被灾五分以上，即成熟之田亦准奏请缓征。浙省受灾分数一隅者俱多，向无办至合属成灾五六分之多。

一、蠲免分数，因其收成不足，故按次以减免也。假如业户有田数百亩，是殷富之户矣，其名下实有灾田若干，一律验蠲。朝廷不征无花息之赋，不以贫富分别。

一、赈恤口粮，以成灾分数计加赈之月分，不按现在蠲粮之业户，但计成灾地方之贫民。如业户在城在乡，家道殷实，仅免其灾田之完粮分数，其赈恤不得与闻。

一、顺庄之法立而百弊丛生矣。推付散入寄庄，字号模糊，亩分盈缩，桑田沧海，非特讼端从此而起，而办灾尤易影射滋弊。故以版田原额为准，以坐落灾地为凭，先行颁发呈式，俾书役灾户得有遵循。

一、蠲免花户细册，必得详细开造，以备稽查。假如一都一图勘明成灾田五千亩，而户名或在不被灾之三都八都不等，及另在被灾之十都十一都不等，缘户内田之坐落是在一都一图故也。以此定准，可期核实详内并声明。

一、办理灾赈，总以从实为准，即或经费不敷，先定实数，后再准通融，断不可听书办匀灾之说，转使灾户遗漏。果无遗漏，虽通融亦无贻害矣。

一、近日办灾成式，州县先禀后详，督抚先奏后题，期限甚宽，切忌草率。

一、地丁及折征漕款以及本色南漕等米应蠲款目，于钱塘办灾成案后附载，虽属一隅偏灾，亦可类推。

一、办理秋灾，事在九月，而上忙钱粮业已完纳，应将灾户先完在官之钱粮，将灾田应蠲应带数目扣抵次年正赋，不可止扣蠲免，预存带征，以致藉口。如办缓征已完者，毋庸扣抵，只须将预完缓征钱粮若干另造一册备查。

一、漕粮例不蠲缓，故须奏请恩施蠲数，照钱粮正赋办理，而带征仅限一年全完。有由漕粮项下折银征收者，带征亦予限一年，示区别也。

一、勘灾定有顷亩确数，即照县中现征科则，约略计算应蠲缓银米若干，一面向藩粮二宪衙门请数造册，核每亩之科则，或米多银少，或米少银多，系将米款折征银两，或将银款仍征本色，亦无可如何事耳。

一、卫所应征屯津、盐场应征灶课以及行销引地，如有灾伤，均准分别办理。

一、元年被灾，二年亦被灾，其该都图未完钱漕，例准递缓。余详细思之，如一都一图有额田千亩，元年被灾四百亩，二年被灾亦是四百亩，或多于上年，但二年被灾之田未必全是元年被灾之户，且有次年已将钱粮完纳者，总应将实在连年被灾及被歉之户扣清递缓。惟近日所办递缓与余鄙见相左，四乡田亩各有上中下，科则不同，灾户人口似应与保甲符合。此又当究心核办者也。

谕五粮房各书知悉：照得入秋以来，天时亢旱，水河浅涸，田内禾苗情形例应查勘。本县现在颁发呈式，该书即照样刊刻，每张止取纸工钱二三文，令业户自行投递，以免日后藉称庄保漏报。旱田既报有亩分，便可踏勘分数，分数既定，便可将大概情形通报，听候委员复勘，上宪题奏。一面设立总局，传集各里庄算书，照十九年办灾成式，分作十五处总庄，无论本庄寄庄，核对细册，果与原呈及踏勘相符，即将该户内山荡地亩及有收各田一概扣除，止将该户下实在灾田完银完漕数目登注本户之下，分别注明都图字样，造成坐落分庄细册，一经查实，便可核准，听候题报，将来于征册版串分别盖用戳记，一目了然。此呈式为勘灾第一张本，事归简易而昭核实，慎勿泛视。且秋灾距收漕之时不远，一切事宜应早为预办，毋得延挨掣肘，有干未便。特谕。

正堂宣示：照得入秋以来，天时亢旱，河道水浅。本县念切民瘼，自应按庄亲勘情形，据实具报，听候上宪核办。除饬坐里庄书地保按图查复外，尔等名下各有完粮田产，除早稻已经收割及低田近水毋碍收成者，一概不得混报。如有实在被旱之田，确有禾苗可验者，立即开出坐落亩分，声明何都图何户完粮，或系自种，或系租佃，遵照本县颁发呈式，逐条指饬，各归灾田坐落里分，一户一呈，据实呈报本县，以凭诣勘，毋得丝毫捏报舛错，致干扣除自误。特示。

正堂宣：仰役协同某里地保及坐里庄算书飞查该里地方，除山荡地亩扣出，实在种植民田额数若干，再除早稻水田有收之外，实在被旱田约计若干，漏夜查明，详细分晰，开注注业佃姓名及都图亩分，据实禀复。现在另颁呈式，设立总局，该地保里书一面传谕被灾各业户各归灾田坐里，一户一呈，亲身赴县具呈，以凭按里诣勘。如该书等禀报数目悬殊以及弊混，一经察出，严提究处不贷。

朱标定限　日禀报，逾限重责。

年　　月　　日

此单用尾根填注该差姓名里分，随到随销。

敬禀者：窃照卑县本年自六月中旬以来，天时亢旱，禾苗正当长发，望泽甚殷。近水之区尚资车戽灌溉，高阜田亩及距水道稍远者，间有黄萎之处，节经卑职将缺雨受旱情形禀报在案。嗣于八月初七八等日连得透雨，但节候已迟，禾苗难以苏转，并据各业户庄首呈报前来。卑职按庄逐一亲诣查勘，近水禾苗先经车戽，继得甘膏，业已扬花结实，可冀有收。其腹里畈心高阜等处，或早经枯槁，或秀而不实。一区之中荒熟相间，受旱亦轻重多寡不同。查卑邑上乡额田无几，田多沿江近水，如女南女北等图，旱田较少。下乡额田本多，毗连武康、余杭等处，田多高阜，旱田较多。卑职现在细加履勘，统计被旱成灾十分田一百五十五顷五亩，被旱歉收田三百一十顷一十六亩，共计灾歉田四百六十五顷二十一亩。照依额田计算，灾田约计十分中之六厘，歉田约计十分中之一分二厘，共计灾歉田一分八厘。此外都庄悉皆成熟，并奉本府宪台亲诣逐庄查勘无异，理合开具都图顷亩清折，据实禀送，伏乞宪台察核。敬请福安。

计呈清折：某都图额田若干，勘实成灾几分田若干，勘实歉收田若干。

余仿此。

奏为勘明杭嘉湖三府属高田受旱，间被一隅偏灾，收成歉薄，恭恳圣恩将应征地漕等顷〔项〕银米照例分别蠲缓，以纾民力事。窃照浙江省杭州、嘉兴、湖州三府属向系专植晚禾，本年六月间得雨未透，七月内连旬不雨，秋旸燥烈，高田被旱情形，经臣于具报六七两月分雨水粮价折内据实陈明，并夹片奏蒙圣鉴各在案。伏查秋禾被旱，例应于成熟时确勘办理。臣先经札令各该府督查，嗣以闱务未竣，饬委藩司伊督同各该管知府及印委各员逐一勘明，详报前来。臣复查浙东一带本年雨水调匀，早稻晚禾一律丰稔。浙西杭嘉湖三府属各州县，本年秋间受旱间被灾歉之处，本止一隅中之一隅。除得雨较早，禾苗苏转，仍得秀实有收之富阳、于潜、新城、昌化、嘉善、平湖等六县毋庸查办外，其所勘嘉兴府属之嘉兴、秀水、石门、桐乡四县近水低田，藉资车戽仍可稳收，止有腹里高阜处所得雨较迟，无水灌溉，禾苗多有黄萎，收成实属歉薄。惟据勘明杭州府属之仁和、钱塘、海宁、余杭、临安，嘉兴府属之海盐，湖州府属之乌程、归安、长兴、德清、武康、安吉、孝丰等十三州县，并嘉湖一卫，均因本年六七月间连旬亢旱，禾苗未能一律吐秀，除近河田亩有收外，其距水较远，引灌为难之腹里高阜及山乡田亩被旱较重，虽于八月间连得透雨，为时已迟。未经枯槁者虽有薄收，间多空瘪；其已经枯槁者，仅能翻犁改种麦豆，均有成灾及勘不成灾之歉收田亩。以杭嘉湖三府额田而计，惟湖州府山乡最多，被旱次之，其灾歉田亩居通属十分中之一分九厘零；嘉兴府又次之，其灾歉田亩居通属十分中之七厘零，其余各该府属水乡低田仍系一律成熟。臣访察该三府民情，去岁年谷丰登，本年二麦蚕丝亦俱稔收，辰下米船源源而至，粮价平减，民食自不致遽形缺乏。但各田专栽晚禾，为小民一岁之生计。当被旱之时，农民设法灌溉，业已倍费工本，民力不无拮据，即薄有收获，亦只能接济口食米谷，究乏盖藏，其于应纳地漕等项银米未免输将无出。合无仰恳皇上天恩，俯准将受旱稍重之仁和、钱塘、海宁、余杭、临安、海盐、乌程、归安、长兴、德清、武康、安吉、孝丰等十三州县并嘉湖卫灾歉田亩，及受旱较轻之嘉兴、秀水、石门、桐乡四县歉收田亩，应征本年地丁屯饷漕顷〔项〕漕截盐课等款正耗钱粮、漕粮正耗米石照例分别蠲缓蠲剩，及应缓银米按照定限分别带征，上年未完银米一并缓征，毋庸再行赈恤。其余熟田应征银米均照旧征收，毋许藉词延欠，仍俟来岁青黄不接之时，如须酌量调剂，随时察看情形，奏明办理。除饬藩司将各该州县被旱情形照例详请题报，一向确查灾分应蠲及歉收应缓各银米顷亩实数造具册结，另行核题外，所有勘明被旱各州县灾歉情形，分别办理缘由，臣谨会同闽浙总督臣董合词恭折具奏，伏乞皇上睿鉴训示。谨奏。

嘉庆二十四年十一月二十四日，奉上谕：陈若霖奏查明被旱各州县恳请恩施一折。本年浙江省六七月间雨泽稀少，杭嘉湖三府属高田被旱歉收，前经降旨令将村庄顷亩及应蠲应缓各数目迅速分晰详查。兹据该抚查明具奏，着加恩将仁和县二都等一百七十三图、钱塘县女北庄等一百十五图、海宁州一都等三十三都、余杭县东南一庄等六十四庄、临安县安义等九图、嘉兴县长东北都等二十四都、秀水县东县垂字二庄等五十六庄、海盐县白坊等一百十五坊、石门县南乡东二都等十四图、桐乡县五都区等二十八区、归安县二十区等十三区、乌程县一区等十三区、长兴县尚吴区等十二区、德清县西北乡一区等二十四区、武康县东乡一都等二十五都、安吉县东在一二庄等四十庄、孝丰县乾图等三十四图、嘉湖卫坐落乌程等四县屯田共六十九圩抖，共成灾田四千一百九十七顷零，应征地漕等银三万五千一十余两、漕南等米二万六千八百九十余石，全行蠲免蠲剩，地丁屯饷漕顷〔项〕盐课等款、南孤等米俱著缓至二十五年秋后起，分作三年带征，漕截银两、漕粮等米缓至二十五年秋后起，限一年征完。其歉收田八千五百五十一顷三十一亩，应征地漕等银十万七千八百七十余两、漕南等米九万九百余石，与上年未完银米一并缓至二十五年秋后起征，以纾民力。其余熟田照常征收。该部知道，折单并发。钦此。

部覆：一、疏称仁和、钱塘、海宁、余杭、临安、海盐、归安、乌程、长兴、德清、武康、安吉等一十三〔二〕州县被旱无收成灾田亩，共应蠲免嘉庆二十四年地丁连闰银二万一千七百一十三万七钱七分七厘，南粮正米二千二百五十四石九斗三合九勺，军孤吹手等米七石八斗八升五合四勺，囚粮米十二石四斗四升一合七勺等语。臣部按册核算，查与定例并钦奉恩旨准其蠲免之处，均属相符，应准其照数蠲免。

一、疏称仁和等一十二州县共蠲剩嘉庆二十四年地丁连闰银九千三百五两九钱八厘，南粮正米九百六十六石三斗八升七合六勺，军孤吹手等米三石三斗七升九合五勺，囚粮米五石三斗三升二合三勺，请照例分年带征等语。臣部核与定例相符，应准其缓至嘉庆二十五年秋成后起，分作三年一年带征，应令该抚转饬，归于年限案内，照数催征完报。

一、疏称仁和、钱塘、海宁、余杭、临安、嘉兴、秀水、海盐、石门、桐乡、归安、乌程、长兴、德清、武康、安吉、孝丰等一十七州县共被旱歉收民田，共应缓征嘉庆二十四年地丁连闰银六万三千三百九两五钱七分八厘，南粮正米六千四百九十四石四斗六升五合三勺，请照十九年灾案，缓至二十五年秋成后起，限一年征完等语。臣部核与定例并覆准原案相符，应如该抚所题，缓至二十五年秋成后起，照数催征完报。至蠲缓南粮米石，已据各州县照依科则，循例汇同蠲缓地丁等银一并造具花户亩分细册送部，毋庸银米分造；耗羡银米俱系随正蠲缓之款，亦毋庸另行取册送部，以省烦复之处，应如该抚所题办理等因。嘉庆二十五年七月十四日题。本月十六日奉旨：依议。钦此。

钱塘县灾歉田亩分别应蠲应带应缓分晰银米各细款清册：

应蠲漕米项下：

嘉庆二十四年分勘实被旱成灾十分田一百五十五顷五亩，共应蠲免漕粮行月等米七百三十五石六升五合四勺。

扣免漕粮正米四百六十六石八斗五升三合一勺、耗米一百八十六石七斗四升一合二勺（加四），共正耗米六百五十三石五斗九升四合三勺，行粮本色米一十石五合八勺，月粮本色米七十一石四斗六升五合三勺。

蠲剩带征漕米项下：

嘉庆二十四年分勘实被旱成灾十分田一百五十五顷五亩，共应蠲剩带征漕粮行月等米三百一十五石二升八合。

扣带漕粮正米二百石七升九合八勺、耗米八十石三升二合，共正耗米二百八十石一斗一升一合八勺，行粮本色米四石二斗八升八合二勺，月粮本色米三十石六斗二升八合。

以上蠲剩带征漕粮等米，应请缓至嘉庆二十五年秋成起征全完。

应缓漕米项下：

嘉庆二十四年分勘实被旱歉收田三百一十顷一十六亩，共应缓征漕粮行月等米二千一百石五斗九升三合。

扣缓漕粮正米一千三百三十四石一斗二升四合、耗米五百三十三石六斗四升九合六勺，共正耗米一千八百六十七石七斗七升三合六勺，行粮本色米二十八石五斗九升三合四勺，月粮本色米二百四石二斗二升六合。

以上缓征漕粮等米，应请缓至嘉庆二十五年秋成起征全完。

应蠲漕项：

嘉庆二十四年分勘实被旱成灾十分田一百五十五顷五亩，共应蠲免漕项银三百八十三两五钱一分。

扣免轻赍〔赍〕等银一百二两一钱五厘，折色行粮银三十六两六钱四分七厘，本色行粮银一十一两四钱四分，本色月粮银一十二两九钱二分七厘（系提蠲二十五年之款），灰石银一十七两二钱八分五厘，灰截银四两四钱六分三厘，路费银一钱九分六厘，漕截折实银一百九十八两四钱四分七厘。

蠲剩带征漕项：

嘉庆二十四年分勘实被旱成灾十分田一百五十五顷五亩，共应蠲剩带征漕项银一百六十四两三钱六分二厘。

扣带轻赍〔赍〕等银四十三两七钱六分，折色行粮银一十五两七钱六厘。

以上蠲剩带征漕项银两，应请缓至嘉庆二十五年秋成起，分作三年带征全完。

本色行粮银四两九钱三厘，本色月粮银五两五钱四分（系提带二十五年之款），灰石银七两四钱八厘，灰截银一两九钱一分二厘，路费银八分四厘，漕截折实银八十五两四分九厘。

以上蠲剩带征漕项银两，应请缓至嘉庆二十五年秋成起征全完。

应缓漕项银两：

嘉庆二十四年分勘实被旱歉收田三百一十顷一十六亩，共应缓征漕项银一千九十五两九钱五分七厘。

扣缓轻赍〔赍〕等银二百九十一两七钱八分六厘，折色行粮银一百四两七钱二分七厘。

以上缓征漕项银两，应请缓至嘉庆二十五年麦熟起，一年带征全完。

本色行粮银三十二两六钱九分一厘，本色月粮银三十六两九钱四分三厘（系提缓二十五之款），灰石银四十九两三钱九分五厘，灰截银一十二两七钱五分三厘，路费银五钱五分九厘，漕截折实银五百六十七两一钱三厘。

以上缓征漕项银两，应请缓至嘉庆二十五年秋成起征全完。

递缓上年漕项：

一、应缓征嘉庆二十三年分旧欠漕项银六百四两六钱八分，内折色行粮银三百五两六钱七分二厘，本色行粮银八十六两六钱四分四厘，灰石银二百一十二两三钱六分四厘。

以上缓征旧欠漕项银两，应请缓至嘉庆二十五年麦熟起，一年带征全完。

蠲带缓银米各款总数：

嘉庆二十四年分被旱成灾十分田一百五十五顷五亩，每亩实应征银一钱四分一厘五毫六丝七忽二微五尘二渺九漠五埃五纤二沙，共应征银二千一百九十五两。应蠲免七分银一千五百三十六两五钱，内应蠲地丁银一千一百九十四两六钱四分一厘，应蠲漕项银一百三十八两七钱五分三厘，应蠲漕截灰截等银二百三两一钱六厘，共蠲剩带征三分银六百五十八两五钱，内应蠲剩带征地丁银五百一十一两九钱九分，应蠲剩带征漕项银五十九两四钱六分五厘，应蠲剩带征漕截灰截银八十七两四分五厘。每亩实征米七升二合五勺五抄九撮七圭七粟五粒二黍三糇三糠九秕，共应征米一千一百二十五石三升九合三勺，应蠲七分米七百八十七石五斗二升七合五勺，内应蠲南米三石二斗三升八合一勺，应蠲祭祀吹鼓孤军等米五石一斗六升八合九勺，应蠲按察司府县狱重囚口粮米九石三斗四升五合一勺，应蠲漕粮等米七百六十九石七斗七升五合四勺，共蠲剩带征三分米三百三十七石五斗一升一合八勺，内应蠲剩带征南米一石三斗八升七合八勺，应蠲剩带征祭祀吹鼓军孤等米二石二斗一升五合二勺，应蠲剩带征司府县狱重囚口粮米四石五合一勺，应蠲剩带征漕粮等米三百二十九石九斗三合七勺。被旱歉收田三百一十顷十六亩，共应缓征银四千三百九十两八钱五分，内应缓征地丁银三千四百一十三两九钱二分二厘，应缓征漕项银三百九十六两五钱一分三厘，应缓征漕截灰截等银五百八十四两四钱一分五厘，共应缓征米二千二百五十石五斗一升四合，内应缓征南米九石二斗五升三合六勺，应缓征祭祀吹鼓军孤等米一十四石七斗七升一合，应缓征司县狱囚米二十六石七斗五合六勺，应缓征漕粮等米二千一百九十九石七斗八升三合八勺。

散总各数不符而符附载：

扣免本色行粮银十一两四钱四分，本色月粮银十二两九钱二分七厘，灰石银十七两二钱八分五厘。共银四十一两六钱五分二厘，每米一石折征银一两二钱，合米三十四石七斗一升，入漕粮本色项下蠲免。

扣带本色行粮银四两九钱三厘，本色月粮银五两五钱三分，灰石银七两四钱八厘。共银十七两八钱五分一厘，合米十四石八斗七升五合七勺，入漕粮本色项下带征。

扣缓本色行粮银三十二两六钱九分一厘，本色月粮银三十六两九钱四分三厘，灰石银四十九两三钱九分五厘。共银一百十九两二分九厘，合米九十九石一斗九升八勺，入漕粮本色项下缓征。

钱塘县祈祷事宜

祷雨文（车少云拟）

恭惟大士，宝筏渡人，慈航济世。涌香台于竺国，道济大千；迎法驾于吴山，灵征无上。兹者亢旸如昨，亿万姓之民命攸关；膏泽未敷，十一郡之禾苗欲槁。五中焦灼，惶恐逾深。用是敬设斋坛，率同僚属，布微忱于神座，谨叩首于莲龛。伏冀大展慈悲，垂怜炎热，飞片云于贝叶，荫庇湖山；洒滴水于杨枝，泽均畎亩。庶昭苏乎万物，生欢喜于众生。谨告。

祈晴文 (车少云拟)

惟斯吴越，土沃泉膏。豆麦之产，于春实饶。民生攸赖，获等秋郊。讵交春季，旸雨失调。阴霾不止，弥旦连宵。春花未刈，厥实方苞。况兼蚕事，桑愁湿条。惟赖佛力，哀我农劳。以禳以祝，慈悲孔邀。杨枝披拂，雾散烟消。莲开慧日，皎于崇朝。舒而不惨，万物陶陶。豆摘青荚，麦割黄荞。俾我妇子，布谷插苗。官愆乃省，民福乃叨。报答有典，曷敢弗昭。蠲诚虔祷，伫仰晴霄。

求雨文 (车少云拟)

恭惟大士，宝筏渡人，慈航济世。覆香云于三竺，感而遂通；沛花雨之一弹，苦无不救。兹者自夏末以递乎秋初，越月余而未歌既渥。前此虔求慈荫，郡情已亟于望霓，何期信杳崇朝，古法空循乎击旸。某等德惭拜井，职忝司民，恭迎法驾于吴山，再布微忱于神座，共为民而请命，冀好雨之知时。伏愿大沛滂沱，垂怜涸瘵，飞慈云于贝叶，密异西郊；洒甘露于杨枝，泽均南亩。俾即昭苏乎郡汇，预生欢喜于众生。谨告。

求雨文 (车少云拟)

某等谨昭告于山川之神云：惟神镇艮坎之位，阐岳渎之灵，德主宣而宣昭万类，性惟润而润泽群生。是以旸雨偶愆，必伸虔祷，灵威所被，用锡休征。绵祀典于勿替，奠民生以永宁。乃者地原乐土，时近秋成，讵匝月之久，而寸膏未零。种稑鲜方苞之象，桔槔竭昼夜之鸣。讵官吏之不职，与俎豆之未馨；抑闾阎之滋戾，故亢旱之是惩。某等职叨司牧，念切黎烝，悯夏畦之勤苦，赖秋稼之丰登。用特载蠲斋祓，仰告神明，修庋悬霾沉之典，吁聪明正直之听。伏愿覃敷膏泽，下慰舆情。触石生云，应崇朝而有渰；挟流作雨，润万物于无声。肃焚素帛，幸鉴丹诚。谨告。

谢资胜寺龙神表 (朱香树拟)

伏以油云膏雨，施行必秉乎主司；四海五湖，洒涸悉由于真宰。所以圣朝锡爵，报功之典攸隆；因之薄海蒙庥，望泽之心特甚。恭惟龙神，首列四灵，游于八极。深仁广被，庙重海疆；伟烈尤昭，寺开资胜。昨以省垣祈雨，恭迎神驾临坛。望气占云，万姓于焉共仰；清尘洒道，诸司莫敢不从。当法导之甫行，阴浓偏合；及乘舆之将至，膏泽覃敷。灵暂驻于吴山，霖成三日；润普沾于海国，愿慰四民。苏欲槁之苗，既优既渥；卜有秋之岁，如坻如京。群叨救济之功，恭送神灵之驾，不胜感淑欢忭之至。谨奉表称谢以闻。

谢资胜寺观音表 (朱香树拟)

伏以五政顺修之世，瑞召和甘；十洲普照之灵，恩先畎亩。道宏祇树，不惟惠及一方；润乞杨枝，早已感乎万姓。恭惟大士，慈悲为体，拔济为心，溪仁久遍于寰区，灵应尤昭于资胜。昨以省垣望泽，恭迎法驾临坛。鸾骖初启于灵山，已浓云之周匝；凤辇甫巡于近郭，遂甘雨之滂沱。泊乎座即吴山，叠被九天之泽；加以晕占璧月，竟成三日之霖。度洽官僚，欢腾士庶。长渠翻白，田将坼而还滋；芳垅敷青，苗欲枯而转茂。获丰穰之岁，咸沾平等恩波；救亿兆之生，益信无边法力。格仁慈于无极，惟亵越之是虞。恭送还山，合词泥首，不胜威□欢忭之至。谨奉表称谢以闻。

嘉兴县劝绅士平粜疏（嘉兴县谕训公拟）

禾地素称沃壤，木机偶值偏灾。闻庚癸之频呼，悯饔飧之不给。蠲缓兼施，枫陛降如天之泽；盖藏俱乏，茅檐多仰屋之嗟。四野鸿哀，闻之心恻；千家鹙绝，见者情伤。绘郑监门之图，孰非赤子；知孔距心之罪，宜问长官。本县退食不遑，忧心如灼，吁请碾常平之谷，例限难逾；率捐半支之廉，膏流有几。窃念斯土本淳良之俗，诸君敦任恤之风。谊重指困，贤豪勿吝，惠行涸澈，俭岁犹先。德者福之基，允矣善人是富；食者民之命，当思天道好生。是宜酌盈剂虚，不啻救焚拯溺。舍财得所，解囊者不通千百金；溥利无边，全活者何止亿万数。查昔年东北灾轻，绅士之仁心施济，捐册犹存；矧此日西南荒甚，各村圩之穷饿颠连，资粮更迫。十年荏苒，蕴乐善之素心；一旦展舒，播及时之惠泽。勿使吏胥假手，经费无虑侵渔，顿教沟壑回春，阴隲何等浩大。寝昌厥后，即为桂籍之阶梯；食报当躬，更卜椿龄之寿诞。而且闾阎宁谧，邑无鸡犬之惊；老稚安恬，野有桑麻之利。尽人即所以立己，保富先在乎恤贫。凡在博济之仁人，正是知几之达者。本县获叨佽助，合予表扬，核捐数以达上游，录芳名而陈天听。飞下十行之札，奖励从优；渥承三锡之恩，褒嘉有典。在本县有抚绥之责，欲求刍牧以怀惭；在诸君推桑梓之情，宜听啼嗷而动念。敢竭鄙忱，恭疏短引，幸恢善愿，共济穷黎。谨启。时嘉庆二十年乙亥仲春中浣，权知嘉兴县事宣麟拜手。

夫救荒之道，莫先于爱民；爱民之道，莫先于抚恤。上年西南乡偶值旱荒，余亲往查勘，念切民瘼，钱漕则请缓请蠲，民食则劝捐劝粜，境内灾黎尚无仰屋之忧。今春米价复昂，值此青黄不接，时日方长，无谋小民难于谋食。且灾重之区，民情尤为急迫，即使循照旧章出粜坊米，恐极贫者无钱买食，困苦流离，殊堪悯恻。余身任地方，虽无救荒之实政，实有爱民之苦心。除首倡捐廉，敦请董事设局议蠲外，本邑有力绅商，生逢盛世，值此歉年，允宜慷慨慕义，各抒所见。一里一庄，分期周济，或钱或米，量力输资，毋此疆彼界之分，有因地制宜之意。幸勿稍存靳惜，只求有济贫黎，将见有荒岁而无荒民，人人咸沾实惠。此皆诸君子仁厚之所致，是余所厚望焉。捐项悉印簿，统俟事竣，查明捐数姓名，详请奖励。谨启。

嘉庆十九年奏案

奏为查明杭嘉湖三府属高田被旱及衢州府属之西安等三县偏隅被水各情形，恭折奏恳圣恩将各州县应完新旧钱粮银米分别豁除蠲缓以纾民力事。切照本年五月间，衢州府属之西安等三县因山水陡发，民田间被冲刷，及夏间缺雨，杭嘉湖三府属之仁和等十六州县高田被旱，不能栽种晚禾，均经前抚臣陈将查勘情形先后恭折奏蒙圣鉴在案。续据杭州府属之于潜县、湖州府属之孝丰县并杭严、嘉湖二卫禀报，立秋后连日晴霁，七月望后，天时寒冷，所种禾苗亦间有黄萎之处，当饬一并确查勘办。兹据署藩司杨亲诣杭嘉湖三府，督同该府等逐一确勘各属灾歉田亩分数，并据金衢严道富忠阿查明西安等县被水田地，由司详请核奏前来。臣查各州县田亩，依山傍麓，高下不齐，溪涧河湖亦远近不一。凡近水之区可以车灌者，晚稻均已秀实，惟因秋后天气寒冷，稻浆未足，先受风伤，以致颗粒未能一律饱绽。至腹里离水窎远之田，均于立秋后陆续补种，气候已迟，且缺雨滋培，荒熟参半。其余高阜山田无水可灌者，土干苗萎，竟成荒白。细察情形，补种无收之田，农民倍费工本，而秋后仍复无望，实与未种田亩同一被旱成灾，其补种后荒熟相间各田收成亦属歉薄。就各州县额田而计，嘉兴、秀水、石门、桐乡、孝丰五县灾歉田亩在一分以上，海宁、海盐、德清三州县二分以上，仁和、归安、乌程、长兴四县三分以上，钱塘、余杭、临安、于潜、武康、安吉六县四分以上。杭严、嘉湖二卫屯田即坐落仁和等县境内，不复另计分数。至衢州府属之西安、常山、开化三县被水冲刷之处，沙淤石压，田地一时不能垦复，即已经垦复田地，业已多费工本，收成亦复歉薄。现据该司道等查勘明确，分晰详报，相应据实具奏。合无仰恳皇上天恩，将西安等三县被水淤积不能垦复田地应完额赋照例豁除，其已经垦复补种歉收田地并杭嘉湖三府属各州县被旱灾歉田亩应完本年地丁、屯饷、漕项、盐课等款正耗钱粮、漕粮正耗米石照例分别蠲缓，各年旧欠并原缓银米递相缓征，以纾民力。其蠲剩银米并未歉收田亩均应照旧征收，毋许藉词延欠。查浙西农民向以蚕事为重，本年杭嘉湖三府豆麦蚕丝及衢郡春花早稻收成俱尚丰稔，且经平粜仓谷，并殷绅富户各就本乡出米粜济，又奏蒙圣恩，准于藩库借银，发商买米，并有商捐米石转运减粜。即西安等三县被水本不及一隅中之一隅，无力贫民与坍损房屋、淹毙丁口俱经各该县捐廉恤给口粮，并酌予修费埋资。现在河路深通，商贩源源而至，且现届秋收，不日晚稻登场，市肆粮价日就平减，目前口食不致遽形缺乏，均可毋庸赈恤。惟小民生计无多，当此被旱被水之后，恐来春青黄不接之时，情形未免拮据，如须酌量调剂，再当随时察看，奏明办理。除西安、开化各境内被水冲倒营房饬令委〈员〉勘估，分别详办，并饬藩司粮道查明应豁应蠲应缓田地顷亩及银米确数，造具册结，照例详请具题外，所有查勘各属被旱被水情形，谨会同督臣汪恭折具奏，伏乞皇上睿鉴训示。谨奏。朱批：另有旨。钦此。嘉庆十九年十月十八日，内阁奉上谕：颜检奏查明杭嘉湖三府属田亩被旱及衢州府属偏隅被水各情形一折。本年浙省西安等三县因山水陡发，民田间被冲刷，其仁和等十八州县及杭严、嘉湖三〔二〕卫屯田夏间缺雨，高田被旱，迨立秋后，间有补种禾苗，亦多黄萎，民力均不免拮据。加恩著照所请，将衢州府属之西安、常山、开化三县淤积田地应完额赋照例豁除，其已经垦复补种、仍复歉收田地，并杭嘉湖三府属之仁和、钱塘、海宁、余杭、临安、于潜、嘉兴、秀水、石门、桐乡、海盐、归安、乌程、长兴、德清、武康、安吉、孝丰等各州县地方被旱灾歉田亩应完本年地丁、屯饷、漕项、盐课等款正耗钱粮、漕粮正耗米石照例分别蠲缓，其各年旧欠并原缓银米准其递缓，以舒〔纾〕民力。其蠲剩银米及并未歉收田亩，仍著照例征收。该部知道，折并发。钦此。

抚恤难番事宜

为酌定抚恤难番章程事。本年八月二十四日，奉巡抚部院杨案验，乾隆二十一年八月十九日准户部咨开浙江清吏司案呈，乾隆二年闰九月十六日奉上谕：沿海地方常有外国船只遭风飘至境内，朕胞与为怀，内外并无岐视。外邦人民既到中华，岂可令一夫失所？嗣后如有似此被风飘泊人船，著该督抚督率有司加意抚恤，动用存公银两，赏给衣粮，修理舟楫，遣归本国，以示朕怀柔远人之至意。将此永著为例。钦此。钦遵等因在案。嗣经本部以浙省各属历年抚恤难番，因章程未经厘定，每于奏销时既照此案造报，又援彼案请销，实属牵混不清，甚至从前准销案内所无之款，逐渐增添，无所底正〔止〕。因于抚恤难番梁外间等案内，行令该抚详悉确查，酌定条款，定价按名定额，分晰报部，以昭划一。去后，今准浙抚杨将酌定条款逐一分晰，造具清册送部等因前来，应将册造各款分别定议，开列于后。

一、每名每日给口粮米一升等语。查口粮米数与准销成案相符，应准其照数支给，在于常平仓额贮米谷项下作正开销。

一、每名每日给盐菜银三分等语。查与成案相符，准其照数支给。

一、每名初到时酌给衣一件等语。查历年抚恤案内并无此款，且后款业经按时给与衣服，此款应删。

一、每起初到及起身回国之日，各犒劳酒席一次，应以四名给与一桌，或不足四名，亦仍给一桌，每桌银八钱等语。查前项酒席银数与各案成例相符，今以每桌四名为准，或不足四名及多至五名者，仍给一桌，如系六名以上，给与两桌，应令临时酌定。

一、每遇令节，应照初到之式给赏酒席，各按桌数给价等语。查与又五郎之例相符，其人数多寡仍照前款通融酌给。

一、每月犒赏二次，照酒席式价银减半，应每桌给银四钱等语。查又五郎等每月犒赏二次，每名实给银一钱，应令照旧按名给银，毋庸按桌给价，听番人自便。

一、番人起身，每名犒赏给肉五斤、鹅一只、鸡八两、酒三斤。猪肉每斤酌定银五分，鸡每斤银四分，鹅每斤银五分，米粽每个银二厘，酒每斤银二分等语。查前项酌给番人起身食物等项，应如所议办理。

一、每起难番既经查验行装，如无铺陈者，按名给与。夏用草席一条，给银一钱；棕荐一条，给银二钱；蚊帐一顶，给工价银一两七钱；枕头一个，给银五分；手巾、浴布各一条，共给银七分；蒲扇一把，给银二分；布单被一条，给工价银三钱。每名共应给银二两四钱四分。如在冬日，将棕荐换为草荐二条，共给银四分。添给棉布被一床，棉木〔布〕褥一床，共给工价银二两八分。将蒲扇减去，其余与夏日同。每名共给银二两六钱四分。其蚊帐、棕荐、被褥过后应准其携带回国，毋庸加减等语。应如该抚所议办理。

一、每起难番到时，除自有随身冬夏衣服，不另赏给外，如无更换衣服，夏日应用苎布衫一件，苎布裤一条，共给工价银九钱。如遇冬日，应用棉袄一件，棉裤一条，共给工价银一两七钱一厘。或用裹头布，或用毡帽，均以银八分核给。如遇春秋之日，应用棉布衫一件，棉布裤一条，共给工价银五钱九分五厘。如遇大冷之日，加用大棉布厂〔氅〕衣一件，棉鞋一双，共给银一两六钱二厘等语。查前项酌给衫裤等项与成案相符，而工价银两内除苎布衫裤共给银九钱，裹头毡帽均以八分核给外，其单布棉布衫库〔裤〕及棉厂〔氅〕衣工价俱于后款核给。

一、每单衣一件，用布一丈八尺，线银二分，工银八分。单裤每条用布一丈一尺，线银一分二厘，工银二分。棉衣每件用布三丈六尺，棉花一斤，棉裤每条用布二丈二尺，棉花八两，线银工银照前开报。夹被面里各三幅，长六尺五寸，每条用布三丈九尺。棉被面里尺寸照夹被例，每条工银俱八分。棉被加棉花四斤。布每丈酌定价银一钱八分，棉花每斤酌定价银一钱五分。但物价不齐，随时低昂，所定之数恐有不敷，临时斟酌，通融办理等语。除棉被已于前款核给外，其余衣裤等项所用布匹丈尺、棉花斤两、线银工银一切工价与成案相符，应准照例支给。再，前款开有棉布厂〔氅〕衣所用花布工价，亦应查照核算，分晰报销，至花布价值虽亦微有低昂，然亦不甚相远，应令划一造报。

一、沿海如遇冬日，每名每日应给柴炭银一分等语。查系又五郎等案所无之款，应令删除。

一、安插馆舍，除该地方原有公所应即扫除安顿外，如无公所，每二名赁屋一间，每月给赁银二钱，按月扣算。其通事夫役人等，每起另给屋二间，每月赁银四钱等语。除该地方原有公所安插者，无庸更给租价外，如无公所，每二名给屋一间，或多至三人，亦仍给一间，每间每月准给租价二钱。其通事夫役人等，每起给屋二间，共租银四钱之处，应如所请办理。

一、桌凳床椅酌量备用，每起回日，各按时价计算给银，仍作八成变还，在原价内扣减报销等语。查与又五郎等案内变抵之例相符，应如所请办理。

一、锅灶、碗盏、缸桶、火盆、食箸一切需用物件酌量备用，各按时价给发，候回日仍统作三成变价，在原价内扣减报销等语。查前项物件，从前又五郎、仲兵衞等案内，统以五成变价，仍以五成计算，在原价内扣减报销。

一、每起难番到日，通事一名，看守壮役二名，水火夫一名。其夫役应酌量来番多寡添拨，内通事日给饭银七分，人夫每名日给工食银五分，壮役每名日给饭食银三分，按名按日给发报销等语。查每起难番所需夫役，各按来番多寡添拨，除每起通事一名，水火夫二名，毋庸添给外，其壮役人等，如番人在十名以内者，准派壮役二名，若在十名以外，每五名准添壮役一名。所有各项饭食，俱与准销成案相符，应准其分别支给。

一、难番如有货物随带，应与收藏，酌量大小轻重，赁屋存贮，赁银即照住房赁价报销等语。应如该抚所议办理。

一、难番觅船回国，按程每名给与船价银一十二两，应请照给，如程途更远，亦应计算，声明加给等语。查大洋辽阔，未便按里计算。从前仲兵衞等各案，每名给船价银一十二两，并无加给之例，应仍照旧，划一办理。再，查后款开有修船工料，则该番既有原船回国，并办给工料银两，则此项船价自应删除。如果无原船可归，或有船而不堪修补，必须另附洋船回国者，每名准实给船价银一十二两，一例报销。

一、在途口粮盐菜，应请照内地给发之例，按名按日给与随带等语。查在途口粮，在所必需，应照仲兵衞之例，每名给与四十日口粮，每日给米一升，在于常平仓额贮米谷项下作正开销，又给盐菜银三分，令伊随带。

一、开船神福应每名给与钱五钱等语。查殿培等十二名共给神福银一两八钱，梁外间等二十名共给神福银四两。今每名给与五钱，为数较多，应照梁外间之例计算，每名准给神福银二钱。

一、恩赏银两，照例按名，每名给银二两等语。查赏给银数与历年抚恤案内报销数目相符，应照例实给银二两。

一、难番携带货物，逐一点明，称重册报，进馆登舟，均应按照程途轻重，给与夫价等语。查浙省采买水脚章程案内，外路官塘每石每十里给银一厘，小港每十里一厘五毫，陆路平坦每里一厘，山路每里一厘五毫。所有难番货物进馆登舟，给与夫价，亦照此例分晰程途里数报销。

一、难番如有患病，应给医药，各按延请次数、用药贵贱据实报销等语。查番人患病，延医服药，如寻常病症，不得至二两，其重者不得至三两，仍令一面医治，一面申报该管上司查验，据实报销。

一、难番内如有亡故，应给赏棺木，觅地埋葬。每名酌给银六两，通融办理报销等语。应如所请办理。

一、收留地面如无开往该国船只，必须另遣员役护送，前诣水口安顿，候船起身。所有委员，每员日给饭食银一钱，脚力银一钱，随役每名日给饭食银三分，俱自起程日期至回任归班日止，给发报销等语。查与历年抚恤难番之例相符，应如所请办理。

一、难番在路，或有疾病，难以前进，应令将病番交明该地方官一体留养，给发报销。俟病痊，令行拨护同行，余仍按程行走，应免员役縻费口粮等语。应如所请办理。

一、难番移往水口，或有径由水路，应请酌给溪河船价，另行声明，据实报销，其护送员役亦应照给等语。查难番径由水路移往水口，每八名准给小船一只，每只每日大河给饭食船价银二钱，溪河给银三钱，其护送员役亦准照给。

一、难番原有船只被风打坏及损失俱应代为修葺，并将该船形式扛棋逐一开报，视损坏之轻重，临时确佑〔估〕，酌给修费之多寡等语。查修理番船，事隶工部，应令造报工部准销之日，即行报部查核。以上各条内，除恩赏路费盐菜月赏四款，俱照实数支给外，其余制买衣装物件工价、房价、脚价、官役薪水等项，俱以纹银九三折实，在于备公银内动支，仍咨该抚严饬各属，务令仰体皇仁，照例实给。并饬该管各上司加意查察，如有报不以实，给不如数，致有开多给少情弊，照例查办可也。

一、每名不拘住日多寡，每名给米粽二十个，每个二厘，九三折实。（续增）

灾赈全书卷四

江南海州沭〔沭〕阳县温办理大灾成案

禀呈办理赈恤章程

敬禀者：切卑邑被水原委节经禀报，并将查办各缘由历次备陈，均蒙宪鉴。江淮民俗及地方情形久邀慈照，穷檐之沐恩波而庆生全者，已非一日。凡诸灾赈事宜，一切利弊，大人洞如观火，无微不彻。兹荷抚宪慎重灾务，轸念穷黎，恭折奏明，专请大人亲临督察，指示查办，不特灾区亿兆得沾再造深仁，白叟黄童无不闻风雀跃。卑职承办末员，得以亲承训诲，事事有所遵循，忻忭之私莫可言似。所有卑境各镇被灾分数及现在办理章程，胪列缮折，恭呈宪电。灾赈事关重大，卑职惟有实心实力，早作夜思，上遵定例，下恤民艰，敬谨查办，一息不容懈弛，一念不敢欺蔽，固不忍有意从刻，以致一夫向隅，亦不敢沽誉市恩，自贻冒滥重谴。但智虑短浅，识见未周，其中恐有未尽合宜之处，仰祈大人训示，以便遵照办理，感沐鸿慈无既矣。肃此具禀，敬请金安，统惟钧鉴。卑职谨禀。

计呈清折：

沭〔沭〕阳县知县温，今将卑县乾隆十八年秋灾情形、现在查办赈恤事宜开折呈请宪鉴。

一、被水原委。卑县接壤海隅，地势洼下，最易积水。本年五月下旬暨六月初二、初四、五、六、七等日，大雨如注，上游桃宿刷岗之水泻入各低田，无从宣泄。十四、十六七等日，雷雨滂沱，势如盆倾，墙垣房屋无不坍塌，平陆大道俱成巨浸，四野汪洋，一切秋禾尽浸水底，在场二麦亦多漂淌浸烂。二十、二十一日，飓风暴雨，势更猛烈。二十三、四、六等日，雷电大雨，沭〔沭〕河之水长发一丈五尺有余，十字桥、下寺、新店、仓新、桃河等镇堤工俱有漫溢横流，各镇水势益加浩瀚，民房坍者更多。七月初旬，又复疾风暴雨，间日而作。十一二日，雷雨更大。六塘河北岸清河县境内桃家庙上下漫溢数处，水从港河冲出，弥漫汪洋，民舍益多坍塌，低处村庄俱在水中。七月中下二旬，仍阴雨连绵。计自五月下旬至今，偶晴即雨，每雨必大，是以受水益深，被灾最重，幸水系渐长，并非猝然而至，与奔腾冲溃情形有间，是以人口幸无伤损，理合登明。

一、禀报日期。自被灾以来，水势情形，卑职节次亲历四郊察勘，一面即行据实通禀，先于六月初九、十八、二十八、七月十一等日历次专差驰投。初据士民呈报通详，被灾之文于七月初五日差赍。其成灾区图分数册结及里民报结，于七月二十一日申送各员加转，理合登明。

一、被灾分数。卑县二十六镇通邑全灾，内东乡之上寺，西乡之王家庄、颜家集、刘家集、高流、苗家寨，北乡之北下等七镇，地势略高，间存秋豆，然历经水浸，根叶萎黄，收成无几，成灾九分。其东乡之下寺、八坵、庙塘沟、兴隆、韩山、高家沟，西乡之新桃河、新店仓、庙头，南乡之黄军营、十字桥、枣子埠、读书低村，北乡之汉坊、贤官亭、桑墟、华冲、东流等一十九镇，受水尤重，成灾十分。理合登明。

一、通县田地（原额余荒）一万三千四百九十余顷，今全行被灾，内被十分灾田一万一千六百七十余顷，九分灾田一千八百二十余顷。又河租地四百六十余顷，内被十分灾四百五十九顷零，九分灾六顷零，俱经造具区图册结，申转在案。再，卑县并无芦洲，亦无灶地。理合登明。

一、勘灾人员。先于六月十八日奉道宪王檄委效力州同王椿年到县查勘，随蒙本道于六月二十日亲临卑县察勘。又奉本州详委本州州同褚文达赴县会同履勘灾田分数，于六月二十二日下县周历查勘情形，又于七月初一日到县复加确勘分数，区图册结，即奉加转。又奉本州于七月初十日到县周流查勘，八月初二日有抚宪委员候补守备蔡应龙到县查勘，又奉抚、河各院宪檄委河工效力州同李元植、县丞丁世杰先在卑县各乡查看水势田禾情形，于八月初五日到县，现在协同查赈。理合登明。

一、现今水势。西乡各镇稍高处所渐已消退，惟高流镇之阴平等处地势较低，积水尚有尺余，北乡高处水渐消退，低处尚积水二三尺不等，东南二乡地势更洼，虽多方设法消疏，较六月、七月间已退十之四五，尚在一望汪洋，水深三五尺不等。理合登明。

一、播种情形。东南一带从前秋禾悉沉水底，淹烂无存，沿堤两岸退出之处，将来可以种麦。其余深处，惟望连晴涸复，尚可翻犁，若再阴雨，水涸无期，即二麦亦难耕播。西乡稍高地内，水退较早者，卑职屡次劝督农民补种莜麦绿豆，奈未经出土，即遭阴雨浸烂，迨天气少晴，又劝撒播，仍遇雨浸烂坏，曾经节次空费工本。今时已白露，杂粮补种无期，将来止可耕种二麦。现在查明乏种农佃，筹借籽种，核实造册，请项借给，务使穷民沾惠，不致胥保滋弊。理合登明。

一、分员查赈。卑县灾区广阔，户口殷繁，必须多员分头查办，方能赶副赈期。先经禀请藩、道二宪多委人员赴沐〔沭〕查办，尚未奉委到县。卑职先移委县丞张玮分查东隅之八坵庙、兴隆、高家沟等镇，教谕蔡锦时分查南隅之十字桥、黄军营、枣子埠等镇，典史沈应蛟分查北隅之华冲、桑墟、贤官等镇，卑职查西北之北下、汉坊、王家庄等镇。现移委员州同李元植、县丞丁世杰分查韩山、读书低村等镇，先从灾重处查起，其余以次递及。但四乡迢远，村庄零星，且水陆间断，泥泞淤滞，有舡不能达、马不能行之处，必须坐门板木桶，撑推前进，跋涉艰难，自晨至暮，多则二百户，少则百余户。卑职又有相验等事远出，不能常川履查。现又禀请司道，仰恳宪恩，再行分委数员下县，以便赶紧分办，俾免迟误。理合登明。

一、面给赈票。卑职遵奉历届宪颁规条，体访节年利弊，深知赈济一事全在详慎于临查之时，庶不致贻误于既查之后，若务草率而惮烦劳，必假手里胥差保，从此冒滥遗漏，百弊丛生，虽发觉之后，欲事复查，而时日已逾，必致误赈。始之不慎，后将若此。是以与各员商定办法，俱携带排门烟户底册，户必亲到，口必面验，察看情形。其有力之户家有储粮者，固不给赈，他如商贩经牙手艺营生力能过活者，一概不赈，于烟户册内将不应给赈缘由详晰朱注，以杜将来籍口遗漏。其应赈户口，查系实在赤贫如洗迫不及待者，列为极贫，其余餬口无资非赈不可者，列为次贫，确核入册，当面填写赈票截给，仍注入根单，并于该户门首用灰粉大书姓名、极次、大小口数，以备查验。查毕一庄，即亲结总数，开折申报，既不用该保正造册，亦绝不假手散票，虽有神奸，无从施技，并将办法先期示晓，俾饥口咸知若辈毫无权柄，亦无凭其贿嘱之事，务使帑不虚糜，民沾实惠。理合登明。

一、坍房给修。本年被水虽非建瓴冲灌，但地瘠民贫，悉系土草房屋，经此久雨淋注，坍塌甚多。卑职勘灾之时，除有力者令其自行修葺外，其实在无力自修者，先行多方设法，暂迁于高阜处所，搭棚栖止。今临查之际，即于册内注明坍房间数，照例每草房一间，请给修费银四钱五分。禀奉本州批示，业经转禀在案，候奉到宪示，另饬动项给发等因。现候饬示遵行。理合登明。

一、筹给抚赈。卑县积歉之区，今岁遭此奇灾，民间十室九空，穷檐蔀屋，艰苦情形，真难言状，所有极贫户口应请照例给与抚恤一月口粮，仍照例按被灾分数，十分灾者，极贫给赈四个月，次贫给赈三个月；九分灾者，极贫给赈三个月，次贫给赈两个月。其起赈月分，伏候早为饬知开放，以免灾黎嗷待之苦。理合登明。

一、请拨赈项。卑县通邑全灾，钱粮俱遵例停缓，并无熟田应征之项。忙前征过钱粮，尽征尽解，存留无几，仅有十一、十五等年剩赈存库银五千八百七十余两，可以动用。存仓杂粮，今春详明出粜，所存无几，仅敷动放囚粮。现存县库本年粜价银六千七百五十九两零，奉文采买小麦，但被灾之后，麦价高昂，难以多买。又解存州库上年粜价银一千八百二十余两，虽应需赈项必俟饥口查竣方得核计总数，但灾重民贫，需项自多，仓库空虚，必须早为多拨银两下县，以便称剪包封。至卑邑远在河北，水陆间阻，从前接运仓粮，必须渡黄过闸，车载骡驼，一路盘驳，动经三四月之久，始克抵县。更兼目下积潦之后，高处淤泥载道，低处尚在汪洋，陆运既不能行，水道又难直达，是拨运米粮，断难计月而至。且运脚需费浩繁，拨来米谷，沿途舡户车夫层层舞弊，换水偷窃，往往蒸霉，贫民不沾实惠。况卑县民食惯用杂粮，咸以大米不能耐饥，即领到赈米，多换杂粮磨煮充饥。是以向来每逢放赈之年，河东等邻省客贩云集，灾民即以赈银买食黄豆秫秫等项杂粮，最为称便。应请径拨银两济用，既于民情相宜，又可无误赈期。至称剪银封，最关紧要。现在禀请本州，应请宪台专委一员下县坐局，稽查监督各匠铺称封，以专责成。理合登明。

一、上届户口。卑县乾隆十五年分亦系通邑全灾，二十六镇极次军民并饥生兵丁等共赈过八万五千三百五十余户，折实大口二十四万五百余口。本年被灾较重，贫民艰苦更甚于前，所有应赈极次户口数目，统俟查竣汇报。理合登明。

一、安集流移。卑县民俗，每遇灾荒，即轻去其乡，徐徐挈眷外出。本年被水之时，卑职即经出示晓谕，并令地保传谕，又于勘灾查赈时谆切告诫，并面给赈票，令其安心待赈，切勿远走他乡，以致流离失所。间有从前外出佣趁觅食之户，于查赈时验明居住房舍，注明烟户册内，以俟归来时查明补赈。理合登明。

一、乏食贫生，现在牒学确查。屯地饥军，现移大河卫挨查，兵丁家口移营查报。统俟造册到日，一体核实，详报请赈。理合登明。

一、分设厂所。卑县灾区辽远，户口殷繁，放赈厂所拟于城乡分设四处，一在县城，一在南乡之钱家庄，一在东乡之马厂，一在西乡之新桃河，俱系适中之地。卑职与委员县丞典史等分厂监赈。理合登明。

一、米粮市值。现今卑县米价每仓石合库平文银二两三钱，小麦一两三钱五分，粟米一两八钱四分。理合登明。

一、加谨巡防。被灾之地，民易滋事，屡次谆切示禁，一面严饬保甲昼夜巡查，并谕有粮之家加谨保护，复督捕役周流巡缉，民情均各安贴，并无刁徒地棍籍灾滋扰等事。卑职仍不时加意查察，毋敢少懈。理合登明。

一、严禁需索。卑职暨各员赴乡查灾查赈，俱系轻舟减从，并不多带人役，一切委员薪水舡价分别移给。其书役轿夫饭食纸张等项，俱照例动项实发，不许扰及民间一薪一粟。大张晓谕，严行禁约，并面谕随从书役保正人等，俾各凛惕守法，并无需索派扰。卑职仍时刻留心密访，如有违犯，立即惩究，不敢徇纵。理合登明。

藩宪批：据禀办灾各条，备极周详剀切，想该县已得赞勷熟手，始能明晰缕陈也。然往往有纸上空言，究亦无裨实政。必思事事认真，人人得所，当如何不致虚糜赈帑，仰副圣主轸念灾黎，勤求民隐之盛心，方无忝父母斯民之职，即不愧学道爱人之义。本司于贤大尹有厚望焉。至海属赈银，已拨吴县魏升令领解。查验饥口宜详慎，不可太急，致有草率。散赈之期，循照向例，以备寒天接济，亦不必太早。凡灾重之地，漕粮例得蠲缓，应添委员另候调派，借给籽种，应候宪示，专员监称，听该州酌委可也。余已悉。此缴。

禀送饥口赈银各数设厂处所分员监厂清折各由

窃照卑邑本年秋灾应赈饥口，业经卑职会同各委员挨户亲查入册，面给赈票。今已通县查竣，其极贫抚恤银封亦俱散放，所有极次大小口数、请拨银两数目造具细册，另文详报外，合将简明大总及设厂处所、离城道里远近、分员监厂职名、赈厂事宜条约胪列，开呈宪鉴。

一、通县九分、十分极次贫共八万九十五户，共折实大口二十四万七千一百七十四口，坍草房二千九百四十四间，通共需赈恤修费等银一十三万二千六百一十七两六钱二分五厘，除奉拨银五万两、米三万六千石外，尚需银约五六万两，宁余无缺，以备借给籽种等项。如奉加赈，另请饬拨。

一、十分灾极贫例赈四个月，应请于十月起赈，至正月止。十分灾次贫及九分灾极贫例赈三个月，应于十一月起赈，九分灾次贫应于十二月起赈，概赈至正月止。惟是卑县灾重民贫，今水势复长，一片汪洋，灾黎困苦实甚。现于十月初旬开放十分灾极贫，开赈之后，即接放十分灾次贫及九分灾极贫，以资接济。

一、通县共设四厂，俱系适中之地，人烟稠密，谨慎处所。

一、东厂设于东乡之马厂地方，离城五十里。监赈官：卑县典史沈。

一、南厂设于南乡之丰淳集地方，离城六十里。监赈官：海州学正姚青灯。

一、西厂设于西乡之新桃河地方，离城二十里。监赈官：委员效力候补知县周。

一、北厂设于在城之关帝庙、常平仓二处。监赈官：委员河工效〔力〕州同王、效力监生汪畹兰。

一、原查本镇之员不令经放此镇，现今所派厂员俱系错综调换，派委监放，卑职仍周历各厂巡查。

一、各镇饥民各按其附近何厂分别派定，每日约可放若干户，预期传唤，令彼至期前赴该厂领赈。

一、某日散给某镇，即将某镇内村庄名目按照赈册内先后次序编号，开列顺庄高脚牌。又每庄用小旗一面，大书庄名。每庄有一庄头，即令庄头高执此旗。凡一庄之人，俱齐立本旗之下，先于厂外空阔处所，按照号数，由近及远，挨顺排列。一庄之内，整齐聚立，不使散乱杂混。一庄之外，略空余地，以便行人往来。逐庄递点入厂，验票给领，左进右出，鱼贯而行，以杜拥挤，并免老幼颠扑之苦。

一、黎明开厂，未申时放毕，俾饥民趁亮归家，不致昏暮跋涉。如有来迟之户，随到随即补给，并无守候。

一、每大口月给米一斗五升，折给银一钱五分，小口月给米七升五合，折给银七分五厘。给过一赈，即于票内盖用戳记，仍发还该户，下月领赈。其点名册内，一体盖戳。

一、放米升斗俱按漕斛制造，会同委员较准验烙，分厂量用，银色俱系奉发原纹，先经详请专员监督称封。业奉本州前宪专委本县训导方亲督银局，悉照库戳，按口称准包封，逐一抽拆，较验准确，将大小口数并经手称封银桌字号刊刻戳记，铃〔钤〕盖封面，以专责成，以免舛错。

一、每厂派书办四名、差役四名、巡风二名，各司其事。每人饭食，按日给发，及一切册票银封纸张俱动项买备，严禁胥保人等不得需索分文。卑职密行访察，并无藉端派扰情弊。

一、隆冬放赈，恐饥民晓行寒冷，卑职捐备姜汤，每厂安设，以济穷黎，以御寒威。

一、厂赈未尽事宜，因时酌办，务期委协详慎，民沾实惠，以无负皇恩宪泽，矜恤灾黎之至意。如有应行请示，随时详禀。理合登明。

藩宪批：据禀赈厂事宜各条，颇为详尽，移行各委员悉心查办，并密察各庄保及胥役人等毋得需索侵冒，仰海州查明。饬遵缴。

禀覆银米兼放及借给籽种牛草并放过初赈银数各由

本月初八日，奉到宪檄，饬知卑县赈项自十一月起，半本半折支放，并蒙钧谕，饬将初赈放过饥口银数折报，又奉查籽种牛草运米诸务，仰见大老爷训谕周详，慎重公务至意。伏查卑县极次饥口折实大口二十四万七千一百七十余口，放米一月，需用三万七千七十余石。原奉派拨各属米三万六千七十余石，加以卑县存仓漕月等米麦，通计仅有本色四万一千九百余石，除放本邑一月外，仅余四千九百余石。前奉藩宪通饬，以派拨各属粮食，止有此数，不得再行渎请本色。且内河议港已渐浅涸，陆运脚费浩繁，毋论无处有米请拨，即有米亦难挽运。况赈期一月一放，如一大口者，放米七升五合，再放银九分，其一大一小及两大一小者，畸零更多，各半搭放，更多不便。卑职伏思大宪奏明本折兼放之举，原欲使灾重之地米粮充裕之意，然以卑县一邑而论，被灾亦有轻重。卑职拟于西北乡九分灾次贫概以银折赈，即以此米将东南乡灾重之区极贫多放一月米粮，如有不敷，以银凑给，既毋庸再请米粮，而灾重之区多放本色。如正赈四月者，两月给银，两月给米，仍与奏明兼放之意相符。应否如是办理，伏候训示遵行。至放过抚恤初赈饥口银数，遵即另开细折，敬呈宪电。其籽种银两，因东南乡尚有未经涸出之处，是以均未借放。卑职现在确查，拟将涸出地亩先行借给，余俟春初涸出，可以补种春麦，再行借放，仍严查胥保，不致中饱舞弊。至牛草一项，虽经奉文饬借，第其中有业主之牛有力堪喂而藉词请借者，甚难厘剔。卑职正在慎重筹蹰，不敢轻借。今蒙明谕遵奉，概不借给。奉拨各县米石，上元、金坛、丹阳、溧阳四县俱已陆续起运在途，只缘小河驳浅，尚未到厂。奉拨江宁米石，该县分为两途，先运六千五百余石，已经收足，尚有后运米八千九百余石。据接运卑属寄禀云，初七八方得抵清，随到随即收运，大约本月望前俱可全清。恐塵宪怀，理合禀闻。其余一切事宜，凛遵恩训，加意谨慎，应具禀者随时驰禀，不敢懈忽。再，照半折半本一案，宪檄同日奉到二件，细加磨对，一字无异，或系同日发海州而误开行县字样，事关要件，恐致迟滞，一面禀送一纸赴州，合并禀明。统惟慈照，并请金安。卑职谨禀。

计禀呈清折：

一、卑县十分灾极贫折实大口八万二千三百八口，放过抚恤一月银一万二千三百四十六两二钱，又放过初赈一月银一万二千三百四十六两二钱。

一、卑县十分灾次贫折实大口一十一万一千六百五十六口，放过正赈一月银一万六千七百四十八两四钱。

一、卑县九分灾极贫折实大口一万一千一百九十八口半，放过抚恤一月银一千六百七十九两七钱七分五厘，又放过初赈一月银一千六百七十九两七钱七分五厘。

一、坍草房二千九百四十四间，每间照例给银四钱五分，共给过银一千三百二十四两八钱。

以上共放过抚恤正赈及坍房银四万六千一百二十五两一钱五分。查抚恤初赈俱开放在先，照每大口给银一钱五分之数，现在详明抚恤银数，毋庸再加。初赈银数每大口应补加银三分，统俟奉到各宪批示，至日加给。外：

一、卑县九分灾次贫折实大口四万二千一十一口半，前件九分灾次贫正赈止有两月，应从十二月起赈，至正月止。查九分次贫口数，每月需放米六千三百一石七斗二升五合，若概以银折给，省出此项米六千三百余石。再，照卑县奉拨之米并存仓粮食共计四万一千九百七十余石，以通县折实饥口二十四万七千一百七十四口通放本色一月计算，需米三万七千七十六石零。原米四千九百余石，今又变通办理，将灾轻之九分次贫给银，省出米六千三百余石，共合本色一万一千二百余石，又可放十分灾极贫一月。米石不敷无几，应先尽东南乡灾重之区领米，西北乡以银凑放。况半本半折之行，奉文从十一月起，今卑县饥口除领过外，十分极贫尚应找领三个月，今拟放两月本色、一月折色；十分次贫同九分极贫各尚应找领两个月，今拟放米一月、放银一月；惟九分次贫原稍有间以银折给，便于买食，况奉加每斗折给钱贰分，亦不为不优。似此通融办理，即与半本半折之行相符，又与藩宪拨定米数不得请增本色之文吻合。理合登明。

本巡道王批：半折半本系奉各宪奏定办理，该县务须遵奉节次宪行妥办为要。籽种银两，必待消涸，实系穷农方许借给，毋得任听胥役率混冒借，致干追赔。牛草既经明晰，毋庸再议。应运米石速催趱运，未到者专差严催，不得缓待，致误赈期。至一日连发二折，皆系各属屡呼不应，诚恐前折未到，是以又发后折，并非错写。本道办事，每因事在紧要，类皆如此。该县即深明此意，可见本道办事之焦劳也。诸事不时禀闻，切嘱折存。

通禀银米兼放及水势消涸播种并呈应放本色月分各由

敬禀者：本月十二日奉到本州檄行为飞饬事，转奉臬司札，饬海沭赈粮十一月起本折兼放，悉宜妥办，不得拘泥。先将现在如何妥办同奉拨赈粮是否敷用及明春接济是否尚需续拨缘由，一并查明，星驰通禀，以慰宪怀，并将应赈户口、应需本色同奉拨某邑已未到、已未接运各确数，缮折随禀核夺等因。奉此伏查本折各半兼赈一案，先于本月初七日奉分巡道宪檄饬知照，卑职当查卑县原奉拨米数目仅敷普放一月赈粮，是以拟将九分灾次贫概放折色，其十分灾极贫放给两月本色，余俱放给本色一月，于初八日禀明本道道宪宪台，请示在案。今于十二日又奉檄饬，始知尚有续派拨留漕米八千石、湖北米三万石。是正赈米粮本折兼放业已有余，毋庸再请续拨，理合另行核计应放本折数目及奉拨米石已未运到各数，备开细折，呈送宪核。再，半本半折之行如必每赈板定各半，划分如一，大口者给米七升五合，又给银九分，一大一小口者给米一斗一升二合五勺，又给银一钱三分五厘，不特勺米厘银畸零琐碎，易至舛错混淆，贫民难沾〔沾〕实惠。且现在银封俱已照每大口一钱八分之数包封齐备，若再改封，为数浩繁，必致迟误。查十分灾极贫正赈四个月，已放过一赈，尚应领三个月，今定给米两个月，给银一个月。其十分灾次贫同九分灾极贫各正赈三个月，除已放过一赈，尚应领两个月，今定一月放米，一月放银。至九分灾次贫正赈亦系两月，今定各放本色一月，折色一月。如此通融办理，既与本折兼放之行相符，而灾民银米兼得，接济有资，感沐皇仁宪德于无涯矣！再，卑县被淹地亩节次设法疏泄，今自交仲冬以来，水势日渐消退。现在西北二乡已经涸出，翻犁播种冬麦；东南二乡浅处业已涸复，深处水已退十之六七，冬末春初可以全涸，尚可赶种春麦，不致有误春耕，四境民情亦各宁帖。恐廑慈怀，合并禀明。并请安祺。

抚宪庄：据禀通融办理本折兼放之处，甚为明晰妥协，即如禀行。积水果能消减，明年不误春耕，固所深幸，仍留心设法宣泄，毋饰说也。

清折：

一、通县共应赈极次军民生兵折实大口二十四万七千一百七十四口。内十分灾极贫折实大口八万二千三百八口，照例抚恤一个月，正赈四个月，放过抚恤一月、正赈一月，俱系折色，共放过银二万四千六百九十二两四钱，尚该正赈三个月；今应放本色两月米二万四千六百九十二石四斗，折色一月银一万四千八百十五两四钱四分。十分灾次贫折实大口一十一万一千六百五十六口，照例正赈三个月，放过正赈一月折色银一万六千七百四十八两四钱，尚该正赈两个月；今应放本色一月米一万六千七百四十八石四斗，折色一月银二万九十八两八分。九分灾极贫折实大口一万一千一百九十八口半，照例抚恤一个月、正赈三个月，放过抚恤一月、正赈一月，俱系折色，共放过银三千三百五十九两五钱五分，尚该正赈两个月；今应放本色一月米一千六百七十九石七斗七升五合，折色一月银二千十五两七钱三分。九分灾次贫折实大口四万二千十一口半，照例正赈两个月，以前未领；今拟放本色一月米六千三百一石七斗二升五合，折色一月银七千五百六十二两七分。以上通共已放过抚恤初赈银四万四千八百两三钱五分。

查卑县恤赈银两于未奉恩加折赈银二钱以前开放，是以照每大口一钱五分之数散给，详明概请补给。嗣奉抚宪、宪台以从前放过抚恤，似可毋庸议补，当经续详应否止补初赈，不补抚恤。今奉督宪、宪台批卑职初详概请补给之文，奉批：查折赈增价，已据藩司详以九月十八钦奉谕旨之日一例放给在案。仰即划一妥办，仍候抚部院批示缴等因。查卑县抚恤银两系十月内开放，已在九月十八之后。现又详明应请一律补加，俟奉到宪批，尚应补加银八千九百六十两七分。通共尚应放正赈本色米四万九千四百二十二石三斗，通共尚应放正赈折色银四万四千四百九十一两三钱二分。

一、奉拨上元等县存仓米三万三千八百九十石。前件已在清江收过米二万四千九百六十余石，接运在途。因卑县小河浅涸，现在起驳挽运，陆续到厂，尚有江宁二运米八千九百余石尚未齐全。现又差役迎催，一俟到清江日，立即接收运回。

一、奉拨吴县米二千一百八十七石九斗五升。前件已经运县收厂，现在开放。

一、奉拨宜兴等县留漕米八千石、湖北米三万石。前件尚未运到清江，但内河浅涸，将来只可由众具兴集陆运回县凑赈。

一、卑县存仓买回小麦一千三百石，月粮米麦三千五百四十石一斗零，十五年漕米一千五十九石四斗零。

以上通共奉拨并存仓米石共合米七万九千九百七十七石四斗五升零，除前项正赈应放本色米四万九千四百二十二石三斗外，尚余米三万五百五十余石。将来如奉文加赈凑放，并酌留平粜之用，已无不敷。

一、赴州三次领回赈银十一万两，除已放过抚恤正赈银四万四千八百两三钱五分，又应补加二钱银八千九百六十两七分，又尚应放正赈折色银四万四千四百九十一两三钱二分，又放过坍房银一千三百二十四两八钱，余银一万四百二十余两。尚应借给籽种等项，现赴州续领银一万两。将来如奉加赈，另行核计请拨。理合登明。

通禀预筹来岁民食事宜

窃照卑县被水田地屡经督民设法宣泄，以冀涸出种麦，业将已未涸种情形节次申报在案。兹奉督宪批：常州府禀有积水未消不能种麦者，明春之计作何预筹，令就本地情形，各抒所见，筹议通禀，以备采择，以觇才识等因。仰见大人念切民依，远虑思深之至意。伏查被灾饥口目下尚有赈粮餬口，然天储有制，赈竣有期，所虑者不在今岁而在明春，且不仅在明春而在明夏。卑县西北二乡田地俱已全涸，业经督令农民赶种寒麦。东南二乡浅处已经涸出，但地土泥泞，尚难翻犁，洼处尚未全消，大约冬尽春初俱可全涸，堪以补种春麦。惟是今岁春麦之种甚为难得，卑县惟东南乡种此春麦。今夏种收本少，旋困波臣，漂溺之余，穷民藉以果腹，是以目前本地竟无售卖春麦者。若以冬麦之种撒于春日，徒盘根于地，不能长发，其地性使然也。体访舆情，甚为忧心。闻安东东南一带向种春麦，但该处亦系灾区，恐亦无几，不能供邻境买购。惟黍稷绿豆等项杂粮撒播在于三春，收割在于季夏，尚可接济民食。卑职现劝谕有力田主并于借给穷民籽种银两之时，令其不拘春麦杂粮，多方购觅，各就田土所宜，督佃随涸随耕，因时广为种植，毋使抛荒地利，以为来岁之计。至于补救之方，仰蒙皇恩宪德，蠲赈并施，酌借籽种。现又设厂煮粥、施给棉衣种，矜全至周且渥，业已无可复加。惟平粜一事，向例歉岁每石止减价银一钱，当此奇灾之后，米珠薪桂，若仅照常例量减，穷民仍属艰难。将来粜价应请破格施恩，凡灾重之地，米价在一两八钱以上者，减银四钱；二两以上者，减银五钱；二两二钱以上者，减银六钱，总使每升不过粜钱十二文上下，则穷民均沾实惠。再择紧要工程，酌量兴作，寓赈于工，贫民益得趁食餬口，可无失所之虞。此又在大人讦谟硕画，通盘定计，非末员所敢妄参末议也。卑职自问无才，但身任地方，目击民生疾苦，晓夜焦思，愧无奇策，谬承清问，不揣冒昧，谨就本境情形，管见所及，据实密议，是否可采，伏惟宪台鉴核训示施行。并请金安。除禀各宪外，卑职谨禀。

通禀水势消涸并现办煮粥捐衣籽种运赈一切事宜

本月初七日，奉宪台批发卑职十一月十五日禀银米兼放及水势消涸播种缘由。奉批：

据禀通融办理本折兼放之处，甚为明晰妥协，即如禀行。积水果能消涸，明年不误春麦，固所深幸，仍留心设法宣泄，毋饰说也等因。仰见大人洞烛事理，视远惟明之至意。伏查宣泄积水，以待春耕，民食所关，匪同细务。卑职身任地方，目前切要之事，莫逾于此。惟有早夜经营，多方设法，以冀全涸，何敢稍有粉饰，上欺宪聪，下贻民患？兹者西北二乡早经涸复，已种寒麦，东南二乡已消减十之七八，明春可必全消。此时之所虑者不在田地之难涸而在麦种之难购，业于另禀内详晰声明。坍房修费已俱放给，所有籽种银两，向年借数动盈数万，迨至催追，不克全完，不特徒累处分，且非慎重帑项之意。拟将西北二乡内已经种有冬麦及九分灾轻各镇毋庸借给，惟东南乡灾重之区，查明实在乏种贫户，俟积水全涸之后，酌量撙节出借另报。至牛草一项，多有业主大户牛只给佃牵送验烙，混借草本，最难厘剔，实于贫民无益，是以本年牛草概不轻借。惟煮粥一事，最为救济穷黎善政，盖稍有颜面、略堪支持之家决不甘入厂领粥，且有本地衿耆经理，伊等亦难混入，是以所济者皆系穷民。〈卑〉县虽向多好义富室，克敦任恤之谊，只缘积歉之后，未免观望不前。若莫为之先，无以鼓舞群情而共襄善举。〈卑职〉虽一介寒员，值此救全民命要务，仰体大人痌瘝在抱之盛心，情愿减膳节餐，首捐养廉银二百两，以为之倡。传集绅士商典等会议，亦各踊跃乐从，已据报捐银二千五百余两，尚有零星小户，或柴草，或杂粮，源源捐济。业经定厂五处，于十二月初十日开厂，现已另文通详。其棉衣一项，亦倡捐五十件，又劝令典商捐有百余件，并奉文尚有续拨常州府属捐衣，俟发到之日，于赈厂内酌给赤贫穷民，以免僵冻。再，照〈卑〉县历年赈案饥口总数，乾隆七年折实大口二十三万六千有奇，十一年二十四万八千有奇，十五年二十四万有奇，本年亦系二十四万六千有奇，并无相去悬殊。初次奉拨上元、吴县等处仓粮业已运收完报，续奉拨留漕八千暨楚米二万石，俱分委员属于十月二十一日起身，赴仪征、清江两处，分头接收。但时值寒冬，恐盐河闸闭，且水浅河冻，不能抵县，已饬令员属揣酌情形，相机办理，或舟抵众兴，陆运回县济赈。目今十二月赈粮，中旬内外可以放竣，因尚未奉有加赈月分，拟将九、十分灾极次各留正月一月之粮以待将来接济，如奉到加赈之文，即可接续开放。地方民情安静，米价并不加昂，客贩亦时有接济。合将现办一切赈务再行详晰缕禀，仰祈大人训示。肃此具禀。敬请金安，统惟慈照。谨禀。

臬宪批：据禀倡捐煮赈并棉衣均属可嘉，但闻各属往往奉行不善，迹类勒派，颇滋物议，宜留心妥办也。仍候督抚二宪暨藩司巡道批示。缴。

督宪鄂批：两禀俱悉。麦种应设法多备，以免旷土。平粜减价过多，恐滋转贩，故向有定例，仍当酌量妥办。煮赈一事，办理甚为得宜。正月分应得正赈，酌量情形散给，毋迟毋早。加赈恩旨即日可以奉到，留心妥办。总须计及长久，不可止顾目前。此仍缴。

禀覆本道接运楚米及捐办粥赈由

本月初九日午刻，恭奉宪札，饬查接运楚米曾否起行，并煮粥一事作何办理缘由。遵查运米一案，卑职于奉文之始，即详委〈卑〉县县丞张玮协同的属，派定书役斗级家人，带同漕斛空白印收，并先带水脚银一千七百两，于十一月二十一日起身前赴仪征，雇船接收，业将委员起身日期于十一月二十三日备文通报在案。其留漕八千石，亦委的属赴清江接运矣。至煮粥一案，现于本月初十日开厂，已另具文册通报。细绎原行，虽有准动赠五米石之议，第卑县全漕停缓，既无应征五米可动。且原奏系指不成灾不应赈之区及不住灾地不在赈例者煮粥给赈，〈卑〉县并无不成灾之村镇，亦无不入册之灾民，又非沿河贫民向藉纤水为生因截漕乏食可比，若请拨他处五米开销，将来设奉大部以既有赈粮，不应开销煮粥，驳追之余，转费登答。是以卑职倡捐养廉，劝令殷户捐办，即令老诚衿士董理，已于详册内备晰陈明。是否如此办理，伏祈宪台训示。现在周历各厂，巡查弹压，不敢稍懈。合并禀覆，统惟钧鉴。并请金安，恭缴宪柬。卑职谨禀。

批：接收原拨楚米二万石既已委员前往，但奉藩宪续派该县米一万石，应一并委员接收。现备公牍相闻，希即速行办理，余俱领悉矣。此覆。

禀本道灾赈情形清折

窃卑职樗栎庸材，备员疲邑，汲深绠短，蚊负是虞。去秋通邑全灾，惊鸿遍野，抚绥咻噢，百计安全，惭无补救。客岁仲冬，恭值大人按临淮北，巡查赈务，卑职业将灾赈事宜胪列清折，驰禀在案。今者欣逢大人福星炳耀，荣摄监司，卑职幸托骈蒙，得以亲承宇庇，分应趋叩崇辕，面请钧海。只以放赈运米诸务，不敢远离职守，以致葵向徒殷，凫趋未遂，疏逖之愆，仰祈慈宥。谨缮芜禀，恭请福安。所有现办一切赈务，并境内地方情形备开细折，附呈宪电。伏望大人恩赐训示，俾下吏有所遵循，感沐鸿慈无既矣。卑职谨禀。

江南海州沭阳县知县温，今将〈卑〉县现办赈务及地方民情备开细折，恭呈宪鉴。

一、饥口总数。卑县二十六镇全灾，极次军民兵生间〔闻〕赈归来，核实原查后，除去外出病故，加入共八万六十八户，折实大口二十四万六千九百三十九口。内十分灾极贫折实大口八万二千一百三十口半，次贫折实大口十一万二千一百七十九口，九分灾极贫折实大口一万一千一百九十口，次贫折实大口四万一千四百三十九口半。

一、抚赈月分。十分灾极贫抚恤一月、正赈四月，次贫正赈三月；九分灾极贫抚恤一月、正赈三月，次贫正赈二月。今奉恩旨加赈月分，卑职业经通禀，现候各宪通盘筹画，饬知遵办。

一、坍房修费。共核实坍草房二千九百四十一间，每间照例给银四钱五分，共给过银一千三百二十三两四钱五分。

一、借给籽种。卑县西北二乡地势稍高，去冬积水消涸，已劝业佃播种二麦，毋庸借给籽粒。惟东南二乡地处低注，虽设法消疏，冬底未能尽涸，直至今春，始全行涸出。查明无力购种之户，遵奉上年各宪通饬之例，四十亩以内者每亩借银二分，四十亩以外者每亩借银一分，借至一顷为止，共借给过籽种银六千九百八十两五钱四分。其牛只系业主大户管畜，概未借给牛草。

一、奉拨赈项。卑县仓贮小麦缓漕月粮等项，共四千八百九十九石五斗七升零。奉拨上元、吴县等处仓米三万五千八百七十九石九斗五升零，宜兴等县留漕米八千石、湖北米二万石，往运未到；又川米三千二百八十五石，通共米七万三千九百六十四石五斗四升零。先后赴县领回司库银十四万两，今抚恤正赈坍房籽种等项用过银十万四千五百二十六两零，存银三万五千四百七十三两零，现今一切水陆运脚俱于此内动用，统俟事竣造报。用过赈米五万一千三十八石九斗二升五合，存米二万一千九百二十五石六斗二升零，将来加赈，俟奉议定月分请领银两凑赈，毋庸再请米石，以省陆运脚费浩繁，且免稽迟时日。

一、赈厂委员。原定四厂分设县城暨西乡新桃河、东乡马厂、南乡丰淳集，监厂官河工效力州同王椿年、监生汪畹兰、海州学正姚青灯、县〈卑〉典史沈应蛟。今王春〔椿〕年、汪畹兰奉调赴江，姚青灯赴京会试，改委卑县县丞张玮暨把总刘灿、李再遇监厂，〈卑职〉不时周历各厂，巡查弹压。

一、加折米价。〈卑〉县原放抚恤、初赈，俱照向例每大口一钱五分之数放给，嗣奉文于九月十八日钦奉谕旨之日为始，每石加给二钱，随经详准，一例补加。今将原放极贫抚恤、初赈两关，每大口加银六钱，原放次贫初赈一关者，每大口加银三分。现已按厂分发，委员逐户传到，补加于册票内，一体盖戳，俾灾民均沾实惠。

一、银封升斗。〈卑〉县赈银详奉本州专委训导方青选设局督匠，悉照库砝原纹，按口称准较验，〈卑职〉逐一抽折较准散放。其升斗按照漕斛制造，申州验烙，发厂量用。

一、煮粥捐赈。上年奉文煮赈，原准动支漕赠五米，当查原奏，系捐不成灾不应赈之处，及沿河穷民向籍纤水为生，今漕粮截留无以餬口者，必待煮粥接济。第查〈卑〉县并无不成灾之乡镇，亦无不给赈之灾民，且并非沿河，亦无向籍〔藉〕纤水为活之人，若一例请动公项，将来必奉部驳，以既经按月给赈，不应重销煮粥。与其周章于日后，毋宁慎重于事前，情愿倡捐养廉银二百两，并劝合邑好义绅士，共乐输银二千七百余两，选举诚实绅士耆民经理，分设城乡五厂，煮粥施赈，委员监督，稽查弹压，先将办理缘由通禀。奉督抚二院宪，均以甚为妥协得宜批示，当于十二月　日开厂捐粥，至本年正月三十日停止，通报在案。现将各捐户姓名银数造册，另详请奖。

一、散给绵衣。卑职倡捐绵衣五十件，又劝各典铺捐衣一百三十五件，又奉发丹徒并常州府属捐衣三千件，俱经查明无衣穷民，于领赈时当面验明给散在案。

一、麦苗情形。西北二乡所种冬麦现已长发一二寸不等，东南二乡现在赶种春麦及一切杂粮。至奉宪批禀查种油菜、蔓青、玉米等项。查油菜一项，〈卑〉邑园地多有种植，其蔓青于地土不甚相宜，惟西北乡高地河岸园塍亦间有种植者。至玉米一项，俗各〔名〕棒槌秫秫，〈卑〉县民俗地土最为相宜，颇多种植，现在广劝因地因时遍种，以裕民食。至此案原行尚未奉到，合并登明。

一、浚河筑堤。〈卑〉邑汤家沟一带河道，奉中河厅委员会勘兴挑，现在会估，俟完竣造册详报，领帑挑浚。至六沭二河堤工，现在督劝农民，照例业食佃力修筑。

一、米粮市价。现今糙米每仓石合库平纹银一两七钱，小麦一两四钱，大麦九钱八分，黄豆一两二钱三分，秫秫八钱五分，粟米一两八钱五分，不时有邻省小贩运卖，不致缺少。

一、加谨巡防。被灾之地，民易滋事，屡次谆切示禁，一面严饬保甲昼夜巡缉，幸各宁贴。穷民既得赈粮，又有煮粥及棉衣接济，将来又得加赈，均各安静得所，并无刁徒地棍藉灾滋事。仍不时加意查察，毋敢少懈。

一、严禁索扰。卑职自查办灾赈，迄今散放赈粮，一切委员薪水，分明别移给，其书役、轿夫、饭食、纸张等项，俱照例动项实发，不许扰及民间一丝一粟。大张晓谕，严行禁约，并面谕随从书役保正人等，俾各凛惕守法，并无需索派扰，仍时刻留心觉察，有犯必惩，不敢徇纵。

海州沐〔沭〕阳县知县温谨禀

敬禀者：恭奉钧札开奉藩巡二宪转奉督宪札，查境内田地腴瘠，如何设法伙助灌溉宣防，确议具覆缘由到县。奉此，卑职伏读之下，仰见大宪念切民生，溯本穷源之至意。卑职虽才识浅陋，而于地方农事水利、田畴高下形势亦常留心诹访，不时相度讲求，谨就管见所及，敬为宪台陈之。查沭〔沭〕邑四乡田地，西北二乡半系山岗，多属沙石，原称瘠壤。东南二乡地虽稍腴，实处洼下，土性不甚宜稻，惟种二麦秋豆等粮。耰锄下种，听天收获，不用沟浍，无事灌溉，惟是形如釜底，最易受水，一值天雨过多，各处水发，遍地汪洋，田畴多被淹损，有种无收，徒劳工本，民惟束手辍耕，弃腴成瘠。职此之故，实非耕作之不善，讲求之未尽也。卑职身任兹土，目击民艰，屡欲为间阎垂一永之利而未易见之施行，骤难期其成功者何也？从来水利之道，仅在一隅者易为力，而根原别境者难为功。沭〔沭〕邑被灾之处在于本境，而所以致害之由则在邻封。缘沭〔沭〕邑西连东省郯城，东南环绕宿、桃、清、安，北至州境，包乎六、沭〔沭〕二河之中，为两省六州县之腹心。东南一带系六塘河，宣泄骆马湖之水；西有沭〔沭〕河，接壤东省沂河之水。同一六塘河而至卑境，则分而为二，有南六塘、北六塘之殊；同一沭〔沭〕河而至卑境，又分而为二，有前沭〔沭〕河、后沭〔沭〕河之别。支派愈分，则聚水愈广，一经伏秋，汛水涨发，来原〔源〕既多，宣泄不及，遂至漫淹，其尤甚者在于六塘一河。就发水之时觇其形势，沭〔沭〕河之急湍汹溜建瓴而下，似觉猛勇，而六塘河水不过平衍淹浸，似属稍缓，殊不知沭〔沭〕水之来固甚急，而其去也亦较捷。俗谚有云"沭〔沭〕水不连长"，又云"沭〔沭〕水不隔宿"，当其奔腾而下，河水陡长，可至丈余，然一昼夜即平，因涟河以下入海之处口门甚宽，可以畅泄。惟六塘河水来源虽觉稍缓，然下游由高家沟及龙沟等处分流之所，口门甚窄，以中隔盐河，诚恐口门太宽，有碍盐运，是以宣泄不畅，而中间低村、塘沟、八堰庙、兴隆等镇地势尤低，各水一至，竟成巨浸，莫由疏导，势使然也。论者谓堤以束水，水自循流，何至泛溢？独是广受于上，必须畅消于下，今尾闾窄狭，诸水何自朝宗？况上游宿、桃、安、清一带堤堰硗薄卑矮，每届河湖交涨，无不冲漫缺口，直注沭〔沭〕田。卑县历次被水之时，旁流横溢，民田之水高于河身，无如沭〔沭〕堤拦挡，不克归河，庐舍庄房尽沉水底。民情惶急，每欲亟请开堤放水，使之归河，以救生命。是他境之堤缺卸，竟以沭〔沭〕邑为壑，而下游之堤障蔽，又为包水之区。治求正本，事贵相机。为今之计，惟有将清、桃邻境上游之堤，缺卸者亟为修筑，卑薄者速为加培，其沭〔沭〕河下游南岸之堤暂为缓修，以济宣泄。已据士民纷纷呈请，现在关移邻县会勘另详外，合将受水之故在于邻境而非尽在本地缘由，先行缕晰陈明。俟上游堤固，堵其来源，次及本境之堤，一体保卫坚固，再加疏浚下流积涝，于尾闾广开闸座，启闭以时，则东南一带可无虞溃溢矣。至于前后沭〔沭〕河及总沭〔沭〕河两岸堤堰，低矬单薄，必得大为加高培厚，使山水不致漫缺。若徒责之民修，工巨实难负荷，与其岁岁受灾，议蠲议赈，不若请帑兴举，以工代赈，一劳永逸之为得也。再，卑县有分水沙河一道，乃总沭〔沭〕河分支，并无堤堰，凡遇汛水涨发，遍野漫淹，有害西北二乡田畴。从前业经详请筑堤，迄今尚未举行。现据士民公呈，另议请示。倘于此沙河两岸建堤收束河水，则西北一带可免泛滥之虞矣。凡此筹办堤堰诸务，虽未必能尽除水患，而盛冲异涨奔放溃决之势可以稍减。俟循流顺轨之后，或多建闸坝涵洞以资蓄泄，或更穿泉井，制辘轳以利灌溉，逐渐举行，则向之弃腴成瘠者，继自今又可转瘠为腴矣。缘奉饬议，理合谬抒蠡见，据实禀覆，并将勘明六、沭〔沭〕两河堤岸水利情形，绘刊全图，一并呈送。是否有当，伏候宪台酌核汇转。并请金安。卑职谨禀。

谕沭〔沭〕邑绅衿

示谕绅衿、集主、业户人等知悉：各镇被水淹禾，本县现已查勘详报，一面查明冲坍房屋，详给修费，并确查户口请赈，但为时尚早，即间有拾麦余粮接济待赈，无如柴草尽在水中，无以为爨。本县深为廑念。凡我绅士、集主、有力业户同井而居，目击困苦情形，任恤之谊具有同心。其各就本庄佃户中查有无柴草供炊者，酌量借给草束，俟将来有草时，令其刈割偿还。各矜士素敦古处，救灾恤邻，必获厚报，各宜共相资助，无负本县谆谆劝谕之婆心也。特谕。

谕各镇灾户

示谕各镇灾户人等知悉：照得本年通邑全灾，地方广阔，委员无几，应赈饥口，先从被灾最重之区查起，其余以次递及。所有已经查完各镇极贫饥口，现在示期放给抚恤一月赈银，其余现查未竣各镇，随完随即开放。至西乡被灾稍次各镇，一俟委员查毕东南北三乡，立即携带银封前来西隅，一面即将极贫乏食户口先行抚恤。其各镇次贫，统俟查竣汇报，奉到宪行定期，再行陆续按月散赈。本县为尔民百计踌躇，通盘筹画，接济民食，虽按灾分之轻重以定抚赈之后先，然总属一视同仁，毫无偏枯。尔等安心静待，毋得轻易远出，以致流离失所。且各宪不时按临，倘一经外出，则抽查无人，自取删除，悔无及也。各宜遵照毋违。特示。

严禁冒滥以肃赈务示

为再行严禁冒滥以肃赈务事。照得各镇饥口，现在挨户亲查，虽凭牌门册籍，但其中或有姓名舛错者，有附居迁移者，有人亡物故者，甚或不法奸保预造诡名在册者，俱难作为定凭。是以本县会同各委员逐户挨查，亲身给票，从不假手胥役地保散票，以杜弊混。但有等不法庄主、庄头、保正、地棍通同勾串，捏名冒滥。即如从前宿迁庄高一德冒领赈票，奉宪查拿，监革究审。又桃源监生史东山亦因冒赈究革审拟。前车不远，当为炯鉴。现奉大宪特檄指陈前弊，严饬加谨查办，痛除积习，诚恐无知之辈仍蹈旧辙，致罹法网，合再严禁。为此示仰阖邑庄主、庄头、保正人等知悉：如有前项情弊，装点诡户、雇觅人口充数，或怂妇女出头喊禀妄冒求赈，种种不法，定行严拿通详，按律究拟，断不姑宽。各宜凛惕，毋得玩违。特示。

严禁冒赈示

为再行严切晓谕事。照得被灾饥口，荷蒙皇仁宪德，赏给赈恤。此系格外之恩，并非分内之事，苟非真正实在乏食贫民，妄希混冒，必遭天谴，世世子孙不能昌盛。从来冒食赈粮者日渐萧条，甚至绝灭殆尽，屡有奇报，历历不爽。本年秋灾应赈户口，节奉各宪严行申饬，务必核实挨查，不容一户一口冒滥。如有不法之徒诡名捏户冒赈者，即行严拿通详，衿监即时斥革，民户尽法究惩等因。本县与各委员分查饥口之时，随经出示晓谕在案。无如沭〔沭〕邑屡年被灾，吃赈日久，弊端百出，竟有华冲镇司家庄庄主司乾恒，串同保正，搭舍装点，倩人混冒，奉本州查拿饬审。又韩山镇任、王二庄庄主任以信、王大谋等，装点诡户，妄冒求赈，挟制委员，抗不具结。又八堰庙镇胡、徐二庄庄主胡奋兴、徐迥等，分户添口，指使冒赈，现准监理河务州左堂李、本州左堂张查出，移县提究。似此昧良不法，罪不容诛。除现在分案差拘严拿讯究外，合再严切示晓。为此示仰阖邑灾户及庄主、庄头、保正人等知悉：凡有假捏户口、冒装名姓，立即自行首报，本县宽其既往，予以自新。倘仍有不法庄主人等包庇串捏，希图舞弊，本县耳目最周，各委员洞悉利弊，丝毫不容朦混，一经拿究通详，尔等身家性命皆为乌有，断不稍为姑息，上縻国帑，下长刁风。至各庄主尤当痛改积习，加意儆省，要知冒得一口入册，每月不过一钱五分之粮，而发觉之后不但倾家荡产，抑且身命莫保。贪小利而罹大害，孰得孰失，各宜猛醒，慎毋噬脐莫及也。凛遵毋忽。特示。

严禁土豪垄断鱼利示

为严禁垄断鱼利把持行市以肃法纪事。照得县境水淹地亩渐次消涸，正届出鱼之候，穷民赖以资生。乃今访有不法土豪，垄断鱼利，把持行市，不容小民腌切。藐法病民，莫此为甚。除现在密访严拿外，合亟示禁。为此示仰诸色人等，嗣后凡出鱼处所，听各处穷民就近获取，或腌切贩卖，亦听众便。此系天地自然之利，宜公溥而不宜私踞。倘仍有地棍把持阻挠，希图独占其利，或经访闻，或被告发，定行严拿通详，按律究治，决不姑宽。各宜凛遵毋违。特示。

沐〔沭〕阳县正堂温赈厂规条告示

照得本年秋禾被水，通邑全灾，应赈极次饥民饥军及乏食贫生兵丁，俱经本县会同各委员按户挨查，入册给票，通详各宪请项赈恤。现在分别灾分极次，照例按月给赈，所有赈厂事宜，合行颁发规条，胪列晓示。凡领赈饥户保正庄头及在厂执事书役各宜遵守，毋得违误，致干法究未便。须至规条者。

一、本年被灾各镇，勘定十分、九分二等。十分灾者，极贫抚恤一月、正赈四个月，次贫赈三个月。九分灾者，极贫抚恤一月、正赈三个月，次贫赈两个月。今将通县十、九分灾赈明白开列示知：

东乡上寺镇（东关附）、西乡王家庄镇、颜家集镇、刘家集镇、苗家寨镇、高流镇、北乡北下镇。

以上七镇系九分$^{极贫}_{次贫}$，赈$^{三}_{两}$个月。

东乡下寺镇、八堰庙镇、塘沟镇、韩山镇、兴隆镇、高家沟镇，西乡新桃河镇、新店仓镇、庙头镇，南乡黄军营镇（西关附）、读书镇、十字桥镇（城内附）、枣子埠镇、低村镇，北乡汉坊镇、贤官亭镇、桑墟镇、华冲镇、东流镇。

以上十九镇系十分灾$^{极贫}_{次贫}$，赈$^{三}_{四}$个月。

一、某日散给某镇，俱按传单所定日期，饬令保正按户传唤，赴厂给领。各灾户至期齐集厂所，该庄头按庄分开排立。用小旗一面，上书某庄字样，庄头高执此旗，凡一庄之人，俱齐立本庄旗下，不许搅混。另有顺庄高脚牌一面，按照册内庄分挨顺开列，庄头各依牌内次序，由近及远，挨顺排列。牌内在后庄分，不许搀越往前，此庄之人不许混入彼庄。逐庄各成队伍，一队之内不许紊乱。一队之外略空余地，以便行人往来，鱼鳞相接，推班而上。俟前庄点竣，逐层那近，庶不致拥挤杂沓。至进厂之后，各宜静听唱名，不许喧哗嘈杂，逐户验票加戳给领，左进右出，鱼贯而行。未经唤到之户，毋得争先拥挤。如厂外庄分不依牌内次序分列者，责惩保正。如庄旗不竖及一庄之人不齐立本庄旗下，任其散乱搅混别庄者，先处庄头。毋忽。

一、每日应放何镇，在厂经承预先一日将该镇各庄按照册内前后开出顺庄牌，粘高脚牌上，并每庄写就小旗，糊于高竿。本日黎明，该厂役将牌置于厂前，该保正将旗分发各庄头分执。如敢违误偷懒，分别责处。毋悔。

一、领赈饥民原系按镇预期传唤，临时随到随给。如此日未经轮放，该镇不得预先来厂，自取守候，并滋拥挤。倘保正不遵示期，混行并传，定将该保重处，决不轻恕。如有来迟之户，本镇已经放过，许持票回明，立即补给。

一、厂内人众冒接银票，往往有之，务必经手接票之书，即发此户之银，并著保正庄头站立识认。如有不法之徒乘忙混冒，立拿重处。

一、每大口月给米一斗五升，折银一钱五分；小口月给米七升五合，折银七分八厘。给过一赈，即于票内盖用戳记，册内一体用戳。

一、奉宪发到银两，均系足色纹银，悉照库平按口称准。详奉宪州委员坐局亲督，称包逐封，抽拆较验，并无丝毫短少；又于封面钤用大小口数，并经手称封匠人记号红戳，以专赍〔责〕成，以免舛错。

一、升斗俱按照漕斛制造，奉宪较准验烙颁发。量用该斗级人等，务须将升斗安放平稳，量满后挡。如敢歪放升斗，量挡不公，定行重处。

一、赈册、赈票、银封、纸张价值及在厂书役人等饭食，俱动项给发。倘差保人等敢需索饥户分文，查出立毙杖下不饶。

一、各镇户口，俱经本县会同各员携带烟户册籍，挨户亲查，并无一户遗漏，间有临查外出，册内注明。今闻赈回籍，必实无丝毫混冒情弊，许协同保正、庄头、庄主一并赴县具结，以凭查实补给。不得于放赈之日在厂混求滋扰，希图乘忙重冒。倘敢不遵，先拿保正、庄头，痛处不贷。

海州沐〔沭〕阳县为再饬查议事

奉前署本州正堂赵信票，奉布政司郭宪牌开，奉苏抚部院庄宪牌前事等因到州。奉此除全牌抄粘外，仰县即便遵照，劝谕殷实士民典铺煮赈捐衣，并出示晓谕实力奉行，毋得有名无实。将现在办理缘由，先行通报，事竣查明捐输姓名，造册请奖。如有符于议叙之例者，另详请题，以彰善行等因。奉此该卑职遵查卑县隆冬设厂煮赈，并无赠五米石可以开销。卑职仰体宪台念切民瘼至意，先捐养廉银二百两以为之倡，一面传集绅耆商典，在于明伦堂宣扬皇仁宪泽，鼓舞开导，劝谕捐输。各绅士等虽因连荒，上体宪心，下敦梓谊，咸各踊跃乐从，已据公举董事立簿认捐，各愿将捐项自交董事买备粮食柴薪等项，开厂煮赈。卑职与众衿议定，四乡及本城共分设五厂，定于十二月初十日开厂。每厂令殷实衿士老成耆民董理外，又移行文武各委员弹压，卑职亲赴各厂周历巡查，务使穷黎均沾实惠，又使刁民不致滋事。合将捐办煮赈缘由并开厂日期具文通详，所有设厂处所、委员监督职名及一切条约事宜及报捐姓氏，合并造册详送，统俟事竣，再将捐输各衿士另详请奖。合并声明，伏候宪台鉴核。

为再饬查议事

今将〈卑〉县煮粥赈济穷民分设厂所、委员监督职名及煮赈事宜，开具清册呈送，伏候宪台电核。

一、中厂设于县城东关外，监厂官河工效力监生汪畹兰，董事聂国政、纪赓飏、江毓秀。

一、东厂设于东乡之马厂，离城五十里，监厂官卑县典史沈应蛟，董事衿士徐均。

一、南厂设于南乡之胡家集，董事者周光湛。

一、西厂设于颜家集之胡家集，董事者鲍、胡映崑。

一、北厂设于北乡之蔡家庄，董事者周振裔、葛德。

以上五厂俱系适中之地、不甚杂处所，便民就食。除分员监督外，仍亲自周历各厂，查察弹压。

一、各厂给粥之人，除已经给赈及本不应赈之人，并年十五以外、五十以内者，概不给粥外，其余老幼残疾孤寡无依朝不保暮者，查明填票给发，逐日赍票赴领。

一、每日辰刻开厂，午后停止。穷民执票到厂，验票给粥。票内多留余纸，给粥之日，即盖用日期红戳，仍给本户，次日赍领，随到随给。

一、每大口每日给发二合米之粥，小口减半，用葫瓢较准盛给。〈卑职〉与监厂之员亲自尝试，务须稠厚，不致稀薄，使穷民得以饱餐。

一、每厂派书办二名，专司验票盖戳，差役五名，在于出入之处及领粥之所禁约拥挤。大小锅八口，水火夫八名，五鼓煮起，以便早放。釜底时刻添薪，不致食冷。

一、领粥饥民倘有一日偶然未到，次日来厂者，止给本日之粥。其先日未领之粥，不准补给。

一、与别县连界处所，彼处民人不许混入沭〔沭〕境，冒食赈粥，总于散票时慎重发给。

以上各条系现在粥厂大略。其余一切事宜，〈卑职〉与委员及董事衿耆因时酌办，务期妥协，俾穷民咸沾惠泽。理合登明。

劝捐煮赈示

为再行劝谕事。照得劝捐煮赈一案，奉宪奏明，钦奉俞旨允行办理。本县现捐养廉银二百两以为之倡，并据各好义衿士商民等陆续报捐，酌定城乡，分设五处煮粥，定于十二月初十日开厂，业将办理缘由并乐捐姓氏造册通详各宪在案。但经费浩繁，捐数多多益善，则穷黎被泽靡涯，合再出示切劝。为此示仰合邑好善人等知悉：凡有愿捐煮赈者，不论男妇，不拘成数，或银数金，或钱数千，或杂粮数石、柴草数束，无论多寡，父劝其子，兄劝其弟，各赴本厂董事处报捐登簿，缴厂济用，事竣一并列册通报，分别嘉奖，以彰善行。吾邑向敦古处，不乏善人，自必踊跃从风，乐捐恐后。当此俭岁严寒，哀鸿满目，鸠鹄堪怜。饥时得一口，胜如得一斗，将见全活生灵，何啻亿万？作善降祥，天之报施，定是不爽。本县为民父母，不惮再三劝勉，各宜竭力捐助，毋负本县一片婆心也。须至示者。

劝捐煮赈。沐〔沭〕阳县正堂温札各绅士盐典各商知悉：沭邑连岁灾荒，今岁被灾更重，幸蒙皇仁宪德，大布恩膏，应赈灾民俱经按月赈恤。但此外尚有一种赤贫，游踪靡定，老幼残疾，依栖无所，无锅无柴，不能自行煮食者。既难查造入册，又难随处散给，当此隆冬天气，宵啼露宿，难免饥寒。本县正在忧心，幸蒙钦差会同督抚各宪，以淮海所属绅士素多好义，周全桑梓，今值此奇灾，格外相通，应行劝捐煮赈，以救穷黎等因奏明，钦奉俞旨允行，通饬到县劝办。仰见上宪念切民瘼，无微不至。本县叨司民牧，目击时艰，愿与同志诸君子共勷盛举。今乡绅士徐均业经乐兴此事，拟于马厂开设粥厂捐赈，但城乡各处均宜分设。今本县情愿倡捐养廉银二百两，购备柴米煮赈，惟是经费不敷，用呼将伯。诸君子情殷闾里，谊切解推，历年义捐各项久见重于上台。当此煮赈善事，蒙上宪谆谆劝谕，定能共乐急公，踊跃从事。粟米杂粮各随其便，银钱柴草成数无拘，量力解囊，共相赞助，立即举行，将见全活生灵何止亿万！天之福善，自是不爽。本县必当开列义捐姓氏，按其所捐数目造册，详请分别奖励，以志不忘。札到，定期于本月　日齐集县城明伦堂公同会议，将设厂处所、公捐数目、督厂董事、办理章程妥确定议，以便通禀各宪，克期举行，万勿濡滞。仁望仁望。此札。

平粜规条

照得被灾地方，奉宪酌留米粮平粜，以济民食。今时届青黄不接之时，正宜减价平粜，除通详开厂示期出粜外，所有粜厂规条合行胪列晓谕。为此示仰在厂买米穷民及书役人等，即便遵照后开条约，划一遵守，毋得违犯，致干重咎。

一、米价照详定之数，每升粜大制钱十二文。如经手书役敢多索一文，立即禀究。

一、平粜原为贫民日食之需，每户每日只许买一次，自一升起，最多不许过五升。务须赍带门牌，验明发票，不许一人重买二票，致干察究。

一、发票量米，各分左右，以杜拥挤。买米人等先赴发票处所缴钱领票，赴米厂缴票量米，各照到厂先后，随到随给，不许恃强拥挤及混冒接票，致干究处。

一、仓升俱照制斛较准，量米斗级务必公平，不得高下其手，致干查究。

一、囤户米铺不许私买，例禁甚严。倘有不法之徒违禁赴厂，勾串胥役，希图籴贩射利，定行严拿枷示通详。

一、厂所委员监粜，应派巡役二名，周流查察。如有地棍恃强生事，推跌妇女、孩童及欺凌老疾，或有匪类乘机挖包剪绺，偷窃钱米者，该巡役立即扭禀监粜官问明，轻则即时发落，重则解候亲究，枷号示众，决不姑贷。该巡役玩纵，一并责革。

禀谢督抚调任上元候新任到沐〔沭〕即赴上邑由

窃卑职一介庸愚，谬膺民社，备员三载，报称无能。昨秋地方灾祲见告，虽缘地势低洼，亦因下吏奉职有忝，不克感召天和。清夜怀惭，未由补救。仰荷皇恩宪德，百计安全，普加赈济，一切调剂事宜，频颁训谕，〈卑职〉凛遵办竣，获免愆尤。复蒙宪恩奏请，调任上邑。敬闻之下，感激悚惶。惟是会城剧地，政务愈繁，蚊〔蚉〕负之虞，弥深夙夜。所幸载辕咫尺，俾得朝夕请训，黾勉遵循，益当竭尽驽骀，矢公矢慎，以副仰大人培植深恩于万一耳。奉调转行部文尚未知照到县，昨于二十五日先奉藩司催檄，饬赴上邑。一俟新任蒋令到沐〔沭〕接印，〈卑职〉即交卸库项一切，星趋宪辕，面请训示，即赴新任。先具芜禀，敬谢鸿慈，并请金安福禧，统惟慈照。卑职临禀，曷胜瞻驰依恋之至。须至禀者。

沭〔沭〕阳县捕蝗[*]

蝻子生发应否通报请示由

敬禀者：时值夏令，天气晴暖，正蝻孽易生之候。卑职于此案百倍留心，分差属役，四路搜查挖掘，陆续所获蝻种，买米易换，随时焚烧，节经禀报在案。今据属役禀称，挖至马陵山毛振口郯海沭〔沭〕交界地方，掘有蝻种，蠕蠕欲动，将次出土。卑职随即亲赴该处看明情形，漏夜多拨夫役，黎锄翻捣，用火焚烧，一面知会把总并典史齐赴该处，上紧督夫歼灭。并会郯城县县丞亦在该邑境内多夫挖灭，卑职随与面商，亟宜通报。据云此时系挖出蝻种，因值夏令，是以渐出土面，一经刨挖见日，即蠕蠕欲动，若遽报生发，恐廑各宪远虑。现今多夫攒扑，克日可以殄灭。且安沟地方系隶宪境，未稔作何办理，未敢贸贸通报，以致互异等语，拟合密禀，专差家奴请训。仰恳大老爷恩赐指示，如应行通报，伏冀将宪案报稿抄发，家奴连夜驰回，以便画一办理。并知会郯邑，不致两岐。再，照该处空山旷野，并无村庄，卑境之夫俱系远拨，重给价值，仅堪敷用，即宪境安沟亦无村庄，夫役亦少。伏祈宪台专员前往，相机督办，庶无贻误。卑职于初八日卯刻赴交界处所督办，于初十日酉刻回县。正在具禀间，适奉钧札，饬令搜查防范缘由，现俱恪遵，实力办查，不敢稍懈。合并禀明，统惟恩鉴。敬请金安，恭缴宪柬。卑职谨禀。

夹单

附禀者：卑县地方正望雨泽，今于初十日戌刻，甘霖大沛，四野均沾，二麦得此时雨，自必益加畅茂。除侯〔候〕雨止后查明起止时刻、入土分寸另报外，所有久晴得雨缘由，合先禀明，仰慰慈怀。谨禀。

答李郯城（名湖）

日前马陵山三界首挖出蝻子，间有萌动，弟率敝属沈尉暨城守刘君亲赴交界处所，无分疆域，上紧挖捕，一面专役关明。兹敝境蝻种已经净尽无遗，蒙荷本道宪暨敝州尊亲临该处勘明，结报在案。惟是地连两省交界，又属数州县接壤之区，诚恐深山旷野，续有萌生，人迹罕到，鲜有见闻，更虑愚民无知，视为邻境之地，漫不具报，一经滋长，为患匪细。是以弟委典史留于其地，并留的属干役专在郯海沭〔沭〕交界处所，周历巡防，一有萌孽，不分彼此，并力扑灭，毋使滋蔓。顷接手教，正与弟吻合，足仰老寅长先生关注雅谊，非同泛泛，铭佩之私，曷可言似。现又专札沈尉，加意督夫，遍加搜挖。惟是马陵一山向称蝻薮，敝邑所辖仅十之一二，老寅翁智周虑足，自必无远弗届。然地方广阔，尚祈一体专员防范，梭纤〔织〕巡捕，稍有萌孽，彼此一有见闻，星驰专人关会，一面无分畛域，灭此朝食，庶孽虫无由滋长，禾稼共保无虞，两省民生均托电庇，非仅弟一人之叨邻照已也。肃此布复，敬颂升祺，统惟丙照不宣。

札清河县阳

径启者：贵境堤工，前接华札，拨敝邑民夫协济。弟随即照办，而士民咸以此疆彼界不应拨协为辞，纷纷呈请，不肯往应。弟重以老寅长先生台命，曷敢任其诿延？当经严押济应，曾有一函具复，谅尘清照矣。兹者敝境南乡搜挖蝻种，闻有蝻孽，现集各镇人夫昼夜挖捕。正苦地广人稀，顷闻贵处堤工尚在催拨，敝地人夫各怀观望。现今捕蝻一事急如星火，实难兼顾。万不获已，弟又分拨六十名夫，赴尊处堤工协济，此外断难再应。所有万难苦衷，统祈鉴原。专此布达，并候近祉不一。

札城守刘

昨有一行布候，未荷德音，甚为悬念。刘家集蝻子零星，段落颇多，急需鼎力往办，弟已将老台台在彼督捕缘由通报矣。用再专役走请，祈即命驾前往刘家集上紧督夫扑灭，以便具结报宪，足荷舟谊，幸勿稍稽。弟现在东南各镇往来查捕。率此布候伫切。

札高家沟衿士

札周谊、朱士章知悉：高家沟蝻子已经通报二十四日扑灭，具结驰报各宪在案。因高明在彼督办，自必实力妥善，是以不复遣役前来，务望上紧多夫扑打净尽，万勿迟缓，稍留遗孽，蔓延为患，大有未便也。切属。

捕灭蝻孽得雨分寸由

敬禀者：昨蒙宪驾亲临三界首督捕蝻种，指示一切，兼荷恩谕优渥，谆复周详，感戢靡已。十九日叩送道宪，奉谕以宪案报生蝻子文内有数亩字样，似觉过多，应宜用零星一块或数块字样，庶为妥协等谕。用敢禀述。至卑境马陵山等处之蝻，业已净尽结报，但界连两省，山深野旷，诚恐复有萌生，彼此观望，见闻不早，易于滋长，为患匪轻。现遵宪谕，仍令典史带同卑职属役常川在彼巡防搜挖，稍有萌动，上紧扑打，不难灭此朝食，可无滋蔓之虞。所有十字桥、枣子埠等处，卑职亲赴各镇多夫扑捕，已经净尽结报。其余亦分委员役上紧挖沟扑打。遵奉道宪面谕，分别情形酌报，理合开折，敬呈宪电。至天气久晴，农民正望雨泽，二十一日戌刻得雨，一犁二麦稍籍滋润，但尚未畅足。现在设坛祈祷，一得透雨，即行专差通禀。再，照卑县原送漕斛三张，内有十七年一斛，现需量用。仰恳宪恩，查发下县，实为德便。敬请金安，统惟恩鉴。卑职谨禀。

五月初二到批：来禀俱悉。马陵山一带须加意搜查。折开未报各处，如果零星易灭，似可无庸具禀，但已折呈道宪，候示遵行可也。十七年漕斛一张，交赍回，另单已悉。至又接通禀祈雨、捕蝗、培修堤工各情由，明晰周详，心为之佩。

禀捕灭蝻子情形并开已报未报已灭未灭各折由

敬禀者：昨因搜挖蝻子，至马陵山郯海沐〔沭〕三界首地方，间有萌动，仰厪宪怀，亲临督勘，训谕谆复，指示周详，更蒙眷遇优渥，开诚下逮。卑职自分何人，得邀殊宠，感激之私，论〔沦〕浃肌髓。惟有恪遵谕，实力妥办，务使余孽尽净，以期仰副大老爷念切民生之至意耳。惟是荒区下邑，又在山陬，辖褒驺从，深切悚惭。日来卑职周历各镇，查捕蝻子，十字桥、枣子埠二处业经扑灭，即阴平荒地内亦已扑尽，正在结报间。今于二十三日午刻奉到宪台二十日申刻宿迁所发钧札，将转禀过八处地名开单指示下县，仰见大老爷矜恤属员，慎重公务，靡所不至。遵于报灭十字桥、枣子埠二处文结内，将大山头、石箭庄暨阴平东南西北荒地各处一并叙入结报。至已经报灭之处，卑职仍令属役在彼细加巡查，倘复有萌蘖，以便随时扑捕。而马陵山一带两省交界，尤关紧要，诚恐鞭长莫及，彼此见闻不早，将来起翅互透，干系匪细。卑职专委典史带同卑县属役常川在彼，沿山巡防搜捕，可保无虞。其余腹地间有萌生之处，卑职分委教职把总等员，并遣亲丁，分头督令保正、庄头多募人夫，挖沟扑捕，不日俱可净尽。合将各处蝻子捕灭情形，分别已报未报，开具手折，密呈宪电，专差驰投。是否如是办理，伏候训示。

再禀者：天气久晴，二麦望雨滋润，二十一日虽得雨一犁，尚未沾足。现在设坛祈祷，一得甘霖，立即飞禀，仰慰慈怀。正缮禀间，又奉宪谕专承饬查已灭未灭各处，已各开另折，并无遗漏。合并禀明，统惟慈鉴。

计呈清折：

已通投扑灭各处：

一、马陵山、大山头；

一、高流镇阴平保东南荒地内；

一、石箭庄；

一、阴平保西北荒地内；

一、十字桥镇；

一、枣子埠镇。

以上六处报二十三日扑灭净尽，具结。至马陵山高流一带，仍留典史在彼搜查，十字〈桥〉、枣子埠等处，专属在彼搜查。

一、高家沟镇生发无多，随即扑灭，已于二十四日结报净尽。

已通报生发尚未报净各处：

一、刘家集镇老国墩地方（现委把总刘灿督夫扑捕将尽）；

一、兴隆镇六塘河堤西魏家庄（交界安东，现遣家属督夫扑打将尽）。

现在萌动尚未通报各处：

一、读书镇洪姓地内；

一、黄军营钱通保地内。

以上二处生发无几，人夫甚多，现委儒学往来督捕将尽，拟俟灭净，一并结报。

一、韩山镇地内零星生发蝻子，如芦席大数块；

一、新桃河镇上南保交界宿邑地方生发无几，不成片段；

一、东流镇官田保有席片大一块，甫经出土；

一、八坵庙镇汤家涧有零星蝻子，不成片段；

一、下寺镇生蝻筛子大一块，形如蚂蚁，甫经出土。

以上五处，卑职亲历勘捕，多集人夫，并多派的属分头督率，赶紧挖沟扑打，不日净尽。应否俟扑灭后一并具结通报，抑或毋庸具报，伏候训示。

禀报农田望雨捕蝻章程六沐〔沭〕河工各由

敬禀者：卑县二麦长发情形，节次通禀在案。目今寒大麦月底即可登场，其寒小麦及春麦俱已结实，秋豆杂粮亦各长发，有二三寸不等。惟入夏以来，未得畅雨，四月初十暨二十一日虽得微雨，尚未沾足，农田望雨滋润。卑职现在斋戒设坛，虔诚步祷，一得甘霖，即当专差飞禀。所有挖掘蝻种一案，卑职先委员役分赴各乡，督率保正、农民搜挖，在于适中处所设厂，按斗给米易换。并预令业主、庄头将佃农姓名开造夫册，送县过朱，即赴该村按名点验。预令制备扑蝻器具，平时令其挖掘，一有萌动，按册内之夫，立时携带器具，齐集扑打，免致临时雇觅，有费周章。至虫孽种类不一，鱼虾遗子不得雨水，俱能化生蝻子，总在捕治于始出之时，不使滋长，则无能为害，且使趁小歼灭，莫由下种，更可绝其继起。向来一遇报生，即将乡保究治，伊等无知惧罪，观望讳饰，遂致长翅飞扬，蔓延为害，职是故也。卑职自上年至今，留心体究，博采舆论，深悉其由。是以预为开诚晓示，不责其发生之由，而严定以迟报之罪。谆谕保正、业主逐日搜查，一有萌孽出土蠕动，一面照预期点定在册之夫奋勇扑打，一面无分雨夜，飞报卑职，率同员役驰往督捕。至于扑捕之法，先于四围挖掘深沟。目下初生，小者如蚁，大亦如蝇，易于捕治。总须人夫众多，在麦陇者用扇，俟其徐徐外出不致伤稼，在平地者用扫帚不使散蔓，然后圈绕周匝，闸入沟内，蹂躏杵捣，顷刻如泥，再覆以土。三复围扑，务使地内净尽，以绝其根。虽定例每处每日人夫以百名为率，然多多益善。定数之外，情愿捐募，广集排列队伍，点定夫头，率领众夫，分别挖沟围打，各司其事，鼓勇而前。勤者奖之，惰者惩之。每日照常例给资外，又捐备面馍等物给赏，以示鼓励，并分拨数夫担水给众，以解烦渴。卑职惟有身先督率，员弁属役亦各踊跃恐后。又多备布旗分给员属，梭织巡查，见有萌动之处，即插旗为号，集夫挖扑。昨卑职捕扑马陵山三界首等处蝻子，蒙道宪暨本州亲临该处，目击各夫挖扑情形，咸以卑邑捕蝻之法较他属为实力急公，奖赏鼓舞，是以各夫倍加勇往。现今马陵山三界首毛振口、大山头、石箭庄、阴平保、十字桥、枣子埠、高家沟等处生发地内俱已扑灭，净尽无遗，具结通报在案。惟刘家集、兴隆镇等处甫经出土，现在上紧扑打将净，另行结报。其余如有续生处所，随查随即扑灭具报。至马陵一山，为山东、江南两省交界之区，尤关紧要。且郯城生发较多，卑境虫孽虽经净尽，彼地山深野旷，人迹罕到，诚恐复有萌生，彼此见闻不早，将来起翅互诱，干系匪细。卑职专委典史沈应蛟带同卑县属役常川在彼，沿山巡防搜捕，如有复萌，登时集夫，无分疆域，并力扑灭，一面知会彼邑协捕，毋使滋蔓，且可杜将来诿卸之端。合将办理缘由备晰禀陈。

再，卑县六、沐〔沭〕二河提〔堤〕工业经卑职亲历查勘，凡有低簿〔薄〕缺卸段落，俱经督民培修高厚，一律完整，并于周流查捕蝻孽之便，不时察勘，不敢稍为忽视。惟是卑县仅一典史，已留马陵山防范山东蝻子，卑职又逐日亲历各乡镇督捕搜挖，刻无宁晷，公务繁多，无员可委。查卑县县丞张玮，自奉补以来，并未到沐〔沭〕，历奉委署他处印篆。今卑邑需员孔急，仰恳宪恩将别邑印务另委闲员，檄饬该县丞即速回沐〔沭〕办理，俾得收臂指之效，不致顾此失彼。为地方公务起见，不揣冒昧，合并禀明。统惟慈照，敬请金安。除禀各宪外，卑职谨禀。

抚宪批：据禀缺雨，甚为悬念。一得透雨，即速驰禀。至所称捕蝻情形，果如所言，蝻子当无遗种矣，但恐行之不逮耳。县丞张玮候饬司即令回任可也。

藩司批：据禀捕蝻一事，甚为周到，务使实力查办，不致蔓延滋长，乃为妥当。县丞张玮先经饬令回任，日内谅已到沐〔沭〕。至据禀农田望雨，而续据折报已得雨三寸有奇，殊以为慰。余已悉，仍候各院宪批示。缴。

畅得甘霖蝻孽扑净由

敬禀者：卑县入夏以后，雨水未足，前经设坛祈祷，于四月二十八日得雨三寸五分，业经专差折禀。兹于五月初十日戌时起亥时止，甘霖大沛，入土四寸，风雷鼓荡，四境胥沾。卑职现在各乡巡查蝻孽，目击秋豆各苗畅遂情形，询据农民，佥称一切杂粮得此时雨滋润，大有裨益。且随即晴霁，又于割麦无碍，舆情甚为欢忭。目下冬种大麦已经登场，冬种小麦及春种大麦现有刈割，春种小麦亦陆续成熟，半月内俱可刈获。境内蝻子，卑职率同县丞张玮、典史沈应蛟、教谕蔡锦时、把总刘灿，外委李再遇暨河宪委员河务州同徐文煓、巡道宪委员徐卫、千总杨济民、丹徒县高家司巡检沈治等各员，分头上紧巡查，多募人夫，协力扑捕，购草焚烧，陆续扑灭。各处俱经分案具结通报。今续报各镇零星蝻子，亦俱于五月初十日一体扑灭净尽，并无遗孽，现在另文出具印结，专差通报。卑职仍移行佐杂文武分乡巡查，卑职逐日单骑亲历四境，周流履勘，凡已生扑灭及未经萌发之处，不论平原陇畔山麓河滨遍加搜查，防〔倘〕有复生，立即拨夫扑捕。又恐地方广阔，耳目难周，保正、庄头或有隐匿观望，呈报不早，又密遣亲信的属四路查勘穷乡僻壤，梭织巡历，并多书告示，晓谕业佃人等，明示以偿稼之例，严定其匿报之条。一有续生之处，随时扑灭，具结通报，断不敢有蝻不报及扑捕稍迟，致使滋长蔓延，上廑宪怀也。所有境内得雨及蝻子扑净缘由，理合专差驰禀，并开细折，附呈电鉴。敬请金安。

荒政备览

清道光三年刻本

（清）王凤生 著

郝秉键 点校

荒政备览序

　　道光癸未，霪雨告灾，自四月初旬以后，竟夕连旬，鲜有晴暑。至六月中旬，太湖涌灌，而湖郡成巨浸。七月初旬，飓风海涨，而嘉郡亦成巨浸，旁及仁、钱两邑矣。湖郡被灾最先最重，一片滂洋，不辨畦壤。中丞帅仙舟先生以王竹屿司马熟练地方情形，檄偕刘司马肇绅等同往查勘，且授以《灾赈条议》、《荒政辑要》二书。杭、嘉二郡亦先后檄委丞倅令尉分往，厥后皆以竹屿总其成。竹屿以《条议》、《辑要》二书证之众议己见，参稽以成是编，问序于余。余惟救荒之政，《康济录》统之矣，若一邑一区钩稽考核，贵乎因地制宜，因时立法，神而明之，存乎其人。不能执彼省以行此省，不能泥古时以准今时。《荒政辑要》一书非专为浙省设，而《灾赈条议》虽颁自浙省，亦有今昔之不同。今竹屿所论者，通以舆情，得之目击，以补所未备，可谓神明规矩矣。本年荒政以湖州为尽善，其以是夫。夫橘枳异地，葛裘异候，天地之气尚不能强之使同，况人情蕃变，智巧百出，为权衡者窃权衡，为斗斛者窃斗斛，于丝粟铢两之细、家喻户晓之事，欲立一法以概天下，难矣。竹屿此编为浙省今日荒政之书，若能于反正触背处错综通变，乃可为天下荒政之书。故有竹屿之人，方可行竹屿之法。夫法也者，鱼之筌耳，蹄之涔耳。善夫！泰豆氏之论御也，内得于中心，外合于马志，故能进退履绳而旋曲中规矩。得之于衔，应之于辔；得之于辔，应之于手；得之于手，应之于心，然后舆轮之外无余辙，马蹄之外无余地。心者，法所出也；余者，弊所出也。竹屿曰：此言不独为荒政也，并可以为治法。遂书以为之叙。

道光三年十一月，南海吴荣光书于嘉禾舟次

荒政备览自叙

凤生奉职浙中，先后十有九年。凡水旱各灾及猝被水灾之区，屡经奉檄查勘，然率皆一隅偏灾，及收成歉薄或勘不成灾者。如本年浙西之水患，接壤连畦皆成巨浸，实未之前闻。昨纂辑《学治体行录》，载有捐粜济荒、驱逐流丐二条，以为荒政未经阅历，不敢妄言，盖纪实也。秋七月，中丞黄梅帅公、方伯长白常公，以湖郡受灾最剧，檄凤生与杭西防司马刘君肇绅、署温州司马吕君树梅、候补盐运副吾宗鸣球、署杭州司马陶甥定求分县往勘，耳提面命，告诫谆谆，其所以念切民依者至周且渥。奉发《浙省灾赈条议》及《荒政辑要》第三卷各一册，详明周匝，井井有条。又得杭郡德太守庆先事多方筹议，于是凤生与同事诸君得以集思广益，承命以行。惟湖郡自入夏以来，淫雨淋漓者两阅月，而苏、松、金陵一带亦患水灾。大江盛涨，海潮挟东风以抗其朝宗之势，太湖出口水无所归，反随之倒灌。以是吴兴积潦有长无消，弥望汪洋，莫分阡陌。查勘之法，是又旧章所未及者。爰与同事刘司马并方郡伯士淦、乌程杨大令德恒、归安马大令伯乐互相讲习，就各编中意所未竟并难见之行事者，证以勘灾途次目见耳闻、民情舆论，略参己见，量为变通，而成是编。虽刻之已晚，未及与杭、嘉两郡在事诸公讲求而归于一致，然用以质诸来者，或于流览各编之余，少备参酌，当必有以教我也。道光三年癸未八月朔，婺源王凤生识。

荒政备览卷上

婺源王凤生振轩纂

勘灾事宜

一、《荒政辑要》开载：凡州县查勘灾田，须凭灾户呈报坐落亩数，应先刊就简明呈式。首行开列灾户姓名、住居村庄，次行即列被灾田亩若干、坐落某区某图某村某庄，又次行刊列男妇大几口、小几口。其姓名、田数、区图村庄、大小口数，俱留空格，后开年月。每张止须如册页式样叠作两折，预发铺户刊刷，分给报灾之地方乡保，令转给灾户自行照填，报送地方官，即查对粮册相符，存俟汇齐，按照灾田坐落区图村庄抽聚一处，归庄分钉，用印存案，即可作为勘灾底册一条。

按：灾田凭灾户将坐落田亩呈报，以期核实而杜弊混，法良美矣。惟报呈必须专归业户，田亩必须分析坐落庄分，方可免致岐复。再，次行刊列之男妇大小口数目，推原其意，自以为异日办赈编查户口起见。但报灾既系业户，则有力者多无须给赈，似可毋庸概令开报户口。即有业田数亩全荒半荒者，亦在食赈之列，而为数无多，只令于报呈内写明自种自佃，亦无难摘查。缘被灾之户本有应赈不应赈之分，若任令统报户口，转滋愚民之惑，将谓凡涉被灾均可食赈矣。故呈内悉予删除。至被灾较重之佃户，多于赈例相符，应由业户将该佃若干户并姓名、住址附报，庶查赈时得于居住村庄内按籍而稽，再核其家丁口之数，似较简易。故呈内令其添叙并注明本年上下忙钱粮有无完纳备查。兹将颁给呈式开后：

灾户报呈

县　都　庄　临生　职员　民人

呈为报明事窃照本年霪雨过多田间积水、亢旱伏雨稀少，禾苗受伤令将补种未种、有收无获各田亩开列坐落都庄土名注明亩分呈叩核勘

一户　住都　庄

田亩　分坐落　都　庄　佃户住村庄

内被旱水后已未收种　亩分

户承粮本年上下忙钱粮完纳

在　户无有未收种　亩分

道光　年　月　日　里书　圩长　地保

右式颁给灾户，自填姓名、住址并田亩数目，分已未种、有无收、坐落都庄圩名，在何户承粮，上下忙钱粮有无完纳，及里书圩保佃户若干人姓名，一一填注。如系自种，亦于佃户下写明。总之报呈则以业户为主，田亩则以坐落庄分为断，不得以一人而胪列各庄田亩，致易统混。该户如将田亩以少报多，并以地荡改田，影射混报，或以欠作完者，查出定将该户扣除，不在蠲缓之列，慎毋蒙蔽自误。

如某人名下有一户名而田分数庄者，姓名、住址填写于首行，田亩则有三庄者分为三张，有五庄者分为五张。其圩名即写于该庄之下。

如某人名下有数户名或数十户名，而田分数庄或数十庄者，姓名、住址仍划一填写于首行，田亩则按庄分写数张或数十张，并写圩名于该庄之下。其户名分别填写在于何户承粮。

以上三则与报呈刻为一联，叠作两折，以便归庄分钉。其呈内双行处所系被何灾，即专刻何项名目，并饬办灾经书另按庄置簿一册，于灾户具报之时，查核某人名下，或只一户名，或有数户名及数十户名，田亩项下或只一庄，或分寄数庄及数十庄者，俱按照报呈首行灾户住址何庄，即登注该庄簿内。其分报呈词若干张，统于该户呈内自报姓名之下分析汇注。此系以散归总之法，以便造顷亩花户册时与额征册按户核对，易于稽考。至分庄勘灾册，即照报呈钉本誊写可也。

一、《荒政辑要》开载：州县灾象已成，该印官应一面通报各上司。该管府州接到报文，即照例委员赴县协查。该州县一面按照各庄灾册，挨顺道路，酌量烦简，计需派委若干员，除本地佐杂外，尚少若干，即禀请道府派委邻近佐杂。如仍不敷，再禀院司调发候补试用等官分办一条。

按：委员须遴选平日办公诚实可靠之人，方能胜任，似不必拘定本地邻近佐杂及候补试用等官，判分先后。如本地佐杂非其所信，不妨径请院司，指名调发省员，以资得力。缘勘灾必得按庄挨圩，周历亲查，若性耽安逸，凡陟山涉险及大船不能迳达之处，但凭庄保口报填写塞责，贻误匪浅。所有勘灾册内各村庄田数总结处，应令勘员盖用图记，并书衔名于册面，俾专责成。如将来上官亲临，抑另委员覆勘，该村庄有不实不尽处，即将原勘之员参处。至舆从船只薪水，固有定例，但该员既为州县分劳，自应量为捐助，以补不足。倘能办理妥实，仍禀请分别记功奖励。

一、《荒政辑要》开载：委员赴庄查勘时，该州县即按其所查村庄，将前项钉成灾册分交各委员带往，按田踏勘，将勘实被灾田亩分数即于册内注明。如有多余少报以及原系版荒坑坎无粮废地，又有只种麦不种秋禾名为一熟地者，逐一注明扣除。其勘不成灾、收成歉薄者，亦登明册内。若原册无名，临勘报到者，勘明被灾果实，亦注明灾分，附钉本庄册后。勘毕，将原册缴县汇报，其余未被灾之村庄不许滥及一条。

按：勘灾之法，第一在划清疆界，方可免挪东掩西、指鹿为马之弊。如一县之中被灾处某乡内有几区，某区内有几庄，某庄内有几圩，该圩内被灾田亩，饬圩保于委员临勘之先，用竹片削签，填写花户亩分，按亩遍插，兼于每庄每圩竖立高竿一枝，于竿上悬挂木牌一块，书写某庄某圩额田若干亩字样，俾委员到时得以了然心目。如致不遵，即将该圩保重处，仍责令即日赶办齐全。然后饬令庄保开呈圩分清单，圩内补种若干亩、未种若干亩，委员按圩履勘，有不符则亲笔更正。倘禾是原种并未被水，不得混为补种。在各花户田亩既经报灾，未有不愿标签求勘者。该圩保等果肯实力奉行，可并顷亩花户册一勘而定，若辈无从蒙混。特恐多方阻滞为难，非有定识定力，不能破其锢习也。至荒版坑坎废地及一熟地等项，旱灾尚易于辨别，若积水不退之灾区，弥望汪洋，势难分析，只能查照实征圩目册载某圩额田亩数若干，核勘定断。

一、《荒政辑要》开载：报灾定例，夏灾不出六月，秋灾不出九月，原指题报而言。至于州县被灾，自必由渐而成，况麦收在四五月，秋成在七八月，则是有收无收，荒熟早已定局。嗣后各州县被灾情形，应于五八月勘确通报，以便汇叙详题，不得延至六九月始行详报，致稽题限一条。

> 按：浙省杭嘉湖三郡多种晚禾，向届十月底方能收获，况补种田禾为时更晚。勘员应将被灾田亩先行勘报，其补种者亦按庄按圩勘实亩数登册，即于册内声明现在田禾未甚发茂，有无收成，难以臆断，请俟八月底察看收成若何，再计分数。饬该县届时覆勘，勒限九月初五日以前造册详司核转，尚不致稽违题限，而于事可期核实矣。

一、《荒政辑要》开载：被秋灾地方，如有旱后得雨尚早及水退甚速者，尚可补种杂粮，均当劝谕农民，竭力赶种，以冀晚收。如有得雨较迟、积水难消者，应饬设法宣导，使之早为涸复，灌溉有资。其乏种贫农无力布种者，照例详请酌借籽种，候示放给一条。

> 按：借给籽种口粮，先由农民具呈报县，经庄保确查属实，再为具详请示。事多周折，需费不赀。且一借一还，升斗出入，时日守候，不徒无益，而且有累。故非小民所愿，似可不行。惟此等补种田亩，除杂粮收获本属无多外，即所植禾苗，究系勤民不惜工本不遗余力，与惰民之束手以待者有间。且种已失时，收成必歉，兼以买秧筑埂，雇众车戽，需用浩繁。窃恐所得不偿所失，若与原种熟田一律征收，似不足以示体恤。或届时察看情形，量减分数，亦推广皇仁之一道也。

一、《荒政辑要》开载：扣除灾户钱粮，应按实被灾田数目验算应蠲应缓，于额征确册内分注扣除，其未被灾田钱粮，不应统扣蠲缓一条。

> 按：扣除灾户蠲缓银米，如某户田若干亩，该粮则银十两，现被十分灾，内应蠲免七分银七两，蠲剩银三两分作三年带征，计每年该银一两，余仿此。漕南等米亦如之。蠲册造齐，一面纂造蠲单，务于次年开征以前按户分给，然后将实征印册内分别蠲免蠲剩，刊刻木戳，盖用红字，并填注数目于下，以便览悉。如该户被灾十分，额完银十两，于未被灾前已将上下两忙全完，应将其溢完银七两留抵次年新赋，另造留抵一册存记。其预完蠲剩带征银三两，亦另造预完册一套，详司备案，汇齐批解，仍于次年征册版串造齐，按数注扣。若仅完上忙银一半者，悉作应蠲银两扣抵新赋，其未完银五两分别蠲带，扣除勿征。俟奉文起征日，再将应征银三两分限征收，另造分征版串截给，以杜混淆。至缓征银两，于额征册内印红戳"缓征"字样，统于奉文应征日另立一册，起征毋混。

一、《浙省条议》开载：勘水灾与勘旱灾不同，有大水一过无碍收成者，有稍被损伤减收分数者，有淹浸久而全荒者。旱灾则赤地干裂，禾苗枯槁，一望而知一条。

> 按：水灾情形各别，有山水骤发，适当其冲，则水虽一过，而房屋坍塌，田禾淹没，甚至有沙淤石压不能垦复者。其仅隔一塍，为水不经由之所，田内禾苗仍复青葱无恙。似此等灾，若勘不认真，最易冒混。有江潮盛涨，河堤冲决，暴雨连朝，水虽泛滥而旋长旋消，或未漫没禾梢，尚堪戽救，抑或前种被淹而节序尚早，可及补种者。似此等灾，不过减收分数，间有损伤，秋成时自易于查勘。其有大水漫淹，积至三月不退，以致田亩全荒，并多不能栽种者，如道光三年湖郡水灾是也。既是一片汪洋，并无亩分可辨，应即以现在补种之田亩为断。勘员须查吊被灾各庄圩目册，按照圩分一一亲历，认准方向来路，无任复指，计该圩内额田若干，除补种田亩外，余俱作为全荒。惟乡农以补种之田培费工本，且禾苗未甚长发，诚恐勘作熟田，不令圩保

按亩标签，群相争竞，亦系小民实在苦情，不得不稍为变通，据所报称，酌量估计。如有隐匿，核实加增，俟八月底覆勘，再定分数，另饬庄保赶造顷亩花户册呈送，毋令久延。若旱灾及寻常水灾，则只凭报呈，分庄按圩亲勘，青苗、赤地固可一望而知。且用前法挨亩插签并顷亩花户册，可一举两得矣。总之，无谕〔论〕何灾，不外乎"分庄按圩、逐一亲勘"八字，纵不能寓目无遗，亦不致过为欺隐也。

一、《浙省条议》开载：向有土豪地棍倡为灾头名目，号召愚民敛钱作费，到处联名递呈；或于委员勘灾时，暗使妇女成群逐队，混行哄闹，本系无灾而强求捏报，往往酿成大案一条。

按：灾民哄闹之由有二：一则被灾之区恐官不往勘，每于经过地方要截扛抬，欲求先勘。法宜于临勘之初，按照四乡村庄道路，自近而远，先期出示晓谕各庄挨查次第缘由，令知履勘有期，安心静候，自不致于混争滋事。一则大水汪洋，田多淹没，间有筑堤、车戽、买秧补种者，工本已多，且当临勘之时，禾苗尚未长发，收成莫必，诚恐一经勘后，注作熟田，弱者环泣而求，强者咻哓不已。其情虽属可怜，其风亦不可长。法宜剀切开导，好言安慰，统俟八月秋成覆勘，再定分数。如禾苗仍不长发，并准作为全荒，乡农亦颇能解识而散。其有敢于拉扯围困者，非勘员之措词失当，即吏役地保勾串使然，当严究庄保以惩。

一、《荒政辑要》开载：庄书地保每逢灾歉，或向业佃计亩索钱，将成熟田亩代为捏报，业户贪图蠲免钱漕，佃户藉可减交租米，给与使费，嘱其入册，名曰做荒。或业主、佃户俱不知会，径自捏报，准后卖与别户，名曰卖荒。应由地方官先行出示严禁一条。

按：此系二三分水旱花灾，易于影射则然。应以前法饬令按亩插签，并不惮烦劳，挨庄亲勘，自可破除前弊。若灾至七八分以上，熟田甚少，无可腾挪，加以勘员处处到地，可不禁而自绝。惟书差圩保随同查勘，则有饭食船钱之用；户粮书造册详报，则有纸张辛工油烛之用；即上而司院房之核转、部吏之核销，亦不无需用，势不能不取给于县书，虽有勘灾经费，例价已属不敷，况多碍难开销之处。是向之所以致冒之由，而下情之格于上达，上泽之靳于下逮者，此也。今既欲帑不虚糜，民沾实惠，则各项所需不得不面禀上官，设法另为筹款，苟徒绳以法而不计其事之能行与否，则亦何益之有？

一、《荒政辑要》开载：灾分轻重，应照被灾村庄实在情形，不得以通县成熟田地统计分数，致灾区有向隅之苦。至一村一庄之中大抵情形相仿，不必过为区别，致有纷繁零杂，难以查办，且易滋高下其手之弊。第州县之中，每一地方即有数十村庄及百余村庄不等，查勘灾分应就一村一庄计算，不得以数十村庄之一大地方统作分数，以致偏陂不均一条。

按：此款应参看浙省乾隆三十四年刊颁条议，内载成灾分数不可牵匀计算，应以各田地实在分数为准。如一村之中有田百亩，其九十亩青葱茂盛，独十亩禾稼荡然，则此十亩即为被灾十分；其中有一分收成，即为被灾九分；其二分收成，即为被灾八分；有三分、四分、五分收成者，即为被灾七分、六分、五分。以此定灾，核算蠲数，方为确实。其给赈月分，亦应照此办理。如该县牵匀核算被灾田亩，虽居通县额田十分之三四分，而内有成灾九分、十分之田，即不能不按照九分、十分给予例赈也。

查 赈 事 宜

一、《荒政辑要》开载：查报饥口，例应查灾之员随庄带查，向凭地保开报，固难凭信，即携带烟户册查对，其中迁移事故亦难尽确。在有田灾户尚有灾呈开报家田，其无田贫户更无户口可稽，况人之贫富、口之大小必得亲历查验，方能察其真伪。嗣后委员查赈，必得挨户亲查，详察情形，参考原册，查照后开规条，酌分极次，查明大小口数，当面登册，填给赈票，勿怠惰偷安，假手书役地保代查代报，致滋混冒。查完一庄，即行结总，再查下庄。每日将查完村庄赈册票根固封缴县，仍将查过村庄饥口各数，或三日或五日，开折通禀查核一条。

按：户口之查，莫良于平日保甲认真，迫查赈时，即可按册而稽，无遗无滥。若州县之烟户册本属具文，全不足据，至勘灾之员既须分庄按圩亲勘。水路则支河汊港，迂道潆回，陆路则北堤南塍，纷弛旷野，随处留心认识，尚恐其重复导引，四顾茫然，更何暇分身随庄带查户口，以致两相岐误。且某村该有若干户，某户有业系其己产，某户无产并无营生，焉能于一村之中自头至尾，挨家询问？欲执途人而证之，势既有所不能，转恐遗滥，不知凡几。因与同人再四思维，此事固不可专属之庄保，而不能不以庄保开其先。应传集县署，各给草簿一本、笔二枝、墨一锭，并后开条规一张，令其照式先行确查造报，毋许冒滥需索，察出定干重究。仍于每庄延约殷实绅耆二人，各具请启名帖一分，后粘规条一张。其启内声明将来各庄捐粜贫米，即以现今查赈之户口为准，慎勿听庄保浮开，以致他日自敝等语。如庄保所报有不实之处，嘱令暗作记识，俟委员临庄，密为告知。该委员每至一庄，即按照开报之户挨查，其业佃则凭灾户报呈，自注是否被灾；贫民则视其家之房屋衣食器用牲畜，临时察看情形，以辨真伪。如与规条所载未符，即行更正删除，一面注册，登时给发门单。仍于查过一庄之后，将极次贫户姓名缮榜实贴该地，俾众咸知。所有拟议绅耆请启及刊发庄保规条开式于后。

一、各乡公正殷实绅耆，地方官无由知识，应先饬庄保于每庄开报数人姓名，按庄注册，再于公所备酒延请在城绅士，将庄保开报各乡绅耆姓名交与观看，托其于各乡熟识者分认代查。因亲及亲，因友及友，广为咨询，如所报不实，即另举更易，并令转告。将来庄保查造户口册完竣，先送该庄绅耆查阅，请于册面书名，盖用图记。倘其中有捏冒及贫户极次不符者，或不便明言，嘱令开单默记，俟委员临庄日亲面密交，即作为委员当场查出，不令为难招怨等语，俾无顾虑，统于十日内由在城绅士随时开折送署面覆。该县一俟覆到，即分乡定日用启帖粘规条一张，给发各地保分头邀约，勿任推诿，如有不到，即惟该保是问。

启式

启者：此次查办赈务，奉宪委员亲莅挨查，总期实惠及民，不假书吏地保之手，致滋冒捏索诈等情弊，实与地方被灾贫民大有裨益。

各士、绅、耆近住该庄，于附居之贫户丁口自必真知确见。本县用特备酒相延，务藉助襄办理，共成善举，以沐皇仁。兹将刊刷条例一纸送阅，祈为查照。倘庄保册报各户与例载未符，望即核明更正，无滥无遗。将来各庄殷绅捐粜，即以此时查赈户口为准，毋任庄保浮开，以致他日自敝。此外决无扰累，亦无时日多延，切勿藉词推诿。届期早降，免致该保蹈邀请不力之咎也。幸甚幸甚！

某拜启

一、贫业、贫佃二项，俟庄保造册到日，即查核该庄业户报呈所注佃户及贫业自佃者是否田亩全荒，以定准驳。其有自种己业，在此庄仅此数亩，虽已全荒，而另有田业转佃与人，系在成熟庄内者，抑或寄庄人户，其身居灾地而田坐熟庄者，一时无从考核，最易淆混。应并无田贫民按户亲查，详察其所居房屋器用衣食牲畜情形，酌为定断，或不致于过滥。断不可任听庄保所报即为可信，稍自怠惰偷安，致滋冒混。（此条系《荒政辑要》与各省办灾事宜所载，略加参议。）

一、灾民有避水舟居者，勘员须问其原住是何村庄，左右邻是何姓名，登注册内，令其查至该庄之日，到彼等候。如果属实，即将船头铲削数寸，书明某月日某庄查过，共坐若干人字样，并给门单，准其日后领赈，仍归本庄给发，登注册内，不得分头换载，致有重复之弊。（此系《荒政辑要》与各省办灾事宜所载，略加参议。）

以上三条只抄给同事诸人查阅，毋庸发给庄保知悉。

一、查报贫户饥口，应先饬庄书地保圩长确查造册，分别贫业、贫佃、无业贫民三项，各于该户下逐一注明，不得含混挂漏。

一、贫业、贫佃应与无业贫民统归于居住村庄，按户分别极次贫给赈，不得分岐，以致漫无稽考。（此系《荒政辑要》与各省办灾事宜所载，略加参议。）

一、查赈现照颁发事宜内开：

极贫：

并无己产己屋，佃田耕种全荒者

并无己田己屋，佃田耕种成灾过半，家口众多者

外乡别邑农民携眷耕种，搭寮居住，田已全荒，无力佣工者

以上无论大小口数多寡，俱系全给。十六岁以上为大口，十六以下至能行走为小口。其在襁褓者，不准入册。（此系《荒政辑要》与各省办灾事宜所载。）

次贫：

虽无己田，尚有房屋牲畜，佃田全荒者

虽无己田己屋，佃田半属有收，而家口无多者

自种己业，仅止数亩而全荒者；自种己业仅止数亩，尚有少许收获，而家口众多者

搭寮居住，耕种外乡别邑农民，佃田荒已过半，无力佣工者

以上老幼妇女全给，其少壮丁男力能营趁者，不准给赈。其有残废，无力营趁者，应与老幼一体散给。（此系《荒政辑要》与各省办灾事宜所载。）

被灾村庄内无田贫民三条（此系《荒政辑要》与各省办灾事宜所载）：

无己田又无佃田，并无手艺，专藉佣工糊口，因被灾无工可佣而有家口之累者，为极贫，孤身为次贫；

无己田又无佃田，并无手艺，专赖小本营生，因被灾无可卖买而有家口之累为极贫，孤身为次贫；

成灾村庄之四茕无依，未经编入孤贫者，为极贫。

不准给各条（此系《荒政辑要》与各省办灾事宜所载）：

有力之家堪以资生者，不准入赈；

但有本经营及现有手艺营生者，概不准入赈；

田地虽被灾伤，尚有山场柴草花息者，不准入赈；

成灾村庄内之四茕，其有力自给及亲族可依并已编入孤贫册者，不准入赈；

不成灾村庄内之四茕及无手艺营生者，概不准入赈。

一、查至该庄，如有别庄灾民被水后暂寄亲友人家借住，或该庄贫民亦有迁移他处，仅余空屋者，应令地保查报姓名户口，再确询左右邻，如果符合，即另册登注。俟该户闻赈归来，许地保两邻结报，查核相符，准其一体赈恤。（此系《荒政辑要》与各省办灾事宜所载，略

加参议。）

一、屯卫灾军饥口应归田亩坐落之州县，照依民例，一体查赈。（此系《荒政辑要》与各省办灾事宜所载。）

一、被灾贫生，例以全无粮产亦无己屋者为极贫，尚有些微田地、住系己屋而全荒者为次贫。应令教官确查，分别极次大小口数，造册移县，不得混入民户编查，致有岐冒。（此系《荒政辑要》与各省办灾事宜所载。）

一、各庄书地保编查户口册齐全，即挨顺村庄道路远近排定日期，预先晓示灾户，届期无论老幼壮丁均各在家守候。如本日查无其人，混称外出，再求补给，概行不准。或邀约亲友至家充数冒混，验其居住房间即知真伪，立将该户扣除。至查到其家，该丁只准立于门内，不得由外而进，以杜混淆，不遵者删扣。倘有妇女成群结队，混行哄闹，及不应赈而争极次者，除不准外，定将该庄书地保究办。

以上七条，刊刷多张，发给绅耆庄书圩保各一纸，令其遵式确查，造册开报，听候委员亲临查验。其旁行细字记于付厥时删除。

一、《荒政辑要》开载：应赈之户门首壁上用粉大书极贫、次贫，某人大几口、小几口字，以便上司委员不时抽查。俟赈毕方许起除一节。

　　按：灰粉书壁易于剥落，且恐有更改之弊。查《浙省办灾条议》，改用门单实贴灾户门首，较为周匝。今拟刻作二连，一系根查，一系实贴，须委员立时填写面交。俟赈票办就，再令该庄绅耆出具收领，就近查照门单，按户散给。

贫户门单式

右贫户门单式一张，内年月用印。其根查一张，只盖印于骑缝编号处。所查至何村，即摘写该村名一字，编为门单号记。所带底册亦一律填注，如男女大小口数某项无者，则写以无字。单册两项均须对填，不可差讹遗漏。如内有业佃屯灶，临时分别添注。

一、《荒政辑要》开载册式一页。

按：所开格式眉目似不甚清晰，且既经庄保查报于先，官为复查，只须核实极次贫与大小口数。至其家之有无盖藏、是何营运、地亩若干等事，可无庸赘叙。今拟册面及册式开后：

册面式（赈票门单册面，除去"委系无滥无遗是实"八字，绅耆书保只书名而不押）：

册式*：

册面式：一村摘字名写　戳红字号　某某庄　查得该极贫　委系无滥无遗是实　字号户口册　男共大口　女小口　次贫男大口　女小口　绅耆某某押　户书某某押　地保某某押

册式：摘写村名一字　字　号　县　庄　村　贫户　祖母　母氏　氏　兄嫂　子媳　以上共　男岁　女岁　大口　氏　氏　岁妻　弟　弟媳　女孙　女男小　口共　岁岁岁　口　岁岁氏　口　岁岁岁

右册式汇二号为一页，数十页为一册。各委员认查何乡村庄，即分占一字，如天地元黄之类，用红戳印于册面里首，另将某庄之摘写村名字号，用墨笔写于册面外首。盖恐村名易于重复，须以各散号归于一总号之下，以便稽查而免紊乱。其横格攒写处，刊时记册。查系是业是佃抑系贫生屯灶，临时于贫字下空格处填写。

赈票式*：

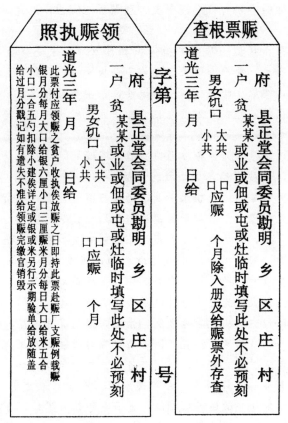

　　右赈票式用厚韧之纸，当幅之中填号钤印。其号数即照门单号数所编填注，并刻一红戳"某月日给赈票"，盖印于门单册式内，毋庸另行造册。此票按月验明发赈，盖用"给赈一月讫"图记，仍将原票发还。下次亦如之。至赈完掣回，查对根号毁销。

抚 恤 事 宜

　　一、《荒政辑要》与《江浙灾赈条议》开载：抚恤一项，原为被灾之初，查赈未定，极次未分，灾民之中如系猝被水冲，家资飘散，房舍冲坍，露宿蓬栖，现在乏食，势难缓待者，自应不论极次，随查随赈，给以抚恤一月口粮，或钱或米，各随灾户现栖之地，当面按名给发，印委各官登簿汇册报销，仍即讯明各灾户原住村庄注册，俟水退归庄后，查明灾分极次，仍按原庄给赈。又云，猝被水灾，房屋坍倒，一时举爨无资者，或暂行煮粥赈济。其有趋避高处，四围皆水，不通旱路，穷民无处觅食者，该地方官亟应买备饼面，觅船委员散给，以全生命。此系猝被之灾，事非常有，向无另项开销，如遇此等办理，应按其救济灾民口数归于抚恤项下报销。又云，被灾贫民虽例应先行抚恤一月，仍须酌看情形，或被灾较重，或连遭歉薄，民情拮据应行先抚后赈者，即行照例将抚恤一月口粮先于正赈之前开厂散给汇报。如甫当麦收丰稔之后遇秋灾，或民力尚可支持，只须加赈毋庸抚恤者，亦先期通禀，以便于情形案内声叙详题。又云，灾地赈济之外，间奉宪行煮赈，原无一定，应俟临时奉文筹办。如有地方实在穷苦，被灾村庄虽经给赈，而城市无灾之地无业茕民尚难糊口，该地殷绅果有自愿捐资设厂煮赈者，应通详批允，方可听其自行经理各条。

按：前列各条，抚恤一项，专指灾民猝被水冲，家资飘散，露宿蓬栖，现在乏食，势难缓待者而言，故于查赈未定之前不分极次贫，先给一月口粮，仍俟水退归庄后查明灾分极次，按原庄给赈。其抚恤银两，系由委员各随灾户现栖之地，当面按名给发登簿，汇册报销。是灾户可以举目而知，无庸编查户口及给票等事，与查赈事宜迥异。甚有非常之水，汹涌骤至，连畦接壤，一片汪洋，并无高处可避。该地方官亟宜分派亲信家丁，多带船只，备贮面饼火镰火石等物，飞棹赶赴四乡拯济。凡见有栖止树梢屋脊之人，迅救至船，设法权为安置。其或地居高阜，四围皆水，无处觅食者，即畀以面饼火镰等物。如积水不消，仍按日济食，无令失所。一俟水势稍退，各灾民无屋依栖，无资爨食，当即于村镇适中处所分设赈厂煮粥，先行赈济。以上各项均应于抚恤项下开销，一面晓谕灾民归庄，听候委员挨查户口给赈。倘距青黄不接为日方长，察看情形，即请加赈，并为延请殷绅，谆劝捐粜，各济各乡，总期民食接济，至春花将及登场而后已。再将应兴工作如挑河筑堤等类，所用民力居多者，借赀修举，以工代赈。此办理猝被水患及被灾最重之章程也。若寻常水旱荒灾，其有灾较重而连遭歉薄者，虽亦有先抚后赈之例，惟灾户俱仍各居本庄，若不挨查户口，则人数众多，极次莫辨，从何考核？且其困苦情形究与猝被水患者有间，与其将抚恤口粮散给于漫无可稽之际，致有滥遗，似不若赶查户口于例赈之外，以此项作为加赈之为得耳。至于煮粥赈济，只可行于灾户猝遭水患、仓猝待食之时，抑或因地方实在穷苦，并城市无灾之地无业茕民难以餬口，故于赈外复为此举，自不嫌于多多益善。若即以此准赈，断不可行。无论煮粥之弊窦多端，即粥厂一项势难多设，穷乡僻壤，灾黎焉能牵率老幼妇女，奔走数十里之遥，日图一粥，去而复来，枵腹之余，岂胜跋涉？且食之者众，市镇脚夫乞丐无不混迹其间，既未经查造于先，岂能拒给于后？兼以饥民聚集，易于滋事，尤防有拥挤倒毙之虞。办理不善，徒于费则多縻，而于民卒无甚益也。总之，各州县设遇水旱荒灾，惟当核实确查户口，照例请赈，再为贫民计算应乏食若干月，谆延绅士劝捐粜济如前法。其外来流丐，不许骚扰民间，自为按名捐给口粮，即日押解出境，移知前途，一体资送回籍。似此分别查办，则境内灾民既免于饥馁，外来者复令随到随散，不致羁留，地方自可日臻安谧。所有捐粜济荒、驱逐流丐二条，已于《学治体行录》详载矣。

平 粜 事 宜

一、《荒政辑要》及《江浙灾赈条议》开载：平粜仓谷，原应青黄不接、米少价昂时举行，所以平市价、便民食也。如遇灾地秋冬放赈，小民有米可资，原可无需平粜，况灾邑仓谷有限，若赈粜同时并举，势必仓箱尽罄，来春反无接济。自应仍令于放赈时，毋庸平粜，樽节留余，以为青黄不接时粜济民食一条。

按：平粜减价，惠益于民无几，势不能延请城乡绅士，辗转托查。故编造户口一事，往往假手于地保，其中户名率多捏冒，为地保卖钱渔利，致乡曲愿民有向隅之嗟，极宜加意访察。然此举只可行于米少价昂之时，如遇灾岁，自应照例请赈，既不便赈粜同举，有碍仓储，尤不可以此塞责。缘灾民待哺嗷嗷，非杯水所能济事。且粜价虽减，究须索值，民间囊橐已空，更何从觅钱向售耶？似应于次年青黄不接，各殷绅捐粜不敷时，再开仓粜济。其时春花将次登场，小民借贷亦较易矣。所有户口即以查赈册为准，最为简当。

予前以湖郡勘灾之役，纂辑《荒政备览》一卷。事竣旋省，质之钱塘吕大令璜，劝急付梓。适复奉大府檄赴嘉郡与罗太守尹孚会议灾赈章程，仍至湖郡督查户口。凡所亲历目见耳闻，又须扩前说所未尽，重言申明，并有因地相时，以神明于规矩者，附刻前编，未分伦次，故叙其颠末如此。癸未秋九月，凤生再识。

荒政备览卷下

婺源王凤生振轩纂*

一、道光三年，浙省杭嘉湖三郡水灾最剧。中丞、方伯意欲功归实用，蒙允凤生与同事诸君所请，将向届办灾部页以及上房纸张油烛之需另为筹款捐给，不准向办灾州县需索分文。其应领勘灾经费，准予核实报销给领，总期实惠及民，不令书役得以藉口，预为侵冒地步。并谕委员于诣县之时，传集宣布，洵属法良意美。惟其中书吏之权，每以册结不如式为词，往复驳换，州县恐干例限迟延，不得不向通融商办。因复据情请于方伯，蒙将前项册结饬书查造成式，并恐以款目繁冗，故作刁难，亲吊向办灾案册结原稿至署，逐加核对，及金稿是否相符，即颁发各被灾州县遵照造报，益臻周匝，裨益灾黎，正匪浅鲜。虽各省科则款项各别，亦可类推。为牧令者设遇其事，当以此禀求大府，未有不仰邀鉴察，俯如所请者。故于前说重言以申明之。

一、查造顷亩花户细册，最易为办灾经书弊混。如被旱田亩及被水较轻之灾，莫善于前说之按亩插签，以杜其弊。至被水较重之区，当其查勘时，系属一片汪洋，虽据按圩亲临田亩，可以约略计，而花户姓名无从询悉。予以会议嘉郡灾赈之役，见嘉兴大令吾宗维埻所办册榜各式甚为得法，因采辑之，并为酌易备存。

册面式：

```
册面式
道光三年分
被水歉收成灾田亩花户结报清册
某县某都某庄
```

```
具切结某都某庄　地保某人　圩长某人　庄书某人　今具到
庄书某人
案下遵查得本庄内各圩歉收成灾田共若干亩逐一开明业佃
填造册式送候覆核并无以熟报荒以少报多移址
换段情弊不敢扶同朦混庄书等领资办公亦无需
费所具切结是实
道光三年　月　日具结　地保某人　圩长某人　庄书某人　等押押押
代书　某人盖用戳记
```

计开：

一被水歉收田　亩　分　厘
佃户某人押住某处
业户某人押住某处
粮在某庄某户下完办

以上系灾田册式，五行为半页，十行为一页，折作册页式，每庄一本，刊印成册。某人名、户名、住处、作押及亩数俱空格，临时填写。如系旱灾，即刻被旱字样。

一被水成灾田　亩　分　厘
佃户某人押住某处
业户某人押住某处
粮在某庄某坊某户下完办

以上系歉收田亩册式，悉照灾田册所载填写，惟换歉收字样，须分庄另立一册，其册面结式亦然。

榜式

正堂示　今将某都某庄被灾歉花名项亩分数开列晓谕，如有原报不符，准即呈明更正，该业

　　户会同庄书等遵式填册，画押具报，覆勘定限，于本月　日截止核详，逾限不报，概

　　不准理，毋违自误。特示。

　　计开

　某　户成灾田　　亩　分　厘坐落某字圩

　　　歉收田　　亩　分　厘坐落某字圩

　　　以下仿此。

以上各户，如有以熟作荒及移丘换段等弊，准本户自行检举。倘逾限不自呈报，准该

圩人指控，立提捏报人，照例治罪，决不宽贷。

　　　　　　　　　　　　　　　　　　　　右　榜　知　悉

道光　年　月　　日给

　　　　　　　　　　　　　　　　　　发贴某庄

　　一、办灾州县，有以境内典铺盐店各大铺户，不向劝捐济赈，令其自认开发本境讨乞
贫民及外来流丐钱文等情，行未一月，诸多格碍，予往侦知，亟为阻止，并为说以更正
之。

　　　　按：捐赈一项，多多益善。查一县之中，如典铺盐店向届公事捐输，俱居其重
　　者，若令扣除，则捐项愈形其绌，自应一体劝捐，从优输助。至若本境乞食贫民及外
　　来流丐，专属之开发，虽为该铺等目前计，可免出重赀，而日久积算，殆有过之，且
　　将不胜其扰。盖博施济众，自古为难。故赈之定制，每大口一日官赈只银六厘，或米
　　五合，小口减半，即民赈亦只日给钱十文，仅以免其饥馁。今城镇铺户，核计每铺于
　　乞食贫民日给一文，其在村镇稠密地方，每人每日已可得钱数十文，况城中街市更
　　多，扩而充之，每人每日竟可得钱一二百文，是比官赈民赈增至十数倍。小民利重辎
　　〔锱〕铢，不特本邑灾黎趋之若鹜，即邻郡邻省之饥民流丐日久闻风，群以为乐土，
　　牵率老幼，沓至纷来，累月经旬，愈聚愈众，从何禁止？其小本铺户力固难支，纵典
　　当大铺亦势难持久。其时欲罢不能，稍不遂欲，必致肆行抢掠，莫可谁何。要知饥民
　　宜散而不可使聚，岂能漫无限制，招之使来？非惟商累，亦以自贻伊戚也。因举前载
　　《体行录》内驱逐流丐一条，推广其说。凡城镇地方，应先出示晓禁，只准本境穷民
　　及外来一二乞丐单身求乞，任店铺随意照常施舍，不得三五成群，强索硬讨。倘有外
　　来流丐至境，均系官为经理，声明典当铺户概不给付分文。每到一起，著令该处地保
　　即时报县，一面饬查其头目姓名、籍贯及男女大小若干口，遴差干役押赴就近各交界
　　处，等候委员携带钱文前往，按照人数，每大口酌给钱二三十文，小口减半，照名挨
　　给。水路则捐给船只，陆路则押令出境，立时弹压启行，不准逗留滋扰。并备文签差
　　移会前途，一体资恤，递回原籍。守候下站覆文回销所给之钱，即于盐当铺户捐项内
　　酌提若干，预贮公所备用。

　　一、编查户口之法，既以庄保先查造报，绅耆覆核，委员再挨户亲查，似可免踏滥遗
之弊。然反覆思维，犹恐庄保查造之时，不令灾民知晓，迨官往查办，或其人适值外出，

或以愿懦不敢申辩，即就地缮榜通知而觉识已迟。与其群相控告于后，不若预思防范于前。应令绅耆督同庄保查核后，即于灾户之门首以白灰粉大书贫户某人字样，第应否给赈，仍俟官查核夺，须与该户言明，勿以此为准定。是该村何户食赈，耳目共瞩，有无私弊，众论难瞒。然后委员临庄按册，对户挨查，实贴门单榜示，给与赈票，益觉周备允洽。其他居民既相安于缄默，自不致临时妄思希冀，纷纷争执矣。

一、捐粟济荒一条，已于前辑《体行录》备悉言之。然其时所历，究系一邑偏灾，兹奉委筹嘉、湖两郡灾赈事宜，并蒙中丞帅公以两浙盐商捐银二十万两具奏，复同方伯常公、廉访吴公、都转宋公、观察陈公各捐廉俸，为数不赀，以励通属之乐于为善者，共襄义举。盖轸念民瘼，以目前之距麦秋青黄不接，为日方长，拟于例赈之外以此接资民食。凤生忝膺斯役，敢不竭力尽心，以慰痌瘝之在抱？惟前说尚有所未竟，且近见吾乡齐太史彦槐曩任金匮县时劝捐图赈章程，与予所办坊米之法亦复大同小异，用为变通推广，以质之在事诸君。

按：今岁水灾既重且广，乡农屡经补种，纵有盖藏，已早尽其所有，以为工本之需，卒之功败垂成，积资并罄。现复积水三月不退，房屋坍塌，荡析离居，有木皆枯，欲耕无地，蒿目时艰，莫此为甚。应为通盘筹画，必须给予七八月口食，俾至春熟登场，方可无虞失所。然国家经费有常，本年各省灾区甚广，业蒙中丞奏邀恩准赏给例赈四个月，加以来春籽种口粮，即浙省三郡而论，需费帑金将以百万计，惠恤黎元，备优极渥。伏思邻里乡党本有赒恤之谊，仁人君子皆存乐善之心，况平时保富，原以恤贫，今兹济贫，端须赖富。其有例赈之州县，应谆请城乡殷绅及典当盐店大铺户等从优劝捐，一律接办民赈三个月。先于城中设局，延请公正殷绅总司其事，所有丁口，即查照官赈数目为准，每大口日给钱十文，小口减半。统计该县被灾村庄若干，每庄灾户大小若干口，按三个月算，需钱若干，分庄立簿。再以每庄殷户若干人，某人应捐若干钱，自万千百十两至三五千文不等，各量其力，细大无遗，共该银钱若干，代为扣算，是否足敷该庄三个月赈数。如有赢余，登注簿内，按庄延请公正董事二人综理。惟庄分之大小不同，贫富不等，内除捐力仅能自顾者任令各恤各庄外，如穷瘠之庄，捐数无多，合算亏钱若干，于簿内注明，即以殷实庄分之赢余或官商及城绅捐项酌量协拨，以足敷三个月赈钱为率，勿令向隅。其协拨之钱，令该董事按月给领。俟赈毕之后，仍将各该庄捐输姓名数目及所散赈钱抑或亏缺若干，由某庄某人捐项拨济缘由，逐一缮榜实贴该庄，俾施者受者咸知所自。如该县通计穷瘠之庄多于殷实之户，即并在城绅当所捐捵匀配搭，仍不敷用，则汇总亏钱若干数，再据情禀明各宪，申请省城官商捐款，酌拨接济。至县城之无业穷民，本属无几，各乡贫佃何啻倍蓰千百，当令城乡合办，通盘筹画，酌盈补虚，以归划一。并出示晓谕，如庄内殷户甚少，不足赈本庄者，其稍有力之家亦必量为推解，积少成多。至实有不敷，始禀请拨给，不得自诿贫庄，一无捐助。若庄内殷户足赈给本庄者，务必竭力捐足，不可自留余地，以望他庄之协济。若庄内殷户甚多，不止能赈一庄，或一殷户之力能赈数庄者，除赈本庄外，务必盈千累百，赴局书捐，以备协济他庄之用，不可稍存畛域之见，谓本庄赈足不顾邻庄。要知此庄有捐，彼庄无赈，枵腹之众岂能安然坐待其毙？势必仍累此庄。绅富之家则何如疾病相扶，以冀守望相助之为得也。

金匮县捐赈刻征信录及各庄贴榜式

各绅商富三百千以上捐数：

某　　捐钱若干文 （某乡某庄捐）

某　　捐钱若干文 （城捐）

以下仿此。

　　以上捐钱各于本庄载列，按乡结算。因在三百千文以上，准给议叙，故汇开以便查核。

典商捐数：

某典　捐钱若干文

某商　捐钱若干文

以下仿此。

　　以上共捐钱若干文。

某行某庄捐数：

某字号　捐钱若干文

某字号　捐钱若干文

以下仿此。

　　以上共捐钱若干文。

在城：

某区某庄　庄董（某　　某）

某　　　捐钱若干文

某　　　捐钱若干文

以下仿此。

　　以上共捐钱若干文。

赈给饥口大若干口，小若干口，照例赈发。大口每月若干文，小口若干文，散发几月，除迁移外，共赈钱若干文。

计盈余钱若干文，归局协拨贫庄。

在乡：

某区某庄　庄董（某）

某　　　捐钱若干文

某　　　捐钱若干文

以下仿此。

　　以上共捐钱若干文。

赈给饥口大若干口，小若干口，照例赈发。大口每月若干文，小口每月若干文，散放几月，除病故外，共赈钱若干文。

计亏钱若干文，拨某庄捐输余钱赈足。

浙江湖郡酌办赈务事宜

一、委员下乡编查，先期传集地保到县，当堂谕令伺候，临庄挨查，先行给赏饭食钱文。倘始终妥善，仍于给初赈后再加重赏。如有匪棍纠众号召，混争户口，定惟该保究追。

一、先传谕庄保，告知绅耆，俟委员临庄，预在公所等候，先与会晤，再同赴该村庄确查。

一、放赈有期，须将此次因本县额贮仓谷无多，不敷碾放，现在禀请各宪拨给邻府县仓谷运济，俟运到动碾，尚需时日，故须第几次赈期，方能放米。余俱照例放给赈银等情，先期出示晓谕。

一、按月放赈，既由各庄绅耆领回，就地给散，即无庸设厂，但须预将放期及该绅耆散给处所，晓示灾民知悉，仍届期饬令庄保前往，帮同伺应照料，不得违误。并按庄代刻一木戳，上刊放给某个月赈讫。其某字空白，告以临时填写一二三四字样。每放赈一次，盖用于赈票之上，仍交该户带回。赈完将票存销，汇齐缴官点收。缘乡僻耆民恐未能知悉，致有舛错也。

一、赈银领到，传齐银匠至署，禀请本府委员督同库书、银匠等弹兑锤剪，按户固封完讫，再请本府亲临抽封验兑平色是否相符，以昭慎重。

一、领赈银之期，庄保须邀集绅耆于邑庙公所等候本县来与会晤，将赈银逐封查对，眼同点交，并令当面抽兑，以杜书吏克扣之弊。

一、绅耆至县领放赈银四次，所有盘费船钱，应由本县按照路途远近致送。其往来在一站以内者，送纹银三钱，一站以外者，送纹银五钱。白封红签，上写程敬并某某拜具字样。

一、各绅耆赴城请领赈米，须预饬庄保就地代筹贮米处所，妥为布置。所有上下挑脚船只一切需用钱文，俱系官为捐资，饬庄保代为经理，决不丝毫扰累。该庄赈米若干，按照仓斛给发，令绅耆亲至县仓，眼同斛收。仍着庄保照料下乡，俾分责成而免遗误。

一、未经放赈之前，出示遍谕城乡镇市各钱铺，不得临时骤抬钱价。凡有灾民持赈银换钱者，按照公平时值，毋许搀和小钱，如违查究。

一、湖郡放赈既专任绅耆，无须设厂，较为便民，已于前说言之。惟内有偏僻村庄，向无绅士，即耆民亦多非身家殷实之人。凡涉此类，自未便以该庄赈银交给，必须届期委员赴乡监放，以昭核实。然县属之教职佐杂只四五人，若令于一日之间周历通县，势必鞭长莫及。拟分东西南北乡，作为四日挨放，先行出示晓谕，俾委员得以往返轮流，分投督办，庶无顾此失彼之虞。

一、编查户口之法，备悉前说，然以今所历，犹只道其常而未能变通，以尽其利也。缘各县之风气淳悍不同，民生莠良不一。如浙省湖郡之乌程县为著名难治之区，民情本属刁蛮，且书差圩保从不顾公，往往勾结棍徒，遇事把持，动纠数百人哄署挟制，积习相沿，牢不可破。此次被灾，闻有赈恤之典，各玩庄即纠约来县，恃众喧嚷，争添户口，不令绅耆查造，必欲将不应食赈之人全庄冒列而后已。绅耆亦莫可谁何，群相退避不前。该地方官以灾民势众，不得不曲为通融，而闻风效尤者遂日逐纷纷踵至。余自嘉郡至湖，侦知其事，窃以为灾民宜恤而不宜纵，饥民宜散而不宜聚，外来流民宜资之速去而不宜厚以招徕。况赈恤大典，仰沐皇仁，无使一夫失所，圣泽汪洋，靡不周沾。该灾民一经安抚，再敢妄为，即系乱民，自应绳之以法。故例载：不法之徒，乘地方灾歉，伙众扰害，挟制官长，照光棍例治罪。法律维严，盖以父母之于子孙，饥溺之心不容不切，而约束之令不可稍宽也。今该庄民等希图冒滥户口，竟敢聚众争闹，直入衙门，则委员下乡查办，势必益无忌惮，从何措手，显有书差圩保暗中勾串等弊。访之在城公正绅衿，果系前情，并有被胁良民事后悔悟，进退两难。咸以为亵玩如斯，若不大加惩创，不特现查户口难以卒业，且一经得志，将愈肆横恣，莫可收束，恐致另酿巨案。余因会府出示，传齐地保肩牌晓谕，并严究庄书，责成妥办。正欲亲赴各乡核实挨查，试其伎俩，又有乡民多人拥入县堂，直至宅门。适余出署相值，当向询查，据欲争添户口，随令该县饬役拿获十余人。内有乡民李明春，身边搜出私造丁口底册，计两庄共一千四百余名。吊查该绅耆原造之册，仅六百余名，冒至倍余。讯系圩识莫殿玉私造，交付主使来县争闹。质之随来乡民，均称伊等田虽被荒，尚有山场花息手艺营生，原知不应食赈，系为圩识骗索钱文，可以希图入册，并被逼胁恐吓而来等语。莫殿玉无可置喙，立予摘伏，当即监禁，通详究办。合邑肃然，顿臻安贴。并禀请大府严切示禁，俾奸胥恶棍不得肆逞把持，斯乏食灾黎方可得沾实惠。刑期无刑，正所以顾惜其身家性命也。爰将牌示等式开后，为民牧者设遇此等地方，不得不因时制宜，恩威并济，力除锢习，始克安全。其要总在以实心行实政，若徒事姑息，则无益而有害。《书》云：徒善不足以为政，徒法不能以自行。有以哉！

本府会衔为出示肩牌晓谕事。照得本年湖属田亩被水成灾，业蒙大宪委员会同地方官按亩勘实，并查灾民户口，奏请蠲缓赈恤，毋致一夫失所。且恐青黄不接，为日正长，又于例赈之外，劝谕城乡殷绅量力捐资，接办民赈，以济口食。所以为灾民计者，已无微不至。兹各县灾民户口，业据各庄绅耆督同编查完竣。惟乌程县有某某等庄平日不安本分之徒，纠同不应领赈之人，百十成群，连日赴县喧闹，不容绅耆查造，意将挟制官长，冒滥入册。其中显有书役、庄保暗中勾串唆使，藉图分肥情事，正在严密查拿，务获究办。兹于某日又有五十五六庄知识莫殿玉，率带乡农多人，蜂拥入署，经本分府出署之际，饬役锁拿，搜出村民李明春怀挟私造丁口庄册，讯系莫殿玉交付主使哄闹争冒户口等情。当经会同本府讯供收禁，一面通详，按律究办。此等刁蛮不法匪徒，扰害赈恤大典，实为国法难容。查例载：不法之徒乘地方歉收，伙众扰害，挟制官长，喧闹公堂者，俱照光棍例治罪。又光棍首从斩绞等语。功令森严，岂容稍有违犯？本府、本分府不忍不教而诛，合行剀切出示肩牌晓谕。为此示，仰各庄地保圩识及灾民人等知悉：尔等被灾户口如已经该庄绅耆查编入册，应静候委员临庄挨查相符，禀请大宪发帑，定期给赈，俾各早沐皇恩，以免嗷嗷之苦。如有并非灾户，例不应赈之人，敢于纠约同类及无知愚民，妄思混冒，挟制入册，并因不遂所欲，辄即纠众喧闹公堂者，即是乱民，实与光棍无异。书差勾串唆使，厥罪维均。本府、本分府惟有立即会营按名拘拿到案，照例通详严办，决不姑宽。尔等安分灾民，其各自保身命，慎勿随同附和，自干重谴，各宜凛遵毋违。特示。

道光三年　八月　　日示。

此系予奉委查乌程县户口颁示晓谕之式。示内以朱笔圈句年月，上会印，用竹竿一根，上编竹篾，作为高脚牌样实贴，按庄给发地保一张，饬令挨村肩牌晓谕。如淳良县分，原可不用；倘俗尚刁蛮，虽无滋闹情事，亦可酌删数语，于将查户口之时，给保肩示预禁。

宪委本衔示：本分府蒙大宪委赴乌程县，督同各委员抽查灾民户口，奉抚宪严谕，奏请给赈，原以矜恤真正乏食贫民，其有违例冒混者，一经查出，即照冒赈例治罪。该庄民如误听庄保圩识捏报，准其于本分府临庄时自首更正。倘庄保圩识胆敢勾结地棍，纠众当场将不应食赈之人求添户口，混争极次，定照收禁之五十五庄知识莫殿玉等严拿提省，从重究办，毋谓本分府言之不早也！凛之。特示。

此示用朱笔缮写，粘于高脚木牌之上。其下纽以铁叉，随委员到处插地晓谕。

一、编查户口，专属之绅耆者，原欲分庄保之权，冀以彻其蔽塞。惟大县庄分有二三百之多，每庄且有数村十数村不等，公正绅耆何可多得？苟乡僻处所不得其人，反与庄保交相要结，而实有身家殷户，即明知庄保弊混，亦不肯出与为难招尤，盖以官暂而吏常，官远而吏近也。予以乌程县赈务几为庄保勾串把持，既经当场拿获，以发其端，更复诣地亲查，以试其伎。虽限期急迫，不能挨户踵临，而每至一庄，必于适中公所招集贫户，按名询问其家之田粮、生业、丁口、年岁，如有手艺营生者，登时驱逐。其或将已故之父母、兄弟、妻子诡报，当证之绅耆者，立予扣除。分别极次，汰滥补遗，面给赈票门单，无不欢慰而去。各绅耆内有畏累徇情者，亦有懦弱不言从旁暗嘱者，并有不顾嫌怨面斥〔斥〕其非者，各视其平日之乡望何若，不能强之使同，而要以官为转移，未始不深资勷助。虽丁口多寡，或间为黠民冒混，而查出庄保诡捏之户，不知删除凡几，庶可豁然一清。再于查毕一庄之后，就地出榜通知，凡所经行，民皆称便。是又与前说稍为变通之一道也。惟该邑蛮悍成习，小民惟利是趋，往往逼勒绅耆庄保，概将不应食赈之人全庄开报，稍不遂欲，即捆缚庄保，吓制绅耆，甚有经官查后，要截中途，将绅耆殴辱者。且佐杂委员莅乡，随役无多，声望不足以资弹压，竟敢藐视不服。查点此等棍徒，若不痛加惩创，何以处绅耆而肃功令？凡涉前项情事，余与杨大令必亲往拘拿，一面将原册按名开点，任令纠众数千，环列前后，希图挟制，余则从容自若，视之蔑如，大声晓以利害。倘有率领老幼男妇直前硬争者，讯实其人果不应赈，即取具供结，当场重责以儆。于是环观之众乃一哄而散，卒无敢犯，而其中真正贫民则屹立如故也。益信真实者自臻气壮，觊觎者立见情虚。庄以临之，静以镇之，虽心恻灾区，不能不出之慎，而外崇威望，不可不示以严。若稍涉张皇葸怯，势将乘虚而入，视官法如弁髦，其为患可胜言哉？然亦有庄保诪张为幻，反其道以相尝者。盖以办灾之初，地保曾经挨户敛钱，庄书混以完粮户名开载，欲希冒领。迨官为躬亲，词意严切，不敢滥开，遂不告绅耆，任将应赈之户删减造送，以图塞责。至于实在贫民，势不容已，自必临时滋闹，则惟官之所为，与彼若无干涉者。余于乡民奔诉〔诉〕时察看情形属实，当将庄保尽法处治，择其耆老之诚实者三五人，按照册造花名，何户应赈、何户不应赈，一一询之。如有遗漏，令其自报注册，密与绅耆查阅，并挨次点名，亲加体察，以定准驳，并不致有浮滥之虞。若其时轻听执性，不察其详而发之暴，则事本不公，何能服众，必致酿成巨案甚矣。相时因地，未可以宽严一例而施，而防吏之弊尤须上下四旁，思无不到，惟在当局者不避艰险，不辞劳瘁，方有以制胜。然非虚衷采访，或竟孟浪为之，则胆壮心粗，鲜有不误事者。故于欲发之先，尤须慎之又慎也。

一、余奉委编查湖郡户口，所到之处，始采之舆情，俱有人人应得食赈之议，牢不可破。节经严切开导，至再至三，其说乃解。揆厥由来，盖以浙省久无赈典，询之六七十老人，均未躬逢其事，固无怪无知乡愚之妄言也。余谓转圜于后，莫若晓谕于先。凡久未办赈之州县，设有所遭应，于未查之前，将成例所载何为极贫、何为次贫及不应赈者何项，分晰各款，刊刻大字告示，以朱笔圈句，遍贴荒陬僻壤，俾众周知。并刻小字者多张，移交儒学，转发各士子，令其各就该庄详悉告语，广为传播，藉以资其教化。至各县户口，分路往查，需员甚众，势不能不以佐杂膺斯役。而刁悍地方每先存玩视之见，拟于每县派委官职较尊、略有才识者一人，总司其事，择该县之著名顽庄责成查办，而以淳庄分属之各委员。倘仍有不服编查处所，一经闻信，即会县亲往拿究，力为整顿，以免效尤。惟佐杂各员从事，既以随从书役无几，不能摄之以威，毋宁善任绅者，调停驾驭，使不出我之范围，亦可相安无事，切勿径情直性，自贻伊戚也。

一、嘉、湖两郡被水村庄，各有该地殷户好善乐施，愿以家贮米石减价平粜，以济本庄之贫民乏食者，每升照市价减钱二十文，或二十四文不等。其无钱售买者，即以所减钱数给与，谊良厚矣。特一家之贮米计数有尽，而小民之待哺为日方长，恒情贪得，每患无厌，经始过优，须防难继。嗣后果有刁民率众纷纷来县，以前粜不敷呈控者，查官赈每日每名例折银六厘，民赈亦仅日给钱十文，小口减半，贫民惟利是趋，孰肯弃多就少？然不于放赈之期设法停止，将粜无已时，为善转以自累。因与府县熟筹，一俟初赈放给后，即遍示乡庄殷户，概停平粜，接捐民赈。该县一面驰赴各乡，按照分庄捐赈之法，延请董事，发簿劝捐，俾庄民咸知殷户力难两顾，庶可各发天良，不致复萌奢念，共相安贴矣。

娄东荒政汇编

清道光四年刻本

（清）顾嘉言等　辑

丁蕊　郭传芹　点校

娄东荒政汇编

各局绅董汇辑

道光甲申，膏雨应时，二麦有秋，禾棉畅茂，灾黎先后归业。某等既以次撤局，因念贤父母体恤灾区，荒政具举，而各乡绅富谊笃桑梓，踊跃捐输，不可不勒为一编，以为后劝。谨条分件系，编次如左：

纪恩

捐赈

平粜

工赈（浚河、建闸）

保婴

恤病

济贫

给棉（施衣）

施药（施诊）

舍棺（捞棺）

顾嘉言、张式玉捐刊。

纪　　恩

道光三年夏，淫雨浃旬，苏松大水，娄东平地水深数尺，灾黎嗷嗷待哺。州宪张、县尊郑禀请赈济，督宪孙、抚宪韩据情入奏，奉旨分别抚恤、给赈、加赈，复蒙分别蠲缓银米，恩纶叠被。宜含哺鼓腹者，忘帝力于何有也。纪恩第一。

太　仓　州

抚恤贫民大口一万一百二十二，小口四千八十八。计银一千八百二十四两九钱。

抚恤贫生大口六十八，小口一十九。计银一十一两六钱二分五厘。

例赈极次贫民大口三万二千八百三十一，小口一万一千六百三十。计银九千七百八十二两九钱三分。

例赈极次贫生大口一百一十七，小口三十四。计银三十三两二钱二分五厘。

加赈贫民大口三万二千七百零二，小口一万一千六百廿二。计银五千七百七十六两九钱五分。

加赈贫生大口一百十七，小口三十四。计银二十两一钱。

蠲免银八千二百三十九两四钱六分五厘。

蠲免米一万一千六百四十二石三升三合一勺。

缓征银二万六千六十二两五钱五分五厘。

缓征米三万八千一百九十四石一斗五升八合九勺。

镇 洋 县

抚恤贫民大口一万六千二百六十九，小口三千四百九十五。计银二千七百二两四钱七分五厘。

抚恤贫生大口六十一，小口一十九。计银一十两五钱七分五厘。

例赈极次贫民大口五万一千二百十三，小口一万七千零二十二。计银二万一千六百四十三两八钱八分。

例赈极次贫生大口二百五十六，小口八十九。计银四十五两七分五厘。

加赈贫民大口七万四千七百七十一，小口二万四千二十六。计银一万三千一十七两六钱。

加赈贫生大口一百三十九，小口五十一。计银二十四两六钱七分五厘。

蠲免银八千一百二十三两一钱二分一厘。

蠲免米一万二千一十二石七斗九升三合二勺。

缓征银二万八千二百六十三两二钱三分七厘。

缓征米四万三千三百五十一石五斗九升二合八勺。

捐　赈

太镇灾黎既蒙恩旨赈恤，复蒙加赈一月口粮，得以免于流离失所。第户鲜盖藏，麦秋尚远，次年二三月间倍形拮据，经州宪张先后禀请调剂。（禀云：卑州昨蒙饬发劝捐告示，肫挚周详，无微不至。仰见大人己饥己溺之盛心，卑职曷胜钦佩。当即遍贴城乡，广为晓谕，并遵劝各殷户量力输捐，藉资接济，以期仰副宪怀。第太镇情形与他处迥别，有不敢不据实禀陈者。缘地处苏松下游，本属瘠卤，自河道壅塞以来，稻田大半改种棉花，盖藏素鲜。上年五月大水后，积潦三月不退，灾民百万待哺嗷嗷，实有刻不容缓之势，仅碾常平仓谷，不敷粜济。故卑职于各处皆未劝捐之时，即劝谕各乡殷户买米平粜，直至岁底竣事。所以前领盐义仓谷，得留至今春接济。又于捐粜平米外，捐挑河港、捐捞浮尸、捐收弃孩、捐施棉胎、捐养流丐病废之人，并有乡镇生者各就附近图内捐米代粥，俱经禀报宪鉴在案。是卑境殷户因灾重先捐，并非不肯捐也。核计所捐至再至三，为数实已不少。况伊等业田去秋租石颗粒无收，岁暮并形拮据。卑职体访确情，实亦不忍再为启齿。然该绅者等犹复仰体宪仁，情愿承领卑州采买米一万石，分为十厂，董理平粜，现已次第开厂。又盐义仓谷三千石，现亦全数动碾，均匀分拨各厂。定价每升二十八文，即交该绅者等出粜，以示平允。所有一切厂内需用及搬运诸费，均系该绅者等捐出，民情尚为安静。除现在又奉加赈一月口粮，一俟查造户口齐全即行散给外，惟是麦收尚远，三四两月为日方长，目前商贩稀少，全藉此项采办米石以资民食，必需辘轳转运，庶免匮乏之虞。然现粜采办之米，定价糙米每升三十一文，白米每升三十三文，合计买回市价，每石应捐贴钱七百文。在卑职于现买米石内已捐贴钱七千余串，加以去秋挑河、施药，捐贴数几盈万。若复再买再贴，实属赔累难堪。无如绅者既同被灾褫，又经叠次勉捐，势难再强。卑职目吾民艰,诚不敢自为之计,惟有不恤苦累,仍当陆续采运,源源粜济,藉可稍资全活。其盐义仓谷一项,卑职原禀请拨四千石,拟将粜存价值,于青黄不接,酌给贫民口粮,以补例赈所不及。嗣奉前藩宪改拨崇明县一千石,卑州仅得三千石。粜下钱文,除一切费用外,约仅余钱二千余串,实不敷放给。但既蒙各大宪轸恤备至,无可再为援请,而体察民情,又有不得不接济之势,再四思维,实深焦急。卑职受大人知遇之恩,敢将现在情形缕陈宪鉴。至镇邑民计之艰、民情之悍,较州境更难安抚。上年被水二、八、九、十等都灾民成群滋闹,卑职因郑令甫经到任,未能周悉,故于挑挖刘河之便,驻彼弹压数月,迨水退后始各安心种麦。嗣缘公出旬余,即有爬抢之案。幸即时拿获首要各犯,得免别滋事端。惟近日留心体察,生计更艰,东乡贫民多沿村求乞,上冬每群不过数人,新正以来,每群渐至数十人之多,男女淆杂,亟应早为安辑。现在督饬郑令,一面赴乡安抚,一面将给赈日期晓示。目前可期安静。第三四两月应需接济之处,倍急于州境,而办法更难。即如买米平粜一事,太、镇自应一律办理。而该令上年仅领借银二万两,现又仅设三厂,远处乡民安能遍及?又因绅士等无人领粜,委任丁胥,尤难依靠。况现在奉饬将此项粜存银两划放加赈口粮,计余剩无多,益难转运。卑职实不胜代为焦急。除现谆嘱郑令振刷精神,悉心经理外,知蒙垂廑,合并禀闻云云。待命数日,未蒙批发,又禀云:窃卑职昨将太、镇现在情形缕陈宪鉴,谅蒙垂察。兹复时加体访,舆情日形窘急,而镇洋东乡一带尤属生计毫无,挈女携男,沿途乞食,鸠形鹄面,目不忍睹,并且成群索讨,更恐滋生事端。现经督饬郑令赴乡安抚,一面速将加赈口粮示期放给,冀可稍资绥辑。惟是人众饥驱,遍难理喻,给赈之后,为日正长。该邑米厂既少,而二、八、九、十等都即有米厂,民苦赤穷,无钱籴买。卑职连日赴乡暗访,有吃豆饼充饥者,有和糠屑做饭者,更有并此俱无,不得不沿途觅食者。昨在乡亲见贫民多因吃糠日久,肠枯便结,腹胀哀鸣,闻之酸鼻。虽现据郑令劝捐接济,无如应者寥寥,不但杯水车薪,于事无济,且恐乡间讹传捐信,反怀奢望。迨见所施未遍,适足启刁民藉口之资。况饥民待哺嗷嗷,而绅董书捐银两,大半出于勉力,尤未便勒限追齐,以应急用。现在各邑流丐,又纷至州境求乞。昨闻州境穷民恐各殷户钱米被外人攫去,转至伊等失望,因而争执。虽即经保耆劝谕解散,但恐愚民无知,或州民亦效尤索扰,更属滋蔓难图。况各镇米厂现俱开粜,流丐过镇尤可寒心。卑职受大人知遇之恩,前蒙面谕,许将地方要务随时请训,现今目击情形,安敢不据实缕陈,自蹈欺饰之咎?第膏泽已渥荷频施,民气苦未能遽复,既不敢违例代为请命,复不能使愚民咸喻苦衷,自捐则无款可筹,劝捐则绅力已竭,兼之州境平粜米厂共分十处,往来弹压犹虑未周,加以兼顾县境,犹恐精神稍有不到,措置乖方,获戾更重。旦夕焦思,心力交瘁,不得不仰恳宪仁垂慈援手。以卑职愚见所及,目前似惟有工赈一法可救燃眉。查卑职前奉派随道宪查勘三江河道,初议先挑刘河,旋以经费不敷,酌分先后。因江、震不能退水,种麦情形较急,故议先挑。自系为通省全局起见。兹若由卑职复申前议,拟请并挑刘河以工代赈,亦深知筹款维艰,不无窒碍,但舍此实无别法调剂。查刘河工程,通长一万五百二十三丈,向分六段承挑,太仓承挑二千八百一丈零,镇洋承挑二千五百八十丈零,其余系昆、新、嘉、宝四邑承办。今若照道宪前禀办理,估需银二十八万余两。请帑较多,固难邀准,即仅开太、镇两段而照议每方给银二钱八分,亦应需银十四万余两,并恐无款可筹。卑职查前届开挑太、镇二段河工,仅领银四万四千两零,似犹易于筹给。可否恳将前项二段工程,俯准今春开挑,先照前届银数给领兴办,俾太、镇穷民以工代赈，饥易为食，必当踊跃趋工，全活自不可胜计矣。至所估方银，虽不及道宪原拟三分之一，卑职自当亲率各绅耆樽节办理，务期工归实际，断不敢假手胥役，稍滋浮冒。设有不敷，总当核实估销，临时禀请。要工既举，鸿困咸苏，似于水利民生两有裨益。是否可行，卑职不揣冒昧，肃泐禀渎，伏祈训示。如蒙允准，再当禀请转详核饬办理。临禀无任悚惕之至云云。旋接奉署藩宪林札覆云：两接来函，所示太仓饥民情形，不胜焦系。现在官赈既难再展，民赈亦难再捐，尊意欲开刘河以工代赈，固为救急之一法。弟接信之后，即向抚宪反覆禀商，宪意以此事总须具奏，且需与制宪商定始可奏出。即使奉旨允行，已是四月光景。倘下部议，则更缓不济急。且闻向来挑浚刘河之案，皆系各县派夫，乡民均畏其累，诚恐吏胥狃于积习，不惟不能代赈，抑且有损于民。而器具一切，猝办亦复不易，匪特目前筹款之难也。但民情已极拮据，岂容坐视？弟思各属所领盐义仓谷，原议系将平粜之价再行辗轳转运，但平粜只以调剂次贫之户，若极贫之人，即米价甚贱，亦复无钱可买。鄙意当此万不得已之际，或将尊处及镇洋所领盐义仓谷，无论已经转运与否，概行详明，按照极贫户口给与米票，或五日、或十日散给一次。即以佐赈银之不足，亦一权宜办法。但稽核必须严密，如胥役知此项米石不必转运，势必任意侵渔，致小民仍不得沾实惠，则非同小失矣。惟祈酌之。至加赈一月此时曾否散给，何以未见具报？又借帑采买之米，亦应乘时出粜。凡此维持调护，总赖阁下之尽力尽心，务使地方安靖云云。于是始定捐赈之议。）以格于成例，乃劝各乡绅富量力捐输。复以县境情形尤急，议将本城捐款拨归县赈。其不足者，则以粜存盐义仓谷价济之，民情始安。编捐赈第二。

太 仓 州

捐赈贫民大口三万二千七百零二，小口一万一千六百廿二。计钱六千九百三十二千三百四十文。大口每口给钱一百八十文，小口半之。

捐赈贫生大口一百十七，小口三十四。计钱二十四千一百二十文。

捐数列后：

钱凤孙等共捐钱三百三十千九百文。在城汪天和、贝春和、汪大晟、洪怡泰四典共捐洋钱一千六百元。直塘双凤洪悦来、顾中和两典共捐洋钱五百元。沙溪吴长生、陶南隆、陶庆隆三典共捐洋钱三百元。盐公堂捐洋钱二百二十元。钱应兰捐洋钱三百元。龚润捐洋钱一百四十元。孙九成捐洋钱一百二十元。萧勤侯捐洋钱八十元。顾昌绪捐洋钱六十元。王殿文捐洋钱六十元。汪之槐捐洋钱五十元。陈圣和捐洋钱五十元。张润捐洋钱四十元。沈程万捐洋钱四十元。曹元燮捐洋钱四十元。徐半塾捐洋钱四十元。罗建章捐洋钱三十六元。童显忠捐洋钱三十元。杨赞先捐洋钱三十元。胡琢堂捐洋钱三十元。陶逵吉捐洋钱三十元。李鸣盛捐洋钱三十元。邓晋阶捐洋钱三十元。曹济川捐洋钱二十六元。杨元贞捐洋钱二十元。赵芳尊捐洋钱二十元。曹济若捐洋钱二十元。严振彩捐洋钱二十元。顾莐臣捐洋钱二十元。徐商伯捐洋钱二十元。杨正林捐洋钱二十元。包钜才捐洋钱二十元。乔麟瑞捐洋钱二十元。陆诒燕捐洋钱二十元。钱镛捐洋钱二十元。顾德佩捐洋钱二十元。顾亮揆捐洋钱二十元。范丕臣捐洋钱二十元。陆起韶捐洋钱二十元。黄恂如捐洋钱二十元。曹志周捐洋钱二十元。钱炳臣捐洋钱十六元。杨景之捐洋钱十六元。王介惠捐洋钱十六元。黄方为捐洋钱十六元。朱起元捐洋钱十六元。周景臣捐洋钱十六元。周云臣捐洋钱十五元。龚文虎捐洋钱十二元。周辅臣捐洋钱十二元。胡荆良捐洋钱十二元。周显臣捐洋钱十二元。陆伦一捐洋钱十元。陆士达捐洋钱十元。陆厚重捐洋钱十元。李奕傅捐洋钱十元。胡侣章捐洋钱十元。凌扬武捐洋钱十元。王中孚捐洋钱十元。杨肇基捐洋钱十元。王凤冈捐洋钱十元。朱汉珍捐洋钱十元。龚见三捐洋钱十元。顾元钟捐洋钱十元。顾士昌捐洋钱十元。顾毓松捐洋钱十元。龚万千捐洋钱十元。王秀卿捐洋钱十元。朱绮石捐洋钱十元。王宪卿捐洋钱十元。支昌谟捐洋钱十元。顾本立捐洋钱十元。吴应麟捐洋钱十元。张潮宗捐洋钱十元。孙驭明捐洋钱十一元。张招大捐洋钱十元。朱余周捐洋钱十一元。张振采捐洋钱十元。张鼎和捐洋钱十元。陶其木捐洋钱八元。沈万荣捐洋钱八元。龚国栋捐洋钱十元。沈占云捐洋钱七元。陆遵泰捐洋钱五元。沈揆谐捐洋钱七元。陆承诰捐洋钱五元。胡鲁琛捐洋钱八元。高炳文捐洋钱五元。蔡楚珍捐洋钱六元。张维则捐洋钱五元。龚锦文捐洋钱六元。

以上共捐钱三百三十千九百文，又捐洋钱四千七百三十三元，合足钱四千一百一十七千六百二十文。除放给外，不敷钱二千五百零七千九百六十文。详动巢存盐义仓谷价二千千文续放外，仍不敷五百零七千九百四十文，经州宪张捐廉凑足给讫。纸张、辛工、饭食、经书等自行捐备。

经办书：张元发、张式玉、顾嘉言、邵存仁。

听差：何吉、田裕。

镇 洋 县

捐赈极贫大小口折实共四万六千九百五十四。计钱八千四百五十一千七百二十文（每口给钱一百八十文）。

捐赈次贫大小口折实共三万八千七百六十六。计钱四千六百五十一千九百二十文（每口给钱一百二十文）。

按：县境灾口较多，情形较急，而筹费较难。除将本城捐款尽归县赈外，经邑尊郑赴乡劝谕，始克集事。故另设局，公举绅董司其事焉。

总局绅董：

钱凤孙、吴恬、金国莹、汪彦杰。

图董：

李三松、黄冲、朱开基、王宪良、王棠、周维墅、王嘉客、陆楷。

监放：

城东李锡瓒、王亮工，城南王蕴山、张致高，城西钱锡荣、戴宗，城北王文林、顾集圣。

监放贫生：

金国莹。

监放贫卫：

吴恬。

捐数列后：

汪彦博捐纹银五百两。顾缄捐纹银六百两。顾经捐洋钱六百元。蒋治捐洋钱四百五十元。金璇捐钱四百千文。汪灿捐钱四百千文。汪原捐钱四百千文。严肃捐洋钱四百元。陶沅捐洋钱四百元。汪祥杲捐洋钱四百元。汪成捐洋钱四百元。汪祥楷捐洋钱四百元。钱选堂、钱钦浩、钱奕堂共捐元银四百两。杨锡保捐洋钱三百元。沈云程捐洋钱二百十四元。李三松捐洋钱三百元。张凤祥捐洋钱二百元。唐履中捐洋钱一百念元。沈谨贤捐洋钱一百二十元。滕振彩、滕朝纲共捐洋钱一百四十元。郁锡曾、郁锡琪共捐银一百两。陈振衣捐洋钱一百元。李焕伦捐钱一百千文。黄敦雅捐洋钱八十元。刘敬征捐洋钱八十元。唐辰捐洋钱八十元。张尚义捐洋钱八十元。陈廷富、陈廷贵共捐洋钱八十元。朱心如捐钱七十千文。李自修捐洋钱八十元。沈日升捐钱七十千文。陈万舒捐钱六十千文。吴恬捐洋钱七十元。姜绳武捐钱六十千文。金国莹捐洋钱七十元。谈文明捐洋钱六十元。武璟宝捐洋钱六十元。陆廷珪捐洋钱六十元。邵廷烈捐洋钱六十元。沈仁杰捐洋钱六十元。陆台征捐洋钱六十元。陆汇吉捐洋钱六十元。浦熙照、浦德元共捐洋钱五十六元。李瑞锦捐洋钱五十四元。陆余庆捐洋钱六十元。马思璜捐洋钱五十元。朱大伦捐洋钱五十元。欧光远捐洋钱五十元。陈毓山捐洋钱五十元。王东升捐洋钱五十元。张廷忠捐洋钱五十元。陆全元捐洋钱五十元。朱廷标捐洋钱五十元。周佩光捐洋钱五十元。闻诗捐洋钱五十元。陆楷、陆枚共捐洋钱五十元。虞崇礼捐洋钱五十元。祝鸿章捐洋钱五十元。顾受宜、顾丕山共捐洋钱五十元。顾学彦捐洋钱四十元。章殿臣捐洋钱五十元。陆廷谕捐洋钱四十元。顾遵路捐洋钱四十元。顾玉恒捐洋钱四十元。曹光庭捐洋钱四十元。周炳恒捐洋钱四十元。吴玉书捐洋钱四十元。周焕恒捐洋钱四十元。孙鹤廷捐洋钱四十元。周烜恒捐洋钱四十元。王泰基捐洋钱四十元。汪彦杰捐洋钱四十元。顾惠畴捐洋钱四十元。杨云宝捐洋钱四十元。郑仁恒捐洋钱四十元。陆惇成捐洋钱四十元。丁宝善捐洋钱三十六元。李翼天捐洋钱三十六元。周丕成捐洋钱三十六元。邵钟英捐洋钱三十六元。沈介昭捐洋钱三十二元。曹玉铭捐洋钱三十二元。郁琨捐洋钱三十元。姜玉堂捐洋钱三十元。郁炳捐洋钱三十元。杨鹤诏捐洋钱三十元。沈思曾捐洋钱三十元。王容大捐洋钱三十元。秦绍裘捐洋钱三十元。陈永锡捐洋钱三十元。陈允坤捐洋钱三十元。许坤发捐洋钱三十元。顾端如捐洋钱三十元。李钟英捐洋钱三十元。顾经裴捐洋钱三十元。张建忠捐洋钱三十元。金宏绪捐洋钱三十元。钱士斌捐洋钱三十元。陆玙捐洋钱二十六元。周乐捐洋钱二十五元。杨兆岐捐洋钱二十五元。王鸣山捐洋钱二十五元。陈万里捐洋钱二十四元。陆大勋捐洋钱二十四元。顾裕臣捐洋钱二十二元。黄敦仁捐洋钱二十元。顾怀古捐洋钱二十元。蒋培翼捐洋钱二十元。陈洪九捐洋钱二十元。陆华封捐洋钱二十元。毛得章捐洋钱二十元。陈维德捐洋钱二十元。朱渭川捐洋钱二十元。薛照辅捐洋钱二十元。杨积善捐洋钱二十元。吴永泰捐洋钱二十元。王慎言捐洋钱二十元。周元善捐洋钱二十元。居堡捐洋钱二十元。陈德辉捐洋钱二十元。郑仁恒捐洋钱二十元。薛攀桂捐洋钱二十元。马敬元捐洋钱二十元。陶启明捐钱二十千文。胡元照捐洋钱二十四元。周用敷、周云衢、周志、周易、周谔共捐洋钱一百二十元。金保傅、金瑞玉、金大龄、金猷明、金耀仓共捐洋钱百元。顾廷益捐洋钱十八元。唐丕捐洋钱十八元。祝大宾捐洋钱十八元。王源茂捐洋钱十七元。张三茂捐洋钱十七元。浦友仁捐洋钱十七元。陆愚卿捐洋钱十六元。陈蟾客捐洋钱十六元。李敦厚捐洋钱十六元。沈云瑞捐洋钱十六元。金锡瑠捐洋钱十六元。张德茂捐洋钱十六元。张庆增捐洋钱十六元。杨锦存捐洋钱十六元。金国正捐洋钱十六元。王凝厚捐洋钱十六元。钱湛然捐洋钱十六元。徐成谟捐洋钱十六元。庄国泰捐洋钱十五元。王锡保捐洋钱十五元。朱振三捐洋钱十五元。张定国捐洋钱十五元。展吴捐洋钱十五元。何焕章捐洋钱十五元。浦文惠捐洋钱十五元。许宗蕃捐洋钱十五元。高启贤捐洋钱十五元。朱显章捐洋钱十五元。王寅亮、王藻明、严大昕、陆廷桂共捐洋钱三十四元。闵希岳、闵学成、闵绍贤共捐洋钱十八元。龚炳文捐洋钱十三元。龚鸿模捐洋钱十三元。黄源顺捐洋钱十四元。王在明捐洋钱十四元。王荫槐捐洋钱十四元。方允成捐洋钱十四元。顾益茂捐洋钱十四元。王宪曾捐洋钱十四元。陆启捐洋钱十四元。吴承训捐洋钱十四元。居士卿、居士蓉共捐洋钱十二元。王乾泰捐洋钱十二元。王孝曾捐洋钱十二元。黄怀远捐洋钱十二元。陆凤仪捐洋钱十一元。王锦涛捐洋钱十元。郑廷扬捐洋钱十元。谢文有捐洋钱十元。朱景文捐洋钱十元。陈裕山捐洋钱十元。谭绍裘捐洋钱十元。顾大梓捐洋钱十元。王晋德捐洋钱十元。朱静镜捐洋钱十元。周仪捐洋钱十元。王嘉客捐洋钱十元。顾玉堂捐洋钱十元。陆凤藻捐洋钱十元。唐晋捐洋钱十元。陆瑜润捐洋钱十元。王瑞良捐洋钱十元。金景泉捐洋钱十元。张育才捐洋钱十元。赵舜仪捐洋钱十元。陈缵璜捐洋钱十元。吕师善捐洋钱十元。厉宏泰捐洋钱十元。汪永盛捐洋钱十元。顾鼎盛捐洋钱十元。刘宏盛捐洋钱十元。郁九皋捐洋钱十元。周杰捐洋钱十元。陆廷爵捐洋钱十元。陆在田捐洋钱十元。陈振威捐洋钱十元。王岐山捐洋钱十元。顾锦成捐洋钱十元。朱亮寅捐洋钱十元。浦声元捐洋钱十元。李耀先捐洋钱十元。

以上共捐纹银、元银、洋钱、制钱，共合纹银一万四百四十两，换钱一万二千一百一十千四百文。又奉拨交盐义仓谷价一千四百千文，共计钱一万三千五百十千四百文。内除经费钱二百七十二千二百三十文（赴省换钱水脚挑力补串等项共钱六十九千二百三十文，各图董饭食钱一百零五千文，书役、饭食、辛工、纸张等共钱九十八千文），实放给钱一万三千一百零三千六百四十文。

经办书：吴诚、张增蕙。

听差：徐荣、秦太。

平 粜

太、镇七棉三稻，食米及完漕向仰籴他邑。癸未大水，灾黎乏食，经州宪张、县尊郑详请碾动常平（州三千三百六十石、县五千石），复请领盐义仓谷州县各三千石。其应完漕白，复蒙州宪禀请一体缓征。（禀云：卓州被水成灾田亩，通计额田七分八厘三丝。前经卓职援例声请，将被灾图内成熟各田应征银米一体缓征。详奉各宪批示饬遵，并蒙宪台抄详扎饬，业将各府州属成灾田地在通境五分以上之各厅州县应征道光三年熟田钱粮漕米，具详请奏缓至来年秋成后启征各等因在案。卓职伏思熟田应征漕米，既蒙一律请缓，内除兵恤闲月等款米石自蒙照例拨济外，惟白粮为天庾正供，向无缓征成例，自应另筹起运。昨准苏州府额守札商会议，拟请将成灾五、六、七分之松、常两府属各县熟田应征本年漕粮仍照旧征收。其被灾较重、在八分以下之吴江、常熟二县，概请照额征收六成，以资起运及留备兵恤等款各缘由。是系于筹备之中分别体恤，似已极臻周匝。查卓州通境被灾计七分八厘零，自应与吴江、常熟一律照办。惟卓境地处极洼，与被灾九分以上及十分灾之新阳、昭文界本毗连，是以通计额田被灾分数虽八分稍欠，实较吴江、常熟为重。所有成熟区图当被水之时，业佃人等筑圩车庤较他处尤倍费工本，虽获少有收成，民力实拮据已极。又与卓属被灾几及九分之镇洋县通境毗连，若复责以输将，不惟力有难支，且恐乡农不谙定例，见同城州县此征彼缓，势必怀疑向隅，转滋观望。并查卓境七棉三稻，产米本属无多，向来民间俱赴常昭各地买米完漕。今岁户鲜盖藏，民食尚资粜济，而常、昭则同被灾禩，无从购运。即蒙照额以六成完纳，核计熟田应完漕米，已该八千余石，断难征收足数。卑职稔知漕运事关紧要，蚤夜思维，无如目击舆情，实有万难征收之势。一经贻误，关系匪轻，不敢不沥情具禀，惟有仰恳大人垂鉴。卑境被灾较重，与吴江、常熟情形有间，俯准邀恩声请，与成灾九、十等分各县漕粮一律缓征。其例支兵恤闲月等款米石，仍请于成熟州县中通融拨济。俟明岁征收缓征漕米，拨还归款，以纾民力，而全公务，实为恩便。至卑属有漕各邑，除镇洋县被灾在八分以上，应请一体缓征外，其嘉定、宝山二县应征熟田漕米，系民折官办，应遵照向例，赴道领银采办。合并声明，当蒙批准在案。）然户鲜盖藏，米价腾跃，州宪禁居奇，劝平粜，复借藩库银四万两买米减价出粜，以为之倡。各乡绅富仰体宪仁，或赴州领米，或自行运米设厂粜济，价赖以平。编平粜第三。

州宪张借藩库银四万两采买糙白籼米一万二千四百石，每石合成本水脚，计钱三千八百文。发董平粜，每石减价七百文，共捐贴钱一万零六十六千八百文（细数列各厂捐贴数内）。

海宁寺厂 （粜给城厢内外贫民）

官粜

自道光三年八月初一日起至十月初十日止，又自四年正月二十一日起至四月二十九日止，共平粜米三千三百零八石，计捐贴钱二千三百一十五千六百文。书役、辛工、饭食各自捐备。

经粜书：张元发、王润、周灿、顾嘉言、张式玉、邵存仁。

听差：何吉、张恒、田裕、胡祥。

绅粜

自道光三年十月十五日起至十二月十五日止，共平粜米三千四百四十一石八斗，计捐贴钱三千一百九十八千一百二十文。

董事：

吴恬、钱凤孙、陆锡眉、金国莹、汪彦杰、蒋治、杨锡宝、刘敬征、黄泰、金锡瑁、杨云宝、黄朝铼、吴悦、邵廷烈、朱桂芳。

捐数列后：

在城州境各典捐洋钱四百元。在城县境各典捐洋钱三百元。蒋致远捐洋钱二百元。盐公堂捐洋钱二百元。钱保素捐洋钱一百四十元。汪存恕捐洋钱一百元。邵峻远捐洋钱一百元。杨养正捐洋钱一百元。吴蕴真捐洋钱一百元。金式谷捐洋钱一百元。黄敦雅捐洋钱一百元。陆宝俭捐洋钱一百元。刘鹤和捐洋钱八十元。张尚义捐洋钱八十二元。顾三省捐洋钱八十元。杨养吾捐洋钱八十元。钱清芬捐洋钱五十元。汪存善捐洋钱五十元。虞崇礼捐洋钱六十元。汪崇朴捐洋钱三十元。陆钝夫、朱静镜捐洋钱四十元。黄敦仁捐洋钱念四元。武彬采捐洋钱五十元。李瑞锦捐洋钱四十元。曹光廷捐洋钱四十元。王东升捐洋钱四十元。蒋培翼捐洋钱三十元。陈永锡捐洋钱三十元。祝瑶圃捐洋钱三十元。李翼天捐洋钱三十元。秦绍裘捐洋钱三十元。杨鹤诏捐洋钱三十元。金经德捐洋钱二十四元。顾晴晖捐洋钱二十元。赵舜仪捐洋钱二十元。施大德捐洋钱二十元。张肇基捐洋钱二十元。瞿裕阶捐洋钱二十元。曹人瑞捐洋钱十六元。陆慎旃捐洋钱二十元。沈介昭捐洋钱二十元。黄恒顺捐洋钱十六元。黄源顺捐洋钱十六元。杨畴五捐洋钱十六元。金景泉捐洋钱十二元。方允成捐洋钱十二元。吕师善捐洋钱二十元。乾泰油坊捐洋钱十二元。文有酱园捐洋钱十二元。王鲁章捐洋钱十元。文盛酱园捐洋钱十元。顾德源捐洋钱十元。吴树德捐洋钱十元。

张玉麟捐洋钱十元。王义昌捐洋钱十元。徐文德捐洋钱十元。陆鹤闲捐洋钱十元。叶德顺捐洋钱十元。王恒兴捐洋钱十元。朱万和捐洋钱十元。陆永和捐洋钱十元。胡立方捐洋钱八元。钱湛然捐洋钱十元。王隆丰捐洋钱六元。吴元盛捐洋钱八元。蒋连万捐洋钱六元。陆粹然捐洋钱六元。吴文泰捐洋钱四元。顾复兴捐洋钱五元。徐赞周捐洋钱四元。吴浩川捐洋钱四元。邵正夫捐洋钱五元。胡元照捐洋钱四元。徐佩捐洋钱二元。

以上共捐洋钱三千三百五十六元，换钱三千零八十七千五百二十文，不敷钱一百一十千零六百文，各董事捐足给讫。

州经办书：张式玉。帮募：张元发、顾嘉言。差：田裕、何吉。

县帮募：吴诚。差：徐荣、华明。

州学厂（粜给贫生）

州宪张因贫士多自爱，或不肯赴厂籴米，饬州学正孙应谷另领米石在学平粜，每升减价十文。自道光三年十月初十日起，至四年四月底止。共粜米二百二十五石。计亏折钱二百二十五千文。内：

汪文轩（彦博）捐贴洋钱四十元。

钱伯瑜（宝琛）捐贴洋钱二十元。

汪竺君（元爵）捐贴洋钱二十元。

三共捐洋钱八十元，作钱七十三千六百文。计州捐贴钱一百五十一千四百文。

沙溪镇厂

董事龚润、张润、陶遂吉、陈让铭、龚梓、张步衡、顾淦等赴州领米一千六百石，又自运米三千二百石。自道光三年十月初一日起至十一月三十日止，又自四年二月初六日起至四月二十日止，计州捐贴钱一千一百二十千文，董等捐贴钱二千九百一十六千文。

璜泾镇厂

董事顾斌、陆坤、汪之槐、高煐、顾昌绪、后振宇、李文元、包廷珍、唐溶、施若霖等赴州领米一千七百石，又自运米二千二百二十二石，自道光三年五月起至四年四月底止，计州捐贴钱一千一百九十千文，董等捐贴钱一千五百六十八千六百四十七文。又捐以米代粥，共放米五百五十五石五斗八升五合，计捐钱一千八百三十二千四百三十文。

璜泾西镇

凌思蓼、徐煦平粜米三十石，计捐贴钱九千文。

双凤镇厂

董事陶椅、沈国柱、侯丰等赴州领米平粜一千石，计州捐贴钱七百千文，董等捐贴钱二百五十九千八百五十九文。

直塘镇厂

董事沈揆谐、李桂苏、沈占云等赴州领米平粜六百一十石，计州捐贴钱四百二十七千文，董等捐贴钱一百五十八千六百文。

六 公 市 厂

董事陆元钟、顾亮揆、朱懋松、曹志周、黄谦吉、范丕臣等赴州领米平粜二百石，计州捐贴钱一百四十千文。

又董事支守衷赴州领米平粜五十石，计州捐贴钱三十五千文，董等捐贴钱十五千文。

时 思 镇 厂

董事陆湘源、高中礼、陆湛恩、张履亨、李茹芳、景鸿勋等赴州领米八百石，又自运米三百五十石平粜。计州捐贴钱五百六十千文。董等捐贴钱七百八十一千四百九十七文。

穿 山 镇 厂

董事陆丕金、顾丕载、冯耀南、谢耀如等赴州领米平粜二百石，计州捐贴钱一百四十千文，董等捐贴钱八十四千文。

老 闸 镇 厂

董事吴应麟、吴廷栋、顾文彪、吴殿玉等赴州领米平粜二百八十五石，计州捐贴钱一百九十九千五百文，董等捐贴钱一百零五千文。

三 家 市 厂

董事钱应兰赴州领米平粜一百四十二石，计州捐贴钱九十九千四百文，董等捐贴钱六十千文。

又董事陆锡熊、沈仪吉、陆廷焕、沈步瀛等赴州领米四十石，在市东平粜，计州捐贴钱二十八千文，董等捐贴钱二十千文。

又董事张潮宗、张招大、王万生、张鼎和、朱汉珍、张振彩等赴州领米二百四十石，在市西平粜，计州捐贴钱一百六十八千文，董等捐贴钱七十二千文。

又董事龚见三、龚文虎等赴州领米一百五十石，在市南平粜，计州捐贴钱一百零五千文，董等捐贴钱六十千文。

又董事顾俊杰、王凤江、龚万千等赴州领米二百九十石，在市北平粜，计州捐贴钱二百零三千文，董等捐贴钱二百三十一千文。

毛 家 市 厂

董事孙九成、杨屿、王绥荣、乔玉书、许坤发等赴州领米平粜六百石，计州捐贴钱四百二十千文，董等捐贴钱二百千文。

又董事孙驭明、朱懋德、冯鸣冈、胡凤仪、俞鸣周等赴州领米二百七十五石，在市东平粜，计州捐贴钱一百九十二千五百文，董等捐贴钱六十千文。

又董事翟商臣、李佩玉、唐坤田、王焕章、王凤山等赴州领米一百四十五石，在市西平粜，计州捐贴钱一百零一千五百文，董等捐贴钱四十三千文。

浮桥镇厂

董事闵文瑞、顾舜宗、闵方大等赴州领米平粜一百五十石，计州捐贴钱一百零五千文，董等捐贴钱四十五千文。

又，董事胡会文、李耀先、王元吉、王晋德等赴州领米一百石，在浮桥南平粜，计州捐贴钱七十千文，董等捐贴钱三十千文。

又，董事陆文伟、施纶、顾肇基、杨兆兰等赴州领米一百石，在浮桥北平粜，计州捐贴钱七十千文，董等捐贴钱二十九千四百文。

又，董事陆翰秦、谢坤九赴州领米九十石，在浮桥东北平粜，计州捐贴钱六十三千文，董等捐贴钱二十七千二百文。

又，董事闻君玉、闻巨玉、顾鸿遂、顾在冈赴州领米一百石，在浮桥西平粜，计州捐贴钱七十千文，董等捐贴钱八十五千文。

县　　境

县尊郑借藩库银二万两，陆续分起买米平粜。旋奉藩宪饬知，于借项内划放加赈口粮，成本较少，又各乡无领粜绅董，因于报本寺、地藏殿及新塘市设立三厂平粜。于道光三年十二月十八日起，至四年四月初十日止，共粜米六千石，每石减价六文。计捐贴钱三千六百千文。

经办书：吴诚、张增蕙、周维慎。差：徐荣、秦太。

绅富减价平粜

蒋治，公捐外，另平粜米二千石，计减折钱七百二十千文。

吴恬，公捐外，另平粜米四百石，计减折钱一百四十四千文。

龚润，公捐外，另平粜米五百石，计减折钱二百五十二千文。

孙九成，公捐外，另平粜米五百石，计减折钱二百五十二千文。

工赈（刘河、七浦、朱泾、浏漕口闸）

娄江为震泽尾闾，自刘河、七浦淤后，久晴即旱，久雨即潦。癸未五月大雨连旬，太湖溢。长、元、吴、崑、新诸邑积水下注，太、镇遂成泽国。州宪张集绅耆定议，浚刘河以泄南境之水。（初，前抚宪魏议开刘河，饬州查覆。州宪张禀覆云：窃卑职前奉大人面谕，兴挑刘河是否可以经久等因，当将查勘大概情形禀覆，已蒙钧鉴。随复再三审度，内有应行请示遵办者，正拟就管见所及，缕晰开陈，禀候宪裁。兹于前月二十七日接奉前藩宪杨札开，该州即饬遵照，将该县境内刘河工程赶紧勘估详办等因。卑职伏查娄江为震泽迤北尾闾，横贯州境，若得疏通，不特旱潦无虞，农田利赖，而估舶往来，即濒海穷黎亦藉资生计。自淤塞以来，腴壤渐变为斥卤。又嘉庆二十四年浚吴淞江，不兼浚娄江，水益南注而北条益困。干河既塞，支港随之。现在镇属东境稻田大半改种棉花，民力倍形拮据。是刘河之亟宜勘估详办，已俱在洞鉴之中。卑职若遵饬勘估，自有上届成案可循，亦何敢重烦计议。惟是挑土计方，此就现淤之河身计也，而蓄水敌潮，俾永资畅泄，则不敢不计及来源，尤不敢不计及去路。派夫分段，此就开挑之情形计也，而估计核销，俾功归实在，则不敢不筹及事先，尤不敢不虑及事后。谨核查卷册，采访舆论，稽之水利诸书，证以现在形势，绘图贴说，为仁宪陈之。夫潮水挟沙而来，必得清水刷之，始不停积。娄江泄太湖之水，本不如黄浦、吴淞之旺。其常、镇一带运河汇注苏城下者，既由常熟、福山、白茆各口分流入海，而娄江上口，仅凭娄门外城濠一线流入致和塘，经昆山城下东入太仓境。昆山城河狭而且浅，水势一被壅遏，不能不从旁横泻，而入太仓境者已减十之一。昆山迤东，虽合新洋江，然未开吴淞江时，尚可夺吴淞上游之水。自浚吴淞江后，大溜南趋，不能复夺，则入太仓境者又减十之二。况经州城下，又复分注外濠，从朱泾东泄。所以现在杨家浜以上水面尚宽八九丈，深四五尺。至范家港，则仅宽六七丈，深三尺。又东至吴家坟港，则不成水面。六渡桥以下，则淤如平陆。今若仅照前届工段估计，淤者虽通，而来源力弱，不能刷沙，通者必将复塞。若请兼挑娄门上口及昆山城濠，而经费有常，何敢妄议？又勘得刘河故道，从吴家坟至十八港仅三里许，后来改从老虎湾，历公塘、袁家诸湾，萦回缭曲约二十余里。询据该绅耆等称，因潮水冲击，故纡曲以杀其势。但水道既曲，则潮之逆流而上者其势固缓，而清水之顺流而下者其势亦缓，水缓则沙停，沙停则河淤。况潮汐往来，每日不过一二时。海口又有闸座抵御，乃求一二时潮水缓来，不计及八九时清水之不能速去，咽喉一哽，上下皆病。易淤之故，实由于此。若改归故道，不但清水得建瓴而下，而前届二十余里工程，今仅挑三四里，经费已先省数万。然又恐公塘湾一带民人以二十里不沾水利而阻挠，故道内之久经占垦者又以夺其世业而阻挠，而拘泥成说及惑于堪舆家言者又或执水不纡曲不能御潮之说而阻挠，或执风帆屈曲绕丙巽方之说而阻挠，此上流情形之不敢不请示者也。且上有所纳，必下有所泄，方不阻梗。太仓东境海口一带，地形本高于腹内，自明季以来，口门突涨阴沙。现在身行抵崇明者，不能对渡，必绕北数里以避此沙，犹时有胶浅者。虽袁了凡"猕猴生舌，刘河必没"之语，术士妄谈，不足深信，然前无涨沙横亘，潮汐往来畅顺，泥沙随潮来去，势急而不停积。自有此沙，则潮来时势高性急，越沙直进口门。及其退也，势渐平，性渐缓，泥沙重浊，得缓即沉，而上源清水又不足以涤荡之，积久成淤，必然之势。吴梅村祭酒欲用巨舰缆大海中木犁铁齿，栉爬捞扫，随风潮上下以刷此沙。顾海无可浚之理，潘季驯已凿凿言之，若阴沙上能容巨舰往来，又何须栉爬捞扫？书生之见固难取效。第议者或以为宜于海口筑坝，拦截海潮不使进口。不知海潮不得入，则清水亦不得出。安常之时，农田固资灌溉，即雨水偶多，亦可从两旁横沥分泄。设遇盛涨，横沥不及泄，则长、元、昆、新、太、镇、嘉、宝诸邑之水汇于数丈之河，腹地不将成巨浸乎？或以为宜仿白前牧成迹，将朱泾拓宽丈尺，下游改从迤北诸口入海，以避阴沙，尤事半功倍。不知兴修水利原为利民，浚朱泾而废刘河，则沿刘河六十余里膏腴皆成槁壤，其利安在？且水利既不之及，经费仍一体摊征，何以服其心乎？又或以为宜仿照吴祭酒之议，避其涨口，别凿东北一道入海。揆之形势，似为近理，然改水道必穿城堡，犯村落，置斗门，筑堤岸，祭酒已自称不敢轻议，则在当时必因窒碍难行而中止。今沿海沙滩久经民人开垦，沟塍相错几无隙地。骤夺其所有而改为水道，议清丈则讼牒先滋，议给价则费从何出？此下流情形之不敢不请示者也。卑职又闻上届开浚刘河报销册尚未奉准部覆，海口已经报淤，民间传为笑谈。窃以疏浚河道，固不能保其不复淤，但据报册丈尺，宽十余丈，深一丈四五尺，纵海潮挟沙，何至未二三年骤形淤塞？细访根由，则以所报丈尺皆非实在之故。所以不能实在，则以一切开销俱取偿于经费之故。查刘河工程，向系太、镇、崑、新、嘉、宝六州县通力合作。或勘估时彼此意见不同；或施工后役夫勤惰不一；或积土不遵离河四丈之率堆置河干，一经霖雨，仍复下卸；或各段不能一律深通，一处稍高，全工受病；或因为期尚宽，意存懈怠，及期限既迫，措手不及，兼之中逢阴雨，不能施工。于是擢塘做岸，靡弊不为，督浚者恐干误工之咎，只得佯为迁就。凡此诸弊，皆能致淤。然果委任得人，不避嫌怨，尚可随时整饬。惟经费因土方而定，土方由丈尺而定。勘估之初，遵照历届原案不能浮估，及借帑兴修，层层转发，领银则扣存司费，报销又扣存部费，实归工用已不及十之六七。况驻工委员公馆薪水之费，督催委员往来夫马之费，各处书役纸张饭食之费，皆取给于土方，是册报土方虽有此数，而实在土方不过五六成。以数丈之河吐纳潮汐，而开浚之时又减其四五，欲不即淤，势必不能。然以数万之众萃于一处，非得官吏弹压，即勃谿不可终日。而添委一员，又即少土方数十。再四筹之，竟无善术。况委员中洁己奉公者未必优于才具，而圩地即乘间舞弊，丁胥即从中分肥。其稍有才干者，又或以此为美差，往往猫鼠同群，罔顾名检。今大人明镜高悬，知人善任，各员自必仰体训谕，可无虑此。但如兴办刘河工程，卑职固不敢不正己率属，厘查弊端，然使卑职经管钱粮，即不能不扣存诸费以应各需，是卑职先作弊也。以察弊之人首先作弊，不能正己，安能正人？若常用诣工巡察，又恐多一次巡察，各段即多一次开销，而土方即多一次虚报。且明知工段偷减而帑不实发，又何能责其工归实在？拟仿浚吴淞江成例，先估土方工料若干，核定需银多寡，六州县按田出银，分年收存官库。俟有成数，然后兴工，则民力似可稍纾，经费亦免扣减。然又恐未征者民力虽齐，已征者州县挪用，此又筹于事先而不敢不请示者也。至于善后事宜，如挑土时有离河之率，则浮土不卸入河中，启坝后有闭闸之法，则潮水不冲入闸内，鱼篢有禁则水不兜湾，开垦有禁则堤不下塌，而且闸夫捞夫备其人，铁帚铁篦备其法。果能实力奉行，河从何淤？第恐视为具文。即如浚吴淞江时，亦曾申明例禁。昨卑职到彼，见两岸斜坡遍行栽种，则禁垦之例虚设矣。各湾兜沙俱未挑挖，则捞浅之例虚设矣。一事如此，诸事可知；一处如此，他处可知。应请于疏浚后明定章程，使经管员役人等有所遵循而无可推诿，方足以专责成而收实效。至上届浚刘河后，曾经办理铁扫帚、混江龙，嗣以无益，详请变价充公，并将捞夫撤退。伏念此等器具为河工利器，岂用之云梯关外而利，用之刘河海口而独不利？实因彼时不能克期办竣，及到工时，海口已不通舟。舟既不通，器无所用。又不敢将淤塞情形和盘托出，故藉词详销，并非器不利也。又闻议者称海口一带，若仿徒阳运河岁挑之例，则可久不淤。卑职细度情形，海口一带为海潮顶冲，又无闸座抵御，故最先淤。此处一梗，则上流泥沙停积，亦以次渐淤。若仿徒阳运河岁挑之法，计该处长不过六七里，每岁之淤，以每日积沙一钱许厚计之，亦不过深一二尺，分为六段，每段不过一里余，办理似易集事。然又恐经费无着，另须筹款，一涉科派，厉民更甚。此又虑及事后而不敢不请示者也。卑职学习办事而限于才识，且阅历未深，不敢谬执成见，谨将现在情形胪列如右。意在求详，词多烦复，伏祈训示，俾有遵循云云。旋以无成议而止。及癸未大水后，州宪集议疏浚，采生员王稼生抽沟泄水之议，而经费无着，因禀商道宪云：窃照卑属镇洋县境内刘河为三江通海要津，系太、镇、崑、新、嘉、宝六州县同其水利。前因河身淤塞，于嘉庆十八年间，经卑前州督同镇洋县勘估，详蒙奏准借帑兴挑，阅今十载，泥沙停积，淤如平陆，其最淤之处，约计四十里有余。卑职久拟请浚，只以工程浩大，经费无着，所以未敢轻举。讵本年夏雨连旬，水势盛涨，不惟太、镇田中积水无从泄消。即崑、新等处均受其病。且刘河海口一带高于腹内，在内地之水既不能宣泄入海，加以潮汐往来，外水转又倒注，是以内河之水更形漫溢。卑职冀旦夕疏通，以消积水而卫田畴。但此时若疏浚全河，不但数万金帑项未敢轻言请借，抑且事难姑待，功不速成，仍无以救目前之急。夙夜思维，惟有从权计议。将是河淤塞之处，开挖出水流沟一道，俾得早泄田水由河入海，或可补救万一，而崑新等处亦得均沾利益。惟是开挖流沟，工段亘长，所费不小。卑职伏查嘉庆十八年间原借□浚刘河帑银九万八千六两零，除工用销算及另设刷沙船只动用外，余银四千两，经前宪发商生息。可否拨为捞挖流沟之用？其应役人夫，卑职议集该处附近贫民赴工力作，仍按所挑之土给以应得之钱，水道既可免壅阻，而用民之力，利民之事，并可餬民之口。当此岁时拮据，自必踊跃从公，计日即可竣事。所有经理河务，卑职督同镇邑，慎选谙练诚实董事数人，饬令分段妥为经理，不许胥役从中涉手，致滋流弊。卑职仍驻工查察，务期功归实在，费不虚糜，以惠民生而资水利。合无仰恳大人俯赐转禀抚宪并移藩宪，将前项银两拨用云云。当奉道宪龚筹拨刘河案内节省银两到州，正在开工间，或以先开抽沟，水退后再议大开，是一工两浚，不免多费钱粮，不如即大挑为是。经抚宪韩札询情形，州宪禀覆云：窃卑职于本月初三日随巡道前赴刘河勘办工程，当即将现议章程及开工日期禀候宪鉴在案。兹于初八日申刻在工次接奉藩司函开：顷据嘉定淡令禀陈水利情形，以刘河工段无多，干如平陆，应首先挑浚，务期一月竣事，俾各属农田积水藉以宣泄等情。查疏通积水系目前至紧至要之事，前接爬疏之禀，即经批令赶紧妥议详办。今刘河工段既属易于兴挑，又为诸水入海要津，自应迅速勘估，全行挑挖，以资宣泄。除禀批发外，希即督同淡令，亲往刘河确勘淤塞段落形势、应挑宽深丈尺，估计实须工料银数，绘开图折，刻日见复，以凭筹款详奏。此等攸关民田水利之事，据情入告，定邀俞允。具奏后即可借帑开工，以期水势速消，民安耕业。务祈勘明实在情形，迅速妥办，毋任经书浮混，是所切祷等因。伏查刘河为震泽迤北入海要道，自淤塞以来，久晴即旱，久雨即潦。今自夏徂秋，雨势连绵，积水数月不消，田庐淹没，灾黎嗷嗷。若使刘河疏通，必不至此。卑职于前月接奉宪札开，据苏州额守禀请调取河员，大开刘河、吴淞江等因，即赴各处测量水势，采访舆论，佥称开河消水系现在第一要务，今不待吁情禀请即蒙饬办，宪恩高厚，自当凛遵。第既照前届兴挑，必六州县通力合作。今由会议会勘会禀，以及请帑请委，分段起夫，辗转需时，即赶紧完工，已不及种麦。且六渡桥迤西至前届坝基，现在积水五六尺至八九尺不等，不但汪洋一片，无可施工，即不惜帑金，设法车戽，亦并无泻水之地。况既大挑，集六州县之夫不下数万，前届沿塘高燥，自可设灶搭棚，今则遍地沮洳，无可栖止。而且太、镇现在米珠薪桂，今骤增数万人，则薪米立匮，尤不能不及早筹虑。况两岸棉豆、高粱，青葱弥望，灾民全赖以接济。若一经踩践，必滋事端。至于既兴大役，不能不编夫，而编夫之苦，尤属向来积弊。行于平时尚可勉强，若行于灾区，恐立见决裂。卑职当即询以现在灾黎无从得食，今以工代赈，有何不便？复据称，向来遇工应役，不但无钱到手，并要自备钱米到工，故有贿吁保以求脱者。今若照此奉行，则灾上添灾，实难强从等语。卑职又谕以应得工食，若照工段实发，有何苦累？复据称，向来经费内应扣存各费款目繁多，实有不能实发之势。今此处纵蒙实发，第工程六段，六州县各办各工，倘一段偷减，五段皆病。况民间一闻编夫之信，先已惊惶，即再三开导，恐难曲喻等语。卑职因民情不愿，且恐反覆会勘必误种麦之期，故另议章程，现在挑办。兹奉前因，事难中止，不得不将现在情形缕陈于仁宪之前，卑职不胜悚惶之至云云。又上督宪孙禀云：窃卑职前于二月间，在胥门舟次蒙宫保中堂大人面谕：刘河自海口涨有沙滩，泥沙随潮停淤，历次开浚，不数年即成平陆。今若议浚刘河，必先设法将沙滩刷去，方不虚糜帑项等因。恭聆训示周详，曷胜悦服之至。遵即赴海口测量，并访之耆老，因未得善策，未敢禀渎宪聪。兹于本月二十三日在刘河工次接奉藩司札开：奉宫保督阁部堂批嘉定淡令禀恩先浚刘河以资宣泄赶种救荒一案情由，奉批：查刘河与吴淞三泖同居下游，为太湖以下众水入海门户，而刘河淤塞最久，几成平陆。现在各州县农田被淹，积水难消，似应首浚刘河以苏民困。昨据苏州府额守具禀，已批司移道督勘议详。兹该令所请与额守意见相同而议论较为切当，仰苏州布政司查照先今批示，飞催松太道督同梁守及各该府州，分投确勘估计应挑工段丈尺，先行绘图贴说，通禀察核。一面会司酌议挑浚章程，筹动款项，详请会奏等因。奉此，卑职伏查自五月大雨以后，卑境及镇洋、嘉定各属田庐被浸，委系海口不通之故。当即传集绅耆，商议挑浚刘河。佥称苏、太之水，迤南之江、震从吴淞泻，迤北之常、昭从福山、白茆泻。嘉、宝二邑则南从吴淞泻，北从刘河泻。而长、元、吴、昆、新、太、镇则南从刘河泻，北从福山、白茆、七浦各口泻。若仅浚刘河，不但脉络不通处水性不顺，抑恐分泄不及。因酌议浚刘河淤浅处五千八百丈以泄南境积水，浚七浦淤浅处二千三百丈以泄北境积水，浚朱泾淤浅处二千二百丈以泄腹内积水。并恐误种麦之期，各处赶挖抽沟，俱以面宽三丈、底宽一丈五尺、深七尺为率。又因泥泞难以施工，酌用卷帘挑法，由东而西，分为数段。开浚一段，即放坝将两岸支港导入抽沟，以期退水迅速。适巡道到州查勘水灾，当经禀请勘明。随蒙发交刘河生息银六千五百两，并另款银二十两，于本月初五及十七、二十三等日先后筑坝开工。维时卑职意在疏通积水，以为种麦之计，实未遑为刘河经久计也。旋历奉到抚宪并藩司札饬查勘刘河情形，绘具图折以凭察办等因。卑职伏念兴办大工大役，固当与百姓同其甘苦，更当与百姓同其利害。矧现办灾务，民心未定，尤恐办理不善，反致扰累。今若因有大挑之议遽饬停工，不但碍难反汗，计会议会勘会详及请帑请员、分段起夫，辗转需时，即赶办竣工，已不及种麦。况照上届工段勘估，现在盐铁河口西坝基至六渡桥积水深广，所以现挑抽沟改从六渡桥筑坝挑起。今若遽兴大工，积水之内无可施工，即不惜帑项，设法车戽，亦并无泻水之地。又太、镇地方本不产米，现在米珠薪桂，今骤增别属数万人，薪米必将立匮。又前届开工时，沿塘高燥，可以搭棚设灶。今则遍地沮洳，远地挑夫无可栖止。又镇洋沿河灾民田庐被浸，幸两岸堤上种植杂粮数十里，一望青葱，藉资接济。今若遽兴大工，必将尽被蹂践，设因阻止争闹，尤所关非细。至按田起夫，向系太、镇积弊，现蒙藩司谕饬雇夫挑办，以工代赈，估定土方，夫工银两按数实发，不得再用编夫等因。若能实力奉行，民人固沾恩无既。第查历届挑办刘河，俱系借帑兴修，分年随地漕摊征归款。今称以工代赈，若不援前例，另请开销正项钱粮，则国家经费有常，现在查办蠲缓赈恤，费已不赀，又请兴办大工，卑职安敢妄议？若仍照前届借帑兴修，分年摊征，是代赈之银仍取偿于灾黎也。以暂借之钱而谕之曰代赈，灾黎固不受诳，况借给钱文，不许别寻生理而责以趋事赴工，内又扣存报销及委员饭食、书吏辛工纸张等费，计摊征一千，止到手六七百。是我以为以工代赈，彼且以为灾年兴役，纵不敢阻挠大议，然值此灾荒，即来岁丰收，元气未必骤能遽复。若预计来年于带征灾缓钱粮外，又带征开河经费，恐未免畏葸不前。此皆卑职所亲得之舆论而不敢不据实陈明者也。所以一面据情禀复，一面仍催督赶紧挑挖抽沟。兹刘河东段开挑如式，已于二十三日开放东坝，将两岸支港导入抽沟。数日以来，堤外已退水尺余，田庐渐次涸出。卑职仍驻工督催，限于二十七八日开放中坝，九月初五内开放西坝。其朱泾、七浦现俱开工，大约九月初旬俱可藏事。询之农民，均称得此分消，种麦之期定可无误。除完工之日另文禀报，并俟积水消退后，随同委员遵谕先将海口淤沙设法刷去，然后禀请核办，以期帑不虚糜，事归有益云云。于是其议始定。）浚七浦，以泻北境之水。（道光壬午冬，州宪张以刘河工程浩大，饬绅董陆栋等先挑办七浦。随经该董等挑通田家桥至海口二千余丈，并捐挑八尺、苗泾等河。其田家桥迤西，以无经费而止。癸未大水，州城西北一带积水不消。绅士顾纶、顾缄捐钱募夫挑挖海口，不效。州宪拟仿刘河抽沟之法，无款可动，又不忍派累民间，乃禀商道宪云：窃卑职前以积水不消，请疏挑刘河，即蒙发帑兴工，并蒙临工指示舆情，感激莫可名言。卑职伏查太仓地处低洼，上游各水汇注，全赖刘河及七浦二口入海。近来二口并淤，水无所泄，以致久雨即潦。卑职抵任后，屡拟疏通，以刘河工程浩大，故去冬先将七浦河自田家桥以下至海口一段先行挑挖。其田家桥至老闸镇三千余丈，以无经费，尚未估挑。今夏大雨成灾，七浦上游十六、二十八、二十九等都被灾尤重。现在田庐被浸，已将三月。卑职历询衿耆，佥称惟将老闸镇至田家桥一段河身挑挖疏通，积水方有去路等语。卑职查勘属实，第欲即办理，现在实无款可筹。欲从缓办，又恐误种麦之期。伏念刘河现蒙兴办，南境既沐生成，而北境灾区定蒙垂念。再四思维，惟有仰恳宪恩，另赐筹款拨借银三千两以资工用。其银即于卑州应得养廉内分作六年摊扣归款。卑职为地方情形起见，不揣冒昧，敢此渎陈，可否即赐转详抚宪批示遵行之处，出自宪恩，卑职不胜急切待命之至云云。复恐稽延时日，赴省而恳各宪。抚军韩公云：此救灾第一要务。该牧第实心速办，何须捐廉。已飞饬巡道拨款济工矣。随蒙道宪龚拨吴淞江案内节省银两到州，而地方好义之士急公乐输者，亦相继至工，遂得竣。及报开坝日期，复奉抚宪韩批示云：据禀七浦、朱泾等河开坝，水流通畅，殊深欣慰。前据苏松太道面禀现应接挑蒲汇塘，趁此秋晴，正可及时开浚。该牧为专派勘办三江水利之员，即不在本属之河道，亦应视为己任。仰即遵照前札，迅将水利全局随同该道确切查勘，分别估计，据实绘图通禀，察核饬遵。如现在需用银两，随时禀请，即可饬司筹给，毋稍诿延。一俟勘估详到，凭以会奏等因。）绅董等又捐挑朱泾，以泄腹地之水。（钱伯瑜太史在刘河工次，拟工竣后，即接办朱泾。各绅董题之，一切经费不期而集。州宪张据情转禀云：窃卑职昨将刘河开工日期禀报，谅蒙宪鉴。兹据在籍编修钱宝琛、原任青州府知府汪彦博、内阁中书汪元爵、举人陆锡眉、职员蒋治、监生朱桂芳等称：被浸田亩得刘河疏泄，自可渐次涸出。第太、镇地处低洼，本境之水虽消，恐上游长、元、吴、崑、新诸邑之水乘虚下注，仍复疏泄不及。查娄东泄水要道，南赖刘河，北赖七浦。而州城迤东各水则汇注朱泾。今情愿捐资，将朱泾河自澛漕口至朱杆桥一十五里淤浅处所筑坝兴挑，以资分泄等语。卑职伏查康熙初，自前牧因刘河淤塞议浚朱泾，著有成效，近渐淤塞，以致镇邑二、八、九、十等都今年被灾尤重，亟合一律疏挑，以资分泄。兹该绅等谊关桑梓，捐资出力，洵属好义急公。卑职不敢壅于上闻，除现同该绅等勘定丈尺，俟刘河开坝即便兴工外，合此禀明云云。奉抚宪韩批云：据禀各绅士捐挑朱泾，又该州自愿借廉挑办七浦河、田家桥至老闸镇一段三千余丈各缘由，洵为目前首要善策，均属急公，殊堪嘉尚。仰苏松太道即速督同该州勘丈，赶紧兴挑，将工段丈尺、捐输银数造册详送查核，该道仍即移会苏藩司知照，并令该州补禀阁督部堂批示录报，缴图存等因。）并于澛漕口添建闸座。（州宪张详请立案云：窃照本年夏秋之间，连遇阴雨，田畴被浸。卑州当查泄水要道，南赖刘河，北赖七浦，州城迤东各水则又汇注朱泾，工宜并举。只因经费难筹，而刘河尤为太、镇第一干河，先经卑职查勘票挑，当蒙本道临工查勘发银，开挖流沟，并又请蒙发银疏挑七浦，均经先后挑疏完竣。业将工用银两造册请销在案。维时朱泾一河正在筹浚间，据在籍编修钱宝琛、举人陆锡眉及富商裕民等情愿捐资，将朱泾河自滏漕口至朱杆桥淤浅处所，共计工长二千五百十丈，筑坝兴挑，以资分泄。经卑职票明，一律疏挑完竣。各处水已早消，田已种麦。惟是朱泾河之滏漕口，东近海口，且港面不宽，潮汐来往，复恐疏通后清水不能抵刷浑潮，泥沙滞积，不免又易淤垫。卑职复议于滏漕口建立闸座，仿用闸板，依时启闭，既可堵御浊潮，而该处一带田畴，设遇旱涝，亦得藉资蓄泄。该绅富等或捐基地，或捐料物，或捐工用，踊跃乐从。闸工现亦告成，并据该绅富等开具工用银数并筹议善后章程，呈详勒石，以昭信守等情。卑职伏查该绅富等筹办水利，因地制宜，捐资急公，洵属义举。此项工程系各绅士自捐自办，似应准予将捐输姓名、银数并所议善后规条、勒石工所，以示善举而昭征信。相应将捐输姓名、银数开册具文详明，伏祈宪台鉴核批示立案云云。奉督宪孙批云：据详已悉，仰苏州布政司核饬遵照，仍候抚部院批示，缴册存等因。）灾黎既得赴工就食，而分流流畅，旬日间涸出民田七十二万余亩，皆得及时种麦，抽沟之力也。编工赈第四。

刘 河 工 程

州宪张勘定，西自横泾口起，东至军功厂止，开抽沟一道以疏积水，面宽三丈，底宽一丈五尺，深七尺，长五千一百八十六丈。又展挑闸口北岸，折实五十六丈。又奉道宪龚勘明，自军功厂起至东墅沟止，续开一段，面底增宽一丈，长七百丈。通共计长五千九百四十二丈。

规条：

一、沿塘圩保各办各图，内工程以图分大小定工段多少，照量定丈尺，分段办理，不得紊乱。

一、各图工段即着各图贫民挑挖，以资餬口。

一、现在以疏通积水为急，若俟水涸估计土方，必误种麦之期。今酌议以面宽三丈、底宽一丈五尺、深七尺为率。上面存水浅深不等，东头水浅挑土工多，西头水深戽水工多，截长补短，每一丈酌给工食银一两。

一、横泾口迤西至十八港止，水深五六尺，不能筑坝车戽。今议于横泾口筑坝挑起，东至小塘子，丈见二千五百六十八丈为西段。自小塘子东至石家塘，丈见一千九百八丈为中段。此处亦筑一坝，以便由东而西，用卷帘挑法。自石家塘东至军功厂，丈见七百十丈为东段。军功厂旧坝基现在水深五六尺，且有潮汐往来，而朱泾口水势又急，碍难筑坝。兹于朱泾口北筑坝，分为二段。坝西照式开挑，坝东积水较深，惟河面太狭且有兜湾，议将河面拓宽三丈，兼将兜沙截去。庶开坝后，西水得建瓴而下，至军功厂，至新镇，七百余丈，较为宽深。另候察看情形，再行酌办。

一、各段卷帘小坝已统筹在工段内，无庸另给工食外，其东、西、中三处坝座及两岸各支河水口应筑软坝，候勘明酌给工料，以免赔累。

一、工食分作三次给领，开工时先给十分之三；工程一半时，再给三成；余俟验收时找给。如丈尺有偷减，即于数内扣除，以昭核实。

一、向例土方银两层层转发，即层层扣减。今银数无多，若再由州发县，由县发工，不无需费。况到该圩保之手，又须预扣委员薪水及验收诸费，则灾民所得无几。兹俱由本州亲诣工次，面同圩保，分给其州县书役。如有敢从中索取例规者，准各圩保扭禀，立予枷示工次。

一、各圩保亦系灾民，今常川在工照料，势难枵腹从事。兹每人每日酌给工食银一钱，其甘草司衙门书识一名、传差一名，亦一体酌给。

一、所挑沙土须离河一丈，不许仍积河边，希图做岸。

一、一切纸张、辛工及委员路费，俱由本州捐廉办理，毋许丝毫派累。

一、现派甘草司催工弹压外，本州仍驻工督察。如有怠惰偷减者，即行责逐。若敢倚众在工滋事，立予枷示工次。

一、现浚工段，目前虽为疏通积水、以工代赈起见，然从此深通，将来即为农田之利。该民人等务须工归实在，慎毋潦草掩饰，致贻后悔。

一、潮水拥进闸内，来急去缓，浊沙易积。兹并议于积水消落后，增置闸板，潮来下板，使浊流不得挟沙西停；潮退启板，使清水得以刷沙东注，庶水利可以经久。

催工委员：甘草司巡检曾浩。

董事：（集议章程）钱凤孙、陆锡眉、朱桂芳、蒋治；（驻工督挑）钱宝琛、陆锡眉、朱桂芳、陆模、李三松、陆楷、张肇基、顾之政；（督浚海口）钱宝琛、陆锡眉。

探量水线：黄起鳌、徐庭桂。

计开：

一、工身长五千九百四十二丈（每丈计十五方七分五厘，今不照方算，每一丈给工食银一两），计银五千九百四十二两。内军功厂迤东展宽七百丈（每丈酌加银四钱），计加银二百八十两。

一、大坝三座，两岸支港口坝八十四座，计工料银五百零九两九钱九分。

一、西段、中段、东段共给车水银八十三两，又遇雨，蒙道宪谕，加赏洋钱五十元，合银三十七两。

一、西段圩保十四名（八月初十日起，九月初七日止），计三百七十八工；中段圩保八名（八月初五日起，八月廿九日止），计二百工；东段圩保十名（八月初五日起，八月廿三日止），计一百九十工；甘草司衙门书识一名、传差一名（八月初五日起，九月初七日止），计六十四工。共八百三十二工（每工给银一钱），计银八十三两二钱。

一、雇水线车六十一部（每部三两七钱），计银二百二十五两七钱。

一、闸板桥木及制造器具共银一百六十七两八钱七分九厘。

一、海口爬沙（九月初八日起，九月十四日止），每日雇夫一百六十工（每工给银一钱），计银一百十二两。

一、州宪送甘草司夫马薪水洋钱六十四元，又赏给各夫添办器具洋钱一百六十元，又赏给各夫酒资二百元，又赏给随带人役及递报之闸夫等洋八十七元。共洋钱五百十一元，合银三百七十八两一钱四分。

以上共银七千八百一十八两九钱零九厘。

缮写：州书刘守仁、张沅，甘草司书识张宰亨。

听差：高岐、吴炳、朱耀、吴耀。

七 浦 工 程

州宪张勘定：自老闸镇起东至田家桥止，开抽沟一道，以疏积水，面宽三丈，底宽一丈五尺，深七尺，长二千三百四十二丈。又展挑闸口，折实二十一丈。共计长二千三百六十三丈。

催工委员：七浦司巡检严琼。

分段督工：张元发、顾嘉言、王润、张式玉、邵存仁。

计开：

一、工身长二千三百六十三丈（照刘河之例，每一丈给工食银一两），计银二千三百六十三两。

一、大坝三座，两岸支港口小坝二十三座，计工料银一百七十五两五钱。

一、车水工食，计银一百九十九两八钱。

一、水线车一十九部（每部三两七钱），计银七十两三钱。

一、开工后遇雨，加给水车工食银三十八两。

一、圩保十六名（八月十七日起，九月二十日止），共四百工（每工给银一钱），计银四十两。

一、州宪送委员薪水钱九千文，又给展挑闸门饭食钱十九千五百文，又给闸口爬沙洋钱四元，又给圩保酒资洋钱二十元，又给随带人役等饭食洋钱二十元，又给老闸捞浅工食洋钱六元。共洋钱五十元，钱二十八千五百文，两共合银六十一两七钱五分。

以上共银二千九百四十六两三钱五分。

河差：何吉、张恒、田裕、胡祥。

右刘河、七浦两工，共需银一万七百六十五两二钱五分九厘，合钱一万二千九百一十八千三百一十一文。

内蒙巡道宪龚详院奏明，动拨嘉庆十八年挑浚刘河案内节省本银四千两，息银二千八百十四两；又拨嘉庆二十三年挑浚吴淞江案内发商息银二千两。共银八千八百十四两，合钱一万零五百七十六千八百文。

又各绅富捐贴挑浚七浦经费，洋钱九百五十四元，钱十千文，共计钱八百六十八千六百文（捞海口钱不入此数）。

内顾纶、顾缄捐洋钱九十一元，又于未兴挑之前募夫爬捞海口，捐钱一百十八千文。钱楚良捐洋钱二百元，龚艺园捐洋钱一百元，长生典捐洋钱五十元，杨养正捐洋钱五十元，南隆典捐洋钱五十元，陆锡荣捐洋钱四十四元，庆隆典捐洋钱五十元，李翼传捐洋钱三十元，陆慎旃捐洋钱二十元，刘鹤和捐洋钱二十元，曹济川捐洋钱二十元，张朝宗捐洋钱二十元，顾士昌捐洋钱二十元，王凤冈捐洋钱二十元，杨养吾捐洋钱十四元，顾德佩捐钱十千文，顾象山、顾茂山捐洋钱三十元，顾耀如、顾丕显捐洋钱二十八元，吴应廷捐洋钱二十四元，顾安夫捐洋钱十元，曹观吾捐洋钱五元，杨如钦捐洋钱八元，杨新甫捐洋钱四元，武彬采捐洋钱七元，胡元照捐洋钱三元。

除应用外，不敷钱一千四百七十二千九百十一文，详请找给。内除删减各款，蒙道宪龚找发银七百零六两八钱五分八厘七毫，计钱八百四十八千二百三十文，仍不敷钱六百二十四千六百八十一文，经州宪捐廉给讫。

朱泾工程

自刘河镇玉皇殿起至朱杆桥止，共工身长二千五百四十丈，于道光三年八月二十四日开工，九月十四日竣事。

催工委员：甘草司巡检曾浩。

董事：钱宝琛、陆锡眉、朱桂芳、唐履旋、顾之政、李三松、黄冲、陆模、徐庭桂、严琳照、朱开基、黄殿瑜。

计开：

一、工身长二千五百一十丈（每丈给洋钱六角，庳水在内），计洋钱一千五百零六元。

一、大坝二座，小坝九座，共工料洋钱一百二十九元八角。

一、给圩保及传差饭食，共洋钱四十四元六角。

一、开浚市河经费，计洋钱三百六十二元九角。

一、制造混江龙二具，计洋钱二十元。

以上共洋钱二千零六十三元三角，合钱一千八百六十九千七百文。

州宪张赏河夫酒资，洋钱七十元。

捐数列后：

汪彦博捐洋钱一百元。钱凤孙捐洋钱六十元。唐履旋捐洋钱一百三十元。李三松捐洋钱一百元。汪玉和、汪益隆、金广源、张肇基共捐洋钱二百元。陆锡眉、吴恬、朱桂芳、蒋治共捐洋钱一千二百五十元。汪元爵捐洋钱五十元。顾之政捐洋钱四十三元八角。刘敬征、蒋兴仁、陆楷、徐庭桂共捐洋钱八十元。顾缄捐洋钱五十元。共收洋钱二千零六十三元三角给讫。

澛漕口闸座工程

闸在刘河镇澛漕河口，即朱泾东口也。向筑土坝，蓄泄不便。道光癸未秋，朱泾工竣，各董事鸠资易以石闸。其启闭之节，则甘草司掌之。

董事：陈颖孚、陈翰周、朱赞庭、张肇基、严琳照。

规条：

一、朱泾河业已疏通，附近居民毋再抛弃拉杂土砾，并私设捕鱼帘籪，如违请究。

一、是闸启闭，交原办董事经管。每岁插秧之候，倘遇旱涝，不时禀明甘草司饬夫暂启，过后即闭。

一、水带桥内至闸丈余，潮来泥沙易积，每逢水涸时候，拨夫疏捞。

一、小舟至坝起剥，其有重载过闸，准该船过夫暂启，过后即闭。

一、基地钱粮及启闭雇夫等费，岁约数千，镇中愿另筹公款，存置典中备用，原董经管。

计开：

一、石作工料板片等，计洋钱四百六十元。

一、椿〔桩〕木，计洋钱六十元。

一、筑坝庳水，计洋钱一百零八元三角。

共用洋钱六百二十八元三角，合钱五百六十五千四百七十文。

捐数列后：

前镇洋县董存工石条八块，今用二丈头石七块作闸底。张灿捐闸基地二分。汪玉和、金益隆、汪广源共捐洋钱一百元。滕贻则、张三茂、王源茂共捐洋钱九十元。毛源茂、陈锦荣、张三阳共捐洋钱三十元。王益泰、渊远堂、同顺、源顺共捐洋钱四十五元。吴开泰、张隆昌、朱永隆、刘聚顺、刘瑞芝、汪恒兴、翁正夫、徐宁茂、汪永盛、丁万顺共捐洋钱五十元。张肇基捐洋钱五十一元八角。胜山居蒋捐洋钱八十元。沈有怀捐洋钱四十元。盐公堂捐洋钱四十元。顾鼎盛、孙式古捐洋钱五十元。厉宏泰捐洋钱二十元。浙宁酒店捐洋钱十元。铁店捐洋钱二元五角。杨积善捐洋钱七元。陆钽经捐洋钱三元。刘宏顺捐洋钱五元。黄殿瑜、蒋洪捐洋钱四元。凌正捐中石二十块。赵长泰捐塘石九块。仁和堂捐椿〔桩〕木二株。

捐刻碑石：

顾缄捐刻告示碑七座（朱泾三、杨林二、七浦二），大小界石阡三百六十条，以禁沿河侵占。计工料洋钱二百元，合钱一百八十千文。

今并将道光二年开浚七浦及捐挑八尺、茜泾二河经费捐数附列于后：

州宪张勘定七浦河，自田家桥起东至马洞泾止，计工身长二千五百八十二丈。

又浚八尺河，自八尺北口起至茜泾河止，计工身长六百丈。

又浚茜泾河，自八尺南口起至蟛蜞楼港止，计工身长三千二百丈。

董事：陆栋、王润、陈大任、沈汉文、陈惠康、闵钟相。

计开：

一、七浦工身长二千五百八十二丈，内除浮桥镇市河六十丈循照向例该镇居民开挑外，实计二千五百二十二丈，应浚土方三万四千五百九十一方，共应役田三百三十八顷三十六亩二分二厘六毫，计每田百亩应挑土一百零二方二分三厘，分作十四段，按田起夫，如式挑竣验收讫。

一、修理闸座，计工料钱四百四十四千七百零八文。

一、挑浚八尺、茜泾两河，计车水、打坝、挑土等项，共钱九百零三千九百二十文。

捐数列后：

州宪张捐纹银一百两，计钱一百二十千文。顾纶、顾缄捐洋钱二百元。陆玙捐洋钱三十元。闻维墒捐洋钱十元。顾干捐洋钱二十元。吴恬捐洋钱三十元。范丕成捐钱二十四千文。顾銎捐洋钱二十元。顾德佩捐洋钱十元。陆锡熊、陆廷焕捐洋钱二十五元。谢坤九捐洋钱三十元。浮桥镇各铺共捐洋钱三百元。张元发、顾嘉言、王润共捐洋钱一百二十元。

以上共捐洋钱七百九十五元，合钱七百一十五千五百文，并纹银、现钱，三共收钱八百五十九千五百文。除应用外，仍不敷钱四百八十九千一百二十八文，系董事王润捐足付讫。

河差：何吉、田裕。

保　　婴

积水不消，各乡穷民有弃儿于道者，举人闻维墒等禀请设局收养。经州宪张核定规条，禀明立案。（各董禀云：为收养弃孩恳赐晓谕事。切〔窃〕墒等自入秋以来，辄见城乡远近有数岁幼孩委弃道上者，推求其故，或系年荒离散，或系亲没流亡，可悯可怜，莫此为甚。因思礼重存孤，书称保赤，惟痌瘝之慕切，期罄此之必周。而乃事拟覆巢，情同入井，匪系鸱鸮之取，难为螟蛉之求。嗟彼茕孤，恩勤奚属，怜兹稚弱，瞻望靡依，性命悬于呼吸，吁哀孰为提携？堉等目击可矜，手援无术，随心恻隐，欲稍慰夫乌啼，合力捐输，聊下同乎鸟覆。公议于州文政铺现空庙内暂设公局一所，凡路弃幼孩，局中自行收养。其或五、六、七、八岁，亲属情愿抛弃送局者，应请嗣后一并收养，悉听司事照管，妥为安置，毋许亲属干预滋扰。为此合词呈恳大老爷俯鉴下忱，允从众请，迅赐出示晓谕，俾得即日收养，毋令愚民任意抛弃，藉词纷扰。此日桑鸠饲养，仰蒙慈宇之并包，他时竹马嬉游，感荷鸿恩之再造云云。经州宪据情转禀云：窃卑境被灾以来，累蒙恩宪查办蠲缓赈恤，并碾动常平，酌借盐义仓谷石，又准借银买米接济灾黎，已无失所之虞。卑职仍仰体宪仁，于茕独无依者，即饬堂收养；疾病者，即捐药医治。遇有浮尸、浮棺，即分别殓埋停厝。所有被浸田庐，现已疏通刘河、七浦河、朱泾河，以资分泄。昨于二十三日将刘河东坝拆开，导南北两岸支港入抽沟。数日以来，堤外已退水尺余，田庐渐次涸出。其七浦、朱泾及刘河西段，约来月初间俱可竣工。开坝种麦之期，询之乡农，均称定可无误。惟自被水后，乡城远近屡有数岁幼孩遗弃道上。卑职细访情由，或因年荒离散，或因亲没流亡，匍匐哀啼，殊为可悯，正拟筹款收养。兹据举人闻维堉、周赓盛、王宝仁、沈镛、职员顾纶、生员邵廷烈、徐尔梅、赵功焕、杨芝孙、王沅等情愿设堂收养，呈请给示前来，实属好义堪嘉。除给示照办外，卑职不敢壅于上闻，合此申禀云云。奉督宪孙批：举人闻维堉等设堂收养弃孩，乐善好义，殊堪嘉尚，仰苏州布政司转饬该州给示妥办，以全善举，仍候抚部院批示，缴折存。又奉抚宪韩批：据禀疏通河道情形已悉。至所禀举人闻维堉等情愿将遗弃幼孩设堂收养，洵属好义可嘉，仰苏州布政司速饬妥办，俟事竣查明收养数目请奖，并即由司据禀通饬被灾州县，一体妥为仿照办理，将照办缘由通禀查核。该司先将通饬缘由具覆毋迟，并候阁督部堂批示，缴折存。原禀同折抄发等因。）明年麦熟，各给口粮领回完聚，远近义之。编保婴第五。

董事：

闻维堉、顾纶、周赓盛、王宝仁、沈镛、邵廷烈、徐尔梅、赵功焕、杨芝孙、王沅、顾经、蒋治、顾缄。

设局白龙庙，自道光三年八月二十六日起，至四年五月二十二日止，共收养男女三百十六名，领回时各给两月口粮。计薪米、房租、辛工、器用及另给口粮，共钱三千七百十一千七百六十文。

规条：

一、是局专恤弃孩，除路弃者自行收养外，其父母实系情愿送局，决无悔心，方得送入。

一、凡情愿抛弃者，其父母央保亲自到局投送，以后任凭司事教管，伊亲属毋得诱逃。

一、设局收孩暂为寄养，俟来年丰收后，凭保查明伊父母得能养赡，交给领回。其路弃无主者，另行禀明，设法妥为安置。

一、是局与育婴堂意同事别，其年纪不得不立为限制，四岁以下、九岁以上未便收养，不准送入。

一、是局原为岁荒起见,收养应有定数,酌于数满之日,造册报明停止。

一、弃孩业经收养后,诸宜加意调护。如有疾病,延医调治。倘有不测,各安天命,备棺厝埋,亲属不得藉端滋扰。

捐数列后:

州宪张捐给棉衣九十件。顾纶捐钱五百千文。顾渊泉捐钱七百千文。顾经捐钱六百千文。顾缄捐钱三百千文。邵廷烈捐钱五百千文。闻维埙捐钱一百千文。龚润捐钱一百千文。蒋治捐钱五百千文。顾镐京捐钱六十千文。李三松捐钱六十千文。张锡兰捐钱四十千文。庞金鼎捐钱三十千文。汪宝恕捐钱二十千文。汪彦杰捐钱二十千文。沈镛捐钱二十千文。陈道芝捐钱八千文。顾兰亭捐钱三千文。陈世德捐钱五千文。钱耀廷捐钱二千七百二十文。

以上共捐钱三千五百六十八千七百二十文,不敷一百四十三千零四十文。经始终出力之董事顾纶、闻维埙、顾经、蒋治、邵廷烈、顾缄捐给讫。

经办书:周灿。

恤 病

保婴局既设,孤幼不虞失所矣,而穷饿衰病之人,或困踣于道。贡生杨厚孙等请照保婴局例鸠资收养,并经州宪张详明立案。(详云:为详明事。窃照本年卑境被水以来,累蒙宪恩查办赈恤平粜,并饬借银买米,派拨盐义仓谷,辗轳转运,拯济穷黎,已属无微不至。卑职仍复仰体宪仁疏浚河道,现在积水畅消,二麦及时播种,相〔想〕彼小民自可无虞失所。惟是被歉之余,灾民迁徙流离,饿病道途者正恐不少。正拟设法劝谕筹办间,据廪贡生杨厚孙、生员杨芝孙、胡槐、胡熊、钱日铭、杨庆孙禀称,切〔窃〕惟本年灾荒实甚,民人困苦殊常,凡路弃幼孩业经设局收养,俾无抛遗,而沿途因灾饿病之人,往往身迫饥寒,命悬呼吸。生等目击堪矜,手援无术,勉约同志努力捐输。现有监生李鹏远暂捐兴德铺空屋一所,设立公局。除江湖乞丐之辈秉性不驯,未便概行收入,所有沿途因灾饿病垂毙者,就所见闻查明来历,凭保报局,暂行栖止,责令司事调养。一俟来岁春和,病困稍苏,即令自行谋生。倘有死亡,各安天命,备棺厝埋,无许匪类藉端滋扰等情,并粘规条前来。据此,除给示照办,俟事竣造册请奖外,理合具文详明,伏祈宪台电鉴示遵云云。奉督宪孙批:仰苏州布政司核饬遵办,事竣造册详候酌奖,并候抚部院批示,缴规条存。又奉抚宪韩批:设局暂栖饿病流民,洵为善举,仰即饬令该绅士等妥为经理。该州给示严禁地匪藉端扰累,仍俟事竣造册详请奖励,并候阁督部堂批示,缴规条存等因。)生给衣粮,没为殓葬,一时称厚德焉。编恤病第六。

董事:杨厚孙、杨庆孙、钱日铭、胡槐、胡熊、杨芝孙。

设局北关,自道光三年十一月初八日起,至四年五月十五日止,共收养一百四十三人。内病故三十二人,具棺葬之。余俱医治复原,麦熟后给予口粮遣归。计经费钱一千三百二十八千三百五十七文。

规条:

一、是局专栖沿途因灾饿病垂毙之人,并非为贫民哺啜之地。凡应归普济、养济者不收。

一、凡沿途因灾饿病垂毙者，或由局中见闻，或由各居民店铺报明，司事察看确实，着保送局，以杜冒滥。

一、是局专为岁荒而设，聊免垂毙灾黎隆冬露宿之苦。一俟来岁春和，病困稍苏，即令自行谋生。倘并无亲属依靠者，仍交原送保人给资遣出，不许逞刁久踞。

一、业经入局后，不得出外闲走，以防别生事端。倘有在局倚老凌少，恃强凌弱，不遵约束者，立即逐出。

一、饿病垂毙之人，一经入局，自宜加意调治。倘有死亡，即由该局备棺厝埋，毋许匪类藉端滋扰。至所用土工，局中设有四名司事，随时酌派。如敢私分地界，霸踞扛抬，立即禀究。

一、是局系暂栖，应有定数，酌于满日造册报明停止。

捐数列后：

州宪张捐给棉衣一百七十件。李鹏远借兴德铺房屋一所以为公局。杨厚孙捐洋钱一百五十元。杨庆孙捐洋钱一百八十元。钱钦浩捐洋钱一百五十元。徐尔梅捐洋钱一百五十元。闻雅竹捐洋钱二百元。胡槐捐洋钱一百元。胡熊捐洋钱一百元。顾缄捐洋钱七十四元。杨芝孙捐洋钱五十元。钱日铭捐洋钱五十元。李鹏远捐洋钱四十元。胡廷璜捐洋钱三十元。胡寅亮捐洋钱十元。

以上共捐洋钱一千二百八十四元，计钱一千一百五十五千六百文。不敷钱一百七十二千七百五十七文，经董事捐足给讫。

经办书：周灿。

济 贫

保婴、恤病两局董事等既收养老幼贫病之人，复念诗书旧族耻受人怜，鳏寡穷黎羞称乞食，留心探访，或负米登门，或赍钱叩户，一方菜色为之立变。其恤嫠增额、棉花减价及随时分给口粮者，并隶此门。编济贫第七。

董事（即系保婴、恤病两局原董经理）：

募捐：胡槐、陆元勋、张焜扬、胡受荣、杨芝孙。

共分给钱米，计足钱八百七十七千九百十文。

捐数列后：

顾缄捐钱二百八十千文。蒋治捐钱二百十千文。闻维堉捐钱六十千文。杨敬铭捐钱三十七千一百文。杨世凤捐钱三十六千二百文。邵廷烈捐洋钱二十元。钱钦浩捐钱十千文，又捐洋钱二十四元。杨云宝捐洋钱十元。杨厚孙捐洋钱十一元。汪宝恕捐洋钱十元。杨庆孙捐洋钱十八元。李鹏远捐洋钱十一元。陆玙捐洋钱十一元。吴恬捐洋钱十元。黄朝铼捐洋钱十元。顾紫荆捐洋钱十一元。金闻鹤捐洋钱十元。武复经捐洋钱十元。黄敦仁捐钱十千文。杨锡宝捐钱五千文。朱慎义捐洋钱十元。周省吾捐钱五千文。杨敬纯捐洋钱五元。杨敬樾捐洋钱五元。张照捐洋钱五元。刘敬征捐洋钱五元。杨祺孙捐洋钱五元。吴行恕捐洋钱五元。赵毓松捐洋钱五元。秦敦俭捐洋钱四元。陆树薰捐洋钱四元。张慎余捐洋钱三元。陆雨三捐洋钱三元。周致远捐洋钱五千文。张垂裕捐洋钱三元。李昱明捐钱五千文。蕴山堂捐钱四千文。曹禧、〈曹〉玉铭捐钱五千文。胡元照捐钱一千二百四十文。钱选堂捐钱三千五百文。大荣堂捐钱二千五百文。

以上共计钱八百七十七千九百十文给讫（洋价八百七十）。

州宪张捐增义塾贫生膏火洋钱四十元。

州城志济堂恤嫠局原额正四十号（每号每岁二千八百文）、续四十号（每号每岁一千四百文），董事吴恬、蒋治、陆廷珪、黄鹤文因荒加正十五号、续十五号（钱数照原额），又加续四十号（每号每岁八百四十文），共钱二百六十四千六百文。

沙溪同善堂恤嫠局原额二百号（每号二百文），因荒加八十号，共钱五十六千文。

又蒋治因棉花被淹，贫民纺织无资，减价售卖花衣二万五千斤，计亏折钱七百五十千文。

又蒋治、钱钦浩、黄鹤文、黄敩雅、刘敬征、施大德、吴梅溪、徐文德、胡寅亮、徐汝金、马廷元、张应麟、王寿丰、张肇成、吴桐植、武绍德、陆元勋、胡槐公捐给沿途病妇二百十九号，给在城极贫男妇二百号（每号二百五十文），计钱一百零四千七百五十文。

又各乡绅富随时施济贫民者汇开如左：

李士芳捐钱三千六百文。王育捐钱五千三百文。张源、张醇捐钱六千八百文。张兆基、张兆炳捐钱五千六百文。王炽捐钱二千四百文。钱楚良捐钱七千文。

又在城各典施济贫民，计共四十千一百四十文。

给　棉（施衣）

寒气冰酒，霜威折绵，矧兹穷黎无酒可冰，无绵可折，何以卒岁？爰制棉胎，按乡分给，俾穷檐曝背者不致狰猱砭肌，亦仁人君子之用心也。编给棉施衣第八。

州宪张给保婴局棉衣九十件，给恤病局棉衣一百七十件，计钱一百零四千文。

绅董陆文彬、顾缄、蒋治、金国莹、张学经、陆锡嘏、陆元勋、邵廷烈公募棉胎五千五百四十六件，给城厢内外及各乡穷民，计钱八百八十七千三百六十文。

捐数列后：

蒋致远捐棉胎一千二百五十件。顾三省捐棉胎一千件。金式古捐棉胎五百件。汪宝恕捐棉胎三百件。朱竹亭捐棉胎一百件。杨养正捐棉胎一百件。陆鹤闲捐棉胎一百件。武复经捐棉胎一百件。刘鹤和捐棉胎一百件。黄敩雅捐棉胎一百件。钱载川捐棉胎一百件。施慈安捐棉胎一百件。钱清芬捐棉胎一百件。汪赐书捐棉胎一百件。杨养吾捐棉胎一百件。依佛轩捐棉胎一百件。陆宝俭捐棉胎一百件。邵峻远捐棉胎二百件。陆剑泉捐棉胎一百八十件。钱保素捐棉胎七十件。黄雅云捐棉胎六十件。沈介昭捐棉胎五十件。杨鹤诏捐棉胎四十件。陆世经捐棉胎五十件。李倚云捐棉胎五十件。王敬业捐棉胎五十件。王敦仁、〈王〉敦厚捐棉胎五十件。项愚泉、李松岩捐棉胎五十件。杨师俭、钱画溪捐棉胎一百件。武涵经、陆剪鉴捐棉胎五十件。胡雅吾捐棉胎二十件。钱慎守捐棉胎二十件。张垂裕捐棉胎二十件。徐务本捐棉胎二十件。邵燕翼捐棉胎二十件。钱善德捐棉胎二十件。陆隐香捐棉胎二十件。陆春藻捐棉胎三十件。金经德捐棉胎十六件。苏淡宁捐棉胎十件。

白龙、吕祖庙公捐棉胎一千四百六十五件，棉背心九十五件，给沿途贫民及附近贫户等，共计钱二百七十七千一百五十文。

捐数列后：

闻维堉捐棉胎一百八十件。徐文德捐棉胎二百件。顾昌言捐棉胎一百零五件。闻敦善捐棉胎一百件。陆元勋捐棉胎一百件。胡槐捐棉胎一百件。吴湘、李汝昉捐棉胎一百件。钱金堂、钱玉堂捐棉胎一百件。屠秉钧捐棉胎八十件。钱鸿基、陆景麒捐棉胎一百二十件。张学经捐棉胎二十件。胡受荣捐棉胎五十件。陆锡碬捐棉胎二十件。王泰阶捐棉胎四十件。陆世勋捐棉胎二十件。张照捐背心四十五件。李昱明捐棉胎二十件。张肇基捐棉背心四十件。吴成谞、张振周捐棉胎二十件。蒋致远捐棉胎五十件。邵直夫捐棉胎二十件。吴士成捐棉胎二十件。东门外贤圣堂董事王亮功、叶如松、王亮邦、叶如玉、吴克明公捐棉胎五百件,计钱八十千文。沙溪同善堂董事龚润等公捐棉胎二百件,计钱四十千文。

施　药（施诊）

癸未秋,州宪张疏浚刘河,生员张学经等以民多疾疫,请赴工施诊。州宪念灾重各区困急尤甚,分给药折,令就近取药。(谕云:本州因州境陡遇奇灾,现已禀请各宪施恩查办矣。项因积水不消,连日冒雨查勘水道,意在及早消退,不误种麦之期。乃以多受潮湿,腹中即觉膨胀,四肢即觉酸楚,何况该民人等栖止水中已逾两月,内饮不洁之水,外被潮气郁蒸,秋冬之交恐多疾病,又恐生计拮据,往往因无钱买药,延不医治,以致不救,情尤可悯。为此捐发药折,仰各地保即于附近药铺内订定交易,将店号书写折面,将折存该保处,一面传谕贫民有病者,即速持药方,向该保取折借药,以冀速瘥。俟冬令平安后,照折结算缴署,候另饬人赴铺照折还钱,断不令该铺丝毫赔累也。)一时好善之士或给钱代赎,或制丸分送,嘘枯起瘠,全活无算。编施药施诊第九。

州宪张:给药折二十九图,计钱五百三十千一百文;又施万应灵丹二十料,计钱一百二十千文。

吕祖庙局:施观音救苦丹五料,二仙二料,椒馨散二料,计钱一百零三千文。

刘河工次:各董施药,计钱二十千文。张学经、胡受荣、项常学、金文海、吴成谞、项寅亮随工施诊。

白龙庙局:延医施诊,计钱一百九十六千七百文。

东门外:王亮功、叶如松、叶如玉、吴克明、吴开基、吴肇基设局施药,计洋钱五十元。

志济堂局:施药计钱十千文,徐玉庭施诊。

致远堂蒋:施至宝丹、太乙丹、紫金锭、梅花丹、辟疫丹、三圣丹及痧药等,共计钱二百五十二千文。

静异堂陆:施太乙救苦丹,计钱六十千文。

保素堂钱、静异堂陆、峻远堂邵:合施至宝丹,计钱九十千文。

清芬堂钱:施寸金丹、白芥丸,计钱十四千文。

垂裕堂张:施暖脐膏,计钱三十千文。

继善堂顾:施六合定中丸,计钱二十八千文。

慎余堂张:施太乙丹、紫金锭、厚朴等,计钱三十千文。

养素堂李:施卧龙丹、太平丹、消暑丸、紫金锭等,计钱六十三千文。

杨锡保、刘敬征:合施六合定中丸、梅花点舌丹、辟疫丹、痢疫丸、紫金锭,计洋钱二百六十元。

朱振麟：施截疟丹，计钱五千文。

舍　棺（捞棺）

州城志济堂向常施棺，收葬无主之尸。大水后，年荒疫作，清寒旧族有停尸不能殓者，兼之四境汪洋，浮棺漂荡，见者心伤。爰另设局，访有不能棺殓者，即舁至其家；野死者，即具棺以葬，并雇人四出捞收浮棺，买地葬之。编舍棺、捞棺第十。

舍　棺

志济堂局，舍棺二百十二具，计钱三百十八千文。

盐公堂局，舍棺五十具，计钱一百十千文。

吕祖庙局，舍棺四十具，计钱一百二十千文（董事张学经、王泰阶、胡受荣、吴成谔）。

捐数列后：

本庙捐钱六十千文。盐公堂捐钱九千文。蒋治捐钱九千文。恤病局捐钱九千文。萧烈捐钱九千文。张焜扬募捐钱念四千文。白龙庙局舍棺二十具，计钱五十千文。沙溪同善局舍棺二百具，计钱五百千文（董事张步衡、陈让铭、龚梓、顾淦）。

捞　棺

董事钱凤孙、蒋治、闻维埙等捞葬浮棺五百四十三具，骨坛三百十九个，计钱一百八十四千六百二十文。

捐数列后：

蒋治捐钱九十六千文。闻维埙捐钱十一千八百文。邵廷烈捐钱十三千五百文。秦敦俭捐钱六千三百文。钱钦浩捐钱九千文。姚承绪捐钱一千八百文。汪彦杰捐钱九千文。萧鸿照捐钱十千文。

共捐钱一百五十七千四百文，其葬费二十七千二百二十文，志济局捐办。

通共荒政各款，除蒙恩赈恤银两另恭录卷端，又道光二年挑浚七浦经费系在灾前不计外，共用钱七万四千五百四十六千七百六十一文。内道库拨工各款共合钱一万一千四百二十五千零三十文，盐义仓谷价三千四百千文，官捐一万五千六百五十二千七百八十一文，民捐四万四千零六十八千九百五十文。

附　　录 *

道光三年十月初一日州正堂谕

照得调剂灾黎，疏通水道，系地方官应办之事；即办理得宜，舆情允洽，而现任官立碑上匾，亦例有明禁。况本州莅此已将三载，既不能使户有盖藏，无忧水旱，复不能讲求水利，先事预防，以致积水不消，田庐被浸，已属咎无可辞。虽蒙各宪免其参处，予以补过，扪心自问，实深惭疚。乃昨从刘河回署，各乡父老多夹道焚香，恳请上匾，已经再三慰谕，力却所请。兹从七浦回舟，又闻沿途传说，有择吉上匾之议。若果如此，是重予过矣。试思赈恤蠲缓系朝廷爱民惠政，地方官遵例奉行；以工代赈，亦系各宪札饬兴办，本州何功之有？况此时到来年麦熟，为日方长，一日灾务未完，即一日仔肩难卸。今诸父老错认我为好官，遽议上匾，设此后办理不善或至决裂，我何颜对此匾，诸父老又何词为此匾解乎？且自五月十八日水发时，本州即沿乡查勘，据实禀报。及水稍退，又赴乡劝谕补种。至六月下旬积水复涨，补种田亩复被淹浸，又经赴乡勘明补报。近勘办刘河、七浦、朱泾各工，于各乡收成，又所目击。窃念太、镇二属，腹内诸图成灾固重，其沿海一带虽间有薄收，俱系车戽补种所得，且收成歉薄。恐民力拮据，方禀请将钱粮漕白一体缓征。乃即有人以移熟作荒等情，赴宪辕控告。其说果行，则尔等将仍被追呼之苦。欲代为请命，禀派贤员带同原告赴乡覆勘，又恐公愤所激，酿成事端，势必累我良民同干宪典，辗转筹度，寝食俱废。此等苦衷，有不堪为诸父老告者。今公同上匾，祝者之少能敌诅者之多乎？且颂德者方在州，而控告者已赴省，不更成笑柄乎？为此恺切谕知，其各劝诫子弟安贫守法，静候宪恩。且趁此水消，赶紧播种，使邻封闻之，共称我娄东民淳俗厚，则诸父老之报我荣于上匾多矣。特谕。

与陆钝夫（锡眉）孝廉书

钝夫足下：前月各绅董来见，请上匾对，仆已再三谆嘱，令毋过举。昨足下谈及此事，云众意甚坚，并闻有设长生禄位之议，窃以为过矣。夫君子爱人以德，仆以菲材谬膺殊眷，作令未二年，超擢此位。自维不能正己率属，整顿地方，任重力绵，抱惭凤夜，诸君子若不弃我而交儆我，方合朱子所云"士大夫居乡，凡地方利病必言于官"之意。今以读书明理之人作此应酬世情之举，毋乃为识者所窃笑乎？且诸君子所以为此举者，佥称抽沟泄水，灾黎既得赴工就食，而涸出民田七十余万亩，今夏收麦豆杂粮以百万石计，灾后藉资接济，皆仆之力。不知首发此议者，足下与钱省庵封君、蒋君治、朱君桂芳及王秀才稼生；赴工指挥者，足下与钱伯瑜太史；而力主其成者，抚军韩公；拨帑济工者，观察龚公；其捐资出力佐仆不逮者，则李君三松、陆君楷、张君肇基、唐君履旋、顾君之政、黄君冲、陆君模、徐君振芳也。又称捐办接赈、平粜米石，皆仆之力。不知初议捐赈时，仆以各乡绅富虽谊笃桑梓，但太、镇向无富商大贾，所恃惟租息。今同被水灾，租课全无，捐输又非一次，方不忍启齿，乃踊跃捐输，不期而集，何尝待仆劝谕？至去年七月间，即据省庵封君及蒋君治、吴君恬、顾君缄、汪君彦杰、金君国莹、龚君润、顾君斌、张君润、陆君承诰等先后请批买米平粜，仆不过借帑航米，弥缝其阙耳。随据各绅董陆续赴领，设厂二十余处，捐贴巨万，此尤远近皆知者。撤厂后，仆以各厂捐数禀报，经办书误并官捐列入，奉宪批令删去。盖官以养民为职，分内之事不合自表。仆方捧批惭悚，诸君子乃以此为我夸乎？况借帑者非一处，则捐贴者亦非止一处，而办理之善、耗折之多当更有过仆百倍者，诸君子所夸不适为辽东豕乎？且蒋君治又与闻孝廉维堉、邵君廷烈、顾君缄及其兄纶、若经收养弃孩，杨明经厚生及其弟庆孙、芝孙与胡君槐、胡君熊、钱君日铭优恤老病，而蒋君治、顾君缄、金君国莹、邵君廷烈又与陆君文彬、张君学经、陆君锡嘏、陆君元勋捐给棉胎，张君学经又率好义之人施药施诊，省庵封君、闻孝廉维堉、蒋君治又与王君泰阶、张君学经、胡君受荣、吴君成谞、张君步衡、陶君遹吉、张君仲堪、陈君让铭、龚君梓、顾君淦各施棺椁葬浮尸，其仁心恺恻，思虑周详，不但非仆劝诚之功，抑并非仆思虑所及。又如李君三松之毁家济众，胡君槐、胡君熊、钱君日铭之贫而好施，汪文轩太守、汪竺君内翰、吴君恬、钱君选堂、奕堂及其侄钦浩之乐善不倦，地方官闻之，当何如感且惭，矧敢攘为己功乎？上年十月间，各乡父老曾有上匾之请，仆谕之曰：一日灾务未完，即一日仔肩难卸。今诸父老错认我为好官，遽请上匾，设此后办理不善，或因而决裂，我何颜对此匾，诸父老又何词为此匾解？其事始寝。旋奉檄调赴苏松勘办水利。未及两旬，外间讹传仆已调署松江府篆，致乡民纷纷赴州恳留，而海滨奸徒因而劫众肆抢。及仆驰归擒获各犯，解省审办，而被抢者已蹂践堪伤，波及者尤鞭笞可悯。使仆能先事预防，何至如此？近接奉制军劝设义仓札云：去年水灾，奏蒙圣恩，赈贷兼施，而苏属地方遭抢者仍不能免，虽已严饬地方官随时惩办，然备荒不及预讲于平时，此心能无抱惭于凤夜？仆读之，方汗流浃背，诸君子乃又曲为我谅曰：先期公出非规避也，据实通报非讳匿也，即时获犯非迟延也。独不闻陆清献公之言乎？清献宰嘉定，以盗案被议。或为之辨，清献曰：地方有盗，官固当参，何辨为？此真先儒反己之学，诸君子盖以此为我勉也。且夫身膺民社之寄，而不能使户有盖藏，野无盗贼，君子以为辱，不必褫职而后为辱也。保全元气，无赫赫之名，而去后令人思，君子以为荣，亦不必立碑挂斗而后为荣也。仆马齿加长，德业不进，操守未坚，前云"一日灾务未完，即一日仔肩难卸"，今则当云"一日未离太仓，即一日仔肩难卸"。纵幸得报政已去，而异日或以旷官获戾，为清议所不容，诸君子闻之将毁匾乎？撤牌乎？况此等举动，显干例禁。即治绩媲美龚、黄，亦不合冒不韪而为之。若以为前此有例可援，则吾辈但当论己之应与不应，不必问人之为与不为。试问前此所悬之匾、所设之牌，不但碑头蜗篆绰楔尘封，无人过问，而即其姓氏核之史乘，果皆循吏传中人乎？而娄东名宦，至今父老犹思之者，果人人有匾，人人有长生禄位乎？况如仆者，又安敢僭用？是不揣戆愚，沏此布渎，伏祈于诸君子前代陈鄙意，不至为识者所窃笑。幸甚幸甚！作楠顿首。

淳安荒政纪略

清道光四年刻本

（清）王元基　辑

郝秉键　点校

序 *

国家子惠黎元，所以休养生息者至矣。岁或不登，则有救荒十二政以聚之，载在《大清会典》。其法比《周礼》大司徒职为加详，非汉唐以下所能及也。然而因时地之宜，得变通之道，则又存乎其人。吾师兼山先生学优才敏，博通治体，早岁以孤子从戎。一时名将相若福文襄郡王、孙文靖公皆不远数千里，驰书招致幕府，自楚而黔而蜀，飞章草檄，广著声誉。既而由荫策名治河，屡有功膺，不次擢。迨通守吾浙，雪枉狱，获巨枭，防海节帑，善政昭然，在人耳目，而淳安拯荒，尤基所目击而心服者。癸未夏，淫雨为灾。淳居歙浦下流，众山之水皆集，汛〔泛〕滥特甚。大府以令斯邑者不谙灾务，慎简乃僚，廉吾师克荷厥任，请于朝而代之。师至邑，即散赈、蠲赋、平粜、剔奸，举措悉当。帑不縻而民气益舒，若未尝遇灾者。邑之中颂神君焉。其立法之善、宣力之勤、用心之仁，则皆备于禀牍规条中，忧民之心恻然可见。《传》曰：仁人之言，其利溥哉！盖谓是矣。先是，师尝集《会典》及各《则例》救灾诸条，成《聚政篋衍》一书，分门别类，朗若列眉。命公子寿昌录置案头。基时应礼部试归，课寿昌读，得尽观之，请刊以行世，而师固谦让未遑也。同门丁君遐福、徐君玉树凡数十人皆先后继请，乃始授梓。基因以师治淳安灾之禀牍规条见诸行者，仿古纪略体例，编次成帙，同墨诸板。惟我朝五风十雨，大有频书，而《会典》顾载及荒政者，盖亦圣天子轸念民瘼，有备无患之至意。今是编出，则前事后师，惠一邑之民，其功小；惠天下之民，其功大。惠一时之民，其泽浅；惠后世之民，其泽深。所为广德意而奠黔黎者，夫岂有既欤？师姓吴氏，名嵘，字兼山，江苏苏州府常熟县人。今官浙江绍兴府南塘海防通判。时道光四年八月，受业王元基谨识。

仝门谢肇瀛、陈烨、汪光宸、秀山、张瑞藻、许华晋、洪廷祉、马灵浚、薛吉士、丁遐福、何堃、徐德晖、陈泰登、刘梦兰、许华观、三福、吕兰、李建元、徐玉树、张观潮、谷钰、姜皋、曾志、陈钧、程金、李绍恭、曾燨、陆嵩、张观沄、洪舒民校订。

淳安荒政纪略

受业王元基云吉编辑

按：淳安在严州府之西，水路一百六十里，旧名青溪，又名黄江，亦曰新安江。其源来自黟县，汇于歙浦，分左右二流。右水东注，从梁下一百十里至街口，入淳安县界，过黄光潭、云头滩、慈滩、小金山、羊须滩八十里至淳安县城，绕治而东，与东溪合流，经赍爵滩、遂安港口、藻河滩、茶园、小溪岩至岑坑七十里，出淳安县界，趋建德、桐庐，直达钱江。是淳安据浙江之上游，为徽江之咽喉。水从歙浦来者，乘高而下，有如建瓴。每遇淫雨浃旬，伏秋暴涨，最易漫衍陆田。水性复多急湍，其中乱石巉岩，嵌崎历落，惊涛相激，节节成滩，操舟者逼溜难行，深为之病。县境四面皆山，层峦叠嶂，万壑千流，以晴雨为盈涸，无陂塘容蓄。设遇久雨，绮交脉注，尽入青溪，宣泄一有不及，低洼猝遭淹没。如徽江之水暴涨，境内之山水不消，动致泛溢，遂成水灾。此虽地势使然，若果讲求水利，溇港修堤，官塘筑坝，前事可师。或挖塘引渠，或培高田塍，设闸山口，亦可各顾其本村、本里。至于夏秋之交，间有蛟水为害，穿山破岸，如潮水之汹涌，人畜田舍随波荡然。嘉庆十七年七月，其已事也。弭患于未然，署两江总督魏公廷珍《伐蛟说》可以刊布，其法循而行之。时在舟次，侧闻吾师论及，退而谨录。

道光三年夏五月中下旬之交，淳安县大雨，山水齐发，冲损田地房屋。经正任知县李君文熊禀报。先是，入夏后雨水过多，四月二十日，大雨如注，人口地亩房屋猝被水冲。巡抚帅公承瀛据禀委员查勘，将被灾情形入告。至是淫霖不止，被灾者倍于前。同时，接壤之建德县亦以灾闻。巡抚委员酌带银七千两往二县，会同地方官确查实系无力贫民，照例先行抚恤，予一月口粮，俾免失所。旋以淳邑正任不谙灾务，奏请师摄是邑。其原奏内称，严州府属之淳安县现被水灾，知县李文熊于办灾事宜不能谙悉，应请暂行撤任，另委干员署理，以期无误。查有绍兴府南塘通判吴嶙，才识明干，办事周详，以之署理淳安县知县，实于办理灾务可期妥协云云。盖帅公之识师能御灾也。以前摄萧山县篆，值秋旱，民争湘湖水利，灌溉九乡，向无定制，争者益纷。师以宋赵长官善济均水法行之有效，乃详请以赵公从祀杨文靖公德惠祠。前总督董公教增有千秋遗爱，至是始彰之誉。复古制，厚民生，师之获上信者久矣，故有是檄。时绍郡积雨，秋汛将届，师往来工次，严查土石二工，预筹安澜计。盖南塘为山阴、会稽、萧山三邑保障，前明知府汤公绍恩置三江闸，按列宿设二十八洞，以启闭为蓄泄，民利赖之，建祠报德。继美者十贤姓氏，就湮几三百年。师采访精严，综其事略，请于大府，附祭两楹。其文云：

窃闻禋崇捍患，聿垂专祀之条；德贵阐幽，尤重成人之美。盖降原陟嵝，功莫要于首基；而继长增高，泽更溥于踵事。是以配儒宗而式后，必三千入室之贤；推须达为福先，辟八十祇园之地。升馨香而昭格，荐黍稷以告虔。因其功在生民，利赖既垂之百世；所以没而祭社，美报宜及于千秋也！卑职聿稽水利于三江，实赖堤防于一闸。截鲸吞于紫澥，竟成卧地之虹；排雁齿于清波，何异射潮之弩。割千万顷水云之宅，鸡犬成村；应廿八座星宿之躔，龙蛇归壑。遂使江城万灶，变泽国为膏腴；从此春雨一犁，按农时而蓄泄。宜乎崇汤神而肇祀，瞻庙貌以常新者也。然而丰功克就，端需经始之有人；往迹不泯，总仗增修而无患。况乎守疆围而捍卫，感巩固于苞桑；除道路之征徭，免讴思于杨柳。则有首定闸基、赖以创始之前明推官陈让，初修闸工、规模大备之前明郡守萧良幹，再修闸之前明盐政张任学、会稽令孙鑛，再修闸而兼免役之前明守道林日瑞、修撰余煌，御倭保疆之前明通判吴成器，免役息民之前明守道张鲁唯、刑厅李应期、守备郑嘉谟之十贤者。或初相其阴阳，或嗣兴夫畚锸，或则宽里胥之令而户免追呼，或则靖海若之氛而人皆安堵，遂以民歌乐土，岁庆安澜。昔之奉瓣香者亿万家，今则委草莽者百余载。因思报功有典，既为狄相所当留；无如明德就湮，几若庭坚之弗祀。幸仁风之披拂，有美必扬；仰卿月之照临，无微不烛。伏乞大人表章既往，垂示将来，更拭几筵，复羞俎豆。卑职拟设木主十座，即祔汤庙两楹。立双凳而尸祝，祭赛无缺于鸡豚；陈五鼎而刑牲，昭报不烦夫猫虎。如蒙俯允，俾即施行。庶几谒丰泽之祠，共邀雨露；过威惠之庙，咸避风雷。所有添置凳主及春秋祭品所需，俱由卑职捐廉办理。谨将十贤履历事实专肃禀陈，伏祈恩准云云。

闸之启闭，旧制几湮。若以高田为则，低田受其害，以低田为则，高田失其利，争者无虚日。师乃以前明知府萧公良幹法，取中田为则，水利始均而争者乃息。是年，水大溜急。师命全开二十八洞，吏以成例谏。师毅然曰：率旧不愆守经，非达权也！速尽启以奠吾民。泄水四昼夜，以故塘与田俱无恙。而淳安办灾檄适至，即交卸南塘通判篆。七月十一日戒涂，越七日莅淳。淳俗谨事城隍神，翼日斋戒，率僚属绅耆诣庙以誓。其文云：

惟神正直聪明，威灵慈惠。四墉征诸记载，一方重其报祈。泽昭商隐之文，迹著阳冰之祷。每瘅淫而福善，鉴格非诬；若愆阳与伏阴，诚求必应。慨兹淳邑，实属瘠区，既十室以九空，讵三年而一蓄。今当夏季，属望秋成，芃芃者蔚矣方华，穗穗者俄焉将实，而乃阴霾是曀，苦雨为淫，期已验夫崇朝，那堪竟夕，骤且闻之终日，倏又经旬，沟洫皆盈，田庐半没。吴嵊来权是邑，实怆吾民，愧治术之未工，冀明灵之垂佑。伏愿水归其壑，日丽乎天，燕不能飞，羊无敢舞。阻雷君而弗出，遏风伯于未来，俾免饥馑之臻，实赖救援之德。顾念天灾洊至，民命待苏，痛鸿雁之哀嗷，受牛羊而代牧。凡兹僚属及我绅耆，宜协力以同心，用分灾而捍患。悯疮痍之满目，设痌瘝于乃心，无滥以徇人，无遗而肥己，无奉行故事，无仅博虚名。举念有私，唯神是殛。庶几同熙圣治，咸荷灵庥，虽集咎于藐躬，亦微福而大幸云云。

因将任事查办缘由禀陈巡抚。其禀云：

窃查淳安地本山陬，素未讲求水利。民多村野，骤难通晓宪章。偶逢暑雨之漂田，便呼饥馑；已炽讼风于积岁，益起纷争。或由地棍把持，或被衙蠹勾串，遂致四乡之内，无灾者亦影射为有灾；一户之中，少口者亦朦混为多口。卑职履任之日，接见李令，询知抚恤事宜尚未举行，即本府檄委教杂各员亦甫经奉委到县。其被水村庄无力大小丁口，据各乡耆书总等在李令任内开报，约有十余万口之多。卑职窃谓穷困灾黎，但得早一日抚恤，即可早一日安堵，而核实稽查又未可存欲速之心，致有草率。即就现在之十余万丁口，以被灾田亩而论，断无若此之多。其为有力无力，未经分别，原可概见。在李令，当乡耆书总陆续开报，已将届交卸，势在不及区分，并非意存迁就。在各该委员等，均系本月初三、初七日始奉本府札行，亦非有意迟延。卑职现在遵照藩司颁发章程，摘叙简明告示，按庄肩牌晓谕，不准土豪地棍倡立灾头名目，率众报名。一面谆嘱各委员分投赴乡，挨户细查，核实开报，卑职仍不时往来查访，总以实心实力，务使毋滥毋遗。一俟确数查明，即禀请本府会同委员陈倅按名散给，不任灾头挺身代领，冀实惠及民，上副宪台有加无已之至意。至地方应办事件，卑职惟当次第清理，求宽严之得当，报知遇之逾常，断不敢存暂署之心，上负委任云云。

随摘叙简明告示，按四乡各都庄肩牌传知：一、无灾而捏灾虚报者，查出勾销。一、有灾而分户，多开户口者，查明删并。一、倡立灾头，敛钱鼓众者，查拿详办。一、书差保甲需索使费者，查实先提枷号示众。言虽不烦，一时条教严肃，众皆屏息。本府委员亦皆踵至，集于公所，备有帖说，以告同官。其说云：

水灾与旱灾异，旱灾由渐而成，水灾猝然而至。水灾一经消涸之后，早即可以补种禾稻，迟亦可以栽种杂粮，形迹改观，未可一概而视，但须察其有力无力。无力者例得抚恤，以免向隅。如将老荒、版荒已经除粮之地并坑洼、池塘历来不涸之地及荒熟相间之地朦混者，概行查记，而水冲沙淤石压田地亦可分别剔出，以便查办。至查户口，向以十六岁以上为大口，十五岁以下至能行者为小口，量其身以度其年，在襁褓者毋入册，余照定例办理。

同官始以办灾鲜善法，梦如治丝，闻是说始得端绪，分携烟户保甲旧册，历四乡以次稽察。师躬行周视，历二百余里，为畎浍者十之三，为岭嶂者十之七。山多田少，谷食不给，以黍麻菽麦诸杂粮济其乏，外此割漆炙茶栽植山木。土人云木之中杉利最薄，栽费亦相埒，且时有盗砍火焚之患，不得已乃种苞秠，蓬勃遍山谷。吏援例请去，师恻然久之，曰：此民食也！百室悬磬，一旦芟夷，蕰崇弗使能殖，其何以延民命？不然，夫岂不知苞秠之违禁也！谕令收获后改种杂粮，毋再干禁，以自取戾。民呼父母，至有感泣者。时有方姓，以住屋对河山脚。方氏承粮，溪有巨石五，屹立阻水，每遇山水骤发，田庐受害，欲破石宣流，被童姓凶阻等词控府。童姓以此石载在流图，名鬼朱石。童氏承粮，为住屋保障，毁之则村落莫保，灌溉无资，呈请禁止。师诣石所，集众饬丈量弓手核册亲勘。弓手以弓既规方，石又高大，嵌崎凹凸，弓不能施。师乃出己意，命弓手以绳度石毕，乃以弓度绳，纵横各得若干尺。两造始不敢逞私意，诡称石之大小，争乃息。其详云：

窃思利必筹诸久远，害贵防于事前。此石之应凿应留，惟当权其利害之孰轻孰重，初不必计其税之在于何户也。若此石果有害于水利而无益于田庐，则虽税在童姓，亦不得以保障为词，遂留石以贻他日之患。若此石而无碍于水利，且有益于田庐，则虽石系方产，更不得逞偏私之见，即凿石而作病邻之举。现在卑职亲临确勘，该处石下水圳实为童姓农田灌溉所资，保障之说固属惑于风水，而蓄水之语确系有益农田。然苟利此损彼，势亦难行。今石距方怀周等田庐，中隔溪河，至六十余丈之阔，平时宣泄本极从容，即偶逢大雨，亦得逐渐畅流，何至石为阻塞？若谓今岁之被灾由于此石之所致，独不思被灾图分甚多，岂皆有石为害？以此咎石，石不受辜？况此石载在奉颁鳞册，历久相安，岂自有石以来，该处年年被水？若谓今昔情形不同，则河渠有迁徙之别，大石无转移之时，此则无碍于水利之明证。今两造之所以控争者，推原其故，皆有私意存乎其间。在方姓则为此石由来已久，今得一旦开凿，自以为事属因公，其所需经费即不能官为给资，亦得私相派敛，欲藉此而饱其私橐。在童姓则为此石历久相安，今若被其毁凿，自以为风水攸关，且与农田有碍，即官能谕之毋惑于风水，断不能使之甘弃其农田，因此控争不已。今若弛禁准开，则两姓之讼案甫结，而两村之争斗即兴。惟其彼此聚族而居，必致邻里同心出阻。是开石之举，利尚难必于将来，害可逆料于今日矣。卑职暂权斯篆，窃忝有司，总当一秉大公，为之熟筹全局。在方童之涉讼，皆属为私，因时地而制宜，似应仍旧。管见所及，应请仍行谕禁，不许方姓人等混行开凿，以杜讼端，而免后患云云。

夫以累不能折之狱，出片言称明允，虽古良吏何多让焉？若夫事不师古，往往滋戾，迨古法无可施，辄依违莫决。是讼也，不遇吾师，两姓之累可胜言耶？顾破格之事，苟但恃天姿明敏，非博通治体，则能偶中而不能屡效。师前在南塘全开三江闸二十八洞，反经达权，其识力诚不易及。厥后听遂安讼，尤事之相类者。初，遂安县距城十里有溪，溪中有坝，土名洪碨，南北相接，横斜如人字形。溪北地田属张姓，溪南地田则郑、王诸姓共之。溪南水利过洪碨，由下游引注。碨之上游，北有水圳，水大则由溪注圳，张姓得沾水利；小则溪水直流而下，尽注溪南。而张姓凿井灌地，张以桔槔之烦也，筑碨使高，上流阻则下流绝，郑、王诸姓起而搆讼。遂安县知县张君光煦勘令拆碨塞圳，而官至则碨减，官去则碨增，于是上控。巡道觉罗公承宝以淳邑灾故益重师，委查灾毕往勘。其勘详云：

窃照洪碨现虽南北相坍，但恐张姓人等于官至则拆卸，以灭其抗违之迹，官去仍加筑，以便其利己之私。若无一定准则，难保将来不滋讼端。现经卑县于诣勘之时，当场饬令弓手，先将现在水深若干，逐细量准，再将此碨分段丈量，高出水面若干，注明尺寸，绘图附卷。是水势虽有随时长落，而石碨不能任意高低。倘张象宏等嗣后再敢加高，不必被人告发，一经查出，即由遂安提案重究以惩。至此碨上首水圳，原系旧地，并非新开。张令以溪北地田向赖凿井取水，饬令堵塞，原因张姓加高碨碨，使水尽归圳之故。今碨既量定尺寸，张姓无从影射加高，则同一水利当听均沾，应照旧留存水圳，于水大时仍听分流灌溉，水小时不得加高阻截云云。

顾念碨有定者也，水无定者也。碨可增减，则有定者亦无定矣。度水以定碨，非智者能若是乎？折狱之良，邻邑犹利赖之矣。七月二十二日，接布政使常公德札，饬以被灾各属向来产米不敷民食，应如何调剂客贩，如何劝谕本境富商，是否另有贩运接济之法，各按情形，据实通禀。旋又接布政使札，据衢州谭守具禀，淳安有通徽州水道，禁止徽商来浙私贩等因。时粮价未平，秋收歉薄，贫民专望冬熟。师筹足民食，举禁私贩、平市价、转运恤商诸急务，策画尽善。适先后接前札，遂直抒所见，禀复布政使。其禀云：

窃卑职奉到钧札，捧读之下，仰见大人垂念灾区，预苏民困，无微不至，钦感交深。卑职虽接篆之日无多，一时尚未周悉，而委任之责甚重，随时遍加访求。遵查卑县地方，春则刈麦，夏秋则早禾、中禾，冬则专收杂粮，名为一岁三熟，其实米谷甚少，杂粮较多，即丰稔之年，民间亦不能人人谷食。本年夏间被水，以四乡而论，东西北三乡较重，南乡较轻。以较重之三乡而论，除实在沙淤石压田亩，此外无不补种。再以补种而论，其黍稷各随地所宜，其收成正早晚不一，大半皆望冬熟。就现在情形，贫民之乏食者断不至有十余万口之多；一经查明确数，即可立遽抚恤，亦不至有失所之虞。惟是救荒之难不仅在于目下，难在自冬徂春青黄不接之时。即如卑县，若冬熟丰收，则被灾之区犹足补救；若冬收歉薄，即无灾之处亦少充余。此民食之不得不为预筹，正宪虑之所以广谘博采也。卑县向无客贩米商，推原其故，因滩高水溜，环绕皆山，所通者一线滩河，直达徽郡。徽商亦因客贩不通，遂携赀来浙，在金、衢一带则买运米石，在卑县境内则买运杂粮。今浙省之米不敷，浙民之食自应禁止出境。卑职现于要隘必由处所实力稽查，如有经过，即令在地出粜，以现在市价为则，可杜徽商贩运金、衢之米。一面劝谕本境，凡有盖藏之家，除酌留自食外，即将米麦杂粮全行出粜，毋许囤积居奇，仍准照市价，使之无所亏损，既可裕本境之日用，亦可杜徽商之贩运，且可暂缓禀请平粜，节此仓储，留备冬春接济。一面开导富商殷户，如能急公好义，自愿出赀者，在川楚等省相距过远，或畏难不前，若金、衢各县，相距卑县较赴长安镇更近，往返盘费颇省，各自携赀，辘轳转运，不必官为经理。该富商等能否照办，卑职当密为体察。大抵劝民捐输之事，地方有司果能信孚惠周，民间自可踊跃乐从；若稍有抑勒，则流弊滋甚。卑职惟有殚精竭思，随时酌量，务使民食不致匮乏，上副大人念切民依之至意。是否有当，伏祈训示云云。

并即晓谕船埠，凡有商贩载运米石，即在境内出粜，先救本地之荒，不得私自抑价以亏商本。并劝谕本地殷绅富商，共敦赒恤。其示云：

照得赒贫济乏，共有恒情，酌盈剂虚，厥惟善举。本年四五月间两被水灾，低洼之区早禾被浸，秋成失望。业蒙大宪奏请天恩抚恤一月口粮，自可不致失所。但本县地方产谷无多，尚望绅士殷户将收回租谷存贮在家，留粜本境贫民，先周恤其一乡一里，以惠桑梓。仍恐不敷接济，并望绅士及殷实之家设法周济，或出谷平粜，或捐资辘轳采运，循环粜籴，悉听自便，总期食无匮乏，普获生全，即以仰副大宪谆谆劝善之至意。本县俟抚恤事竣，亲赴各都庄查明数目，详情大宪分别奖励。推一己之有余，济众人之不足，于尔绅富有厚望焉云云。

《周官》五党相赒，救荒之本。即今日之捐输是也。要惟诱掖奖劝，足以感发人之善心。谨按国家成例，助赈荒歉，捐至一千两以上者，请旨建坊；捐不及千两者，请旨交地方官给匾旌赏。如有应行旌表而情愿议叙者，由吏部定议，给与顶带。复按士民捐资修城，十两以上赏给花红，三十两以上给以匾额，五十两以上申报上司，递加奖励，捐至三四百者，奏请给以八品顶带。师以同一乐事急公而奖劝大有区别，似未足以广从善之途，此次似应循照捐资修城办理，则乐输更为踊跃，而奖励之法仍与定例相符。正拟敷陈条禀，旋检嘉庆二十五年灾案，捐银二百两以上，曾奉饬查议叙，是以中止。八月初十日，知府聂公镐敏以散给灾民户口，易钱为便，本地可办若干，附近各县协凑若干，并询户口约于何时查竣。师以给银自有一定之数，市价时有高下之分，若易制钱，按庄分给，途中易于滋弊，而且千两之钱则须运以百夫，其费不赀，似仍给银为便，并以灾民户口旬日之内即可造册禀覆知府。其禀云：

窃查淳邑被灾各庄乏食贫户，自卑署县抵任后，严饬书总随同各委员赶紧分头核实确查，现在业已查过大半，统计本月二十日以前即可一律完竣，禀请散给。惟是抚恤章程本系按名给与米石，今则以银代米，专为体恤灾黎。盖米则有升合之参差，或恐生弊，银则无毫厘之短少，可资取信。若再以钱代银，在宪台乃便民之实意，在刁户启借口之争端，不但上负恺悌之怀，更虑易滋克扣之弊。况卑县市价较他处增昂，即别县协凑，其盘川运脚例不开销，设使铺户居奇，官则难于定价，万一小钱挍和，民则何以谋生？应请循照旧章，将奉发银两由陈分宪亲携至县，督同银匠，在卑县大堂夹剪秤准，按户包封，会同宪台逐名给领，俾吏胥无从侵染，穷黎均沾实惠，灾头刁户不得稍逞其技，实于公有裨示云。

于是仍按户给银，并叙简明告示，谕各业户。其示云：

照得本年夏间被水田亩，据报有沙淤、石压、成溪三项田地。该业户等当思得业之艰难，或自祖遗，或由自置，皆非容易。如可以垦复者，务须赶早修复，补种杂粮，以望冬熟，庶免失时。如有本年不及挑复，而自揣资本尚能陆续修复者，亦即及早出具切结，呈明立案，不予豁除，其业仍听自便。所有本年粮赋，照例概请全行蠲免。其实在不能挑复者，许即开明字号亩分完粮户名，仍分别田地，检呈执业契据，以凭核对鱼鳞柳条完粮户册，果无影射，详请豁粮。惟一经请豁之后，地属官荒，不能再视为原业。若于豁免之后私自垦复，坐收无粮之产，彼时执法从事，非但垦复工本归于乌有，且必科以私垦之罪，断不稍事宽贷云云。

旋访得嘉庆十七年间，办灾书役与生监朋比为奸，被灾之区刁生劣监倡立灾头，按亩敛费。彼时有司意图省事，既已任其浮报丁口，又复任其代领银两，甚至厚给其资，冀免哄争而纠众，优待以礼，俾息告讦之连名，遂致刁悍情形日甚一日。且有以便民为由，折钱代领，彼即照乡间习俗，每两给钱七百。于是灾头视赈恤为利薮，望饥馑如丰年。凡此弊端，难于枚举。既有闻见，当将著名衙蠹革除二十余名，以示惩创。八月十九日，接布政使札查抚恤户口约于何日完竣，即将查办及访闻缘由据实禀复布政使。其禀云：

窃查李前令任内，据乡耆书总开报，被灾应恤贫民除十一图未查外，已有三万五千二百九十六户，大小丁口十万五千八百八十八名，约计抚恤银数几及二万余两。卑职核对原报被灾田亩，通县不及十分之三，何致乏食贫民如许之多？密加察访，由于各乡刁生劣监勾串吏胥所致。若此等丁口果系乏食贫民，延领望泽，则虽费帑金数万，使无数生灵共被皇仁，正无所用其撙节。若任灾头以敛费告讦为得计，以纠众哄争为利薮，不但钱粮丝毫不容冒滥，亦且此风日甚，伊于胡底？卑职因思立法必自近始，除弊贵在事前，使胥吏果不侵渔，则灾头何由挟制？当将卑县著名衙蠹革除二十余名。一面将查禁灾头例案肩牌恺切晓谕，予以自新；一面将保甲门牌与抚恤门单同时并发，设有一家冒领，准九家举报。盖保甲之奉行，在平日则官不能处处周历，在灾区则官必须户户清查；即或十家同心浮冒，在办灾则抚恤一完，官不过问，在保甲则抚恤虽毕，官尚可稽。卑职复面嘱各委员并严谕各庄书差等，将来灾务办竣，抽查保甲，如查有丁口不符，有所冒领，卑职惟知实心任事，断不自顾处分，必行检举究办。两旬以来，业据各委员等陆续查明，四乡应恤贫民共止一千二百零五户，内大丁口四千五十五丁口，小丁口一千五百三十五丁口，两共大小丁口五千五百九十丁口，统计抚恤银数止须八百六十八两五分。现在委员陈倅亦已前来，卑职专丁禀请本府会同陈倅分庄定日，前赴各乡适中之处，按名散给，俾各灾黎均沾实惠，仰副大人保赤安怀之至意云云。

旋以被水冲坍房屋应给修费，核实开折禀呈巡抚。其禀云：

窃查卑县应给坍房修费，李前令任内原禀四乡冲坍楼房七百三十九间，平房一千一百九十八间，草房八十间，披屋三间，共二千零二十间，合计银二千七百一十六两七钱五分，各在卷。卑职伏查奏案，淳邑坍房数目本止数百间，今乃数逾三倍，已恐开报不实。且奉颁发章程，坍房之给费与抚恤迥不相同，推原例意，盖抚恤原因悯其猝被水灾，有枵腹啼饥之苦，故不分业佃，一律准给，而其要则专重乏食二字。是以有手艺佣工，足资谋生者，即佃户尚不准滥及。至坍房，则例分有力无力，若以无力之贫民租住有力之房屋，率皆影射，便属浮开。卑职总求核实，因思核实之法，必使业佃无所混淆，庶可帑项无从冒滥。随严谕书差地保人等按庄传知，以民间房屋既须契据为凭，即有户名可考，倘有力之户听信灾头，希图冒领，则将来不但产非己有，并基地亦属他人。一经灾务办竣，或因控追历年租欠，或因分居析产，同族争讼，或贫民中有刁诈之徒，恃领过修费为己业之据，将基地占卖，该业户势必到官，总归水落石出。彼时照例定案，在灾头早已置身事外，在贫民止科欠租占地之条，在业户难逃冒领侵吞之罪，孰重孰轻，利害昭然。倘于此时未给修费以前立即更正，仍可原其不谙例义之情，概予免究。如或灾头照前把持，吏胥通同朦混，必据实详办，从严究惩，断不沽宽大之名，市恩取誉，更不存姑息之见，贻患养奸。复谆嘱各委员等于分投赴乡时一体严查，剀切晓谕。业经陆续查明四乡应结楼房修费者共止二百五十七间，平房共止三百三十三间，草房共止四十三间，三共坍房六百三十三间，应给修费共止银八百六十八两五钱。卑职即开折先行禀送本府暨委员陈倅，请与抚恤银两同时并放，俾贫民早沾实惠，上副大人惠爱黎元有加无已之至意。合将查明实在应给坍房修费银两数目缮具清折，恭呈钧鉴云云。

旋即会同踏灾各员覆核烟户保甲底册，并虑灾民不悉应给抚恤口粮、坍房修费银数，揭示通衢，俾各周知。一、抚恤口粮，定例准给一月。大口每名给米一斗五升，折给银一钱八分；小口每名给米七升五合，折给银九分。原为力作贫农，被水艰苦者，而设其胥役兵丁及经营工贾有手艺之人，不在此列。一、坍房修费，楼房每间给银二两，瓦平房每间给银一两，草房每间给银五钱。原为冲坍过甚，贫民无力修葺者，而设如系有力之家并佃居之房，业主有力建造者，不在此列。一、散给银两，俱库平称足。封面之上，一户之下，俱各写明大小口数、楼平草屋间数，逐包验明朱点，候示期按庄在于公所适中之处，按唱分给，毋庸往来守候。复虑灾民未能详知奉发章程，又大张晓谕。其示云：

> 照得抚恤口粮、坍房修费均属朝廷旷典，乏食者方可请领口粮，无力者方可请领修费，倘听信灾头，希图冒领，一经查出，难逃冒领侵吞之罪。倘于未经放给以前自请更正，尚可原情，概予免究。如灾头仍敢把持，吏胥通同朦混，必据实详办，从重究惩云云。

八月二十日，委员候补通判陈君丰将抚恤口粮及坍房修费银两押解来淳，即日传集银匠，督同敲剪。凡银大者使小，则耗折良多，师捐廉以补不足，按户分封。俟各员抽兑毕，贮于库。越五日，知府聂公督同亲放，旬日乃遍，即禀报巡抚。其禀云：

> 窃卑职前据各委员查明四乡抚恤丁口及坍房修费各数目，先后肃禀钧鉴，旋于八月二十日陈倅赍银来县，卑职即传集银匠，与陈倅眼同夹剪秤准，按户包封，并由各委员检封抽兑，一律较准。随于二十六日本府自郡将抵东乡，陈倅即迎头前往。卑职复严饬庄书差保人等，如各户内尚有业佃混淆之坍房、父子分居之抚恤，即于临散时再为核实确查。总在未散之前禀请扣除，当场质问，方可无遗无滥。兹于九月初四日业将四乡普行散竣，除续经查出抚恤项下有分户报名者，共删除银一两四钱四分，坍房项下有公共之祠堂楼屋，一人无力，众姓有力者，删除银八十二两外，计实给乏食贫民丁口银八百六十六两六钱一分，坍房修费银七百八十六两五钱，两共实给银一千

六百五十三两一钱一分。卑职沿途察看舆情，极为安贴，各灾黎安居果腹，老幼熙恬，无不以恺泽之频频，共戴皇仁于世世，欢欣鼓舞，不啻丰年。卑县有荒岁而无荒民，皆大人行实政而施实惠，听万家之呼佛，真异口以同声。卑职惟有推广宪恩，尽心民食，业已先期劝谕各殷户，将盖藏米谷杂粮各按各庄陆续出粜。一面再赴附近丰收各县，给予印照，买米转运，听其自行经理，亦不官为定价，但能辗转输转，接济流通，则米谷日多，不待平价而价自减。现在卑县各庄粮价每升自三十三四文至三十六七文不等，较郡城已每石减少二三百文。卑职仍不敢以粮价较平，稍存大意，再当临时酌量，总求调剂得宜，务使民食不致匮乏。一俟冬熟之后，如必须平粜，随时禀请宪示。所有散放抚恤修费全完及灾黎感戴情形，合先仰慰仁廑云云。

抚恤口粮，定例准给一月，应否扣除小建，并无明文。检查历来办理成案，但叙户口银米总数，亦不声叙明白。当禀请布政使核示，随蒙允准，全数散给，附禀申谢。其禀云：

奉到钧批，以卑职查办各乡抚恤丁口，核实禀报，奖励成全，准将小建银数免予扣除，使灾黎多一日之口粮，正不啻宽十分之生计，即下吏少一项之赔补，亦何殊受百倍之深恩，爱民惜属之仁心，无已有加之厚泽，寸衷欣感，莫罄名言。卑职即将奉宪免扣缘由遍为宣谕，俾各户知全数之散给，乃大人垂特训以遵循，已见户户焚香，人人泥首，民情感戴，咸出至诚。卑职尤当随事随时，实心实力，凛清操于夙夜，报知遇于平生。至卑县灾田业经核实分别蠲缓，现在赶造册结，总在十五日以前，专差申送，知廑厪念，合附禀陈云云。

是时，穷乏者得抚恤足以糊口，荡析者得修费足以奠居。旋即勘明水冲石压沙淤田地一十九顷四十五亩三分二厘，歉收田地共有三百五十六顷三十八亩二分七厘，先行禀请布政使分别蠲免。其禀云：

窃卑县四乡本年夏间被水田亩，李前令任内禀报沙淤、石压、成溪三项共被灾田五百五十四顷六十四亩一厘四丝五忽，又被灾地一十九顷九十七亩七厘五毫四丝五忽，各在案。卑职仰蒙宪恩，于接任后即酌议简明告示，晓谕各业户，以力能挑复者，务须赶早补种，庶免失时。其实在不能挑复者，检呈执业契据，核对鳞册字号、完粮户名，果无影射，详请豁免。如有本年不及挑复，而自揣资本尚能陆续挑复者，该业户当思得业之难，或自祖遗，或由自买，皆非仓猝而成。况每年之粮额甚轻，山地之界比田较广，若仅图目前请豁，则粮既豁免，地属官荒，不能相沿。此间陋习以为仍属原业，于豁免之后私自垦复，坐收无粮之产。彼时执法从事，非但垦复之费归于乌有，且必科私垦之罪。不若极早呈明其业，仍由自便，倘竟以熟作荒，一经履亩亲勘，断不稍事宽贷。各该户等，自卑职谆谆传谕去后，凡有力之家，俱随时呈明不愿请豁，因又令其出具查有情弊愿甘治罪切结。一切结式纸张，均由卑职捐廉刊刷给发，不任差保索取一文，民情极为安贴。卑职随本府及陈倅散放抚恤丁口、坍房修费完竣，即顺道按亩亲勘，计勘实不能垦复田共六顷一十二亩九分一厘，又不能垦复地共三亩八分，应请循例豁免。其尚能垦复地共一十三顷二十八亩六分一厘，查系有力之户居多，应请毋庸给予挑复工本，亦无需借给籽种，以省经费。惟本年究属无收，似亦未便令其向隅，仰恳宪恩，俯照浙省嘉庆十七年办灾成案，准将本年钱粮按额全行蠲免，以惠灾区。此外各田亩皆已补种杂粮，虽收成同一歉薄，而究属有收，应请归于歉收项下。共计歉收田三百四十九顷七十三亩六分一厘，又歉收地六顷六十四亩六分六厘，统与缓征，以舒民力。卑职现在赶造分数册结，另行申送。因查办灾田，分别应豁应蠲应缓，系宪台衙门专政，例限甚迫，是以先行缮折，专差驰禀云云。

即将查勘被灾田地分数，督率经胥遵照颁式造册绘图，于九月十三日申请本府暨本道核转，并另备册结图说，转呈布政使。其禀云：

窃卑职于本月初五日将勘实应豁应蠲及缓征田地各项亩缮具清折，先肃禀呈。伏思灾田册结，每有眉目不清，由于查造之初，或因例限已迫，止图省简，将一都内不注某图某庄名目，或因科算不易，但虑参差，将各项下不注某田某地零数，遂致初办之顷亩总报与续办之花户细册针孔不符，弊窦叠出，吏胥得以高下其手，刁徒因而挟制其间。此早在大人洞察之中。卑职惟求事事慎之于始，非独目前册结，不敢稍涉混淆，即此后征收，亦须毫无舛错，庶几上副委任，不负成全。因于查造顷亩册内恪守宪颁章程，以某都领某图某庄，并严督经承分晰各款，首列原额田数，分注被水不被水各若干亩，次勘不成灾歉收田地若干亩，再次能垦复田地若干亩。如某都图内被水后现在皆可垦复者，即注明该都图内并无不能垦复田地字样，仍于各田地项下分晰厘毫丝忽细数，俾统归总数之时，确有可查之据。兹已赶造齐全，除一面申详本府暨本道宪核转外，谨先专差驰赍册结，备文径申宪案云云。

夫一月之赈，固足以拯万人之命，而民食能不致匮乏者，则半由苞芦之力。至是乃益叹师之不拘成格，以恤民隐也。盖人情一日不得食则饥且病，凫茈木酪尚资以延旦夕，芞苞芦一名芧栗，《庄子·徐无鬼篇》所称居山则食芧栗是也。淳邑界连建德、遂安、寿昌、于潜、分水、昌化及安徽省之歙县，崇山峻岭。四乡之中共一千二百四十一庄，山多田少，杂粮内有应禁之苞芦，民间藉佐谷食。正在丰收之际，委员通判陈君丰奉檄申禁，人情汹汹，若将推纳诸沟。师乃作书以遗陈，其词曰：

谨按功令禁种苞芦，实为苞芦必用火耕，山石被焚之后，复经雨雪，则冻泐摧崩，近山诸田，膏腴尽为沙砾。且苗壮根深，割刈时易于掀动沙土，遇雨冲入溪河，立致淤塞，水利有妨。此诚弭患于豫，防祸于微之道也。顾立法每严于杜弊，而宜民则贵乎因时。窃思淳邑习种苞芦，历百余载，即令山麓诸壤尽属民田，而石压沙淤久已不能垦复。即令尚能垦复，而工重役繁，势难支给官项。即令不支官项，该户自行承办，而累年积石，高若山丘，更无隙地闲田可以容纳。舍目前之利，滋事后之忧，其可商者一也。苞芦既用火耕，则被焚之山土性已失，改种茶漆竹木，其植必不能繁，而于已坏之水利农田仍复毫厘无补。是以有用之山置诸不毛之列，其可商者二也。歙县查现种苞芦各山，左右前后半属深溪穷谷，一则石径崎岖，罕有人迹，固大异乎农田；一则受水深广，两岸本无土石等堤，沙石冲填，亦与水利无害。即间有沟塍故迹，其地向系版荒，既不至上亏国课，似亦宜下便民生，其可商者三也。种苞芦者不皆土著，大半安徽、江西、福建等省流人寄居于此，别之曰棚民。其赁山也，或至费数年、十数年之资；其开山也，或合竭数家、十数家之力。山主明知干禁而乐其佃种者，往往以成熟之日，援例得请禁逐，则己可坐享其成。歙县访知此等情弊，凡遇前项讼因，在私种者应与禁逐，而地归山主之后，永远不准再种苞芦，所以肃功令而杜刁风。今必使之藉口有资，则抽分之欲未盈，告讦之风遂起，其可商者四也。棚民本无恒业，率赖苞芦以生，即合邑居民亦藉以佐谷食。此主客所以相安而缓急所以有恃也。一旦尽夺其利，则此数百人之众散处于荒山穷谷之间，保甲之良法仅能施于城乡，而冻馁之余生必至流为盗贼。国家未得其益，闾阎已贻之戚，其可商者五也。违禁私种苞芦，守土者鲜不严谕谆劝，但利在则趋，人情之恒，而胥吏豪猾或按户索贿，或乘刈获之时肆行抢夺，曾经蔽〔敝〕县访闻，即将违例之苞芦入官助赈，而勒索之衙蠹、强取之土豪亦各照例惩徼。是以现在揽种者不致日增，而生事之徒亦渐敛迹。若如阁下之论，非尽逐其人、尽封其山不可。窃谓当此叠灾之后，嗷嗷者胥失其资，眈眈者转遂所欲，其可商者六也。百谷之中，惟苞芦不烦灌溉，不忧旱潦，不计土之肥硗。今山田土少于石，且瘠而浅，若种黍稷等物，山颠〔巅〕则数日不雨，立就枯槁；近地纵有深溪，距山率皆数丈，汲引难施，有坐视其萎而已；山脊则夏秋雨骤，由顶直流而下，根荄尽被冲掀，播种虽勤，收成实少。独苞芦实繁而壮，根小而坚，但得石罅，撮土即能深入，性又喜燥，故免水旱之虞。舍确有可资之地力，贪不可必得之天功，其可商者七也。竹木获利较丰，非三五年不能见效。茶漆之费，倍重难偿。靛青惟闽人能种，本处未谙此法。即令能之，而靛青之性与烟叶同，非膏腴之土，断难使之繁衍。百姓竭筋骨之劳，一日无丝毫之补，其可商者八也。且夫因事制宜，贵持其大；兴利除害，务酌其通。鄙见以为其未经垦种之山，必当永远禁止，违者按律治罪。其已经垦种而垦种未久之山，山下各地尚可挑复成田者，即不能挑复而于水利有害者，亦当酌量禁止。其久经垦种之山，无妨于水利农田者，无论偏灾之岁，不忍言禁，即令岁属有秋，亦宜酌与垦种。盖百年之利而一旦失之，蚩蚩之氓何以堪此？伏祈阁下即将此札禀陈上游，倘能邀恩俯准，则为民造福为无穷矣！《诗》曰：芃芃黍苗，阴雨膏之。又曰：凡民有丧，匍匐救之。区区之心，窃愿与阁下共勉焉。谨白。

书去，陈君始悔其初见，而叹师之保民如保赤也。顾民以食为天，食以谷为正。师备思所以接济之法，适奉本府札令，转饬教杂各员，分赴劝捐。师恐分委教杂或致抑勒，不若集城乡绅耆，俾令自相分劝，较为有益。师先捐廉以为之倡，修启以宣其诚，自城及乡，由近而远，次第劝输。其启云：

夫灾祲洊至，原无独免之人；贫富悬殊，宜有相通之谊。是以乡师旌德，首重睦姻，宵雅矢音，先哀茕独，岂平日以和亲共勖，而艰时转嫭恤无闻？惟自效其慈心，有足襄乎王政。淳邑地承歙浦，俗隶岩疆，缘僻处于山陬，致习忘夫水利。屡书大有，穷民尚谷食维艰；相乃小人，微禔而菜色胥见。自黝谷助淫霖为虐，而井疆偕庐舍并湮。九夏方长，户户丙丁之帖；四秋尽失，人人庚癸之声。触耳堪伤，扪心斯痛。今夫万物得所，大造以示无私；一人向隅，举座为之不乐。而况咭醋嗽薚之状，日构于心，回皇恔悯之容，时接乎目。虽行路犹为之悼叹，岂同闾不动夫矜怜？果其红蠹陈陈，仓名不涸，青蚨滚滚，肆任居奇。妇子进羞，方加餐以相劝；男丁健啖，亦宿饱之有余。岁运即异金穰，家食自饶玉粒。际此养颐之甚适，念彼枵腹之堪忧。木酪自甘，树有无皮之谑；蕨根斯拔，禾生烂耳之谣。有不手匕兴嗟，指困囷各也哉！若夫编营代瓦，插槿为墉，聚族而居，惟邻之富。自洪流荡激，漂若危舟，间巨石摧崩，破如堕甑。即或数椽无恙，穿漏同自雨之亭，矧其半亩难营，俯仰少立锥之地。岂无世家阀阅，高吟夏屋渠渠；君子攸芋，不改春台皞皞。试为设身以处，易地而观，听盈耳之雨声，用痛心于露宿。此则切肤之害，固随待哺以并深，而蒿目之余，愈觉啼饥之可悯者也。盖以同其食息而霄壤有悬，共此尘根而涸茵斯异。余忝奉檄，摄篆拯民，百计并施，四郊遍历，所见尽颠连之状，亟思绵呼吸之生。若论天灾，岂有唐年之水；总缘地瘠，遂成郑侠之图。听泽雁鸣哀，则生嗟食次；念河鱼疾急，则忘寝宵分。民有莫白之隐忧，躬肩保赤之巨责，虽已推夫原禄，究难遍乎灾区，设非怜其饥渴之身，有不转为沟渠之骨乎？方今皇上深仁覃布，恺泽潜敷，抱犹病之虚怀，轸如伤之至意。大吏为民请命，痌瘝悉以上闻。圣人之德如天，膏泽沛乎下究。固已功参亭毒，俗免疮痍；惟是加惠乡邻，推恩桑梓。事期周济，无年而饫饔飧；福不唐捐，有谷以贻孙子。和风首被，阴德耳鸣，则夫推不忍人之心，行汎〔泛〕爱众之道，广德意而恤同群，其亦仁人君子所乐为欤！

因将劝捐事宜禀陈巡抚。其禀云：

窃卑县地方，本年四五月间叠被水灾，荷蒙宪恩，轸念民瘼，奏请抚恤蠲缓，已属无微不至。第被灾之后，民力恐有不敷，前奉藩宪专札饬查，业经卑职将劝谕绅耆等各按各庄陆续出粜预筹民食情形通禀在案。兹奉本府札，令查照嘉庆二十五年捐输成案，转饬教杂各官分赴劝捐等因。查卑县教谕汤以治甫经抵任，训导吕光鉴精力未周，典史庄端生又复奉调验看，均难委令办理。伏思设法劝谕，总须先城而后乡，乐善出资，不得有名而无实。虽卑县山陬地僻，颇鲜巨富之家，而仕籍人多，向有好义之举。卑职首先捐廉二百两，邀集在城殷户富商，面为开导。以创始必贵图成，救贫正为保富，使之广宣宪意，冀其咸切乡情，仍不拘定二十五年所捐之数，总令量其现在之力，多寡皆听乐输。据在城绅商等呈报捐数，或输米谷，或捐银洋，约计已有三千三百余金，颇为踊跃。卑职现在复亲赴四乡，分投劝谕，但幅员较广，势难周历靡遗。因思嘉庆二十五年捐输各绅士现蒙大宪分别银数多寡，递请奖赏，内有数在二百两以上者，奉饬查取三代履历。是从前捐数较多之辈，即现在邀恩应奖之人。伊等乡里同居，休戚相共，某家之昔富而今贫，某家之昔贫而今富，既无不周知其概，亦无从抑勒其间。卑职即令伊等作为各乡董事，就近劝捐，各随数之多寡，仍令自行书明捐数，赴县呈报。如此办理，在悭吝之人则不能藉口派敛，在丰余之户亦不致袖手旁观，似与委用教杂各官更为有益。一俟捐有成数之后，同在城捐输各绅富一律查造花户银数，另行开折详报，并请分别嘉奖。至卑县地方情形，被灾之后，秋收原属歉薄，幸冬熟杂粮所收甚丰，且前经卑职劝谕，凡有盖藏之家，随时将米谷杂粮，各保各庄陆续出粜，是以辰下米价亦较同属之建德等邑稍为平减。体察民情，今冬可无缺乏之虞。所虑者专在来春以至青黄不接，预计正、二月间，捐输之事即可办竣。维时辘轳转运，减价出粜，足资接济。如尚有不敷，临时察看情形，再行详请平粜仓谷。卑职荷蒙奏委，抚字灾区，惟思行实事以尽实心，不敢务虚名而邀虚誉。总期筹办妥善，仰副大人保赤安怀之至意。所有卑县在城捐数及各乡劝办缘由，合先肃禀云云。

十一月十七日，巡抚札饬，以该县地方两被水冲，虽经查明实在无力灾民给予抚恤口粮、坍房修费，第现届隆冬，粮价渐有增昂，民间生计不无拮据，于公捐银内酌发银五千两，以为平粜接济之需。饬即委员赴藩库具领，一面于本境殷衿富商内劝谕捐输，得有成数，并同札发银两，计可买米若干石，即于十二月初间平价出粜，以裕民食。其无力籴米者，即照减价钱文若干之数，分别酌给，免致向隅，仍将粜出钱文辘轳买运，用资接济。如粮价尚难平减，再于来春二三月间详请减价平粜仓谷等因。师念大吏豫筹民食，轸恤灾黎，即将酌定事宜禀复巡抚。其禀云：

> 伏查卑县秋收虽薄，冬熟颇丰，遍访舆情，年内无虞缺乏。所虑者来春以至青黄不接，是以卑职先为捐廉首倡，劝谕城乡绅富量力捐输，已将在城捐数并办理缘由于本月初八日通禀宪鉴在案。连日复据各乡绅富等陆续呈报，或捐银洋，或输米谷，总计城乡前后所报折算银共有六千一百余两，此外尚当有续报之人。兹复仰蒙大人发银五千两，并凑买米，即就现在核计，已几及三千石。一经买回粜出，又可将钱文辗转转运，从此源源接济，民食自渐充盈。第买运机宜，各县情形不一，总须因时因地，务求实政实心。即如卑县接壤邻封，西则徽、歙，东则建、桐，均系被灾之区，无米可购。至近者为金、衢各邑，现闻外贩甚多，米价亦在四千以上。除此惟长安镇客米聚集，而路程更远，运费较多。在民食所关，但使与民有济，诚不必锱铢较论。然此款钱粮，乃无数灾黎生命所系，多一分之实用，即多一分之实惠，更不容滥费丝毫。是经手购买之人，必不可差遣丁役，致滋浮开运脚，渔利损民。故绅富捐输之项，卑职前经禀明，于劝捐时则不委佐杂，以杜抑勒；于既捐后则各交董事，以专责成。今奉发银两若由卑职采购，颇鲜亲信可靠之人。管见所及，应请将所发银五千两于委员领回后，即在捐输之城乡绅商中择其身家殷实、乡党推重者，立为董事，分交银两，前赴各处购买。于赴买之际，先由卑职衙门给发印照，免致沿途阻滞。俟运回之时，即令其各按各庄，减价出粜，仍将粜出钱文辗转转运。如此办理，则官项民捐合为一体，运费折耗，断无两岐，自可收实用实销之效。抑卑职更有请者。查委员赴省领银，往返有需时日，各乡捐输足数，约计亦非旦夕。待至领回及捐足之后，再行分赴金、衢及长安一带购买。在金、衢则水路大半高滩，在长安则回舟皆属上水，扣算程途，十二月初间断难赶运。卑职现在谆谕绅富，先就本处盖藏充余之家，将民间已捐之数时价买出，于十二月中旬先行减粜，一面俟领到官银，再行前往各处采买，庶本邑之米既无从囤积居奇，而外来商贩亦不禁自绝矣。至无力籴米之人，奉谕即照减价钱文，分别酌给。更见慈虑周详，有加无已。窃思此举乃格外深仁，卑职理宜普宣德意，遍及穷檐。若由书差地保查诘有力无力，不特易滋藉口，更恐惠泽未周；若任听民间开报，尤恐小民惟利是趋，人人以有力为无力，率皆请领，无所底止。应请亦责交各乡董事，分别确查，如实系无力籴食，即照减下钱文之数给予，以免向隅。统俟事竣之日，将运买减粜米石若干，分给钱文若干，折耗本银若干，令其据实开报。卑职仍不时亲历稽查，如董事内有渔利滋弊，不善经理者，即行更换另举，总期毫无弊窦，实惠及民，仰副大人痌瘝在抱，不使一夫失所之至意。除另文委员赴藩库请领外，所有遵办缘由并管见所及，合先肃沥禀覆，是否有当，伏乞训示云云。

维时劝谕绅富，平价开粜，已有成规。十二月初一日，巡抚札以原发买米银五千两，诚恐采买有需时日，缓难济急，今酌定将西安县碾存米石，照所发银数，给米二千七百二十八石，以为平粜接济之资。师即遣人倍道前赴西邑拨运，禀覆巡抚。其禀云：

> 查卑县前奉宪札，酌发银两，即经卑职将遵办缘由并管见所及通禀在案。兹奉前因，卑职即日选派亲信丁役赍备袋皮官斛等项，前赴西邑拨运。第卑县相距西安计程四百里，均系滩河，现当冬令水涸之时，又值天气久晴之后，河道较浅，兼有数处大滩，重载之船难于迅速。现拟将所拨米二千七百二十八石，多雇中号船只，分赴赶运。一俟初次运回若干石，先交城乡各处董事，以灾区之轻重，定给米之多寡，减价

平粜。一面派丁再行续运，务使源源接济。仍将粜下钱文交各董事，同民捐之项分投
饬令前往各处采买，辘轳转运，直待民食充裕、粮价极平之后，再行停止，以仰副大
人毋使一夫失所之至意。除俟运回米石后，将分交董事衔名、设厂处所并议减价值另
行具报外，所有遵办缘由，合肃具禀云云。

城乡绅富仰体宪仁，靡不各发婆心，共乐捐输，藉以接济。十二月初八日，接巡抚札
饬，以本年被灾之后，民间口食维艰，计距来春麦熟为日正长，劝谕官绅量力捐输，共勷
美举。即查明城市乡庄殷绅商富捐输银米若干，先行分晰开报。其续后得有捐助银米各
数，再行随时禀报等因。即于初十日截止，查明捐数，禀覆巡抚。其禀云：

遵查卑县前经劝谕绅富捐输，已将在城捐数约计三千三百余两禀报在案。卑职旋
复亲赴各乡，广宣德意，剀切劝捐，以此方之民皆聚族而居，不但应深桑梓之情，更
当共切周亲之爱。是今日之救贫保富，正后来之睦族敦宗。勉其义举，宪台有优叙之
恩，激以天良，众姓出至诚之愿，或多或寡，均听乐输。其有卑职未能周历之处，谕
令辗转相劝。截至本月初十日止，总计城乡先后所捐，共米七百三十七石，谷三千二
百三十五石，银三千一百四十八两，洋银一万二千九百十五元，制钱一千一百千文，
概为折算银数已有一万七千余两。卑职细加体察，咸称本年被水灾重者既蒙蠲豁兼
行，灾轻者亦得征输并缓。皇仁宪德，至渥极优。伊等居同乡里，非族即亲，情愿同
心仰体，竭力出资。此皆大人德意所孚，故捐输之户源源呈报而来，并无丝毫抑勒，
使卑职得以办理迅速。抚衷自问，感戴愈深。至卑县本年冬熟幸尚丰收，岁内情形本
不十分匮乏，所虑者专在来春以至青黄不接。今捐项既有成数，则殷富早一日开粜，
不过多一日折耗，而贫黎多一日得籴，即早一日安生。卑职惟当随地制宜，因时酌
量，务求便民之实效，更筹经久之良方。一俟将奉拨西安仓米二千七百二十八石赶紧
运回，发交城乡各董事分领，合官项民捐同时减粜，以灾区之轻重、村庄之大小、贫
民之多寡，定其给米之数目，再将粜下钱文仍由各董事陆续前往各处买米，辘轳转
运，直待粮价极平、民食充足之后，方行停止。如此哀多益寡，既不致此绌彼盈，而
核实奉行，亦可冀历久无弊矣。除将减价出粜章程另行具禀外，所有城乡先后所捐折
实银数开具简明清折，恭呈钧鉴云云。

捐输既有成数，师将某捐若干、某捐若干揭示城乡，则侵蚀之弊绝。受赈者咸知食所
自来，则报德之心生。好施绅富以厚实易高名，则乐输之念益奋。法至善，虑至周也。旋
以待哺者朝不及夕，若俟西安米至，则此枵腹之徒必有噬脐之叹。即集诸董事，议以各庄
现存米谷通融先粜，而申以约焉。其词曰：

往者设厂给赈，责成于胥吏者居多。大吏虑其侵渔，以病吾民也，饬余遴选绅
者，以为董事。今诸君子既不辞况瘁，愿为国家宣力，则余之谆属又乌容已乎？凡事
有利必有弊，执一以例百，则得当者几何？盖胥吏非无可任之人，而用之不得其道，
则虽有奉公守法之心，终必逞罔上行私之技。其领也浮，其施也遗，瘠人肥己，致朝
廷之德意不能下究。职是之故，诸君子身列四民之首，行为一乡之望，睦姻任恤，敦

崇于平日者有素，岂忍其亲戚乡邻濒死而莫之悯也！且率皆捐输恐后之人，自无朘削自肥之患，而平昔同田共井，则有力无力、极贫次贫，稽核自能详悉。贫民亦以见闻甚近，即唯利是图而浮冒者必寡。余之受赐多矣。顾或各徇其人情，无论厚此薄彼，非所以昭平允，而朝廷之德意亦岂供一人博好施名耶？以仁人君子之隐衷，蹈掠美市恩之显迹，窃为诸君子所弗取。今议者辄谓胥吏舞弊，有司得立惩以法，而诸董事或为先达，或称善人，即有私法，格而不能行。此虽过虑，然使诸君子设身以处，当亦有同情焉。若谓风俗淳厚，人人皆自好，今必难其人曰某也可，某也不可，不免非薄斯人。余则以为诸君子皆端人正士，方惧有司之不明，重以为累，讵复有介介者？今愿与诸君子约：毋循名，毋慢事，毋始勤终怠，上体圣人如伤之念，中副大吏勤恤之心，下慰同群无告之苦。为当世之典型，获美报于奕禩，而使余亦谬窃知人之誉，则幸甚慰甚！

师虑事周详，立言肫挚，诸董事皆如约，事竣得无遗滥。基（按：即王元基）重董事之敦古处，而尤服师之善任人也！浃旬之间，西安米亦至，即禀陈巡抚。其禀云：

窃卑职前将城乡绅富捐输米谷钱洋折实银一万七千余两，缮具捐户花名清折，禀呈宪鉴。卑职即于上年十二月初间，复将曾经被水村庄细加察访，虽民间幸赖冬熟，尚有杂粮充饥，然究系荒歉之余，度岁终虞乏食。当查奉拨西安仓米赶紧运回，约计已在水涸河浅之候，尚恐缓不济急，因与各绅士通盘熟商。同一救贫善举，不但官项民捐应归一体，即民捐中之各保各庄亦未可执一而论，总以共保全图，先其所急为主。该绅士职员方锡恩等均知好义，随先就灾重而庄分较多者，如东北乡等处，于十二月二十一日通融各庄现存米谷，首为开粜，不设专厂，由公正殷实董事。如某庄之某家，米多即统摄邻庄，或八九处，或六七处，挨至某庄之某家，米少则专粜附近邻庄，或四五处，或二三处。周而复始，仍归各家所捐之数。若粜数多而捐数少者，即以官米归补，不令重出，致有偏枯。其无力籴米之户，亦由该董事查明，给与减下钱文，逐日登记总册。倘有持强多籴，不服稽查者，即鸣官究治。卑职议定东北乡章程，随传知西南乡仿照办理。惟城中为五方杂处，不能不设公所，于城之东西各设一局，先经在城董事职员邵应麟等，就已捐钱洋，分赴成熟处所放价尽买，随买随运，于十二月二十七日开粜，每升定价制钱二十八文，照市价减去九文。卑职复思城市乃兵丁书役聚集之地，非比各乡聚族而居，易于认识。窃虑日久弊生，是施惠之不可不实，正杜弊之不得不严。随与董事等面定，未粜前二日，每户先给门牌，注明大小丁口。大口每日一升，小口半升。临粜时另给董事图记照票，每票以半月为期，按日持票赴局，期满更换。其有己田在五亩以上者，或己身开店者，或合伙开店者，或放债出租、得收利息者，或外来流寓有业者，概不准其入册。一面密查米店船户及兵丁书役，如有转买贫民米票赴局籴米者，立与重处。幸托德威，咸知畏法。卑职与各董事相约，于除夕前一日推广宪恩，将实在无力籴米者，照减下钱文宽给一日。计自开粜以来，城乡民情均极安贴。兹于本年正月初三日运到西安仓米一千一百四十八石，查验米色，俱属干洁，即行分拨城乡各董事，亲自斛收具领，不假书役之手。俟二次运到，则现在粜出之钱又可接续买回，使官民之米合而为一，源源转运，匮乏无虞。此皆大人先事预筹之所致，卑职惟有熟思审处，因地因时察看情形，某庄尚应裒多益寡，某庄或可挹彼注兹，总期无滥无遗，仰副实心实政云云。

城乡俱经开粜，而西安之米源源而来，价于是平。前此严禁徽商贩运浙米出境，至是师慨然曰：啼饥之声，达于四境，舍己从人，理所弗顺，禁故严。今淳邑转运有资，安徽省米价日昂，自宜酌量缓禁，无论过籴非仁政，而本省邻省，疆域虽殊，其为朝廷之赤子则同也。仁人之言，其利溥洵哉！抑又闻之，言为心声，然非痌瘝之念郁结于胸臆，则无病之呻吟，贤者弗许。犹忆客腊师判事北乡，兼为劝赈，自秋源口以北，皆荒山穷谷，历隐将村，过黄粱坑，舍舆而徒，仄不容趾，屡濒于危，而又道逢崩崖，相距仅数武，存亡呼吸间，乡人争为凿石开道。是役也，往返四百余里，忽险忽夷，乍惊乍喜，随事成诗，名之曰《寒虫吟》：

> 昨宵才说印床闲，忽复征尘上客颜。平地到天山叠叠，穿林过涧水湾湾。活人心事于公切，发粟丰裁汲黯艰。未了穷荒行脚债，一年将尽尚间关。几簇茅檐住隔溪，梅花峰北是桥西。断冈烧赤新开石，小麦浮青乍透泥。行远每贪山脚近，登高但觉树头低。前村暮色苍然里，记得曾游路忽迷。跫然空谷足音过，野寺逢僧话刹那。苦道频年稀稼穑，只留一佛在岩阿。盘餐久废难供客，茅店无多尚隔河。指与迷途倍珍重，猿啼虎啸待如何。未尽山乡又水乡，歧途欲辨已昏黄。一溪冰绉磷磷石，万树风飞叶叶霜。傍岸却看村路熟，拦街惟有月华凉。似闻米价连宵长，转为宰官来踏荒。老树平坡曲曲栽，画家小景补苍苔。忽将一笔横拖起，遂使千峰倒挂来。石罅最奇通路入，山尖极陡有田开。谁知隐将村头险，犹是当年古戍台。悬崖堕石三千丈，过耳横飞霹雳声。直把存亡判呼吸，可知官职误生平。一时偶得侥天幸，万事无劳与命争。惭愧路人交口说，此来陟险为苍生。险境如斯化得无，频烦父老出良图。不将灵运呼山贼，敢笑愚公是腐儒。民力还愁诸子尽，神功直与五丁俱。千秋舆地征遗事，自我来游作坦途。无多腊尾岁应残，犹是劳劳远跨鞍。深谷流泉随地冻，乱峰衔雪逼人寒。宦情减尽归还未，世路经多话亦难。输与村村头白叟，笑携儿女坐团栾。

诗以言志，昔杜甫荒村之作、元结舂陵之行，忧民如瘅，千载下犹闻叹息声焉。然则读是诗者，亦可以知吾师之志矣。夫上与下之相孚也，在德不在威。师诚求保赤，不辞况瘁，民益感且敬。夏四月，麦有秋，咸以为宰斯邑者之召天休，相与忭于野。而师念谷价愈平，则民气愈舒，转运之米始议麦熟为止者，复劝展至六月。邑之人熙熙攘攘，如登春台，几忘前日之被灾者。非吾师之力，不及此，师且归功于董事及乐施诸君子，纪其事于石。其记云：

> 自余通判绍兴府事，防海南塘，庆安澜者有年矣。去年秋，淳安县被沉灾，大吏以宰斯邑者之弗克荷也，且以恤斯民者之难其人也，遴选及余，上闻于朝。余不敏，矣敢承乏其间，然以天子命来守此土，遂星驰至邑，遍历四乡，剔弊振穷，陈救荒策

者数千言。大吏悉如所请，列疏以陈。圣天子加惠元元，又悉如大吏所请行。灾重者豁其征，峗次之，缓次之，贫户按口给米，坍房按间给费，恩至渥也！夫清其源则流长，得其本则事理。民以食为天，得食乃可救荒，救荒首在发粟，发粟例有定额，虽大吏体圣主爱民之心，断不能罄度支而更成法。此则劝捐转运之所由来也。大吏首率僚属捐廉以为倡，于是淳安之荐绅士民翕然从之，捐各有差。然而劝捐之法，缓则无以济急，急则难以乐输，疏则浮报之弊生，密则苛求之累重。余乃不立捐簿以杜抑勒，不假吏胥以杜滋扰，不设总局以杜偏颇。输将听之邑人，出纳责之董事，辘轳转运，减粜恤贫，国帑不糜而民命且日苏矣。始议以麦熟为止，今年夏四月，麦既有收而粮价未平，复劝展至六月。今且事竣，此淳民之幸。董事之功，好善施乐者之相与有成也。余何有焉？董事之功，中丞镌碣以纪，余乃记其乐施者姓氏，窃有深意存焉。方今圣人在上，五风十雨，民和年丰，此事理之必然者。然而《周礼》太平之书也，大司徒以荒政聚万民，思患豫防，古之人有行之者。余之镌乐施者姓氏于石，为蕆事者旌，且为踵事者望。是为记。

跋

皇上御极之三年，岁癸未，浙省灾于雨，民乏食。大吏请于朝议赈，有为诗以记者，曰：枯菀不同皆赤子，不须防滥只防遗。当时以为仁人之言，其利溥哉！或曰：此有为而言，非正论。今读仝门王君元基所撰吾师《淳邑荒政纪略》而益信。是年浙东诸郡咸灾，而淳邑尤甚。初议支帑几二万余金，而人情汹汹，若不安于其上。观过知仁，未可责诸愚夫妇。迨吾师摄是邑，节帑几十之七。事毕去，民之颂声作焉。夫人情莫不以多与为恩，而以少受为憾，乃亦有不然者。与虽多而中屯其膏，旁夺其利，则与者固属仁人君子之心，受者转非濒死待援之人。夫是故防遗必先防滥，盖里豪胥猾敢以一人冒数人之食，即能使数人不得一人之食。师痛革诸弊，而措置在难者尤为井井。人遂其欲，自无觖望，朝廷之泽，沛乎下究而不壅。三复斯编而后知前诗之所见小也。国侨之治民猛，而孔子称之曰遗爱。观此及师他治迹，古今人自无不相及之慨。顾有备者能无患，则前事后师，抑亦凡为民父母者所宜与箧衍一书同置座右也已。时道光四年八月，受业丁遐福谨跋。

饲鸠纪略

选自《棣香斋丛书》

清道光十三年刻本

（清）邵廷烈 著

郝秉键 点校

饲 鸠 纪 略

　　癸未夏秋之交，雨迭倾盆，泄达鲜路，河渠泛溢为灾，田庐尽没。东南各乡攘掠蜂起，人情汹汹，猝虑生变。刺史张丹村先生率邑侯郑公团练壮勇，守御城邑，既复募捐平粜，请帑发赈，而民始聊生。同时，绅士有设局留养羸老者，有买舟打捞浮棺者，有舍棉衣以御寒者，有施药品以拯疾者，有疏刘家河水线以资泻导者。慈父母之爱民，诸君子之好义，皆足以垂不朽，而最可悯而甚难理者，又有收育弃孩局一事。是时，民间衣食不给，子女半弃于途，呱呱之声远近相应。闻君少谷见而恻焉，状其情于妇翁顾公筼庵。筼庵曰：苟可以活之，愿以千金为助。少谷喜，商于余。余固有此志，欣然愿从。顾谋所以收养之者，必先得广厦，然后议章程。因偕少谷遍觅之，急不能得。适文政铺有白龙庙者，向无住持，地颇不隘，遂即庙以设局。乃集同志十余人，于顾公千金外再募捐资，计有成数，以为此事可图成矣。爰立规条：一曰别年齿，凡六岁以下者不收，以育婴堂在也。二曰察颜色，凡面无菜色者不收，以杜假冒故也。三曰责中保，所以明来历也。四曰听死生，所以省口舌也。五曰昭定数，限时日，所以符经费而防泛滥也。五者法备矣乎？曰：未也。赤子无知，则雇老媪〔媪〕以抚之。十岁以上者，一媪〔媪〕兼十孩，自是以差，至五六孩不等。食则晨夕用粥，午用饭，羹用菜；月之初二、十六日，给鱼或肉一次。衣则袄裤殊袜帽带备具，其着故衣来者补缀之，无者给之。寝则二孩同被，区以男女。病则延医治之。或有不率者，理谕之；不悛，督责之。而又虑老媪〔媪〕之不能尽心也，设董事以稽察之，朔望则更验诸孩之肥瘠，定诸媪〔媪〕之勤惰而赏罚之。而又虑出入之非时也，又设局差管门以严禁之。而又虑饮食之不均也，于执事人则给米七合，诸孩或五合，或四合，视其年而差别之。外此复延司局一人、经理二人，更替宿于局之后堂，藉度支，且嘱其每晚必俟诸人灭灯后始就寝，以防祝融之灾。其每日常馔，则各董家轮流供人，以绝开销之弊。如是而立法周详，殆无遗憾焉。爰请于有司，出示晓谕，于九月初开局。局甫开，来者若鱼贯，有人满患。问有发时痘者，虑其蔓延，乃赁庙旁屋而分居之，至年终而停收。迨明年三月，天渐暖，诸孩群萃，不免薰蒸，而乡间春熟渐长，民困亦苏，乃复请于有司，示谕有愿领者，许偿钱一两，俾之自养。于是民间报领纷纷，不半月而局中空矣。止留残病一名，育于余家。又议斥所存余赀数百缗，另施四门流丐，集郡庙，散给之，而局务以毕，同人相与称庆。是役也，计时二百余日，计孩三百余名，计用钱二千余缗。报销后，刺史给匾示奖，颜曰"给孤佛地"。同人弗敢悬，让善也。所惜者顾公实首先乐输，而遽遘疾以殁，不获亲见蒇事，里中无贤愚莫不太息。余因倩嘉定程君苕绘雏鸠待饲图，以记顾公之德，而书其颠末如此。时道光五年春杪，补记于退闲室。

筹济编

清道光六年刻本

（清）杨景仁 编

郝秉键 点校

序

　　吾友杨君静闲，曩官比部，著有《式敬编》，治狱者久已奉为圭臬。上年冬，乞假归省，又以救荒一书向鲜善本，搜罗史籍，荟萃排比，得三十二卷，名曰《筹济编》。予惟宋司马康之言曰：自古圣贤之君，非无水旱，惟有以待之，则不为甚害。盖救之于既荒之后，不如备之于未荒之前。《周礼》十二政尚已，自汉以来，勤求上理，代有循良，农桑水利之经，蠲缓振贷之制，积贮敛散之规，良法美意，备载前史。学古入官者虑无不以民事为兢兢，顾或簿书鞅掌，无暇勤求，不幸而遇偏灾，张皇补苴，以救目前，即有毅然敢为，乐以一身救百姓，而行之未得其宜，卒至百弊丛生，而实惠未逮，始悔讲求之不早，晚矣！东坡《赠刘正叔》诗云：平生学问只流俗，众里笙竽谁比数。忽令独奏凤将雏，仓猝欲吹那得谱？诚能讲求于平日，取用于临时，仰体圣天子视民如伤之心，下慰吾民慈父母之望，设诚而致行之，则是编固即牧民之谱也夫！
　　道光六年岁在丙戌孟夏之月愚弟潘世恩识

序

　　《筹济编》三十二卷，常熟杨比部静闲先生辑。盖取古今荒政之可行者，类次排纂，条分件系之，疏通证明之，良以救荒无善策而自有其策，与其遇荒而补苴，不如未荒而筹备，诚使为民牧者事理达于平时，偶值偏灾，措之有本，上以纾圣天子宵旰之忧，下以托穷黎数十百万之命。於戏！其用心可不为至哉？今夫牧民之官，民之身家之所寄也。年谷顺成，安于无事，民与官若相远。一有旱干水溢，则哀号之声、颠连之状不忍闻而不能不闻，不忍睹而不能不睹。彼民所冀于官之闻之睹之者，谓必有以生活我也。夫民固力能自生活者也，至力穷而望之于官，良足悲矣。居官者诚知民以生活望我，而我必有以生活之，则筹备之方不可不图于早也。良医之为医也，布指知脉，取古方损益之，药性之温凉，和剂之轻重，了然于胸中，施之以其宜，而后沉疴可蠲，元气可复。若临证〔症〕而取办，其不殆也仅矣！先生是书，古方之大成也。有未病之方，有既病之方，有病后摄补之方，而医之道尽。牧民者，民之医也。庸医误一人，病者犹戒而绝之，官之所医奚翅〔啻〕数十百万辈？且皆在凋敝困逼，九死一生之时，得其方则生，不得则速之死。既为之官，即为之医矣，其得谓生死与我无与乎？有是方而无待于用，不失为良医。有是方而适资其用，又各视夫时与地以损益之，民之疾痛，庶可以少瘳也哉！虽然，法之所以行者，意也。必使意之及民无弗实，而法始不为虚文；必先使意之在己无弗实，而法始不为虚器。且法本无弊者也，意不实则弊生，因弊而废法，是以噎废食也。故官能实一事之意，即民受一事之赐，凡政尽然，况救荒其尤亟者乎？先生是书，感癸未之灾而作。是岁也，则徐陈臬江苏，与赈恤蠲缓之事。迄膺简命，来抚此邦，甚惧无以乐利吾民，所愿牧民之官通民疾苦，而意无弗实，则是书皆扁鹊、仓公所宜读者也。益愿与郡县诸君共勉之矣！先生讳景仁，嘉庆戊午科举人，由中书历官刑部安徽司员外。别著有《式敬编》五卷，慎庶狱也。次子希铨与则徐同岁举进士，入词馆。季子希镛举辛巳恩科顺天乡试。留心民瘼者，其后必昌，矧有抚字之任者乎？是又可以劝矣。

　　道光壬辰冬十月年家子林则徐拜撰

筹 济 编 序

粤若虞廷之命五臣也，首以黎民阻饥为虑，而敷教明刑皆后之。诚以民饥则乱之源，无以为生而不乐生，自知必死而不畏死，教无可施，刑无可怵。是以圣人治天下，必先救民饥，以制治于未乱也。惟命稷布谷，只豫谋乎八口之无饥，而临事救饥之策未备焉。盖荒政至《周礼》而始详也，自汉以还，恤灾匡乏见于典籍者，善政徽言，班班可考。我朝圣圣相承，敬天勤民，绥丰屡告，偶遇偏灾，德洋恩普，物靡不得其所。皇上绍隆前绪，怙冒垓埏。道光三年癸未，直隶、江苏等省被水，叠沛德音，赈恤蠲缓，补救多方，不惜数百万帑金以苏民困。又兴水利，慎仓储，善后之图，靡不详尽。知周乎万物而道济天下，固宜有荒岁无荒民，沐浴膏泽，皞皞如也。景仁奉职秋曹，于是冬乞假归省慈闱，适值梓乡查办灾赈，与二三同志讲求利病，因于晨昏之暇，旁搜古今救荒诸书，分条采辑，汇而存之。夫事不监古，无由广见闻，增识力也；而不验之当今之务，亦无以审时势之宜而通其变。然则酌古准今，观其会通，庶几臻于美善乎？伏思荒政条件浩繁，而提其纲，详其目，数大端足以尽之。谨登蠲恤功令于卷首，崇宪典，昭法守也。发端列济荒总论，举宏纲，撮机要也。先报灾，达下情，去壅蔽也。次救灾，急当务，拯艰危也。次勘灾，核虚实也。次审户，防遗滥也。次发赈，恤灾之正事，措注必周也。次煮赈，疗饥于当厄，接济孔殷也。次平粜，次通商，剂盈虚，招懋迁也。次劝输，次任恤，诱好施，切同患也。次借贷，给牛种，计伐匮也。次兴工，恃畚捐，就佣直也。次议蠲豁额赋，孚惠心也。次议缓息追呼，纾民力也。次辑流移，怜荡析，免道殣也。次视存亡，悯号寒，悲瘥夭也。次保幼，收弃孩，谋生聚也。次戢暴，锄强悍，靖嚣陵也。此济荒之大略也。有与灾祲若不相涉而适相感者，省愆以格幽，则祷神次之；拔冤以宣滞，则理刑次之。复有与旱潦迭相因而豫相制者，毗于旱而害稼者蟓，则除蝗次之；毗于水而殃民者鲛，则伐蛟次之。又次曰抚疮痍，凋瘵初平，亟培养也。又次曰尚淳朴，浮靡是惩，端习俗也。允若兹，荒政具举矣。然徒法不能以自行，择人而使资经画也，任贤能次之。按籍而稽，杜侵冒也，严保甲次之。若乃灾未至而策于事先，灾已弭而防于事后。曰修水利，以时蓄泄；曰劝农功，以课耕获；曰裕仓储，以待敛散。此有备无患之永图也。而又有协济之权策，以备杂粮，终之虞艰食，充枵腹也。末附救火一条，由救荒推类，及之悯焚，如全生命也。各条事实格言，俱按时代编次。国朝则就所见名臣之嘉谟、硕儒之笃论，分类排纂，而其政迹不详，惧有挂漏也，前弁以短引，探源经义，后系以按语，窃抒臆见，以究指归。而于当代之章程，所为因时损益，以布诸实政者，每条依次缀缉，用志梗概，敬述列圣谕旨，俾司牧者得所折衷，益穆然于圣天子绍闻衣德言，视民如伤之至意，若合符节也。夫尧水汤旱，虽盛世不能无荒，而唐之民作息相忘，商之民室家相庆，惟尧汤如天之仁，大德之懋，有以补天地之缺憾，而厘工熙绩，守典承休，亦赖百官修辅焉。程子曰：一命之士，苟存心爱物于人，必有所济。景仁不揣梼昧，辑成是编，曷敢云有济也？亦筹其可济云尔。世有康济为怀，曲垂省览，加之裁择，于以轸民瘼，布皇仁，参考古与今之典，兼权时与地之宜，厘奸剔弊，设诚于内而致行之实政，务矢以实心治人，不虚夫治法，安见苦匏之供不足佐舟楫之用也哉！

道光四年甲申季冬立春日常熟杨景仁自序

筹济编凡例

一、济人之事，救荒只其一端，而一端可见全体，如贤能、保甲、水利、农功等项，不专于救荒而皆与荒政相维系。景仁于辛巳岁辑《式敬编》，以治狱关乎生人之命也。而办荒亦生命所关，因复纂是编，名曰《筹济》。夫盈不忘亏，丰必虑歉，虽处丰亨之会，宜防饥馑之辰，亦惟综良法以计生全已矣。

一、是编卷首，谨载蠲恤功令，从《会典》及《户部则例》与刑部律例内录出，以定遵循。总论揭其纲目，自报灾至尚淳朴，括乎济荒之始终条理。祷神、理刑感于无形，除蝗、伐蛟遏于既兆。任贤能，严保甲，以清其源。修水利，劝农功，裕仓储，以豫于先而维于后。备杂粮以尽其余，救火以推其类。

一、每条前引语，推阐事所由始，义必宗经。盖后世良法，往往本于三代也。《周官》、《礼记注疏》，渊源最古，是以征引不厌其繁。至事实则皆根据子史，不复以经训相杂。所采《汉书》，词颇质奥，间存唐颜师古等原注，俾易诠解。《三国志》系宋裴松之注，事有附见注中者，一例捃摭，俱词足以指实。

一、前言往行，自夏商以迄胜国，按代编入。国朝只述名臣哲士之议论规条，未载事实，小注及按语中偶引一二事以作印证。

一、当世名公卿之善政，著有成书，未得遍览，谨就所见采入数条，殊未该备。俟续有见闻，当另编补载。

一、所引故实绪言，俱中正无偏，平近易行者。亦有所议可行，而中有一二语易滋流弊，即于原文内酌从删节。其有政虽卓而不可为典要，论虽高而不协于时宜，均未采入。间有于注中引及者，略缀数语，以明取舍。

一、各条下鄙见间有发明，用双行注加按字。

一、各条后谨加按语，疏通证明，于每事利病源流，揭其要指。所引事例，并恭录列圣谕旨，自顺治元年起，至嘉庆十七年止，悉据新纂《会典事例》。有随时更定者，俱按先后编次。至嘉庆十八年后续定之例，概未征引。谕旨有不能全载者，括以"等因"二字，若前后旨意相符，则详载其最先者。其在后者，比类缀述其略。间有从他书征引者，例亦准此。

一、本朝列圣惠政德音，累牍难罄，谨就所见撮述大要，类于以管窥天，而宏规巨目，已可略见一斑。

一、蠲赈之典，史不绝书。两汉去古未远，宪度著明，引证较详。亚斯之代，识其大者以例其余，诚不免挂一漏万，而每朝恤民实政，可由斯以见梗概。其有处置得宜，议论深切者，则缕述之以为轨范。

一、荒政规条，如审户、发赈等项各事宜，均经前贤斟酌厘定，臻于妥善者，详载以便循行。其所订良规，或后同于前，即不重出。

一、视存亡、尚淳朴之类，非仅为拯饥起见，而所采之嘉谟茂矩，切于济荒者为多，不敢泛引。

一、劝输及劝农功两条，后各附臆说，因义系更端，非按语所能尽，一知半解，窃比刍荛。

一、是编悉据子史、通鉴、通考、儒先文集及各郡邑志分类采入，校核原书，注明出处。间有事出子史等书，而文见于类纂诸书内者，既就所见之书援引，即注某书名目。

一、事见两书，自依正史采录；其或他书较史文详明，即从他书。

一、所载各条，事多关涉，有一事而彼此俱宜援引者，已见此条，则彼条即不复载，以避繁复；亦有一事而彼此互见者，详略各从其所重，事本同条共贯，理当互镜参观。

一、是编卷帙稍繁，援据群书，有事理无关紧要及词句可省处，节去以归简净，却不敢稍有增改，致失本书之旧。

一、《汉书》以作吕，由作繇，熟作孰，此类甚多，今并从通行之字，使人易晓。

一、前代名人，或称名，或称字，或称谥，悉从原书，惟程子、张子、朱子，虽原书称名，俱改称子。

一、各条所载本朝名臣奏议、论说，内有应抬字样，俱仍当时之旧。至按语中恭录列圣谕旨，敬谨三抬，第二行以后两抬，余悉遵式抬写。

一、是编句读用圆点，段落用横画，纲目用双直，叙事用尖圈，议论用单圈，紧要处连圈或密点，期于所据成书，了然易晓。至前引后按，则于承接关键处间用单圈，以见眉目。

一、荒政务期实惠及民，忆乾隆乙巳，吾邑被旱，辛亥被水，先君子为当事敦请襄办赈务，平粜劝输，以身率先，悉心经画，闾里晏如。尝训景仁曰：办荒当求古人成法，而运用之妙，存乎一心，要在随地制宜。达此满腔恻隐，则造福不浅耳！今兹裒集成编，犹先志也。览者一片实心，流贯于法之中，自能神明于法之外。

一、是编于癸未夏秋之交，便拟纂辑。时景仁寓京师宣武门内东帖象胡同，司谳西曹。案牍填委，偶得暇暑，即流览古今济荒成绩，铨儿簪笔稍闲，侍襄搜讨。适同里庞子方学正大塈下榻槐云书屋，属其先为分类摘抄。是冬，景仁请假归里。定省之余，广加采撷，向葛林一茂才森桂处借观全史，究委寻源，折衷一是，命儿侄辈更番誊写，复倩及门暨世讲同志者相助缮录。初藁甫脱，与内弟陶静涵孝廉贵鉴往复商榷，旋寄郡城质诸潘芝轩尚书世恩，又酌定数处，怂恿付刊。窃惟此书之成，几经厘订，良友是正之盛心，并识之以矢勿谖云。

一、前事不忘，后事之师。景仁学识浅陋，自起草薇垣；读律云署，职守所羁，未遑研究经济诸书。兹编征引，难免阙漏，惟区区实事求是之诚，藉剞劂以省抄录，尚祈名卿硕彦俯加纠正，则一得之愚，或亦可备采择云尔。

筹济编目录

卷首 蠲恤 功令

谨按：善言古者必有验于今，知古而不知今，虽有施济之心、淹通之识，而见之行事，往往扞格难通，则以未能究心当代之章程，兼总条贯以臻于尽善也。我朝陈纪立纲，重熙累洽，显谟承烈，覆育万方。皇上寅绍丕基，勤求民隐，办理灾赈，渥泽覃敷，虽临几自有化裁，要不外监于成宪，通其变而使民宜之也。夫荒政关系民生，而令典布在方策，规画极纤悉，运量遍寰区，该五三六经载籍之传，揭数千百年恤灾之道，有伦有要，郁郁乎焕哉！蠲恤一门，详见《大清会典》，若网在纲，轻重同得。《户部则例》具列济荒之政，《大清律例》有"检踏灾伤钱粮条"，著在户律，系以条例。观其会通，较若画一。大指政在养民，去一分弊，斯受一分惠，杜渐防微，法至严而意至美也。学古入官，议事以制，所赖典常作之师焉。敬汇录之，为蠲恤功令，冠于卷首。

古者以保息养万民，岁有不登，则聚之以荒政。国家频赐天下租税，鳏寡孤独者有养，其保息斯民者至矣。一方告饥，百出其道以拯救之，荒政于是乎详焉。所以有备无患，而民不失其所也。

凡保息之政十：一曰赐复。国家府修事和，屡丰既告，务本节用，繁费不兴。于是德音时沛，赐复天下一年。计地之远近以为先后，凡三年而遍，盖旷典也。至于恤民之艰，或免新，或除旧，省方所至，或赐半，或赐全，均由部遵谕速行，使生民共受升平之福。二曰免科。江浙财赋甲天下，前代以来，赋浮于田，小民困于输纳。殊恩叠沛，命有司核实，先后免江苏正赋共六十五万、浙江正赋共十有二万七千七百两有奇，民力以纾。其他直省赋浮于田者，报垦升科不实者，山侧岭畔僻地奇零者，江渚河洲海壖田圮于水者，利兴于山薮，旺竭不常，货集于关津，往来靡定者，以及丛杂之课，累积于因沿，科敛之条，弊生于豪猾者，稽其赋税，虽载在地官之籍，悉与豁除。三曰除役。城郭宫室桥梁道路河渠埠防，凡有大兴作，皆出公帑，计工授直，古所谓力役之征并弛之。官司所莅，公私差遣，则有水陆舟车；廨署需用，则有厨匠薪蔬；吉嘉典礼，则有采章服物。或出自公帑，或取给养廉。自昔里甲之供亿、商行之承直，一切报裁。四曰振茕独。设养济院以居穷民无告者，自京师以逮直省皆有养也。土著之民愿入者收之。如流落异乡，视其年尚能归籍者，询其里居，移文本籍收养；其不能归籍，察实随在收养，岁给银米，冬给棉衣各有差。民有力者能出财佽助，为嘉奖以劝之。道府以事至所属州县，必亲为巡视。如屋宇不修，事废弛者，胥役侵渔者，经理之官劾。道府容隐，并论如法。五曰养幼孤。京师广渠门设育婴堂，收养婴孩之遗弃者，给库帑立产，岁收租息以供乳哺之费，顺天府尹核其实而支给之。直省则有司经理，倡好义之民以广其惠济，择良善为众所信服者董其事。所收婴孩，记其年月日时。及长，有愿为子孙者，登诸籍而予之，其本家有访求者归之。六曰收羁穷。五方之民多聚京师，有贫病无依者，五城各设栖流所以收养之，日给钱米有差。隆冬酌给棉被，所佣一人扶持之。病故者给棺以瘗，标识其处，以待其家访寻者，其费由部关支。冬十月至春三月，五城设厂为饭，以食羁旅行乞者，其米由通仓关支。巡城御史督兵马司指挥举行，左都御史、左副都御史亲省视之。广宁门外设普济堂，贫给饮食，病有医药，没为敛瘗。起于绅民好义者捐设，岁颁崇文门税银千两、京仓米二百石，以倡率之。七曰安节孝。妇女矢志守节，养舅姑、抚遗孤者，或贫无以自存，命有司察访，给粮以养之，俾有所依赖。岁终，以支给之数具册达部。八曰恤薄宦。直省丞簿以下罢官回籍者，资斧维艰，给以道里之费，身故给以归丧之费。学官距本邑五百里外者，回籍亦如之。岁终，部综直省支给之数复核之，具疏以闻。九曰矜罪囚。民罹罪系囹圄，饥寒切肤，命司狱者体恤之。自刑部以逮直省按察使司府州县狱，每囚日给食米盐菜，隆冬给棉布襦裤，岁终具册，送部稽核。十曰抚难夷。外洋夷民航海贸易，猝遇飘风，舟楫失利，幸及内洋海岸者，命督抚饬所属官加意抚绥，赏给糇粮，修完舟楫。禁海滨之人利其资财，所携货物，商为持平市易，遣归本国，以广柔远之恩。

凡荒政十有二：一曰救灾。川泽水溢，湮田禾，漂庐舍，有司率众救济，申报上司，视所坏民居，辨其为茅苫，为瓴甓，给修理费各有差。有伤人者，加恤之。督抚立与施行，具疏以闻，有怠玩需〔濡〕迟，致民众流离者，惟督抚之罪。二曰拯饥。水旱成灾，督抚疏闻，即行抚恤。先给饥民一月粮，以免待哺。乃察被灾之轻重，及民之极贫者与其次贫者，除抚恤一月外，被灾六分者，极贫予一月粮；被灾七八分者，极贫予两月粮，次贫一月；被灾九分者，极贫予三月粮，次贫两月；被灾十分者，极贫予四月粮，次贫三月。每户计口日授米五合，幼弱半之。如米谷不足，则依时价以银代给，州县官亲为省视。极贫之外，凡乏食者，皆作次贫，毋许遗漏，具籍申府、司、巡抚以达于部。预为文告，列户口姓名，首力农者，次游手无艺业者。书其发粟散财之数与日月次第，使民周知，颁之票以为信，以防牙侩之冒领转售者。设厂城中，必当四履之中，乡村则视居人稠集之地。集待振之民于厂，成户者给以米，一月一发；茕独不能自举火者，为粥以食之，每日一发。饥民赴厂者，男左女右，老弱先，壮者后。其自远乡来赴者，令就食于厂。方冬为谋栖止，及春和而后遣还。寒士则学官具籍牒州县官，移粟黉舍就给，以别于齐民。胥吏楮墨诸费，官为赍发，以杜其需索。若灾出非常，督抚特疏以闻，则因时因地而量度之，或于极贫加至五六月、七八月，次贫加至三四月、五六月，不拘常格。有不尽心抚字及胥吏侵蚀，致泽不下逮者，论如法。三曰平粜。谷贱伤农，则增价以籴；谷贵伤民，则减价以粜。仓名常平，此常法也。若岁或大饥，有司先酌时价应减之数，以报督抚核定具奏，即与施行。设厂城中及四乡，示期出粜，以济民食。其散粜之法，与拯饥同。如仓谷不足，则动库帑，遣官告籴于邻省；再不足，则截留漕粮以济之。俟市价既平而止，发仓储者籴谷还仓，动库帑者易银归库，截漕粮者或增入常平，或报部候拨，皆因时酌定。有经理不善者，论如法。四曰贷粟。或歉收之后，方春民乏籽种，贫不能耕；或早禾初插，夏遇水旱及既雨既霁，民贫不能耕种，速命府州县开常平仓或社仓，出谷贷之，俾耕插有资，以待秋熟。其兵丁之贫乏者，亦贷焉。及秋，视其收成之丰歉，收成在八分以上者，加息征还；七分者，免息征还；六分者，本年征还其半，来年再征其半；五分以下者，均缓征以待来秋之熟。若上年被灾稍重，初得丰收，其还仓也亦准免息。直省有向不加息者，各从其土俗之宜。特旨本息均免者，率视督抚奏请，即与蠲除。五曰蠲赋。年不顺成，命有司察其实而蠲其租赋，视被灾之轻重，以别其宜蠲之数。被灾十分者蠲赋十分之七，九分者蠲赋十分之六，八分者蠲赋十分之四，七分者蠲赋十分之二，六分、五分者均蠲赋十分之一。六曰缓征。如屡丰之后忽遇偏灾，虽民不重困，而输赋维艰；或积歉之岁，旧负未偿，新逋又至，乃缓其催科之期以宽民力。被灾八分以上者，分作三年带输；被灾五分以上者，分作二年带输，均期至次年麦熟起征。若次年又无麦，则期至秋收后征之，仍按其应缓之年，麦后递缓至秋后。其带征之数已多，亦视督抚奏请，特旨均与豁除。七曰通商。年不顺成，令邻境毋遏籴以通有无。商旅贩米谷赴市者，关无几诃，市毋减价，俾闻风辏集。东南夷国岛屿大者，地多产谷，濒海诸省舶客出洋贸易者，令其归舶载米，为减税以招徕之，岁丰谷贱则复其旧。八曰劝输。缙绅士民有敦任恤之风者，遇岁之不登，或输粟，或输银籴谷，或助官拯饥，或依官价减粜，或利及族姻，或施及乡里，由州县而府而司道而督抚，为表其闾，视所输之多寡以为差等，过二三百石者，以闻于朝，官予纪录，民予品衔，以旌奖之。九曰严奏报之期。州县官遇水旱，即申知府、直隶州、布政使司，达于巡抚，巡抚具疏以闻。夏灾不出六月，秋灾不出九月，愆期及匿灾不奏报者，论如法。巡抚疏闻下部，部行复勘，逮其察实请拯也。以四十五日为期，其报可举行，造册达部也。以两月为期，逾期者论。至督抚奏报水旱，每降旨先事绸缪，则较具疏部核之期更为迅速。十曰辨灾伤之等。为水为旱为风为雹为虫，各有轻重。夏灾既告，如晚禾可种，及田有一岁再熟者，俟秋熟既获，再定其分数。若夏种秋收之田，灾后不及晚耕者，则不俟秋后，即以成灾论。秋灾既告，督抚委邻邑官会本邑牧令履亩亲勘，辨其成灾五分至十分，以别其为蠲为缓之宜及拯济多寡之数，疏闻，即举荒政之宜行者速布于民。其受灾重者，或特命廷臣，或该督抚经纪其事；未及分数者，虽不成灾，亦省视民力，以酌行缓贷之政。十有一曰兴土功，使民就佣。岁饥，有力之家皆罢兴作，闲民转移任执事者、生计益艰。乃命有司相时地之宜，鸠工庀材，或筑城垣，或浚沟渠，或固堤防，或治仓廒，俾废坠可修，而民就佣赁得食，以免于阻饥。事竣，则疏报所济饥民与所费工筑之数，由部复核而奏销之。十有二曰反流亡，使民生聚。郡邑猝被灾浸，州县官晓示百姓，毋得远行觅食，轻去乡土，即给一月粮以抚安之；其已出在外者，所在有司劝谕还乡，以就拯贷。老弱被疾者，暂为留养，春和遣归。欲归无力者，计其费资给之。（以上《大清会典》）

报　　灾

一、地方遇有灾伤，该督抚先将被灾情形日期飞章题报。夏灾限六月终旬，秋灾限九月终旬（甘肃省地气较迟，夏灾不出七月半，秋灾不出十月半）。题后续被灾伤，一例速奏。凡州县报灾到省，准其扣除程限。督抚司道府官以州县报到日为始，迅速详题，若迟延半月以内，递至三月以外者，按月日分别议处。上司属员一例处分，隐匿者严加议处。

勘　　灾

一、州县地方被灾，该督抚一面题报情形，一面于知府、同知、通判内遴委妥员（沿河地方兼委河员），会同该州县迅诣灾所，履亩确勘，将被灾分数，按照区图村庄逐加分别，申报司道。该管道员覆行稽查，加结详请督抚具题。倘或删减分数，严加议处。其勘报限期，州县官扣除程限，定限四十日。上司官以州县报到日为始，定限五日。统于四十五日内勘明题报。如逾限半月以内，递至三月以外者，分别议处。上司属员一例处分。

一、州县勘报灾伤分数，除旱灾以渐而成，仍照四十日正限勘报外，其原报被水被霜被风灾地，续灾较重，距原报情形之日在十五日以外者，准于正限外展限二十日勘报。距原报情形之日未过十五日者，统于正限内勘报请题，不准展限。若已过初灾勘报正限之后，续被重灾，另起限期勘报。

一、委员协勘灾务，不据实勘报，扶同出结者，与本管官一例处分。其勘灾道府大员，不亲往踏勘，只据印委各官印结，率行加结转报者，该督府题参。

一、遇灾伤异常之处，责成该督抚轻骑减从，亲往踏勘，将应行赈恤事宜，一面奏闻。如滥委属员，贻误滋弊，及听从不肖有司违例供应者，严加议处。凡督抚亲勘灾地，系督抚同城省分，酌留一员弹压；系督抚专驻省分，酌留藩臬两司弹压。

一、地方报灾之后，该管官若将所报灾地目为指荒地亩，不令赶种，留待勘报分数，致误农时者，上司属员一例严加议处。

灾 蠲 地 丁

一、凡水旱成灾，地方官将灾户原纳地丁正赋，作为十分，按灾请蠲。被灾十分者，蠲正赋十分之七；被灾九分者，蠲正赋十分之六；被灾八分者，蠲正赋十分之四；被灾七分者，蠲正赋十分之二；被灾六分、五分者，蠲正赋十分之一。山西省未经摊征之丁银及无地灾户丁银，统随地粮应蠲分数，一律请蠲，于蠲免册内分款造报。（奉天省被灾丁银，按成灾分数，分年带征。）

一、勘明灾地钱粮，勘报之日，即行停征。所停钱粮，系被灾十分、九分、八分者，分作三年带征；系被灾七分、六分、五分者，分作二年带征。其五分以下不成灾地亩钱粮，有奉旨缓征及督抚题明缓征者，缓至次年麦熟以后；其次年麦熟钱粮，递行缓至秋成。若被灾之年，深冬方得雨雪，及积水方退者，该督抚另疏题明，将应缓至麦熟以后钱粮，再缓至秋成以后，新旧并纳。

一、直省成灾五分以上州县中之成熟乡庄应征钱粮，准其一体缓至次年秋成后征收。

灾 蠲 耗 羡

一、灾蠲地丁正赋之年，其随正耗羡银两，按照被灾分数，一律验蠲。

被灾蠲缓漕项

一、民田内应征漕粮及漕项银米，被灾之年，或应分年带征，或与地丁正耗钱粮一律蠲免，该督抚确核具题，请旨定夺。

灾 蠲 官 租

一、八旗官地被灾，该管官将灾户原纳租银，作为十分，按灾请蠲。被灾十分者，蠲原租十分之五；被灾九分者，蠲原租十分之四；被灾八分者，蠲原租十分之二；被灾七分者，蠲原租十分之一。被灾六分以下，不作成灾分数，其原纳租银，概缓至来年麦熟后启征。

一、江苏省吴县公田一万二千五百余亩，额征余租米石，如遇歉收之年，准其照民田之例，勘明灾分，同该县正赋一律蠲缓。

蠲赋溢完流抵

一、恭遇蠲免钱粮，以奉旨之日为始。其奉旨以后、文到以前已输在官者，准流抵次年应完正赋。若官吏朦混隐匿，照侵盗钱粮律治罪。

业户遇蠲减租

雍正十三年十一月，奉上谕：朕临御以来，加惠元元，将雍正十二年以前各省民欠钱粮，悉行宽免。诚以民为邦本，治天下之道，莫先于爱民，爱民之道，减赋蠲租为首务也。惟是输纳钱粮，多由业户，则蠲免之典，大概业户邀恩者居多。彼无业穷民，终岁勤动，按产输粮，未被国家之恩，尚非公溥之义。若欲照所蠲之数，履亩除租，绳以官法，则势有不能，徒滋纷扰。然业户受朕惠者，当十捐其五，以分惠佃户，亦未为不可。近闻江南已有向义乐输之业户，情愿蠲免佃户之租者。间阎兴仁让之风，朕实嘉悦。其令所在有司，善为劝谕各业户，酌量宽减彼佃户之租，不必限定分数，使耕作贫民有余粮以赡妻子。若有素封业户，能善体此意，加惠佃户者，则酌量奖赏之；其不愿者听之，亦不得勉强从事。此非捐修公项之比，有司当善体朕意，虚心开导，以兴仁让而均惠泽。若彼刁顽佃户，藉此观望迁延，则仍治以抗租之罪。朕视天下业户佃户，皆吾赤子，恩欲其均也。业户沾朕之恩，佃户又得拜业户之惠，则君民一心，彼此体恤，以人和感召天和，行见风雨以时，屡丰可庆矣！钦此。

乾隆五十五年，奉上谕：今岁朕届八旬寿辰，敷锡兆民，普天胪庆，特降恩旨，将乾隆五十五年各直省应征钱粮通行蠲免，农民等可均沾惠泽。因思绅衿富户田产较多之家，皆有佃户领种地亩，按岁交租。今业主既概免征输，而佃户仍全交租息，贫民未免向隅。应令地方官出示晓谕，各就业主情愿，令其推朕爱民之心，自行酌量，将佃户应交地租量予减收，亦不必定以限制，官为勉强抑勒，务使力作小民共享盈宁之乐，以副朕孚惠间阎，广宣湛闿至意。钦此。

蠲 免 给 单

一、州县灾蠲钱粮及蒙恩指蠲分数钱粮，该管官奉蠲之后，遵照出示晓谕，刊刻免单，按户付执，并取具里长甘结，详请咨送部科察核。若不给免单，或给而不实，该官吏均以违旨计赃论罪。胥役需索，按律严究，失察官议处。

一、凡遇蠲免钱粮年分，令各该州县查明应征应免数目，预期开单申缴藩司，细加核定，发回刊刻，填给各业户收执，仍照单开各款，大张告示，遍贴晓谕，以昭慎重。

奉 蠲 不 实

一、州县卫所官奉蠲钱粮，或先期征存，不行流抵，或既奉蠲免，不为扣除，或故行出示迟延，指称别有征款，及虽为扣除而不及蠲额者，均以侵欺论罪，失察各上司俱分别查议。

查 赈

一、凡灾地应赈户口，应委正佐官分地确查，亲填入册，不得假手胥役。其灾户内有贡监生员赤贫应赈者，责成该学教官册报入赈。倘有不肖绅衿及吏役人等串通捏冒，察出革究。若查赈官开报不实，或徇纵冒滥，或挟私妄驳者，均以不职参治。

一、凡地方被灾，该管官一面将田地成灾分数依限勘报，一面将应赈户口迅查开赈，另详请题。若灾户数少，易于查察者，即于踏勘灾田限内带查并报。

散 赈

一、民田秋月水旱成灾，该督抚一面题报情形，一面饬属发仓，将乏食贫民，不论成灾分数，均先行正赈一个月。（盛京旗地、官庄地及站丁被灾，各先借一个月口粮，即于加赈月分内扣除，不作正赈。民地被灾，正赈例与直省同。）仍于四十五日限内，按查明成灾分数，分晰极贫、次贫，具题加赈。（盛京旗地、官庄地及站丁被灾，加赈均不论极贫、次贫。）被灾十分者，极贫加赈四个月，次贫加赈三个月。（盛京旗地、官庄地被灾十分者，加赈五个月；站丁被灾十分者，加赈九个月。）被灾九分者，极贫加赈三个月，次贫加赈两个月。（盛京旗地、官庄地被灾九分者，加赈五个月；站丁被灾九分者，加赈九个月。）被灾八分、七分者，极贫加赈两个月，次贫加赈一个月。（盛京旗地被灾八分、七分者，加赈四个月。官庄地被灾八分者，加赈五个月；被灾七分者，加赈四个月。站丁被灾七分、八分者，加赈九个月。）被灾六分者，极贫加赈一个月。（盛京旗地被灾六分者，加赈三个月；官庄地被灾六分者，加赈四个月；站丁被灾六分者，加赈六个月。）被灾五分者，酌借来春口粮。（盛京旗地、官庄地被灾五分者，加赈三个月；站丁被灾五分者，加赈六个月。）应赈每口米数，大口日给米五合，小口二合五勺，按日合月，小建扣除。（盛京旗地、官庄地、站丁灾赈米数，大口月给米二斗五升，小口减半。民地灾赈米数例与直省同。）银米兼给，谷则倍之。贫生饥军，各随坐落地方与赈。（江南省各县饥军，准其一体与赈；住居灾地营兵，除本身及家口在三口以内者，不准入赈外，其多余家口，仍准入赈。）闲散贫民同力田灾民一体给赈；闻赈归来者，并准入册赈恤。贫生赈粮由该学教官散给，灾民赈粮由州县亲身散给。（江南省泗州卫饥军，由该卫自行散给。）州县不能兼顾，该督抚委员协同办理。凡散赈处所，在城设厂之外，仍于四乡分厂。其运米脚费同赈济银米，事竣一体题销。若赈毕之后，间遇青黄不接，仍准该州县详请平粜，或酌借口粮。其有连年积歉及当年灾出非常，须于正赈加赈之外再加赈恤者，该督抚临时题请。

一、州县散赈，责成该管道府监察。如州县办理不实不力，致有遗滥，累及灾民者，揭报该督抚，以不职题参。其协办赈务正佐官扶同捏结，与本管官一例处分。若道府不亲往督查，率据州县印结加结申报者，该督抚指名题参。

一、地方遇有赈恤，该管官将所报成灾分数，应赈户口月分，先期宣示。及赈毕，再将已赈户口银米各数，覆行通谕。若宣示本无不实，赈济亦无遗滥，而奸民藉端要挟请赈者，依律究拟。

折 赈 米 价

一、凡折赈米价，有奉恩旨加增折给者，以奉旨之日为始。其奉旨以前，仍按定价折给，事竣分晰日期报销。（乾隆四十一年议准：直隶省贫民折赈，每米一石，定价银一两二钱；贫生折赈，每米一石，定价银一两。河南、浙江、江西三省折赈，每米一石，定价一两二钱，每谷一石，定价六钱。山东、江苏、安徽、湖北、湖南、甘肃、云南七省折赈，每米一石，定价一两，每谷一石，定价五钱。山西省折赈，每米一石，定价一两六钱，每谷一石，定价九钱六分。奉天省折赈，每米一石，定价六钱，每谷一石，定价三钱。陕西省折赈，每米一石，定价一两二钱，每谷一石，定价六钱。福建、广东、广西、四川、贵州五省，向不折赈。）

坍 房 修 费

一、地方猝被水灾，该管官确查冲坍房屋，淹毙人畜，分别抚恤。用过银两，统入田地灾案内报销。

一、奉天省水冲旗民房屋修费银，全冲者，每间三两；尚有木料者，每间二两；尚有上盖者，每间八钱。凡验给坍房修费，以二人合给一间银两。如人口数多，所住房少，仍按实住间数核给。又淹毙人口埋葬，每口给仓米五石；无家属者，官为验埋。

一、直隶省水冲民房修费银，全冲者，瓦房每间一两六钱，土草房每间八钱；尚有木料者，瓦房每间一两，土草房每间五钱；稍有坍塌者，瓦房每间六钱，土草房每间三钱。如瓦草房全应移建者，每间加地基银五钱。凡验给坍房修费，每户仍不得过三间之数。又淹毙人口埋葬银，每大口二两，每小口一两。

一、山东省水冲民房，露宿之时，不论极贫、次贫、又次贫，按户先给搭棚银五钱，水退后分别验给修费银两。极贫每户一两五钱，次贫每户一两，又次贫每户五钱。淹毙人口埋葬银，每大口一两，每小口五钱。

一、山西省水冲民房修费银，全坍者，瓦房每间一两二钱，土房每间八钱；半坍者，瓦房每间五钱，土房每间四钱。淹毙人口埋葬银，每大口一两，每小口五钱。

一、河南省水冲民房修费银，瓦房每间一两，草房每间五钱。淹毙人口埋葬银，每大口一两，每小口五钱。

一、江苏省水冲民房修费银，瓦房每间七钱五分，草房每间四钱五分。淹毙人口埋葬银，每大口自五钱至八钱为率，每小口自二钱五分至四钱为率。

一、安徽省水冲民房修费银，极贫之户，瓦房每间四钱，草房每间三钱；次贫之户，瓦房每间三钱，草房每间二钱。淹毙人口埋葬银，每大口一两，每小口五钱。

一、江西省水冲民房修费银，瓦房每间八钱，草房每间五钱。淹毙人口埋葬银，每大口一两五钱，每小口八钱。

一、福建省水冲民房修费银，瓦房每间五钱，草房每间、瓦披每间各二钱五分，草披每间一钱二分五厘。淹毙人口埋葬银，每大口一两，每小口五钱。击破漂没民船修费银，大船每只三两，中船每只二两，小船每只一两。生存舵工水手，量给路费。

一、浙江省水冲民房修费银，楼房每间二两，瓦平房每间一两，草房每间五钱，草披每间五钱五分。淹毙人口埋葬银，每大口二两，每小口一两。

一、湖北、湖南二省水冲民房修费银，瓦房每间五钱，草房每间三钱。淹毙人口埋葬银，每大口一两，每小口五钱。

一、陕西省水冲民房修费银，全冲者，瓦房每间二两，草房每间一两；未全冲者半给。淹毙人口埋葬银，每大口二两，每小口一两。淹毙牲畜，无论数目，每户给银五钱。

一、甘肃省水冲民房修费银，冲没无存者每间一两，泡倒者每间五钱。淹毙人口埋葬银，每大口二两，每小口一两。冲毙牲畜，每户给银五钱。

一、四川省水冲民房修费银，冲没者，瓦房每间二两，草房每间一两；坍损者，瓦房每间一两，草房每间五钱。凡被冲瓦草房竹木尚存者，每间修费银自一钱至五钱为率，按情形轻重核给。淹毙人口埋葬银，每大口二两，每小口一两。

一、广东省水冲民房修费银，大瓦房，全倒者每间一两，半倒者每间五钱；小瓦房、大草房、大茅草房，全倒者每间五钱，半倒者每间二钱五分；小草房、小茅草房，全倒者每间二钱五分，半倒者每间一钱二分五厘。吹揭瓦房，每间一钱。击破漂没民船修费银，大船每只一两，小船每只三钱。淹毙人口埋葬银，每大口二两，每小口一两。压伤人口抚恤银，每口三钱。

一、广西省水冲民房修费银，瓦房每间银八钱，米五斗；草房每间银五钱，米五斗。淹毙人口埋葬银，每口一两。冲坏水车修费银，大者每座四钱，中者每座三钱，小者每座二钱。冲坏堰坝修费银，每座自六两至十两为率，按情形轻重核给。

一、云南省水冲民房修费银，瓦房每间一两五钱，草房每间一两。坍墙修费银，每堵二钱。淹毙人口埋葬银，每口一两五钱。

一、贵州省水冲民房修费银，瓦房每间八钱，草房每间五钱。淹毙人口埋葬银，每大口二两，每小口一两。

一、民间失火延烧房屋，地方官确勘情形，酌加抚恤所需银两，于存公项下支销。

隆 冬 煮 赈

一、京师五城，每年十月初一日起至次年三月二十日止，按城设厂，煮粥赈济。每城每日给十成稜米二石，柴薪银一两。每年开赈之初，由部先期题明，知照都察院暨仓场衙门。届期该巡城御史备具文领，径赴仓场衙门请领米石，并赴部请领薪银。每日散赈，由该御史亲身散给。该都察院堂官不时稽察，倘有不肖官吏私易米色，通同侵蚀者，指名题参。每年用过银米，由五城报销。（乾隆四十年遇闰十月，经都察院照例具奏，于闰十月朔开赈。钦奉谕旨，展于十月十五日开赈等因。钦遵在案。）

一、直省省会地方，照京师五城例冬月煮赈。（江苏省长洲、元和、吴县，每岁岁底各设一厂煮赈。丰年煮赈一个月，歉岁加展一个月。每大口日需粥米二合，每小口日需粥米一合。每大小口四十日，日需盐菜一斤，每斤销价银一分。每厂书役九名，每名日给饭米一升。每厂水火夫一十二名，每名日给工食米三升。每用米一石，需砻糠一十七挽，每挽销纹银九厘。每厂日需草一担，每担销价银一钱。每厂夜需灯油一斤，每斤销价银四分五厘。每厂所需搭棚工料，添备什物价银，随时核实支销。凡米石于镇江府截漕赠米内动给，银两于存公项下动给。江西省城南昌新建，每岁岁底煮赈，以四五十日为率，不论大小口，每口日需粥米四合。每厂火夫二十名，每日共给食米一斗。所需米石，于节备仓谷项下动给。陕西省咸宁、长安二县，每岁岁底，南北两关设厂煮赈，以一月四五十日为率。所需银米，于道仓盈余项下动给。）**其或夏秋被灾较重，例赈之外，准于近城处所煮粥兼赈。**

士 商 捐 赈

一、凡绅衿士民，有于歉岁出资捐赈者，准亲赴布政司衙门具呈，不许州县查报。其本人所捐之项，并听自行经理，事竣由督抚核实。捐数多者题请议叙，少者给与匾额。若州县官抑勒派捐，或以少报多，滥邀议叙者，从重议处。土豪胥吏于该户乐输时干涉渔利者，依律查究。

一、盐商于地方偏灾，乐为捐赈者，听其自便。若纠结公捐，而暗增成本，借名取偿者，查究。失察之该管官并予议处。

查勘灾赈公费

一、凡查勘地方灾赈，除现任正印及丞倅等官不准支给盘费外，教职及县丞、佐杂、候补、试用等官，俱按日支给盘费。（山西、福建二省委员不支盘费。）所带书吏跟役口粮杂费，均一体支销。

奉天省：经历、教职等官，每员日给盘费银三钱，准带跟役二名。巡检典史等官，每员日给盘费银一钱五分，准带跟役一名。凡跟役，每名日给饭食银五分。所查系大州县，准带书役四名；中州县，准带书役三名；小州县，准带书役二名。书役每名日给饭食纸笔银一钱。

直隶省：官每员日给盘费银二钱六分六厘有奇，准带书役四名。每厂准设书役二名，衙役四名，斗级四名，每名日给饭食银四分。给单造册等项纸张，每万户给银七两六钱七分有奇。

山东省：官每员日给银一钱，跟役四名，每名日给银五分，造册书役每名日给银六分。纸张笔墨等银，按赈谷每一千石给银八钱。

山西省：委员随带书役人等，每名日给饭食银六分。查造册籍赈票等项需用纸张笔墨等银，事竣核实报销。

河南省：佐杂、教职等官，每员日给盘费银一钱。随带承书一名，跟役一名，正印官随带承书一名，跟役二名，每名均日给饭食银三分。造册纸张，每一千户给银六分四厘；赈票纸张，每千户给银八分四厘。缮写册籍，每千户给饭食银三分。

江苏、安徽、湖南三省：试用、候补官，每员日给盘费银三钱。教职、佐杂，每员日给盘费银一钱。书役每名日给饭食银五分。给单造册纸张工费，每千户给单费银二钱，造册每页给银二厘。

福建省：委员随带书役，每名日给饭食银二分。雇倩缮书，每名日给工雇笔资银五分。造册笔墨纸张油烛，核实报销。

江西省：试用知县、佐杂、教职官，每员日给盘费银一钱。每官一员，随带承书一名，正印官带跟役一名，俱每名日给盘费银三分。造册纸张，每千户给银六分四厘。赈票纸价，每千户给银八分四厘。

浙江省：官每员日给薪水银一钱；坐船一只，日给船钱饭食银三钱二分。随带经书二名，每名日给饭食银三分；小船一只，日给船钱饭食银二钱。随从人役三名、五名不等，每名日给饭食银三分；船一只，日给船钱饭食银二钱。散给银米厂所书役匠人，俱照例支给。查造船籍纸张，于公费等银内动用，据实报销。

湖北省：官每员日给盘费银一两，每州县给造册纸张银十两。

陕西省：派委邻属官员及本州县佐杂，每官一员，日给口食银八分。随带书役工匠人等，每名日给口食银四分。调委隔属每官一员，日支口食银一钱。跟役每名支口食银五分。官役每员各给骑骡一头，每头每百里给脚价银二钱。查造册籍、印刷赈票、包封赈银封袋等项，所需纸张价值，核实报销。

甘肃省：官每员日给盘费银一钱，跟役一名，日给盘费银五分。官役各给驮骡一头，每头每百里给脚价银二钱。

云南省：地方官及委员道府州县，每员带书办二名，差役三名，马夫一名；佐杂等官，带书办一名，差役一名。每名日给米一京升，盐菜银一分五厘。造册所需纸笔饭食人工等项，每册一页，共给银一分，于司库铜息银内给发。

督 捕 蝗 蝻

一、直省滨临湖河低洼之处，须防蝻子化生。该督抚严饬所属，每年于二三月早为防范，实力搜查，一有蝻种萌动，即多拨兵役人夫及时扑捕。或掘地取种，或于水涸草枯之际，纵火焚烧。各该州县据实禀报，该督抚具奏。倘有心讳饰，不早扑除，以致长翅飞腾者，一经发觉，重治其罪。（嘉庆七年修纂）

邻 封 协 捕

一、地方遇有蝗蝻，一面通报上司，一面径移邻封州县星驰协捕。其通报文内，即将有蝗乡村邻近某州县，业经移交协捕之处，逐一声明，仍将邻封官到境日期，续报上司查核。若邻封官推诿迁延，严参议处。

捕 蝗 公 费

一、换易收买蝗蝻及捕蝗兵役人夫酌给饭食，俱准动支公项，令同城教职、佐杂等官会同地方官给发，开报该管上司核实报销。其有所费无多，地方官自行给办，实能去害利稼者，该督抚据实奏请议叙。其已动公项，仍致滋害伤稼者，奏请着赔。（直隶省捕蝗人夫，分别大口每名给钱十文，米一升，小口每名给钱五文，米五合。每钱一千，每米一石，俱作银一两。长芦所属盐场地方，雇夫扑捕，壮丁日给米一升，幼丁日给米五合。又老幼男妇自行捕蝻一斗，给米五升。江苏省捕蝗雇募人夫，每名日给仓米一升，每处每日所集人夫不得过五百名。收买蝗蝻，每斗给钱二十文。挖掘蝻种，每升给钱一十文。安徽省捕蝗雇募人夫，每夫一名日给米一升，每处每日最多者不得过五百名。挖掘未出土蝻子，每斗给银五钱；已出土跳跃成形者，每升给钱二十文；长翅飞腾者，每斗给钱四十文。每草一束，价银五厘，每柴一束，价银一分，每日每处柴不得过一百束，草不得过二百束。）

捕蝗禁令

一、地方遇有蝗蝻，州县官轻骑减从，督率佐杂等官，处处亲到，偕民扑捕，随地住宿寺庙，不得派民供应。州县报有蝗蝻，该上司躬亲督捕，夫马不得派自民间。如违例滋扰，跟役需索，藉端科派者，该管督抚严查，从重治罪。

一、地方官扑捕蝗蝻，需用民夫，不得委之胥役地保科派扰累。倘农民畏向他处扑捕，有妨农务，勾通地甲胥役，嘱托买放，及贫民希图捕蝗得价，私匿蝻种，听其滋生延害者，均按律严参治罪。

捕蝗损禾给价

一、地方督捕蝗蝻，凡人夫聚集处所，践伤田禾，该地方官查明所损确数，核给价值，据实报销。

恩蠲遇灾补豁

乾隆三十六年，奉上谕：各直省普蠲钱粮，向当蠲免之年，适遇灾歉，即不复再议重蠲，此固恩无屡邀之理。第念甘肃省地瘠民贫，兼以连岁歉收，与他省情形迥异，而各州县得雨较迟处所，因地气早寒，不能补种。现已降旨令该督查明，照秋灾之例，赈恤抚绥，务俾得所。但本年正届该省轮免正供，所有成灾州县按分数议蠲之项已概其中。朕念切民瘼，兹特加恩将该省本年钱粮普行蠲免外，其因灾议蠲各州县，著展至明年补行，按分酌免。该督其董率各属，悉心经理，使穷檐均得倍沾实惠，以副朕轸念边氓，有加无已之至意。该部遵谕速行。钦此。

蠲赋遍行晓谕

嘉庆十六年，奉上谕：御史杨怿曾奏请严申停征蠲免事宜一折。向来各省偶遇水旱偏灾，由该督抚报明分数，降旨分别蠲缓。其各省蠲免，以奉旨之日为始，奉旨之后、部文未到以前已输在官者，准作次年正赋。惟奉旨日期以及蠲免分数，村野小民无由周知，而不肖官吏藉以因缘为奸，或于部文未到之前，催比更急，私图肥己，且有奸猾书吏，复藉垫纳，加倍索偿等情，及各督抚颁示恩旨，通谕各州县，尚有隐匿不急为悬挂者。嗣后著各督抚严查，饬令各州县遇恩旨颁到之日，即将奉旨日期遍行晓谕，并刊刷实征额册串票等，注载明晰，俾小民得知蠲免分数，官吏无从欺隐，务期实惠及民，以副朕爱育黎元之至意。将此通谕知之。钦此。（以上《户部则例》）

检踏灾伤田粮

凡部内有水旱霜雹及蝗蝻为害，一应灾伤（应减免之）田粮，有司官吏应准告，而不即受理，申报（上司亲行）检踏，及本管上司不与委官覆踏者，各杖八十。若初覆检踏（有司丞委）官吏不行亲诣田所，及虽诣田所，不为用心从实检踏，止凭里长甲首朦胧供报，中间以熟作荒，以荒作熟，增减分数，通同作弊，瞒官害民者，各杖一百，罢职役不叙。若致枉有所征免（有灾伤当免而征曰征，无灾伤当征而免曰枉免）粮数，计赃重者坐赃论（枉有所征免粮数，自准后发觉谓之赃，罪重于杖一百，故并坐赃论），里长、甲首各与同罪。受财（官吏、里甲受财检踏，开报不实，以致枉有征免）者，并计赃以枉法从重论。其检踏官吏及里长、甲首（原未受财，止）失于关防，致（使荒熟分数）有不实者，计（不实之）田十亩以下免罪，十亩以上至二十亩，笞二十，每二十亩加一等，罪止杖八十（官吏系公罪，俱留职役）。若人户将成熟田地移丘换段，冒告灾伤者，（计所冒之田）一亩至五亩笞四十，每五亩加一等，罪止杖一百。（其冒免之田）合纳税粮，依（额）数追征入官。

条　　例

一、天下有司凡遇岁饥，先发仓廪赈贷，然后具奏请旨宽恤。

一、凡夏灾不出六月底，秋灾不出九月底，先以被灾情形题报。其被灾分数，按限勘明续报，逾限者交该部议处。

一、州县详报被灾情形，查勘分数，遵照题定四十日限期办理。其距省遥远地方，准照交代之例，扣算程途日期。如逾限，照例题参，交部议处。

一、赈济被灾饥民以及蠲免钱粮，州县官有侵蚀肥己等弊，使民不沾实惠者，照贪官例革职拿问。督抚、布政司、道府等官不行稽察者，俱革职。

一、凡有蝗蝻之处，文武大小官员率领多人，公同及时捕捉，务期全净。其雇募人夫，每名计日酌给银数分，以为饭食之资，许其报明督抚据实销算。果能立时扑灭，督抚具题，照例议叙。如延蔓为害，必根究蝗蝻起于何地及所到之处，该管地方官玩忽从事者，交部照例治罪，并将该督抚一并议处。

一、凡遇歉收之岁，贫士与贫民一体赈恤。

一、遇有恩旨蠲免钱粮，其漕项芦课学租杂税各项，俱入蠲免之内。地方官违者以违制论，入己者以侵盗论。

一、凡被灾地方米船过关，果系前往售卖，免其纳税，给予印票，责令到境之日，呈送该地方官钤盖印信，回空查销。如有免税米船偷运别省并未到被灾地方先行售卖者，将宽免之税加倍追出，仍照违制律治罪。

一、各直省遇有灾眚之年，该督抚将清理庶狱之处，奏闻请旨。

一、江海河湖居民猝被水灾，该地方官一面通报各该管上司，一面赴被灾处所验看明确，照例酌量赈济，不得濡迟时日。（以上《大清律例》。各条宜与前所录《户部则例》参看。其文有已见户例中者，不复载。）

景仁谨按：《会典》暨《则例》等书，颁行在官，无庸抄录。惟全书浩繁，初膺司牧，或未能悉为购置，猝遇灾荒，官非素练，恐致误违定例，无以协乎时宜，或且干夫吏议。谨摘录其要，弁诸简端，俾览者开卷了然。平时则加意讲求，临事复悉心检阅，恪遵茂典，善体洪慈，有孚惠心，身名俱泰，而群黎长享太平之福矣！

卷一 济荒总论

《周礼·大司徒》以荒政十有二聚万民：一散利，二薄征，三缓刑，四弛力，五舍禁，六去几（同讥），七眚（同省）礼，八杀（所界切）哀，九蕃（同藩）乐，十多昏，十一索鬼神，十二除盗贼。疏云：以救荒之政聚民，使不离散也。司徒安扰邦国，不先以赋敛，而首及荒政，想见先王以恤民为先务，重民生，固邦本，实万世立政济荒之祖也。夫金穰水毁木饥火旱，天运有常，《礼记》疏引《汉志》曰：三统为一元，一元有四千五百六十岁。初入元有阳九，谓旱九年，次阴九，谓水九年，次阳九，次阴七，次阳七，次阴五，次阳五，次阴三，次阳三。从入元至阳三，灾岁总有五十七年。并前四千五百六十年，通为四千六百一十七岁，一元之气终矣。此阴阳水旱之大数，中间旷隔数百年，久近不齐，而莫逃其厄。五行递嬗，不能无偏胜，而患气相乘，若由前定，所赖有人事以补救之耳。范祖禹序《唐鉴·表》云：言之于已然，不若防之于未然；虑之于未有，不若视之于既有。旨哉论乎！自古极盛之世，曷尝无饥岁？在上者尽人事而天不能灾，以不忍人之心，行不忍人之政，固恃良法以达其美意也。后世荒政，因乎时，因乎地，而各异其宜，斟酌损益，纲举目张，大略祖《周官》而变通以尽利，神而明之，存乎其人焉。爰考历代名臣之议，汇为采录，凡兴利除弊者，先民是程，大猷是经，未有不筹其全局者也。为救荒总论，列各条之前。

【宋】吕东莱曰：荒政始于黎民阻饥。舜命弃为后稷，布时百谷。禹之水，汤之旱，民无菜色，其荒政制度不可考。成周自大司徒以荒政十二聚万民，始错见于六官之书。然古之荒政，以三十年之通制国用。自周论之，太宰以九式均节财用，三曰丧荒之式，遗人掌县鄙之委积以待凶荒，而大司徒又以薄征散利，凡诸侯莫不有委积，凶荒之岁，为符信发粟赈饥而已。春秋战国，王政既衰，秦饥乞籴于晋，鲁饥乞籴于齐。《管子·轻重》一篇，不过君民互相攘夺，收其权于君上，所谓荒政，一变为敛散轻重。到后来法愈坏，术愈粗。如移民移粟，孟子指为苟且之政，秦汉以下却谓之善政。汉武诏今水潦移于江南，方下巴蜀粟致之江陵。唐西都长安，至岁不登，则幸东都，不特移民移粟，且有"逐粮天子"之语。以此论之，如李悝之平籴法，丰年收之甚贱，凶年出之赈饥，此又思其次之良规也。使平籴之法常行，则谷价不贵，民安其居，不至流散。至于移民移粟，不过以饿殍养之而已，若设糜粥，策又其下者。统而论之，先王有预备之政，上也。使李悝之政修，次也。所在蓄积有可均处，使之流通，移民移粟，又次也。咸无焉，设糜粥，最下也。今论可行者，如汉载粟入关中无用传，后来贩粟者免税。如后世劝民出粟，散在乡里，以田里之民，令豪户各出谷散而与之。又如富郑公在青州，处流民于城外，室庐措置，种种有法。又如赵清献公在会稽，不减谷价，四方商贾辐辏。天下事虽古今不同，可行之法，古

人皆施用得遍了，今则举而措之而已。（《文献通考》）

董煟《救荒全法》曰：救荒之政，人主当行六条：一、恐惧修省；二、减膳撤乐；三、降诏求贤；四、遣使发廪；五、省奏章而从谏诤；六、散积藏以厚黎元。宰执当行八条：一、以调燮为己责；二、以饥溺为己任；三、启人主敬畏之心；四、虑社稷颠危之渐；五、进宽征固本之言；六、建散财发粟之策；七、择监司以察守令；八、开言路以通下情。监司当行十条：一、察邻路丰熟上下以为告籴之备；二、视部内灾伤大小而行赈救之策；三、通融有无；四、纠察官吏；五、宽州县之财赋；六、发常平之滞积；七、毋崇遏粜；八、毋启抑价；九、毋厌奏请；十、毋拘文法。太守当行十六条：一、稽考常平以赈粜；二、准备义仓以赈济；三、视州县三等之饥而为之计（小饥劝分发廪，中饥赈济赈粜，大饥告奏截漕，乞籴爵，借内帑钱为粜本）；四、视邻郡三等之熟而为之备（才觉旱涝，即发常平钱，遣牙吏往丰熟处告籴，以备赈济，米豆杂料皆可）；五、申明遏粜之禁；六、宽弛抑粜之令；七、计州用之盈虚（存下一岁官吏支销，余皆以救荒，不给则告籴他邦）；八、察县吏之能否（县吏不职，劾罢则有迎送之费，姑委佐贰官以辅之。不然，对移他邑之贤者）；九、委诸县各条赈济之方；十、因民情各施赈济之术；十一、差官祈祷；十二、存恤流民；十三、早检放以安人情；十四、预措备以宽州用；十五、因所利以济民饥（兴修水利，整理城垣之类）；十六、散药饵以救民疾。牧令当行二十条：一、方旱则诚心祈祷；二、已旱则一面申州；三、告旱不可邀阻；四、检旱不可后时；五、申上司乞常平以赈粜；六、申上司发义仓以赈济；七、劝富室发廪；八、诱富民兴贩；九、防渗漏之奸；十、戢虚文之弊；十一、听客人粜籴；十二、任米价低昂；十三、请提督；十四、择监视；十五、参考是非；十六、激劝功劳；十七、旌赏孝弟以励俗（饥年骨肉不能相保，有能孝养者，当即行旌奖）；十八、散施药饵以救民；十九、宽征催；二十、除盗贼。救荒无定法，风土不一，山川异宜，惟在豫为讲究。应令诸州守任一月后，询本州管下诸县镇可备救荒及其措置之策，条奏取旨，各令自守其说。任内设遇旱涝，即简举施行，不得自有违戾。又救荒有赈济、赈粜、赈贷，三者名既不同，用各有体。赈粜者，用常平米，其法在平准市价，消闭籴之风，比市价减三分之一。若不足，当委官循环籴粜，务在救民，不计所费。赈济者，用义仓米，施及老幼残疾孤贫等人。米不足，或散钱与之，即用库银。籴豆麦菽粟之类亦可，务在选用得人。赈贷者，或截留上供米，或借省仓米，或向朝廷乞封桩米，或各项仓廒权时挪用。家不过二石，戒出纳诸弊，死亡不能偿者已之。（《康济录》）

元祐初，河东、京东、淮南灾伤。监察御史上官均言赈恤有五术：一、施与得实；二、移粟就民；三、随厚薄施散；四、择用官吏；五、告谕免纳夏秋二税。（《康济录》）

【明】嘉靖八年，山西大饥。参政王尚绲上救荒八议：一、愍饥馑，乞遣使行部，问民疾苦；二、恤暴露，乞有司祭瘗，消释戾气；三、救贫民，乞支散庚积，秋成补还；四、停征敛，乞截留住征，以俟丰年；五、信告令，乞劝分菽粟；六、推粜买，乞令无闭遏；七、谨预备，乞申旧例，措处积贮，勿使廪庚空虚；八、恤流亡，乞所过州县加意存恤，勿群聚思乱。（《康济录》）

广东佥事林希元疏云：臣昔待罪泗州，适江北大饥。臣当其任，尝讲求民情利弊，救荒事宜，颇闻详悉。救荒有二难，曰得人难，审户难；有三便，曰极贫民便赈米，次贫民便赈钱，稍贫民便赈贷；有六急，曰贫民垂死急廪粥，疾病急医药，病起急汤米，既死急募埋，遗弃小儿急收养，轻重系囚急宽恤；有三权，曰借官钱以籴粜，兴工作以助赈，贷牛种以通变；有六禁，曰禁侵渔，禁攘盗，禁遏籴，禁抑价，禁宰牛，禁度僧；有三戒，曰戒迟缓，戒拘文，戒遣使。其纲有六，其目二十有三。编次以进，曰《荒政丛言》，乞详议施行。（《康济录》）

林希元又曰：救荒有先先策，有先策，有正策，有权策。先先策者，未然者也。如京都边塞之地，屯田盐法，均须平时经理。又如各省水利之有无、风俗之奢俭，必当先为讲求，问其何饶何乏，可就本地经画者，则为修之教之，或须借裕邻方者，则为调之剂之。又如折色本色、佣役差役，各有利病，咸宜体悉。要在重农贵粟，勤劝相，修水利，废田不耕者有惩，游手蠹食者有禁。遇良田停车劝赏，遇水利委曲通融。至于常平、义仓，宜委任得人，出纳有经，不至虚费，亦不至刁难。社仓之法尤妙，若每都分各有朱子、刘如愚者以总领之，可无冻馁之老、流亡之人，所救不赀。吁！安得有心人在在如此哉？先策者，将然者也。如有旱有水，谷种既没，则饥馑立至。当先广籴他郡，又检灾伤，无可生理者贷之，随地利可栽种者致之。令贫富皆约食，曰：此惜福救灾宜尔也！昔程垧知徐州，久雨坏谷，垧募得豆数千石贷民，使布水中，民不艰食。又各州县有上供粮米者，先事奏请截留，而以其籴钱计奉朝廷，则米价自落，国赋不亏。苏轼《救荒议》言此甚悉，且云救之于未饥，则用物约而所及广，民得营生，官无失职。若饥馑已成，流殍并作，虽拦路散粥，终不能救死亡，而耗散仓廪，亏损课利，所伤大矣。正策、权策者，已然者也。一、开仓赈贷；二、截留上供米赈贷；三、自出米及劝籴富民赈贷；四、借库银，循环籴粜赈贷；五、兴修水利、补葺桥道赈贷，令饥民有工力可食，而官府富民得集事也。然所贷者每及下户，而中等自守体面，坐而待毙，尤为狼狈。又城市之人得蒙周恤，而乡村幽僻，拯救不及。此尤宜周详曲处者也。大略赈济之法，旬给升斗，官不胜劳，民不胜病，仰而坐待，仓米卒无以继，莫若计其地里远近、口数多寡，人给两月粮，归治本业，可无妨生理也。赵令良帅绍兴用此法，城无死人，欢呼盈道。又李珏在鄱阳时，将义仓米多置场屋，减价出粜。先救附近之民，却以此钱抵价计口，逐月一顿支给，以济村落。一物两用，其利甚溥。盖远者用钱，可免减窃拌和之弊、转运耗费之艰，且村民得钱，非惟取赎农器，经理生业，亦可收买杂料，和野菜煮食，一日之粮，可化数日之粮，甚简且便。此二策者俱可行也。曾巩《救灾论》亦极言升斗拯救之害。盖上人方图赈济，先付里正抄剳，实未有定议也。村民望风扶携入郡，官司未即散米，裹粮既竭，馁死纷然，浊气薰蒸，疠疫随作，是以赈济之名误其来而杀之也。故须预印榜四出，谕以方行措置，发钱米下乡，未可轻动，恐名籍紊乱，反无所得，庶革饥贫云集之弊。民不去其故居，则家计依然；上不烦于纷给，则奸宄不生。视离乡待斗升而不暇他为，顾不远哉！粜常平米用平价，又借库银，于多米地方循环籴粜，用贵米时价减四之一，而民已有所济。至富民之价，切不可抑之，抑之则闭籴而民愈急，势愈嚣，其乱可立待也。况官抑价，则客米不来，境内乏食，而上户之粗有蓄积者愈不敢出矣。文彦博在成都，适值米贵，不抑民价，只就寺院立十八处减价粜米，仍多张榜文招籴，翼日米价渐减。范仲淹知杭州，斗粟百二十文，仲淹增至百八十，仍多出榜文，具述杭饥，增价招引，商贾争先趋利，价亦随减。此二公者过人远甚。或恐贵籴减粜，财用无出，不知米贵不能多时，将减粜之银，待米熟时点米上仓，已不乏矣。第出纳之际当核奸，赈济之法当检实，而朝夕经营宜尽心力为之，视为万命生死所在，自不惮勤劳也。至于弃子有收，强籴有禁，啸聚渠魁必翦其萌，泽梁关市暂停其税，此皆因心妙用，慈祥之所必至者矣。权策如毕仲游，先民未饥，揭榜示曰：郡将赈济，且平粜若干万石。实张大其数，劝谕以无出境，民皆安堵。已而食果渐艰，饥民十七万，所发粟不及万石，以民粟继之，而家给人足，民无逃亡。又如吴遵路令民采薪刍，出官钱收买，令于常平仓市米物，归赡老稚。凡买柴二十二万束，候冬鬻之，官不伤财，民再获利。又以飞蝗遗种，劝种豌豆，卒免艰食。又如昏葬等事，皆宜劝民成之，宴乐赛会都不禁，所以使贫者得射利为生也。至重罪有可出之机，令入粟救赎，亦无不可，盖偿一人以生千万人耳。（《臣鉴录》。景仁按：嘉靖八年，河南襄阳大饥。巡按御史张禄绘图以献，帝悯之，命有司亟赈。时金事林希元上此疏，诏有司举行。考《明史》，希元列《儒林传》，曾著《存疑》等书。今观所论荒政，举纲撮要，知邃于理学者，未尝不精于政事也。又按末段所陈入粟赎罪，周文襄《四权策》亦及之，不得已也。然入粟除罪，汉晁家令首倡其议，坏法以取资，纵奸以施惠，得不偿失，大伤国体。明正统三年，陕西饥，令杂犯死罪以下输银赎饥，送边吏易米赈之。窃谓国家不得已而赎罪以赈饥，当无论罪之大小，概核其可矜疑者，酌量出资听赎，庶几曲达好生之心，权而不拂乎经耳，顾非大祲荐饥，未可轻议。是以董煟救荒全法、陆氏曾禹临事之政，纲目极为该备，俱无赎罪之条，兹编亦未另立一门，而附论于此。）

万历间，苏抚周文襄忱言救荒有六策：先示谕，先请蠲，先处费，先择人，先编保甲，先查贫户；有八宜：极贫之民宜赈济，次贫宜赈粜，远地宜赈银，垂死之人宜赈粥，疾病宜救药，罪系宜哀矜，既死宜募瘗，务农之人宜贷种；有四权：奖尚义之人，缓四境之内，兴聚贫之工，除入粟之罪；有五禁：禁侵欺，禁寇盗，禁抑价，禁溺女，禁宰牛；有三戒：戒后时，戒拘文，戒忘备。饥馑时民情汹汹，当未饥，多揭榜示，曰将散财，将发粟，将请蠲税银粮米，将平粜粟米，吾民无过忧，毋出境，毋弃父子，毋为寇盗，则民志定矣。饥有三等：曰小饥多取足于民，中饥多取足于官，大饥多取足于上。取于民者，如通融有无，劝民转贷是也。取于官者，如处粜本以赈粜，处银谷以赈济是也。取于上者，如截上供米，借内帑钱，乞赎罪，乞粥爵是也。（《康济录》）

王圻《赈贷群议》：一、议储蓄。自《大学》生财有道外，惟积谷可以备荒。如汉设常平仓，唐添置义仓，宋朱子为社仓。正统六年，置预备仓，民饥即时验实赈济，遇丰支官银收籴备用。嘉靖六年，诏有司仿古平粜法，春放支以赈平民，秋成抵斗还官不取息。如米谷数少，各将库银并问过纸赎银，趁秋成委的当官籴买。比时估量添二三文，庶易于收积，立簿稽查。遇荒减价粜与平民，实积储良法。近来纸赎之人亦无几何，今仿朱子法，年丰查各集镇乡村，置一社仓，劝与乡民输借，或三五石、十石、二十石，不拘多少，俱听其愿，不许逼迫。每仓以百为率，不及则以官钱买补之。春借秋偿，所积息过其

本者，将原劝借谷石照数退还各主；不愿领者，以出谷多寡行赏，或以尚义匾其门。所谓
以取于民者还以予民，不费之惠，莫过于此。二、议停蠲。岁值大侵停蠲，则民虽厄于无
所入，犹幸于无所出。民间殷实户间有积聚，尚堪补一家食指，并宗族亲邻枵腹称贷者，
惟常税不蠲，其素藏遗粒悉供输纳，冀免鞭敲。贫民既称贷无窦，又征求不已，富者不至
于贫，贫者不至于死亡不已也。急议停蠲，仁政所当先者，奈何有司拘泥常限，预期征
之。停蠲之旨方下，而税粮数计已完，贤者则议抵补下年，不肖者扣入私囊，竟使朝廷恩
泽为纸上虚文，民转沟壑，啸聚为盗，咎将谁职？凡遇灾伤，有司速行踏勘，申请奏闻，
速议停蠲，庶沾实惠矣。三、议赈济。盖赈所以赒穷民，若稍得过之家，虽遇大侵，犹能
百计求活，惟穷民坐以待毙，赒之期宜急，赒之法宜均，须藉仁明掌印官亲查，临仓调停
给散，不使有遗，吏胥不致渔猎，定期赴领随给，不得耽延等候。万一荒村远壤，用舟车
载至其地散之，庶枵腹之民不致毙之仓下，仆之中途矣。四、议抚恤。洪武七年，诏各处
人民流移愿归，或身死抛下老幼，还者从其便。鳏寡笃疾贫难存活者，有司勘实，官给衣
粮养赡。宣德五年，各处百姓因饥逃移者，行布按州郡招谕复业，仍善加抚恤，免其户下
税粮杂差。盖灾伤遇贤有司多方赒济，缓赋宽逋，贷种葺庐，尚堪存活，不至流窜。万一
他邑流移至我疆界，须念呻吟愁怨，上干天和，驱逼啸聚，类致揭竿，要必禁谕有术，招
抚有方，寄食有备，赡葬有道，掷妻捐子，录育有宜，不愿复业，许令附籍，思返故乡，
资给路费。此仁人君子忠厚存心，亦弭盗睦邻之大义也。五、议平粜。古称商贾之事，可
通于官府。大都年凶谷贵，小民病之，若发官廪减价出粜，而四方巨侩贩运谷米，一时辏
集，价自平矣。耿寿昌增价籴，减价粜，祖其法而善用之。减不可太减，增不可过增，使
不越原值，庶官廪不竭而惠可继。然所以佐平粜者，在无遏籴，俾商贩谅我之公，凡道经
我境者，俱运米而来。又在无抑价，俾商贩闻价值倍常，自将辐辏而至，何患米价不渐平
哉？六、议发仓。积谷专为救荒计，若岁凶谷价腾涌，民嗷嗷待哺，司牧不必拘待报之常
期，即宜发粟救济，年终汇报，以朝廷所蓄，活朝廷赤子，谁曰不可？宋李允元通判宁
州，岁饥发仓粟数万赈之，民得不流。国朝夏原吉抚三吴饥民，奏发仓谷三十余万石，民
赖以济。夏寅以吴中饥，投书抚台，发廪二十万斛，籴十万石，三吴赖以全活。皆可为
法。倘虑散易敛难，待报闻而后发，民不为沟中瘠者鲜矣！七、议倡义。《记》曰：富则
仁义附焉。好义之心，人孰无之，在上之人阳激而阴率之，则倜傥之士慕焉，虽啬夫亦捐
千金如敝屣矣。以百姓之财，救百姓之死，倡导鼓舞之机，惟豪杰默运之耳。八、议煮
粥。凶荒人民流徙，饥馁疾病，扶老挈幼，驱之不前，缓之则毙，资之钱币，价涌而难
籴，散之菽粟，廪歉人众而难遍，惟煮粥可救然眉。凡济饥当分两处，羸弱者作稀粥，早
晚两给，勿使至饱。先营宽广居处，不得令相枕藉。粥须官自尝，恐生及入石灰也。食之
口宜散不宜聚，授之餐宜遍不宜频，在贤守令善行之而已。九、议给粟。凶年行赈，给之
钱费而鲜实，饷之粥聚而难散，惟出公余之廪，藉富室之蓄，计口给粟，人不过升合，家
不过斗釜，庶几拯溺救焚之一策也。十、议权宜。饥民命在旦夕，非权宜从事，曷克有
济。昔汲黯矫诏开赈，范仲淹纵民竞渡，范尧夫发常平封桩粟麦不待报，韩文预支官军俸

粮不待命，皆能便宜从事。有地方之责者，仿其意而行之，苍生幸甚！（《续文献通考》。景仁按：所议十条，深切事情，《江南通志》亦采之。）

【国朝】魏冰叔叔禧《救荒策》曰：天灾莫过于荒。天灾之可以人事救之，亦莫过于荒。古之行荒政言荒策者不一，有永利者，有利用一时不可再用者，有可行者，有言之足听行之不必效者，散见诸载籍中，未有统要，余摭所见闻，择其可常行无弊者条之。救荒之策，先事为上，当事次之，后事为下。先事者，米价未贵，百姓未饥，吾有策以经之，四境安饱，而吾无救荒之名，所谓美利不言是也。当事者，米贵而未尽，民饥而未死，有策以济，而民无所重困，所谓急则治标是也。事后者，米已乏竭，民多殍死，迁就支吾，少有所全活，所谓害莫若轻是也。凡先事之策八，当事之策二十有八，事后之策三。先事之策：一曰重农，一曰立义仓，一曰设砦堡，一曰酌远粜之禁，一曰严游民之禁，一曰制谷赎罪，一曰豫籴，一曰教别种。当事之策：一曰请留上供之米，一曰借库银转籴，一曰权折纳之宜，一曰捐俸劝赈，一曰重赈谷之劝，一曰兴作利民之务，一曰劝富室兴土木，举庶礼，一曰均籴，一曰严闭籴之法，一曰重强籴之刑，一曰不降米谷之价，一曰核户口，一曰无失期，一曰定乡城分给之法，一曰多置给米之地，一曰编户丁牌，一曰慎择给米之人，一曰不时巡访，一曰别赏罚，一曰暂省衙门役期，一曰清狱，一曰禁讼，一曰弛税禁，一曰修街道，一曰收弃子，一曰赎重罪，一曰收买民间草薪衣服器用，一曰多置空所以处流民而严其法。事后之策：一曰施粥，一曰施药，一曰葬殍。（《魏叔子集》）

蒋莘田学道伊官御史时，以江南、江西洊饥，上《救荒策》。大略言：赈济之法，莫善于分，莫不善于聚。县各为赈，勿聚于府；乡各为赈，勿聚于城；人各为赈，勿委于吏。如臣在康熙十年，赈荒于乡，分设三厂，所活者众，所耗者少。城中官设二厂，所活者少，所耗者多。此其明验也。又其目在奖廉吏，缓催科，通商贾，兴工作，养孤老，埋骼骴，为五疏上之。（《二林居集》。景仁按：莘田先生由庶吉士授广西道御史，绘十二图上之。曰难民，曰刑狱，曰读书，曰春耕夏耘，曰催科，曰鬻儿，曰水灾，曰旱灾，曰观榜，曰废书，曰暴关，曰疲驿。复为疏论难民。圣祖览图及疏，为动容嗟叹，置诸左右。二十二年，圣祖东巡，见所过多饥民，顾近臣曰：此蒋伊所绘流民图也。所进《万世玉衡录》，足资启沃；《臣鉴录》法戒昭然，有裨持身经世。兹论荒政恺切简明，具见荩臣丰采，固宜子孙再世为相，累叶簪缨。）

陈恪勤公鹏年（字北溟，南河总督），知苏州府。康熙四十七年，水旱相仍，上《救荒十二策》，请督抚颁行。一、禁占米作酒；二、禁小麦烧酒；三、禁黄豆打油；四、禁糙白粞作糖；五、禁麸皮作面筋（令粜卖平民，作饼度荒）；六、禁屠沽熟食（省财惜福，许卖粉食、面食、素食）；七、劝巨室富商捐米赈饥；八、兴工作以济乏（如筑城开河修桥路等，使工匠得食）；九、宽山泽之禁（如听民卖盐捕鱼采樵等，有以餬口，不致流为盗贼）；十、犯罪情可矜疑者，听其以粟赎罪，取以赈饥；十一、不论官吏军民妇女僧道等能助赈者，少则给匾领赏，多则详宪候旨；十二、延请名医开药局以救病民；十三、近山之民教采松柏疗饥；十四、缓刑（凶岁犯法者多，故宽之）；十五、省礼（冠婚丧祭，减其礼文）；十六、贷民种食（恐荒地利）；十七、谨防盗贼（恐为民害）；十八、官吏绅衿耆民，每逢朔望，斋戒执香，各庙拜祷，以祈民福；十九、每州县中择有才德者主持荒政（料理给米施粥之类）；二十、花豆米麦等船放关一月，并遣人夫牵挽护送（外郡花米日至，则价日减，转歉为丰。时米价每升二十文，未及两月，每升止粜八九文）。
《感应篇汇编》

　　倪给谏国琏于乾隆四年奏进钱塘县监生陆曾禹所集《救饥谱》，前列经史，后加论说。书分四卷：一、前代救援之典。一、先事之政。教农桑以免冻馁，讲水利以备旱潦，建社仓以便赈贷，严保甲以革奸顽，奏截留以资急用，稽常平以杜侵欺。一、临事之政。急祈祷以回天意，求才能以捍灾伤，命条陈以开言路，先审户以防冒恩，禁遏籴以除不义，借国帑以广籴粜，理囚系以释含冤，发积贮以救困穷，不抑价以招商运，开粥厂以活垂危，安流民以免颠沛，劝富豪以助施济，乞蠲赈以纾群黎，兴工作以食饿夫，育婴儿以恤孤幼，视存亡以惠急需，弭盗贼以息奸宄，甘专擅以奋救援，扑蝗蝻以保稼穑，贷牛种以急耕耘。一、事后之政。赎难卖以全骨肉，怜初泰以大抚绥，必赏罚以风继起，筹匮乏以防荐饥，尚节俭以裕衣食，敦风俗以享太平。《康济录》。景仁按：是书进呈，奉旨嘉奖，谓犹有郑侠绘图入告遗意。命南书房翰林删润刊颁，名《康济录》，并赏表里各二疋。凡此儒生稽古之殊荣，具征圣主保民之至意。究图民瘼，宠荷袠褒。有志恤灾者，所当反复观诵。）

　　方恪敏公观承（字宜田，直隶总督）《赈纪序》曰：三代以来，救荒之政备矣，后人择可行而行之，固已无所不宜。然事有宜于古，不宜于今，且五方物产登耗之数，民情舒惨诚伪之殊，皆当随地异施。泥法太过，与无法等。故必参用经权以归尽善，乃克相与以有成也。乾隆八年，畿南二十七州县以旱告，观承监司清河，遍历灾所，心计口画，集古赈饥成法而参观之。户若干，口若干，当核也，则周中丞孔教用之；某也才，某也良，可委也，则林金事希元用之。赈米有徐宁孙抄割之法，赈银有钟化民督理之法，其展赈则陈霁岩之于开州，安流民则滕达道之于郓州，煮粥则耿橘之于常熟，平粜则文潞公之于成都，贷牛种则刘涣之于澶州，曾文定之于越州。他若董江都之广种宿麦，赵清献之召兴工作，周文襄之省运耗，吴遵路之采刍薪，吕文靖之谕赎农器，樊子鹄之劝富民捐输，皆次第仿而行之。或扞格不可行，则以意为变通，期于适事而止。制府高公斌、总藩沈君起元同心商榷，朝奏而夕报可。复有不待奏请，皇上已照临及之者。捐租赐赉，动逾巨万，转输储备，罔或后时，事事深惬民隐，而意外之恩每加于其所不及，旬月之间，转灾为福。（《赈纪》）

　　汪稼门先生志伊巡抚江苏时，撰《荒政辑要》。序曰：各省大小官吏身任地方，非无爱民救患之真心，况考核森严，何敢泄视，而临时查办，往往有善有不善者。推其故，才具有长短，历练有浅深，兼之灾务原属繁难，人情又多急迫，事本易于滋弊，吏遂缘以为奸，非得其人不能理，非得其法尤不能理。乾隆丁未，予以霍州牧赴丰镇谳案，因知大同府属大饥，飞禀抚军，督同查办，于流民则资送回籍，贫民则煮粥充饥，停征钱粮，发仓赈济，不敷则借库项，选殷商，循环籴粜，事竣归款。凡若此者，或循成例，或出心裁，只求于灾民有济，不计其他。及旋署，考诸古人成法，竟亦有合者。自是留心荒政益勤，由府道而臬藩而巡抚，每遇歉年，颇有定见。嘉庆甲子，吴中被水。乙丑，淮扬被淹。亲往勘明，奏奉恩旨蠲缓赈粜兼施，委贤能守令及佐杂官分赴各邑协查，有不胜任者易之。凡查明极次贫民口数，即胪列榜示村中。叠沛德音，敬刊誊黄，遍张村镇，胥吏不能侵蚀，民赖以安。古人荒政，散见简编，择取其宜古宜今者，别类分门，名曰《荒政辑要》。地方官及委员须逐条参究，方免遗滥错误之咎。历练深者益扩其措施，历练浅者亦有所依据矣。(《荒政辑要》)

那绎堂先生彦成总督陕甘时，奏灾赈事宜。其略曰：窃惟灾赈事宜，必须肃清弊窦，惠及灾民，方足以广皇仁而孚众望。伏查甘省地土瘠薄，民鲜盖藏，一遇水旱灾伤，不能不赈恤。办理既久，不肖官吏熟于其事，不恤灾民之苦，转视为牟利肥己之端，总须先事预防，早为杜绝。近来州县报灾，率向藩臬禀请，不由道府核转，乐于少人稽查，便于作弊，任意侵冒。现在正值清查，州县或思乘此机会，藉以弥补，或因冲途差繁赔累，假此补偿，少有天良者，尚系挪移办公，而其中难保不用以肥己。本官既有私图，下至书役、乡保以及地方奸民，愈得肆意舞弊，本官亦无敢禁止，且弊端既起，虑难掩人耳目，不得不委曲周旋以塞其口。甚至过临上司之书吏丁役人等，无不输情尽礼，嘱托照应，所有查灾散赈各委员，亦不免有馈赠，扶同隐饰，上下分肥。又该管道府及各委员苦于道途之弯远、村庄户口之纷繁，并不实力确查，各州县官贪图安逸，并不亲身周历散放，听凭书役串通乡约地保，或浮开人数，或虚捏户口，有力者可串通多领，无力者转一无所得。又或乡保代领，书役包散，或称纸笔盘费及脚价口食，藉端克扣，并不按人按户放散，灾民亦不知谁为应领不应领，而其实在曾否放散，竟不可问。是办灾之要，含糊而弊益丛生，总在彰明较著，使被灾之民家喻户晓，一有侵渔，即可告发，庶贪官墨吏知所儆惧，不敢肆行。现因旱灾请拨帑银，国家经费有常，民瘼关系至重，更当悉心筹画，及早熟计，预为防范，凛遵圣明教谕，尽心办事，上可对君父，下可对百姓，务使实惠及民，帑无虚糜，以期仰副我皇上爱民施惠之至意。谨酌议章程，另缮清单，恭呈训示。(《赈纪》。景仁按：是书杜弊最严，所言切中办灾利病，弊端尽绝，实惠乃周。所定各款俱极精详，利济宏谟，于斯略见其概。)

景仁谨按：昔人谓救荒无奇策，窃以为合古今群策，而参乎时势，揆乎土俗，度乎人情，善用之而各协其宜，俾灾黎饥而不害，则常策而即奇策矣。魏冰叔谓一法虽善，不能独行，必与他法相表里。谅哉！荒政事艰任重，列代名臣贤士硕画之所施，徽言之所著，分条析缕，枢要昭然，散见简编，极为该备。兹编所辑三十条，恐尚不免有遗漏，爰先提挈纲维，汇为总论，举要举详，用资裁择。览者成竹在胸，临事精心参酌，见诸施行，官善其事，民受其福，庶足以勤宣圣德乎？外有古今救荒书集，未获搜采，而切于拯灾者，苟蒙博雅君子，补阙闻而匡其不逮，扩寸得而观其会通，尤为生民厚幸矣！

卷二　报灾

天灾流行，为旱、为潦、为风、为潮、为雹、为霜、为蝗、为鼠蚀虫伤之类，凡害于民物者皆灾也。灾降自天，须以人事补救之，而或壅于上闻，则上无由知，而民之失所者多矣。《周礼·小行人》：凶荒厄贫为一书，以反命于王，以周知天下之故。贾公彦疏曰：小行人适四方，所采之事，各各条录，别为一书，以报上也。想成周盛时无不恤之灾，由无不报之灾耳。孟子以有司莫告为上慢而残下，甚矣！灾伤之不可讳匿，奏报之不可迟逾，是荒政之第一关键也。为报灾条第一。

【汉】魏相为丞相，敕掾吏案事郡国。及休告，从家还至府，辄白四方异闻，或有风雨灾变。郡未上。相辄奏言之，上重之。（《汉书》）

【唐】元宗开元二十八年，敕诸州水旱，皆待奏报然后赈给，道路悠远，往复淹迟，宜令给讫奏闻。（《文献通考》）

宪宗元和七年，上谓宰相曰：卿辈屡言淮浙去岁水旱，近有御史自彼还，言不至为灾，事竟何如？李绛对曰：臣按淮南、浙东、浙西奏状，皆云水旱，人多流亡，求设法招抚，其意似恐朝廷罪之者，岂有无灾而妄言有灾耶？此盖御史欲为奸谀以悦上意耳，愿得其主名，按置之法。上曰：卿言是也！国以人为本，闻有灾当速救之，岂可复疑之耶？朕昔不思，失言耳！速命蠲其租税。（《通鉴纲目》）

崔衍为虢州刺史，奏州郡多岩田，又邮传剧道，属岁无秋，民举流亡，不蠲减租额，人无生理。臣见长吏之患在因循不以闻，不患陛下不忧恤也；患申请不实，不患朝廷不矜贷也。德宗公其言，为诏度支减赋。（《唐书》）

刘晏以户口滋多，则赋税自广，故理财以养民为先。诸道各置知院官，每旬日，具州县雨雪丰歉之状白使司，知院官始见不稔之端，先申至应蠲免救助之数。及期，晏即奏行应民之急，不待其困毙流亡饿莩，然后赈之。由是民得安业，户口蕃息。（《臣鉴录》）

【宋】李沆相真宗，日取水旱盗贼奏闻，曰：人主年少，当使知四方艰难，不然则留意于土木祠祷之事矣！后果验。王旦叹曰：李文靖真圣人也！（《宋史》）

吴中大水，诏出米百万斛、缗钱二十万赈救。谏官谓诉灾者为妄，乞加考验。给谏范祖禹封还其章，云：国家根本，仰给东南。今一方赤子呼天赴诉，开口待哺，以脱朝夕之急，奏灾虽小过实，正当略而不问。若少施惩谴，恐后无敢言者矣！（《宋史》。景仁按：通考高宗时，户部尚书曾怀申请妄诉灾伤，侥幸减免租税，许入告，依条断罪，仍没其田一半充赏。江东运副苏谔奏称，断罪给赏已是适中，难以拘没其田。从之。夫妄诉灾伤，罪止笞杖，没田固属厉民，即给赏已长告讦之风，而使遇灾者不敢言也。范公所论，深达治体。）

杨仲元调宛邱主簿，民诉旱，守拒之曰：邑未尝旱，狡吏导民而然。仲元入白曰：野无青草。公日宴黄堂，宜不能知，但一出郊可见矣！狡吏非他，实仲元也。竟免其税。（《宋史》）

【明】太祖敕中书省臣曰：祥瑞灾异，皆上天垂象，然人之常情，闻祯祥则有骄心，闻灾异则有惧心。朕命天下勿奏祥瑞，尚虑臣庶罔体朕心，遇灾异或匿而不举，或举而不实，使朕失致谨天戒之意。中书其令天下遇有灾变，即以实上闻。《万世玉衡录》

洪武十八年，令灾伤处有司不奏，许本处耆宿申诉。《续文献通考》

洪武二十一年，青州饥，有司匿不以闻。诏逮治之，著为令。《通鉴揽要》

洪武二十六年，谕曰：岁荒民饥，必候奏请，往返动经数月，则民饥死者多矣。尔户部即令天下有司凡遇饥荒，先发仓廪以贷民，然后奏闻，著为令。《康济录》

永乐十年，敕户部：朕为天下主，所务在安民而已。近者河南民饥，有司不以闻，每有言谷丰者。若此欺罔，获罪于天，此亦朕任匪人之过。其速令河南发粟赈民，凡郡县及朝廷所遣官，目击民艰不言者，悉追下狱。《康济录》

永乐十一年，上令有司言民利病，率云田谷丰稔。比闻山西民饥，食草根树皮，令悉记之：境内灾伤，已不自言，他人言者，必罪。《康济录》

仁宗时，通政使请汇四方雨泽章奏送给事中收贮。帝曰：祖宗欲知水旱，以便恤民，故令奏雨泽。今送给事中，是终不知也。自今奏至即以闻。《通鉴纲目三编》

李贤入内阁，每遇灾变，必与同官极陈毋隐。常言内帑余财，不以恤荒济军，则人主必生侈心，而用之于土木祷祀声色。以故频请赈贷恤边。《臣鉴录》

嘉靖乙卯，严讷典应天乡试。见水患频仍，江南大饥，复命时亟以荒本入告，邀恩蠲免南直隶现征钱粮，间有投纳在官者，给还本户。《臣鉴录》

陆光祖，浚县令，秋潦伤稼，抚按以非时不敢奏。光祖自为疏上之，得减税十之三。《大名志》

林希元疏曰：救荒如救焚，惟速为济。民迫饥寒，命在旦夕，官司若迟缓而不速为之计，彼待哺之民岂有及乎？凡申报荒灾，务在急速，与走报军机者同限，失误饥民，与失误军机者同罚。如此则人人知警，庶有济矣。《康济录》

报灾之法，洪武时不拘时限，宏治中始限。夏灾不得过五月终，秋灾不得过九月终。万历时又分近地五月、七月，边地七月、九月。《明史》

屠隆曰：天子端居九重，安能坐照万国？如有灾伤，百姓急须告灾于有司，有司急须申灾于抚按，抚按急须奏灾于朝廷，万不可迟，迟则易于起疑，而救灾又恐无及，是谁之咎也！《救荒考》

【国朝】那绎堂先生彦成奏甘肃各属被旱情形，其略曰：伏查甘省雨泽愆期，自四月至今五月二十七日，日率同司道各官虔祷，虽间有得雨处所，率未深透，夏收歉薄，民力颇形拮据。现与藩司察核情形较重地方，酌量先行借给口粮，以安民心。若至小暑不得透雨，即当上紧查勘，分别成灾轻重，照例赶办。再，今岁被旱成灾之处过宽，查勘抚绥，事事均关紧要，嗣后若遇灾赈事宜，应奏明请旨俯允，臣马上飞递驰报。《赈纪》

景仁谨按：地方遇灾不报，则民隐不上闻，膏泽无由下究，以致道殣相望，盗贼司目，往往酿成事端，而朝廷不知也。迨知之而百方绥辑，已无及矣。是讳灾者国家之大患也。即〔既〕经奏报，而稍涉迁延，嗷嗷者待命须臾，辗转间已足残害生灵而亏损元气。此迟延之与讳饰，其害虽有轻重，皆足以殃民而蠹国也。自古圣主贤臣，莫不以报灾为急务，我朝定例尤綦严焉。顺治十七年覆准：直省灾伤，先以情形入奏。夏灾限六月终旬，秋灾限七月终旬，仍扣去程途日期。如详报到省在限外，而计算应扣之程途亦已逾限者，参处。州县官迟报，逾限一月以内者罚俸六月，一月以外者降一级调用，二月以外者降二级调用，三月以外革职。抚司道府等官以州县报到之日起算，逾限一例处分。迨后定例夏灾仍以六月为限，秋灾限以九月终旬，诚以报灾逾限缓不及事，而秋收则恐临时或有变更，故稍宽其期也。十八年覆准：州县官不将民生苦情详报上司，使民无处可诉，革职，永不叙用。若州县官已详报，上司不接准题达者，将上司革职。康熙四年题准：州县以被灾情形报布政使，如布政使违限，照道府州县官例议处。七年题准：各旗灾地远近不一，准觅至八月初十日，逾期不准。十五年议准：被灾地方迟报，逾限半月以内者罚俸六月，一月以内罚俸一年，一月以外仍照前例议处。雍正六年议准：一月内造报被灾分数，为时太迫，嗣后勘灾宽以十日，察覆上司宽以五日，总以四十五日为限。七年议准：甘省地处极边，河西一带山高气冷，收成更晚，受灾之田，兼有冰雹风沙虫蝗雪霜之患，于定例外稍加变通。河东巩昌、兰州二府，河西宁夏、西宁、甘州、凉州、直隶肃州并口外安西、靖逆二属，倘夏秋二禾于六、九两月被灾，仍照定限申报。其有六、九月田禾本属青葱，此后忽被灾伤者，准各展限半月，夏灾不出七月中，秋灾不出十月中，即为勘明申报，仍将被灾日期于题疏内详悉声明，以便察核。十二年议准：州县勘报续被灾伤分数，其续报被霜被风被水之灾较重，距原报情形之日未过十五日，不准展限，统于正限内查勘请题。十五日以外者，准于正限外展限二十日；如已过正限，均准另起限期勘报。历来报灾之例，至后而益加详密如此。恭查乾隆六年上谕：向来各省报灾原有定期，若先期题报，便不合例。朕思按期题报者，乃指具本而言，至于水旱情形，为督抚者察其端倪，早为区画，随时密奏，则朕可倍加修省，而人事得以有备。若过拘成例，则未免后时矣。至于督抚报灾，有故为掩饰，不肯奏出实情者，亦有好行其德、希冀取悦地方者，惟公正之大臣，既不肯匿灾以病民，亦不肯违道以干誉，外此不能无过不及之失。朕痌瘝在抱，再四思惟，匿灾者使百姓受流离之苦，其害甚大。违道干誉虽非正理，以二者较之，究竟此善于彼，宁国家多费帑金，断不可令闾阎一夫失所等因。钦此。大哉皇言！于臣工之过不及，权衡至当，宽干誉之过，正以甚匿灾之罪也，守土者可勿凛诸。稽古荩臣，秉钧常以灾祲上陈，奉使辄以饥荒入告，所以动人主谨天戒畏民嵒之心者，虑至深远，不以非己专责，惧上厌闻，而安于简默也。况守土之吏，亲民之官乎？地方大吏勤求民瘼，州牧县令据实详报，不敢稍有讳饰迟延，庶几民隐早一日上闻，帝泽早一日下逮，穷黎蒙福，永孚于休矣！

卷三　救灾

　　《周礼》地官司救，凡岁时有天患，以节巡国中及郊野，以王命施惠。注：天患，谓灾害；施惠，赒恤之。此救灾之典所自始也。灾每以渐而成，惟水潦地震等灾，其来也猝不及防，其救也迫不及待。人口压溺，濒危则须援拯，已毙则须掩埋；房屋倾颓，倒坏则须葺修，漂没则须盖造。其乏食者亟须予赈，统归抚恤一项办理，固不遑厘户而分别极贫、次贫也。辛苦垫隘之秋，所以扶持而安全之者，尤贵速以周矣。为救灾条第二。

　　【汉】渤海清河信都河水溢溢，灌县邑三十一，败官亭民舍四万余所。满昌师丹等数言百姓可哀，上数遣使者处业（谓安处之，使得居业）赈贷之。《汉书》

　　王尊迁东郡太守，河水盛溢，泛浸瓠子金堤。尊躬率吏民，投沉白马，祀水神河伯，亲执圭璧，使巫祝策，祝请以身填金堤。因止宿庐居堤上，吏民数千万人争叩头救止尊，尊终不肯去。及水盛堤坏，吏民皆奔走，惟一主簿泣在尊旁，立不动，而水波稍却回还，吏民嘉壮尊之勇节。《汉书》

　　光武帝建武二十二年九月，地震。诏曰：日者地震，南阳尤甚，其令南阳勿输今年田租刍藁。遣谒者案行，其死罪系囚在戊辰以前，减死罪一等；徒皆弛解钳，衣丝絮。（弛解，脱也。钳，钛也。旧法在徒役者不得衣丝絮，今敕许之。）赐郡中居人压死者，棺钱人三千。其口赋逋税，而庐宅尤破坏者，勿收责。吏人死亡，或在坏垣毁屋之下，而家羸弱不能收拾者，以见钱谷取佣为寻求之。《后汉书》

　　安帝延光元年，京师及郡国二十七雨水大风杀人。诏赐压溺死者年七岁以上，钱人二千；其败坏庐舍失亡谷食，粟人三斛。又田被淹荡者，一切勿收田租。若一家皆被灾害，而弱小存者，郡县为收敛之。《后汉书》

　　【南北朝】宋孝武帝大明五年，诏雨水猥降，街衢泛溢，可遣使巡行，穷敝之家，赐以薪米。《南史》

　　梁始兴王萧憺为荆州刺史，天监六年，州大水，江溢堤坏。憺率将吏冒雨赋丈尺筑之，而雨甚水壮，或请避焉。憺曰：王尊欲身塞河堤，我独何心以免？乃登堤叹息，终日辍膳，刑白马祭江神，酹酒于流，以身为百姓请命。言终而水退堤立。邢州在南岸，数百家见水长，惊走，登屋缘树。憺募人救之，一口赏一万。估客数十人应募，洲人皆以免，吏人叹服，咸称神勇。又分遣诸郡遭水者给棺椁，失田者与粮。是岁，嘉禾生于州。诏征还朝。人歌曰：始兴王，人之爹。赴人急，如水火。何时复来乳哺我？《南史》

　　北魏李崇都督淮南诸军事。五月，大霖雨十有三日。大水入城，屋宇皆没。崇与兵泊城上，水增未已，乘船附于女墙，城不没者二版。州府劝崇弃州保北山，崇曰：吾受国重恩，忝守藩岳，淮南万里，系于吾身，一旦动脚，百姓瓦解。昔王尊慷慨，义感黄河，吾岂爱一躯，取愧千载？但怜兹士庶无辜同死，可置桴筏，使人规自脱，吾必死守此城。时州人因乘大水，欲谋为乱，崇皆击灭之。《北史》

【隋】郭衍授瀛州刺史，遇秋霖，属县多漂没，民皆上高树，依大冢。衍亲备船筏，并赍粮拯救之，民多获济。衍先开仓赈恤，后始奏闻。上大善之。（《隋书》）

【唐】高宗开耀元年，河南河北大水，遣使赈乏绝，室庐坏者给复一年，溺死者赠物，人三段。（《唐书》）

【宋】水灾，州县具船筏拯民，置之水不到之地，运薪粮给之。因饥疫若压溺死者，官为埋祭，加赐其家钱粟。（《宋史》）

寇瑊为河北转运使，天禧中，河决澶洲。瑊视役河上，堤垫数里，众皆奔溃，而瑊独留自若。须臾，水为折去，众颇异之。（《宋史》）

仁宗天圣七年六月，河北大水，坏澶州浮桥。七月，命三司刑部郎中钟离瑾为河北安抚使。诏瑾所至，发官廪以赈贫乏，被溺之家见存三口者，给钱二千，不及者半之。溺死而不能敛者，官为瘗埋。其经水仓库营壁，急修完之，卑下者徙高阜处。水损官物，先为给遣防监，亡失官马者不加罪，止令根究。所部官吏贪暴不能存恤者，奏劾之。见系狱囚，委长吏从轻决遣。（《康济录》）

明道程子摄上元邑事，盛夏塘堤大决，法当言之府，府禀于漕，然后计工调役，非月余不能兴作。明道曰：如是苗槁矣，民将何食？救民获罪，所不辞也。遂发民塞之，岁得大熟。（《臣鉴录》）

苏轼知徐州，河决曹村，汇于城下，涨不时泄。城将败，富民争出避水。轼曰：富民出，民皆动摇，吾谁与守？吾在是，水决不能败城。驱使复入。轼诣武卫营，呼卒长曰：河将害城，事急矣，虽禁军且为我尽力。卒长曰：太守犹不避涂潦，吾侪小人当效命。率其徒持畚插以出，筑东南长堤，首起戏马台，尾属于城。雨日夜不止，城不沉者三版。轼庐于其上，过家不入，使官吏分堵以守，卒全其城。复请调来岁夫增筑故城为木岸，以虞水之再至。朝廷从之。（《宋史》）

河北地大震，命滕元发为安抚使。时城舍多圮，吏民惧压，皆幄寝茇舍。元发独处屋下曰：屋摧民死，吾当以身同之。瘗死食饥，除田租，修堤障，察贪残，督盗贼，北道遂安。（《宋史》）

陈尧佐知滑州，河决，躬自暴露，昼夜督促。创为木龙，以巨木骈齿，浮水上下，杀其暴，堤乃成。又为长堤，以护其外。人号为陈公堤。（《名臣言行录》）

陶弼知邕州，邕地卑下，水易集。夏大雨弥月，弼登城以望，三边皆漫为陂泽，亟窒堰江三门，谕兵民即高避害。俄而水大至，弼身先版插，召僚史赋役为土囊千余，置道上，水果从窦入，随塞之。城虽不坏，而人皆乏食，则为发廪以振于内，方舟以饁于外。水不及女墙者三板，旬有五日乃退，公私皆无所失亡。（《宋史》）

韩综通判天雄军，会河溢金堤，民依邱冢者数百家。综令曰：能活一人，予千钱。民争操舟筏以救，已而邱冢多溃。（《宋史》）

王素知太原府，汾河大溢。素曰：若坏平晋，遂灌州城。公急备舟楫筑堤以堙之。一夕水至，民赖以安。且劝大姓出粟赈济，所活者千万。（《宋史》）

胡宿为扬子尉，县大水，民被漂溺。公出私钱雇舟以济，已溺而复活者数万。（《宋史》）

【明】杨少师文敏公荣，先世以济度为生。久雨溪涨，冲毁民居，被溺者顺流而下。他舟皆争取财物，独文敏之曾祖及祖专事救人，他物一无所取。（《臣鉴录》）

杨辛知临漳县，漳水泛溢。辛为巨筏数百，渡民于高陵，全活甚众。（《彰德志》）

张璲知漳州府，时山水大发，璲具船筏，极力救援，且发仓赈恤，复为奏减田租。《漳州志》

冯本清为福建按察司佥事，建宁大水，溺者争附槎木，蔽川而下。本清联百艘为浮梁，截流救之，活数千百人。《明献征录》

【国朝】汪稼门先生志伊《抚恤事宜》曰：被灾之初，查赈未定，极次未分。灾民之中，如系猝被水冲，家资飘散，房舍冲坍，现存乏食，势难缓待者，不论极次，随查随赈，给以抚恤一月口粮，或钱或米，各随灾户现栖之地，当面按名给发，印委各官登簿汇册报销。仍讯明各灾户原住村庄注册，俟水退归庄后查明灾分极次，仍按原庄给赈。其卫军贫生兵属有似此者，亦应一体查办。如有灶户在内，倘场员查办不及，应令地方官照依民例先行抚恤，造册详请盐政衙门拨还归款。一、猝被水灾，房屋倒坍，一时举爨无资者，或暂行煮粥赈济。其有趋避高处，四围皆水，不通旱路，穷民无处觅食，该地方官即买备饼面，觅船委员散给，以全生命。此系猝被之灾，事非常有，向无另项开销。如遇此等办理，应按其救济灾民口数，归抚恤项报销。一、坍房修费，每间瓦房给银七钱五分，草房给银四钱五分。原为冲坍过甚，无力修葺者始给。如系有力之家，并佃居业主之房，不得滥及。如有房屋已被冲淌，基址难以查考者，应酌按人口多寡，量给草房修费。凡一二口者，给予一间；口数多者，每三口递加一间。均于册内注明，详请给发。兵属卫军一体查办。灶户坍房，令场员查明，详报盐政衙门办理。一、被水淹毙及坍房压伤人口，每大口给棺殓银八钱，小口四钱。除有属领埋外，其无属暴露者，着地保承领掩埋。如有好善绅士情愿捐备者，亦听其便。该地方官查明捐数具详请奖，不得抑勒派扰。一、被灾贫民，虽例应先行抚恤一月，仍须酌看情形，或被灾较重，或连遇歉薄，民情拮据，应先抚后赈者，即行照例将抚恤一月口粮，先于正赈之前，开厂散给汇报。如甫当麦收丰稔后，适遇秋灾，或民力尚可支持，只须加赈，毋庸抚恤者，亦须先期通禀。《荒政辑要》

景仁谨按：灾祲不一端，而水灾事发于猝，穷黎待命须臾，稍涉玩延，生理顿尽。地震风潮冰雹亦犹是也，则拯救丞矣。康熙二十七年覆准：云南鹤庆、剑川地震，压毙者每名给银一两，伤者五钱，倒坏房屋每间给银二两，无栖止者每名给谷一石，幼者五斗，动支常平仓谷。五十七年，索伦人等被水，于户部支银万两往给，无屋者赏给房屋，无衣者赏给衣服。五十九年覆准：台湾飓风损民倒屋，照散赈例散给。船坏兵溺，照出征病故绿营兵丁例赏给。雍正元年覆准：河南中牟等县黄水漫溢，冲塌民屋，每户给银一两。六年覆准：福建永定县五月大雨，山水骤发，房屋人口被冲，每大口给银一两，小口五钱，住房每间给银一钱，浮店四分五厘。八年，京城地震，每城令满汉御史各一人查勘，询民间有房倒墙倾者，分别赏给内帑银两。乾隆二年，畿辅被水。兵丁每名量赏银二三两，为目前养赡，以待官盖营房。又题准：地方倘遇水灾猝至，督抚一面题报，一面委官量拨存公银两，会同地方官确察被灾之家，果系房屋冲塌，无力修整，并房屋虽存，实系饥寒切身者，酌量赈恤安顿。如遇冰雹飓风等灾，一体赈恤。七年覆准：江苏水灾，被冲草房每间给银四钱五分，瓦房七钱五分。又覆准：江西兴国等县被水，淹毙人口，冲倒房屋，大口给银一两五钱，小口八钱；瓦房每间给银八钱，草房五钱。十年议准：上下江被灾民房，于定例外每间各加银二钱。十二年覆准：山东邹平等九十州县卫所，被水冲倒民房，极贫每户给银一两五钱，次贫一两，再次五钱。又崇明风潮为灾，坍塌民房，照例给银。二十九年奏准：云南江川等五州县地震坏屋，每间赈银五钱，草房三钱；压毙人口，每大口给银一两五钱，小口五钱；压伤不论，每口给银五钱。现存灾户，每口赈谷一石，幼者五斗，折色谷每石给银五钱。奉谕将应行赈恤之项加倍赏给。四十一年议准：各省水灾，分别抚恤，及坍房修费银两，因地而异，著为定例。四十六年，丰沛等县被水，先行赏给一月口粮，即饬属确查照例抚绥。五十四年，江苏通海等州县地震，赈银九千九十余两，需谷一万九千三百余石，每石照例折银五钱。奉旨加倍折银一两，已散者补给。五十七年，江西南丰等县被淹，台湾地震，应给盖房掩埋银两，俱加倍赏给。五十九年，湖北沔阳、湖南零陵等县水淹，河南卫辉等属、山西五台等县水涨，广东高要县海潮水淹，应给修房及掩埋等费，俱加两倍赏给。嘉庆元年，江南丰汛堤工漫溢，将被灾最重之丰、沛二县极次贫民，先行分别抚恤两月、一月口粮，次重之砀山等县抚恤一月口粮。湖北江陵、河南永城等县被淹，分别给与修费，俾资口食栖止。六年六月，京师阴雨兼旬，永定河水泛溢。派汪承霈等会同巡城御史，领户工两部钱局内制钱二千串，带赴永定门、右安门外，将难民按名抚恤。或给钱文，或散米面。又分厂煮赈，发京仓秫米二千石，给永定门外各灾民造饭。西路长新店等处俱令搭盖棚厂栖止。近京一带被水民人，谕购棉衣，届放赈时发顺天府五城散给。十五年，甘肃平凉县山水陡发，淹毙人畜，冲倒房铺。巴燕戎格厅冰雹打伤田禾，山土摧压民房。各照急赈例，先为抚恤。吉林被水，松花江下游居民有淹毙者，于库项支银一千两，为搭盖棚厂、散给馍饼之用。历来救灾成案，大抵因时与地而异其宜，要在周且速而已。恭查乾隆三年上谕：朕念水旱之灾，同宜赈救，而水为尤甚。旱灾之成以渐，犹可先事预筹，水有骤至陡发之虞，田禾浸没，庐舍漂流，小民资生乏术，荡然遽尽，待命旦夕，尤当速为拯救，庶克安全，不致流离失所。现在成例分别极贫、次贫，其应即行拯救者，原不待部覆，但恐各省办理不一，或仍有拘泥迁延，致灾民不能及时沾惠者。用是再降谕旨，嗣后各该督抚严饬地方官，凡遇猝被水灾，迅文申报督抚，即刻委官踏勘，设法拯济安置，一面办理，一面奏闻，务使早沾实惠，俾各安居，以副朕悯念灾黎之至意等因。钦此。圣训煌煌，凡有父母斯民之责者，庄诵而由绎之，当无不恻然动念，惕然警心。偶遇水潦等灾，力戒怠玩迟延之失而早为之所，俾荡析者庆更生，暴露者得掩盖，集泽嗷鸿均获果腹，庶几无负仁主轸恤黎元之至意也！

卷四　勘灾

　　《穀梁传》：一谷不升谓之嗛，二谷不升谓之饥，三谷不升谓之馑，四谷不升谓之荒，五谷不升谓之大侵。古者以五谷不登之多寡，别灾伤之名目。后世灾伤之等，则履亩各有轻重。《周官》不著省灾之文，然乡师司救，巡国及野，司稼巡野，遂师巡稼穑，无不周知其数。是以均人有丰年、中年、无年、凶札之别，当必几经审察而后行司徒之荒政也。夫夏灾秋灾轻重不齐，非亲至田亩，无由定其分数。其勘报轻重之间，不惟核赈以此为根据，即钱粮蠲缓之等差所由判焉。患辨之不早辨也，为勘灾条第三。

　　【唐】韩滉以户部侍郎判度支。大历十二年秋，大雨害稼什八，京兆尹黎幹言状。滉恐有所蠲贷，固表不实，代宗命御史行视，实损田三万余顷。始，渭南令刘藻附滉言部田无害，御史赵计按验如藻言，帝又遣御史朱敖覆实害田三千顷。帝怒曰：县令所以养民，而田损不问，岂恤隐意耶？即贬为南浦员外尉，计亦斥为丰州司户员外参军。（《唐书》）

　　【宋】仁宗每见天下有奏灾伤州郡，必加存恤。嘉祐中，河北蝗涝。时霸州汶水县不依编敕告示，灾伤百姓状诉及本州，不以时差官检视，转运以为言。上曰：朝廷之政，寄于郡县，郡县之政，寄于守令，守宰之官最为亲民。民无灾伤，尚当存恤，况有灾伤而不为受理，岂有心于恤民乎？自判官、知县、司户、主簿罚铜各有差等。上谓左右曰：所以必行罚者，欲使天下官吏知朝廷恤民之意。（《康济录》）

　　苏次参任澧阳司户日，权安乡县，正值大涝。始至，令典押将县图逐乡抹出，全涝者用绿，半涝者用青，无水之乡用黄，不以示人。又令乡司抹来参合，方请乡耆逐乡为图。复以青绿黄色别其村分，出图参验，故不检涝而可知分数，催科赈济亦视此为先后。其法甚简要也。（《荒政辑要》）

　　【明】洪武元年，令水旱去处，不拘时限，从实踏勘，实灾税粮即与蠲恤。嘉靖十六年题准：今后凡遇灾伤，遵照勘灾体例，拟定成灾应免分数，先尽存留，次及起运。其起运不敷之数，听地方官将官库银两通融处补，不许征迫小民。万历十二年议准：以后地方灾伤，抚按从实勘奏，不论有田无田之民，通行议恤。（《续文献通考》）

　　【国朝】慕鹤鸣漕督天颜抚苏时请赈饥疏，其略曰：夏秋旱蝗，灾地饥民望赈迫切，实有刻难缓待者。初旱时，仰望雨泽，男妇老稚悉力桔槔。旱既太甚，沟港断塞，农本已罄，业主稍给饘粥，再为挖渠引流，多方车救。孰意滴雨不施，泉源亦竭，力田之耕民固已束手骨立，而有田之业户亦皆室罄罍空矣。共顾焦禾，惟相饮泣。交冬以来，乏食者更苦寒威，将树皮石屑充肠，岂能久活？上年江南被旱，鼓励官绅士庶共相捐济，民遂得以有生。今则灾后重灾，田中颗粒无获，外来商贾杳然，故穷檐绝粒最早。兹钦差部员历勘，以下江之民比上江之民稍可存活，不在即赈之内，但臣属江苏等府州县，与上江凤庐地方迥不相侔。凤庐地广人稀，即稔熟之年，原觉村圩萧索，一遇灾而荒凉更甚。若江苏常镇等属，寸地片壤，皆系赋重之产，村落相联，人民稠密，虽贫家室空如洗，而外观仍似蕃庶。臣从今春亲赈之后，曾遍历郊原，目击疾苦情形，今日如此真饥，不即拯救，恐老弱填沟壑，壮健疾贫思逞，不仅弃土逃亡也。臣受抚绥重任，敢不鳃鳃过虑乎？臣与司府等官极力设法，但有司无力可捐，绅民值灾难助，现措之米，不过供赈数日，将来饥民众多，须源源接济，至麦熟始停。仰恳皇上准将现展捐输事例银两动支买米报销，则江南数百万饥黎得庆复生，而来岁耕耨有人，复收乐利矣！（《江南通志》。景仁按：疏中论苏常等府被灾情景，与上江迥异，勘灾者不可不知。）

方恪敏公观承曰：查赈先在勘准地亩灾分轻重，轻重一错，后来核办户口，剧难调剂。然九十分重灾易勘，而七八分与六分递轻之等，所辨已微；至六分与五分赈否攸关，尤当审慎。与其畸轻，何如畸重。重则可于核户时伸缩之，轻则无挽补法矣。此事责成在地方官，至于委员，不过临时一过，岂知十日半月之后，局已变，而泥于委员报文之已上，不为更正，则错到底矣。故灾册未经达部以前，地方官不妨具结申请，即使驳查覆勘，而其言果验，自当俯从，慎勿护前，反贻后咎。（《赈纪》）

汪稼门先生志伊《勘灾事宜》曰：凡州县查勘灾田，须凭灾户呈报坐落亩数，应先刊就简明呈式，首行开列灾户姓名、住居村庄；次行即注被灾田亩若干，坐落某区某图，或某村某庄；又次行注男女大小各几口。其姓名田数，区图村庄，大小口数，俱留空格。后开年月，每张须如册页式样，叠作两折，预发铺户刊刷，分给报灾之地方乡保，令转给灾户，自行照填报送，地方官查对粮册相符，存俟汇齐，按照灾田坐落区图村庄抽聚一处，归庄分钉，用印存案，即可作为勘灾底册。一、州县灾象已成，该印官一面通报各上司，该管府州接到报文，即委员赴县协查。该州县一面按照各庄灾册，挨顺道路，酌量烦简，计需派委若干员，除本地佐杂若干外，尚少若干，即请道府派委邻近佐杂，如仍不敷，再禀院司，调候补、试用等官分办。一、凡委员查勘时，该州县按其所查村庄，将前钉成灾册分交各员带往，按田踏勘，将勘实被灾分数田数于册内注明。如有多余少报，及原系版荒坑坎无粮废地，又有只种麦不种禾者，逐一注明扣除。其勘不成灾、收成歉薄者，亦登明册内。若原册无名，临勘报到者，勘明被灾果实，亦注明灾分，附钉本庄册后。勘毕将原册缴县汇报，其余未被灾之村庄，不许滥及。一、灾分轻重，应照被灾村庄实在情形，不得以通县熟田统计分数，致灾区有向隅之苦。至一村庄中，大抵情形相仿，不必过为区别，致有纷繁零杂，滋高下其手之弊。第州县中每一地方，即有数十村庄及百余村庄不等，查勘灾分，应就一村一庄计算，不得以数十村庄之一大地方统作分数，致偏陂〔颇〕不均。一、州县印官俟委员勘齐灾田，一面核造总册，一面先将被灾村庄轻重情形，及灾田钱粮内如漕项河工岁夫漕粮等项，非奉题请例不蠲缓者，一并妥议应否蠲缓，分别开折通禀，并将本邑地舆绘画全图，分注村庄，将被灾之处，水用青色，旱用赤色，渲染清楚，随折并送，以便查核。一、定例夏月被灾，如种植秋禾将来可望收成者，应统俟秋获时确勘分数，另行办理。如得雨稍迟，布种较晚，必需接济者，酌量借给籽种口粮。如遇冰雹为灾及陡遭风水，一隅偏灾，照此办理。一、被秋灾地方，如有旱后得雨尚早，及水退甚速者，尚可补种杂粮，均当劝谕农民，竭力赶种，以冀晚收。如有得雨较迟，积水难消者，应饬设法宣导，使之早为涸复，灌溉有资。其乏种贫农无力布种者，照例详请酌借籽种，候示放给，有力之户不得冒滥。一、沿海土石塘工，如遇异常潮患，冲激坍损，查明果非修造不坚所致，例应免赔者，即开明工段尺寸，原修事案职名，固限月日，妥议通报，听勘估详办。其城垣仓库衙署、要路桥梁、营房墩台木楼等项，照此办理。一、定例夏灾不出六月，秋灾不出九月，原指题报而言。至于州县被灾，自必由渐而成，况麦收在四五月，秋成在七八月，则是有收无收，荒熟早已定局。嗣后各州县被灾情形，应于五、八月内勘确通报，以便汇叙详题，不得延至六、九月始行详报，致稽题限。一、定例灾田分数，蠲缓册结，应自题报情形日起，限四十五日具题，迟则计日处分；而此四十五日内，由州县府道藩司层层核转，以至院署拜疏，均在其间扣算。是为期甚迫，若有逾违，处分最严。然州县勘定成灾，例由协查厅员及该管道府加结送司，每致迟延，檄催差提，不能即到。嗣后应令州县一俟委员勘齐灾田，即造具灾分田数科则蠲款总册，并造被灾区图田亩册，出具印结，一面专役直赍送司，查核转造，一面分送协查厅员，并由该管府道加结，移司汇转，庶无稽误。一、定例被灾十分者蠲免七分，九分者蠲六分，八分者蠲四分，七分者蠲二分，五分六分者蠲一分。至于先经报灾，后勘不成灾田地，原无蠲缓之例，间有题请缓征钱粮者，乃属随时酌办之事。嗣后被灾州县，如有此等勘不成灾收成歉薄田地，亦须查明实在斗则田数，另开一册，随同成灾田亩一并送到，以便临时酌办。一、扣除灾户钱粮，应按实被灾田数目，验算应蠲应缓，于额征确册内分注扣除。其未被灾田钱粮，不应统扣蠲缓。此乃理所最易明者，从前竟有州县误认统征分解之说，混将灾田蠲缓之项，照阖县田粮额数，不分灾熟概行摊扣，以致追赔有案，后当视为炯鉴。一、州县田地，有民屯、草场、学田、芦田、河滩等项之分，内如民赋漕田并卫省卫屯田、草场、学田、芦田等项被灾，则应该州县查办，但须分项造具册结详报，不可汇归一册，致滋溷淆。又如淮大等卫屯田，散处各邑境内，如遇被灾，例应该卫官会同各该地方官勘明灾分田亩科则蠲粮各数，造具册结，仍由卫官办送。惟抚赈灾军，应随坐落州县一并查办。又如淮徐等属切近黄淮，向以长堤为界，堤外滩地，所征滩租甚轻，与内地粮田不同。是以从前详定，总视内地粮田为准。如堤内无灾，止此河滩被水，不准报灾给赈。如遇堤内成灾，则堤外滩地仍准一体报灾抚赈。嗣后应仍照办，但须分案造册具结，随同民田等册一例依限详送，不得稽迟。至盐场课地，例归盐法衙门查办，州县止须稽察，毋致混入民田。（《荒政辑要》）

那绎堂先生彦成《查办灾赈事宜》：一、被灾地亩，宜著该管道府亲身督勘，以昭慎重。查州县被灾，例应遴委妥员，会同该州县履亩确勘，将被灾分数，按照村庄，分别申报司道，该道府覆查加结，详请具题，定例至为详慎。惟甘省州县，往往相距数百里至千余里不等，道府每因道途辽远，往返需时，恐逾限期，率据印委各员印结加结转报，并不亲身覆查。又或虑其浮冒，凭究删驳，而各属虑及删减，早已预为浮开，上下相蒙，尤非核实之道。此次灾伤处所，俱著该管道府亲往踏勘，据实核转。如所属州县较多，相距又远，急切未能分身者，许转禀请委可信州厅大员，会同州县确查结报，道府仍严密访察，深信不疑，始准加结转报。一、被灾各属，六月间俱已得雨，即夏禾业已成灾，尚可翻种晚秋，究有秋成可望，其中成灾分数最宜详慎确查，分别办理。如夏禾无收，晚秋又未翻种者为最重；夏禾无收，晚禾虽已翻种，尚未长发者次之；晚禾虽未长发，而夏禾尚有薄收，及夏禾虽属无收，而晚禾可望有收者又次之。其夏禾收成在五分以上，及夏禾收成不能五分，而所种晚秋较多，现已畅茂者，俱不得滥报成灾。（《赈纪》）

景仁谨按：灾分轻重，必察其实。勘之不审，目前赈数之多寡既淆，日后蠲缓之等差亦紊。滥则奸民得以幸其泽，而帑项虚縻；隘则穷黎无以赡其生，而变端易酿，不可不慎之又慎也。顺治六年定地方被灾，督抚详查顷亩分数具奏。九年遣部院堂官往勘淮扬水灾。十年题准报灾之法，著督抚速核分数驰奏。十六年覆准：报灾地方，督抚遴选贤能道府厅官履亩稽勘，不得徒委州县。康熙八年题准：直省州县灾伤，不得以阖境地亩总算分数，仍按区图村庄地亩被灾分数蠲免。乾隆二十八年覆准：嗣后大员查勘灾地，悉令轻骑减从，毋许骚扰地方。倘滥委佐杂，以致滋弊贻误者，议处。恭读顺治十年谕：京城内外，该部确勘被灾户口，据实登报。直省督抚，凡有灾伤地方，勘明分数奏请赈恤。康熙三十六年谕：直省被灾地方，著差户部贤能司官一人会同该抚等逐一亲行察勘具奏。乾隆二十二年谕：向来直省遇有偏灾，本邑正佐不敷分办，例委邻封州县及佐杂试用等官协同查办，原期体察周详，勿致遗滥。乃委员往往以例无处分，事非切己，不过随同具结，虚循故事。嗣后委员如有查灾不据实结报，办赈不实心挨查，草率从事，仍前玩忽者，该督抚查明参处。著为令。二十三年谕：向来外省督抚大吏遇有地方水旱等事，每委属员查赈，并不亲往，经朕屡次训饬，数年来颇知奋勉。但省会重地，督抚既经公出，而藩臬等又多相随而行，无一大员坐镇；殊非慎重地方之道。嗣后凡督抚同城省分，可公同酌量，分留一人在彼坐镇，即系巡抚专驻之省，亦当留藩臬大员弹压等因。钦此。谨绎列圣谕旨，仰见恫瘝一体之诚，勘惟其确，则不可以苟且，勘惟其明，则不可以混淆。观于戒委员之草率，而地方官责成之綦重可知已；观于饬大吏之亲往，而属员检踏之必周可知已。查康熙二十三年，河南灾，阁臣议遣官往勘。内阁学士汤文正公斌曰：无益也！使者所至，苛扰实甚。州县一闻遣使，辄辍耕以待勘，是再荒也。不如令有司自勘良便。夫有司为亲民之官，有委员佐之，又有大吏督之，无难察勘得实。若遣使往，即使者不苛扰，亦多增一供亿之烦。是以盛世偶一行之，原为慎重灾伤起见，而不著为例，良以遣员勘灾，不如责成有司从实检踏之为便也。大抵勘灾之弊，半由于书吏需索牵混，往往以熟作荒，以荒作熟，以轻为重，以重为轻，预留征纳条漕办理蠲缓舞弊图利地步。富者出钱买荒，冀免输纳，贫者无钱注荒，转受比追。而江苏所属州县办粮有不归版图而名顺庄者，田在甲图，粮在乙图。每遇灾荒，被灾之图与办粮之图，纷纭**缪辖**，检核为难，滋弊尤甚。此又在清其源以去其弊者也。夫灾有所隐，害在民生，灾有所饰，亏在国计，司牧者可不躬亲履勘，杜绝弊端，以尽康济之实也哉？

卷五　审户 (查赈并见)

《周官》小司徒稽国中及四郊都鄙夫家九比之数，颁比法于六乡之大夫，使各登其乡之众寡，县师辨之。遂人以岁时稽其人民，遂师登夫家之众寡，凡内而比闾族党州乡，外而邻里酂鄙县遂，设遇凶荒，恤艰施惠，户口不待审而可指数也。后世不能力行保甲，欲办灾而户不审，百弊从此起矣。盖审户为查赈之先务，审富户则可藉之以劝分，而贫户有极贫、次贫，赈数之多寡以判，不可滥，尤不可遗，按户详稽而口亦核焉。为审户条第四。

【宋】高宗绍兴中，诏拯济原为贫民，近世拯济止及城郭市井之内，而乡村之远者未尝及之，须令措置。州下县，县下乡，虽幽僻去处，亦分委官属，必躬必亲。(《康济录》)

苏次参澧州赈济，患抄劄不公，给印册一本，用纸半幅，令各自书某家口数若干、大人若干、小儿若干，合请米若干，实贴于各人门首壁上。如有虚伪，许人告首，甘伏断罪，以便委官查点。又患请米者冗，分定几人为一队，逐队俱用旗引。如卯时一刻引第一队领米，二刻引第二队，以至辰巳时皆用此法，则自无冗杂，且老幼妇女悉得均籴矣。(《康济录》。景仁按：江东运判俞宗济赈务，踏杀妇女一百六十二人，乞待罪。由未明分队旗引之法耳。大凡人数众多，便虑拥挤，灾口饥羸，尤易蹂践，未可漫无纪律也。又按郑刚中判温州，议济饥，计口授食，半月一发。在彼既省奔走工夫，住家力作，在我亦省人工杂费，可多活几人，又免侵渔。或恐多冒滥，曰：是有措置，且先施粥三五日，男女异处，许带瓶来，归养老幼。人给一筹，每村人记其姓氏，不许四散，便可约一村人数矣。然后到乡亲查，分别中贫上贫，宁失出，勿失入。约其持囊授粮而归，老弱寡妇不能负重者，照时价折青钱，多与加一勿少。此法亦殚筹曲当，于精核之中寓宽仁之意，且省一番劳费，与苏次参法均为尽善，在临事者相机酌用之耳!)

史弥巩提点江东刑狱，岁大旱，饶、信、南康三郡大祲。谓振荒在得人，俾厘户为五等，甲乙以等第赈粜，丙为自给，丁粜而戊济，合活为口一百四万有奇。(《宋史》。景仁按：以等第赈粜，甲赈乙粜也。惠仲孺盛称其法，厘户者当仿之。史弥巩为史弥远从弟，真西山尝谓史南叔不登宗衮之门者三十年，皭然不污。盖其品甚高，故其惠政可师也。)

李珏守毗陵时，适遇民饥，将灾伤都分作四等抄劄。仁字系有产税物业之家。义字系中下户，虽有产税，灾伤实无所收之家。礼字系五等下户及佃人之田，并薄有艺业，而饥荒难于求趁之人。智字系孤寡贫弱疾废乞丐之人。除仁字不系赈救，义字赈粜，礼字半济半粜，智字全济，并给票计口如常法。惟济米预挂榜文，十日一次，委官散给。民至于今称之。(《康济录》)

吴中大饥，方议赈恤，以民习欺诞，敕本部料检，家至户到。左谏议大夫郑雍言：此令一布，吏专料民而不救灾，民皆死于饥。今富有四海，奈何谨圭撮之滥而轻比屋之死乎？哲宗悟，追止之。(《宋史》。景仁按：雍正七年，淮安大水。教谕王之麟分勘安东饥户，乘小舟行田中，舟胶乘马，马踬易牛，出入泥淖，遍历村庄，得饥民万余口以报。县令请减之，之麟曰：是嗷嗷者不赈且不活，减之孰当死者？适布政使白公至，之麟哭诉民困饿状，请按册全赈，许之。旋委之麟发金以赈，按户口析封万余，亲给之。乾隆八年，直隶大旱。沈光禄起元时为布政使，议先普赈一月，再查户口，分别加赈。固请于总督，许之。有一县令倡言赈户不赈口，起元怒曰：民饥且死，一口之粮能活数口乎？切责之。是岁发赈视他岁加数倍焉。二君言极简切，与郑谏议所见正同。灾户自当检查，特不可惜费而不惜民命耳！并识之，为刻核致遗漏者警。)

余童蕲州赈济，尽括户口之数，第为三等。孤独不能自存者专赈济，下户乏食者赈

粜，有田无力耕者赈贷。阖境五邑，以乡村远近均粟置场，每以一总首主出纳，十场以一官专伺察。《康济录》

从政郎董煟曰：勘灾抄劄之时，里正乞觅，强梁者得之，善弱者不得也；附近者得之，远僻者不得也；吏胥里正之所厚者得之，鳏寡孤独疾病而无告者未必得也。赈成已是深冬，官司疑之，又令覆实，使饥者自备裹粮，数赴点集，空手而归，困踣于风霜凛冽之时，非古人视民如伤之意。县令宜每乡委请一上户平时信义为乡里推服、官员一人为提督赈济官，令其逐都择一二有声誉行止公干之人为监视，每月送米麦点心钱，分团抄劄，不许邀阻乞觅，有则申县断治。发米赈粜亦如之。若此，庶乎其弊少革。《康济录》

袁燮为江阴尉，浙西大饥，常平使罗点任赈恤。燮命每保画一图，田畴山水道路悉载之，以居民分布其间，凡名数治业悉书之。合保为都，合都为乡，征发争讼追胥，披图可立决，以此为荒政首。《宋史》

【元】至元二十五年，尚书省臣言：近以江淮饥，命行省赈之，吏与富民因缘为奸，多不及于贫者。今杭、苏、湖、秀四州复大水，民鬻妻女易食，请辍上供米二十万石，审其贫者赈之。帝是其言。《元史》

【明】茅坤补丹徒令，会久旱饥甚，下车即请蠲，请赈，请留漕，请减役，请邻封勿闭籴，括库金五千两，以市四方谷。单骑遍历封内，给以符而赋之粟。其非赤地饿夫者不与，合活万八千户。时举诸郡县救荒异政，坤为第一焉。《循良传》

佥事林希元疏云：臣愚欲分民为六等，富民之等三，极富、次富、稍富；贫民之等三，极贫、次贫、稍贫。稍富不劝分，稍贫不赈济，极富、次富使自检其乡之次贫、稍贫而贷之种。非特欲借其银种也，欲于劝分之中而寓审户之法。何者？盖使极富、次富之民出银以贷诸贫，彼必度其能偿者方借，而不借者即极贫。不用耳目而民为吾耳目，不费吾心而民为吾尽心。法之简要，似莫有过于此者。若流移之民，则与鳏寡孤独等，皆谓之极贫可也。《康济录》

御史钟化民督理荒政，云：垂亡之人，既因粥厂而得生矣，稍自顾惜不就厂者，散银赒之。令各府州县正印官遍历乡村，唤集里保，公同查审。胥棍作奸，许人举首，得实者重赏，如虚反坐。给与印信小票，上书极贫某人给银五钱，次贫某人给银三钱，鳏寡孤独更加优恤。分东南西北，先期出示分给，以免奔走守候。敢有以宿逋夺去者，以劫贼同论。其银又当不时掣封秤验，如有低潮短少，视轻重处分。《康济录》

神宗时，陈霁岩知开州。时□水，无蠲而有赈，府下有司议。岩倡议极贫民赈谷一石，次贫民赈五斗，务必令民共沾实惠。放赈时，编号执旗，鱼贯而入，虽万人无敢哗者。公自坐仓门外小棚下，执笔点名，视其容貌衣服，于极贫者暗记之。庚午春，上司行文再赈贫者，书吏请公出示另报。公曰：不必。第出前之点名册查看暗记，极贫者径开其人，唤领赈米，乡人咸以为神。盖前领赈之时，不暇妆点，尽得真态故也。《康济录》

周文襄忱云：救荒者凡以为贫户、下户也，官司非不欲一一清审之，奈寄之人则难公，任之己则难遍。昔人谓救荒无奇策，正以贫户之难审也。所以然者，亦不豫故耳。合令被灾之府州县豫乘秋月，以主赈官督在城保长，以在城保长催在乡保长，以保长催甲长，以甲长报花户，每甲分为不贫、次贫、极贫三等，除不贫外，将次贫、极贫各口数大小若干贴其门首壁上，再令每保开一土纸手本，送至赈济官，不许指称造册，科敛贫民。待乡党日久论定，委官乘便复查。此即宋时苏次参澧州赈济之法，但彼临时为之，不若先时查审，贫富明白，民志定矣，尤为无弊。《康济录》

陈龙正曰：赈饥之法，往往吏缘为奸，皆由户之不能审也。贫者未必报，报者未必给，其报而给者又未必贫。请就里中推一二大姓任以赈事，有司不时单车临视，稍立赏罚科条以劝戒之。盖大姓给散，其利有九：习知贫户多寡，不至漏冒，一也；给散近在里中，得免奔走与留滞之苦，二也；披籍而得姓名，谷米之数易于查勘，三也；以邻里之谊，不至伪杂损耗，四也；贫户素服大姓，即有缺漏，易于自鸣，五也；食糜各于其乡，不至群聚喧杂，秽恶薰蒸而成疫疠，六也；大姓熟识，近邻不至攫夺，七也；分县官之劳，八也；吏不能为奸，九也。《康济录》

【国朝】惠仲孺学士士奇曰：厘户之法，当仿韩琦河北救灾之政，而择甲户之以赀为官者，宪司礼请之，属以计日均户而分五等，每县若干都，每都五人，视民居稀稠而增减其数。复授之粟而属以亲至某乡，聚民均给，人日一升，幼小半之，十日一周，终而复始，至麦熟止。仍分槖粟之所、给粟之所，俾均主之，而有司总其成。如此则以户均户，以民赈民，既不侵牟，亦无掣顿。且人情各爱其乡而又恐负宪司之意，必相与恐惠从事而唯恐不均，则厘户之法可行也。《切问斋文钞》

陆氏曾禹曰：时当歉岁，不以生民为重，而谷粟是惜者，固非要道。然用之不得其法，有冒支之弊，必多不给之人。有一姓而得数姓之粮者，有几人而不得一口之食者，害可胜道哉！故惟天子不得谨圭撮之滥。若主赈之官，乌可不预为检点？《康济录》

方恪敏公观承曰：民当六七月灾象已形，宜及早以安之。于是分员履勘，概限八月初旬等差厘举，急请普赈。夫既众著于得食之有期而加赈又相继也，斯有所系恋而无去志，其法圭撮必谨，主于无滥。盖不夺饥者之食以实不饥之腹，自无所遗，故义以裁制之而仁术不虚耳。虽然，力行保甲尤为先务，编排的实，一遇灾赈，按籍处分，百不失一，临行核户，犹其后焉者已。地方灾赈，首在清厘户口以杜遗滥。议于通省内另派厅印，带同佐杂等员分查，各给号记一字，如天地元黄之类。委员各带赈票多张，票用本州县印信加用委员号记，见票即知为某委员所查。委员清查时，于票上填明极次贫户大小口数，随查随即按户散给。另用红格赈簿，将一日内所查村庄成灾几分，某户极贫，某户次贫，大几口，小几口，逐一登记。又按一日所查，共若干户，若干口，总注于后，钤用本员印信图记。于查完之日，通计一州县户口应赈确数，一报上司察核，一送本州县，照册计口，验票给赈。道府大员，于巡历之次按部抽查，应改正者立予改正，如别有情弊，惟承办之员是问。至于本处胥役，惟委员随一二名以供缮写使令，不许干预核户之事。再，此时即应飞檄各州县，督令该管乡地，先按村按户按口开造草册，无许遗漏。届期移送委员，察其应赈者填入格册，其不应赈与外出之户，俱就草册内注明，以草册为赈册之根，又以本有之门牌为草册之根。一、查赈先赴被灾最重之州县，就一州县中，先赴被灾最重之村庄，挨户清查，分别极贫次贫，点明男女大小口数，开列赈册，仍于门墙灰书户名口数，以防遗漏重复影射之弊。其极贫户内老病孤寡赤贫无依者，悉注册内，以便续办。村庄内如有因灾挈眷外出，存剩空房者，另簿记之，作为外字号；亦于门墙灰书户名口数，本人闻赈归来，即凭查验补赈。一、挨查户口，备具印票赈册，标明每州县村庄，以次登记姓名，并男女大小口数，十二岁以下定为小口，票钤州县印，每百张为一束。（须点清数目，便有稽考。）查毕一村，即照册填写名口，票册合钤图记，按名散给，谕令于放赈之日，执票到厂支领。其老病羸独家无丁男者，许同村亲族两邻具保代领。一、乡村之僻小者易于稽察，如村大人众，尤宜加意清厘，责重乡地牌头按户实报。乡地所管数村，或一二十村，户籍贫富，应赈不应赈，大概皆知。牌头只管数甲，此数十家之丁口大小更无不熟悉。有冒赈者,不先谋之乡地牌头不能也。乡地牌头串合分肥,一家冒,一村皆冒,以致远近无不冒者。或一户两分,或捏合眷属,或妆饰空房穷状,或妇幼前后重复,(村大户繁,已登册之妇女幼丁,又溷入未查户内,委员尝不能辨。)或奴役作为另户,或诡称外出,或假作新归,或藏匿粮糗牛具,变幻叵测,未易悉数。一经察出,即将胥役枷责示众,牌甲代人瞒官不实报者,重杖以惩。(冒与滥有别,滥犹在所应给,冒则不应赈者而分应赈之食,故宜倍严。)一、收成确实分数,地方官按村注交委员携带查阅。成灾九、十分之村庄,户口固难为删除,极次尤当加意斟酌。虽目前勘是次贫,正恐缓一二月又为极贫矣。(贫家老弱多,壮丁少,妇女多,男丁少者,均当从宽查办。)如被灾六分,尚有四分收成者,又防其冒入极贫。(被灾六分村庄,只赈极贫,不赈次贫。)凡贫户生业室庐器具情形,均于册内注明,愈详愈有益也。一、次贫户内老幼数口俱入赈矣,其壮丁无庸滥给者,须当面明白晓谕,仍于册内注明。(极贫例不减口,虽壮丁亦当与赈,惟次贫壮丁不得滥给。向来查户有应减之口,常不令知之,今必谕以应减之故,使之心折。假令彼有言而委员不能夺之,即侭入应赈。如此委员不致任情率办。)一、除应赈及不应赈外,其有本人坚切求赈,而必不应给被删者,恐有刁民从中生事,须于草册内切实登注。一、城关市镇,鳏寡孤独老疾残废极贫乏食者,准其摘赈。其肩挑负贩,自食其力之人,概严混冒。未查之先,出示明白晓谕,以免喧嚣(城关市镇之人,以佣贩艺业为生,例不应赈,惟四穷残废无告之民,凶年滋困,故准予极贫之赈,而仍归入附近灾村开赈)。一、沿河及交界地方,多有刁民赁住破屋,携带家口,指称种地,分趁州县,皆得领赈。须详询来历姓名,系某州县某村人,给与印票,令回本地,禀官验票补赈,以杜重冒。一、盐场大使灶户册,应统于各村应赈户内一体查明,交地方官将某名即系某灶户底名,饬粮书另行摘造申送,仍于原册内注明删除。(或灶户册内令盐大使注明本户住址,则知某村户有灶户几名,饬乡地预于本门墙灰书灶字,以免复冒。)一、贫生户口,由教官查明开送,无庸列入草册,其同居弟侄,亦不得造入民户。《赈纪》

　　汪稼门先生志伊《查赈事宜》:一、查报饥口,例应查灾之员随庄带查。地保开报,固难凭信,即带烟户册查对,其中迁移事故,亦难尽确。在有田灾户,尚有灾呈开报家口,其无田贫户,更无户口可稽,况人之贫富,口之大小,必亲历查验,方能察其真伪。嗣后委员查赈,务挨户亲查,详察情形,参考原册,酌分极次,查明大小口数,当面登册,填给赈票,勿急惰偷安,假手地保书役代查代报,致滋混冒。查完一庄,即行结总,再查下庄,每日将查完村庄赈册票根固封缴县,仍将查过村庄饥口各数,或三日或五日开折通禀查核。一、查赈饥口,以十六岁以上为大口,十六岁以下至能行走者为小口;其在褓褓者,不准入册。一、贫民当分极次,全在察看情形,如产微力薄,家无担石,或房倾业废,孤寡老弱,鹄面鸠形,朝不谋夕者,是为极贫;如田虽被灾,盖藏未尽,或有微业可营,尚非急不及待者,是为次贫。极贫则无论大小口数多寡,俱须全给;次贫则老幼妇女全给,其少壮丁男力能营趁者酌给。一、业户之中,有一户之田散在各里者,应统行查核。如系熟多荒少,或田虽被灾,家业尚可支持者,毋庸给赈;如系荒多熟少,实系贫苦者,应归于住居村庄,按灾分给赈,不得分庄混冒。如有弟兄子侄一家同住,总归家长户内给赈,不得花分重冒。一、业户之田,类多佃户代种,内如本系奴仆雇工,有田主养赡者,毋庸给赈。如系专靠租田为活之贫佃,田既遇荒,业主又无养赡,并查明极次及所种某某业主之田,按其现住灾地分数给赈,不得分投冒领。一、寄庄人户,须查明实系本身贫乏,方许给赈,否则恐其身居灾地,田坐熟庄,易滋冒滥;或人居隔县,田坐灾邑,本系田多殷户,其管庄之人自有业户接济,亦可毋庸给赈。一、被灾地方坐落营分,其兵丁原有粮饷资生,但家口多者,遇灾拮据,令该管营员查明灾地兵丁,除本身及家属三口以内不准入赈，其多余家口，方准分别极次，开册移县。该地方官会同该营亲查确实，与民一体给赈，如有虚冒，立即删除。一、被灾村庄内之鳏寡孤独疲癃残疾之民，除有力自给，或亲族可依，及已入养济院者，毋庸给赈，其无业无依，遇灾乏食者，悉照所住村庄灾分轻重，分别极次，一体给赈。其余不被灾村庄内之四穷，概不准给。总以被灾不被灾分清界限，不得以附近灾地牵混。一、被灾村庄内有无田贫民，或藉工营趁，或赖手艺餬口，因被灾失业，无处营生者，应随住居村庄灾分轻重，分别极次，一体给赈。其余有本经营，开铺贸易者，务须严禁混冒。一、查赈之时，如有灾户外出未归，未经给赈，自必有烟户原册可查，空房遗址可验，承查委员应即查明，于赈册内一一注明，以备该户闻赈归来时查明补给，汇册报销，并杜捏报复领之弊。一、屯卫灾军饥口，应归田亩坐落之州县，照依民例一体查赈。一、被灾贫生，例系动支存公折给赈银。应令该学官查明极次及家口大小口数，造册移县，覆查明确，会同教官，传齐各生，在明伦堂唱名散给，以别齐民。一、民灶杂处地方，除灶户猝被水灾，亟须抚恤，经地方官代办者，已于抚恤项下议明外，其余一切办赈事宜，应听该管场员查办，仍关会该地方官稽查重冒。一、勘灾查赈员役盘费饭食，除现任州县养廉充裕，无须议给，并州县官之跟随书役轿夫人等饭食，俱听自行捐给外，如试用知县、佐杂、教职各官，每员日给盘费银一钱，准随带承书一名，正印官跟役二名，佐杂等官跟役一名，每名日给饭食银三分，总以到县办事之日起，事竣之日止，俱由州县核实给发。如遇乘船，已有轿夫饭食抵用，毋庸另给船费。如闲住日期，除本邑佐杂概不准给盘费饭食外，其外来委员闲住之日，即令在县帮办赈务，准给盘费，不给书役饭食。其给单造册纸张公费，除贫生一项向不准销外，总照应赈军民兵属大小口数，以每万口作三千户计算，每千户准销单票银二钱，每千户计册四十页，每页准销银二厘，亦在县库动给，事竣分别造册报销。至委员书役，既已拨给盘费，一切供应均当自备，不得于所到村庄取给地保，并不许与该地绅衿交往，收受礼物，听情冒滥。一、给赈票应用两联串票，该地方官预先刊刷印就，每本百页，编明号数。查赈户口册每页两面各十户，亦即刊刷钉本用印，每本百页。凡委员赴庄查赈时，即按其所查村庄户口之多寡，酌发册票若干本，登记存案。各委员即赍带册票，按户查明应赈户口，即将所带联票随时填明灾分极次、户名大小口数，将一票截给灾民。其票根留存比对，册亦照票填明。填完一庄，即将用剩册票朱笔勾销，封交该州县收存，为放赈底册。一、灾户领赈，即赍前给赈票赴厂，该委员验明放给，于票上钤用第几赈放讫戳记，仍付灾民收回，以备下月领赈，册内亦并用戳，俟领完末赈，即将原票收回，缴县核销。如有灾户赈未领完，原票遗失者，查明果系实情，许同庄灾户一二人互保补给，仍于册内注明票失换给字样，以杜拾票之人冒领。一、应赈之户门首壁上，用灰粉大书极贫、次贫某人，大几口、小几口字样，以便上司委员不时抽查，俟赈毕后方许起除。一、灾邑查赈放赈时，该管上司应亲自巡行稽察，并选干员密委抽查。如有冒滥遗漏等弊，立将原办之委员，按其故误情罪，据实揭参；书役冒户，一并严究。至办赈委员，原系帮同地方官办理，是否妥协，应责成该印官随时稽察。如有重大弊端，除委员参处外，地方官应一并查参，庶不致膜视诿卸矣。一、乡保里地于查报饥口给票散赈时，多有指称使费，需索灾民，不遂其欲，则多方刁蹬，恣意诈张。印委各官务须严加禁约，加意密察，一有见闻，立拿究革，枷示追赃。如有故纵，该管道府州察实严参。一、勘灾查赈，自应静候地方印委各员查勘。向有土豪地棍倡为灾头名色，号召愚民，敛钱作费，连名递呈，或于委员查勘时，暗使妇女成群结队，混行哄闹，本系无灾而强求捏报，或不应赈而硬争极次，往往酿成大案。嗣后被灾地方务须严切晓谕，加意查防。如有不法灾头，倡众告灾闹赈者，即将为首及妇女夫男严拿详究，毋稍宽纵。至于灾地赈厂，每多不饥之民，乘机混入，抢窃食物等事，并应严加巡缉，有犯即惩，仍行设法驱遣，毋任聚集滋事。又有百十为群，搭坐小船，号呼无处栖身，求附庄册领赈，实则彼此串通，分头换载。勘员遇有此种，查毕一船，即将船头铲削数寸，书明某月日某庄查过，共坐若干人字样，准其附庄领赈，则奸伎自无所施，杜其再往别处重冒。一、查赈则捏报诡名，多开户口，或一户分作几户，或此甲移之彼甲，按籍有名，核实无人；或劣衿刁民，见乡地混报，吏胥侵蚀，即从中挟制，或于本户之下多报数户，或于领赈之时顶名冒领，乡地吏胥明知而莫可如何，不可不察。（《荒政辑要》）

那绎堂先生彦成《办理灾赈章程》：一、旱灾惟高阜山地，受伤较重，若低洼近水处所，虽得微雨，亦资润泽，或有沟渠溪河可以灌溉，田禾尚有可收，不宜冒滥入赈。印委各员于查灾时即须分别办理，其稍有存粮者不至滥邀，则其实在乏食者均沾实惠。一、甘省贫民，盖藏本鲜，现值荒岁，度日皆难，论贫乃无所不极，应以人口众多而众亩全荒者为极贫，人口本少而地亩尚有薄收者为次贫。其鳏寡孤独疲癃残疾贫民，须格外体恤，酌量加给入册，户口有病故者，不可除扣。至于绅衿铺户，商贾书役，以及肩挑贸易，手艺营生，不致失业，均不得冒滥。至灾地贫生委系赤贫者，该教官预查造册，转送州县，以凭一体查办。一、贫民中难保无奸狡之徒藉端弊混。如各属交错地方，各员应预先议定，过一处即查一处，均亲身督令绅耆等开造户口，当下入册，即立写照票对票，书押发给，一面各相知会，以免路途迂折。且事经公正绅耆主报，自可免重叠冒领，及一家冒分两家，或别有营生，冒称被灾农户之弊。一、赈前散票，官民均据此为凭，不特吏役乡保人等无从侵扣，亦使地方奸民无从冒混。但若俟查点户口后行散给，又生弊端。已饬印委各员于查赈前刻出票式，临时填注，先写村名户名，某户务农，灾地几何，应赈某户，何项营生不给赈；其应赈者，查明大几口、小几口，随写连二票，一为照票，一为对票，随时填册，随时写票。即于二票骑缝处钤印书押分开，当下将照票散给，令候示领赈。总须查清一村，即散给一村之票，官民两便。更将该村户口及应赈数目，随时书榜粘贴，或木或席，悬挂村口，使家家知晓。一、查灾例有定限，自应赶办，但过于匆促，必至草率。现已委员会同该厅州县迅诣灾所，履亩确勘，一面查明户口，将被灾分数及极次贫、大小口逐加分别，仍责令该管道府亲身督查，以期无滥无遗。其地广户众之处，应由道府详请添委老成谙练之教职佐杂等官帮同分办，各将督办、会办、分办衔名开报，以专责成。总督与藩臬两司仍替换前往抽查。如有错误，惟经手之员是问。一、勘灾点户，书差需索，乡保冒混，弊端时有，灾民仍无实惠。各员须亲身挨查，不得多带从人，亦不得假手胥役乡保人等，竟于本处绅衿耆老中，择其端方诚实，晓事爱脸，及能写字者数人，加之优礼，令其随同报查，逐细上册。又须严禁从人，毋许藉称查点户口，擅入人家内室。（《赈纪》）

景仁谨按：救荒先审户。古人之审户，兼审贫富，贫者不混于不贫者，极贫者不混于次贫者，而户乃审。明宣宗时，户部请勘饥民，帝曰：民饥无食，济之奚待勘？此人主施仁之大度，岂有司拯乏之良谟乎？周文襄欲以主赈官督催保长等递查，陈龙正请就里中推一二大姓任以赈事，国朝惠学士则云择甲户以赀为官者属以均户给粟。其说不同，要在因时与地而酌其宜，期于委任得人而已。至临时查赈，则区别极贫、次贫，复核明大小口数，登册填票，照数给赈。此查赈与审户二而一者也。雍正五年，遣大臣御史分往直隶被灾玉田等二十三州县逐户计口，悉心勘察，发帑散赈。六年议准：地方被灾，督抚等严饬各属亲勘填册，按户给赈，毋得假手胥役里甲，徒滋侵蚀。则查赈为办赈紧要关键明矣。其贫户等差，向来山西、湖广、贵州等省不分极次，山东、陕西等省，止分极次，惟江南、浙江等省原分为极贫、次贫、又次贫三项。乾隆七年议准：被灾待赈每至数千户，分为极贫、次贫，易于察验。至又次贫一项，与次贫相去无几，不便酌减赈恤，致有偏枯。且逐一察案分晰，未免耽延赈期，徒生胥役滋扰。应止分极贫、次贫，其又次贫即列于次贫之内，一例办理。恭查乾隆元年谕：地方偶有水旱，凡察勘户口，造具册籍，头绪繁多，势不能不经由胥役里保之手。其所需饭食纸张等项，朕闻竟有派累民间，且有取给于被灾之户。嗣后州县倘遇察勘水旱等事，凡一切饭食造册纸张各费，皆酌量动用存公银，毋得丝毫扰累地方等因。七年谕：向来外省地方灾荒，有司办理不善，每将应赈人口有意裁减，以致人多赈少，国家虽沛恩膏，而小民仍不免有饥馁者。今年江南被水甚重，且连年灾荒之后，更非寻常可比。凡属应赈灾民，须将大小口数据实造册，不得仍蹈前弊，致有遗漏等因。钦此。圣主诰诫周详，洞悉勘户之不能无费也。为措置之，不予以藉口之端，正所以严绝其侵牟之蠹，而办理应赈灾口，尤谆谆以遗漏为虞，仰见如天之仁，不忍一夫失所之至意。有子民之责者，宜何如实力奉行也乎？夫水旱间作，而饥口待食于官，每至数十百万之众，孰应给，孰宜减，恶其争不以道而法随之，岂刻核裁？尝闻方恪敏之论矣，诚委员必曰无滥无遗，然才说无滥，弊已在遗，才说无遗，弊又在滥，故不得已而曰宁滥无遗。又谓亲履穷檐，悲悯怜惜，父母之心也。镇以高严，惩其顽抗，师帅之职也。外肃中慈，所向皆办。数语足尽仁人之作用，无烦苛而漏泽以召仇，亦无姑息而堕威以启玩，此仁心而济以仁术也。爰辑古人审户之法，并所见近时名臣查赈之规，虑周而法愈密，司牧者循而行之，以宣上德意，庶几弊除而利可溥钦！

册 式

摘写一号 庄名一号 灾户姓名			二号			号			号			号			号			号		
男	女	小	男	女	小	男	女	小	男	女	小	男	女	小	男	女	小	男	女	小
口	口	口	口	口	口	口	口	口	口	口	口	口	口	口	口	口	口	口	口	口
共		口	共		口	共		口	共		口	共		口	共		口	共		口
其家有盖藏是何营运艺业，所种之地亩若干，牛具农器几何，并壮丁乳哺之有应给棉衣者，应加续赈者，应加一衣字，均填格内，一续字。有															次贫			极贫		

右册式，每页刊列号数惟便，数十页为一册。以天、地、元、黄等字样为委员号记，人占一字，印于册面。所查某庄，即摘写庄名一字，编为册内号数。委员执册挨户登注灾民姓名口数，仍将州县草册查对是否相符，如某项口无，则填以圈，按户注明极次字样。查完一村庄，合计男女大小口总数，注明册后。一日查过数村庄，即通计数村庄男女大小口总数，注明册后，封送总查之厅印官覆核，移交地方官办理。

票 式

县州 为存票事	今查得 庄村 贫一户某	应赈 大口 小口 共口	年月日 除给本户照票领赈外，存此备查。	县州 第 号	县州 为照票事	今查得 庄村 贫一户某	应赈 大口 小口 共口	年月日给付本户凭票领赈

票用厚韧之纸，制如质剂状。当幅之中，填号钤印而别之，票首用委员号记，依格册内所开极次贫户大小口数填注。如某项口无，则填以圈。一存官，一给本户收执。于赴厂时，监赈官点名验票相符，令执票领米，银随米给。监赈官另制普赈并各加赈月分图记。

普赈讫，则于票上用普赈一月讫图记。加赈讫，则于票上用加赈某月讫图记。按月按次用之，赈毕掣票。其外出归来之户，查明入册，一例填给小票。如适值放米时归来者，即就厂查明草册内前后户为某之左右邻，询问得实，添入册内，给发小票，一体领赈。再，查户时，一户完即填给一户赈票，官与民皆便。但村大户多，刁民往往于给票后，妇女小口又复混入，则应俟一村查完后，于村外空地以次唱名给票，其老疾寡弱户口，仍当下填给。

卷六　发赈 (与救灾条参看)

五经无赈字。《月令》：仲春，振乏绝。《左传》：文十六年振廪同食。振俱作赈解，而不作赈字。惟《尔雅·释言》：赈，富也。注谓殷赈富有，与赈给之义稍别。《周礼》赈无明文，然考旅师平颁兴积，司稼赒其急；又有乡里委积恤艰阨，县都委积待凶荒，乡师岁时以王命施惠。想成周时，庶民既各有耕九余三之积，在上又屡有补不足助不给之恩，无在非赈，而不必言赈。是以荒政散利，后儒以为发仓廪，而郑司农只言贷种食，未尝明言赈也。发仓赈民之文，始见于《汉文帝纪》。盖后世民鲜蓄积，而又无旅师等官以时赒恤之，苟涂有饿莩而不知发，则民不聊生，是发赈实为救荒正务矣。

功令于地方遇水旱等灾，将贫民普赈一月，不论成灾分数，不分极贫、次贫，是曰抚恤，即为正赈。及查明分数，区别极次，具题加赈，是为大赈。赈毕后或系连年积歉，或当年又有重灾，临时又奏请再加赈恤，或奉恩旨，轸念穷民青黄不接，特再加赈，是为展赈。总期剔弊端，施实惠而已。为发赈条第五。

【周】 齐景公之时，霖雨十有七日，公饮酒日夜相继。晏子请发粟于民，三请不见许，遂分家粟于氓，徒行见公，曰：怀宝乡有数十，饥氓里有数家，百姓老弱，冻寒不得短褐，饥冻不得糟糠，而君不恤，里穷而无告，无乐有君矣。婴随百官之吏，使上淫湎失本而不恤，婴之罪大矣。再拜请身而去。公趣驾追及之，曰：寡人有罪，夫子不顾社稷百姓乎？寡人请奉齐国之粟米财货，委之百姓，多寡轻重，惟邠子之令。晏子乃返，命禀巡氓，家有布缕之本而绝食者，使有终安旁委，绝本之家使有期年之食，无委积之氓，与之薪樵，使足以毕霖雨。三日吏告毕，上贫氓万七千家，用粟九十七万钟，薪樵万三千乘。怀宝三千七百家，用金三千。（《晏子春秋》。景仁按：怀宝乡有数十，言富家之多也。命禀巡氓，具廪粟以巡行编氓，犹勾践载稻于舟以行之意也。绝本之家，并无布缕者也。薪樵，薪以供炊，樵为筑室材木。因久雨水潦坏屋，给以修葺之资也。近世孙氏星衍撰《晏子春秋音义》，以薪樵概为御雨之具，似未分晰。用金三千，言富民出金之数，即劝分之义也。）

【汉】 文帝后六年夏，大旱蝗，令诸侯无入贡，弛山泽，减诸服御，损节吏员，发仓庾以赈民。（《汉书》）

武帝四年，山东被水。天子遣使者虚郡国仓㢏以振贫民。（《史记》）

汲黯为谒者，河内失火，上使黯往视之。过河南，贫人伤水旱万余家，或父子相食。以便宜持节，发河南仓粟以振贫民。请归节伏矫制之罪，上贤而释之。（《史记》）

元帝初元元年，关东大水饥，或人相食，转旁郡钱谷以相救。（《汉书》）

光武帝建武六年，诏曰：往岁水旱，谷价腾跃，百姓无以自赡，命郡国有谷者给禀（禀，赐谷也）。（《后汉书》。景仁按：禀，音懔，给也。欧阳氏曰：古者给人以食，取之仓廪，故称禀。）

和帝永元五年，遣使者分行贫民，举实流冗（流散者举案其实而给之），开仓赈廪三十余郡。（《后汉书》）

安帝永初七年，调零陵、桂阳、丹阳、豫章、会稽租，赈给南阳、广陵、下邳、彭城、山阳、庐江、九江饥民。(《后汉书》)

安帝立，邓太后临朝政。每闻人饥，或达旦不寐，躬自减彻以救灾阨。故天下复平，岁还丰穰。(《后汉书》)

顺帝阳嘉元年，以冀部比年水潦，民食不赡，诏案行禀贷，劝农功，赈乏绝。(《后汉书》)

第五访迁张掖太守，岁饥，粟石数千。访乃开仓赈给，以救其敝。吏欲上言，访曰：若须奏报，是弃民也。太守乐以一身救百姓。遂出谷赋人，顺帝玺书嘉之。由是一郡得全。(《后汉书》)

刘陶游太学，时有上书，言人以货轻钱薄，故致贫困，宜改铸大钱。陶上议曰：当今之忧，不在于货，在乎民饥。比年以来，良苗尽于蝗螟之口，杼轴空于公私之求，所急朝夕之餐，岂谓钱货之厚薄哉？民可百年无货，不可一朝有饥，故食为至急也。(《后汉书》)

皇甫嵩领冀州牧，奏请一年租赈饥。民歌之曰：天下乱兮市为墟，母不保子兮妻失夫，赖得皇甫兮复安居。(《续汉书》)

【三国】【魏】黄初三年，冀州饥，使尚书杜畿持节开廪以振之。五年，冀州饥，遣使振之。六年，遣使者巡行许昌以东尽沛郡，问民所疾苦，贫者振贷之。(《魏志》)

【吴】孙权赤乌三年，民饥，诏开仓廪以赈贫穷。(《吴志》)

【晋】武帝泰始五年，青徐兖三州水，遣使赈恤之。(《晋书》。景仁按：惠帝元康五年，兖豫等州大水，遣御史巡行赈恤。成帝咸康元年，扬州诸郡饥，遣使赈给。典午尚能行恤灾之政，特载一二以概其余。)

郑默为东郡太守，值岁饥，默辄开仓赈给。乃舍都亭，自表待罪。朝廷嘉默忧国，诏书褒叹，比之汲黯，颁告天下，若郡国有此比者，皆听出给。(《晋书》)

华谭为郏令，境内饥馑，谭倾心抚恤。司徒王戎闻而善之，出谷三百斛助之。(《晋书》)

【南北朝】【宋】孝武帝大明七年，浙江东诸郡大旱，遣使开仓赈恤，听受杂物当租。(《南史》。景仁按：八年，诏去岁偏旱，可出仓米随宜赡恤。若温拯不时，以至捐弃者，严加纠劾。恤灾亦切矣。)

【齐】王珍国为南谯太守，郡境苦饥，乃发粟散财以赈穷乏。高帝手敕云：卿爱人活国，甚副吾意。(《宋书》)

【梁】天监十五年，明山宾出为北兖州刺史。所部平陆县不稔，启出仓米以赈百姓。后刺史检州曹失簿，以山宾为耗损，有司追责，籍其宅入官。山宾不自理，更市地造宅。(《南史》)

【北魏】文成帝兴安元年，诏以兴州蝗，开仓赈恤。和平五年，诏以州镇十四去岁虫水，开仓赈恤。(《魏书》。景仁按：献文孝文嗣统，各州镇灾荒，均加赈恤。宣武延昌元年，除州郡水旱给赈外，二月，以京师谷贵，出仓粟八十万石赈贫。六月，又出太仓粟五十万石，赈京师及州郡饥民。断食粟之畜，下就谷之诏，撤悬减膳，可谓勤恤其民。盖文成之矜济为心，足垂宪弈禩矣。)

城阳王徽，明帝时为并州刺史。先是，州界早霜，安业者少。徽辄开仓赈之，文武共谏止。徽曰：我皇家亲近，受委大藩，岂可拘法而不救民困也？先给后奏，孝明嘉之，加安北将军。(《北史》)

阎庆允为东秦州敷成太守，清勤励俗。频年饥俭，庆允常以家粟千石赈恤贫穷，民赖以济。部民申颂美政。(《魏书》)

【唐】元宗开元十五年八月，制曰：河北州县，水灾尤甚，朕当宁兴思，有劳旰昃。在予之责，用轸于怀，宜令所司量支东都租米二十万石赈给。(《康济录》)

德宗贞元十二年，诏诸道遭水州府，以当处义仓斛斗据所捉多少，量事赈给，给讫，具数奏闻。（《文献通考》）

德宗时，诸州大水。陆贽请赈，帝曰：淮西缺赋，不宜赈。贽曰：宁人负我，无我负人。（《康济录》）

宪宗元和间，南方旱饥。遣使赈恤，戒之曰：朕宫中用帛一匹，皆籍其数，惟赒救百姓，则不计所费。卿辈宜识此意。（《通鉴》）

元和九年，制曰：去岁甸服气序愆和，产于地者既微，出于力者宜困，百姓所欠历年税斛等项，并宜赦免。仍以常平义仓斛斗三十万石，委京兆条疏赈济。如不足，即宜以元和七年诸县所贮折籴斛斗添给，差择清干官于每县界逐处给付，使无所弊，各得自资。（《康济录》）

文宗开成四年，沧景节度使刘约奏请义仓粟赈遭水百姓。诏曰：本置义仓，只防水旱，先给后奏，敕有明文。刘约所奏，已为迟晚，宜速赈恤。（《康济录》）

杨於陵迁浙东观察使，越人饥，请出粟三十万石拯赡贫民，政声流闻。（《唐书》）

员半千调武陟尉，岁旱，劝令殷子良发粟赈民，不从。及子良谒州，半千悉发之，下赖以济。刺史大怒，囚半千于狱。会薛元超持节渡河，让之曰：君有民不能恤，使惠出一尉，尚可罪耶？释之。（《唐书》）

韩思复调梁府仓曹参军，会大旱，辄开仓赈民。州劾责，对曰：人穷则滥，不如因而活之，无趣为盗贼。州不能诘。（《唐书》）

【宋】诸州岁歉，必发常平、惠民诸仓粟，或平价以粜，或贷以种食，或直以赈给之，无分于主客户。不足，则遣使驰传发省仓，或转漕粟于他路，或募富民出钱粟，酬以官爵，劝谕官吏。若举放以济贫者，秋成官为理偿。又不足，则出内藏，或奉宸库金帛，鬻祠部度僧牒。东南则留发运司岁漕米，或数十万石，或百万石，济之。（《宋史》。景仁按：宋治本于仁厚，凡遇灾荒，拯救之法无不毕具。详见《食货志》。）

真宗五年，遣使诣雄、霸、瀛、漠等州，为粥以赈饥民。两浙提刑钟离瑾言：百姓阙食，官设粥糜，民竞赴之，有妨农事。请下转运司量出米赈济，家得一斗。从之。（《通考》）

仁宗曰：赈济之法，州县不能举行。夫以政杀人，与刃无异。今出入一死罪，有司未尝不力争。至于凶年饥岁，老弱转死沟壑，而在位者殊不恤。此由于政事不修，而士大夫不知务也。（《通考》）

仁宗时，岁大蝗旱，江淮京东滋甚。范仲淹请遣使循行，未报。因请间曰：宫掖中半日不食，当何如？帝恻然，乃命仲淹安抚江淮，所至开仓赈之。（《宋史》）

姚仲孙判滁州，岁旱饥，有诏发官粟以赈民而吏不时给。仲孙至，立劾主吏，夜索丁籍，尽给之。（《宋史》）

张传知楚州，会岁饥，贻书发运使求贷粮，不报。叹曰：民转死沟壑矣，报可待耶？乃发上供仓粟赈贷，所活以万计。因拜章待罪，上奖之。（《宋史》）

熙宁八年，吴越大旱。赵抃知越州，先民之未饥，为书问属县被灾者几处，乡民当待廪者几人，库钱仓粟可发者几何，富人可募出粟者几家，僧道所入羡粟书于籍，乃录孤老病不能自食者二万一千九百余人。故事岁廪穷人，当给粟三千石而止。抃简富民所输及僧道羡余，得粟四万八千余石佐其费。自十月朔，人日受粟一升，幼小者半之。忧其众相杂也，使男女异日，而人受二日之食。忧其且流亡也，于城市郊野为给粟之所五十有七，使各以便受之，而告以去其家者勿给。计官职之不足用也，取吏之不在职而寓于境者，给其食而任以事。故事廪穷人尽三月止，是岁五月而止。事有非便者，抃一以自任，不累其属。有上请者，遇便宜辄行。是岁旱疫，吴越民死者殆半，抃所抚循皆无失所。盖民病而后图之，与先事而为计者，则有间矣，殆可为后世法。（《臣鉴录》。景仁按：《名臣言行录》称公尽所以救荒之术，发廪劝分，而以家资先之。《南丰集》有赵越州《救灾议》，于琐屑凌杂处委曲料理。可见大经济人，心最精细。）

熙宁中，浙江数郡水旱灾伤，诏拨本路上供斛斗二十万石赈济。（《宋史》。景仁按：真宗大中、祥符间，诏江淮发运司岁留上供米五千石以备饥年赈济。绍兴中，从户部尚书韩仲通之请，以上供所余之数岁桩一百万石，别廪贮之，以备水旱。此储于平日者。而截漕救荒，实始于熙宁之诏。绍兴五年，湖南旱，吕颐浩为帅，奏截上供米三万石，又令广西漕帅两司备五万石，水运至本路赈济。此又截他省漕米以救荒之始。明储巏云：目前救荒简便应急，莫如截留漕运之米为善。良然！）

益州路饥，韩忠献公琦为安抚使，简州艰食为甚。明道中以灾伤尝劝纳粟，后凑钱十六余万归常平。公曰：是钱乃赈济之余，非官缗也。尽发以给四等以下户。蜀人曰：使者之来，更生我也。（《名臣言行录》）

哲宗元祐六年，翰林学士承旨知杭州苏轼言：浙西二年诸郡灾伤，今岁大水，苏湖常三州水通为一，杭州死者五十余万，苏州三十万，未数他郡。今既秋田不种，正使来岁丰稔，亦须七月方见新谷。乞令转运司约度诸郡合粜米斛数目，下诸路封桩及年计上供，赴浙西诸郡粜卖。诏赐米百万斛，钱二十余万缗，赈济灾伤。（《通考》）

徐宁孙《赈饥策》：本州县官尽实抄劄，果系孤老残疾，并贫乏不能自食者，大人小儿籍定姓名数目，将义仓米逐乡逐镇逐坊逐巷分散赈济。请乡官或士人各三人，如无上户士人处，请耆老忠厚者，置册收支，给散关子。每五日一次，并而给之，大人日给一升，小儿减半。凡市镇乡村并令同日同时支散，以革重叠冒请之弊。乞丐等亦同日同时别作一处支米，不得混入饥民。当支散日，用五色旗分为五处，每处差指使二员、吏二名，抄劄饥民，每一名给与牌子，并小色旗，候支散及数前来赈济。散了一旗，再散一旗，不许乱赴请所。盖事贵循序，不得并在一处挨挤喧闹。（《康济录》）

范尧夫知庆州，饿殍满路，官无谷以赈恤。公欲发常平封桩粟麦济之，州县皆欲俟奏请得旨而后散。公曰：人不食七日即死，诸君俱勿忧，有罪吾独坐。即日发赈，所活无算。（《山堂肆考》）

宣和中，洪皓为秀州司录。大水，民多失业。皓白郡守以赈荒自任，发廪损直以粜。民坌集，皓恐其纷竞，乃别以青白帜，湼其手以识之，令严而惠遍。浙东纲米过城下，皓白守邀留之。守不可，皓曰：愿以一身易十万人命。人感之切骨，号洪佛子。（《宋史》。景仁按：当时流荒塞路，皓平粜于城之四隅，每升减市直钱五，揭价于青白旗，无敢贵粜。不能自食者为主之，立屋于东南两废寺，十人一室，男女异处，防其淆伪，湼黑子识其手，东五之，南三之，负纛樵汲有职。侵牟斗嚣者，乱其手文逐之。荒政之肃，虽平政不是过也。及所借发运钱且尽，复以御笔所起之四万斛纲米，遣吏锁津栅截留之，使仰哺之众，不至中道仆死，可谓胆大心细矣。适廉访使王孝竭至郡验视，曰：请为君脱违制之罪。呼吏草奏，皓曰：食犹未足，公能终惠，更得二万石乃可。孝竭以闻，米如数而得。前后所活者九万五千余人。洪忠宣之恤民，固不遗余力，而王廉访能成人之美，亦存心忠爱者，可谓两贤。）

高宗二十八年，浙东西田苗损于风水，诏以义仓赈济。在法，水旱检放，及七分以上者济之。诏自今及五分处即拨义仓米赈济。（《通考》）

叶梦得为许昌令，值水灾，浮殍不可胜计。梦得发常平仓所储，奏乞越制赈民，全活数万。（《臣鉴录》）

丁讽知蔡州，设法赈饥，活者六十余万。及代，蔡人号泣请留，闭门断桥，不得行者累日。《臣鉴录》

孝宗乾道七年，饶州旱伤，截留在州桩管上供米三万石，献助米二千石，本州义仓八万余石。又拨附近县义仓五万石，又请借会子五万贯，接续收籴米麦赈济。《康济录》

程师孟提点夔路，无常平粟，建请置仓。适凶岁，赈民不足，即矫发他储，不俟报。吏惧不可，师孟曰：必俟报，饥者尽死矣。竟发之。《宋史》

朱子尝言于上曰：臣曾摹得苏轼《与林希书》，谓熙宁中荒政之弊，费多而无益，以救迟故也。其言深切，可为后来之鉴。《康济录》

许份知邓州。邻路饥，流死系道，邓州赖公独安。诏公赈济，公置场列室，异器用，异旌物，鸣鼓给食。率三日一诣，问饥饱而劳苦其病羸。凡十月，全活饥民二万六千九百有奇。《名臣言行录续集》

真德秀为江东转运副使。江东旱蝗，德秀与宪司大讲荒政，亲至广德，以便宜发廪，使教授林庠赈给。竣事而还，百姓数千人送之郊外，指道傍丛冢泣曰：此皆往岁饥死者。微公辈，已相随入此矣。索毁太平州私创之大斛，宁国守张忠恕私匿赈济米，劾之。《宋史》

李道传提举江东路，夏大旱，条上荒政，与漕臣真德秀赈饥。道传分池、宣、徽三州，穷冬行风雪中，虽深山穷谷必至，赖以全活者甚众。《宋史》

薛弼改湖州运判，进直秘阁。时道殣相望，弼以闻。帝命给钱六万缗、广西常平米六万斛、鄂州米二十万斛赈之。民赖以苏。《宋史》

龚茂良拜参知政事，淮南旱，茂良奏取封桩米十四万，委漕帅赈济。或谓救荒常平事，遽取封桩米，毋乃不可。茂良以为淮南民久未复业，饥寒所迫，万一啸聚，患害立见，岂能计此米乎？他日，上奖谕：淮南荒旱，民无饥色，卿之力也！《宋史》

范成大除端明殿学士，寻帅金陵。会岁旱，奏移军储米二十万赈饥民，减租米五万。《宋史》

马亮知升州，行次九江，属岁旱民饥，乃邀湖湘漕米数千艘以赈之。因奏濒江诸郡皆大水，而吏不之救，愿罢官籴，令民转粟以相赒足。朝廷从之。《厚德录》

李允则知潭州，会湖南饥，欲发官廪，先赈而后奏，转运使执不可。允则曰：须报逾月，则饥者无及矣。明年荐饥，复欲先赈，转运使又执不可。允则请以家资为质，乃得发廪贱粜。《宋史》

查道知虢州，秋蝗灾，民歉。道不候报，出官廪米赈之，又设粥以救饥者，给州麦四千石，散民为种。民赖以济，所活万余人。《宋史》

慕容德丰知庆州，又改灵州。谷价涌贵，德丰出私廪赈饥民，全活者众。《宋史》

钱观复知广德军，岁饥，议发常平仓，部使者不可。观复谕属吏曰：民命在朝夕，敢不独任擅发之责乎？复请于朝，尽蠲岁租。《常熟志》

【元】世祖中统二年，甘州饥，给银以赈之。沙、肃二州乏食，给米钞赈之。至元五年，益州路饥，以米三十一万八千石赈之。六年，大名路等饥，赈米十万石。东平路饥，赈米四万一千三百余石。东昌路饥，赈米二万七千五百九十石。济南饥，以米十二万八千九百石赈之。高唐、固安二州饥，以米二万石赈之。十年，诸路虫蝻灾五分，霖雨害稼九分，赈米凡五十四万五千五百九十石。《元史》。景仁按：世祖混一海宇，在位三十五年，寿八十，享祚悠久，而开国宏规，尤重荒政。详考帝本纪，赈荒之举，无岁无之。此特载至元十年前事以例其余。可见盛世不以无灾为贵，而以能救灾为尚也。）

成宗元贞元年夏，陕西旱饥。行省右丞许宸议发廪赈之，同列以未经奏请不可。宸曰：民为邦本，今饥馁若此，倘俟命下，无及矣。擅发之罪，吾自当之。遂发粟赈贷，命亦寻下。（《通鉴》。景仁按：宸一名忽鲁火孙，世祖赐今名，俾从许衡学。其赈饥之明年，关中复旱，祷于终南山而雨，岁以大熟，民皆画像祀之。）

仁宗延祐间，盖苗授济宁路单州判官。岁饥，白郡府。会他邑亦以告，郡府遣苗至户部以请，户部难之。苗伏中书堂下，出糠饼以示曰：济宁民率食此，况不得此食者尤多，岂可坐视不救乎？因泣下。时宰大悟，凡被灾者咸获赈焉。（《元史》）

延祐之后，腹里江南饥民，岁加赈恤。其所赈或以粮，或以盐引，或以钞。（《元史》）

王克敬除江浙行省都事。番阳大饥，总管王都中出廪粟赈之，行省欲罪其擅发。克敬曰：番阳距此千里，比待命，民且死。彼为仁而吾属顾为不仁乎？都中因得免。（《元史》）

关中大旱，饥民相食，特拜张养浩为陕西行台中丞。闻命即散其家之所有，与邻里贫乏者，道遇饥者即赈之，死者则葬之。到官六月，未尝家居，止宿公署，夜则祷于天，昼则出赈饥民，终日无少怠。（《元史》）

彻里帖木儿议赈饥民，其属以为必县上府，府上省，然后以闻。帖木儿慨然曰：民饥死者已众，乃欲拘以常格耶？往复累月，民存无几矣。此盖有司畏罪，将归怨于朝廷，吾不为也！大发仓廪赈之。乃请专擅之罪，文宗闻而悦之。（《元史》）

【明】洪武二十七年，定"灾伤去处散粮则例"，大口六斗，小口三斗，五岁以下不与。（《续通考》）

成祖永乐九年，户部言：赈北京临城县饥民三百余户，给粮三千七百石有奇。上曰：国家储蓄，上以供国，下以济民，故丰年则敛，凶年则散，但有土有民，何忧不足？隋开皇间旱饥，文帝不开仓赈济，听民流移就食，末岁计所积可供五十年。仓廪虽丰，民心勿固，前鉴具在。今后但遇水旱民饥，即开仓赈给，无令失所。（《康济录》。景仁按：唐太宗谓王珪语，亦以隋为鉴，英主所见略同。）

永乐十四年，北京、河南、山东饥，发粟一百三十八万赈之。（《通鉴纲目三编》）

永乐十八年，皇太子过邹县，见民持筐拾草实，驻马问所用。对曰：岁荒以为食。太子恻然，叹曰：民隐不上闻若此乎？时山东布政使石执中来迎，责之曰：为民牧而视民穷如此，亦动念否乎？执中言：凡被灾之处，皆以奏乞停今岁秋粮。太子曰：民饥且死，尚及征税耶？汝速勘饥民口数，悉发官粟赈之。太子至京，即奏之。帝曰：范仲淹之子，犹能举麦舟济其父之故旧，况百姓吾赤子乎？（《明史揽要》）

梁洞奉命赈徐州饥民。时萧、砀二县民亦多饥者，洞欲赈之，有司以未有命沮洞。洞曰：民皆王民，何坐视其死耶？有罪，吾自任之。遂发粟赈济，多所全活。事闻，太宗嘉之。（《献征录》）

英宗正统间，周忱巡抚江南。适江北大饥，巡抚都御史王竑借三万石于忱。忱计至来岁麦熟，曰：此须十万，即以与焉。盖忱所积余米，不但赡江南，又可兼利江北。（《康济录》）

景帝景泰二年，王竑巡抚江北。时徐淮连岁饥荒，竑大发官仓赈救。诸仓空虚，独广运仓尚有滞积，此备京师之用者也。一中贵、一户部官主之。竑欲发而主者难之。竑曰：民惟邦本，穷至此，且夕为盗，且上忧朝廷，何论备京师？尔不吾从，脱有变，吾先杀尔，治尔召盗罪，然后自请死。竑词既戆，主者素惮其威，许之。所活百五十八万八千余人，共用米一百六十余万石。先是，徐淮大饥，帝于棕桥上阅疏，惊曰：饿死我百姓矣！后得开仓赈济之奏，又大言曰：好御史！不然，百姓多饿死矣。（《康济录》）

英宗天顺元年夏四月，直隶、山东饥，遣佥都御史林聪等赈之。聪屡请发帑，徐有贞曰：发帑赈济，徒为有司干没耳。李贤曰：有弊胜于无赈。帝从贤议。时方遣使通西域，卫吏张昭上疏曰：畿辅、山东仍岁灾歉，小民鬻卖子女，无有售者，转死沟壑，即成市脔。望陛下用和番之费，遣使急赈，庶犹可救。报闻。（《通鉴纲目三编》）

神宗万历二十余年，御史钟化民河南赈荒，垂危之人赈粥，有愿惜体面者散银赈之。著州县正印官下乡亲放，移官就民，毋劳民就官。分东西南北四乡，先示散期，以免奔走伺候。贫民领得钱谷，或里长豪恶，要抵宿负者，以劫论，出首者赏。其银，正印官监视戥凿，逐封加印，立册期日分给，差廉能官不时掣封秤验。躬巡所至，延见各色人等，不嫌村陋。（《康济录》）

戴浩改巩昌守，值岁大祲，矫发边储三万余赈饥。奏曰：臣请以一人之命而活千万人之命。优诏原之。（《献征录》）

【国朝】陆氏曾禹曰：百姓之身家，国之仓廪所由出。年岁丰登，民则为上实仓储。旱潦告灾，君即为民谋保聚。盖君犹心而民犹体，体安心始泰，未有百姓困厄于下，而君臣能相安于上者也。诚能发积储以救群黎，则一方安乐，薄海内外皆安乐矣。（《康济录》）

方恪敏公观承曰：田禾灾而赈恤行，赈所以救农也。农民力出于已，赋效于公，凡夫国家府库仓廪之积，皆农力所入，出其所入于丰年者，以赈其凶灾，德意无穷，而恩施有自，有非可以幸邀者矣。司赈者先视田亩被灾轻重，复审其居处器用牛具之有无存弃，以别极贫、次贫，其不因灾而贫者则非农也。佣工之农，耰锄辍而饥饿随之，极贫者为多，此与佣食于主家者有别也。孟子曰：乐岁终身苦，凶年不免于死亡。此农民之待赈为切，而急赈加赈之泽为甚厚也。不因灾而贫者亦赈，误以赈为博施之举；不必皆贫而衰老者亦赈，误以赈为养老之典也。乞丐得饱于凶年，将无启其乐祸之心乎？佣人安坐而得食，将无堕其四体之勤乎？夫农饥则四民皆饥，谷贵则百物皆贵。盖推广恩泽而及之耳，非赈政之本意也。观于给贫生则用存公余款，给旗庄则用井田官谷，益知灾赈之大发正帑，首重救农，其余乏食之民，不过区别斯可矣，未可与农民并论也。赈灾必先审户，固不能不需时日，但其中已不无饥饿待毙者，所争惟在旦暮，又不可概俟赈期，不亟赈救。圣泽汪濊，发金发粟，本以保全民命，若惟常例是拘，即是奉行不善。嗣后于勘验户口时，遇有老病孤苦情状危惨，非急赈之不生者，验明情形，即知会印官，先行摘赈，照口米例，或钱或米，即日给付。此较极贫之应续赈者，又有缓急之别，然亦不过百中之一二，所用钱米，另记簿册请销。其饥口姓名住址，并某员所查，详载备核。（于红册所注极贫下添注续字，入于续赈。）又被灾最重村庄，生计尤艰，次贫之户转瞬便成极贫。其极次之间，须倍加审酌填写，宜概从优厚。又极贫户内有久不得食，藉糠秕为活者，须注明续赈字样，毋得遗忘。又合一州县户口查毕开赈，虽旧例为然，亦须酌量灾地轻重。如贫民实有迫不及待之势，则先尽一乡，查毕即定期开赈，四乡以次施行，亦属变通之道。印委官详酌定议禀报，一面办理。至成灾五分，例惟蠲缓无赈，但五分与六分相近，恐勘报稍有不确，或气凉霜早，分数减变，均未可定。应照乾隆三年直隶旧案，将五分灾内无地极贫酌量抽赈，照六分成灾定例查办造报，有地次贫不给。大赈于十一月初一日开赈，按月散给（并月散给，官省民费）。极贫户内有老病孤寡，全无依倚，一经停赈，即难存活者，应请于八月普赈后，仍续赈九十两月，俾接至大赈。加赈之月，丁口有病故者，例应按数裁减，然念死者敛埋需费，况在凶年，虽积一口累月之粮，犹不足偿，奈何减之？亦有隐匿不报者，乡地从而挤分之，是徒夺其半口之食，而于公无益也。用是明著为令，凡赈户死口，概不核减。散赈定例，州县本城设厂，四乡各于适中处所设厂，俾一日可以往返。倘一乡一厂，相距仍远，天寒日短，领赈男妇栖托无地，地方官勿拘成例，勿惜小费，更多设一二厂，务使妇女老弱辰出晚归，毋致寒天竭蹶，露宿单行。监赈官须前夕就厂住宿，及早开放，不得任情自便，致累守候。村民当领赈时，急于得饱，非立法大为之防，则诸患生焉。道里不均，有往返之劳；场宇不宽，有拥挤之虑；时日不定，有守候之苦。称较有低昂，量概有盈缩，荐盖少而米虞蒸湿，校贯差而钱或短少，外出户口之遗漏重冒者，保邻亲族之扶同捏饰者，皆为患所宜防。议行规条十则，期于弊除而利可溥。余巡历灾区，先期筹画，身之所不至而心至之，心之所不至而法已至之，庶几弊无萌生，泽可下究耳！一、散赈大口日给米五合，谷则倍之，小口减半，银米兼支，升米折银一分五厘。一月三十日，大口月给赈米七升五合，银一钱一分二厘五毫，小口月给赈米三升七合五勺，银五分六厘二毫五丝。普赈大赈，俱按月放给。普赈一月，不扣小建。加赈小建之月，大口全扣一日银七厘五毫，小口全扣一日银三厘七毫五丝，米不再扣。一、赈厂每处委佐杂教职一员驻厂监赈，专司稽察约束之事，详明委任，以专责成。（胥役搀糠和水，私窃粜卖，抽换银封，弊窦种种，须明练者专司其事。）一、印官领到库银，先期剪鏨，按赈册村庄户口，总计一户大小口应赈半米银数，库平兑足包封，或制小袋，开写姓名银数于上，一村庄为一总包，照册内户口次第，就厂散给。（小袋线穿，挨次俵散，最便。）一、放赈前数日，将各厂附近村庄，按道里远近、人口多少，均匀配定，分为几日支放，多张告示，注明某村某庄于某日赴某处厂所领赈，仍谕各乡地遍传，依期而赴，不得遗漏。（各村至厂道里，应于散赈册内添注。）一、厂门左右十丈外，界以长绳，令乡地带领赈户人众，各按村庄排立，以道路远近，为给放次第。一村庄之内，先女后男，先老弱，后少壮。（一法：按村各书一旗，立于村外旷地，令饥民各聚旗下，逐村随旗赴厂，以次散之。）天早则任先行，日晏则责成乡地，拢合一村庄之人同行，毋许先后涣散。（荒年暮夜，负银米孤行田野，防生他虞。）银米所在，阑以大木，守以役壮，书役二名，量米斗级四名，在内供役。银米分置两处，贫民呈票领米，给竹筹一枝，缴筹领银，不复验票。普赈大赈按所赈月分制小戳记，于票上印之，停赈之月掣票。一、厂内贮米戒湿润。书役按票开发，不许留前待后。斗级按大小口数，用新制木筒平量，不得短少抛撒，违者听监赈官究处。（散米木筒概板，委员入厂时，均须较验无弊。）一、赈厂许钱市之人就厂兑换，官为定价，一准库平。凡剪银封银，即用钱市之人。贫民领银就厂易钱，但认封面所开银数，即照定价给钱，不须启封称较。铺户按封合计是日所换总数，仍缴原封于官，另给银如数。其缴回之碎银，又以供续次之用，不烦重剪，兼可就原封改写村庄姓名，并省称较也。一、贫户止一两口者，应照市价折发钱文。库贮钱多，或市钱易购，则悉用钱折发更便。一、赈册内有续字之极贫户口，自起赈日至十月底止，核算共几十几日，应得银米若干，于普赈时一并支给。其闻赈归来之户，实系某村庄外字号册有名，察其尤困苦者，亦于回日起赈，至加赈前止，按日支给银米，且须速给。（以其多一番流离之苦，故宜并从优厚。）其外字号册所不载，与勘不成灾村庄，托名外出，及原有资产，今回籍安业者，概不准给。一、外出之户，在各村已查之后，陆续递回及自归者，既难随时赴村察讯，而传唤地邻亦滋烦扰。应于本户到县之日，询明所住村庄，核对草册外字号内姓名口数相符，并其牌约地邻姓名，填给执照一纸，谕令于赈厂呈投，即就厂眼同地邻查证确实，换给赈票，添入红册，一例领赈。一、离厂稍远之村庄，有孤寡老弱病废不能赴领者，准本村亲信之人带票代领，册内注明代领姓名，以防窃票冒支之弊。（令本村地牌随厂识认，并询问前后连名之人，自无假冒。）一、灾民众多，情伪百出，有于领赈之后，复携家口外出者，多系卖票复往他处，诡名重领；亦有携家口寄顿别属，而于放赈时单身回籍，领粮复出者。应令地方牌邻据实举报，于赈册内删除。倘地邻扶同隐匿，察出究处；有首告者，赏给口米一分。（《赈纪》）

汪稼门先生志伊《散赈条规》：一、州县凡遇成灾，便当早筹赈需，先将从前历年被灾轻重及用过银米各数，逐一查明，再以现年被灾情形，较比何年相等，虽历年既久，户口日增，今昔难以拘泥，第约略度计现存仓库共有若干，尚需若干，当即禀请筹拨，并将该县地方水路可通何处，道里若干禀明，以便酌核派运。至放给灾民赈粮，应用干洁米谷，不得将存仓气头廒底及滥收别县潮湿米谷，混行散给，致苦灾民。其受拨州县，一经奉文，即上紧雇坚固船只，照例给足水脚，遴差妥当丁役，分押各船，星速偾运。如有船户押役沿途偷卖、搀水和沙、霉烂缺少等弊，立即拿究追赔。受拨州县，或应于水次接收，转运入厂者，亦即预觅舟车，押赴交卸处所，候运粮一到，照依制斛，即为验明斛收，出给印照，如有缺少，即按数移追。如接收之后，复有搀和缺少之弊，惟接受之员役是问。运粮员役例无盘费，不准报销。一、放赈宜多分厂所，各按被灾附近村庄，约在数十里者，设为二厂，须于适中宽地，或寺院，或搭篷，每厂须设两门，以便一出一入。领赈饥民，务令鱼贯而行，毋致拥挤喧哗。每届放赈，必须先期将某某村庄在某处厂内何月日放给，明白晓谕，并令地保庄头传知各户，以便灾民按期赴领，免致往返守候。一、放给赈粮，虽有银米兼放之例，然须视地方情形酌办。如系一隅偏灾，四围皆熟，米充价贱者，则给赈银，留米以备急需。如系大势皆荒，米少价贵之处，则多给赈米，少给赈银，庶几调剂协宜。至于银米兼放厂分，须将粮米预为运贮，以便应期散放。但一厂之中，务须分断月分，若此月应放本色，则全放米粮，若放折色，则全放银封，切不可二厂之中，同时银米兼放，致滋饥民争执。一、定例赈粮，每月大建，大口给米一斗五升，小口七升五合；小建，每大口给米一斗四升五合，小口七升二合五勺。应照此四项定数，每项制备总升斗各数十副，该州县按照漕斛较准验烙，分发各厂应用，以免零量稽迟，且使斗级人等无从克短。倘有较验不准，以及故为克短者，察出参究。一、定例每米一石，即算一石，小麦、豆子、粟米亦然。如稻谷与大麦，每二石作米一石，膏粱、秫秫、玉米，每一石五斗作米一石放赈。如有前项杂粮，俱应照此计算，并晓示灾民知之，免受吏胥欺骗。一、放折赈定例，每石折银一两库平纹银，按月给发。如奉特恩加增米价，应照所加之数增给，该州县务须预将各厂应放村庄户口逐一查明，每村庄共该大几口、小几口者各若干户，照一月折赈之数逐一剪封停当。俟届放期，开单同原查赈册银封，点交监厂委员带往，按户唱放，戳销原册。如有不到之户，即将原银收存，俟其续到，验明补给。如系已故迁除之户，于册内注明截支月分，原银归款。如有捏混冒销，查参究追。各厂委员仍于每厂每届放完之后，即将经放月分饥口银米各数具折通报查考。至剪封折耗火工饭食，例不准销帑项。如有以银易米散放，当按时价计算足钱通报核给。需用串绳运费，亦无准销定例。均应印官设法捐办，毋得借端克短，及冒混请销干咎。一、灾赈州县，务于正赈未满一两月前，先将地方赈后情形察看明确，如果重灾叠祲之区，民情困苦，正赈尚不能接济麦熟者，应剖晰具禀，听候酌办。如奉恩旨加赈，即照所指何项饥口、应赈月分，遍行晓示灾民，仍照原给赈票按期赴厂领赈。放给之后，即于册票内钤用加赈第几月放讫红戳，余俱照正赈例一体查办。一、赈济动用银米，皆有一定年款，如司库拨发甲年赈银，止可作甲年赈用，不可挪作乙年别用也。即有急需动垫，亦当随时备具批领详司，划作收放；或遇司发赈银未到，暂用属库钱粮垫放，亦当随时详抵清楚，庶免混淆。今各属多不论年款，混行挪垫，又不赴司作明收放，以致递年赈剩，紊如乱丝，甚难清理。嗣后赈银务照本款支用，如有挪垫急项以及径动属库钱粮者，务必随时备具批领详司，作明收放，先行清款。其用银之应销与否，仍听本案核明归结。至于赈用米款，如常平仓谷，奉拨留漕等项，方为正款。若有存仓兵行局恤搭运漕五等米，各有本款支解，不得混行挪动，致难归款报销。嗣后州县赈毕，即将原拨银米动存各细数，造具动款册送司查核，以便稽核赈剩，分别饬解清款，不得一听书吏高搁不办，任催罔应，致烦差提。一、抚恤正赈加赈灾民、灾军既毕之后，即应查造报销简细二册。如简明册，应将被灾分数列于册首，将抚恤正赈加赈，按照月分大小，分晰灾分极次大小口数，逐赈开造。如有物故迁移截支各户，亦即逐月扣除，然后结明大总，列明动用银米各数。是为简册也，应造四套。造定之日，先行具结分送司府道加结核转。其花户细册，应将前项简明总数开列于前，次将被灾区图村庄逐区遂图逐村逐庄挨次造报。如甲区被几分灾，极次贫若干户，大小口若干，内某户大口若干，小口若干，务须总撒相符，南乡归南，北乡归北，不得颠倒错乱。其无田贫民，并卫军兵属，即于各该区图村庄册后，附造毋漏。是为花户细册也，应造六套，随后送司汇转。至于贫生饥口册，应另照式造送简细二项册结，并取学结同送。《荒政辑要》

那绎堂先生彦成奏甘省被旱请拨赈银，其略曰：甘省被旱成灾，夏秋收成均难有望。据藩臬两司详称，现已分委妥员，并移行道府驰赴确勘，一经勘明，自应即为赈恤。此时靖远等处已有饥民强借抢粮之案，虽已惩办完竣，惟穷民无食，绳以严法，其情实觉可悯。若从宽原宥，久而恐酿大事。赈恤事宜，不可不急为筹办。现在甘省司库支绌，若俟勘明成灾始请拨帑，尤恐缓不济急，灾黎失所。此时通盘计算，必得预筹赈银以备接济，始免临时歧误。恳恩俯准在甘肃邻近省分拨银一百万两，并令迅速解甘，务于七八月间到齐，俾资给散。谨酌议章程具奏。一、散赈宜添设木牌，遍挂各堡，以杜弊混也。查例载地方遇有赈恤，该管官将所报成灾分数、应赈户口月分先期宣示。赈毕再将已赈户口银粮各数覆行通谕，本极周详。但向来散赈州县，惟张挂告示，将应赈户口银粮各数笼统开列，仅凭册落细数，愚民无从深悉底里，侵渔影射之弊由此即生。此次应令散赈各州县除照旧出示晓谕外，另行置备木牌，开明某村户口若干、应赈银粮若干，逐细排列村堡地名人名，填注数目，悬挂各村庄适中处所，俾民间家喻户晓，照牌给领。倘书役乡保人等仍敢侵渔影射，以及藏匿木牌不挂者，民人可指名禀控，俾经手之人无从弊混。仍责令道府亲查牌内所开与原报数目是否相符，据实禀报，统俟查过后方许撤收。仍委员前往，将该员等所挂木牌，照抄存于总督藩司衙门，以便与报册核对，庶几彰明较著，弊混可除。一、散赈宜择地方分厂，并著大员往来督查，以期安妥也。各地方官多设赈厂，按村堡户口之多寡酌中定地，勿使穷黎苦其远涉；间有须渡黄河者，亦应相度形势，妥为筹办，俾免风波之虑。至期即派原查户口之员，分赴各厂，按牌照票逐名给散，先及妇女老幼残疾，次及壮盛丁男，毋得拥挤吵嚷。或有本人不能赴领，托户族亲邻代领者，令该处乡保识认，即于册内及木牌上登注姓名，俾有查考。其胥役乡保人等俱不得包揽代领。散完后，即于册内结明总数，钤用图记，朱标年月日，旁写监散官衔名，预备上司调查。仍著道府大员于开赈之日往来督查，毋使稍有差误。一、散赈银粮宜查点足数，以免克扣也。查贫民应领银粮，丝粒均关生计，应令道府大员随处抽查，务使斛面戥头俱无短少。或有以银易钱给散之处，亦俱按照时价足数给散，毋得高抬钱价，扣短串头。（《赈纪》）

景仁谨按：赈荒之法，前代具备。本朝圣圣相承，平时敬天勤政，为小民计康阜者无不至。偶值旱潦等灾，一经飞章奏报，上厪宸衷，迅加赈恤，章程递加周密，训诫备极精详，尤非汉唐以下小补之术所能及也。查顺治八年覆准：山左江浙水灾，以仓谷赈穷民，以学租赈贫士。十年，钦差部院堂官会同江南督抚截留漕米并凤徐各仓米，赈淮扬灾民。十一年，发户礼兵工部库贮银十有六万，并内帑银八万，分赈直隶各府饥民。十三年题准：八旗被灾地亩，每六亩给米一斛。二十八年，拨户部银三十万两赈济直隶。康熙六年覆准：旗地水灾，每六亩给米二斛。九年，命部院堂官往勘淮扬水灾，以凤扬仓米麦及捐输等各项米谷赈给；如仍不敷，即动正粮接济。六十年，发帑银五十万两，命大臣往山陕买米赈济。雍正六年，遣侍郎副都统科道翰林往直隶顺德等四府被水之处，分为四路，每路各于户部领帑银二万两，查勘赈济；若用仓谷，即将本地仓谷动用具奏。又覆准：监赈各官，遵例减从无扰，经承造册纸笔饭食之费，令各州县量给。七年议准：赈济后即将银米数目户口姓名月日，刊刻告示，通行晓谕，以杜吏胥中饱。乾隆元年议准：被灾贫士，向不在齐民赈恤之列，原以郑重斯文，但贡监生员实有赤贫无食者，令报明该教官造册，转送地方官，按其家口，量加抚恤。二年覆准：州县散赈，假手书役，米粮多杂沙土，斗斛不能足数，由有司漫不经心，该管上司察出严参。三年议准：办赈各官出力者，分别保题议叙；其有不实力奉行及舞弊者，分别题参科罪。四年覆准：赈灾时，地方官预将被灾分数、赈恤事宜先行宣示，俾愚民洞悉规条。又覆准：直隶被灾地方，于定议赈恤之外，将灾重之地各户加赈一月，灾轻之地，老弱贫民加赈一月。又覆准：地方偏灾蠲赈，倘有不肖书役暗中克扣，诡名冒领，州县漫无觉察者，降二级调用。五年议准：各省赈济米数参差，嗣后大口日给米五合，小口二合五勺，多少适中，著为定例。又议准：凡遇灾歉，游手贫民与力田之民一体与赈。七年覆准：淮南二卫被灾饥军坐落州县，一例分别赈恤。又覆准：安徽所属之凤阳等十九州县被夏灾饥民，于八月抚恤，夏秋连灾者接抚两月。被灾最重之地，极贫之民抚恤毕，即于九月起，赈四月，次贫于十月起，赈三月；次重之地，极贫于十月起，赈三月，次贫二月；稍轻之地，极贫于十一月起，赈二月，次贫于十二月起，赈一月。凤阳等五卫，随所坐州县一例抚恤赈济。七年覆准：江苏铜山等九州县续罹水灾，沛县近城一带，原报次贫者转成极贫，应先加赈十一月。又议准：地方如遇水旱，即行抚恤，先赈一月。再行察明户口，六分者，极贫加赈一月，连抚恤共两月。七八分者，极贫加赈两月，连抚恤共三月；次贫加赈一月，连抚恤共两月。九分者，极贫加赈三月，连抚恤共四月；次贫加赈两月，连抚恤共三月。十分者，极贫加赈四月，连抚恤共五月；次贫加赈三月，连抚恤共四月。又议准：若地方连年积歉，抑或灾出非常，将应行赈恤事宜，该督抚因时因地妥议题明。除偶被偏灾照例赈济外，其有不能照常办理者，或将极贫加赈自五六月至七月不等，次贫加赈自三四月至五六月不等。十一年议准：河南鄢陵等州县被淹成灾，其永州等八州县仓谷不敷，银米兼赈，于旧例每石给银五钱之外，加增一钱散给。又覆准：两江被灾较重州县，加展赈恤月分，每米一石加增二钱。二十六年议准：折赈米价，奉旨加增折给者，以加增之日为始。二十七年，直隶办赈，再拨部库银八十万两，以济赈需。又截留河南、山东新运漕粮十五万石，分拨水次附近被灾州县，银米兼赈。三十一年，发库帑银三百万两，存留甘肃以备赈粜。三十五年，直隶水灾，拨部库银五十万两，再发三十万两，赈饥民。又截留漕粮，并拨通仓米四十万石，再拨二十万石，俾得宽裕赈给。四十一年议准：江西水冲田禾，每亩给籽粒银一钱；沙淤石压，每亩给修复银二钱。广东每亩给赈银五分。广西沙压田禾，须挑挖补种者，每亩给赈银二钱、谷五斗。水浸田禾可修复者，每亩借给谷五斗。田亩被冲不能修复者，计口赈银，大口三钱，小口二钱，按亩赈谷，每亩五斗。湖南水冲田禾，每亩给修复银二钱。云南水冲田地，每亩给挑培银三钱。沙压田地，每亩给银二钱。五十五年，发部库银一百万两，解往山东以备赈恤。又拨两淮运关各库银一百万两，解交江督备赈。又甘肃皋兰等县猝被严霜成灾，给予赈济。五十七年，直隶顺德府属被旱，于通仓内再拨漕米二十万石，部库内拨帑银八十万两，交督收贮备赈。嘉庆三年，拨苏州藩库、粮道库、龙江、扬州各关库银五十万两，赈济苏省各属饥民。六年议准：浙江被水田亩，沙淤石压者，每亩给修复银二钱。水冲田禾，每亩给籽种银一钱。五年，浙省被水，金华等县成灾十分者，极贫给赈四月，次贫与九分灾极贫者，给赈三月；九分灾次贫与八分七分灾极贫者，给赈两月；七分灾次贫与六分灾极贫者给赈一月。每大口给米一斗五升，小口减半。六年，京畿阴雨连旬，永定河水泛溢，将难民先行抚恤，旋经分设饭厂煮赈。直隶被水地方，拨司库银十万两速为抚恤。又截漕米六十万石，发直督分运各州县赈济。又西路长新店等处待赈者多，于京仓内再拨米二千四百石，设厂赈济。是年，拨两淮解京银一百万两，截留直省备赈。又饬查近京地方五城所属户口，其钱粮归大、宛两县者，一并造册给赈，勿致遗漏。十二年，江南苏州等十二府州厅属晚稻虫伤雾损，分别赈恤。综观前事，列圣勤恤民隐，不惜千万亿帑金以活穷黎，史不胜书，何能殚述。略举梗概如此。而章程之递加周密，实由训诫之备极精详也。恭查康熙四十六年谕：江南自夏徂秋，雨泽愆期，业经饬令停征，并发仓赈济。顾仓谷数少，未足遍给，惟各州县截留漕米，可以实惠及民。著总漕会同督抚往各州县被灾地方，亲加察勘，将本年所征漕粮，每州县或留八九万石，或留十万石，酌量足支赈给之数，分别多寡，存留支散。今漕米尚未开兑，截现收之粮以济待哺之众，实于民生大有裨益。钦此。此截漕赈济之始也。普赈大赈，亦既恩施稠叠，冬杪春初，存养有资，而圣主视民如伤，轸念三四月间，正青黄不接之时，又为筹画接济，酌加展赈月分。雍正三年谕：直隶地方被水，已截漕发仓，多方赈恤，但恐停赈之后，正值东作之时，农民谋食无策，著再加赈一月。如从前所发之米不足赈粜，著确察奏请增发米粮。钦此。此被灾次年春夏展赈之始，允为格外之恩，自时厥后，恩纶迭降，展赈月分，随时酌定。十一年，江苏常熟等二十三州县及华亭等六州县，大赈三次后，再加赈四十日，并谕有从前遗漏贫民，查明增入补赈之内。再，被灾灶户，照贫民例加赈一月。钦此。乾隆四年，因江南上年收成歉薄，正赈毕后，将下江极贫民加赈一月。上江歉收较下江为甚，将被灾五分以上之州县，加赈极贫者二月；四分以下之州县，加赈极贫者一月。十二年，山东被水，莱州府属之平度等州县成灾六七分不等。将届停赈，特谕无论极次贫民，再加赈一月，于二月内给发。又安邱、诸城二县原报被灾五分之各村庄，例不加赈，春雨短少，未报灾之村庄，虽稍有收成，经半载有余，未免拮据，无论已未成灾，加赈一月。又山东被灾州县，已多方赈恤，复将被灾最重之东平等二十三州县，于来春无论次贫民，概加赈两月，次重之齐河等六十州县卫所，极贫加赈两月，次贫加赈一月，并将河南漕粮内粟米全数截留，拨运天津北仓漕米共足二十万石以资接济。十九年，因两江上年被水，今年遇闰，麦秋较晚，为日更长，谕督抚等将被灾州县再行详察，应如何再加分别赈恤之处，一面奏闻，一面酌办。钦此。三十三年，江西南昌等州县被灾，赈期已竣，将南昌等九县被灾较重八、九、十分之极贫与九、十分之次贫加赈两月，湖口等县被灾较轻七、八、九、十分之极贫、九、十分之次贫加赈一月。三十五年，江苏各州县上年水灾，将被灾九、十分之极贫加赈两月，九、十分之次贫、八分之极贫加赈一月。四十六年，因安徽等处上年被淹，正赈后将成灾七、八、九分之极次贫军民，概行加赈一月。又河南下游被黄水淹浸，赈毕后将山东曹县、江南徐州等府灾民，俱展赈三月。五十六年，将上年萧县等县八、九分灾无论极次贫民，概展赈一月，并卫所贫生兵属，照正赈例一体办理。嘉庆二年，江南丰、沛等县被淹，赈毕后再分别展赈一两月。三年，山东曹、单等州县上年被水地亩，无论灾分极次，一体接赈三月，并截漕米四十万石运往赈济。又曹、单等州县再赏赈三月。此皆因去岁之灾伤，筹当前之接济，资其力作，特展赈期者也。更有洊饥为患破格施恩者。乾隆七年谕：江南上下两江有叠被水灾之州县，已加意抚恤，思百姓于积困之余，又罹水患，非加恩于常格之外，不足以拯陷危。最重者著于定例月分之外，加展三月，其次加展两月。至于灾止六分次贫不赈者，亦赏赈一月。其被灾屯卫军丁，照坐落州县一例加赈月分。又无业贫民、乏食生监，各随所居乡村，准其照例领赈。钦此。此悯民积困特加展赈之始，嗣后每遇奇灾，湛恩弥渥。八年，淮徐等府水灾，低区积水较深，有非人力所能计日宣泄者。钦差大臣及督抚将不能涸出补种之地，一一察勘，共有饥民口数若干，酌定月分接续赈恤。十二年，山东被灾州县已加展赈恤月分，复将被灾六分之次贫，亦给赈一月。嘉庆六年，因直隶水灾较重，明岁青黄不接时，大兴、宛平等六十州县及蓟州等七州县，于正月至四月按村设厂，无论极次贫民，一体给赈。七年，将五城及卢沟桥等处饭厂，俱展至四月二十日止。又以贫民度节，口食尚艰，展至五月初五日为止。十三年，因上年直隶通州等州县被淹，业经赈恤，将雄县等五州县成灾九分之贫民，展赈一月，银米兼放。此皆施恩于恩浃之后，有加无已者也。若夫银米兼放，定例米一石折给银五钱。成灾之地米价必昂，每有不敷，究虞艰食，圣心早虑及之。乾隆二十年谕：江苏被水成灾，已截漕发粟，俾赈恤所需务从宽裕，其应赈户口，令银米兼赈，粮价稍昂，著加恩每米一石，加给银二钱，以敷买食。至本年应运漕粮，除已截留外，现届开征，该省既经被水，米色颗粒自当稍减。所有交仓之米，并不论红白籼稅，地方官酌量可收，一体概予收兑。此等米抵通，即先行拨放俸饷。又谕：浙江杭、湖、绍等府属雨水过多，银谷兼赈，现在粮价稍昂，若照例酌给，恐小民不敷买食。著加恩每谷一石，折银七钱，每米一石，折银一两四钱。钦此。此折赈加价之始。二十四年，晋省偏灾，抚赈口粮每石折银一两六钱。又甘省折赈，河东每石加银三钱，河西加银四钱。因皋兰等属粮价尚未平减，于前加三钱四钱外，每石再各加给三钱。八年，山东被灾，每谷一石，于旧例外再增一钱折给。所以曲体艰食穷民者如此。且夫赈济之事，稍缓须臾，灾黎已挤于沟壑，是故宜速不宜迟也。乾隆十三年谕：山东上年被灾，现今雨泽未降，思就近接济，惟邻封是赖，与东省连界之直隶、河南、江苏、安徽等省，即将存仓积贮谷麦，作速动拨，委官运赴东省，以备赈济之用。运到之日，东抚一面奏闻，一面散给。其民间余粟，无论米豆杂粮，广为招集，以便购买协济。古称救荒如救焚拯溺，早一日得一日之济。该督抚等其曲体朕怀，以拯患恤灾为急，不可稍存此疆彼界之分，以副朕痌瘝一体至意。钦此。仰见至诚恻怛，溥爱无私，应机立断，不疾而速，诚万世办灾之要旨也。是以二十六年河南祥符等县河水漫溢，命大学士刘文正统勋会同巡抚，饬地方官遇应行加赈之地，随查随赈。良以灾口嗷嗷，不能久待，当厄之施，以早为贵。乃若赈粮赈银之发不可轻减，减圭撮铢两之微，累之便侵千百口之食，关系生命匪浅鲜也。乾隆三十五年谕：直隶被水各属，现有应行赈恤之处，著拨部库银五十万两，以资分给。银库旧例，凡遇应发银两，除俸饷外，俱有应扣平余。此在工程等项需用银两，原不必悉照部发支放。若地方偶有灾歉，特发帑银赈恤，惟期间阎实被恩膏，毋许不肖官吏丝毫克扣，其事较俸饷为重，岂可于部库拨给时分两稍有轻减？此次银两，著该部即于库贮元宝内如数发往。嗣后遇赈恤之项，俱照此行。著为令。钦此。圣训严切，慎之于发帑之初，正防之于散赈之际也。嘉庆六年，诏命使者八人，分路查灾。有多救活一民即减朕一分之罪之谕。闻者莫不感涕。官吏激发天良，勿遗漏，更勿轻减，斯实惠周矣。且夫赈数具有可循，殊恩必出自上，而或灾祲迥越乎寻常，臣下为民请命，亦有不容拘牵乎成例者。乾隆五年，户部酌议赈恤事宜，奉旨：赈济之事最关紧要，不可不先定条例以便遵行，然临时情形难以预料，惟在督抚因时就事熟筹妥协。如果应行赈济，即于常例之外多用帑金，朕亦无所吝惜等因。钦此。仁主怙冒之洪，惟恐臣工遇奇灾而泥常例，未能尽苏民困也。详味圣旨，可以审时事之宜，任破格为之，而勿怀观望矣。至寒士有别于齐民，非若饥军贫灶，可与民一例给赈，而遇灾艰窘，亦应加以体恤。乾隆三年谕：各省学田银两，原为散给各学廪生贫生之用，但为数无多，地方偶遇歉年，自不便令有司与贫民一例散赈。嗣后凡遇地方赈贷之时，著该督抚学政饬令教官将贫生等名籍开送，地方官核实详报，视人数多寡，即于存公项内量发银米，移至本学教官均匀散给等因。钦此。此动存公银给贫生之始，不仅赡以学租也。迨七年，有乏食生监准其领赈之谕，则以江南叠遭水患，偶尔行之，初非定例，而圣朝之体恤寒唆者，礼优而惠洽矣。凡我有官君子，遵本朝之成宪，绎列圣之德音，根极于恻隐之心，济之以精明之识，法令森严而莫犯，施行果断而不疑，弊窦悉除，生机尽达，责实不求名，而实德洽乎黎庶，为善不求报，而善庆流于子孙，庶几斡天行，宣皇泽，以无负圣天子诚求民瘼之殷怀也，岂不懿欤？

卷七　煮赈

《月令》：仲秋之月，行糜粥饮食。行，犹赐也。系之于养衰老之下，殆不遍及也。《檀弓》载：齐大饥，黔敖为食于路，以待饿者而食之。尚未专言粥也。而公叔文子当卫国凶饥，为粥与国之饿者。此实设粥赈饥之始。救荒银米兼赈可以无饥，而未发赈以前，有窘迫而不能久待者，已加赈之后，有艰难而不能接济者，则赈粥之不可废也明甚。为煮赈条第六。

【汉】安帝元初四年，京师及郡国十雨水。诏曰：今年秋稼茂好，而连雨未霁，惧必淹伤。郡县虽有糜粥，糠秕相半，长吏怠事，莫有躬亲。其务崇仁恕，赈护寡独，称朕意焉。（《后汉书》）

献帝兴平元年，三辅大旱。时谷一斛五十万，豆麦一斛二十万，人相食啖，白骨委积。帝使侍御史侯汶出太仓米豆，为饥人作糜粥，经日而死者如故。帝疑赈恤有虚，乃亲于御座前量试作糜，乃知非实。使侍中刘艾出让有司，收侯汶考实，杖五十。自是之后，多得全济。（《后汉书》）

陆续仕郡户曹史，时岁荒，民饥困。太守尹兴使续于都亭，赋民饘粥，续悉简阅其民，讯以名氏。事毕，兴问所食几何，续因口说六百余人，皆分别姓名，无有差谬。（《后汉书》）

【南北朝】【梁】任昉为义兴守，岁荒，以私奉米豆为粥，活三千余人。时产子者不举，昉严其制，罪同杀人，孕者供其资费，济者千室。（《南史》）

【北魏】孝文帝太和七年，以冀、定二州饥，诏郡县为粥于路以食之。定州上言为粥所活者，九十四万七千余口；冀州上言为粥所活者，七十五万一千七百余口。（《文献通考》）

河南王曜子平原为齐州刺史。时岁频不登，平原以私米三千余斛为粥，以全人命。北州戍卒一千余人，还者皆给路粮。百姓咸称咏之。（《北史》）

韦朏年十八，辟州主簿。时属岁俭，朏以家粟造粥，以饲饥人，所活甚众。（《魏书》）

房景远好施与，频岁凶俭，分赡宗亲，又于通衢设粥以食饿者。平原刘郁路经济兖，遇劫贼杀人，次至郁。郁呼曰：与君乡近，何忍见杀？贼曰：若乡里亲是谁？郁曰：齐州主簿房阳是我姨兄。阳是景远小字。贼曰：我食其粥得活，何得杀其亲？遂还衣物。蒙活者二十余人。（《魏书》）

【宋】太宗淳化之岁，尝自七月至九月雨不止，壁垒庐舍多坏，物价踊贵。太宗加给，复赐淖糜以救其变。（曾巩《本朝政要策》）

真宗五年，遣中使诣雄、霸、瀛、莫等州为粥，以赈饥民。（《通考》）

陈尧佐知寿州，遭岁大饥，自出米为糜，以食饿者。吏民皆争出米，活数万人。公曰：岂以是为私惠哉？盖以令率人，不若身先而使其乐从耳。（《名臣言行录》）

程子曰：救饥者日得一食，则不死矣。当先营宽广居处，切不得令相枕藉。宿戒，使晨入，午而后与之食。择羸弱者作稀粥，早晚两给，勿使至饱，俟气稍完，然后一给。其力能自营一食者，皆不来矣。比之不择而与，当活数倍多也。（《程氏遗书》。景仁按：陈氏龙正谓日只一餐，恐不足以救其死。莫若俟其食毕，每人或给米二三合，或给糕饼数枚，以代下次之餐。彼既不专守候于此，又可往他处营生。此法似较密。）

叶衡知常州，水潦为灾，衡发仓为糜以食饥者。或言常平不可轻发，衡曰：储蓄正备缓急，可视民饥而不救耶？疫大作，衡单骑命医药自随，遍问疾苦，活者甚众。（《宋史》）

王致远知慈溪县。浙东大饥，致远请邑贤士大夫分僧寺置局，为粥以食饥者。始食日千人，既而邻民纷至，日至八千人。己俸不足，复诣上台借助，劝巨室出粟以续之，迨麦熟始罢。（《习是编》）

祝染，延平沙县人。遇岁歉，为粥以施贫民。后生一子，省试举首。春榜将开，里人梦报人手持状元大旗，上书施粥之报四字。及榜发，果状元及第。（《臣鉴录》）

倪闪好施予，每出遇贫，则以钱掷其家。绍兴四年，大饥，道殍相枕，闪设糜粥济之，活者万计。次年赴试，梦竖旗门首，书饘粥阴功四字。果魁天下，后至尚书。（《臣鉴录》）

【元】泉郡饥，民多就食永春。卢琦命分诸浮图及大家为糜食之，存活不可胜计。（《元史》）

顺帝至正十二年，起复余阙为淮东宣慰副使，守安庆。春夏大饥，捐俸为粥以食之。请之中书，得钞三万锭以赈之。（《元史》）

【明】嘉靖十七年，席书疏云：臣窃见南京饥馑殊甚，卖牛畜，鬻妻女，老弱展转，少壮流移，甚或饿死于道。廷议赈恤，但饥民甚多，钱粮绝少，惟作粥一法，不须防奸，不须审户，至简至要，可以救人。世俗谓作粥不可轻举，缘有行之一城，不知散布诸县，以致四方饥民闻风骈集，主者势力难及，来者壅积无算，遂谓作粥不宜轻举。不知辰举而民即受惠，三四举而即可安辑，其效速，其功大，此古遗法。扶颠起毙，未有先于此，急于此者。（《康济录》）

萧遼，汉阳人。嘉靖甲辰，楚大饥，出粟济之。粟尽，复措千金，易粟作粥食饥者。时未有子也，一夕梦中见数百人罗拜，曰：来报凶年活命恩。一人手携两孺子，曰：请以为嗣，所以报也。庚戌，长子良有生。丙戌，仲子良誉生。先后中乡举。万历庚辰，良有以会元及第，良誉亦登高第。楚人有"汉阳双凤"之谣。（《臣鉴录》。景仁按：救荒有生生之理，天必佑之而生贤子孙。黄山谷诗有云：能与贫人共年谷，必有明月生珠胎。理有固然也。）

万历二十八年，河南大饥。御史钟化民令各府州县官遍历乡村，察举善良以司粥厂，就便多立厂所，每厂收养饥民二百，不拘土著流移，分别老幼妇女，片纸注明某厂就食，以油纸护系于臂，汇立一册，听正印官不时查点，使不得东西冒应，期至麦熟而止。所到必行拾遗之法，遍历村墟粥厂，以故地方官望风感动，竭力赈救，民赖以生。（时郭家村刘一鹏既贫且病，嘱其妻曰：与其相守俱亡，何若自图生计。其妻泣曰：夫者妇之天，死则俱死耳，何忍相弃乎？后赖钟御史多设粥厂，食之而得生。按谚云：饥时一口，胜如一斗。死在须臾，即能行走。粥厂妙难尽述。钟公令州县乡村多立厂所，在在救全，而且遍历周观，有司敢不竭力以生之乎？《康济录》）

万历二十九年，毕懋康巡按陕西。入关之始，见饥民嗷嗷，乃赈粥，将张司农《救荒十二议》发刻施行。其议有云：救荒法无如煮粥善，相应先尽各州县见在仓粮，尽数动支。又动本院赎银，收买米豆杂粮，煮粥接济。然所谓救荒无奇策者，患在任之不真，任之不力耳。若有真心自有良法，又何灾不可弭也！向得张司农《救荒十二议》，试有明验，仰司即发刻，令各府印刷，分给各州县，逐款著实举行。一、亲审贫民。先令里长报明贫户，正印官亲自逐都逐图验其贫窭，给与吃粥小票一张，填写里甲姓名，许执票入厂，仍登簿。万不可令民就官，往返等候，先有所费，要耐劳耐久，细心查审。二、多设粥厂。众聚则乱，散处易治。今议州县之大者设粥厂数百处，小者百余处，多不过百人，少则六七十人，庶釜爨便而米粥洁，钤束易而实惠行。（厂多则人不杂，各赈各方，而且易于识认，又无途宿风雨之苦。）三、审定粥长。数百贫民之命，悬于粥长之手，不得其人，弊窦丛生，务择百姓中之殷实好善者三四人，为正副而主之。四、犒劳粥长。饥民群聚，易于起争，粥长约束，任劳任怨，上不推恩激劝，谁肯效力尽心？故宜许其优免重差，特给冠带匾额。近又有一法，半月集粥长于公堂，任事勤者劳以盒酒花红，惰者量行惩戒以警其后。（有善人能人，不妨任粥长，当堂禀用，官长给帖，请来厂中协力料理。）五、亲察厂弊。粥厂素称弊薮，惟在稽察严密，非守令躬察，则不知警。（景仁按：《康济录》载明末州县官之赈粥也，探听勘荒官次日从某路将到，连夜于所经由处寺院中设厂垒灶，堆储柴米盐菜炒豆，高竿挂黄旗，书"奉宪赈粥"四大字于上，集饥民等候官到，鸣钟散粥，未到枵腹待至下午，官去随撤厂垒灶，寂然矣。由是推之，民安得不困，此事可为炯戒。守令固当亲察，而大吏尤当并守令而密加稽察也。）又有以逸代劳之法，限粥长三五日执簿赴堂领米，谆谆嘱其用心，察其勤惰。又要时加密访，置大签四根，书东西南北四字，日抽一签，如东字，单骑东驰，不拘远近，直入厂中，果有弊者，造作不精者，分轻重而惩治之，不可贷也。六、预备米谷。仓廪不实，支取易匮，或动支官银籴买，或劝借义民输助，必须多方设法，预为完备。粥米既交粥长，或搬运，或变卖，任从其便，只要有米煮粥，不许吏胥因而索诈。七、预置柴薪。厂中器皿，不可强借，惟铁杓必须官给两个，恐有大小故也。煮粥之柴，其费最多，粥长等那堪赔累，即令在所领米内扣卖作价。八、严立厂规。驭饥民如驭三军，号令要严明，规矩要画一。印簿照收到先后，顺序列名，鸣钟会食，唱名散签。凡散粥，或单日自左行散起，或双日自右行散起，或自上散，或自下散，或自中散，互为先后，则人无后时之叹，不至垂涎以起争端。敢有起立擅近粥灶者，即时扶出除名。粥长不遵规矩，亦有所惩。九、收留子女。预示饥民，不可擅弃子女，然而饥寒困苦，难保其无。万一有之，令里老保甲老人等收起，抱赴官局收养，仍给送来之人数十文，以作路费。十、禁止卖妇。卖妇者当严禁，倘有迫切真情，将夫妻尽收入厂中，妇令抚婴，男归厂用，事完听去。十一、收养流民。最苦者饥民逃窜，以路为家，须于通衢宽空处，另立流民厂，另置流民簿，随到随收。如若满百，须增厂舍。若乞丐，又立花子厂，不得与流民共食。十二、散给药饵。凶年之后，必有疠疫。疫者万病同症之谓，不论时日早晚，人参败毒散极效，或九味羌活汤、香苏散皆可，但须多服方验，或动官银，令医生速为买办，合厂散数十帖。至夏间有感者为热病，败毒散加桂苓甘露饮神效，败毒散不用人参，加石膏为佳，再令时医定夺，必不误也。（《康济录》）

山西巡抚吕坤赈粥法：一、广煮粥之地。饥民无定方，而煮粥有定处，若不多设处所，以粥就民，恐奔走于场，难宿于家，或朝食一来，暮食一来，十里之外不胜奔疲。不便一也。壮丁就粥便可随在歇止，而老病之父母、幼弱之小儿、羞怯之妇女，饿死于家，其谁看管？不便二也。乞粥以归，道远难携，妄费难察。不便三也。不如十里之内，就近村落寺观，各设一场，庶于人情为便。一、择煮粥之人。旧日监督主管，多委里甲老人。嗟夫！难言之矣。无迫切之心，则痛痒不关而事必苟；无综理之才，则点察失当而事不详；无镇压之力，则强者多、暴者先而惠不均。故定煮粥之法，当选煮粥之人，先令之讲求，正印官亲与问难。如于立法之外另有良法者，即行奖赏，则人人各奏其能矣。一、行劝谕之令。善不独行，当与善者共之。正印官执一簿籍，少带人数，各裹糇粮，遍到乡村，看得衣食丰足、房舍整齐之家，便入其门，亲自劝勉，或愿舍米粮若干，或愿煮粥若干日，饲养若干人，务尽激劝之言，无定难从之数。如有所许，即令自登簿籍，先为奖励。一、别食粥之人。凡来食粥者，报名在官，立簿一扇，分为三等六班。老者不耐饿，另为一等，粥先给，稍加稠；病者不可群，另为一等，粥先给；少壮另为一等，最后给。此谓三等。造次颠沛之时，男女不可无辨。男三等在一边，女三等在一边，是为六班。一、定散粥之法。擂鼓一通，食粥之人，男坐左边，以老病壮为序，女坐右边亦然，每人一满碗，周而复始。大率止于两碗，老病者加半碗一碗可也。每日夕，人给炒豆一碗。一、分管粥之役。大粥场立总管一人、掌簿二人、司积二人，管米豆俱以廉干者为之。每锅灶头一人，炊手二人，壮妇人更好。柴夫一人，水夫十人，皆以食粥中之壮者为之。有惰慢及作弊者，即时杖逐。一、计煮粥之费。凡米须积在粥厂严密之处，司积者自带锁钥，每日每人以三合为等。食粥之人每日增减不同，掌簿先一夕日落报名数于司积，令某锅煮米若干。司积冒破米豆者，每一升罚一担；灶头克减米豆者，不论多少，重责革出。一、查盈缩之数。不分军民良贱，不论本土流民，除强壮充实男女不可轻收外，其余但系面黄肌瘦之人，尪羸褴褛之状，即准收簿。每簿分男女二扇，每班常余纸数叶，以备早晚续到之人。其人以日为序，如正月初一日，赵甲，某府某县人，见在何处居住，有子无子。初二初三，以次登记。一、备煮粥之具。布袋若干条，大锅若干口，木杓若干只（约与碗大），木碗若干个（碗令食粥者自备甚便，但大小不一，恐多寡不同），大木杓若干个，水桶若干只。柴薪不可多得，即差少壮食粥之人令其拾采。一、广煮粥之处。须行各州县一齐通煮，使穷民各就其便，而流来之人不致结聚，但一场过五百人，即将流民拨于别场。有父子夫妻，一同随拨。盖结聚易，离散难，老妇病女何害，少壮男子不散，必为盗于地方。接熟之日，照归流民法，各发原籍，更为得所。一、备草荐。饥病之人，坐卧无所，亦易生疾。州县将谷稻藁秸织为草荐，令之铺地，庶不受湿。有力之家，平日肯织千百，或冬月施与丐子，或饥年散给粥场，大阴德事，事完另行奖励。一、奖有功。如果有功无过者，原委人役，大则送牌，小则花红鼓乐，送至其家，以示优厚。一、旌好义。看其米数之多寡，定旌赏之重轻，或送牌坊，或给免帖，或给冠带可也。一、赈流民。过往流民，倘过粥场，每人给粥三碗，炒豆一碗，仍问姓名登记，以便查考。一、贮煮粥器皿。天道无十年之熟，一切煮粥器皿，须令收藏，备造一册存库，委付一人收掌，不许变价及被人花费。《康济录》

万历时，知常熟县耿橘有云：荒年煮粥，全在官司处置得法，非有司亲尝严禁，人众虑粥缺少，增添生水，往往致疾。惟就各处村落，属慕义者主之，画地分煮为当。《康济录》

徐光启《备荒考》垂死饥人赈粥法：边海有失风船，飘至塘。船中人饿将绝者，急与食，往往狼吞致死。有煮稀粥泼桌上，令饥人渐渐吮食之，方能得生。盖饥肠微细，不堪顿食也。黄齑杂煮增粥法：取菜洗净贮缸中，用麦面入滚水调稀浆，浇菜上，以石压之，不用盐渗。六七日后，菜变黄色，味微酸，便成黄齑矣。此后但以菜投齑汁中，便可作齑，不复用面。取齑切碎，和米煮粥食之。每米二斗，可当三斗之用，虽不及纯米养人，而充塞饥肠，聊以免死，亦俭岁缩节一法也。《农政全书》

【国朝】魏冰叔禧择地聚人赈粥法：城四门择空旷处为粥场，盖以雨棚，坐以矮凳，绳列数十行，每行两头竖木橛，系绳作界。饥民至，令入行中，挨次坐定，男女异行，有病者另入一行，乞丐者另入一行。预谕饥民，各携一器。粥熟鸣锣，行中不得动移。每粥一桶，两人舁之而行，见人一口，分粥一杓贮器中，须臾而尽。分毕，再鸣锣一声，听民自便。分者不患杂蹂，食者不苦见遗。限定辰申二时，亦无守候之劳，庶法便而泽周也。因里设厂赈粥法：施粥者必须因里设厂，若劳其远行，恐半途仆毙。又须立人监理，令饥民至者随其先后，来一人则坐一人，后至者坐先至者之下，已坐者不许再起。一行坐尽，又坐一行，以面相对，以背相倚，空其中路，可令担粥人行走。坐至正午，击梆一通，高唱给第一次食，令人次序轮散。有速食先毕者，不得混与。一次散讫，然后击梆二通，高唱给第二次食。如前法，共三次即止。盖久饥之人，肠胃枯细，骤饱即死。惟饥民中称有父母妻子卧病在家者，量给携归。处分已讫，方令散去。散去之法，令后至坐外者先行，挨次出厂，庶不拥挤践踏。又多人群聚，易于秽染生病，须多置苍术醋碗，薰烧以逐瘟气。又不时察验，严禁管粥者克米，将生水搀稀，食者暴死。其碗箸令饥民自备。再，米多亦不得施饭，久饥食饭有立死者。挑担就人赈粥法：担粥无定额，无定期，亦无定所。每晨用白米数斗煮粥，分挑至通衢若郊外。凡遇贫乞，令其列坐，人给一杓。每担需米五六升，可给五六十人之餐，十担便延五六百人一日之命。或数日，或旬日，更有仁人继之，诸命又可暂延。无设厂之劳，有活人之实，既可时止时行，又且无功无名，量力而行，随人能济众，每日有仁方矣。此崇祯辛巳嘉善陈龙正赈粥法也。(《康济录》。明张氏曰：担粥须用有盖水桶，外用小篮，备盐菜碗箸。景仁按：沈少参正宗谓担粥法，止可待流亡之在其途者。若救土著饥民，煮粥丛弊。不若分地挨户，给以粥米，既可活人，又不丛聚，但须分给得当，时加亲察。张清恪公谓极贫人宜赈粥，绅富鲜有行之者。盖施粥之名一出，人来必众，不得则怨。担粥之法，富家有力愿施粥者，每遇风雪寒冷，难以求食之日，煮粥一担，令人肩挑，随处给食。明日再煮，陆续挑给，担粥者众，则全活者多，且无敛怨争挤之患。此在富者所费有限，而贫者续命已多。二说不同，各有所见。户给粥米，固胜于因粥酿疫，然亦恐有贫病不能举火，而待命顷刻者，则担粥之法为善，要在酌乎人地之宜，则并行不悖耳。)

　　慕鹤鸣漕督天颜抚苏时，疏曰：赈济莫若就灾地近区，多设粥厂，在道路适均处煮粥散食，使饥民远不过十里，便其扶老携幼，则稍可自全者，决不蒙耻食粥。溷滥之弊一清，所赈之民甚溥。臣先为劝捐米石，发往各邑，饬令城乡各设厂五六处，公举好义绅士董其事。(《江南通志》)

　　陆氏曾禹曰：粥厂事务虽多，其要有五：一贵多厂，无远涉之苦、门外之嗟。二贵得人，无废弛之事、冒破之求。三贵巡察，不事虚名，立平赈灶。四贵犒赏，人人竭力，不忍相欺。五贵得法，实惠均沾，不填沟壑。能若是，可与公叔文子并传矣！崇祯庚辰年，浙江海宁县双忠庙赈粥。人食热粥毕即死，每日午后必埋数十人，与宋时湖州赈粥，粥方离锅，犹沸滚器中，饥人急食之，食已未百步而即死者无异。后杭人何敬德知之，遂于夜半煮粥，置大缸中，明旦分给，死者寡矣。其所以必死之故，人知之乎？凡食粥者身寒腹馁，必然之势。身寒则热粥是好，腹馁则饱餐自调，殊不知此皆杀身之道，立死无疑。故赈饥民粥，万不可过热，令其徐徐食之，戒其万勿过饱，始可得生。赈粥时尤须大书数纸，多贴于粥厂左右，上书"饿久之人，若食粥骤饱者，立死无救；食粥太热者，亦立死无救"。尤宜令人时时高唱于厂中，使聋者与不识字者皆知之，庶可自警。否则乌能知久饥与不久饥，而岂可概薄其粥，令其不饱哉！旧传新锅煮粥煮饭煮菜，饥民食之未有不死者，故厂中须用旧锅。万一旧锅不足，须用新锅，或向庵堂寺院，或向饭铺酒家，换取旧锅备用，庶不致损人之命。不论男妇到厂吃粥，倘怀中有婴儿者，许给一人之粥，令其携归哺之。彼利此粥，不致弃子，造福更大也。少妇处女，初次到厂吃粥之后，当急予半月之粮，令其吃完此米，再到厂中来吃一次，如前给之。后皆仿此。不可令彼含羞忍耻，日日到厂，挨挤稠人广众之中也。荒年有外具衣冠，内实饥馁，不能忍耻就食者，如托人瓶钵取食，勿生疑阻。倘访知果赤贫无人转托者，更宜挑担上门量给之。凡赈粥，当在十月初旬为始，此际草根树皮无从得觅，无粥则有死而已。其止当在三月初旬，此时草木既已萌芽，饥者或有赖于一二也。粥厂之开，贵早不贵迟，枵腹者不能再候也；贵近不贵远，贫病者不能远步也；贵久不贵暂，禾麦未熟不能自食也。厂急促不能力办，庵堂寺院皆可代也。《康济录》

陆桴亭世仪《劝施米汤约》曰：荒岁米贵，民多食豆秕麸糠草根诸杂物，涩滞塞肠，久饥者每每致死。尝考方书，惟谷性最养人，人但得谷气，即累日可以不死。因思今素封家虽无余力可以活人，然朝夕炊粥饭时，幸少增勺米，汤沸必挹取数盏，盛大瓮中，多多益善。明晨以汤再炊，量入麦粉少许，使成稀粥。更以水姜三四块捣碎调和（饥民畏寒，有姜汁则辟寒气，通肠胃），各就门首施之，或一次，或早晚二次，汤尽为度，用以稍润饥民肠胃。凡有活人之心，宜无不以为然者。《切问斋文钞》

黄慎斋澄《煮麦粥法》曰：用大麦磨成面子，每面八升，加以碎米二升，调成糊粥。遇饥年，择一倚傍庙宇空处，对面搭棚十间，两头设立木栅门，门派二役把守。棚内砌土灶五眼，用大锅五口，满贮清水，烧令滚沸，预将米粉麦面二八拌匀，堆贮棚内，一锅水滚，入麦面搅匀，顷刻浓熟可吃。用大枓约一大碗，自东栅门放饥民鱼贯而入，就锅与一大枓，挨次给散，令其由西栅而出。一人掌枓施粥，其调煮之人，即于第二锅内下面调搅，顷刻又熟。二锅散完，即散三锅，次第以至五锅，而第一锅又早水滚可用矣。锅不必洗，人不停手，灶下十人，灶上十人，共二十人替换，足供是役。计面粉每升可调三四枓，济三四人，计三四石可济千人。每日调粥十余石，则济四五千人，初不虑拥挤也。自卯末辰初，散至午末竣事。计麦面米秕之价，较米价止十分之五，而人工费用器具，又省十分之七八矣。其便有五：一、价贱则经费可充可久；一、面粉粗于米粥，非实在饥民，不来争食；一、米秕拌入麦面之中，厂内人不能侵克，搅熟可现吃，非若冷粥伤人脾胃；一、顷刻成熟可吃，非若米粥必隔夜烧煮，不费人工时候。如境遇大荒，城乡分设四厂，可无受饥之民矣。但须预于半月前，发米磨秕，发大麦磨面，责成磨坊碾部陆续磨运堆贮，以供应用无缺。查大麦面子，淮扬徐海贫民藉以日食，收买甚易；江以南则须买麦，焙熟再用，以免伤人脾胃。《切问斋文钞》

黄子正给谏六鸿曰：设粥宜举有德乡绅殷实者善董其事，使赴厂饥民按时而至。各厂散粥，俱同时起止，以免贪民彼此驰骛，反致误领。印官不时至厂，亲尝其粥，庶奸胥不敢克扣搅和。其散粥之法，或设大厂，或假寺院，左右建立栅门，内留宽地，度可容千人。栅门拨役司启闭，每日散粥时，放饥民入尽即闭，非执事人不许擅入。监散官预置大筹一千，长五寸，小筹五百，长三寸。监散官画押，罩以桐油，每百根一穿，交付董理人。于厂东西各设一门，选练事人司掌领粥，饥民俱令由东门入。门设书写数名，各置一簿，问实饥民姓名籍贯，有无携带幼小儿女，照登簿上，大口给一大筹，小口给一小筹，令执诣厂领粥。管粥人将筹收存，随即按筹给粥，大筹一枓，小筹半之，领过即令由西门出。门外拨役巡察。领过粥者不得混走于东，未领粥者不得混走于西。栅外有饥民后至者放入，亦令往东边候领。饥民领粥已遍，然后开栅放行。夫散粥按筹，人多不能冒领，出

入异门，往来免致拥挤。已未领东西各别，以杜奸滑混入重支。如此，可无失领复给之弊矣。（《福惠全书》）

方恪敏公观承曰：州县煮赈，本城设厂一处，委官主之。四乡适中之地，分设数处，择乡官贡监之有行者主之。先计一厂食粥之人约有若干，千人日需米三四石，石米用四大釜，一釜煮米五升，作五次煮成。黄昏浸米，四鼓起爨，至天明可成粥三次，已刻五次皆成。贮以洁净大瓮，制铁杓十余，令一杓所盛足三四碗。厂外搭盖席棚，签桩约绳为界。先期出示晓谕，男女各为一处，携带器皿，清晨各赴某地，或寺或棚齐集。以鸣金为号，男妇皆入，金三鸣，门闭，留一路点发，禁人续入。制火印竹筹二三千根，点发时人给一筹，先女后男，先老后少，依次领筹。出至厂前，男左女右，十人一放，东进西出。每收一筹，与粥一杓，有怀抱小口者增半杓。得粥者即令出厂，以次给放，自辰及午而毕。老病不能行走者，乡地报明，查其亲属有在厂食粥者，造入名册，一并发筹给领。（《赈纪》）

那绎堂先生彦成《煮赈条款》：一、皋兰往年隆冬煮赈，每锅用粟米四仓升，豆面四仓升，约可食大小口二十人。此次应照仿行之，（每日开销，大口粮五合，小口二合五勺。）派员验量米面如数，监视下锅，免克减浮冒之弊。再，该处难觅粟米者，秦州可用包谷，西宁可用青稞煮赈，（嘉庆十五年，甘省夏禾被旱，凉州等处先设粥接济。武威令禀请将仓贮小麦内动支炒磨，散放炒面。）均由省派员会同监视散放。一、设大小木筹以防重领。领粥人多，应酌量多寡，置备或一尺或八寸长木筹一分，上用火烙双单印记，外备五寸或四寸长小木筹一分。如于双日开厂，则于先一日委员讯明姓名年岁何县，造册存查。每名给双印大筹一根。次早委员在门外用小筹将大筹换回，积至百根或二百根，开门放入。厂内委员随收回小筹，即行给粥，并换单印大筹，为明晨单日支领粥面之需。发领后由旁门放出，鸣锣一声。厂外委员听闻，即将续换之百名或二百名复行放入。如此则厂内无拥挤之虞，而食粥穷黎已换大筹，双单印记不符，不能重领，且放筹有数，次早煮粥多寡，即可以放筹为准，委员稽查人数，亦可以取放木筹核算。至新来贫民有请领粥赈者，亦于先一日赴委员处问明，添入册内，按日给予双单印筹，庶免紊混。一、出外穷黎，俟放赈有期，宜随时劝谕回籍，早安生业。其无力回籍者，地方官计算归程，按日给予下色粮五合。一、入秋天气早凉，宜在空阔处所，酌盖席棚，或择空闲窑屋庙宇，俾蔽风雨。即得住宿，仍分别男女，不得搀混。（《赈纪》）

景仁谨按：吕东莱论救荒，以设糜粥为下。惠仲孺亦谓荒政之弊四，而行粥居第一。良以行粥之举，壮者得歠而不能及幼孤老病之人，近者获餔而不能周僻壤深山之境。且萃数千饥馁疲民于一厂中，气蒸而疫疬易染，众聚而奸盗易萌，强者数次重餐，弱者后时空返。即其得食者，仰给一盂，奔驰数里，晨往夕还，冲风冒雪，得毋惫甚。况重以吏胥侵蚀，撩以石灰，杂以糠秕，嗟尔嗷鸿，活者二三，而死者十六七矣。然此究非法之弊也，乃行法者之弊也。夫苟行之而不善，虽良法皆成弊薮，何独于设粥而议为？苟行之而善，虽常法可绝弊端，何独于赈粥而废之？窃以为灾黎未赈之先，待哺孔迫，既赈之后，续命犹难，惟施粥以调剂其间，则费易办而事易集。又如外至流民，户口难稽，人数无定，非煮粥曷济乎？此不独富厚者硕，宜行之乡里，即有司亦当行之郡邑，而不可废也。前代糜粥之设，著有良规。国朝偶逢歉岁，轸恤多方，而煮赈之典，未尝偏废。查康熙六十一年，直隶饥，发米各州县煮粥赈济。雍正元年覆准：浙江富阳等县卫被旱饥民，按口煮粥，至来年麦熟停止。三年覆准：江南睢宁、宿迁二县水灾，动支积谷，自十月初一日为始，煮粥散赈五月。四年，安徽之无为等州县被灾，穷民寒冬乏食，煮赈五月。六年议准：凡赈济饥民，近城之地仍设粥厂，其远在四乡，于二十里之内各设米厂一所，照煮赈米数按口一月一领。乾隆八年，廷议向例五城设饭厂十处，自十月初一日起，三月二十日止。今因河间等处旱灾，外来贫民日众，且闰年天气早寒，请改期于八月望后，每厂日添米二石。嗣以赴厂就食者日多，复经五城御史奏请每厂日添米五石，五城十厂日煮米五十石，并经大学士等议于京东之通州、京西之良乡分设饭厂二处，搭盖席棚窝舍，俾续来流民得以就食栖宿。其时固安、武邑均经捐俸煮赈。嘉庆六年六月，京师被水，中顶庙内存留难民千余，先于该处设厂置赈。五城乏食贫民，照每年冬月例设饭厂煮赈一月，旋经展赈一月。又发京仓稄米二千石，给永定门外各灾民造饭，长新店等处及右安门外，再拨米石，设厂赈济。又散之增寿寺设立饭厂，煮赈一月。又以直隶水灾较重，大兴宛平等六十州县于明岁正月至四月麦收时止，各按村庄，多设粥厂，无论极次贫民一例给赈。是年，拨直隶旗租银二十余万，以备直属煮赈。又将蓟州等七州县于明岁正月起按村煮赈，至四月止。七年，于卢沟桥、黄村、东坝、采育四处添设厂座，专派卿员同地方官经理，俾就食穷民分投领赈。又将五城并作五厂，均移至城外开放，与卢沟桥等处饭厂俱展至四月二十日止。旋于内城改回二厂，俾城内贫民前往领赈。又五城内外各厂，再行展赈，不拘日期，俟甘霖大沛，酌量奏停，后展至五月初五日为止。十年，豫省新乡等十七州县连岁歉收，酌拨仓谷五万七千石，分拨各县碾米煮赈。十一年，有淮扬贫民就食该处，岁底展煮赈一个月。又山西被旱赈毕，复将平、蒲等属二十六州县煮赈，展至四月底止，襄陵等四县展至六月底止，计口散给粥米。十五年，甘肃被旱，皋兰及西宁、凉州、中卫、秦州五处分设粥厂，赈恤出外饥民。此历来煮赈之典，行之具有成效。煮饭固足以果其腹，而煮粥亦足以疗其饥也。伏查《康济录》"赈粥须知"论曰：虽云一粥，是人生死关头，须要一番精神勇猛注之，庶几闹市穷乡，皆沾利益。诚至言也！必如惠仲孺之所论，以赈粥为弊政，不几于因噎废食乎？爰采辑良法，著其利弊，贤司牧及乡里耆硕有志振穷者，知其弊而杜之，散其利而普之，虽谓煮赈为尽善之仁术可也！

卷八　平粜（与通商、裕仓储两条参看）

贵谷乃人主重农之心，而谷贵非人主养民之意。谷贵由于岁祲，势有固然，爰设平粜之法。说者谓平粜始于李悝，不知实本于《周礼》。考地官司稼，以年之上下出敛法。《玉海》谓出则减价粜，敛则增价籴。常平乃古法，管子之轻重，即仿周官遗意。李悝特详著其法。汉耿寿昌祖述之而立常平仓焉。又贾师凡天患，禁贵价者使有恒贾。郑注谓若贮米谷而贵卖之。因天灾害，阨民使之重困也，禁使勿贵，其歉年平价之权舆乎？后世救荒，大抵取给于常平仓，而常平谷有不敷，则截留漕米，或采买邻封，或令闾阎富户之有藏粟者减价出粜，以赡民食焉。为平粜条第七。

【周】魏文侯相李悝曰：籴甚贵伤人，甚贱伤农。人伤则离散，农伤则国贫。故善平粜者必谨观岁。岁有上、中、下熟，上熟则上籴三而舍一，中熟则籴二，下熟则籴一，使民适足，价平则止。小饥则发小熟之所敛，中饥则发中熟之所敛，大饥则发大熟之所敛，而粜之。故虽遇饥馑水旱，籴不贵而人不散，取有余以补不足也。行之魏国，国以富强。（《文献通考》）

【汉】宣帝即位，岁数丰穰，谷至石五钱。农人少利。大司农中丞耿寿昌善为算，能商功利，奏言：故事岁漕关东谷四百万斛，以给京师，用卒六万人。宜籴三辅、宏农、河东、上党、太原郡谷，足供京师，可以省关东漕卒过半。又白令边郡皆筑仓，谷贱时，增其价而籴以利农，谷贵时减价而粜，名曰"常平仓"。民便之。（《汉书》）

【南北朝】【宋】文帝元嘉中，三吴水潦，谷贵人饥，彭城王义康立议，以东土灾荒，人稠谷踊，富商蓄米，日成其价，宜班下所在隐其虚实，令积蓄之家，听留一年储，余皆勒使粜货，为制平价。（《通考》）

【北周】武帝建德三年，诏以往岁年谷不登，民多乏绝，令公私道俗，凡有贮积粟麦者，皆准口听留，以外尽粜。（《周书》）

【唐】开元十二年八月，诏曰：蒲、同等州自春偏旱，虑来岁贫下少粮，宜令太原仓出十五万石米付蒲州，永丰仓出十五万付同州，减时价十钱，粜与百姓。（《康济录》）

明皇天宝十三载，秋霖雨积六十余日，京城物价暴贵，人多乏食。令出太仓米一百万石，开十场贱粜以济贫民。（《旧唐书》）

德宗兴元元年十月，诏曰：顷戎役繁兴，两河尤剧，农桑俱废，井邑为墟。江淮之间，连岁丰稔，迫于供赋，颇亦伤农。收其有余，济彼不足，宜令度支于淮南、浙江东西道，增价和籴米三五十万石，差官搬运于诸道，减价出粜，贵从权便，以利于人。（《康济录》）

刘晏领转运常平使，漕路流通，岁致四十万斛。自是关中虽水旱，物不翔贵矣。旧史推明其功，以为管萧之亚。大略以至德后大兵饥疫相仍，十耗其九，晏通计天下经费，谨察州县灾害，蠲除振救，不使流离死亡。常岁平敛之，荒年蠲救之，大率岁增十之一，而晏尤能持其缓急而先后之。每州县荒歉有端，则计官所赢，先令曰：蠲某物，贷某户。民未及困，而奏报已行矣。议者或讥刘晏荒歉不直赈救，而多贱出以济民者，则又不然。善治病者不使至危惫，善救灾者勿使至赈给。灾沴之乡，所乏粮耳，他产尚在，贱以出之，易其杂货，因人之力，转于丰处，或官自用，则国计不乏。多出菽米，恣之粜运，散之村间，下户力农，不能诣市，转相沾逮，自免阻饥。晏又以常平法丰则贵取，饥则贱与，率诸州米尝储三百万斛。岂所谓有功于国者耶？《唐书》

贞元八年，陆贽上言：陛下设就军和籴之法以省运，制与人加倍之价以劝农。此令初行，人皆悦慕，而有司竞为苟且，岁稔则不时敛藏，艰食则抑使收籴，遂使豪家贪吏，反操利权，贱取于人，以俟公私之乏。上既无信于下，下亦以伪应之，度支物估（价也）转高，军城谷价转贵。至有空申帐簿，伪指囷仓，计其数则亿万有余，考其实则百十不足。又曰：旧制以关中用度之多，岁运东方租米。今夏江淮水潦，米贵加倍，关辅以谷贱伤农，宜加价以籴而无钱，江淮以谷贵人困，宜减价以粜而无米，而又运彼所乏，益此作余，所谓习见闻而不达时宜者也。今江淮斗米直百五十钱，运至东渭桥，儳直又约二百，据市司月估斗粜三十七钱，耗其九而存其一。馁彼人而伤此农，可谓深失。顷者每年自江湖淮浙运米百一十万斛至河阴，留四十万斛贮河阴仓。至陕州又留三十万斛贮太原仓，余四十余万斛输东渭桥。今河阴、太原仓见米犹有三百二十余万斛，京兆诸县斗米不过直钱七十。请令来年江淮止运三十万斛至河阴，河阴、陕州以次运至东渭桥。其江淮所停运米八十万斛，委转运使每斗取八十钱，于水灾州县粜之，以救贫乏。计得钱六十四万缗，减儳直六十九万缗，请令户部先以二十万缗付京兆籴米，以补渭桥仓之缺数。斗用百钱以利农人，以一百六千缗付边镇，使籴十万人一年之粮，余十万四千缗，以充来年和籴之费。《资治通鉴》

宪宗元和十二年，诏出粟二十五万石，分两街，降估出粜。《唐书》

穆宗长庆二年，诏江淮诸州旱损颇多，米价不免踊贵，宜委观察使各于本道取常平义仓斛斗，减半价出粜，以惠贫民。《册府元龟》

令狐楚除守兖州，境方旱，米价甚高。迓吏至，公首问米价几何，州有几仓。问讫，屈指曰：旧价若干，四仓各出米若干，定价出粜，则可以赈救矣。左右听之，流语达郡中，富人竞发所蓄，物价顿平。《芝田录》

【宋】仁宗庆历元年十一月，以京师谷价踊贵，廪一百万石减价出粜以济民。（减价出粜，所发不多，如杯水救车薪之火，何益？以百万石济之，不重米而重民，知米由民出，得反本之道，穷民得食欢呼，有不召和气，致丰年哉！）《康济录》

韩魏公论常平仓米，遇年岁不稔，合减原价出粜。但出粜时，须令诸县取逐乡逐村下户姓名，印给关子，令收执赴仓籴米，每户或三石，或两石，不许浮数。惟是坊郭则每日零细粜与浮居之人，每日或一斗，或五升，人人尽受实惠。《渊鉴类函》

张咏知益州，以蜀地素狭，游手者众，生齿日繁，稍遇水旱，民必艰食。时斗粟值钱三十六，按诸邑田税，如其价，岁折米六万斛。至春籍城中细民，让口给券，俾如原价籴之，奏为永制。后七十余年，虽有灾馑，米甚贵而民无馁色。《荒政辑要》

文彦博知益州，米价腾贵，就诸城门相近寺院凡十八处减价粜卖，不限其数，张榜通衢，米价遂减。前此或限斗斛以粜，或抑市井价值，适足以增其气焰，而终不能平其价。《东齐记事》。汪稼门先生曰：商米宜增，增则米之来其地者多。官米宜减，减则市之射其利者夺，而价自平矣。倘遇荒歉而境内少米，则清献之法可行，或廪有余粟，则潞公之策可举。）

苏轼知杭州，时值大旱，饥疫并作。轼请于朝，免本路上供米三分之一，故米不贵。

复得度僧牒百张，易米以救饥者。明年方春，即减价粜常平米，遂免大旱之苦。(《宋史》)

熙宁八年，吴越大饥。赵抃知越州，告富人无得闭粜。自解金带置庭下，命粜米。又出官粟五万二千余石，平价与民；为粜粟之所，凡十有八，以便粜者。(《臣鉴录》)

曾巩通判越州，岁饥，度常平米不足以赈给，而田居野处之人，不能皆至城郭，至者群聚有疾病之虞。前期谕属县召富人，使自实粟数，总得十五万，视常平价稍增以予民，民得从便受粟，不出田里而食有余，粟价以平。(《名臣言行录》)

哲宗元祐元年，王岩叟言：淮南旱，本路监司殊不留意。诏发运司截留上供米一十万石，比市价量减，出粜与缺米人户，每户不得过三石。(《宋史》)

徐宁孙济饥第二策：粜卖米麦，本济穷民，奈有在市牙侩与有力猾徒，令匪人假为穷民装饰，冒粜冒支，且串通斛手，单卖与奸诡相知之辈，不及村落无食之民。即有粜得，已是将毕之际，强半秕谷糠秕，弊窦无穷。遂令本州县立赏钱一千贯，令人举首，务要及民，无许冒滥。(《康济录》)

高宗绍兴元年，诏出粟济粜者赏各有差。六年，婺民有遏粜致盗者，诏闭粜者断遣。侍御史周秘言：诈以断遣，恐贪吏怀私，善良被害。宜戒守令多方劝谕，务令乐从为便，或有扰害，提举司劾奏。从之。(《宋史》。景仁按：《唐书》载王起历河中节度使，方旱蝗，粟价腾踊。起下令家得储三千斛，斥其余以市，否者死。由是蓄积咸出，民赖以生。盖当饥民扰攘米价昂贵之秋，不得已而发此严令，可以济变，而不可以经常也。周侍御虑周而言切矣。)

绍兴三十一年，民多艰食，诏临安府并属县，以常平米减时价之半，赈粜十日。(《宋史》)

绍兴初，苏缄为南城令。岁凶，里中藏粟者固闭以待价。缄籍得其数，先发常平谷，定中价粜于民，揭榜于道，曰：某家有粟几何，令民用官价粜；有勒不出及出不如数者，挞于市。以是民无艰食。(《荒政辑要》)

毕仲游知耀州。是岁大旱，仲游先民之未饥，揭谕境内曰：郡赈施与平粜若干万石。实虚张其数。富室知有备，亦相劝发廪。凡民就食者十七万余口，无一人去其乡。(《宋史》。景仁按：此与唐令孤楚事，皆先声后实，是乃仁术也。)

孝宗隆兴二年，霖雨害稼，出内帑四十万两，付户部变粜以济之。其年，淮民流于江浙十余万，官司虽济，而米斛有限。乃诏民间不曾经水灾处，占田万亩者，粜三千石，万亩以下粜一千石。(《通考》)

孝宗乾道七年，饶州旱伤，知州王秬劄子借会子五万贯，接续贩粜米麦之类以赈粜。得旨：依江州旱伤，益措置本州义仓米四万四千余石，又截留上供米六千五百余石，作本收粜米斛。(《康济录》)

孝宗淳熙九年七月，以常平义仓及桩管米四十万石，付诸司预备赈粜；出南库钱三十万缗，付浙东提举朱熹以备赈粜。九月，以钱引十万缗，赐泸州备赈粜。(《康济录》)

真德秀知潭州，民艰食既极，力振赡之；复立惠民仓五万石，使岁出粜。又易谷九万五千石，分十二县置社仓，遍及乡落。别立慈幼仓，立义阡，惠政毕举。(《宋史》)

龚维蕃《赈荒录》曰：绍熙(光宗年号)五年，淮右旱，滁为甚。会稽石公宗昭典州事，前期檄属县，校公私之储积，令存私家合用之数，以其赢籍于官；请于朝，乞发常平粟，并拨桩积钱粜米麦。凡不自赡者，计口给券，日粜于官，鳏寡孤独癃老废疾者济之，人受粟二升，幼者减半。量地远近，置给粟之所凡八十四。富人之羡粟籍于官者，计其几何,劝以就粜。凡粜若籴,各书而稽考之,视民食缓急而先后其出给之期。选上户之信实者掌出纳,检柅欺弊,奖劝劳能。其主籴上户,预给照据,量免差役。民以公事至庭者,宛转谘诹,诸场之孰整孰惰,动息必知之。取其尤者各一人,加赏罚,示劝惩,谕以祸福,感以信义,功过必知,大小尽劝。民有冒宪非故犯,愿出粟自赎者,令各县拘籍,候粜毕照免。弃男女,人得收养。郡治厅事未建,傔民就役,计日酬庸,视常时加厚。所收米直,复籴于他,循环无度,故出给虽多而流通不匮。又劝民蓄菽粟以为后继。举措不计小费,亦未尝妄施,饥民及流至者数万,背冬涉春,无一人冻馁者。朝廷第荒政,滁为最。(《江南通志》)

宗室仁仲改成都路转运判官。适岁饥,仁仲行抵泸南,贷官钱五万缗,遣官吏分粜。比至,下令曰:米至矣。富民争发粟,米价遂平。双流朱氏独闭粜,邑民群聚发其廪。仁仲抵朱氏法,籍其米,黥盗米者,民遂定。(《宋史》)

黄干知汉阳军,值岁饥,籴客米,发常平以赈。制置司下令欲移本军之粟而禁其籴,干报以乞候干罢然后施行。及援鄂州例十之一,告籴于制司,荒政具举。旁郡饥民辐凑,惠抚均一。春暖愿归者给之粮,不愿者结庐居之,民大感悦。(《宋史》)

刘清之调万安丞,时江右大侵,郡檄视旱,徒步阡陌,亲与民接。凡所蠲除,具得其实。州议减常平米直,清之曰:此惠不过三十里内耳!远民势岂能来?老幼疾患之人必有馁死者。今有粟之家闭不肯粜,实窥伺攘夺者众也。在我有政,使大家得钱,细民得米,两适其便。乃请均境内之地为八,俾有粟者分赈其乡,官为主之,规画防闲,民甚赖之。帅龚茂良以救荒实迹闻于朝。(《宋史》)

李珏在鄱阳,丁卯旱,将义仓米每日就城中,多置场所,减价出粜,先救城内外民。以此钱准价计口,逐月一顿支给,以济村落。非惟深山穷谷皆沾实惠,且免偷窃拌和之弊,一物两用,其利甚溥。(《康济录》)

郑民瞻知袁州,值岁荒,乃量民户口多寡及富民积粟几何,均数约直以给告籴者。合四境为一图,置之座隅,间遣人按视,民赖无流离之患。(《袁州志》)

临安府有平粜仓,旧贮米数十万石,粜补循环。其后用而不补,所存无几。咸淳元年,诏丰储仓拨公田米五十万,遇米贵平价出粜。(《宋史》)

度宗咸淳二年,御史赵顺孙言:今日之事,莫急于平粜。乾道间,郡有米斗直五六百钱者。孝宗闻之,即罢其守,更用贤守。今粒食翔涌,实由富家大姓所至闭廪,所以籴价愈高而楮价愈减。愿陛下课官吏,使之任牛羊刍牧之责;劝富民,使之无秦越肥瘠之视。(《宋史》)

【金】卢孝俭迁同知广宁尹。广宁大饥,民多流亡失业。乃借僧粟,留其一岁之用,使平其价,市与平民,既以救民,僧亦获利。(《金史》)

【元】至元二年秋,益都大蝗饥,命减价粜官粟以赈。(《元史》)

至元三年十二月,大都城南等处设米铺三十,每铺日粜米五十石,以济贫民,俟秋成乃罢。六年,增设京城米铺,从便赈粜。(《康济录》)

至元二十一年,行赈粜之法于京师,分遣官吏发海运之粟,减市直以赈粜。成宗时,以赈粜多为豪强嗜利之徒用计巧取,弗能周及贫民,于是令有司籍贫乏户口之数,核实以赈粜焉。(《元史》。景仁按:成宗五年,始行红帖粮。籍两京贫户,置半印号簿文帖,逐月对帖,给发大口三斗,小口半之。)

成宗元贞元年，增京师两城赈粜米肆。帝以京师米贵，发米七万余石粜之。（《续文献通考》）

马端临曰：粜者民庶之事，古未有国家而粜粜者，而粜之说则仿于齐桓公、魏文侯之平粜。然平粜之立法所以便民，方其滞于民用也，则官粜之，及其适于民用也，则官粜之。盖懋迁有无，曲为平民之地。沿袭既久，古意浸失。（《通考》）

王都中迁饶州路总管，年饥，米价翔涌。都中以官仓之米定价为三等，言于行省，须粜以下等价。未报，又于下等价减十之二，使民就粜。时宰怒其专擅，都中曰：饶去杭二千里，比议定，往返非半月不可。人七日不食即死，安能忍死以待乎？民亦相与言曰：公为我辈减米价，公果得罪，我辈当鬻妻子以代公偿。时宰闻之，乃罢。（《元史》）

【明】英宗正统六年，巡抚浙江监察御史康荣奏：杭州府水旱相仍，谷米不至；湖州府比因岁凶，米亦甚贵。窃计二府官廪有二十年之积，恐年久红腐，请发粟三十五万粜于民间，令依时值偿纳，则朝廷不费，而民受其惠。从之。（《康济录》）

大学士彭时奏：京师米价日贵一日，蓄积之家因而闭粜以要厚利。乞命户部将官俸军粮预放三月，如仍不足，将东西仓米平价发粜，收贮价银，俟丰年支与官军折俸粮。上嘉纳之。（《臣鉴录》）

宪宗成化六年，奏准将京通二仓粮米发粜五十万石，每秔（音耕）米收银六钱，粟米五钱，以减京城米价，再将各官俸预支三个月。（《续通考》）

韩忠定公文参赞南枢，时岁饥，米价踊贵，死者枕籍。韩咨户部预支官军俸三月，未得命。韩公曰：救荒如救焚，民命旦夕，安能忍死以待？即得罪，吾当请之。遂发十六万石，米价渐平，人赖以济。（《臣鉴录》）

邱文庄浚曰：倘有富民闭粜，何以处之？曰：先谕之以惠邻，次开之以积善，许其随时取直，禁人侵其所有。民无力者，官与之券，许其取息，待熟之后，官为追偿。苟积粟之家，丁口颇众，亦必为计算，推其赢余以济匮乏。若彼仅自足，亦不可强也。凡有积不肯发者，非至丰穰，不许出粜。彼见得利，又恐后时，自计有余，亦不得不发矣。（《荒政辑要》）

周文襄忱抚苏时云：次贫之民宜赈粜，其法有二：有坊郭之粜，宜多择诸城门相近寺院及宽敞民居，储谷于其中，不限时日，零细粜之。粜米计升，多不过一斗，粜谷不过二斗。如奸牙市虎有借情妆扮之弊，出首者重赏，其弊自革。有乡村之粜，宜行保甲之法，间月而粜之。每先一月出示，将有灾之乡保，限次月某日某保排定日期，每隔一日一粜，以防雨雪壅滞之患。每甲大约许粜三石，多则五石。若通水去处，当移舟就水次粜之。粜价俱比时价减少，愈少愈善。富人强夺贫人之粜，用张咏连坐之法，一家犯罪，十家连不许粜。其粜本或借官银，或借官粮，或劝富家，事完各归其本。如系民家，则加旌奖可也。（《荒政辑要》）

【国朝】张清恪公伯行（字孝先）曰：次贫赈粜，即今之各州县减价平粜者是也。然其中亦有当审慎者，须是查明真系次贫之民，方许粜减价之米。若无论贫富，人人得粜，富者或得贱买而贵卖，而贫人之受惠者少矣。宜照赈济之法，每家若干口，每月需米若干斗，每月止许粜减价之米若干，富民不许概粜，而次贫之民亦不许多粜。如是则沾惠得均，庶免诈冒假托之弊矣。（《切问斋文钞》）

陆氏曾禹曰：粜莫贵于早，粜莫贵于时，但使不知张公咏守蜀平粜之法，恐利归富户而害在穷民。何也？穷民待哺之时日虽多，所籴之米粟有限，一则官不许其多籴，二则彼亦无钱多籴，奸人窥破其微，贿嘱官吏，串通斛手，在水次日买数十石而去（此米未曾发入公所，早已暗贷与人，故此无从查考，簿上仍填零卖之期），不逾月而官米毕矣。奈此地米价稍减之名，忽又遍传商贩，商贩闻之，惧亏本而不来，官长察之，叹仓空而无继，米有不骤贵之理乎？奸人于是卖其所籴之米，不数旬而获利无算。是穷民之食贱米，不过数旬，穷人之食贵米，必需几月，食贱米者十不过二三，食贵米者十必八九，惠之者非即所以害之耶？故赈籴当兼行张公保甲之法。此法一行，既无冒滥，亦不失恩，赈籴者察之。（《康济录》）

方恪敏公观承曰：州县平籴，在关厢市镇择宽大寺宇公所，设厂或一二处，或三四处，运米厂内。先期出示每斗减价若干，令贫民各执本户门牌赴籴，刻木戳记三十枚，自初一至三十日验牌籴讫，即于牌上印之，以杜本日重买之弊。厂前分置席棚，界以绳桩，委佐杂各员带役分棚弹压。妇女幼弱与壮丁各分先后，验牌放入，不许混乱。每户籴米三升至五升为止。如或从前失去门牌，及远乡未领者，乡地报明补给。倘有囤户贱价垄断，致令贫民往来重籴者，察出严惩。有首报者，即以囤户钱米赏之。因灾出籴，仍限以籴三成例者，为留米备赈也。其时米少价昂，不得不借此少平市价，以系民心。究之能籴者尚非极贫，极贫者无钱可籴，故亦不须多籴也。其轻灾僻邑，及歉后米少价昂，行之为有实益，然只在城设厂，村民既难往返于数十里之外，而老弱妇女尝有持钱终日空守至暮者，故必四乡分厂，择适中之地，使四面相距十余里村庄环而相赴。又分村分日，先期出示，明白传谕，庶可遍及而无余弊。（《赈纪》）

屈傅野刺史成霖曰：平籴法，先查城乡富户某某存米若干，共有余米若干，每日共应需食米若干，结有成数，将各富户均匀酌定若干日，派拨附近贫民若干户，每户计口日食米若干升，先给一票，临籴执验，戳一日记，以杜复籴。派拨既定，各为张一榜文，使众共知。或有官廪平籴，亦应分拨城乡富户画一定价，依照前式，归还库帑，官仍不次巡查。急公者多方奖劳，违玩者立法纠惩。如此则规避捏报、私贩冒籴、拥挤复叠等弊，一概尽除。若不亲身料理，则诸弊丛生，仍无实济。时议救荒，谓囤积宜禁也。夫囤积必乘于谷贱，小民终岁力作，新谷登场，赖以完官课，偿宿逋，归质当，势有必不能已于卖者。禁囤户则市集不售，有车载舟运，转而之他境者矣。或有邻近商贩，捎价贱买，乘其急以邀厚利者矣。究于民生何益？且囤积在本境与商贩不同，设虑将来谷贵病民，只在地方官先事绸缪，措置有法，乘暇即遍历城乡，查各囤户现存米数，并富户有无夙储余米，令其开报注册，且宽慰之。价平听从民便，设遇米贵，许以一半通商，一半平籴。平籴价值，轻其利，不伤其本，则富户不为苦难。再，官能克己倡导，出其俸余，先自买米若干，减价平籴，则人尤观感踊跃从令，贫民不且均沾囤积之益乎？（《习是编》。景仁按：乾隆七年，上谕：奸民当歉年，图利囤积，将官谷贱籴贵籴，惟在州县官严行察拿。系指官谷言之。其各铺户收买米麦杂粮等项，例不准逾数囤积，以杜奸商垄断居奇，致妨民食。若民间自积之谷，固不在禁例，要亦贵其流通也。在各户宜激发天良，乘贵价以平籴，既利己而复益人；在地方官亦宜善为劝导，防蠹吏之藉词，未济贫而先扰富。傅野刺史之论，似为周密。）

汪稼门先生志伊曰：平籴应米少价昂时举行，所以便民食也。如遇灾地正放赈粮，小民有米可资，原可无需平籴；况灾邑仓粮有限，若赈籴同时并举，来春反无接济。应令放赈时毋庸平籴，撙节留余，以为青黄不接时籴济民食。（《荒政辑要》。景仁按：《辑要》又谓绅士有情愿平籴者，听其自便。地方官往往借劝谕为名，抑勒减价，并令有米之家开数报官，深为扰累。所言切中办荒病痛。惟近世富而好行其德者固不乏人，而鄙吝群沿积习，规避自诩精能者，亦所在有之。即官为劝谕，犹恐未尽乐从；若听其便，则便身图者趋利如骛，米价益昂，而穷黎有不粒食者矣。良吏当以抑勒扰累为戒，婉劝而曲体之，并督察经办之衿耆胥吏勿蹈此失，有犯必惩，不可因弊废法也。）

景仁谨按：程子论政，谓平价不可阙。夫米价不平，农与民俱受其伤，而年饥则米自贵，未可强之使平也。鲁饥，臧孙辰告籴于齐；晋饥，秦输之粟。申蕴年之禁，济待哺之俦，固不能不仰给于邻封，尤不容不早筹于本境。耿司农常平仓之设，为千古救荒良策，后代平粜之法，不出其范围，而措置多方，随时酌剂剔弊以溥利，要在贤有司奉行之尽善而已。查顺治十七年议准：常平仓谷，春夏粜出，秋冬籴还，平价生息，务期便民。如遇凶荒，即按数给散灾户贫民。康熙三十年覆准：直属所捐米谷，大县存五千石，中县四千石，小县三千石。倘遇荒歉，即以此项给散。其留仓余剩，于每年三四月照市价平粜。五月初旬，将平粜价银尽数解贮道库。九月初旬，各州县仍领出籴新谷还仓。三十三年，霸州等被灾地方，即将散赈余谷减价发粜；其景州等各州县卫，奉谕将山东漕米每岁截留二千石发粜以平米价。四十年，截留楚省漕粮四万五千石，分发淮安等处平粜。此截留邻省漕米以资平粜者也。四十二年，将山东附近州县漕粮截留二万石，运送被灾州县减价平粜。此截留本省漕粮以资平粜者也。雍正四年，有典商势豪居积射利之禁，有粜谷杂以灰沙之禁。或积贮年久，零星量粜，稍有亏折，每石准销二升。又议准：平粜州县，多立厂所，预定日期，令附近居民赴厂籴买，免远涉守候之苦。十二年议准：地方偶歉，即动仓谷减价，存七粜三，不足则酌量详报，不必拘定粜三之数。乾隆元年，以各州县仓谷出入，竟有派累百姓者。出粜时则派令纳银领谷，收书重取其赢余，买补时则派令纳谷领银，仓胥大肆其勒抑，甚至以霉烂之谷，充为干洁，小民畏势，不敢不领，隐忍赔累。更有十余亩之田亦责其承买米谷，远乡僻壤，离城百里，小民负戴，越岭登山，穷日之力始至交纳之所，而蠹吏复任意留难。及平粜之日，窎远乡村，更不能均沾实惠。良法美意，行之不善，种种流弊，圣明洞鉴。特降谕旨，令大吏悉心筹画，有司实力奉行，无有扰累。旋经议准：年岁丰歉不常，丰收即照常价减粜，以为出陈易新之计；歉收应大加酌减。二年，直隶、山东平粜，凡离城乡村，谕有司设法运粜，免使远乡之人艰于奔赴。三年议准：歉岁平粜，酌量于乡镇村庄增厂粜买，并令贫户赍甲牌赴籴，分图轮买。又议准：冲要之所，东西南北分设各厂，老幼男妇令其分路出入，不使拥挤守候。豫期先将时价减价实卖若干之处，榜示晓谕，乡村市镇将谷运往，酌量乡户多少以定粜谷之数。其监粜之人，一邑佐杂无几，应饬地方官即择本地衿耆内笃实谨饬有身家者委办。又议准：乡镇分设粜厂，遴委教职佐贰监看，不得专任衙役。又议准粜给之数，每户以二斗为率，不许过多。四年，苏抚奏请成熟之年，每石照市价减五分，米贵之年减一钱，杜奸民贱籴贵粜之弊。七年，谕：歉岁谷价甚昂，止每石照市价减一钱，则穷民仍属艰难。又百姓赴仓籴买官米，与赴店籴买市米难易判然。若官价照时价略为减少，则所差几何，是国家有平粜之恩，而闾阎未受平粜之益。嗣后督抚务将该地方实在情形，必须减价若干，方于百姓有益之处，确切奏闻请旨等因。钦此。仰见睿虑周详，如亲履民间而悉其利病。允哉，知如神，仁如天矣！旋议准：各省道里远近不等，情形缓急不同，必俟奏请后始行减粜，小民不免守候之苦。应通行各省，如遇荒歉，督抚将必须减价若干之处，一面奏闻，一面办理。八年，直隶被旱，俞督臣之请，拨通仓存贮口米十万石，运送天津平粜。又请动支库银二十余万两，委员前往古北口及奉天采买粟米黑豆高粱，运津添备春夏平粜之用。十六年，因京师米价渐昂，增设米局，议准八旗内务府二十七米局，并五城各厂，请照乾隆十三年之例，老米每石定价一两四钱、稬米仓米一两二钱。粜卖之米，银钱兼收。京外四路同知驻扎之处，分设四厂，各发米二千石，令该同知就近经管平粜。通永、霸昌二道督办酌委科道四人，各部贤能司员八人，前往督察。其米悉照京厂定价，零星粜卖，多不过一石，并酌量分设米厂，无致拥挤，勿使奸民囤积。又再拨米十万石，四乡增设米厂，就近籴买，遣侍卫前往稽察。又允浙抚之请，湖广两省拨谷碾米二十万协济浙省，以备赈粜。二十四年，京师麦价稍昂，谕令胡宝瑔于河南购运来京，到京日分派五城米厂，源源出粜。四十五年覆准：各省平粜，遇歉收价昂，或有接济他省，必须逾额多粜。数在五分以内者，令督抚声明，先行报部；如在五分以上者，奏明办理。其空仓全粜，于地方储备有关，永行禁止。嘉庆六年，直隶州县被灾，降旨令奉天、山东、河南采办米麦高粱三十万石，以备平粜。七年，谕将前项粮石，减价分别派拨粜卖。又江西南昌、瑞州各属偏灾，并令平粜。谕：市价较之常年增长过倍，自应大为调剂，以济民食。著将南昌等属粮价在二两四五钱者，每石减银二钱；在二两六钱至二两八钱者，每石减银三钱；在二两九钱至三两一钱者，每石减银四钱；在三两二钱至三两四钱者，每石减银五钱。统俟市价平复，再行停止等因。钦此。十六年，京师平粜。谕：向来俱于五城内及关厢处分设廒座，第念城外贫民，入城赴籴，其道路较远之处，来往维艰，或日暮赶城不及，非所以示体恤。所有此项平粜廒座，即著于城外分设，以便民食等因。钦此。圣人调剂之妙用，体恤之殷怀，无微不至。我朝平粜之法，详密有如此者。窃思荒政经画百端，发赈不能猝办，而亦不可常施。其稍有力之家，既未便与贫民一体给赈，而苦于贵籴，餬口日艰，亦须预为料理。惟平粜一事，当灾象甫形，与赈务已停之际，均得从容接济。且贫民既食其福，而稍有力者不屯其膏，又当灾区米贵时，即照市价大减，仍可无亏买价运费之资。是于国帑无损，于通境民食有益，洵策之善者，顾力行何如耳。诚稽茂典于先民，循宪章于昭代，仰体列圣谆谆诰诫、轸恤灾黎之至意，平日于所属登耗盈虚之数烛照数计，临事平心筹度，杜绝弊端，洞中窾要，于以勤宣德意，俾艰食者咸鼓腹而游太和之宇宙也，岂不休哉！

卷九　通商（与平粜参看）

通商与平粜相为表里，商旅不通，五谷不集，价遂能平乎？凡物多则贱，少则贵，而欲米粟之多多益善，须商贩之源源而来。《逸周书》：维周王遭天之大荒，作大匡以诏牧其方。有曰外食不赡，开关通粮。《周官》荒政，六曰去几。先郑注：关市不几。后郑据司关无征犹几之文，谓去其税，将使百货流通也。夫民之趋利，如水走下，四方无择焉。苟无利而有害，必至裹足不前，虽官法奚能相强？故通商之道，莫如使商人晓然于彼处无害可避，而有利可趋，自踊跃以争赴，其大端在无遏粜，不抑价，免关税，则商通而米集，其价不待平而自平矣。为通商条第八。

【周】管子曰：滕鲁之粟釜百，则吾国之粟釜千，滕鲁之粟流而归我，若下深谷矣。（《管子》。陆氏曾禹曰：民趋利，稍拂其意，人谁我向？谷粟者，活命之源也，使恤民财而不恤民命，财帛其可饱乎？釜百釜十〔千〕之论，非明决者不能道也。）

【汉】宣帝本始四年，诏今岁不登，民以车船载谷入关者，得毋用传（传，传符也。欲谷之多，故不问其出入）。《汉书》）

【南北朝】【宋】孝武大明八年，诏东境去岁不稔，宜广商贾，远近贩鬻米粟者可停道中杂税。（《渊鉴类函》）

【北魏】文成帝兴元五年，诏曰：六镇、云中、高平、二雍、秦州灾旱，其开仓廪以赈之。有流者谕还桑梓，欲市粜他界，为关傍郡，通其交易之路。（《魏书》）

【北齐】苏琼除南清河太守，旧制以淮禁，不听商贩辄渡淮南；岁俭，启听淮北取粜。后淮北人饥，复请通粜淮南，遂得商估往还，彼此兼济，水陆之利通于河北。（《北史》）

【隋】卢贲转齐州刺史，民饥，米涌贵，闭人粜而粜之，坐是除名。（《隋书》。景仁按：贲有功于隋而性行轻险，高祖不贳其闭粜之罪，固当。）

【唐】明皇开元二年，敕年谷不稔，有无须通，所在州县不得闭粜。（《册府元龟》）

卢坦拜宣歙池观察使。时江淮旱，谷踊贵，或请抑其价。坦曰：所部地狭，谷来他州者。若直贱，谷不至矣。既而商以米坌至，乃多贷兵食出诸市，估遂平。（《唐书》。景仁按：事详见李华所撰《卢公传》。后斗米及二百，米舟来者相望，坦得平价之。善术矣。）

崔倰迁湖南观察使。湖南旧法，虽丰年贸易不出境，邻部灾荒不恤也。倰至，谓属吏曰：此岂人情乎？无闭粜以重困民。削其禁。自是商贾流通，资物益饶。（《唐书》）

【五代】【周】广顺间，南唐大旱，淮水可涉，饥民渡淮而北者相继。濠寿发兵御之，民与兵斗而北来。太祖闻之曰：彼我之民一也，听粜米过淮。唐人遂筑仓，多粜以供军。诏唐民以人畜负米者听之，以舟车运载者勿予。（《康济录》）

【宋】岁歉，薄关市之征，鬻牛者免算。运米舟车，除沿路力胜钱。利有可与民共者不禁，水乡则蠲蒲鱼果蔬之税。（《宋史》）

明道末，天下蝗旱。知通州吴遵路乘民未饥，募富者得钱几万贯，分遣衙校航海粜米于苏秀，使物价不增。又使民采薪刍，官为收买，以其直粜官米。至冬大雪，即以元价易薪刍与民，官不伤财，民且蒙利。（《厚德录》。景仁按：当时范文正公乞宣付史馆。吴公以万贯钱转运至二十六次，米价无不平者。陆氏曾禹谓，吴公之劝富民，救一时之灾；范公之付史馆，垂万世之则。）

仁宗嘉祐四年，右正言吴及言春秋有告籴，陛下视人如伤，然州郡官司各专其民，擅造闭籴之令，一路饥则邻路为之闭籴，一郡饥则邻郡为之闭籴。夫二千石以上，所宜同国休戚，而坐视流离，岂圣朝所以子育兆民之意？遂诏邻州邻路灾伤而辄闭籴，论如违制律。（《宋史》）

范公仲淹知杭州，二浙阻饥，谷价方踊。每斗百二十文，范公增至一百八十文，众不知所为。仍多出榜文，具述杭饥及米价所增之数。为是商贾争先，惟恐其后。米既辐辏，价亦随减。（范公仁知兼全，行之固善，后世须要揆时度势。假如杭州米贵，增价之榜文，必须预先差人于产米地方张挂，约已到后，我处方增其价。不然彼处米商未知，而我先增价，贫民何堪久食贵米？但增价告示，切不可令一人知之，恐俱待增价而后卖，则民愈苦矣！）《康济录》）

赵抃知越州，东浙旱蝗，米价踊贵，饿死者十五六。诸路皆立榜告赏，禁人加增米价。公独榜衢路，令有米者任昂价粜之。于是诸商辐辏，民无饿殍。（《合璧事类》）

元祐八年，兵部尚书苏轼上言：臣闻法不税五谷，使丰熟之乡，商贾争籴，以起太贱之价；灾伤之地，舟车辐辏，以压太贵之值。近岁法令，始有五谷力胜税钱，使商贾不行，农末皆病。可削去力胜税一条，只行天圣附令免税指挥，则丰凶相济，纵有水旱，无大饥荒矣。（是年，商人载米入京粜者，力胜税权蠲。）《渊鉴类函》）

范忠宣公纯仁知襄城县，久旱不雨。公度将来必阙食，遂尽籍境内客舟，召其主而谕之曰：民将无食，尔等商贩，惟以五谷贮佛寺中，候阙食时，吾为汝主粜。众贾从命，运贩不停，以至春首，所蓄无虑十数万。诸县饥，独境内之民不知也。（《名臣言行录》）

包拯知庐州，不限米价。商贾闻之，日集其境，不数日而米价大平。（物多必贱，少必贵，愈抑愈少，愈少愈贵。龙图公之不抑也，他人可抑乎哉？）《康济录》）

朱子提举浙东，既至部，即移书他郡募米商，蠲其征，米遂辏集。（《宋史》）

绍兴五年，行在斗米千钱。时留守参政孟庾、户部尚书章谊不抑价，惟大出陈廪，每升止粜二十五文，仅得时价四之一耳。民赖以济。（《康济录》）

淳熙八年，敕旱伤州县，全赖傍近丰熟去处通放客贩米斛，已降旨不得遏籴。访闻上流得熟州郡，尚有将客贩米斛邀阻者，仰逐司觉察按劾；尚或容蔽，仰御史台弹奏。九年，两降指挥诸路监司不许遏籴，多出榜文晓谕；如故违戾，令总司觉察申奏。（《康济录》）

辛弃疾知隆兴府，兼江西安抚。时江右大饥，始至，榜通衢曰：闭籴者配，强籴者斩。次令尽出官钱银器，召官吏儒生商贾士民，各举有干实者量借钱物，责领运籴，不取子钱，期终月至城下，连樯而至。其值自减，民赖以济。信守谢源明乞米救助，弃疾曰：均为赤子，皆王民也。即以米舟十之三与之。帝嘉之，进一秩。（《宋史》）

从政郎董煟云：比年为政者不明立法之意，谓民间无钱，须当籍定其价，不知官抑其价，则客米不来，若他处腾踊，而此间之价低，则谁肯兴贩？商贾不至，则境内乏食，有蓄积者愈不敢出矣。饥民手持其钱，终日无告籴之所，有不肯甘心就死者，必不能安静，人情易于煽摇。惟不抑价，非惟舟车辐辏，而上户亦恐后时，争先发米出粜，其价自贱。（《康济录》）

【明】周文襄忱抚苏，属大饥，谷贵。忱廉得江浙、湖广大稔，令人囊金至其地，故抑其直勿籴，且给言吴中米价甚高。用是三省大贾贩米数百艘集吴下，令尽发官廪贷民，半收其直。城中米价遂减。各贾进退两难，只得贱粜。忱复椎牛酾酒谢之，各贾大欢而去。（《续文献通考》）

周文襄忧云：谷少则贵，势也。有司往往抑之，米产他境欤，客贩必不来矣；米产吾境欤，上户必然闭粜矣。上户非真闭粜也，远商一至，牙侩为之指引，则阴粜与之，故远商可粜，而土民缺食。是抑价者欲利吾民，反害吾民也。《康济录》

神宗时，淮凤告灾。张居正疏云：皇上大发帑银分赈，恩至渥矣！然赈银有限，饥民无穷，惟是邻近协助，市粜通行，乃可延旦夕之命。近闻所在闭粜，灾民既缺食于本土，又绝望于他乡，是激之为变也。宜禁止遏粜之令，讲求平粜之法，听商民从宜粜买。江南则粜于江淮，山陕则粜于河南，各抚按互相关白，接递转运，不许闭遏。其粜本，或于各布政司，或于南京户部，权宜措处。河南、直隶四府县，以临德二仓之米平价发粜，则各处皆可接济。《康济录》

佥事林希元疏云：臣欲借官帑银钱，令商贾分往各处粜买米谷，归本处发卖，依原价量增，一分为拨运脚力，一分给商贾工食，粜尽复粜，事完之日，粜本还官，官无失财之费，民有足食之利，非特他方之粟毕集于我，而富民亦恐后时失利，争出粟以粜矣。然粜粜之法，专为济贫，若有商贾转来贩去，所当禁革。又当遍及乡村，不得专及城市。《康济录》

屠隆曰：灾伤之处，议赈济则恐官府之困廪有限，议劝借又恐地方之富户无多。最妙之法，借帑银若干，委用忠厚吏农富户，向丰熟去处，循环粜粜。积谷之家，虽欲踊贵其价，而官府平粜之粮日日在市，势亦不能。如他处米亦不足，则杂置豆粟荞蜀麦荞蕨粉芝麻之类，皆足充饥，但当严禁商牙来粜。《康济录》

万历间，御史钟化民奉使河南赈饥，先飞檄各省，不许遏粜。及河南布政司撤防剿兵，悉分置黄河口。各运米所过，为米船传纤护送至境，设官单，记所到时刻，稽迟罪及将领。米到，任其价之高下，毋许抑勒。是时米价五两，远商慕重价，无攘夺患，浃辰米舟并集，延袤五十里，价遂减，石止八钱矣。《康济录》

杭州司理蔡懋德《通商济荒条议》：杭城生齿，仰给外米，蒙宪行广粜通商，已无遗策，而聚米之道，不厌多方。近闻邻境闭粜，米价翔踊，商贩纷纷，有各处阻难之诉。职思官府之储散有限，民间之自运无穷，而民间之自运犹有限，远商之乐贩更无穷，但能使远地经商，望武陵为利薮，闻风争赴，米货辐凑，杭郡百万生齿之事济矣。招来之法，厘为八则：一、不定官价。凡米到行家，悉照时价之高下。二、清追牙欠。市牙侵商米价者，务令呈官追给。商米发粜，即要追足价银，俾可速运得利。三、免税钞。凡米船过关务，五尺以下者，尽行免钞。部勒有碑，不可不遵。四、免官差。凡系米船，埠头不许混行差扰。五、禁贩米处奸棍阻遏。遏米原非美政，且已移文开禁，奸棍借口留难者，禀官拿究。六、禁沿途白捕。吓诈水乡，假冒巡船，指称搜盐，因而抢夺，许鸣官重处。七、禁役需索。请批挂号，官备纸劄，听米商随领随给，衙役不许私索分文，并稽半刻。八、米到悉听民便，或积或卖，官俱不问。止许销批，倒换新批。此上八议，明注批中，往来贸易，转相告谕，要使远近熙攘之辈皆羡子母什一之赢，愿出我途而灌输于不穷，于荒政未必无少补也！《康济录》

杭州庞承宠《给批粜米议》：今夏徂秋，云汉为灾，民虞桂玉，所藉商贩云集，庶几拯此孑遗。无奈邻省下遏粜之令，撖人又播摽掠之虐，使不为之计，商人将不敢出途，杭民有立槁耳。给照流通，无待再计。仍请严檄嘉湖二府，饬各巡兵不得抢掠吓诈米船，生事者以三尺绳之，庶商贩通行，杭民有更生之望也。《康济录》

【国朝】惠仲孺学士士奇曰：江南无藏谷，咸仰食于商。抑价之令下，则米商以折阅而莫至，米益乏，价益腾跃，桀黠之徒，必有挟持宪令而强籴者，奸宄亦将啸聚，饥民乘时攘夺，则盗贼四出而莫可御也。菽粟之流于天下，犹血脉之流于一身，流则通，遏则壅。况一郡之储有限，天下之积无穷，不能通无穷之积，而徒遏有限之储，其罄也可立而待。或曰遏籴所以防海，吾恐海民之籴者自如，而徒使平民摇手触禁也。余以为抑价不若通商，遏籴不若广籴。今山东丰而荆湖熟，江南赤地千里，贵者金，贱者土，则灌输之利权在米商，或不能蠲其征，当半减以招之，则楚帆湘舵，衔尾而来，大艑高樯，泊于水市者相望也。物聚价轻，又焉用抑？则通商之法可行也。广籴之法，当聚耆老及乡先生，举富商之谨愿者，假官钱为本，而使出籴荆湖。籴十而籴二，则有二分息，籴三则有三分息。以本还官，剖其息而中分之，半赈饥，半予商而稍优其直。其余则略仿真德秀之治潭而立惠民仓，辛弃疾之治福而置备安库，以为水旱盗贼之防，则广籴之法可行也。(《切问斋文钞》。景仁按：抑价遏籴，其意亦以为民。暂行或有小效，第谋全局而规远图，司牧者未可沾沾于苟且旦夕之为也。)

陆氏曾禹曰：米贵时，民虽卖妻鬻女，总救不得数旬之苦。米贵则人贱，所得无几耳。虑米贵者，出天庾而贱籴，一也。借国帑以兴贩，二也。王侯贵戚、大小臣工、军民人等，有米照时价出籴，视其多寡递有恩奖，三也。广贷牛种，课民春耕，因其勤惰，定以黜陟，四也。朝廷重农抑末，优恤穷氓，五也。得此五法，水利是务，专官督理，何米贵之足患哉？《借国帑总论》曰：上不病官，下不困民，能救生民于万死中者，莫如借国帑以先兴贩。唐宋元明，代无不举，后之君子，或那常平米，或借府库钱，或贷富豪钱，加之月利，以作籴本，给与富商大贾，或差干吏能员，先往丰熟去处，循环籴粜。我无济人之重费，而实有起死之良图也！《禁遏籴总论》曰：彼粜米之家，虽妇人小子，必知但卖其食之所余，断无尽货之理，何必有司之谆谆禁约也。无遏籴，五伯禁之，圣贤取之。《不抑价总论》曰：遇饥年，果能知境内之粟，共有若干石，而榜示于通衢，必使阖郡人知之。令有米者但许随时价出粜，不许闭籴屯积。小民既知有米可籴，心已安矣，谁复争求？客商知价不抑，舟已集矣，岂又他之？此不抑之抑也。如宋时濮州侯日成嫌米价日增，题请令人留一年之粮，余皆出粜。天子虑其扰民，勿许，非洞悉人情之圣主耶！(《康济录》)

汪稼门先生志伊曰：各处产米，多寡不一，米少之区，不得不仰藉邻封。米贵禁止出境，棍徒得乘机抢截，滋事讹诈。嗣后凡系腹里内地，商贩米粮，悉听其便，毋阻。其沿海地方，平时查禁米粮出海；如遇邻封岁歉，需商贩接济者，即详明给照，验放流通。(《荒政辑要》)

景仁谨按：岁歉民无籴所，则无所得食而劫夺兴。贤司牧料其必然而危之，及其未然而弭之，则通商以裕食，洵赈济之余事，而平粜之先声也。大抵商之不通也有故。遏籴者藉口留本境之粮，不知米俭益昂其价，而兴贩莫来；抑价者命意惠艰食之众，不知囤户暗售他方，而贸迁莫至。毋遏籴而籴广，不抑价而价平，而复无暴关以困之，商民有不奔走偕来者乎？查雍正三年，直隶、天津等处被水，米价甚昂，行文将军府尹等，将盛京粮米十万石，由海道运至天津新仓。有旨令商民自海运米者不必禁止，听其运至天津贸易。四年，以山东登青莱三府连年丰稔，谕抚臣动帑采买，分贮济南等属米少之州县，再劝谕各商贩运至济南等三府，俾民间得以收买，明岁米价不至腾贵。八年议准：行令盛京将军、奉天府尹转饬守口官弁，如有商民贩运米谷者，听其出口，该管州县给与商民船票，该省地方官弁于原票上钤印，填注到口日期，如无钤印，察究治罪。十年奏准：凡有商贾贩运米谷至山东、直隶粜卖者，米船一到，即便放行。其临清、淮阳等关，将梁头米税，自五月至七月暂行宽免。秋收之后，再行征收。乾隆元年议准：行令督抚转饬管理关务各官，凡有米船过关，询明各商如果前往被灾各邑粜卖者，免税，给与印票。责令到境之日，呈送该地方官钤盖印信，以便回空核销。如有免税米船偷运别省，并未到被灾地方先行粜卖者，将宽免之税加倍追出，仍照违禁例治罪。三年，因直隶米贵，将天津、临清二关及通州张家湾马头等处米税免征。嗣以沿河地方被水较重，将内河前项米粮各税并暂停征。七年，悉免直省各关口所有米豆额税。十三年，因税免而米豆之价时或加昂，爰复原额。仍谕以地方偶有偏灾，即将该处关口应征米豆税额加恩宽免，则估舶闻风云集，市直自平，驵侩不得居奇，穷黎均沾实惠，转得权操自上等因。钦此。自后每遇灾年，米商应征关税，非免则减，几为常例。盖湛恩汪濊如此。恭读乾隆元年谕曰：上年江安两省岁旱歉收，朕蠲赈兼施，并豁免米粮赋税，俾商贩流通，源源接济，于地方甚有裨益。续经该督奏请，将淮安、扬州、浒墅、凤阳等关免征米税，俟乾隆四年麦熟时停止，朕降旨允其所请。今届麦熟之期，闻各属雨泽尚有未曾沾足之处，且上岁歉收之后，米价一时未能平减，若商贩稀至，仍恐民食艰难。着将上下江各关口米税照旧免征，俾商贾踊跃从事，则米船众多，价直自平，而民食有赖等因。钦此。仰见天亶聪明，洞悉灾区米贵时，非通商则民食益匮。是以于各关米税之免，将届停止，复行展期，所以鼓舞而招徕之者甚至。二十五年，畿辅左近谷价未能大减，派侍郎给事中会同直隶总督至德州沿河一带察看，务令舟车无阻。盖恐临河各州县因粮艘需备驳运，或藉名多封船车，致商人挽运留滞。睿虑精详，无微不烛焉。五十七年，山东及河南开封等各属均得澍雨。时直隶之南三府及京师左近麦收歉薄，皆须仰给山东，豫省之北三府亦借大河以南粮食运往接济。敕令商贩往来，听其自行流通，以有余补不足，断不可禁遏运粜，致歉收地方不能得食，但亦不必官为经理，恐有扰累等因。钦此。五十九年，豫省河北三府麦秋失望，大河以南麦收计有八分，直隶雨泽愆期，麦收亦歉。有旨命抚臣穆和蔺晓谕百姓等，遇有商民前往豫省贩买麦石，须公平粜卖，不可抬价遏粜，俾麦石流通。豫省小民既可粜售得钱，而直省百姓亦可得食，岂不两有裨益？并咨会所过关津，如有豫省麦船前赴直隶贩售者，将税课量为轻减，迅速放行。穆和蔺务须明晰劝谕，不可令官吏等借端抑勒等因。钦此。圣主廑念民依，随时调剂，而恩施逾格，既屡宽关市之征，复暂弛海运之禁焉。乾隆元年，谕：近年以来，直隶收成歉薄，民食艰难。从前议开海运以资接济，续经盛京将军奏称锦州等处米价加贵，请永禁海运，部议准行。此时朕降谕旨，今岁直隶收获平常，仍照朕旨，明岁再如将军等所请行。朕闻秋冬收获之后，各商民携带资本，前赴海城、盖平等处采买杂粮，止因时届隆冬，海风劲烈，舟楫难行，已将所买米粮收贮各店，春融装运。该商民惟恐地方有司遵照明年停运之议，闭遏留难，甚为惶惧。朕思商民此粮购买在先，暂行存贮各店，不应在明年禁止之内。且奉天素称产米之乡，虽因贩运过多，价值视昔加贵，然较之直隶歉收之地待粟而炊，其情形缓急实相径庭。着俟明年内地麦熟之后，再将海运禁止。此亦酌盈剂虚、有无相通之道，可即行文传谕直隶总督、盛京将军等，并出示令商民知之。钦此。四年，因京师雨泽未降，上年海运弛禁之期已满，奉旨复宽一年之禁。七年，俞直隶督臣之请，津属庆云等县偏灾，将奉天海禁宽展一年。十二年，山东因上年被水，赈借需米，有旨询问山东巡抚、盛京将军，奉天粮米可以运往若干，如何按数给照拨运，山东如何验照稽查，俾商贩流通，不致偷漏，而奉天米价又不致腾贵。如果可行，一面办理，一面奏闻等因。钦此。是年，直隶天津、静海二县偏灾，督臣请暂开奉天海运，俞旨准其暂开一年。三十一年，山东岁歉，直隶因邻省运贩，粮价稍增，特谕二省商民贩买奉天米石之处，无庸禁止。叠奉恩纶，灾年海禁之弛，行之直隶、山东者非一次，为民谋口食者綦详矣。乃外省以及外国产米之区，间亦有权宜海运者。乾隆十二年奏准：福建台湾虽隔重洋，与漳、泉二府同隶一省，商船往来如织，原不在禁例，即如江南崇明县向有给照赴内地买米截回之例。嗣后如遇台郡稔年，应听漳、泉二府商贾及在台二府民人，自十月起至次年二月止，于地方官处请照买运；倘买运过多，以致台郡米贵及台郡非丰稔之年，仍令该道府详报停止。又议准：暹罗国产米甚多，如商民愿往买米，造船运回者，给牌以便验放无阻，仍严饬兵役无得需索扰累。若商民无粮米载归，只载货归者，倍罚船税，以示惩儆。此虽一时权宜之事，而念民食艰难，多方筹画，使商贩往来接济，不惜破格之施，非苟而已也。有子民之责者，知歉岁以通商为要图，航海尚弛其禁，而内地之过分畛域者可愧矣！关津并免其征，而城市之借端勒索者宜惩矣。无使贾利者转而贾害，庶几利商者即以利民乎！

卷十　劝输（与任恤条参看）

　　《周官》大司徒施十有二教，八曰以誓教恤，则民不怠。疏谓灾危相忧，年谷不登，有无相济，令不懈怠也。五族为党使相救，五党为州使相赒，各以教其所治民，教之则不啻劝之矣。《左传》臧孙辰陈旱备而及劝分，盖有哀多益寡之妙用焉。论其是非，积善所以积庆，善之不积而自居刻薄，理不可也。计其利害，安贫即以安富，贫者不安而欲坐享丰亨，势不能也。此在良有司善为奖劝，民相率而循忠厚长者之道矣。为劝输条第九。

　　【汉】武帝元鼎六年，诏以水潦移于江南，迫隆冬至，惧其饥寒不活，遣博士中等分循行谕告，所抵无令重困。吏民有能赈救饥民免其厄者，具举以闻。（《汉书》）

　　成帝永始二年，诏关东比岁不登，吏民以义收食贫民，入谷物助县官赈赡者，已赐直。其百万以上，加赐爵右更；欲为吏，补三百石。其吏也，迁二等。三十万以上，赐爵五大夫，吏亦迁二等，民补郎。十万以上，家无出租赋三岁，万钱以上一年。（《汉书》）

　　黄香迁魏郡太守，时被水年饥，乃分俸禄及所得赏赐班赡贫者。于是丰富之家各出义谷助官禀贷，荒民获全。（《后汉书》）

　　【南北朝】【齐】苏琼除南清河太守，郡界大水，绝食者千余家。琼普集郡中有粟家，自从贷粟，悉以给付饥者。州计户征租，复欲推其贷粟。纲纪谓琼曰：虽矜饥馁，恐罪累府君。琼曰：一身获罪，且活千室，何所怨乎？遂上表陈状，使检皆免，人户保安。（《北齐书》）

　　【唐】肃宗即位，天下用度不充。及两京平，百姓残于兵盗，米斗至钱七千，鬻粖为粮（粖音纈，屑米细者）。民行乞食者属路。乃诏能赈贫乏者，宠以爵秩。（《唐书》）

　　【宋】方纲八世同爨，尝出稻五千石赈民。景德二年，诏旌其闾。（《宋史》）

　　仁宗时，扈称为梓州路转运使。属岁饥，称先出禄米以济民，故富家大族皆愿以米输入官，而全活者数万人。降敕奖谕。（《厚德录》）

　　赵阅道知越州，岁大歉。公召州之富民，劝诱以赈济之义，即自解腰间金带置庭下。于是施者云集，全活十万人。（《厚德录》）

　　向经知河阳，会旱蝗，民乏食，经度官廪，岁用无余。乃先以圭田租入赈救之，富人争出粟，多所济活。（《宋史》。景仁按：经为神宗后父。知陈州时，岁大雪，辄弛公私僦钞以宽民。懿戚而能恤民，贤矣。陆氏曰：旱荒一见，已知必饥，劝分以身树法，犹恐其迟，向君肯后之乎？故至饥年，当加礼于富人，深怜乎贫者。）

　　哲宗绍圣元年，帝以京东、河北之民乏食，流移未归，诏给空名假承务郎敕十，太庙斋郎补牒十，州助教不理选限敕三十，度牒五百，付河北东西路提举司，召人入钱粟，充赈济。（《文献通考》）

　　高宗建炎元年，诏劝诱富豪出粟米赈粜饥民，赏各有差。粜及三千石以上，与守阙进义校尉；一万五千石以上，与进武校尉；二万石以上，取旨优异推赏。已有官荫不愿补，

援名目当比类施行。（《通考》）

孝宗隆兴七年，中书门下省言：湖南、江西旱伤，立赏格以劝积粟之家。凡出米赈济，系崇尚风义，不与纳进同。无官人，一千石补进义校尉，愿补不理选限将仕郎者听。以上补官，或进士则免文解，及补上州文学迪功郎各有差。文臣一千石，减二年磨勘。选人转一官以上，循资及占射差遣有差。武臣亦如之。五千石以上，文武并取旨优异推恩。（《通考》）

淳熙三年，诏罢鬻爵。除歉岁民愿入粟赈饥有裕于众，听补官，余皆停。（《宋史》）

淳熙十年，江东宪臣尤袤召信言：救荒之政，莫急于劝分。昨者朝廷立赏格以募出粟，富家忻然输纳，故庚子之旱，不费支吾者，用此策也。自后输纳既多，朝廷吝于推赏，多方沮抑，或恐富家以命令为不信，乞诏有司施行。（《通考》。景仁按：《宋史》尤袤提举江东常平，遇旱单车行部，核一路常平米，通融有无，以之赈贷。又能推行朱子所讲荒政，民无流殍。史称文简老成典型，不虚耳！）

朱文公疏云：湖南、江西旱伤米贵，细民艰食，理合委州县官劝谕富室。如有赈济饥民之人，许从州县保明申朝廷，依今来立定格目，给降付身补授名目。窃恐有司将同常事，未即推恩，致使失信本人，无以激劝来者。欲望圣慈特降睿旨，依已降指挥，将陈夔等特补合得官资，庶几有以取信于民，将来有灾伤，易为劝谕。（圣贤之心，岂为捐粟者计，实为阻饥者谋。）（《康济录》）

史秉直筑室发土，得银数万两。叹曰：财者人之命也，何可独享？遂遍周贫乏。后遇岁凶，出粟八万石赈饥。有司上闻，赐官立坊。寿九十四。（《宋史》）

宁宗嘉定二年，起居郎贾从熟言：出粟赈济，赏有常典，多者至命官，固足示劝，然应格沾赏者未有一二。偏方小郡号为上户者，不过常产耳，今不必尽责以赈济，但随力所及，或粜或贷，广而及于一乡，狭而及于一都，有司核实多寡，与之免役一次，少者一年，或半年，庶几官不失信，民必乐从。从之。（《通考》）

林概以秘书省校书郎知长兴县，岁大饥，富人闭籴以邀价。概出俸粟庭下，诱土豪输数千石，以饲饥者。（《宋史》）

王待制居易知汉州，会岁大饥，乃出俸钱，率僚吏及郡豪得谷数万斛赈饥，民全活者以万计。安抚使韩琦荐之。（《厚德录》）

【金】贞祐时，胥鼎知大兴府，以在京贫民缺食者众，宜立法赈济，乃奏曰：京师官民有能赡给贫人者，宜计所赡，迁官升秩以奖劝之。遂定权宜鬻恩例格，入粟草各有数，全活甚众。（《金史》）

【元】成宗大德七年，诏比岁不登，被灾处所有好义之家，能出己财周给贫乏者，具实以闻，量加旌用。（《康济录》）

大德十一年，以饥劝率富户赈粜粮一百四十余万石。凡施米者，验其数之多寡，而授以院务等官。（《元史》）

入粟补官之制，元初未尝举行。文宗天历三年，郡县亢旱，用太师答剌罕等言行之。凡江南、陕西、河南等处定为三等，令其富贵民户依例出米，无米者折纳价钞。夫入粟补官，非先王之道，然荒札之余，民赖其助者多矣。（《元史》。景仁按：元代入粟，以粮数分资品，有茶盐流官，有钱谷官，至正七品而止。僧道入粟，给师号。详见《食货志》。）

【明】宣德间，山西、河南荒，命于谦巡抚二省。公到任，即立木牌于院门，一书求通民情，一书愿闻利弊。二省里老皆远来迎公，公曰：吾欲首行平粜之法，汝众里老可将吾言劝谕富豪之家，将所积米谷扣其本家食用之外，余者皆要粜与饥民。若仗义者每石减价二钱，减至一百石以上者，免其数年差役。一二千以上者，奏请建坊旌表。有不愿减者勿强。若有奸民擅富要利，坐视饥民，不与平粜者，里老从实具呈，重罚不恕。凡有借欠私债，一概年丰还纳。(《康济录》)

宣德五年，江西、淮安饥。吉水民胡有初、山阳民罗振出谷千余石赈济。命行人赍玺书旌为义民，复其家。(《纪事本末》)

英宗正统三年，诏旌出谷赈荒者为义民，复其家。(《明鉴纲目》)

武宗时，富民纳粟赈济，千石以上者，表其门；九百石至二三百石者，授散官，至从六品。(《明史》)

世宗嘉靖八年，令抚按晓谕积粮之家，量其所积多寡，以礼劝借。若有仗义出谷二十石、银二十两者，给与冠带；三十石、三十两者，授正九品散官；四十石、四十两者，正八品；五十石、五十两者，正七品。俱免杂泛差役。出至五百石、五百两者，除给冠带外，有司仍于本家竖立牌坊，以彰尚义。(《续文献通考》)

嘉靖十年，令支太仓银三十万两赈陕西。又奏准陕西灾伤重大，扣本家食用，其余照依时价，粜与饥民。若每石减价一钱，至五百石以上者，给与冠带；一千以上，表为义门。(《康济录》)

嘉靖三十二年，程文德疏：水灾异常，近日户部申明开纳事例，亦许就本地上纳。即粟麦黍菽，凡可救饥，皆得输于仓库，计值请劄受官。仍登计全活之数，定为等则，以凭黜陟。(《康济录》)

邱文庄浚曰：鬻爵非国家美事，然用之于救荒，则是国家为民，无所利之也。应请遇岁凶荒，民有输粟赈济者，定为等第，授以官秩。自远而来者，并计其路费，授官后有司加礼，虽有过犯，亦不追夺。如此则平时人争积粟，荒岁民争输粟，亦救荒之一策。(《康济录》)

周文襄忱云：民不可以势驱，而可以义动。故有出粟助赈、煮粥治人者，上也。有富民趁丰籴谷，归里平粜，循环行之，至熟方持本而归者，次也。有借粟借牛于乡人，待丰取偿者，又其次也。凡此皆属尚义，权其轻重，或给门匾，或给赏帖，后犯杖罪，子孙皆可准折，皆所以奖之而不负之也。(《康济录》)

丁宾，嘉善人，官南京工部尚书。每遇旱潦，辄请赈贷，时出家财佐之。家居连三年大饥，咸捐资以赈。天启五年，复捐粟三千石赈贫民；以资三千金，代下户之不能输赋者。抚按录上其事，进太子太保，旌其门。以年高三被存问，年九十一，谥清惠。(《明史》。景仁按：万历丁亥大水，明年益馑，公设粥厂，就食者日几千人。访老弱不能就者另给，至九十日乃止。秋苦旱，又赈饥民于水次。规画皆救荒良策，洵所称乐善不倦者。)

马鸣起新建知县，时江国水潦，民多逃亡。鸣起乘小艇，出没烟波中，劝粜捐赈，赖以全活者无数。(《南昌志》)

【国朝】陆氏曾禹曰：劝输之道不一，握其要则民输恐后，失其方虽官索不输。有一种分头劝，宜预查通县共有几社，每社先访才干出众者，能事能言者数人，聘以礼，酌以筵，许其旌奖，每一人令其劝输几户，多者为能。倘有富而不听劝者，有司始自劝焉。不激不挠，循循善诱，如是则社社无不输之上户，村村无不救之穷民矣。有无原贵相通，济贫即是安富，劝分其可少乎？(《康济录》)

张清恪公伯行曰：地方虽有富户，未必人人好义乐施，必得上人奖励劝勉，则有所慕而为善益力。宜谕富户各量力捐施，捐极多者，为一等尚义之民，院司给匾旌奖。次者为二等尚义之民，知府给匾旌奖。再次为三等尚义之民，州县给匾旌奖。若有破格多捐，为人所不能为者，申详抚院，具题旌奖。（《切问斋文钞》）

方恪敏公观承《劝谕助赈示》曰：本年旱灾二十七州县，荷蒙皇恩赈救，本道亲临灾地，督率印委各员逐户察勘，并借农民麦种牛力，凡可为贫民计者，无不次第办理。复念直隶首善之地，风俗淳厚，以睦姻任恤称于乡者，素不乏人。值兹灾祲，念彼饥寒，既生长之同方，合艰难之共恤，倘巨室有能好行其德，使贫民不皆待给于官，非特阴德为甚大，定为旌叙所先加。尔绅士商民人等有谊笃桑梓者，或将裕存粮食减价平粜，或就本地穷民径行施给，或设厂煮粥使之就食，或捐备棉衣俾以御寒，事出乐施，即呈报地方官，听其自行经理。事竣之日，将用过银米数目申报督院核酌，从优旌奖。如与例符，即予题叙。又或邻省富户、侨寓士商有乐于捐助者，一体呈报，转详核办。地方官只须明白晓谕，俾互相激劝，不得抑勒强派。至贫民得邀资助，丝粟皆恩，各当心存感激，毋得妄生希冀。尤不可因本道出示劝谕，不如所愿，遂生怨望，甚至搅扰喧闹，借生事端。地方如遇此等奸民，即行严拿究治。《劝谕富户通融周急示》曰：今年所报旱灾地方，有地百亩以内者，概已食赈。自此等而上之，虽朝廷有逾格之恩膏，而仓库有折中之限制，固不能遍及也。念一邑之中，尝有故家贫落，而食指犹多。值此荒年，倍形窘迫，同邑之富有力者又复故示赢形，售以田不可，售以房不可，售以什物不可，断断拒人，怨薮滋生。故兹出示劝谕，凡尔有力之家，当知任恤之道，况以我所有，易人所无，未为亏己，即已益人。其有以田房告售者，减其价，薄其利，留契立限，过期管业，亦为有得无失。至于什物器皿，从权作质，价贬十之七，利取什之二。迨至丰熟，人归故物，我获新赢，即论封殖，亦所宜然。《周官》荒政有保富之条，以其能分财惠贫也。其不然者，亦何赖于富民。本道揆情示劝，于儒之教，则曰敦笃古风；于释之教，则曰力行方便。仰纡天庚广赉之深心，兼副当道熟筹之至计，惟善守富者是望焉。《劝谕业主恤佃示》曰：本道办赈所至，检阅村庄户口，体访农民生计，因知占业自耕者少，为人佃种者多。此等佃丁，平时劳筋苦力，为尔等业主终岁勤劭，相依为命。一旦灾荒失所，为业主者竟膜外置之，毫不关心，谅不若是之忍。是周恤佃丁之举，实业主情谊之不容已者。除妇女小口俱凭官发赈外，其出力耕作之本身壮丁，允宜量力周助，使之结感于歉岁，必将偿力于丰年。即曰有借须还，亦属操券可得。其各将所恤佃丁姓名居址人数报明地方官，以便于赈册内填注开除。如有将穷佃家口一并自认，力为赡给，不待官赈者，本道必按名申报，从优奖励，以示与人为善之意。如佃丁妄生希冀，求索无厌，听该业户主持发付，倘竟藉端挟制，强悍滋事，立即报官重惩。《劝谕当商减利听赎农器示》曰：民食全赖农田，耕作必资器具，乃村民每际农隙，辄取犁锄，半价赴质。质及犁锄，其贫可知，而犹以为轻而易赎也。值此荒年，分厘莫措，而待用孔亟，取赎失时，有误农功不小。在商家逐利，虽难责令减少，然犁锄不比衣饰，所质不过百钱上下，计所让之利无多，而人各取其一件以去，数盈万千，人无遗力，异日有收于南亩，与取盈于区肆者，其益正尔相资。况目击贫农待赈为活，而犹锱铢与较，揆情亦所难安乎？尔当商人等，嗣后与贫民所质犁锄及一切农用什物，宜各按每月二分之利让半听赎；有再能多让少取者，地方官酌量加奖。夫不病农即以惠商，本道非有所偏也。倘农民恃有此示，过缩钱文，强赎生事，亦即加以惩处。（《赈纪》）

那绎堂先生彦成《劝富户恤贫民》，谕曰：本年甘省各属，雨泽愆期，夏禾被旱。所有成灾处所，仰蒙皇恩拨饷赈恤，即勘不成灾及附近灾区地亩，亦得一律缓征。其中乏食贫民，既资接济，即殷实富户亦免追呼。圣德如天，无一人不被其泽。惟念缓征放赈，俱为拯民困苦起见。贫民完纳钱粮有限，所缓既属无多，即灾户所领赈银，亦止济目前之急。至富户田亩多者，数顷数十顷不等，计其缓征之数，较之贫民领赈之数，有多至百十倍者，虽系暂时宽缓，然以民间放债利息计之，所得已多。且现在地亩虽或歉收，平时粮食岂无余蓄？际此粮价昂贵之时，或反大获其利。是荒年之苦，苦及富民者犹少，苦在贫民者独多。邻里乡党，谊关休戚，当此歉岁，目睹流离饥饿之状，恻隐之心，人皆有之，损有余以补不足，近则种德于一己，远则积福于子孙。况贫民未尽绥辑，富民岂能独安？是救饥济贫，不特为善之首务，亦未必非保家之良策也。用特剀切劝谕，其交勉而力行之。一、附近灾区地亩，虽不成灾，亦得缓征。该业户自应酌量减收，以示体恤。如佃户藉此拖赖，仍治以抗租之罪。一、贫民每向殷户借粮借钱，约收成后偿还。此时田已被灾，债主因其领赈，藉索欠项，是使救饥之银粮，尽归牟利之囊橐。苟有人心，何忍为此？俱暂缓索讨，俟成熟后再行清理。一、放赈既有定期，粥厂亦难遍设，恐此后接续为难。所望殷商富户，不吝捐赀，共襄义举，或散钱，或散粥，或散粮，呈明地方官立案，听各绅耆自行经理，小则施之一村一堡，大则行之一乡一邑。该地方官秉公申报，以凭奖励。一、贫民告贷无门，不得已鬻田产，有力之户往往故意勒掯，图占便宜。贫民或因所得价值不敷养赡，或因急无售主，难以谋生，以致死亡相继，甚有酿成命案者。当知刻薄成家，理无久享，况刻薄未必成家，转或因之破家，何如忠厚留有余之为得乎？（《赈纪》）

景仁谨按：太平之世，遇歉岁而民不饥，盖不独损上以益下也，抑民间有自相补助之道焉。历代助赈，皆有优奖之典，诚以施期于当厄，多一人输，即多数人食，多劝一人输，即多活数人命也。圣朝偶遇灾荒，赈贷蠲缓，百方筹画，不惜千万亿帑金，何藉涓流之挹注？然乡党好施者例加奖励，此劝善之良谟，实救荒之仁术也。查顺治十年覆准：士民捐助赈米五十石，或银百两者，地方官给匾旌奖；捐米百石，或银二百两者，给九品顶戴；捐多者递加品级。十一年题准：现任官并乡绅捐银千两、米千石以上者，加二级；银五百两、米五百石以上者，纪录二次；银百两、米百石以上者，纪录一次。生员捐米三百石者，准贡；俊秀捐米二百石，准入监读书。十二年议准：令各省地方照京师例设厂煮赈。事竣，仍将捐输官民姓名并银谷数目，汇册题报议叙。十八年题准：凡捐谷，每二石折米一石，豆照时价计银议叙。康熙元年题准：捐银米不分本属隔属，如一年内捐及额者，题请议叙。七年覆准：满洲蒙古汉军并现任汉文武官弁捐输银千两或米二千石者，加一级；银五百两或米千石，纪录二次；银二百五十两、米五百石，纪录一次。进士、举人、贡生捐银及额，出仕时照现任官例议叙。生员捐银二百两，或米四百石，准入监读书。俊秀捐银三百两，或米六百石，亦准送监读书。富民捐银三百两，或米六百石，准给九品顶戴；捐银四百两，或米八百石，准给八品顶戴。八年题准停止督抚捐助议叙之例。三十四年，天津两次运送盛京米粮，到期甚速。运米及捐输官有旨议叙。旋经议定郎中、同知、通判、州同及八品笔帖式等官，各加一级。其捐输脚价官，一次者纪录一次，二次者纪录二次。系商人，该抚酌量奖赏。六十年覆准：山西被灾地方，绅衿富户并内外现任官愿捐米者，计官职之大小，捐米之多寡，具呈该地方官照数收捐，出给实收，随收随报，督抚题明，转咨吏部，遇有缺即升，富户题明破格旌奖。又覆准：令各省督抚遇有转徙饥民来至境内，地方官并富民人等有情愿捐资养赡全活多人者，督抚核实题荐，从优议叙。雍正五年议准：盐商于地方偏灾，乐为捐赈者，听其自便。如纠结公捐，暗增成本，借名取偿者，查究；失察之该管官议处。乾隆二年覆准：被灾贫民，该地方富户如有出资安插，不致流离失所者，督抚察明用过银米实数，作何优赏之处，即于题赈济银米疏内分别议奏。四十一年议准：绅衿士民，有于歉岁捐赈者，准亲赴布政司衙门具呈，并听自行经理。事竣，督抚核实，捐数多者题请议叙，少者给匾额。若县官勒派押捐，或以少报多，滥邀议叙者，从重议处。土豪胥吏于该户乐输时干涉渔利者，察究。盖自国初以来，遇灾祲而效捐输者，褒奖之典如此。夫士民当饮和食德之余，循救灾恤邻之道，固宜茂典之荣膺，且荷纶音之特贲焉。恭读雍正十一年谕曰：闻上年秋月，江南沿海地方，海潮泛溢，苏、松、常三府近水之人遭值水患。其本地绅衿士庶中，有雇觅舟楫救济，有捐输银米煮赈者。今年夏间人有时症，绅衿人等又复捐输方药，资助米粮。似此振灾扶困之心，不愧古人任恤之谊，风俗淳厚，甚属可嘉。著该督抚宣旨褒奖，将捐助多者具题议叙，少者给与匾额，登记册籍，免其差徭，并造册报部。钦此。仰见大圣人与人为善，歉岁麦舟之赠，渥蒙九重华衮之褒，而食为民天，则能减价平粜者咸可嘉尚也。伏读乾隆十六年谕曰：浙省温、处等郡米贵，降旨加意抚绥，但思穷黎待哺孔殷，本地有谷之家，或能以任恤为心，出其所余，照官价一例平粜，更足助官价之所不及。虽零星积聚，岂能如官仓足给众人之求，然随乡分粜，于民食亦殊有济。在富民推其赢余，嘉惠桑梓，孰无此心？惟是刁悍乘机，或短于价值，或冒领告贷，甚或倡众抢夺，种种不法，遂致富民闻风相戒，以为善不可为。兹特谕各省督抚，凡遇地方水旱，米价腾贵，即应明切晓谕，以天时水旱不齐，偶值偏灾，无不飞章入告，立即随时筹画，百姓惟当安分奉法，静候施恩。若藉端生事，转罹罪愆，有负国家之德惠。其能敦任恤而出粮平粜者，地方官为之主持，实力稽察。遇强横滋事之徒，速即严行惩处，务令奸匪敛迹，富民无所顾虑，则穷黎受惠多矣。所有平粜富民，计其所粜之数，照乐善好施例优加议叙，以示奖励等因。钦此。此富民随乡平粜，足佐官粜所不到，圣谕惩恶而劝善，俾为善者无所惧而益有所劝，德至厚也。五十年，安省安庆、庐州等府属被旱。五十一年，湖北江夏等州县旱灾。均经绅士减价平粜，俱得旨嘉奖，照例赏给议叙。嘉庆六年，汉口米价稍昂，淮商等以该处系行盐之地，借拨盐义仓谷十万石运往煮赈，特奉急公可嘉之谕，咨部议叙。十一年，晋省河东上年被旱成灾，将省北米石运集平阳，再分拨各州县，途遥费繁。该绅士报效殷殷，各捐银米，奉谕全行赏收，分别应用，将捐职郎中王濡翰等交部议叙。凡以裕食救饥，旌淑以风励之者，列圣有同揆也。而贫富有丰啬相济之情，业佃尤有缓急相通之谊，圣皇更虑之周而戒之切矣。乾隆十三年谕：朕阅《山东通志》内恭载皇祖谕旨：东省小民，皆依有身家者为之耕种，丰年所得者少，凶年则己身并无田产，有力者流于四方，无力者即转于沟壑。此等情状，东省大吏庶僚及有身家者，若能轻减田租，以各赡养其佃户，不但深有益于穷民，即汝等田地亦不致荒芜。训谕谆谆，诚切中东省民生利弊也。今朕省方问俗，亲见民情风土，岁偶不登，间阎即无所恃，南走江淮，北出口外。揆厥所由，实缘有身家者不能赡养佃户，以致资生无策，动辄流移。夫睦姻任恤，自古为重，利岂专在贫乏，富户均受益焉。转徙既多，则佃种之人少，鞠为茂草，富者不能独耕也。若有无相资，使农民不肯轻去其乡，即水旱无虞大困。贫固资富之食，富亦资贫之力，不计其食而但资其力，穷民复何所困？继自今，该督抚率郡县有司实力稽察劝谕，务使晓然于贫富相维之道，俾闾里通周急之情，斯黎民享安土之乐，朕于东省有厚望焉。钦此。圣有谟训，深切著明。凡有田业者庄诵再三，蔼然恻然之挚意油然而生矣。大抵劝输之事不一端，助赈而外，凡设粥、平粜、辑流民、收幼孩、施衣、施药、施棺等项皆是也。当饥荒之岁，安富必早安贫，斯有力皆须努力，是在良有司之善劝矣。积至诚以感之，而不临以贵势；分清俸以倡之，而非谕以空言。牖之以懿好之良，人虽愚而易晓；动之以厚德之报，民虽啬而易从。怵以饥氓劫掠之可虞，则分财以拯荒，为保家之至计；歆以今典褒旌之可慕，则树德以受赏，为荣身之令图。分多寡而量其力，未尝强以所难，戢刁悍以定其心，俾勿牵于所虑。鼓之舞之，亦克用劝，何庸抑勒哉？窃见相赒相救，兴仁让而敦愞和，盛世多良民，由多良吏也，猗欤隆矣！

授官劝赈说

按：西汉遇岁不登，入谷助赈者赐爵有差。宋代出米赈济者，屡有补官之令，授官以劝赈，尚矣。夫饥馑之时，奖好义以活穷黎，如给匾免役，进而冠带章身，已示优异，乃竟界以进用之阶，得毋滥乎？维名与器不可以假人，且安民先察吏，察吏先清仕途，而以入粟登进，窃恐流品混淆。设有篝篚不饬者厕其间，始散财以得官，终聚财以剥民，利一而害十也。考《明史》，尚书王恕言：永乐、宣德、正统间，天下亦有灾伤。当时无纳粟例，粮不闻不足，军民不闻困弊。此年来一遇灾歉，辄行捐例。人既以财进身，欲其砥廉隅，为循吏，岂可得也？王端毅公之论，深切著明矣。

国朝乾隆八年，直隶、江南饥。初开捐纳事例，内止小京官，外止丞倅佐贰。九年冬，户部侍郎李公元亮请自郎中、道府、游击、都司并听纳用。时胡恪靖公宝瑔为御史，言捐例本权宜之计，不可复加，且其所入不能补蠲赈之一二，而徒轻名器，伤政体，甚不便。恪靖所议与端毅所见略同，可谓通达治体。论政者所当思厥终而慎厥始，无狃于目前苟且之图也。顾事势有缓急，经费有盈亏，使势处于至急，而经费适又大亏，不能不应机济变。窃以为天下果遇奇灾积歉，仓储且尽发而帑金难为继，地方士庶有能罄资救济者，如汉之赐爵、宋之补官，假名器以救生命，亦不得已之权策乎！若系寻常荒歉，捐赈者酌给虚衔顶戴，或量予加级纪录，不启人幸进之阶，亦不阻人希荣之念，无碍铨选，有益荒政，此则行之无弊，权而不拂乎经者耳！

救灾有福说

《左传》秦子桑曰：救灾恤邻，道也。行道有福。或者疑其说近邀福，而其心不纯。近世张氏尔岐辨袁氏立命说，以其琐琐责效，目为异端邪说。田氏兰芳撰《唐幼章句释感应篇序》，谓希福冀报，非儒者所宜言。推其意，则救灾而言有福，不亦与正谊不谋利、明道不计功之旨相戾乎？窃以为张氏、田氏之说精矣，然持论过高，无以诱人为善。且斥立命说为异端，尤矫枉过正者也。袁氏记功录过，大小厚薄各有成格，造物若称量以相偿，诚未免沾沾作计较，然必谓其望报而始为善，说已近苛。况以私伪斥之，何以服强为善者之心耶？彼不求报而亦不为善者，转于人有济耶？田氏訾《感应篇》，亦以其中劝戒辄以祸福为验耳，不知所言善恶之报，即《虞书》惠迪吉从逆凶之说。《商书》福善祸淫，作善降祥，作不善降殃。《易》言积善余庆，积不善余殃。皆此义也。何田氏不敢议《书》、《易》，而独议《感应篇》耶？夫子言后获，言后得，未尝不言获，不言得也，然则行救灾之道，必有救灾之福，安可以言出于霸佐而疑之。试略举救荒感应之事以昭法戒焉。宋淳熙初，司农少卿王晓平旦访林机。时为给事中在省，其妻（晓侄女也）垂泪诉曰：林氏灭矣！惊问其故，曰：天将晓，梦朱衣人持天符来，言上帝有敕林机论事害民，特令灭门。悸而寤，犹仿佛在目也。晓待林归，扣近日所论奏。林曰：蜀郡旱歉，奏乞拨米十万石赈赡。有旨如其请。机以为米数太多，蜀道不易致，当酌实而后与，封还敕黄。上谕宰相云：西川往复万里，更复待报，恐于事无及，姑与其半可也！只此一事耳。晓蹙蹙蹙去。未几，林病，归至福州卒，二子继踵亡。此建言阻赈之报也。张咏知益州日，尝夜梦诣紫府真君降阶接之，礼甚恭。继请西门黄兼济，揖张益州坐黄承事之下。梦觉莫知所谓，问左右，西门有黄承事否，令具常服来。既至，果如梦中见者。再三问平生有何阴德，承事云：无他，惟每岁收成时随意出钱收米，至来年新陈未接之际，粜与细民，价例不增。张公叹曰：此宜居我上也。使两吏掖之而拜。此每岁平粜之见重于神也。明万历间，姚思仁巡按河南，杀贼甚多。忽病，被摄冥司。主者诘曰：尔何好杀如此？姚曰：某为天子执法耳！主者曰：凡为官当体上天好生恶杀之心，尔不以哀矜自省，理应受罪。姚曰：固也！当两省凶荒，某曾上疏请赈，所活不下数千万，独不可相准乎？主者曰：此尔幕宾贺灿然所为，已注其中年富贵矣。姚曰：稿虽贺作，疏由某上，独不可分其半乎？主者依言令其生还。贺从姚于官，因见凶荒，特作疏稿，劝姚上之。后贺年四十登第，累官冢宰，姚官至工部尚书。此上疏请赈，与作疏人同心救荒之报也。他如宋祝染施粥，而子及第；邵灵甫发所储浚河，而子梁登第；孙刚魁南省、明冯玘赈流民，而寿逾八十，子冠举进士；萧逵出粟济饥，而年七十五，子良有、良誉俱登第。救灾获福，确有证验。事难枚数，略举其概如此。夫释氏因果之谈，近于荒诞，而善恶感应固昭然不爽者。救灾恤邻，道也，即谊也。行道有福，利也，即功也。正谊必有其利，无谊外之利也。明道必有其功，无道外之功也。歆以福，则人有所慕而为善；怵以祸，则人有所惧而不为不善。行道有福之说，正欲尽人纳之于道谊，利不谋而获，功不计而成。由畏罪者强仁，而进于智者利仁也，安得以私伪疑之哉？必谓有所为而为之，其心已杂而不纯，吾恐持论过高，转失圣贤与人为善之旨矣！

安富以救贫说

按保息六，终于安富。注：平其繇役，不专取，则安富固有道焉。窃谓善人者国家之正气，富民者国家之元气也，非富无以行善。昔周武王之民，有粟至百鼓，而戍避重泉。齐桓公之民，戍困者二家，而聘隆式璧。此人主励世磨钝之微权，实藏富于民之至计。凡以不积谷不足救饥，故能藏谷者，为之弛役行赏，使民晓然知富之见重于上，而各保其富焉。恭读《周官义疏》，御案曰：安富尤保息之大者。盖富者不安，则民不务积聚，而失其养者众矣，上岂能遍给哉？圣训切深如此，奈何不务安富而或扰之？三代以上，画井授田，富之之权操于上。其时无甚贫之民，亦无甚富之民也。井田既废，民间生计，一听民之自为谋，而其所谓富者，半由货殖，不尽出于农田。《史记》所以有本富末富之辨也。夫既富方谷，天下事未有在己无余，而能济人不足者。然则哀多益寡，本富固可恃，末富亦可资也。近世生齿日繁，惰游日众，风俗日偷，小民稍有赢余，辄多剥耗。地方有公事，亦惟富室是问。官吏或从而侵侮之，日削月朘，不久成贫。《诗》云：哿矣富人，哀此茕独。茕独信堪哀，富人岂尽哿乎？宋李觏曰：田皆可耕，桑皆可蚕，彼独以是而致富者，心有所知，力有所勤，夙兴夜寐，攻苦食淡，以趋天时，听上令也。如此之民，反疾恶之，任之重，求之多，劳必于是，费必于是，富者几何其不转而为贫也。使天下之富者皆转而为贫，为之君者利乎否也？明代有请括江南富户，令报名输官者。大学士钱士升疏言：郡邑有富家，固贫民衣食之资，未尝无益于国。此议一倡，无赖亡命，相率而与富家为难矣。前哲所陈，卓有远识。夫富者不安而日流于凋敝，设令饥馑荐臻，库帑不敢擅动，常平、社仓米谷之发又复不敷，将何所取资以活嗷嗷而待哺之穷黎耶？此在培养富户于平时，而后临事得藉其力。平时轻徭薄赋，加意护持，临时如平粜、施粥、助赈、贷种诸务，皆取给焉，而未可抑勒也。诱掖有方，奖励有法，足谷翁虽甚俭啬，见守土者从容开导，加以优礼，咸以为荣而踊跃听命矣！雍正二年谕：社仓之设，原以备荒歉不时之需。朕以为劝谕百姓，听民便自为之，而不当以官法绳之等因。钦此。夫社仓米谷，小民不过斗斛之益，而圣心体恤如此，深虑有司行之不善，致滋烦扰也。而凡劝分之资乎富民者，安可以官法相绳，涉于派累哉？无论假公济私，心术大不可问，即令急公爱民，而理谕势禁，强以必从，或不孚以情而操之太蹙，或不量其力而索之太奢，窃恐志在救贫，而弊先扰富也。夫周贫者之急，不可以扰富，留富者之余，斯可以救贫。司牧者绎《周官》保息安富之义，为我国家培养元气，俾缓急可恃，贫富相维，则几矣！

图 赈 说

邑有水旱灾荒，所赖富室捐赀助赈，推广皇仁。向来绅士劝捐，必设公局，其捐出银钱，统归局中经理给发。今有图赈之法，将使闾阎乐善者施解推之惠。近在邻里乡党，而无所回惑于其间，则事易集，而乡民之领赈者亦较便焉。惟乡图贫富不同，受灾轻重不等，以富乡赈轻灾之图则优为，以贫图办重灾之赈则难举。于是有协济之法，哀多益寡以调剂之。此足补前人良法所未及也！嘉庆甲戌，江苏大旱。常州卞太守斌率武进、阳湖程、李两大令，集绅士等公议图归图赈，所捐钱数汇入总局，通计应赈丁口，按图拨发各董事，分给图民。事详《助赈录》。在局之丁君星阶司马履泰为余姻亲，余故悉其办理之善。是岁，金匮大令齐公彦槐、无锡大令韩公履宠则以各图所捐之钱各赈本图，以富图之有余，协济贫图之不足。令图各举一人以经理之，其钱即存于捐者之家，官与公局之董事者第纪其数，为之调拨。某图饥口若干数、捐若干数、协济若干数，各书一榜于图内，使贫富见之，晓然明白。事详《齐公征信录》。余向者未之见也，钱君梅溪泳寄示所辑《履园丛话》，采录颇详，因得稔其崖。略云：大抵图赈之法，捐数多者千缗以上，而少者或数千文、数百文皆收。其书捐之人，自长吏倡率，荐绅急公，而凡农商之饶裕者靡不踊跃解囊，即执一业者亦各量力佽助。武进、阳湖分图办捐，捐出钱文，归局候拨，仍交各图散给。无锡、金匮以本图所捐之钱即赈本图，并不归局。法尤简易，而协济之法略同。窃尝论之，图赈法前古未有，今常郡行之皆有成效。武阳共捐钱十三万四千，无锡计捐钱十三万有奇，金匮计捐钱十二万四千有奇，何捐者之多，而劝者之易耶！夫人皆有恻隐之心，而于亲者近者为尤切。目击颠连之状，耳闻惨怛之呼，情不忍恝置，势不能坐视也。世之劝捐者，钱悉归于公局，彼捐者不知钱所由往，而或致疑官吏之侵渔，即赈者莫知钱所自来，而仍不免乡里之干扰。此悭吝不捐者所藉口也。兹图赈之法，人知捐钱以赡其乡，义不容诿而无所疑；人知得食近资其里，惠足有孚而不相扰。且以富稽贫而户口清，以贫核富而捐数实，岂非法之良者乎？然图赈之法良矣，吾谓尤在经理之得人，当道捐俸率先，敦请端谨干练之绅士竭诚筹画，相救相赒，而各图又慎择公正耆硕以襄厥事，纵图中殷户较少，灾黎较多，而爱护乡里，不难共成善举。无以耳目所昵而瞻徇或萌，无以力量所穷而搜索太尽，即令此图捐有余赀，可以所赢济他图所绌，亦必从本图之旁近而推，俾人昭然于睦邻之谊，初非散之漠不相涉之区，则里民乐从，而勿虑其不肯听拨，庶几人情允洽，有利无弊。后之劝捐助赈者宜知所取法矣！

卷十一　任恤（与劝输条参看）

任恤与劝输同一事，劝输即所以劝民敦任恤也。然君子富好行其德，有无待乎劝者矣。《周官》：乡三物之教，六行终于任恤。郑注：任信于友道，恤振忧贫者，不任不恤列于八刑之纠。而闾胥之职，既比读法，任恤者与敬敏同书，固不仅歉岁为然，而匡乏救饥，尤为任恤之大者焉。匹夫慕义，何处不勉？况士君子保护乡里，谊深同患者乎？古处是敦，灾年攸赖。为任恤条第十。

【汉】梁商常云：多藏厚亡，为子孙累。每租俸及两宫赏赐，悉分与昆弟中外。因年谷贵，多有饥者，辄令苍头以牛致米盐茶铁于四城门与贫民，不告以姓名。（《汉纪》）

樊重宇居云湖，以百姓饥荒，乃倾竭财产，与邑里共之。赖其存者以百数。（《汉纪》）

伏湛为平原守，岁大馑。湛谓妻子曰：天下皆饥，何忍独饱？乃共食粗粝，悉分俸禄以赈乡里。远客来依至百余家。（《后汉书》）

赵典兄子温，遭岁大饥，散家粮以赈穷饿，所活万余人。（谢承《后汉书》）

刘翊能周施而不有其惠，郡县饥荒，翊救给乏绝者数百。（《后汉书》）

廖扶逆知岁荒，乃聚谷数千斛，悉用周给宗族姻亲。又殓葬遭疫死亡、不能自收者。（《后汉书》）

【三国】【吴】骆统八岁归会稽，时饥荒，乡里及远方客多有困乏，统为之饮食衰少。其姊仁爱有行，数问其故。统曰：士大夫糟糠不足，我何心独饱？姊曰：诚如是，何不告我而自苦如此？乃自以私粟尽与统。又以告母，母亦贤之，遂使分施，由是显名。（《吴志》）

【南北朝】【宋】张进之历五官主簿，家世富足，经荒年，散财救赡乡里，遂以贫罄，全济者甚多。（《南史》）

刘凝之慕老莱严子陵为人，夫妻共乘薄笨车出市买易。周用之外，辄以施人。荆州饥，衡阳王义季饷钱十万。凝之大喜，将钱致市门，观有饥色者，悉分与之，俄顷立尽。（《南史》）

【齐】刘善明，平原人。元嘉末，青州饥荒，人相食。善明家有积粟，躬食饘粥，开仓以救乡里，多获全济。百姓呼其家田为续命田。（《齐书》）

【北魏】时举，钜鹿人，家多田产，积谷有余。岁歉谷贵发粜，惟取时价之半，曰：凶岁之半价，即丰岁之全价，虽少取之，不为损也。族人亲故贫约者更相与赒之，一郡多赖以济。（《臣鉴录》。景仁按：此事检阅《北史》等书未见，据《臣鉴录》采入。惟云子收官仆射，谥文贞，则误。考《北齐书》，魏收谥文贞，父子建，字敬忠，非时举也。《丹桂籍》则云：北魏时举，其子收，节闵帝时除太学博士，官至尚书右仆射。较为详核。节闵，魏主恭谥。《良吏传》有时苗，《姓苑》云钜鹿人。时举亦系钜鹿人，当是北魏人姓时名举，未可误魏为姓也。）

【隋】李士谦，赵郡人。家富于财，躬处节俭，振施为务。尝出粟数千石以贷乡人，值年谷不登，债家无以偿，皆来致谢。士谦曰：吾家余粟，本图赈赡，岂求利哉？于是悉召债家为设酒食，对之燔契，曰：债了矣，幸勿为念也！各令罢去。明年大熟，债家争来偿谦。谦拒之，一无所受。他年又饥，多有死者。士谦罄家赀为糜粥，赖以全活者万计。

收埋骸骨，所见无遗。至春又出粮种，分给贫乏。赵郡农民德之，抚其子孙曰：此乃李参军遗惠也！或谓曰：子多阴德。士谦曰：阴德犹耳鸣，己独闻之，人无知者。今吾所作，吾子皆知，何阴德之有？《隋书》

【唐】陈子昂父元敬，射洪人。世高赀，岁饥，出粟万石以赈乡里。《唐书》

【宋】眉州苏杲，遇岁凶，卖田以赈邻里乡党。及熟，人将偿之，辞不受，以致数败其业而不悔。子洵，孙轼、辙，为世大儒。《臣鉴录》

黄兼济于每岁收成时，以钱三百缗收籴，俟来年新陈未接之际粜与细民，价例不增，升斗如故。在己无损，小民得济。益州知府张咏极为称道其事，非己所能及。《人谱类记》

尚书沈诜致政家居，每岁歉即发租平粜，自执斛斗倍量与人。见贫甚者，必以钱密置米中。乡人不识公，但云身着青布衫道人量得米好。《臣鉴录》

蒋崇淳仗义乐施，仿常平古法，以家赀籴谷，贱粜以救贫者。其弟崇义、崇信，承兄志，亦行六七十年。岁以为恒，里人德之。《臣鉴录》

张八公家富好施，乡人德之，号张佛，产分二子。值岁歉，其乡谷价倍增，其子亦增价粜之。八公坐于门，籴者出，问其价，曰：少增矣。八公自以钱偿其所增之数，子遂不敢增价。《臣鉴录》

饶延年，崇仁人，居乡乐施。岁遇难籴，一夕露祷斗米之值，举斗概量，得钱六十五，立为定值，终身行之。蓄米之家各怨之，延年曰：尔家岁入可计食若干，以其余粟出粜，高价亦不过数十千。遂计数还之，里党无敢贵籴者。《抚州志》

朱承逸居雪城东，为本州孔目官，轻财好义。值岁饥，以米八百石作粥散贫。是岁生孙服，熙宁中登进士第二。次孙肱亦登第。《臣鉴录》

【金】游完，崞州人。大定初，岁荒，完日赈赡三百余口，冬给穷民衣袄五百袭。及其老也，以仁爱之心勉励子孙。《一统志》

【明】瞿兴嗣好行阴德。有一贫人值大雪，饿不能起。晨往以钱二十缗投窗隙而去。岁歉，有人来籴米，受其钱五千，佯忘曰：汝钱十千耶？倍与之。凡负贩者，必多偿其直，曰：彼胼手胝足以求利，忍与较乎？年八十，子孙荣显。《常熟志》

徐孝祥隐居吴江，家甚贫，忽于后园树下得白金一瓮，亟掩之，人无知者。后二十余年，值岁大歉，孝祥曰：是物当出世耶！乃启瓮，日取数锭籴米，以散贫人，全活不可胜计。银尽乃已。子纯夫，官翰林。《臣鉴录》

新城杨思庠，富而好义。每岁积谷不粜，至米价腾踊时，始平价以粜，民多德之。子居理，年少登贤书。《臣鉴录》

徐栻父素富，遇年荒，即先蠲租为倡，又分谷济贫。栻联捷进士，父益积阴德，尽心济人。栻后官至两浙巡抚。《常熟志》

倪文正公元璐《一命浮图疏引》：窃为米价高腾，天灾未已，麦青有待，近忧三四之交，榆赤无条，远危六七之际。顷者分坊设赈，亦既普郡归仁，然固有穷谷荒村，他乡别井，卧儒游旅，废丐痍囚，居远仁之邻，名逸饥民之籍，鸠鹄在望，莩殣渐繁，谁不有怀，所患无术。今则曲求巧便，别启因缘，不假多施，但占一命。计自春暮以及秋中，为期百有四旬，量米日才五合，不过七斗，以阅三时。今以万钱广施万众，万腹仍枵，苟只一桥专渡一蚁，一缗即足。为此功德，胜于浮图，各务尽心，共回厄运，以万宝登廪之日，为七级合尖之期。一、愿倡募者领册一本，认救一命；更于亲友间辗转劝募，即自己无力者，但能劝募多人，功德自应无量。一、注认之后，须访查确核，必得真实无告，束手待毙，而后可以当之。无或忽略受欺，虚此善愿。一、每十日给米五升，钱一百文，自六月初旬起，至九月尽止。如米不足，以麦代之。一、遇有异乡流落，枵腹露居，旦夕就毙者，更当设处空屋半间，俾得容身栖息。倘家无余屋者，或于大寺观公所觅一无碍隙地，使暂栖止。一、此举费少功大，愿相与踊跃从事，约计米六斗、钱一千二百文，便可全活一命。一、倡募某人领册，倡募共募救饥命若干人，认察举饥民者，开记某人察举，及所举饥民姓名，列于后幅，上书赈主姓名，中书认一命，下书饥户姓名及启赈日月，某人察举，饥户几人。按：此系崇祯时浙省荒旱，会稽倪文正公设《一命浮图册》，以劝于乡。遇有真实无告，束手待毙者，仁人君子触目警心，各任一命，日给钱米，以待秋成，务使全活而后已。虽所及有限，而实能生人救人。百人发心，即活百命，千人发心，即活千命。各人一片恻隐至诚，真可以格天心，回厄运，岂小补哉！《臣鉴录》

袁黄曰：凡系世家，未有不由祖德深厚，而科第绵延者。予旧馆于当湖陆氏，见其堂中挂一轴字，乃其先世两代出粟赈饥而人赠之者。文中历叙古时济饥之人，子孙皆膺高位，谓陆氏他日必有显者。今自东滨公而下，三代皆为九卿，其言果如左券。则今之闭籴射利剥众自肥者，可反观矣！《臣鉴录》

景仁谨按：任恤之行于乡，大抵藉富者之资，而其事足以辅当途之荒政。天非私富一人，托以众贫者之命，酌盈以剂虚，天道自然之理，即富者当然之分也。《周礼》以保息六养万民，四曰恤贫，六曰安富。析为二事，实乃同条而共贯者。富莫保其富，则救贫之资无所出，贫者之不幸也；贫莫救其贫，则保富之计无所施，亦富者之深忧也。雍正十一年，江南海溢，苏、松、常绅士多方赈救。世宗宪皇帝降敕褒美，谓似此拯灾扶困之心，不愧古人任恤之谊。乾隆十三年，高宗纯皇帝有睦姻任恤，自古为重之谕（详见劝输条按语中）。然则匡乏救灾，可不务乎？夫任恤之途甚宽，不待歉年也；即歉年任恤之事亦甚广，不止捐赈也。凡减粜借贷等项，量力而行之，酌时地而施之，何莫非济人事耶？念衡宇之相依，其先世皆与吾祖父居者。桑梓必恭，即所以尽孝，思租赋所从办，其亚旅皆为我国家用者。吉凶同患，即所以尽忠，联比闾而不散，无使嗷口而之四方，则流民鲜矣！弭攘夺于未萌，无使舍命而图一饱，则盗贼消矣。至于业佃之相维，亦贵有无之相济，泽流乡里，庆积子孙，树德莫如滋，而为善无不报，人谁惮而不为此？且夫任恤之事，非独同乡应尔也。凡隔属之贸易于是邦者，既权子母而获其赢，情难恝视；即异籍之侨居于此土者，既结亲朋而修其好，惠取有孚，抑不独富者宜然也。资不足则勉出乃力，煮粥施剂董其役，为一事，必有一事之功；劳可任则往尽乃心，育婴掩骼策其宜，厚一分，阴受一分之赐。试为推类言之，咸有广行之善，况生同乡而处饶富者乎？夫家裕仓箱，由存心于忠厚，性成慷慨，复推爱于睦姻，固有不希豪侠之名，非觊褒旌之典，而衣我食我，户免化离，风人雨人，里沾膏润，习俗臻于醇茂，岁时酿乎和丰，于以涵泳圣涯，沐浴福应。允哉！观于乡而知王道之易易也。

卷十二 借贷（与劝农功、裕仓储两条参看）

　　《周官》荒政，一曰散利。注谓贷种食也。疏云：丰时敛之，凶时散之，其民无者从公贷之。据公家为散，据民往取为贷。恤贫列保息之四，则以贫无财业禀贷之为解。此赈贷之典所由昉乎！后世以谷贷民，多取给常平、社仓，平时春贷秋还，年荒大资接济，亦有筹款借给，用银折色者。或贷口粮，或贷籽种，或贷麦种，或贷牛具，大抵赈恤之余波，而耕耘之早计也。为借贷条第十有一。

　　【汉】文帝二年，诏：农，天下之本也。民贷种食未入、入未备者，皆赦之。（《汉书》。景仁按：文帝元年，有诏鳏寡孤独穷困之人，或阽于死亡而莫之省忧，议所以赈贷。二年，即有诏赦免，恩泽弥渥。）

　　倪宽迁左内史，收租税与民相假贷，以故租多不入。后以负租课殿，当免。民皆恐失之，大家牛车，小家负担，输租缴属不绝，课更以最。上自此愈奇之。（《汉书》）

　　昭帝始元元年三月，遣使者赈贷贫民无种食者。秋八月，诏曰：往年灾害多，今年蚕麦伤，所赈贷种食，勿收责，毋令民出今年田租。（《汉书》）

　　宣帝本始四年，诏今岁不登，已遣使者赈贷困乏。其令丞相以下至都官令丞，上书入谷，输长安仓助贷贫民。（《汉书》）

　　和帝永元十六年春，诏贫民有田业而以匮乏不能自农者，贷种粮。（《后汉书》）

　　【晋】武帝泰始六年，复陇右五郡遇寇害者，租赋不能自存者，禀贷之。（《晋书》）

　　邓攸为吴郡太守，郡中大饥，攸表奏赈贷。未报，辄开仓救之。台遣散骑常侍桓彝、虞骙慰劳饥人，观听善否，乃劾攸擅出谷。有诏原之。（《晋书》）

　　王长文少以才学知名。太康中，蜀土荒馑，开仓赈贷。长文居贫，贷多后无以偿。郡县切责，送长文到州。刺史徐翰舍之，不谢而去。（《晋书》）

　　【南北朝】【宋】文帝元嘉中，三吴水潦，谷贵人饥。彭城王义康立议以沿淮岁丰，令三吴饥人即以贷给，使强壮转运，以赡老弱。（《文献通考》。景仁按：元嘉二十一年，魏太子课民稼穑，使无牛者借人之牛以耕种，而代为耘田者以偿之。有牛者不吝，而耕田者亦乐从，实为良法。）

　　【北魏】孝文帝承明元年，以长安二蚕多死，丐人岁赋之半。（《北史》）

　　孝文帝太和六年，分遣大使巡行天下遭水之处，丐民租赋，贫俭不能自存者，赐以粟帛。诏曰：朕以寡薄，不能蠲兹六沴，去秋淫雨，百姓嗷然，故遣使者巡方赈恤。而牧守不思利民之道，期于取办，爱毛反裘，甚无谓也。今课督未入及将来租算，一以丐〔丐〕之。（《魏书》）

　　【北齐】李元忠性仁恕，在乡多有出贷求利，元忠焚契免责。为光州刺史，时州境灾俭，人皆菜色。元忠表求赈贷，至秋征收。被报听用万石，元忠以为少，遂出十五万石赈之。事讫表陈，朝廷嘉而不责。（《北史》）

　　【唐】德宗贞元元年二月，诏曰：诸道节度观察使所进耕牛，委京兆府勘，责有地无牛百姓，量其产业，以所进牛均平给赐。其有田五十亩以下人，不在给限。给事中袁高奏曰：圣慈所忧，切在贫下。百姓有田不满五十亩者，尤是贫人，请量三两户共给牛一头，以济农事。从之。是时蝗旱之后，牛多疫死。诸道节度使韦皋、李叔明等咸进耕牛，故有是命。（《康济录》。景仁按：南齐戴僧静，北徐州刺史，买牛给贫民，令耕种，甚得边荒之情。今袁州谏请视田多寡给牛，俱给与而不言贷，尤足劝农功矣。后文景太和三年，齐德州奏百姓自用兵以来，流移十分，只有二分，乞赐麦种耕牛等。敕量赐麦三千石、牛五百头，共给绫一万疋充价直，仍各委本州自以侧近市籴分给。犹得其遗意。）

宪宗元和六年，制：京畿旧谷已尽，粟麦未登，宜以常平、义仓粟二十四万石，贷借百姓；诸道州府有乏粮处，依例借贷。（《通考》）

李皋贬温州长史，摄行州事。岁俭，州有官粟数十万斛，欲行赈救，掾吏乞候上旨。皋曰：人一日不再食当死，安暇禀命？若杀我一身，活千万命，利莫大焉。开仓尽散之，以擅贷之罪，飞章自劾。天子嘉之，答以复诏。（《唐书》）

【周】世宗显德六年，淮南饥，上命以米贷之。或曰：民贫恐不能偿。上曰：民犹子也，安有子倒悬而父不为解者？安在责其必偿也？（《通考》）

【宋】太祖建隆三年，遣使赈贷扬泗饥户。户部郎中沈义伦使吴越还，言扬泗饥民多死，郡中军储尚余万斛，倘以贷民，至秋收新粟，公私俱利。有司沮之曰：若来岁不稔，孰任其咎？义伦曰：国家以廪粟济民，自当召和气，致丰年，宁忧水旱耶？上从之。（《通考》）

太宗至道二年，诏官仓发粟数十万石，贷京畿及内郡民为种。有司请量留以供国马，太宗曰：民田无种，不能尽地利，且竭力以给之。国马以刍藁可矣！（《宋史》）

英宗治平四年，河北旱，民流入京师。待制陈荐请以榷便司陈粟贷民，户二石。从之。（《通考》）

真宗时，张传知楚州。会岁饥，贻书发运使求贷粮，不报。因叹曰：民转死沟壑矣！报可待耶？乃发上供仓粟赈贷，所活以万计。因拜章待罪，诏奖之。（《宋史》）

治平中，河北地震，民乏粟，率多贱卖耕牛。刘涣知澶州，尽发公钱买之。明年，民无耕牛，价增十倍。涣复出所市牛，以元直与民，澶民赖不失业。（《宋史》。景仁按：刘公此举，惠而不费，所济实多。使民卖时不买，则民欲买时安得有卖？其卖也不啻赐之，而无容贷焉矣！乾隆八年，直隶庆云县地瘠民贫，旱灾后耕牛甚少。高文定公斌奏准给银三千两，委官赴张家湾采买耕牛，遂交庆云县田少者，三户共给一牛，俾得广行播种。事见方恪敏公《赈纪》，足与前贤媲美。）

熙宁八年，吴越大旱。赵抃知越州，凡救荒之事，无巨细必躬亲。民取息钱者，告富人纵予之以待熟，官为责其偿。（《宋史》）

明道程子知扶沟，水灾民饥，请发粟贷之，邻邑亦请。司农怒，遣使阅实。使至邻邑，而令遽自陈谷且登，无贷可也。使至，谓程子盍亦自陈？程子不肯。使者遂言不当贷，程子则请之不已，力言民饥。遂得谷二千石，饥者获济。而司农益怒，视贷籍，谓户同等而所贷不等，檄县杖主吏。程子言济饥当以口之多寡，不当以户之高下，且令实为之，非吏罪。乃得已。（《康济录》）

元丰元年，诏以滨棣沧州被水灾，令民第四等以下立保贷请常平粮有差，仍免出息。（《通考》）

元丰三年，臣僚言：日前富家放贷约米一斗，秋成还钱五百。其时米价既平，籴四斗始克偿之，农民岂不重困？诏应贷米谷只还本，取利不过五分。（《通考》）

王仆射为谯幕时，因按逃田，见岁饥而流亡者数千家，乃力谋安集，上疏论列，乞贷以耕具牛种。朝廷从之。（《臣鉴录》）

查道知虢州，蝗灾，知民困极，急取州麦四千斛，贷民为种。民由是而苏，遂得尽力于耕耘之事。（春秋无麦即书，董仲舒令民广种麦，无许后时。盖二麦于新陈未接之时，最为得力。查君贷之以种，得古人之良法。）《康济录》

哲宗元祐五年，苏轼知杭州。言二圣嗣位以来，恩贷指挥，多被有司巧为艰阂，故四方皆有"黄纸放白纸收"之语。虽民知其实，止怨有司，然陛下未尝峻发德音，戒饬大臣，令尽理推行，伏乞留神省览。或执政只作常程文字行下，一落胥吏庸人之手，民复何望？《通考》

曾巩知越州，值岁饥，出粟五万石，贷民为种粮，使随岁赋入官，农事赖以不乏。《康济录》

曾巩《救灾议》曰：河北地震水灾，堕城郭，坏庐舍，百姓暴露乏食。有司请发粟，壮者人日二升，幼者人日一升。主上不旋日而许之，赐之可谓大矣！然今百姓暴露乏食，已废其业矣。使之相率日待二升之廪于上，则其势必不暇乎他为，是直以饿殍之养养之而已，非深思远虑为百姓长计也。以中户计之，户为十人，率一户月当受粟五石。被水之地，既无秋成之望，非至来岁麦熟之时，未可以罢。自今至于来岁麦熟，凡十月。今被灾者十余州，仰食县官者率十万户，当用粟五百万石而足，何以办此？又非深思远虑为公家长计也。至于给授之际，有淹速，有均否，有真伪，有会集之扰，有辨察之烦，措置一差，皆足致弊。又群而处之，气久蒸薄，必生疾疬。此皆必至之害也！且此不过能使之得旦暮之食耳，其余屋庐构筑之费，将安取哉？就食于州县，必相率而去其故居，虽有颓墙坏屋之尚可完者，故材旧瓦之尚可因者，什器众物之尚可赖者，必弃之而不暇顾，甚则杀牛马、伐桑枣而去者有之，其害可谓甚也！今秋气已半，而民露处不知所蔽。盖流者亦已众矣，如不可止，则将空近塞之地，失耕桑之民。此众士大夫所未虑，而患之尤甚者也。何则？失战斗之民，异时有警，边戍不可以不增；失耕桑之民，异时无事，边籴不可以不贵矣。二者可不深念欤？万一出于无聊之计，有窥仓库盗一囊之粟、一束之帛者，彼知已负有司之禁，则必鸟骇鼠窜，窃弄锄梃于草茅之中，强者既嚣而动，弱者必随而聚矣！不幸或连一二城之地有桴鼓之警，国家安能晏然而已乎？然则为今之策，下方纸之诏，赐之以钱五十万贯，贷之以粟一百万石，而事足矣！何则？今被灾之州为十万户，如一户得粟十石，得钱五千，下户常产之资，平日未有及此者也。彼得钱以完其居，得粟以给其食，则农得终其畎亩，商得治其货贿，工得利其器用，闲民得转移执事，一切得复其业而不失其常生之计，与专意以待二升之粟于上而不暇于他为，岂不远哉？此可谓深思远虑为百姓长计者也。由有司之说，则用十月之费，为粟五百万石。由今之说，则用两月之费，为粟一百万石。况贷之于今，而收之于后，足以振其艰乏而终无损于储偫之实，所实费者钱五巨万贯而已。此可谓深思远虑为公家长计者也！夫聚饿殍之民，而与之升合之食，无益于救灾补败之数。此常行之弊法也。今破去常行之弊法，以钱与粟一举而振之，足以救其患，复其业。河北之民闻诏令之出，必皆喜上之足赖，而自安于畎亩之中，负钱与粟而归，与其父母妻子脱于流离转死之祸，则戴上之施，而怀欲报之心，岂有已哉？如是而人利不可致，天意不可悦者，未之有也。《通考》

致堂胡氏曰：称贷所以惠民，亦以病之。惠者，舒其目前之急也。病者，责其他日之偿也。其责偿也，或严其期，或征其耗，或取其息，或予之以米而使之归钱，或贫无可偿而督之不置，或胥吏诡贷而征诸编民，凡此皆民之所甚病也。有司以丰取约予为术，长官督税，不登数则不书课，民户纳欠，不破产则不落籍，出于民力尚如此，而况贷于公者，其责偿固不遗余力矣！周世宗不责其必偿，仁人之心，王者之政也！（《通考》）

【辽】道宗时，东京沿边诸郡，各有和籴仓，依祖宗法出陈易新，许民自愿假贷，收息二分。（《辽史》）

【元】顺帝至元二年，江州大饥，总管王大中贷富人粟以赈贫民，而免富人杂徭以为息，约丰年还之。民始得生。（《续录循吏传》）

【明】洪武二十六年，诏户部谕天下有司，凡遇岁饥，先发仓廪贷民，然后奏闻。（《纪事本末》）

宣德初，河南新安知县陶镕奏：民饥，借驿粮千石赈救，秋成偿还。上谓夏原吉曰：有司拘文法，饥荒必申报赈济，民饥死久矣！陶镕先给后闻，能称任使，毋责其专擅也！（《纪事本末》）

邢宥知苏州，见俗过侈，治之以淳朴。成化乙酉，郡大饥。宥赒贷甚勤，活饥民四十万口，而公帑不虚，富室不扰。（《苏州志》）

神宗时，东南水灾，穷民工力种粪，一无所有。新建喻均守松江，得请免钱粮若干，出示佃户还租，亦如减粮之数；仍令有田之家量留谷本，至春耕时贷与佃户，为来岁种田之资。一时称为惠政。（陆氏曾禹曰：喻公之为乡民，正所以为富户。乡民绝粒，业主何收？故当时钟御史给民牛种，云：有可耕之民，无可耕之具，饥馁何从得食，租税何从得有也！）（《荒政辑要》）

佥事林希元疏云：幸而残冬得度，东作方兴，若不预为之所，将来岁计，复何所望？故牛种一事，犹当处置。臣召父老计之，自立一法，逐都逐图，差人查勘。除有牛无种，有种无牛，听自为计外，无牛人户，令有牛一头者，带耕二家，用牛则与之供食，失牛则与之均赔。无种人户，令富人户一人借与十人，或二十人，每人所借杂种三斗，或二斗。耕种之时，令债主监其下种，不许因而食用。收成之时，许债主就田扣取，不许因而拖负，亦加其息。官为主契，付债主收执。此法一立，有牛种者皆乐于借而不患其无偿，缺牛种者皆利于借而不患其乏用。有灾伤处，如臣之法，似可行也。（《康济录》）

【国朝】陈氏芳生曰：社仓之制专以赈贷，虽非荒年，亦可借作种食。年年出纳，久之自丰。所积虽丰，亦不必停其出息。其无故不肯还者，申官追足，为民生计久远，难容姑息耳！（《康济录》）

张清恪公伯行曰：稍贫之民宜赈贷，即今各州县借用仓谷是也，而亦有当酌者。每见绅衿大户及豪强有力之徒，平日结交官吏，官吏等或喜其附己，或力不能制，一遇借谷之时，巧为夤缘，有借三五石者，有至三五十石者，且有三五百石者。辗转粜卖，止图一己之利，罔恤百姓之苦。多一继富之谷，即少一周急之谷。此稍贫之民，不可不力为查核也。宜令计口授谷，每户若干口，每日需谷若干斗，每月亦止许照数借领，不许多支，亦给印票，执票赴领。仍劝谕蓄积之家，许行出利借贷与人，俟丰熟时，令其偿还。如有奸猾之徒，不肯偿还者，州县官为理索追比，不合通欠，则人之借贷者多，穷乏之活者必众矣！（《切问斋文钞》）

高文定公斌疏曰：臣查直隶各属，于七月初旬内得雨，多已沾足，秋禾结实，得此滋助，收成可加分数。旱灾地方乘雨补种蔓菁蔬菜，藉以疗饥，民情较前安帖。且久旱得雨，地脉疏通，由此膏霖可期应候。八九月正值普种秋麦之时，民间多种一亩，来春多收一亩，尤为补救要务。但牛具子种，灾民无力营措，均须预为筹画。臣现在动项委员采买麦种，分贮被灾州县，查明贫户畜有牛具者，按亩五升借给，如欲自买麦种，每亩借银一钱。缺乏牛力者，谕令雇用，每亩借雇价钱二十五文，并令牛力有余之家，将外出贫民所遗麦地代为耕种，亦按亩借种，视本人回籍月日迟早，酌量分与子利。其困旱乏草，有牛而不能牧养者，不免轻为卖弃。令各员查赈之便，验民属实，登注毛齿，于八九两月，每月借银五钱，以资饲养。本人耕种之余，仍可出雇。计一日之牛力，可种地六七亩，约得雇值二钱。彼此相资，民所乐从。所借牧费雇价，俱于来年麦秋两季分限还官。臣并饬地方官亲诣四乡劝谕，雨后广为布种，务无后期，无旷土。此时民情皆有恋土之意，外出者亦渐次归来，资以牛力，秋麦春麦接种无误，则来春生计有资，民气可望渐复。（《赈纪》）

方恪敏公观承《借贷麦种谕》曰：此时督劝乡农，广种宿麦，其有关于来春生计者不少。因灾贷种，上廑宸衷，州县必须稽查详密，使所借确皆种有麦地，则民沾实惠，而官免后累。乃愚民贪借，几无剩亩，州县亦辄以转请，殊不知直隶地土非尽宜麦，民间亦不常餐，非豫东两省可比。是以行令查明有地百亩者，许借种三十亩，以为限制，过此即知为冒借也。前本道示内有"查明地亩是否宜麦"之语，初非不问宜否，概照十之三出借也。如无宜麦之地，则一亩亦不应借。如数十亩实皆宜麦，即不妨按亩全借。惟至百亩以上，则以十之三为之限制耳！倘不核实办理，先拘定成数，转恐虚冒不少。再，民间有留麦地，麦后不种秋禾，大概皆力能办种之人。其于秋禾旱后趁种荞麦小豆，希冀薄收者，目今尚未登场。此与留麦地相较，其为无力可知。是力能早种者无藉于借，晚种者未必皆蓄有种，并应借助。此又州县当加体察，随宜酌办者也。又若避出借之繁难，虑将来之赔累，惟从己便，罔恤民艰，计较多而实心少，则隐微之间，更有愧于父母斯民之责矣！此番核造户口，委员专办，正为州县借种等事，有关本计，俾得亲历村庄，专心察勘。若潦草塞责，应借者不借，有误贫民种植，而冒借者无麦，转滋日后追呼，至于胥役串合冒领之弊，尤当立法察禁，谨遵毋忽。（《赈纪》）

景仁谨按：假贷行于民间，而亦有行之于上者。林金事《荒政丛言》曰：稍贫民便赈贷。又曰：贷牛种以通变。是借贷固救荒之一策也。查康熙三十年，山西平阳府岳阳等八州县被灾，有旨将五台、崞县储米借给。又覆准：夏闻等十五县，再将太原、大同二府买贮捐米借给。此以隔府之米借给者。二十一年覆准：山东存贮捐谷二十八万九千余石，酌借穷民接济春耕。三十五年，直属宝坻等州县被水，谕抚臣责成贤地方官，确察实系穷民，借支仓粟。此即以本地之米借给者。三十八年覆准：山东海丰等州县被水，将积贮谷米借粜并行，以济穷民。此平粜而兼出借者。四十三年覆准：河南仓谷每年将一半存仓备赈，一半借给穷民。四十五年题准：近京州县米价渐昂，将常平仓米谷动十分之三减粜；其穷民无力买米者，亦于三分之中酌借。六十年覆准：直隶大名府长垣等四州县被淹，将存仓米谷借给；如有不敷，于截留漕米内动支。此以存仓米出借，而并许动支截留漕米者。又覆准：黑龙江兵丁水手人等地亩被灾，借给口粮。此以口粮借给兵丁人等被灾者。又陕甘因上年被灾，拨解库银二十万两，借给籽种。此拨解库银借给者。又覆准：州县借给民粮之时，贫乏兵丁需借米谷，取该管官弁印领借给。又议准：出借米谷，令各州县按民面给，秋熟后按户征还。如胥吏朦涵捏领，追欠无着，将胥吏治罪，在欠米各州县官名下追还。乾隆三年题准：粤东各属民借社仓米谷，概行停止加息，丰年每石加耗二升，稍歉将应加耗谷一并免交。此借谷免息，分别丰歉，酌量加耗免耗之良法也。四年议准：出借米谷，除被灾州县毋庸收息外，如收成十分、九分、八分者，仍每石收息谷一半，其五分、六分、七分者免息。此灾年免息，余按收成分数酌量收免之例。又议准：本年收成五分者，缓至来年秋收征还；六分者，本年还一半，次年还一半；七分者，本年秋收免息征还；八分、九分、十分者，本年秋后加息还仓。此按收成分数，酌量分年征还免息加息之例。七年题准：凤阳等二十四州县卫被淹地亩，将来涸出，于附近豫省购买二麦，借给不能自备麦种之贫民，俟丰收后分两年交还。八年，江南淮扬等五府一县上年水灾，借给兵丁一季饷银，谕令缓至来年秋收散给各饷时扣起，作四季扣还。十一年，直隶盐山、庆云等县上年灾重之地，先经借给籽种口粮，特奉谕旨，再借口粮一月，按亩借给籽种粟米四升。所以筹其匮乏者，有加靡已矣。十六年题准：安省乾隆二、四、六、七、八、九等年，寿、宿等州县卫原借籽种口粮牛草，计未完米谷银等项，实在无力，准豁。十七年奏准：各省灾民，借给籽种口粮。夏灾借者秋后免息还仓，秋灾借者次年麦熟后还仓，均扣限一年以昭画一。此按夏秋灾出借，分别扣限征还之例。嘉庆六年奏准：各省常平仓谷，如其无灾年分，概不准出借；如遇灾歉必须接济之年，仍查明果系农民，按名平斛面给。十六年奏准：甘肃上年被水被旱，民力拮据，将情形较重之皋兰等十八厅州县，照上年普赈户口，再赏一月口粮，仍借给籽种。其被灾较轻及附近歉收各州县，并借籽种口粮以资东作。我朝加惠灾黎多方赈济，复借贷以裕资生之计，为特举其略云。大抵仓谷之借，平时原以便民，而尤于灾年为重。恭读乾隆二年谕曰：各省出借仓谷，于秋后还仓时，有每石加息谷一斗之例。若值歉收之年，国家方赈恤之不遑，非平时贷谷者比，止应完纳正谷，不应令其加息。将此永著为例。钦此。仁主爱民之深，体恤如是其周至也。间有米谷不敷供给而折银者。乾隆七年谕：上江凤、颖〔颍〕、泗三属被潦，著将已赈贫民再借与口粮一月。其正月止赈之处，最贫之民，借与口粮二月；五分灾不赈，定于春月酌借口粮，秋成还仓。若近处米谷不敷，由远处拨运，恐缓不济急，即用银折借。钦此。嘉庆十一年谕：上年陕西延安等府属被旱，节经蠲缓抚恤。念青黄不接之时，民力不无拮据，著将三水等各厅州县成灾八、九、十分各村庄，借给常、社仓粮，以资接济。其肤施等六县，虽灾止五六七分，但地处边远，土瘠民贫，著一体借给，并查明仓储有粮地方，俱以本色借给。如无存粮之处，按照部价折色出借，仍以折色征还，俾闾阎餬口有资，生计益增饶裕。钦此。此皆本折兼借，拯其悬磬者，固当如期还纳，方克遇灾应用也。乾隆二十三年谕：各省仓储，向系春借秋还，贫民既得资其接济，而秋收后即照数征收谷石，可以出陈易新，至次年又可查核待借贫户，再行借给。若不如期催令完纳，而以旧欠作新领，则出借之项，年复一年，不肖胥役从中影射，日久遂致无著，大非慎重储积、赈恤困乏之意。嗣后督抚务当实力奉行，除缓征州县外，所有民欠仓谷，令依限还仓。钦此。此贷给后照例征还，庶仓储源源不匮，足为匡乏之用。然偶逢荒歉，圣天子视民如伤，往往有破格施恩，竟行免征者。乾隆五十九年谕：山东馆陶等县被水，业经蠲赈，现在水势渐涸，正可赶种。无力贫民买种无资，口食维艰。所有山东馆陶等县借给麦本银两，及河南延津等县供给口粮，俱著一体赏给，毋庸征还。钦此。是年，直隶正定等处水势已消，所有贫民借领籽种，俱加恩赏给。此以借给之款，而沛然已责蠲逋。凡厥庶民，更以手加额矣！至有田无牛，昔人譬之有舟无楫，而无谷种，则将来之粮何从取给？圣人早熟虑而代筹之。乾隆七年谕：江南被灾后，有司劝谕灾民爱护耕牛，官借给草价以资牧养。嘉庆十六年谕：董教增奏榆林、延安两府属沿边各州县连年歉收，请照成案动用地丁钱粮，借给出口种地贫民缺乏农具牛只之家，系为边地贫民耕作起见。著照所请，每牛一具借银四两，自本年秋收后起，分作两年征谷还仓，每谷一石，抵银七钱四分，免其征息，以纾民力。钦此。圣谟宏远，为灾民救目前之窘乏，即计日后之耕耘，法至善也。夫借贷所以惠民，而时或累民。方其贷也，寄之里胥而多诈冒；及其征也，责之里胥而急追呼。或里胥与土豪相勾结，非取息于倍称，则久假而不归。有借止一石，偿至十数石而不足，借止一年，征至十数年而未完者。是在有司严加稽察，厘剔弊端，庶公私不受其病耳！若夫乡里绅耆，克助子皮之一钟，莫利谭祥之三倍，如司城氏贷而不书，为大夫之无者贷，邑无滞积，亦无困人，更为厚幸矣！

卷十三　兴工（与修水利条参看）

事有与古相反，而得古人之精意者。《周礼·大司徒》荒政，四曰弛力，均人之职，凶札无力政。《家语》：孔子对齐景公曰：凶年则力役不兴。后世以工代赈，事若相反，而古人恤民之精意存焉。何也？古者井田之制行，人有百亩，耕三可以余一。又有委积恤籍厄待凶荒，加以荒政之散利，足以相赡，故宜弛力以与民休息。后世井田废，生齿繁，一遇荒歉，虽多方赈救，而常恐不能接济。是以复兴土功，俾穷黎就佣受值，则食力者免于阻饥，程工者修其废坠，一举两得，洵合古人恤民之精意，而不泥其迹者也。为兴工条第十有二。

【周】齐景公之时，饥，晏子请为民发粟，公不许。当为路寝之台，晏子令吏重其赁，远其兆，徐其日而不趣，三年台成而民振。故上悦乎游，民足乎食。（《晏子春秋》。陆氏曾禹曰：晏子之济饥，以智行仁，即工寓赈。）

【唐】卢坦为宣州刺史，江淮大旱。当涂县有渚田久废，坦以为岁旱，苟贫人得食取佣，可易为功。于是渚田尽辟，藉佣以活者数千人。（《渊鉴类函》）

李频迁武功令，有六门堰厥废百五十年。方岁饥，频发官廥庸民浚渠，按故道斸水溉田，谷以大稔。懿宗嘉之，赐绯衣银鱼，擢侍御史。（《唐书》）

【宋】神宗熙宁六年，诏自今灾伤，用司农常法，赈救不足者，并预具当修农田水利工役募夫数及其直上闻。乃发常平钱斛，募饥民兴修。不如法赈救者，委司农劾之。（《文献通考》）

熙宁七年正月，河阳灾伤，开常平仓赈济。斛斗不足，乞兼发省仓。诏赐常平谷万石，兴修水利，以赈饥民。（《康济录》）

熙宁八年夏，吴越大旱。知越州赵清献公僦民完城四千一百丈，为工三万八千，计佣与钱粟。（《宋史》）

皇祐二年，吴中大饥。时范文正公领浙西，发粟及募民存饷，为术甚备。纵民竞渡，太守日出宴于湖上。自春至夏，居民空巷出游。又召诸佛寺主守谕之曰：饥岁工价至贱，可以大兴土木。于是诸寺工作并兴。又新仓廒吏舍，日役千夫。监司奏杭州不恤荒政，伤财劳民。公乃自条叙所以宴游及兴造，正欲发有余之财以惠贫者。贸易饮食工技服力之人仰食于公私者，日无虑数万人。荒政之施，莫此为大。是岁，两浙惟杭州晏然，民不流徙，公之惠也！（《名臣言行录》。陆氏曾禹曰：修寺院更美于官府兴工，其价稍增故耳！至于嬉游者，必其力之可费而费之。格外之仁，智寓于权也！）

欧阳修知颍〔颍〕州，岁大饥，公奏免黄河夫役，得全者万余家。又给民工食，大修民诸陂，以溉民田，尽赖其利。（《康济录》。景仁按：免黄河夫役，即周官之弛力；给工食令修陂，则以工寓赈。二者不同，良以工有险易。欧公随时地而酌其宜，固两不相妨也！）

邵灵甫储谷数千斛，岁大饥，或曰：何不乘时粜之？邵曰：是急利也！或又请少价粜之，曰：是近名也！或曰：然则将自封乎？曰：有成画矣！乃尽发所储，雇佣除道，自县至湖镇四十里，挑浚蠡河横塘等处水道八十里，直通霅画溪，入震泽。邑内人争受役，贫人皆得全活，水陆俱利。子梁登第，孙纲魁南省。（《臣鉴录》）

汪纲知兰溪县，岁旱，劝富民浚筑塘堰，大兴水利。饿者得食其力，民赖以苏。（《宋史》。陆氏曾禹曰：穷民无事，衣食弗得，法网在所不计矣。故盗贼蜂起，富室先遭荼毒，而饿莩亦丧残生。今劝富民浚塘修堰，饥者得食，富室无虞，保富安民之道，莫善于此！）

宋莆田一寺建大塔，工费巨万。或告陈正仲曰：当此岁荒，兴无益土木，公盍白郡禁之？正仲笑曰：寺僧能自为塔乎？莫非佣此邦人也。敛于豪富，散于贫婆。是小民藉此得食，而赢得一塔也。当此荒岁，惟恐僧之不为耳！（《习是编》）

【明】英宗正统五年二月，以畿内灾，民食不赡，敕都察院右佥都史张纯、大理寺右少卿李畛区画赈济，给京城饥民饭三月，造奉天、华盖、谨身三殿，乾清、坤宁二宫。以畿内饥，复民二年，家有父母者，人赐米二石。（《康济录》）

孝宗宏治元年，张敷华为湖广布政使。岁饥，给粟散粥，药病掩胔，高值来商，卑词告籴，出官钱修学宫，遍役军民，籍为甲伍，使资佣值以业饿者。（《康济录》）

宏治时，孙需为河南副都巡抚。河溢且啮汴城，民流离载道。乃役以筑堤，而予以佣钱，趋者万计。堤成而饥民饱，公私便之。（《开封志》）

嘉靖时，佥事林希元疏有云：凶年饥岁，人民缺食，而城池水利之当修，在在有之。穷饿垂死之人，固难责以力役之事，次贫稍贫人户，力能兴作者，虽官府量品赈贷，安能满其仰事俯育之需？故凡圮坏之当修、湮塞之当浚者，召民为之，日受其直，则民出力以趋事，而因可以赈饥，官出财以兴事，而因可以赈民，是谓一举而两得也！（《康济录》）

万历间，御史钟化民救荒，令各府州县查勘该动工役，如修学、修城、浚河、筑堤之类，计工招募，以兴工作。每人日给米三升，借急需之工，养枵腹之众，公私两利。（化民救荒，吏民畏服，如修学、筑堤等类，悉令开工，给米不准加栖谷。又谕州县有领工价而或稍息其役者，鞭挞概行停止，恐一人卧痛，合室饿亡故耳。此诚不世出之仁者也！）（《康济录》）

王汉知河南县，邑大旱。汉贷万金易粟于淮徐，浮河而至，既以赈饥，即因以修城垣。（怀庆志）

蔡暹知泰兴县，尝筑江堤一万六千七百余丈，借赈饥粮一万三千三百余石，人蒙其惠。（《扬州志》）

【国朝】陆氏曾禹曰：失业之人不知所往，加以饥寒逼迫，不就死于沟壑，必创乱于山林。兴工作令，穷人不暇于为非，全家赖之而得食，牧民者可不知工赈之道哉？（《康济录》）

汪稼门先生志伊曰：被灾地方，有应兴工作，自当及时修举。至灾户中有赴工力作者，此自勤其力，以补日用之不足。若因赴工而扣除其赈粮，则勤户反不如惰民之安然得赈，于理未协。嗣后凡有赈户赴工力作，毋庸扣其赈粮，俾得踊跃从事。（《荒政辑要》）

景仁谨按：荒岁役民，出于不得已，未始非良法也。浚河筑堤诸务，受其直，救目前之饥荒，藉其劳，救将来之水旱。他如修城垣以资保障，葺学校以肃观瞻，皆工程之大者。即缮完寺观，似非急务，而用财者无虚糜之费，就佣者无素食之惭，劳民而便民，非良法乎？查康熙五十二年覆准：令陕西各州县修城，俾穷民得佣工度日。雍正四年谕：朕轸念东省被水穷民粒食惟艰，特允山东巡抚之请，于大清河兴疏浚之工，令乏食小民得力役之资，为餬口之计。今天气和暖，土脉松润，正当畚锸之时。去秋该抚奏请设厂赈济，今赴工者众，粥厂可以停止，但念此就食小民，其中岂无老弱残疾不能赴工者？煮赈既停，麦秋之期尚远，此辈穷无所归之人，或仍致失所，朕心深为悯焉。著山东巡抚将不能赴工之穷民察明若干，每口仍给与升合之资，候至秋收后停止，所用银均作正项开销。该抚严饬各州县官，务实心奉行，以副朕养育百姓之至意。钦此。圣主怜悯饥民，使壮丁就役，而又念及不能赴工之老弱残疾，予以口食，德至渥矣！而工程之修举，在先事豫筹，别其缓急轻重，则遇灾欲办工赈，无难次第举行。乾隆二年谕：今年春夏之交，直隶、山东两省雨泽愆期，二麦歉收，朕已多方筹画，接济民食，且令直隶总督有应兴工作，以次举行，俾小民得藉营缮以餬其口。今思山东百姓多仗二麦度日，今岁麦收既薄，虽屡降谕旨，蠲赈平粜，仍恐间阎尚有艰食之虞。著该抚悉心计议，如开渠、筑堤、修葺城垣等事，酌量举行，使贫民佣工就食，兼赡家口，庶可免于流离失所也。再，年岁丰歉，难以悬定，而工程之应修理者，必先有成局，然后可以随时兴举。一省之中工程之大者，莫如城郭，而地方何处为最要，要地又以何处为最先，应令各省督抚一一确查，分别缓急，豫为估计，造册报部。将来如水旱不齐之时，欲以工代赈，即可按籍而稽，速为办理，不致迟滞，于民生殊有裨益。钦此。仰见圣主子惠困穷，精神贯彻乎事前事后，思患而防，事豫则立也。乾隆八年奏准：直隶河、津两郡旱灾，将沧州改筑土城，景州土城亦于开春修筑残缺，灾民俱得佣趁自给。十三年，山东修沂河两岸堤工，部议照以工代赈之例，土方价准给一半。上念东省被灾甚重，民情艰窘，非他处可比，将土方工价按数全给。此又破例之殊恩也。二十五年，直属有应修河道沟渠等工，将上年截留北仓漕米所存十万石，作为修浚河渠以工代赈之用。二十七年，敕令步军统领派员修治德胜门外至清沙一带石道，其余各门有未平坦处，并令查勘酌办，奉有多兴土功，亦所以养穷民之谕。四十七年，豫省青龙冈堵筑漫口，下游居民经黄水淹浸，民食维艰。另筹开挑引河，改建堤岸，俾江南、山东两省附近灾黎赴工授食。五十七年，直隶被旱，敕令保定、天津、河间以及顺、广、大等府城垣乘此兴修，并查明各该州县城工，如有应行急修之处，赶紧勘估，奏明办理。此乾隆年间工赈之大略也。嘉庆元年谕：本年湖北各属，因汉江涨发，猝被水淹，荆门灾形较重。该处堤工原系百姓自卫田庐，例应官督民修。第念楚省教匪滋事之处，既被扰累，其未经被贼地方，又复猝遇水灾，殊为可悯，著加恩将此次堤工，官为修理。又谕：救荒之策，莫善于以工代赈。因思附近城河等处久未挑浚，多有淤滞，以致骤雨不能消涸。著通行查勘，将应行疏浚之处，雇集附近穷民兴工挑挖，于工赈两有裨益。钦此。圣恩高厚，以民修之项作官修，体恤百姓者既至，而以工赈为救荒之善策，洵万世不刊之训也！六年，京师右安、永定各门被水，将永定河东西两岸决口堵筑。有旨令官给佣资，俾被水难民赴工帮同力作，以充口食。十三年，以上年直隶通州等处被淹，凡坐落永定河两岸并切近大道之宛平、良乡等十余州县有应疏浚牤牛河淤浅及挑挖大路两旁沟渠等工，动用赈余银两，以工代赈。十五年，甘肃被旱，俞督臣之请，于来春开冻后即赶修皋兰、固原等处城工，俾贫民得资餬口。国朝寓赈于工，自赈济赈粜而外，所以为民食计者详矣。司牧者善为经理，工鸠而民庶有鸠，力食而农堪代食，沐膏泽而咏勤苦，不亦康乎？

卷十四　议蠲

《周官·大司徒》荒政，二曰薄征。注：轻租税也。疏云：丰年从正，俭有所杀。若今十伤二三，实除减半。夫减则必有蠲矣。又均人凶札无财赋，不收地守地职。说者谓尽免其额征，而其他应收者亦不收也。此即后世遇荒蠲免之始。马贵与谓三代时，不闻有蠲，其说非也。夫赋从田出，田荒则赋无所出，灾民救死不赡，而犹责以输将，徒重其困耳。为之施旷荡之恩，损上益下，民说无疆矣！而蠲之分数，仍按灾之轻重以为差。为议蠲条第十有三。

【汉】昭帝元凤二年，诏曰：朕悯百姓未赡，前年减漕三百万石，其令郡国毋敛今年马口钱。三辅太常郡，得以菽粟当赋。（《汉书》）

元凤三年，诏：民被水灾，颇匮于食，共〔其〕止四年毋漕，三年以前所赈贷，非丞相、御史所请边郡受牛者，勿收责。（武帝始开边，徙民屯田，皆与犁牛。后丞相、御史复间有所请。今敕自上所赐予，勿收责。丞相所请，乃令其输税耳。）（《汉书》）

宣帝本始三年，大旱。诏郡国伤旱甚者，民毋出租赋，三辅民就贱者，且毋收，事尽四年（收，谓租赋也。事，谓役使也。尽本始四年而止。）（《汉书》）

宣帝元康二年五月，诏曰：今天下颇有疾疫之灾，朕甚愍之。其令郡国被灾甚者，毋出今年租赋。（《汉书》）

元帝初元元年，诏曰：关东今年谷不登，民多困乏。其令郡国被灾害甚者，毋出租赋。江海陂湖园池属少府者，以假贫民，勿租赋。（《汉书》）

章帝即位，京师及三州大旱。诏勿收兖、豫、徐州田租刍槁，以见谷赈给贫人。（《后汉书》）

建光元年，诏京师及郡国被水雨伤稼者，随顷亩减田租。（《后汉书》）

和帝永元九年，诏今年秋稼为蝗虫所伤，皆勿收租。更刍槁，若有所损失，以实除之。余当收租者，亦半入。其山林饶利陂池渔产，勿收假税。（《后汉书》）

顺帝永建元年，诏以疫疠水潦，令人半输今年田租。伤害什四以上，勿收责；不满者，以实除之。（《后汉书》）

【晋】武帝太康二年，诏四方水旱者，无出田租。六年，以岁不登，免租贷宿负。（《文献通考》）

孝武帝宁康二年，诏三吴义兴、晋陵及会稽遭水之县，尤甚者全除一年租布，其次听除半年，受振贷者即以赐之。（《晋书》）

太元四年，诏郡县遭水旱者，减租税。五年，以比岁荒歉大赦，自太元三年以前逋租宿债，皆蠲除之。（《通考》）

【南北朝】【宋】文帝元嘉十七年，徐、兖、青、冀大水，遣使检行赈恤。诏曰：前所给扬南徐二州百姓田粮种子、兖豫诸州比年所宽租谷，悉除半。今半有不收处，都原之。凡诸逋债，优量申减。（《宋书》）

【齐】武帝建元五年，霖雨水溢。诏原丹阳属县积年逋租，蠲吴兴、义兴二郡租调。《齐书》

世祖即位，竟陵王子良启曰：水潦成患，良田沃壤，变为污泽，播植既周，继以旱虐。夫国资于民，民资于食，匪食匪民，何以能政？本始中大旱，诏除民租。今闻所在逋余尚多，守宰严期，兼夜课切，新税力尚无从，故调于何取给？政当相驱为盗耳！宜皆原除，少降停恩，微纾民命。《齐书》

【北魏】文成帝和平四年，以定、相二州賨霜杀稼，免民田租。《魏书》

【唐】太宗贞观元年，以山东旱，免今年租。《通考》

元〔玄〕宗开元五年，免河北蝗水州今岁租。八年，免水旱州逋负。《通考》

开元二十二年十一月，敕曰：百姓屡空，朕孰与足？言念于此，良所疚怀。又闻京畿及关辅有损田，百姓等属频年不稔，久乏粮储，虽今年薄收，未免辛苦。宜从蠲省，勿用虚弊。至如州县不急之务、差科徭役并积久欠负等一切并停。其今年租八等以下，特宜放免地税；受田一顷以下者，亦宜放免。《康济录》

德宗兴元元年，诏曰：前所蠲除，未足酬恤，式敷惠泽，以艾大劳。其兴元府，除先减放秋税给复外，更给复一年；洋州除放秋税外，给复一年；凤州全放今年秋税。《册府元龟》

贞元十四年，诏曰：宜宏善贷，以惠困穷。其诸道州府应欠负贞元八年、九年、十年两税及榷酒钱，一切并免。《册府元龟》

宪宗元和四年三月，上以久旱，欲降德音。李绛、白居易言：欲令实惠及人，无如减其租税。宫人数广，宜简出之。诸道横敛以充进奉，南方多掠良民卖为奴婢，皆宜禁绝。上悉从之。制下而雨，绛表贺曰：乃知忧先于事，故能无忧；事至而忧，无救于事。《通鉴纲目》

元和十年三月，京兆府奏：恩敕蠲放百姓两税及诸色逋悬等，伏以圣慈忧轸疲氓，屡蠲逋赋，将行久远，实在均平。有依倚权豪，因循观望，忽逢恩贷，全免征徭。至于孤弱贫人，里胥敦迫，及其输纳，不敢稽违，旷荡之恩，反不沾及。亦有奸猾之辈，侥幸为心，时雨稍愆，已生觊望，竞相诱煽，因至逋悬。若无纲条，实恐滋弊。自今后忽逢不稔，或有恩荡，伏请每贯每石内分数放免，输纳已毕者，准数折免来年租税，则恩泽所加，强弱普及，人知分限，自绝奸欺。从之。诸州府亦准此处分。（欲厚斯民，烛奸为最，否则孤弱受其追呼，豪强享其德泽。完纳者全无实惠，拖欠者反得沾恩。无以惩其既往，何以劝其将来。京兆之奏，天子之从，两得之矣。）《康济录》

武宗会昌六年，以旱免今年夏税。《通考》

宣宗大中九年，以旱遣使巡抚淮南，减上供馈运，蠲逋租。又罢淮南宣歙浙西冬至元日常贡，以代下户租税。《通考》

【宋】太祖乾德元年四月，诏诸州长史，视民田之旱甚，蠲其租，不俟报。《康济录》

太祖开宝元年六月，诏民间田为霖雨河水坏者，免夏税及沿征物。《宋史》

高宗绍兴六年，诏去年旱伤及四分已上州县，绍兴四年已前积欠租税，皆除之。执政初议倚阁，上曰：若倚阁，州县因缘为奸，又复催理扰人。乃尽蠲之。《通考》

绍兴二十八年，三省言平江、绍兴府湖、秀州被水，欲除下户积欠，拟令户部开具有无侵损岁计。上曰：不须如此，止令具数，便于内库拨还。朕平时不妄费，内库所积，正欲备水旱。本是民间钱，还为民间用，何所惜？乃诏平江等处积欠尽蠲之。《通考》

孝宗淳熙七年，浙东提举朱子言：去年水旱相继，朝廷命检放秋苗，蠲阁夏税。缘起催在前，善良畏事，多已输纳，其得减放者皆顽猾人户，事件不均。望诏将去年剩纳数目理作八年蠲豁。诏户部看详。（《通考》）

宁宗嘉泰四年，前知常州赵善防言：贫民下户，每岁二税，但有重纳，未尝拖欠。朝廷蠲放，利归揽户乡胥，而小民未尝沾恩。乞明诏自今郊霈，与减放次年某料官物，或全料，或一半，其目前残零并要依数纳足。则贫民实被宽恩，官赋亦易催理。从之。（《通考》。景仁按：蠲而不得其当，上有恩而良民未尝沾恩也。惟停征于本岁，纾万民剜肉之愁，免纳于来年，均四境急公之泽，其已输在官者，流抵次年正赋，则包揽者莫专其利，拖欠者自悔其顽。赵公所陈与朱子合，可为蠲赋良谟！）

南渡后，屡以灾伤蠲租不一，高宗优假淮民，休兵后未尝起税。孝宗蠲广德军月桩钱，又许免积欠经总制钱。光宗减江浙诸路桩钱，和买折帛钱；又蠲免两浙路茶盐身丁钱。宁宗蠲身丁钱，和买折帛钱。理宗蠲免两浙军属县官私僦及瓦砖竹木芦苇之微。（《续文献通考》）

王觌为润州推官，二浙旱，郡遣吏视苗伤。承监司风旨，不敢多除税。觌受檄覆按，叹曰：民食已绝，倒廪赡之，犹惧不克济，尚可责以赋耶？数日尽除之。（《宋史》）

【元】太宗十年，诸路旱蝗。诏免今年田租，仍停旧未输纳者，俟丰岁议之。（《元史》。景仁按：世祖时，以各处被灾，验实减免科差。所蠲者或税粮，或丝料，或兼差税。详见《元史·食货志》。实能法太宗之仁政，以惠灾黎。华裔咸服。又按：成宗时，江淮行省臣言所蠲特及田主，其细民输租如故。是恩及富室，而不被于贫民，宜令佃民当输田主者，亦如所蠲之数。所言原为恤佃起见，然纳粮者皆业户，若蠲佃租悉如所蠲之数，是又恩及佃民，而不被于业户，且恐滋抑勒之扰，长顽抗之风也。我朝雍正、乾隆年间，恭遇恩蠲，钦奉谕旨，令有司劝谕各业户，酌量宽减佃户之租，不必限定分数。圣谟洋洋，恩惠均而体恤至，诚度越千古矣！）

元时，灾伤州县蠲租，或全免，或免其半；差税或免三年，或免一年。酒醋门摊等课，每为除免逋负积欠，欠者豁然。（《续通考》）

马端临曰：按：汉以来始有蠲贷之事，其所蠲贷者有二：田赋一也，逋债二也。盖秦汉以下，赋税之额始定，而民不敢逋额内之租，征敛之名始多，而官复有税外之取。夫如是，故上之人不容不视时之丰歉、民之贫富，而时有蠲贷之令，亦其势然也。由唐以来，取民之制愈重，其法愈繁，故蠲贷之令愈多。盖征敛之法本苛，逋欠之数日多，故蠲贷之令不容不密。而桀黠顽犷之徒，至故逋常赋以待蠲，则上下胥失之矣！（《通考》。景仁按：马氏谓三代之时，不闻有蠲贷，其论未确。夏商之制不可考，《周官》荒政，先以散利薄征，据注疏所释，即为后世贷种蠲租之祖。虽不立其名，未可谓无蠲贷也。爰从删节。）

世祖至元二年，张宏范移守大名。岁大水，租税无从出。宏范辄免之。朝廷罪其专擅，宏范请入见，进曰：臣以为朝廷储小仓，不若储之大仓。今岁水潦不收，而必责民输，仓库虽实，而民亡殆尽，明年租将安出？曷若活其民，使不致逃亡，则岁有恒收，非陛下大仓乎？帝曰：知体，其勿问。（《元史》）

至元十二年，程思廉迁河北河南道按察副使。道过彰德，闻两河饥而征租益急，欲止之。有司谓法当上请，思廉曰：若然，民已不堪命矣。即移文罢征，后果得请。（《元史》）

成宗大德五年，张宏伟佥浙西道肃政廉访司事。镇江旱，蠲民租九万余石。吏畏飞语，复征于民。民无所出，行台令宏伟核实，卒蠲之。（《元史》）

【明】太祖吴元年，六月不雨，上日减膳素食。群臣请复膳，上曰：亢旱为灾，实吾不德所致。今虽得雨，然苗稼焦顿必多，纵食奚能甘味？得乎民心，则得乎天心。欲弭天灾，但当谨于修己，诚于爱民。下令免今年田租。（《康济录》）

洪武七年六月，陕西雨雹，山西、北平、河南、山东蝗。诏蠲其租。（《通鉴纲目三编》）

仁宗洪熙元年四月，时有至自南京者。上问所过地方何如，对曰：民多乏食，而有司征税方急。上遂召杨士奇等，令草诏免之。士奇对曰：此事可令户、工二部与闻。上曰：救民之穷，当如救焚拯溺，不可迟疑。有司虑国用不足，必持不决之论。乃令士奇书诏毕，遣使赍行。上顾士奇曰：卿今可语户、工二部矣。左右言：地方千里，其间未必尽荒，宜有分别，庶不滥恩。上曰：恤民宁过厚。为天下主，乃与民寸寸计较耶？（《通鉴纲目三编》）

周经为户部尚书，缓逋征，裁冗滥。四方告灾，必覆请蠲除。（《通鉴纲目三编》）

严讷，嘉靖辛丑进士，授编修，奉册封楚藩告归。时倭难未熄，目击疮痍死徒之状，入朝上疏曰：贼剽掳苏杭，今年复深入浙直之境。夫江南赋重，当无事之日，农夫疾耕，不足于转输；况兵燹逃亡，十家而九，沃野邱墟，臣不知今年田租安所出也。诚恐一旦倭幸平荡，百姓恋乡里，相携复业，身未及帖席，而漕卒又蚁集矣。有司恐于课殿，头会箕敛，倾其儋石，空其机杼，榜笞缧绁，责其嫁妻卖子，犹复不赡，幽死图圄而后已。则土著复业者骈死，流移者狼顾，无生还之望。计乃无聊，聚为盗贼，劫掠公私，或流入倭境，告以虚实，为之乡导，非细故也。事至于此，则有逐捕之扰，招集之烦，其费皆当出于县官。是今日之赋于民者，无益之虚征，而他日之出于公者，不赀之实费。孰若沛然赐复一年，且以示安辑之仁，杜反仄之虑哉？臣非不知寇难少戢，抚按终必以民蠥上请，然不过循免荒事例，匄免存留耳。夫税粮起运之数，大率十之七八，而存留之数，仅十之二三。民救死不赡，方待振业，而犹责以七八分之供，与之以二三分之蠲，是犹遍体伤残，而益之以一毛，不知有济于民否也。伏望敕下部臣，举今年夏税秋粮一切复除。阽亡下户，辄假郡县以便宜，赏贷赈给，谕以德意，使良民安其田里，虽失计陷贼者，亦洗濯自新，求生育于尧舜之世。斯民生可永奠矣！疏上，上徬徨咨嗟，遂报可。于是东南之民，得稍苏息矣！（《虞邑先民传略》）

张居正上言：百姓一年所入，仅足供当年之数，不幸遇荒，现年钱粮尚不能办，岂复有余力完累年之积逋哉？有司挪新抵旧，名完旧欠，实减新收也。今岁之所减，又是将来之带征，头绪繁多，年分混杂，愚民竭脂膏，里胥饱溪壑，甚至蒙昧官吏，因而猎取侵渔。与其朘民以实奸贪之橐，孰若尽蠲以施旷荡之恩？帝从之，免二百万有奇。（《通鉴纲目三编》）

万历九年，给事中吴之鹏疏云：江南霪雨，禾苗淹烂，庐舍漂流，非大施蠲免不可。然臣之所谓蠲者，不在积逋，而在新逋，不在存留，而在起运。盖积逋之蠲，奸顽侵欠者获厚惠，而善良供赋者不沾恩。且以凶岁议蠲，而乃免乐岁逋欠之虚数，民危在眉睫，而乃免往年可缓之征输，何以周急？若存留国课，不过十分之一二耳。官俸军储之类，讵可一日无哉？故非蠲运济民，未有能获苏者也。（《康济录》）

张琬进户部侍郎，岁饥，请蠲天下民租百万余石。上嘉纳之。（《饶州志》）

方豪授崑山知县，时吴中大水，而征发之令数责有司。豪诣府请系曰：冀吾不舍，令或偿者。被系四十日，崑山数千人环泣。豪乃就职草奏，请亟下减租之诏。奏入，诏免七郡漕。豪之力也。（《苏州志》）

【国朝】陆氏曾禹曰：饥馑流离，非急下蠲租之诏，庶民何由而康济乎？第天子深居九重，全恃亲民有司速为开报，镇抚大员急为具题，或请蠲，或请赈，或请贷，时势不

同，处置各异。故损上益下之权，总在转移者之审别其要，剔除冒滥之法，总在推行者之竭尽其心。（《康济录》）

　　景仁谨按：蠲赋之典，有不必遇荒举行者。国家绥丰屡告，赐复天下一年，计远迩为先后，三年而周，乃旷典也！恭遇万寿，普天胪庆，通蠲各直省钱粮，允为盛事。至于清跸所临，或蠲十之三，或蠲十之五，省方施惠，休助载歌。间有小丑鸱张，应时戡定，亦豁免钱粮，用资复业。若乃一方告饥，有司察实奏报，议蠲尤急焉。按被灾之轻重，而蠲数之多寡以分，所蠲系本年地丁正耗钱粮也。而亦有蠲漕粮者，有兼蠲漕项银米者，有并蠲积年逋欠者。或由督抚奏请，或出自特恩。其所蠲之项，又有免还仓谷者，有免完借出籽〔籽〕种牛具碾磨银两者，有免学租河租屯租者，有免芦课灶地草荡丁粮者。又如免陕西之牲畜税银，免甘肃之银粮草束，免四川穷番之荞粮，各因乎地，因乎时，视其所赋，随其所贷，量予豁除。足民藏富，沦浃埏埏。盖自生民以来，未有如本朝之盛者也！恭查顺治八年覆准：灾伤题蠲后，州县以应免分数，刊刻免单颁发。已征在官者，准抵次年正额。官胥不给单票者，以违旨计赃论罪。康熙四年，遣部员往勘山西灾荒，现年租赋并旧欠概行蠲免。六年题准：奉蠲，地方官将应免钱粮，取每图现年里长结状，分送部科察核。如有已征在官不行流抵次年及不扣除应蠲分数，一概征比侵蚀；或经题定蠲免分数后，故将告示迟延，不即行晓谕；或称止蠲起运，不蠲存留，或于由单内扣除不及蠲额者，州县卫所官皆以违旨侵欺论罪。上司不行详察，使灾民无告者，道府降二级调用，督抚、布政使、都司降一级调用。又题准：灾蠲流抵，如本年蠲免者，填明次年由单之首；如流抵次年者，填明第三年由单之首。州县卫所官不开载确数者，议处。八年题准：直省州县灾伤，按区图村庄地亩被灾分数蠲免。十八年奏准：官员将蠲免钱粮增减造册者，州县官降二级调用，该管司道府官罚俸一年，督抚罚俸六月。又覆准：凡流抵钱粮，应蠲已征者给与红票，次年按数抵免。又覆准：蠲免钱粮，州县官侵蚀肥己者，照贪官例革职拿问。督抚司道府不行稽察，令州县任意侵蚀者，皆革职。三十二年，顺天等府雨水过溢，预将来岁三十三年地丁银米通行蠲免，旧欠亦予豁除。三十三年，山西平阳府旱灾，已蠲额赋，复将三十年、三十一年未完地丁钱粮五十八万六百余两及米豆二万八千五百八十余石，通行蠲豁。四十六年，江浙旱灾。按数减征，豁免逋欠，并分截漕粮散赈。复谕将四十七年江南、浙江通省人丁银六十九万七千七百余两悉予蠲免。其本年被灾安徽巡抚所属七州县三卫、江苏巡抚所属二十五州县三卫地亩银一百九十七万五千二百余两、粮三十九万二千余石，浙江二十州县一卫地亩银九十六万一千五百余两、粮九万六千余石，与四十七年分并行免征。所有旧欠带征银米，亦暂停追取。四十八年，江南淮安、徐州、扬州水灾，免本年钱粮。复谕将四十九年淮扬徐三属邳州等十九州县三卫地丁银五十九万三千八百余两通行蠲免。又河南归德府属商邱等六县、山东兖州府属济宁等四州，或被夏灾，或被秋灾，各依分数例免额赋。复将四十九年商邱等地丁银二十万二千四百余两、济宁等州县地丁银十有四万六千六百余两通行蠲免。雍正六年覆准：州县被灾，或将已征在官者匿为民欠，希图蠲免。嗣后应将全免之州县作次年轮免，其被灾本年之钱粮即于本年征纳。七年，定各省凡灾蠲地丁正赋之年，其随征耗羡银两，按照被灾分数一律蠲除。十三年，将各省旧欠钱粮通行蠲免；川省并无欠项邀免，将雨水较少之巴县等处本年未完钱粮全行豁免。

乾隆二年议准：丁银摊入地亩均征之后，设有灾荒，应一例酌免。行令各省遇灾减免钱粮，即将丁粮统入地粮内核算蠲免。六年，查各省未完正项银米豆草并杂项租谷，多系贫乏之户，江苏所欠独多。现被水灾，有旨将各项悉行豁免。又江浙未完漕项银米豆麦，一并免征。七年，两江水涨。命督抚勘明被灾州县，先行缓征，次第将确数分别奏请蠲免。九年题准：甘省屯田五年分旱伤鼠食，原借籽〔籽〕种粮米准蠲。五十二年，南巡山东，将该省积年因灾出借之缓征带征未完米谷，概行蠲免。嘉庆二年，被水良乡等处州县，蠲免钱粮十分之一。六年，永定河水涨发，将大兴、宛平本年钱粮全行蠲免。又被灾较重之香河等三十九州县钱粮，全行豁免。其稍轻之密云等十九州县，蠲免十分之五。大城、永清、东安三县，查明被灾较重，亦全行蠲免。又续查灾重之宁河等十八州县，又查明续淹之昌平等十州县，本年钱粮俱全行蠲免。其灾轻之青州等九州县，蠲十分之五。蓟州被蝗各村庄，将明年钱粮蠲十分之三。又被水较重之沧州等州县场灶地地丁钱粮，全行豁免。稍轻之青县东光蠲十分之五。八年，安徽宿州等五州县及凤阳等三卫被水积歉，将嘉庆二年出借灾民口粮积欠银二十四万八千余两概予豁免。又豫省封邱等七县被旱被蝗，现因衡家楼漫口复被淹浸，将新旧钱漕银谷概予豁免。其因黄水冲注下游，多受淹浸之直隶长垣、东明、开州，将钱粮全行蠲免。有业经征收者，即作为明年正赋。十一年，直隶文安县大洼民地，因邻境河决，直注洼内，将应征银两全行豁免。十三年、十五年、十六年、十七年俱如之。十七年，河南李家楼漫口，黄水下注，虞城县被淹十分之二，夏城十分之六，永城十分之七。所有地丁钱粮，虞城豁免一年，夏邑二年，永城三年。又江苏砀山、安徽泗州被灾最重，将地丁钱粮豁免三年；次重之安徽宿迁、灵璧豁免二年；较轻之江苏萧县、安徽五河豁免一年。又甘肃频年荒歉，民欠籽〔籽〕种口粮，自嘉庆元年至十五年止，积欠粮一百六万三千七百四石零，折色银十八万九千七百二十一两零，渠夫口粮一万九千六十余石，并行豁免。国朝遇荒蠲赋，不啻万亿及秭，湛恩汪濊，不可胜纪，特陈其大略如此。夫钱粮有起存之别，而蠲免则起存两款，均准减除。顺治六年，奉旨蠲免各地方于起存项下均减，如存留无余，即于起运款内减除。若有司藉口无项可免，使小民不沾实惠者，该管上司科道指参。钦此。是起运之项一体准免，无非欲实惠及民也！至漕粮为天庾正供，与漕项银米例不蠲免，而圣主轸念灾黎，每施恩于常格之外。康熙四十六年谕：从来漕米，概不停征。即蠲除节年额赋，亦不及漕项。朕念江南地方现被旱灾，除新征漕粮别有谕旨酌量截留散赈外，其四十三年以前江苏巡抚所属未完民欠漕项银六十八万七千余两、米麦三十一万一千八百余石，著该抚核明，悉予豁免。钦此。此蠲漕项银米之始。恩施逾格，普济民艰，即屯粮之免亦其一也。乾隆十一年谕：宣化府属应征屯粮，例不在蠲免之内，但宣属地处边隅，上年被灾较重，今岁雨泽稀少，见在降旨加赈。著将本年屯粮蠲免三分之一。钦此。夫降德音于格外，不难广蠲复之恩，而普惠泽于寰中，要必严侵渔之律。康熙三十三年谕：山西平阳府泽州、沁州，前因旱蝗灾伤，民生困苦，已经蠲免额赋，被灾失业之众，犹未尽睹盈宁。其康熙三十年、三十一年未完地丁钱粮五十八万一千百余两、米豆二万八千五百八十余石，通行蠲豁，用纾民力。户部行文该抚，严饬该府州县悉心奉行，俾人沾实惠。倘有已完在官，捏称民欠，及已奉蠲免，仍复重征，官吏作好，侵肥中饱，一有发觉，定以军法从事，遇赦不宥。钦此。圣谕严切如此，为官吏防其弊端，正欲间阎受夫实德也！且夫电霆之照，烛奸慝而无私，而覆帱之仁，洽蒸黎而必遍。蠲免之典，递加分数，有自来矣。雍正六年谕：君民上下之间，休戚相同，本属一体。《论语》曰：百姓足，君孰与不足？是民间之生计即国计也。而至于歉岁蠲免之数，往往多寡不同者，则时势盈绌为之，出于不得已也。如明洪武时，凡水旱地方税银即与蠲免。成化时，被灾之地，以十分为率，减免三分。宏治时，全荒者免七分，九分者免六分，以是递减，至被荒四分，免一分而止。我朝顺治初年，凡被荒之地，或全免，或免半，或免十分之三。以被灾之轻重，定蠲数之多寡。顺治十年议定：被灾八、九、十分者免十分之三，五、六、七分者免十分之二，四分者免十分之一。康熙十七年议定：歉收地方，除五分以下不成灾外，六分者免十分之一，七分、八分者免十分之二，九分、十分者免十分之三。此例现在遵行。凡此多寡不同之数，或旋减而旋增，皆因其时势为之，亦非先后互异，意为损益也。尝见地方有司，每不愿蠲免太多者，盖恐蠲免并减其耗羡，不利于己耳。此贪吏之见也。朕尝谓若于蠲免之时有所吝惜，而平日不能禁官吏之侵渔，是将灾黎之脂膏，饱奸贪之欲壑矣！数十年来，虽定三分之例，然圣祖仁皇帝深仁厚泽，爱养斯民，或因偶有水旱而全蠲本地之租，亦且并无荒歉而轮免天下之赋。浩荡之恩，不可胜举。而特未曾更改旧例者，盖恐国家经费或有不敷，故仍存成法，而加恩于常格之外耳。朕即位以来，清理亏空，剔除弊端，数年之中，库帑渐见充裕，用沛特恩，将蠲免之例加增分数，以惠蒸黎。其被灾十分者，著免七分，九分者著免六分，八分者著免四分，七分者著免二分，六分者著免一分等因。钦此。乾隆元年谕：各省地方遇有水旱，蠲免钱粮旧例，被灾十分者免钱粮十分之三，八分、七分者免十分之二，六分者免十分之一。雍正年间，我皇考特降谕旨，凡被灾十分者免钱粮十分之七，九分者免十分之六，八分者免十分之四，七分者免十分之二，六分者免十分之一。实爱养黎元，轸恤民隐之至意也。朕思田禾被灾五分，则收成仅得其半，输将国赋，未免艰难。所当推广皇仁，使被灾较轻之地亩，亦得均沾恩泽。嗣后著将被灾五分之处亦准报灾。地方官察勘明确，蠲免钱粮十分之一，永著为例等因。钦此。叠奉温纶，蠲免递增分数，轻灾亦获沾恩。作述相承，惟恐一夫失所，茂典洪施，有加靡已。德至矣哉大矣！膺牧民之任者，偶逢歉岁，履勘必亲，蠲数悉以灾分为准，保赤常殷于疴瘝，誉黄早示乎乡间，师前哲之清勤，绝吏胥之侵蚀，务使民生咸赖，皇泽同沾，丕平富而迪吉康，岂不懿欤？

卷十五　议缓

　　孟子言征有三，而发用一缓二之论。所谓缓者，非专指粟米之征也。自汉以还，屡有蠲除，不闻有缓。唐韩昌黎有遇旱停征之请，而未尝著为功令也。缓征之令，其起于宋之倚阁乎？后世沿之，遂为恤民者所不废。夫时值歉年而非大歉，境连灾地而不成灾，国家经费有常，岂可概行议蠲？而遽急催科，则艰难可念，为纾其期，无误惟正之供，稍纾拮据之力，一停待间而受赐多矣。而分年带输，则视灾之轻重，以定等差焉。为议缓条第十有四。

　　【唐】韩愈《御史台论天旱人饥状》：伏乞特敕京兆府，应今年税钱及草粟等，在百姓腹内征未得者，并且停征，容至来年蚕麦，庶得少有存立。（《韩昌黎集》）

　　【宋】振贫恤患之意，视前代尤为切至。租赋之未入，入未备者，或纵不取，或寡取之，或倚阁以须丰年。（《宋史》）

　　黄灏出知常州，提举本路常平。秀州、海盐民莩殣盈野，而州县方督促逋欠，灏见之蹙然。时有旨倚阁夏税，遂奏乞并阁秋苗，不俟报行之。言者罪其专，移居筠州。已而寝谪命，止削两秩，而从其蠲阁之请。（《宋史》）

　　黄廉为监察御史，言比年水旱，民蒙支贷倚阁之恩。今幸岁丰，有司悉当举催。久饥初稔，累给并偿，是使民过丰年而思歉岁也。请令诸道以渐督取之。（《宋史》）

　　哲宗元祐七年，苏轼上言曰：今自小民以上皆有积欠，监司以催欠为职业，守令上为监司所迫，下为胥吏所使。大率县有监催千百家，则胥徒举欣欣然日有所得。若一旦除放，则此等皆寂寥无获矣。其间贫困扫地，无可蚕食者，则教令通指平人，或云衷私擅买，抵当物业，或虽非衷私，而云买不当价。似此之类，蔓延追扰，自甲及乙，自乙及丙，无有穷已。每限皆空身到官，或三五限，得一二百钱，谓之破限。官之所得至微，而胥吏所取盖无虚日。俗谓此等为县胥食邑户。嗟乎！使民为奸吏食邑户，此何道也？臣自颍移扬州，过濠、寿、楚、泗等州，所至麻麦如云。臣每屏去吏卒，亲入村落，访问父老，皆有忧色。云丰年不如凶年，天灾流行，民虽乏食，缩衣节食，犹可以生。若丰年举催积欠，胥徒在门，枷棒在身，则人户求死不得。言讫泪下。又所至城邑，多有流民。官吏皆云以夏麦既熟，举催积欠，故流民不敢归乡。孔子曰：苛政猛于虎。以今观之，殆有甚者。水旱杀人百倍于虎，而人畏催欠，乃甚于水旱。臣窃度之，每州催欠吏卒不下五百人。以天下言之，是常有二十余万虎狼散于民间，百姓何由安生？朝廷仁政何由得成乎？（《文献通考》）

　　【元】世祖至元二十年，诏停燕、河南、河北、山东租赋，从御史之言。（《康济录》）

　　【明】蔡懋德为河南右布政，摄粮道篆。崇祯时，岁连凶，斗米二金，人相食，而部檄督饷甚急。懋德乃擅令停征，抗疏自劾，落职七级。（《开封志》）

　　景仁谨按：循践土食毛之义，所当急者正供，而宏思艰图易之谟，所当纾者民力。缓赋以恤民，尚矣！缓与蠲相表里，有先缓而后蠲者，有即蠲剩而后缓者。其缓之之期，有至次年麦熟后或秋成后征收者，有分作两年或三年或五年带征者。其所缓之数，有将额赋停征十分之三者，有全行停征者，有并停征积年未完之项者。其所缓之项，自地丁钱粮以及漕粮漕项银米，与夫灶地盐课、河租芦课、屯粮刍草之属，皆得缓其输纳。而常平、社仓粮石之借给者，亦许迟完焉。恭查顺治八年议准：被灾地方暂停征比，以俟恩命。康熙四年题准：遇灾地方，督抚题报，即行令州县停征十分之三。雍正三年，河南、山东缺雨，元年业将该省带征钱粮停征，二年又将民欠分作三年带征。今春雨未足，分别五年、八年带征。四年，江苏苏、松、常、镇四府被水，将成灾五分以上之地亩应出漕米，缓征一半。其缓征一半漕米，于五年秋收后带征十年。浙江嘉兴府属雨雹，将漕米等银缓至十一年秋成后，分作两年带征。南米先借仓谷碾放，俟来秋带纳。十二年，江苏雨水过多，州县低洼之地，被水淹浸。应征新旧条粮缓至来年麦熟开征，南漕等米亦准明秋折纳。乾隆八年，清河等被水州县卫未完地丁漕项银米，一并停缓。又板浦等盐场未完折价银，与民户一体停缓。三年奏准：各省被灾不及五分，缓征仍分别缓至麦熟后及秋后征收外，如本年灾系八、九、十分者，缓征钱粮分作三年带征；其五、六、七分者，分作二年带征。十三年，山东因灾出借仓谷及积欠钱粮，为数甚多，得旨将未完谷内春借一项，于明年麦熟后征收一半，秋成后征收一半。其屡年因灾出借之谷，概宽至十五年起，分作五年带征。嘉庆二年，砀、萧等处被淹，海塘猝遇飓风，田亩被淹，将临海等七厅县钱粮缓征。又曹、单等州县卫因黄水漫溢被淹，城武等县卫漕米钱粮、民借籽〔籽〕种毗连灾地熟田，一律缓至来年秋后开征。又被旱之安徽巢县等地亩钱粮，缓至来年秋后启征。又被水之直隶良乡等八州县民地蠲剩钱粮及旧欠，并旗租仓谷等项，分作二年带征。至涿州等二十二州县，间有积水，地粮旗租均缓至来年麦熟后征收。三年，淮海等属被淹之丰县等十一州县，分别蠲缓。其山阳、清河及江宁等属之上元等十州县、松江府属之上海等县，收成稍薄，将本年地漕银米缓至来年秋后起，分作二年带完。至来年地赋与未完旧赋，概缓至秋成征收。又河南睢工等六州县因堤工漫溢，将漕粮漕项缓至来年秋后启征。四年，山东济宁等处、湖北潜江等八州县、江苏淮徐海所属、安徽凤泗各属俱被水灾，又江苏崇明沙地猝遇风潮，宝应低田被淹，泰州分司所属丁溪各场被水，均缓征。五年，山西朔县猝被水雹，将本年钱粮缓至来年秋后征收。又江苏被淹地亩新旧正杂钱粮漕米，缓至来年秋成后，分作二年带征。七年，临清等处水灾，将临清等二十五州县地亩新粮缓至秋后起征。又陕省连年叠被偏灾之咸宁等四十厅州县，自元年至六年民欠地丁等项银粮，再缓征一年。九年，江苏雨水过多，被水较重之昭文等州县、次重之昆山等县、较轻之吴县等厅县、极轻之嘉定等县，及苏州等七卫坐落各该州县被水屯田，将应征新旧地漕银米分别蠲缓。十年，浙江嘉湖三府属上年被水，本年阴雨较少，麦豆收成顿减，蚕丝更为歉薄，将杭属之仁和等州县、湖属之乌程等州县十年新粮并八、九年未完地耗实欠在民者，缓至秋成后征收。本年额办白丝八千五百斤，减半收买。其添派丝绵五百斤，缓至来年蚕丝收成后采办。十二年，将安徽无为州、和州因灾缓征米石再行缓征，俟今冬按限征还搭运。国朝遇灾停输租赋，其缓征之项不能尽述，此其大概也。夫当年之赋，被灾固难征纳，而历年复有积逋，使以一年完数年之欠，力更多拮据矣！圣心早筹及之。康熙十一年谕：江苏连年水旱，将旧欠钱粮一并停征，并将十一年带征八、九年漕项漕白银米悉暂停征。四十四年谕：嗣后蠲免钱粮时，将旧欠钱粮停征等因。钦此。雍正元年谕：山东、山西、河南三省歉收，将见年钱粮尽行缓征，而节年民欠带征之项，若仍行追比，缓新而征旧，于兆姓终无裨益。山东各省自五十八年至六十一年份不等，带征钱粮，作速行文，悉著停征一年。钦此。此缓新赋而并缓旧逋，列圣爱民之深也。而被灾轻重不同，以年之丰歉难定，带征之远近宜酌也。乾隆元年谕：各省缓征钱粮，例于下年带征以完国课。朕思年谷荒歉，有分数多寡不同。若本年被灾尚轻，次年幸值丰收，则尚不致竭力。若本年被灾较重，则民间元气已亏，次年即遇丰收，小民既完本年应输钱粮，又完从前带征之项，必致竭蹶。著勘明被灾不及五分者，缓至次年征收。其被灾较重者，分作三年带征，被灾稍轻者分作二年带征，以纾民力。钦此。此分年带征，因灾之轻重以别远近，所以体恤小民者至矣！而被灾之地，既纾其力，与灾地毗连之地亦停其征，则尤皇仁之浩荡也。雍正四年谕：直隶被水，已将钱粮蠲免，额赋又复停征。思一省之中，既有七十余州县收成歉薄，则邻封隔县必有谋生觅食之人。著将雍正四年通省额赋一并停其征收。钦此。乾隆三十七年谕：直隶上年滨河州县间被偏灾，其中毗连地亩勘不成灾者，格于成例，不得同沾恺泽。朕思灾歉州县既在五分以上，其不成灾村庄，虽属有收，而左右前后，间阎缓急相通，事所必有。若照例征输，情形未免拮据。现在开征届期，著再加恩将宛平等二十四州县勘不成灾各户应纳钱粮，亦予缓至本年秋成后征收。钦此。旋奉谕：概缓至来年麦熟后启征。四十七年谕：山东各州县中成灾在五分以上者，其成熟之乡村，概缓至明岁秋季征收，以纾民力。嗣后各省遇有灾赈事务，将成灾五分以上州县之成熟乡庄，俱著照例一体缓征，著为令等因。钦此。自是毗连灾地之民，亦得免催科之苦。而应征旧欠并获缓征，则见于乾隆十二年。山东被灾，各县境内，有上年秋成稍歉，尚未成灾者，谕将旧欠钱粮，加恩缓至麦熟后开征。是密迩灾区者，新赋旧逋，均得舒徐完纳，厚之至也。至于灾地蠲除余剩漕米等项，应于次年带征。仁主垂念艰难，复宽其输纳之候。乾隆十六年，谕：江苏淮徐等属上年被水，已经蠲赈，所有余剩应征漕米豆麦等项，缓至今年带征。但念该地上年被水稍重，即使今岁秋成丰稔，而灾歉之余，民气正宜培养，若令新旧并输，小民生计难免拮据。著将淮安等府八州县一卫本年应行带完乾隆十五年灾蠲余剩漕项米麦豆，分作三年带征，以纾民力。钦此。从此蠲余漕项，应征者亦有分年带征之例，而入官田租有积欠，并须分年限以缓征输焉。嘉庆五年谕：胡季堂奏分年征收入官地亩欠租一折。嘉庆二年以前应征入官地租，积至二十两以上者，著加恩两年带征；五十两以上者，分三年带征；至一百两以上者，分五年带征。钦此。良以种在官田亩之农，穷乏而多逋赋，亦堪怜悯也。至是缓征之典，可谓溥博而周详，用宏休养，不扰追呼矣！循吏膺子民之责，勿以轻灾为无伤而遽行催比，勿以薄收为足恃而不议停征，息悍吏之叫嚣，宣熙朝之德泽，庶几道洽政治，三登庆而百室盈，无不遂之民生，自有常充之国课，安在劳于抚字者，必拙于催科也哉！

卷十六　辑流移

　　《周礼·地官》：旅师，凡新甿之治皆听之，使无征役。注：新甿，谓新徙来者。按：甿与氓通，氓从亡从民，说者以为流亡之民。可见古未尝无流民，旅师之听之者，正以弛于负担，而及于宽政耳。特遇荒转徙，作何处置，则荒政未详焉。然《诗》云：之子于征，劬劳于野。爰及矜人，哀此鳏寡。知当时集泽哀鸿，必有以安定之矣。战国时壮者散而之四方，孟子于邹于齐皆深为顾虑。沿及后世，一遇凶荒，往往轻去其乡，人数多而其势易扰，所赖绥辑之得其道也。为辑流移条第十有五。

　　【汉】高祖二年，关中大饥，米斛万钱，人相食。令民就食蜀汉。（《文献通考》）

　　武帝四年，山东被水灾，民多饥乏。于是天子遣使者虚郡国仓廥以振贫民；犹不足，又募豪富人相假贷；尚不能救，乃徙贫民于关以西，及充朔方以南。新秦中七十余万口，衣食皆仰给县官。数岁假与产业，使者分部护，冠盖相望，费以亿计。（《史记》）

　　山东被河灾，岁不登。天子诏曰：江南火耕水耨，令饥民得流，就食江淮间。欲留之处，遣使者冠盖相属于道护之。下巴蜀粟以赈之。（《史记》）

　　宣帝地节三年，诏流民还归者，假公田，贷种食，且勿算事。（《汉书》）

　　成帝河平四年，遣光禄大夫博士嘉等行举濒河之郡，水所伤毁，贫乏不能自存者，财振贷（财与裁同，量其等差而振贷之）。其为水所流压死，不能自葬，令郡国给槥椟（谓小棺）葬埋，已葬者与钱人二千。避水他郡国，所在冗食之（冗，散廪食，使生活，不占著户，给使役也），谨遇以文理，无使失职。（《汉书》）

　　成帝鸿嘉四年，诏曰：水旱为灾，关中流冗者众（冗，散失其事业也），青幽冀部尤剧。朕甚痛焉，已遣使者循行郡国。被灾害什四以上，民赀不满三万，勿出租赋，逋贷未入皆勿收。流民欲入关，辄籍内（录其民籍而内之）。所之郡国，谨遇以礼，务有以全活之。（《汉书》）

　　平当以明经为博士，使行流民幽州，举奏刺史二千石劳徕有意者，言渤海盐池，可且勿禁，以救民急。（《汉书》）

　　韩韶为嬴长，余县多被寇盗，废耕桑，其流入县界求索衣粮者甚众。韶愍其饥困，开仓赈之，所禀赡万余户。主者争谓不可，韶曰：长活沟壑之人，而以此伏罪，含笑入地矣！太守素知韶名德，竟无所坐。（《后汉书》）

　　永平之初，郡国多被饥困。樊准上疏曰：伏见被灾之郡，百姓凋残，恐非振给所能胜赡。可依征和元年故事，遣使持节慰安，尤困乏者徙置荆扬熟郡。既省转运之费，且令百姓各安其所。（《后汉书》）

　　章帝建初元年，诏流人欲归本者，郡县其实禀，令足还到，听过止官亭，无雇舍宿。长吏躬亲，无使贫弱遗脱，小吏豪右得容奸妄。（《后汉书》）

　　和帝永元十五年，诏流民欲还归本而无粮食者，过所实禀之，疾病加致医药。其不欲还归者勿强。（《后汉书》）

【隋】文帝开皇十四年，关中大旱，民饥。上遣左右视民食，得豆屑杂糠以献，为之流涕，不御酒肉，殆将一期。乃帅民就食于洛阳，斥候不得辄有驱遣。男女参厕于仗卫之间，遇扶老携幼，辄引马避之，慰勉而去。至艰险之处，见负担者，令左右扶助之。《文献通考》景仁按：隋开皇五年，关中连旱，青兖等州水大。文帝命苏威等分道开仓赈给。详见《隋书·食货志》。十四年遇旱，何不立发储积赈之？况是时长孙平奏设义仓，足资赈赡，乃必帅民就食他方乎？或者义仓虽设，而给散艰阻，目初立法而已然，又安望其慨然发内帑以济民也。唐太宗尝言：文帝不许赈给，末年储积可供五十年。炀帝恃其富饶，侈心无厌。然则积而不散，无救危亡，可为殷鉴。慰勉扶持，近于妇人之仁，取其尚有不忍人之心耳！）

大业末，许绍任夷陵通守。会盗起，流人自占数十万，开仓赈给。《唐书》

【唐】时凶荒则有社仓，赈给不足，则徙民就食诸州。《唐书》

王方翼迁肃州刺史。高宗仪凤间，河西蝗，独不至方翼境。他郡民或馁死，皆重跰走方翼治下。乃出私钱作水硙，薄其赢以济饥瘵，构舍数十百楹居之，全活甚众。芝产其地。《唐书》

张延赏为淮南节度使，岁旱，民他迁，吏禁之。延赏曰：食者人恃以活，拘此而毙，不如适彼而生。苟存吾人，何限为？乃具舟遣之，敕吏为修室庐，已逋债，而归者更增于旧。《唐书》

【宋】民流亡道京师者，诸城门赈以米，所至舍以官第，或寺观，为淖糜食之，或人日给粮。可归业者，计日并给遣归。《宋史》

仁宗天圣七年闰二月，诏河北转运使：契丹流民，其令分送唐、邓、汝、襄州，以闲田处之。仍令所过人日给米二升。初，河北转运使言契丹岁大饥，民流过界河。上谓辅相曰：虽境外之民，皆是朕之赤子也，可赈救之。故降是诏。《康济录》

神宗即位，河北诸路水旱，兼发粜便司广惠仓以赈民，赐判北京韩琦。诏曰：河北岁比不登，民携老幼，弃田庐，日流徙于道。中夜以兴，惨怛不安。其经制之方，听便宜从事。有可以左右吾民者，宜为朕抚辑而振全之，毋使后时以重民困。《宋史》

韩琦知益州，岁饥，流民载道。琦募人入粟，设粥赈之。明年，给粮遣归。又募壮者，等第列为禁军。一人充军，数口之家得以全活。檄剑关，民流移欲东者勿禁。凡抚活流亡共一百九十万。庆历三年，陕西饥，诏琦抚之。琦至，宽征徭，免租税，给复一年，逐贪残不职之吏。时河中、同华等饥民相率东徙，琦发廪赈之，凡活一百五十万人。琦后为相，封魏郡王。五子皆贵，忠彦继为相。《康济录》

庆历八年，河北京东西大水，饥，人相食。诏出三司钱帛赈之。流民入京东者不可胜数。知青州富弼择所部丰稔者五州，劝民出粟，得十五万斛，益以官廪，随所在贮之。择公私庐舍十余万区，散处其人，以便薪水。官吏自前资待缺寄居者，皆给其禄，使即民所聚，选老弱者廪之。山林河泊之利，有可取以为生者，听流民取之，其主不得禁。死者为大冢葬之。及流民将复其业，又各以远近受粮。凡活五十余万人，募为兵者又万余人。前此救灾者，皆聚民城郭中，煮粥食之。饥民聚为疾疫，又相蹈藉死，或待次数日不食，得粥皆僵仆，名为救人而实杀之。弼所立法，简便周至，天下传以为法。《通考》景仁按：郑公知郓时，河北流民东下者六七十万人。公皆招纳之，自为区画。此大胆而处以细心者。其劝民出粟也，虚己以情劝之。任事之官吏，皆书其劳，使他日得论绩受赏，五日辄以酒食犒劳之，奖励有加，故人皆尽力。或曰：此非弭谤自全计也？公曰：吾岂惜以一身易此五六十万人之命哉！上闻，遣使劳公，拜礼部侍郎。公辞不受，曰：此臣职也，敢受赏乎？公尝与所厚书曰：在青州二年，偶能全活得数万人，胜二十四考中书令远矣！公不避谤，不受赏，满腔恻隐，出以经纶妙手，卓然有以自信，始怡然有以自慊也。陆氏曾禹谓安流之要维三：一得食，二有居，三可归。郑公尽得其妙，故为千古名臣。其法详见《康济录》，谨附录于后。）

　　擘画屋舍，安泊流民事。当司访闻青、淄、登、潍、莱五州地分，有河北灾伤流移人民，逐熟过来。其乡村县镇人户，不那趱安泊，多是暴露，并无居处。目下渐向寒冬，切虑老小人口冻馁而死，甚损和气，特行擘画下项。一、州县坊郭人户，虽有房屋，又缘出赁与人居住，难得空闲房屋。今逐等合那趱房屋间数开后：第一等五间，第二等三间，第三等二间，第四等一间。一、乡村等人户，小可屋舍，逐等合那趱间数开后：第一等七间，第二等五间，第三等三间，第四等、五等二间。急将前项那趱房屋间数报官。灾伤流民老小在州者州官著人，在县者县官著人，在镇者监务著人，引至抄点下房屋间数内计口安泊。本县及当职官员躬亲劝诱，量其口数，各与桑土，或贷种救济，种植度日。如内有现在房数少者，亦令收拾小可材料，权与盖造应之。若有下等人户，委的贫虚，别无房屋那应，不得一例施行。如更有安泊不尽老小，寺院、庵观、门楼、廊庑亦无不可，务令安居，不致暴露失所。青州劝诱人户，量出斛米，救济饥民示云：河北一方，尽遭水害，老小流散，道路填塞，坐见死亡之厄，岂无赈恤之方？又缘仓廪所收，簿书有数，流民不绝，济赡难周，欲尽救灾，必须众力，庶几冻馁稍可安存。况乎今年田苗，既大丰于累载，而又诸郡物价数倍于常时。盖因流民之来，遂收踊贵之直，岂可只思厚己，不肯救人？共睹灾伤，谅皆痛悯。五州乡村人户分等第，并令重出口食以济急难。施斗石之微，在我则无所损，聚千万之数，于彼则甚有功。凡在部封，共成利济。今具逐家均定所出斛米数目如后：第一等二石，第二等一石五斗，第三等一石，第四等七斗，第五等四斗，客户三斗。以上并米豆中半送纳。内有系大段灾伤人户。委的难为出办，即不可一例施行，亦不得为有此指挥，别生弊幸，透漏有力人户。稍有违戾，罪不轻恕。一、凡有一官，令专十耆，将雕造印版所刷印票子给与流民。印押其头，后留余纸三四张，编定字号。所差官员，便令亲自收执，分头下乡，勒著壮引领，排门抄点。凡见流民，尽底唤出，不论男女，当面审问的实，填定姓名口数，便各给票子一道收执，以便请领米豆。不得差委他人，混给票子，冒支米豆。凡有土居贫穷，或老年，或残疾，或孤寡，或贫丐等人，除在孤老院有粮食者不重给，余皆一体给票领银。一、凡给米豆，每人日给一升。十三岁以下，每人日给五合。三岁以下男女，不在支给之例。仍于票子上预算明白，不得临时混算。一、官如管十耆，每日只给两耆，以五日给遍，十耆一给五日。官员须早到给所办事，不得令流民迟归去，冻露道途。一、官员受米豆，先要看耆内何处人家可以寄顿，只要便于流民请领，始为得当。一、勘会二麦将熟，各处流民尽欲归乡，令监散官自五月初一日算至五月终，一并支与流民，充作路粮，以便归乡。一、指挥青、淄等州，须晓示道店，不得要流民宿房钱。（人当颠沛流移之日，身无一文，扶老携幼，旅店不容安歇，道途桥上栖身，冷雨淋肤，寒风刺骨，即壮健者已将病疫，况饿体愁人，有不转于沟壑哉？富公于青州，首重安顿流民之法，不但人无路宿，而且口食有资。讵若后人虽本境饥寒，尚无术以处之哉！自公分养之法立，愈于聚民城市，薰蒸成疫者多矣。故录其大概以示后来。）（《康济录》）

　　明道末，天下旱蝗。知通州吴遵路建茅屋百间，以处流移。出俸钱，置荐席盐蔬，有疾者给药以治，愿归者具舟续食，还之本土。（《臣鉴录》）

　　英宗治平四年，河北旱，民流入京师。御史中丞司马光上疏曰：圣王之政，使民安其土，乐其业，自生至死，莫有离散之心。以臣愚见，莫若谨择公正之人为河北监司，使察灾伤州县，守宰不胜者易之，多方那融斗斛，各使赈济本州县之民。若斗斛数少，不能周遍，且须据版籍，先从下户次第赈济，则所给有限，可以豫约矣。若富室有蓄积者，官给印历，听其举贷，量出利息，候丰熟日官为收索，示以必信，不可诳诱，则将来百姓务争蓄积矣！如此饥民知有可生之路，自然不弃旧业，浮游外乡。居者既安，则行者思反。若县县皆然，岂得复有流民哉？《通考》）

郑侠监安上门，是时自熙宁六年七月至于七年之三月，人无生意，东北流民扶携塞道，羸瘠愁苦身无完衣，并城民买麻糗（音茇，粉滓也）麦麸，合米为糜，或茹草根木实。身被锁械，而负瓦揭木以偿官，累累不绝。侠悉绘所见为图，奏疏发马递上之银台司。其略云：去年大蝗，秋冬亢旱，五种不入，群情惧死。愿陛下开仓赈贫，取有司掊克不道之政，一切罢去，冀下召和气，上应天心，延万姓垂死之命。今台谏辅弼，无一人以天下之民质妻鬻女、斩桑坏舍、流离逃散、皇皇不给之状上闻者。臣谨以逐日所见绘成一图，但经眼目，已可涕泣，况有甚于此者乎？如陛下行臣之言，十日不雨，乞斩臣以正欺君之罪。疏奏，神宗反覆观图，长吁数四。是夕，寝不能寐。翼日，命发常平仓，诸路上民物流散之故，青苗免役权息追呼，方田保甲并罢，凡十有八事。民间谨叫相贺。又下责躬诏求言。越三日大雨，远近沾洽。《宋史》）

郑侠又上书言：大臣奏以三路流民，皆南北下各有田，名燕子田。若北旱则南，南荒又北，此皆诬罔圣听。臣乞勘会三路之民，自去冬流移，至今不已，何人是南方有田者？《名臣言行录》。景仁按：元祐中，监司搜长安，得二人，曰：此耀之流民。毕仲游阅实，皆中州之逐利者。然则小民觊觎恩泽，非无轻去其乡，伪为携负之徒。当确察其实，不可概屯其膏也。）

齐州饥，河北流民道齐境不绝。晁补之请粟于朝，得万斛。为流者给舍次，具器用。人既集，则日给廪粥药物治之，凡活数千人。择高原以葬无主者，男女异墟。使者至境按事，叹服。《宋史》）

滕元发知郓州，时淮南京东饥，元发虑流民且至，将蒸为疠疫，先度城外废营地，召谕富室，使出力为席屋，一夕成二千五百间，井灶器用皆具。民至如归，所全活五万。《宋史》。景仁按：达道之安流也，先乞淮南米二十万石为备。流民至，以次授地，用兵法部勒。妇女炊，少者汲，壮者樵。哲宗遣工部侍郎王古按视，庐舍道巷，引绳棋布，肃然如营阵。古大惊，图上其事。有诏褒美。陆氏曾禹曰：安流者心不慈，所需必不备；法不严，混乱不循规。滕君经济之才，令人惊服。愚考达道前贬筠州，谈笑自若，曰：天知吾直，上知吾忠，吾何忧哉？后为龙图阁学士，谥章敏。观其知郓时规画流民，整齐有法，足与富郑公匹休矣！未知《名臣言行录》何以不采入也。）

司马康为著作佐郎兼侍讲，上疏言：自古圣贤之君，非无水旱，惟有以待之，则不为甚害。愿及今秋熟，令州县广籴民食所余，悉归于官。今冬来春，令流民就食。候乡里丰穰，乃还本土。凡为国者，一丝一毫皆当爱惜，惟于济民则不宜吝。诚能捐数十万金帛，以为天下大本，则天下幸甚！《宋史》）

孝宗隆兴二年，赵令良帅绍兴。是时流民聚城郭，待赈济，饿而死者不可胜计。通判王恬、间邱宁孙建策云：今尽发常平、义仓米赈给之，至来年麦熟止，恐无以为继。况旬给升斗之粟，官不胜其劳，民不胜其病。莫若计其地之远近、口数之多寡，人给两月之粮，令归治本业，不犹愈于聚城郭、待升斗之给，困饿而死乎？赵行其言，委官抄劄，给粮以遣之。不旬日间，城中无一死人。欢呼盈道，全活甚众。（建策者贵乎通盘打算，如此则生，若彼则死。计地给粮，令归治业，非生生于必死之中耶！其妙处在给两月之粮，日食之外尚可谋生。君子哉，赵公也！听仁者之言而活此流民也。《康济录》。）（景仁按：流民既聚，须度境内公私粟米足筹接济，或可从他处移借，则留养为宜。否则流殍盈途，坐视不忍，资易易匮，又不能令其枵腹空手而归，莫如计程给费，在我费于暂而不耗于久，彼流民得返故乡，赍粮复裕营生之本。仁人之言，其利溥哉！）

袁甫曰：区处流民之策，富弼之法最为简要。惟曰散处其民于下，总提其纲于上而已。窃闻金陵诸邑流民群聚，皆来自淮西，荷戈持刃，白昼肆掠，动辄杀伤。所在蚁聚，剽劫成风，逃卒皆入其党，奸民率多附和。目前势已如此，蔓延不已，不可收拾。臣愚欲乞朝廷作急措置，每处流民，随所在分之。凡赡养之费，惟分则易供，居止之地，惟分则易足。此非臣臆说也，弼之所作，可谓委曲详尽矣！今日能推行此策，非但劝民出粟，或拨上供之数，或拨桩管之钱，或乞科降，则上下当相视如一家。或请团结，则彼此当联络为一体。而所谓团结者，不止一途而已。能劳苦者庸其力，有技艺者食其业，其间有为士者散于庠序，为商者使之贸迁，则心有所系而奸无所萌。此皆分说也。分之愈多，养之愈易，其要在督府制阃以及总漕诸司为之领袖而已。是故民贵分而权贵合也。臣愿朝廷使长吏任责，一如青州故事。流民幸甚！《江南通志》。景仁按：流民人有众寡，情有险夷，势即有轻重。若人众情险而势重，当如袁氏甫之议，以富郑公之法处之。又其甚者，如明代荆襄流民，众至百万，自元至正以及明成化，扰攘百余年，地界秦豫楚三省。山谷厄塞，奸宄易藏，屯结寇掠，猝难控制。原杰起而抚治之，增置郡县，听附籍为编氓，精心经画，俾有生业，而反侧自安。要不外袁氏分之之说，与心有所系之论。此固未可与寻常流移者一视也。然寻常流民，亦须处置得宜，使寡者无聚而众，夷者无挺而险，轻者无积而重，庶几防患于其细，弭变于其微，事半而功倍耳！)

杜纮为永年令，岁荒，民将他徙。召谕父老曰：令不能使汝必无行。若留，能使汝无饥。皆喜听命。乃官给印券，使称贷于大家，岁丰为督偿。于是咸得食，无徙者。明年稔，偿不愆。民甚德之。《宋史》

郑刚中温州判，岁饥，流民载道，劝守发仓赈之。守曰：恐实惠不及饥者。答曰：业有措置。以万钱，每钱押一字，夜出坊巷，遇饥饿者给一钱，戒曰勿拭押字。次旦凭钱给米，饥者无遗。守叹服。《温州志》

董煟曰：流民至，当为法处之。若修堤浚河，公私两便。不然，官出钱租民间芦场，或柴篠山使樵采，官复买之，流民得自食其力。《康济录》

【元】至元二十年，河北大饥，流民渡河求食。朝廷遣使者集官属绝河上止之，按察副使程思廉曰：民急就食，岂得已哉？天下一家，河北河南，皆吾民也，亟令纵之。且曰：虽得罪死不恨。章上，不之罪。《元史》

武宗至大元年三月乙丑，以北来贫民八十六万八千户，仰食于官，非久计，给钞百五十万锭、帛帛准钞五十万锭，命太师月赤察儿等分给之，罢其廪给。三年，诏各处人民饥荒转徙疾疫流亡，有司用心存恤，原抛事产，依数给还。在官一切逋欠，并行蠲免，仍除差税三年。野死遗骸，官为收拾，于官地内埋瘗。《康济录》

【明】宣宗宣德四年，工部郎中李新自河南还，言山西饥民流徙南阳诸郡，不下十余万。官司遣人捕逐，民愈穷困，死亡日多。帝即遣官抚恤，发廪赈之。《通鉴纲目三编》

景帝景泰三年，河南流民计口给食。五年，畿内山东、山西逃民复赋役五年。《通鉴纲目三编》

景泰四年，王竑巡抚淮、扬、庐三府。先是，淮徐大水，竑疏奏，不待报赈之。至是山东、河南饥民就食者坌至，廪不能给，尽发徐州广运仓。乃自劾专擅罪，因言广运所储仅支三月，请令死罪以下，得于被灾所入粟自赎。帝复命侍郎邹干赍帑金驰赴，听便宜。竑躬自巡行散赈，不足，则令沿淮上下商舟量大小出米。全活一百八十五万余人，劝富民出米二十五万余石，给饥民五十五万七千家，赋牛种七万四千余，复业者五千五百家，他境流移安辑者万六百余家。病者给药，死者具槽，所鬻子女赎还，归者予道路费，人忘其

饥。（《明史》）

宪宗成化元年，令流民愿归原籍者，有司给与印信文凭，沿途军卫有司每口粮三升。其原籍无房屋者，有司设法起盖草屋四间，仍不分男女，每大口给口粮三斗，小口一斗五升，每口给牛二只，量给种子，审验原业田地，给与耕种，优免粮差五年，给帖执照。（《续文献通考》）

成化十二年，御史原杰奏设行台于郧阳，统治新设竹溪、郧西等县。诏可。初，祭酒周洪谟怜流民为项忠所逐，著《流民说》，有云东晋时，庐松滋之民流至荆州，乃侨置滋县于荆江之南；陕西雍州之民流至襄阳，乃侨置南雍州于襄水之侧。其后松滋遂隶于荆州，南雍遂并于襄阳，垂今千载，静谧如故。前代安流民甚得其道，今若听其近诸县者附籍，远诸县者设州县以抚之，置官吏，编甲里，宽徭役，使安生理，则流民皆齐民，何以逐为？御史李宾然其说。至是流民复集，遂援洪谟之说疏上之，故命原杰往莅其事。事成，进杰右都御史。（《康济录》）

郧阳地界湖广、河南、陕西三省，又多旷土，山谷厄塞，林箐蒙密，为流民窟穴。成化间，流民无虑百万。每至岁饥，民入山就食，势不可止。乃命原杰经略郧阳，抚定流民。杰乃增置郡县，深山穷谷无不亲至，宣朝廷德意，问民疾苦。于是籍流民得十一万余户，遣归故土者一万六千；其愿留者九万六千余户，许各自占旷土，为计丁力，令开垦为永业。割地三省，设置六县，而郧阳俨然重镇焉。（《纪事本末》）

嘉靖诏流民有复业者，除免三年粮役，不得勾扰。其荒白田地，许诸人告种，亦免粮役三年。后果成熟，量纳轻粮。（《续通考》）

神宗时，巡视河南御史钟化民疏云：流民称情愿归家，但无路费。臣令开封等处查流民愿归者，量地远近，资给路费，给票到本州县，补给赈银，务令复业。据祥符县申报，共给过流移男女二万三千二十五石。（《康济录》）

孙需抚治郧阳，时流民屯聚。需至，以文告谕之，愿编氓者，给牛种，俾有常业；愿归故里者，给饩遣还籍。（《郧阳志》）

李骥授新乡知县，招流民，给以农具，复业者数千人。（《明史》）

冯玘为河南泌阳令，收恤贫穷。陕右两河告凶，流民入境，玘发粟赈之，全活甚众。（《臣鉴录》）

【国朝】陈氏芳生曰：流民过境，必当量仓储多寡，预酌抚恤之宜。如其未至，又且所积无几，或欲扬声招之，以饰虚誉。此贼民之甚者，亦必自贾奇祸。切戒切戒！（《康济录》）

张清恪公伯行曰：流民当互相养济也。每十人为一排，或多一二人，或少一二人，亦可。立一排头，来者即令著落排头。如来者多，再分排头，令聚一处。昼出各分路求食，夜仍聚会一处。或庵观寺院，令排头代为料理，而以僧人董之。盖恐流来人多，或有死亡拐带盗窃争斗事故，有此著落。如佃户之依里主，行旅之依店主，自帖然得安。至于男女，尤当分别。寺院有男僧者，令其收养流来之男人无妻女者；庵观有女尼者，令其收养流来之女人无夫男者。如一家有男女数口者，不得分别拆离，或于寺观，或于各乡村处所，查设空闲房屋以处之，以耆老乡约主其事。然流民又宜各州县均为安插也。使此处安插，彼处或不安插，则此处之聚集必多，必有不能周全之虑。惟各处均为安插，则养济自易，而人亦无拥挤之患矣！（《切问斋文钞》）

陆氏曾禹曰：时至饥年，以守土牧民官视之，则曰流民，以天子宰相视之，莫非赤子，忍令其冒雨冲风，吞饥忍饿，而流离于道路哉！未流者，已流者，欲归者，欲留者，行路者，途宿者，他国民，远来众，前人无不有以处之矣。后之仁人，轸恤乎离乡求活之苦，皆当法前贤遗事以救之也。（《康济录》）

汪稼门先生志伊曰：周宣王矜流民之劬劳而能安集之，遂成中兴之业。以视晋惠帝时，六郡荐饥，流民入汉川者数万家，膜外视之，酿成李特之首乱者何如也。盖饥寒迫于身，始而流亡，必继为盗贼，牧民者取以为鉴，则流民之安，设法不可不早。（《荒政辑要》。景仁按：乾隆丁未，山西大同府旱饥。郡多关中、直隶、陕西来就工作之民，粮价腾涌，民食无资，百十辈至富家横索，城乡被扰。时稼门先生为霍州牧，委赴大同谳案。行至雁门关，得悉其状，急递禀勒宜轩抚军，飞饬地方官招集流民，查明籍贯，分别四路造册。每站给钱百文，拨役资送回籍。本籍贫民，一面分设粥厂，速办蠲赈。奉檄准行，郡遂以安。具见救荒不分畛域，而安辑流民最为急务。）

景仁谨按：流民者，饥民也。与其辑之于既流之后，不若抚之于未流之先。然饥馑频仍，本乡无可觅食，有不得不转徙他方者，琐尾叹其流离（《尔雅》作留离，鸟名），困踣嗟其狼狈，不早为之所，弱者阽于危亡，强者转为盗贼，可虑也！前代如汉如隋如唐，皆移民以就食，是民之迁流，转出自在上之意。战国梁惠王曾行之，虽沿《周官》大司徒移民通财、廪人移民就谷之制，只一时权宜之计耳！北魏李彪谓人庶出入就丰，既废营产，疲困乃加，岂为善策乎？其余因时补救，具有良规，国朝尤为详尽。而资送留养之法，或行或不行，则变通而与时宜之，期于实惠及民而已。查康熙二十一年议准：直隶、河南两处乏食穷黎移家觅食不能回籍者，令直隶、河南巡抚察明，加意抚绥，招辑复业。三十一年，陕西流民在襄阳等处地方，得旨有情愿运送潼关米石者，即给价令其运送。此令流民就佣以济转输，顺便俾之回籍者。四十三年，山东流民入京城，命大臣官员设饭厂数十处，分行煮赈。嗣直隶河间等府百姓来赴赈厂者甚众，有旨将东省直隶流民遣官领送回籍，仍捐给籽〔籽〕粒，俾得耕田亩。雍正元年谕：直隶、山东、河南流民有就食京师者，著五城御史察询口数，量给盘费，送回本籍等因。钦此。遵旨议定：每口每程给银六分，老病不能行走者加给三分，为脚力费，委官护送。地方官逐程出具收结，转送至原籍。中途患病者，令地方官留养医治，病痊日再行转送。此资送流民路费之始。九年议准：直隶、山东、河南穷民渡河而南，以图就食，令沿河州县于各渡口详加察询，所过地方有力不能自达者，量给路费，如有依亲佣工易食者听；其乞食者，用截漕米粮，照例计口赈给。其欲回本籍者，资给遣回；不愿即归者，于来春耕种之候，仍皆给以资粮，令其回籍。凡资给之费，动用存留公项，造册送部。八年，凡外出穷民，有应冬月留养者，谕令动用常平仓谷，大口日给一升，小口五合，按日动支。乾隆四年，河南被灾，上江歉收，两省民人贫苦乞食，转徙道路。谕：河南、安徽抚臣悉心体察，安辑抚绥。已离本乡行至他省者，令所在督抚饬有司设法救济。钦此。五年，大学士九卿会议江苏布政徐士琳条奏，嗣后资送流民路费，每大口日给制钱二十文，小口减半，老病者照例给脚力三分，水程照大小口应给之数减半，给与船价。奉旨：依议速行。与前此定为每口每程给银六分之例迥殊，盖前例以程计，一程约计百里，流民徒步，一日岂能走及一程？若以所过州县为程，相去或六七十里、四五十里，流民过一州县，即给银六分，又不分大口小口，一日所得，不特倍逾于赈给之数，且较民间营趁朝夕为活者，更多余裕。愚顽无知，将转以流移为利，不思复业。是故改以日计，并分别大小口，较为尽善也。七年，谕：今年上下两江水灾甚重，朕宵旰忧劳，百端筹画，以拯吾民之困厄。但思此等穷民，在本地引领待赈者固多，而挈家四出，觅食于邻省邻郡者亦复不少。著江南及河南、山东、江西、湖广等省督抚，各严饬地方有司，凡遇江南灾民所到之地，即随地安顿留养，或借寺庙，或盖棚厂，使有栖止之所。动用该处常平仓谷，计口受粮，据实报销，并训谕约束，不得藉端滋事。至于灾民聚集众多之处，更委道府大员专行督察。及冬月水〔冰〕消、春初耕种之时，有愿归本乡者，即资送回籍，知照本籍，照例按插，并给以麦种，俾得及时赶种。其不愿回籍者，亦不必强等因。钦此。圣主为流民通盘筹画者，如是之无微不至也！顾资送之例，不皆有益，而间或滋弊。无业愚民，惰游幸泽，闻有此例，挈家结队，仰给在官，或甫送归籍，仍复重来，未副朝廷安辑之德意，转滋闾阎贪诈之浇风。政体所关，防维宜亟也！八年谕：河间、天津等处来京就食之民日益众多，盖因愚民无知，见京师既设饭厂，又有资送盘费，是以本地虽有赈济，伊等仍轻去其乡而不顾，且有已去而复来者。不但抛荒本业，即京师饭厂聚人太多，春暖恐染时气，亦属未便。尔等可寄与高斌，令其设法安插，妥协办理。钦此。旋经大学士等议，于通州、良乡二处，添设饭厂席棚，以赡续至之流民。又经直隶总督饬属固安、永清、东安、武清、霸州、文安设粥煮赈，俾北来流民随在就食，愿回籍者资给路费，仍令本籍查明补赈。自此流民不致复聚京师矣。十一年议准：奉天流寓乏食，贫民仍照例资送。自时厥后，则斟酌出之而不拘成例。十三年谕：向来外省有资送流民之例，用意良厚，然至饥馑荐臻，本处米粮实已乏绝，而邻封尚可觅食，不得不提携奔赴。此等嗷嗷待哺之氓，若必驱还故乡，岂能坐以待毙，势又将转而之他。南北东西，辗转资送，在邻省既不胜其烦劳，而于灾民转益流离失所。廷臣中尝有以此入告者。朕思灾轻之地不可令其抛弃失业，自当照例资送。倘遇积歉之年，本处无以餬口，转徙他乡，或倚托亲旧以济其乏，或佣工种佃以食其力，且其中极无倚赖者，国家复有留养之例。地方官悯其流离之苦，无分畛域，随宜安插，俟灾氛平复，大地可耕，然后使回故里，劳徕安集，加意抚绥，亦未始非权宜之道。惟在权其轻重，相其缓急，斟酌办理，不可执一而论。应令地方有司就所至之境酌量妥办，如有亲旧可依者，听其自为谋食。其或无所依靠，即为抚留，设法安插，不必拘定成例等因。钦此。十八年谕：御史奏请敕谕江南邻省督抚，照旧例留养流民，春融资送回籍等语。留养流民之法，前曾行之，有名无实，转滋多事，且于灾民实无裨益，导之使轻去其乡耳！近日巡抚已经具奏，故未准行。盖与其留养于异方，何如厚加赈恤，使不流移转徙之为愈。今年淮徐等处被水，朕叠次降旨，多方筹济，截漕拨饷，不惜数百万帑金，加恩抚恤，以留养资送之费计之，何啻百分之一二，岂有爱焉？若以留养资送所需，增为本地赈济，岂不更沾实惠乎？夫以灾地专委多员，挨户察赈，尚恐不能一无遗漏；邻省州县各有应办事务，又何从辨其灾黎？徒滋奸民在本地则乘机溷冒，及资送则聚众强抢，去而复返，日不暇给。而实在被灾流民，或依傍亲属，或佣工餬口，又必逐一稽留安插，于伊等生理益致拘碍，故停止此例。钦此。二十八年谕：御史奏资送贫民回籍议覆一折，以此例一开，恐致无业之徒混冒虚糜，于灾黎无益。是仅推其流弊，而未深究夫有名无实之本原。无识者将未免仍疑为节省帑项起见，非朕轸念穷氓，熟筹调剂之苦心也。从前臣工等奏请资送回

籍，曾经降旨允行者，原因此等灾民，如果本籍自有田庐，固不当任其播迁失业。今
经日久体验，流民中远出谋生者，悉系故土并无田庐依倚之人，而必押令复还，即还
其故乡，仍一无业之人耳！且无论一领路资，潜移别处，去而复来，有何查验？即责
地方官实力奉行，则必押解滥及无辜，亦非政体也。朕因直属两年秋霖过多，加恩蠲
赈，不啻再三。又念京师为五方聚处之会，令五城加厂平粜给赈，即费正供巨万，无
所靳惜，又何有于区区资送一节！然已洞悉其一无实济，而犹曲徇陈言，矫情示惠，
必不出此也。且流民故乡既无生计，四出佣趁，即揆之古人无常职转移执事之条，未
始不可俾之并生并育，又何至束缚驰骤，加以势所不能？朕以为与其资送无实济，不
若加赈济之期，俾民获实惠为愈也。救荒无奇策，惟以体恤民隐为要。设令被灾至
重，甚至有田之户亦概远徙，则所以筹抚绥必更有大设施者，又岂特此资送虚文所能
济其万一哉？将此通谕中外，使明知朕意。钦此。综观停止资送留养之谕，可谓深切
著明。大抵法积久而生弊，道与时为变通，圣主之恩施万端，穷黎之情伪百出，不得
不变而通之也。圣谕一则曰增为本地赈济，再则曰不如加赈济之期，良以辑之于既流
之后，不如抚之于未流之先。帑不患其多糜，惠必施于实获，惟智之周也无不烛，斯
道之济也无不宜。圣谕又云：设令被灾至重，必更有大设施者。想见神明化裁，包括
无数经纶，而不沾沾于一时一事也。至于流民之归，既无庸资送，亦无庸差送焉。嘉
庆七年谕：万凝等以现在清苑等县有差人领回本处贫民，辄欲令各州县仿照办理，势
不能不佥派差役，纷纷押送，竟与递解人犯无异。是驱之转于沟壑矣！且各州县所差
人役，岂能于本处饥民概行指识，彼此认领，徒滋纷扰。此事断不可行等因。钦此。
此外出趁食之民，当听其自归，不必官差认领也。职司民牧，偶逢灾祲，预料民或流
移，先期出示各乡村，谕以即有赈恤，令其静候，毋得远离，一面设粥平粜，以定民
志。其有迫不及待，挈家四出者，查户时即为登记，以待闻赈归来，补行赈济，贷与
牛种，以资生理。其流民所至之境，不分此疆尔界，加意拊循，善为措置，则民虽撄
荡析离居之苦，而得劳来还定之方，所全实多矣！

卷十七　视存亡

（施衣、施药、施棺、设义冢并见，与救灾、辑流移两条参看）

　　古帝加志于穷民，一民饥，日我饥之，一民寒，亦日我寒之。是以《豳风》授衣，早谋卒岁也。《周礼》疾医，凡民有疾病者分治之。此每岁皆然，非仅饥岁。司救，凡有天患民病，以王命施惠，则凶荒给药所自昉也。小行人，札丧令赗补。注引郑司农云：赗丧补助其不足，若今时一室二尸，则官与之棺也。蜡氏掌除骴，有死于道路者，埋而置楬焉。平时若此，大祲可知。夫啼饥之众，鲜不号寒，灾祲之年，必多疫疠。推食食之，复解衣衣之，起死人而肉白骨，是在仁者本《豳风》、《周礼》之意以行仁术矣！为视存亡条第十有六。

　　【汉】平帝元始二年，旱蝗。民疾疫者，舍空邸第，为置医药。赐死者一家六尸以上，葬钱五千；四尸以上，三千；二尸以上，二千。（《汉书》）

　　安帝元初二年，遣中谒者收葬京师客死无家属及棺椁朽败者，皆为设祭。其有家属尤贫无以葬者，赐钱人五千。（《后汉书》）

　　钟离意少为郡督邮，太守贤之，任以县事。建武十四年，会稽大疫，死者万数。意独身隐亲，经给医药（隐亲，谓亲自隐恤之。经给，谓经营济给之）。所部多蒙全济。（《后汉书》）

　　王望迁青州刺史。时州郡灾旱，望行部，道见饥者裸行草食五百余人，因以便宜出所在布粟，给其廪粮，为作褐衣。事毕上言，公卿奏望专命。钟离意独曰：望当仁不让，若绳以法，将乖朝廷爱育之旨。帝乃赦焉。（《后汉书》）

　　周畅为河南尹。永初二年，夏旱，久祷无应。畅因收葬洛城傍客死骸骨万余人。应时澍雨，岁乃丰稔。（《后汉书》）

　　颍川太守王立义葬流民，蔡邕颂曰：哀此骼骴，宽体孤魂。遭水为泥，逢风成尘。殡以时服，葬以洛滨。（《渊鉴类函》）

　　【晋】刘宏为镇南将军，都督荆州军事，宽刑省赋，百姓爱悦。尝夜起，闻城上持更者叹声甚苦，遂呼省之。兵年过六十，羸疾无襦。乃谪罚主者，遂给韦袍复帽，转以相付。（《晋书》。景仁按：明尚书冯琢庵琦之父为庠生，隆冬早赴学路。遇一人倒卧雪中，扪之已半僵矣。遂解绵衣衣之，扶归救苏。是夜，梦神告曰：汝救人出自诚心，当令韩琦为汝子。后生琢庵，遂名琦。足见救人冻与救人饿，皆有拯死之功，而为神明所祐也。）

　　【南北朝】【宋】文帝元嘉四年五月，京师疾疫。遣使存问，给医药。死者若无家属，赐以棺器。二十四年，京邑疫疠。使郡县及营署部司普加履行，给以医药。（《宋书》）

　　【齐】武帝诏：顷风水为灾，加以贫病六疾，孤老稚弱，弥足矜念。遣中书令履行沾恤。（《齐书》）

　　都下大水，吴兴偏剧，王子良开仓赈救。贫病不能立者，于第北立解收养，给衣及药。（《南史》。景仁按：解与廨同，署也。《吴都赋》：解署棋布。）

　　【北魏】宋世良为御史，诣河北括户，大获浮惰。还过汲郡，时大旱，见城旁多骸骨，

移文州郡，悉令收瘗。其夜甘雨滂沱。（《北史》）

【周】贺兰祥除都督荆州刺史，有惠政。汉南流民襁负而至者日以千数。时盛夏亢阳，亲巡境内，观政得失。见有发掘古冢，暴露骸骨，谓守令曰：此岂仁者之为政耶？命所在收葬之。即日澍雨。是岁大有。境先多古墓，俗好发掘，至是遂息。（《周书》）

【隋】辛公义为岷州刺史。岷俗畏疫，一人病，阖家避之，病者多死。公义命皆舆置厅事医药之。既愈，乃召其亲戚谕之，皆惭谢而去。其后病者争就使君，其后固留养之，始相慈爱，风俗遂变。（《朱子纲目》。景仁按：岷俗避疫，畏己之死，遂不顾其亲戚之死，浇漓甚矣！公义欲变其俗，因其沿习既久，且畏死之心胜，非口舌所能争。是以将病者置厅，暑月厅廊皆满。公义设榻，昼夜处其间，以所得秩俸市药，为迎医疗之，躬劝其饮食。及病愈，召其家谕之曰：设若相染，吾殆矣！病者子孙感泣，敝风遂革。此现身说法，不言而信也。宜阖境呼为慈母。）

【唐】太宗贞观二年三月，旱蝗。四月，瘗隋人暴骸。四年九月，瘗长城南隋人暴骨。（《唐书》）

贞观十年，关内河东疾疫，遣医赍药疗之。十六年，谷、泾、徐、虢、戴疾疫，遣医施药。十八年，自春及夏，庐、濠、巴、普、郴疾疫，遣医往疗。（《康济录》）

【宋】仁宗哀病者乏良药，为颁善救方。知云安军王端请官为给钱，和药予民，遂行于天下。因京师大疫，命太医和药。内出犀角二本，析而视之，其一通天犀也。内侍李舜举请留供服御，帝曰：吾岂贵异物而贱百姓？竟碎之。令太医择善察脉者，即县官授药，审处其疾状予之，无使为庸医所误，夭阏其生。天禧中，于京畿近郊佛寺买地以瘗死之无主者，瘗一棺，给钱六百文，幼者半之。（《宋史》）

张纶除江淮制置发运副使，见漕卒冻馁死者众，叹曰：此有司之过，非所以体上仁也！推奉钱布，市絮襦千数，衣其不能自存者。（《宋史》）

熙宁八年，吴越大饥。赵抃知越州，多方救济。及春，人多病疫，乃作坊以处疾病之人。募诚实僧人分散各坊，早晚视其医药饮食，无令失时（给药多出私钱），以故人多得活。凡死者又给工银，使在处收埋，不得暴露。（《康济录》）

陈亢，金坛人，中年无子。熙宁八年，饿殍无数。作万人坑，每一坑设饭一瓯，席一领，纸四帖，藏尸不可胜纪。是岁生子廓，后又生度，皆相继为监司。子孙仕宦不绝。（《臣鉴录》）

富弼知青州，时大水，流民就食，病者济以医药，死者为大冢收葬，谓之丛冢，更为文祭之。（《臣鉴录》）

哲宗元祐三年，冬频雪，冻死者无算。吕公著为相，日与同列议所以救御之术。乃发官米官炭，遣官分场贱卖以惠贫民。疾病之人，日给医药饘粥，又不时委官看问，以故多得全活。（《康济录》）

苏轼知杭州，大旱饥疫并作。轼请免本路上供米三之一；复得赐度僧牒，易米以救饥者；多作饘粥药剂，遣使挟医分坊治病，活者甚众。轼曰：杭水陆之会，疫死比他处常多。乃裒羡缗得二千，复发囊中黄金五十两，以作病坊，稍畜钱粮待之。（《宋史》）

熙宁年间，凡鳏寡孤独癃老疾废及贫乏不能自存者，以户绝屋居之，以户绝财产充其费。崇宁初，置居养院、安济坊，给常平米，给以袗衣絮被。三年，又置漏泽园。初，神宗诏开封府界僧寺旅寄棺柩，贫不能葬，令畿县各度官不毛地三五顷，听人安厝，令僧主之。至是推广为园，置籍瘗人，并深三尺，毋令暴露。安济坊亦募僧主之，医者书所治痊人，岁终考其数为殿最。道路遇寒僵仆之人，及无衣丐者，许送近便居养院，给钱米救

济。（《宋史》）

赵汝愚道见病者必收恤之，躬为煮药。岁饥，旦夕率其家人辍食之半，以食饥者。（《宋史》）

黄𪩘尝从朱子学，知台州，为济粜仓，抵当库，葬民之栖寄暴露者，为棺千五百；置养济院，创安济坊以居病囚。皆自有子本钱，使不废故业。（《宋史》）

王致远知慈溪县，浙东饥，死殍成邱。致远为粥以食饥者，病与医药，死为瘗埋。山谷穷民感恩流涕，称为王佛。（《习是编》）

【元】世祖至元十六年，诏湖南行省于戍军还途，每四十五里立安乐堂，疾者医之，饥者廪之，死者藁葬之，官给其需。（《元史》）

夏椿，华亭人。大德间大饥，椿辟庐舍，具饘粥以食。去则赆之，病者药之，死者葬之。有司上其事，诏旌其门。（《松江志》）

【明】太祖洪武三年，命天下府州县设惠民药局，拯疗贫病军民疾患。每局选设官医提领，于医家选取内外科各一员，令府医学授正科一员掌之，县医学授副训科制药惠济。其药于各处出产，并税课抽分药材给与，不足则官为买之。（《康济录》）

太祖尝与陶安登南京城楼，闻焚尸气。安曰：古有掩骼埋胔之令，推恩及于枯骨。上曰：此王道之言也！自是王师所临，见枯骸必掩之而后去。洪武三年，令天下郡县设义冢，禁止火葬、水葬。凡贫民无地以葬者，所在官司择近城宽阔地，立为义冢。（《万世玉衡录》）

瞿兴嗣好行阴善。洪武时，值岁大俭，来依者数十人，择旁舍处之。会疠作，病者相枕藉。公亲携粥药抚视，卒赖以全。（《常熟志》）

赵瑾好善喜施。景泰乙亥，饥疫死者尸多弃野。瑾买棺置通衢，纵取不问。（《臣鉴录》）

嘉靖时，金事林希元疏云：时际凶荒，民多疫疠。极贫之民，一食尚艰，求医问药，于何取给。往时江北赈济，亦发银买药以济贫民，然督察无方，徒资冒破。臣愚欲令郡县博选名医，多领药物，随乡开局，临症裁方，多出榜文，播告远近，但有饥民疾病，并听就厂领粟，赴局支药。遇死者给银四分，令人埋葬，生死沾恩矣。（《康济录》）

王文成守仁曰：灾疫大行，无知之民，惑于渐染之说，至有骨肉不相顾疗者。汤药饘粥不继，多饥饿以死，乃归咎于疫，为民父母，何忍坐视？言之痛心。思所以救疗之道，惟在诸父老劝告子弟，兴行孝弟，各念尔骨肉，毋忍背弃，洒扫尔室宇，具尔汤药，时尔饘粥。贫弗能者，官给之药，虽已遣医生老人分行乡井，恐亦虚文无实。父老凡可以佐令之不逮者，悉以见告，有能兴行孝弟者，县令当亲拜其庐。凡此灾疫，实由令之不职，乖爱养之道，上干天和，以至于此。县令亦方有疾，未能躬问疾苦，父老其为我慰劳存恤，谕之以此意。（《王文成公集》）

【国朝】金闲存诚曰：旱者，气郁之所致也。潦者，气逆之所致也。盖逆必决，决斯潦，潦必伤阴；郁必蒸，蒸斯旱，旱必伤阳。阴阳受伤，必滞而成毒。毒气溃发，人物相感，疫症乃时行也。阴阳之气所以郁而逆者，由人心致之也。小人之心无过贪生，贪生则贪利，而利有所不遂，则谋计拙而忧愁潜于督脉。告援穷而恼怒聚于肝经，于是乎酬酢往来，同胞之和睦潜消，呼吸嘘嗳，造化之盘旋相阻，始则风雨不时，继则温寒犯令，而阴气闭于外，阳乃用逆，阳气伏于中，阴乃用郁。此其势，此其理也。然则调燮者，其先调天下之财乎？财不调则贫富不均，民生不遂，而民气不伸，阴阳其必不和也，安所谓燮

乎？夫是以圣人首重通财，而最忌壅财，赈恤罚赎之典所以行也。（《切问斋文钞》）

张清恪公伯行曰：人之饥饿而死者，必数日不得食而后死，断无一二日不得食即饿死之理。宜令流民头或僧人稽察，有真正一二日不得食者，即为禀官给粥一顿，使能行走，再令出门求食。若居民，则令耆老公正者会同乡地不时稽察，真正一二日不得食者，即令报所在官长，令给粥一顿。至风雪之日，寒冷不能出门求食者，尤宜稽察，报明所在官长。或量给米升合，或量给钱数十文，或用担粥法，煮以食之。但要每日留心，如有冻馁而死者，即报明所在官长，捐棺木以埋之。如有隆冬真正无衣者，令耆老会同乡地查明，报所在官长捐给棉衣。流民亦如之。或劝谕绅衿富户，酌量多少捐给，如此则所费者少，而所活者多矣。一、骸骨不可不急为掩埋也。宜严饬城关各乡约地保人等，凡街市道路田间有抛弃骸骨，俱令掩埋，以顺生气。盖疾疫皆因饿死人多，疠气薰蒸所致，一经掩埋，不惟死者得安，而生者亦免灾沴之侵矣。（《切问斋文钞》）

陆氏曾禹《视存亡总论》曰：民之大事，生死而已。生惟疾病可忧，死则暴露为惨。药局之开，命医之举，宜急行焉。生之于床席，活之于垂亡，虽乏神犀，赖兹慈母，庶无忝耳！不幸死矣，苟不助银令人速掩，血泪染尸，兽餐初毙，青磷夜泣，白骨飘零，生不能充肠而足食，死复暴露于荒郊，遭此惨伤，可云保民之政无歉欤？治民病，掩骼埋胔，皆大典也。每岁宜然，况饥年乎？（《康济录》）

高文定公斌疏曰：臣伏查本年河间、天津各处被旱灾民，仰荷圣泽覃敷，发帑发粟，多方赈恤，实已普庆更生，咸称得所。惟灾民之尤孤苦者，衣不蔽体，无以御寒，且旱后柴薪缺少，得暖为难，并应筹画。臣于九月间与司道等公同商酌，会同盐臣，各先捐制棉衣，为之倡率。行令被灾各府州县，于所属富户殷商，善为劝谕，各随多寡，捐助棉衣。或交官散给，或自行经理，听其乐输，严禁抑勒，仍将捐助姓名申报，分别奖励。兹据各府州县自捐，并劝谕所捐棉衣，共四万三千六百九十一件。经各地方官于十一月加赈之时，视极贫人口无衣者，当面散给。就一州县所捐，皆已足用。现在臣委派专员，于被灾各处村庄道路，循环察看，劝谕穷民安业领赈，因以体察闾阎疾苦。时届初寒，尚不致有单衣露体之人。仰惟圣主痌瘝在抱，灾民冻馁，时廑宸衷，合将捐给棉衣缘由具奏。又示曰：直属今年被灾地方，穷民困苦，荷蒙圣恩广沛，普遍赈恤，已无饥馁之患。惟是晨风戒凉，渐入寒冬，孤苦无营之人，虽幸得食，而衣不蔽体，仍恐莫保身命，深堪悯恻。案原题部议绅衿士庶有情愿捐赈，或捐备棉衣者，报明地方官，听其自行经理。多则题叙，少则奖励。奉旨允行。及今抚恤灾黎之计，捐备棉衣又为急务。各州县可即出示劝谕绅衿士庶，有愿捐赈者，即令制备棉衣，分给贫民；或交地方官于赴乡散赈之便，察看单寒极贫之男妇携带散给。不得预期声张，更不得委任胥役，仍将捐给数目，据实申报，分别奖叙。如奉行不善，致有抑勒扰累，定即加以处分。（《赈纪》）

方恪敏公观承谕曰：时当秋尽，转瞬冬寒，灾地穷民，仰赖圣恩赈给，咸幸更生。而其中尤困苦者，衣不蔽体，寒已切肤，不死于饿而复死于冻，宜亦父母斯民者之深为悯恻而亟思筹措者也。兹蒙督院捐制棉衣千件，盐政两司本道等亦各有施助，但力难遍及，心则无穷，有不能不望于绅士之好行其德者。该府州宜率同地方官善为劝导，使之乐从。即如当商，平时取利于穷檐小户，今捐值十两八两之棉衣，以恤灾困，宜无吝情。况旧布短袄过期不赎者，不待外求，无需另制，尤易为力。地方官总核所捐衣数，于赈册内查明极贫中应给名口，分遣妥人，指名散给，或属委员于放赈时，察看无衣者预记之。有余，更以及次贫户口之茕苦者。总勿显示恩施，致来希冀，惠难为继，而弊益滋多，即自生扰累矣。如捐户自能经理，不愿官办者，听便；不愿捐者，尤不得勉强抑勒。所捐姓名衣数，俱通报院司察核。《赈纪》

景仁谨按：晁错曰：腹饥不得食，肤寒不得衣，虽慈母不能有其子，君安能以有其民？然则救饥者宜兼救寒矣。况灾祲侵而疫氛易染，愁苦积而疾疢难调，悼一饱之无时，竟一寒之至此，惟束手以待毙，望道殣而谁收。人生到此，能不悲哉？《书》曰：冬祁寒，小民亦惟曰怨咨。《康济录》曰：凡帝王遇病者，当法神农之心而救之生；见死者，宜效文王之道而使之掩。诚哉，是言也！我朝发政施仁，京师五城设栖流所，日给钱米，隆冬酌给棉被，病故者给棺以瘗。又设养济院，岁给银米冬衣棉布。嘉庆六年，京畿民人被水，谕令置购棉衣。经各当商呈交六万二千件，有旨赏银一万二千四百两，按各当商交出多寡，均匀给发。届放赈时，将棉衣发顺天府五城，同日散给，派文武大员同巡城御史监放。偶遇民间疾疫，恩旨特颁药饵，死者予以棺木。德宏衣被，念切痌瘝，猗欤鸿慈普覆矣！司牧者所当广播皇仁，即里居者可弗助宣圣泽乎？昔楚昭王当房而立，愀然有寒色。是日也，出府之裘以衣寒者。齐田单过淄水，有老人涉淄而寒，出不能行，坐于沙中，田单解裘而衣之。此以君相恤人寒冻者。汉盖宽饶为司马，按行士卒庐舍。有疾病者，身自抚循临问，加致医药。后汉邓训为护羌校尉，俗耻病，临困以刀自刺。训闻有疾困者，辄使医药疗之，差者甚多。迁邬程校尉，吏人尝大病疟，转易至数十人。训身为煮汤药，咸得平愈。曹褒为城门校尉，愍哀病徒，自省医药糜粥。此居官以医药抚士卒吏人者。金穰县王叟业医治药最审，不如法不以授人。贫家病，虽夏日再三往，病愈不责一钱。元遗山尝造之。此业医以医药济人者。梁严植之尝山行，见一患者，问其姓名不能答，载归为营医药，死为棺殡殓之。此一事而存亡兼济者。蜀汉靡竺能赈生恤死，厩有古冢，夜闻涕泣声，竺寻其处。见一妇人袒背来诉云：汉末为赤眉所害，叩棺见剥，袒地羞昼见人。今就将军乞深埋，并散衣以掩形体。竺许之，即命为棺，以青布为衣衫置冢中。后见青衣来家云：为竺禳火，得免火厄。此能葬异代尸骸者。明吉水罗循官副使，宦游见一寺有七棺，捐俸命僧埋之。生子伦，廷对第一。遇死塰，即解衣覆之。此埋槽掩骼，父子同心者。郭敏，官知府，立义阡以葬贫不能葬及火葬者。此设义冢以安幽灵者。数君子大都身膺富贵，寿享高龄，子孙昌炽。所谓有阴德者，必有阳报焉，然私愿岂及此哉？恻隐根于本心，吉凶切乎同患，不待凶年也。使其时际凶年，目睹寒者之僵走路衢，病者之呻吟床席，死者之暴露郊原，其动悲悯，图拯拔，当何如恳挚而周详耶！夫人情莫不贪生恶死，至于冻骨无温，又或撄竖子膏肓之痛，残魂犹馁，不获蒙犬马帷盖之怜，生无以为生，死无以为死，尤仁人君子所尽伤心者也！《七月》之诗：无衣无褐，何以卒岁？《孟子》曰：疾病相扶持。《周礼》曰：四闾为族，使之相葬。《小弁》曰：行有死人，尚或墐之。此物此志欤！牧民者能于郡邑所立广仁诸局，加意整顿，勿使有名无实，而乡党绅士之好善者，念歉岁之艰难，悯穷人之疾苦，施棉衣，购药材，延医士，置棺椁，设义冢，预筹经费，并恤存亡，或独力为之，或劝同志共为之，不辞劳瘁，规画咸宜，仁浃乎挟纩，技妙乎回春，惠周乎埋胔，则存者一息能延，一分受赐，亡者九原可作，九死衔恩，庶几感召天和，夭札疵疠之不作，康乐安平之屡书，岂不足以播皇仁，宣圣泽哉？

卷十八　保幼（收弃孩、赎卖子并见）

《周礼》保息六首列慈幼。注：爱幼少也。产子三人，与之母；二人，与之饩；十四以下，不从征。幼吾幼以及人之幼，乃王政推恩之大者，岂论年之丰歉乎？而歉年则口食弥艰，父母非不爱其幼孩，而其势万难相保，许其卖鬻，所以全其生命也，听其赎归，所以完其亲属也。两者若相妨，而实并行不悖，保聚之谋，维先民是程，而斟酌出之可矣。为保幼条第十有七。

【周】管子曰：汤七年旱，禹九年水。汤以庄山之金铸币而赎民之无饘卖子者，禹以历山之金铸币而赎民之无饘卖子者。（《管子》。陆氏曾禹曰：圣世亦有卖子之人，贵有以处之耳。穷民命在旦夕，若不听其卖，必至骨肉相枕而死，不更惨乎？此圣王所以听其卖而代其赎，不禁其不卖也！）

【汉】章帝元和三年，诏曰：盖君人者，视民如父母。有惨怛之爱，有忠和之教、葡匐之救。其婴儿无父母亲属，及有子不能养食者，禀给如律。（《后汉书》）

【三国】【魏】郑浑迁下蔡长，邵陵令。天下未定，民生子，无以相活，率皆不举。浑课使耕桑，重去子之法。民初畏罪，后稍丰给，无不举赡，所育男女多以郑为字。（《魏志》）

【南北朝】【宋】文帝元嘉十二年，东诸郡大水。吴义兴及吴郡之钱唐升米三百，以扬州治中从事史沈演之巡行拯恤。乃开仓廪赈饥民，凡有生子者，口赐米一斗。刑狱有疑枉，悉判遣之。（《宋书》）

【北魏】文成帝和平四年，诏曰：前以民遭饥寒，不自存济，有卖鬻男女者，尽仰还其家。或因缘势力，或私行请托，共相通容，不时检校，令良家子息仍为奴婢。今仰精究，不听取赎，有犯加罪。若仍不检还，听其父兄上诉，以掠人论。（《魏书》）

【唐】太宗贞观二年，山东旱，遣使赈恤。饥民鬻子者，出金宝赎还之。（《文献通考》）

文宗开成元年，诏曰：比闻两河之间，频年旱灾，贫人得富家数百钱数斗粟，即以男女为之仆妾。委所在长吏察访，听其父母骨肉，以所得婚购之，勿得以虚契为理。（《康济录》）

文宗太和六年，诏曰：天下有家长大者皆死，所余孩稚十二至襁褓者，不能自活，必至夭伤。长吏勒其近亲收养，仍官中给两月粮，亦具都数闻奏。（《康济录》）

【宋】太宗淳化二年，诏陕西缘边诸州饥民，鬻男女入近界部落者，官赎之。（《康济录》）

真宗大中祥符三年，诏前岁陕西民饥，有鬻子者，命官为购赎之，还其家。（《康济录》）

仁宗庆历八年，赐瀛、莫、恩、冀州缗钱二万，赎还饥民鬻子。（《康济录》）

宗室善誉移潼川路提刑转运判官，以羡赀给诸郡置庄，民生子及娠者，俱给米，威惠并孚。（《宋史》）

熙宁八年，吴越大旱。赵抃知越州，录孤老病不能自食者，自十月朔，人日受粟一升，幼小者半之。弃男女，使人得收养之。（《渊鉴类函》）

王宥知蕲州，岁凶人散，委婴孩而去者相属于道。宥令吏收取，计口给谷，俾营妇均

养之。每旬阅视，所活甚众。(《宋史》)

叶梦得为许昌令，值水灾，道中多遗弃小儿。一日询左右曰：无子者何不收以自养？对曰：人固所愿，但患既长，或来认识。梦得乃为立法，凡灾伤遗儿，父母不得复取。夫儿为所弃，则父母之恩已绝，人不收之，能自活乎？遂作空券数千，具载本末。凡得儿者，使明所从来，书券付之。又为载籍记数，收多者赏，贫者给米以为食。事定，按籍计三千八百余儿。此皆夺诸沟壑而致之襁褓者。后官至尚书左丞，子懋为转运。(《问奇类林》)

黄震提举常平仓。初常平有慈幼局，为贫而弃子者设，久而名存实亡。震谓收哺于既弃之后，不若先其未弃保全之。乃损益旧法，凡当娩而贫者，许里胥请于官赡之；弃者许人收养，官出粟给所收家。成活者众。(《宋史》。景仁按：《宋史·食货志》振恤条，载孤贫小儿可教者，令入小学听读。其衣襴于常平头子钱内给造，遗弃小儿雇人乳养，仍听宫观寺院养为童行。宋于幼幼之道，规制周悉。黄文洁更为酌定，益详审矣!)

刘彝知虔州，会江西饥歉，民多弃子于道上。彝揭榜通衢，召人收养，日给广惠仓米二升，每月一次，抱至官中看视。又推行于县镇，细民利二升之给，皆为字养。一境生子无夭阏者。(《明善集》。景仁按：《宋史》胡安定称彝善治水，令胸山，作陂池，教树艺，有惠政。除都水丞，久雨汴涨，彝请启扬桥斗门，水即退。《明善集》三十卷，即彝所自著者。)

严世期，山阴人。同里张迈三人妻各产子，时岁饥俭，虑不相存。世期闻之，驰往拯救，分食解衣以赡其乏。三子并得长成。(《宋史》)

【辽】圣宗开泰元年，诏诸道水灾饥民质男女者，起来年正月，日计佣钱十文，价折佣尽，遣还其家。(《辽史》)

【元】武宗至大元年十一月，以大都米贵，发廪十万石，减价以粜赈贫民。北来民饥有鬻子者，命有司悉为赎之。(《康济录》)

【明】成祖永乐十一年六月，上召行在户部臣曰：人从徐州来，言水灾，民有鬻子女者，人至父子相弃，穷极矣。即驿赈之，所鬻为赎还。(《通鉴纲目三编》)

宪宗成化二十三年，诏陕西、山西、河南三省军民，先因饥荒逃移，将妻妾子女典卖与人者，许典卖之家首告，准给原价，赎取归宗。其无主及愿留者听，隐匿者罪之。(《通鉴纲目三编》)

毕文德，天顺癸未学士。成化丙戌，民饥，鬻子女者众。悉以善价收育，立合契约，岁丰还之。(《明献征录》)

嘉靖十年，奏准陕西灾伤重大，遗弃子女，州县官设法收养。如民家有能自收，养至二十口以上者，给与冠带。(《康济录》)

世宗嘉靖八年题准，灾伤地方，军民人等有能收养小儿者，每名日给米一升。(《续文献通考》)

嘉靖时，林希元疏云：大饥之年，民父子不相保，往往弃子而不顾。臣昔在泗州，见民有投子于淮河者，有弃子于道路者，为之恻然。因效刘彝之法，凡收养遗弃小儿者，日给米一升，一支五日，每月抱赴局官看视。饥民支米之外，又得小儿一口之粮，远近闻风争趋收养，甚至亲生之子亦诈称收抱，以希米食。旬月之间，无复有弃子者矣。今各处灾伤去处，若有遗弃小儿，如臣之法似可行也!(《康济录》)

万历二十二年，钟化民《河南救荒疏》：臣仰体德意，赎还民间荒年出卖妻孥四千二百六十三名，但赎还之后，不知其终保完聚否？倘餬口无资，复相转贸，如梦中乍会，觉后成空。思及于此，不觉泪下，惟帝念哉!(《康济录》)

邱浚曰：人之至爱者子也，时日不相见则思之，挺刃有所伤则戚之。当年丰时，虽千金不易一稚，一遇凶荒，惟恐鬻之而民不售。此无他，知偕亡而无益也。故不若官买之以实军佐。（《康济录》）

【国朝】魏冰叔禧曰：饥民有弃置子女道路者，许人收养。凡收养者具呈至官，云某年月日于某处收得子女几人，归家抚养，官为用印给之。太平长大，一听收主照管，本生父母不得争执。其收主愿赎者听。或能收养自几人以上者，官府为立赏格劝之。（《魏叔子集》）

张清恪公伯行曰：鬻卖子女者原非得已，盖举家饥饿，束手就毙，姑割爱以苏旦夕之命也。且买者必有粮之家，卖者必得食矣。今凡卖子女者，责令地方官捐俸，代为回赎。此虽轸念贫民，曲为完聚之法，但富室有力之家，不肯再买，而灾黎穷困之极，必有遗弃道路而冻饿以死者。今宜令如有穷苦零丁不能自存者，许令亲戚收养。如无亲戚者，邻里养之，或所至之处有愿收留者，任其收留役使，与雇卖人同。而人多不肯收养者，诚恐岁歉代为收养，至年丰伊又将竟回本家，不为使令，故不肯收养耳。今宜官给券，听其自定限期，以若干为满。其有遗弃孤儿，人家收养长大者，即拜所养为父母，丰年不得归还本家。著为定例。盖父母生之而不能养，此能养之，即亦父母矣。则人之收养者自多，而孤儿庶免冻饿而死。此两全之道也！（《切问斋文钞》。景仁按：清恪公之论极是，第今之亲戚邻里，令其收养人家儿女，亦势有所难，不如听人收留，许主家自定年满期限，期满听本家自赎，或官为代赎，法较简易。荒年宜预先晓示，不在给券之纷纷也。至遗弃孤儿，丰年不还本家。宋叶石林公行之已有成效，实权乎恩义之当然也！）

陆氏曾禹《育婴儿总论》曰：户口之繁，朝廷之瑞，婴儿夭折，元气亏伤。天地大德曰生，其所最爱者人。可令无端受戮，雏鸡小犬之不若哉？法之严不若惠之厚，乌得锱铢是惜，而不急为之抚育也！识认婴儿法，须记其头目疤瘤，及手指旋纹，几箕几罗，始无差错。足指悉验而记之，衣褓是何颜色，布帛单绵，此次辨也。凶年之所弃，父母性命尚在不保，安顾婴儿。或有人通知，或有人抱来，急宜收养，问其来历，使其长大知父母之姓名也。《赎难卖总论》曰：曾闻明成化乙未科状元费宏之父捐馆资一二十金，赎妇还夫，狼狈而归。夜闻窗外神人曰：今宵采苦菜作饭，明年产状元为儿。宏果十九登乡荐，翁生受吏部侍郎之封。时当岁歉，不卖亲人，终无生理，其意以为饿死而无救，不若活卖而分离。后得一见，未可知也。在买者给其价而衣食之，不惜捐费于凶年，实欲服劳于后日。既生其身，且救其家，均相有益。但血泪已枯于异地，梦魂犹恋乎家乡，非天子之深仁厚德，孰能救其婢使奴差之苦也！然汉诏恣听去留，不偿所值，设遇荐饥，于何得活，岂善策哉？故司牧能如柳宗元，使臣得若钟化民，多方设法，完彼亲人，皆合禹汤之心，无愧孔子之教矣！（《康济录》）

景仁谨按：国家休养生息，户口日繁，圣天子保赤诚求，茂育之政，不待歉岁行之。京师广渠门设育婴堂，收养遗弃婴孩，给帑置产收租以资乳哺，顺天府尹核实支给。各直省则令有司经理，乡间好义者助其费，遴诚实干练之人董其事。所收婴孩登记年月日时。及长，有愿收为子孙者予之，其本家有访求者归之。法至善也！稽之于古，汉高祖七年，民产子，勿事二岁。后汉光武建武中，产子复以三年之算。章帝诏产子者复勿算三岁，令诸怀妊者赐胎谷，人三斛，复其夫，勿算一岁。宋理宗淳祐九年，置慈幼局于京师，收养道路遗弃初生婴儿。恤丁口也。贾彪重杀子之罪，王浚严不举子之条，则使知所畏而勿犯。郑产代民出口钱，虞永文以荻场之利，代民输身丁钱，俾民不弃子，则为去所累而自悛。俞仲宽召父老置醪醴，酌而侑之，使归劝其乡人无杀子。此慈幼之政行于平时者，不必凶年也。至赎已卖之男女，亦有前事矣。鲁国之法，有能赎臣妾于诸侯者，取金于府。子贡赎鲁人于诸侯而让其金，孔子曰：赐失之矣！取其金无损于行，不取则不复赎人矣！圣人不欲贤者之独为君子，所谓过行弗率以求处厚也。后韩文公刺潮州，计佣悉赎过期没入之奴婢，归之父母者七百余人。柳子厚刺柳州，亦设法赎归子本相当没入之奴婢，文公于柳子墓志述之。韩柳俱以文章名世，而赎人一节复相似，使其遭逢饥馑，所以生全而保聚之者，更当何如委曲详尽耶？《康济录》载：临事之政，有曰育婴儿以慈孤幼；事后之政，有曰赎难卖以全骨肉。其育婴儿一门，引叶石林公凡灾伤弃儿父母不得复认之法，谓若不立印券，勿令父母不许复认，所救焉能有三千余人之众，而事后则又以赎人为美政，若前后自相矛盾者。不知缓急异势，顺其序，协其宜，事相反而适相成也。夫民值凶饥，无所得食，聚而不生，不如不聚而生。及乎安定，不免化离，既生而思聚，能聚而始乐其生，此恒情也。鬻男女取其值以自赡，而男女亦有人赡之，否则作沟中瘠，或为几上肉耳，奚若臧获之幸延残喘也！然骨肉远离，羁孤谁念，去而复还，何啻更生而再聚，讵非盛德事耶？第竟令放还，不归其价，是以势相摄，意美而法未良也。考汉高祖五年，诏民以饥饿自卖为人奴婢者皆免为庶人。光武建武二年，诏民有嫁妻卖子欲归父母者，恣听之。敢拘执，论如律。七年，诏吏人遭饥乱，及为青徐贼所掠，为奴婢下妻，欲去留者，恣听之。敢拘制不还，以卖人法从事。窃谓以处被贼所掠者则可耳，若因饥出卖，恣听去留，则买者空劳鬻养，徒费资财，而又执重法绳之，假使再值奇荒，谁复肯售耶？是为幼稚图此日之团圞，而早绝其将来之生路矣！陆氏曾禹谓可一不可再，信然。后魏之制，不听取赎，然后以掠人论。唐文宗诏归其所买，勿凭虚契，其法稍平，然总不若贞观出金帛赎还。宋淳化以后，官为代赎，意美而法尤良也。朝家有孚惠心，在卖者既拔于贱而得完聚之欢，在买者不亏其资而免深文之论，斯乃禹汤铸币赎人之遗法，即孔子责赐让金之苦心。王道本人情，岂尽须理谕而势禁乎？君子责任子民，能于育婴堂加意整理，及遇灾荒，有卖子等事，式古训，酌时宜，善为调剂，而于遗弃幼孩，尤必加意收养，庶几不愧众人之母焉。而乡党好义之士，勉力行善，平日倡育婴社，募众同举，至歉年则出赀广收弃儿，丰岁则听赎不责善价，是亦人心之厚，而风俗之淳也已！

卷十九　戢暴

《周官》荒政十有二，以散利开端，其次十者皆主宽恤，独于盗贼曰除，而居荒政之末。郑众曰：急其刑以除之。饥馑则盗贼多，不可不除也。除恶务尽，岂得已哉！夫灾黎濒死求生，而遂不畏死，复有一二奸民为之煽诱，往往酿成事端。是故先之以散利诸政，俾知生之可乐，以定其志，终之以除盗贼之政，俾知死之可畏，以怵其心。所谓盗贼者，非仅劫掠之徒，凡恃强行暴，取非其有者皆是。早为之所，宽猛随时，弛张互用，盗风靖，乱源窒矣！为戢暴条第十有八。

【汉】龚遂忠厚刚毅。宣帝即位，渤海左右郡岁饥，盗贼并起。上选能治者，丞相、御史举遂可用，上以为渤海太守。召见谓曰：何以息盗贼？对曰：海濒遐远，不沾圣化，其民困于饥寒而吏不恤，故盗弄陛下之兵于潢池中耳！今欲使臣胜之耶，将安之也？上曰：选用贤良，固欲安之也。遂曰：臣闻治乱民犹治乱绳，不可急也，缓之然后可治。臣愿丞相、御史且无拘臣以文法，得一切便宜从事。上许焉。遂移书敕属县悉罢逐捕盗贼吏。诸持锄钩田器者皆为良民，吏毋得问；持兵者乃为贼。遂单骑独行至府。盗贼闻遂教令，即时解散，弃其兵弩而持钩锄。于是悉平。（《汉书》。景仁按：唐宣宗时，鸡山群盗起，诏讨之。崔铉曰：此皆陛下赤子，迫于饥寒，盗弄兵于溪谷间，不足辱大军也。亦仿此说。）

光武帝建武十六年，郡国群盗并起。郡县追讨，到则解散，去复屯结。冬十月，遣使者下郡国，听群盗自相纠擿，五人共斩一人，除其罪。吏虽逗留回避故纵者皆勿问，听以禽〔擒〕讨为效。令长取获贼多少为殿最，蔽匿者乃罪之。于是更相追捕，贼并解散，徙其魁帅于他郡，赋田受廪，使安生业。自是牛马放牧不收，邑门不闭。（《后汉书》）

谭显为豫州刺史，时天下饥馑，竞为盗贼，州界收捕万余人。显愍其困穷，自陷刑辟，辄擅赦之。因自劾奏，有诏勿理。（《康济录》）

【南北朝】【魏】崔衡除秦州刺史，先是，河东年饥，劫盗大起。衡至，修龚遂之法，劝课农桑。周年之间，寇盗止息。（《魏书》）

【唐】太宗时，上与群臣论止盗。或请重法以禁之，上曰：朕当去奢省费，轻徭薄赋，选用廉吏，使民衣食有余，则自不为盗，安用重法耶？自是数年之后，海内升平，路不拾遗，外户不闭，商旅野宿焉。（《康济录》）

【宋】王曾留守洛阳，属岁歉。里有囤积者，饥民聚党胁取，邻郡以强盗论报，死者众。公俱重笞而释之，远近闻以为法，全活者数千计。（《名臣言行录》）

马仲甫为夔路转运使，岁饥，盗粟者当论死。仲甫请罪减一等，诏须奏裁。复言饥羸拘囚，比得报，死矣，请决而后奏。（《宋史》）

马寻知襄州，饥人或群入富家掠囷粟，狱吏鞫以强盗。寻曰：此脱死耳！其情与强盗异。奏得减死论。（《宋史》）

陈从易知虔州，会岁大饥，有持杖盗取民谷者，请一切减死论。凡生者千余人。（《宋史》）

司马光疏曰：臣窃闻降敕下京东京西灾伤州军，如人户委是家贫，偷盗斛斗，因而盗财者，与减等断放。臣闻《周礼》荒政十二，率皆推宽大之恩以利民，独于盗贼愈更严急。所以然者，盖以饥岁盗贼必多，残害良民，不可不除。顷年州县官吏不知治体，务为小仁，或遇凶年劫盗斛斗者，小加宽纵，则盗贼公行，更相劫夺，乡村大扰，不免广有收捕，重加刑辟。今若明降敕文，豫言减等断放，是劝民为盗也。百姓乏食，当轻徭薄赋，开仓赈贷，不当使之相劫夺也。今岁京东西水灾极多，严刑峻法以除盗贼，犹恐春冬之交，饥民啸聚，不可禁御。又况降敕以劝之，臣恐国家意在活人，而杀人更多也。（《文献通考》。景仁按：陆氏曾禹谓温公奏深切明白，盖君子之言。有当先期而告谕者，有宜存心而未发者，时中为妙。诚为笃论。神宗熙宁元年，诏河北灾伤州军劫盗死罪者，并减死刺配广南牢城，年丰如旧。夫曰劫盗，则有用强情状，与寻常盗谷殊科。若为灾伤而减其罪，实长乱阶。况显著之诏令，不且驱饥民而狡焉思逞乎？故灾年治盗，有司权其轻重，破格量减，以行其慈。如马仲甫诸君子则可，断不可降敕示以宽典，致启奸徒无忌惮之心，而恣之转令盛也。经国者当绎司马文正之言。）

京东饥，盗起。沈起提点刑狱，开首赎法携其伍。盗内自睽疑，转相束缚惟恐后。范仲淹器其材。（《宋史》）

熙宁七年，苏轼知密州军。论河北、京东盗贼奏曰：臣伏见河北、京东比年以来，旱蝗相仍，今又不雨，麦不入土。窃料明年春夏之际，盗必甚于今日。今流离饥馑，议者不过欲散卖常平之粟，劝诱蓄积之家。盗贼纵横，议者不过欲增开告赏之门，申严缉捕之法。皆未见其益也。常平之粟累经振发，所存无几矣，而饥寒之民所在皆是，人得升合，官费邱山。故冒法而为盗则死，畏法而不盗则饥。饥寒之与弃市，均是死亡，而赊死之与忍饥，祸有迟速，相率为盗，正理之常。虽日杀百人，势必不止。陛下明圣仁慈，较得丧之孰多，权祸福之孰重，特于财利少有所捐，衣食之门一开，骨髓之恩皆遍，然后信赏必罚，以威克恩，不以侥幸废刑，不以灾伤挠法。如此而人心不革，盗贼不衰者，未之有也！（《东坡全集》。景仁按：熙宁八年，上批：沂州淮扬军灾伤特甚，百姓粒食绝望，纠集为盗者多。若复不加轸恤，恐至连结群党，难以捕擒。可速议所以赈恤之。遂诏发常平钱省仓米等，散与孤贫人户。想神宗深有感动于文忠之论奏，而汲汲拯饥以靖乎盗源也！）

元祐时，刘铪尉丰城。多盗，旁邑率以捕杀希赏。公曰：此饥民救死耳。率豪右出谷赈恤之，存活者众。盗亦戢。（《名臣言行录续集》）

谢谔改吉州录事参军，岁大祲，饥民万余求廪，官吏罔错。谔植五色旗分部给粜，顷刻而定。（《宋史》）

抚州饥，起黄震知其州。奉命单车疾驰，约富人耆老集城中，无过某日，至则大书"闭粜者籍，强粜者斩"揭于市。坐驿舍治文书，不入州治。不抑米价，价日损。亲煮粥食饿者。给爵旌劳者而后入。（《宋史》。景仁按：此与通商条所引辛幼安事略同，皆以严令使人畏惮而莫敢犯也。要亦恩威并用，乃克有济。兹事载《黄震传》，或作黄裳，误。）

陈仲微调莆田尉，台阃委以县事。时岁凶，部卒饥民作乱。仲微立召乱者戮之，籍闭粜，抑强粜，一境以肃。（《宋史》）

宗室希怿迁江西茶盐提举，岁饥，恶少聚劫。希怿将临按，幕属力止之，不听。曰：希怿不出，饥民终不得食，且召乱矣。遂行。发粟赈给，擒首谋者治之，其党遂散。（《宋史》）

端平元年，臣僚奏：建阳、邵武群盗啸聚，变起于上户闭粜。若专倚兵威，恐饥馑所迫，人怀等死之心，附之者日众。欲望朝廷厉兵选士，荡定已窃发之寇，发粟振饥，怀来

未从贼者之人心，庶人知避害，贼势自孤，可一举而灭矣！《宋史》

李舜臣，邛州安仁主簿。岁大祲，饥民千百持锄棘大呼，令惧闭门。舜臣曰：此非盗也，何惧为？亟出慰劳遣之。《宋史》

吕祖谦曰：荒政前言缓刑，后言除盗，便是经权皆举处。凶年罹于罪，固可哀矜，至于奸人亦有乘间窃发者，以除盗贼终之，乃弭乱之道。《周官义疏》

董煟曰：荒政除盗贼亦当原情。顷有京尹者，以死囚代为盗者沉于江，此最为得法。盖凶荒之年，强有力者好倡乱，须当有以警惕之，使远迩自肃之为上。不然，群聚而起，杀伤多矣。《康济录》

魏鹤山曰：有谓荒政之行为可缓者，不知自古国家倾覆之由，何尝不起于盗贼；盗贼窃发之端，何尝不起于饥饿。国家爱民，不如惜费之甚；官司忧国，不如爱身之切。《荒政辑要》

【元】牛德昌迁万泉令，属蒲陕荐饥，群盗充斥，州郡城门昼闭。德昌到官，即日开城门，纵百姓出入。榜曰：民苦饥寒，剽掠乡聚，以偷旦夕之命，甚可怜也。能自新者，一切不问。贼皆感激解散，县境以安。《元史》

【明】洪武初，陕西饥，汉中尤甚，民多为盗。时府库仓储十余万石，知府费震即日发仓，令民受粟。自是攘窃之盗与邻境之民来归者，令为保伍，验丁发之，活者甚众。至秋大熟，民悉以粟还仓。上闻而嘉之。后以他事逮，上曰：震，良吏也！释之以为牧民者劝。《通鉴纲目三编》

宪宗成化二十一年，巡按山西御史周洪奏：翼城等县饥民啸聚为盗，招抚不服，宜发兵捕之。上曰：民迫饥寒，朕甚悯焉。其令镇守巡抚等官，宣布朝廷宽宥之意，明示有司抚御之方。果有执迷不服，然后相机徐动。《康济录》

宣德末，永丰饥。乱民严季茂等千余人就缚，布政陈智伯谓胁从者众，不可概令瘐死，倡捐俸为粥赈之。奏报决首恶三十余人，余皆免。时有告富民与贼通者三百余人，智伯悉令诣官自告，谕曰：果若人言，下吏鞫讯，尔尚能保家乎？今若能出粟济饥民，当贷尔。众流涕乞如命。得粟万余石，所活不可胜计。《荒政辑要》

张淳授永康知县，岁旱，劫掠公行。下令劫夺者死。有夺五斗米者，淳佯取死囚杖杀之，而榜其罪曰：是劫米者。众皆慑服。久之，以治行召。《明史》

蔡懋德巡抚山西，上召问致治之要。对曰：天下变乱，皆由穷为盗。臣任抚绥，当使穷百姓有饭吃耳！然爱民先察吏，察吏莫先臣自察。愿正己率属，俾民不为盗，而臣无可见之功。上然之。《太原志》

邱浚曰：劫禾之举，此盗贼祸乱之萌。小人乏食，计出无聊，谓与其饥而死，不若杀而死，况未必杀耶？闻粟所在，群趋而赴，哀告求贷，苟有不从，即肆劫夺。且曰：我非盗也，迫于饥寒不得已耳！呜呼！白昼攘人所有，谓之非盗可乎？渐不可长。彼知其负罪于官，因之鸟骇鼠窜，窃弄锄挺，以扞游徼之吏，不幸而伤一人，势不容已，遂至变乱矣。应请明敕有司，遇有水旱灾伤，必先榜示，禁其劫夺；不从则痛惩首恶，以警余众，决不可行姑息之政。此乃弭祸乱之先务也。《荒政辑要》

高拱曰：年谷顺成，即有狗鼠之盗，无能为乱。凶年饥岁，民方穷苦无聊，彼奸侠不逞之徒，乘机窃发，召呼之间，流离饿莩，易于相从，乱之所由起也。故《周礼》荒政于盗贼独加严焉。曰除者，加之意之辞，不止祛害安民，亦所以弭衅端，保国家也。世有迁腐有司，不识事体，务为煦煦之政。荒年贼民抢掠，则曰彼饥也，掠亦无妨。嗟乎！是纵之为乱也。抢掠者邦有常刑，固未曰荒年姑不行也。圣人所致严者，而俗吏以行其宽，徒使孱良无主，而地方日以多故。其犹可扑灭者幸耳！《荒政辑要》

【国朝】魏冰叔禧曰：时方大饥，民易生乱，若纵其强籴，则有谷者愈不肯粜，四方客粟闻风不来，立饥死矣。且强籴不禁，势必抢夺，抢夺不禁，势必掳杀。当著为令，曰有不依时价，强籴一升者，即行重处。盖彼原欲少取便宜，今性命不保，则强籴者鲜矣。《切问斋文钞》

陆氏曾禹曰：弭丰年之盗易，弭凶岁之盗难。何也？持法若严，则失缓刑之意，治之稍宽，又开劫夺之门。呜呼！惟知之真，则处之当。盖迫于饥寒而图苟活者，实不等于以劫掠而为生涯者也。于以知饥年之弭盗，外貌不妨示以严，若柴瑾之封剑命诛，杨简之断肋示众，得之矣。存心又贵其能恕，如龚遂之抚恤乱民，王曾之笞释死犯，近之矣！《康济录》

黄子正给谏六鸿曰：灾伤之民，其畏法之心，不胜其救死之心。始而鼠窃狗偷，既而公行抢夺，有司务为小仁而不知禁，遂无忌惮，相率剽掠，孽滋祸长，以其先无安之之道，戢之之方也。严盗贼之本，在于施赈恤，平米价，使民有生之可爱，而后能遏其不敢为非。防盗贼之流，在于禁抢粮，惩偷窃，使民有法之可畏，而后能杜其日滋于暴。所为筹之于早，而惩之于后者，深有鉴于端本澄流之道也。苟不究其本，惟诛罚之相绳，不塞其流，或姑息以从事，则救死不暇之民，既无身家之可恋，狂逞不轨之徒，又何法令之可加？然后求所以安戢之，不已晚乎？《福惠全书》

沈子大光禄起元布政直隶时，议曰：河、津、冀、深等属田禾受旱，民食维艰，荷蒙天恩，发粟分运借粜，仍候确勘请赈。凡在士民，理宜安分守法，静待膏泽下颁。惟是被灾地广，其间良顽不一，恐有不法之徒，或号召强借，或率众抢夺，愚民被其煽惑，殷户遭其扰害。宜先议定处分，详请通饬宣示，俾各属暨委员等有所遵守，即可当下发落，明示惩儆。除黉夜白昼入人家内抢夺米粮，杀伤事主，情关重大者，仍照例通详究拟外，其有素非善类，藉端滋事，号召多人，强行借贷，无异抢夺者，亦应通详，分别首从，按律定拟，以惩凶顽。若仅到门求借，尚知畏惧，不敢行强者，一面禀报，一面将首犯枷示通衢，余犯分别发落。至抢借为首之犯，素行尚无劣迹，实因迫于饥饿，一时起意纠集，抢夺无多，情稍可原，将首犯枷示通衢四十日，满日重责四十板。只系强借，将首犯枷示通衢一个月，满日重责三十板，余人酌量发落。其有向族戚强借，所纠集者亦皆族戚，将首犯重责示惩，即时谕令解散；仍责令该殷户分赡米粮，以敦亲谊。所有强借之赃，照追给主发落之犯，交保管束，俱令地方官禀报总理赈务之大员，就近核办。其随从附和之无知灾黎，已到案者，讯明即释，未到案者，概免株连。《赈纪》

景仁谨按：暴民之兴，多流为盗贼，而实由于饥馁。始也潜事穿窬，继或强籴强借，终遂肆行抢夺。此必有市井桀黠之徒、乡间奸猾之辈阴相构煽，愚民困苦无聊，为所诳诱，恣意攫取，上户遭其荼毒，持械相抵，偶有杀伤，挺然思逞，聚众剽掠，千百成群，于是缉捕四出，而若辈鸟惊兽骇，走匿山谷，猝难歼除，岂仅一邑被祸已乎？自来灾伤之民，其气易动而难静也，其势易焚而难治也。静之于未动之先，必代筹饔飧之有可继；治之于将焚之会，必申明法纪之不可干。孔子曰：民之所以生者，衣食也。上不教民，民匮其生。饥寒切于身而不为非者寡矣！故古之于盗，恶之而不

杀也。陆氏曾禹谓：当饥馑之时，命在须臾，其为盗也，意在盗其生耳。苟与丰年之
为盗者同其罪，必欲置之死，可云审得其当哉！愚窃以为圣人立言之意，正欲患盗者
为之裕衣食以窒盗源，不杀则非以诛戮为快，恶之则亦非以姑息为恩。尝观司马温公
论盗斗斛不可减等断放，邱文庄论劫夺当痛惩首恶以警余众，恍然于约束坚明，民鲜
死焉。即有犯死罪而不免于杀者，惩一儆百，非得已也。乾隆四年覆准：赈灾之时，
如有聚众嚣陵情弊，督抚确访，果系有司玩视民瘼，即行参劾。若奸民藉端要挟，以
及纵容妇女生事，即按律分别究拟，毋得遽揭属员，致长浇风。嘉庆十六年，甘肃被
旱，蠲缓赈恤，叠奉恩旨。有固原文生白淑通及乡约白玉等捏开户口，多领赈票。白
淑通复主谋纠众夺犯。奉旨即行处绞，白玉等分别治罪。仰见乾断刚明，义正之用，
乃所以宏其仁育也，而岂煦煦为仁哉！大抵治凶岁之暴民，存心贵宽，执法贵严。存
心宽则人尽宜矜也。念此扞文网者，非迫于饥饿不至是，推而纳沟可愧也，何忍击断
以伸威？执法严则人莫敢犯也。念此窃斗升者，将恣行劫夺而不悛，铤而走险可虞
也，何得因循以养恶？以宽处心，以严用法，中慈外肃，事固不济矣！且宽严异用，
因乎时，因乎地，而不可拘墟者也。如谭显之愍贼困穷，擅赦自劾；牛德昌之洞开城
门，能自新者不问。此以宽大安众心者。而如司马温公、邱文庄之所论，杜渐防微，
三细不宥，诚足使奸宄屏绝也。其心皆忠厚之至，而宽猛殊施，要在审机应付，协乎
时地之宜而已。若夫清保甲，勤守望，谨扞掫，斯乃御暴之良法，贤有司固夙所规画
矣！

卷二十　祷神

《周礼·春官》：小祝掌小祭祀，顺丰年，逆时雨，宁风旱，弥灾兵，远罪疾。司巫：若国大旱，则帅巫而舞雩。《地官》荒政十有一曰索鬼神，郑司农谓求废祀而修之。疏云：搜索鬼神而祭之。是祈祷之事，按《穀梁》：大祲，祷而不祀。祈祷固救灾所当务也，其事在将荒时举行，而荒政列之于第十一者，神道不先于人事，求诸明者实，索诸幽者虚也。然幽明一体，祷神礼不可废，亦在以诚相感而已。夫灾祲之来，多由人事阙失。在上者克谨天戒，恐惧修省，实行补救之政，而后精白一心，虔祷于神以为民请命，则灾沴消而阜成有庆矣。为祷神条第十有九。

【商】汤时大旱七年，使人持三足鼎祝山川，教之祝曰：政不节耶？使人疾耶？苞苴行耶？谗夫昌耶？宫室营耶？女谒盛耶？何不雨之极也！盖言未已而天大雨。（《说苑》）

【周】鲁僖公得立，不恤众庶。比致三旱，即能退辟正殿，饬过求己，循省百官，放佞臣郭都等，理冤狱四百余人，精诚感天，不雩而得澍雨。书善其应变改政。（《公羊传》注。景仁按：《春秋》僖二年十月不雨，三年春王正月不雨，夏四月不雨，六月雨。《左传》不曰旱，不为灾也。《穀梁》谓书不雨为勤雨，书雨为喜雨。当时元服避舍，躬节俭，去苛政，有责躬爱民之实。故勤雨能与民同忧，斯喜雨能与民同乐。）

【汉】明帝永平三年，夏旱而大起北宫。尚书仆射钟离意诣阙，免冠上疏曰：昔成汤遭旱，以六事自责。窃见北宫大作，人失农时，自古非苦宫室小狭，但患人民不安，宜且罢止，以应天心。帝敕大匠止作诸宫，遂应时澍雨。（《后汉书》）

永平十八年四月，诏曰：自春以来，时雨不降，宿麦伤旱，秋种未下，政失厥中，忧惧而已。其理冤狱，录轻系。二千石分祷五岳四渎，郡界有名山大川，能兴云致雨者，长吏各洁斋祷请，冀蒙嘉澍。（《后汉书》）

公沙穆迁宏农令。县界有螟虫食稼，穆设坛谢曰：百姓有过，罪穆之由，请以身祷。于是暴雨既霁，螟虫自销，百姓称曰神明。（《后汉书》）

谅辅仕郡为五官椽，夏大旱，太守祈祷山川，连日无所降。辅乃自曝庭中，慷慨咒曰：辅为股肱，不能进谏荐贤，调和阴阳，至令天地否隔，万物焦枯，咎尽在辅。今太守改服责已，精诚恳到，未有感彻，辅敢祈请。若至日中不雨，乞以身塞无状。乃积薪聚茭茅以自环，搆火其傍，将自焚焉。日未及中，而天云晦合，须臾澍雨，一郡沾润。（《后汉书》）

郑宏迁淮阴太守，政不烦苛。行春大旱，随车致雨。（谢承《后汉书》）

百里嵩为徐州刺史，遭旱，嵩行部，传车所经，甘雨辄注。（谢承《后汉书》）

韩稜除下邳令，邻县皆雹伤稼，稜县界独无雹。（《东观汉记》）

周畅为缑氏令，天旱自责，稽首流血，应时澍雨。（《后汉书》）

【晋】束皙，阳平元城人。太康中，郡界大旱。皙为邑人请雨三日而雨注。众谓皙诚感，为作歌曰：束先生，通神明，请天三日甘雨零。我黍以育，我稷以生。何以畴之？报

皙长生。(《晋书》)

【南北朝】【魏】孝文帝太和二年，以久旱，自癸未不食，至于乙酉。群臣诣中书省请见，高祖使舍人应之曰：朕不食数日，犹无所感。比来中外皆言四郊有雨，朕疑其欲相宽免，未必有实。方将遣使视之，果如其言，即当进膳。不然，当以身为万民塞咎耳！是夕大雨。(《康济录》)

孝文帝承明二年五月，帝祈雨于北苑，闭阳门。是日澍雨大洽。(《魏书》)

【周】达奚武为同州刺史，时属大旱，高祖敕武祀华岳。岳庙旧在山下，常所祈祷。武谓僚属曰：吾备位三公，不能燮理阴阳，遂使盛农之月，久绝甘雨。天子劳心，百姓惶惧。忝寄既重，忧责实深，不可同于众人，在常祀之所，必须登峰展诚，寻其灵奥。岳既高峻，岩路险绝，武年逾六十，惟将数人攀藤援枝，然后得上。于是稽首祈请，陈百姓恳诚。晚不得还，即于岳上藉草而宿。梦一白衣人执武手曰：辛苦！甚相嘉尚。武惊觉，益祗肃。至旦，云雾四起，俄而澍雨，远近沾洽。高祖闻之，玺书慰劳曰：公不惮危险，远涉高峰，神道聪明，无幽不烛，感公至诚，甘泽斯应。闻之嘉赏，无忘于怀。今赐公杂綵百匹。(《周书》。景仁按：山神灵异，叠有明征。国朝康熙年间，陶子师元淳令昌化，岁大旱苗槁，率文武官斋戒致祷。曝坐赤日，经旬无验。询诸父老，皆言山有神泉，大旱不竭。乃于七月六日五鼓，直造山下，寻径攀援而上，果有清泉一掬，渟涵石罅中。因拜祈取水。移足未下，云起满山，骤雨时至，衣履沾湿。从者无不骇然。明日再雨，越四日大雨，四郊沾足，农民豫忻。考苏子赡碑，昌化县西北有山秀峙海上，石峰巉然，若巨人冠帽，西南向而坐者。里人谓之山落膊，南汉封山神镇海广德王。元丰五年，诏封峻灵王。今祷雨灵应，遂请复峻灵王庙号祀典，以答神贶。其文载《南崖集》，事颇与达奚武相类。盖子师先生之宰岭南也，拊循凋瘵，求去浮粮，忠信慈惠，早足以感神明，而临事又将以至诚，固宜应之甚速耳！)

于翼为安州总管，时大旱，涢水绝流。旧俗每逢亢阳，祷白兆山祈雨。高祖先禁群祀，山庙已除。翼遣主簿祭之，即日澍雨，岁遂有。百姓感之，聚会歌舞，颂翼之德。(《周书》。景仁按：此合于修废祀之礼。)

【唐】太宗贞观十三年五月甲寅，以旱避正殿，诏五品以上言事，减膳、罢役、理囚、赈乏。乃雨。(《唐书》)

高宗永徽中，田仁会为平州刺史。岁旱，自曝以祈雨。雨大至，谷遂登。人歌曰：父母育我兮田使君，挺精诚兮上天闻。中田致雨兮山出云，仓廪实兮礼仪申。愿君常在兮不患贫。(《唐书》)

代宗大历四年，四月雨至九月，京师斗米八百。官出米二万石分场出粜。开坊市北门，置土台。上置立黄旗以祈晴，雨止。(《唐书》)

德宗贞元元年，关中蝗，食草木都尽，旱甚。灞水将竭，井多无水。甲子，诏：夫人事失于下，则天变形于上。咎征之作，必有由然。自顷已来，灾沴仍集，雨泽不降，绵历三时，虫蝗继臻，弥亘千里，菽粟翔贵，稼穑枯瘁，嗷嗷蒸人，聚泣田亩。兴言及此，实切痛伤。遍祈百神，曾不获应。方悟祷祠非救灾之术，言词非谢谴之诚。忧心如焚，深自刻责，得非刑法舛缪，忠良郁湮，暴赋未蠲，劳师靡息，事或无益而重为烦费，任或非当而横肆侵蟊？有一于兹，足伤和气。本其所以，罪实在予，万姓何辜，重罹饥殍。所宜出次贬食，节用缓刑，侧身增修，以谨天戒。朕自今视朝，不御正殿，有司供膳，并宜减省，不急之务，一切停罢。除诸军将士外，应食粮人，本司本使长官商量减罢，以救凶荒。俟岁丰登，即令复旧。甲戌，朔方大将牛名俊斩李怀光，传首阙下。马燧收复河中。丁丑始雨。(《旧唐书》。景仁按：德宗因大旱而下罪己之诏，情词悱恻，虽商汤以六事自责，曷有加焉？此固是陆宣公手笔，而节用缓刑诸政，克尽改过之实，非徒感人以言，亦非仅应天以文矣。不失旧物，卒召甘霖也宜哉!）

段文昌徙帅荆南，州或旱，袚解必雨；或久雨，遇出游必霁。民为语曰：旱不苦，祷而雨；雨不愁，公出游。《唐书》

舒州令斄信陵有仁政，尝为祷雨文，曰：必也私欲之求，行于邑里，惨黩之政，施于黎元，令长之罪也。神得而诛之，岂可移于人而害于岁耶？焚毕雨澍。《康济录》

【五代】【汉】乾祐初，侯益为开封尹。时扬武、雍邱、襄邱、襄邑蝗，益遣人酒肴致祭。二县蝗为鹳鹆所食。《册府元龟》

太宗大平兴国五年五月癸卯，京师大雨。辛卯，命宰相祈晴。己卯，命宰臣祷雨。至道二年，命宰臣百官诣神祠祷雪。《宋史》

仁宗七年，自正月不雨至三月。帝祷于西太乙宫。戊子雨，辅臣称贺。帝曰：天久不雨，朕每焚香上祷于天。昨夕忽闻雷起，冠带露立殿下。须臾大雨沾足，再拜以谢，方敢升阶。比欲下诏罪己，又恐近于崇饰虚名，不若夙夜精心密祷为佳尔。《宋史》

仁宗庆历甲申，王子融《息壤记》云：余以尚书郎莅荆州，自春至夏不雨，遍走群祀。五月壬申，与群僚过此地，无复隆起，而石屋檐已露。请掘取验，虽致小沴，亦足为快。因具畚锸，以待来朝从事。是夕雷雨大至，远近沾足，即以馨俎荐答。《康济录》

庆历中，京师旱。王懿敏公素为谏官（旦子），乞亲行祷雨。帝曰：太史言月二日当雨，一日欲出祷。公曰：是日必不雨。帝问故，公曰：陛下幸其当雨以祷，不诚也！不诚不可动天。帝曰：明日祷醴泉观。公曰：醴泉近犹外朝，岂惮暑不远出耶？帝厉声曰：当祷西太乙宫。明日特召公从，日甚炽，帝色不怡。至琼林苑，回望西太乙宫，上有云气如香烟以起。少时雷电，雨甚至。帝却逍遥辇，御平辇，撤盖还宫。又明日，召公曰：朕自卿得雨，幸甚！昨即殿廷雨，立拜，焚生龙、脑香十七斤，至中夜举体尽湿。公曰：陛下事天当恭畏，然阴气足致疾，亦当慎。帝曰：念不雨，欲自以身为牺牲，何慎也！《名臣言行录》

东坡云：吾昔为扶风从事，岁大旱。问父老境内有可祷者，云太白山至灵，祷无不应。近有太守奏封山神为济民侯，自此祷则不验矣。莫测其故。吾取《唐会要》看云，天宝十四年，方士上言太白山金星洞有宝符灵药，遣使取之而获，诏封山为灵应公，然后知神之所以不悦者。即告太守遣使祷之，若应，当奏乞复公爵，且以瓶取水归郡。水未至，风雾相缠，旗幡飞动，仿佛若有所见。遂大雨三日，岁大熟。吾作奏具言其状，诏封明应公。吾复为记之。是岁，嘉祐七年。《东坡志林》

神宗熙宁七年，召韩维为学士承旨。帝曰：天久不雨，朕日夜焦劳，奈何？维曰：陛下损膳避殿，乃举行故事，恐不足以应天变。当痛自责己，广求直言。退又上疏曰：诸县督索青苗钱甚急，鞭挞取足，动甲兵、匮财用于荒夷之地，朝廷行之甚锐。至于蠲租宽逋，则迟迟而不肯发。望陛下奋自英断行之，过于养人，犹愈过于杀人也。上感悟，命维草诏求直言。诏出，人情大悦。是日乃雨。《宋史》

孝宗淳熙时，大旱。知县李伯时以扰龙事告太守，以长绳系虎骨，缒于龙潭中，遂得雨。取之稍迟，雷电随至，令人取出乃止。南州久旱，里人以长绳系虎骨，投有龙处，入水即数人牵掣不定。俄顷云起潭水，雨随降。龙虎敌也，虽枯骨犹能激效如此。《康济录》

真文忠德秀曰：祷祈未效不可息，息则不诚；既效不可矜，矜则不诚；不效不可愠，愠则不诚。尤甚焉。未效，当省己之未至，曰此吾之诚浅德薄也！既效，则感且惧，曰我何以得此也？不效，则省己弥甚，曰吾奉职无状，神将罪我矣！盖天之水旱，犹父母之谴责也。人子见其亲声色异常，戒儆畏惕，当何如耶？幸而得雨，则喜不敢忘，敬不敢弛，惴惴焉恐亲之复怒也！故曰人之事亲如事天，事天如事亲。一日祷雨于仙游山，书此自警，以告亲友之同致祷者。（《荒政辑要》）

王十朋知饶州，移知湖州。饶久旱，入境雨至；湖积霖，入境即霁。凡祷必应，其至诚不独感人，而亦动天地鬼神。（《宋史》）

张守约知泾州，泾水善暴城，每岁增治堤堰，费不赀。适年饥，罢其役。或曰：如水害何？守约曰：荒岁劳民，甚于河患。祷之河神。一夕雷雨，河徙而南，城不为患。（《康济录》）

孙洙知海州，旱蝗为患，致祷于朐山，彻奠大雨，蝗赴海死。（《宋史》）

徐鹿卿兼领太平，提举茶盐，弛苛政。江东飞蝗蔽天，入当涂境。鹿卿露香默祷，忽飘风大起，蝗悉渡淮。（《宋史》）

【辽】杨佶为武定军节度使，境内亢旱，苗稼将槁。视事之夕，雨泽沾足。百姓歌曰：何以苏我？上天降雨。谁其抚我？杨公为主。（《辽史》）

【金】阿撒移镇定武，岁旱且蝗，割指以血沥酒中，祷而酬之。既而雨沾足，有群鸦啄蝗且尽。由是岁熟。（《金史》）

【元】仁宗以久旱，于宫中焚香默祷，又遣官分祷诸祠，甘雨大注。（《元史》）

仁宗时四月不雨，帝尝夜坐，谓侍臣曰：雨旸不时，奈何？萧拜住曰：宰相之罪也！帝曰：卿不在中书耶？拜住惶愧。顷之，帝露香祷于天。既而大雨，左右以雨衣进。帝曰：朕为民祈雨，何避焉？（《元史》）

成宗时，蝗食苗稼，扬州等处为甚。成宗往祭之。忽有鹙鸟群至，在地者啄之，飞者以翼格杀之。蝗尽灭。（《山堂肆考》）

至正二年，御史王思诚上疏言：京畿去年秋不雨，冬无雪，方春蝗生，河水溢。盖不雨者阳之亢，水涌者阴之盛。宜雪冤狱，敕有司行祷百神，陈牲币，祭河伯，塞其缺，被灾之家，死者给葬具，庶几可召阴阳之和，消水旱之变。此应天以实，不以文也。（《元史》）

关中大旱，饥民相食。拜张养浩为陕西行台中丞。既闻命，登车就道。经华山，祷雨岳祠，泣拜不能起。天忽阴翳，一雨三日。及到官，复祷于社坛，大雨如注，水三尺乃止。禾黍自生。（《元史》）

宇文公谅同知余姚州事，夏不雨。公谅出祷辄应，岁以有年。民颂之，以为别驾雨。（《元史》）

许维贞为淮安总管府判官，境内旱蝗，维贞祷而雨，蝗亦息。（《元史》）

【明】洪武三年夏，久不雨。上忧之，择日躬自祈祷。至日四鼓，素服草履，徒步诣坛，设藁席露坐，昼曝于日，夜卧于地，衣不解带。皇太子捧榼进农家食，杂麻麦菽粟。凡三日。既雨，四郊沾足。（《通鉴纲目三编》）

洪武初，方克勤守济宁。郡城坏，指挥使聚民万余治之，民不得田。克勤密闻中书，即日诏罢。先是，不雨，克勤祖祝遍祷，涕泣卧祠下。至是诏下，民欢呼而散，大雨如注。民歌曰：孰罢我役？使君之力。孰成我黍？使君之雨。使君勿去，我民父母。（《献征录》）

谢子襄擢处州知府，永乐七年，岁旱蝗，祷于神，大雨二日，蝗尽死。（《明史》）

王士廉知浚县，永乐二十二年五月，蝗蝻生，以失政自责斋戒，率僚属耆民祷于八蜡祠。越三日，鸟数万食蝗殆尽。皇太子闻而嘉之，曰：诚意所格！《明纪编年》

王文成守仁《答佟太守求雨书》曰：古者岁旱，则为之主者减膳撤乐，省狱薄赋，修祀典，问疾苦，赈乏绝，为民遍请于山川社稷，故有叩天求雨之祭、省咎自责之文、归诚请改之祷。盖《史记》所载，汤以六事自责，《礼》谓大雩，帝用盛乐，《春秋》书秋大雩，皆此类也，未闻有所谓书符咒水也。后世方术之士，或时有之，然彼有高洁之操、坚忍之心，虽所为不尽合于中道，亦有以异于寻常，是以或能致此。如今方士之流，曾不少殊于市井嚣顽，而欲望挥斥雷电、呼吸风雨之事，岂不难哉？仆谓执事且宜齐于厅事，罢不急之务，开省过之门，洗冤滞，禁奢繁，淬诚涤虑，痛自悔责，为民请于山川社稷。而彼方士之祈请者，听民间从便得自为之，但弗之禁，而不专倚以为重轻。一二日内，仆亦将祷于南镇，以助执事之诚。执事其为民悉心以请，天道虽远，至诚而不动者，未之有也！《王文成集》

高文襄拱曰：天人之际，其理甚微。在天有实理，在人有实事，而曲说不与焉。阴阳错行，郁而为沴，虽天不能自主。此实理也。防其未至，救其既形，备饬虑周，务以人胜。此实事也。《荒政辑要》

胡汝砺大同知府，适岁旱，痛自修省，跣足祈求。忽大雨沾足，颂为父母雨。《大同志》

王文安公英，字时彦。上遣公赍香币往祀南镇，以禳民疠。时浙久旱，公至绍兴，大雨，水深二尺。灌献之夕，雨止星见。明日又大雨，田野沾足。皆喜曰：此侍郎雨也！《渊鉴类函》

沈海以刑部郎中出知泉州，岁旱祷于天，有"愿捐十年寿，化为三日霖"之言。雨即大澍。《常熟志》

钱顺德知兴化府，祷雨蟹泉，雨随车注。《常熟志》

崇祯时，晋陵大旱。郡守曾樱祈祷甚虔，梦神告曰：明晨有老人挟伞进西门，逼之以祷必应，其异处只在一伞耳。昧旦伺之，果得。公恳其祈祷，老者坚谢。不得已，赴坛焚香告天，誓三日不雨，愿就火焚，四围积薪以候。至三日，果大雨，水深尺许。因叩老者伞有何异，老人曰：我年八十，生平唯敬天地三光。所挟一伞，出路便溺，张以护身，不使秽触三光耳。《臣鉴录》景仁按：此老人即王文成所谓有高洁之操者，惟能敬，则祷必诚而捷应。

【国朝】陈文恭公宏谋（字汝咨）曰：时当亢阳，惟有祗率仪章，肃坛虔祷，仰吁于天，为民请命。董子《春秋繁露》载置龙求雨之法，有应有不应，遂有专任术士，书符咒水，事属不经。官无措手，民心益恐。真王二公之说，揆之义理，总归诚敬，可以并行不悖。至雨多祈晴，有伐鼓用牲禜祭城门之典礼，是在竭诚致敬耳！《荒政辑要》

陆氏曾禹曰：至治馨香，何事于祷？不知旱涝无常，非神莫佑，祷亦不可少也。况当万民窘迫之际，使弗夙夜祗肃，以上格天心，不但不能救将来之饥馑，且不能慰怅望之民情矣！为人君者，因祈祷而念民艰，释冤狱，广平粜，或格神于梦寐，或得雨于躬祈，怀保之仁，不于此而见欤？有牧民之责者，无时不当积诚以致感通，将荒之际，要务尚有过于祈祷者哉！《康济录》

景仁谨按：体元者君之职，尽性所以赞化育；调元者相之事，论道在于理阴阳。下至郡邑有司，膺民社之寄，亦惟修政勤民，以冀雨旸时若。苟有灾遭，即内省政事之缺失，惕然涤虑，皇然改图，以济民生而回天意，岂在祈祷弥文哉？然祈祷之典，自古有之，固忧劳之内迫，而敬畏之外形者也。大祝六辞祷居一，衸禜列六祈之二。郑康成注：告以时有灾变也。《春秋左氏传》曰：日月星辰之神，则雪霜风雨之不时，于是乎禜之；山川之神，则水旱疠疫之灾，于是乎禜之。《周礼》女巫，旱暵舞雩。疏引董仲舒曰：雩，求雨之术，吁嗟之歌。然则《云汉》之诗，亦大旱之歌。考《诗》小序：云汉，仍叔美宣王也。宣王遇灾而惧，天下喜于王化复行，百姓见忧，故作是诗。其辞曰：靡神不举，靡爱斯牲。按《左氏传》庄二十五年，天灾有币无牲。《周礼》索鬼神疏云：须牲体以荐之。其云天灾之时，有币无牲，灾灭之后，即有牲体，则合《诗》与《左传》两说之不同而融贯之。观孔子对齐景公之言，凶年祈以玉帛，祀以下牲。据此则先用币，后用牲，疏说自属可从。又《穀梁传》：古之神人有应上公者，通乎阴阳，君亲率诸大夫道之而以请焉。其祷辞曰：方今大旱，野无生稼，寡人当死，百姓何谤？不敢烦民请命，愿抚万民，以身塞无状。杨士勋疏引考异邮说，谓僖公三月不雨，以六过自责，其祷辞或亦用之。然则祷固传之自古与？要在为民上者，有侧身修行之实，自信于心，而后仰吁于天，敬恭明神，宜无悔怒。宣王所以格天而卒成中兴之业，而鲁僖有志乎民，三书不雨，特书六月雨，所由取贵于《春秋》也。后世贤圣之君，恤灾患，虔祷禳，天即弭其灾而降之福。载在史书，彰彰可考。我朝凝承景命，屡庆降康，敬天勤民，孜孜弗懈，肇称殷礼，尤为明备焉。正月上辛祈谷，上亲诣祈年殿行礼。常雩以巳月龙见卜日，祀天于圜丘，为百谷祈膏雨。大雩之礼，岁孟夏常雩之后。如不雨，遣官祇告天神地祇太岁。越七日不雨，告社稷。仍不雨，复告神祇太岁。三复不雨，乃大雩。先祀一日，遣官祇告太庙。是日，皇帝御常服，诣斋宫，不作乐，不除道。雨冠素服，躬祷于圜丘。三献礼终，乐阕，舞童为皇舞，歌御制云汉诗八章，以祈优渥。又诹日遣官祇告祈雨，诣天神坛、云师、雨师、风伯、雷师香案前，上香奠帛，跪叩如礼。祇告地祇坛、太岁坛，同日举行。得雨报祀。水潦祈晴，冬旱祈雪，祇告礼亦如之。又岁以春秋诹吉遣官致祭昭灵沛泽龙神于金山之麓黑龙潭，祭惠济慈佑龙神于玉泉山。凡以龙兴致云，敬祈甘霖也。直省府州县各建神祇坛，中设云雨风雷之位，左设山川之位，右设本境城隍之位，孟夏常雩。如不雨，自督抚至州县，率所属致斋修省，虔祷神祇，为民请命。既应而报，均与春秋常祭同。祈晴祈雪亦如之。伏惟列圣家法，念切民依，偶遇亢旸，先期致祷。顺治、康熙年间，皆尝步祷郊坛，乞致屡丰之庆。高宗纯皇帝特命礼臣议常雩大雩典礼，以昭至敬。乾隆九年定议后，每遇雨泽稍愆，有祷辄应。二十四年，自春徂夏，望雨甚殷，亲制祭文，先期虔斋。由斋宫步祷圜丘。始斋，油云四布。大祀夕，霹霆方施。自是连旦滂沱，田畴沾足。嘉庆元年，仁宗睿皇帝雩祭，礼成敬述，有"广甸敬祈还继霖"之句；黑龙潭祈雨，有"神祠步祷凛心遑"之句。余如觉生寺雨坛瞻礼，静明园龙神庙祈雨，泉宗庙祈雨，焦心盼泽，叠见宸章，昭格一诚，酬膏迅沛。至若课晴占雪，靡弗呼吸可通。允哉，至诚感神矣！夫司巫帅巫而造巫恒，谓巫之有常者，造之所以求祷禳之术，则不恒于其业者固不足恃也。是以偶逢旱暵，遴选道众祈祷，僧众讽经，功令不废，而必慎择乎其人。此古制之遗也。每见方术符咒，多属无稽。第如遇旱，扰龙潭，掩枯骨，禁民间不得举火，抑阳而助阴；遇雨，开城市北门，盖井，禁妇人不许入市，抑阴而助阳。成法相传，似尚近理，或亦可以一试，然总不若积诚相感通之不疾而速也！有长民之责者,仰体皇极敛福敷锡之意,先成民而后致力于神,罔恫神而降咎于民。平日爱养闾阎,吉蠲祀典,偶值偏灾,引咎自责,察政令之不便于民者罢之,其有益于民者举之,竭诚叩祷,遍于群神,斋戒以一其志,徒步以劳其体,升香陈币以肃其仪,兢兢焉,栗栗焉,迫切恳挚以哀吁天,庶几动天鉴而迓天和乎!《书》曰:黍稷非馨,明德惟馨。祷之实也。《礼》曰:祷祠祭祀,供给鬼神,非礼不诚不庄。祷之文也!上为九重分忧,下使百姓蒙福,五韪来备,百谷用成,岂不恃一诚之感格哉!

卷二十一　理刑

事有绝不相涉，而默相感通之理捷于影响。如雪冤狱而枯旱得雨，久潦得霁是也。夫刑狱关人生命，无论枉狱大干天地之和，即罪可矜疑，莫为省释，以致囚系太繁，悲愁郁结，亦足酿沴而召灾。然则拔冤宣滞，与救灾相感通，固其宜矣！《周礼》荒政三曰缓刑。疏：凶年犯刑，缓纵之。窃谓缓非纵舍也，清理刑狱而从其轻减云尔。士师之职，凶荒以荒辩之法治之，令缓刑。郑康成注云：辩当为贬，遭饥荒则刑罚有所贬损，作权时法也。缓刑，舒民心也。朝士，若邦凶荒，令邦国都家虑刑贬。注：贬犹减也。义可互相证明矣。为理刑条第二十。

【汉】于定国父于公，为县狱史。郡决曹，决狱平。东海有孝妇，养姑甚谨，姑欲嫁之，终不肯。姑谓邻人曰：妇事我勤苦，哀其无子守寡，我老久累丁壮，奈何？姑后自经死，姑女告吏，妇杀我母。吏捕孝妇，孝妇辞不杀姑。吏验治，孝妇自诬服。具狱上府，于公以为此妇养姑十余年，以孝闻，必不杀也。太守不听，于公争之，弗能得。乃抱其具狱哭于府上，因辞疾去。太守竟论杀孝妇。郡中枯旱三年。后太守至，于公曰：孝妇不当死，前太守强断之，咎倘在是乎？于是太守杀牛自祭孝妇冢，因表其墓。天立大雨，岁熟。至定国为丞相，封西平侯。孙永为御史大夫。（《汉书》。景仁按：孝妇为郯城窦氏，姑之自经，恐已在妨妇嫁也。姑女诬妇杀母，于公力争于太守不听，杀妇而应以大旱三年。天正欲以奇灾雪奇冤耳！新太守用于公言，斋沐祭孝妇冢。祝毕雨注，感应神速。折狱者慎之。）

光武帝建武五年，夏旱蝗。诏曰：久旱伤麦，秋种未下，将残吏未胜，狱多冤结，元元愁恨，感动天气乎？其令中都官三辅郡国出系囚，罪非犯殊死，一切勿案，见徒免为庶人，务进柔良，退贪酷，各正厥事焉。（《后汉书》）

章帝建初元年，大旱谷贵。校书郎杨终以为广陵楚淮南济南之狱，徙者万数，又远屯绝域，吏民怨旷，乃上疏曰：臣窃按春秋水旱之变，皆因暴急，惠不下流。自永平以来，仍连大狱，有司穷考，转相牵引，掠拷冤滥，家属徙边，加以北征外邦，西开三十六国，频年服役，转输烦费。又远屯伊吾、楼兰、车师、戊已，民怀土思，怨结边域，足以感动天地，移变阴阳。愿陛下留念省察，以济元元。（《后汉书》）

和帝永元十六年，秋七月旱。诏曰：今秋稼方穗而旱，云雨不沾。疑吏行惨刻，不宣恩泽，妄拘无罪，幽闭良善所致。其一切囚徒，于法疑者勿决，以奉秋令。（《后汉书》）

安帝立，邓太后临朝听政。永初二年夏，京师旱。亲幸洛阳寺录冤狱。有囚杜泾，实不杀人，而被拷自诬，羸困舆见，畏吏不敢言。将去，举头若欲自诉。太后察视觉之，即呼还问状，具得杜实，即时收洛阳令下狱抵罪。行未还宫，澍雨大降。（《后汉书》）

质帝诏曰：大旱炎赫，将二千石长不崇宽和，刻暴之为乎？其令中都官系囚罪非殊死、考未竟者，一切任出，以须立秋（任，保也）。（《后汉书》）

上虞寡妇，养姑以寿终。姑女诬告妇加鸩，竟结其罪。孟尝为户曹，明之不可。天连旱。后太守殷丹至，明之，遂雨。（《渊鉴类函》）

【南北朝】【齐】世祖新亲政，水旱不时。竟陵王子良密启曰：明诏深矜狱圄，恩文累坠。今科网严重，称为峻察，负罪罹愆，充积牢户。暑时郁蒸，加以金铁，聚忧之气，足感天和。（《齐书》）

孔稚圭领黄门郎左丞，转太子中庶子廷尉。上表曰：律文虽定，用失其平，不异无律。律书精细，文约例广，一乖其纲，枉滥横起，疑似相倾，故误相乱。今府州郡县千有余狱，如令一狱岁枉一人，则一年之中枉死千余矣。冤毒之死，上干天和。圣明所急，不可不防。（《齐书》）

【唐】太宗贞观十七年三月，诏曰：去冬雪无盈尺，今春雨不及时，恐乖丰稔。农为政本，食乃民天，百姓嗷然，万箱何冀？昔颍城之妇，陨霜之臣，至诚所通，感应天地。今州县狱讼常有冤滞，是以上天降鉴，延及兆庶。宜令覆囚使至州县，科简刑狱，以伸枉屈，务从宽宥，以布朕怀，庶使桑林自责，不独美于殷汤，齐郡表坟，岂自高于汉代？（《唐书》）

贞观八年，山东及江淮大水。秘书监虞世南曰：恐有冤狱枉系，宜省录累囚，庶当天意。帝然之，遣使赈饥民，申听狱讼，多所原赦。（《唐书》）

开元中，榆林卫等久旱非常。颜真卿为御史，行部至五原。时有冤狱久不决，真卿至，立辨其冤。雨即沛然而至，郡人遂呼为御史雨。（《旧唐书》）

崔碣为河南尹。邑有大贾王可久转货江湖间，值乱尽亡其货，不得归。妻诣卜者杨乾夫咨在亡，乾夫悦妻色，且利其富。既占，阳惊曰：乃夫不还矣！阴以百金谢媒者，诱聘之。妻乃嫁乾夫。它年徐州平，可久困甚，丐衣食归里。往见妻，乾夫诉逐之。妻诣吏自言，乾夫厚纳贿，可久反得罪，再诉复坐诬。可久憾叹，遂失明。碣之来，可久陈冤。碣得其情，即敕吏掩乾夫，并前狱史下狱，悉发赇奸，一日杀之，以妻还可久。时淫潦，狱决而霁。（《唐书》）

【宋】太宗端拱二年，自二月不雨，至于五月。诏录系囚，遣使分诸路决狱。是夕，霖雨大降。（《通鉴》）

仁宗天圣七年，河北大水。命钟离瑾为安抚使，诏瑾所至，发官廪以赈贫乏，见系狱囚，委长吏从轻决遣。（《康济录》）

段思恭授左补阙。汉隐帝时蝗，诏遍祈山川。思恭上言，苟狱讼平允，则灾害不生，望令诸州速决重刑，无致淹滥，必召和气。从之。（《宋史》）

张咏知杭州，属岁歉，民多鬻私盐以自给。咏捕犯者数百，悉宽罚而遣之，曰：钱塘十万家，饥者十八九，苟不以盐自活，一旦为盗，则患深矣！（《臣鉴录》）

张洽判池州，狱有张德修者误蹴人死，狱吏诬以故杀，洽请再鞫，守不听。提点常平袁甫至，时方大旱，祷不应。洽曰：汉晋以来，滥刑而致旱，伸冤而得雨，载诸方册可考也。今天大旱，焉知非为德修狱乎？甫为阅狱，减其罪。复白郡请蠲征税，宽催科，以召和气。三日果大雨，民大悦。（《宋史》）

鲁有开知金州，有蛊狱，当死者数十人。有开曰：欲杀人，衷谋之足矣，安得若是众耶？讯之则诬。天方旱，狱白而雨。（《宋史》）

【元】仁宗延祐四年正月，帝谓侍臣曰：中书比奏百姓乏食，宜加赈恤。朕默思之，民饥若此，岂政有过差以致然欤？然尝思之，惟省刑薄赋，庶使百姓可遂其生也！（《元史》）

【明】洪武三年五月，旱。六月，帝亲祷于山川坛，诏省狱囚。越五日，大雨。（《通鉴

纲目三编》)

景帝景泰六年春正月，雨水冰。时中外系囚有至于十余年者，帝以灾变，诏法司审录冤狱，得减免者甚众。（《通鉴纲目三编》）

孝宗宏治十五年五月，上命御史王哲按巡江南。时值天旱，种不入土。哲深悉民隐，亲录系囚，出其所当原者数百人，余皆减之。次日即雨。民有女奴自逃，其雠指为故杀。狱成，哲复讯，见其有冤色，使人密访女奴所在，得之，民得不坐。又有大家被盗，因诬其所怨者，暑镇守欲置于法。哲察其诬出之，久之得真盗。民谣曰：江西有一哲，六月飞霜雪。天下有十哲，太平无休歇。（《易知录》）

吴韶任抚州同知，时久旱，台使以韶廉直，将邻郡建昌富民万八一条令迹其实。盖万八以子杀父，大狱久未决，万八仍以厚赂求宽免。韶曰：我荷国恩，食天禄，岂以贿赂坏公法耶？遂核论如律。是夕忽大雨，万八已为雷震矣。一郡惊异，以为吴公之正直所感云。（《康济录》）

单县有田作者，其妇饷之，食毕即死。翁曰：此必妇之故矣！陈于官，不胜棰楚，遂诬服。自是天久不雨。许襄毅公进时官山东，曰：狱其有冤乎？乃亲历各境，出狱囚遍审之。至饷妇，乃曰：夫妇相守，人之至愿。鸩毒杀人，计之至密者也，焉有自饷于田而投鸩者哉？遂询其所馈饮食，所经道路。妇曰：鱼汤米饭，度自荆林，无他异也。公问时，适当其夫死之际。公乃买鱼作饭，投荆花于中，仍由旧路而行，试之狗彘，无不立死者。遂出其罪，即日大雨如注。（《臣鉴录》）

【国朝】陆氏曾禹曰：狱中之苦，人尽知之乎？以将相而叹狱吏之尊，则其毒加于囚可知矣！一人在狱，阖户悲啼，吏卒苛求不已，妻儿卖尽难供，故血泪未干于棰楚，离魂又泣于梦中。试问今之沉于狱底者，果求其生而勿得者欤？吾恐半居洛阳令之所问也，人自不察耳。君子可弗于囚系之内，稍开一面，以免降咎之因哉！（《康济录》）

景仁谨按：狱者万民之命，所以禁暴止邪，养育群生也。能使生者不怨，死者不恨，则顺气成象，群生和而万民殖矣！尚德缓刑之世，偶有灾沴，犹必省政事之阙失，而刑狱尤加之意焉。国朝明罚敕法，治懋协中，钦恤之仁，浃乎寰宇。功令凡热审，小满前一日始，立秋前一日止。笞罪宽免减释，杖枷减等发保，徒罪以上监犯宽减刑具。偶逢雨泽愆期，有旨清理庶狱，凡军流人犯俱准减徒。刑期无刑，好生之德，洽于民心，恩至渥也。属在有司，为民牧，即作天牧，于执法之中，寓牧养之道，可弗宣上恩德，以消疵疠，迓祥和哉！夫死者不可复生，绝者不可复续。无辜被刑，不待既决而后患气中之。当爱书甫定，怨鼓空陈，切齿而进圜扉，痛心而沦狱户，风云为之惨澹，霜雪为之飞腾，愤触上苍，遂成闭塞，激为淫潦，蒸为恒旸，灾害萌生，职由于此。且不应死而死，死者含冤，应死而不死，亦必有含冤者，是纵亦枉也。古来大憝负弥天之罪，巧脱而未正刑章，与孤孀蕴迈众之操，被诬而反遭显戮，其为乖舛，均足致沴。昔人谓雨露固令人畅，郁塞之久，雷霆尤令人畅，亢旱固当停讼以恤民，决滞狱尤所以恤民，良以郁则不平，畅斯平矣！易旅象明慎用刑而不留狱，惟明也照及覆盆，惟慎也审于等格（等格即榜击也），惟不留也简乎犴圄，谁谓霹雳手，非即阳春脚乎？此生死出入之际，皆当辨冤以协平典者也。尝观古来有因时序失调而议赦者，非善政也。晋郭璞疏曰：臣以囹圄充斥，阴阳不和，推之卦理，宜因郊祀作赦，以荡涤瑕秽。陈天嘉六年十二月，文帝诏曰：朕郁于治道，冤滞靡申，惠泽未流，愆阳累月。今岁序云暮，欲使幽圄之内同被时和，可曲赦京师。窃谓赦者偏枯之物，非大庆典，未可轻施。乃以时有愆伏而行之，恐福宵小，转以祸善良，瑕秽何由而涤，冤滞何由而申耶？宋苏舜钦疏言：古者断决滞讼，以平水旱，不闻用赦。其说良是。是以灾象既形，当先省察枉滥，立予昭雪，复为分别重轻，减等发落。如是则罚宽而非以姑息纵奸，恩广而非以含容养恶，不议赦而刑狱咸就清理，庶几灾眚可弭耳。抑思民财之盈缩，关乎民气之惨舒，其极乃与天地流通，而往来相应。天下亲民之官，莫如郡邑有司，民间中人之产，半耗于讼累，贷债鬻田，不数年而无以自存矣。有司于受词时，见事非急切，宜批示，不宜提讯，犯非紧要，宜摘释，不宜牵连，户婚速行判结，妇女莫漫追呼。少一人波累，即保一人家矣！少一日守候，即省一日费矣！在己整躬率物，而复防戚友之招摇，禁吏胥之需索，化刁顽而牍无积压，勤听断而案无玩延，自然争讼渐稀，系囚益鲜，盖藏不匮，比户可封，斯乃消妖褙于未萌，保太和于各正者也！即不幸偶值偏灾，更为加意矜恤，仰体圣上好生之心，默感造物祥和之气，用能承流宣化，赞于变时雍之盛治矣！

卷二十二 除蝗（与祷神条参看）

　　蝗与旱相因，而灾或甚于旱。考蝗之名，始见于《月令》。孟夏行春令则蝗虫为灾，仲冬行春令则蝗虫为败。然《大田》诗云：去其螟螣，及其蟊贼。已先此矣！兖州谓蝗为螣，说者以螟螣等为害苗之虫，而所食有心叶根节之异，大抵皆蝗类也。又蝗子为蝝为蝘，《春秋》屡书之以记灾。后汉《五行志》谓蝗虫贪苛之所致。是以长民者能爱民，蝗或不来，或散去，或自死，或为鸟食，平日心清而政仁有以格之耳。即不幸遇是灾，亟修政以感天心，而勤扑捕以除之，庶几无害我田稚也！为除蝗条第二十有一。

　　【汉】平帝元始二年，郡国大旱蝗，遣使者捕蝗。民捕蝗，诣吏以石斗受钱（量蝗多少而给钱）。《汉书》

　　平帝时，卓茂迁密令。时天下大蝗，河南二十余县皆被其灾，独不入密县界。督邮言之太守，不信，自出按行，见乃服焉。《后汉书》

　　光武时，宋均迁九江太守。郡多虎暴。均到，虎相与渡江。中元元年，山阳楚沛多蝗，其飞至九江界者，辄东南散去。赞曰：宋均达政，禽虫畏德。《后汉书》

　　马援为武陵太守，郡连有蝗，谷贵。援奏罢盐官，赈贫羸，薄赋税。蝗飞入海，化为鱼虾。《东观汉记》

　　戴封迁西华令，时汝颍有蝗灾，独不入西华界。督邮行县，蝗忽大至；督邮其日即去，蝗亦顿除。一境奇之。其年大旱，封祷请无获，乃积薪坐其上以自焚。火起而大雨暴至，远近叹服。《后汉书》

　　赵熹迁平原太守，举义行，锄奸恶。后青州大蝗，侵入平原界，辄死。岁屡有年，百姓歌之。《后汉书》

　　和帝永元七年，京师蝗。诏曰：蝗虫之异，殆不虚生，万方有罪，在予一人。而言事者专咎自下，非助我者也！百僚师尹，勉修厥职，刺史二千石详刑辟，理冤虐，恤鳏寡，矜孤弱，思惟致灾兴蝗之咎。《后汉书》

　　鲁恭为中牟令。建初七年，郡国螟伤稼，犬牙缘界，不入中牟。《后汉书》

　　谢夷吾令寿张。永平十五年，蝗发太山，荐食五谷。过寿张界，飞逝不集。（谢承《后汉书》。景仁按：德化所感，理有不爽。唐高宗仪凤年间，王方翼刺肃州，河西蝗，独不至方翼境。后晋天福时，赵庚令寿张，飞蝗避境。余见史传者甚多，皆足媲美前贤。今只载汉代循吏数事以见其概。）

　　【唐】太宗贞观二年，畿内有蝗。上入苑中，掇数枚祝之曰：民以谷为命，而汝食之，宁食吾之肺肠。举手欲吞之，左右谏曰：恶物恐成疾。上曰：朕为民受灾，何疾之避？遂吞之。是岁，蝗不为灾。《通鉴》

　　元宗开元四年，山东大蝗。民祭且拜，坐视食苗不敢捕。姚崇奏云：秉彼蟊贼，付畀炎火。汉光武诏曰：去彼螟蜮，以及蟊贼。此除蝗谊也。且蝗畏人，易驱。又田皆有主，使自救其地，必不惮勤。请夜设火坎，其计且焚且瘗，乃可尽。古有讨除不胜者，乃人不用命耳。乃出御史为捕蝗使，分道杀蝗。汴州刺史倪若水上言：昔刘聪除蝗不克而害愈甚。拒不应命。崇移书曰：聪德不胜袄，今袄不胜德。古者良守，蝗避其境。谓修德可免，彼将无德致然乎？今忍而不救，因以无年，刺史其谓何？若水惧，乃纵捕，得蝗十四万石。时帝疑，复以问崇。对曰：庸儒泥文不知变。昔魏山东蝗，小忍不除，至人相食，草木皆尽，牛马至相啖毛。今飞蝗所在，充满河南河北，家无宿藏，一不获则流离，安危系之。且讨蝗纵不能尽，不愈于养以遗患乎？黄门监卢怀慎曰：凡天灾安可以人力制也！且杀虫多，必戾和气。崇曰：昔楚王吞蛭而疾瘳，叔敖断蛇福乃降。今蝗幸可驱，若纵之，谷且尽。杀虫救人，祸归于崇，不以诿公也！蝗害讫息。《唐书》。景仁按：《南史》：萧修徙梁秦二州刺史，遇蝗，躬至田所，深自咎责。功曹史王廉劝捕之，修曰：此由刺史无德所致，捕之何补？忽有飞鸟蔽日而至，瞬息间食虫遂尽。萧修人号慈父，良由惠政素孚，是以罪己而蝗为鸟食。然捕之何补之言，不可以训。姚相正论，深切事情。卢公伴食中书，所见迁谬，近于妇人之仁，虽清慎有余，未知救灾之要略也！

李绅为汴州节度使，蝗虫入界，不食田苗。文宗赐诏书褒之。《册府元龟》

赵莹为晋昌军节度使，天下大蝗，境内捕蝗者，获蝗一斗，给粟一斗，使饥者获济。《册府元龟》

【宋】太宗淳化二年，春正月不雨，蝗。三月乃雨。时连岁旱蝗，是年尤甚。帝手诏宰相曰：朕将自焚，以答天谴。翼日大雨，蝗尽死。《宋史》

李迪为翰林学士，时频岁旱蝗，真宗召迪问何以济。迪请发内藏库以佐国用，则赋敛宽。又言陛下土木之役，过往时几百倍。蝗旱之灾，殆天意以警陛下也。帝深然之。《宋史》

畿内蝗，帝遣人出郊，得死蝗以献。明日，执政袖死蝗进曰：蝗尽矣，请率百官贺。王旦曰：蝗出为灾，弭灾幸也，又何贺？固称不可。后数日，二府方奏事，飞蝗忽蔽天。帝顾旦曰：使百官方贺，而蝗如此，岂不为天下笑耶？《通鉴纲目》

仁宗、英宗时，蝗为灾，募民捕，以钱若粟易之。蝗子一升，至易菽粟三升或五升。《文献通考》

熙宁八年八月，诏有蝗蝻处，委县令佐躬亲打扑。如地方广阔，分差通判、职官、监司、提举分任其事。仍募人得蝻五升，或蝗一斗，给细色谷一斗，蝗种一升，给粗色谷二升，给银钱者，以中等值与之，仍委官烧瘗，监司差官覆按。倘有穿掘扑打损伤苗种者，除其税，乃计价，官给地主钱数。《康济录》

赵抃知青州，时京东旱蝗，青独多麦。蝗来及境，遇风退飞，尽堕水死。《宋史》

司马旦为郑县主簿，吏捕蝗，因缘扰民。旦言：蝗，民之仇，宜听民自捕，输之官。后著为令。《宋史》

孙觉调合肥主簿，岁旱，州课民捕蝗。觉言民方艰食，难督以威，若以米易之，必尽，是为除害而享利也。守悦，推其说下之他县。《宋史》

淳熙敕：诸蝗初生，若飞落，地主邻人隐蔽不言，耆保不即时申举扑除者，各杖一百，许人告报。当职官承报不受理，及受理而不亲临扑除，或扑除未尽而妄申净尽者，各加二等。《康济录》

绍兴间，朱子捕蝗，募民得蝗之大者，一斗给钱一百文，得蝗之小者，每升给钱五百文。（害人之物，除之宜早，不可令其长大而肆毒也。捕蝗之小者多给之而勿吝，盖小时一升，大则岂止数石欤？）《康济录》

【元】至元二年，陈祐改南京路治中。适东方大蝗，徐邳尤甚，责捕至急。祐部民丁数万人至其地，谓左右曰：捕蝗虑其伤稼也，今蝗虽盛而谷已熟，不如令早刈之，庶力省而有得。或以事涉专擅，不可。祐曰：救民获罪，亦所甘心。即谕之使散去，两州之民皆赖焉。（《元史》）

顺帝时，秋七月，河南武陟县禾将熟，有蝗自东来。县尹张宽仰天祝曰：宁杀县尹，毋伤百姓。俄而黑鹰飞啄食之。（《康济录》）

观音奴知归德府，廉明刚断。亳州有蝗食民禾，观音奴以事至，立取蝗向天祝之，以水研碎而饮。是岁，蝗不为灾。（《元史》）

【明】永乐九年，令吏部行文各处有司，春初差人巡视境内，遇有蝗虫初生，设法捕扑，务要尽绝。如或坐视，致令滋蔓为患者，罪之。若布、按二司不行严督所属，巡视打捕者，亦罪之。（《康济录》）

宣德五年，遣使捕畿内蝗。谕户部曰：往年捕蝗之使，害民不减于蝗，宜知此弊。因作捕蝗诗示之。（《通鉴纲目三编》）

宏治六年，命两畿捕蝗，民捕蝗一斗，给粟倍之。（《通鉴纲目三编》）

朱熊《救荒补遗》有云：天灾不一，有可以用力者，有不可以用力者。凡水与霜，非人力所能为，至于旱伤则有车戽之利，蝗蝻则有捕瘗之法，苟可以用力者，岂得坐视而不救哉？为守宰者，当速为方略以御之。（《康济录》。景仁按：此书增减董煟之所绅〔辑〕，正统间刻，名曰《救荒活民补遗》，万历间复刊以行世。）

陈龙正曰：蝗可和野菜煮食，见于范仲淹疏中。崇祯辛巳，嘉湖旱蝗，乡民捕蝗饲鸭，鸭易大且肥。又山中人捕蝗饲猪，旬日间重五十余斤。始知蝗可供猪鸭，物性有宜于此者矣。（《康济录》。景仁按：《玉堂闲话》：晋天福末，天下大蝗。一农家豢豕十余头，蝻大至，豕跃而啖食之，斯须不能运动。蝻唼啮群豕，豕困顿，若为蝻所杀。或言蝗蝻为战死之士冤魂所化，石晋时死于战者甚众，宜蝗灾连年不解，安能尽以饲豕耶？）

【国朝】李郎中钟份曰：雍正十二年夏，余任山东济阳令，闻直隶河间、天津属蝗蝻生发。六月初一二间飞至乐陵，初五六飞至商河。乐、商二邑羽檄关会。余飞诣济、商交界境上，调吾邑恭、和、温、柔四里乡地，预造民夫册得八百名，委典史防守；班役家人二十余人，在境设厂守候。大书条约告示，宣谕曰：倘有飞蝗入境，厂中传炮为号，各乡地甲长鸣锣，齐集民夫到厂。每里设大旗一枝，锣一面，每甲设小旗一枝。乡约执大旗，地方执锣，甲长执小旗，各甲民夫随小旗，小旗随大旗，大旗随锣。东庄人齐立东边，西庄人齐立西边，各听传锣一声，走一步，民夫按步徐行，低头捕扑，不可踹坏禾苗。东边人直捕至西尽处，再转而东，西边人直捕至东尽处，再转而西。如此回转扑灭，勤有赏，惰有罚。再，每日东方微亮时发头炮，乡地传锣，催民夫尽起早饭；黎明发二炮，乡地甲长领民夫齐集被蝗处所。早晨，蝗沾露不飞，如法捕扑。至大饭时飞蝗难捕，民夫散歇。日午，蝗交不飞，再捕。未时后蝗飞复歇，日暮蝗聚，又捕，夜昏散回。一日止有此三时可捕飞蝗，民夫亦得休息之候。明日听号复然，各宜遵约而行。谕毕，余暂回看守城池仓库。至十一日申刻，飞马报称本日飞蝗由北入境，自和里抵温里，约长四里，宽四里。余即饬吏具文通报，关会邻封。星驰六十里，二更到厂查问，据禀如法施行，已除过半。黎明，亲督捕扑，是日尽灭。遂犒赏民夫，据实申报。飞探北地飞蝗未尽，余即在境堤防。至十五日巳刻，飞蝗又自北而来，从和里连温、柔两里，计长六里，宽四里，蔽天沿地，比前倍盛。余一面通报关会，一面著往北再探。速即亲到被蝗处所，发炮鸣锣，传集原夫，再传附近之谷、生、土三里乡地甲长，带民夫四百名，共民夫千二百名，劝励协力大捕。自十五至十六晚，尽行扑灭无余，禾苗无损。探马亦飞报北面飞蝗已尽，又复报明各宪，余大加褒奖，乡地民夫每名捐赏百文，逐名唱给，册外尚有余夫数十名，亦一体发赏。乡地里民欢呼而散。次早，郡守程公亦至彼查看，问被蝗何处，民指其所，守见禾苗如常，丝毫无损，大诧问故。余具以告，守亦赞异焉。《切问斋文钞》

陆桴亭载仪曰：今之欲除蝗害者，凡官民士大夫，皆当斋被洗心，各于其所应祷之神洁粢盛，丰牢醴，精虔告祝，务期改过迁善，以实心实意祈神佑。而仿古捕蝗之法，于各乡有蝗处所，祀神于坛，坛旁设坎，坎设燎火，火不厌盛，坎不厌多，令老壮妇孺操响器，扬旗幡，噪呼驱扑。蝗有赴火及聚坎旁者，是神灵之所拘也，所谓田祖有神，秉畀炎火者也，则卷扫而瘗埋之。处处如此，即不能尽除，亦可渐灭。苟或不然，束手坐待，姑望其转而之他，是谓不仁。畏蝗如虎，不敢驱扑，是谓无勇。日生月息，不惟养祸于目前，而且遗祸于来岁，是谓不智。当此三空四尽之时，蓄积毫无，税粮不免，吾不知其何底止也！蝗秋冬遗种于地，不值雪则明年复生。是年冬大雪深尺，次年蝗复生。盖岩石之下，有覆藏而雪所不及者，不能杀也。四月中淫雨浃旬，蝗遂烂尽。以此知久雨亦能杀蝗。蝗所过处，悉生小蝗，春秋所谓蝝也。禾稻经其喙啮，秀出者亦坏。然尚未解飞，鸭能食之。鸭群数百入稻畦中，蝝顷刻尽，亦捕蝝一法。《切问斋文钞》

陆氏曾禹曰：蝗蝻之生，人知之乎？刻剥小民，不为顾恤，地方官吏侵渔百姓之见端耳。在上者以爱民为心，灾之散也，捷若桴鼓，一在修德格天，一在捕瘗除患也。蝗有蒸变而成者，有延及而生者，不知延及而生，实始于蒸变而成。若致力水涯，不容蒸变，祸端绝矣。既成之后，非多人不能扑灭。古人言：法在不惜常平、义仓米粟，博换蝗蝻，虽不驱之使捕，而四远自辐辏矣。倘克减迟滞，则捕者气沮。诚哉是言也！故将蝗之始末盛衰，条分于后，以十所阐发蝗之生灭，以十宜细说蝗之可除。知之详则治之切耳！一、蝗之所自起，必先见于大泽之涯及骤盈骤涸之处。崇祯时，徐光启疏以蝗为虾子所变而成，确不可易。在水常盈之处，则仍又为虾。惟有水之际，倏而大涸，草留涯际，虾子附之，既不得水，春夏郁蒸，乘湿热之气，变而为蝻。故涸泽有蝗，苇地有蝗也。二、蝗之所由生。蝗既成矣，则生其子，必择坚垎（音勒）黑土高亢之处，用尾栽入土中。其子深不及寸，仍留孔窍，势如蜂窝。一蝗所下十余，形如豆粒，中止白汁，渐次充实，因而分颗，一粒中即有细子百余。盖蝻之生也，群飞群食，其子之下也必同时同地，故形若蜂房，易寻觅也。三、蝗之所最盛而昌炽之时，莫过于夏秋之间。其时百谷正将成熟，农家辛苦拮据，百费而至此，适与相当，不足以供一啖之需，是可恨也（按蝻性向阳，辰东午南暮西。宜顺蝻性，按向逐之，否则多费人力，剿除无序，必致蔓延）。四、蝗之所不食。蝗所不食者，豌豆、绿豆、豇豆、大麻、茼麻、芝麻、薯蓣及芋桑，水中菱芡。若将秆草灰、石灰二者等分为细末，或洒或筛于禾稻之上，蝗则不食。五、蝗之所自避。良守之所在，蝗必避其境而不入。牧民者果能以生民为己任，省刑罚，薄税敛，直冤枉，急赈济，洗心涤虑，虽或有蝗，亦将归于乌有而不为害矣！六、蝗之所宜祷。蝗有祷之而不伤禾稼者，祷之未始不可。如祷而无益，徒事祭拜，坐视其食苗，不亦可冷齿耶！七、蝗之所畏惧。飞蝗见树木成行，或旌旗森列，每翔而不下。农家若多用长竿挂红白衣裙，群然而逐，亦不下也。又畏金声炮声，闻之远举。鸟铳入铁砂，或稻米，击其前行，前行惊奋，后者随之而去矣（以类而推，爆竹、流星、红绿纸旗皆可用）。八、蝗之所可用。蝗若去其翅足曝干，味同虾米，且可久贮不坏。以之食畜，可获重利（蝗性热，积久而后用）。九、蝗之所由除。蝗在麦田禾稼深草之中者，每日清晨尽聚草梢，食露体重，不能飞跃。宜用筲箕栲栳之类，左右抄掠，倾入布囊，或蒸或煮，或捣或焙，或掘坑焚火倾入其中。若只掩埋，隔宿多能穴地而出。蝗在平地上者，宜掘坑于前，长阔为佳，两旁用版或门扇等类，接连八字摆列，集众发喊，手执木版，驱而逐之入于坑内。又于对坑用扫帚十数把，见其跳跃往上者，尽行扫入，覆以干草，发火烧之。然其下终是不死，须以土压之，过一宿乃可。一法先燃火于坑内，然后驱而入之。《诗》云：秉畀炎火是也。蝗若在飞腾之际，蔽天翳日，又能渡水，扑治不及。当候其所落之处，纠集人众，各用绳兜兜取，盛于布袋之内，而后致之死（以上三种之蝗既死，仍集前次用力之人，异向官司，或钱或米，易而均分）。十、蝗之所可灭。有灭于未萌之前者。督抚官宜令有司查地方有湖荡水涯及乍盈乍涸之处，水草积于其中者，即集多人，给其工食，侵水芟刈，敛置高处，待其干燥以作柴薪，如不可用，就地烧之。有灭于将萌之际者。凡蝗遗子在地，有司当令居民里老时加寻视，但见土脉坟起，即便去除，不可稍迟时刻，将子到官，易粟听赏。有灭于初生如蚁之时者，用竹作搭，非惟击之不死，且易损坏。宜用旧皮鞋底，或草鞋旧鞋之类，蹲地捆搭，应手而毙，且狭小不伤损苗种。一张牛皮可裁数十枚，散与甲头，复可收之。闻外国亦用此法。有灭于成形之后者。既名为蝻，须开沟打捕，掘一长沟，沟之深广各二尺，沟中相去丈许，即作一坑，以便埋掩。多集人众，不论老幼，沿沟摆列，或持扫帚，或持打扑器具，或持铁锤。每五十人用一人鸣锣，蝻闻金声，则必跳跃，渐逐近沟，锣则大击不止，蝻惊入沟中，势如注水。众各用力，扫者自扫，扑者自扑，埋者自埋，至沟坑俱满而止。一村如此，村村若此，一邑如是，邑邑皆然，何患蝻之不尽灭也？一、宜委官分任。责虽在于有司，倘地方广大，不能遍阅，应委佐贰学职等员，资其路费，分其地段，注明底册，每年于十月内令彼多率民夫，给以工食，芟除水草于骤盈骤涸之处及遗子地方，搜锄务尽。称职者申请擢用，遗恶者记过待罚。二、宜无使隐匿。向系无蝗之地，今忽有之，地主邻人果即申报，除易米之外，再赏三日之粮。如敢隐匿不言，被人首告，首人赏十日之粮，隐匿地主，各与杖警。即差初委官员速往搜除，无使蔓延获罪。三、宜多写告示，张挂四境。不论男妇小儿，捕蝗一斗者，以米一斗易之。得蝻五升者，遗子二升者，皆以米三斗易之，盖蝻与遗子小而少故也。如蝗来既多，量之不暇遍，秤称三十斤作一石，亦古之制也，日可称千余斤矣。惟蝻与子不可一例同称，当以朱文公之法为法。四、宜广置器具。蝗之所畏服者，火炮、彩旗、金锣及扫帚、栲栳、筲箕之类。乡人一时不能备办，有司当为广置，给与各厂社长，分发多人，令其领用，事毕归缴，庶不徒手彷徨。此即工欲善其事，必先利其器之意也！五、宜三里一厂，为易蝗之所。令忠厚温饱社长、社副司之，执笔者一人，协力者三人，共襄其事。出入有簿，三日一报，以凭稽察。敢有冒破，从重处分。使捕蝗易米者，无远涉之苦，无久待之嗟，无挤踏之患。六、宜厚给工食。凡社长、社副、执笔等人，有弊者既当重罚，无弊者岂可不赏？或给冠带，或送门匾，或免徭役，随其所欲而与之。其任事之时，社长、社副、执笔者共三人，每日各给五升；斛手二人，协力者一人，每日共给一斗。分其高下，而令人乐趋。七、宜急偿损坏。因捕蝗蝻，损坏人家禾稼，田地既无所收，当照亩数除其税粮，还其工本，俱依成熟所收之数而偿之。先偿其七，余三分，看四边田邻所收而加足，勿令久于怨望。（景仁按：踹损田禾，给价若干。为期尚早，可种晚禾，每亩给银若干；补种不及，每亩给米若干，给发不可迟误。乾隆十六年，奉有谕旨。）八、宜净米大钱。凡换蝗蝻，不得搀和秕谷糠秕。如或给银，照米价分发，不许低昂。如若散钱，亦若银例，不许加入低薄小钱。巡视官应不时访察，以辨公私。九、宜稽察用人。社长、社副等有弊无弊，诚伪何如，用钟御史拾遗法以知之。公平者立赏，侵欺者立罚。周流环视，同于粥厂，其弊自除。十、宜立参不职。躬亲民牧，纵虫杀人，倪若水见诮于当时，卢怀慎贻讥于后世。飞蝗尚不能为之灭，饥贼奚能使之除？司道不揭，督抚安存？甚矣！有司之不可怠于从事也。凡欲行捕蝗之法，不外严责有司，厚给捕者而已。官易于励民，民亦乐于从官。(《康济录》)

　　景仁谨按：陆佃云：蝗首腹背皆有王字。蔡邕曰：蝗，螣也。鱼子在水中化为之。《述异记》云：江中鱼化为蝗而食五谷。《太平御览》云：丰年蝗变为虾。或云蝗有二须，虾化者须在目上，蝗子入土孳生者须在目下，可以此辨之。其初生如米粟，不数日大如蝇，能跳跃群行，是名蝻。又数日群飞而起，是名蝗。又数日孕子于地，子十八日复为蝻，蝻复为蝗。且蝗生即交，交即复生，循环相生而不穷。所止之处，喙不停啮，片草不存。一落田间，顷刻千亩皆尽。故《易林》名为饥虫，《虫志》谓之天虫，徽州俗呼横虫。历观春秋至胜国，蝗灾书月者一百一十有一，书四月者十九，书五月者二十，书六月者三十一，书七月者二十，书八月者十二。大抵盛于夏秋之交，余月或一或二或三而已。其种类多，其滋息广，为害最烈。非殄灭之无遗育，则蝗食禾而民无食矣。然蝗之为虫，蠢也而甚灵。其飞也，有至有不至。即所至之处，有食有不食，虽田畴在一处，划然有此疆彼界之分，是必有神主之矣。《京房易传》云：蔽恶生孽，虫食心，德无常，兹谓烦。虫食叶，臣安禄，兹谓贪。厥灾虫食根，与东作争，兹谓不时。虫食节，古来循良如卓宋诸君子，蝗不入境。固见爱民之官，诚心能格异类，即义士孝子，亦往往保佑而谨避之。如宋贺德邵拾遗金二百两，留三日，还其人。后宰临邑，遇旱赈济，活数万人。邻境蝗蝻云涌，临邑独无。《陈留耆旧传》曰：高式至孝，尽力供养。永初中蝝蝗为灾，独不食式麦。明顾仲礼事母至孝，岁凶，负母就养他郡，七年始归。时蝗遍野，食其田苗。仲礼泣曰：吾将何以为养母之资乎？言未已，狂风大起，蝗尽吹散。其保全孝义如此。万历四十四年六月，丹阳有蝗从西北来，民争刲羊豕祷于神。有蒲大王者尤灵异，凡祷之家，止啮竹树茭芦，不及五谷。有朱姓牲醴悉具，见蝗已过，遂止而不祷。须臾蝗复集朱田，凡七亩尽啮而去，邻苗不损一颖。其事亦甚可异。王安石罢相镇金陵，飞蝗自北而南，往江东诸郡。刘贡父书一绝以寄云：青苗免役两妨农，天下嗷嗷怨相公。惟有蝗虫偏感德，又随台斾过江东。新法纷扰，小民怨咨，荆公身之所莅，蝗辄相随，戾气所感也。然则蝗之至与不至，食与不食，若或潜驱默率以彰旌别淑慝之权，气数也，而有义理宰乎其中焉。顾天心仁爱，出灾害以警惧之，未尝不许其悔过自新。则遇蝗而官修厥政，民省厥躬，然后祷于本境山川城隍里社厉坛与夫田祖之神，以祈保祐而速殄除，宜也。神有恫于民而民不知，则傅翼于物以示谴责，神降灾于物而民知悔，则假手于民以妙驱除，无非仁爱斯民之心已矣！古来有长吏虔祷而蝗即他徙，或得大雨尽死，或鸟数万食蝗殆尽者，若可不扑自灭，而或德化未能如彼之醇，恐感应亦未必如斯之捷。此扑捕之法不可不讲也！捕之之法，或持扫帚，或持铁锸，揭旗鸣锣，噪呼驱逐，或设燎火，开沟掘坑，埽而纳之，尽杀乃止。观欧阳文忠《答朱寀捕蝗诗》，有云：既多而捕诚未易，其失安在常由迟。可不遏之早而歼之尽乎？夫捕蝗之事，力出于民，而责成在官。宋钱穆甫令如皋，米元章令雍邱，因邻县牒请，批词游戏，博取笑乐，诿之于天。骋才而罔知警惕，不足道也。前代捕蝗不力，处分綦重，功令尤属森严。查康熙四十八年覆准：州县卫所官员，遇蝗蝻生发，不亲身力行扑捕，藉口邻境飞来，希图卸罪者，革职拿问。该管道府、布政司使、督抚不行察访严饬催捕者，分别降级留任。协捕官不实力协捕，以致养成羽翼，为害禾稼者，革职。州县地方遇有蝗蝻生发，不申报上司者，革职。道府、布政使不详报上司，分别降级调用。督抚不行题参，降一级留任。乾隆十六年覆准：凡有蝗蝻地方，文武员弁合力搜捕，应时扑灭者，应行文该督察明具题，准其纪录一次。十八年，谕：嗣后州县官遇有蝗蝻，不早扑除，以致长翅飞腾贻害田稼者，均革职拿问。著为令。其有所费无多，自行捐办，而实能去害利稼者，该督抚据实奏闻议叙。其已动公项，而仍滋害伤稼者，奏请著赔等因。钦此。又谕：向来督抚往往以该道府前经节次督催见在揭报情由，于本内声叙，遂得邀免处分，以致道府玩视民瘼，并不留心督察。嗣后州县捕蝗不力，将道府一并题参交部议处。该督抚等不得有心姑息，于本内滥为声叙，以为宽贷之地等因。钦此。三十五年谕：嗣后捕蝗不力地方官，并就现有飞蝗之处，予以处分，毋庸查究来踪，致生推诿。著为令等因。钦此。仰见宸衷轸念虫灾，惟恐有司惮于搜捕，是以赏罚严明，兼责成监司方面大员实力督催，并绝其互相推诿之弊。凡膺司牧，恪凛官箴，仰体仁主爱民之至意，勤求前贤救患之良谟，庶群生咸臻康阜矣！

卷二十三 伐蛟

　　蛟与水相因，犹蝗与旱相因也。蝗因旱而招，蝗生容有不旱；水因蛟而发，蛟出则必挟水。是以除水患者必除蛟。《周礼·秋官》：壶涿氏掌除水虫，驱以炮土之鼓，投以焚石，沉牡橭象齿杀其神。说者以为蛟蜃魑魅出而侮人，不可以不除也。盖水虫之能变化为民害而近于神者，莫如蛟。《月令》：季夏之月，命渔师伐蛟。唐《月令》系之季秋。郑氏注云：以其有兵卫。陈氏云：以其暴恶，不易攻取。二说相足，而义犹未尽。夫声罪致讨曰伐。蛟性暴力猛，诚非若鼋鼍之易取，不有兵卫，无以抵御。乃其出地时，涌波涛，浸田庐，而戕生命，罪莫大焉。思患豫防，申讨恶之义，而水患息矣。为伐蛟条第二十有二。

　　【唐】陆翙曰：蛇雉遗卵于地，千年而为蛟。其出壳之日，害于一方。洪水飘荡，吴人谓之发洪。（《续水经》。景仁按：《月令》：孟冬之月，雉入大水为蜃。注以蜃为蛟属。是雉与蛟本有飞潜相化之理。至雉与蛇交而生蛟，其势亦必入水，而方出则已挟水。盖天地异气所乘，蛇之性阴毒，与雉之性刚猛，胎息而凝，年久奋出，力甚大，机甚神，而祸亦甚烈。宜察之于早，治之于微。）

　　【宋】洪迈曰：黄河之南阳武下埽，数为湍潦所败，募能没者探水底。一渔叟自言能潜伏一昼夜，遂祭河神遣之。入半日而出，曰：下有长蛟为害，故埽不能坚。非杀之不可，须得宝剑乃济。蛟方熟寝于百尺之渊，斩之易也。守取镇库古剑付之。至午水赤，渔叟携蛟头，奋而登舟，洪流陟落。守欲奏以武爵，辞；多与金帛，亦辞。旋踵而死。守为立祠，请于朝，封为四将军，灵应甚著。（《宋史》）

　　释文莹曰：陆翙言蛇雉遗卵于地，千年为蛟。余少时游杭州新城县之伊山，方晚忽见茂草中一雌雉飞起丈余，翅羽零落，复入草中，数次不绝，久而不出。薙草往视，果一巨蛇、一雌雉蟠结纠缠。斯须雉惊而飞，蛇亦入草。始验翙之说不诬。（《玉壶清话》）

　　【元】严子忠遣仆入山掘笋，雷电大作。树下一窟，有物如犬而长，其声如雷。仆挥锄击之而毙，人谓之山蛟。再积五百年则为龙矣。（《潜确类书》）

　　国朝陈文恭公宏谋曰：往在江南，蛟患时闻。广原深谷之间，大率数载一发。最甚者宣城石峡山，一日发二十余处，六安州平地水高数丈也。江西缨山带湖，本蛇龙所窟宅，旌阳遗迹，其来尚矣。近世出蛟之事，在元一见于新建，在明一见于宁州，再见于瑞州，三见于庐山，四见于五老峰，五见于太平宫，本朝一见于永宁。皆纪在《祥异志》，彰彰可考。余来抚之次年，适兴国等处蛟水大发，漂没我田禾，荡析我庐舍，尽焉心伤，思所以案验而剪除之，未得其要领也。书院主讲梁先生，博物君子，出一编示予，言蛟之情状与所以戡之之法，甚详且核。有土色之可辨，有光气之可瞩，有声音之可听。其镇之也有具，其驱之也有方。循是则蛟虽暴，不难剪除矣！云晋太元中，司马轨之善射雉，将媒下罽。此媒屡雊，野敌遥应。试觅所应者，头翅已成雉半身，后故是蛇。又武库中忽有雉，人咸怪之。司空张华曰：必蛇妖所作。搜括之，果得蛇蜕。由是观之，蛇雉之变常易位，其交而生蛟，尚何疑也哉？易离为雉，南方火猛烈，故雉性精刚而猋悍。《尔雅》以为绝有力奋者，蛟起之暴，正胎其气也。《禽经》云：雄交不再化。《书》云：雄不再合。《仪礼》注谓雄交有时，彼亦各有取尔矣。至《诗》刺卫宣之淫乱，则曰有鹙雄鸣，谓雌雄也。又曰雄鸣求其牡者，岂非求非其类而与之交与？诗人之言，雄蛇之明验也。盖物感变化，有未可以常理推者。大约雄鸣上风，雌鸣下风，睟运而物化，悉阴阳之偏气所孕结。其为迹也怪。斯其为害也，亦大古圣王知其然。故于季夏有命渔师伐蛟之令。季夏正蛟出之候，先时伐之，著在《月令》，补救之要务也。郑氏谓蛟言伐者，以其有兵卫，而伐之方法，笺疏无闻焉。历求郡邑岁以水灾告者，蛟害常过半，贤长吏亦无如何，申请赈恤而已。盖山叟抚掌称快，且为之印证其说曰：《月令》季夏，夏正之六月也。今言蛟之出在夏末秋初，其可信一也。志称：宏治十七年，庐山鸣，经三日，雷电大雨，蛟四出。今言蛟渐起地，声响渐大，候雷雨即出，知向所谓山鸣，乃蛟鸣也，其可信二也。许旌阳之镇蛟以铁柱，今言蛟畏铁，其可信三也。兵法潜师曰侵，声罪曰伐。今震之以金鼓，烛之以火光，如雷如霆，俨若六师之致讨，与伐之义正相合，其可信四也。夫以蛟之不难制若此，而数千百年以来罕有言之者，盖田夫野老知而不能言，文人学士鄙其事而以为不足言，司牧之官又鞅掌于簿书而不暇致详也。一旦横流猝发，载胥及溺，然后开仓廪以赈恤之，则已晚矣。天下狃于故常，而忽于远虑，贻害可胜道哉？予故亟录其说，广为刊布，且悬示赏格，有掘得者，官给银十两，使僻远乡村之地，转相传说，人人属耳目，注精神，先时而侦候，临事而周防，庶几大害可除。此邦之人永蒙其福，而他省之有蛟患者，皆可踵而行之，幸无以为不急之迂谈也！梁先生考据极博，恐闻者不尽晓，兹撮举其征验攻治之法，别录于左，以便观览焉。一、征验之法。蛟似蛇而四足细颈，颈有白婴，本龙属也。其孕而成形，率在陵谷间。乃雄与蛇当春而交，精沦于地，闻雷声则入地成卵，渐次下达于泉。积数十年，气候已足，卵大如轮。其地冬雪不存，夏苗不长，鸟雀不集，土色赤，有气朝黄而暮黑，星夜视之，黑气上冲于霄。卵既成形，闻雷声自泉间渐起而上，其地之色与气亦渐显而明。未起三月前，远闻似秋蝉鸣，闷在手中，或如醉人声。此时蛟能动不能飞，可以掘得。及渐起离地面三尺许，声响渐大，不过数日，候雷雨即出。一、攻治之法。蛟之出多在夏末秋初，善识者先于冬雪时，视其地围圆不存雪，又素无草木，复于未起二三月春夏之交，观地之色与气，掘至三五尺，其卵即得。大如二斛瓮，预以不洁之物，或铁与犬血镇之，多备利刃剖之，其害遂绝。又蛟畏金鼓及火。山中久雨，夜立高竿，挂一灯，可以辟蛟。夏月田间作金鼓声以督农，则蛟不起。即起而作波，但叠鼓鸣钲，多发火光以拒之，水势必退。以上诸说，皆得之经历之故老，凿凿有据者也。（《切问斋文钞》）

景仁谨按：蛟，龙属，其谓之蛟者，《述异记》以其交眉，《埤雅》以其能交首尾束物也。窃谓蛇雄交而遗卵，其物在鳞羽之交，是以有蛟之名耳。《述异记》又云：虺五百年化为蛟。《庐山志》云：蛇雄蚯蚓之类，穴山而伏，三十年则化而为蛟，常以夏月乘雷雨去之江湖。是亦可备一说，然大抵蛇雄交而生者十居七八。观近世蛟患之多，则三十年而化之说为可信，固不待五百年矣。《续水经》千年为蛟之说，似未尽然。或蛟有大小，故化有迟速，而患亦遂分大小也。《山海经》蛟似龙蛇，小头细颈，颈有白婴。大者十数围，卵生，子如三斛瓮，能吞人博观往牒。蛟能以腥涎绕人入水而吮其血，又能变形惑人以害人。其心之毒而迹之幻如此。《拾遗记》：尧时大蛟萦天，三河俱溢。《真君传》：许逊遇一少年，知为蛟蜃之精，谓门人曰：吾念江西累为洪流所害，若不剪戮，恐致逃遁。两次追寻，卒令魅复本形而杀之。事虽近诞，非尽无稽。然蛟之既老而灵奇者，其致水患也固大，蛟之将成而奋出者，其召水灾也亦不细。盖蛇雉之精，入土成卵，下达重泉，闻雷勃兴，渐起而上，多在广原高陵深岩邃谷间。当蛟之奋迅而出，破石裂山，瞬息间阳侯震荡，田畴淹为泽国，妇子沦作波臣。陶宗仪诗所云：馋蛟怒吼惊涛作。盖自其初起而已然也。莫如于其将起未起时，侦候而剪除之，则去害也微，而致力也易。是必俯察仰观，别声辨色，按时探验，掘而歼旃，不须沉董奉之符，挥庲飞之剑，而丑类恶物，痛断根株，蛟害除而水灾自靖矣。考蛟水之发，历代多有。国朝康熙三十一年，江西永宁县起蛟水，田地冲决，蠲免三十二年分应征钱粮。雍正五年，浙江江山县陟被蛟水，田亩俱冲成溪，勘实成灾，蠲免应征银米。朝廷子惠困穷，湛恩汪濊，不惜豁除租税，赈济多方，而地方官目击蛟之为害，固不可不深图，不可不蚤虑也。陈文恭公抚江右时，著《伐蛟说》，载梁先生之言，具述征验攻治之法，皆稽之传记，得之阅历，确凿有据，宜早施行。因备录而推阐其说。司牧者流览是编，于出蛟处所详验而豫防之，不啻封鲸之戮，永消害马之萌，民罔叹乎其鱼，政庶几其有豸乎！

卷二十四　抚疮痍

诵鸿雁之诗，所谓虽则劬劳，其究安宅。说诗者以为流民喜之而作是诗。夫岂独流民喜之欤？饥馑之后，流民固需乎安集，土著亦赖乎抚绥，虽赈恤频加，而愁苦余生，疮痍在目，苟不为之复其生业，全其生理，元气亏损，无由被润泽而敉懑和，非所以计长久也。燃眉则急，痛定则忘，可乎？为抚疮痍条第二十有三。

【汉】龚遂拜渤海太守，单车至府，盗贼皆散，民安土乐业。遂开仓廪假贫民，选用良吏，慰安牧养焉；劝农桑，种树畜养，狱讼止息。入为水衡都尉。（《通鉴》）

光武帝建武六年正月，诏曰：往岁水旱蝗虫为灾，人用困乏，朕恻然愍之。其命郡国有谷者给禀，高年鳏寡孤独及笃癃无家属贫不能自存者，如律二千石勉加抚循，无令失职。（《后汉书》）

【唐】姜谟，秦州人，擢秦州刺史。高祖曰：昔人称衣锦故乡，今以本州相授，所以偿功。凉州荒梗，宜有以靖之。谟至，抚边俗以恩信，盗贼衰止。人喜曰：不意复见太平官府！（《唐书》）

贞观初，陈君宾徙邓州刺史。州承丧乱，百姓流亡，君宾加意劳徕，不期月皆还自业。明年四方雨涝，独君宾所治有年，仓储充羡。蒲、虞二州民就食其境。太宗下诏劳之，命有司录刺史以下功最，百姓养户免今年调物。（《唐书》。景仁按：《旧唐书》所载诏语较详，其略曰：朕以隋末乱离，毒被海内，率土百姓，零落殆尽。州里萧条，十不存一。寤寐思之，心焉若疚。是以日昃忘食，未明求衣，晓夜孜孜，惟以安养为虑。其有一人绝食，若朕夺之，分命庶寮，尽心匡救。去年关内六州禾稼不登，粮储既少，遂令分房就食。比闻刺史以下及百姓等，并识朕怀，逐粮户到，递相安养。回还之日，各有赢粮，别赍布帛，以申赠遗。如此用意，嘉叹良深。一则知水旱无常，递相拯赡；二则知礼让兴行，轻财重义。变浇薄之风，教仁慈之俗，政化如此，朕复何忧？诏语悱恻曲至，想见唐初疮痍未复，太宗悉心补救，而良吏如君宾，真能宣上德而培民气者也！）

代宗元年制：逃亡失业，萍泛无依，特宜诏绥，使安乡井。其逃户复业者，宜给复三年。如百姓先贷卖田宅尽者，取逃户死口田宅，量丁口充给。仍仰县令亲至乡村，安存处置，务从乐业，以赡资粮。（《通鉴》）

德宗赈给种子诏：春阳布和，万物畅茂，实兆庶乐生之日，农夫致力之时。今兹吾人则异于是，迫以荒馑，愁怨无憀，有离去井疆，业于庸保，有乞丐途路，困于死亡。乡闾依然，烟火断绝，种饷既乏，农耕不兴。若东作愆期，西成何望，为人父母得不省忧？虽国计犹虚，公储未赡，济人之急，宁俟盈丰，罄其有无，庶拯艰厄。京兆府百姓，并宜赐种子二万石，同华州各赐三千石，陕、虢两州赐四千石。委州长吏即与度支计会请受，差公清仁恤之吏与县令亲至村间，随便给付，仍加劝课，勿失农时。诸仓所有远年粟麦，宜令节度更分二万石。京兆尹即差官逐便搬载，赈赐贫人，先尽鳏寡孤茕目下不济者，务令均给，全活流庸。呜呼！元元何辜，罹此灾害？长人之官，寄任斯重，所宜极虑，与我同忧，勉敷惠和，以有疲瘵；仔闻良术，称朕意焉！（《陆宣公集》）

殷侑为昌义军节度使。于时瘯荒之余，骸骨蔽野，墟里生荆棘。侑单身至官，安足粗淡，与下共劳苦，以仁惠为治。岁中流户襁属而还，遂为营田，丐耕牛三万。诏度支赐帛四万佐其市。二岁，户口滋饶，廥储盈腐。《唐书》

僖宗光启三年，张全义为河南尹。初，东都荐经饥馑，饥民不满百户。全义选麾下十八人材器可任者，人给一旗一榜，谓之屯将，使诣十八县故墟落中，植旗张榜，招怀流散，劝之树艺，蠲其租税，惟杀人者死，余但笞杖而已。由是民归之者如市。数年之后，都城坊曲渐复旧制，诸县户口皆归复，桑麻蔚然，野无旷土。全义明察，人不能欺，而为政宽简。出见田畴美者，辄下马与僚佐共观之，召田主劳以酒食。有蚕麦善收者，或亲至其家，悉呼出老幼，赐以茶彩衣物。有田荒秽者，集众杖之。或诉以乏人牛，乃召其邻里，责使助之。由是邻里有无相助，比户丰实，凶年不饥，遂成富庶焉。《通鉴纲目》。景仁按：张尹劝课，赏罚分明。民间言张公不喜声伎，独见佳麦良蚕乃笑耳。使司牧尽能如是，何患民之不务农桑哉！）

僖宗文德元年，以郭禹为荆南留后，抚集彫残，赈饘粥，给孤贫。时华州刺史韩建，招集流散，劝课农桑。时人谓之北韩南郭。《康济录》

李大亮授土门令，方岁饥，境多盗贼。大亮招亡散，抚贫瘠，卖所乘马，稍稍资业之。劝垦田，岁大熟。间出击盗，所至辄平。《唐书》

【五代】【后唐】李嗣昭为昭义节度使，时大兵之后，城中士庶饥死者半，鄽里萧然。嗣昭缓法宽租，劝农务穑。三年间，军城完辑。《册府元龟》

【宋】富弼镇青州，适河决，八州之民俱徙京东。既以救济，至次年麦熟，于是各计其路之远近，授粮使归。生全者五十余万人。《宋史》

复以鲜于侁使京东，司马光言于朝曰：以侁之贤，不宜使居外。顾齐鲁凋敝已甚，须侁往救之，安得如侁百辈布列天下乎？士民闻其重临，如见慈父母。《宋史》

吕氏大临曰：救荒之政，蠲除赈贷，固当汲汲于其始，而抚存休养，尤在谨之于终。譬如伤寒大病之人，方其病时，汤剂针灸，固不可以少缓，而其既愈之后，饮食起居之间，所以将护节宣，少失其宜，则劳复之证，百死一生，尤不可不深畏也！《性理精义》

朱子疏略曰：救荒尤在谨于其终。臣愚欲望陛下亟诏有司，凡去年被灾之郡，今年毋得催理，积年旧欠及将去年倚阁夏税，悉与蠲放。其上二等人户，当此凶年，细民所从仰食其间，亦有出粟减价赈粜，而不及赏格者。伏望圣慈普加恩施，许将去年残欠夏税，多作料数，逐年带纳。则幅员之内，当此灾旱之余，无一夫不被尧舜之泽矣。《朱子文集》

【元】成宗大德三年正月，诏：比年水旱疾疫，百姓多被其灾，已尝蠲复赈贷，尚虑恩泽未周。其大德三年腹里诸路合纳包银俸钱，尽行除免。江南等处夏税以十分为率，量免三分。《通鉴纲目》

【明】太祖洪武十年九月，敕中书省：去岁浙西尝被水灾，民人缺食，朕尝遣官验户赈济。今虽时和年丰，念去岁小民贷息已重，既偿之后，窘乏犹多，今赖上天之眷，田亩颇收，若不全免旧年被灾之民今年田租，不足以苏其困。尔中书其奉行之。《康济录》

【国朝】陆氏曾禹曰：既荒后如病初起，不能抚绥，再加劳困，是不死于病笃之时，而反亡于初愈之日，不大可叹哉？麦熟矣，旦夕可免啼饥之苦，有麦则然。蚕毕矣，出入可释无衣之叹，无丝则否。故小民有些须之蓄，尤不可有耗散之端，倘徘徊歧路，归计无从，劫掠相侵，空囊如洗，或追呼逼迫，或礼义罔知，不仍如遭倒悬之苦耶？于以知安流、弭盗、停征、教养四者，皆抚绥之急务，自汉唐至元明所当急效者也。才履丰年，方臻熟岁，可不下体民心，上承天意，以固我金瓯哉？虽然，若弭盗而不归其流，则劫夺之

患不息，教养而不停其征，则妨民之困不除。农桑何由得盛？学校何从得兴？此又相因而为用者也。缺一不讲，乌乎可哉？《康济录》

景仁谨按：岁遭饥馑，赈济多方，民气稍苏，疮痍甫起，此正究图民瘼者所当加意斡旋之际也。沉疴减而调护有亏，则病加于小愈，大患平而抚绥未善，则困重于更生。夫元元之众，岂惟是免于饿莩，遂跻于仁寿哉？将使定其居，恒其业，室俱完聚，田不荒芜，风俗臻于朴茂，而后晏如也。抚之之道，大抵不外贷种、停征、安流、戢暴、字幼、省刑诸大端。贤司牧设诚致行，别有一片精神，一番作用，非徒循故事奉具文已也。牛种既贷，必计其耕耨之攸资；赋税既停，必察其追呼之不扰；辑流民，必俾以田庐可恋；去暴客，必俾之守望互勤；字幼必筹其保息；省刑必涤夫烦苛。其余救弊扶伤之政，因乎时地，随所设施，未可殚述。生养之道备，而后教化之事行。王符《潜夫论》曰：德政加于民，则多条畅姣好，坚强考寿；恶政加于民，则多罢癃尪病，夭昏札瘥。唐《循吏传》序曰：官得其人，民去叹愁，就妥安。盖凋耗之余，其抚摩而噢咻之者，有司之责成弥重焉。古圣人视民如伤，谓无伤若有伤也。今真受灾伤之后，解倒悬而登衽席，如寒极而春，旱极而雨，匪惟救之，又润泽之，庶几慎厥初，图厥终，苏积困者在一时，培元气者在数世焉。本朝爱育黎元，偶遇偏灾，赈恤之方，无所不用其极，固已无一夫失所矣，而来岁青黄不接，早廑宸衷，普锡春祺，特再展赈，或贷或缓，所谓勤恤民隐而除其害者，有加无已也！良有司宜何如宣上德意，引养引恬，俾永臻康裕也哉！

卷二十五　尚淳朴

时当饥馑，百计安全，疮痍既起，必俾之去靡黜浮，务本茂实，而后可观德化之成。夫凶岁多暴，际凋残而驱之从善，固难为功也，而瘠土向义，经愁苦而与之更新，亦易为力也。不崇节俭无以返朴，不敦风教无以还淳。司牧者以淳朴端所尚，斯新聚之财不至于耗，初泰之众不即于漓，筹荒政者，乃有以善其后也。为尚淳朴条第二十有四。

【汉】景帝后二年，地一日三动，令徒隶衣七综布，止马舂。(《史记》。景仁按：《家语》：齐大旱，春饥。景公问于孔子，对曰：凶年则乘驽马，驰道不修，祈以币玉，祭祀不悬，祀以下牲。此贤君自贬以救民之礼。夫人君遇灾，尚务抑损，况庶民乎？即民气稍苏，宜常念艰苦之时，爱惜物力。)

景帝末，文翁为蜀郡守，仁爱好教化。见蜀地僻陋，有蛮夷风，文翁欲诱进之。乃选郡县小吏有才者张叔等十余人，亲自饬厉，遣诣京师，受业博士，或学律令。数岁，蜀生皆成就还归，文翁以为右职，有至郡守刺史者。又修起学宫于成都市中，招下县子弟，以为学官弟子。高者以补郡县吏，次为孝弟力田。每出行县，从诸生明经饬行者与俱，使传教令。吏民见而荣之，由是大化。至武帝时，乃令天下郡国皆立学校官，自文翁为之始云。文翁终于蜀，吏民为立祠堂，岁时祭祀不绝。至今巴蜀好文雅。(《汉书》)

韩延寿守右冯翊，行县至高陵，民有兄弟相与讼田自言。延寿大伤之，曰：幸得备位为郡表率，不能宣明教化，至令民有骨肉争讼，咎在冯翊。是日移病不听事，闭阁思过。于是讼者宗族传相责让。此两昆弟深自悔，皆自髡肉袒谢，愿以田相移，终不敢复争。延寿开阁延见，与相对饮食，厉勉以意。延寿恩信周遍二十四县，莫复以辞讼自言者。(《汉书》)

召信臣视民如子，迁南阳守，禁止嫁娶送终奢靡，务出于俭。郡以殷富。(《汉书》)

成帝永始四年，诏曰：圣王明礼制，异车服，虽有其财而无其尊，不得逾制，故民兴。行今公卿列侯亲属近臣，未闻修身遵礼，或乃奢侈逸豫，车服嫁娶葬埋过制，吏民慕效，浸以成俗，而欲望百姓俭节，家给人足，岂不难哉？其申饬有司以渐禁之。(《汉书》)

永平之初，郡国多被饥困。樊准上疏曰：今可先令太官尚方考功上林池御诸官，实减无事之物，化及四方，人劳省息。(《后汉书》)

明帝永平十二年，诏曰：今百姓送终之制，竞为奢靡。生者无担石之储，而财力尽于坟土，伏腊无糟糠，而牲牢兼于一奠，糜破积世之业，以供终朝之费，子孙饥寒绝命于此，岂祖考之意哉？又车服制度，恣极耳目，田荒不耕，游食者众。有司其申明科禁宜于今者，宣下郡国。(《后汉书》)

杜诗迁南阳太守，性节俭而政治清平。以诛暴立威，善于计略，省爱民役，铸农器。

又修治陂池，广拓土田，郡内比室殷足。南阳为之语曰：前有召父，后有杜母。《后汉书》

羊续拜南阳太守，当入郡界，乃羸服间行，侍童子一人，亲历县邑，采问风谣，然后乃进。其令长贪洁，吏民良猾，悉逆知其状。郡内惊竦。时权豪之家多尚奢丽，续深疾之，常敝衣薄食，车马羸败。府丞尝献生鱼，续受而悬于庭。后又进之，续乃出前所悬者，以杜其意。灵帝欲以续为太尉。时拜三公者皆输东园礼钱千万，令中使督之，名为左骀。续乃坐使人于单席，举缊袍以示之，曰：臣之所资，惟斯而已！《后汉书》

仇览，名香，为蒲亭长。劝人生业，为制科令，至于果菜为限，鸡豚有数。农事既毕，乃令子弟群居，还就黉学。有陈元者，母告元不孝。览惊曰：母守寡养姑，奈何欲致子于不义乎？母感泣而去。览乃亲到元家，为陈人伦孝行，譬以祸福之言。元卒成孝子。乡里谚曰：父母何在在我庭，化我鸱枭（即鸥枭）哺所生。考城令王涣署为主簿，谓曰：陈元之过不罪而化之，得无少鹰鹯之志耶？览曰：以为鹰鹯，不若鸾凤。《后汉书》

【南北朝】【齐】庐陵王子卿为南豫州刺史，帝使陆慧晓为长史行事。别帝，问曰：卿何以辅持庐陵？答曰：静以修身，俭以养性。静则人不扰，俭则人不烦。上大悦。《南史》

【陈】孔奂除晋陵守，清白自守，妻子并不之官，惟以单船临郡，得俸即分赡孤寡。郡中号曰神君。富人殷绮见奂居处素俭，馈饷衣一袭、毡被一具。奂曰：太守身居美禄，何为不能办此？但民有未周，不容独享温饱耳！劳卿厚意，幸勿为烦！《陈书》

【北魏】韩麒麟拜齐州刺史。太和十一年，京都大饥，麒麟表陈时务曰：古先哲王经国立政积储九稔，谓之太平。今京师不田者多，游食之口三分居二，故顷年山东遭水而人有馁。今秋京都遇旱，谷价踊贵，实由农人不劝，素无储积故也。自丰穰积年，竞相矜夸，浸成侈俗，故耕者日少，田者日荒，谷帛罄于府库，宝货盈于市里，衣食匮于室，丽服溢于路。饥寒之本，实在于斯。愚谓凡珍玩之物，皆宜禁断，令贵贱有别，人归朴素。宰司四时巡行，台使岁一按检，勤相劝课，严加赏罚。数年之中，必有盈赡，虽遇凶灾，免于流亡矣！《北史》

尉迟迥表辛昂行成都令，到县即与诸生祭文翁学堂。因共欢宴，谓诸生曰：子孝臣忠，师严友信，立身之要如斯而已。不事斯语，何以成名？各宜自勉，克成令誉。昂言切理至，诸生等并深感悟，归告其父曰：辛君教诫如此，不可违之。于是井邑肃然，咸从其化。《周书》

【隋】公孙景茂转道州刺史，悉以秩俸买牛犊鸡猪，散惠孤弱不自存者。好单骑巡人家，阅视百姓产业。有修理者，于都会时乃褒扬称述；如有过恶，随即训导而不彰也。由是人行义让，有无均通，男女相助耕耘，妇相从纺绩。大村或数百户，皆如一家之务。《隋书》

赵煚（音景）转冀州刺史，市多奸诈。煚造铜斗铁尺置之于肆，百姓便之。上闻而嘉焉，诏天下如其法。尝有人盗田中蒿，为吏所执。煚曰：此刺史不能宣化故耳！彼何罪也？慰谕遣之，令人载蒿一车赐盗。盗愧恶过于重刑。《隋书》

【唐】高祖武德二年，诏曰：酒醴之用，表节制于欢娱；刍豢之资，致甘旨于丰衍。

然沉湎之辈，绝业亡资，惰窳之民，骋嗜奔欲。方今烽燧尚警，兵革未靖，年谷不登，市肆腾踊，趋末者众，浮冗尚多，肴羞曲魏，重增其费。救弊之术，要在权宜。关内诸州官民，宜断屠酤。（《康济录》）

太宗即位之初，尝与群臣语及教化。上曰：今承大乱之后，恐斯民未易化也！魏征对曰：不然！久安之民常骄佚，则难教；经乱之民多愁苦，则易化。帝从其言。（《康济录》）

肃宗时，李栖筠为常州刺史。岁旱，为浚渠灌田，遂大稔。捕斩宿贼张度支党皆尽。乃大起学校，堂上画《孝友传》，示诸生。为乡饮酒礼，登歌降饮，人人知劝。以治行进银青光禄大夫。苏州豪士方清诱流殍为盗，李光弼讨平之。会行军司马许杲擅留上元，有窥江吴意。朝廷以创残重起兵，即拜栖筠为浙西观察使，张设武备。杲惧，悉众渡江而溃。则又增学庐，表宿儒河南褚冲、吴何员等。超拜学官，身执经问义，远迩趋慕，至徒数百人。（《唐书》）

大历四年，马燧改怀州刺史。兵后大旱，人失耕稼。燧务修教化，将吏有父母者，辄造之施敬。收瘞暴骨，去其烦苛。至秋界中生稆谷，人颇赖之。（《旧唐书》）

醴泉令缺，德宗曰：前使泽潞不受币者，其人清，可用也。遂以授冯伉。县多嚣猾，数犯法。伉为著《谕蒙书》十四篇，大抵劝之务农进学，而教以忠孝。乡乡授之，使转相教督。（《唐书》）

【宋】仁宗时，右司谏庞籍奏曰：臣窃思东南上供粮石，每岁六百万石。至府库物帛皆出于民，民饥年艰食，国家若不节俭，生灵何以昭苏？臣今取草子封进，望宣示六宫藩戚，庶抑奢侈以济艰难。（《宋史》）

横渠张子初为云岩令，岁歉，家人恶米不凿，将舂之。先生亟止之，曰：饿殍满野，虽蔬食且自愧，又安忍有择乎？甚或咨嗟对案，废食者数四。（《习是编》。景仁按：康熙二十年，于清端成龙总督两江，在官日食粗粝，佐以菜。年饥，屑糠杂米为粥，举家食之。客至亦以进，谓曰：如法行之，可得留余以赈饥民也。大吏清节自励，无非志在活民，得横渠先生之意。）

沈度为余干令，父老以三善名其堂。一曰田无废土，二曰市无游民，三曰狱无宿系。（《习是编》）

朱子知彰州，奏除属县无名之征，岁免七百万。以俗未知礼，采古丧葬嫁娶仪制，揭以示民。命父老传训其子弟，拆毁淫祠，禁士女游集僧舍。风教一端。（《习是编》）

刘清之通判鄂州，改衡州，缓杂征，戒预折，治顽梗，枊吏奸，费用有节，渗漏有防，郡计渐裕，民力稍苏。尝作《谕民书》一编，首言畏天积善，勤力务本，农工商贾莫不有劝。教以事亲睦族，教子祀先，谨身节用，利物济人，婚姻以时，丧葬以礼。词意质直，简而易从。邦人家有其书，非理之讼日息。念士风未振，每因月讲。复具酒肴燕诸生，相与论学，设为疑问，以观其所向，然后从容示以本末先后之序。其所讲先正经，次训诂音释，次疏先儒议论，次述今所绎之说，然后各指其所宜用。学者治心治身治家治人，确然皆有可举而措之之实。（《宋史》）

【元】仁宗皇庆二年，御史中丞郝天挺上疏论时政，陈七事：一曰惜名爵，二曰抑浮

费，三曰止括田，四曰久任使，五曰论好事，六曰奖农务本，七曰励学养士。诏中书举行之。（《元史》）

【明】洪武三年，诏禁民僭侈。凡庶民之家，不得用金绣锦绮纻丝绫罗，止许用绸绢素丝。其首饰钏镯，并不许用金玉珠翠，止用银。五年，诏古之丧礼，以哀戚为本，治丧之具，称家有无。近代以来，富者奢僭犯分，力不及者揭借财物，炫耀殡送。及有惑于风水，停枢经年，不行安葬。宜令中书省集议定制，颁行遵守，违者论罪如律。十四年，令农民之家，许穿绸纱绢布，商贾之家，止许穿绢布。如农民之家，但有一人为商贾者，亦不许穿绸纱。（《康济录》）

洪武十八年，谕曰：自奇巧之技作，而农桑之业废。一农执末，百家待食，一女事织，百夫待衣，欲人无贫得乎？朕思足食在于禁末作，足衣在于禁华靡，宜申明天下，四民各守其业，不许游食，庶民之家，不许衣锦绣，庶可绝其弊也。（《通鉴纲目三编》。景仁按：嘉靖十年，世宗御豳风亭，召大学士翟銮等同观收获，举祖训曰：衣帛当思织妇之劳，食粟当思农夫之苦。以此观之，米粒粒皆辛苦也。然则耕织艰辛，君相尚不敢忘，况小民而可恣情侈汰乎？）

【国朝】陆氏曾禹《尚节俭总论》曰：奢与俭较，俭固美矣！但俭而不能有益于人，不因吾俭而去其奢，或恶其奢而师吾俭，此即于陵仲子之流矣。昔宋均有言，廉吏清在一己，无益百姓也。故其廉兼能济人，末俗颓风赖之以振，始可称有功于斯世耳。白香山有云：人民之贫困者，由官吏之纵欲也；官吏之纵欲者，由君上之不能节俭也。故上一节其情而下有以获其福，上一肆其欲而下有以罹其殃。此至言也！《易》曰：节以制度，不伤财，不害民。曷弗以身先之，因万姓之仓箱，而为久安长治之道哉！又《敦风俗总论》曰：民之日流于污下，而不能享太平之福者，人知之乎？皆由未知孝弟忠信礼义廉耻之为重耳！如父兄能以此教子弟，师友能以此晓愚蒙，在位者察其言行，奖其淳良，惟恐身之不端而见弃于大人君子矣！风俗有不敦者哉？但异端不息，则人心难正；学校不兴，则教化不广；孝弟有亏，则人伦未备；冤狱不申，则明慎多惭。呜呼！小民之焦劳初释，衣食方充，若不身自力行，格彼非心，虽处于丰亨明盛之时，恐亦变而为颓败委靡之俗。历稽往哲，非皆以善政得民心，力任移风易俗之仁人耶！（《康济录》）

景仁谨按：孟子言：食时用礼，财不胜用，其效见于菽粟如水火，而民无不仁。惟土物爱厥心臧，所贵图匮于丰，则民有盖藏而风化可几也。与梁惠王论荒政，先之以撙节爱养，而养生送死无憾，为王道之始；继之以田宅树畜，尽法制品节之详，而孝弟达乎道路，为王道之成。允哉！筹荒政者，非徒补救于目前，而必端民之习尚，亦在崇节俭以返朴，敦风教以还淳而已。我朝久道化成，仁育义正，圣祖仁皇帝《圣谕十六条》，咸切于人伦日用之实。雍正二年，世宗宪皇帝寻绎推衍，御制《广训万言谕》，往复周详，牖民觉世，固宜家喻户晓矣。五年谕：朕生平爱惜米谷，每食之时，虽粒米不肯抛弃。以朕玉食万方，岂虑天庾之不给，而所以如此撙节爱惜者，实出于天性自然之敬慎，并不由勉强。且以米谷乃上天所赐以生养万民者，朕既为亿万生民计，不敢轻忽天贶。尔等绅衿百姓，独不自为一身一家计乎？若恣情纵欲，暴殄天物，则必上干天怒，水旱灾祲之事，皆所不免等因。钦此。彝训惓惓,示之身教,凡以稼穑惟宝,所当力戒狼戾,敬迓康年,为闾阎计久长也！高宗纯皇帝《钦定大清通礼》,凡民间饮食衣服嫁娶丧祭之纪,靡不辨其等威,议其度数,所以整齐万民,防淫救散者,其道甚备。仁宗睿皇帝御制《崇俭诗》,黜华务实,革薄从忠,猗欤至矣！使小民果能遵信奉行,久而勿怠,虽累凶年,民弗病也。顾愚氓狃于所安,其气易胜,其情易流,奢侈僭滥,习为故常,一裘费中人之产,一宴糜终岁之储,浸至紊典章,坏风俗,而不顾此饥寒之原也,灾荒所自起也。然而无事之时,玩于所忽,被疮之后,怵于所危,还淳返朴之机,意在斯乎？古者年不顺成,八蜡不通,殆亦凶荒杀礼之意。及夫饔飧粗给,惧其侈心之将萌,则必慎乃俭德以早遏其流,告以丝粟之孔艰,而谋其可继,惕以饥荒之未远,而为之豫防,勿征逐以纵口腹之欲,勿称贷以饰耳目之观,即岁时伏腊,斗酒娱宾,从俗从宜,归于省啬,谨身节用,仰足以事,俯足以育,为祖宗惜积累之劳,为子孙留有余之福,斥骄淫,杜浮靡,风俗渐臻朴茂焉。又为之谨庠序之教,申孝弟之义,德色不见于耰锄,诟语不闻于箕帚,家庭之际蔼如矣。犯齿不形于觞豆,失德不启于干糇,族党之间秩如矣。和协辑睦于是乎兴,敦庞纯固于是乎成,民皆弃末而反本,背伪而归真,非在上者克端其习,尚不及此。夫惟贤司牧志在导民,勤宣圣化,以身先之,敦羔羊素丝之节,以礼齐之,乐吹豳饮蜡之风。《诗》曰:民之质矣,日用饮食。群黎百姓,遍为尔德。用是风雨和甘,共跻熙皞,即有歉岁,亦鲜饥民,久安长治,允升于大猷,岂不盛哉？

卷二十六　任贤能

有治法尤贵有治人，《周官》使民兴贤出使长之，使民兴能入使治之。凡列之朝廷与夫布之州党乡遂者，靡不择人而任焉，况救荒之事，关系民瘼者乎？惟贤则有勤恤之念，而岂弟於以有孚，惟能则有干济之才，而措置於以悉当。贤能者荒政之要领也，苟非其人，则仁政皆弊政矣。为任贤能条第二十有五。

【汉】董仲舒曰：今之郡守县令，民之师帅，所使承流而宣化也。故师帅不贤，则主德不宣，恩泽不流。是以阴阳错缪，氛气充塞，群生寡遂，黎民未济，皆长吏不明，使至于此也。(《汉书》)

孝宣帝常称曰：庶民所以安其田里，而无叹息愁恨之心者，政平讼理也。与我共此者，其惟良二千石乎？以为太守吏民之本也，数变易则下不安，民知其将久，不可欺罔，则服从其教化。故二千石有治理效，辄以玺书勉励，增秩赐金。(《汉书》)

黄霸为颖〔颍〕川太守，力行教化而后诛罚，务在成就全安。长吏许丞病聋，督邮白欲逐之。霸曰：许丞廉吏，虽老重听何伤？数易长吏，送故迎新之费，及奸吏缘绝簿书盗财物，公私费耗甚多，皆当出于民；所易新吏，又未必贤。凡治道，去其泰甚者耳！霸以外宽内明，得吏民心，治为天下第一，征守京尹。(《汉书》)

明帝永嘉三年，荆州刺史郭贺官有殊政。上赐以三公之服，黼黻冕旒，敕行部去幨帷，使百姓见其容以彰有德。(《后汉书》)

章帝诏曰：俗吏矫饰外貌，似是而非，揆之人事则悦耳，论之阴阳则伤化。安静之吏，悃愊无华，日计不足，月计有余。如襄城令刘方，吏人同声谓之不烦，斯亦殆近之矣。夫以苛为察，以刻为明，以轻为德，以重为威，四者或兴，则下有怨心。吾诏书数下，而吏不加理，人或失职，其咎安在？勉思旧令，称朕意焉。(《后汉书》)

【南北朝】【宋】文帝元嘉十二年，东土饥，遣扬州治中从事史沈演之巡行所在。演之表曰：宰邑敷政，必以简惠成能；莅职阐治，务以吏民著绩。窃见钱塘令刘道真、余杭令刘道锡皆奉公恤民，恪勤匪懈，百姓称咏。初被水灾之时，余杭高堤决溃，洪流迅激，势不可量。道锡躬先吏民，亲执版筑，塘既屹立，县邑获全。经历诸县，访核名实，并为二邦之首最，治民之良宰。上嘉之，各赐谷千斛。(《宋书》)

【齐】武帝永明三年，诏：守宰亲民之要，刺史按部所先，宜严课农桑，相土揆时，必穷地利。若耕蚕殊众，足励浮惰者，所在即便列奏。其违方矫矜，佚事妨农，亦以名闻，将明赏罚以劝勤怠，校核殿最，岁竟考课，以申黜陟。(《齐书》)

【北魏】孝文帝延兴二年，诏曰：顷者以来，官以劳升，未久而代。牧守无恤人之心，竞为聚敛，送故迎新，相属于路，非所以固人志，隆政道也。自今牧守，温良恭俭，克己奉公者，可久于其任，岁积有成，迁位一级。其贪残非道，侵削黎庶者，虽在官甫尔，必加黜罚。著之于令，以为彝准。(《北史》)

【北周】苏绰授度支尚书，奏曰：今之选举，当不限资荫，唯在得人。凡所求材艺者，为其可以理人。若有材艺而以正直为本者，必以材而为理也。若有材艺而以奸伪为本者，将因其官而乱也。故将求材艺，必先择志行善者则举之。但能勤而审之，去虚取实，各得州郡之最，则人无多少，皆足化矣，孰云无贤？《北史》

【唐】德宗贞元二年正月，诏：亲人之任，莫切于令长。导王者之泽以被于下，求庶人之瘝以闻于朝，得失之间，所系甚大！昨者详延群彦，亲访嘉猷，尚书司勋员外郎窦申等十人，洁己贞明，处事通敏，人不流亡，事皆办集，就加宠秩，允叶前规。呜呼！弛张系于理，不系于时，升降在乎人，不在乎位。非次之恩，以待能者，彰义黜恶，期于必行。凡百君子，各宜自勉。《唐书》

卢怀慎迁右御史台中丞，上疏曰：子产贤者，为政尚累年而后成，况常材乎？比牧令或一二岁或三五月即迁，使未迁者企踵以望，冒进亡廉，何暇宣风恤人哉？百姓日敝，职为此耳！人知吏之不久，不率其教，吏知迁之不遥，不究其力。臣请都督刺史、上佐畿令，任未四考，不得迁。治有尤异，加赐车裘禄秩。公卿缺，则擢之以励能者；不职或贪暴，免归田里，以明赏罚之信。《唐书》

陈子昂擢正字，垂拱初，武后赐笔札，令条上利害。子昂言：九道出大使巡按天下，申黜陟，求人瘝，莫如择仁可以恤孤、明可以振滞、刚不避强御、智足以照奸者，然后以为使。故辐轩未动，而天下翘然待之。今使未出，人已指笑，使愈出，天下愈敝，徒令百姓治道，送往迎来，不见其益也。愿陛下更选有威重风概为众推者，谆谆戒敕所以出使之意，乃授以节。陛下知难得人，则不如少出使矣。刺史县令，政教之首。陛下下诏书，必待刺史县令谨宣而奉行之，不得其人则委弃。有司挂墙屋耳，百姓安得知之？一州得才刺史，十万户赖其福；得不才刺史，十万户受其困。国家兴衰，在此职也。今庸人皆任县令，教化之陵迟，顾不甚哉！天下有危机，祸福因之而生。静则有福，动则有祸，百姓安则乐生，不安则轻生者是也。今或困水旱，或顿兵疫，死亡流离略尽，尚赖陛下悯其失职，使人得妻子相见，父子相保，可谓能静其机也！《唐书》

张九龄为左拾遗，言乖政之气，发为水旱，天道虽远，其应甚迩。昔东海枉杀孝妇，天旱久之。一吏不明，匹妇非命，则天昭其冤。况六合元元之众，悬命于县令，宅生于刺史，陛下所与共治，尤亲于人者乎？若非其任，水旱之由，岂惟一妇而已。氓庶国家之本，务本之职，乃为好进者所轻，承弊之民，遭不肖所扰，圣化从此销郁。臣愚谓欲治之本，莫若重守令，守令既重，则能者可行。宜遂科定其资，凡不历都督刺史，虽有高第，不得任侍郎列卿，不历县令，虽有善政，不得任台郎给舍。都督刺史，虽远者使无十年任外。又古之选士，惟取称职。今千百刀笔之人，溺于文墨，巧史猾徒，缘奸而奋。胶以格条，据资配职，为官择人，初无此意，故官曹无得贤之实。今若刺史县令精核其人，则管内岁当选者，使考才行可入流品，然后送台；又加择焉，以所用众寡为州县殿最，则州县慎所举，可官之才多矣！《唐书》

【宋】仁宗、英宗一遇灾变，恐惧修省见于颜色，恻怛哀矜形于诏旨。其虑民也既周，其施民也益厚。一时牧守，亦多得人。如张咏之治蜀，富弼之移青州，知郓州刘夔，知越州赵抃，救荒之法具焉。绍兴六年，潼川守臣景兴宗、广安军守臣李瞻、果州守臣王鹜、汉州守臣王梅，活饥民甚众。前吏部郎中冯楫亦出粟以助振给。兴宗升一职，瞻、鹜、梅、楫各转一官。十年，通判婺州陈正同振济有方，穷谷深山之民无不沾惠。以其法下诸路。《宋史》

神宗熙宁二年，遣使赈济河北流民。司马光言：京师之米有限，河北之流民无穷，莫若择公正之人为监司，使察灾伤州县，守宰不胜任者易之。各使赈济本州县之民，则饥民有可生之路，岂得有流移？《宋史》

韩璩知澶州，坐失举，降太常少卿。河决，璩昼夜捍御。神宗念其劳，复故官大中大夫。吏事绝人，澶州民怀思之。《宋史》

范仲淹当国，阅监司簿之不才者，一笔勾之。富弼曰：一笔勾之甚易，但恐一家哭矣！仲淹曰：一家哭，何如一路哭耶？《纲鉴》

哲宗绍圣元年十一月，诏河北赈饥诸路，恤流亡官吏，有善状才能显著者以闻。《宋史》

孝宗乾道七年，臣僚言：诸路旱伤，请以检放展阁，责之转运司；籴给借贷，责之常平；觉察妄滥，责之提刑；体量措置，责之安抚。上谕宰执曰：转运司止令检放，恐他日赈济，不肯任责。虞允文奏曰：转运司管一路财赋，谓之省计。凡州郡有余不足，通融相补，正其责也。《宋史》

孝宗淳熙八年七月，赏监司守臣修举荒政者十六人。十二月癸卯朔，以徽、饶二州民流者众，罢守臣官。丙辰，诏县令有能修举荒政者，监司郡守以名闻。《康济录》

綦崇礼尝进唐太宗录刺史姓名于屏风故事，曰：连千里之封，得一良守，则千里之民安；环百里之境，得一良令，则百里之民悦。牧民之吏，咸得其良，则治功成矣！《宋史》

理宗嘉熙三年，临安饥，民相携溺死。命故守臣赵与懽仍知临安府事，与懽涕泣奉诏，急榜谕曰：各全性命，伫沐圣恩。都人遂相戒毋死。与懽上则祈哀公朝，下则推诚劝分，甘雨随至，米商大集，流移至者亦有以济之。《宋史》

潘潢覆《积谷疏》内有云：凡境内有圩岸坝堰坍缺，陂塘沟渠壅塞，务要趁时修筑坚完，疏浚流通。倘坏久不修，修不完固，或因而害民者，并为不职，从实按勘施行。遇该考满，务查水利无坏，方许起送。有能为民兴利，具奏不次擢用。该管官员亦照所辖完坏多寡分数，定注贤否，一体旌别。《康济录》

【元】武宗至大二年，诏：即位以来，恒以拯灾恤民为务，而恩泽犹未溥博，流离犹未安集，岂有司奉行弗至欤？今特命中书省选内外官僚，专以抚治为事。简汰冗员，撙节浮费，一新政理，以称朕怀。《康济录》

文宗时，监察御史撒里不花、张士宏等言：朝廷政务，赏罚为先。夫功之高下，过之重轻，皆系天下之公论。愿命有司务合公议，明示黜陟，功罪既明，赏罚攸当，则朝廷肃清，纪纲振举，而天下治矣！文宗嘉纳之。《康济录》

张光大云：择人委任为第一要事，若委任得人，自然无弊。君子作事谋始，赈济之方尤为当慎。若一概委用富豪之家，则富而好义者少，为富不仁者多，其害有甚于吏胥无藉之辈。今后莫若选择乡里有德望诚信谨厚好义之人，或贤良搢绅素行忠厚廉介之士，不拘富豪，但为众所悦服者，许令乡民推举，使之掌管，庶几储积不虚，凶年饥岁，得以济民也。《康济录》

【明】宪宗成化元年秋，两畿、湖广、浙江、河南饥，给事中袁芳等上言：比来救荒无术，老弱转死，丁壮流移，南阳荆襄流民十余万。两京浙豫或水或旱，禾麦绝收。乞敕官司赈济。于是命王恕及浙豫抚按各赈其属。旋遣工部侍郎沈义往保定，佥都御史吴琛往淮阳。义、琛无他策，惟条上纳粟事例，既而皆以不恤民瘼斥罢。《通鉴纲目三编》

孝宗宏治十年二月，巡抚凤阳都御史李蕙奏：致仕六安州知州刘鉴前在州四年，积预备仓粮余十万石。后致仕，适连岁荒歉，州民赖仓粮存济者甚众，请加旌异。上曰：鉴虽致仕，余惠在民。其仍进阶奉政大夫，以劝为民牧者。（《康济录》）

林希元疏云：救荒无善政，使得人犹有不济，况不得人乎？臣愚欲令抚按监司，精择府县官之廉能者，使主赈济。正印官如不堪用，可别择廉能佐贰，或无灾州县廉能正印官用之。盖荒事处变，难以常拘也。至于分赈官员，可令主赈官择之。事完，官则上之吏部，府县学职等官视此黜陟，举人监生等人员视此为除授；民则上之抚按，别其赏罚。如此则人人有所激劝，而荒政之行或庶几乎！（《康济录》）

御史钟化民救荒，谕所属曰：司厂不可用在官人。各地方保甲里耆公举富而好礼者，州县官以乡宾礼往请，破格优礼，谕以实心任事。厂内利弊，陈请即行。月给官俸，能使一厂饥民得所，旌以彩币匾额，倍之者给以冠带，或为骨肉赎罪。富室捐赈，视其多寡，与司厂者同赏格。（景仁按：赎罪句下，原文尚有"或欲子弟采芹，惟其所欲"十字。窃谓办荒实有劳绩，与出资救饥者，优予以币额章服之褒，皆所应尔。其赎罪一事，核其情可矜疑，如《书》所云非终乃惟眚者，犹可破格听赎。至于子弟采芹，则燕髦之典，借以鬻恩，庠序杂而益滥，不可施行。成化三年，令南畿、浙江、江西、福建诸生纳米济荒，得入监。姚文敏愈奏罢之，固当。且末俗之营求无厌，当官之鼓励有方，安可任其所欲乎？是以删此二语。）既谕之后，又巡历各方，用拾遗法，得实心任事，多方全活灾民。贤之尤者，即破格荐扬；贪暴纵恣，以致饿殍枕籍，不肖之尤者，即时驰参。以故群吏实心任事，饥民多所全活。（《康济录》。景仁按：拾遗法预令饥民进见时，人具一纸，勿书姓名，开所当兴当革，及官吏豪猾有无侵克横行，散布于地，即与兴革处分，然必择其金同者而后察之。窃谓近世人心浇薄，此法易滋横议告讦之风；即众论金同，难保无纠集党同之弊，行之极须斟酌。姑存以备一法。）

【国朝】陆氏曾禹《求才能总论》曰：天下事未有不得人而能理者也，况歉岁哉？事起急迫，人非素练，老幼悲啼，妇女杂乱，厉之以严，则饿体难加扑责，待之以宽，则散漫莫肯循规，加之吏胥作弊，致使饿莩盈途，故不得人其何以济？昔王梅溪守泉州，会邑宰，勉以诗云：九重天子爱民深，令尹宜怀恻隐心。今日黄堂一杯酒，使君端为庶民斟。使为太守者皆若梅溪之存心，又何患乎令之不善也？总之在君相当郡县是求，在郡县宜乡耆是选。递相慎择，必得其人，任之以事，自无不济。《必赏罚总论》曰：古云有功不赏，有罪不罚，虽唐虞不能以化天下。昔高澄问政要于杜弼，弼曰：天下大务，莫过于赏罚。赏一人使天下之人喜，罚一人使天下之人惧。二事不失，自然尽善。灾伤之际，不有贤良建策斡旋，解民倒悬，出之汤火，孰与活垂毙而生饿莩？《礼记》云：报功。可见赏罚者致治之大典也。城乡有孝弟节义之人，或敦伦、或济世者，一并表扬，以彰有德。（《康济录》）

景仁谨按：《书》曰：建官惟贤，位事惟能，未有不得人而能致治者。矧荒政端绪至繁，关系甚巨，林佥事首言得人难，岂虚语哉？苟得其人，虽前代已坏之法，斟酌出之，而民亦可被其泽。不得其人，虽昔人至善之法，拘泥行之，而民亦且罹其殃。天下无不敝之法，独赖有不敝之人耳！《周官》太宰八统驭民，三曰进贤，四曰使能。郑注：贤有善行者，能多才艺者。乡大夫，疏则谓贤者德大，能者德小。其说近之。贤者岂尽无能，而学问深谨，则才华不须表暴，经纬自克咸宜；能者岂尽不贤，而干略优长，虽诣力未底粹精，盘错具有可试。然则贤与能交相须也。当夫灾祲既形，穷黎待命者千万计，非有济时之志，通经之学，烛奸之识，应变之才，不足以拯生灵于沟壑而康保之。乃贤能之人，其品量又各有等差矣。果能知人善任，用其全可也，用其偏亦可也，任以总可也，任以分亦可也。灾荒之际，自勘灾厘户，以至散赈安流诸大政，或次第施行，或同时并举，所藉于群策群力者，不可胜数，安能尽得全才而任之？此在首择一用人之人为要矣。用人之人得其人，则所用之人皆得其人，类相致也。随材器使，位置悉当，善于驾驭，舍短取长，所谓用智去诈，用勇去暴，用仁去贪，不遗葑菲之采，何难广收指臂之助乎？惟督抚膺节钺，率百僚，统乎一省之吏治，藩臬各道旬宣廉察，责重监司，固皆能用人之人也。在一郡一州一县，则太守牧令即能用人之人也。院司宜太守牧令是求，而佐贰之奉委者并精其选，牧令宜搢绅耆硕是访，而吏胥之受役者亦简其良。自上下下，大法小廉，百执事之人，无一金壬厕其间，虽才力有优绌，阅历有浅深，而形端表正，惟既厥心，惟慎厥事，总可除弊窦而普恩施。此贤能为荒政之纲维，庶司之得人，尤在大吏之得人已。我朝慎简贤良，为地方大吏，旁招俊乂，列于庶位，厘工熙绩，不独荒政一端，而救荒关民生之休戚，至为切近，尤以举贤援能为亟也。恭查顺治十年，遣部院堂官，会同江南督抚赈淮扬灾民。康熙九年，遣部院堂官往勘淮扬水灾。三十六年，直省被灾地方，差户部贤能司员一人会同抚臣确勘。雍正五年，遣大臣御史分往直隶被灾处所勘察散赈。六年，遣侍郎副都统科道翰林往直隶被水各处查勘赈济。嗣以星轺出使，不免供顿之烦，每遇灾荒，即责成本省督抚查办，训诫谆谆，则得人以任众职，大吏之责弥重矣。乾隆三年议准：办赈各官，如果实心实力，使灾黎不致失所者，督抚保题；抚绥得宜，办事妥协者，题请议叙。其有不实力奉行，厘剔弊端者题参。若私征勒派，扣克侵肥者，指参计赃科罪。国家励世磨钝之大权，于办灾特著旌别之典，岂非欲得贤能以泽民生而固邦本哉？皇上本知人之哲，孚安民之惠，而于办赈出力各员，分别奖擢，所以鼓励群材，乃所以爱育黎庶也。诚使大吏谨择亲民之官，主持赈务，其委查各员亦必遴忠信慈惠者而使之，以至绅士之招延，胥徒之奔走，靡不审慎焉。临事既得所倚畀，而凡先事之绸缪，后事之补救，措则正，施则行，计过无憾而后即安，庶几跻斯民于仁寿，达下情，宣上德，而勿贻徒善徒法之讥矣！

卷二十七　严保甲

大司徒施教法于邦国都鄙，使各以教其所治民。五家为比使相保，五比为闾使相受，四闾为族使相葬，五族为党使相救，五党为州使相赒，五州为乡使相宾。族师邦比之法，十家十人八闾俱为联，使之相保相受，刑罚庆赏相及相共。比长掌比之治，五家相受相和亲，有罪奇衺则相及。此保甲之法所自昉也。周制始于五家，而终于万有二千五百家之众。绳贯珠联，了如指掌。于州乡联其民，复于师田联其徒，伍两卒旅师军之制悉寓于此，恩足相恤，义足相救，服容相别，音声相识，比追胥，令贡赋，咸于是乎在焉。后世师其遗意以行保甲，庶政之权舆，即荒政之根柢也。遇灾审户，不难按籍而稽，要在平居无事之时，讲求有素矣。为严保甲条第二十有六。

【周】《管子·禁藏篇》云：夫善牧民者，非以城郭也，辅之以什，司之以伍。伍无非其人，人无非其里，里无非其家，故奔逃者无所匿，迁徙者无所容，不求而约，不召而来，民无流亡之祸，吏无备追之忧。主政可往于民，民心可系于主。（《管子》。景仁按：商鞅什伍之法，五家为保，十家相连收司。一家有罪，九家举发；若不纠举，十家连坐。其法亦本《管子》，而处心残忍，使民相率为刻薄之小人。敬仲轨里连乡之制，仿周官而变通之，俾逃亡迁徙者易为稽察，犹得乡田同井守望相助遗意。）

【宋】张咏守蜀，春粜廪米，其价比时减三分之一，以济贫民。凡十户为保，一家犯事，一保皆坐不得粜。民以此少敢犯法。王文康知益州，献议者改咏之法，穷民无所济，复为盗。文康奏复之。其赈粜法，人日二升，团甲给票赴场请粜。始二月一日，至七月终。岁出六万石。蜀人大喜，为之谣曰：蜀守之良，先张后王。惠我赤子，俾无流亡。何以报之？祝寿而康。（《康济录》。景仁按：神宗时，王安石立保甲法。十家为保，五十家为大保，十大家为都保。选众所服者二人为都保正副。凡保丁，听自置弓箭武艺。诸州藉保甲聚民而教之。安石本意亦欲寓兵于农，而训练无时，转妨农务，且又责以捕盗催科，民不胜扰。是祖周官而误者也。张忠定于平粜行之，以十家除一人之弊，舆颂翕然。程子、朱子施行，并有成效。可见留心济世者，法古而不泥古。保甲之良法，为圣贤所重，舍此无以联络人情，剔除奸弊，未可以荆公所行而訾嗷之也！）

程纯公为晋城令，度乡村远近为伍保，使之力役相助，患难相恤。孤茕残废者，责之亲党，使无失所出其途者，疾病皆有所养。乡必有校，时亲至，召父老与之语。儿童所读书，亲为正读。教者不善，则为易置，择其子弟之秀者聚而教之。乡民社会，为立科条，旌别善恶，使有劝有耻。在县三载，民爱之如父母。（《宋史》）

范仲达为袁州万载令，善行保伍法，虽有奸细，一无所容。每有疑似无行止之人，保伍不敢著，互相传送至县。县验其无他，方令传送出境。讫任满，无一寇盗。后张定叟知袁州，欲觅其法，有县吏略记保甲之大概云：县郭四门外，置隅官四人，所以防卫而制变者也。一个隅官，须各管得十来里，方可。若诸乡则置弹压之类，而不复置隅官，默寓大小相维之意。其用人子弟，必使竭力料理。非比泛泛，每以旌赏拔擢而激劝之。（《康济录》）

朱文公于建宁府崇安县因荒请米，既建社仓，乃立保甲法。其法以十家为甲，甲推一首，五十甲推一人通晓者为社首，逃军无行不得入甲。凡得入者，又问其愿与不愿。惟愿

者问其大小口若干，共登一簿，以便稽查。(《康济录》)

从政郎董煟曰：官司平日宜豫先抄劄，五家为甲。有死亡迁徙，当月里正申县改正。凡知县到任，责令用心抄劄存县，庶免临期里正有卖弄之弊。(《康济录》)

【明】张朝瑞行保甲法，或言往岁赈饥皆领于里甲，今编保甲以代之，何也？曰：国初之里甲，犹今时之保甲。昔相邻相近，故编为一里。今年远人散，每见里长领赈，辄自侵隐，甲首住居窎远，难以周知。及知而来，来而取，取而讼，讼而追，追而得，计所得不足以偿所失，故强者怒于言，懦者怒于色，只得隐忍而去。甚有鳏寡孤独之人，里甲保甲互相推诿，使民死于沟壑，无可控诉者，难以数计。不若立为画一之法，俱归保甲。盖凡编甲之民，萃聚一处，呼唤易集，贫富易知。昔熙宁就村赈济，张咏照保粜米，徐宁孙逐镇分散，朱文公分都支给，皆用此法也。(《康济录》)

王文成守仁巡抚江西，行十家牌法，曰：凡置十家牌，须先将各家门面小牌挨审的实。如人丁若干，必查某丁为某官吏，或生员，或当差役，习某技艺，作某生理，或过某房出赘，或有某残疾，及户籍田粮等项，俱要逐一查审的实。十家编排既定，照式造册一本留县，以备查考。及遇勾摄及差调等项，按册处分，更无躲闪脱漏。一县之事，如指诸掌。(《王文成公集》)

周文襄忱曰：弭盗安民，莫良于保甲法。为弭盗而设，是以治之之道编之也。人情莫不偷安，故其成之也难。为赈济而设，是以养之之道编之也。民情莫不好利，故其成之也易。今令各府州县择廉能佐贰一员，专董其事。大概先将城内以治所为中央，每保统十甲，各设保正副等人，每甲统十户，设甲长一人，分东西南北，以东一保、东二保、东三保等为号，南与西北亦如之。其在乡四方保正副，皆以此为法。(《康济录》。景仁按：文襄所论编保甲之道甚善，惟以在城之保正副，统在乡之保正副，多一层控制，多一层牵制。陆氏曾禹亦谓近于穿凿，特从删节。)

【国朝】黄子正给谏六鸿论曰：保甲之设，所以弭盗逃而严奸宄，又有古寓兵于农之意焉。古者守令皆得主兵以率战，今之州邑惟数人供奔走而已。若仿井田出甲卒之法，以遴选乡壮而训练之，使知义勇而乐战，夫非寓兵于农之意乎？保甲之法，十家有长曰甲长，百家有长曰保正，一乡有长曰保长，以次相统属而行稽察之政焉。至于壮丁，无事则暇日以教练，有事则闻警以救援，皆保甲长相率而趋，夫非古军旅卒伍之用乎？然而保甲长类多报充，必亲加选拔，足以驭众而急公，视才之大小以为用。是又将用命卿，师旅用大夫，卒伍用上中士之意也。今设保甲壮丁，分布城乡，联络村舍，平时修防讲备，临事协力救御。至于保里之中，有德善孝弟，则举而旌之，有无良匪类，则举而惩之。子弟训之谦和而好礼，父老劝其推恤而好义。一里一乡如是，各里各乡皆如是，有不雍雍然同古政行俗美之世哉！夫所谓保甲之害者，如王荆公抽民兵以远事征伐，妨农稼以简阅戎伍，使百姓军装糇粮而自备，死亡穷困而莫哀，是其所以为害也。所谓保甲之利者，如王文成公之抚赣，命州邑设保甲以综理一乡，立甲长以稽查十户，清排门使奸宄之无可藏，选壮丁使防御之有足恃，是其所以为利也。推原其故，荆公驱民以为兵，以之远战于边隅；文成简壮以为民，以之近守其闾里。其利害之相去倍蓰，不较然乎？今州邑修举保甲，能得其要而行之，将诘奸不出于其家，防护不出于其村，御侮不出于其里，是一家一村一里之民各自为卫也。即其近家之人而为之甲长，近村之人而为之保正，本里之人而为之保长，是甲长保正诸人皆熟识也。其甲保长等必选择而任之，是其人必老成奉法者。至于传集征召，不同公差，查报拘催，不烦牒票，悉听保甲之自为承禀，百姓获终岁之安，官司无一文之费。若是，行之者既有实效，奉之者亦无烦扰。由一邑推之一省，由一省推之天下，诚弭盗戢奸之善政也！又安见其为厉民而可废之哉？《福惠全书》

陶子师元淳知昌化县，议复何同知条陈曰：自古法无全利，亦无全害。上下皆以实心行之，则有利无害，皆以文法行之，则有害无利。且如保甲法，清查户口，讥察出入，此大利也。每乡置循环簿，月朔报县，而县之官吏即借文法以需索于乡，季终报郡，而郡之胥役即借文法以需索于县，则一害也。择其利而去其害，此则存乎宪裁，非州县所敢专决者也！《南崖集》

彭九峰鹏巡抚广东示曰：保甲行而弭盗贼，缉逃人，查赌博，诘奸宄，均力役，息武断，睦乡里，课耕桑，寓旌别，便赈贷，无一善不备焉。行之不善，则民累滋甚。如旧例朔望乡保赴县点卯守候，一累也；刑房按月两次取结索钱，二累也；四季委员下乡查点，供应胥役，三累也；领牌给牌，纸张悉取诸民，四累也；遣役夜巡，遇梆锣不响，即以误更恐吓，馈钱乃免，五累也；又保甲长托情更换，倏张倏李，六累也；甚而无名杂派，差役问诸庄长，庄长问诸甲长，甲长问诸人户，藉为收头，七累也。今与尔八路十五乡人等约，不点卯，不委员，不取结，保甲长不听情更换。凡一家牌、十家牌、百家总牌，自买纸刷印，付保长亲领，不费尔民一钱。巡夜非本县亲历，凡皂快人等藉称查夜，许尔庄长甲长扭禀，假冒者惩责，得赃者重处。计通邑六百庄村，每有一庄，连夜连月冒雨雪而数至，示尔不测，欲尔等加意守望，为相安无事之计。一切事宜，载明执照门牌，易知易行，有益无累也！《切问斋文钞》

陆氏曾禹曰：保甲之法不立，城市错杂，乡村窎远，在位君子，乌能知其贤否，并有余不足之家也？惟行之有素，按籍而稽，奸宄不得容留，贫富了然在目，冒破者无有矣。故不论赈济、赈贷、赈粜，饥年皆不可少。《康济录》

叶文泜先生佩荪巡抚湖南，酌定保甲事宜曰：保甲一法，实为整顿地方，提纲挈领之要务。夫州县所领一邑人户，不下百十万计，若欲以一人之耳目，周知四境之奸良，虽有长材，势难尽悉。所以治民不可无心，尤不可无法。即如州县官考成匪一，吏议甚明，若地方有左道邪教盗贼光棍私销私铸窝赌窝娼逃凶逃遣以及赌具邪书有干例禁之事，一经失察，辄挂考功，皆由保甲不行，茫无稽核。果能平日留心保甲，遇有前项不法情事，已犯则摘发不时，未犯则奸萌潜化，岂有酿成重案，坐受处分之理？此效之至切者也。由此人丁户业，按册可稽，凡户婚田土词讼事件，不待证佐串供，已可悉其大半，则听断公平。行之日久，使地方游惰废业、嚣陵狠戾者知所惩，孝弟力田、俊秀勤俭者知所劝，则民俗还淳，政声卓著。因此而课能书最，未有不身名交泰者。是行保甲则有益于民，不行并有损于官。如此良法，又非重远难行之事，而卒莫有能行之者，推求其故，约有数端。一则地方辽阔，户口畸零，官必不能遍历乡村，细询姓氏，只凭乡约造报，错误相仍，则编审之不真，其弊一也。一则册籍繁多，纸张笔墨需费不少，书吏既难赔垫，辄借册费为由，派钱肥橐，甚则以点充乡约为利津，以取具保结为奇货，闾阎骚扰，怨谤盈腾，则衙蠹之需索，其弊二也。一则州县官视为具文，不知所以设立保甲之意，有何实政，不过奉文造册。一切惩劝之方，官未尝明定章程，民何由呈报？乡保既无专责，谁肯以不干己之事，向诉于不理事之官？所以虚置尘封，无关读法，则有名无实，其弊三也。一则百姓之迁移事故，日异月新，初造之册，甫历数时，即多更易。若欲随时改造，事既冗琐，费亦滋多，遂致缮写甫完，已成废纸，则有始无终，其弊四也。以此数端，因循不举，遂使极易行之事，视为极难行之事，且以大有利之政，反为大有害之政。是非有涤除习气，实意讲求之良有司，必不能施行尽善也。用是博采舆情，参稽成法，择其简切数则，通行各属，务于农隙时编查清晰。其事不过数旬可成，其效可以久而不敝。一、缮造之法。该县定期传知公实可信之里长，每里一人，期于某日至县，当堂亲加晓谕，以现在查办保甲，为民戢匪安良之意，令各里长于所管本里中，每百家作为一甲，每甲听公举诚实甲长一人。计通邑乡村之近远，往返不过十余日，期于某日，里长同所举甲长至县。该县当堂发给空白循环册二百页、空白门牌一百张，俱交甲长收领，谕令持归。各里按一甲百户中分作每十家一牌，各举晓事牌长一人，每牌长交与空白册二十页，门牌十张，令其将本牌人户姓名丁口年岁等项，于空白册牌内详悉填注，倘有隐匿遗漏，惟甲牌长是问。计一甲之中，必有粗能写字之人，如绅士馆师医技人等俱可填写。一牌只写十张，为字无多，不过三两日可办。写完后，牌长将册牌各十张汇交甲长处，甲长合十牌之册百页，挨次订成循环二本。自发册至缮完日，一牌写则各牌俱写，一里完则一邑俱完。定期或二旬，或半月，令里长各携牌册，准于某日齐集至县。牌长甲长均不必来。该县当堂令各抱册亲交，收回署内，谕令次日当堂领回。该县将循册存署，环册及门牌星夜用印毕，次日合集里长，当堂将环册及门牌交里长带回，分交甲长，令甲长以门牌交牌长发各户，用木板悬挂。环册存于甲长处，以便改注倒换。如此造册，则各牌分开缮写，事速而费省，又不经吏胥之手，无从需索，且无守候之苦，民自乐从。又愚民难与谋始，全在初行保甲之日，平情晓谕，使知事属便民，俾各深信不疑，自必遵行甚易。至点充里甲长，尤宜慎重，或体察舆情，或咨访绅士，必得诚实晓事之人，至为切要。一、牌册之式。计一邑若干户，每户需循环册二张、门牌一张。册用坚韧绵纸，牌方尺余为度。该县先刊刻牌册空白印板各一块，内开某里第空甲，第空牌，第空户，某人年空岁，地粮空亩数，作何生理，妻子兄弟子女孙媳奴婢某名某氏，左右邻某人俱空，官备纸张，刷印给发。计官所备，不过纸张一项，缮写工费毋庸官吏捐资，所需无多，谅无吝惜。如有书役借名派费，严拿重究。一、循环之法。该县初次于当堂将环册发给，谕各里甲长，此后各户如有迁移生故婚嫁增减等项，随时令牌长告知甲长，公同于牌册内某项之旁，添注涂改，下书甲长花押，定期于某年三六九腊四季月之朔日，专令里长各携已添改之环册至县。该县于是日预将存署循册铺列堂前，询知里长齐集，即当堂令将环册缴留署内，各按本甲，将未改添注之循册领回。先将上季已更改之户，同牌长照门牌补注讫，仍存甲长处，将后有更改之户陆续更改。俟过三个月换册之期，将循册缴官，复将环册领回，悉如前法办理。其各户门牌，均于改册时一体改注悬挂，不必缴官。计循环二册虽历二三年之久，添改尚不至模糊，俟年久再行换造，则缮册不烦，而户口得实。在官之发册，一日不过片刻，在民之换册，一年不过四次，甚属简而易行。惟所定季朔之期，必信必果。又勿令胥役勒掯，致劳守候。如果至期实在因公外出，尽可委佐杂收发，以随到随交为要。又如州县边境太广、丁户太繁者，不妨酌为变通，或东南两乡于三九月朔到县换册，西北两乡于六月十二月朔到县换册，则一年不过两次，而换册之日亦免拥挤矣。一、稽查之法。州县官先于发册时开诚晓谕，俾知亲身查察，自不敢任意捏开。嗣后只须于因公下乡之日，携带所过村落之册，遇有耆老童氓，停舆询问，或即就其本家，或旁及其亲故，据其所言丁口，阅对牌册所书。又于审理词讼之时，听断既毕，两造具存，随意详诘数家，取册校核。间或亲赴附近村庄，抽查数处。遇有开造不符者，指名传唤原办之甲牌长，加之声色，示以戒惩，则远近闻风，惕然畏服，循环更改，孰敢欺朦？官无跋涉之劳，民鲜供支之扰，而闾阎纤悉，一目了然矣！

一、禁奸之法。凡一村聚有匪徒，民亦愿报官惩儆，但恐官不究办，转致招惹怨仇。此良民所以饮憾，奸民所以横行也。然地方大害，莫甚于邪教。大约在乡村远僻之地，结会烧香，妄言灾福，敛钱聚众，煽诱愚民，遂致远近效尤，所关非细。他若三五成群，打降讹诈，必系凶徒恶少；夜出晓归，往来诡秘，必系盗贼窝家。至于赌棍讼师，逋逃奸拐霸占把持，尤难瞒乡邻之耳目。此等干犯禁例，牌甲知情不举，律有罪名。该州县即摘叙应禁各条，每村给与简明告示，专责牌甲邻佑据实举首，立刻严拿讯办。如有怙终不悛，并敢结怨于首报之人，私行打闹者，尤宜尽法重处，惩一儆百。若牌甲邻佑纵容不报，或官自访闻，或因事犯案，务将不报之牌甲人等，加之责惩，以戒其后。如此则匪徒知举报由于公令，自务敛藏，保长恐隐讳反有干连，争先发觉，自然地方无事，案牍愈清。法立而人不敢犯，惟办事正所以省事也。一、劝善之法。百里之长，万民待治，民风有淳漓之异，人性无善恶之殊。今虽不能以三物六行责之编氓，而所以安居乐业之由，实以敦行为本。教民之道，首先孝友，尽人不易，次则谨以安分，让以息争，勤以治生，俭以节费，皆为日用所不可离。州县官条析利害，躬行劝导，谆嘱乡保及耆老绅衿，遍为诫勉。其有厚德笃行，足为一乡表式者，公举以闻，官为优礼。又如读书苦志之士，耐贫守节之妇，或周以布粟，或表其门闾，则乡里争以为荣，而愚民咸知劝善。有背此教约、素行不检者，先以训饬，继以鞭笞，官于册内注明劣迹，许其自新；季终官问乡保是否改行，分别教约，果能举保公实，劝导勤勉，官为旌赏，徇私者责而黜之。又有事关伦纪风化者，往往愚民陷于不知，宜仿悬书读法之制，随时晓谕，使知儆惧，则伦常重案默化于无形。又如鳏寡孤独无告之民，设法存恤，要在自尽其心。如此则舆情畏爱，不愧为民父母矣。以上六条，择其简便易举，人人可行者，官不劳，民不扰，吏不必书一字，役不必持一票，只在依法力行，实可经久无弊。至若因地制宜，则又在良有司之尽心区画。如各里户口零星，有不足十家十牌者，当用七并八分之法；若所遗在七户以内，应合十七家为一牌；若剩八家以上，即应另立一牌。又如山县辽阔，居民四散，三五为村，则当就近数处，合一二十家为一牌，择一诚信之人为之长，往来查察。又如外来种地之人，单身独户，果系查无事犯，亦当约束得宜。其佣工趁食，则责成雇主查保；赁住营生，则责成房主查保。其余歇家饭店有停留多日者，即当查明来历，究其踪迹。又有僧寮道院，责成住持及乡保查察，均不得容留匪类。全在随宜区处，使之远近相安。至于省会城市以及大郡大邑大镇，商贾云集，五方杂处之地，人众事繁，势不能用门牌及换册之法。当各分段落，设立总甲。须慎选晓事总甲一二十人，各给与总册一本，令其就所分段落内，某街某巷共若干户，挨次开载某户某姓，所执何业。如有全家迁徙者，方于册内改注，其余人丁之生故，不必随时更易。惟市肆客寓寺观，严切晓谕，令每年一次，出具并无容纳奸人甘结，交总甲汇交。总甲亦每年一次携册到署，随意抽查数十户，即可杜捏报之弊。其册式版刻，每页两面，分作十行，计百页可记千户，则事不繁而法益备。其余远近村庄皆必当仍用前法，方足以防奸而正俗。抑又有酌从简易者。保甲之行，往往道府衙门责令造送花名清册，致州县视为畏途，书吏借以科派。今只令各州县自造循环册二本、门牌一张，其余衙门概不必造册申送，惟于办竣后将通邑若干里编成几甲、共册若干本存县之处，据实详禀本管道府，或将原册吊查，或于巡历之便亲加抽对，虚实总可立见。如此办法，实更无丝毫扰派民间及繁琐难行之处。果能行之不懈，则风俗淳美，邪慝潜消，于贤牧令有厚望焉。（《饬行保甲稿》。景仁按：叶文沚先生旬宣楚粤，著有惠政。哲嗣琴柯、芸潭两太史先后开府陈臬，克嗣家声，可见循吏之后，世泽孔长也。先生曾订保甲规条。嘉庆十八年琴柯侍郎奏陈保甲事宜，并将此规条缮录进呈，奉有简要易行之奖，颁发各直省。司牧者诚实心遵办，令不烦苛，法皆周审。平时既收除莠安良之效，而偶逢灾歉，户口按册参稽，无由舞弊，简而当，要而该，具见慈怀茂矩。故采录较详。）

汪稼门先生志伊曰：保甲行于歉岁，田亩有蠲赋缓征之惠，则富者不肯隐匿；极次有抚恤赈贷之恩，则贫者亦乐开造。善为政者因其势而利导之，则难办者转易为力矣。（《荒政辑要》）

景仁谨按：保甲之设，先哲以为治教之基，其法至善，非徒荒政所必须也，而救荒尤赖之，以为审户之本焉。盖城乡暌隔，村落迢遥，苟烟户不清，则人之丰啬臧否，当官无自周知。而凡平粜发赈劝输借贷诸政，千头万绪，错杂混淆，将欲慎选裕者，奚能得人以分其任？欲抄劄户口，奚能据籍以核其真？欲剔蠹吏之侵渔，杜土豪之欺隐，奚能烛照而数计也？我朝康熙时，特颁上谕十六条，有曰：联保甲以弭盗贼。雍正二年，《广训》曰：嗣后城市乡村严行保甲，每处各自分保，每保各统一甲。城以坊分，乡以图别，排邻比户，互相防闲。一甲之中，巨室大户，僮佃多至数百。此内良否，本户自有责任。若一厘一市之散布村落者，有业无业，或良或否，里正保正得以微窥于平素，一出一入，得以隐察其行踪。其荒原古庙，闹肆丛祠，尤易藏奸，更宜加紧防察等因。圣训周详，所以使四海九州，编氓安堵，澄本清源，止邪于未形也。嘉庆十八年谕：编查保甲一事，直省各州县果能经理得宜，则士民之良莠、习俗之淳浇，无不周知。由一邑而一郡，由一郡而一省，上下稽查，了如指掌，纵有奸慝，何所容匿？无如地方官不实力奉行，以安民之良法，转为滋累之繁文。由于科条不能画一，遂相率畏难，藉口于格碍难行。著将叶绍楏备进刊本，发给直省督抚各一册，令该督抚翻刻刷印，通饬所属各州县，一体仿照办理等因。钦此。详绎谕旨，深切著明。可见保甲之法，不患莫之行，正患行之不以实而转滋累耳。有司徒编簿册，而莫为清厘，则有保甲之名，无保甲之实也。百姓竞置门牌，而苦其纷扰，则有保甲之累，无保甲之益也。坚明约束，变而通之以尽利，是在去乎其累，行之以实而已。且举行保甲，恃州县之董率，亦恃保长甲长之得其人也。周官比长闾胥，有读法掌治之任；鄼长里宰，有听戒令趋耕耨之责，皆以中士下士为之。汉十里一亭，亭有长，十亭一乡，乡有三老掌教化，啬夫职听讼收赋，游徼禁盗贼。北周苏绰曰：非直州郡之官，皆须善人。爰至党族闾里正长之责皆当审择，各得一乡之选，以相监统。明洪武二十七年，命有司择民间高年老人公正可任事者，理其乡之词讼。若户婚田土斗殴，会里胥决之，事重者始白于官。若不由里老处分，而径诉州县者，谓之越诉。里老谒县庭，知县必接以礼貌。其人既为公家所优礼，必自爱而重犯法。平日有以表率之，遇事有以区处之，则乡之人自倾心听命而莫违。今之保长甲长，官待之如徒隶，少拂意则詈骂而榜笞之。是以为之者大率狡黠多诈，不知自好之人。其愿充是役，亦惟利是图耳。稍知爱惜身家者，百计求免而不屑为也，况士大夫乎？近世沈氏彤尝著论曰：保长长十甲，甲长长百户，分百户而十人长之，谓之牌头。牌头则庶民之朴直者为之，保长甲长必择士之贤者能者为之。州县重其事，慎其人，求之以诚，聘之以礼币，整其所属，纠其邪恶，达之州县，亦得展其心思才力，自无不屑之患。统乎保者为乡，乡则就搢绅聘焉。其遇之隆，任之专，较保长甲长而更倍焉可也。及功过已著，则权其大小轻重，而诛赏进退以为劝惩。然非州县所得擅为也，责在大吏，而大吏亦不得自专，必也奏其事于朝廷，额定其员，次第其禄位，立考绩黜陟之法而后可行也。沈氏所论，原本《周官》乡遂之制，自汉迄明，亦尝仿此遗意行之。然乡官久罢，而又欲额定其员，畀以禄位，事近纷更，体制亦难允协。且习俗日漓，保甲之长既有禄位，则权与有司相轧，万一付托非人，舞弊作奸，为患乡里，有司不复能制，彼转得挟制乡里，并得挟制有司，其害非浅！夫古今异宜，经生过于泥古，未免迂远而阔于事情。惟谓保长甲长之选，州县当重其事，慎其人，斯为片言居要。其人不必绅士，即择乡党谨厚自好者充之，勿徒隶视之，而礼貌待之，然后责以保甲各事宜，按功过而行诛赏。诘盗缉逃，交察互警，偶逢岁歉，户之贫富，口之多寡，灼然易明，则无影射侵欺之虑。而绅士之公正者，亦可博访旁询，深识其品，延请以主赈恤之事，岂非保甲之裨益实多哉！大抵志在经世者，于古时良法，不可胶柱鼓瑟而涉于拘牵，亦不可因噎废食而安于苟简。保甲之行，监于成宪，随时地而斟酌以润泽之，若网在纲，有条不紊；又如身之使臂，臂之使指，理其绪而可分，联其类而相贯。其法不专为救荒设，而荒政之根柢在焉。岂不贵乎得其人，去其累而行之以实也钦？

卷二十八　修水利

（专指农田水利，与兴工、劝农功两条参看）

　　大禹决九川距四海，继以浚畎浍距川。暨稷播奏庶艰食鲜食，烝民乃粒。此万世兴水利以兴农功之祖也！禹之明德远矣，夫子美以无间，特称其尽力沟洫，修和所以永赖也。《周官》遂人治野，制为遂沟洫浍，层递以小注大，以通于川。考工匠人，其制相合，惟十夫有沟，与九夫为井不同。黄氏谓一井十夫，其中为遂而沟环之。田占九夫而兼沟，实有十夫之地，故云十夫。陈氏谓遂人所言者积数，匠人所言者方法。然则田间水道，占地而不得为田者甚多，先王岂不虑地有遗利哉？以为治田而不留水道，无以时蓄泄，备水旱也。稻人掌稼，始于畜水，终于写水。匠人之法，凡沟必因水势，防必因地势，后世浚河筑堤之要旨略尽于此。因势利导，水害去而水利可兴，治田之本计，备荒之先策也。惟水利之兴，自古迄今，厥有成绩，修其湮废，而民受其福矣。为修水利条第二十有七。

　　【周】齐管子曰：导水潦，利陂沟，决潘渚（潘，溢也），溃泥滞，通郁闭，慎津梁，此谓遗之以利。水官与三老里有司伍长，具备水之器，以冬无事之时，笼、臿、板筑各什六，土车什一，雨䡞什二。食器雨具，取完坚补弊久，去苦恶（景仁按：䡞，音铜。《汉书·五行志》：陈奋䡞。注：所以舆土。苦，《考工记》辨其苦良之苦，粗也，脆也。恶，《左传》有汾浍以流其恶之恶，垢秽也。去之则所筑者乃坚实）。日夜分之后，昼日益长，利作土功。令甲士作堤大水之旁，大其下，小其上，随水而行。大者为之堤，小者为之防，夹水四道，禾稼不伤。岁埤增之。树以荆棘，以固其地，杂以柏杨，以备决水。民得其饶，是谓流膏。堤有毁，作大雨，各葆其所可治者趣治，以徒隶给。堤防可衣者衣之，冲水可据者据之，以毋败为固（景仁按：此言遇大雨保堤，使毋毁之法。葆，保也。趣，促也。堤之薄者，增益其土，如人之著衣也。据与据通，当水冲激之处，据要以巩其防也）。岁高其堤，所以不没也。春冬取土于中，秋夏取土于外，浊水入之，不能为败。（《管子》。景仁按：仲父所陈备水作堤法，筹画精审，可补冬官之缺。后世圩田昉此。诚哉天下才也！）

　　楚相孙叔敖起芍陂稻田。（《后汉书》。景仁按：芍陂在庐江郡界，今寿州，亦曰安丰塘。以水径芍，停积为湖，故名。又曰期思陂。《淮南子》：孙叔敖决期思之水，而灌雩娄之野。注：雩娄，今庐江，即此陂也。与杨泉陂、大业陂，并叔敖所作，约当周定王时。至后汉王景守庐江，率吏民修之，垦辟倍多。宋文帝时，刘义兴镇寿阳，因旧沟引陂水入城，伐木开榛，水得通注。隋赵轨转寿州总管长史，以陂旧有五门堰芜秽不修，更开三十六门，人赖其利。皆能修楚相之绩者。宋张旨知安丰，浚淠河三十里，疏泄支流，注芍陂为斗门溉田，外筑堤以备水患。明李若谷知寿春，因民多侵耕其地，雨水溢，盗决之，失灌溉之利。下令陂决不得起兵夫，独调濒陂之民使完筑。自是无盗决者。具见智略。）

　　魏文侯时，西门豹为邺令。发民凿十二渠，引河水灌民田，田皆溉。当其时，民治渠烦苦，不欲也。豹曰：民可以乐成，不可与虑始。今父老虽患我，然百岁后期父老子孙思吾言。（《经济类编》）

　　魏襄王时，史起为邺令。引漳水灌邺，以富魏之河内。民歌之曰：邺有圣令兮为史公，决漳水兮灌邺旁，终古潟卤兮生稻粱。（《文献通考》。景仁按：史起在魏王前责西门豹不知用漳水，以为未尽仁智。及王使起为之，起曰：臣为之，民必大怨。臣大者死，其次乃籍。愿王使他人遂之。后果如起言，民始怨而终德。可见出后人之智，可以补前贤未及之仁，兴数世之功，不当恤一时畏难之议也！）

【秦】始皇时，韩郑国说秦开泾水，自中山西抵瓠口为渠，并北山，东注洛三百余里。渠成而用溉，注填阏之水，溉潟卤之地四万余顷，收皆亩一钟。于是关中为沃野，无凶年，秦以富强。名郑国渠。（《通考》。景仁按：郑国，韩水工。本使间秦，欲疲之，无令东伐，说为此渠。中作而觉，秦欲杀之。国曰：臣为韩延数年之命，为秦建万世之功。秦然之，卒使就渠。《汉书》注：阏与淤同。淤，壅泥也。引淤浊之水，灌咸卤之田，更令肥美。）

李冰凿蜀渠，壅江水作堋，穿二江成都中，双过郡下，以过舟航，因以灌溉诸郡。于是蜀沃野千里，号为陆海。（《通考》。景仁按：常璩《华阳国志》：秦孝文王以李冰为蜀守，穿郫江、检江。岷山多梓柏大竹，颓随水流，坐致材木。又溉三郡稻田，旱则引水浸润，雨则杜塞水门。《记》曰：水旱从人，不知饥馑，时无荒年，天下谓之天府。）

【汉】文帝以文翁为蜀郡太守，穿煎膄口，溉灌繁田千七百顷，人获其饶。（《通考》）

武帝元光中，大司农郑当时言引渭穿渠，起长安，并南山下，至河三百余里，渠下民田万余顷，可以溉而益肥，关中地得谷。乃穿漕渠。（《通考》）

元鼎六年，诏曰：农，天下之本也。泉流浸灌，所以育五谷也。左右内史地，名山川原甚众，细民未知其利，故为通沟渎，畜陂泽，所以备旱也。今内史稻田租挈重，不与郡同（租挈，收田租之约令）。其议减，令吏民勉农尽地利，平徭行水，勿使失时（平徭，均齐渠堰之力役）。（《汉书》）

倪宽为左内史，奏请穿六辅渠，益灌郑国旁高仰之田。（《通考》）

赵中大夫白公奏穿渠引泾水，首起谷口，尾入栎阳，注渭中袤二百里，溉田四千五百余顷，名曰白渠。民歌之曰：田于何所，池阳谷口。郑国在前，白渠在后。举臿为云，决渠为雨。泾水一石，其泥数斗。且溉且粪，长我禾黍。衣食京师，亿万之口。（《汉书》）

召信臣迁南阳太守，时行视郡中水泉，开通沟渎，起水门提阏凡数十处，以资灌溉。岁岁增加，多至三万顷。民得其利，蓄积有余。信臣为作均水约束（用之有次第），刻石立于田畔，以防分争。（《汉书》。景仁按：《通考》：信臣为南阳太守，造钳卢陂，累石为堤，傍开六石门以节水势。在元帝建昭中。）

王景能理水，修浚仪渠，用墕流法，水不复为害。修汴渠，帝赐《山海经》、《河渠书》、《禹贡图》。景度形势，十里立一水门，令更相洄注，无溃漏之患。渠成，拜河堤谒者，迁庐江太守。先是，民不知牛耕，致食常不足。郡界有孙叔敖所起芍陂，景修起芜废，教用犁耕，由是境内丰给。又训令蚕织，为作法制，著于乡亭。（《后汉书》）

顺帝永和中，马臻为会稽太守。始立镜湖，筑塘周回三百十里，灌田九千顷。（《通考》。景仁按：宋绍兴五年，江东帅臣李光言：明越之境，湖高于田，田又高于江海。旱则放湖水溉田，涝则决田水入海，故无水旱之灾。政和以来，废湖为田，自是岁被水旱之患。莫若先罢余姚、上虞两邑湖田，其会稽之鉴湖等处尚多，望诏漕臣尽罢之。其后议者虽称合废，竟仍其旧。窃谓濒湖占水为田，积久浸广，致阂宣泄。然以民间相沿之世业，一旦欲尽废田为湖，必至人情惶骇，势有难行，莫若浚沟筑堰，以为之备耳！）

杜诗迁南阳太守，修治陂池，广拓土田，郡内比室殷足。南阳为之语曰：前有召父，后有杜母。（《后汉书》）

鲍昱拜汝南太守，郡多陂池，岁缺坏，年费常三千余万。昱乃上作方梁石洫，水常饶足，溉田倍多，人以殷富。（《东观汉记》）

张禹迁下邳相，徐县北界有蒲阳坡，傍多良田，堙废莫修。禹为开水门，通引灌溉，遂成熟田数百顷。劝率吏民假与种粮，亲自勉劳，遂大收谷实。后岁垦即千余顷，民用温

给。(《后汉书》)

张堪拜渔阳太守，乃于狐奴开稻田八十余顷，劝民耕种，以致殷富。(《后汉书》)

邓晨为汝南太守，兴鸿郄陂，益地数千顷。汝土以殷，鱼稻之饶，流衍他郡。(《续汉书》。景仁按：鸿郄陂在今豫汝阳县界。成帝时，关东水灾溢为害。翟方进为丞相，奏罢之。建武中，邓晨欲修复其功，闻许杨晓水脉，署为都水椽，使典其事。杨因高下形势，起塘四百余里，数年乃立。百姓得其便。)

【三国】【魏】郑浑迁阳平、沛郡二太守，郡界下湿患水涝，百姓饥乏。浑于萧、相二县界兴陂遏开稻田，郡人以为不便。浑曰：地势洿下宜灌溉，终有渔稻经久之利，此丰民之本。遂躬率吏民，兴立功夫，一冬皆成。比年大收，顷亩岁增，租入倍常。民赖其利，刻石颂之，号曰郑陂。(《魏志》)

【晋】杜预都督荆州诸军事，吴平还镇，修召信臣遗迹，激用滍淯诸水，以浸原田万余顷，分疆刊石，使有定分。众庶赖之，号曰杜父。(《晋书》)

咸宁初，杜预上疏曰：今者水灾，东南特剧。臣愚谓既以水为困，当恃鱼菜螺蚌，而洪陂泛滥，贫弱者终不能得。今宜大坏兖豫州东界诸陂，随其所归而宣导之，令饥者得水产之饶，此目下日给之益也。水去之后，填淤之田，亩收数钟，此又明年之益也。又言：陂多则土薄水浅，潦不下润，每有水雨，辄复横流，延及陆田。言者不思其故，因云此土不可陆种。臣计汉之户口，以验今之陂处，皆陆业也。臣以为汉氏旧堰及山谷私家小陂，皆当修缮以积水。其诸魏氏以来所造立，及诸因雨决溢蒲苇马肠陂之类，皆决沥之，最是今之实益也。朝廷从之。(《通考》)

溉田官徐邈为凉州刺史，河内少雨，常苦谷乏。邈修武威、酒泉盐池，广开水田，募贫民佃之，家家丰足。(《晋中兴书》)

张闿补晋陵内史，时所部四县并以旱失田，闿乃立曲阿、新丰塘，溉田八百余顷。每岁丰稔，葛洪为颂。(《晋书》)

孔愉为会稽内史，句章县有汉时旧陂，毁废数百年。愉自巡行，修复故堰，溉田二百余顷，皆成良业。(《晋书》)

秦王符〔苻〕坚以关中水旱不时，议依郑白故事，发王侯以下及豪望富族僮隶三万人，开泾水上源，凿山起堤，通渠引渎，以溉冈卤之田。及春而成，百姓赖其利。(《晋书》)

【南北朝】【齐】杜弼行海州事，于州东带海起长堰，外遏咸潮，内引淡水。(《北齐书》)

【北周】大统十六年，太祖以泾渭灌溉之处渠堰废毁，乃命贺兰祥修造富平堰，开渠引水，东注于洛。功用既毕，民获其利。(《周书》)

【隋】文帝开皇十八年，山东频年霖雨，杞、宋、陈、亳、曹、戴、谯、颍等诸州远于沧海，皆困水灾，所在沉溺。帝遣使将水工巡行川原，相视高下，发随处近丁疏导之。困乏者开仓赈给，前后用谷五百余石。遭水之处，租调皆免。自是频有年矣。(《隋书》)

【唐】贞观中，李袭誉擢扬州大都督府长史，引雷陂水，筑句城塘，溉田八百顷，以尽地利。民多归本。(《唐书》)

贾敦颐，贞观时徙瀛州刺史。川濑潳沲、滱二水，每岁溢溢，浸洳数百里。敦颐为立堰，水不能暴。百姓利之。(《唐书》)

韦景骏，神龙中历肥乡令。县北濒漳，连年泛溢。旧坊迫漕渠，虽峭岸随即坏决。景骏相地势，益南千步，因高筑障，水至堤址辄去。其北燥为腴田，功少费约，后遂为法。河北饥，身巡闾里，劝人通有无，教导抚循，县民独免流散。(《唐书》)

白居易迁杭州刺史，始筑堤捍钱塘潮，冲泄其水，溉田千顷。复浚李泌六井，民赖以汲。（《唐书》。景仁按：和州有韦游沟，引江溉田五百顷。开元中丞韦丑开。贞元十六年，令游仲彦又治之。此以姓名沟者。泉州晋江有常稔塘，贞元五年刺史赵昌所置。后昌为尚书，民思之，更名尚书塘。朗州有考功堰，长庆元年刺史李翔因樊陂而筑。又有右史渠，长庆二年刺史温造开复乡渠而名。此以官名塘名堰名渠者。薛胄刺兖州，以沂泗合流之水，积石腰之陂泽，尽为良田。百姓号薛公丰兖渠。唐人尽心潴泄，锡嘉名者不独白公堰矣。）

李吉甫为淮南节度使，筑富人、固本二塘，溉田万顷。漕渠庳下，乃筑堤阏，以防不足，泄有余，名平津堰。（《唐书》）

杜佑节度徐泗，决雷陂以广灌溉，斥海滨弃地为田，积禾米至五十万斛。（《唐书》）

韦丹为江南西道观察使，筑堤捍江长十二里，窦以疏涨。凡为陂塘五百九十八所，灌田万二千顷。（《唐书》）

【五代】【吴越】钱氏筑石堤以御潮汐，堤外又植大木十余行，谓之滉柱。宝元、康定间，议取滉柱，而石堤为洪涛所激，岁岁摧决。盖昔人埋柱以折其怒势，不与水争力，故江涛不能为患也。及杜伟长为转运使，议自浙江税场以东，移退数里，为月堤，以避怒水。众水工皆以为便，独一老水工以为不然。密谕其党曰：移堤则岁岁无水患，若辈衣食何从得？于是众人和之。伟长不悟其计，费以巨万，而江堤之患，何岁无之！后讲月堤之利，涛害稍稀，然终不若滉柱之利为久也。（《康济录》。景仁按：天祐元年，吴越置郡水营田使，以主水事；募卒为都，号曰撩浅。复设开江卒千人，统以指挥，驻常熟。盖当时于水利尽心经理，是以钱氏有国百余年，止长兴间水灾一次。其治水之法豫也。）

【宋】淳化中，临津令黄懋上书，请于河北诸州治水利田。自言闽人闽地种水田，缘水导泉，倍费功力。今河北州军陂塘甚多，引水溉田，省功易就。乃以何承矩为屯田使，懋充判官，于凡河北诸州水所积处大垦废田，于雄、莫、霸等州兴堰六百里，置斗门引淀水灌溉。初年种稻，值霜旱不成。次年方熟，莞蒲唇蛤之饶，民赖其利。（《宋史》）

赵尚宽知唐州，按视图记，得汉召信臣陂渠故迹，发卒复疏三陂一渠，溉田万余顷。又教民自为支渠数十，转相浸灌。而四方之民来者云布，尚宽复请以荒田计口授之，及贷民官钱买耕牛。比三年，榛莽复为膏腴。尚宽勤于农政，治有异等之效，仁宗闻而嘉之，进秩赐金。苏轼作《新田新渠》诗以美之。（《宋史》）

陈尧佐为两浙转运使，钱塘江石堤辄坏，尧佐令下薪实土，乃坚久。徙并州，汾水暴涨。尧佐筑堤，植柳万本作柳溪。民赖其利。（《宋史》）

范仲淹为扬州府兴化令，海水为患，田不可耕。仲淹乃筑堤于通、泰、海三州界，长数百里，以卫民田，岁享其利。（《康济录》）

景祐二年，范仲淹守乡郡，谓三江缓弱，艰于入海者，宜导之入江。亲至江浒，督浚白茆、福山、黄泗、许、奚五大浦，而茜洋、下张、七鸦次之，利及数州。（《常熟志》）

张纶除江淮制置发运使，疏五渠，导太湖入海。又筑漕河堤二百里于高邮。又泰州有捍海堰，久废不治，岁患海涛冒民田。纶方议修复，论者难之，以为涛患息而蓄潦之患兴矣。纶曰：涛之患十九，而潦之患十一，获多而患少，岂不可耶？表三请，愿身自临役，兼权知泰州。卒成堰，民利之。（《宋史》）

熙宁中，遣使察农田水利。苏轼上书曰：天下久平，民物滋息，四方遗利盖略尽矣。今欲凿空寻访水利，岂惟徒劳，必大烦扰。所在追集老少，相视可否，吏卒所过，鸡犬一空。若非灼然难行，必须且为兴役，何则？沮格之罪重而误兴之过轻，人多爱身，势必如此。且古陂废堰，多为侧近冒耕，岁月既深，已同永业，苟欲兴复，必尽追收，人心或摇，甚非善政。又有好讼之党、多怨之人，妄言某处可作陂渠，规坏所怨田产，或指人旧业以为官陂，冒田之讼必被于今日。臣不知朝廷本无一事，何苦而行此哉？（《通考》。景仁按：苏文忠在杭时，浚河造堰，曷尝不以水利为急？而所言如此，则以当时欲将汴水浊渎，陂而清之以种稻，一岁一淤，徒劳罔功。且凿空寻访水利，不惟无益而且有害也。如追收侵耕之业，妄兴冒田之讼，烦扰滋甚。即水道宜复之处，小民占为田庐，岁久已成世业，岂可遽行毁弃，以召怨咨？应将河身被占之地亩房屋，在官酌给价银，令房地业主具领，方为允协。如有坟墓，访主给价令迁，无主者官为迁葬。兴水利者宜熟复苏文忠之论也。）

哲宗朝，苏轼以龙图阁学士知杭州。杭本近海地，泉咸苦。唐刺史李泌始引西湖水作六井，民足于水。白居易又浚西湖，放水入漕河，自河入田，所溉至千顷。民以殷富，湖水多蔎。自唐及钱氏，岁辄浚治，宋废之。蔎积为田，漕河失利，取给江潮，舟行市中，潮又多淤，三年一淘，为民大患，六井几废。轼见茅山一河，专受江潮，盐桥一河，专受湖水，遂浚二河以通漕。复造堰闸以为湖水蓄泄之限，江潮不复入市。又取蔎田积湖中，南北径三十里，为长堤，以通行者。吴人种菱，春辄芟除，不遗寸草。募人种菱湖中，蔎不复生，收其利以备修湖。取救荒余钱万缗、粮万石，以募役者。堤成，植芙蓉、杨柳其上，望之如画图。杭人名为苏公堤。（《宋史》）

熙宁四年，守应天府户曹参军郏亶上水利书，言六失六得及治田利害之事。书奏，诏除亶司农寺丞，提举两浙，兴修水利。其治田书略曰：震泽环湖之地，有二百余里可以为田，而地皆卑下，犹在江水之下，与江湖相连。水面平阔，足以容受震泽下流，使水势散漫，而三江不能疾趋于海。其沿海之地，亦有数百里可以为田，而地皆高仰，反在江水之上，与江湖相远。民既不能取水以灌溉，而地势又多西流，不得蓄聚春夏之雨泽，以浸润其地。是以环湖之地常有水患，而沿海之地常有旱灾。古人因其地势之高下而为田，其环湖卑下之地，则于江之南北为纵浦以通江，又于浦之东西为横塘，以分其势而棋布之，有圩田之象焉。塘阔者三十余丈，狭者不下二十余丈，深者二三丈，浅者不下一丈。古人所以使塘浦阔深若此者，盖欲取土以为堤岸。堤岸高厚，足以御湍悍之流耳。故古者堤岸高者须及二丈，低亦不下一丈。借令大水之年，江湖之水高于民田五七尺，而堤岸尚出于塘浦之外三尺至一丈，虽大水不能入民田也。民田既不容水，则塘浦之水自高于江，而江之水亦高于海，不显决泄而水自湍流矣。故三江常浚，而水田常熟。其坍阜之地，亦因江水稍高，得以畎引而灌溉。此古人浚三江治低田之法也。所有沿海高仰之地，近于江者既以江流稍高，可以畎引，近于海者又有早晚两潮，可以灌溉，故亦于沿海之地及江之南北，或五里七里而为一纵浦，又七里十里而为一横塘，港之阔狭与低田同，而其深往往过之。古人所以为塘浦阔深必若此者，盖欲畎引江海之水，周流于坍阜之地，虽大旱之岁，亦可车戽以溉田，而大水之岁，积水或从此而流泄耳。至于地势西流之处，又设坍门斗门以潴蓄之。是虽旱岁，坍阜之地皆可耕以为田。此古人治高田蓄雨泽之法也。古人治田高下，既皆有法，方是时也，田各成圩，圩各有长，每一年或二年率逐圩之人筑堤浚浦，故低田之堤防常固，旱田之浦港常通也。至钱氏有国，尚有撩浅指挥之名，此其遗法也。洎乎年祀绵远，古法隳坏。其水田之堤防，或因田户行舟及安舟之便而破其圩，或因人户侵蚀下脚而废其堤，或因官中开淘而减少丈尺，或因田主只收租课而不修堤岸，或因租户利于易田而故要淹没，或因决破古堤张鱼捕虾而渐致破损，或因边圩之人不肯出田与众做岸，或因一圩难完、旁圩无力而连延隳坏，或因贫富同圩而出力不齐，或因公私相吝而因循不治。故堤防尽坏，而低田漫然复在江水之下也。田既容水，故水与江平，江与海平。

今二江已塞，而一江又浅，恐数十年松江愈塞，震泽之患不止于苏州而已。此低田不治之由也。其高田之废，由民不相率以治港浦。地势既高，沿海者海潮不应，沿江者又因水田堤防隳坏，水得潴聚田间，而江水渐低，故高田复在江水之上。至于西流之处，又因人户利于行舟之便，坏其牐门而不能蓄水。夫既不浚浦港以畎引江海之水，又不复牐门以蓄聚春夏之雨泽，此高田不治之由也。自来议者只知决水，不知治田。治田者本也，本当在先。决水者末也，末当在后。嘉祐中，两浙运使王纯臣建议，谓苏州民间一概白水，深处不过三尺以上，当复修作田位，使位位相接，以御风涛，则自无水患。若不修作塍岸，纵使决尽河水，亦无所济。此说最为切当。乞循古人之遗迹治田，罢去其某家泾某家浜之类，五里七里而为一纵浦，七里十里而为一横塘。因塘浦之土以为堤岸，使塘浦阔深而堤岸高厚。塘浦阔深则水流通，而不能为田之害。堤岸高厚则田自固，而水可必趋于江。臣所擘画，治苏州田至易晓也。水田则做岸防水以固田，高田则浚塘引水以灌田。今当不问高低，不拘大小，但系古人遗迹而非私浜者，一切并合公私之力，更休迭役，旋次修治。其低田则高作堤岸以防水，其高田则深浚港浦以灌田。其牐身西流之处，又设斗门，或牐门，或堰闸以潴水，如此则高低皆治，水旱无忧矣。（《常熟志》。景仁按：三吴水利，郏亶论之最详。《宋史·河渠志》载其略。亶欲用夫二十万，水治高田，旱治下泽，不过三年，苏田毕治。其志固壮，而胸有成算，当非阔疏寡效者。惜其受沮谤而不竟厥功也。惟《宋史》以此书为亶令於潜时所陈，与邑志不同，则所闻异辞耳。至亶之子侨为将仕郎，续上书数万言，谓宜旁分其支派之流，不使溢聚，以为腹内畎〔畖〕亩之患。又言开浦作岸，二者相为首尾乃尽善。所论俱中窾要，可谓能嗣音矣！）

蔡襄以母老求知福州，改福建路转运使，开古五塘，溉民田。（《宋史》）

绍圣初，吴处厚为江淮荆浙等路发运使，疏支官河，岁漕六百二十万石。官京师，又修复泰州捍海堰，复逋户三千六百。（《翰苑新书》）

许元知丹阳县，有练湖，决水一寸，为漕渠一尺。法盗决湖者，罪比杀人。会大旱，元请借湖水溉田，不待报决之。州守遣吏按问，元曰：便民，罪令可也！溉田万余顷，岁大丰。（《康济录》。景仁按：许元，《宋史》有传，此事不载。或因其以聚敛为能而少之欤？然旱暵时决湖水救禾，不待报，具见胆识。史称元为吏强敏，固宜范文正荐为可独倚办也。）

范起知海门县，县负海地卑，间岁海潮至，冒民田舍，民徙以避，弃其业。起为筑堤百里，引江水灌溉其中。田益辟，民相率以归，至立祠以报。御史中丞包拯举为监察御史。（《宋史》）

政和六年，赵霖充两浙提举常平，治平江三十六浦，条上开浦、置闸、筑圩三事，阙一不可，又各有先后缓急之序。《开浦篇》曰：高田引以灌溉，低田导以决泄者，浦也。古人大小纵横，设为港浦，若经纬然。按图于旧，得九十处。询究古迹，得其为利之大者三十六浦，区为三等。上等工大而利博，在所先也；中等工费可省上等三之二；下等间于上中之间，或自大浦而分支别派，工料之数又少损焉。《置闸篇》曰：濒海临江之地，形势高仰。古来港浦，尽于地势高处淤淀，若一旦顿议开通，地里遥远，未易施力，以拒咸潮。今于三十六浦中寻究，得古曾置闸者才四浦，惟庆安、福山两闸尚存。古人置闸，本图经久，但以失之近里，未免易堙。治水莫急于开浦，开浦莫急于置闸，置闸莫利于近外，有五利焉。潮上则闭，潮退即启，外水无自而入，里水日得以出，一利也。外水不入则泥沙不淤于闸内，使港浦常得通利，二利也。濒海之地，仰浦水以溉高田，置闸启闭，水有泄而无入，闸内之地尽获稼穑之利，三利也。置闸必近外，去江海止可三五里，使闸外之浦日有澄沙淤积，假令岁事浚治，地里不远，易为工力，四利也。港浦既深阔，则泛海浮江货船木筏，或遇风作，得以入口住泊，或欲住卖，得以归市出卸，五利也。复有二说，崑山诸浦，通彻东海，沙浓潮咸，当先置闸而后开浦、一也。闸之侧各开月河，以堰为限，遇闸闭，小舟不阻往来、二也。《筑圩篇》曰：天下之地，膏腴莫美于水田，水田利倍莫盛于平江。缘平江之田，以低为胜。昔之赋入，多出低乡。今积水漫没十已八九，当时田圩未坏，水有限隔，风不成浪；今田圩殆尽，水通为一，是弃良田以与水也。况平江之地，低于诸州，惟高大圩岸，方能与诸州地形相应。今若大筑圩岸，围裹低田，使相接以御风涛，以狭水源，治之上也。修至和常熟二塘之岸，以绝东西往来之水，治之次也。凡积水之田，尽令修筑圩岸，使水无所容，治之终也。昨闻熙宁四年大水，众田皆没，崑山陈新顾晏陶湛数家之圩，了无水患，稻麦两熟。此亦筑岸之验。今积水之中有力人户，间能作小塍岸围裹低田，禾稼无虞。盖积水本不深，圩岸皆可筑。但民频年重困，无力为之，必官司借贷钱谷，集植利之众，并工戮力，督以必成。或十亩，或二十亩地，水中弃一亩，取土为岸，所取之田，令众户均价偿之。其贷借钱谷，官为置籍，以三年六限随税输还。此治积水成始成终之策。（《常熟志》）

绍兴中，谏议大夫史才言：浙西民田最广，而平时无甚害者，太湖之利也。近年濒湖之地，多为军下侵据，累土增高，长堤弥望，名曰坝田。旱则据之以溉，而民田不沾其利；水则远近汛〔泛〕滥，不得入湖，而民田尽没。望诏有司究治，尽复太湖旧迹，使军民各安，田畴均利。从之。（《通考》）

宗室仲改成都路转运判官。永康军岁治都江堰，笼石蛇，绝江遏水，以灌数郡田。吏盗金，减役夫，堰不固而圮田失水，故岁屡饥。仲躬视，操板筑，绳吏以法。乃出令：民业耕者，田主贷之；事末作者，富民振之；老幼疾患者，官为粥视。全活数百万。（《宋史》）

王沿迁太常博士，上书论：河北为天下根本，愿募民复十二渠，渠复则水分，水分则无奔决之患。以之灌溉，可使数郡瘠卤之田变为膏腴，则民富十倍，而帑廪有余矣。知邢州，导相卫邢赵水，下天平景祐诸渠，溉田数万顷。初，沿兴水利，论者以为无益。已而邢州民有争渠至杀人者，然后人知沿所建为利。（《宋史》）

蔡抗知苏州，州并江湖，民田苦风潮害。抗筑长堤，自城属崑山亘八十里。民得立塍，大以为利。（《宋史》）

程师孟徙知河东路，晋地多土山，旁接川谷。春夏大雨，水浊如黄河。俗谓之天河，可灌溉。师孟劝民出钱，开渠筑堰，溉良田万八千顷。哀其事为水利图经，颁之州县。（《宋史》）

范成大知处州，地多山田。梁天监中作通济堰，激汉水四十里，溉田二十万亩。堰岁久坏，成大访故迹，叠石筑防，置堤阏四十九所，立水则上中下，灌溉有序，民食其利。（《宋史》）

蔡洸知镇江府，时久旱，郡民筑陂潴水灌溉，漕司檄郡决之。洸曰：吾不忍获罪百姓也！却之。已而大雨，漕运通，岁亦大熟。民歌之曰：我潴我水，以灌以溉。俾我不夺，蔡公是赖。（《宋史》。景仁按：此宜与许元事参看。均之水也，当决而决，不当决而不决。总以民命为重，不敢徇上官意也。）

【元】仁宗时，虞集言京东濒海，数千里皆萑苇之场。北极辽海，南滨青齐，海潮日至，淤为沃壤久矣。苟用浙人之法，筑堤捍水为田，听富民欲得官者分授其地，而官为之限。能以万夫耕者，授以万夫之田，为万夫长，千夫百夫亦如之。三年视其成，则以地之高下定额于朝而以次征之；五年有蓄积，乃命以官，得传子孙。可以宽东南海运之力。说者不一，事遂寝。（《康济录》）

脱脱言：京畿近水地利，召募江南人耕种，岁可收粟麦十万余石，不烦海运，京师足食。从之。（《康济录》）

郭守敬精于算数水利，巧思绝人。世祖召见，陈水利六事。其一，中都旧漕河东至通州，引玉泉水以通舟，可省雇车钱六万缗。通州以南，于蔺榆口径直开引，由蒙村跳梁务至杨村还河。其二，顺德达泉，引入城中，分为三渠，灌城东地。其三，顺德澧河，东至古任城，失其故道，没民田千三百余顷。此水开修成河，其田即可耕种。自小王村径漳沱入御河，通行舟筏。其四，磁州东北滏漳二水合流处，引水由滏阳、邯郸、洺州、永年下经鸡泽，合入澧河，可灌田三十余顷。其五，怀孟沁河，虽浇灌犹有漏堰，余水东与丹河余水相合，引东流至武阳县北，合入御河，可灌田二千余顷。其六，黄河自孟州开引，少分一渠，经由新旧孟州中间，顺河古岸，下至温县南，复入大河，其间亦可灌田二千余顷。世祖叹曰：任事者如此人，不为素餐矣！授提举诸路河渠。至元元年，从张文谦行省西夏。古渠废坏淤浅，守敬更立闸堰，皆复其旧。二年，授都水少监，言：金时自燕京之西峪村分引卢沟一支，东流穿西山而出，是为金口。其水自金口以东，燕京以北，灌田若干顷，其利不可胜计。兵兴以来，大石塞之。今若按视故迹，使水得通流，上可以致西山之利，下可以广京畿之漕。又言：当于京口西预开减水口，西南还大河，令其深广，以防涨水突入之患。帝善之。二十八年，陈水利十有一事。大都运粮河，每十里置一闸，距闸里许，上重置斗门，互为堤阀，以过舟止水。帝览奏，喜曰：当速行之。三十年，帝过积水潭，见舳舻蔽水，大悦，名曰通惠河，赐守敬钞二千五百贯。大德二年，召至上都，议开铁幡竿河。守敬奏：山水频年暴下，非大为渠堰，广五七十步不可。执政吝于工费，缩其广三之一。明年大雨，山水注下，渠不能容，漂没人畜庐帐。成宗曰：郭太史真神人也！惜其言不用耳。（《元史》）

乌古孙择才干过人，至元二十九年，为广西两江道宣慰副使。雷州地近海，潮汐啮其东南，坡塘碱卤，农病焉。而西北广衍平袤，宜为陂塘。泽行视城阴，曰：三溪徒走海而不以灌，此史起所以薄西门豹也！乃教民浚故湖，筑大堤竭，三溪潴之，为斗门七，堤竭六，以制其赢耗。酿为渠二十有四，以达其注输。渠皆支别为闸，设守视者，时其启闭。计得良田数千顷，濒海广潟并为膏土。民歌之曰：潟卤为田兮，孙父之教。渠之泱泱兮，长我秔稻。自今有年兮，无旱无涝。（《元史》）

耶律伯坚为清苑县尹，县西有塘水，溉民田甚广，势家据以为碨，民以失利。伯坚命毁碨，决其水而置之田，许以溉田之余月，乃得堰水置碨。仍以其事闻省部，著为定例。（《元史》）

【明】洪武二十七年，帝谕工部，陂塘湖堰，可蓄泄以备旱涝者，皆因地势修治之。乃分遣国子生遍诣天下，督修水利。凡开塘堰九百八十七处。（《明纪纲目三编》）

洪武间，九江陈博文筑桑园围。先是，宋何执中筑以捍西江之水，其时不过遏防之耳，未固也。陈君悯民苦水患，诣阙条奏，高皇嘉纳，命董其役。逾年而堤成，盖万世利也。后人思粒食安居之由，爰建祠祀焉。（《龙山志》）

永乐元年，苏松嘉湖数郡频年水灾，命夏原吉治之。原吉请疏吴松南北两岸安亭等浦，引太湖诸水入刘家、白茆二港，使其势分，以复《禹贡》三江入海之旧。帝从之，命发民夫开浚。原吉昼夜经理，以身先之，功遂成。（《通鉴纲目三编》）

成化时，卢翊迁云南参政。洱海常苦旱，其地有品甸、开砦二陂可储水，安南陂诸处有美泉可灌溉。翊谕民治二陂，筑梁王山坝，障水入田。岁比登，公私有储粟。（《常熟志》）

嘉靖时，河臣周恭疏曰：臣窃见中土之民困于河患，实不聊生。至于运河，以山东济南、东昌、兖州三府地方，虽有汶沂洸泗等河，然与民间田地支节脉络不相贯通。每年太山、徂徕诸山水发，漫为巨浸，决城郭，漂庐舍，亦与河南河患相同。或不幸值旱暵，又自来并无修缮陂塘渠堰，蓄水以待雨泽，遂至齐鲁间一望赤地，蝗螟四起，草谷俱尽。此皆沟渠不修之故也。臣惟善救时者在乎得其大纲，善复古者不必拘于陈迹。所谓修沟渠者，非谓一一如古，亦惟各因水势地势之相因，随其纵横曲直，但令自高而下，自小而大，自近而远，盈科而进，委之于海而已。（《康济录》）

嘉靖间，何钫授平阳知县。平阳有东西江，灌田四十万亩，而海水流注，田为斥卤。钫修筑凤浦埭以捍之，民赖其利。（《常熟志》）

庞嵩授应天府治中，摄府事。嘉靖时，江宁葛仙、永丰二乡数被水患。嵩为筑堤辟莱，得田三千一百亩，立惠民庄四，募贫民佃之，流移尽还。（《献征录》）

户科钱增疏请修水利，言：苏松常镇杭嘉湖七郡之水，以太湖为腹，以大海为尾闾，以三江入海为血脉。自吴淞淹塞，东江微细，独存娄江一派。而娄江之委七十里曰刘家河，乃娄江入海之道，东南诸水全恃此以归墟，不至泛滥者，则带水灵长之利也。近日涨沙淤塞，于是东流之水逆而向西，涓滴不入，灌溉无资，岁逢旱魃，田禾立槁，何从救涸辙之民乎？万一大浸稽天，七郡洪流倾河倒峡，震泽不能受，散漫横溃，势必以七郡之田为壑，而城郭人民皆不可问，东南数百万财赋尽委逝波，其如国计何哉？时苏松巡按周元泰亦言刘家河急宜开浚。俱下该抚察议。（《康济录》）

陈幼学授确山令，积粟万二千石以备荒，垦莱田八百余顷，给贫民牛五百余头，授贫妇纺车八百余辆，开河沟一百九十八道。调中牟，有大泽积水，占膏腴地二十余里。幼学疏为河者五十七，为渠者百三十九，俱引入小清河，民大获利。大庄诸里多水，为筑堤十三道障之。政绩茂著。（《明史》）

陈善为滇右辖，昆明旁山有田五十顷，高亢难垦。善视石崖有泉可引溉，而为横山所隔，经画开凿，水洞遂通。民受其利，名其洞曰惠济，立祠洞旁祀之。（《云南志》）

陈灉除宁国知府，伐石筑堤，作水门蓄泄，护濒江田。百姓咸赖。（《明史》）

贝秉彝补东阿知县，邑西南有巨浸，积潦为田害。秉彝相视高下，凿渠引入大清河涸之。得沃壤数百顷，民食其利。（《明史》）

徐贞明，字孺东，贵溪人。隆庆五年进士，历官尚宝司丞。建言在为工科给事中时，后竟罢归。其父九思为工部郎，治张秋河，筑减水桥于河滨，工成永为利。赵文华出视师，九思不迎谒，坐以老致仕，亦循吏也。贞明之言曰：神京拥据上游，兵食宜取之畿甸，今皆仰给东南，岂西北古称富强地，不足以实廪而练卒乎？夫赋税所出，括民脂膏，而军船夫役之费，尝以数石抵致一石，东南之力竭矣！又河流多变，运道多梗，窃有隐忧。闻陕西、河南故渠废堰，在在有之，山东诸泉，引之率可成田，而畿辅诸郡，或支河所经，或涧泉自出，皆足以资灌溉。北人未习水利，惟苦水害，不知水害未除，正由水利未兴也。盖水聚之则为害，散之则为利。今顺天、正定、河间诸郡，桑麻之区，半为沮洳，由上流十五河之水，惟泄于猫儿一湾，欲其不泛滥与壅塞，势不能也！今诚于上流疏渠浚沟，引之灌田，以杀水势，下流多开支河，以泄横流，其淀之最下者留以潴水，稍高者皆如南人筑圩之制，则水利兴，水患亦除矣。元虞集欲于京东滨海地筑塘捍水，以成稻田。若仿集意招徕南人，俾之耕艺，北起辽海，南滨青徐，皆良田也。宜特简宪臣，假以事权，毋阻浮议，需以岁月，不取近功，或抚穷民而给其牛种，或任富室而缓其征科，或选择健卒，分建屯营，或招徕南人，许其占籍。俟有成绩，次及河南、山东、陕西，庶东南转漕可减，西北储蓄常充，国计永无绌矣！尚书国朝宾以水田劳民，请俟异日，事遂寝。及贞明被谪至潞河，终以前议可行，著《潞水客谭》以毕其说。其略曰：西北之地旱则赤地千里，潦则洪流万顷，惟雨旸时若，庶乐岁无饥。此可常恃哉？惟水利兴而后旱潦有备，利一。中人治生，必有常稔之田，以国家之全盛，独待哺于东南，岂计之得哉？水利兴则余粮栖亩，皆仓庾之积，利二。东南转输，其费数倍。若西北有一石之入，则东南省数石之输。久则蠲租之诏可下，东南民力庶几稍苏，利三。西北无沟洫，故河水横流，而民居多没。修复水利，则可分河流，杀水患，利四。西北地平旷，游骑得以长驱，若沟浍尽举，则田野皆金汤，利五。游民轻去乡土，易于为乱。水利兴则业农者依田里，而游民有所归，利六。招南人以耕西北之田，则民均而田亦均，利七。东南多漏役之民，西北罹重徭之苦，以南赋繁而役减，北赋省而役重也。使田垦而民聚，则赋增而北徭可减，利八。沿途诸镇有积贮，转输不烦，利九。天下浮户依富家为佃客者何限，募之为农，而简之为兵，屯政无不举矣，利十。塞上之卒，土著者少，屯政举则兵自足，可以省远募之费，苏班戍之劳，停摄勾之苦，利十一。宗禄浩繁，势将难继。今自中尉以下，量禄授田，使自食其土，为长子孙计，则宗禄可减，利十二。修复水利，则仿古井田，可限民名田，而自昔养民之政，渐可举行，利十三。民与地均，可仿古比闾族党之制，而教化渐兴，风俗自美，利十四。谭纶见而美之曰：我历塞上，久知其必可行也。御史苏瓒、徐待、给事中王敬民俱疏荐之，乃进贞明少卿，赐之敕，令往会抚按勘议。瓒亦献议曰：治水与垦田相济，未有水不治而田可垦者。畿辅为患之水，莫如卢沟、滹沱二河。卢沟发源于桑乾，滹沱发源于泰戏，源远流长，又合深易濡泡沙滋诸水散入各淀，而泉渠溪港悉注其中，以故高桥、白洋诸淀，大者广围一二百里，小亦四五十里。每当夏秋淫潦，膏腴变为潟卤，菽麦化为萑苇，甚可惜也。今治水之策有三：浚河以决水之壅，疏渠以杀淀之势，撤曲防以均民之利。并下贞明相度。户部尚书毕锵亦力赞之，采贞明议为六事。请郡县有司以垦田勤惰为殿最，地宜稻者以渐效率；宜黍宜粟者如故，不遽责其成效。召募南人，给衣食农具，俾一教十；能垦田百亩以上者，即为世业，子弟得寄籍入学。其卓有明效者，仿古孝弟力田科，量授乡遂都鄙之长。垦荒无力者贷以谷，秋成还官，旱潦则免。郡县民壮役止三月，使疏河芟草，而垦田则募专工。帝悉从之，命贞明兼监察御史，领垦田使，有司挠者劾治。贞明乃先诣永平，募南人为倡，垦田至三万九千余亩。又遍历诸河，穷源竟委，将大行疏浚。而阉人勋戚之占闲田者，恐水田兴而已失其利，争为蜚语，流入禁中。御史王之栋家畿辅，遂言必不可行，且陈开滹沱河不便者十二。帝惑之，令停役，并欲追罪建议者，用阁臣言而止。贞明识敏才练，慨然有经世志。京东水利，实百世利，事初兴而即为浮议所挠，论者惜之。初议时，吴人伍袁萃谓贞明曰：民可使由，不可使知，君所言得无太尽耶？贞明问故，袁萃曰：北人惧南漕储派于西北，烦言必起矣。贞明默然，已而竟如袁萃言。此万历三十年事，终明代名臣无有能及之者。（《切问斋文钞》。景仁按：此赵诚夫文学一清书徐贞明遗事也。其论西北水利，实可见诸施行。使当日不动于浮言，而克竟其才，以告厥成功，其利不且广大而无穷乎？）

常熟知县耿橘《博访水利事宜示》曰：为集众思，裨不逮，以兴永久水利事。本县生长北方，不习水性，不谙浚筑方略，但待罪兹土，已逾八月，目击耳闻，此间似惟水利为大务。福山、奚浦、三丈浦等塘，现今议开，即概县塘圩，将次第兴举。若缓急利弊及算田派夫、分工督工、官帑民力，一切未尽事宜，可以教我者，许用纸开款呈递，以凭采决施行。夫智者见于永久，不计目前。今本县虚衷以待，凡乡绅父老百姓人等，即衙门贱役，凡有一见一画者，勿以愚昧而舍我可也。（景仁按：耿邑侯橘，河间瀛海人，字庭怀，号蓝阳。以进士除尉氏令，政最，调常熟。其兴吾邑水利，在万历三十二三四年。查通县应开干河支河二百八十余道，分别缓急，算定丈尺土方，核明两旁得利田亩数目。凡水势潴泄之宜、夫田力役之规、官帑补助之则、量度督验之方，靡弗苦心区画，著为图说，刊成《水利全书》。邑人陆太守元淳序云：役不逾时，功臻永赖，岂偶然哉？其告示书札，恺切温醇，而所试各法，纤悉具备，成宪允垂。惜县志未载，兹从原书详加采录，用补邑乘之缺，而为讲求三吴水利者取法焉。）又《与通邑搢绅书》曰：海虞泽国，水利为重，不肖叨令于兹，通行查勘，次第修举，先急而难，次缓而易。数年之后，徼幸有成，亦私心一快矣。闻太仓王相公为搢绅首倡，不论官民，一体用力。嘉定则专用民力，不及搢绅。夫太仓之搢绅，肯先劳于民，嘉定之百姓，肯先劳于己，皆贤而可敬可爱者。昨唤福山塘等处公正人等，谕之为嘉定之百姓，皆未帖服。及行水利衙覆议，亦云开河之役，不论水利远近，毋拘官户小民，不问花分诡寄、田数奇零，一概通融计算，照亩派工。此法最善，其议亦公，黎庶无不称便而乐从之者。如钱、蒋、萧三宦，皆有倡和之意，略无梗议之言。况宦家之产，其数颇多，开浚河道，其利害得失与百姓同关休戚，较别项杂差，事体不侔。若竟优免于搢绅而独用乎民力，则人愈少，而工愈迟，舆论不惬，刁怨沸腾矣。夫吾民相安于服役，不肖亦乌用此喋喋，而王相公之高谊，谅亦台臺之所不多让也。敢请诸执事以为鼓舞作兴之助，何如？（景仁按：耿侯一示一书，以举大事、动大众必舆论佥同，而巨室无阻，乃允济耳。钱秀峰侍御回书，略言：开河与别差不同，若搢绅不开，则齐民之心不服。宦家既派，则众户之口何辞？照田均派，公议当执之以果，勿复疑。第均派一节，有田在某都则应派，余区不相涉。官户民户，照此分派，至公至平。或以田之肥瘠为言，人谁不称己田之瘠而人之肥者？官司何从考据？至谓傍河为近，离河为远，不知田虽离河，而枝河之灌溉，未有不从大河入者。如以此而立量派多派之说，开弊窦而滋烦扰，不若照都据田。上之立法既画一，下之赴役无偏枯。翁完虚掌科复书云：论田派工，自然官家与民家一体。搢绅为士民领袖，己蒙利而小户任劳，此心何安？当年邑大夫与乡先生同一片热肠，成百年永利，可风也。国朝乾隆五十一年，常昭被旱，请浚河。绅士公议，照顺庄法输费，责成办粮图分经造，按粮派差。全邑田亩，彼此互任差务，例不重役。名为偏劳，实则均逸，亦随时地而酌其宜也。查按粮派费，雍正十二年两江总督于苏松水利案内题准，听民按亩捐钱，交县汇给工员募修，不必人人赴工等因。全题具载府志，并不在因公科敛之条。）又《谕民浚筑示》曰：本县幅员五百里，田地高低相半。高者苦于旱干，低者病于水溢。叨任兹土，目击民艰，欲措斯民于乐利，惟以兴修水利为事，非为民父母者，不欲与民休息。但今日劳尔者，正所以永久佚尔也。汝等慎勿惊骇。本县念汝，为汝等安逸富足永计，昼夜孳孳，犹恐耳目未周。据各区公正造报应浚河道、应建坝闸、应筑围岸等图圩文册，集成《水利全书》，业有端绪。由今传后，不惟当事者便于省览，而若辈之子孙皆可以坐照地方之休戚矣！后日旱涝有备，岁谷屡登，抑不知此等利益归吾民耶，归本县耶？目今如三丈浦、奚浦二河，官民协浚。李墓、盐铁、贵泾、梅李、湖漕、六尺沟等塘及各枝河泾浜等处河工，俱藉民力。至如潭塘任阳一等低荒之区，民尚毕力，本县设处官帑佐之。其他某处等原报应浚应筑河岸，俱已载在册籍，迄今尚未报工，似属急缓。姑再申饬晓谕。为此示仰公正人等，查将该区枝河圩岸闸坝，量其工次难易，揆其时势缓急，并将各河丈尺及有以前开报未尽、参错处所，定限几日呈递入册。今成一定之规，后无覆丈覆勘之扰。其坝闸泾河圩岸，作速谕令有田业户人等照田出备工料，趁此天晴农隙，毋分寅夜，鸠工浚筑，务期河圩深阔，坚厚如式，以垂永久之利。毋得潦草塞责，掩饰目前，以孤本县爱养元元之意也。盖先忧后乐，本县素志，一劳永逸，政体宜然。如有争先效力好义终事之民，倍加优奖。倘有奸顽误事之徒，必绳以法。即日亲临各区查验，分别勤惰淑慝，惟愿吾民倍加意焉。（景仁按：耿邑侯谕，虑远法精，可谓训词深厚。时常邑一图二图，有杨尖河引华荡之水，入黄存、邵婆、马墅三河，浇灌两图地。一图奸民在马墅南筑一大坝，阻绝华荡等水，使不通于三图。侯查勘至此，立令决坝，遂去数十年偏枯之病，两图得均沾河润，人皆颂仁者之勇。又议垦荒十二款，酌给牛种，驱赌博游手归农，于垦田寓善俗之意。其浚河，始福山塘，次及奚浦、三丈浦等塘，以渐告成。盖由胸有成竹，施之有次序，而约束坚明也。夫浚筑工用浩繁，仓猝无所倚办，豪强尸其利，乃欲避其劳，靳其费，交通吏胥，舞文为梗，而刁顽之徒，赴役者多，趋功者少，甘苦稍畸，怨咨腾沸，水利所以倦兴旋废也。若耿侯始则出肺腑以周咨，继则破诪张而不惑，惟克果断，处置得宜，又何患事之难集与?）申台司开河法九条：一、照田起夫，量工给食。宋范仲淹曰：荒歉之岁，召民为役，日以五升，因而赈济，盖老成长虑之见如此。挑河莫善于照田起夫之法，然难言矣。说者谓有近水利者，远水利者，不得水利者，及田止十亩以下者，分为四等，除十亩以下者免役外，余以三等为伸缩。盖往年之役如此，职以为不然。本县之田未有不藉水而成者，但河有枝干之殊，水有大小之异，彼干河引江湖之水，而枝河非引干河之水者乎？田近干河者称利矣，田近枝河者非干河之利乎？若必为四等之说，则奸户积书朦胧作弊，上户那而为中户，中户那而为下户，近利那而为远利，远利那而为不得利，而田少愚弱之氓，反差重役，如小民之偏苦何？故开河必观水势所向，应用某区某图之民，无论大户小户，通融验派，然后于法均，于事便，于民无扰耳！派夫先取黄册，查明该区该图坐圩田地总数，令区书将业户一一注明，然后算派某河应役田若干亩，每田若干亩坐夫一名，田多者领夫，田少者凑补足数，名曰协夫。其勘明坍江板荒田地俱豁免。如此，不惟奸豪无由规避，愚弱不致偏苦，而贫富适均，众擎易举矣！一、水利不论优免。浚河以备旱潦，便转输也。论田而士夫之田多于小民，河成而灌运之利亦多于小民，故同心协力，举地方之大利，在士夫原有此意矣。若士夫优免，则小民独受其苦，大室安享其利，恐徒滋怨望而事难成。职浚福山河，以此意白之本县士夫，士夫咸各乐从，而百姓无不趋事。今后凡浚河筑岸之事，必如往规，庶劳逸均而上下悦服也。一、准水面算土方多寡，分工次难易。均是河也，中间不能无淤塞浅深之殊，地形亦有高下凹凸之异，而土方多寡，工次难易，判焉不同。宋郏侨云：以地面为丈尺，不以水面为丈尺，不问高下，匀其浅深，欲水之东注，必不可得。夫物之取平者，必期于水。治水而不师乎水，非智也。须于勘河之时，先行分段编号。算土之法，若本河有水，即沿河点水，有深浅不同之处，差一尺者即另为一段。假如通河水深一尺，而有深二尺者，即易段也；深三尺者，又易段也；深四尺者，极易段也；深与议开尺寸等者，免挑段也。阔仿此。各立桩编号以记之，令精算者逐段计算土方。其法：每土四旁上下各一丈为一方，每方计土一千尺。假如本河议开面阔五丈，底阔三丈，水面下开深五尺，每长一丈，该土二方。又如某段水深一尺，该挖土方四分，实开土一方六分，为难工；某段水深二尺，该挖土方八分，实开一方二分，为易工。三尺四尺五尺仿此。阔仿此。若本河无水，即督夫先于中心挑一水线，深广各三尺，或二尺，务要彻头彻尾，一脉通流。却于水面上丈量露出余土，有厚薄不同之处，差一尺者，另为一段。假如通河皆余土一尺，而有余二尺者，即难段也；余三尺者，又难段也；余四尺五尺者，极难段也。立桩编号算土如前法。此乃计水上之土，而水下应挑之土一律齐矣。然后通算本河实开土若干方，两旁得利田若干亩，起夫若干名，每夫该土若干方，分工定宕，第从土方，土少者宕长，土多者宕短，齐土方不齐丈尺，而后夫役为至均，河形为至平也。附打水线法：水线至平也，而人心不平，奸巧百出。开福山塘，打水线十数日不成，随设法五里委一官，官各乘马，一里委一皂，皂各飞奔。如是往来不停，看其水线，不令阴阻，一日而成，奸巧立破。何以故？渠功少者于水线中暗藏小坝，官来则暂决之，过则坝住，虽土高无水之地，而两头藏坝，中间水可不绝。此奸不破，高低不明，水线为虚，何以知其然也？阴坝初决者，其水流动；不然者，其水静定也。一、分工定宕。夫役之来，道理远近不同，市野食宿异便，而土性亦有紧漫坚散之殊，崖岸不无险夷高下之别，强者奸者于此争利焉。宜查照区图远近，自头至尾算定丈尺，捱定工次，令远近适中，一一注明，比工簿内，用印发各千百长，照簿竖立夫桩，一定不移，庶纷争之扰可免，而亦无作奸之处矣。第初时量河，最要的确，临期分宕，务秉至公，否则吏胥虚报丈尺而实克夫价者有矣，强梁之徒夫多宕少者亦有矣。大都官能亲行，自无此弊。一、堆土法。夫役偷安，类于近便岸上抛土，不思老岸平坦，一遇天雨淋漓，此土随水流入河心，倏挑倏塞，徒费钱粮，徒劳人工，何益？必于河岸平坦处，务令远挑二十步之外，照鱼鳞法层层散堆。若有懒夫就便乱抛者重究；若有古岸高出田上者，即挑土岸内，相帮以固子岸亦可。其平岸之处，不得援此为例。若岸有半圮之处，即宜挑土补塞，筑成高岸，挑土一层，坚筑一番，岸必坚牢，一举两得。不可姑置岸上，待异日筑之，后来日久人玩，贻害河道不小也。若田中有潆荡，或原因取土，致田深陷者，即用河土填平。若岸边有民房，有园亭，不便挑土者，令业户自备桩笆，于房园边旋筑成岸，亦两利之道也，若河狭则不可耳。一、考工法。金藻《水学》曰：勤省视者，官廉能也。或不省视，与无廉能同；省视不赏罚，与不省视同；赏罚不继续，与不赏罚同；而无考验之法，与不继续同。考工之法，必先立信桩、样桩以防奸伪。样桩者，用木橛刻画尺寸，与应浚尺寸同；信桩则一木橛可已。法于号段既定之后，每段将画尺木橛，钉入河心，与水面平。本河无水者，与水线之水面平，俗所谓水平桩也。俟开方之后，以此橛为准。盖橛露一尺，则工满一尺，故曰样桩。却将二橛书明号段，直对样桩，钉入两岸老土，深与岸平，曰信桩。此桩四旁，封识老岸数尺，不许抛土填压，致难认记。另具直丈竿一条，丈簔一条，立竿样桩之顶，拽簔信桩之上，以量虚河深浅。如簔在竿十尺上，则虚河深十尺矣。必十尺以下所有尺寸，乃算实土，虚河丈尺，籍而藏之。夫役认宕时，又各立小桩，书某字第几号，某千长下百长某，分管领夫某，协夫某，应浚长若干，曰夫桩（即号桩）。又按仰月形三阔丈尺之数，为横丈竿三条，俱画尺寸，做成木轮车，架此三竿。每查工之日，必携籍持竿，拽簔驾车而往。先稽号桩，而知其宕之长短。即据信桩、样桩拽簔竖竿，而得其工之浅深。工完后沿河推运三竿车，而验其工之阔狭。勤惰在目，赏罚必加，而后人力齐，工不虚耳。必信桩者，恐样桩之上下其手，又恐老岸之伪增其高。验老岸，验信桩，验样桩，而后伪无容矣。迨工完后，复打水线以验之。有淤滞处，随令复浚，务求线道通流，方可决坝放水。其或浚深水多，打水线不便，则于放水后用木鹅沿河较核。木鹅者，用直木一条，长与河深平，铁裹其下端，随浚过尺寸处拴系长绳，两岸拽之，直立水中，循水面而进。遇鹅仆处，则土高水浅处也，将该管千百长究治。仍令捞泥，务如原议分数，须木鹅通行无滞，乃为完工。一、分管员役。督责之法，必自下而上，由小及大，则工程易起。故每宕百丈，必用百长一名分催，千丈必用千长一名督催。此役须点该区田多大户充之，盖大户爱惜身家，众所推服。令此辈各照信地，千长立一小旗、一大桩，百长立一小桩，各书应管丈尺夫数。千长催百长，百长催小夫，而水利官又专督千百长，责任攸分，大小相驱，而职不时亲诣稽查，考其工次勤惰，量加赏罚，即顽猾之民亦不得不尽力矣。一、立章程，赏勤罚惰，以示鼓舞。号段定矣，宕认夫集矣，催督有人矣，然众力难齐，众心难一，不有以约之，其间勤者惰者概无赏罚，则勤者何所劝，惰者无以惩。今定一河工比簿，每十日亲查一次，为一限。如本河自水面而下应开五尺，则第一限要见工二尺，为浮泥易做也。二限黄泥难做，要见工一尺五寸。三限通完，深阔如式。工大者亦以此法宽立期限。凡比工，每百长管百夫，就以十夫为一分，每千长管十百长，就以一百长为一分。又立一赏功单，若依限如式开浚者给一功单，日后遇有过犯，许赍单赎罪以示劝。其有奸顽惰工者，即查千百长该管十分中一分不及限者，责小夫；二分不及限者，并责百长；三分不及限者，并责千长以示惩。章程立，赏罚明，而民自鼓舞，莫敢耽延矣。一、干河甫毕，刻期齐浚枝河。凡田附枝河者多，若浚干河而不浚枝河，则枝河反高，水势难以逆上，而干河两旁所及有限，枝河所经之低田反成荒弃。即干河之水，又焉用之？法当于干河半工之时，即专官料理枝河，令各枝河得利业户，俱照田论工，仍责成该枝河千百长催督，务要先期料理停妥。俟干河工完，先放各枝河水。放毕，随于各枝河口筑一小坝。俟小坝成，然后决大坝而放湖水。其工之次第如此。盖浚干河时，凡干河水悉放之枝河，而后大工可就。浚枝河时，凡枝河水悉归之干河，而后众小工易成。浚河者往往于干河告成后，心懈力疲，置枝河于不问而前工荒矣。盖机不可失，而劳不可辞，其工之始终又如此。干河之大者量给官银，枝河则专用民力焉。筑岸法五条：一、围岸分难易三等，及子岸同脚异顶法。老农之言曰：种田先做岸。盖低田患水，以围岸为存亡也。有田无岸，与无田同；岸不高厚，与无岸同；岸高而无子岸，与不高同。今考修围之法，难易略有三等。一等难修，系水中突起，无基而成，又两水相夹，易于侵倒。须用木桩，甚则用竹笆，又甚则石炮，方可成功。桩笆黄石宜佐官帑，难委民力。民力酌量出工，工太繁者佐以官帑。二等次难，系平地筑基，较前稍易，不用桩笆。三等易修，系原有古岸，后稍颓塌，止费修补之力。筑法水涨则专增其里，水涸则兼补其外。此二等岸，专用民力。三等岸脚阔皆九尺，顶阔皆六尺，高以一丈为率。又须相度田形以为高卑。大抵极低之田，务筑极高之岸，虽大潦之年而围无恙，田必登。详稽水势，能比往昔大潦之水高出一尺，则永无患矣。田之稍高者，岸亦不妨稍卑，惟田有高卑，而岸能平齐，则水利成矣。子岸者，围岸之辅，较围岸又卑三四尺。盖虑外围水浸易坏，故内作此以固其防。筑法与围岸同脚而异顶。如围岸顶阔六尺，子岸须顶阔八尺，方为坚固。其脚基总阔二丈，须一齐筑起为妙。围岸一名圩岸，又名正岸；子岸一名副岸，又俗名眈塌。此岸既成，可束水不得肆其横流之势，而低田可保常稔矣。一、戗岸岸外开沟，难易亦分三等。围田无论大小，中间必有高低之别，若不各立戗岸，将一隙受水，遍围汪洋，稍高者观望而不之庐，稍低者畏难而不敢庐，如此则围岸虽筑，亦属无用。法于围内细加区分，某高某低，某稍高稍低，某太高太低，随其形势截断，另筑小岸以防之。盖大围如城垣，小戗如院落，万一水溃外围，才及一戗，可以力庐，即多及数戗，亦可以众力庐，乃家自为守，人自为战之法。筑时要于低田外边开沟取土，内边筑岸，内岸既成，外沟亦就。外沟以受高田之水，使不内浸，内岸以卫低田之稼，俾免外入。又为高低两便之法。此岸大略亦有三等：一等难修，系地势洼下，从水筑起者，工力亦颇称巨；二等次难，系稍低之地，岸亦稍卑，且平地筑起，较前称易；三等稍高之地，其岸亦卑。三等岸俱脚阔五尺，顶阔五尺，高卑随地形为之，俱民力自筑。一、围外依形连搭筑岸，围内随势一体开河。范文正曰：江南围田，每一围方数十里，中有河渠，外有门闸，旱则开闸引江水之利，涝则闭闸拒江水之害。旱涝不及，为农美利。夫建闸开渠，如文正之言，乃尽水田之制，得水利之实，费少而获多也。今查各圩犬牙相错，势难逐圩分筑，惟看地形四边有河，即随河做岸，连搭成围。大者合数十圩数千百亩共筑一围，小者即一圩数十亩自筑一围亦可。但外筑围岸，内筑饯岸，务合规式，不得卤莽。其大小围内，除原有河渠水势通利及虽无河渠而田形平稳者照旧外，不然必须相度地势，割田若干亩而开河渠。盖土之不平，而水之弗便，或四面高中心下，如仰盂形，或中心高四面下，如覆盆形，或半高半下，或高下宛转诸形者，外岸虽成，其何以救腹心之旱涝？须因形制宜，或开十字、丁字、月样、弓样等河，小者十道，大者数道，于河口要处建闸，旱涝有备，乃称美田。柴粪草饼，水通船便，无难搬运已。一、筑岸务实及取土法。凡筑岸先实其底，下脚不实，则上身不坚。务要十倍工夫，坚筑下脚，渐次累高，加土一层，又筑一层，杵捣其面，棍鞭其旁，必锥之不入，然后为实筑也。法如岸高一丈，其下五尺分作十次加土，每加五寸筑一次；上五尺乃作五次加土，每加一尺筑一次。如此何患不实？但低乡水区，患无可用之土。先按圩中形势，果有仰盂覆盆高下不等，宜开十字、丁字、月样、弓样等河者，查议的确，申明开凿取土以筑其岸，高下旱涝均属有救，田价众户均出，遗粮申入缓征项下，候有升科拨补。不然，即查附近浜溇淤浅可浚者，斩坝戽水，就其中取土筑岸。岸既高而河又深，计亦无便于此者。然潭塘、任阳诸极低之乡，田浮水面，四边全是塘泾，无撮土可取。此等处须查本地有老板荒田，其粮已入缓征项下，年久无人告垦者，查明丘段丈尺，听民采土筑岸。又不然者，须查有新荒田与九荒一熟者，年远废基，不便耕种者，粮入缓征项下，俱听民采土筑岸。又不然者，须查本地有荚芦场之介居水次，止收草利，征荡税者，申免其税，听民采土筑岸。此纵中间不无捐弃，不犹愈于并熟田而潴之而荒弃之耶？但荚芦场俱占于大姓，人不敢诘，官不能问，处之为难。又不然者，令民于岸里二丈以外开沟取土，沟宁广无深，深不过二尺。夫就岸取土，岸高沟深，内外水侵，岸旋为土，法之所忌。但离岸远，则岸址宽而沟水未能即侵，沟身浅则受水少而填塞后易为力。但所取之沟，令佃人匀摊田面之土，兼篱外河之泥，一年内务填平满，毋令损岸。又查低乡土脉，有三色不堪用者。乌山土性坚质腴，但膝理疏而透水，筑岸易高，障水不密。灰萝土即乌山之根，入田一二尺，其色如灰，握之不成团，浸之则漫漶，杵之亦不坚。竖门土性不横而直，其脉自于水底贯穿，围岸虽固，水却从田底溢出，欲围而救之无益也。此三者，筑法必从岸脚先掘成沟，深三尺，或用潮泥，或取别境白土实之，然后以本土筑岸其上，方为有用。此等处俱属一等难工，宜佐官帑。附鱼鳞取土法：田而上四散挑土，俗呼为抽田肋。高乡以此法换土插田，挑田肋置于岸边，篱河泥盖于田面，而田益熟。其法方一尺取一锹，四散掘之，如鱼鳞相似。此法亦可取土筑岸，但用力多，见功少。一、业户出本，佃户出力；自佃穷民，官为出本。常熟岸塍多坏而不修，其故有五。小民困于工力难继，则苟且目前而不修。大户之田与小民之田错壤而处，一寸之瑕并累百丈之瑜，即大户亦不修。又有小民佃大户之田者，佃者原非己业，业者第取其租，则彼此耽误而不修。或业户肯出本，佃户恐岸成而或为他人更佃也，虚应故事而不实修。或工费浩大，望助于官，官又以钱粮无处，厚责于民，则公私相咨，因循而不修。无怪乎田圩日坏也！除一等难修之岸另议外，其二三等易修者，令业户于秋成后出给工本，俾佃户出力修筑，官为省视，高厚坚实，务如规式。若穷户自佃己田者，查果贫难，官给工本。开河工本仿此。附守岸法：正岸六尺通人行，子岸八尺闲而无用，宜种植其上。法惟种蓝为最。盖蓝必增土以培根，愈培愈高，种蓝三年，岸高尺许。乌山土不宜蓝，或种麻豆菜茄，但禁锄时〔葑〕，勿损其岸可也。若正岸外址，令民葑葑，或种菱其上。盖菱与葑，其苗皆可御浪，使岸不受啮。况菱实可食，葑苗可薪，又其下皆可藏鱼。利之所出，民必惜之，岸不期守而自无虞矣。建闸法：文正言：修围、浚河、置闸，三者如鼎足，缺一不可。郏侨云：汉唐遗法，自松江而东至于海，遵海而北至扬子江，沿江而西至江阴界，一浦一港，大者有闸，小者有堰，以外控江海而内防旱涝也。自今考之，惟白茆港、福山港口七浦之斜堰，仅有闸迹，他不多见。盖有闸必有守闸者，江海口地多旷廓，守之为难，况波涛冲啮，水道迁徙，势必难存。此等闸工，动逾千金，销毁不逾岁月，置而不论可也。至于围田之上流、泾浜之要口，小闸小堰，外抵横流，内泄涨溢，关系旱涝不小，且工费亦不多。所用工费，验田均派，如某区图建闸若干座，应用物料银若干两，得利某圩某字号田若干亩，验法每亩该银五厘以下者，民力自为之，一分者官助二厘。坝堰法同此。水利用湖不用江，为第一良法。常熟地势，东北滨海，正北、西北滨江，正西、西南、正南、东南三面而下东北，而注之海注之江者，皆湖水也。夫湖水灌田田肥，其来无一息之停；江水浑灌田田瘦，来有时，去有候，来时虽高于湖水，而去则泯然矣。乃小民不思浚深各河，取湖水无穷之利，但计略通江口，待命于潮水之来。曾不思江水利小害大，浮沙日至，河易淤，来去冲刷，岸易崩，灌田沙积田内，田日薄，遇雨沙渗禾心，禾日枯，欲求利而祛害，宜何如？曰：沿江大小港浦淤浅者，随急缓浚之。浚时必于港口筑坝，浚毕而坝不决，则湖水不出，而江水不入，清浊判于一堤，利害悬于霄壤，而此河亦永无劳再浚。何也？县以南凡用湖水者，未闻有塞河也。然此论其常耳，若大旱之年，湖水竭，江水盛，大涝之年，江水低，湖水高，不妨决坝以济之。但浚河每先干后枝，枝河未浚而身高，湖水低，不能上济，江潮稍高，足以济之，则坝亦不得留矣，安得并举干枝而成此悠远之利也？（景仁按：水利用湖不用江，自是不易之论。海潮味咸，甚于江潮，是以滨江海诸浦，宜浚使一律深通，而置闸以拒浑潮。惟置闸而无人司启闭，与无闸同，则莫如筑坝。筑坝之法，有滚水坝，坝基高于水，低于岸，拒潮而不绝潮。只令大汛三日得达于内地，小汛不得入，沙积有限，既不病稼，亦不淤河。大旱之年，沿江沿海地形高仰，不能远资湖水，犹得决坝以潮水救涸辙。若逢大涝，湖水暴涨，支港宣泄不及，即开坝泻之，俟稍平复闭。实有利无害之术也。又有涵洞，作于潮河坝上，为通水之沟窦。宜审地势酌行之。）兴工止工。凡事豫则立，号令信则民从。所以豫行勘定某河、某区图应开，某岸、某区图应筑，某区图应用田若干，或某字号某圩田若干，某民力，某官帑，俱注明各河岸下，出示三月，民无异言，随刊成册，再不更改。章程既立，众志皆定，然后每年择其最急者为之。其法每十月后下令兴工，官为省视，至次年三月终放工，则事有绪而农不妨，工易举矣。设处出放钱粮。吕询《水利疏》云：将节年未完钱粮系大户侵欺者，令有司设法清追，略仿范文正以官粮募饥民修水利法。本县清查旧逋，若太仓军储一款，历有省存，奉帖每石易银五钱，抵作闸夫等项之用，遵行在卷。照旧疏，酌时宜，将前省军储，查明欠户，按逋派舂，不征其银。夫有必不容已之役，则有必不容已之费，有必不容已之设处。水利乃粒食之源，或有以不动钱粮为得策者。呜呼！小民难与虑始，佐以官帑，尚且骇而思避，若第以空文催督，彼亦以空文应之。故设处钱粮，尤不容已。而责库吏以足色足数之封，责千百长以至公至平之散，禁门皂之需索，塞书吏之弊窦，清彻见底，天目可矢，则事易举而心无愧焉。高区浚河、低区筑岸，各随民便。夫享河之利，宜浚其河，享岸之利，宜筑其岸，情至顺也。驱低区民为高地浚河，高区民为低田筑岸，是使舟耕牛航也。况各方相去，动逾百里而遥，裹粮越宿，趋他人不急之役，其谁堪之？近有阖县派夫次第开浚之议，又有通点大户随急先举之说，岂未之深思耶？本县凡有浚河之事，惟于该区中调。设民果不足，给之官帑，不得混行派扰，以拂民情而摇众志。乃水利之常经也。若白茆大工，自昔一府通开，其动通县也，又不可执一论矣。（《常熟县水利全书》。景仁按：循吏留心水利者有矣，未有研究利病，详审精密，如耿蓝阳邑侯所议也。其才识既高，而又实心为地方任事，高高下下，一一身履其地，而指画其方，洵虞民百世之赖也。成法具存，后之为民父母者，得所持循，化裁而推行之。邑名常熟不虚耳，而岂独吾邑常熟也哉？）

陈瑚《开江议》曰：开江之难，难在财与人。有财与人，而无法以规画处置之则尤难。古人云：治水利者，不当治之于河滨，当先治之于堂上。凡地形高下之宜，水势通塞之便，疏瀹决排之方，难易缓急之序，经营量度之法，催督考验之术，皆当一一而条画之，然后不烦不劳，而于事有济。分段之法：凡地上下四旁各一丈曰一方，每长一丈，为方者十有五，每长一里，为方二千七百。江长七十里，里当一百八十丈，是长一万二千六百丈。使一时起工，则道远难于稽察，且屝水太劳，而搭厂费烦。今当分为五段，约十四五里为一段，使各夫并力头段。头段既浚，然后四段，以次而及，则前段之河可受次段之水，前段之厂可移为次段之用。此甚便也。算土派工之法：每方合用人夫十五工，然河有深浅阔狭之异，当以水面为丈尺，不当以地面为丈尺。勘河时用画准丈竿，沿河点水，所测浅深，即便册记，有不同，立桩编号以记之。如原议欲水深一丈，据现在流通水有三尺，此处该去土七尺矣，应作一等。水有二尺，该去土八尺矣，应另作一等。其阔狭亦如之。然后计算土方，分工定宕，而夫役均也。堆土之法：必令远挑二十步外，姚文灏所谓"远堆新土方希罕"是也。抑刘河重镇，离州七八十里，有急呼应不能骤通。倘即用此土，相沿河地形要害，或五里一墩，或十里一堡，随便筑成，亦一举两利之道，然难言矣！接挑之法：土既宜令远堆，倘河身广阔，登岸太高，用力甚难，是当为接挑之法。盖每土一方，计一千尺，应一千六百挑。凡人夫荷重，妙在换肩交担，其力少息，乃可长用。如从河底升岸，从岸远堆，酌量其难易远近，用四人接挑，如董抟霄蚁运之说，每日置挑五人，可去土五百挑，计三日积一十五工，约可去土一方矣。但置土之人，其力稍省，法当更番以均劳逸。避纤河之法：江在公塘湾一带作数折，由北趋南二三十里，东西相望不过里许，闻为娄江故道。若浚二三十里，工力烦费，不若从古道径直开通，则河身直走，力省而工倍也。避涨沙之法：海口涨沙方盛，猝难决去。如李尚书开白茆，因避涨沙，另开平陆五里。此成法也。考工之法：则耿常熟立信桩、样桩诸说是也。赏罚激劝之法：定一河工比簿，酌量工次，分为几限。各伍有依限开完者，或即赐之酒食，或即犒以银钱。其有奸顽惰工，即行责治。至千百长比工之法，即以分数为赏罚。如此则庶有惩劝。他若复淘河之夫，建海口之闸，开高区之枝河，筑低乡之围岸，此又善后事宜也。（《常熟志》。景仁按：陈确庵议，如算土堆土考工等法，悉师耿邑侯成说。其同者不复载。）

万历壬子，西洋熊三拔撰《水法本论》。其略曰：古先迪哲，作为水器以利天下。或取诸江河，或取诸井，或取诸雨雪，藉以救灾捍患。生物养民，积久弥精，变化日新焉。嗟夫！深心实理，巧思圆机，谁令人类得与于斯，斯亦造物之全能乎？学道余暇，托笔为书，倘当世名贤，体天心，立人命，经世务，忧时艰者，赐之莞采，因而裕民足国，或亦远臣矢心报效之一斑也。（景仁按：《泰西水法》六卷，采入《钦定四库全书》。《简明目录》云：欧罗巴人所著，自步算诸书外，此尤切于实用。今观其书，立成器，运圆机，取水蓄水之法，于恒蹊之外，别有秘钥。以益农田，则奇技而非淫巧矣。其法通于勾股，而用笔极仿《考工记》，词旨极有深奥处。思入匪夷，事归利用，录存大略，以待解人。）用江河之水，为器一种。《记》曰：龙尾车者，河滨挈水之器也。治田之法，旱则挈江河之水入焉，潦则挈田间之水出焉。不有水之器，不得水之用。三代而上，仅有桔槔，东汉以来，盛资龙骨。今作龙尾车，物省而不烦，用力少而得水多。其大者一器所出，若决渠焉，累接而上，可使在山，是不忧高田。筑为堤塍而出之，计日可尽，是不忧潦岁与下田。去大川数里数十里，凿渠引之，无论水稻可以必济，即黍稷菽麦木棉蔬菜之属，悉可灌溉，是不忧旱。浚治之功，出水当五分之一，今省十九焉，是不忧疏凿。旱暵之年，上源枯竭，穿渠旁引，多用此器，下流之水可令复上，是不忧漕也。交缠相发，可以一力转二轮，递互连机，可以一力转数轮，故用一人之力，常得数人之功。又向所言风与水能败龙骨之车也，在鹤膝斗板。龙尾者无鹤膝，无斗板，器车水中，环转而已，湍水疾风，弥增其利，故用风水之力，而常得人之功。若有水之地悉皆用之，窃计人力可以半省，天灾可以半免，岁入可以倍多，财计可以倍足。方于龙骨之类，大略胜之。龙尾者，水象也，象水之宛委而上升也。龙尾之物有六：轴者，转之主也，水所由以下而上也；墙者，以束水也，水所由上也；围者，外体也，所以为固抱也；枢者，所以为利转也；轮者，所以受转也；架者，所以制高下，承枢而转轮。六物者具，斯成器矣。或人焉，或水焉，风马牛焉，巧者运之，不可胜用也。用井泉之水，为器二种。《记》曰：玉衡车者，井泉汲水之器也。既远江河，必资井养。今为此器，不施绠缶，非藉辘轳，无事桔槔，一人用之，可当数人。若以灌畦，约省夫力五分之四。高地植谷，家有一井，纵令大旱，能救一夫之田。数家共井，亦可无饥饿流亡之患。若资饮食，则童幼一人，足供百家之聚矣。且略加斡运，其捷若抽，故烟火会集之地，一井之上，尚可活一茕民也。玉衡者，以衡挈柱。其平如衡，一升一降，井水上出，如跐突焉。玉衡之物有七：双筒者，水所由代入也；双提者，水所由代升也；壶者，水之总也，水所由续而不绝也；中筒者，壶水所由上也；盘者，中筒之水所由出也；衡轴者，所以挈双提下上之也；架者，所以居庶物也。七物者备，斯成器矣。更为之机轮焉，巧者运之，不可胜用也。若欲为专筒之车（专一也），则为专筒、专柱而入之中筒，如恒升之法而架之，而升降之。其得水也，当玉衡之半，井狭则为之。《记》曰：恒升车者，井泉挈水之器也。用如玉衡，相似而更速更易焉。以之灌畦治田，最为利益。若为之复井，井之底为窦而通之。以大井潴水，以小井为筒而出之，则无用筒也。若江河泉硐索水之处过高，龙尾之力有不能至，则用是车焉。挈水以升，架槽而灌之，或迤而建之，以当龙尾。恒升者，从下入而不出也，从上出而不息也。恒升之物有四：筒者，水所由入也，所以束水而上也；提柱者，水所由恒升也；衡轴者，所以挈提上下之也；架者，所以居庶物也。四物者备，斯成器矣。更为之机轮焉，巧者运之，不可胜用也。若欲为双升之车，则双筒焉，如玉衡之法而架之，而升降之。此升则彼降，用力一而得水二也。是倍利于恒升也，尤宜于江河。用雨雪之水，为法一种。《记》曰：水库者，积水之处也。天府金城，居高乘险，江河溪涧，境绝路殊，凿井百寻，盈车载绠，时逢亢旱，涓滴如珠，或乃绝徼孤悬，恒须远汲，长围久困，人马乏绝。若斯之类，临渴为谋，岂有及哉？计莫如恒储雨雪之水，可以御穷。而人情狃近，未或先虑，及其已至，坐槁而已。亦有依山掘地，造作唐池，以为旱备，而弥旬不雨，已成龟坼，徒伤挹注之易穷，不悟渗漏之实多矣。西方诸国依山为城者，其人积水，有如积谷。谷防红腐，水防漏泄，其为计虑，亦略同之。以故作为水库，率令家有三年之畜，虽遭大旱，遇强敌，莫我难焉。今以造作法著于篇，请先谂之秦晋诸君子。水库者，水池也，曰库者，固之其下使无受渫也，幂之其上使无受损也。水库之事有九：具者，庀其物也；齐，所以为之和也（齐与剂同）；凿，所以为之容也；筑，所以为之地也；涂，所以为之固守也；盖，所以为之幂覆也；注，所以为之积也；挹，所以受其用也；修，所以为之弥缝其阙也。水法附余：高地作井，未审泉源所在，其求之法有四：第一气试。当夜水气恒上腾，日出即止。今欲知水脉安在，宜掘一地窖。于天明辩〔辨〕色时，人入窖以目切地，望地面有气如烟腾腾上出者，水气也。气所出处，水脉在其下。第二盘试。宜掘地深三尺，用铜锡盘一具，清油微微遍擦之。窖底用木高一二寸以搘盘，偃置之。盘上干草盖之，草上土盖之。越一日开视，盘底有水欲滴者，其下则泉也。第三缶试。法近陶家之处，取瓶缶坯子一具，如前铜盘法用之。有水气沁入瓶缶者，其下泉也。无陶处以土墼代之，或用羊绒代之。羊绒者不受湿，得水气必足见也。第四火试。法掘地如前，篝火其底。烟气上升，蜿蜒曲折者，是水气所滞，其下则泉也；直上者否。凿井之法有五：第一择地。凿井之处，山麓为上，蒙泉所出，阴阳适宜。园林室屋所在，向阳之地次之，旷野又次之。山腰居阳则太热，居阴则太寒，为下。凿泉者察泉水有无，斟酌避就之。第二量浅深。井与江河地脉通贯，其水浅深尺度必等。今问凿井应深几何，宜度天时旱涝、河水所至，酌量加深几何而为之度，去江河远者不论。第三避震气。地中之脉，条理相通，有气伏行焉。强而密理，中人者九窍俱塞。凡山乡高亢之地多有之，泽国鲜焉。此地震所由也，故曰震气。凡凿井遇此，觉有气飒飒侵人，急起避之。俟泄尽更凿，欲候知气尽否。缒灯火下视之，火不灭，是气尽也。第四察泉脉。凡掘井及泉，视水所从来，而辨其土色。若赤埴，其水味恶，黏土也，中为墼为瓦者是。若散沙土，水味稍淡。若黑坟土，其水良，色黑稍黏也。若沙中带细石子者，其水最。第五澄水。作井底，用木为下，砖次之，石次之，铅为上。既作底，更加细石子，厚一二尺，能令水清而味美。《泰西水法》。景仁按：熊氏所创三车之制，皆以捷巧取水；水库则为积水不漏之法。后附作井诸条，具可推验。此似新奇而实切于日用饮食之质者也。世有欲试行之者，详考原书图说及注。制造如式，运以精思，当有成效。所谓巧者述之，或亦轸恤民艰之一助乎？）

【国朝】李文贞公光地（字晋卿）巡抚直隶时，饬兴水利牒曰：照得直隶九府，比年收稔，民有起色，然旱涝灾祲，天行常数，虽太平屡丰之世，不可以无豫备之道。北土地宜，大约病涝十之二，而苦旱十之八，苦旱遂至于不可支，不能如南人补救者。非独惰农自安，盖根在于水利不修，束手无措故也。今岁春夏微旱，屡行通饬，凡州县各因其山川高下之宜，如近山者导泉通沟，近河者引流酾渠，若无山无河平衍之处，则劝民凿井，亦可稍资灌溉。（景仁按：徐光启《农政全书》：凡开井，当用数大盆贮清水置各处，俟夜色明朗，观所照星何处最大而明，其地必有甘泉。此屡试屡验者。）若一县开一万井，则可溉十万亩，约计亩获米一石，十县之入，已当通直全属之仓储矣。一沟之水又可当百井，一渠之水又可当十沟。以此推之，水利之兴与积谷备荒，其利不止倍蓰什伯也。用地利以济天时之穷，用人力以补天地之缺，自古为政，莫不以此为先。只因近来守令但惜身谋，无能以民事为家事者，故视此等议论邈若河汉。今直隶经浚河筑堤、蠲灾释逋之后，孚诚下洽，吏习民安，有所兴利，莫便此时。仰该道司府厅乘兹农隙，令各州县亲履境内，按视山川形势，何处可通沟渠，何处应修堤障，水之源委何去何从，地之高下何蓄何泄，何处平壤宜劝穿井，何处水乡宜疏河道，一一绘图具说，务须简洁详明，由该府及管河厅详守道分司，汇缴本部院另檄飞发，立为简便之法，画一遵行。至于此事原为百姓筹谋，非如钦工上差诸务，期会征发，随以督责也。该府州县履历民间，务要简省徒从，只马单车，劳问父老，询以农事，不得骚动闾阎，费民一草。胥役有藉此作一名色，惊扰编氓者，立毙杖下。到彼时兴修，有应用官民力之处，另行详请，限冬至前各府报齐。如迟慢不到者，该道府等详揭。为此牌仰该道司府厅官吏火速遵奉毋违。（《切问斋文钞》）

陆氏曾禹曰：凡用水而水不蓄，去水而水不流，岂特有害于农田，人民亦恐由此而丧命。此经济名贤，以仁智自任者，未有不急急于此也。凡水利之当去留，在郡县者郡县任之，在数郡者司道任之，有属通省者督抚任之，有关邻省者移会而分任之，必无不可为之事矣！《康济录》

陆清献公陇其（字稼书）知灵寿县，时条陈时务曰：欲民之富，在于垦田，欲田之垦，在兴水利。北方土性燥烈，灌溉易涸，虽与南方不同，然使川泽流通，随便灌溉，犹愈于听其焦枯也。古人沟洫之制，至精至密，今置而不问，一遇旱潦，束手无策，何怪乎民生之日蹙也！但古人沟洫，随时修理，故不觉烦费。今以久湮久塞之河道，一旦欲疏其壅而防其溃，工费浩繁，势难猝办。若不量时势，不计赢绌，骤然兴举，其为扰害，必甚水旱。窃思屡年以来，朝廷悯恤灾荒州县，议蠲议赈，所费钱粮不可胜数。与其蠲赈于既荒之后，何如讲求水利于未荒之前？蠲赈之惠在一时，水利之泽在万世。宜通查所属水道，何处宜疏通，何处宜堤防，约长阔若干，工费若干，汇成《畿辅水利》一书，进呈御览。请司农度钱粮之赢绌，以次分年举行，永成万世之利，而不扰于民。以一时言之，若不免于费；以久远言之，比之蠲赈，所省必百倍。或鼓舞官吏绅衿，能开河道若干者，作何优叙奖励，此亦一策也。（《切问斋文钞》。景仁按：朱子云：赈济无奇策，不如讲水利。若到赈济时，成得甚事？论所济之广狭也，此更以所费之多寡论之。水利费省而济溥，自宜早为讲求，惟湮塞日久，兴修不可无序，当如清献公之言。）

李氏中孚与布中丞书曰：请设督农管水之官，以大兴水利。方今西安之所以大饥者，天旱而田不足于水故也。夫关中横亘终南，以为终始，山之所在，河泉多有，故西安近山一带，恒绕河泉。渭北虽复高仰，而泾洛漆沮清河石川诸水，亦所在而是。故总西安而论，其可开渠引水者不下十二三，兼以井泉亦不下十三四矣。夫水利三四倍于旱田，以十分有三四之水田，勤力而专精其间，虽天雨不时，亦足补旱田之阙而偿其获。即不足补，而此一半享水利之民亦足以自保，而不至流离失所矣。但凡民愚而不知兴，力微而不足以兴，有司又不留心于兴，是以上下交困而无如何也。今秋未必再旱，然亦不可不为旱虑，况水利成固关中数世之利乎？是宜乘今秋布种之候，作速请设提督农田水利官一员。或恐设官劳费，即请于本省司道中择精敏仁惠者，加以总管农田水利之权，使之专司；各州县官于丞簿或绅衿中择公正好义为众素所信服者，大县四五人，小县三四人，加以掌管之权，使之相视督责，一切委以便宜，不从上制，而重其廪禄，优其礼貌。凡近河者虽一二十里内，但可引水，皆须筑堤开渠，无河者须掘井而灌。按：万历间吕新吾抚山西，劝谕农民各于田中筑井，有云一时之费虽多，百年之利永赖，檄正印官加意督催。公又不时单骑亲查，精神勤于鼓舞。一时穿井之风勃兴，至今民享其利。除井深太费力者不令枉费功力，其或牛种资粮不给，官为措置。此法之行，州县必多以难上欺者，即不然，亦或苟且塞责，则此事之设，亦徒劳扰而烦费已矣。宜申明赏罚条格，预颁州县，法立一半月间，各据数申报。一册须一样三本，一留县令，由州县申提督官，提督官留一，而一以申院，以便他日按行赏罚。明公亦宜广询博访，何处可开渠，何处宜井灌，皆著录置左右，以便对照虚实，省察勤惰，为赏罚张本。又不时差的当忠诚人各处巡视，随即亲临稍远一二州县以按行赏罚。称职则掌管者重赏，牧令亦宜厚褒，否则掌其事者有重罚，即牧令亦难辞其愆。如此则不必躬亲遍临，而各属固畏法恐后矣。西北七府三边，岁虽稍登，俗素侈不知积聚，今已虚耗。宜与西安通兴水利，以防未然。（《切问斋文钞》。景仁按：西北水利与东南难易不同，施治亦异。兹载徐孺东事及李文贞公牒与此书，具见梗概。其南方水利则郑赏、赵霖所论，与慕中丞各疏俱得其要领。因文太长，摘录以存大略。）

慕鹤鸣漕督天颜布政江苏时，《疏河救荒议》曰：窃惟三吴治水之功，惟使太湖之水导入江海，而潮汐亦可上通，以时蓄泄，则旱潦无虞。自三江堙塞，震泽汜滥，以田为壑，而苏松常诸州县及浙西三郡受患日深。上年水患弥漫，四野流离疾苦。宪台轸念民生，首饬议浚刘河以通水利。又谓吴淞江出海处久成平陆，工繁未可轻议，以专力刘河为急著。本司遵行苏松二府确勘申覆在案。载考旧志，披阅新图。按：吴水之奔趋而东也，一自淀山泖湖，从华亭之南折而东北入海者，为黄浦；一自吴江长桥，历长洲、崑山、青浦、嘉定至上海，合黄浦以入海者，为吴淞江；一自吴县鲇鱼口北入运河，经郡城娄门，注流上下雉浇，抵崑山至和塘，东合新洋江，由太仓归刘家港入海者，为娄江，即今刘河也。自吴淞入海处沙壅荄丛，昔夏忠靖公引黄渡以西之水北入刘河。是刘河一线为淞娄二江之尾闾，合苏松诸郡民命攸关，浚之可一日缓哉？但在苏则亟望刘河之深广，而崑、太、嘉为尤切；在松则必图吴淞之成渠，而上、青为尤近。两府所议，各就其切己者言之，未可为全局通论也。本司规画再三，目前救时之策，在急疏刘河；将来远大之谋，吴淞亦所必浚。盖吴淞实太湖泄水中条，其故道较刘河更阔，地势较刘河更直。故夏忠靖导吴淞入刘河、白茆以注江海，仍浚范家浜以接黄浦；周文襄立表开江，又修复刘港；崔抚院浚大盈，凿夏驾，兼浚蒲汇新泾；海忠介专开吴淞，又别开白茆。总以太湖之水源多势盛，一江不足以泄之，其下流海口患于合而利于分耳。今两工难并举，莫若缓吴淞而先事刘河。然刘河之工固自不小，而吴淞亦不得不次第并浚者，当日导淞水入刘河，有夏驾、顾浦、盐铁、新洋诸港浦，淞与娄相通，今诸港浦尽塞，淞自为淞，娄自为娄，则刘河虽开，止泄震泽半面之流，而奔涌淞江者，仍未得宣通也。若再开蒲汇、新泾、虬江、顾浦，费力于支河，何如并力于吴淞乎？况从来以工役救荒，使贫民食力餬口，如范文正守郡，吴中大饥，发粟募民，诸工毕举，以是民不迁流。荒政之施，莫此为大。然所急惟在钱粮，灾荒之后，杼轴其空，不得不请销正赋，虽在灾蠲绌饷之时，何敢轻言动帑！但有水利而后有农功，有农功而后裕国计，若惜一时之费，将来海口淀沙，刘河之涓流亦塞，必至水灾洊告，一岁且蠲数十万。今合两工所需，约计十四万金，较之一岁所蠲，未及其半，而田工无患，国赋常充，可垂千百年之大利。一劳永逸，功在斯时。昔海忠介开吴淞，留漕十万石以协济赃罚等，不两月而功成。敢请宪台会题，于苏松常康熙九年折漕银内，留四万两以应刘河夫工；十年折漕银内，再留五万两。又浙省协济五万两，以应吴淞夫工。仍比归仁堤例，暂开援纳捐助，补此正项钱粮，即于是月择吉起工。此皆宪台为万年国脉百世民生起见，用敢敷陈，伏乞采择。（《江南通志》）

又抚苏时《请浚孟河白茆河疏》曰：江南赋税，甲于天下，苏松常镇课额尤冠于江南。凡国用所出，尽藉农田，倘水旱失宜，必致灾祲叠告。此广渠资溉之功，断不可缓也。今夏淫雨连绵，河流四溢，臣督司道府州县各官设法宣泄。附近刘淞之太仓、嘉定、吴江、娄、上等州县，俱藉两江出泻，旋溢旋消，幸不重困。华亭并未告灾，崑、青灾亦无几。长洲、无锡去两江稍远，东南之水不能骤消，西北诸流奔江无路，田禾湮没甚多。宜兴首当高、溧诸山下流，亦赖震泽转泄，虽东南一面稍沾刘淞导引之益，然较长、崑等处更远，西北全无出水之路，故受灾倍于他邑。若常熟、武进、江阴、金坛等县，既与刘、淞绝隔，惟藉大江汇归。其如本地出水要口，在在淤塞，遂致积雨成壑。臣将江、常二邑沿江一带通潮小港马路筑埂之处，暂行疏导出口。此不过救急一时，稍平水势，旋即堵塞，非久远之图也。臣前疏请浚白茆港、孟渎河、福山港、三丈浦、黄泗浦、申港、包港、安港、西港、七了等处，盖既鉴上年之奇旱，预料今夏之大涝，从长筹画，实非泛言。虽部议未允，然关切民事，岂容缓图？臣再四区画，择其工易而费简者，若七了一带，业已劝民浚涤淤沙，通崇明之运道。福山港、三丈浦，道县各官详据里民自愿分段疏通。再如黄泗、申包、安西等港，另行设法兴举外，惟常熟白茆港系苏常诸水东北出江第一要河。按：震泽之水北注洋澄、巴城等湖，而江、无诸邑接受宜、溧诸山之水，又回环而聚于华荡、尚湖等巨潴，咸赖白茆汇归入江。自明季失修，湮塞成陆，旱则潮汐不通，涝则宣泄无路。若此港一通，不惟常熟水旱无虞，即崑山、长洲、太仓、无锡、江阴无不共沾〔沾〕其利。又武进之孟渎河系常、镇诸水归江要道，凡高、溧西北诸水，竞趋东南，则流注于宜兴、金坛，更转泻于丹阳、武进，惟藉孟河一口出江。今亦年久失修，河身壅积，武进以西，丹阳以东，宜兴、金坛以北诸水，归江阻道。于是水旱并灾，人力难施矣。此两河者，蓄泄之利等于刘、淞，淤塞之形亦不亚于刘、淞。今刘、淞疏通，苏松常资其益者甚巨；白茆、孟河淤塞，苏松常被其害者亦复不小。此臣身任地方，日夜筹画而不敢忽者也。是以分委道员察勘，兹据副使刘鼎、参议祖泽深勘详，查白茆自常熟支塘起，迤东以至海口，淤道四十三里，共长七千八百五十六丈，应浚深阔不等，计人夫九十九万四千工，并议修大闸一座，与筑坝厈水等项，共需五万六千两。孟河自武进奔牛镇之万缘桥起，至孟河城北出江，淤道四十八里，共长八千五百三十三丈，应浚深浅不等，计人夫八十四万工，并建大闸一座，与筑坝厈夫帮岸等项，共需四万八千两。两河共需费十万四千两。据各该道请，照刘、淞事例，先动正帑济工。不惟水利克修，现在望赈饥民得赴工趁食，不设赈而民已全活，寓赈于工，数善备焉。并请展事例捐补还项，则正帑仍无亏损。敢恳皇上俯念财赋重区，年来灾患洊臻，小民困敝，允臣所请，先动正项兴修，利农田而全民命，以培万年之邦本。倘部臣拘例惜费，不能急治，无论从前之蠲赈亏课，固不可胜计，万一再遭水旱，灾免之数倍此工费，国课日损，民生日蹙矣。臣惟悉循刘、淞旧例，再酌时宜，务期大工速于告竣，钱粮力图撙节，确实报销，不敢虚糜延缓，自干欺饰之咎。至于河身向来淤沙，报升田粮为数无多，容俟工竣，察明请豁。《江南通志》。景仁按：慕中丞一议一疏，于三吴水利了如指掌。施功缓急，具有次第。文载《江南通志》。间有数语通志中删去，见于《常昭志》，而词义切要者，悉据原文忝补。其开河条约与善后疏，虑周思远，可为法程。俱载邑志，并为采录。）

又《开河条约》曰：开浚白茆、孟河，为国计民生筹利永久，兼以寓赈于工。凡应用夫工物料，俱动正帑，现给募备，并非起拨民夫，派取行户。即邻近分段协夫，止令其齐人赴工，按名给食，亦非白役差徭。如有不肖官吏，罔恤民瘼，纵蠹滥差，苛派娄索，及克减工价，凌虐夫役，妄行私敛，藉端折乾，违例肆扰，通同冒免等弊，许被害人据实赴控，或本部院亲临察实，严加参处。尔赴工人亦须确遵条约，尽力奋锸，不得偷安草率，冒工旷役，察出并干重惩。一、浚河。每段长短，当分难易，总以土方多寡为率。如淤塞平陆，则挑土用夫工多而丈尺宜减。如现在通流有水二三尺、三四尺不等者，则挖深开广，用夫工少而丈尺宜增。然通水处须先行车戽，则所用之车夫工数又应与浚夫通计而论。该道厅官亲加勘丈，画定丈尺土方确数，分界树标筑坝，责令应浚本段之州县募夫开挑，照详定阔深丈尺，务使一律深通，限内完竣。一、筑坝。如应开四段内，酌量相地，筑坝二条；应开二段内，筑坝一条。应开一段者，亦各筑坝一条；所用桩木芦草夯杵人工，悉买办雇募应用。工毕，将桩木充建闸筑塘底桩之用。平陆之处，即留宿土为坝基，止须加桩，毋事夯杵。一、募夫。当灾荒后，饥民赴工就食，给每工银四分，似必踊跃，但工甚巨，民应募散杂，不得不议统领稽察，是以分段分县募解。其间阴晴作辍，以一人做实工三十日，约该白茆需夫三万四千人，孟河需夫二万九千人，通计该县区图，责令分募，解夫到工，派认土方，每十名立一甲长，每十甲立一百长，督工官逐日点验上工。其担箕绳索锹锄，系农家所有之物，应令各夫自备，官役务加劳恤，毋许苛虐。如有逃逸，责成百长甲长募顶。一、稽工。每土一方，用十人挑土，三人掘土装担，一人为炊。此定例也。挑土之人，接运息力，从卑至高，用力尤难，较平坦处接替稍近。但十四人力作一日，即完一方之工，逐日验派，不胜繁杂。莫若听夫认方，或十余人共认几丈，循次挑完。或一二人独认几方，彼自纠伙力作，分合多寡，悉从其便。总以土方之净尽为主，庶无惰旷之弊。验到一夫，以三十工为率。如已认之土未净，有病逃者扣应给工银，令甲长另募完工。一、编号。凡一段中每十丈编一字号，竖一小布旗，书某字第几号；再立一木牌，上书每县应开河十丈，核实土方几百几十几方，系某都某图募夫某某花名，百长某人，甲长某人，以备督查。卯时鸣锣催集，照号赴工，至酉方歇，非大风雨不停。管工官置簿，逐日记明阴晴、完工分数，五日一报。各属解夫，饬该州县将都图派募出夫名数、已未募到填明原册行催。该道验到之夫，点交管工官收派某号，随到随认土方，金定甲长，入簿稽查。一、标准。挑浚河身，验底之深浅，先于两岸平地各钉小桩，用篁拽平，将大桩一根刻定丈尺，钉入河心土内，椿〔桩〕顶平于所拽之篁，谓之信桩。挑去泥土，河底显出椿〔桩〕根，可验其工完矣。桩须量准，大率二三十丈树一椿〔桩〕，遇转湾处，又宜加立。估算土方，即照桩顶量去空洼有水之处，见出实土，折算应浚数目，自无虚冒不均。而工毕引水之时，在河底当心开一水线，导水流行。如水不到处，再加挖深，必至顺流无碍而止。此加工多少，另给工银，不使偏枯。盖岸有高低，土有厚薄，将除去空土节省之夫工，以抵加深工力，谅无不敷。而江南河水无上下急流，当晴明无波，水面甚平，所钉信桩，即以水面测其高低，更为妥协。一、车戽。淤道原有河形，低洼积水，必须戽干，方可挑掘。而河身渐开渐深，到底则多泉涌，遇雨又必盈科。应备车随时转戽，照给工食，每工四分。此车应借办于近地，或几图合借一车，或一图供用几日，或于就近图里借车、不近河图里出夫，但不许借端扰民，事完给还，毋致损坏。一、委员。该道总理，责任攸重，而监督各工，应委总理府佐一员，逐段分委管工官，每段应委一员，一切钱粮散给造报，专责府佐，不得诿责微员，致滋克减。各员果能实心任事，优加奖励，如惰窳误公，揭报严处，仍不许多带衙役，生扰地方。一、给银。凡夫工动用钱粮，每工给银四分，丝毫皆为民命所关，毋容稍有短少。今委府佐官亲自鐾开，验明足色，足数包封，每五日一散给。须躬诣河干，唱名手领，不得假手胥役，任意扣克及攙和低潮。散银之法，以土方为准，照所开一丈内认定土方若干，分作几次给发，而逐段挨日，以次分领，周而复始，不得拥挤于一日之内，致有遗失重冒。一、监督。凡散粮募夫，攒程恤役，办料节用，察弊稽奸，悉惟道厅是任。兴此大工，为百年永利，务集众益，方为尽善。地方绅廉儒硕必有留心经术，造福桑梓者，广为咨访，延致商确，得练达者一二人，经画纲领；而每段请通达绅士一人常居工所，指示规式。再选附近诚谨耆民四人，往来河干，稽察勤惰。其有夫役偷安，或以强凌弱，甲长百长即报耆士，问明谕勉。如恃顽生事，转闻于官，责治以法。耆民果能督催如式，给匾奖励，仍批免杂泛差徭。完工之日，查明绅士之廉勤者以昭优礼。一、搭厂。人夫辐辏，风雨不时，自难露处，又不可借居民屋。今动官银，备买竹木芦席，于沿河处所苫盖栅厂，约一间可容二十人，安置锅灶及畚锸之具。日则炊爨聚食于内，夜以草铺栖宿其中，不许攙越混杂，仍将应搭间数报明查考。工竣之日，拆出物料，各官点明收贮，以备塘工之用，不许窃失，如违赔补。至附近有空闲庙宇可以驻足食息者，该管官查明安插，以省搭厂工费。一、堆土。务要离岸数丈，毋贪近积聚，亦不得混堆有主田地。此必委官公同儒耆逐号指画界限，违者扑责。至河底淤泥，须察视挑净，或两图人夫分挑之处，必稍留堤畔，及工完，亦必共相划平，勿致阻碍。一、恤夫。应募人夫，宜总计土方给银，使同力合作，必挑足其数，各自贾勇而前。河心土实比两边步担稍远，又当底淖泥，比面上干土加重，须将中心两边配搭派认，庶劳逸适均，勿致偏枯。一、开坝。工完撤坝，最宜慎重。务于未开之先，在坝基下流挖深数尺、宽广丈余，然后挑去坝土，缓启桩木，多用人夫，预雇船只，将水面之坝土尽力起掘，就便倾入船内，更番运去。及至水涌，尚存根底一二尺，难于水底捞掘，则乘船用锄扒泥，平于先挖深数尺之内，使得一律深通。盖坝址未净，每致从此淤塞，深为后患，不可不加详也！一、建闸。通江出口之处，相近里许，建造石闸，以资蓄泄，防旱涝。如闸座不久又烦加修，皆因底桩不密，筑塘不固，重费工料。今先相度形势，议定基址，酌定规式，确估工料，星速采办，俟河工将竣，即行兴造。闸之内外，须修筑石塘数丈，以护闸身。至于出海江之处，河流应否纡回，以防怒潮，议妥详行。一、豁粮。河身久淤，垦辟为田者，须查明有无升科原委，即与题豁田粮，但亦有未科者，虽不必深求往弊，然应杜其冒免别田之赋。今于丈量浚河之先，大张告示，听民据实报明，应浚每段河内，占废业主某户某号田地若干，原于某年升征何则，在何都何图办粮若干，即行该县确查案卷，逐一汇造清册，具结呈报，于河工完日，随疏请免，不得勒揹需索。（《常熟志》）

又《善后疏》曰：水利当图永远，岁修专重责成。窃惟江南泽国，财赋皆出于田亩，而小民耕凿所资，惟恃水利之蓄泄。往时江南治水名臣，如夏原吉、周忱、海瑞诸人，遗谟多可师法，而成迹无至今存者，其故维何？盖由继之者不能循行修理，埋废于浮沙渐积耳。康熙十年间，臣任江苏布政使，请将吴淞、刘河开浚，经前抚臣马祐题准兴工。臣与原任苏常道参议韩佐周分董其役，不数月而工完。迄今十载，洋洋可观。近此两江州县旱潦无虞，即康熙十八年之大旱、十九年之大水，华、娄、上等县未报灾伤，崑、青等邑灾亦甚少。康熙十九年间，臣将白茆、孟渎疏请开浚，荷蒙俞允。臣委苏松粮道副使刘鼎督开白茆，苏常守道参议祖泽深督开孟渎，两河之工俱经报竣，咨部在案。康熙二十年七月至十月赤旱，滴雨不施，而河流洋溢，堪供桔槔灌溉，苏常等属十余州县皆得秋收，而松属更不待言矣。此吴淞、刘河、白茆、孟渎为苏松常镇之四大干河，咸荷皇上轸念民艰，发帑疏浚。既成巨川，再得贯流支港，从此四郡民生沾兹水利，无日不颂皇仁于无疆矣。

顾此河流吞潮吐汐，全赖石闸以为消息盈虚。查吴淞所建一闸，因石底罅漏，臣于十五年间重修。今屹峙江口，可保百年。刘河所建一闸，臣亦加筑护塘，整葺闸座。现在工尚未竣，而估计已有成数，均未再费公帑也。至孟渎新建之闸，守道祖泽深殚力经营，并孟河城关俱行修筑坚固，总在河工闸工原估夫料数内节缩相济，亦不过浮，业经完工，成绩可恃矣。而白茆浚工既竣之后，正值农忙，旋届秋收冰冻，其闸工因旧增修，应待春和之日，仍当责令粮道刘鼎一手告成。而刘鼎先理挑浚之役，躬亲劳瘁，继此闸塘之工，自期坚久。惟是支塘以西至新市十二里内，原旧河身比新开之河稍狭而浅，虽目前已自通流，然应加捞浚深广，方为永远。此工不在原估之内，臣前疏亦经声明，酌用民力开挑。所当仍议邻邑稍为协济，于农隙时亟为分段疏刷，与新河一律深通者也。江南水利既已大兴，善后之图不宜窳惰，其要在捞浅之勤工，修闸之时举耳。浑潮注入，必有浮沙淀渍，日增一箸，岁积尺余矣。故捞浅之工宜勤也。波涛冲击，虽坚亦必渐损，小隙易补，大漏难填矣。故修闸之举以时也。而责成之法，应专任苏松常道官，每岁秋冬之际，将此四河躬行巡视，某段淤浅，某岸坍塞，某闸迸缝，某塘裂敧，即时估计疏筑。其应用人工，莫若多设闸夫，平日止司启闭，用工则助畚锸。又于出口之处，预设浅船，以备捞沙之用，可不劳于民力。而闸夫工食，向原议在存留役食内节省充之，迩年尽裁，艰于设处，今已复给，自可酌议通融敷用，亦不烦另费公帑也。至于修闸需用匠料，在司道府县官捐给，亦非难事。该道于岁终将所修所浚实工，造册呈明抚臣达部；若无坍淤，亦取地方官印结，以为考成。如或惰误，听抚臣以溺职纠参，则稽察严而功效不爽。并将支塘新市未竟河段刻日补浚，务期深阔，则千百年之利益矣。臣在任时加察理，窃恐将来未有专责，故敢于去任之日，并行渎奏，伏乞睿鉴申饬施行。（《常熟志》）

　　魏巡道观开河事宜：一、请逐段开浚也。河工刻期竣事，但恐雨旸不时，一有小雨，积水又须戽出，若大雨频来，且虞不克终局。如全河起工，东西并举，其开苟有一二处或十数处不如式，虽完工者亦须待候，殊为不便。请将长河分作三大段，先聚夫工开一段，于上旬内割绝；再前开第二段，于中旬内割绝。即有所阻，而告成者已三之二，后日但开此段可也。况先成之段即可容水，其未挑者将水泻入，谓之翻水卷帘，则水不必再戽。雨过即挑，自不患其中止。且食宿二厂之席木器皿，即可移置后段，不烦再办。一、预期算方定段也。打水平，然后可下信桩、样桩，而应开之丈尺亦定。请将全河深浅不同处，逐一测探，宽亦如之。不妨多分段落，总以满百方为一段，不可以满百丈为一段，庶不致有难易不均、劳逸偏枯之病。（《常昭志》。景仁按：浚筑事宜，莫善于耿邑侯所著各条，余如陈确庵议、慕抚军条约，递相祖述而益加密焉，足补前贤所未及。兹论逐段开浚之法，本陈议而意较畅，爰节录之。）

　　景仁谨按：言水利者，自黄河江淮以及运河，莫不有顺导周防之制，工繁而费巨矣。至农田水利，所在多有，其关乎民生国计，未可以切近忽之也。地官以潴畜水，以防止水，以沟荡水，以遂均水，以列舍水，以浍泻水。郑康成注云：潴，畜流水之陂也。防，潴旁堤也。遂，田首受水沟也。列，田之畔畛。浍，田尾去水大沟。说者谓沟、遂、列皆所以用水之利，浍所以除水害。窃以为稻人掌稼下地，而讲水利特详，知治水以治田，后代陂堤之设，塘浦之浚，实昉于是。自阡陌开而沟浍废，贤能之士，各出其才智，以经画于一方。引源酾渠，时其蓄泄，导其尾闾，以防旱潦，水利与农功相表里，尚矣！齐管仲置水官，通沟渎，修障防，使水不害而旱有获。楚令尹孙叔敖作芍陂以溉田，彼霸佐所设施，曷尝不本于官礼哉？嗣后漳水知用，则泻卤生稻粱，双江绕城，则平畴为陆海，大抵师其遗意。汉初，京师列郡，各立官以掌水事之政令。其后循吏穿渠筑陂，广溉田禾，厥绩懋焉。晋唐以还，留心水利，代不乏人。宋于诸路专设官以掌水利，并饬守令以时浚导。元内立都水监，外设河渠司。明初诏各处闸坝陂池，引河水以灌田亩，务整理疏浚。又谕各因其地势以治之，毋妄兴工役以劳民。历代资水利农，名臣尽心擘画，化瘠土为上腴者，史不绝书。国朝府修事和，首以康功田功为重，尤于水利加之意焉。乾隆二年谕：自古致治以养民为本，而养民之道，必使兴利防患，水旱无虞，方能使盖藏充裕，缓急有资。是以川泽陂塘、沟渠堤岸，凡有关于民事，务筹画于平时，斯蓄泄得宜，潦则有疏导之方，旱则资灌溉之利，非诿之天时丰歉之适然，而以临事赈恤为塞责也。该督抚有司，务体朕痌瘝乃身之意，刻刻以民生利赖为先图，一切水旱事宜，悉心讲究，应行修举者即行修举，或劝导百姓自为经理，如工程重大，应用帑项者，即行奏闻，妥协办理等因。钦此。圣有谟训，怳然于万世养民之至计在修举水利也，岂限于地之南北哉？夫江南以水与平地较，水得十之五六，故称泽国。环江带湖，纵为浦，横为塘，其支流所在，为港为泾为荡为浜为瀼为淹为溇为漕，随地异名，堰以潴之，坝以壅之，堤以束之，圩埝以卫之，闸以时而启闭之，水至有以泄横流之溃，水退有以溉高仰之田，所以雨则不溢，旱则不涸，田获有秋，而东南财赋甲于天下也。若乃西北地高水少，水利之行，难于南土矣，然亦非不可行也。近山者辟泉吐溜，滨河者穿渠引流，导之灌田，以杀水势。其淀之低洼者，堪以蓄水稍高者，如南方筑圩之法，皆可随时宣泄。至平衍处劝民凿井，足资浸灌。此西北水利，行之未尝无成效也！大抵东南地平，而土面坚实，故水之消长也徐，而致溢也缓。西北山多，而土性松浮，故水之盈涸也骤，而致淤也速。水性殊而难易别，议者谓淮北之水治其决，江南之水治其淤，亦只言其大略。其实随地制宜，或瀹之而使通，或渟之而使汇，或涤之而使畅，或障之而使回，所谓以美利利天下，而行水即以利为本，因乎地，乘乎时，仍行所无事已矣！且夫除天下之大害，兴天下之大利，无其法不能成，尤非其人莫能任也。雍正五年谕：地方水利，关系民生，最为紧要。如江南户口繁庶，宜更加修浚，时其蓄泄，以防旱涝。向来屡有条奏之人，但未经本省督抚奏请，朕意亦久欲兴修以资农务。因海塘工程正在营治，且水利事关重大，必得实心办事之人，方有裨益。即如今畿辅水利，赖有忠诚任事之怡亲王，始可兴此大工，不然，则亦未敢轻易举行也。今巡抚陈时夏特行奏请，且称费用不过十余万两，即可成功。据陈时夏陈奏，应是地方不可迟缓之事。副都统李淑德昔任松江府同知，谙悉水利事宜，曾经条奏，颇为明晰；原任山东巡抚陈世倌年力精壮，现在闲居。著李淑德、陈世倌会同陈时夏、总河齐苏勒、总督孔毓珣悉力踏勘，详加酌议具奏。凡建立闸座，疏浚河流，务期尽除淤塞，以杜泛溢之虞，广蓄水泉，以收膏泽之益。其一应工费，俱动用库帑支给等因。钦此。仰见圣神广运，烛照无遗。兴水利而不得其人，则工非实用，帑尽虚糜，利未兴而弊滋甚耳。是以选贤择能，莫要于总理之大员，而承办各员亦必量材器使，庶几洼地无沮洳之患，石田有膏泽之沾矣。抑思患豫防者，未雨之绸缪，无患不忘备患也；遇灾而惧者，涉川之惕厉，弭灾所由远灾也。顺治十一年谕：东南财赋重地，素称沃壤，连年水旱为灾，民生重困，皆因失修水利，致误农功。该督抚责成地方官悉心讲求，疏通水利，以时蓄泄，水旱无虞，民安乐利。钦此。康熙二十三年谕吏部尚书伊桑阿：

朕车驾南巡，省民疾苦，路经高邮、宝应等处，见民间庐舍田畴，被水淹没，朕心深为轸念。询问其故，具悉梗概。高宝等处湖水下流，原有海口，以年久沙淤，遂致壅塞。今将入海故道浚治疏通，可免水患。尔同工部尚书萨木哈往被水灾州县，逐一详勘，期于旬日内覆奏，务期济民除患等因。钦此。雍正五年，奉旨著江南总督范时绎确查被水之处，加恩赈恤，并将应行疏浚之水道，相度修治，使积水畅流，不为民害。钦此。详绎德音，蔼然恻然。患未来而殚先几之筹策，灾已告而又殷临事之防维。俯念国家粮赋尤萃于东南，东南民命实悬于水利，凡浦港之浚，与夫堤埝闸洞之修，御潦即以御旱，宜高亦复宜低，固为千万生灵久远计而不容缓者也。惟是民可与乐成，难与虑始，不独非常之原。黎民所惧，即寻常易办之工，往往再三推诿，见小利，惜小费，以招大害者多矣。污泥积而植荻芦，虽阂水道不惜也。浮沙涨而种稻菽，虽占河身不顾也。力恶其出于身，虽挑撮土不甘也。货欲其藏于己，虽把涓流不愿也。以愚民畏难苟安之情，而勤以不得已之役，此在当路者善为规画处置，以要其事之必成，而非可勉强。谋其事之经久，而惟怀永图也！雍正五年谕：自古治水之法，惟在顺其势而利导之。但恐径直之路，湮塞年久，或民间既已盖造室庐，开垦田亩，或且安葬坟墓。人情各顾其私，不知远大之计。今见欲于此开浚河道，则因循规避，百计阻挠，而司其事者未免惑于浮议，遂致迁就迂回，别开沟洫，苟且从事，此治水之通弊也。今江南兴修水利，若水势必由之路，有碍坟墓，即于兴修水利钱粮内动支银两，给与本人，令其改葬，俾小民既有营葬之资，而河工亦收利导之益等因。钦此。又谕：修举水利、种植树木等事，原为利济民生，必须详谕劝导，令其鼓舞从事，不得绳之以法。如地方官关系考成，督课严急，该管官即据实奏闻。钦此。又奉旨：据范时绎奏称太仓州、镇洋县士民，佥称境内刘河巨工，已蒙发帑开浚，七浦一河，愿照依旧例，业主给食，佃农出力等语。朕思君民原属一体，民间之生计，即国计也。倘遇国用不足之时，势不得不资借于民。今国家财用充足，朕为地方画万世之利，不惜多费帑金，著将范时绎所奏士民捐助之处停止，仍动公帑办理，并将朕旨遍行晓谕州县士民等，当体朕爱养元元之心，于工程告成之后，加意照看，岁岁疏浚，俾地方永受其益等因。钦此。仰见圣人体恤之周而思虑之远，所谓说以使民、民忘其劳也。而工既告成，善后之图尤不可忽焉。古者设有撩浅卒，我朝议立犁船混江龙以刷积沙，皆以善其后也。诚令水道开通后，责成牧令岁时巡省，设法筹费，劝谕居民捞浅修闸，小滞必疏，则免于大窒矣；小损必补，则免于大漏矣。无废前劳而可图永利者，又在于此。夫河渠有书，沟洫有志，水道之系于农功，乃以人事救天事之穷，而溥利于数百年者也。载稽往牒，凡前贤水利事迹，与夫议论所及，条约所垂，并加辑录，以备采择而见诸施行焉。皇上念切民依，绍列圣之诒谟，廑三农之硕画，直省偶遇水灾，叠荷渥恩，发帑赈恤，蠲缓兼施，复命官大兴水利，诚为黎元计长久也！地方大吏躬亲履勘，妥议章程，有司实力奉行，悉心经理。凡泄水之处，治下流之填淤，兼治上游之冲决，费有不敷，筹款以应，工难并起，择要而施，戒蚁穴之溃堤，慎微于蚤，监道谋于筑室，惟断乃成，禁胥吏之侵渔，绝权豪之阻抑，别派分支之曲达，旱干水溢之无虞，百废具修，节宣攸赖，一劳永逸，保卫咸周，於以阜民生，裕国计，以称诏旨，不其懿欤？

卷二十九　劝农功
（劝蚕绩附见，与修水利条参看）

　　《周礼》三农列太宰九职之首，而稼穑树艺教于大司徒，其属遂人以兴锄利甿，以时器劝甿，遂大夫修稼政，县正趋稼事，鄼长里长趋其耕耨。其受田不耕者，载师令出屋粟，无田不耕者，闾师罚以祭无盛，警游惰、重农务也。而凡蚕绩材木，与夫鸡豚狗彘之畜，兼营不费，以供养老祭祀之用，养也而教行焉。汉代劝农，风犹近古，诚以农事伤则饥之本，不独水旱灾伤也。惰农自安，罔有黍稷，饥已至而救之，晚矣！是以筹荒政者，水利既修，农功斯举，又不可无以劝之也。为劝农功条第二十有八。

　　【周】齐管子曰：治国之道先富民，民富则易治也，民贫则难治也。夫富国多粟生于农，故先王贵之。先王为民兴利除害，兴利者利农事也，除害者禁害农者也。一农不耕，民有饥者。一女不织，民有寒者。决水潦，通沟渎，修障防，安水藏，使时水虽过度，无害于五谷，岁虽凶旱，有所秎获，司空之事也（景仁按：秎音汾，秨也，禾束也。刘绩注：秎亦获也）。相高下，视肥硗，观地宜，明诏期前后，农夫以时均修焉，使五谷桑麻各安其处，由田之事也。（《管子》。景仁按：原注：由，田畯之类。愚考《韩诗外传》：南北耕曰由。《吕氏春秋》：尧使后稷为大由。注：由，大农也。《钱谱》：神农币文农作由。杨氏《慎丹铅录》曰：由与农通，则由田者，掌农田者也。）

　　【汉】文帝二年，诏曰：农，天下之本也，民所恃以生也。而民不务本而事末，故生不遂，朕忧其然。今兹亲帅群臣以劝之，其赐天下民今年田租之半。（《汉书》）

　　十二年，诏曰：道〔导〕民之路，在于务本。朕亲率天下农，十年于今，而野不加辟，岁一不登，民有饥色。是从事焉尚寡，而吏未加务也。吾诏书数下，岁劝民种树，而功未兴，是吏奉吾诏不勤，而劝民不明也。且吾农民甚苦，而吏莫之省，将何以劝焉？其赐农民今年租税之半。（《汉书》）

　　文帝二年，贾谊疏曰：夫积贮者，天下之大命也。苟粟多而财有余，何为而不成？今驱民而归之农，皆著于本。使天下各食其力，末技游食之民转而缘南亩，则畜积足而人乐其所矣！上感其言，亲耕籍田。（《通鉴纲目》）

　　文帝十二年，晁错上言曰：圣王在上，而民不冻饥者，为开其资财之道也。民贫则奸邪生，贫生于不足，不足生于不农。饥寒至身，不顾廉耻。人情一日不再食则饥，终岁不制衣则寒。夫腹饥不得食，肤寒不得衣，虽慈父不能保其子，君安能以有其民哉？是故明君贵五谷而贱金玉。方今之务，莫若使民务农而已。欲民务农在于贵粟，贵粟之道在于使民以粟为赏罚。今募天下之人入粟于边，以受爵免罪，不过三岁，塞下之粟必多矣。帝从之，令民入粟于边，拜爵各以多少级数为差。（《汉书》）

　　后元年诏曰：间者数年比不登，又有水旱疾疫之灾，朕甚忧之。夫度田非益寡，而计民未加益，以口量地，其于古犹有余，而食之甚不足者，其咎安在？毋乃百姓之从事于末以害农者蕃，为酒醪以靡谷者多，六畜之食焉者众与？其与丞相、列侯、吏二千石、博士

议之，有可以佐百姓者，率意远思，无有所隐。（《汉书》）

景帝后二年，诏曰：雕文刻镂，伤农事者也。锦绣纂组，害女红者也。农事伤则饥之本，女红害则寒之原也。夫饥寒并至，而能亡为非者寡矣！朕亲耕，后亲桑，以奉宗庙粢盛祭服，为天下先。不受献，减大官，省徭赋，欲天下务农蚕，素有蓄积以备灾害。今岁或不登，民食颇寡，其咎安在？其令二千石各修其职。（《汉书》）

后三年，诏曰：农，天下之本也。黄金珠玉，饥不可食，寒不可衣。以为币用，不识其终始。间岁或不登，意为末者众，农民寡也。其令郡国务农桑，益种树，可得衣食物。吏发民若取庸采黄金珠玉者，坐赃为盗。二千石听者，与同罪。（《汉书》）

武帝政和四年四月，以赵过为搜粟都尉。过教民为代田，一亩三甽（甽者，田中之沟），岁代处（代，易也，岁易其处），故曰代田，古法也。后稷始甽田，以二耜为耦，广尺深尺曰甽，长终晦。一夫三百甽，播种于三甽中，苗生叶以上，稍耨陇草，因隤其土以附苗根。《诗》曰：或芸或芋，黍稷儗儗。芸，除草也。芋，附根也。言苗稍壮，每耨辄附根。比盛暑，陇尽而根深，能风与旱，故儗儗而盛也。其耕耘下种田器，皆有便巧。一岁之收，常过缦田（缦田，谓不为甽者）。民或苦少牛，平都令光教过以人挽犁。是后民皆便代田，用力少而得谷多。（《汉书》。景仁按：甽，古字。晦，亩本字。芋与耔通，引诗字有异同，而解极精实。能风旱之能读耐，与耐通。程易田云：甽垄相间，甽播则垄休，岁岁易之。以甽处垄，以垄处甽，故曰代处。王伯厚训代为易，以《周官》不易、再易、三易之地为证。良然！惟《周官》以不易为上地，代田则更易播种，中间休息以养地力，正以易为妙，固不尽同也。此孟子深耕易耨之法。）

元帝建昭五年，诏曰：方今农桑兴，百姓戮力自尽之时，故是月劳农劝民，无使后时。今不良之吏，覆案小罪，征召证案，兴不急之事，以妨百姓，使失一时之作，亡终岁之功。公卿其明察申敕之。（《汉书》）

成帝阳朔四年，诏曰：夫《洪范》八政，以食为首，斯诚家给刑错之本也。先帝劭农，薄其租税，宠其强力，令与孝弟同科。间者民弥怠惰，乡〔向〕本者少，趋末者众，将何以矫之？方东作时，其令二千石勉农桑，出入阡陌，致劳来之。《书》不云乎"服田力穑，乃亦有秋"？其勖之哉！（《汉书》）

龚遂见齐俗好末技，不田作，乃劝民务农桑。民有带持刀剑者，使卖剑买牛，卖刀买犊。曰：何为带牛佩犊！春夏不得不趋田亩，秋冬课收敛，劳来循行，郡中皆有畜积。（《汉书》）

召信臣迁南阳太守，好为民兴利，务在富之，躬耕劝农。府县吏家好游敖，不以田作为事，辄斥罢之。其化大行，郡中莫不耕稼力田。吏民亲爱，号曰召父。治行常为第一。（《汉书》）

章帝元和元年，诏曰：令郡国募人无田，欲徙它界，就肥饶者，恣听之。到所在赐给公田，为雇耕佣，赁种饷（饷，粮也。古饷字），贳与田器。（《后汉书》）

和帝永元十六年，诏：兖、豫、徐、冀四州，比年雨多伤稼，禁沽酒。夏遣三府掾分行四州，贫民无以耕者，为雇犁牛直。（《后汉书》）

杜诗迁南阳守，造作水排，铸为农器，用力少，见功多。百姓便之，方于召信臣（排，蒲拜反。冶铸者为排以吹炭，今激水以鼓之也）。（《后汉书》）

张堪拜渔阳太守，于狐奴开稻田八千余顷，劝民耕种，以致殷富。百姓歌曰：桑无附枝，麦穗两歧。张君为政，乐不可支。（《后汉书》）

王丹每岁丰时辄载酒淆〔肴〕于田间，候勤者而劳之。惰懒者耻不致丹，皆兼功自

励。《后汉书》

任延为九真太守，俗以射猎为业，不知牛耕。民常告籴交址，每致困乏。延乃令铸作田器，教之垦辟田畴。岁岁开广，百姓充给。《后汉书》

范为守桂阳郡，俗不种桑，无蚕织之利。民惰少衣履，冬皆以火燎。为令属县教民种桑柘，养蚕织履。数年之间，大赖其利。《东观汉纪》

崔实为五原太守，土宜麻枲，而俗不知织绩。民冬月无衣，积细草而卧其中。实斥卖储峙为作纺绩织纴之具以教之，民得以免寒苦。《后汉书》

【晋】陶侃都督荆雍诸军事，尝出游，见人持一把未熟稻，侃问用此何为？人云行道所见，聊取之耳。侃大怒，曰：汝既不佃，而戏贼人稻！执而鞭之。是以百姓勤于农殖，家给人足。《晋书》

【南北朝】【宋】衡阳王义季都督荆州刺史，大搜于郢。有野老带苦而耕，命左右斥之。老人拥未对曰：今阳和扇气，播厥之始。一日不作，人失其时。大王驱斥老夫，非劝农之意。义季止马曰：此贤者也！命赐之食。《南史》

【北魏】恭宗令有司课畿内之民，使无牛家以人牛力相贸，垦植锄耨。其有牛家与无牛家一人，种田二十二亩，偿以私锄功七亩，如是为差。至与小老无牛家种田七亩，小老者偿以锄功二亩，皆以五口下贫家为率。各家别口数，所劝种顷亩，明立簿目，所种者于地首标列姓名，以辨播殖之功。又禁饮酒杂戏，弃本沽贩者。垦田大为增辟。《魏书》

孝文帝延兴三年，诏牧守令长勤率百姓，无令失时。同部之内贫富相通，家有兼牛，通借无者。《魏书》。景仁按：太和元年，因去年牛疫死伤大半，下诏督课田农，俾有牛者加勤于往岁，无牛者倍庸于余年。孝文可谓知本务矣！

太和二十年，诏敦劝农功，令畿内严加课督，堕业者申以楚挞，力田者具以名闻。《北史》

时多禁封良田，又京师游食众。著作郎高允曰：方一里则为田三顷七十亩，方百里则为田三万七千顷。若劝之则亩益一升，不劝则亩损三升。方百里则损益之率，为粟二百二十二万斛，况天下之广乎？若公私有储，虽遇饥年，复何忧乎？帝遂除田禁。《北史》

高祐为西兖州刺史，令一家之中，自立一碓，五家之内，共造一井，以给行客，不听妇人寄春取水。《北史》

薛虎子除徐州刺史，表曰：徐州良田十万顷，若以兵绢市牛，分减戍卒，计其牛数，足得万头。兴力公田，必得大获粟稻，一年之收，过于十倍之绢，暂时之耕，足充数载之食。《魏书》

孝文初，李彪为中书教学博士。表曰：宜别立农官，取州郡户十分之一以为屯人，相水陆之宜，科顷亩之数，以赃赎杂物余财市牛科给，令其肆力。一夫之田，岁责六十斛，甄其正课，并征戍杂役。数年之中，谷积而人足，虽灾不害。《北史》

樊子鹄为殷州刺史，属岁旱俭。子鹄恐人流亡，乃劝有粟家分济贫者，并遣人牛易力，多种二麦，州内获安。《北史》

【北周】度支尚书苏绰奏曰：衣食所以足者，由于地利尽，地利所以尽者，由于劝课有方。主此教者，在乎牧令守长而已。戒敕部人少长悉力，男女并功，若探汤救火、寇盗之将至，然后可使农夫不失其业，蚕绩得就其功。若游手怠惰，则正长牒名守令，随事加罚，罪一劝百。夫春耕、夏种、秋收三时者，农之要月，失其一时，谷不可得食。若此三时令人废农，是绝人之命，驱以就死。然单劣之户，无牛之家，劝令有无相通，俾得兼济。农隙及阴雨之暇，又教人种桑植果，艺蔬菜，畜鸡豚，以备生生之资，供养老之具。《北史》

【唐】贞观十四年，校猎同州。时秋敛未讫，咸阳丞刘仁轨谏曰：今兹澍泽沾足，百谷炽茂，收才十二，常日赘调，已有所妨。又供猎事，少延一旬，使场圃毕劳，陛下六飞徐驱，公私交泰。玺书褒纳。《唐书》

刘思立在高宗时，为名御史。河南北旱，遣御史中丞崔谧等分道赈赡。思立言蚕务未毕，而遣使所至，不能无劳钱。又赈给须立簿书，稽出入，往返停滞，妨废且广。今农事待雨兴作，本欲安存，更烦扰之，望且责州县给贷。诏听罢谧等行。《唐书》

郭子仪因河中军士常苦水旱，乃自耕荒田百亩，将校以是为差。于是士卒皆不劝而耕。是岁，河中野无旷土，军有余粮。《康济录》

杨元卿擢泾原节度使，垦发屯田五千顷，屯筑高垣，牢键闭。寇至，耕者保垣以守。《唐书》

贞元二年，帝以关辅百姓贫，田多荒芜，诏诸道上耕牛，委京兆府劝课，量地给耕牛，不满五十亩不给。时给事中袁高以为圣心所忧，乃在穷乏，今田不五十亩，即是穷人，请两户共给一牛。从之。《唐书》

【五代】【唐】明宗天成二年，敕访闻京城坊市军营有杀牛卖肉者，严加纠察。如得所犯人，准条科断。如是死牛，即令货卖其肉，斤不得过五文。乡村死牛，但报本村节级，然后准例纳皮。州县准此处分。(肉令贱卖，杀牛者必寡；报官方许开剥纳皮，偷宰者必无；有犯者若再许人告首，即以此牛赏之。得禁宰牛之善法矣！)《康济录》

【周】世宗留心稼穑，命工刻木为耕夫、织妇、蚕女之状，置于禁中，思广劝课之道。《宋史》

显德五年，颁均田图。世宗尝夜读书，见唐元微之均田图，慨然叹曰：此致治之本也！乃诏颁其图法，使吏民先习知之，期以一岁大均天下之田。《五代史》

【宋】太宗尝谓近臣曰：耕耘之夫，最可矜悯。春蚕既登，并功纺绩，而缯不及其身。田禾大稔，充其腹者不过疏粝。若风雨乖候，将如之何？《宋史》

魏王恺究心民事，筑圩田之隤圮者。帝手诏嘉劳之。徙判明州，得两歧麦，图以献。帝复赐手诏曰：汝劝课艺植，农不游惰，宜获瑞麦之应。加恺荆南集庆军节度使，行江陵尹。《宋史》

太平兴国中，两京诸路许民共推练土地之宜、明树艺之法者一人，县补为农师。令相田亩肥瘠及五种所宜，某家为某种，某户有丁男，某人有耕牛，即同乡三老里胥召集余夫，分画疆土，劝令种莳，候岁熟共取其利。为农师者，蠲税免役。民有饮博怠于农务者，农师谨察之，白州县论罪，以警游惰。所垦田即为永业。《宋史》

真宗景德中，丁谓等请少卿监为刺史，阁〔阖〕门使以上知州者，兼管内劝农使，及通判并兼劝农事。天禧四年，诏各路提点刑狱朝臣为劝农使，使臣为副使，凡农田悉领焉。置局案铸印给之，凡奏举亲民之官，悉令条析劝农之绩，以为殿最。《宋史》

祥符六年秋七月，知滨州吕夷简请免税河北农器。帝曰：务稼力农，古之道也，岂独河北哉？诏诸路并除之。《通鉴纲目》

张咏知鄂州，民以茶为业。咏曰：茶利厚，官将榷之。命拔茶植桑，民以为苦。其后

榷茶，他县皆失业，而本地桑已成，绢岁至百万疋，民以殷富。《宋史》

李师中知洛川县，民有罪妨其农时者，必遣归；令农隙自诣吏，令当谕者榜于民，或召父老谕之。租税皆先期而集。《宋史》

杨绘，熙宁间知南京。春秋劝农时，必微服屏驺从。至田野中，民莫知其为太守也。《宋史》

【元】世祖至元二十八年，诏颁农桑杂令。每村以五十家立一社，择高年晓农事者为长。增至百家，别设长一人；不及五十家者，与别村合社；地远不能合者，听自立社，专掌教督农民。凡种田者，立牌橛于田侧，书某社某人于上。社长以时点视，劝戒不率教者，籍其姓名以授提点官行罚，仍大书所犯于门，俟改过除之，不改则罚其代充本社夫役。社中有丧病不能耕种者，令众力助之。浚河渠以防旱暵，地高者造水车，贫不能造者官给材木。田无水者穿井，井深不能得水，听种区田。《康济录》

泰定间，吕思诚改景州蓨县尹。每岁春行田树蓄，勤敏者赏以农器。人争趋事，地无遗力。《元史》

顺帝至正十二年，中书省臣言：今当春首耕作之时，宜委晓农事官员分道巡视，督勒守令亲诣乡都，劝谕农民，依时播种，务要人尽其力，地尽其利。其有曾经水旱盗贼等处，贫民不能自备牛种者，所在有司给之。仍令总兵官禁止屯驻军马践踏田亩，以致农事废弛。从之。《元史》

【明】太祖尝命世子行田间，还谕之曰：汝知吾农民之劳苦至此乎？夫农树艺五谷，身不离泥涂，手不释耒耜，国家经费又所从出，故令汝知之。《函史》

张岳知廉州，公暇则巡郊野，疏川导滞。田畴之利，开于公者十常八九。后小民祀公于田所，如邠人之祀稷也。《小山类藁》

周洪，蒲圻令，督农种植，令妇女业纺织，验其勤惰而赏罚之。高田制筒车，下隰筑陂堰，民赖饶给。《武昌志》

吕昭为浦城县丞，浦多芜地，民贫不能耕作。昭减俸给种，使民杂治之。期年，田野尽辟，民为植双松于庭。监司上其治行，超知沁州。《建宁志》

裴贤潮州通判，尝出劝农，释冠带，执农具以耕，其妻馌之。其年大熟，人以为劝农所致。《潮州志》

卢睿抚宁夏，授田屯军，不计腴瘠。瘠者求闲田益之，教以垦辟灌溉之法。田皆膏腴，耕者利焉。《宁夏志》

沈晖宏抚治郧阳，民无田者，听开辟荒野，仍复其租。三年，成熟者数千顷。《郧阳志》

【国朝】陆氏曾禹曰：人非稼穑则勿生，圣贤独于耕耨之间，谆谆告戒，而于法亦无不备。读《月令》、《管子》文，立法未尝不善，而何以时见饥寒之众？要知虽有绝妙之良规，究不若爱民之司牧，使其不见于措施，终无实际，何益？惟慎选循良，重农积粟，处处无群居之游惰，村村尽敦本之农夫，何患太平之不奏也？养种法：凡五谷豆果蔬菜之有种，犹人之有父也，地则母耳。母要肥，父要壮，必先仔细拣择其法，量自己所种地，约用种若干石，其种约用地若干亩，于所种地中拣上好地若干亩，所种之物，或谷或豆等，颗粒皆要选肥实光润者，方堪作种。此地粪力耕锄俱要加倍，愈多愈妙。其下种行路，比别地又须宽数寸。遇旱汲水灌之，则所长之苗，所结之子，比所下之种必更加饱满。下次即用所结之实，仍拣上上极大者作种子。如法加晒加粪加力，其妙难言。如此三年，则谷大如黍矣！若菜果应作种者，不可留多。如瓜止留一瓜，茄止留一茄，余开花时俱要摘去，用泥封其枝眼。古人云：凡五谷，种同而得时者谷多，谷同而得时者米多，米同而得时者饭多，饭同而得时者久饱而益人。《舜典》曰：食哉惟时。此之谓也！（《康济录》。景仁按：《吕氏春秋》谓得时之禾，粟圆而糠薄，其米多，沃而食之强。得时之稻，大粒无芒，舂之易而食之香。推之黍麻菽麦，皆妙于得时，而先时后时，则各有所绌，时之义大矣！）

　　景仁谨按：民为邦本，食为民天。《洪范》农用八政，统该足食之至计焉。周以稽事开基，汉屡下劝农之诏，宋兼置劝农之官。载稽前代，靡不以农功为首务。近世承平日久，生齿日增，生谷之壤并不加益，凡米麦高粱等项，丰年之平价已过昔时歉年之昂价，况一值灾祲，更加倍蓰，而民之藉以果腹者孔殷，则生计之艰难，亦倍蓰于昔时。非劝民尽力农田，将何以资生而不匮乎？国初定纵马食人田禾者，牧长副长等各鞭责，照所践追赔。顺治十三年覆准：王以下不得因行猎蹂人田禾，违者察议，每地八亩，追银三两偿地主。凡以防田禾侵损也。而农事之奋兴，尤在有司之劝课。康熙十年覆准：民间农桑，令督抚严饬有司加意督课。雍正二年议准：督抚率州县官劝农，春至劝耕，秋至劝敛。皆考古而垂为令典者也。是年，钦奉上谕：国家休养生息，数十年来，户口日繁，而土田止有此数，非率天下农民竭力耕耘，兼收倍获，欲家室盈宁，必不可得。《周官》所载巡稼之官不一而足。又有保介田畯日在田间，皆为课农设也。今课农虽无专官，然自督抚以下，孰不兼此任？其各督率所司悉心相劝，并不时咨访疾苦，有丝毫妨于农业者，必为除去。仍于每乡中择一二老农之勤劳作苦者，优其奖赏以示鼓励。再，不可耕耘之处，种植树木，仍严禁非时之斧斤、牛羊之践踏、奸徒之盗窃。至孳养牲畜，如北方之羊、南方之彘，牧养如法，乳字以时，于生计不无裨益。所赖亲民之官，委曲周详，多方劝导，庶踊跃争先，人力无遗，而地力可尽，不惟民生可厚，而民俗亦可还淳。该督抚等各体朕惓惓爱民之意，实力奉行等因。钦此。旋令州县有司岁举老农之勤劳俭朴、身无过犯者一人，荣以八品顶带。圣训谆谆，所为引养引恬，以规画小人之依者，勉有司以劝导之，复奖老农以风厉之。至树畜之教，为课农之余事。顺治十七年覆准：桑柘榆柳，令民随地种植以资财用。此言树而兼及畜，食用取资，不待外求，更周密而无遗矣！今夫虽有镃基，不如待时，农时以不违为要也。乘天时则得土气而尽物性，根株深固，发生必茂，收获必充。窃查播麦之期，务在白露。如天气尚暖，于白露十日后种之。种高粱当临清明节，种早谷当近谷雨节，种棉花当在春末夏初，豆子晚谷则于五月刈麦之后，在麦地播种。荞麦于中伏以内，芝麻多种于棉花地旁。即有气候不同、寒暄各异之处，要必按时播种，不可稽迟。雍正八年谕：农事贵乎及时。二月土膏其动，三月即为播谷之期。直隶已得雨二次，何以迟延观望，直待四月下旬，方始播种？倘小民怠惰偷安，为民父母者则当开导劝课，使之踊跃趋事于南亩。又籽〔籽〕种牛力或有不敷，则当留心体察，设法相助，不致有后时之叹。钦此。夫欲农之趋时，在亲民之官善为劝相，非可程效于旦夕也。业勤于率作兴事，功著于久道化成。课吏在课农，日计不足，月计有余，或者以其事甚朴，其道甚庸，不如听断缉捕之显有劳绩，而莫加之甄叙，则循良无所激劝矣！乾隆二年谕：朕欲驱天下之民使皆尽力南亩，而其责在督抚牧令，必身先化导，毋欲速以不达，毋繁扰而滋事，将使逐末者渐少，奢靡者知戒，蓄积者知劝。督抚以此定牧令之短长，朕即以此课督抚之优劣。至北五省之民，于耕耘之术更为疏略，其应如何劝戒百姓，或延访南人之习农者以教导之。牧令有能劝民垦种，一岁得谷若何，三岁所储若何，视其多寡为激劝。非奇贪异酷，毋轻率劾去，使久于其任，则与民相亲，而劝课有成等因。七年谕：朕惟养民之本，莫要于务农。州县考成，固应用是为殿最等因。钦此。经部议准，地方官劝戒有方，境内地辟民勤，谷丰物阜，督抚于三年后据实题报，交部议叙。可见考绩之法，必以农事为程，而宽以岁月，俾久于其任，巡行劳来，官民相习，斯休养之效易臻矣！若夫农耕资乎牛力，犁田戽水，殚竭艰辛。顺治八年题准：有屠宰耕牛者，照律治罪。乾隆十年奏准：直隶庆云县被灾之后耕牛较少，给银三千两，委官到张家口采买，送交庆云县，给无力贫民。田多者每户给一牛，田少者两三户共给一牛，俾得广行播种。乃乡村莠民，往往贿通吏胥，恣意私宰，血汗犹在原田，肢体倏登刀俎，贪小利而忘远图，不惟一元之觳觫可矜，而五种之耕耘奚赖？此有司所当访察而严禁者也。且夫重农必去其妨农者，则不营无益，专以崇本计也。雍正五年谕：各省地土，其不可以种植五谷之处，不妨种他物以取利。其可以种植五谷之处，则当视之如宝，勤加垦治，树艺菽粟。安可舍本逐末，弃膏腴之沃壤，而变为果木之场，废饔飧之恒产，以幸图赢余之利乎？至于烟叶一种，于人生日用毫无裨益，而种植必择肥饶善地，尤为妨农之甚等因。钦此。考烟出自西北边外，今则遍于四方，闽中植烟尤盛，耗地十之五六。饮烟者无间寒暑。烟叶之雨露，入地则地苦而蔬谷不生，无益于人，而有害于嘉种，不可以利饶而听民种植也。乾隆八年议准：民间种烟，废可耕之地。惟城堡以内隙地及近城奇零菜圃，不必示禁；其野外山隰土田宜谷之处，一概不许种烟。至于酒醪靡谷，并所宜戒。乾隆三年谕：今岁山东、河南二省麦秋大稔，但恐小民于有余之时，不知撙节，耗费于无用之地，如踩麹耗麦，地方更当严禁等因。钦此。又谕：耗费麦之最甚者，莫如踩麹一事。朕思商民贩麦，则粮食流通，于百姓有济，不必稽察，致有阻滞。惟察明踩麹之家，严行禁止，违者从重治罪，则有用之麦，不致耗费于无用之地等因。钦此。是以违禁私烧，照违制律杖一百。广收新麦踩麹开烧者，杖一百，枷两月。地方官失察，分别降留降调。此系乾隆二年定例。训谕再三，惩垄断于奸商，除闾阎之大蠹，与种烟一体饬禁，盖少一妨谷之壤，即多一产谷之区，减一耗谷之物，即赡一食谷之人，为小民谋终岁之储蓄者，至深远也。昔颜竣因岁旱人饥，上言禁饷一月，息米近万斛。事见《南史》。苟能于未饥之岁，凡耗米如饷之类，酌量示禁，所留之米何限乎？地方官恪遵会典，禁种妨农杂物，凡种烟之腴地，令改种蔬谷，其民间零星制麹自用者免禁。如开张作坊多踩酒麹与大开烧锅兴贩者，照例严惩。仍约束胥役，毋得受财营脱，或借端扰累。如是则米与二麦高粱靡有虚耗，而盖藏可裕矣！我皇上躬耕藉田，四推礼举，敦崇稼穑，谟烈同符，惠爱黎元，熟筹康阜，所以为民事计者至矣！直省大吏，仰体怀保之深衷，转饬所司兴起田功，实心经画。每值农时，轻骑减从，循行阡陌，奖其敏者，励其惰者，农忙停讼，毋涉株连，图匮于丰，教以节俭。数年后劝课有成，将牧令保荐进秩，则循吏知所鼓励，而穷檐共庆顺成，耕九余三，饥年有备，被润泽而大丰美，以巩我国家亿万年太平之基，猗与伟欤！

田 制 说

井田之制，起于黄帝，三代因之。自商鞅开阡陌而井田废。《劝农书》谓，欲开井田，不必尽泥古法，纵横曲直，各随地势，浅深高下，各因水势。程子云：必井田而后天下可为。非圣人之达道，道在仿其意行之而民不病。大儒何尝谓井田必可复哉？田不可复井，而遂径沟畛之遗意犹存也。古者后稷为田，一亩三畎，以后随地制宜，田制不一。试先陈区田之法。考农政书，汤有七年之旱，伊尹始作为区田，教民粪种，负水浇稼。按旧说，大约谓一亩之地阔十五步，每步五尺，计七十五尺。每一行占地一尺五寸，计分六十区。长阔相乘，通共作二千七百区。空一行，种一行，于所种行内，又隔一区，种一区。除隔空外可种六百六十二区。每区深一尺，用熟粪一升（骤用生粪，粪力峻热坏苗。熟粪积于灰草中，待其沤蒸气透而用之，非谓火煨也），与区土相和，布种匀覆，以手按实，令土种相著。苗出，看稀稠存留，锄不厌频，结子时再锄。空区之土向根上加培，以防大风摇摆。陵陂高亢之处皆可为之，近水更佳。其为区，当于闲时掘下，随天时早晚、物土之宜，节次为之，不必贪多。其种不必牛犁，惟用锹（臿也）镢（锄也）垦劚，更便贫家。若粪治得法，灌溉以时，虽遇灾旱，不能损耗。《国脉民天》云：每亩可收六十六石，学种者或半之；或云一亩收六十石。《齐民要术》云：兖州刺史刘仁之在洛阳曾为之，一亩可收百石。人以收获之数过多，致疑失实。国朝康熙丁亥，桂林朱公龙耀为蒲令，取区田法试之。后为太原司马，在平定亦然，收每区四五升，亩可三十石。爰为图说刊布之。近衢州詹公文焕监督大通，试之于官舍隙地，一亩之收五倍常田。又聊城邓公钟音，于雍正末亦曾行此，一亩多收二十斛。王尔缉于大旱时力务为此，亩得五六石，因著区田法。然则前人亩收百石、六十六石、六十石与夫三十石之说，或未必然，大约地少而收倍，良不诬也。陆桴亭欲以代田之法，参区田之意，更斟酌今农治田之方而用之。未下种之初，先令民以牛犁治田甽，甽深一尺，广二尺，长终其畮。畮间为陇，陇广一尺，积甽中之土于陇上。一亩之地阔十五步，步当六尺，十五步得九十尺，当为甽陇三十道，畎之首为衡沟以通灌输。夫甽陇分则牛犁用，衡沟通则车庌便，甽广于陇，则田无弃地。乃令民治粪，各以土之所宜。播种法一如区田。先以水灌沟，使土稍苏，徐播种，以手按实。盖以灰而微润之。苗出，耘之如法，使其中为四行，行相去五寸，间可容锡生叶以上，渐耨陇草，壚土以附之。其应下壅及应阁水复水，俱依今农法治之。此变通区田之法而善用之者也。若夫建堤障水，则有围田。筑土避水，似围而小其面，则有柜田。架木作田，培葑泥而泛水上，则有架田，亦名葑田。濒江沿海，积淤泥而成腴壤，则有沙田，更有涂田。梯山为田，又有梯田。种植蔬果，别有圃田。因地异制，详见《农桑诀》及《劝农书》、《康济录》，行世较区田为广矣。围田者，四围筑长堤而护之，内外不相通。江以南地卑多水，田皆筑土为岸，环而不断，随地形势，四面各筑大岸以障水，中间又为小岸。或外水高而内水不得出，则车而出之。以是常稔不荒。今北方地坦平无岸，潦不能御水，旱不能畜水，焉能不荒？须勉有力之家，度视地形，各为长堤大岸，以成大围岸。下须有沟泄水，则外水可护，而内悉为腴地，何虑水旱也？柜田，其法筑土护田，俱置瀽穴，顺置田段，便于耕莳。若遇水荒，田制差小，坚筑高峻，外水难入，内水则车之易涸。浅没处宜种黄穋稻。此稻自种至收不过六十日，能避水溢之患。如水过，泽草自生，糁稗可收。高涸处亦宜陆种诸物。此救水荒之上法。因坝水溉田，亦曰坝田。沙田者，沙淤之田也。今通州等处皆有之。此田迎水，地常润泽，四围宜种芦苇，内则普为胜〔塍〕岸，可种稻秫，稍高者可种棉花桑麻，旱则便溉，或旁绕大港，潦则泄水，所以无水旱之虞。但沙涨无时，未可以为常也。涂田者，濒海之地，潮水往来，淤泥常积，上有醎草丛生。此须挑沟筑岸，或树立桩橛以抵潮汛。其田形中间高，两边下，不及数十丈，即为一小沟，数百丈即为一中沟，数千丈即为一大沟，以注雨潦，谓之甜水沟。初种水稗，斥卤既尽，可种粱稻。此因潮涨而成，与沙田无异者也。架田之法，架犹筏也。农书云：若深水薮泽，则有葑田，以木缚为田丘，浮系水面，以葑泥附木架上而种艺之。其木架田丘，随水上下浮泛，自不淹没。自初种以至收艺，不过六七十日。水乡无地者宜效之。以上皆近水而为之制者也。惟梯田则成于山多地少之处，除峭壁不可种，其余有土之山，裁作重磴，皆可艺种。如土石相半，则须垒石相次，包土成田。若山势峻极，人须伛偻蚁沿而上，耨土而种。自下登陟，俱若梯磴，故名梯田。如上有水源，则可种旱稻秔稻，如止陆种，亦宜粟麦。盖田尽而地，地尽而山，山乡细民，求食若此之艰也。自围田以至梯田，俱可植谷。至种蔬果之田，谓之圃田。其田绕以垣墙，或限以篱堑，负郭之间，但得十亩，足赡数口。若稍远城市，可倍添田数，至一顷而止。结庐于上，外周以桑课之蚕利，内皆种蔬，惟务取粪壤以为膏腴。临水为上，否则量地掘井以备灌溉。地若稍广，可兼种麻苎果物。比之常田，其利数倍。此园夫之业，可以代耕，养素之士，亦可托为隐所。乃农事之支流，而田功之余事也。大抵田制不一，各因地以制宜，而力田之事，全恃农夫有真精神流贯于其间。凡选种之取其肥实，粪力之取其腴厚，耕耨之必利其器，播植之必乘乎时，至纤至悉，具有经纶，所当与老农老圃悉心讨究，而临民者访穷檐之疾苦，知稼穑之艰难，寓抚字于催科，殷鞠谋于积贮，以宣布圣恩，尤为苍生之厚幸矣！

棉　布　说

按三代以上，布成于麻，即苎与葛皆麻属也，未闻以木棉为布者。说者谓木棉种出西番，元时始入中国。稽之《通鉴》，梁武帝送木棉皂帐。或曰汉张骞通西南夷，携种至中夏。则固不始于元矣，且亦不始于汉与梁也。《夏书·禹贡》：岛夷卉服。注家以为葛越木棉之属。木棉之精好者为吉贝，其文斓斑如贝也。是木棉之为服，夏已有之。卉为百草，则指草本木棉，而非木本。系之扬州，则后世江南木棉之盛之见端也。惟古时风气浑朴，行于海岛，而未行于中华。是以所用之布，皆以麻为之而无木棉。盖物之得用于人，与人之享用是物，皆有其时。时之未至，虽以能尽物性之圣人，只略露其端，微引其绪，以待后人之竟其用焉。迨后为用浸广，衣被甚溥，坚缴逾于帛，而轻暖胜于麻，使圣人复起，亦将谓棉布之功，与菽粟侔矣！考木棉有草木二种。木本产交广及闽中，一名琼枝，又名斑枝花，又名攀枝花。其高数丈，花深红类山茶，子大如酒杯，絮吐于口，茸茸如细毳。海南蛮人织为布，今则第以充茵褥。详见《浔梧杂佩》所载。是木种不如草种之利用宏多，彰彰明矣！草本木棉，《南史》称为古贝，即吉贝。字相近而讹，亦名古终。唐李琮诗"衣裁木上棉"，知唐时中土已有制以为衣者，特元以后较多耳。其布有文缛、斑布、白氎、屈眴之名，见于《农政全书》。其种盛于江南，而燕齐楚越皆有之。其生殖之时，二三月下种，一月三薅，至秋生黄花结实。熟时其皮四裂，其中绽出如绵者是为棉。其治棉之具，土人以铁铤碾去其核，或用搅车掉轴喂棉，子落于内，棉出于外，然后取棉以竹小弓牵弦弹之，令其匀细。复以筵卷而扞之，遂成棉筒。就车纺之，抽绪如缫丝状，纺之成纱，织之成布，为衣为裳为被，皆装棉于中焉。江南苏松诸郡贫乏之民，得以俯仰有资者，不在丝而在布。女子七八岁以上即能纺絮，十二三岁即能织布。一日之纺织，足供一人之用度而有余。先哲以为寸丝之直，可以买尺布，而衣布之人，百倍于衣丝，所以善卒岁之谋，免祁寒之怨者，莫切于此。至于油继晷以燃灯，秸供炊而巽火，又其余也。以美利利天下，大矣哉！乾隆年间，御制《题棉花图》十六章，非徒体物之工，具精格致，抑亦勤民之隐，并轸饥寒。凡厥庶民，幸生圣世，物土之宜而布其利，授衣应节，挟纩知恩，棉花非亦田功之要务与！

异端游惰耗农食说

古者民有四，士农工商而已。又庶人在官，如今胥役之属，莅事所不可少者，亦附四民之末。至闲民转移执事，列于九职，则亦非无业游民也。四民中，力农者宜居十之七，而士工商与庶人在官者居十之三。是以每岁天下之收获，足供天下之食用而不匮，尚有储蓄以备歉年。故欲天下之治，必使天下多力农之人，而后得相生养之道也。三代下四民之外，复有僧道，沿释老之教，尽失其宗旨，徒挟其忏悔免祸诵经求福之说，簧鼓闾阎，或念咒书符，或游方托钵，劝人布施，修寺建庙，塑像饭僧，坐耗千百之资，靡有纪算。更有乞丐者流，手赍秽物，窘辱善良，横索狂呼，百端无状。其穷可悯，其狡可恶。他如演剧说书、搬戏法、卖假药辈，各出其伎俩以取世资。甚者好博弈，习拳勇，放鹰鹯，斗蟋蟀，结侣分朋，以罄愚民之财产者，不可殚述。韩子《原道》云：农之家一而食粟之家六，工之家一而用器之家六，贾之家一而资焉之家六。正指僧道而言。讵知后世除僧道外，又增无量游惰之民，为人间巨蠹，使城乡守业良民，月费钱，岁糜粟，以至于十室九空乎？孟子云：耕者之所获，一夫百亩，上农夫食九人，上次食八人，中食七人，中次食六人，下食五人。大抵一夫终岁勤动，受地肥者所获之粟只可养九人，瘠者亦可养五人。农夫五等，牵上中下而合算之，每夫可食七人。内除农夫之母妻女与其耄父稚子，约共食其半，计可余一半以食他人。夫天下大计，恃农之多于士工贾。十人之中，农七而士工贾三，则农七人所获七分之粟，自食其半，仍有余粟以售士工贾，而士工贾亦食农之所售而有余。自有僧道与夫乞丐及各项游惰之民，群起而徒手求食，而胥役之属实繁有徒，亦张爪牙以饱其囊橐，则为农者日少，分农余粟以资食用者日多。于是士工贾尚恐不赡，而农益困，无惑乎乐岁终身苦，凶年不免死亡也。又况茶坊酒肆，戏馆博场，一日费中人十家之产者何限？方设罟攫陷阱，攘蚩蚩者之银钱以填之，而莫之知避，且尽罄其财而甘心焉，可悲也已。此由生之者寡，食之者众，为之者不疾，用之者不舒，其弊遂至于此。近世靳文襄公辅《生财裕饷疏》尝剀切言之，有心经世者，筹足食之良图，能不亹劝农之至计乎？薛文清曰：止末作，禁游民，所以敦财利之源。省妄费，去冗食，所以裕财利之用。当水利兴，农功举，财之源渐开，不可不节其流也。明正教则异端微矣，置恒产则乞丐稀矣，务勤业则游惰鲜矣。既修其本以胜之，复遵成宪以清厘之。律载：寺观庵院，不许私自创建增置；违者杖一百，僧道还俗充军。若僧道不给度牒，私自簪剃者，杖八十。又定例应付火居等项僧道，不准滥受生徒。年逾四十者方准招徒一人，违者笞五十。凡以异端遁于方外，不耕而食，宜遵律例以示限制，则僧道之耗农食者久而自减。又将一切游惰之民严行禁绝，教以自食其力，庶几力农者多。而农之力作亩亩，所收粒米，足自养以养天下，省穑而用之，丰岁有余，歉年有备，戴皇仁而中外禔福，岂不盛哉？

卷三十 裕仓储

　　三年耕必有一年之食，九年耕必有三年之食。以三十年之通，虽有凶旱水溢，民无菜色。盖不惟制国用于常充，而且储民食于有备也。《周官》廪人以岁之上下数邦用，仓人掌粟入之藏，谷不足则止余法用，有余则藏之，以待凶而颁之。已有酌盈剂虚之用，而未立常平之名也。常平仓始于汉宣帝之世，耿寿昌本魏李悝平粜之意以筑仓，敛散随时，农民两利，偶遇偏灾，不待发帑劝分，取之裕如，固备荒经常之制也。留三年六年九年之蓄，豫四龥三龥二龥之谋，所谓积于不涸之仓者，非济民之良法乎？他如社仓、义仓以及仓之别标名目者孔多，大抵听民间之自为经理，与常平仓相为表里，均当储积有素者也。为裕仓储条第二十有九。

　　【汉】宣帝五凤四年，大司农中丞耿寿昌奏设常平仓，以给北边，省转漕。赐爵关内侯。(《汉书》。景仁按：此引《汉书·宣帝纪》，其详见平粜条所引《食货志》。考《后汉书》，显宗欲置常平仓，公卿议者多以为便。刘般对以为常平外有利民之名，内实侵刻百姓，豪右因缘为奸，小民不得其平，置之不便。帝乃止。东京去西京未远，已有侵刻为奸之弊，足见良法必待其人而后行；不得其人，利民之法，适以累民。然利有大小，弊亦有轻重，常平为备荒良法，苟得中材以守之，弊轻而利大，固不可废也。)

　　【南北朝】【齐】河清二年，令诸州郡皆别置富人仓。初立之日，准所领中下户口数，得二年之粮，逐当年谷价贱时勘量，割当年义租充入(齐制：每岁出垦租二石，义租五斗。垦租送台，义租入郡，以备水旱)。谷贵下价粜之，贱则还用所粜之物，依价籴贮。《隋书》

　　【隋】文帝开皇三年，卫州置黎阳仓，洛州置河阳仓，陕州置常平仓，华州置广通仓，转相灌注，漕关东及汲〔汾〕晋之粟以给京师，置常平监。五年，工部尚书长孙平奏令诸州百姓及军人劝课当社共立义仓。收获之日，随其所得，劝课出粟及麦，于当社造仓窖贮之，即委社司执帐检校每年收积，勿使损败。时或不熟，当社有饥馑者，即以此谷振给。自是诸州储峙委积。十五年，诏曰：本置义仓，止防水旱，百姓不思久计，轻尔费损，于后乏绝。又北境诸州，异于余处。云夏等州所有义仓，杂种并纳，本州若有旱俭少粮，先给杂种及远年粟。十六年，诏社仓准上中下三等税，上户不过一石，中户不过七斗，下户不过四斗。《隋书》

　　【唐】太宗贞观初，尚书左丞戴胄建议自王公以下垦田秋熟，所在为义仓，岁凶以给民。太宗善之，乃令亩税二升，粟麦秔稻，随土地所宜。商贾无田者，以其户为九等，自五石至五斗为差，下户及夷獠不取焉。岁不登则以赈民，或贷为种，至秋而偿。其后又置常平仓，粟藏九年，米藏五年。下湿之地，粟藏五年，米藏三年。皆著于令。《文献通考》

　　开元七年，敕常平仓本，上州三千贯，中州二千贯，下州一千贯。每籴，具本利与正仓帐同申。二十二年，敕应给贷粮，本州录奏。待敕到，三口以下给米一石，六口以下给两石，七口以下给三石。给粟准米计折。二十五年，定式王公以下，每年户别，据所种田亩，别税粟二升以为义仓。其商贾户若无田及不足者，上上户税五石，上中以下递减各有差。诸出给杂种准粟者，稻谷一斗五升，当粟一斗。其折纳糙米者，稻三石，折纳糙米一石四斗。（《通考》。景仁按：是后第五琦请天下常平仓皆置库以蓄本钱。德宗时，赵赞又请兼储布帛，置常平，轻重本钱，上至百万缗，下至十万；积米粟布帛丝麻，贵则下价而出，贱则加估而收。诸道津会，置吏阅商贾钱，每缗税二十。未免近于网利，失恤民之本旨矣。）

天宝六年，太府少卿张瑄奏准敕节文，贵时贱价出粜，贱时加价收籴。若百姓未办财物者，量事赊粜，至粟麦熟时征纳。臣商量其赊粜者，至纳钱日，若粟麦杂种时价甚贱，恐更回易艰辛，请加价便与折纳。（《通考》）

陆贽上疏曰：顷师兴，官储唯给军食，凶荒不遑赈救。天灾流行，四方代有。税茶钱积户部者，宜计诸道户口均之，麦谷熟则平粜，亦以义仓为名，主以巡院。时稔伤农，则优价广粜，谷贵而止。小歉则借贷循环敛散，使聚谷幸灾者无以牟利。（《唐书》）

陆贽奏云：仁君在上，则海内无饿莩之人。盖以虑得其宜，制得其道，致人于歉乏之外，设备于灾沴之前耳。魏用平粜之法，汉置常平之仓，隋氏立制，始创社仓，终于开皇，人不饥馑。除赈给百姓外，一切不得贷便支用。每遇灾荒，即以赈给，小歉则随事借贷，大饥则录事分颁。富不至侈，贫不至饥，农不至伤，粜不至贵。一举而数美具，可不务乎？（《陆宣公集》）

贞元十三年，户部侍郎孟简奏：天下州府常平、义仓等斗斛，请准旧例，减价出粜，但以石数奏申，有司更不收管，州县得专，以利百姓。从之。（《通考》）

开成元年，户部奏请诸州府所置常平、义仓，伏请今后通公私田亩别纳粟一升，逐年添贮义仓。敛之至轻，事必通济，岁月稍久，自致充盈，纵逢水旱之灾，永绝流亡之患。从之。（《通考》）

太和间，以天下回残钱置常平、义仓本钱，岁增市之，非遇水旱不增者。判官罚俸书下考，州县假借，以枉法论。（《通考》）

太和九年，中书门下奏：常平、义仓，本虞水旱，以时赈恤。州府县不详文理，或申省取裁，或奏候进止。自后遭水旱处，先据中下户及鳏寡茕独不齐者，便开仓，准元敕作等第。赈贷讫，具数奏闻。（《册府元龟》）

韦宙出为永州刺史，州方灾歉，乃斥官下什用所以供刺史者，得九十余万钱，为市粮饷。州负岭，转饷险艰，每饥，人辄莩死。宙始筑常平仓，收谷羡余以待乏。（《唐书》）

【宋】太祖乾德元年，诏令诸州于所属县各置义仓，自今官所收二石税别税一斗，贮之以备凶荒，给与民。（《通考》）

太宗置常平仓于京师，时谷价大贱，则增籴以贮之，俟岁饥则减粜于贫民，遂为永制。（《通考》）

淳化五年，令诸州置惠民仓。如谷价稍贵，即减价粜与贫民，不过一斛。（《通考》）

真宗景德三年，诏置常平仓。以逐州户口多，量留上供钱一二万贯，小州或二三千贯，付司农司系帐。三司不问出入，委转运使并本州委幕职一员专掌其事。每岁秋夏加钱收籴，遇贵减价出粜。凡收籴比市价量增三五文，出粜减价亦如之，所减不得过本钱。大率万户岁籴万口，止于三万石。或三年以上不经粜，即回充粮廪，别以新谷充数。（《通考》）

仁宗庆历二年，余靖疏内有云：天下无常丰之岁，倘有缓急，不可无备。景德中诏天下置常平仓，三司不问出入。今若先为三司所支，则天下储蓄尽矣。伏乞特降指挥三司先借支常平仓本钱处，并仰疾速拨还；今后不得更支拨，并依景德先降敕命施行。（《康济录》）

庆历四年正月，诏陕西谷翔贵，其令转运司出常平仓粟，减价出粜，以济贫民。（《康

济录》)

仁宗时，张方平上《仓廪论》云：比者敕书谕州县立义仓，于兹三年，天下皆无立者。凡今之俗，苟且因循，有位者无心，有心者无位，在上可行者务暇逸而从苟且，在下乐行者或牵束而不得专。以故民间利不克时兴，害不克时去。彼义租社仓，齐隋唐氏尝为之。果令天下之县，各于逐乡筑为囷廪，中户以上为之等级，课入谷粟，县掌其籍，乡吏守之，遇岁之饥，发以赈给，协于《大易》哀多益寡之义，符于《周官》党相救州相赒之法，诚为国之大事也！(《康济录》)

嘉祐二年，诏天下置广惠仓。天下没入户绝田，官自鬻之。韩琦请留弗鬻，募人耕收其租，别为仓贮之，以给州县郭内之老幼贫疾不能自存者，谓之广惠仓。(《宋史》)

熙宁初，陈留知县苏渭言：臣领京畿邑，请为天下倡。令户分五等，自二石至一斗出粟有差，每社有仓，各置守者，耆为输纳，官为籍记。岁凶则出以赈民。藏之久，则又为立法，使新陈相登。即诏行之。既而王安石沮之，不果行。(《宋史》)

司马光言：常平乃三代良法，向者有州县缺常平籴本，虽遇丰年，无钱收籴。又有官吏怠惰，厌籴粜之烦，不肯收籴，尽入蓄积之家。又有官吏虽欲趁时收籴，而县申州，州再申提点，取候指挥，动经累月，已是失时。谷价倍贵，以致出籴不行，堆积腐烂。此乃法因人坏，非法之不善也！(《康济录》)

苏轼奏云：臣在浙江二年，亲行荒政，只用出籴常平米一事，更不施余策。若欲抄劄饥贫，不无所费浩大，有出无收，而此声一布，饥民云集，盗贼疾疫，客主俱毙。惟依条将常平斛斗出籴，不劳抄劄，但得数万石在市，自然压下物价，境内百姓人人受赐。古今之法，莫良于此。(《康济录》)

高宗绍兴庚午，帝谓执政曰：常平仓以备水旱，宜令有司以陈易新，不得侵用。若临时贷于积谷之家，徒为具文，无实效也。(《康济录》)

瓯宁县有洞曰回源，剧贼范汝为曾窃据。民性悍，小饥群起杀掠。进士魏掞之谓民易动，盖缘艰食。乃请常平米一千六百石以贷乡民，至冬而还。遂置仓于邑之长滩浦，自后每岁敛散如常。民得以济，不复思乱，草寇遂息。(《康济录》)

孝宗时，赵汝愚知信州，《乞置社仓疏》云：伏见州县水旱，赈济赈粜，往往惠及城郭，不及乡村。乡村之人最苦，幸而得钱，奔走告籴，则已居后。于是老幼愁叹，有就荒避熟〔就熟避荒〕，轻去乡里之意。其间强而有力者，夺攘剽掠无所不至，以陷于非辜。城郭之民率不致此。故臣谓城郭之患轻而易见，乡村之害重而难知。臣愚欲望圣慈采隋唐社仓之制，明诏有司，逐乡置廒，岁差上户两名以充社司，主其出纳，不如法者记之。幸连年丰稔，在在得有储蓄，则乡里晏然，虽遇歉岁，奸宄之心无自生矣。(《康济录》)

淳熙八年，浙东提举朱子言：乾道四年间，建民艰食，请于府，得常平米六百石，夏受粟于仓，冬则加息以偿。自后逐年敛散，少歉蠲其息之半，大饥尽蠲之。凡十有四年，得息米造成仓廒，及以元数六百石还府。现储米三千一百石，以为社仓，不复收息，每石只收耗米三升。以故一乡四十五里间，虽遇饥年，人不缺食。请以事行于司仓。时陆九渊见之，遂编入赈恤门。(《通考》)

朱子《崇安社仓记》曰：乾道戊子春夏之交，建人大饥。予居崇安之开耀乡，知县事诸葛侯廷锡以书来属予及其乡之耆艾左朝奉郎刘侯如愚曰：民饥矣！盍为劝豪民发藏粟，下其直以赈之。刘侯与予奉书从事，里人方幸以不饥。俄盗发浦城，距境不二十里。刘侯与予忧之，以书请于县于府。时徐公嘉知府事，即日命有司以船粟六百斛溯溪以来。刘侯与予率乡人行四十里，受之黄亭步下，归籍民口大小仰食者若干人，以率受粟。民遂得无饥以死，欢呼声动旁邑。于是浦城之盗无复随和，而束手就擒矣！及秋，又请于府曰：山谷细民，无盖藏之积。新陈未接，虽乐岁不免出倍称之息，贷食豪右，而官粟将红腐不可食，愿自今以往，岁一敛散，既以纾民之急，又得易新以藏。他愿贷者出息什一，可以抑侥幸，广贮蓄，不愿者勿强。岁或小饥，则弛半息，大祲则尽蠲。于以活鳏寡，塞乱源，甚大惠也！请著为例。王公报皆施行如章。刘侯与予又请曰：粟若分贮民家，于守视出纳不便，请仿古法为社仓以贮之。于是为仓三，亭一，门墙守舍无一不具，司会计、董二役者，贡士刘复、刘得舆、里人刘瑞也。既成而刘侯之官江西幕府，予又请复与得舆、刘侯之子将仕郎琦、其族子右修职郎坪与并力。府以予言，具书礼请焉。四人遂皆就事，方且相与讲求仓之利病，且为条约。予惟成周之制，县都皆有委积，以待凶荒。而隋唐所谓社仓，亦近古良法也。今皆废矣，独常平、义仓尚有古法遗意，然皆藏于州县，所惠不过市井惰游之辈。至于深山长谷力穑远输之民，则虽饥饿濒死而不能及也。又其为法太密，使吏之避事畏法者，视民之莩而不肯发，往往全其封镝，递相传授，或至累数十年不一瞥省。一旦甚不获已，然后发之，则已化为浮壤聚埃而不可食矣。夫以国家爱民之深，其虑岂不及此？然而未有所改者，岂不以里社不皆可任之人？欲一听其所为，则恐其计私以害公，欲谨其出入，同于官府，则钩较靡密，上下相遁，其害又有甚于前所云者。是以难之而有弗暇耳。今幸数公相继，其忧民虑远之心，皆出乎法令之外，又不鄙吾人以为不足任，故吾人得以及数年之间，左提右挈，上说下教，遂能为乡间立此无穷之计。是岂吾力之独能哉？因书其本末如此。（《朱子文集》）

社仓法，以十家为甲，甲推一首，五十甲推一人通晓者为社首。其逃军及无行之士，衣食不缺者，并不得入甲。得入者，又问其愿与不愿，置籍以贷之。以湿恶还者有罚。（《朱子文集》。景仁按：朱子当日创举此事，须官府弹压。今则保簿赴乡官交纳，及申县乞差吏斗诸事，俱不必行。至支贩交纳时，吏人仓库，每名日支饭米一斗，似乎过厚。然若辈鲜不计利，安肯空劳？支米稍多，即寓相酬之意。陈氏龙正议减为一升五合，恐未足以服其心。乡官及仆从亦须支米五升，方足薪水之用。张氏文嘉之论为允。）

胡氏致堂曰：赈饥莫要于近其人。隋义仓取之民不厚，而置之于当社，饥民之得食也，其庶几乎？后世置仓于州郡，一有凶饥，无论有司不以上闻也，良有司既敢以闻矣，比及报可，文移反复，给散艰阻，监临吏胥相与侵没。其受惠者，大抵近郭力能自达之人耳。县邑乡遂之远，安能扶携数百里，以就龠合之廪哉？必欲有备无患，当以隋文当县置社为法。（《通考》）

黄震通判广德军。初，孝宗颁朱子社仓法于天下，而广德则官置此仓。民困于纳息，至以息为本，而息皆横取，其民至自经，人以为朱子之法不敢议。震曰：不然！法出于尧舜三代，圣人犹有变通，安有先儒为法，不思救其弊耶？况朱子社仓，归之于民，而官不得与。官虽不与，而终有纳息之患。震为别买田六百亩，以其租代社仓息，约非凶年不贷，而贷者不取息。（《宋史》）

从政郎董熠曰：常平钱，他费不许移用，救荒正所当用。若必待报，则事无及矣！今遇旱伤州县，仰一面计度，用常平钱，于丰熟处循环籴粜，以济饥民；俟结局日，以粜本拨还常平可也。（《康济录》）

度宗咸淳元年，旨拨公田米五十万石，付平粜仓，遇米贵平价出粜。（《续通考》）

李燔添差江西运司，干办公事，常言社仓之置，仅贷有田之家，而力田之农不得沾惠。遂倡议裒谷立仓，以贷佃人。《宋史》

【金】明昌三年，敕常平仓丰籴俭粜，有司奉行勤惰褒罚之制，其遍谕诸路奉行，灭裂者提刑司纠察以闻。《金史》

【元】立义仓于乡社，又置常平仓于路府。常平仓，世祖六年始立其法。丰年米贱，官为增价籴之，歉年米贵，官为减价粜之。义仓亦至元六年始立。其法每社置一仓，社长主之。丰年每亲丁纳粟五斗，驱丁二斗，无粟听纳杂色，歉年就给社民。然行之既久，名存而实废。《元史》

世祖时，赵天麟上策曰：至元六年，有旨每社立一义仓。遇大有年，听自相劝督而增数纳之；饥馑时，计口数多少而散之。官司不得借贷，并许纳杂色。如是非惟共相赈救，而义风亦行。《康济录》

马氏端临曰：朱子社仓法，今州县亦有行之者，饥岁人多赖之。然事久而弊，或主者倚公以行私，或官司移运而无可给，或拘纳息米而未尝除免，甚者拘催无异正赋，良法美意胥于此失。必有仁人君子，以公心推而行之，斯民庶乎其有养矣！《通考》

张光大云：常平者，丰歉之豫备，可以遏富豪趋利之心，无抄劄户口之烦。有司视为具文者，籴本之未立耳。若将三台追到赃罚银两，各随所属拨为常平籴本，循环籴粜，何患米有限而不及村落哉？为政君子果能深味常平之意，可以固邦本，结民心，万世之长策也！《康济录》

【明】洪武元年，令各处悉立预备仓，各为籴谷收贮，以备灾荒。择其地年高笃实者管理。《明史纪年》

宣宗宣德元年，巡按御史朱鉴言：洪武间，各府州县皆置东西南北仓，以备水旱饥馑。今有司以为不急之务，深负仁民之意。乞令府州县修仓廒，谨储积，给贷以时。谕户部曰：此祖宗良法美意，皆由守令不得其人，遂致废弛。尔户部亦岂能无过？其如御史言。《通鉴纲目三编》

孝宗宏治三年，令天下设预备仓，每十里积粟万石。及数为称职，过者旌擢，不及者罚之。府州县及军卫官，视此升黜。《通鉴纲目三编》

英宗正统五年，敕立预备仓，发所在银籴粮贮之。军民中有能出粟以济官者，授以散官。《续通考》

姚夔授吏科给事中，正统八年，言预备仓本赈贫民，里甲虑贫者不能偿，辄隐不报，致称贷富室。收获甫毕，遽至乏绝。是贫民遇凶年饥，丰年亦饥也。乞敕天下有司岁再发廪，必躬勘察，先给其最贫者。帝立命行之。《明史》

世宗嘉靖初，谕德顾鼎臣言：成宏时每年以存留余米，入预备仓，缓急有备。今秋粮仅足兑运，预备无粒米，一遇灾伤，辄奏留他粮及劝富民借谷，以应故事。乞急复预备仓粮以裕民。帝乃令有司设法多积米谷，仍仿古常平法，春赈秋还，不取其息。府积万石，州四五千石，县二三千石为率。《明史》

嘉靖八年，令各抚按设社仓，令民三十家为一社，择家殷实而有行义者一人为社首，处事公平者一人为社正，能书算者一人为副。每朔望会集别户，上中下出米四斗至一斗有差，斗加耗五合。上户主其事。年饥，上户不足者量贷，稔岁还仓；中下户酌量赈给，不还仓。有司造册送抚按，岁一察核，仓虚罚社首出一岁之米。《明史》。景仁按：嘉靖时，兵部侍郎王廷相言：救荒莫善于义仓，宜储之里社。所著之式，与此令略同。史称其法颇善，惜后无能力行者耳。）

嘉靖十二年，户部尚书许瓒言：郡县赎锾引税，多干没无稽，宜令籴谷备赈。从之。（《续通考》）

万历间，御史钟化民奏云：今遭灾荒，辄仰给于内帑。此一时权宜之计，岂百年经久之规哉？惟以本乡所出积于本乡，以百姓所余散于百姓，则村村有储，缓急有赖，周济无穷矣。且令各府州县掌印官，每堡各立义仓一所，不必新创房屋，即庵堂寺观，就便设立，择好义诚实之人共相主之。此乃积于粒米狼戾之时，比之劝借于田园荒芜之后，难易殊矣！（《康济录》）

天启间，蔡懋德议通常平遗法，以广储蓄。请发帑库余金为本，每岁于产米价贱时，委廉干丞簿收积，至来岁照时价粜之，必有微羡，逐岁渐增，以备荒歉。米多则价自减，粜平则人不争。盖贵设法使米有余，不在减省锱铢见德也。（《明史》）

周忱巡抚南直隶，奏定济农仓之法。令诸县各设仓，择县官之公廉有威与民之贤者司其籍。每岁种莳时量给之，秋成还官。明年，江南大旱，诸郡发济农仓米以赈贷，民不知饥。（《纪事本末》）

张朝瑞云：洪武初立预备四仓，官为籴谷，收贮备赈。岁久法湮。兹欲令各属县于东西南北适中水陆通达处各立常平一所，合用工料，查发赃罚并无碍银两，或民愿纳谷者旌奖，籴谷入仓，不许科扰平民。择近仓殷富笃实居民掌管，或值中饥大饥，以便赈粜赈济，富者不许混买。仍用张咏赈蜀连坐法，其出粜一节，当与保甲法并行。该乡谷多，即粜谷一日，保甲一周；少则分为二三日，或四五日，保甲一周。使该乡积贮之谷数，可待饥民冬春之籴数方善。大率赈粜与赈济不同，惟以谷摊人，不因人增谷，庶乎简易不扰。盖社仓之法立，则以时收敛，富者不得取重息，而贫民沾惠于一岁之中。常平之法立，则减价粜卖，富者不得腾高价，而贫民受赐于数十年后大饥之日，诚救荒良策也！（《农政全书》）

吕坤《积贮条件》曰：谷积在仓，怕地湿房漏，雀入鼠穿，其防御在人力。凡建仓，择于城中最高处所，院中地基须锹背，院墙水道须多留。凡邻仓庾，不许挑坑聚水，违者罚修仓廒。仓屋基须掘地实筑，石为根脚；无石用熟透大砖，磨边对缝，务极严匝。房宽则积不蒸，高则气易泄。仰覆瓦用白矾水浸，虽连阴不漏。梁栋椽柱应费十金者，费十五二十金。一时利于苟完，数年即更，实贻之倍费。故善事者一劳永逸，一费永省。（《农政全书》）

陈龙正曰：社仓之利，一以活民，一以弭盗。非特弭本境之盗也，且以清邻寇焉。文公赈粟于崇安，而擒盗于浦城；魏挺之置社仓于长滩浦，而回源洞之悍民以化。如一邑有若干乡区，每乡每区各立社仓，诚为至计。（《康济录》）

【国朝】陆氏曾禹《稽常平总论》曰：常平循环籴粜出入，利民之妙法。良有司能尽心于其间，彻底为民，勿敢自便，则苏公美意犹然复见于今。兹第使各省虽有常平仓，遇饥年官不得发，民不得食，以避部议之严，岂知立仓之本意哉？《建社仓总论》曰：社仓建于各乡，不特救民之用，实可舒君之忧。口食得而上下安，枵腹饱而人心附，较之就食别境，领赈官司者远矣。是以诸贤无不惓惓于此，何以后人莫之法也？近世之常平，既不令人擅于取用，民间之社仓，则又废而不建。是迫人于沟壑，驱民于法网矣。可叹哉！《社仓条约》案曰：社仓之建，至荒岁而益见其妙。若听民之愿与不愿而议建，十不得一矣。何也？小民以他人之物，而为一己之所有，则恒喜；以一己之需而为公家之所存，则多恶。张咏之命去茶植桑，不尝致恶于四境乎？后何以复为其所喜也？是彼一时之喜恶，何足以惑吾永远之深仁哉？《康济录》

　　景仁谨按：备豫不虞，善之大者。岁逢灾祲，鸠形鹄面，待哺嗷嗷，欲有以济之于临时，必先有以储之于平日。此常平仓所由立也。社仓、义仓相辅而行，平日随时敛散，荒年即以散给穷黎，备灾恤患，法莫良焉。特法久弊生，情伪万端，必当悉心规画，使法行而民胥享法之利，无受法之累，斯为泽润生民之至计焉。恭读乾隆五年谕：地方积谷备用，乃惠济穷民第一要务。各省奏报年谷顺成者颇多，皆当乘时料理积贮之政。钦此。九年谕：积贮乃民命所关，从前各省仓储，务令足额，原为地方偶有水旱，得资接济。即丰稔之年，当青黄不济之时，亦可藉以平粜，于民食甚有关系等因。钦此。仓粮之裕，贵储之有素矣。查顺治十二年题准：各州县自理赎锾，春夏积银，秋冬积谷，悉入常平仓备赈。置簿登报布政使司，汇报督抚，岁终造报户部。其乡绅富民乐输者，地方官多方鼓励，毋勒以定数。每亩捐谷或四合或三合，余或动帑采买，或截留漕米拨运，是为常平谷本。康熙三十四年议准：督抚饬各州县卫官，劝谕乡绅士民每岁收获时量为捐输积贮，谷贵时将米麦贷于乏谷之人，俟收获照领数交还。如不肖官吏有抑勒多收情弊，照私派钱粮例处分。雍正三年，江南照河工议叙贡监之例，将银改为本色米谷，每银一两收米一石，或谷二石；邻省人亦准捐输。此常平仓谷本出于官，亦出于民，而储之在官者也。其储米改储谷，以米易腐而谷可久也。雍正三年谕：积贮食谷，原为备荒之用，但南省地方潮湿，米在仓中，一年便致红朽。改贮稻谷，似可长久。钦此。旋经议准：各省存贮米石，或一年或二年内，改易稻谷。倘需用米多，一时砻碾不及，应给米一石者折给谷一石。乃其存发之制，可得言矣。康熙三十四年题准：江南积谷，以七分存仓备赈，以三分发粜，俟秋收买谷还仓。四十三年议准：各省积贮米谷，大州县存万石，中州县八千石，小州县六千石，其余按时价解存藩库。其存仓米谷，每年以三分之一出陈易新。雍正九年议准：江苏所属仓谷，凡遇青黄不接，酌量粜卖，不必拘定粜七存三。嗣又有地势卑湿者粜半存半，尤湿者粜七存三之议。此存发之大略，因时与地而制其宜者也。至仓谷需乎买补，又当随时酌剂焉。雍正十三年议准：各州县秋成买补仓谷，如遇谷价腾贵，将所粜价银解库，俟次年秋收价贱买补，恐有派买抑勒富户等弊，务于邻近州县购买，以杜弊端。又议准：仓谷春籴秋粜，若秋成价昂，于春月购买补足；如邻近价亦未平，或俟次年麦稔，买麦收贮，秋成易谷还仓；或竟俟次年秋成买谷，随时酌办。乾隆三年议准：买补仓谷，严禁派累小民，及发短价低银，抑勒交粮。或斗秤以大易小，以重易轻，有蹈此者详揭参究。若夫采买应停与否，相机妥办，未可执一论矣。乾隆九年谕：从前各省仓储，务令足额，原为地方偶有水旱，得资接济。是以常平之外，复许捐贮，多方储蓄。后因籴买过多，市价日昂，诚恐有妨民食，暂停采买，无非为百姓计也。乃近闻各省大吏，竟以停止采买为省事，将来必致粜借无资，固非设立常平本旨，又岂停止采买之本意乎？督抚务须斟酌地方情形，应买则买，应停则停，总在相机筹画等因。钦此。此采买应审度时宜，不可胶执定见，总期于民食有济而已。惟其关系民食，是以仓粮额数，可足而不可亏。雍正四年谕：亏空仓粮，则一时旱潦无备，事关民瘼。是亏空仓粮之罪，较亏空钱粮为甚，自宜严加处分。钦此。

旋经大学士九卿议准：亏空仓谷系侵盗入己者，千石以下，照监守自盗律拟斩，准徒五年；千石以上斩监候，不准赦免。将侵盗谷数，动支正项银买补，著落该犯妻子名下严追。系那移者，除数止千石百石照律准徒，五千石至万石照律拟流外，万石至二万石，发边卫充军；二万石以上者，照侵盗例拟斩。其亏空之数，动正项银买补，于各犯名下勒限一年追赔。定例森严，岂故从其刻哉？凡以常平仓谷为备荒正项，一有侵那，猝遭荒歉，遍野哀鸿，茫无以应，大则激成事变，糜兵饷于无穷，次亦坐视死亡，毒生灵于无算。大圣人洞鉴其弊，峻设科条以惩之。其亏空之数，必先买补足额，立法肃于秋霜，施仁渥于春露。司牧者凛然于仓粮之不可毫发有亏，益怵然于饥馑之不可一日无备也。若乃常平仓之外，更有社仓，取之民而贮之民，听民自为经理者也。康熙四十二年谕：各州县虽设有常平仓，遇饥荒之年不敷接济，著于各村庄设立社仓，收贮米谷等因。钦此。议准设立社仓，于本乡捐出，即贮本乡，令本乡诚实之人经管，上岁加谨收贮，中岁粜陈易新，下岁量口赈济。五十四年议准：直省劝输之例，富民捐谷五石者，免本身一年杂项差徭；多捐一倍两倍，照数按年递免。乡绅捐谷四十石至二百石，州县知府本管道督抚给匾有差。富民好义，比绅衿多捐二十石者，照绅衿例次第给匾。捐至二百五十石者，咨吏部给与义民顶带。凡给匾民家，永免差徭。所以鼓舞而风励之，俾储积多多益善也。然劝之乐施，未尝强之必纳，则令不烦而民不扰。雍正二年谕：社仓之设，以备荒歉不时之需，用意良厚。然往往行之不善，致滋烦扰，官民皆受其累。朕以为奉行之道，宜缓不宜急，劝谕百姓，听民使自为之，而不当以官法绳之也。是在贤有司善为倡导于前，留心照应于后，使地方有社仓之益，而无社仓之扰。著督抚加意体察等因。钦此。明乎社仓米谷之捐输，当听从民便也。而经理之人，收息概量之法，章程宜密矣。是年覆准：每社设正副社长，择端方殷实者二人，果能出纳有法，乡里推服，按年给奖。如果十年无过，督抚题请，给以八品顶带。徇私者革惩，侵蚀者治罪。每石收息二斗，小歉减息之半，大歉免息，止收本谷。十年后止以加一行息。出入均照部颁斗斛，公平较量。社长豫于四月上旬，申报地方官依例给贷，定日支散；十月上旬，申报依例收纳，不得抑勒多收。其簿籍之登记，每社设用印官簿一样二本，一本社长收执，一本缴州县存记，数目毋得互异。每次事毕后，社长各将总数申报上司。如地方官有抑勒那借，强行粜卖侵蚀等事，社长呈告，据实题参。三年题准：河南社仓，游手好闲者不许借贷，于正副社长外，再公举殷实者一人总司其事。此项积贮，官员不得拨用，即同邑之社不得以此应彼。所议章程，极为详密，果能遵奉施行，以同里之捐输，济同里之困乏，足补常平所不及，何难与紫阳条约媲美乎？抑管窥所及，更有私议。窃谓朱子社仓，因借常平仓米作本，势须偿还，又六百石之粟未足备荒，爰每石取息一斗。及至偿还后，有现储米三千一百石，遂不复收息，只收耗米三升。可见朱子当日之加息，原出于不得已，粟满而遂蠲其息。今各郡县仓谷丰盈，莫若遵雍正二年之议，减加二而行加一之息，后并其一而蠲之，只收耗米，如朱子十四年以后社仓之法，则民免出息之苦，而力可少纾也。至义仓昉于隋长孙平，劝同社共立。康熙十八年题准：乡村立社仓，市镇立义仓，固与社仓无异也。雍正四年，扬州建盐义仓，每年于青黄不接时，照存七粜三之例，出陈易新，或于米贵时开仓平粜。地方有赈济之用，该抚一面具题，一面动支。乾隆十二年覆准：山西义仓如猝遇冰雹，例不成灾，农有缺口粮籽种者，准其将谷借给，每年春借秋还。十八年，直隶士民捐输义仓积谷。此义仓之制，与社仓大概相同者也。常平仓、社仓、义仓之外，又有别项贮谷仓。如河南漕谷仓，江南江宁省仓，崇明县仓，广东广粮通判仓，福建之台湾仓，浙江之永济仓，贮谷数十万石以及数千石不等，均不在常平额内，因地制宜，以资接济。又广东、四川、湖南、福建各营俱建仓廒，则军士以广储蓄，亦得乎义仓之意者也。统稽各仓之设，皆以充积贮，而惟常平仓之在官，社仓之在民，州县通行，二者不可偏废。行之既久，俱不能无弊。常平操之自官，官侵吏隐，弊窦丛生，甚至民领谷一石，偿时必需二石。于是民视为畏途，不愿承领，虚有及民之名而无其实。社仓行于乡，难于社长之得人，不得其人，侵欺科派，以千家之粟，而饱一二人之囊，其弊不减于常平，往往有名无实，视为故常。地方官不能实心经画，有谷则用之，无粟则听之，小民又何赖焉？且夫仓粮亏缺，偶值灾荒，不得不请旨发赈。圣主如天之仁，诚不惜数千万帑金以苏民困，惟念国家之经费有常，年岁之丰歉无定，苟不于仓储加意整顿，则惠难于常继，而患弛于豫防。即劝富户捐输，而今之富户日稀，歉岁田租无出，又各有窘迫之亲族向其称贷，纵有司无勒派，而一次捐输，已多勉强，倘遇洊饥，恐劝之而未必应矣。所望贤司牧综核仓粮，如常平缺籴本，必须设法补足。其各乡社仓，慎选乡耆之有身家而植品者笃其事，设有不敷，责令赔补。如是则在在有储积，谷米常流通于城乡之际，禁猾吏之侵渔，杜豪民之干没，虽逢水旱，赈不外求，固备荒经常之制也。不幸奇荒积歉，必须请帑劝分，仍可临几裁度，而既有常平、社仓以为根柢，亦不至繁费无纪矣！皇上爱育黎元，心周蔀屋，屡谕直省督抚转饬各州县慎重仓储。凡有临民之责者，仰承诏旨，不为一时权宜之计，而廑百年经久之谟，蓄积多而备先具，密于钩稽，谨于出纳，以防岁祲，以济民艰，不且允升于大猷，常沐乎皇泽也哉！

卷三十一　备杂粮

《虞书》：播奏庶艰食鲜食。郑康成谓教人种泽物菜蔬艰厄之食。盖水害初除，蒸民未粒，菜蔬艰厄之食，与鲜食并进焉。《周礼》九职，二曰园圃毓草本，八曰臣妾聚敛疏材。注：树果蓏曰圃，园其樊也。疏材，百草根实可食者。凡以辅九谷所不及，岁稔亦相须也。荒政十有二，五曰舍禁。疏云：山泽所遮禁者，舍去其禁，使民取蔬食。明李氏濂谓纵民采取以济饥也。夫虑患不嫌于过深，匡乏必图其所绝，万一荒歉频仍，米谷猝无可措，则果蓏百草之属，苟可充腹以延命者，皆为杂粮。所谓惟事事乃其有备，亦筹荒者不得已之极思也。为备杂粮条第三十。

【周】秦大饥，应侯请发五苑果枣栗以活民。（《韩非子》）

【汉】龚遂为渤海太守，令口种一树榆，百本薤，五十本葱，一畦韭，家二母彘，五鸡，益畜果实菱芡。（《汉书》）

王莽末，南方饥馑，人庶群之野泽，采凫茈而食之。（《汉书》。景仁按：王莽时，洛阳以东米石二千。莽分遣大夫谒者教民煮木为酪，不可食，重为烦扰。此凫茈之采，犹足充饥，特系水产，与吴民移就蒲蠃于东海之滨，俱非山居陆处者所能得也。）

自更始败后，殿内掘芦菔根、捕鱼而食之。（《后汉书》）

和帝永元五年，令郡县劝民蓄蔬食以助五谷；其官有陂池，令得采取，勿收假税二岁（假犹租赁）。（《后汉书》）

桓帝永兴二年，蝗灾为害，五谷不登，令郡国种芜菁以助食。（《后汉书》）

献帝时，尚书郎以下自采稆（稆音吕，自生稻）。（《后汉书》。景仁按：稆，即稆本字。时遭兵荒，无所得食，采稆充饥，犹有谷气。王粲《英雄记》：幽州岁不登，民始知采稆。即此。）

【三国】【魏】杨沛为新郑长。兴平末，人多饥穷，沛课民益畜干椹，收壹豆（壹音劳，野豆也），阅其有余，以补不足。如此积得千余斛，藏在小仓。（《魏志》）

郑浑为山阳魏郡太守，课树榆为篱，并树五果。榆皆成藩，五果丰实，民得财足用饶。（《魏志》）

鲍出遇饥岁，采蓬实日得数斗，为母作食。（《魏略》）

【南北朝】【齐】沈颙逢齐兵，兵荒，与家人并日而食。或有馈其粱肉者，闭门不受。惟采莼荇根供食，以樵采自资，怡怡然不改其乐。（《南史》）

【唐】杜甫家寓鄜，弥年艰窭，因许甫自往省视，出为华州司功参军。关辅饥，弃官客秦州，负薪采橡栗自给。（《唐书》）

阳城隐中条山，岁饥，屑榆为粥，讲论不辍。有奴都儿化其德，或哀其馁，与之食，不纳；致糠核数栖，乃受。（《唐书》。景仁按：懿宗时，自关东至海大旱，冬蔬皆尽。贫者以蓬子为面，槐叶为齑，则榆粥糠核，士大夫固不可不知此味耳！）

昭宗天复甲子岁，陇西亢旸，民多流散。山中竹皆放花结子，饥民采之，舂米而食，珍于粳糯。（《唐书》）

【宋】真宗以江淮两浙旱荒，命取福建占城稻三万斛，分给三路为种，择田高者莳之，

盖旱稻也。内出种法，令转运使揭榜示民。（《大学衍义》）

范文正公为江淮宣抚使，见民以野草煮食，即奏而献之。（《救荒本草》）

仁宗时，右司谏庞籍奏曰：臣在太平州界，捡会广德军判官钱中孚等状，称诸乡贫民多食草子，名曰乌昧，并取蝗虫暴干，摘去翅足，和野菜煮食。臣今取草子封进。（《康济录》）

程晌知徐州，久雨坏谷。晌度水涸时耕种已过，乃募富家，得豆数千石以贷民，使布之水中，水未尽涸而甲已露矣。是年，遂不艰食。（《臣鉴录》）

江翱为汝州鲁山令，邑多苦旱，乃自建安取旱稻种，耐旱而繁实，且可久蓄。高原种之，岁岁足食（种法：大率土有高下燥湿之分，父母斯民者，宜有以教之。宋真宗命江浙种占城稻，避旱荒也。程晌布豆，救水灾也。氾胜之云：种堪水早，种无不熟之时，择其秸长粒大者种之，水旱皆可避也。鲁山令能立法救荒，于兹数者可无愧矣）。（《康济录》。景仁按：占城稻、建安旱稻，与豆原系谷属，特非本地所产，或农时已过，种之以备水旱。故亦列杂粮。）

明道末，天下旱蝗。吴遵路以飞蝗遗种，劝种豌豆，卒免艰食。（《宋史》）

【元】世祖至元二十二年，伯颜代宗王阿只吉总其军。先是，边兵尝乏食，伯颜令军中采蓂怯叶儿及蓿敦之根，贮之四斛，草粒称是。盛冬雨雪，人马赖以不饥。（《元史》）

至元二十八年，诏颁农桑杂令。每丁课种枣二十本，杂种十本，土性不宜者，种榆柳等。其数以生成为率，愿多种者听。各社种苜蓿以防饥。近水之家，许凿池养鱼，牧鹅鸭，莳莲藕菱芡蒲苇，以助衣食。荒闲之地，悉以付民。（《康济录》）

【明】河南大旱，登封令梅传见麦俱枯槁，因思荞麦可种，劝民备种而待之。祈祷毕，信步行数里，遇一隐士，揖曰：令君勤苦，然雨关天行，非旦夕可得也！梅曰：荞麦尚可种乎？其人叹息曰：可惜一片仁心！向树下一指曰：公欲活民，非此不可。视之则菜也。梅遂令民广收菜子，与荞麦并种。未几，又淫雨不止。荞无一生者，惟菜则勃然透发矣，且逾常年数倍。民赖以不死。（苟以难必之事教民，不若以得饱之道率众。令君意在活民，诚心祈祷，亦可得隐士之指迷。此隐士者，乌知非神人之化身，不然，何以知荞之不生，而菜之必茂也。）（《康济录》）

永乐间，周定王作《救荒本草》。长史卞同序曰：植物之生于天地间，莫不各有所用。神农尝百草木以济人之夭札，而于可茹以充腹者未之及也。周王孳孳为善，尝读孟氏书云：五谷不熟，不如荑稗。因念民不幸遭旱涝，五谷不登，则可以疗饥者，恐不止荑稗而已也。于是购田夫野老，得甲坼勾萌者四百余种，植于一圃，召画工绘之为图，仍疏其花实根干皮叶之可食者汇为一帙，名曰《救荒本草》，深得古圣贤安不忘危之旨，不亦善乎？金事李濂《重刊救荒本草》序曰：沿江濒湖诸郡邑，有鱼虾螺蚬菱芡荇藻之饶，饥者犹有赖焉。齐梁秦晋之墟，平原弥望，一遇大祲，鹄形鸟面之浮，枕藉于道路，吁可悲已。后汉种芜菁助食，然五方之风气异宜，物产之形质异状，使不图列而详说之，其弊至于杀人。此《救荒本草》所以作也。或遇荒岁，按图而求之，随地皆有，无艰得者。苟如法采食，可以活命。是书也，有功于斯民大矣！（景仁按：《明史》周定王橚，太祖第五子，就藩开封。尝以国土夷旷，庶草蕃庑，考核其可佐饥馑者四百余种，绘图疏之，名《救荒本草》。《钦定四库全书简明目录》谓是书以备饥馑，最切日用，惟旧本题周宪王误（按：疑衍字）者，误。宪王名有炖，乃定王子也。今遵改。）萱草花，俗名川草花，《本草》一名鹿葱。生山野，人家园圃中多种。其叶就地丛生，开金黄花，味甘，根凉无毒。救饥：采嫩苗叶炸熟，水浸淘净，油盐调食。元扈先生曰：花叶芽俱嘉蔬，根可作粉，如治蕨法。遇岁饥，山民多赖之。马兰头，本草名马兰。生泽傍，北人呼为紫菊。叶似薄荷，味辛，性平。救饥：采嫩苗叶炸熟，新汲水浸去辛味，淘洗净，油盐调食。(景仁按:《野菜谱》:兰,作拦,二三月丛生熟食。又可作蔃。诗云:马拦头拦路生,我为拔之容马行。只恐救荒人出城,骑马直到破柴荆。)蒮子根,俗名打碗花。生平泽中,处处有之。蔓生,其根甚多,大者如小筋,粗长一二尺,色白,味甘,性温。救饥:采根,洗净蒸食之。或晒干杵碎,炊饭食,或磨作面作烧饼蒸食,皆可。久食则头晕腹破,间食则宜。元扈先生曰:吴人呼秧子根,弃地,宜移植备荒。野山药,生辉县太行山中,根比家山药极细瘦,甚硬,皮色微赤,微甜,性温平,无毒。救饥:采根煮熟食之。雀麦,《本草》一名燕麦,生荒野林下,结穗似麦穗,子甚细小,味甘,性平。救饥:采子,舂去皮,捣作面,蒸食作饼食。回回米,《本草》名苡薏仁。生平泽及田野,处处有之。结实青白色,形似珠而稍长,子味甘,微寒,俗呼菩提子。救饥:采实,舂去皮,其中仁煮粥食。蒺藜子,《本草》一名旁通。生平泽道旁,结子有三角刺人,味苦辛,性温,微寒,无毒。又一种白蒺藜,出同州沙苑,结子如腰子样,小如黍粒,味甘,有小毒。救饥:收子,炒微黄,去刺,磨面作烧饼,或蒸食。苘子,《本草》名苘实,处处有之。结实俗呼为苘馒头。子黑色,如豌豆大,味苦,性平无毒。救饥:采嫩苘取子,生食,子坚实时收,浸去苦味,晒干磨面食。稗子,有二种,水稗生水边,旱稗生田野中,今处处有之。结子如黍粒大,茶褐色,微苦,微温。救饥:采子,捣米煮粥蒸食,或磨作面食。元扈先生曰:稗自谷属,十得五米,下田种之。野生者可捃拾积贮,用备饥窘。穄子,生水田中及下湿地内。子如黍粒大,茶褐色,味甘。救饥:采子捣米煮粥,或磨作面蒸食。川谷,生汜水县田野中。结子如草珠儿,微小,味甘。救饥:采子,捣为米,用冷水淘净后,以滚水泡三五次,去水下锅作粥,或作炊饭食,可以造酒。莠草子,生田野中。其子比谷细小,熟时即收,味微苦,性温。救饥:取子捣米作粥,或作水饭。野黍,生荒野中,科苗皆类家黍,而黍粒细小。味甜,性微温。救饥:采子,舂去粗糠,或磨面蒸糕食,甚甜。鸡眼草,生荒野中,子小如粟粒,黑茶褐色,味微苦,气味与槐相类,性温。救饥:采子,捣取米,先用冷水淘净,却以滚水泡三五次,去水下锅煮粥,或炊饭食,或磨面作饼食。燕麦,田野处处有之。麦粒极细小,味甘。救饥:采子,舂去皮,捣磨为面食。地角儿苗,一名地牛儿苗。生田野中,结角有子,似豍豆颗,味甘。救饥:采嫩角生食,硬角煮熟食之。山黧豆,一名山豌豆。生密县山野中,结小角儿。其豆扁如豍豆,味甜。救饥:采取角儿煮食,或打取豆食。龙芽草,一名瓜香草。生辉县鸭子口山野间,子大如黍粒,味甜。救饥:收其子,或捣或磨,作面食之。锦荔枝,苗引藤蔓延,附草木生。叶间生细丝蔓,结实如鸡子,状如荔枝而大,生青熟黄,内有红瓤,味甜。救饥:采黄熟者,食瓤。元扈先生曰:南中人甚食此物,不止于瓤。实青时采者或生食,与瓜同用。此恒蔬,不必救荒。苍耳,《本草》名菓耳,《诗》曰卷耳,处处有之。结实比桑葚短小而多刺,味苦,性温。救饥:摘其子,炒微黄,捣去皮,磨面作烧饼蒸食。羊蹄苗,俗呼猪耳朵,今所在有之。其子三棱,味苦,性寒无毒。救饥:子熟时捣为米,以滚水泡三五次,淘净下锅,作水饭食,微破腹。蓬子菜,生田野中,所在有之。其子如独扫子大。救饥:采子,捣米青色,或煮粥磨面作饼蒸食。王不留行,又名剪金草,生太山谷。今祥符沙冈间亦有之。子如葶苈子大,色黑,味苦甘,性平。救饥:采嫩叶炸熟,淘去苦味,油盐调食,子可为面食。胡枝子,俗名随军茶,生平泽中。结子如粟粒大,味与槐相类,性温。救饥:采子,微舂即成米,先冷水淘净,以滚水泡三五次,去水煮粥,或作炊饭食。米布袋,生田野,角中有子如黍粒,微扁,味甜。救饥:采角取子,水淘洗净下锅,煮食。苦马豆,生延津县郊野中，结壳，俗呼羊尿胞。内有子如茴子大，茶褐色，味苦。救饥：取子水浸，淘去苦味，或磨或捣为面，作烧饼蒸食。蒲笋，《本草》名香蒲，即甘蒲也。水边有之。根比菖蒲肥大而少节，味甘，性平。救饥：采根，刮去粗皱，晒干磨面打饼蒸食。芦笋苗，名苇子草，《本草》有芦根。采嫩笋炸熟，油盐调食；其根甜，亦可生啗食之。元扈先生曰：根本胜药，北方亦作果食。其笋北方者可食，南产不可食。茅芽根，根甚甘美，采嫩芽，剥取嫩穰食及取根啗食，味甜，久服利人。葛根，形如手臂，味甘性平。救饥：掘取根入土深者，水浸洗蒸食，或以水中揉出粉，澄滤成块，蒸煮皆可食。瓜蒌根，俗名天花粉，入土深者良，生卤地者有毒。根大者如手臂，皮黄肉白。救饥：采根削皮，寸断之，日换水浸，经四五日烂捣，以绢袋盛之，澄滤极细如粉；或将根晒干，捣为面，水浸，澄滤二十余过，使极细腻如粉，或为烧饼，作煎饼切细面食。砖子苗，一名关子苗。生水边，子如黍粒大，根如蒲根而坚实，味甜。救饥：采子磨面食取根，洗净，换水煮食，或晒干磨面食。茭笋，《本草》名菰根，俗呼为茭白。今水泽边皆有之，结实青，子味甘，性寒。救饥：采子，春为米，合粟煮粥食之，甚济饥。（景仁按：《野菜谱》：茭儿菜即茭芽。诗云：茭儿菜，生水底。若芦芽，胜菰米。我欲充饥采不能，满眼风波泪如洗。）（以上草部）蕤核树，俗名蕤李子，花白色，子红紫色，核仁味甘。其果味甘酸，摘熟者食之。酸枣树，《尔雅》谓之樲枣。结实红紫色，似枣而圆，可酿酒。未红熟时，采取煮食亦可。橡子树，《本草》橡实，栎木子也。其实有梂汇白里，味苦涩，性微温。救饥：取子，换水浸煮十五次，淘去涩味，蒸极熟食之。厚肠胃，肥健人，不饥。元扈先生曰：取子碾，或春或磨，用水淘去苦味，次淘去粗渣，取细粉，如制真粉天花粉法，与栗粉不异也。凡木实草根，去恶味取净粉，法同。荆子，《本草》有牡荆实，俗名黄荆。结实大如黍粒，色黄黑，味苦，性温。救饥：采子，换水浸去苦味，晒干捣磨为面食之。枸杞，根名地骨，结实形如枣核，熟则红色。采叶炸熟作羹食。子红熟时可食。若渴，煮叶作饮以代茶。（景仁按：《野菜谱》：枸杞头，春夏采嫩头熟食，秋采实，冬采根。诗曰：枸杞头，生高邱，实为药饵来甘州。二载淮南谷不收，采春采夏还采秋，饥人饱食如珍羞。）孩儿拳头，一名檕迷。结子数对，共为一攒。生青熟赤，味甘苦，檀榆之类。采子红熟者食之。又煮枝汁，少加米作粥，甚美。《诗》疏云：斫檀不得得檕迷。即此木也。山梨儿，叶似杏，开白花。实如葡萄颗，大熟则红黄色，味甘酸，采食之。山里果儿，一名山里红。开白花，结红果，味甜，采食之。无花果，叶形如葡萄，枝叶间生。果熟大如李子，味甜。采果食之。白棠子树，一名沙棠梨。枝似棠梨树而细，叶似棠叶而小。色微白，子如豌豆大，味酸甜。熟时摘食之。拐枣，结实似生姜，拐叉而细短。味甜，摘成熟者食之。木桃儿树，子似梧桐子大，熟则淡银褐色，味甜，可食。石冈橡，叶似橡栗，开黄花，实如橡而极小，味涩微苦。采实，换水煮五六七次，令极熟食之。水茶臼，茎有小刺，叶似黑豆叶，开黄白花。结果，如杏大，色红，味甜酸。熟时摘食之。野木瓜，名八月楂，蔓生。结瓜如肥皂大，叶甜。采嫩瓜，换水煮食。树熟者亦可摘食。土栾树，结子小如豌豆而匾〔扁〕，生青色，熟紫黑色，味甘，取其熟者食之。驴驼布袋，叶似郁李子叶，结子如绿豆大，两两并生，熟则色红，味甜，采食之。婆婆枕头，叶似樱桃叶，结子如绿豆大，生则青，熟则红，味甘，采食之。吉利子树，一名急藤子，科叶似野桑而小，结子如椒粒大，两两并生，熟则红，味甘，摘食之。槐树芽，《本草》有槐实，处处有之。味苦酸咸，性寒。救饥：采嫩芽炸熟，换水浸淘去苦味，油盐调食，或采槐花炒熟食之。元扈先生曰：晋人多食槐叶。又槐叶枯落者，亦拾取和米煮饭食之。尝见曹都谏真予述其乡先生某云，世间真味独有二种，谓槐叶煮饭，蔓青煮饭也。赵六亨民部言食槐叶法，炸熟，置新砖瓦上，阴干更炸，如是三过，绝不苦。凡食树芽叶，并宜用此法，去其苦味。棠梨树，叶如苍术叶，开白花。结棠梨如小楝子，味甘酸，花叶味微苦。采花炸熟食，或晒干磨面作烧饼食。采嫩叶炸熟，水浸淘净，油盐调食，或蒸晒作茶亦可。其棠梨经霜熟时，摘食甚美。文冠花，陕西人呼为崖木瓜。实似枳壳，三瓣中有子二十余颗。其瓤如栗子，味淡，又似米面，味甘可食。采花炸熟，油盐调食。采叶炸熟，水浸去苦味，亦用油盐调食。摘实取子，煮熟食。元扈先生曰：尝过。子本佳果，花甚多，可食。桑葚树，《本草》有桑根白皮，各处有之。结实为桑葚，有黑白二种。桑根白皮肥白，出土者不可用，杀人，味甘，性寒，忌铁器。桑葚味甘，性暖。救饥：采桑葚熟者食之，或熬成膏，摊桑叶上晒干，捣作饼，或直取葚子晒干，可藏经年。其叶嫩老皆可炸食，皮炒干磨面可食。榆钱树，《本草》有榆皮，一名零榆。春时生榆荚，俗呼为榆钱。后方生叶。榆皮味甘，性平。救饥：采肥嫩榆叶炸熟，水浸淘净，油盐调食。榆钱，煮米羹食佳。榆皮，刮去其上干燥皱涩者，取中间软嫩皮剉碎晒干，焙炒极干，捣磨为面，拌糠面草末蒸食，取其滑泽易食。又榆皮与檀皮为末食之，令人不饥；根皮亦可捣磨为面食。竹笋，采竹嫩笋炸熟，油盐调食。（以上木部）野豌豆，生田野中。结角如家豌豆，但秕小，味苦。救饥：采角煮食，或取豆煮食，或磨面食。蒴豆，生平野中，北地有之。结小角，其豆如黑豆，形小，味甘。救饥：取豆淘净煮食，或磨面打饼蒸食。山扁豆，生田野中。结小扁角儿，味甜。救饥：采嫩角炸食。其豆熟时，收取豆煮食。回回豆，又名那合豆，生田野中。结角如杏仁样而肥大，有豆如牵牛子微大，味甜。救饥：采豆煮食。胡豆，生田野间，结小角，有豆如蒴豆状，味甜。救饥：采取豆煮食，或磨面。蚕豆，生田园中。结短角如豇豆而小，色赤，味甜。救饥：采豆煮食，炒食亦可。山菉豆，生辉县太行山中。比家菉豆结角瘦小，其豆黯绿色，味甘。救饥：采取其豆煮食，或磨面摊煎饼食。（景仁按：《野菜谱》有野菉豆，茎叶似菉豆而小，生野田，多藤蔓，与山菉豆略同。诗曰：野菉豆，非耕耨。不种而生，不其而秀。摘之无穷，食之无具。百谷不登，尔何独茂？）荞麦苗，各处种之，味甘平，性寒。救饥：采麦蒸使气馏，于烈日中晒令口开，舂取煮作饭食，或磨为面，作饼蒸食。御米花，《本草》名罂子粟。结壳似牵煎头，壳中有米数千粒，色白。隔年种佳，味甘，性平。救饥：取米作粥，或与面作饼食。元扈先生曰：嘉蔬嘉实。赤小豆，江淮间多种莳，今北土多有之。结角比菉豆角大。其豆有赤、白、黧色三种，味甘酸，性平。救饥：豆角可煮食。又法，赤小豆一升半，炒大豆一升半，焙二味捣末。每服一合，新水下。日三服，尽三升，可度十一日不饥。又说，久服令人黑瘦枯燥。山丝苗，《本草》有麻蕡，生太山川谷。人家园圃中多种莳。子味甘，性平，微寒，滑利。救饥：子可炒食。油子苗，《本草》有白油麻，俗名脂麻。人家园圃中多种。结四棱蒴儿，每蒴中子四五十粒，味甘微苦，生性太寒，炒熟性热。救饥：其子可炒熟食，或煮食。黄豆苗，今田园中多种。结角比黑豆稍肥大。救饥：采角煮食，或收豆煮食，磨为面食。刀豆苗，人家园篱边多种。结角似皂角状而长，形如屠刀样，味甘微淡。救饥：豆角嫩时煮食，熟时收豆煮食，或磨面食。眉儿豆苗，结扁角，每角有豆止三四颗，色黑，扁而皆白眉，味甘。救饥：豆角嫩时采煮食，熟时打取豆食。元扈先生曰：南名扁豆，种类甚多。紫豇豆苗，人家园圃中种之。结角色紫，长尺许，微甜。救饥：嫩时采角煮食，熟时打取豆食之。苏子苗，结子比紫苏大，味微辛，性温。救饥：子可炒食。豇豆苗，人家田园多种。结角长五七寸，其豆味甘。救饥：采嫩角煮食，熟时打取豆食。山黑豆，生密县山野中。结角比家黑豆瘦小，豆亦极细小，微苦。救饥采角煮食，或打取豆食。舜芝谷，俗名红落梨。生田野，及人家庄窠上多有之。结子如粟米颗，灰青色，味甜。救饥：磨面作饼食。（以上米谷部）菱，救饥：采鲜菱大者，去壳生食，壳老及杂小者煮熟食，或晒其实，以充粮。作粉极白润宜人。又多食，脏冷腹胀满，暖姜酒下，或含吴茱萸，咽津液即消。铁蒡脐，《本草》名乌芋。救饥：采根煮熟食，实作粉食之。厚人肠胃，不饥。孕妇不可食。（景仁按：《野菜谱》有野荸荠，四时采，生熟皆可食。与铁蒡荠略同。诗曰：野荸荠，生稻畦。苦薅不尽心力疲，造物有意防民饥。年来水患绝五谷，尔独结实何累累。）莲藕，救饥：采藕煮熟食，生食亦可。莲子蒸食，或生食，又磨为面食，或屑为米，加粟煮饭食。鸡豆实，一名芡。救饥：采实剥食之。蒸过，烈日晒之，其皮即开，舂去皮，捣碎为粉，蒸炸作饼食。多食损脾胃气，并难消化。（以上果部）荠菜，生平泽中，处处有之。结实小如葶苈子，味甘性平。患气人食之动冷疾，不可同面食。救饥：采子用水调，良久成块，或作烧饼，或煮粥食，味甚粘滑。（景仁按：《野菜谱》：荠菜儿生熟皆可食。诗云：荠儿年年有，采之一二遗八九。今年才出土眼中，挑菜人来不停手。而今狼藉已不堪，安得花开三月三。）苣子，生园圃中。子如黍粒，味辛，性温。救饥：子可炒食，又研杂米作粥，甚肥美。灰菜：生田野中，叶有灰荦（音孛，屑麦也）。结子青，成穗者甘，散穗者苦，性暖。生墙下树下者，不可用。穗成熟时，采子捣为米，磨面作饼蒸食。（景仁按：《野菜谱》有灰条。一种叶大而赤，即藜藿。一种叶大而青，汤泡过，油盐拌食，即蘿也。北方蘿条同音，此灰菜当同类。诗曰：灰条复灰条，采采何辞劳。野人当年饱藜藿，凶年得此为佳肴。东家列鼎滋味饶，彻却少牢羹太牢。）山药，《本草》名薯预，一名山芋，处处有之。结实如皂荚子大，其根皮色黯黄，中则白色。人家园圃中种者，肥大如手臂，味美。怀孟间产者最佳。味甘，性温平。救饥：取根蒸食甚美，或烧熟食，或煮食。其实亦可煮食。（以上菜部）《救荒本草》。景仁按：《救荒本草》载草木野菜等四百十四种，凡草类二百四十五种，木类八十种，米谷类二十种，果类二十三种，菜类四十六种。今录米谷部二十种外，附草部三十三种，木部二十五种，果部菜部各四种，皆可助米谷救饥者。其余不具载。）

　　王磐《野菜谱序》曰：正德间，江淮迭经水旱，饥民枕藉道路。有司虽有赈发，不能遍济，皆采野菜以充食，活者甚众。但其间形类相似，美恶不同，误食之，或至伤生。此《野菜谱》所不可无也。予田居朝夕，历览详询，仅得六十余种。取其象而图之，俾人人易识，不至误食而伤生，且因其名而为咏，庶因是以流传焉。非特于民有所补济，亦可备观风者采择焉。蒲儿根，即蒲草，嫩根生熟皆可食。诗曰：蒲儿根，生水曲。年年砍蒲千万束，水乡人家衣食足，今年水深淹绝蒲，食尽蒲根生意无。青蒿儿，即茵陈蒿，春月采之，炊食。时俗二月和粉面作饼。诗曰：青蒿儿，才发颖。二月二日春犹冷，家家竞作茵陈饼。茵陈疗病还疗饥，借问采蒿知不知？马齿苋，入夏采，沸汤沦过晒干。楚俗元旦食之。诗曰：马齿苋，马齿苋，风俗相传食元旦。何事年来采更频，终朝赖尔供飧饭。剪刀股，春采生食，兼可作齑。诗曰：剪刀股，剪何益？剪得今年地皮赤。东家罗绮西家绫，今年不闻剪刀声。野苋菜，夏采熟，类家苋。诗曰：野苋菜，生何少？尽日采来供一饱。城中赤苋美且肥，一钱一束贱如草。蒌蒿，春采苗叶熟食，夏秋茎可作齑，心可入茶。诗曰：采蒌蒿，采枝采叶还采苗。我独采根走城郭，城里人家半凋落。芽儿拳，正二月采，熟食。诗曰：芽儿拳，生树边，白如雪，软如帛。煮来不食泪如雨，昨朝儿卖他州府。白鼓钉，一名蒲公英。四时皆有，惟极寒天，小而可用，采之熟食。诗曰：白鼓钉，白鼓钉，丰年赛社鼓不停，凶年罢社鼓绝声。鼓绝声，社公恼，白鼓钉，化为草。（《野菜谱》。景仁按：诗有古乐府音节，摘录讽咏，弥见民生之艰难焉。谱中菜已见《救荒本草》者不复载。间有名小异而实同一物，即于《本草》各种下参引《野菜谱》添注证明，并附采诗词，发人深省。）

徐文定光启《备荒考》：食草木叶法：用杜仲、醋、盐炒，去丝，茯苓、甘草、荆芥等分为末，糊丸如桐子大，每服数丸，细嚼，即吃草木，可以充饥。止有竹叶恶草不可食。尝见苦行僧人入山，必炒盐入筒携往，云食草叶有毒，惟盐可解。辟谷方，用黄蜡炒粳米充饥，食胡桃肉即解。千金方：密〔蜜〕二斤，白面六斤，香油二斤，茯苓四两，甘草二两，生姜四两，去皮，干姜二两，泡为末拌匀，捣为块子，蒸熟阴干为末。每服一匙，冷水调下，可待百日。食生黄豆法：取槐树叶同生黄豆食之，味不作呕，可以下咽。每日食三合，可度一日。《农政全书》。景仁按：《种福编》有救荒辟谷奇方。黑大豆五斗，淘净蒸三遍，去皮。大麻子三斗，渍一宿，亦蒸三遍，令口开取仁。各捣为末，和捣作团如拳，入甑内蒸。从戌时至子时止，寅出甑，午晒干，为末干食之，以饱为度。不得食一切物。第一顿七日不饥，第二顿四十九日不饥，第三顿三百日不饥，第四顿永不饥。口渴即研大麻仁汤饮之，更能滋润肠胃。仍欲饮食，以葵子三合，研末煎汤冷服。取下药如金色，任吃诸物，并无所损。此方乃晋刘景先用以济饥者，有验。又山谷救荒煮豆法：马料豆一升，贯众一斤，细锉如豆一般，同煮熟。晒干去贯众，瓦罐收贮。空心日啖五七粒，则食百草木枝叶，皆有味可饱。附志于此。）

国朝吴氏仪洛曰：凡可以救荒者收载稍繁，以其有裨于生成之用也。蜀黍，一名高粱，一名芦穄。粒大如椒，红黑色，米性坚实，黄赤色。有二种，黏者可和糯秫酿酒作饵，不黏者可作糕煮粥，可以济荒。玉蜀黍，一名玉高粱子。大如棕子，黄白色，可炸炒食之。东廧子，生河西。子似葵，青黑色，九十月熟，可为饭食。《广志》云：粱禾，蔓生，其米粉白如面，可作饘粥。六月种，九月收。此亦一谷，似东廧者也。河西人语云：贷我东廧，偿尔田粱。时珍曰：相如赋"东廧雕胡"，即此。蓬草子，作饭食，不饥，无异粳米。蓬类不一，有雕蓬，即菰米也。又有黄蓬、青科、飞蓬。黄蓬草生湖泽中，秋月结实成穗，子细如雕胡米。饥年，人采食之。须浸洗曝舂，乃不苦涩。青科，西南夷人种之。子如赤黍而细，其秤甚薄，曝舂炊食。飞蓬乃藜蒿之类，末大本小，风易拔之。子如灰藋菜，亦可济饥。大抵三种蓬子不甚相远。茵草米，甘寒，作饭益气力，久食不饥。生水田中，苗似小麦而小，四月熟。郭璞云：一名守气，生废田中。子如雕胡，可救荒。蒒草子，久食健人，轻身不饥。《博物志》云：东海洲上有草名曰蒒，有实，食之如大麦。七月熟，民敛获至冬乃讫，呼为自然谷，亦曰禹余粮。李珣曰：蒒实如球子，八月收之。彼民常食，中国未曾见也。诗曰：海边有草名海米，大非蓬蒿小非莠。妇女携篮昼作群，采摘仍于海中洗。归来涤釜烧松枝，煮米为饭充朝饥。莫辞苦涩咽不下，性命聊假须臾时。（《本草从新》）

景仁谨按：《王制》：民无菜色。注谓无食菜之饥色。诚以耕九余三，虽逢水旱，而饔飧常继，斯菜色不形。然菜不熟曰馑，次于谷不熟曰饥。是其资乎民食，裨益非浅。其在丰年，犹藉以辅谷，所谓虽有丝麻，无弃菅蒯也。况值大祲，或荐饥，粒米如珠，嗷嗷待命，既难谋乎粗粝，复告匮于糟糠，纵在上者赈恤百方，而恩有不及周，力或难为继，当一饱之无时，愿少缓须臾毋死，非有蔬果杂粮，曷以充枵腹乎？而杂粮非可取办于临时也，有备无患，济荒者筹之熟矣！恭读雍正二年谕：舍旁田畔及荒山不可耕耘之处，度量土宜，种植树木，桑柘可以饲蚕，枣栗可以佐食，柏桐可以资用，即榛楛杂木亦足以供炊爨。其令有司课种植等因。钦此。乾隆七年谕：如果园圃虞衡薮牧之藏，以次修举，于民生日用，不无裨益。国家生齿日繁，凡资生养赡之源，不可不为急讲等因。钦此。仰见睿虑周详，虽民间琐务，靡不殚心。课农之余，并及果木，为闾阎佐食用，即以备饥荒，计至深远也！古来循吏究图民事，固期米谷充盈，然亦未尝不加意于菜果之植焉。夫人情当饱暖之时，每不以冻馁为虑，一旦无米可炊，急何能择？乞命于草根树皮，温凉莫辨其性，蒸煮莫识其方，得一物而皇然下咽，冀以实饥肠，延残喘，讵知不谙物性，誉昌阳而进豨苓，以庀床而代蘼芜，欲丐余生，而或转促其生者多矣。然则上古食草木之实，近世效之，亦足疗饥。特须辨其可食者而食之，且须知其可食而早植之，而豫蓄之。明永乐时，周定王作《救荒本草》，有图以肖其形，有说以著其用。首言产生之壤，同异之名；次言寒热之性、甘苦之味、淘浸烹煮蒸晒调和之法。共草木米谷果菜凡四百十四种。其可食者，为叶，为花，为实，为根，为笋，为皮，为茎，各有几种；一种而或叶与实皆可食，或根与叶皆可食，或花叶与实皆可食。条分缕晰，汇次成书。嘉靖四年，巡抚毕蒙斋以为有裨荒政，下令重刊。正德间，王西楼磐作《野菜谱》。因江淮饥民采摘野菜充食，恐其误食伤生，历览详询，得六十余种。每种图其象而系以诗，采风者诵之，怦然感民生之艰苦焉。此二书，皆精于格致，而切于痌瘝者也。惟《救荒本草》中如黄耆、桔梗之类，半系药物，见于旧本草。其新增者如竹节菜出新郑，紫云菜生密县，因周王备藩河南，当时植于圃者多系中州产，他处未必尽有之。至如百合、石榴、柿、梨、梅、杏等物，乃寻常果品，人尽知食之。爰择其可磨面作饼蒸食者，登载较详。至《野菜谱》，如丝屏、屏版、荞荞之属，世不尽识，检其村野所恒有，而便于采捋者载之，以补《救荒本草》所未备。近世吴氏仪洛辑《本草从新》，所收救荒之品，较易取求。而前明徐大宗伯光启《农政全书》所载食草木叶法，与辟谷等方亦附录焉。屠隆《荒政考》云：灾伤之处，杂置豆粟薥蕖麦荞蕨粉之类，皆足充饥。今据诸书所志，酌录而汇存之。世有留心民瘼，知其可食而早植之而豫蓄之，俾得补五谷之缺，而无伤生之嗟，岂非救荒之一助哉？噫嘻！观于此者，小民艰食之情，可以恻然而悲矣。仁人君子所由仿沟洫之遗模，讲积贮之成法，兢兢焉防于未荒之前，稽平粜之旧制，循散赈之良规，肫肫焉援于既荒之后，思其艰以图其易，维兹杂粮，藉以辅谷，而不恃为延命之资，固有备无患者之上愿也！幸逢盛世，九有雍熙，偶遇偏灾，圣上德施普被，蠲赈兼施，粒我蒸民，物靡不得其所，所谓民无菜色也。区区杂粮之备，亦筹荒政者不遗千虑之愚云尔！

卷三十二　救火

　　夏官司爟，掌行火之政令。凡国失火，野焚莱，则有刑罚焉。疏云：在国中民失火有罚，若今民失火有杖罚。仲春田猎火弊，二月后擅放火有罚。秋官司烜氏，中春以木铎修火禁于国中。注云：火禁，谓用火之禁，及备风燥。先王修火之利，未尝不防火之害。是以失火有刑，而火禁必修也。《春秋传》：人火曰火，天火曰灾，统言之皆谓之火灾。始焰焰厥攸灼，叙弗其绝，毁室庐而人遭焚炙，其祸不减于水旱，相救何异于饥荒？古人谓救荒如救焚，窃谓救焚亦如救荒。同为生命所系，而恤灾者所当亟图焉。兹由救荒推类及之，复为救火条附于末。

　　【汉】 刘昆除江陵令。时县连年火灾，昆辄向火叩头，多能降雨止风。征为光禄勋，诏问昆曰：前在江陵，反风灭火。后守宏农，虎北渡河。行何德政而致是事？昆对曰：偶然耳！帝叹曰：此长者之言也！命书诸策。（《后汉书》）

　　廉范为蜀郡太守。成都邑宇逼侧，旧制禁民夜作以防火，而更相隐蔽，烧者日日相属。范乃毁削前令，但严使储水，百姓为便。乃歌之曰：廉叔度，来何暮？不禁火，民安堵。昔无襦，今五袴。（《东观汉记》）

　　【南北朝】【宋】 文帝元嘉五年，京邑大火，遣使巡慰。（《宋书》）

　　【唐】 宋璟徙广州都督。广人以竹茅茨屋，多火。璟教之陶瓦，筑堵列肆。越俗始知栋梁利，而无火灾。（《唐书》）

　　杜佑迁岭南节度使，为开大衢，疏析廛闬，以息火灾。（《唐书》）

　　杨於陵为岭南节度使，教民陶瓦易蒲屋，以绝火患。（《唐书》）

　　韦丹为江南西道观察使，始民不知为瓦屋，草茨竹椽，久则戛而焚。丹召工教为陶，聚材于场，度其费为估，不取赢利。人能为屋者，受材瓦于官，免半赋，徐取其偿。逃未复者，官为之；贫不能者，畀以财。身往劝督。（《唐书》）

　　【宋】 大中祥符二年四月，升州火。遣御史访民疾苦，蠲被火屋税。三年，以江南旱，升润州屡火，遣使存抚。（《宋史》）

　　宗室善俊知鄂州，适南市火，亟往视事，弛竹木税，发粟赈民，开古沟，创火巷，以绝后患。（《宋史》）

　　包孝肃公尹京，人莫敢犯者。一日，闾巷火作，救焚方急，有无赖子相约乘变调公。公亟走，声喏于前曰：取水于甜水巷耶？于苦水巷耶？公勿省，亟命斩之。由是人益畏服。（《独醒杂志》）

　　范纯礼知遂州，草场火，民情疑怖，守吏惕息俟诛。纯礼曰：草湿则生火，何足怪？但使密偿之。（《宋史》）

　　鱼周询迁太常博士，通判汉州。城中夜有火，部众救之。植剑于前曰：攘一物者斩。火止，民无所失。（《宋史》）

　　周湛知襄州，襄人不善陶瓦，率为竹屋。岁久侵据官道，檐庑相逼，火数为害。湛

至，度其所侵，悉毁彻之，自是无火患。课户贮水，以严火禁。又于民居得众汲旧井四，废而复兴，人得其利。《宋史》

徐的摄江陵府事，城中多恶少年，欲为盗，辄夜纵火。火一夜十数发。的籍其恶少年姓名，使相保任，曰：尔辈递相察，不然皆尔罪也！火遂息。《宋史》

【元】大德九年，沣阳县火，赈粮二月。《元史》

卜天璋改饶州路总管，火延烧之东门。天璋具衣冠，向火再拜，势遂熄。《元史》

【明】于准，松江府同知。开孟渎河，不笞一人而事就。城中失火，势烈甚。准衣冠再拜，火即止。《松江志》

【国朝】蒋莘田学道伊引《感应篇》注曰：吴枫山在吴兴，偶遇火起，延烧数千家。吴出金觅人救灭，且叩祷于天，因而风反火灭。夜梦人告曰：汝曾出金帛真心救火，当令汝二子贵显，延寿一纪。后果验。此救人火灾之报也。《臣鉴录》

黄子正给谏六鸿曰：火灾亦天时人事之大者，若忽而不戒，将延及多家。《春秋》纪司城子罕之御宋灾，以为备之有素，而御之有方。为民司牧者可不于此加之意乎？凡城厢阛阓，人烟辐辏之所，预饬十家长保正等，每家门首各备大水桶一口、麻搭一枝、火钩一杆。其桶可贮水数石者；麻搭用杆长丈五六尺者，缀以多麻，钉以铁箍；火钩用熟铁纯厚者，贯以粗杆，俱要可用。每十家置一云梯，用长粗木二根，以麻绳绞为梯级。阔仅尺余，使挟之轻便，可缘屋而升。临时用水湿之，使火不燃。凡遇火将焚，十家长保正急传伍壮齐集，命烟户丁各持麻搭蘸水扑之，并有力者汲水浇之，以杀火势。命伍壮中趫捷者缘梯撤火所向小屋，下以火钩大索拉而倒之，以断火道。街左右保正率伍壮巡止闲杂，俾被毁之家服物器具围而守之。乘机抢夺，执之以窃盗论。其在城，谕城门备僚佐督役于要区，以防诘奸宄。在厢及村庄，各守外栅者，谨出入；司了者，登台瞭望；村长庄头督丁属于要区盘诘往来，以备不虞。其救火之法亦如之。如天时亢旸，风迅火烈，不可向迩，乃取废书一册，下令曰：有能撤一屋以断火道，拉一被焚之舍以杀火势者，每人赏钱若干文。急执此书篇为验。如是咸思邀赏，而奋勇争先者有人矣。《福惠全书》

毛大可检讨奇龄《杭州治火议》曰：杭州多火灾，岁必数发，发必延数里，有蹈火以死者。夫火必有所以致之者，各省独杭城、湖广汉口塘报延烧至数千家。备查两地，汉口屋专用竹，杭则兼用竹木。自基殿以至梁楣栋柱榜檐，无非木也，且以木为墙障，以竹为瓦荐壁夹，或护牖以笆，护墉以篱，层层裹饰，非竹则木。然且单房少而重屋多，两重架格，复接木楹于轩宇之上，名曰晒台。计一室所用，其为砖埴之工者，只瓦棱数片耳。且市廛侯阓，多接飞檐，桥梁巷门，每通复阁，鳞排栉比，了无罅隙。夫以满城灯火，百万家烟爨，原足比沃焦之山，且上下四旁，无非竹木，既已埋身在烈坑中矣，加之侩贩营业，多以炊煮蒸熬熏焙烧炙为生计。贫民昼苦趁逐，每多夜作，诸凡治机丝，煅金锡，皆通夕不寐。又俗尚苟偷，大抵箕笼厝火，竹檠点灯，暑染蚊烟，寒烘草荐，无非硝炭，而况俗尚释老，合乡礼斗，联棚诵经，焚香点烛，沿宵累旦，何一非致火者？木者火之所由生也，诸火无威，而木火有威，以木火而及屋，则威著已极，而欲施手足之烈，难矣！然且阛阓连绵，左房未烬，右室已爇，木中之火，以外热而炙于其里，往往火所未及，木先出烟，以外火与内火两相煽也。如此则烂漫无已时矣！若夫砖房则不然。古作室之工，多用陶埴甀瓵以衔木，自栋梁槾桷以外，皆取瓴甋墁附之。《考工记》称为瓦屋，今称砖房。凡宫室之墙壁屏蔽以及庭涂堂殿，无用木者。《左传》：圬人以时塓馆宫室。不戒木斲而戒

圬塓，土之胜木久矣！《诗》：缩版以载。谓以版筑土，非用版也。《秦风》：在其板屋。谓
西戎地寒，瓦冻易裂，或以板代瓦，非谓中国之屋，可以木板作墙壁也。盖中国屋制，四
海一辙，北土南砖，俱足御火。凡造屋者以复砖为垣，单砖为壁，厚砖为殿，薄砖为荐。
脱或不戒，栋间于墙，柱间于壁，梁与橼各间于瓦荐。凡木火所向，甊灰瓦确皆足以抗
之，而火不成势，则救者可近。此屋之火，不能爇彼屋之木，即任其自焚，不过数间止
耳。砖房之可恃如此。然庸人狃于故常，惮于更革，一室之砖，不能抗万间之木。是必藉
当事大力，留心民瘼，以一切之法行之。其已成者勿论已，但新被灾之地，必大张示谕，
并饬该图里总勒买砖块，立唤绍兴工匠，使另为制造，不得因仍旧习，私用竹木。违者以
非法处，并拆其所造屋，则以渐移易，庶几有济。乃阻之者有二说：一曰砖贵而竹木贱
也。夫杭屋外垣，纯用土筑，舂基埋石，畚土盖瓦，材费不赀，所绝无者独砖耳。然且日
聚多人，邪许声连连。计物值工价，每纵横寻丈，约不下十金有余。若丈砖，三百块不毂
一金，而且土工一工，可筑数丈墙，其工价裁数分耳。以十金之墙，而以一金零数分当
之，孰贵孰贱？壁则单砖侧叠，寻丈之砖，必不敌寻丈之板之值。夫以一焚而家资千百尽
付烬灰，则虽十倍之费，犹当痛自被濯。改柯易叶，为百年不拔之良策，而况工值计较，
为墙固甚省，而为壁亦不费。即曰采办未给，或不能顿集诸物，而商贾趋利如骛，稍有微
赢，其物无胫而至。苟能用之，纂纂四来，物盈则贱，岂止易办而已乎？一曰杭州寸金
地，竹木占地少，砖占地多也。是又不然。土墙高大者，约址占三四尺，否亦一二尺。砖
墙则高大者四五寸，否则三四寸也。板壁砖壁各以寸为度，竹壁则用竹钉，而编竹夹以墁
之，合须一寸土灰，两面合一寸，共二寸。砖则以寸厚之块，侧累而上，但得寸而无加
矣，然则不占地，亦莫砖若也。是以被灾之地，必易砖房，然后积渐次第，徐图一辙，必
使满城皆砖而后已。此固救时良策也！然而未灾之屋，亦当商所以救之之法。大抵杭人多
赁屋而居，屋非己有，脱或不幸，亦窜身已耳。以故不关痛痒。间有住己屋者，又因循忽
之。故救之者一曰徇火令。先立三十家牌，以牌中各户轮流为首，每首值十日。每日早
晚，值者至各家呼曰请查火，俟其家查看一遍，答曰查讫，然后至第二家，亦如之。其法
用牌一方，横列三十家，竖列三十日，纵横界之以作格。每查讫，于某家格下，某日格
中，覆以朱圈，以为他日火罚之案焉。乃不幸失火，则杭城多游人，噪聚乘间，名为救
火，实抢火也。今且军旗甚伙，马蹄一蹴躏，而其地已糜烂矣。故救之者二曰断火巷。每
三十家中合置两大木，先截其街道之两头而横关之。里总报附近官府，即差役树两牌于两
头，第许内出，不许外入。外入者即坐曰抢火，许守关者持大棍扑击之。内出者各给筹一
枝，验其运帑，或有亲党托人运帑者，许持筹者引之验入。若有救火辈来，则预作标识，
识其坊名，而称竿以持之，并所携钩镰、绳索、救火械仗次第验入，毋使溷乱。此要领
也。若其救法，则《春秋》原有备水器、蓄水潦诸事，而此地皆无用，惟有撤小屋、涂大
屋六字，则最为切当。大抵火大难近，扑既不能，沟浍鲜少，浇又不得，惟撤屋为第一良
法。量其火之大小，以定所撤之远近。远逾若干丈，近逾若干丈，须在官者预立程度，法
在必撤，毋许阻挡，阻挡者以违法论。至事毕，则一里内保全之家，又量其远近，而合钱
多寡，以偿其所撤屋，无偏戾焉。若夫大屋则以水泥涂之，以水衣布幔之。杭俗屋大则墙
壁高峻，可以堵御，否则亦撤之以待，更为无失。但大屋必属大家，合钱补偿之事，可不
必耳。三曰撤火屋，而救法已无他矣。至于其四，则曰严火罚。起火之家，名曰火头，其
罚甚重。今既设徇令，则必查其所起者为何牌何户，谁徇谁答。未徇则罪在徇，既答而不

戒则罪在笞，必重创之以惩后来。考明季火头之罚，以银铛系头游十门，然后从县解府解道解司，至抚院而止。每解衙门，必责二十笈以为常，诚重之也。今罚宜仍旧与否，或不必然，而严则必然耳。（《切问斋文钞》）

  景仁谨按：火灾犹旱灾也，旱太甚必曰如焚，火方扬亦必赤地。顾旱则五谷不生，民将饥饿以死，其为患也迟。至水灾有大小，大者漂房屋，溺人民，有迫不及待之势。火灾亦然。水懦而不可玩，火烈而民果鲜死乎？黔庐赭垣，而失其居，戕其命，资财付之劫灰，荡焉泯焉而悉无有，焦土之祸，与滔天等。查《户部则例》，民间失火延烧房屋，地方官确勘抚恤，亦列于蠲恤一门。然则救灾者，救荒而外，可勿思所以救火欤？《书》曰：若火之燎于原，不可向迩。其犹可扑灭。金人铭曰：焰焰不灭，炎炎若何。大抵治火之道，防之于未萌也必周，扑之于乍发也必速，御之于既炽也必整以严。考《左氏传》，襄公九年，宋灾。乐喜为司城，撤小屋，涂大屋，陈畚挶，具绠缶，备水器，量轻重，畜水潦，积土涂，巡丈城，缮守备，表火道。昭公十有八年，宋、卫、陈、郑灾。郑子产使司寇出新客，禁旧客，勿出于宫，使子宽、子上巡群、屏摄，使祝史徙主祏于周庙，使府人、库人各儆其事。商成公儆司官，出旧宫人，寘诸火所不及。司马、司寇列居火道，行火所焮，城下之人伍列登城。哀公三年，桓僖灾。南宫敬叔命周人出御书，子服景伯命宰人出礼书。百官官备，府库慎守，济濡帷幕，蒙茸公屋。有不用命，则有常刑无赦。季桓子命救火者伤人则止，财可为也，命藏象魏，去表之薰，道环公宫。合观三事，救火之法备矣。夫陈不救火，许不吊灾，君子是以知陈、许之先亡也。而救之无法，何以捍患？自来灾变起于仓猝，事甚急，不处以暇则扰，机甚危，不镇以静则诖，势甚猛，不戢以威则乱也。春秋贤大夫善于应变，乐喜详以密，子产肃以敏，南宫敬叔等见其大而谨以恪，后世救火者大约宗之。《大清律》载：凡失火烧自己房屋者，延烧官民房屋者，因而杀伤人命者，分别笞杖。罪坐失火之人，于官府公廨仓库内失火者，杖徒。盖失火虽不测之事，而亦由不慎致之，延烧虽无心之咎，而实其遗害及之。是用小惩而大诫也。又于库藏及仓廒内燃火者，杖八十。此虽不失火亦坐，所以防未然也。而凡点放花炮宜避风燥，抛掷灯煤宜检去处，戒积薪之厝，窊曲突之谋，防火之贵乎先事，可类推已。其守卫仓库等处人役见火起，皆不得离所守，则以职守不容造次擅离，纪律严明，自无乘机抢火之虞耳。律义精微，有临民之责者，推阐厥旨，思患豫防，不幸火灾既发，扑之速而无蔓延，御之整而无抢窃，斯受赐于危难中者不少矣。近世黄子正《福惠全书》所载御火之方，实能撮其机要；毛西河论杭州治火，亦复深切事情。爰节录以备采择焉。至于火熄之后，禳火于元冥回禄，以祈神之佑，书焚室而宽其征，以纾民之难，国侨故事可则效也。论者谓火灾上应星象，若有数存乎其间，而要不能不补救以人事者也。灾未至而弭之，灾已来而戢之，司牧者与救荒之事，同体仁主爱民之心，多方保护，俾底安全，将见天无伏阴，地无散阳，水无沉气，火无灾烨，所谓六府三事允治也。玉烛均调，太和在宇，岂不休哉？

使足编

（一名《备荒通论》）

选自《强恕斋三种》

清道光十年刻本

（清）章谦存　撰

张永江　点校

使 足 编

（原名《备荒通论》，贺方伯收刻于《经世文编》中，仍原名也。兹刻略有删润。）

通 论 一

天下之本在农，农民困则天下困。天下之困解而止，而农民口食之困有定数，田亩工作之困无定数，但解口食之困而不可止。以故天下即不困而农常困，不独凶年困，乐岁亦困。《语》云：三年可使足民。《孟子》曰：圣人治天下，使有菽粟如水火。然则耕三余一，耕九余三者，非农自余也，圣人使之然耳。何以使之？亦曰补助行而民无称贷之累，籴粜行而民沾补助之实，积畜〔蓄〕备而民赖籴粜之资，如是而已。然而东汉之常平，今则可收不可放。隋之社仓，又可放不可收。若是者何也？盖不知人民之数故也。《周礼》之在六乡者，乡大夫而下，至于五家之比长。在六遂者，（虽有六遂之名，其实自二百里至五百里，公邑皆遂大夫统之，故皆以遂名之也。）遂大夫而下，至于五家之邻长，不特知之，而且辨之，数之。官愈卑，民愈近则数愈真愈详。不待凶荒，而籴粜之令、补助之政已随时可行矣。后世之法，独遗其本。无积贮，则立而视民之餐；有积贮，则徒滋诈伪而无裨于事。愚以为后世之仓法，本井田中之一端。用其法而失其意，故不可行，虽行亦不久。意者何？民数而已。欲知民数，先知田数。田数本有册籍，然有一田，必确知其一田之主。使邑宰合而计之似难，使各仓分而核之则易。一图之大者五六千亩，小者二三千亩。上农佃二十亩，口必多；中下以次而降。其数他人不知，田主未有不知者。由仓而核田主之真名，由田主而核佃户之真数。春颁则田主承领，秋敛则田主归偿。古者田以井授，则管于比长、邻长之官。今以买受，则业主即比长、邻长之官也。一甲统十户，一保统十甲。立一仓，皆以士人有家业者主之，（今之总甲，即隶于所立之仓正、仓副为役。）大小相维，纲举目张，宜无便于此者。或曰人情诈谖，田主惧累，不肯为之承领，奈何？曰：初行信有之，久则无是矣。初行时，田主曰：是真贫而不能偿者也。仓主则曰：是果贫邪？揭其名而示于众，定其数而许其籴，虽不借犹借也，而不贫者不与焉。不贫者，田主不忧其不偿也，不难于承领也。而他途之人不与焉。夫农民之常困于他途者，一亩之田，耒耜有费，籽种有费，罱斛有费，雇募有费，祈赛有费，牛力有费，约而计之，率需钱千。一亩而需千钱，上农耕田二十亩，则口食之外，耗于田者二十千。以中年约之，一亩得米二石，还田主租息一石。是所存者，仅二十石。当其春耕急需之时，米价必贵，（折中计之，每石贵一千有余。）势不得不贷之有力之家。而富人好利，挟其至急之情，以邀其加四加五之息。以八个月计之，率以二石偿一石。所存之二十石，在秋时必贱，富人乘贱而索之。其得以暖不号寒，丰不啼饥而可卒岁者，十室之中，无二三焉。农民之所以困，反不在凶年而在乐岁。《孟子》所谓乐岁终身苦者，此之谓也。今由仓借米，无所谓贵贱也。加二斗之息，不及富人十之一也。来春又借之而出，虽名曰借，实取之宫中而用之也。（实算一石，止偿二斗。）诈谖之民，慕其乐利，亦必相率而效之。深愧诈谖之无利，而礼义之风，由此起矣。故曰行之日久，而田主犹惧累而不肯为之承借者，必无之事也。古者九等定户，二口起，十口止。不二口，则鳏寡孤独，分龠合养之，无难也。王政大端，明堂合于上，井田分于下。分之愈明，则合之愈固。运之掌上，无难也。故曰井田为王政之本，知民数又为井田之本。今采经文之显见者列之，略为疏解，以为通经致用之助。

大司徒之职，掌建邦之土地之图，与其人民之数；小司徒之职，掌建邦之教法，以稽国中及四郊都鄙之夫家九比之数，以辨其贵贱、老幼、废疾。凡征役之施舍，（小司徒辨之明，故施舍之政可行。）乃颁比法于六乡之大夫，（比法即九比之法，谓出九赋之人数。）使各登其乡之众寡，以岁时入其数。乃均土地，以稽其人民，而周知其数。上地家七人，可任也者家三人。中地家六人，可任也者二家五人。下地家五人，可任也者家二人。（注：自二人至于十，为九等。七、五、六为其中。按二人，一夫一妇至少之户。下此即矜寡孤独矣。）

乡师之职，以时稽其夫家众寡，辨其老幼、贵贱、废疾、马牛之物，辨其可任者，与其施舍者。

序官：大司徒，卿一人。小司徒，中大夫二人。乡师下大夫四人。上士八人。中士十有六人。旅下士三十有二人。府六人。史十有二人。胥十有二人。徒百有二十人。（按：以上皆内职，如今户部官。）

乡大夫，以岁时登其夫家之众寡，辨其可任者，以岁时入其书。（入其书于大司徒。）

州长，三年大比，则大考州里，以赞乡大夫废兴。（二千五百家之农，有废有兴。）

党正，以岁时莅校比。（五百家之废兴，岁时校之，较州密矣。）

族师，以邦比之法，帅四闾之吏，以时属民而校登其族之夫家众寡，辨其贵贱、老幼、废疾。（百家之数以时校，较党尤密。）

闾胥，以岁时各数其闾之众寡，辨其施舍。（二十五家之人，朝夕亲之而可数，故不曰校登，而曰各数。盖愈近而愈密。）

比长，五家相受相和亲，有罪奇邪则相及，徙于国中及郊，则从而授之。若徙于他，则为之旌节而行之。

序官：乡大夫，每乡卿一人。族师，每州中大夫一人。党正，每党下大夫一人。族师，每族上士一人。闾胥，每闾中士一人。比长，五家下士一人。（序官：乡大夫之有乡老，二乡则公一人。按：此如后世宰相遥领，非专职。故经无文，此亦不叙。乡大夫以下，则畿辅之地。汉京兆官，今府尹也。以五家之比长为之根，其数易知也。故曰小官多者治之本。）

遂人，掌邦之野，以岁时登其夫家之众寡。（注：遂人，主六遂，若司徒之于六乡。按：亦内官也。）

遂师，各掌其遂之政令戒禁，以时登其夫家之众寡、六畜、车辇。辨其施舍，与其可任者。

序官：遂人，中大夫二人。遂师，下大夫四人。上士八人。中士十有六人。旅下士三十有二人。（按：与小司徒乡师同。）

遂大夫，各掌其遂之政令，以岁时稽其夫家之众寡、六畜、田野。辨其可任者，与其可施舍者。（遂人、遂师，皆曰登。此曰稽，盖此为亲民之官。）

县正，各掌其县之政令征比。（五县为一遂，征者召其人民，比者比其众寡。）鄙师以时数其众庶。（五百家为鄙。时，四时也。）

酂长，以时校登其夫家，比其众寡。（一鄙五酂也。共百家。）

里宰，掌比其邑之众寡。（四里为酇，二十五家。）

邻长，徙于他邑，则从而授之。（与比长同，掌迁徙。五家其徙之去来皆易。知迁徙，明故数不溷，此最治道之本。）

序官：遂大夫，每遂中大夫一人。县正，每县下大夫一人。鄙师，每鄙上士一人。酇长，每酇中士一人。里宰，每里下士一人。邻长，五家则一人。（命数皆下六乡一等，邻长则以不命之士为之。故余谓今之田主，即可为比长、邻长。）

常熟陈梅曰：《周礼》：五家为比，比有长。五比为闾，闾有胥。四闾为族，族有师。五族为党，党有正。五党为州，州有长。五州为乡，乡有大夫。其间大小相维，轻重相制，纲举目张，周详细密，无以加矣。而要之自上而下，所治皆不过五人，盖于详密之中而得易简之意。此周家一代良法美意也。后世人材远不如古，乃欲以县令一人之身，坐理数万户口，虽欲不丛脞得乎？顾亭林先生因为之说曰：以县治乡，以乡治保，以保治甲，视所谓不过五人者，而加倍焉。亦自详密，亦自简易，此斟酌古今之一端也。愚本此而推论之，百里之县，分之为五乡。每乡分之为十保。每保分之为十甲。每甲择一有田业而信厚者一人为仓副，以督田功，以察盈绌，以平争讼，以察奸宄，以纠守望。不率者指其名，胪其事，而行教诫焉。每保立仓，仓正掌之，主省耕敛而行补助之政，主察凶丰而行籴赈之令。以士人之有品学者为之。仓副不职者教之，其不改则告于乡师而黜之。乡师则以命官为之。县令而下，有丞、有簿、有尉，各主一乡。县令与教官分主一乡，而总其成。盖仓法之行，全以仓正、仓副为主。不职县令与教官，评定而去取之。用命官者，所以督察仓正、副之治否，而不能侵其权也。亦庶几上下相维，详密之中，自寓简便之意云尔。（保正总甲，名目已贱，士人不乐居，故曰仓正副也。）

遗人，掌邦之委积，以待施惠。乡里之委积，以恤民之艰厄。（注：乡里，乡所居。疏：六乡，民所居。）县都之委积，以待凶荒。（甸稍县都，皆遂大夫所统而县居中。包言之。）

旅师，掌聚野之锄粟（锄，郑读为助。谓民相助）而用之（注：而读若。若用之，谓恤民之艰厄）。以质剂致民（注：按入税者名，会而贷之），平颁其兴积（注：兴积，所兴之积。平颁，不得偏颇）。施其惠，散其利，而均其政令（注：均其政令者，皆以国服为之息。惠谓赒衣食，利谓作事业）。凡用粟，春颁而秋敛之。

谨案：朱子义仓之法，以此经为权舆。聚富民义谷，非聚野之锄粟乎？大荒则出以给民，非所谓用之者乎？小歉，平市价而粜之，非质剂致民乎？酌户之贫富，计口之多寡，以定借放之节。非所谓平颁兴积者乎？凶年则直给之民，恒年则收二斗之息，小歉则减息若干。非所谓施其惠，散其利，而均其政令者乎？春放之民，秋则归仓。非所谓春颁而秋敛之者乎？故欲修朱子之法者，试考之此经，而知先贤之法，皆述古圣人之法也。第以古圣之法，分析之中，必得其条贯之意。如乡遂而外，其任土之官，以载师为之长。谷粟之职，以廪人为之长。皆与乡遂之周知民数，相为贯通，然后其法乃久而不敝。故以遗人、旅师殿乡遂之后，俾行仓法者考焉。

通　论　二

食馀而不知敛（《班志》引《孟子》，检作敛），狗彘食人食矣。敛而不能散，老稚转于沟壑矣。顾易于散者，必难于收。无论凶年，无以振死亡也。何以为恒年再散之地乎？不可不详其道也。其道云何？一曰知民数，二曰权籴粜，三曰贷生息。三代而后，其能推行尽利者，管子其最著也。但圣人用之足民，管子取以富国，其术同，其心异。顾因其心而遂病其术，无乃因噎而废食乎？由管子而下，择其有关于仓法者，六事参考而详论之，为宰治者鉴焉。

管仲相桓公，通轻重之权。曰：岁有凶穰〔禳〕，故谷有贵贱。令有缓急，故物有轻重。（李奇曰：上令急于求米，则民重米；缓于求米，则民轻米。）人君不理，则畜贾游于市，乘民不给，百倍其本矣。（颜师古曰：给，足也。）故万乘之国必有万金之贾，千乘之国必有千金之贾者，利有所并也。（愚案：贾，谓居积者。）计本量委，则足矣。（旧云委积也。愚以为措置之本，谓所挟之万金、千金也。量本而委，以所欲居之货，不使有以十取百之弊。）然而民有饥饿者，谷有所藏也。（愚案：富人藏谷，亦贾类。）民有余则轻之，故人君敛之以轻；民不足则重之，故人君散之以重。凡轻重敛散之以时，即准平。守准平，使万室之邑，必有万钟之藏，藏镪千万；千室之邑，必有千钟之藏，藏镪百万。（孟康曰：六斛四斗为钟。镪，钱贯也。）春以奉耕，夏以奉耘。耒耜器械，种穰粮食，必取赡焉。故大贾畜家，不得豪夺吾民矣。（《食货志》仅载此节。）

按：《小匡》第二十云：士农工商，四民者，国之石民也。又云：商观凶饥，审国变，察其四时，而监其乡之货，以知其市之贾。负任担荷，服牛辂马，以周四方。料多少，计贵贱，以其所有，易其所无。据此则商之利迥异于贾。故商列于四民之中，而独有畜贾之禁者以此。论者不察，以贾为商之通称，失之远矣。又按：《八观》第十三云：耕之不深，芸之不勤，地宜不任，草田多秽，以此遇水旱则众散而不收。故曰有地君国，而不务耕芸，寄生之君也。管子之急于民事如此。顾后世长民者，非尽无急民之心，而一一仰给于司农之度支，势必难行。苟损富贾之有余，以补耕耘耒耜之不足，此正仁术也，可轻议哉！

又曰：国之广狭、壤之肥硗有数，终岁食余有数，于是县州里受公钱。（愚按：里，则二十五家也。常平之法，惟于州郡立仓，乡里之民，不得沾惠。隋乃当社立仓，所谓赈饥莫要于近民也。而管子已令县州里并受公钱，下令郡县属大夫里邑，皆籍粟入若干。邑四井之地，夫至一里四井之民，皆得受公钱，籍粟入，此齐之所以富强。而隋社仓之法，实本于此。）秋，国谷去参之一。君下令郡县属大夫里邑，皆籍粟入若干，谷重一也。以藏于上者，国谷三分，则二分在上矣。（愚按：国谷者，即《周礼》廪人，掌九谷之数。以岁之上下，计邦用。籍粟若干，即《周礼》辨九谷以待邦用，有余则藏之也。）泰春，国谷倍重数也。（按：泰者，丰也。虽丰年春谷必贵，则平价以资民食，所谓春以奉耕。）泰夏，赋谷以理田土。（按：赋，与也。所谓夏以奉耘。）泰秋，田谷之存子者若干。（愚按：子，息也。丰年收获之时，取微息于民。所谓乐岁粒米狼戾，多取之不为虐也。）今敛谷以币，人曰无币以谷，则人之三有归于上矣。（愚按：此言子谷也。或敛币，或敛谷，不设为一定之法。秋谷必贱，有币之家径输币，则其谷可以俟价而待时。无币之家径输谷，则其谷亦无转售耗竭之苦。况公钱藉谷，必稍一其价而后收。则此时所敛，不过龠合之微息，亦无谷贱伤农之患。不曰三尽归于上，而曰三有归于上，是于所去一分之中，而复有归于上者也。）重之相因，时之化举，无不为国策。（愚按：相因者，指币与谷。民受公钱，或输币，或输谷，因民之便，而不轻其价。化，古货字。《书》曰：懋迁有无化居。化举者，既受民所输之币与谷，而不轻减其价，则利在民而亏在国。于是相其时物之贱而不能售者，化而举之。谓以此物化为彼物，则此物虽亏，彼物之赢者从而补之，民利而国不损。故曰无不为国策。管子之策以抑大贾，不使夺民之利为主，其利尽归于国矣。）

按：管子其善用泉府法与。泉府云：货之滞于民用者，以其贾买之。管子云：有余则轻之，故人君敛之以轻。泉府云：物揭而书之，以待不时而买者。管子云：不足则重之，故人君散之以重。泉府云：凡民之贷者，与其有司辨而授之，以国服为之息。郑司农云：谓从官借本贾，以其所贾之国所出为息也。康成曰：贷万钱者，期出息五百。管子则日〔曰〕：泰春国谷倍重数也，泰夏赋谷以理田土，泰秋田谷之存子者若干。是也。夫泉府之职，列于地官，以司徒之属，有周知其土地人民之责也。管子则曰：国之广狭肥饶〔硗〕有数，终岁食余有数。(广狭肥饶〔硗〕之数，详《八观》。终岁食余之数，详《问第》。)此尤为握根探本之论与！准，法也。平，均也。本不均而化之使均也。准守法而平行意，故曰徒善不足以为政，徒法不能以自行。或见其以国蓄名篇(国蓄文亦本王制)，遂从而诋諆之，其亦弗之深考已尔。或曰熙宁行泉府，害如彼。何也？曰，非泉府法也。泉府云：凡民之贷者，言民之愿贷者。(不贷于公，亦贷于私。)不愿贷者，不相强也，而熙宁则抑配之。(提举司以多散为功。)泉府云：国服为息。是随其所服事之物为税，郑司农云"或以丝絮，或以绨葛"是也。而熙宁则概征钱。(钱亦可为息，定以钱则不可。)泉府云息，康成谓万钱期五百，而熙宁则放钱一千收钱一千三百。(六倍。)抑配行则领者不必偿，偿者不必领，则鞭笞勒扣，无所不至矣。(富不愿领，贫不能偿。强富代贫，势所必至。)征钱一定，则税非其产，势必于秋成谷贱之时，转辗求售以偿官债，而卒岁之计，且不暇问矣。至于息重之害，又不待言。而谓泉府法如是乎？其尤悖乱无理者，尽散常平钱，作青苗钱。是使万万穷民，尽作朝廷债户。不幸有水旱之灾，而朝廷涓滴之泽，不漏于编氓也。昔人谓王荆公枉读一世书，至此益信。

魏文侯相李悝曰：籴甚贵伤人，(按：凡不耕而食者皆是。)甚贱伤农。人伤则离散，农伤则国贫。故甚贵与甚贱，其伤一也。善为国者，使人无伤而农益劝。

　　按：丰贱歉贵由于天，秋贱春贵由于时，多贱少贵由于人。贵不甚贵，贱不甚贱，则由于君相，及亲民之官。管子策国筹农而已，而悝则兼人，其法较密。不知管子当谷贱之时，已存三分之一，以待人民相为籴粜。而商贾之家，又复计本量委以使之转贩取赢。至于出谷之时，平价任买，人与农复何所区别哉！故李悝之法，即管子之法也。

　　今一夫挟五口，治田百亩，岁收敛一硕半，为粟一百五十硕。除十一之税十五硕，余百三十五硕。食，人月一硕半，五人岁终九十石。余四十五硕，硕三十，为钱千三百五十。(按：硕三十，十作成，以四十五硕剖作三成。千三百五十者，一成之价。以一成资用，二成转粜。)余社间尝新春秋之祠，用钱三百。余千五十。衣，人率用钱三百五十，终岁用千五百，不足四百五十。不幸疾病死丧之费，及上赋敛，又未与此。农夫所以常困。有不劝耕之心，而令籴至于甚贵者也。

　　按：一夫挟五口种田百亩，旱田或可。若江南水田，能种二十亩者，已为上农。且有一家仅能种一二亩者。大抵此节之意，约略以丰歉折衷计之，以知民间食用之不足，而知籴法之不可已也。亦管子终岁食余有数之意。又按：硕三十，为分作三成，以二成待籴，亦本管子国谷三分，二分在上之意而解之，非臆说也。(十，读成。见陆游《老学庵笔记》。)或疑四十五石，三分之，每分十五石。以十五石而为钱一千三百五十，谷价未必若是之贱。按：周景王铸大钱，径一寸二分，重十二铢(半两)。文曰大泉五十。十亦作成，言一钱当五钱也。至秦尚用之。史言铜钱质如周钱，其文曰半两(五钱也)，重如其文。(但易其文耳。以秦证周，可知五十为五成。)文侯当景王后，秦以前，则李悝所言，乃大泉五十之钱也。钱一当五，则一千三百五十，足当六千七百五十矣。岂为大贱乎？且社间尝新春秋之祠，仅用三百。衣五人，终岁亦仅用一千五百。以今钱当之，必不足也。琼山氏乞敕奉行之臣，细推李悝之法，而马氏此节，略而不载，故备论之。

又论马氏曰：管仲言人君不理，则畜贾游于市，乘民之不给，百倍其本。此则桑孔以来，所谓理财之道，大率皆宗此说。然山海天地之藏，关市货物之聚，而豪强擅之，则取以富国可也。（马氏见《管子》。官山海，类于桑孔。故作此语。不知官山海与桑孔亦迥然不同。管子云：禺策之商，日二百万。实一升税一合，一釜税五十合，计十加一。刀加六，耒耜加七。细则已甚，未为苛也。孔仅之术，则募民自给费，官与牢盆，敢铸铁煮盐者，钛〔钛〕左趾，没入其品物。以孟子之言论之，管子未免征商，而桑孔则身为贱丈夫矣。别有考。）至于农人服田力穑之赢余，上之人为制其轻重，时其敛散，使不以甚贵甚贱为患，乃仁者之用心。若诿曰国家不取，必为兼并所取，遂资以富国，误矣。端临之言如此。盖尝论之，《周礼》司市职，以商贾并称者，以商贾阜货而行布是也。郑云：通物曰商，居卖物曰贾。以四民并称者。如云"凡市伪饬之禁，在民者十有二，在商者十有二，在贾者十有二，在工者十有二"是也。有专以贾言者，如云"贾民禁伪而除诈"是也。三代盛时，司市法行，虽商贾同市，四民错处，不忧其夺利也。而贾民特有专禁，可知伪诈之端，惟贾为甚。且云：凡天患禁贵价者，使有恒贾（价）。注云：若贮米谷棺木，而睹久雨疫病者，贵卖之。因天灾害厄民，以此见贾人之为害大矣。后世市法不行，使君上不笕其利，任其渔猎小民口食之资，害可胜言哉！故《考工》谓之士大夫，谓之百工，谓之商旅，谓之农夫，谓之妇功，合王公为六职，而不及贾。史迁言农工商交易之路通，而亦不及贾。其言贾之害则不一而足。故管子以士农工商为四民，而于此有畜贾之禁，其旨深矣。夫商与贾，皆挟赀财以权谷物之贵贱者也。然而其心同，其术异，而其利害，亦绝相反。何也？商通货，贾居奇。通货者，以此方之多，通彼方之少；以此方之有，通彼方之无。商固有利，而利不独商。尝见千里百里之间，或南丰而北歉，东熟而西灾。丰熟之地，谷必贱。数商挟资而至，其价必增，价增则利在农。灾歉之地，谷必贵。数商运谷而至，其价减，则人与农并利。且商旅之卖价于其地也，有主客之势焉。挟赀而来，与运谷而往，其舟车、关津、搬运、衣食、赁宿之费，多一日则有一日之累。计本取赢，稍权子母，势不能不脱手以去。若夫贾，则为主而不为客也。非至贱不籴，非至贵不粜。无舟车、关津之费，无搬运、衣食、赁宿之烦且难。且尝见一市之间，有积至数十万石者。以百十里之远，而有数十万石之积，则农人之谷，其余有几！而又挟其至贵至贱之情，以持重于其间，人民安得不困！故商人之营利，犹有益于人，而贾人者，直国家之大蠹也。故管子一则曰畜贾，再则曰大贾。畜家不得豪夺民，盖深嫉之。或曰不虑其失业乎？不知有不富而商，断无不富而贾。（颜师古曰：贾，一人之名畜积者。）富矣！何失业之有？或又曰：其弊至此，曷不绝之？曰：十害岂无一利。去害收利，在我而已。管子之计本量委，其犹司市贾师之禁与！为今日计，愚以为当宽关税以通商。凡谷食悉无税。其居积之所，立法限禁。近都会或市之大者，酌量多寡，由道府或关司，令廉明属官清访立禁。乡村僻处，严行禁止。富家大户，设法劝籴，不使胥吏扰之，不使奸民胁之，亦庶乎其可矣。夫以农人赢余，归于贾人之居积者，非贾人能强之也，势使然耳。欲钱不得不贱粜，欲谷不得不贵籴，人君不理，则畜贾理之。马氏但求仁人之心，而不明其术，正孟子有仁心仁闻而民不被其泽者，岂通论哉！至于比之桑孔，则愈舛矣。史言桑弘羊，雒阳贾人子，以计算用事，言利析秋毫。是桑者，即管子所云大畜贾也。又言，孔仅言山海天地之藏，宜属少府。是亦贾也。管子欲禁抑桑孔，而马氏反以桑孔诮之，不亦异乎？然细绎管子之法，亦不能无少弊焉。曰敛谷以币，人曰无币以谷。一言币，则散谷之时，必有一定之价。价一定，则不免以至贵而偿至贱。（如今平岁，春谷恒价八百四五十，秋谷恒价五百三四十。定价取偿，则农人恒以二石偿一石。虽管子但指子谷言，然流弊必至于此。）使尽宰以管子也，则相因化举之中，必无虑此。设非其人，则朱子论青苗之害，以钱不以谷，不可不防其渐也。故耿寿昌常平之法，起于孝、宣，而东汉刘般已极言其弊。琼山氏论不及此，但以为宜于边郡，而不宜于内地，又岂得为通论哉！

汉宣帝时，大司农耿寿昌请籴三辅、宏农诸郡谷，以供京师。又令边郡皆筑仓，以谷贱时增价而籴，谷贵时减价而粜，名曰常平。民甚便之。

隋开皇三年，以京师仓廪尚虚，议为水旱之备。工部尚书长孙平请令诸州百姓及军人劝课，当社共立义仓。收获之日，随其所得，劝课出粟及麦，于当社造仓窖贮。即委社司简校，每年收积，勿使损败。若时或不熟，当社有饥者，即以此谷赈给。

唐刘晏谓王者爱人，不在赐与，当使之耕耘、织纴常岁平敛之，荒则蠲救之。诸道各置知院官，每旬月具州县雨雪丰歉之状。荒歉有端，则先令蠲某物，贷某户。民未及困，而奏报已行矣。议者或讥晏不直赈救，而多贱出以济民。晏则以为，善治病者，不使至危惫；善救灾者，勿使至赈给。盖赈给少不足活人，活人多则阙国用，国用阙则复重敛矣。况赈给多侥幸，吏群为奸，强得之多，弱得之少，虽刀锯在前不可禁。灾沴之乡，所乏粮尔，他产尚在。贱以出之，因人之力，转于丰处或官自用，则国计不乏。多易菽粟，恣之籴运，散入村闾下户，力农不能诣市，转相递逮，自免阻饥。

　宋悫庭曰：损上以益下，上之所损者已多，下之待泽者无尽。养民者，恤民之艰，因地之利，以济天之穷。盖地不爱宝，菽粟之余，岂无他植？而民力普存，邻近之地，讵并凶年，以其所有，易其所无，则农贾可通，市价可平，不待奏报而民困已纾矣。晏之多贱出以济民，诚为补救之良法也。

朱子文集云：臣所居建宁府崇安县开耀乡，有社仓一所，系昨乾道四年，乡民艰食，本府给到常平米六百石，委臣与本乡土居朝奉郎刘如意同共赈贷，至冬收到原米。次年夏间，本府复令依旧贷与人户，冬间纳还。臣等申府措置，每石量收息米二斗，自后逐年依此敛散。或遇小歉，即蠲其息之半，大饥尽蠲之。至今十有四年。量支息米，造成仓廒三间收贮。已将元米六百石纳还本府。其现管三千一百石，并是累年人户纳到息米。已申本府，照会将来依前敛散，更不收息。每石只收耗米三升。系臣与本乡土居官及士人数人，同共掌管。遇敛散时，即申府差县官一员，监视出纳。以此之故，一乡四五十里之间，虽遇凶年，人不阙食。窃谓其法可以推广，行之他处，而法令无文，人情难强。妄意欲乞圣慈，特依义役体例，行下诸路州军，晓谕人户有愿依此置立社仓者，州县量支常平米斛，责与本乡出等人户，主执敛散。每石收息二斗。仍差本乡土居官员士人有行义者，与本县官同共出纳。收到息米十倍本米之数，即送元米还官。却将息米敛散，每石只收耗米三升。其有富家情愿出米作本者，亦从其便。息米及数，亦与拨还。如有乡土风俗不同者，更许随宜立约，申官遵守，实为久远之利。其不愿置立去处，官司不得抑勒，则亦不至骚扰。此皆今日之言，虽无所济于目前之急，然实公私储蓄，预备久远之计。及今歉岁施

行，人必愿从者众。（社仓敕命）

朱子崇安五夫社仓记云：成周之制，县都皆有委积，以待凶荒。而隋唐所谓社仓者，亦近古之良法也。今皆废矣。独常平义仓，尚有古法之遗意。然皆藏于州县，所恩不过市井惰游辈。至于深山穷谷力穑远输之民，则虽饥饿濒死，而不能及也。又其为法太密，使吏之避事畏法者，视民之瘠而不肯发，往往全其封鐍，递相付授，至或累数十年，不一瞥省。一旦甚不获已，然后发之，则已化为浮埃聚壤，而不可食矣。夫以国家爱民之深，其虑岂不及此！然未之有改者，岂不以里社不能皆有可任之人？欲一听其所为，则惧其计私以害公；欲谨其出入，则钩考靡密，上下相遁，其害又必有甚于前所云者。是以难之，而有不暇耳。

桐城方问庄宫保，总制畿辅，日行义仓之法。数年之间，积谷四十万石。畿甸之民，永无流亡之患。其经画之方，总计直隶一省，凡村集三万九千六百八十有九。择烟户稠密，形势高阜，四乡道里相均之处，量建仓座。每仓选乡老诚谨殷实者，一人为仓正，一人为仓副。其劝捐之法，每年于秋成后，州县设立印簿。令绅衿耆老数人转相劝谕，听捐户自登姓名、谷数，无抑勒，无假手。出借时，量乡之宽狭与谷之多寡，按户支给。仓正副主之。州县官惟核实转报而已。至取息，计年之上下，大约收成八分以上，加一息米。六七分以下，免息。五分以下，缓至次年。或免息，或不免息，官为之裁处示谕。遇歉岁，或平粜，或给赈，酌量灾分，以定期日之短长。

总按：以上征引七事，惟管子、李悝能用《周礼》民数之法，亦可见其时井田未尽废也。朱子行于一乡，其数易知。其他皆卓然良法，惜乎未详求及此，故其法皆不久而自散。夫圣人之法，不必待圣人而后行也。有治人无治法之论，愚未敢信也。或曰田以买受，复由佃种，参差进退，月异而岁不同，其数固不可知也。余以为不然。假如一人买田百亩，其佃种者必有七八户。工本大者，不能过二十亩，为上户。能十二三亩者，为中户。但能四五亩者，为下户。上中下各几户，他人不知，业主未有不知者。着落业主开明，户若干，口若干，以交仓。将来春放之时，上户人口必多，定放几何，中下户以次而少，定放几何。放之时，业主承领。收之时，业主归偿。口数或有增减，悉由业主随时更正。推至数百亩千亩者，皆一例可知矣。大图五六千亩，小图一二千亩。其中佃户而外，或有自种己田，亦一例分别上中下户。其领放托田邻承管，或他图之亲友，皆以取信于仓为主。其他工匠杂色人等，不过镇市，公知共见，亦分为上中下户，许粜不许放。分造正色、杂色二簿。及大歉之岁，公行义赈，则正色杂色一例给放。其下户即极贫也，中户即次贫，上户不赈。此皆一按籍而无不了然者。由是以社仓之法行之，则常年春放之数，悉当其口数、田数。何至有秋收逋窜之弊？即大荒给赈，又何至如近年诡冒无稽，一无考核也哉！古者田管于官，小民日食之计，官经理之。后世田归于业主，则业主即邻长、里长之官。业主不经理之，将谁经理之哉！每乡立仓正二人，以考其成。每图立仓副二人，以核其实。每田每户，各业主注册，以立其根。上下公知，互相纠正，相亲相爱，一体同功。保甲出其中，而盗贼可弥。学校辅其志，而秀民可升。而谓三年之久，民生不厚，十年以内，风俗不成，此必无之事也。

通 论 三

托诸空言，不如见之行事。一介之士，存心爱物，其必有济乎？出所学而试之可也。

本州奉制宪转行札

古者三年耕必有一年之蓄，九年耕必有三年之蓄，故凶荒有备，虽遇水旱，不能为灾。然上古地广人稀，八口之家，授田百亩，生养死葬足可取给。三代以后，虽地土日辟，而生齿日繁，均田之制不可复行。富者田连阡陌，贫者赁地而耕。终岁勤动，除偿租外，恒年不足。更遇凶年，流为乞丐。设歉岁频仍，盗心易起，村有殷富，众目眈眈，虽国有常刑，而愚民不知远虑。此固由人心不古，亦由各地方官习于便安，不为小民预筹备荒之所致也。上年水荒亦所不免，今臻上稔，正孟子所谓粒米狼戾时也。诚宜预为小民储积之计。因捡古人有简便易行之法，开列于左：

凡该州县所管地方，或都或图，随其附近寺观内，择数间空屋以为仓所。听民自议自行，毋庸相强。输谷多寡，听民自便。其修仓费用，或劝富民之好义者出赀，或官为设处公费。此在官长以真心实力行之。先自巡行四乡，集父老士民恳切开谕，身先捐俸，谕其乡之公正绅士为领袖，务在躬行化导，毋庸迫以期限。每仓一所，造册二本。无论富贵贫贱捐数多寡，皆书之。一存官，一存仓。有能捐至百石、数百石者，特加优奖。合银至千两者，照例题旌。青黄不接之时，准其出借；秋成还仓，加耗三升，不更取息。水旱之年，则查户口分别极次，禀于官，酌其多寡匀数以赈之。如中户无须给赈，则亦仿常平春借秋还之法。

汤念平先生劝积义仓谷法。其序曰：民穷日甚，借贷无门，一遇灾荒，坐而待毙。宜仿朱文公社仓意为积谷法，以资补救。当劝乡团或都图，各于本处神庙或祠堂家庙，置一木柜。每月朔望谒庙者，各持义谷少许，或一二合，或半升，至一斗而止，听其投柜，勿庸过多，不愿者听。共推一端谨者司登记，虽一合半升，必记其名，以彰好义。推一有恒产而有忠信者，司其出入。每朔望迄晚以贮柜者贮仓。次年春夏推陈出新，因数多寡，贷与农人，息取加一（加一者，斗加一升，石加一斗也。在朱子本法，石加二斗。此减至一斗，所以体念穷民也。然要以酌量上稔、中稔为允），小荒减息，必公议而酌行之。是举专以利农，其他公事不得移借。（专利农，则别色人等不准放借。）若大荒，则尽捐以给穷困。必计众而均分之，先其老弱之无告，及孝子节妇之贫者。（愚按：若大荒以下数语，原文在"是举专以利农"之上。今稍移之。盖春放秋收，小荒减息者，是专利农。而大荒以下，则不专为农。大荒普赈，何分农民杂色耶？况老弱孝节之贫不能存者，又岂独在农？且尽捐以给穷困，亦属可商。老弱节孝，捐之可也。其他除停息之外，或分年带征，或免若干，征若干，总以年岁大熟小熟为定。）夫为数少，则乐助者多，日月积之，岁岁行之，可无饥死之患矣。省目前宴饮之费，即可苏异日数人之命，减一月鸡鹅之粟，即可救他年同类之生，独何惮而不为哉！其有疾病祈求于神庙，发愿出义谷若干，省斋醮之虚文，以利济饥贫，天地鬼神必将降之以福。此乃祈福之上术也。

以上二条，皆劝谕仓谷简便之法。若夫随地制宜，使民乐从，则在贤太守与良有司矣。

<h2 style="text-align:center">县 学 议</h2>

按照叠次奉到宪札饬行义仓，漂〔溧〕阳、华亭、娄县、武进、阳湖、宜兴、荆溪等县，俱已自行详请，兴起义仓。而新阳县文生徐文奎，捐谷五百石，倡通邑之捐。此皆所谓身经虎害，谈之色变者也。其他乘此丰稔，纷纷举行者，正复不少。宝邑当道光三年之灾，办理者心力俱穷，捐董者囊橐交罄。事竣之后，复遭挟嫌营私之辈，鼠牙雀角，构陷董事，至今未了。设尧水汤旱，更遇偏灾，尚能保如三年普活灾黎平安无事者乎？故捐输仓谷，势所必不可已者也。惟是元气将复，骤与劝输，诚恐不易。且通邑十一厂，有能捐输者，有必不能捐输者，虽劝亦属无益。兹查宪颁条例内一条，其事甚便，其功甚大。本城首先奉行以为之倡，至各乡或愿捐，或依积谷之法，俱可听其自便。但积之颇易，而放之甚难。今议着重田主周知民数一条、每年出籴一条、存典生息一条，诚以各乡情形不同，听民自为择取，呈明立案，总之期于久远而已。开列于后：

宪颁条内云：汤念平先生仿朱子社仓意为积谷法，各都各图，于本处神庙或祠堂家庙，置一木柜。每月朔望谒庙者，各持义谷，或一二合或半升一升，至一斗而止，听其投柜，勿庸过多，不愿者听。共推一端谨者司登记，虽一合半升，必记其名，以彰好义。推一有恒产而有忠信者，司出入。次年春夏推陈出新，因数多寡，贷与农人，酌量取息等因。盖为数少，则捐者多；为日久，则积愈大。一月之内，略减一二日烟酒之浪费，鸡豚狼籍之余粮，便足活同类苍生之性命。此法行，不徒为贫民延凶荒之生，亦使不贫者人人自造无穷之福矣。

积而能散，使农民无借贷重息之苦。先王补助之政，莫善于此。然或放而不收，有以处恒年，无以处荒年也。乃领则人人争先，收则人人退避。收之诚难，吾以为能知数不难也。（圣人井田之法，以此为根底。详见《荒政》上篇，此不具。）今议将一图田数查明，系何人管业，其田共有佃户若干，上中下户各若干，口若干，一一由田主开明交仓。春放之时，即由田主承管借领。秋收之时，即由田主催齐归仓。此一法也。抑或当青黄不接之时，以仓米平粜价，每升酌量减几文，使仓有微息，而农民亦沾实惠。此亦一法也。更或每年变价，交典生息八厘，辗转生息，以为大荒赈粜之用。此又一法也。

总而论之，天下之人，分之为六职，约之为四民，而四民之中，惟农最苦，亦惟农最重。故圣王一切仁政，无不权舆〔与〕于井田。而井田又以周知民数为主宰也。古之田受于官，故民数官知之。今之田受于业主，故民数惟田主知之。应借不应借，能还不能还，亦惟田主知之也。然则不能还者即不应借，不于专惠农民之本意不周乎？盖民数周知，不借之户，又可按籍以通其粜，期于农民得沾实惠而后止。此皆非以周知民数为之根底，其事必不可行，虽行亦必不久。特恐初行而查考未清，抑或各乡致有不同，姑以粜存典，二法通其变耳。至若城镇图分，多半不耕之民，则惟有粜耳。亦以民数为主，非荒不粜，与农民别也。

<h2 style="text-align:center">附 论</h2>

杜工部有秋行官张望督促东渚耗稻向毕，清晨遣女奴阿稽、竖子阿段往问诗。愚按诸家注，似多未得其解。盖不明此老襟怀作用，以故耗稻之义不显耳。旧注或以耗为减，谓

蒲稗为禾害者减去之。愚谓害苗者，去之惟恐不尽，何云减耶？或以为损，谓损其草使苗得长，犹耘苗。愚谓以损为耘，已属杜撰，且题首明有秋字，而去草乃春间事，耘苗乃夏间事，二说并不合题。或又引吕览南海之耗（音毛），以耗为耗，谓督促田功。按吕氏本谓饭之美者，元山之禾、南海之耗。不成专令张望督促美稻耶？今详玩诗意，盖居东渚，已于前年以一家食余之稻，乘农功兴作之时，恐邻里称贷，不免重息，举而借之民，约其秋成先还本稻，俟来年耕作方兴之时，又可借之民。此即先生省耕省敛、春秋补助之仁政也。故其诗先述民间之终年作苦，再转入"尚恐主守疏，用心未甚臧"，非防闲张望之染指。盖借放于前，而或听其逋欠，将人人效尤，无以为来岁再借之本。以姑息之心，行苟且之事。此谓用心不臧也。何以为臧？下云：西成聚必散，不独陵我仓。此臧也。又云：岂要仁里誉，感此乱世忙。此用心所在也。以是知此老之襟怀作用，虽当罢官播迁之余，稍可措手，即具经纶。则知耗稻之耗，定作散解，即本诗可证也。或曰：何以知前年所借之耗稻乎？曰张望补稻畦水归诗，各家皆编于此诗之前。其末云：玉粒足晨炊，红鲜任霞散。此散邻里之证也。又曰：遗穗及众多，我仓戒滋漫。此即可证今番督促耗稻者，正欲有本有息，有放有收，积愈多而放愈广，而不求我仓之充积也。然则耗散于前年，督促于今日，无疑矣。余喜此法随处可行，不费而惠，人我一体，仁心仁术，可以与无德色，受无愧容。盖隋唐之间，当社立仓，而杜老以患难之身，资友朋之力，糊〔餬〕口稍余，苍生系念。於戏！可谓负稷契之志者矣。顾亭林先生论盐法，引杜诗"蜀麻吴盐自古通"等句，以为若如今日之法，各有行盐地界，吴盐安得至蜀哉！人人诵杜诗而不知此，所云诵诗三百，授之以政不达者也。吾于此亦云，附《使足编》后。

筹赈事略

（一名《宝山筹赈事略》）

选自《强恕斋三种》

清道光十年刻本

（清）章谦存 撰

张永江 点校

筹　赈　事　略　有序

道光三年之奇荒，数百年所仅见。人心皇皇，上下束手。王明府坤，以余久于此土，殷勤商榷。余乃出条议相质证，明府以为然，通邑士大夫俱以为然。比邻各邑，贫富糜烂，而宝山幸得诸董协力同心，得以安全，且蒙温旨嘉奖。虽曰天幸，抑亦人事有足恃者。爰取而梓之，以俾后之当此任者采择焉。

一曰缓征。

乾隆六十年灾不重于今，其时邑宰但请缓征灾田，而熟田则征如故，又以重法绳之。及至民间死亡相籍，复行捐赈之令，于是有变田宅以输赋，鬻子女以输捐者。至今父老言之，犹垂泪如绠縻也。极歉之年，穷民八口之资已无所措，况输赋乎？即富民略有盖藏，既输公帑，焉能更有余力，出资以济人！此易明之理也。今王明府独出己见，分毫不征。其时有笑之者，有阻之者。余时病，足不能出门，独闻之而叹曰：得主脑矣。乃敢与议斯役也。

二曰行籴贵早，籴法宜精。

七月以后，本地之产既尽，而常熟、崑山一带，陈米尚多，遏之不使出境。苏之枫桥，浙之长安，皆上江籼米辐辏之处，而沿河地棍复藉端索诈，于是市价日腾。嗟乎！小民两番籽种，两番工力，所未尽者皮耳骨耳！安能食此贵米？待至集费放赈，而皮骨皆尽矣。故行籴不可不早也。宝山社仓霉烂无着，惟常平一仓约米五千石，本不敷一县十一厂之籴，遽行减籴，则转运不继，何以支数月之久？于是亲诣各镇，延请绅富量力出米，依原价行籴，（升三十五钱。）给之印幡。行文经过州县，层叠输运，而市价因之不昂。然而籴久则其本必亏，船脚工价亦不能无累。至十一月廿日，议捐局面已见大概。于是尽发常平五千之米于十一厂，顿减其价，（升二十八文。）使贫富之力两纾，而议捐益为有据。向使徇绅士之请，议捐不必议籴，政恐捐费未集，民生已不可问。向使先公籴而后义籴，则公籴减价于先，义籴不能勒使减价，乃增价于后。岂知由重而渐轻则民心安，由轻而加重则民志惑。惟先义籴，价不贵于他所，民心安矣。次公籴而价大减，民心更安矣。然后给赈。以故半载以来，菜色不形，和气洋洋如常年。盖行事次第，固宜如此，非朝三暮四之术也。赵清献公之越州，增米价。文潞公在成都，则减其价。曾子固兼用二公之法。其通判越州，令所在富民出粟，视常平价稍增，民得从便受粟，不出田里而食有余粟。今则参三法而用之者也。刘晏云：善救荒者不待振。籴法得焉耳。

三曰细量灾分。

灾轻则贫口少，时日短，重则贫口多，期日长，必然之事也。嘉庆二十年之灾，尚有三四分收成，多者五六分。第以米价高昂，人心惶乱耳。（石米钱五千有奇。）劝成之数，三万有奇。赈期三四十日而止。今因川广纯熟，米石三千钱有奇。（开岁四千。）然而本地之产，分毫无有矣。本地有出产，则米虽贵，而有转运之资。且以其资，籴大麦蕃薯，皆可以充饥，不必尽食米。故米贵而灾反轻。本地无出产，米虽贱，无资以籴米，并无资以籴大麦之类。且宝山无米，籴于他处，常熟、崑山一带禁米出境，地棍藉此沿河索诈，其船脚既有费，而索诈又不资，故米估之米，不得不贵。兼之一岁田功，两番工力，尽被雨师风伯席卷以去，以故核其灾分，较廿年三倍且四倍矣。以重三四倍之灾，而不有三四倍之捐数，则药不及病，与药不对病者，相去几何？然宝山非饶饫之地，欲成十余万之大局，非有一二人，以一万八千为之首倡，则通邑富人之心不动，事曷由济？故曰酌量灾分，实议捐之根底也。大费不可以再举，救人不弃于半途，与斯役者其详之。

四曰察量邻界。

宝山、广福邻嘉定，其办理有章程，无足虑。盛桥六图，灾重而富户少，又邻镇邑之刘河。月浦人察知其情，不欲与之合厂，是以调剂三百石之米，又添设粥厂，约米百余石，以故人情安堵。真茹邻上海，其杂乱尤甚。赖董事同心协力，赈籴并行，赈数视他厂更厚。使本地之人，不为邻邑乱民所蛊惑，其功甚巨。虽曰侥幸成功，然任斯责者，不可不察也。

五曰量力劝输。

劝沈一万，劝朱八千，宜其难矣。人以为口舌之功，而不知非也。其财名著者，其心固自知非有此数，不足以服通县之心而保家业。况典铺尤招妒之媒，栗栗危惧，固有之情也。特不经官劝捐，虽有此情，既不肯自言，以招贫民之祸，又不肯倡首，以招富人之尤，极力劝勉，极力推辞，而针芥已相投于不言之表。此局一定，则通邑富人，其数之依次而降者，其多寡皆自了了于心矣。是故察见其情，无不易也。所难者，恰当其分耳。一则典多于田，凶年虽有亏息，终不大亏。一则田多于典，虽曰连年之蓄积多，而本年则亏者大。此一万、八千所由分也。向使皆一万，皆八千，其事不成。是故酌量身分，与酌量灾分等也。又本年花衣，春夏石三千，秋后石十千。积花之家，多者数千石，少者三四百石。每劝十分抽一，故人不苦而事易集。尝有同宅同田，一有花，一无花，捐数判若天渊。要在无意时访得其实耳。门弟子有诮余者曰：先生忠厚长者，而亦用策士劫人之术乎？余曰：是行仁之术，非劫人之术也。相与一笑。

六曰调剂城厂与灾分加重之区图。

本城中人之产，可数者落落十余户，并入一典，总捐二千余金，已力尽筋疲矣。而贫口无业之民，不下六七千口，每口约一千文，四月计之，约短三四千金。又本年盛桥、有闻等六图，被灾更重。向与月浦同厂，月浦人计其灾分轻重，捐数必不敷六图赈放，于是欲推入罗店。罗店已成之局，势不能更加六图，彼此争控不已。余不得已，别约六图之人到城，会计悉索，以贫口与捐户细为较量，约少三百余石之米。此皆不能不藉他镇之富厂通融调剂者。富者首罗店，次真茹，次大场，次江东，或提二千，或千五百，或一千，通盘筹画，以归均平。然此惟奇荒极歉行之，若寻常荒歉，又在临时酌量轻重多寡，进退与时消长，不得执一例例之也。

七曰主张劣衿顽民之累。

品行不端之人，不得与董事之列，无从插手分肥，捏造流言，贻害董事。此风江湾大场最盛。向年控案累累，使董事疲于奔命。是以稍知自爱与有力者，率多退避。惟地方官与身任劝捐者，明白晓谕，言凡劝捐，系官奉上宪办理，并非董事之责，有以奇派勒捐等词：控董事者，悉官为承当，不使董事一人到官；又必勤身到厂，杜绝一切供应，不使有浮费。访查董事之中，如有徇私包庇及事外勒派者，严行禁止，或径斥退其人，以杜祸本。

八曰量厂分人情，别立总董以收众心。

捐数之大者，不得不任以董事之权。何也？自出己财，自为经理，较不知疼热者相去有间。然人情甚难画一，或因己捐数稍大，几幸后手有余，以为退还之计，于是有输缴不勇之弊，有苛刻散捐之弊。或董事偶有事故，不能每日到厂。一日如此，日日因之，一人如此，人人因之，加之度岁、收账、归账，竟可无一人到厂。就使厂差传到捐户，无人与之说合，总甲催到缴户，无人与之收钱。而厂内有涣散之弊，厂外有流言之弊，加意整饬，终成棘手。他厂之有条理者，固无虑此。须察看某某厂人情多推诿，无慷慨任事者，须访得公正一二人主持其事，专其事权，则号令一而人情定矣。如真如之姚剑方，捐数多而董事力，善之善也。江湾盛东序，以馆为生，不捐不董。愚强之而出，任事之后，自书告白贴之厂前，云某奉父师派任总董，倘有丝毫苛庇，定遭雷击火焚。观者为之悚然。广福须豁如亦然。明林金事著《救荒丛言》，首列二难，一曰得人难。岂不然哉！岂不然哉！

九曰贫口捐数，陆续张贴。

核日期以定贫口，一名该若干钱米，此易事也。但贫口有初不在家，闻赈归来者；亦有岁内自以为力可支持，岁外势绌，不得不领赈者；或有编总漏开者。此三等人其为应补无疑也。而编总每乘机冒滥，一单开数十户、数百户，挟制董事。董事不欲取怨于小人，如数入册，以致原捐之数不敷赈放。此弊在今年亦颇有之。明林公二难，曰审户难是已。惟有将初查贫户，白土书门，照数贴出。其有续增者，一户一口，由董事禀官查验，分别应增与否，随即续行贴出。如此则冒滥口数之弊，自当稍清。而捐数之不能遽贴者，其故有二：一则早为贴出，恐散捐之人，核对贫口已足敷用，于是大势退避，而贫口续增必至竭蹶。一则大捐户身任董事，几幸散捐多，将来后手赢余，可以摊派退捐。此董事者之居心也。今有续贴之法，原捐之数先贴，与原贴贫口之数，孰赢孰缩，既已人人共见，而续数又相比对，约半月一贴，则既无藏匿之弊，而流言亦无自而起。即已捐者，亦不能托词不缴矣。此事责成勤敏厂书一人，每三日一报。城中立总书一人，随到随核随报。厂差须勤干一人，督率编总，催捐催缴。今番亦未能各厂如令，因劝捐稍迟，协助太少，未免顾此失彼。稍有参差，不无流弊，日久反多费心力耳。后之从事者，宜鉴于此。

十曰严禁厂中浮费。

此番于役，一切轿伞、行杖、夫役，皆由本官自发。即火食亦系自备，不许以丝毫扰厂。本学以众门生陈请云，老师下乡，门生辈不备一餐之供，脸面攸关。于是许以二簋，究不能食，其合口菜点仍系自带。至于宝山书差，惟捐赈一节，尚知畏惧，不敢妄为。其饭食皆由本官给发固妙，即不能，厂中开发，甚属无几。若夫贫口无爨火之光，而厂局则辉煌灿烂，贫口无一餐之饱，而厂局则酒藏流醼，岂惟体制不符，亦且居心何等！今幸各厂皆听教条，要知此皆流言之本、构讼之根，不可不谨也。

十一曰劝捐必用教官。

凡事气味相近，则言语易入。知县为一县之主，绅士中之高品者，不肯交接，仓卒相谈，扞格不入。其卑者趑趄嗫嚅，何能倾吐肺肝一言耶？又其下者，欲藉此以取欢悦，其言宁复可信！惟教官常与士大夫相接，其言之是者进之，其言之非者退之，一无忌讳，彼此得以尽情。天下未有其情不达，而足以立事功者。若夫嘻笑怒骂而人不怨，或曰此在平日居心行事，诚信相孚，非取给临时者。是说也，余愧未能也。然何其言之近道乎？

十二曰贫生分别文武。

贫生归厂给散，其文生则令总甲代领分送，以养士气。武生则须查其安分与否，分别给与。俱赴学报名，传知各厂办理。

十三曰十一厂之外当添四厂。

刘行向与广福合厂，多所抵牾。廿年分之，今已见效矣。城厂向与吴淞口合厂，虽不抵牾，而贫口不便，今亦分之矣。惟大场一厂，四十五图，统辖数十里。江湾一厂，西南一带，亦远厂十余里，恃其旷隔，不受节制。盛家桥六图，与月浦人情抵牾特甚。当于彭王庙立一厂，以收江湾西南各图，收大场东南隅各图、真如东北隅各图。陈家行立一厂，以收大厂、杨行相远各图。胡家庄立一厂，以收蕴藻南北各图。总之厂面宜小，小则捐户不能遁，而贫口易于查。惟罗店四十四图，有怡善堂为之总，且亦和洽，似可以无容分晰。其当分者，曰彭浦厂、曰胡庄厂、曰陈行厂、曰盛桥六图厂。今未及行，以告将来。

十四曰各图随多少以赡各图。

今川沙抚民司马，小轿一乘，书一人，役二人，按图立董书捐查贫口。其图之捐数多者，多给几文，图之捐数少者，少给几文，人情俱服。此后有某某图分立意阻挠者，官为经纪。此法可用也。

复江湾董事书

顿首谨复江湾各董事足下：正月廿二抵杨行厂，旁午之际，署中递到来函。朗朗成颂，如读前贤奏议文字，佩服佩服！但此中办事苦心，似有未尽深悉者。谨布一言，伏惟谅察。贫口诡冒，各厂皆有，而贵厂尤甚。以衣六图四百之口，增至九百余口。一图如此，他图可知。此来函所云七千有奇，今且一万三千之所由来也。是役也，原为贫口而设。无论真贫口不可删，即似贫亦不可删，即似贫而不甚贫者，亦不必删。何也？大歉之岁，似贫者固贫，即似贫者不甚贫者，亦界于似贫真贫之间，宁滥毋遗，删之同为可悯。今所议删者，曰冒、曰诡。张姓不贫，李姓借其名以入册，曰冒。然犹有张姓其人也。乃至天壤间并无其人，捏造一姓一名，曰诡。如淞口厂，有吴名圣一人，又有吴名、吴圣，一户而三户矣。未已也，复有吴又土一名。如此之类，宁不可删？然今出示删除，遽指曰冒、曰诡，则不独编总负罪，即董事亦有稽查不力之咎。是以美其名曰次贫，通其法于恩赈次贫一月之例，不曰删减诡冒，而曰扣除次贫。此措词之圆融耳。来示云，刁诈之徒，若按实抽除，必多不靖。是说也，愚岂不知之？然有道焉。民情聚则嚣，散则静。今必于开厂给发之时而抽除之，诚属不易。惟先期严谕编总，逐户抽除，断无虑此。本城厂现在行之，即各厂之浮滥太甚者亦行之。凡事不过于求全则可，若不去其太甚则不可。《康诰》曰：小民难保，往尽乃心；无康好逸豫，乃其乂民。今之从事者，大抵不肯尽乃心，博宽厚之名，以济其康好逸豫之实而已矣。岂知多一诡冒，则占一贫口之资。足下虑百廿日之期不敷，奈何不于此少加之意乎？至于百廿日之期，如果实在不敷，俟八十日之后，自当略加变通，非见面不能悉也。若典商一节，则更有说焉。此番劝捐大局，原合廿年加四倍筹画者。盖灾分重则贫口多，期日长，自然之理也。若使铢累寸积，必不能成此大局。欲成此大局，非有一二人能捐一万八千者，必不足以风示诸绅富，而大解其囊橐。是以首劝罗店沈姓捐出一万，谈何容易！然沈姓之典在通县者十，在本镇者三，籴厂已按典各五百矣。今捐一万，则本镇三典，应合一万之数。而外镇七典，彼亦欲合入一万之中。于是反复开导，舌敝唇焦，然后有七典以五百为定，并汆亏不认之议。此当时之苦心，而亦事势之不得不然者也。今言贵厂自来义赈，分作三股，董事、散捐、典商各居其一。欲使四典认捐四千，以成一万二三千之局。不料诸公一相〔厢〕情愿，至于如此。贵厂旧章，每典每日六千，四典应二千四百千，何以有三股分认之说，而欲四典四千哉！即云每日六千，或行于他典则可，行于沈姓之典，断乎不可。以万三千五百，倡通县之捐，不独前言不可食，其事势亦必不可行。没其首功，以图不可行之事，甚为诸君不取也。若云天灾流行，何时蔑有，旧章一废，后将棘手，则更不然。昨岁之荒，数百年而后一见。其寻常灾分，沈姓断不能以一万三千五百首倡通县，则贵厂每日六千之旧章，谁得而废之？倘数百年再遇如此灾分，更劝一人慨捐一万三千五百，以风示通县，以成十四五万之大局，则愚与明府之所定，刊之邑志，垂为令典，可百世俟而不惑者也。足下犹鳃鳃然虑其为富不仁，是何异责刲股者曰奈何不刲肝？不刲肝恐开不孝之渐，何责人之无已乎？夫子之言也，请为诸君诵之。若他典阴蒙沈典之福，或可别论耳。贵厂诸公，于当行者退避畏缩，于万不可行者反多说词，抑独何耶？愚所最畏者，畏其饥寒自蹈法网而不自知。若奸民何所畏乎？所最不祖者富户，无所求于富故也。若富而能义，则同心之臭味也，非祖其富祖其义也。且奸民非直不畏而已，必将设法以除之。莨莠不除，嘉苗不立，道如是也。富而好义，亦非祖之也。报已往之善，又足以劝将来之善，道亦如是也。诸君其然吾言否？不宣。

复施春谷先生书

顿首春谷先生阁下：窃谓此番公事，所以得手而不至于覆事者，其道有四。一曰合邑缓征，以为劝捐张本，故人情无他顾之虑。二曰经营两汆次第，故民气不伤，而民心渐定。三曰与廿年比较灾分，以定倍三倍四筹画，故百廿日之期，无竭蹶之患。四曰调剂本城最贫之厂，而城池仓库监狱一无他虑，四乡皆阴蒙其福。传云先定规模而后从事者，此也。略可恨者，分厂之后，各董事稽查不力，以至贫口冒滥，而缴数又不踊跃，稍劳奔走耳。至于各厂董事，有厂面稍大，恐人心不一者，正董之外加以总董。大场之李崑发，江湾之盛东序，广福之须豁如，皆贫不能捐，而一厂公事，皆取决于一人，虽捐至数千者悉受其节制，以故各厂无参差不齐之貌。若阁下暨研堂、芥舟诸先生之在贵厂，则尤望隆品重。《礼经》所云国老、庶老者也。先儒云国老，谓卿大夫致仕者。庶老，谓士。汉治近古，尊事三老五更。夫曰老、曰更者，言其年老而更事多也。天子且尊礼之，况下此乎？风俗之衰也，始于少年不更事之人。偶而富贵，横视乡里。其老成之人，又复含容姑息，以酿成嚣凌浮荡之习。三物不修，而八刑以起。三物者，六德、六行、六艺是也。八刑者，不孝、不弟、不睦、不姻、不任、不恤、造言、乱民是也。贵乡素修三物之教，风俗最为醇厚，而不料今日竟俪于八刑而不自知也。父兄义举，子弟从而败之，曰不孝、不弟。邻里乡党不相推解，曰不睦、不姻。力可以相及而故靳之，曰不任、不恤。举久要之说、共闻之言，忽欲出而败之，将以酿成祸变，曰造言、乱民。是虽子弟之过欤？而乡先生亦不能无责也。昨岁奇荒为从来所未有，而本城之贫，亦为通县十一厂所未有。议振而不议城，则但为富人之家室计，而绝不为朝廷之城池、仓库、监狱计，有是理乎？是以首劝沈、朱一万八千之时，已明白言此。及来贵乡，竭日夜之力，劝成二万六千之时，又谆谆言此。岁暮致书诸公，诸公复书，以元宵后为期。不料沈、朱数少年，忽出异论，竟欲取调剂均平之政而败之。噫！异矣。夫因公写捐之例，当未写之时，其钱则本人主之，既写捐之后，则其钱非本人主之，天下之通义也。沈、朱捐出大数，以济他厂，以倡通县，地方官自当详请督抚，督抚题请从优叙功可也。而其钱则公物也，非沈、朱所得专主者也。公物则公主之。何谓公？董事经纪其数，而不使之或缺。邑大夫与乡大夫条理其出入，而不使之冒滥。此谓以公办公。今者贵厂任意浮冒，谓之以公济私。浮冒已极，而转使城厂有岌岌危殆之势，是谓以私废公。夫本县父师与乡大夫行调剂之公政，而顾听少年不更事之子弟，始也以公济私，继也以私废公，而谓为之父为之师者，顾听其颠倒瞀乱，将以酿成事变，竟袖手不一救正，有是理乎？《易》曰：长子帅师，弟子舆尸。凶。此言凡事听命于长老则无弊，若弟子专主，未免如师徒挠败，而有舆尸之凶也。设王明府为城池、仓库、监狱计，竟将此情通禀上宪，则舆尸之象见于乃躬；抑或竟将贫口册籍发交贵厂，则舆尸之象见于通镇矣。王明府付弟信，固指名朱生，亦有奉怪阁下不能教率子弟之意。弟于明府前一力承当，既以此事之理势布之诸公，而复以恳款之言献之左右，伏惟照察。不宣。

与罗店董事书

启者：调剂城厂二千，此久定之章程，久要之语，城厂六七千贫口共闻之，即通县十一厂无不共闻之。昨腊诸公书来，以元宵后为期。今二月初九差回，接春谷先生手函云，调剂城厂先付一半云云。及查一半之数仅五百，此乃四分之一，何为一半耶？昨闻王明府盛气谈及诸公议论，颇有推诿之意。因知诸公殆欲以一千之数，苟且塞责。此乃诸公错用其心然也。谨贡其说于左右，惟采择焉。天地生人，有富即有贫。顾天地不能使富者济贫，而父母能之，故父母为小天地，以其补救天地之不足也。大君者，天下人之父母也。督抚者，一省之父母。州县者，一州一县之父母也。惟其为天下之父母，故合天下而调剂之。一省之父母，能合一省而调剂之。为一州一县之父母，其必合一州一县而调剂之。此一定之理，自然之势也。宝山一县之富者，贵厂为首，次真如，次大场，次江东。其杨行、刘行、广福、江湾、月浦、淞口，皆足以自了，不能剂人，亦不望人之剂。而城厂则处于至贫，其关系又最重，城池、仓库、监狱之所在故也。荒歉之岁，劝富解推，下之保全贫民，使之不至于乱，而富人亦安；上之即所以保全城池、仓库、监狱，而不使其有一毫之变。此臣民报君上之分宜然也。以宝山论之，城厂最贫而又最重，不保城厂，则城池、仓库、监狱为之不安。为此邦之父母者，数月以来，寝食不遑，以奔走于风霜冰雪之中，以安富民。而富民竟置城池、仓库、监狱于不问，子民报答父母之情，应如是乎？昨岁奇荒，为自来所无。明府因廿年之灾，系弟经办，故往复就商，以期于有成。弟亦因明府决意缓征，不觊觎纤毫利益，而议捐为有据。乃权衡灾分，较廿年重三四倍，其贫口时日亦必加三四倍。其时颇有以弟言为迂阔者，而弟之议捐，坚执鄙见，身心劳苦，舌敝唇焦，此通邑士大夫所共见共闻者也。私心计议，贵镇为首推，而贵镇又以沈、朱两宅为首推。一劝一万，一劝八千。当其劝捐之时，明目张胆，而言通县调剂者，若不为调剂，又何苦舌敝唇焦，而劝成一万八千也哉？一万八千，已足敷贵镇一厂而有余，又何苦穷日夜之力，久驻贵厂，复劝成二万六千有奇也哉？此二万六千者，虽出于贵镇，而实愚与明府心血结撰而成者也。贵厂诸公得此便宜，忽翻然易虑，抹煞前言，此岂仁人君子之用心乎？大为诸君不取也。明府言曰，大场四十五图，贵厂四十四图，其不大于大场明矣。而大场放足百廿日之期，不过一万四千七百有奇，贵厂何需二万六千？此中浮冒显然。愚解之曰：木石足者厦华，鱼肉丰者馔美。好行其惠者，生于有余，人情之常，无足怪。但不当取久要之言、共闻之说，忽欲改图而易辙，将置一县父母于何地？鸤鸠之哺子，朝自上而下，暮自下而上，诗人取以况君子均平之政。若诸公任意上下，岂鸤鸠之本意乎？甘肃、云贵诸边省，每岁率由江浙大省解存银粟数百万。山东连年荒歉，或截某省之漕，或解某省之饷，如诸公存疆域之见，则边方歉省，宁有一旦安枕者？惟皇上以父母之心，待普天下，故天下调剂均平而人不觉。朝廷立州县，而为州县者，设或有听其多寡肥瘠而坐视不理，绅士尚当公呈吁请调剂均平而后已。而顾欲拗折父母调剂之心，以遂其背公徇私之见。辨是非以正人心，美教化以厚风俗，愚不能默默也。且其势亦万万不可已者，不可已则必有变，何也？贵厂贴二千，大场一千二百，真如一千五百，江东一千，以本城竭力书写不过二千以外。以六七千之贫口，兼之百廿日之期，其匮乏情形，岂不可虑？今贵厂多方作难，欲少一千之数，城厂必不敷散。董事固束手无策，贫口能束手待毙乎？闻贵厂悭此一千，其能安坐不生就食之计乎？河东、河内，相隔三四百里，尚可移民就粟，况本城、罗店，相隔不过三四十里之地乎？与其作仓卒主人，何如从容调剂之为得乎？诸公务审察理势，快意行之。语云，与其焦头烂额，不如屈突徙薪。愚之不惮辞费，正为贵厂筹屈突徙薪之策耳。再者，贵厂捐数虽多，悭吝不缴者想亦不少。愚以各厂星夜奔驰，惩儆董，严总甲，一有头绪，即移驻贵镇，力为整顿，必可清完。则今日之奉劝解囊者，仍以心血奉偿。前后之间，一转移而已。何用多番作难哉！言之一笑。

附 题 跋

筹振有司责也。筹而善，著之以贻后来，亦良有司之心也。而王厚斋明府，未及葳事，遽以养归南阳。门弟子述天语之褒嘉，民心之称颂，而怂恿刻之，非本意也。故凡一切文移，好义姓氏，皆不录。惟取经画之大端，与夫经画之未备而有待将来者著焉。故曰事略云。其时投赠诗文，称扬溢分，多如束笋。愧不敢承，谨藏之以为秘玩。独择其有关于《使足编》者数篇附焉。侵官耻也，近名亦耻也。若曰取其陈迹以备后人之采择，是余素志也夫，倘亦诸君子称扬之志也夫。恕老人谦存自记。

弇山杨正源跋

（号子泉，廪生故友彭甘亭之高第弟子，文章极有家法）

救荒自古无善策。汉以后惟宋差善。富弼之于青州，滕甫之于郓州，其最著者。然救之已然，不若筹之于未然。旱涝风雹之在天地，如人之有疾痛然，虽善养生者不能免，而惟善养生者，虽不免而不为害。此我犀台先生所以有《使足编》之作也。考《周礼》遗人掌乡里之委积，以恤艰厄；旅师掌聚野锄粟，春颁而秋敛之。是编大旨，以二者为根柢，而总其纲于知民数。则又以廪人周知民食之法，会其通而酌其宜，不泥古亦不背古，有均平利赖之实，无苛刻缴绕之弊，法而行之。东坡所谓天不能使之灾，地不能使之贫者，将于是乎在？贺藕耕方伯见是书，亟收刻之经济文编中，有以也夫。岁在乙酉冬至后一日。

黄河瑞乐府六章，章八句
（字秋坪，本邑举人，刻苦于诗，入唐人之室。赠此诗。未几殁）

瞻彼冈陵，有翘有秀。允矣君子，邦之硕茂。厥德伊何，如兰之臭。穆穆休音，坚贞其守。天与遐龄，为先生寿。先生之品，超然见真。先生之学，粹然其纯。远宗近守，庭训是遵。忠孝为本，维存吾春。是寿者相，乃天之民。音在于谷，名闻于朝。征书下逮，车乘翘翘。为鼎为鼐，其曰可调。以道得民，乃在儒僚。为海邦式，令闻孔昭。马融悬帐，仲舒下帷。官非不冷，春风与吹。谈经讲学，心与古宜。民望其牧，士得为师。性真是保，德乃福基。鸿雁在野，心为之恻。苢蓿在盘，口亦可适。自奉非薄，为民为国。仁人用情，首在保赤。淡泊寡营，儒者之职。松柏在林，蔚然扬芳。下有芸芝，厥英煌煌。以庇以荫，子孙其昌。履贞抱朴，德音难量。五世八世，福禄无疆。

张朝桂乐府一章并序
（字问秋，增生。文多沉挚之思，诗尽牢骚之响。同学中轶群材也）

夫祝备三多，畴先五福。寿之于人，繇来尚矣。顾歌蓼萧者，曰令德寿岂。歌南山有台者，曰德音是茂。是德者寿之本，故诗人咏焉。夫子秉铎我宝邑之十有四年，行开七秩，厥德弥劭。操觚珥笔之士，鳞集麇至，莫不纡弦歌之余韵，振金石之奇声，猗欤盛矣！桂素谫陋，凤承陶淑，奉觞称庆，不可无词。爰酌彼兕觥而作颂曰：

爝爝角亢，出自东方。煌煌进贤，太微之旁。既主寿考，实兴贤良。我师令德，如圭如璋。辂轮载辟，作师海邦。飞鹗戢羽，鸣凤翔冈。昔在饥馑，鸿雁嗷翔。计户出粟，度野储粮。是哺是啜，民无夭枉。士服其教，既淑而臧。民怀其惠，既苏而康。惟德是懋，靡善不彰。遐以报之，麋寿无疆。岂惟无疆，后嗣其昌。

李成凤七律四首录二
（字少坪，本邑举人。穷困以死，哀哉）

宝山花竹海门潮，博带哀衣暮复朝。散地漫嘲官独冷，闲曹也要福能消。堆盘苢蓿襟期淡，插架琅环著作饶。一十三年勤教授，好音久已感飞鹗。

偏灾去岁属荆扬，赖有先生奠此方。远为至尊忧水旱，近同贤宰抚流亡。龙门笔妙书平准，鹿洞经余策备荒。百万哀鸿如化雀，玉环无数集鳣堂。

刘瑞琼调寄满江红八阕
（字孟眉，廪生。以诗文冠多士，善医，称回生手）

倒卷银河，泻平地，水深千尺。更禁得，飓风吹浪，阳侯作剧。沧海难填精卫恨，漏天谁补娲皇石。叹吾侪几个病相如，萧然壁。可怕者，空空邑；可怜者，鸠鸠色。说甚么，珠同米贵，有珠无觅。闭籴已同盐策禁，汛〔泛〕舟又与崔蒲值。看海边多少乱飞鸿，如何集？（是时邻邑严闭籴之令，诸亡赖又藉词讹诈。）

后乐先忧，任天下，是谁之责。卿用法，我行其道，从容筹画。闭户早储公辅器，搴帷日议循良术。看氅氅一辆小肩舆，头全白。长孺节，分不得。监门画，嗟何益。富儿门，家家扣到，舌衰谁识。乞米罢书牖下士，吹箫饱尽墦间客。办忠心一点报君王，人人活。

一手炉锤，浑莫辨，经膏史液。信道是，绸缪未雨，煌煌五集。良法先教求圣意，霸才善用皆经术。一条条荒政补周官，如椽笔。志食货，图耕织；论常变，权缓急。七年旱，九年洪水，且亡捐瘠。敲缺唾壶当木铎，拈来谈尘围经席。佐太平一卷治安书，从头述。

狂煞刘生，迂儒耳，寸权不藉。干甚事，杞忧窃抱，上书长揖。续命符祈停薄赋，返魂丹仗开公籴。看先生一一有经纶，纡筹策。给孤独，为煮石；剔奸炉，如束湿。才小试，盈虚酌剂，平施称物。性命先深饥溺志，文章全现慈悲力。待朝天再拜奏丹墀，深深刻。

沈学渊楹帖
（字梦塘。专于诗，无体不工。著有诗集）

经术须寻耆旧传，儒官能著活人书。

书宝山议振赠章广文先生
陈阶平（雨峰）

癸未冬，承摄崇明镇驻哨宝山之吴淞海口。是岁大祲，民枕藉道路死者，江以南为甚。强者乘荒犯死罪，扰村镇，忧守土者无虚日。滨海之氓，向之以枵腹啖乌附者屡矣。心滋惧焉。乃久之而寂然，又久之而欣然。余询之人人，佥曰：恃有章广文先生。先是嘉庆二十年，邑宰姚卒于当徒工次。时贫口嗷嗷，呼吁于州刺史朱公。朱公知先生贤，遂委属焉。不十日而集数万金，分厂授食，民心大和。今王明府用是坚属先生，而阖邑之人均以为非先生不可。先生曰：今之不同于二十年者，灾分重，时日长，贫口多，而捐户少，均当加三四倍计之。向之四万，今非十四五万以外，不足以济事。择一二钜家，折柬招之来，一一万，一八千，惟先生命是从。先生知此足以风矣，于是驾轻篮，减随从，就平日之品学著而人心服者，周咨周度。令不出则已，出则必从；数不定则已，定则必当。虽素号强梗，悭一钱如性命者，一见先生，率输诚恐后。一月之间，十六万余金毕集。夫广文先生，非有威权詟服人者也，又非能以文章道德家喻而户为晓也。而顾若此，非诚信孚于人者素恶可得也。开厂之日，明府巡西北，先生巡东南。余时坐艍鳞船上，旷望东西岸。是日也，海风狂冷，人缩如猬。先生昂然挺然，拿舟渡一角海，登东岸而去。阅日传闻某厂冒口哗而嚣，不可遏止。先生至，顿息服，罗拜舆前以退。某厂某富，残贼骨月废，市人不服，将以阚其室。邀灾民，灾民曰：何以对此老？遂止。良必保，奸必锄，雷厉而风行。以故一县十一厂贵者贱者富与贫者莫不翘首跂踵，望先生至，如望景星庆云也。岁除相晤，语慰之曰：得毋寒耶？曰：否。得毋劳耶？曰：否。先生恒自称曰老夫。今观之，先生不老也。方今朝廷清明，大吏公正，先生顾欲优游以间官老，吾知其不可得也。先生名谦存，池州人。

镇军，泗州人。与姚姬川、唐陶山诸老辈游，故古文极有家法。署镇时刻有《防海方略》、《巡海记》诸编。陶山以为有羊叔子风度，信然。今任湖南镇筸镇。

赠章犀台先生七十序

宝山知县王坤（南阳人）

盖闻蹞蹞职植之世，惟守朴以永年。贞固精爽之贤，皆修道而养寿。有眉梨鲞骀之称，无松柏台莱之祝。迨及晚近，乃事浮夸。颂修齿者，动曰彭雍。纪长年者，咸称绮季。然而蔓辞屏列，徒侈夫福衢寿车，华说锦张，无当于贤关圣域。是非道合元和，身齐律度。抗志于经神学海，希心于义府儒宗，其能不鼎钟而播美齿筵，未毫期而铿奇舭牍哉！维我犀台先生，系出鹰扬，家承鸿业。幼而岐嶷，长更徇通。自举茂才，逮冠贡藉。管辂为一黉之俊，赵典乃诸儒之宗。固已经明行修，业成名立会，诏征孝廉方正之士。相国朱文正公，时开府皖江，首荐先生。桓范下士，推毂而举幼安。郭祚进贤，列表而推高绰。遂乃对策阙廷，上书台阁。疏平定三省之方略，抒揣摩十载之经纶。朝议行之，时论趎焉。此亦儒生之遭际，征士之光荣已。既乃铨名选局，授掾学门。二鹤图成，三鳣飞集。载图书于东海之滨，敢辞官冷。式生徒以北斗之范，不愧师严。加以陶浴韬符，钩摘铃决。青箱绍业，并通阃外春秋。绛帐论兵，自具胸中戈甲。自来公望，孰兼公才，不信广文，今且广武。且夫穷经者以达用为归，衡福者以尽伦为大。先生老读父书，辄废呫哔之什。蚤同兄学，不闻儒墨之岐。孝悌爱敬尽良能，宗族乡党化驯行。且也任瑰年少，虽足兴宗；阮咸居贫，未能择对。先生乃勖以家修，助之厨费，卒使谢朗谢元，成乃门户；阿宜阿买，宜尔室家。以视昔之弃珍羞数车、责单衣一袭者，直不可同日语矣。慨自金镜亡于暴秦，珠囊理于炎汉，一经壁出，万说锋腾，铨释既多，信疑间出。先生博采众家，实求一是。如明堂邛泽、周诰、周南、郑风诸解，辨诂训之异同，正传疏之得失。上不诡贾、马、郑、王之是非，下不袭濂、洛、关、闽之糟粕。于以标宗旨，于以定折衷，于以阐经笥，于以广津寄。析五车之奥，华逾百城；传一卷之书，荣胜千驷。况乎中年以后，抒轴韩、欧；晚岁以还，祖述李、杜。气五色而凌云，笔一枝而镂月。辉丽万有，扶轮金石之场；照彻三才，环络藻绘之府。冠冕词坛，领袖文阵。大雅不作，舍公其谁？说者谓鼓吹坟典，但能文章；陶奖童蒙，无资经济。独至先生师儒望尊，民物道备。昔年流冗，独任劳徕。昨岁迍邅，同筹赈赡。募义粟于礼富之家，哀余粮为豆区之恤。劳公仆仆，活我元元。犹忆坤与先生，星霜并辔，风雨对床。状四境之颠连，书成红帖；拯万家之饥渴，政考青州。先生因作荒政二编，磨丹握椠，踵应龙劝籴之歌；斟古酌今，篹师古救时之策。盖条画胥根经术，而功德自在民生。他若春酒一卮，醒醉皆得；秋枰一局，胜负都忘。亦复以培养天和，排遣世虑，虽青云鹄坠，早主芙蓉，而白发燕贻，犹森兰玉。此则厚德必报，家余庆而克昌，宜乎多祉诞膺，年随德而弥劭也。属当悬弧之辰，群修介寿之礼。冀荣阶伫，桂馥庭催。跻堂多问字之人，洗斝半升斋之彦。庚经同拜，亥算亲书。坤等忝列同官，幸逢嘉会，道尊先进，心折后凋。将歠引年之词，恐乖纪实之义。用叙七十年修身立命之符，以代八千春絣福锦龄之颂。霞明槐市，常留著述之材；露饫柏囊，别绘耆英之会。置身世于羲皇而上，既贞众美而章舍；祝曼延以道义相期，敢首诸贤而隍引。是为序。

荒政书成恭纪

（老友毕静山颇称此诗，加墨悉依之附刻）

家无金穴郭况填，（行间批语：静山云：反振三语，横甚。）官无百里庞统权。五羖七十霜满颠，岁在癸未百六缠。乖龙夺取江南田，倒翻玉女洗头盆。夏苗荡尽秋苗连，宝山僻处天涯边。江河湖海同一川，人民鱼鳖同一膻。生死旦暮同一跧，上下束手无俄延。

大父曰吁何以然？有手聚米米成山，有口呼贝贝满渊。力请缓征居其先，两籴以次轻重权。大赈继之期无愆，一百廿日轮便便。缚奸犹如缚湿毡，填虚犹如化贸迁。（行间批语：静山云：经济精神风致一捆而出。）东过西度互折旋，昼南夜北无安闲。海风飘飘疏白髯，拿舟径度层冰堧。敲奕三更灯花孛，僆从倚壁方酣眠。翦裁锦绣挥云烟，笑看负戴小大牵。细辨野突家家黔，冻梨仰面欢双颧。少妇折花簪两鬟，风情一一收诗笺。（行间批语：静山云：工细乃尔。）双手变化成丰年，毕期不费司农钱。方今天子明德宣，方今大吏抚字虔。承流岂尽疏恫瘝，侧听未免多喽啴。至今狼藉殊未平，明府曰惟大父贤。大父曰惟明府勋，让功让德不自专。各以功德归大圆，邑士请以纪载传。大父曰吁姑勉旃，得鱼何必弃其筌。纪事以实终不喧，更以箸述加首弁。曰求其人功乃前，付之梨枣深刻镌。书成家各置一编，要得性命俱安全。子孙饮水思其源，岂仅为人除瘠瘝。久炼之石能补天，纯青之火能成仙。拜手稽首陈长篇。（庭训云：不谙炼，则事不行。杂私欲，则事不成。故次盛君诗有"石如未炼天难补，火到纯青仙亦成"之句。普济之方，即贻谋之道也。孙礼实谨识。）

荒政摘要

清道光十四年刻本

（清）李羲文 编

张永江 点校

荒政摘要叙

　　有不忍仁之心，斯有不忍仁之政，是政本出之于心也。何以有仁心而民不被其泽？盖从政者之才识有不齐，阅历有未到，不取前人之仁政，博访而周咨无惑，事变当前，束手无策也。不忍仁之政，莫大于救荒。何国蔑有阴阳之愆伏，全赖人力以挽回。圣心轸念民瘼，偶遭旱涝，不惜帑金救于水火。有斯民之责者，将何以俾一夫之不失其所？然则荒政可不预为讲求哉！汪稼门先生抚吴中时，刊有《荒政辑要》十卷，良法美意，采择无遗，斟酌尽善，诚宜古宜今之仁政也。仁心不可即是而推乎？惟卷帙较繁，一时未能卒读。侪农李方伯择其尤为简便者，节为一册，期于一览辄可见之于行事。盖当哀鸿嗷嗷，不忍人之心直有迫不及待之势。必使不忍人之政一举手而遂登诸衽席，斯为快耳。今迁西蜀将去，犹惓惓于关中。镌是编以留赠仁人之言，其利不亦溥哉！而吾于以见仁人之行政，即于以见仁人之用心，是以序而行之。

　　道光十三年十二月既望滇南杨名飏叙于青门节署

荒政摘要目录

荒 政 摘 要

《周礼》十二荒政

《周礼·大司徒》以荒政十二聚万民：一曰散财（贷种食也）；二曰薄征（轻赋税也）；三曰缓刑（省刑罚也）；四曰弛力（息徭役也）；五曰舍禁（山泽无禁也）；六曰去几（去关防之几察，使百货流通）；七曰眚礼（杀吉礼也）；八曰杀哀（节凶礼也）；九曰蕃乐（谓闭藏乐器而不作）；十曰多婚（多婚配则男女得以相保）；十一曰索鬼神（求废祀而修之也）；十二曰除盗贼（安良民也）。

董煟《救荒全法》

人主当行六条

一曰恐惧修省；二曰减膳撤乐；三曰降诏求贤；四曰遣使发廪；五曰省奏章而从诤谏；六曰散积藏以厚黎元。

宰执当行八条

一曰以调燮为己责；二曰以饥溺为己任；三曰启人主敬畏之心；四曰虑社稷颠危之渐；五曰进宽征固本之言；六曰建散财发粟之策；七曰择监司以察守令；八曰开言路以通下情。

监司当行十条

一曰察邻路丰熟以为告籴之备；二曰视部内灾伤大小而行赈救之策；三曰通融有无；四曰纠察官吏；五曰宽州县之财赋；六曰发常平之滞积；七曰毋崇遏籴；八曰毋启抑价；九曰毋厌奏请；十曰毋拘文法。

太守当行十六条

一曰稽考常平以赈粜；二曰准备义仓以赈济；三曰视州县三等之饥而为之计（小饥则劝分发廪，中饥则赈济赈粜，大饥则告奏截漕，乞蠲爵，借内帑钱为粜本）；四曰视邻郡三等之熟而为之备（才觉旱涝，即发常平钱，遣牙吏往丰熟处告籴，以备赈济，米豆杂料皆可）；五曰申明遏籴之禁；六曰宽弛抑籴之令；七曰计州用之盈虚（存下一岁官吏支销，余皆以救荒，不给则告籴他邦）；八曰察县吏之能否（县吏不职劾罢，则有迎送之费，姑委佐贰官以辅之。不然，对移他邑之贤者）；九曰委诸县各条赈济之方；十曰因民情各施赈济之术；十一曰差官祷祈；十二曰存恤流民；十三曰早检放以安人情；十四曰预措备以宽州用；十五曰因所利以济民饥（兴修水利，整理城垣之类）；十六曰散药饵以救民疾。

牧令当行二十条

一曰方旱则诚心祈祷；二曰已旱则一面申州；三曰告县不可邀阻；四曰检旱不可后时；五曰申上司乞常平以赈粜；六曰申上司发义仓以赈济；七曰劝富室之发廪；八曰诱富民之兴贩；九曰防渗漏之奸；十曰戢虚文之弊；十一曰听客人之粜籴；十二曰任米价之低昂；十三曰请提督；十四曰择监视；十五曰参考是非；十六曰激劝功劳；十七曰旌赏孝弟以励俗（饥年骨肉不能相保。有能孝养公姑，竭力供祖父母者，当即行旌奖）；十八曰散施药饵以救民；十九曰宽征催；二十曰除盗贼。

赈 恤 五 术

宋御史上官均言赈恤有五术，一曰施与得实，二曰移粟就民，三曰随厚薄施散，四曰择用官吏，五曰告谕免纳夏秋二税。

救 荒 八 议

明参政王尚絅上救荒八议：一曰愍饥馑，乞遣使行部问民疾苦；二曰恤暴露，乞有司祭瘗，消释厉气；三曰救贫民，乞支散庚，积秋成补还；四曰停征敛，乞截留住征以俟丰年；五曰信告令，乞劝分菽粟；六曰推籴买，乞令无闭遏；七曰谨预备，乞申旧例措处积贮，勿使廪庾空虚；八曰恤流亡，乞所过州县加意存恤，勿使群聚思乱。

荒 政 丛 言

明金事林希元疏云：救荒有二难：曰得人难，审户难。有三便：曰极贫民便赈米，次贫民便赈钱，稍贫民便赈贷。有六急：曰垂死贫民急馈粥，疾病贫民急医药，病起贫民急汤米，既死贫民急墓瘗，遗弃小儿急收养，轻重系囚急宽恤。有三权：曰借官钱以籴籴，兴工作以助赈，贷牛种以通变。有六禁：曰禁侵渔，禁攘盗，禁遏籴，禁抑价，禁宰牛，禁度僧。有三戒：曰戒迟缓，戒拘文，戒遣使。

救 荒 二十六目

明周文襄忧救荒有六先：曰先示谕，先请蠲，先处费，先择人，先编保甲，先查贫户。有八宜：曰次贫之民宜赈粜，极贫之民宜赈济，远地之民宜赈银，垂死之民宜赈粥，疾病之人宜救药，罪系之人宜哀矜，既死之人宜墓瘗，务农之人宜贷种。有四权：曰奖尚义之人，绥四境之内，兴聚贫之工，除入粟之罪。有五禁：曰禁侵欺，禁寇盗，禁押价，禁溺女，禁宰牛。有三戒：曰戒后时，戒拘文，戒忘备。其纲有五，其目二十有六。

救 荒 正 策

颜会元茂猷曰：正策有五：一曰开仓赈贷；二曰截留上供米以赈贷；三曰自出米及劝籴富民赈贷；四曰借库银，循环籴籴赈贷；五曰兴修水利，补辑桥道赈贷，令饥民佣工得食，而官府富民得集事也。

竭 诚 祷

宋真文忠德秀曰：祷祈未效不可怠，怠则不诚矣。既效不可矜，矜则不诚矣。不效不可愠，愠则不诚尤甚焉。未效但当省己之未至，曰：此吾之诚浅也，德薄也。既效则感且惧，曰：我何以得此也。不效则省己当弥甚，曰：吾奉职无状，神将罪我矣。盖天之水旱，犹父母之谴责也。人子见其亲声色异常，戒儆畏惕，当何如耶？幸而得雨，则喜而不敢忘，敬而不敢弛，惴惴焉，恐亲之复我怒也。故曰仁人之事亲如事天，事天如事亲。一日祷雨于仙游山，书此自警，且以告亲友之同致祷者。

伐 蛟 说

一、征验之法。蛟似蛇而四足、细颈，颈有白缨，本龙属也。其孕而成形，率在陵谷间。乃雉与蛇当春而交，精沦于地，闻雷声则入地成卵，渐次下达于泉。积数十年，气候已足，卵大如轮。其地冬雪不存，夏苗不长，鸟雀不集，土色赤，有气朝黄而暮黑，星夜视之黑气上冲于霄。卵既成形，闻雷声自泉间渐起而上，其地之色与气亦渐显而明。未起三月前，远闻似秋蝉鸣闷在手中，或如醉人声。此时蛟能动不能飞，可以掘得。及渐起离地面三尺许，声响渐大，不过数日，候雷雨即出。

一、攻治之法。蛟之出，多在夏末秋初。善识者先于冬雪时视其地，围圆不存雪，又素无草木，复于未起二三月春夏之交，观地之色与气，掘至三五尺，其卵即得。大如二斛瓮，预以不洁之物，或铁与犬血镇之，多备利刃剖之，其害遂绝。又蛟畏金鼓及火。山中久雨，夜立高竿，挂一灯，可以避蛟。夏月田间作金鼓声以督农，则蛟不起。即起而作波，但叠鼓鸣钲，多发火光以拒之，水势必退。以上诸说，皆得之经历之故老，凿凿有据者也。

捕 蝗 法

李令钟份曰：雍正十二年夏，余任山东济阳令。闻直隶河间、天津属蝗蝻生发。六月初一二间，飞至乐陵；初五六，飞至商河。乐、商二邑，羽檄关会。余飞诣济商交界境，上调吾邑恭、和、温、柔四里乡地，预造民夫册，得八百名，委典史防守。班役、家人二十余人，在境设厂守候。大书条约告示，宣谕曰：倘有飞蝗入境，厂中传炮为号，各乡地甲长鸣锣，齐集民夫到厂。每里设大旗一枝、锣一面，每甲设小旗一枝。乡约执大旗，地方执锣，甲长执小旗。各甲民夫随小旗，小旗随大旗，大旗随锣。东庄人齐立东边，西庄人齐立西边，各听传锣一声走一步，民夫按步徐行，低头捕扑，不可踹坏禾苗。东边人直捕至西尽处再转而东，西边人直捕至东尽处再转而西。如此回转扑灭，勤有赏，惰有罚。再，每日东方微亮时发头炮，乡地传锣，催民夫尽起早饭。黎明发二炮，乡地甲长，带领民夫齐集被蝗处所。早晨蝗沾露不飞，如法捕扑。至大饭时，飞蝗难捕，民夫散歇。日午，蝗交不飞，再捕。未时后蝗飞，复歇。日暮蝗聚又捕，夜昏散回。一日止有此三时可捕飞蝗，民夫亦得休息之。候明日听号复然，各宜遵约而行。谕毕余暂回，看守城池、仓库。至十一日申刻，飞马报称，本日飞蝗由北入境，自和里抵温里，约长四里，宽四里。余即饬吏具文通报，关会乡封，星驰六十里。二更到厂查问，据禀如法施行，已除过半。黎明亲督捕扑，是日尽灭。遂犒赏民夫，据实申报。飞探北地飞蝗未尽，余即在境堤防。至十五日巳刻，飞蝗又自北而来，从和里连温、柔两里，计长六里，宽四里，蔽天沿地，比前倍盛。余一面通报关会，一面著往北再探。速即亲到被蝗处所，发炮鸣锣，传集原夫，再传附近之谷、生、土三里乡地甲长，带民夫四百名，共民夫千二百名，劝励协力大捕。自十五至十六晚，尽行扑灭无余，禾苗无损。探马亦飞报北面飞蝗已尽，又复报明各宪。余大加褒奖乡地民夫，每名捐赏百文，逐名唱给。册外尚有余夫数十名，亦一体发赏。乡地里民欢呼而散。次早，郡守程公亦至彼查看，问被蝗何处，民指其所。守见禾苗如常，丝毫无损，大讶问故。余具以告，守亦赞异焉。

陆曾禹《捕蝗八所》

一、蝗所自起。蝗之起，必先见于大泽之涯及骤盈骤涸之处。崇祯时徐光启疏，以蝗为虾子所变而成，确不可易。在水常盈之处，则仍又为虾。惟有水之际，倏而大涸，草留涯际，虾子附之。既不得水，春夏郁蒸，乘湿热之气变而为蝻，其理必然。故涸泽有蝗，苇地有蝗，无容疑也。

> 任昉《述异记》云：江中鱼化为蝗，而食五谷。《太平御览》云：丰年蝗变为虾，此一证也。《尔雅》翼言：虾善游而好跃，蝻亦好跃，此又一证也。有一僧云，蝗有二须，虾化者须在目上，蝗子入土孳生者，须在目下，以此可别。

二、蝗所由生。蝗既成矣，则生其子必择坚垎（音劾）黑土高亢之处，用尾栽入土中，其子深不及寸，仍留孔窍，势如蜂窝。一蝗所下十余，形如豆粒，中止白汁，渐次充实，因而分颗，一粒中即有细子百余。盖蝻子生也，群飞群食，其子之下也，必同时同地，故形若蜂房，易寻觅也。

> 老农云：蝻之初生如米粟，不数日而大如蝇，能跳跃群行，是名为蝻。又数日群飞而起，是名为蝗。所止之处，喙不停齿，故《易林》名为饥虫。又数日而孕子于地，地下之子十八日复为蝻，蝻复为蝗。循环相生，害之所以广也。

三、蝗所最盛。蝗之所盛而昌炽之时，莫过于夏秋之间。其时百谷正将成熟，农家辛苦拮据，百费而至此，适与相当，不足以供一啖之需。是可恨也。

> 按：春秋至于胜国，其蝗灾书月者一百一十有一，内书二月者二，书三月者三，书四月者十九，书五月者二十，书六月者三十一，书七月者二十，书八月者十二，书九月者一，书十二月者三。以此观之，其盛衰亦有时也。

四、蝗所不食。蝗所不食者，豌豆、绿豆、豇豆、大麻、苘麻、芝麻、薯蓣及芋桑。

水中菱茨，蝗亦不食。若将秆草灰、石灰二者等分为细末，或洒或筛于禾稻之上，蝗则不食。

植之，不但不为其所食，而且可大获其利。

五、蝗所畏惧。飞蝗见树木成行，或旌旗森列，每翔而不下。农家若多用长竿，挂红白衣裙，群然而逐，亦不下也。又畏金声炮声，闻之远举。鸟铳入铁砂或稻米，击其前行，前行惊奋，后者随之而去矣。

以类而推，爆竹、流星皆其所惧，红绿纸旐亦可用也。

六、蝗所可用。一蝗若去其翅足，曝干，味同虾米，且可久贮而不坏，以之食畜，可获重利。

陈龙正曰：蝗可和野菜煮食，见于范仲淹疏中。崇祯辛巳年，嘉湖旱蝗，乡民捕蝗饲鸭，鸭最易大而且肥。又山中人养猪，无钱买食，捕蝗以饲之。其猪初重止二十斤，旬日之间，肥而且大，即重五十余斤。始知蝗可供猪鸭，此亦世间之物，性有宜于此者矣。又有云，蝗性热，积久而后用更佳。

七、蝗所由除。蝗在麦田禾稼深草之中者，每日清晨，尽聚草稍食露，体重不能飞跃。宜用筲箕、桍栳之类，左右抄掠，倾入布囊，或蒸或煮，或捣或焙，或掘坑焚火，倾入其中。若只掩埋，隔宿多能穴地而出。

蝗在平地上者，宜掘坑于前，长阔为佳，两旁用板或门扇等类接连，八字摆列。集众发喊，手执木板，驱而逐之，入于坑内。又于对坑用扫帚十余把，见其跳跃往上者，尽行扫入，覆以干草，发火烧之。然其下终是不死，须以土压之，过一宿乃可。一法先燃火于坑内，然后驱而入之。《诗》云：去其螟螣，及其蟊贼，毋害我田稚。田祖有神，秉畀炎火。此即是也。

蝗若在飞腾之际，蔽天翳日，又能渡水，扑治不及。当候其所落之处，纠集人众，用绳兜兜取，盛于布袋之内，而后致之死。

此上三种之蝗，见其既死，仍集前次用力之人，异向官司，或钱或米，易而均分。否则有产者或肯出力，无产者谁肯殷勤？古人立法之妙，亦尝见之于累朝矣。列之于后。

八、蝗所可灭。有灭于未萌之先者。督抚官宜令有司，查地方有湖荡水涯及乍盈乍涸之处，水草积于其中者，即集多人，给其工食，侵水芟刈，敛置高处，待其干燥，以作柴薪。如不可用，就地烧之。

有灭于将萌之际者。凡蝗遗子在地，有司当令居民里老，时加寻视。但见土脉坟起，即便去除，不可稍迟时刻。将子到官，易粟听赏。

有灭于初生如蚁之时者。用竹作搭，非惟击之不死，且易损坏。宜用旧皮鞋底，或草鞋旧鞋之类，蹲地掴搭，应手而毙，且狭小不伤损苗种。一张牛皮可裁数十枚，散与甲头，复可收之。闻外国亦有此法。

有灭于成形之后者。既名为蝻，须开沟打捕。掘一长沟，沟之深广各二尺。沟中相去丈许，即作一坑，以便埋掩。多集人众，不论老幼，沿沟摆列，或持扫帚，或持打扑器具，或持铁锸。每五十人，用一人鸣锣。蝻闻金声，则必跳跃，渐逐近沟，锣则大击不止。蝻惊入沟中，势如注水。众各用力扫者扫，扑者扑，埋者埋，至沟坑俱满而止。一村如此，村村若此；一邑如是，邑邑皆然，何患蝻之不尽灭也。

捕 蝗 十 宜

一、宜委官分任。责虽在于有司，倘地方广大，不能遍阅，应委佐贰、学职等员，资其路费，分其地段，注明底册，每年于十月内令彼多率民夫，给以工食，芟除水草于骤盈骤涸之处及遗子地方，搜锄务尽。称职者申请擢用，遗恶者记过待罚。

二、宜无使隐匿。向系无蝗之地，今忽有之，地主邻人果即申报，除易米之外，再赏三日之粮。如敢隐匿不言，被人首告，其人赏十日之粮，隐匿地主各与杖警。即差初委官员速往搜除，无使蔓延获罪。

三、宜多写告示，张挂四境。不论男妇小儿，捕蝗一斗者，以米一斗易之。得蝻五升者，遗子二升者，皆以米三斗易之。盖蝻与遗子小而少故也。如蝗来既多，量之不暇，遍秤称三十斤作一石，亦古之制也，日可称千余斤矣。惟蝻与子不可一例同称，当以朱文公之法为法也。

四、宜广置器具。蝗之所畏服者，火炮、彩旗、金锣及扫帚、栲栳、筲箕之类。乡人一时不能备办，有司当为广置，给与各厂社长，分发多人，令其领用，事毕归缴，庶不徒手徬徨。此即工欲善其事，必先利其器之意也。

五、宜二里一厂。为易蝗之所，令忠厚温饱社长、社副司之，执笔者一人，协力者三人，共勤其事。出入有簿，三日一报，以凭稽察。敢有冒破，从重处分。使捕蝗易米者，无远涉之苦，无久待之嗟，无挤踏之患。

六、宜厚给工食。凡社长、社副、执笔等人有弊者，既当重罚，无弊者岂可不赏？或给冠带，或送门匾，或免徭役，随其所欲而与之。其任事之时，社长、社副、执笔者共三人，每日各给五升；斛手二人，协力者一人，每日共给一斗。分其高下，而令人乐趋。

七、宜给偿损坏。曰捕蝗蝻，损坏人家禾稼田地，既无所收，当照亩数除其税粮，还其工本，俱依成熟所收之数而偿之。先偿其七，余三分看四边田邻所收而加足，勿令久于怨望。

八、宜净米大钱。凡换蝗蝻，不得搀和粃壳、糠秕。如或给银，照米价分发，不许低昂。如若散钱，亦若银例，不许加入低簿〔薄〕小钱。巡视官应不时访察，以辨公私。

九、宜稽查用人。社长、社副等有弊无弊，诚伪何如，用钟御史拾遗法以知之。公平者立赏，侵欺者立罚，周流环视，同于粥厂，其弊自除。

十、宜立参不职。躬亲民牧，纵虫杀人，倪若水见诮于当时，卢怀慎遗讥于后世。飞蝗尚不能为之灭，饥贼岂能使之除？司道不揭，督抚安存？甚矣！有司之不可怠于从事也。

勘 灾 事 宜

一、凡州县查勘灾田，须凭灾户报呈坐落亩数，应先刊就简明呈式，首行开列灾户姓名、住居村庄；次行即列被灾田亩若干，坐落某区某图，或某村某庄；又次行刊列男妇大几口，小几口。其姓名、田数、区图、村庄、大小口数，俱留空格，后开年月。每张止须如册页式样叠作两折，预发铺户刊刷，分给报灾之地方乡保，令转给灾户，自行照填报送。地方官即查对粮册相符，存俟汇齐，按照灾田坐落、区图、村庄抽聚一处，归庄分钉，用印存案，即可作为勘灾底册。

一、州县灾象已成，该印官应一面通报各上司，该管府州接到报文，即照例委员赴县协查。该州县一面按照各庄灾册，挨顺道路，酌量烦简，计需派委若干员，除本地佐杂若干外，尚少若干，即禀请道府派委邻近佐杂；如仍不敷，再禀院司调发候补试用等官分办。

一、凡委员赴庄查勘时，该州县即按其所查村庄，将前项钉成灾册分交各委员带往，按田踏勘，将勘实被灾分数、田数，即于册内注明。如有多余少报，以及原系版荒坑坎无粮废地，又有只种麦不种秋禾名为一熟地者，逐一注明扣除。其勘不成灾收成歉薄者，亦登明册内。若原册无名，临勘报到者，勘明被灾果实，亦注明灾分，附钉本庄册后。勘毕将原册缴县汇报。其余未被灾之村庄，不许滥及。

一、灾分轻重，应照被灾村庄实在情形，不得以通县成熟田地统计分数，致灾区有向隅之苦。至一村一庄之中，大抵情形相仿，不必过为区别，致有纷繁零杂，难以查办，且易滋高下其手之弊。第州县之中，每一地方即有数十村庄及百余村不等，查勘灾分，应就一村一庄计算，不得以数十村庄之一大地方统作分数，以致偏陂不均。

一、州县印官一俟委员勘齐灾田，一面核造总册，一面先将被灾村庄轻重情形，及灾田钱粮内如漕项、河工、岁夫、漕粮等项非奉题请例不蠲缓者，一并妥议，应否蠲缓，分别开折通禀，并将本色地舆绘画全图，分注村庄，将被灾之处，水用青色，旱用赤色，渲染清楚，随折并送，以便查核。

一、定例夏月被灾，如种植秋禾，将来可望收成者，应统俟秋获时确勘分数，另行办理。如得雨稍迟，布种较晚，必需接济者，酌量借给籽种、口粮。如遇冰雹为灾及陡遭风水，一隅偏灾，亦照此办理。

一、被秋灾地方，如有旱后得雨尚早及水退甚速者，尚可补种杂粮，均当劝谕农民竭力赶种，以冀晚收。如有得雨较迟，积水难消者，应饬设法宣导，使之早为涸复，灌溉有资。其乏种贫农无力布种者，照例详请酌借籽种，候示放给。其有力之户，不得冒滥。

一、沿海土石塘工，如遇异常潮患冲激坍损，查明果非修造不坚所致，例应免赔者，即开明工段丈尺、原修事案职名、固限月日，妥议通报，听候勘估详办。其城垣、仓库、衙署、要路、桥梁、营房、墩台、木楼等项，亦照此办理。

一、报灾定例，夏灾不出六月，秋灾不出九月，原指题报而言。至于州县被灾，自必由渐而成，况麦收在四五月，秋成在七八月，则是有收无收荒熟早已定局。嗣后各州县被灾情形，应于五八月内勘确通报，以便汇叙详题，不得延至六九月始行详报，致稽题限。

一、定例灾田分数、蠲缓册结，应自题报情形日起，限四十五日具题，迟则计日处分。而此四十五日内，由州县府道藩司层层核转，以至院署拜疏，均在其间扣算，是为期甚迫。若有逾违，处分最严。然州县勘定成灾，例由协查厅员及该管道府加结送司，每致迟延，檄催差提，不能即到。嗣后应令州县一俟委员勘齐灾田，即造具灾分、田数、科则、蠲款总册，并造被灾区图田亩册，出具印结，一面专役直赍，送司查核、转造，一面分送协查厅员，并由该管府道加结，移司汇转，庶无稽误。

一、灾蠲钱粮，定例被灾十分者，蠲免七分；被灾九分者，蠲免六分；被灾八分者，蠲免四分；被灾七分者，蠲免二分；被灾六分五分者，蠲免一分。至于先经报灾，后经勘不成灾田地，原无蠲缓之例。间有题请缓征钱粮者，乃属随时酌办之事。嗣后被灾州县，如有此等勘不成灾收成歉薄田地，亦须查明实在科则、田数，另开一册，随同成灾田亩，一并送司，以便临时酌办。

一、扣除灾户钱粮，应按实被灾田数目验算，应蠲应缓，于额征确册内分注扣除。其未被灾田钱粮不应统扣蠲缓，此乃理所最易明者。从前竟有州县误认统征分解之说，混将灾田蠲缓之项，照阖县田粮额数，不分灾熟，概行摊扣，以致追赔有案。后当视为炯鉴。

一、州县田地，有民屯、草场、学田、芦田、河滩等项之分。内如民赋漕田并卫、省卫、外卫、屯田、草场、学田、芦田等项被灾，则应该州县查办。但须分项造具册结详报，不可汇归一册，致滋溷淆。又如淮、大等卫屯田，散处各邑境内，向系该卫官。如遇被灾，例应该卫会同各该地方官勘明灾分、田亩、科则、蠲粮各数，造具册结，仍由卫官办送。惟抚赈灾军，应随坐落州县一并查办。又如淮、徐等属，切近黄淮，向以长堤为界。堤外滩地，水无关拦，去来无定，所征滩租数亦甚轻，原与内地粮田不同。是以从前详定，总视内地粮田为准。如堤内无灾，止此河滩被水，不准报灾给赈。如遇堤内成灾，则堤外滩地仍准一体报灾抚赈。嗣后仍应照旧办理，但须分案造册具结，随同民田等册一例依限详送，不得稽迟。至盐场课地，例归盐法衙门查办。州县止须稽察，毋致混入民田。

灾赈公文，均关紧要。应于封套上加用灾赈公文红戳，或用排军由驿站马上飞送，或专役赍投，不得发铺递致稽。

一、各属地方辽阔，灾赈事务头绪纷繁，印官一身不能兼顾，故须委员协办。务将刊定章程公同细讲，和衷妥办。凡有临时饬办事宜，亦即分钞细看遵办，切勿各逞臆见，办理参差。

抚 恤 事 宜

一、抚恤一项，原为被灾之初，查赈未定，极次未分，灾民之中，如系猝被水冲，家资飘散，房舍冲坍，露宿篷栖，现在乏食，势难缓待者，自应不论极次，随查随赈，给以抚恤一月口粮，或钱或米，各随灾户现栖之地，当面按名给发。印委各官，登簿汇册报销。仍即讯明各灾户原住村庄注册，俟水退归庄后，查明灾分极次，仍按原庄给赈。其卫军、贫生、兵属有似此者，亦应一体查办。如有灶户在内，虽属盐法衙门管理，倘场员查办不及，应令地方官照依民例，先行抚恤，造册详请盐政衙门拨还归款。

一、猝被水灾，房屋坍倒，一时举爨无资者，或暂行煮粥赈济。其有趋避高处，四围皆水，不通里路，穷民无处觅食者，该地方官亟应捐备饼面，觅船委员散给，以全生命。此系猝被之灾，事非常有，向无另项开销。如遇此等办理，应按其救济灾民口数，归于抚恤项下报销。

一、坍房修费，例应每瓦房一间，给银七钱五分；草房一间，给银四钱五分。原为冲坍过甚，无力修葺者，方始动给，俾穷民无露处之虞。如系有力之家，并佃居业主之房，亦不得滥及。如有房屋已被冲淌基址，难以查考者，应酌按人口多寡，量给草房修费。凡一二口者，给予一间。口数多者，每三口递加一间。均于册内登明，详请给发。兵属卫军，一体查办。灶户坍房应令场员查明，详报盐政衙门办理。

一、被水淹毙及坍房压毙，大口给棺殓银八钱，小口四钱。除有属领埋外，其无属暴露者，著令地保承领掩埋。如有好善绅士情愿捐备者，亦听其便。该地方官查明捐数，具详请奖，不得抑劲〔勒〕派扰。

一、被灾贫民，虽例应先行抚恤一月，仍须酌看情形，或被灾较重，或连遭歉薄，民情拮据，应行先抚后赈者，即行照例将抚恤一月口粮，先于正赈之前，开厂散给汇报。如甫当麦收丰稔之后，适遇秋灾，或民力尚可支持，只须加赈，毋庸抚恤者，亦先期通禀，以便于情形案内，声叙详题。

一、被灾地方，原有以工代赈之例。如有应兴工作，自当及时修举。但如挑河、筑堤等工，所用夫力居多，方与贫民有益。若如修城、建屋等工，料多工少，似非代赈所宜。须于临时斟酌，妥协详办。至灾户中有赴工力作者，此乃自勤其力，以补日用之不足。若因其赴工而扣除其赈粮，则勤户反不若惰民之安然得赈，于理未协。嗣后凡有赈户赴工力作，毋庸扣其赈粮，俾其踊跃从事。

查 赈 事 宜

一、查报饥口，例应查灾之员随庄带查。向凭地保开报，固难凭信，即携带烟户册查对，其中迁移事故，亦难尽确。在有田灾户尚有灾呈开报家口，其无田贫户更无户口可稽。况人之贫富、口之大小，必得亲历查验，方能察其真伪。嗣后委员查赈，务必挨户亲查，详察情形，参考原册，查照后开规条、酌分极次，查明大小口数，当面登册，填给赈票。勿怠惰偷安，假手地保、书役，代查代报，致滋混冒。查完一庄，即行结总，再查下庄。每日将查完村庄赈册票根，固封缴县，仍将查过村庄、饥口各数，或三日或五日，开折通禀查核。

一、查赈饥口，以十六岁以上为大口，十六岁以下至能行走者为小口。其在襁褓者，不准入册。

一、贫民当分极次，全在察看情形。如产微力薄，家无担石，或房倾业废，孤寡老弱，鹄面鸠形，朝不谋夕者，是为极贫。如田虽被灾，盖藏未尽，或有微业可营，尚非急不及待者，是为次贫。极贫则无论大小、口数多寡，俱须全给。次贫则老幼妇女全给，其少壮丁男力能营趁者酌给。

一、业户之中，有一户之田散在各里者，应统行查核。如系熟多荒少，或田虽被灾，家业尚可支持者，毋庸给赈。如系荒多熟少，实系贫苦者，应归于住居村庄，按灾分给赈，不得分庄混冒。加〔如〕有弟兄子侄一家同住，总归家长户内给赈，不得花分重冒，违者究追。

一、业户之田，类多佃户代种，内如本系奴仆、雇工，原有田主养赡者，毋庸给赈。如系专靠租田为活之贫佃，田既遇荒，业主又无养赡，并查明极次及所种某某业主之田，按其现住灾地分数给赈，不得分投冒领。

一、寄庄人户，须查明实系本身贫乏，方许给赈。否则恐其身居灾地，田坐熟庄，易滋冒滥。或人居隔县，田坐灾邑，本系田多殷户，其管庄之人自有业户接济，亦可毋庸给赈。

一、被灾地方坐落营分，其兵丁原有粮饷资生，但家口多者，遇灾拮据，令该管营员查明灾地兵丁，除本身及家属三口以内不准入赈，其多余家口，方准分别极次，开册移县。该地方官会同该营亲查确实，与民一体给赈。如有虚冒，立即删除。无灾村庄不得滥及。

一、被灾村庄内之鳏寡孤独疲癃残疾之民，除有力自给，或亲族可依，及已入养济院者毋庸给赈，其无业无依遇灾乏食者，悉照所住村庄灾分轻重，分别极次，一体给赈。其余不被灾村庄内之四茕，概不准给。总以被灾不被灾分清界限，不得以附近灾地牵混。

一、被灾村庄内有无田贫民或藉工营趁，或赖手艺餬口，因被灾失业，无处营生者，应随住居村庄灾分轻重，分别极次，一体给赈。无灾村庄不得滥及。其余有本经营开铺贸易者，务须严禁混冒，察出从重究治。

一、查赈之时，如有灾户外出未归，未经给赈，自必有烟户原册可查，空房遗址可验。承查委员应即查明，于赈册内一一注明，以备该户闻赈归来时查明补给，汇册报销，并杜捏报复领之弊。

一、向有留养流民资送回籍之例，是以一遇灾歉，人多四出。今此例已停，恐愚民尚未通晓。应令被灾地方官遍加晓谕，使知出外无益，各自安心待赈，免致流离失所。

一、屯卫灾军饥口，应归田亩坐落之州县照依民例一体查赈。

一、被灾贫生，例系动支存公，折给赈银。应令该学官查明极次及家口大小口数，造册移县，覆查明确，会同教官传齐各生，在明伦堂唱名散给，所以别齐民也。如或有滥遗，即将该教官揭参。

一、民、灶杂处地方，除灶户猝被水灾，亟须抚恤，经地方官代办者已于抚恤项下议明外，其余一切办赈事宜，应听该管场员查办，仍关会该地方官稽查重冒。

一、勘灾查赈员役盘费饭食，除现任州县养廉充裕，无须议给，并州县官之跟随书役、轿夫人等饭食，俱听自行捐给外，如试用知县、佐杂、教职各官，每员日给盘费银一钱，准随带承书一名，正印官跟役二名，佐杂等官跟役一名，每名日给饭食银三分。总以到县办事之日起，事竣之日止，俱由州县核实给发。如遇乘船，已有轿夫饭食抵用，毋庸另给船费，如闲住日期，除本邑佐杂概不准给盘费、饭食外，其外来委员闲住之日，即令在县帮办赈务，准给盘费，不给书役饭食。其给单造册纸张公费，除贫生一项向不准销外，总照应赈军民兵属大小口数，以每万口作三千户计算，每千户准销单要银二钱。每千户计册四十页，每页准销银二厘。亦在县库动给，事竣分别造册报销。至委员书役，既已拨给盘费，一切供应均当自备，不得于所到村庄取给地保，并不许与该地绅衿交往，收受礼物，听情冒滥，违者察参。

一、定例被十分灾，极贫给赈四个月，次贫给赈三个月。被九分灾，极贫给赈三个月，次贫给赈两个月。被七分灾，极贫给赈两个月，次贫给赈一个月。被六分灾，极贫给赈一个月。被六分灾之次贫及五分灾民，例不给赈，止准酌借口粮，春借秋还。其酌借月分，或银或米，随时酌定详给。

一、给赈票应用两联串票，该地方官预先刊刷印就，每本百页，编明号数。其应用查赈户口册，每页两面，各十户亦即刊刷，钉本用印，每本百页。凡委员赴庄查赈时，即按其所查村庄户口之多寡，酌发册票若干本，登记存案。各委员即赍带册票，按户查明应赈户口，即将所带联票随时填明灾分极次、户名、大小口数，将一票截给灾民，其票根留存比对。册亦照票填明，填完一庄，即将用剩册票朱笔勾销，封交该州县收存，为放赈底册。

一、灾户领赈，即赍前给赈票赴厂，该委员验明放给，于票上钤用第几赈放讫戳记，仍付灾民收回，以备下月领赈。册内亦并用戳，俟领完末赈，即将原票收回，缴县核销。如有灾户赈未领完，原票遗失者，查明果系实情，许同庄灾户一二人互保补给，仍于册内注明票失换给字样，以杜拾票之人冒领。

一、应赈之户，门首壁上用灰粉大书极贫、次贫某人，大几口、小几口字样，以便上司委员不时抽查。俟赈毕后方许起除。

一、灾邑查赈、放赈时，该管上司应亲自巡行稽察，并选干员密委抽查。如有冒滥遗漏等弊，立将原办之委员，按其故误情罪，据实揭参，书役冒户一并严究，毋稍宽纵。至办赈委员，原系帮同地方官办理，是否妥协，应责成该印官随时稽察，如有重大弊端，除委员参处外，地方官亦应一并查参，庶不敢膜视诿卸矣。

一、州县凡遇成灾，便当早筹赈需。先将从前历年被灾轻重及用过银米各数逐一查明，再以现年被灾情形较比何年相等，虽历年既久，户口日增，今昔难以拘泥，第约略度计现存仓库共有若干、尚需若干，当即禀请筹拨，并将该县地方水路可通何处、道里若干禀明，以便酌核派运。至放给灾民赈粮，应用干洁米谷，不得将存仓气头廒底及滥收别县潮湿米谷混行散给，致苦灾民。其受拨州县一经奉文，即上紧选雇坚固船只，照例给足水脚，遴差妥当丁役分押各船，星速攒运。如有船户押役沿途偷卖、搀水和沙、霉烂缺少等弊，立即拿究追赔。受拨州县或应于水次接收转运入厂者，亦即预觅舟车押赴交卸处所，候运粮一到，照依制斛，即为验明斛收，出给印照。如有缺少，即按数移追。如接收之后，复有搀和缺少之弊，惟接受之员役是问。运粮员役，例无盘费，不准报销。

一、放赈宜多分厂所，各按被灾附近村庄，约在数十里者设为一厂。须于适中宽地，或寺院，或搭篷，每厂须设两门，以便一出一入。领赈饥氏〔民〕，务令鱼贯而行，毋致拥挤喧哗。每届放赈，必须先期将某某村庄在某处厂内何月日放给，明白晓谕，并令地保、壮头传知各户，以便灾民按期赴领，免致往返守候。

一、放给赈粮，虽有银米兼放之例，然须视地方情形酌办。如系一隅偏灾，四围皆熟，米充价贱者，则给赈银，留米以备急需。如系大势皆荒，米少价贵之处，则多给赈米，少给赈银，庶几调剂协宜。至于银米兼放厂分，须将粮米预为运贮，以便应期散放。但一厂之中，务须分断月分。若此月应放本色，则全放米粮；若放折色，则全放银封。切不可一厂之中，同时银米兼放，致滋饥民争执。

一、定例赈粮，每月大建大口给米一斗五升，小口七升五合；小建，每大口给米一斗四升五合，小口七升二合五勺。应照此四项定数，每项制备总升斗各数十副，该州县按照漕斛较准验烙，分发各厂应用，以免零量稽迟，且使斗级人等无从克短。倘有较验不准，以及故为克短者，察出参究。

一、定例每米一石，即算一石。小麦、豆子、粟米亦然。如稻谷与大麦，每二石作米一石。膏粱、秫秋、玉米，每一石五斗作米一石放赈。如有前项杂粮，俱应照此计算，并晓示灾民知之，免受吏胥欺骗。

一、放折赈定例，每石折银一两库平纹银，按月给发。如奉特恩加增米价，应照所加之数增给。该州县务须预将各厂应放村庄户口逐一查明，每村庄共该大几口、小几口者各若干户，照一月折赈之数，逐户齎封停当。俟届放期开单，同原查赈册、银封，点交监厂委员带往，按户唱放，戳销原册。如有不到之户，即将原银收存。俟其续到，验明补给。如系已故迁除之户，于册内注明截支月分，原银归款。如有捏混冒销，查参究追。各厂委员仍于每厂每届放完之后，即将经放月分、饥口银米各数，具折通报查考。至羁封折耗，火工饭食，例不准销帑项。如有以银易钱散放，当按时价计算足钱，通报核给。需用串绳、运费，亦无准销。定例均应印官设法捐办，毋得借端克短及冒混请销干咎。

一、灾赈州县，务于正赈未满一两月前，先将地方赈后情形察看明确。如果灾重叠祲之区，民情困苦，正赈尚不能接济麦熟者，应剖晰具禀，听候酌办。如奉恩旨加赈，即照所指何项饥口、应赈月分，遍行晓示灾民，仍照原给赈票，按期赴厂领赈。放给之后，即于册票内钤用加赈第几月放讫红戳。余俱照正赈例一体查办。

一、赈济动用银米，皆有一定年款。如司库拨发甲年赈银，止可作甲年赈用，不可那作乙年别用也。即有急需动垫，亦当随时备具批领，详司划作收放。或遇司发赈银未到，暂动属库钱粮垫放，亦当随时详抵清楚，庶免溷淆。今查各属，每多不论年款混行那垫，又不赴司作明收放，以致递年赈剩紊如乱丝，甚难清理。嗣后赈银，务照本款支用。如有那垫急项以及径动属库钱粮者，务必随时备具批领，详司作明收放，先行清款。其用银之应销与否，仍听本案核明归结。如再仍前擅动，又不作抵收放，定以擅动库帑揭参。至于赈用米款，如常平仓谷、奉拨留漕等项，方为正款。若有存仓兵行局恤搭运漕五等米，各有本款支解，不得混行那动，致难归款报销。嗣后州县赈毕，即将原拨银米动存各细数，造具动款册，送司查核，以便稽核赈剩，分别饬解清款。不得一听书吏高搁不办，任催罔应，致烦差提干咎。

一、灾地赈济之外，间奉宪行煮赈，原无一定，应俟临时奉文筹办。如有地方实在穷苦被灾村庄，虽经给赈，而城市无灾之地无业茕民尚难餬口，该地绅衿富户，果有实心好善，自愿捐赀设厂煮赈者，应通详批允，方可听其自行经理。不许官胥干预，抑勒派扰。惟于厂所，应派员弁弹压巡查，以防奸匪混争滋事。事竣查明捐户姓名、银米各数，造册详请，分别奖叙。

一、平粜仓粮，原应青黄不接，米少价昂时举行，所以平市价便民食也。如遇灾地秋冬正放赈粮，小民有米可资，原可无需平粜。况灾邑仓粮有限，若赈粜同时并举，势必仓箱尽罄，来春反无接济。自应仍令于放赈时毋庸平粜，撙节留余，以为青黄不接时粜济民食，不得早图出脱，致贻仰屋之忧。

一、各处出产米粮，多寡不一，米少之区，不得不仰藉邻封，以资接济。在沿海地方，尚当随时酌量，给照流通，何况腹里内地，尤难稍有歧视。乃地方有司不明大体，每多此疆彼界之分。一遇米贵之时，辄行禁止出境。地方棍徒，得以乘机抢截，滋事讹诈，最为恶习。嗣后凡系腹里内地商贩米粮，悉听其便，毋许阻遏。其沿海地方，向禁米粮出海者，平时照常查禁。如遇邻封岁歉，需赖商贩接济者，应即详明给照，验放流通，并令晓谕口岸居民，毋致滋事干咎。

一、灾地米价昂贵，地方绅士如有情愿平粜者，应听其自便。乃地方官往往借劝谕为名，抑勒减价，并令有米之家开收报官，深为扰累。嗣后减粜务须听民自愿，如有抑勒派减等情，即行严查参处。

一、抚恤正赈、加赈灾民、灾军，既毕之后，即应查造报销简、细二册。如简明册，应将被灾分数，列于册首，将抚恤正赈、加赈按照月分大小，分晰灾分极次、大小口数，逐赈开造。如有物故、迁移、截支各户，亦即逐月扣除。然后结明大总，列明动用银米各数。是为简册也。应造四套，造定之日，先行具结，分送司、府、道加结核转。其花户细册，应将前项简明总数开列于前，次将被灾区图村庄，逐区逐图逐村逐庄挨次造报。如甲区被几分灾，极次贫若干户，大小口若干，内某户大口若干，小口若干，务须总撒相符，南乡归南，北乡归北，不得颠倒错乱。其无田贫民并卫军兵属，即于各该区图村庄册后附造毋漏。是为花户细册也。应造六套，随后送司汇转。至于贫生饥口册，应另照式造送简细二项册结，并取学结同送。

一、随赈报销者，如运赈水脚、查灾办赈委员书役盘费、坍房修费、借给籽种、借给口粮，均须逐项造具简细各册结，分案详送，以便核明汇转。

剔 除 弊 窦

一、州县里保蠹役，每有做荒、卖荒之弊，私向粮户计亩索银，代为捏报；亦有不通知粮户，径自捏报，以图准后卖与别户者。其弊在荒熟相间之处为多。又有飞庄诡名之弊，乡保串同胥役，以少加多，将无作有，希图朦混。其弊在僻远处所，及邻县犬牙相错之地为多。甚至将一切老荒、版荒已经除粮之地，并坑洼、池塘历来不涸之地，一片汪洋，难以识别者，混行开报；或一村一庄一图一圩，被灾者不过十之一二，而笼统混报。查勘之时，但凭乡地引至一二被灾处所，指东话西，遂以为实，不肯处处踏勘，必至轻重任乡保之口，分数凭书吏之权，移易增减。此报灾之弊也。勘员务须留心访查，有则严究根由惩处。

一、乡保里地，于查报饥口、给票散赈时，多有指称使费，需索灾民，不遂其欲，则多方刁蹬，恣意诛张。印委各官务须严加禁约，加意密察，一有见闻，立拿究革，枷示追赃。如有故纵，该管道府州查实严参。

一、勘灾查赈，自应静候地方印委各员查勘。向有土豪地棍，倡为灾头名色，号召愚民，敛钱作费，到处连名递呈，或于委员查勘时，暗使妇女成群结队，混行哄闹，本系无灾而强求捏报，或不应赈而硬争极次，往往酿成大案。嗣后被灾地方，务须严切晓谕，加意查访。如有前项不法灾头倡众告灾闹赈者，即将为首及妇女夫男严拿详究，毋稍宽纵。至于灾地赈厂，每多不饥之民乘机混入，抢窃食物等事，并应严加巡缉，有犯即惩；仍行设法驱遣，毋任聚集滋事。又有百十为群，搭坐小船，号呼无处栖身，求附庄册领赈，实则彼此串通，分头换载，冒滥百出。勘员遇有此种，查毕一船，即将船头铲削数寸，书明某月日某庄查过、共坐若干人字样，准其附庄领赈，则奸伎自无所施，杜其再往别处重冒。

一、查赈则捏报诡名，多开户口，或一户而分作几户，或此甲而移之彼甲，按籍有名，核实无人。

一、劣衿刁民，见乡地混报，吏胥侵蚀，即从中挟制，或于本户之下多开数户，或于领赈之时顶名冒领，乡地吏胥明知而莫可如何。不可不察。

各衙门书吏视办灾为利数，给票则有票钱，造册则有册费，灾民无力出钱，即删减口数。州县如此，府司院胥吏明知其弊，因而勒索，稍不遂意，将册籍苛驳。更有上下勾通，将空白印册交结，任其朦开捏造，具于赈粮内取盈。非上下衙门之本官互相觉察，尤难破此弊也。

一、州县官长，厚者任其朦蔽而不能觉察，柔懦者受其牵制而无以自展，又或因仓谷库项霉变亏缺，借此开销，或希冀盈余入己，遂徇私而不察其弊。讵上开一孔，下开百窦，则大利归于下，重罪归于官矣。

附 册 式

号			号			号			号			二号			庄名一号 灾户姓名 摘写一字一号		
小口	女口	男口	小口	女口	男口	小口	女口	男口	小口	女口	男口	小口	女口	男口	小口	女口	男口
口		共	口		共	口		共	口		共	口		共	口		共
															其家有无盖藏，是何营运艺业，所种地亩若干，牛具农器几何，并有壮丁乳哺之不应赈者，均填格内。有应续赈者，加一续字。有应给棉衣者，加一衣字。		
贫			贫			贫			贫			次贫			极贫		

右册式每页刊刻号数，惟便数十页为一册。以天、地、元、黄等字样为委员号记，人占一字，印于册面。所查某庄，即摘写庄名一字，编为册内号数。委员执册，挨户登注灾民姓名、口数，仍将州县草册查对，是否相符，如某项口无，则填以圈。按户注明极次字样。查完一村庄，合计男女大小口总数，注明册后，一日查过数村庄，即通计数村庄男女大小口总数，注明册后，封送总查之厅印官覆核，移交地方官办理。

附 票 式

照票		存票	
道光 年 月 日 给付本户凭票领赈	县州 为照票事　今查得　庄村 贫一户 某　应赈 大口共 口 小口 口	县州 第 号	道光 年 月 日 除给本户照票领赈外存此备查　县州 为存票事　今查得　庄村 贫一户 某　应赈 大口共 口 小口 口

票用厚韧之纸制，如质剂状。当缝之中，填号、钤印而别之。票首用委员号记，依格册内所开极次贫户、大小口数填注。如某项口无，则填以圈。一存官，一给本户收执。于赴厂时监赈官点名，验票相符，令执票领米，银随米给。监赈官另制普赈并各加赈月分图记，普赈讫则于票上用普赈一月讫图记，加赈则于票上用加赈某月讫图记。按月按次用之，赈毕掣票。其外出归来之户，查明入册，一例填给小票。如适值放米时归来者，即就厂查明草册内前后户为某之左右邻，询问得实，添入册内，给发小票，一体领赈。

再，查户时，一户完即填给一户赈票，官与民皆便。但村大户多，刁民往往于给票后，妇女小口又复混入。则应俟一村查完后，于村外空地，以次唱名给票。其老疾寡弱户口，仍当下填给。

灾赈则例十七条

报灾 （以下二十一条系户部则例）

一、地方遇有灾伤，该督抚先将被灾情形、日期，飞章题报。夏灾限六月终旬，秋灾限九月终旬。（甘肃省地气较迟，夏灾不出七月半，秋灾不出十月半。）题后续被灾伤，一例速奏。凡州县报灾到省，准其扣除程限。督抚司道府官以州县报到日为始，迅速详题。若迟延半月以内递至，三月以外者，按月日分别议处。上司属员一例处分，隐匿者严加议处。

勘 灾

一、州县地方被灾，该督抚一面题报情形，一面于知府、同知、通判内遴委妥员（沿河地方兼委河员），会同该州县，迅诣灾所履亩确勘，将被灾分数，按照区图村庄，逐加分别申报司道。该管道员覆行稽查加结，详请督抚具题。倘或删减分数，严加议处。其勘报限期，州县官扣除程限，定限四十日。上司官以州县报到日为始，定限五日，统于四十五日内勘明题报。如逾限半月以内递至，三月以外者，分别议处。上司属员，一例处分。

一、州县勘报续被灾伤分数，除旱灾以渐而成，仍照四十日正限勘报外，其原报被水、被霜、被风灾地，续灾较重，距原报情形之日在十五日外者，准于正限外展限二十日勘报。距原报情形之日未过十五日者，统于正限内勘报请题，不准展限。若已过初灾勘报正限之后，续被重灾，准另起限期勘报。

一、委员协勘灾务，不据实勘报，扶同具结者，与本管官一例处分。其勘灾道府大员不亲往踏勘，只据印委各官印结，率行加结转者，该督抚题参。

一、遇灾伤异常之地，责成该督抚轻骑减从，亲往踏勘，将应行赈恤事宜，一面奏闻。如滥委属员贻误滋弊，及听从不肖有司违例供应者，严加议处。凡督抚亲勘灾地，系督抚同城省分，酌留一员弹压。系督抚专驻省分，酌留藩臬两司弹压。

一、地方报灾之后，该管官若将所报灾地目为指荒地亩，不令赶种，留待勘报分数，致误农时者，上司属员一例严加议处。

灾 蠲 地 丁

一、凡水旱成灾，地方官将灾户原纳地丁正赋作为十分，按灾请蠲。被灾十分者，蠲正赋十分之七。被灾九分者，蠲正赋十分之六。被灾八分者，蠲正赋十分之四。被灾七分者，蠲正赋十分之二。被灾六分、五分者，蠲正赋十分之一。山西省未经摊征之丁银，及无地灾户丁银，统随地粮应蠲分数一律请蠲，于蠲免册内分款造报。（奉天省被灾丁银，按成灾分数分年带征。）

一、勘明灾地钱粮，勘报之日即行停征。所停钱粮系被灾十分、九分、八分者，分作三年带征。被灾七分、六分、五分者，分作二年带征。其五分以下不成灾地亩钱粮，有奉旨缓征及督抚题明缓征者，缓至次年麦熟以后。其次年麦熟钱粮，递行缓至秋成。若被灾之年深冬方得雨雪及积水方退者，该督抚另疏题明，将应缓至麦熟以后钱粮再缓至秋成以后，新旧并纳。

一、直省成灾五分以上州县中之成熟乡庄应征钱粮，准其一体缓至此年秋成后征收。

灾 蠲 耗 羡

一、凡灾蠲地丁，正赋之年其随正耗羡银两，按照被灾分数一律验蠲。

被灾蠲缓漕项

一、民田内应征漕粮及漕项银米，被灾之年，或应分年带征，或与地丁正耗钱粮一律蠲免，该督抚确核具题，请旨定夺。

灾 蠲 官 租

一、入官旗地被灾，该管官将灾户原纳租银作为十分，按灾请蠲。被灾十分者，蠲原租十分之五。被灾九分者，蠲原租十分之四。被灾八分者，蠲原租十分之二。被灾七分者，蠲原租十分之一。被灾六分以下，不作成灾分数。其原纳租银，概缓至来年麦熟后启征。

一、江苏省吴县公田一万二千五百余亩，额征余租米石。如遇歉收之年，准其照民田之例勘明灾分，同该县正赋一律蠲缓。

蠲赋溢完流抵

一、恭遇蠲免钱粮，以奉旨之日为始。其奉旨以后文到以前已输在官者，准流抵次年应完正赋。若官吏朦混隐匿，照侵盗钱粮律治罪。

业户遇蠲减租

雍正十三年十一月奉上谕：朕临御以来，加惠元元，将雍正十二年以前各省民欠钱粮悉行宽免，诚以民为邦本，治天下之道莫先于爱民，爱民之道以减赋蠲租为首务也。惟是输纳钱粮，多由业户，则蠲免之典，大概业户邀恩者居多。彼无业穷民，终岁勤动，按产输粮，未被国家之恩，尚非公溥之义。若欲照所蠲之数履亩除租，绳以官法，则势有不能，徒滋纷扰。然业户受朕惠者尚十，捐其五以分惠佃户亦未为不可。近闻江南已有向义乐输之业户情愿蠲免佃户之租者，间阎兴仁让之风，朕实嘉悦。其令所在有司善为劝谕各业户，酌量宽减彼佃户之租，不必限定分数，使耕作贫民有余粮以赡妻子。若有素封业户能善体此意加惠佃户者，则酌量奖赏之。其不愿者听之，亦不得免〔勉〕强从事，非捐修公项之比。有司当善体朕意，虚心开导，以兴仁让而均惠泽。若彼刁玩佃户，藉此观望迁延，则仍治以抗租之罪。朕视天下业户佃户皆吾赤子，恩欲其均也。业户沾朕之恩，佃户又得拜业户之惠，则君民一心，彼此体恤，以人和感召天和，行见风雨以时，屡丰可庆矣。

乾隆五十五年奉上谕：今岁朕居八旬寿辰，敷锡兆民，普天胪庆。特降恩旨，将乾隆五十五年各直省应征钱粮通行蠲免，农民等皆可均沾惠泽。因思绅衿富户，田产较多之家，皆有佃户领种地亩，按岁交租。今业主既概免征输，而佃户仍全交租息，贫民未免向隅。应令地方官出示晓谕，各就业主情愿，令其推朕爱民之心，自行酌量将佃户应交地租量予减收，亦不必定其限制，官为免〔勉〕强抑勒。务事力作小民，共享盈宁之乐，以副朕孚惠间阎，广宣湛阁至意。钦此。

蠲 免 给 单

一、州县灾蠲钱粮及蒙恩指蠲分数钱粮，该管官奉蠲之后，遵照出示晓谕，刊刻免单，按户付执，并取具里长甘结，详请咨送部科察核。若不给免单，或给而不实，该管吏均以违旨计赃论罪。胥役需索，按律严究。失察官议处。

一、凡遇蠲免钱粮年分，令各该州县查明应征应免数目，预期开单申缴。藩司细加核定，发回刊刻，填给各业户收执。仍照单开各款，大张告示，遍贴晓谕，以昭慎重。

奉蠲不实

一、州县卫所官奉蠲钱粮，或先期征存，不行流抵，或既奉蠲免，不为扣除，或故行出示迟延，指称别有征款，及虽为扣除而不及蠲额者，均以侵欺论罪。失察各上司，俱分别查议。

查 赈

一、凡灾地应赈户口，印委正佐官分地确查，亲填入册，不得假手胥役。其灾户内有贡监生员赤贫应赈者，责成该学教官册报入赈。倘有不肖绅衿及吏役人等串通捏冒，察出革究。若查赈官开报不实，或徇纵冒滥，或挟私妄驳者，均以不职参治。

一、凡地方被灾，该管官一面将田地成灾分数依限勘报，一面将应赈户口迅查开赈，另详请题。若灾户数少，易于查察者，即于查勘灾田限内带查并报。

散 赈

一、民田秋月水旱成灾，该督抚一面题报情形，一面饬属发仓，将乏食贫民不论成灾分数，均先行正赈一个月，（盛京旗地、官庄地及站丁被灾，各先借一月口粮，即于加赈月分内扣除，不作正赈。民地被灾，正赈例与直省同。）仍于四十五日限内，按查明成灾分数，分晰极贫、次贫，具题加赈。（盛京旗地、官庄地及站丁被灾，加赈均不论极贫、次贫。）被灾十分者，极贫加赈四个月，次贫加赈三个月。（盛京旗地、官庄地被灾十分者，加赈五个月；站丁被灾十分者，加赈九个月。）被灾九分者，极贫加赈三个月，次贫加赈两个月。（盛京旗地、官庄地被灾九分者，加赈五个月；站丁被灾九分者，加赈九个月。）被灾八分、七分者，极贫加赈两个月，次贫加赈一个月。（盛京旗地被灾八分、七分者，加赈四个月；官庄地被灾八分者，加赈五个月，被灾七分者加赈四个月；站丁被灾八分、七分者，加赈九个月。）被灾六分者，极贫加赈一个月。（盛京旗地被灾六分者加赈三个月，官庄地被灾六分者加赈四个月，站丁被灾六分者加赈六个月。）被灾五分者，酌借来春口粮。（盛京旗地、官庄地被灾五分者，加赈三个月；站丁被灾五分者，加赈六个月。）应赈每口米数，大小日〔口〕给米五合，小口二合五勺。按日〔口〕合月，小建扣除。（盛京旗地、官庄地、站丁灾赈米数，大口月给米二斗五升，小口减半。民地灾赈米数，与直省同。）银米兼给，谷则倍之。贫生饥军，各随坐落地方与赈。（江南省各卫饥军，准其一体与赈。住居灾地营兵，除本身及家口在三口以内者不准入赈外，其多余家口，仍准入赈。）闲散贫民同力田灾民一体给赈。闻赈归来者，并准入册赈恤。贫生赈粮，由该学教官散给。灾民赈粮，由该州县亲身散给。（江南省泗州卫饥军，由该卫自行散给。）州县不能兼顾，该督抚委员协同办理。凡散赈处所，在城设厂之外，仍于四乡分厂。其运米脚费同赈济银米，事竣一体题销。若赈毕之后，间遇青黄不接，仍准该州县详请平粜，或酌借口粮。其有连年积歉及当年灾出非常，须于正赈加赈之外再加赈恤者，该督抚临时题请。

一、民田夏月风雹旱蝗，水溢成灾，若秋禾播种可望收成者，统俟秋获时确勘分数，另行办理。其布种较晚必须接济者，酌借籽种、口粮，秋后免息还仓。若播种止有一季，夏月被灾即照秋灾例办理。其播种两季地方，既被夏灾，不能复种秋禾者，亦即照秋灾例办理。（江西省水冲田禾，每亩给籽粒银一钱。沙淤石压，每亩给修复银二钱。湖南省水冲田禾，每亩给修复二钱。广东省水冲沙压田地，每亩给赈银五分。广西省沙压田禾，须挑挖补种者，每亩给赈银三钱，谷五斗；水浸田禾尚可修复者，每亩借给谷五斗；田亩被冲不能修复者，计口赈银，每大口银三钱，小口银二钱。按亩赈谷，每亩谷五斗。云南省水冲田地，每亩给挑培银三钱；沙压田地，每亩给挑培银二钱。）

一、州县散赈，责成该管道府监察。如州县办理不实不力，致有遗滥累及灾民者，揭报该督抚以不职题参。其协办赈务正佐官扶同捏结，与本管官一例处分。若道府不亲往督查，率据州县印结加结申报者，该督抚指名题参。

一、地方遇有赈恤，该管官将所报成灾分数、应赈户口、月分，先期宣示。及赈毕，在〔再〕将已赈户口、银米各数覆行通谕。若宣示本无不实，赈济亦无遗滥，而奸民藉端要挟请赈者，依律究拟。

折 赈 米 价

一、凡折赈米价，有奉恩旨加增折给者，以奉旨之日为始。其奉旨以前，仍按定价折给。事竣分晰日期报销。（直隶省贫民折赈，每米一石，定价银一两二钱。贫生折赈，每米一石，定价银一两。江南、浙江、江西三省折赈，每米一石，定价一两二钱；每谷一石，定价六钱。山东、江苏、安徽、湖北、湖南、甘肃、云南七省折赈，每米一石，定价一两；每谷一石，定价五钱。山西省折赈，每米一石，定价一两六钱；每谷一石，定价九钱六分。奉天省折赈，每米一石，定价六钱；每谷一石，定价三钱。陕西省折赈，每米一石，定价一两二钱；每谷一石，定价六钱。福建、广东、广西、四州〔川〕、贵州五省，向不折赈。）

坍 房 修 费

一、地方猝被水灾，该管官确查冲坍房屋、淹毙人畜，分别抚恤。用过银两，统入田地灾案内报销。

一、奉天省水冲旗民房屋修费银，全冲者，每间三两；尚有木料者，每间二两；尚有上盖者，每间八钱。凡验给坍房修费，以二人合给一间银两。如人口数多，所住房少，仍按实住间数核给。又淹毙人口埋葬，每口给仓米五石，无家属者官为验埋。

一、直隶省水冲民房修费银，全冲者，瓦房每间一两六钱，土草房每间八钱。尚有木料者，瓦房每间一两，土草房每间五钱。稍有坍塌者，瓦房每间六钱，土草房每间三钱。如瓦草房全应移建者，每间加地基五钱。凡验给坍房修费，每口仍不得过三间之数。又淹毙人口埋葬银，每大口二两，每小口一两。

一、山东省水冲民房露宿之时，不论极贫、次贫、又次贫，按户先给搭棚银五钱。水退后，分别验给修费银两，极贫每户一两五钱，次贫每户一两，又次贫每户五钱。淹毙人口埋葬银，每大口一两，每小口五钱。

一、山西省水冲民房修费银，全坍者，瓦房每间一两二钱，土房每间八钱。半坍者，瓦房每间五钱，土房每间四钱。淹毙人口埋葬银，每大口一两，每小口五钱。

一、河南省水冲民房修费银，瓦房每间一两，草房每间五钱。淹毙人口埋葬银，每大口一两，每小口五钱。

一、江苏省水冲民房修费银，瓦房每间七钱五分，草房每间四钱五分。淹毙人口埋葬银，每大口自五钱至八钱为率，每小口自二钱五分至四钱为率。

一、安徽省水冲民房修费银，极贫之户，瓦房每间四钱，草房每间三钱；次贫之户，瓦房每间三钱，草房每间二钱。淹毙人口埋葬银，每大口一两，每小口五钱。

一、江西省水冲民房修费银，瓦房每间八钱，草房每间五钱。淹毙人口埋葬银，每大口一两五钱，每小口八钱。

一、福建省水冲民房修费银，瓦房每间五钱，草房每间、瓦披每间各二钱五分，草披每间一钱二分五厘。淹毙人口埋葬银，每大口一两，每小口五钱。击破漂没民船修费银，大船每只三两，中船每只二两，小船每只一两。生存舵工水手，量给路费。

一、浙江省水冲民房修费银，楼房每间二两，瓦平房每间一两，草房每间五钱，草披每间二钱五分。淹毙人口埋葬银，每大口二两，每小口一两。

一、湖北、湖南二省水冲民房修费银，瓦房每间五钱，草房每间三钱。淹毙人口埋葬银，每大口一两，每小口五钱。

一、陕西省水冲民房修费银，全冲者，瓦房每间二两，草房每间一两。未全冲者半给。淹毙人口埋葬银，每大口二两，每小口一两。淹毙牲畜，毋论数目，每户给银五钱。

一、甘肃省水冲民房修费银，冲没无存者，每间一两；泡倒者，每间五钱。淹毙人口埋葬银，每大口二两，每小口一两。冲毙牲畜，每户给银五钱。

一、四川省水冲民房修费银，冲没者，瓦房每间二两，草房每间一两。坍损者，瓦房每间一两，草房每间五钱。凡被冲瓦草房竹木尚存者，每间修费银，自一钱至五钱为率，按情形轻重核给。淹毙人口埋葬银，每大口二两，每小口一两。

一、广东省水冲民房修费银，大瓦房全倒者，每间银一两，半倒者每间五钱。小瓦房、大草房、大茅草房，全倒者每间五钱，半倒者每间二钱五分。小草房、小茅草房，全倒者每间二钱五分，半倒者每间一钱二分五厘。吹揭瓦房，每间一钱。击破漂没民船修费银，大船每只一两，小船每只三钱。淹毙人口埋葬银，每大口二两，每小口一两。压伤人口抚恤银，每口三钱。

一、广西省水冲民房修费银，每间银八钱，米五升。草房每间银五钱，米五升。淹毙人口埋葬银，每口一两。冲坏水车修费银，大者每座四钱，中者每座三钱，小者每座二钱。冲坏堰坝修费银，每座自六两至十两为率，按情形轻重核给。

一、云南省水冲民房修费银，瓦房每间一两五钱，草房每间一两。坍墙修费银，每堵二钱。淹毙人口埋葬银，每口一两五钱。

一、贵州省水冲民房修费银，瓦房每间八钱，草房每间五钱。淹毙人口埋葬银，每大口二两，每小口一两。

一、民间失火，延烧房屋，地方官确勘情形，酌加抚恤。所需银两于存公项下支销。

隆 冬 煮 赈

一、京师五城，每年十月初一日起至次年三月二十日止，按城设厂，煮粥赈济。每城每日给十成稜米二石，柴薪银一两。每年开赈之初，由部先期题明，知照都察院暨仓场衙门，届期该巡城御史备具文领，径赴仓场衙门请领米石，并赴部请领薪银。每日散赈，由该御史亲身散给，该都察院堂官不时稽察。倘有不肖官吏，私易米色，通同侵蚀者，指名题参。每年用过银米，由五城报销。（乾隆四十年遇闰十月，经都察院照例具奏，于闰十月朔开赈。钦奉谕旨，展于十月十五日开赈等因，钦遵在案。）

一、直省省会地方，照京师五城例冬月煮赈。（江苏省长洲、元和、吴县，每岁岁底各设一厂煮赈。丰年煮赈一个月，歉岁加展一个月。每大口日需粥米二合，每小口日需粥米一合。每大小口四十日需盐菜一斤，每斤销价银一分。每厂书役九名，每名日给饭米一升。每厂水火夫一十二名，每名日给工食米三升。每用米一石，需砻糠一十七挽，每挽销价银九厘。每厂日需草一担，每担销价银一钱。每厂夜需灯油一斤，每斤销价银四分五厘。每厂所需搭棚工料，添备什物价银，随时核实支销。凡米石于镇江府截漕赠米内动给，银两于存公项下动给。江西省城南昌、新建，每岁岁底煮赈，以四五十日为率。不论大小口，每口日需粥米四合。每厂小夫二十名，每日共给食米一斗。所需米石，于节备仓谷项下动用。陕西省咸宁、长安二县，每岁岁底，南北两关设厂煮赈，以一月四五十日为率。所需银米，于道仓盈余项下动给。）其或夏秋被灾较重，例赈之外，准于近城处所煮粥兼赈。

士 商 捐 赈

一、凡绅衿士民，有于歉岁出赀捐赈者，准亲赴布政司衙门具呈，不许州县查报。其本人所捐之项，并听自行经理。事竣由督抚核实捐数，多者题请议叙，少者给与匾额。若州县官抑勒派捐，或以少报多，滥邀议叙者，从重议处。土豪胥吏，于该户乐输时干涉渔利者，依律查究。

一、盐商于地方偏灾，乐为捐赈者，听其自便。若纠结公捐而暗增成本，借名取偿者查究。失察之该管官并予议处。

查勘灾赈公费

一、凡查勘地方灾赈，除现任正印及丞倅等官不准支给盘费外，教职及县丞佐杂、候补试用等官，俱按日支给盘费。（山西、福建二省委员，不支盘费。）所带书吏、跟役口粮杂费，均一体支销。奉天省经历教职等官，每员日给盘费银三钱，准带跟役二名。巡检、典史等官，每员日给盘费银一钱五分，准带跟役一名。凡跟役，每名日给饭食银五分。所查系大州县，准带书役四名，中州县准带书役三名，小州县准带书役二名。凡书役，每名日给饭食、纸笔银一钱。直隶省官每员日给盘费银二钱六分六厘有奇，准带书役四名。每厂准设书役二名、衙役四名、斗级四名，每名日给饭食银四分。给单造册等项纸张，每万户给银七两六钱七分有奇。山东省官每员日给银一钱。跟役四名，每名日给银五分。造册书役，每名日给银六分。纸张、笔墨等银，按赈谷每一千石给银八钱。山西省委员随带书役人等，每名日给饭食银六分。查造册籍赈票等项需用纸张、笔墨等银，事竣核实报销。河南省佐杂教职等官，每员日给盘费银一钱。随带承书一名、跟役一名，正印官随带承书一名、跟役二名，每名均日给饭食银三分。造册纸张，每千户给银六分四厘。赈票纸张，每千户给银八分四厘。缮写册籍，每千户给饭食银三分。江苏、安徽、湖南三省试用候补官，每员日给盘费银三钱。教职佐杂，每员日给盘费银一钱。书役，每名日给饭食银五分。给单造册纸张工费，每千户给单费银二钱。造册，每页给银二厘。福建省委员随带书役，每名日给饭食银二分。雇倩缮书，每名日给工雇笔赀银五分。造册、笔墨、纸张、油烛，核实报销。江西省试用知县、佐杂教职官，每员日给盘费银一钱。每官一员，随带承书一名，正印官带跟役二名，佐杂官带跟役一名，俱每名日给盘费银三分。造册纸张，每千户给银六分四厘。赈票纸价，每千户给银八分四厘。浙江省官每员日给薪水银一钱。坐船一只，日给船饭食银三钱二分。随带经书二名，每名日给饭食银三分；小船一只，日给船钱饭食银二钱。随从人役三名、五名不等，每名日给饭食银三分；船一只，日给船钱饭食银二钱。散给银米厂所书役匠人，俱照例支给。查造册籍纸张，于公费等银内动用，据实造销。湖北省官每员日给盘费银一两，每州县给造册纸张银十两。陕西省派委邻属官员及本州县佐杂，每官一员，日给口食银八分。随带书役、工匠人等，每名日给口食银四分。调委隔属官员，每官一员，日支口食银一钱。跟役每名，日支口食银五分。官役每员名，各给骑骡一头。每头百里给脚价银二钱。查造册籍、印刷赈票、包封赈银封袋等项所需纸张价值，核实造销。甘肃省官每员日给盘费银一钱。跟役一名，日给盘费银五分。官役各给驮骡一头，每头每百里给脚价银二钱。云南省地方官及委员道府州县，每员带书办二名、差役三名、马夫一名，佐杂等官带书办一名、差役一名，每名日给米一京升，盐菜银一分五厘。造册所需纸笔、饭食、人工等项，每册一页共给银一分，于司库铜锡银内给发。

捕蝗则例五条*

督 捕 蝗 蝻

一、直省滨临湖河低洼之处，向有蝗蝻之害者，责成地方官督率乡民随时体察，早为防范。一有蝻种萌动，即多拨兵役人夫，及时扑捕。或掘地取种，或于水涸草枯之时纵火焚烧，设法消灭。如州县官不早扑除，以致长翅飞腾者，均革职拿问。

邻 封 协 捕

一、地方遇有蝗蝻，一面通报各上司，一面径移邻封州县星驰协捕。其通报文内即将有蝗乡村邻近某州县，业经移交协捕之处逐一声明，仍将邻封官到境日期续报上司查核。若邻封官推委〔诿〕迁延，严参议处。

捕 蝗 公 费

一、换易收买蝗蝻及捕蝗兵役人夫酌给饭食，俱准动支公项。令各城教职佐杂等官，会同地方官给发，开报该管上司核实报销。其有所费无多，地方官自行给办。实能去害利稼者，该督抚据实奏请议叙。其已动公项，仍致滋害伤稼者，奏请著赔。（直隶省捕蝗人夫，分别大口，每名给钱十文，米一升；小口每名给钱五文，米五合。每钱一千，每米一石，俱作银一两。长芦所属盐场地方，雇夫扑捕，壮丁日给米一升，幼丁日给米五合。又老幼男妇自行捕蝻，一斗给米五升。江苏省捕蝗雇募人夫，每名日给仓米一升。每处每日所集人夫不得过五百名，收买蝗蝻每斗给钱二十文，挖掘蝻种每升给钱一十文。安徽省捕蝗雇募人夫，每夫一名日给米一升。每处每日最多者不过五百名。挖掘未出土蝻子，每斗给银五钱；已出土跳跃成形者，每斗给钱二十文；长翅飞腾者，每斗给钱四十文。每草一束，价银五厘。每柴一束，价银一分。每日每处柴不过一百束，草不过二百束。）

捕 蝗 禁 令

一、地方遇有蝗蝻，州县官轻骑减从，督率佐杂等官处处亲到，偕民扑捕。随地住宿寺庙，不得派民供应。州县报有蝗蝻，该上司躬亲督捕，夫马不得派自民间。如违例滋扰，跟役需索，藉端科派者，该管督抚严查，从重治罪。

一、地方官扑捕蝗蝻需用民夫，不得委之胥役地保，科派扰累。倘农民畏向他处扑捕，有妨农务，勾通地甲胥役，嘱托卖放，及贫民希图捕蝗得价，私匿蝻种，听其滋生延害者，均按律严参治罪。

捕 蝗 损 禾 给 价

一、地方督捕蝗蝻，凡人夫聚集处所，践伤田禾，该地方官查明所损确数，核给价值，据实报销。

明张司农救荒十二议

一、亲审贫民。先令里长报明贫户，正印官亲自逐都逐图验其贫窭，给与吃粥小票一张，填写里甲姓名，许执票入厂，仍登簿。万不可令民就官，往返等候，先有所费。要耐劳耐久，细心查审。

　　明胡其重曰：若赈可稍缓，则须亲审。若州县辽阔，遍历不完，而赈又不可缓，则须于寄居官等择其有德有品者，分任其事亦可。

二、多设粥厂。众聚则乱，散处易治。昔富郑公设公私庐舍十余万区而安处流民，又多设粥厂。今议州县之大者，设粥厂数百处，小者亦不下百余处，多不过百人，少则六七十人，釜爨便而米粥洁，钤束易而实惠行。

三、审定粥长。数百贫民之命悬于粥长之手，不得其人，弊窦丛生。务择百姓中之殷实好善者三四人为正副而主之，即富郑公用前资待缺官吏之意也。

四、犒劳粥长。饥民群聚，易于起争。粥长约束，任劳任怨。上不推恩激劝，待以心腹，谁肯效力尽心？故宜许其优免重差，特给冠带匾额。近则又有一法，半月集粥长于公堂，任事勤劳者，以盒酒花红劳之；惰者量行惩戒，以警其后。

　　陆曾禹曰：此法极善，可以鼓舞众人而且易为。但有善人能人，不妨任粥长当堂禀用，官即具帖，请来厂中协力料理。

五、亲察厂弊。粥厂素称弊薮，惟在稽察严密。然非守令躬察，则不知警。又有以逸代劳之法，限粥长三五日执簿赴堂领米，谆谆嘱其用心，察其勤惰。又要时加密访，置大签四根，书东南西北四字，日抽一签，如东字单骑东驰，不拘远近，直入厂中。果有弊者，造作不精者，分轻重而惩治之，不可贷也。

六、预备米谷。仓廪不实，支取易匮。或动支官银籴买，或劝借义民输助，必须多方设法，预为完备。凡煮粥之米，既交粥长，或搬运，或变卖，任从其便。只要有米煮粥，不许吏胥因而索诈。

七、预置柴薪。厂中器皿，不可强借。惟铁杓必须官给两个，恐有大小故也。煮粥之柴，其费最多。粥长等既任其劳，那堪再行赔累。即令煮长在所领米内扣出其米，变卖作价可也。

八、严立厂规。驭饥民如驭三军，号令要严明，规矩要画一。卯簿照收到先后顺序列名，鸣钟会食，唱名散签。凡散粥，或单日自左行散起，或双日自右行散起，或自上散，或自下散，或自中散，互为先后，则人无后时之叹，不至垂涎，以起争端。敢有起立擅近粥灶者，即时扶出除名。粥长不遵规矩，亦有所惩。

九、收留子女。预示饥民不可擅弃子女，然而饥寒困苦，难保其无。万一有之，令里老、保甲、老人等收起，抱赴官局收养。仍给送来之人数十文，以作路费，庶可酬其奔走之劳。

十、禁止卖妇。卖妇者当严为禁止。倘有迫切真情，将夫妻尽入厂中，妇令抚婴，男归厂用，事完听去。

十一、收养流民。最苦者饥民逃窜，以路为家。须于通衢宽空处另立流民厂，另置流民簿，随到随收。如若满百，须增厂舍。若乞丐，又立花子厂，不得与流民共食。

十二、散给药饵。凶年之后，必有疠疫。疫者，万病同症之谓也。不论时日早晚，人参败毒散极效，或九味羌活汤、香苏散皆可。但须多服方有效验。合动官银，令医生速为买办，合厂散数十帖，以济贫民。至夏间有感者为热病，败毒加桂苓、甘露饮神效。败毒散内不用人参，加石膏为佳。再令时医定夺，必不误也。

　　陆曾禹曰：明神宗二十九年，陕西巡抚毕公懋康入关之始，见饥民嗷嗷待哺，乞生无路。乃云：莫如煮粥最善。即将张司农救荒十二议发刻施行，荐拔勤员，特参惰慢，务令有司以一段真精神救护元元，可称贤大夫矣。

明山西巡抚吕叔简坤赈粥十五法（录二）

一、别食粥之人。凡来食粥者报名在官，立簿一扇，分为三等六班。老者不耐饿，另为一等，粥先给。病者不可群，另为一等，粥先给。少壮另为一等，最后给。此为三等。造次颠沛之时，男女不可无辨，男三等在一边，女三等在一边。是为六班。

一、备草荐。饥病之人，坐卧无所，亦易于生疾。州县将谷稻藁结织为草荐，令之铺地，庶不受湿。有力之家，平日织千百，或冬月施与丐子，或饥年散给粥厂，大阴德事。事完另有奖励。

明蔡懋修通商救荒条议八则 *

明杭州司理蔡懋德通商济荒条议：杭城生齿，仰给外米。蒙宪行广籴通商，已无遗策。而聚米之道，不厌多方。近闻邻境闭籴，米价翔踊，商贩纷纷有各处阻难之诉。职思官府之储散有限，民间之自运无穷，而民间之自运犹有限，远商之乐贩更无穷。但能使远地经商，望武陵为利薮，闻风争赴，米货辏凑，杭郡百万生齿之事济矣。招来之法，厘为八则。

一、不定官价。凡米到行家，悉听时价之高下。

二、清追牙欠。市牙侵商米价者，务令呈官追给。商米发籴，即要追足价银，俾可速运得利。

三、免税钞。凡米船过关，务五尺以下者尽行免钞。部勒有碑，不可不遵。

四、免官差。凡系米船，埠头不许混行差拨。

五、禁发米处奸棍阻遏。遏米原非美政，且已移文开禁，奸棍借口留难者，禀官拿究。

六、禁沿途白捕。吓诈水乡，假冒巡船，指称搜盐，因而抢夺，许鸣官重处。

七、禁役需索。请批挂号，官备纸劄，听米商随领随给，衙役不许私索分文，并稽半刻。

八、米到悉听民便，或积或卖，官俱不问，止许销批倒换新批。

　　此上八议，明注批中。往来贸易，转相告谕。要使远近熙攘之辈，皆羡子母什一之赢，愿出我途而源源灌输于不穷，或于荒政未必无少补也。

怜　寒　士

明御史钟化民曰：读书者不工不商，非农非贾，青灯夜雨，常无越宿之粮，破壁穷檐，止有枵雷之腹。一遇荒年，其苦万状。从厚给之。

明张氏曰：荒年有外具衣冠，内实饥馁，不能忍耻就食者，如托人瓶钵取食，勿生疑阻。倘访知果赤贫，无人转托者，更宜挑担上门量给之。

怜　妇　女

少妇处女，初次到厂吃粥之后，当给半月之粮，令其吃完此米，再到厂中来吃一次。如前给之后，皆仿此。不可令彼含羞忍耻，日日到厂，挨挤于稠人广众之中也。

怜　婴　儿

不论男妇，到厂吃粥，倘怀中有婴儿者，许给一人之粥，令其携归哺之。彼利此粥，不致弃子，造福更大也。

劝　捐　棉　衣

高文定斌示曰：直属今年被灾，地方穷民困苦，荷蒙圣恩广沛，普遍赈恤，已无饥馁之患。惟是晨风戒凉，向前渐入寒冬，孤苦无营之人，虽幸得食而衣不蔽体，仍恐莫保身命，深堪悯恻。案原题部议，绅衿士庶有情愿捐赈或捐备棉衣者，报明地方官，听其自行经理，多则题叙，少则奖励。奉旨允行。及今抚恤灾黎之计，捐备棉衣又为急务。各州县可即出示劝谕，绅衿士庶有愿捐赈者，即令制备棉衣，分给贫民。或交地方印官于赴乡散赈之便，察看单寒极贫之男妇，携带散给。不得预期声张，更不得委任胥役，仍将捐给数目据实申报，分别奖叙。如奉行不善，致有抑勒扰累，定即加以处分。

方恪敏观承谕曰：谕府州县。原题赈例，有劝谕绅衿富户捐助之条，业经出示晓谕。今时当秋尽，转瞬冬寒，灾地穷民仰赖圣恩赈给，咸幸更生。而其中尤困苦者，衣不蔽体，寒已切肤，不死于饿而复死于冻，宜亦父母斯民者之深为悯恻而亟思筹措者也。兹蒙督院捐制棉衣千件，盐政、两司、本道等亦各有施助，但力难遍及，心则无穷，有不能不望于绅士之好行其德者。该府州宜率同地方官善为劝导，使之乐从。即如当商，平时取利于穷檐小户，今捐值十两八两之棉衣以恤灾困，宜无吝情。况旧布短袄，过期不赎者不烦外求，无需另制，尤易为力。地方官总核所捐衣数，于赈册内查明极贫中应给名口，分遣妥人，指名散给；或属委员于放赈时察看无衣者预记之，有余更以给次贫户口之茕苦者。总勿显示恩施，致来希冀，惠难为继而弊益滋多，即自生扰累矣。如捐户自能经理，不愿官办者听便。不愿捐者，尤不得勉强抑勒。所捐姓名衣数，俱通报院司察核。

荒政摘要跋

　　余思治富庶之民易，抚灾患之民难。盖水旱偏灾，虽圣世不能无，而匡救、绸缪、抚绥须有道，庶几灾不为害而民无流离。尝观《荒政辑要》一书，广集古今办灾之法，既详且备。惟繁称博引处，间有涉乎复者，有错综互见处，又有似乎杂者。临事无一定指归，办理转有歧异。余今择其尤要者摘录成编，于大同小异、今古不侔之处概从节芟。至于祈雨之法，须至诚为民请命。若扰龙等法，往往致飓风、冰雹之灾，是救民而转恐有妨于民也，故置而不录，非敢师心自用，妄窜成书，尚冀力行仁政诸君子扩以良法善政，则纵遇凶荒之岁，无一夫不被其泽矣。

　　道光十三年嘉平月中浣四川布政使署陕西布政使李羲文跋

江邑救荒笔记

清道光十四年刻本

（清）周存义　撰

张永江　点校

江邑救荒笔记自序

　　道光辛卯五月，大雨连朝，江河并涨，兼之山水骤发，鄂城汉口皆成巨浸，哀鸿几遍原野。宫保卢厚山制府以余历奉差委，尚实心任事，借署江夏，办理赈抚。余恐力不胜任，面辞者再。宫保及杨介坪中丞俱云：士为知己用，不容辞也。乃于七月视事。灾民就食省垣者，业经庞星斋大令搭盖棚厂，散给钱米，本已略有头绪。嗣即认真接办，亲历各区，逐户挨查，分别应赈不应赈，冀无遗滥。随于九月初十日在省城外分设粥厂，立定章程，选派委员绅士督率夫役。余亦随时随地，亲诣查验。至正月底，随节军营，代理之员照章接办，至三月乃止，活人无算。盖赈抚之事，遵照成法，尚易尽心，而施粥则办理善足以济人，办理不善又足以害人。栗朴园方伯前在豫省西华任内，煮粥六月，行之有效，屡荷谆切讲求，以期无弊。当照所颁条议，兼采明张司农《救荒十二议》、吕叔简先生《赈粥十五法》，俯察舆情，稍参己见，次第施行，只求于灾民有裨，他弗计也。又得裕鲁珊太守多方筹画，查察精详，以匡不逮焉。他若制草衣，设留养，则又旧章所未及，量为变通者也。楚省灾区甚广，各牧令莫不竭乃心力，措理咸宜。江夏一邑，敢谓事事尽善，惟或禀成算，或集众思，或抒管见，半载以来，不遑朝夕。偶于公暇，将江夏自急赈起至抚恤煮赈及安辑流民、施舍棉衣、弭盗捐输等各事宜，或由本任，或余署任，或代理任，挨次裒〔哀〕辑成编，以质来者。其于救荒办赈诸务，庶足为一得之助乎！是为序。

　　时道光十四年六月朔日，署湖北汉阳府同知事同知衔黄州府通判周存义序

江邑救荒笔记目录

江邑救荒笔记

急 赈 事 宜

　　查江邑境内，北岸屯等一百三十里屯均已漫淹，测量水深，均有一丈一二尺及七八尺不等。省城内外因猝被水成，迫不及放，周围皆水，无路可通。避水灾民搬移于城垣高阜之地，搭棚栖止。四乡低洼处亦迁居高阜，或聚处一船，荡析离居，嗷嗷待哺。蒙上宪颁发《豫省查办急赈章程》，并给领银二千两以备急需。当即雇备划船二百二十只，分派亲信家丁资送干粮，以谋拯救。并雇大船九十只，于五月二十八九两日济渡被水灾民。凡有栖止树梢、屋脊之人，迅救至船，设法权为安置，共五千八百二十户，男妇大口一万五千八百三名，小口八千一百三十名。每大口发给芦席二条、竹片四根，小口芦席一条，以资栖止。每日大口给面馍四个，小口给面馍两个，以资口食。自五月二十八日起至六月初四日止，除奉拨发银两外，不敷银五百五十余两，自行捐廉凑办。嗣以积水难消，灾黎甚众，奉上宪饬令动碾仓谷，以济民食而安闾阎；查明实在乏食灾民，或钱或米，设厂先行妥为抚恤，毋使一夫失所。遵即禀明动碾常平仓谷三千石，在于城内正觉寺、铁佛寺、社稷坛三处发放。拟定章程，按十日发米一次，大口给米四升，小口三升。自六月二十三日起及七月初三、十三等日三次开厂散放。因灾民纷纷就食，日集日多，每次领米，大小丁口其始一万五千六百八十余名，继则一万九千七百五十余名，末后一次至二万二千九百六十余名，共放过米一千九百三十七石四斗六升。因原请谷数不敷，又续动谷石碾凑支放，曾经先后折报。七月间正拟撤厂另筹，适余奉委署篆。到任之初，见省城内外灾黎仍蚁集，嗷嗷待哺，虽上宪奏请抚恤，并设法劝谕绅商富户捐输接济，第抚恤必须确查各里屯被灾户口细数，急切未能举行，而士民捐输亦难刻期缴齐，仍复查明户口应赈者，接续动碾仓谷，于七月二十三日，在原设各厂又散放米七百六十五石五斗八升，俾资口食。其时江水已逐渐消退，当出示晓谕各灾民中之少壮者即归乡里，自谋生计。又督率汛委各员，逐加清查，其中实在孤寡老弱，无依无靠，不能自给者，于八月初三日在原厂放米四百一十石六斗，又于十三日放米二百六十九石五斗，二十三日放米二百三十五石八斗八升，又于九月初三日放米二百六十一石三斗四升，均在原设厂所散放。连前四次及前县三次，总共放米三千八百七十二石七斗六升，俱经开折申报。江水大退，灾民渐次归里，不致仍前群集。至九月初十日煮粥接济，始将三厂停止。（被灾之初，查赈未定极次，未分灾民。猝被水冲，家资飘散，房舍冲坍，蓬栖棚宿，颠沛流离，日〔目〕不忍睹。自应不论极次，随查随赈，各随灾户现栖之地当面按名给发，印委各官登簿，汇册报销，仍即讯明各灾户原住村庄，俟水退归庄后，查明灾分极次，仍按原庄核实查办。惟水势甚大，急切不能消退，甚至各处闸口及通水城门俱经堵筑。城垣禁地，虽不准灾民久住，仍令于庙宇空隙之地及宽阔地面搭棚栖止，蜂屯蚁聚，二月有余。赈抚之事须次第施行，而灾民有缓不及待之势。大宪饬令动碾仓谷，赶紧分厂抚恤，并饬减价平粜。当经禀明，被水居民，其中次贫之户尚可买食，极贫之户田庐均被淹没，即使平粜，亦买食无资，且恐市侩渔利之徒假充贫民粜买，囤积居奇，似应先筹急济，以苏民困，俟抚恤后察看情形，应否减价平粜之处，另行禀办。随于六月二十三日设厂放米，照票量给，挨次请领；老幼妇女，准人代领，以示体恤，并严禁经手胥役从中克扣滋弊。惟水未消落，附近灾民就食省城者日积日多，其中有实在饔飧无资夫〔失〕所依栖者，亦有游手好闲乘机溷迹者，男女成群，奸良莫辨。七月后，各处灾民接踵而至，尤混杂难稽。所赖详于防范，严于稽察，得以不至冒滥。又以颠连无告之民屯乡村落亦复不少，必须多方抚循，加意周遍，近则印官亲临，远则委员查办，除城内三厂外，于城外各庙宇、双峰山、猪石山等处地方一体计口发粮，妥为抚恤。及江水稍退，年力强壮之人渐已分散营生，而老弱残疾、鳏寡孤独、赤贫无告之民，仍不能不陆续展放，俾资糊口。嗣经赈抚之后，粥厂一开，议定妥善章程，灾民始赖以生全也。）

查 勘 事 宜

患来仓猝，灾出须臾，江夏灾民搬赴城上及高阜处不下万余口。业经本任庞大令查明大小户口，分别旧管新添、现去实去丁口，开具四柱清册，按日通报核办。而县境所辖各汛被灾较重，前署府委候补县丞荆道泰等分赴鲇鱼、金口、山坡、浒黄，会同各该巡检确查。继又移委署粮府史礼贤、候补县陶洽驰往各乡，察看情形，酌量散给钱米，绘图贴说，并无朦混。七月间，余奉檄权斯篆，以清查户口为目前最要之务，将来散给赈抚，有所依据，而一人智虑难周，在在需员帮办，又禀请会同兴国州知州蒋嘉瑞分查金口、山坡，武昌县知县林芳分查浒黄，候补知县陆炯分查鲇鱼，逐细严查，将应赈不应赈大小口数认真覆查，以期事归核实。将其中孤寡老弱不能自给者，列为极贫；虽处困乏而现有微业可营，非急不及待者，则俱归入次贫。统计极次贫民五万一千三百二十八户，大小口十五万八千四百三十七口，分别应抚、应赈、应加赈，俱系亲勘，并不假手胥役。其各卫所屯坐军田，亦俱查照，一律办理。（户口之查，莫良于平日保甲认真，则赈赈时即可按籍而稽，不遗不滥。至于州县烟户册，本属具文，不足为据，必须勘灾之员按里按屯，实力亲勘。然水路则支河汊港，迂道潆洄，陆路则北埂南塍，纷驰旷野，倘重复导引，四顾茫然，必至两相岐误。况此次水势过大，节交暑〔处〕处〔暑〕，尚属一片汪洋。被灾各户早已纷纷迁徙，雨散星离。若徒假手吏地保，冒捏索诈，百弊丛生。惟有乡公正殷实绅耆，于附近贫户地丁自必真知确见。所请廉干委员督同汛员，带同绅耆，乘坐小舟，周历各乡，逐户清厘，将应赈不应赈及如何为极贫次贫，预行酌议妥协。至于灾户报呈，合将坐落之垸区村庄、户口之男妇大小，划清地界，标签分勘。其积水不退之处，势难分晰，即以现在补种之田亩为断，勘员另查被灾各垸额田若干，认准方向来路，无任复指。除补种田亩外，俱作为全荒，分里分屯，逐一登注明白。然而弊窦多端，黠民冒混，保正诡捏，有绅耆内有畏累徇情者，有懦弱不言者。要藉官为转移，果能庄以临之，静以镇之，不避艰险，不辞劳瘁，细加体察，以定准驳，断不至有浮滥之虞也。且乡愚无知，莫若遍为晓示，于未查之先，将成例所载分晰各款，刊刻大字告示，以朱笔圈勾，遍贴荒陬僻壤，俾使周知。并令地保等各就该庄详悉告语，广为传播。至于委员勘灾盘费，《户部则例》内载，查勘地方应赈委员，除现在正印及丞倅等官不准支给盘费外，教职佐杂候补试用正官俱按日支给盘费，系指动项报销而言。湖北省历来办灾委员盘费，皆各州县自行捐给，并无照例报捐之案。其教职佐杂等官，按照定例，由被灾州县按日捐给银一两，以示体恤。）

抚恤加赈事宜

道光十一年七月二十八日，督抚宪会同具奏查勘江夏等各州县被水轻重情形，照例抚恤灾民一月口粮，仰荷谕旨，先行抚恤。复加确切查勘轻重，核办蠲缓各事宜，江夏所属各汛实在成灾七分，应抚极次贫民，通共大口一十一万四千七百一十九口，小口四万三千七百一十八口，统计一月口粮，需谷四万零九百七十三石四斗，每谷一石折银五钱，共折银二万四百八十六两七钱。九月领银到县，按足时价，易换钱文，查照大小口数，发给所有四汛应抚灾民。必须分里分屯分期分厂给发，先行出示晓谕，务使灾民家喻户晓，如期赴领，不致徒劳跋涉。鲇鱼汛分设楠木庙、纸坊、东湖驿三厂，浒黄汛分设石山寺一厂，金口汛分设金口镇、张王庙二厂，山坡汛分设山坡街、大公馆二厂，均于十月初五日开厂散放，按照户口截给印券。查照定例，每大口给谷一升，小口减半，盖戳给领，以昭核实而杜浮冒。至十九日止，一律散放完竣。惟被灾之各里屯逐一履勘，或地处低洼，或滨江傍湖，积水较重。其消涸之时，又节届寒露，气候已迟，秋收均皆失望。若抚恤之后不为续筹接济，则瞬届冬令，该灾黎等未免有饥寒交迫之势。又照例禀请将极贫加赈两个月，次贫加赈一个月。计大小口总共需谷四万四千二百二十四石五升，共折银二万二千一百十二两二分五厘。并照定例将一百三十里屯应征本年地丁等项正耗钱粮及各粮米均蠲免十分之二，其蠲剩银米同节年带征钱粮俱缓至来年秋成后分作两年带征。至此外之三城等五屯虽俱勘未成灾，第早晚二稻收成亦止六分及五分有余，且县属灾区甚广，该五里屯错处其间，成熟无几，所有应征本年各项钱粮银米及节年带征钱粮并请缓至次年秋后征收，藉可稍纾民力。其各卫所屯坐县属境军田亦俱查照一律办理，以广皇仁而彰宪德。当即分别赶照户口清册并顷亩蠲缓各银米册结，详赍核办。其携眷外逃之户闻赈归来，纷纷吁求补放。又复会同委员挨户确查。其间年力强壮尚可自食其力，或有小贸营生者固多，而实系老幼残废贫苦无告者亦复不少，除例不应赈外，实应赈贫民一万二千五百一十三口，计大口一万九千七百七十五口，小口一万五百五十二口。查归来各户，在外谋食数月，甫经回籍，毋庸先行抚恤口粮，应按照次贫普行给赈一月，每大口日给谷一升，小口日给谷五合。共需谷七千五百一十五石，共折银三千七百五十七两八钱七分五厘，随同加赈之极次贫民一律给发，俾免向隅。鲇鱼汛灾民厂设金沙洲丁三庙一处，金口汛厂设金镇张王庙一处，浒黄汛厂设鸡窝街陈姓祠堂一处，山坡汛厂设山坡街大公馆一处。以上各汛厂所均于十一月二十二日开厂散放，按照户口，查照定例，每大口给谷一升，小口减半，照票发给。再，屯坐军户有闻赈归来各户，移催卫所，查明核办。（抚恤加赈，本有定例，必须查明实在极贫、无业无依以及孤寡老弱等类，方准开在应抚之列，给予口粮。若能小贸营生，手艺糊口，并有亲族可依，及已入养济院者，均非现在遇灾乏食受饿之人，应与在官人役、入营兵丁概不准滥给。尤恐胥吏差保指造赈册为名，藉端需索，得费则不应抚之户混行造报，不得费虽赤贫之户任意遗漏，且更有诡捏姓名，希冀冒领，是以办灾以审户为第一要务。迨查定户口，即按照村庄，将应抚口于未经散放之前，先期开列灾户姓名、大小口数，于该村逐一榜示，仍按各村庄应领户口确数，于署前总行出示晓谕，咸使周知，俾灾民如期赴领，不致徒劳跋涉。临放之时，印委各官会同唱名监放。如有临赈不到，即行扣除，俟其续到补发。灾民齐集厂所，户口有无捏冒，胥役差保有无弊端，不难一问而知。倘将无作有，以少报多，许灾民指告，即严行根究惩办。再灾民具领抚恤，为数零碎，易于高下其手，自以放钱为便。各按市价，每库银一两可易制钱若干文，合计每大小口应赈银若干、折钱若干之处，先行通报，一面于榜示内明白刊列，俾各灾名〔民〕均知钱数，可免差保侵渔之弊。如有不通市镇，难于换易多钱之处，亦即切实禀明，仍补入章程内颁发遵循可也。至闻赈归来，在一月限内，准其一体给与抚恤，限外停止。）

附办赈条例

一、给赈先查户口，宜归核实也。委查各员有立意市恩，不问灾分轻重，不察极贫次贫，有户即开，有口即报。不知一经滥开，存之则费有不敷，汰之则毫无所据。里甲浮冒，胥吏舞文，亦由此而起。临时删减，大费周章。其务为节省之员，欲以认真见长，不问轻重情形，惟以少开少报为主，以致灾民不服，酿成殴辱官长等事者有之，且必至道殣相望，无所控告。则失之于遗与失之于滥，均非核实之道也。

一、赈期宜早为晓示也。既经勘定灾分，照例给赈，百姓嗷嗷待哺，闻有赈期，有所指望，自然安心待赈，不致四出逃荒。但开赈有一定例限，其未赈之先，又须设法安定，方为万全。

一、设厂宜就四乡适中之地也。先期示定乡保，在某厂某日放给钱米，则预期将米运贮厂所；放钱，则预期将钱运往厂所。放米若按升斗量给，费日积时，殊难为理。应按大小建、大小口，各制木桶，大建一斗五升大桶、七升五合小桶，小建一斗四升五合大桶、七升二合五勺小桶，以凭量给，较为简便。其桶由该管本府按官斛较准制造，印烙颁发，以杜弊端。若放钱，则按照大小口应给若干文，照数用串穿好，每厂应用若干分，在署穿好，携赴厂所。该地方官暨监放委员随手抽查，数如有短少，立加究办。

一、劝捐宜乐输，不宜勒揸也。凡地方殷实富户，厚资坐拥，人所共知，好义者自慷慨乐从，悭吝者亦迫于公议，断难推托。惟家不过中人之产，丰年所入仅敷一岁之需，一遇饥荒，业已自顾不暇。若必强令捐输，谓其既有田亩，即须捐赈，勒令多出钱文，必致典卖田产，往往有中人之产，遇凶年而荡然为赤贫之户者。是宜剀切晓谕承首劝捐绅衿各矢公正，勿涉偏私，以襄义举。

一、官赈不如私赈之普而易周也。查一保之中，不必皆有富户，而丰衣足食之人总有数家；且一保之中孰富孰贫，共知共见，有力者各量力出谷米，以救一保之人，尚属易于从事。如一保之中贫户居多，则以邻保两相合计，通融周恤。又或毗连保分，甲保被灾，乙保无灾，则劝乙保赈甲保之人；乙保被灾，甲保无灾，则劝甲保赈乙保之人。既得同灾相恤之谊，亦可收守望相助之益。是在地方官善为劝谕，于每保中择明白公正一二衿耆，发给谕帖，令其经理，并严谕该地保随同稽查，以资弹压，不必假手胥役，致多需索之费。

一、流民宜安辑也。地方偶遇灾荒，百姓轻去其乡，原非得已，地方官果能抚绥得宜，何致流离四出？若游惰之民，平时不务正业，遇灾则纠众逃荒。此等顽民，当责成地保约束，毋令外出。外来流民，不可久留，致生事端，急须设法资送回籍。亦只约计足将餬口之用，断不可以多与，多与则愚民贪利，必致去而复来，恐难为继也。

一、盗贼宜严缉，匪徒宜重惩也。灾荒之际，鼠窃狗偷，在所不免，则巡更击柝以防之。其有土豪地棍乘机抢夺，纠众滋事之徒，暗使妇女成群哄闹，挟制官长，阻挠赈务，则严刑峻法以处之。惩其首犯而宽其胁从，务使各知敛迹，自然地方安堵。

一、狱讼宜恤，用刑宜宽也。差徭宜减，役使宜少也。用度宜节，米粮宜惜也。《周官》荒政有缓刑、弛力、眚礼之条，亦司事者所当讲求也。

附应抚极次贫九条

一、并无田屋，佃田耕种，被水成灾，人无别项艺业者，为极贫。
一、并无田屋，佃田耕种，成灾过半，家口众多者，为极贫。
一、外乡别邑农民携家耕种，搭棚居住，田已全荒，无力佣工者，为极贫。
一、成灾村庄之四茕无依，未经编入孤寡内，为极贫。
一、虽无己田，尚有房屋牲畜，佃田全行被淹者，为次贫。
一、虽无田屋，佃田半属有收，而家口无多者，为次贫。

一、自种已业仅止数亩，尚有少许收获，而家口众多者，为次贫。

一、并无田屋，又未佃耕，虽有手艺营生，因被水灾，无力佣趁，而有家口之累者，为极贫；孤身为次贫。

一、并无田屋，又未耕种，并无手艺，专藉佣工餬口，因被水灾，无可佣工，而有家口之累者，为极贫；孤身为次贫。

附不应抚六条

一、捐职、捐贡、捐监及稍有力家，堪以资生者。

一、本有经营及现有手艺营生者。

一、田地虽被灾伤，尚有山场柴草花息者。

一、成灾村庄内之四茕人民年力尚壮，有力自给，及有亲族可依，并已编入孤寡册内者。

一、衙门书役兵丁并开设铺面，或挟资别处贸易，可以自给者。

一、不种田地，依傍湖港居住，或驾船营生，或网鱼，或乘舟为业，自可谋食者。

煮　赈　事　宜

被灾较重之区，九月中水势渐次消落。在涸复之地补种荞麦杂粮蔬菜，可资餬口，力能自赡。而低洼之地尚有仍被漫淹，必须冬月方可涸复，然亦仅能补种二麦。寒冬将届，为日正长，除力能自给之户无须调剂，实在乏食贫民，饥寒交迫，情殊可悯，必须早为筹画。署藩宪栗朴园先生以煮粥则惠在贫民，有力之家无从冒滥，颁发煮赈条议，饬令确勘情形，自十月起至来年二月止，或散放钱米，或设厂煮粥，通盘筹议接济。查江邑被水成灾地方既重且广，低洼之区一时尚难涸复，困苦情形，岂堪设想！幸蒙圣恩，赈抚兼施，而查造四乡户口细册，请领帑项，尚恐迫不及待，必须亟为先筹拯救之方。当经禀明，将所劝士民当商乐输银两上紧收缴齐全，尽数先行买米煮粥。当选派公正绅士现任广东海丰县知县沈英、截取知县吴云芝、举人洪恩骏、生员吴杰士，分路采买米石，源源接济。查照旧章，分设三厂，均在适中宽广之处，以前任浙江慈溪县知县黄兆台、前任江苏金山县知县林沛、候选训导骆标综理其事。一在阴骘阁，系候补训导樊朗、监生程浚经理。一在岳王庙，系职员刘文琪经理。一在沙湖三官殿，系监生刘能钊经理。并遴选幕友家人妥为筹备。连日男妇大小灾民各有三四千及五六千余口不等，计每厂日需米十五六石至二十余石不等，合计每日共需米五六十石。以捐数而论，典商所捐之典平色银折实库平足纹九千一百一十四两零。其余绅士富户等乐输，合计存银尚有三万二千一百七十五两。又奉本府饬汉镇盐号杨兴源等公捐助钱三千串，照市价折实库平纹银二千一百两。又连日续捐银一千七百五十两。共银四万五千一百三十九两。就各厂人数核计，尚可放至来春。惟专待抚赈之户并稍可自给者，其时均未入厂，一至天寒日久，匮乏难支，势必偕闻赈归来之辈源源而来，所以人数概不能预定，捐项当另劝广输。即赶催将已捐之数尽先缴足，一面上紧督饬绅士向各绅商富户善为开导，劝令重念桑梓，再为量力展捐。其未经书捐各户，切加劝谕，一律从丰捐助。并邀同绅士切实婉商，或各分余力，将所在邻里亲族推意养膳，或自筹余资，就各乡村镇量予赈济，给钱散米，均听自便，计口授粥，法亦可从，俾随处皆有就养之方，则正厂可免负重之虑。亦经两院奏闻，奉旨俞允。嗣因入春以来，节候较迟，相距麦秋尚远，虽兴工修筑堤塍，在年力少壮者佣趁度日，原可以工代赈，而老幼孤独残废无依之人仍有饥饿之虞，殊不足以示体恤，自应展办一月。而捐项所存无几，不敷应用，禀请借用汉同知采买米石，拨给三千石，并两次动碾仓谷一万石，藉资接济。自道光十一年九月初十日开厂起，至道光十二年三月二十九日止，共煮过米二万二千八百二十八石六斗六升。各厂书差匠作夫役人等每日饭食米，共五百三十七石八斗一升。煮粥煤炭，每米一石用煤一石五斗，共用三万四千二百四十三石。总共用银七万一千四百三十八两零。竭尽心力，妥慎筹办，经费尚不至虚糜，哀鸿或稍免失所。设厂七月，计全活数十万人。又有饥饿不能出门户者及风雪之日寒冷不能行走者，用担粥之法，每晨用白米数斗，分挑至通衢若郊外，凡遇前项人等，人给一勺米，五六升可给五六十人之餐，诸命又可暂延。是又煮赈之外，推广及之者也。因时制宜，或足以补旧章所未备云尔。（或谓煮粥赈济，只可行于灾户猝遭水患，仓卒待食之时，抑或因地方穷苦，虽城市无灾之地，无业茕民难以糊口，故于赈外复为此举。若即以此准赈，断不可行。无论煮粥之弊窦多端，即粥厂势难多设，穷乡僻壤，老幼妇女奔走数十里之遥，日图一粥，去而复来，枵腹之余，岂胜跋涉？且市镇脚夫乞丐无不混迹其间，希图冒领，既未经查造于先，岂能拒绝于后？兼之饥民聚集，易于滋事，尤防有拥挤倒毙之虞。于费则多糜，于民甚无益。不知办理不善，诚不免种种隔碍，若筹画有方，则一月抚恤之银可备三月煮粥之用。一粥虽微，得之则生，勿得则死。虑灾民之艰于跋涉也，则应以厂就民，凡集镇大村皆可设厂。虑胥役之侵蚀克扣也，则应责成首事，公正绅耆皆可任用。若虑捐项不敷，则仓谷可以酌动。若虑灾民过多，户口可期核实。且赤贫以三合米煮粥，即可果一日之腹；稍次者或给二合，或酌给一合，亦足以资接济。至于逃荒外出，闻赈归来，惟粥厂可以收养，免致流落异乡。但必须查定户口，给以照票。灾民家有数口者，无庸扶老携幼，全家到厂。查验照票，随领随去，方免守候拥挤之苦。而户口既定，日需米石亦便于稽核。江夏滨临大江，五方杂处，不论何人，一经来厂，即予食粥，则小贸营生、客船水手、一切游手好闲之辈势必纷至沓来，冒称饥民，不但糜费甚多，且不免在厂滋扰，以有用之米，徒果若辈之腹，何以为灾民计长久？删其冒滥，归以核实，多施一月之粥，不更可以活无数之命乎？查灾民隶隶地方，某人住居某村某街是否极贫，该处绅耆保甲无不周知。即外来饥民，栖息亦有定所，正可查明，就地赈恤，饬令分别造册，将原籍住址一并注明，将来各属一律设厂，即可妥为资送回籍就食。其无业可归者，仍听其便。至于流民乞丐，一望而知，早晚给粥二次，亦毋庸给予照票。所需经费，自应劝捐，以补不足。凡富户商贾，非不好善乐施，而一经冒滥，则情有不甘，若惠在贫民，则乐于施与。此次九月开厂，饬令委员先期查清户口，登造入册。又发给粥筹，分别男女，前赴厂所，持筹领粥，由厂后侧门而出，以免混杂拥挤。惟许老幼残废，实系赤贫，别无生计之灾民，挨次领粥。其余一切少壮，尚可自食其力，均不准其入厂冒领。数月以来，各绅士均能实心妥办，仍不时亲诣各处，逐加稽查，期无滋弊。至于煮粥之法，不可撩以石灰，使其易熟。散足之时，不可过热，令其徐徐食之；不可过饱，适可而止。早间寒气太甚，不可多令守候。此皆足以杀身，切宜慎之！）

附粥厂条款

一、立厂先宜卜地，择近水之区宽大庙宇数间，盖造仓厫，建立屋宇，作为粥厂；另择附近宽大庙宇二所，分为男女筹厂。

一、粥厂设棚一座，俱用木篙芦席造成，宽十四五丈，深八九丈，中设一厅约丈余，以为委员弹压之所。棚外左右各开一门，男女各入一边，以免混杂。每边两头又另设一门，使领粥后轮流而出，以免拥挤之虞。

一、男女厂各设大灶八口，高六尺余，俱用俗名三六九砖造就。烟筒应用铁横衬，每灶二根，每根约重十斤，每口炉齿重三十余斤。

一、男女厂各用川二黄锅八口，每口煮米四斗，上作木接口，高九寸。每锅新用，以猪油十二两、粗茶叶一斤、黄土一大块熬炼，然后可用。

一、男女厂器具须较准发厂，大小铁瓢各三把，锅盖八合，锅铲、炭铲、火钩、木瓢各四把，水挽、木灯罩、大灯盏各四个。大缸二十七八口，需贮粥两锅。余木黄桶四个，需贮水二十余石。水桶十担，扁担十条，棕绳二十根，挑炭箩筐四石，扁担四条，棕绳三十二根，运米箩筐八支，木缸盖二十七八套，灯笼十余个。厂夫食粥粗碗三十余个，竹筷三把。其有损坏，俱可随时添补。其刷帚、拭布零星置用。又木架四个，系淘米用。

一、厂外设更棚一座，更锣一面，更夫三名。随时梭巡，以防攫窃之弊。

一、公所内应造米仓一二座，约贮米千余石；炭房一所，贮炭千余石；筹房一间。俱设庙内，以防偷窃情弊。

一、厂内应造大筹万余支，小筹六七千支，俱烙火印，以杜诈伪情弊。

一、公所内应置大秤、升斗各一，米斛一挑，筹扁、担夹板、绳索各数件。

一、绅士幕友俱宜三更鼓起，照料发米及淘米煮粥等事务。要督同跟丁书役人等实力稽察，毋任稍有弊端。

一、每锅煮米四斗，用水五石半。其水桶深八寸，阔九寸。每锅只在十二三刻，即能煮熟，起锅下缸，不过半时便浓，毋任瓢夫人等搅扰，致浓粥澄清。

一、每煮米一石，需用八方炭八九斗。

一、每夜需用牛烛四斤余，灯油四斤余。

一、给筹应分男女。两厂需宽大庙廊屋宇，能容万余人，方为妥善。殿宇下另设横档一根，用二尺围圆大木，容领筹人等挨次放出，以免拥挤。设厂内有损坏墙壁，即行修补，以杜领筹人等复行越进混领之弊及覆压之虞。

一、厂内应用役十四名，捕役二名，保正二名，更夫三名，斗级二名，木匠一名，箍〔箍〕匠一名，泥水匠一名，筹厂有力管档雇工八名，饭夫八名，水夫二十名，火夫八名，瓢夫六名。此系煮米四十石以内人数。如煮米至四十石以外，另添饭夫四名，水夫四名。以上人夫，每日于食粥外另给工资四十文。又书办二名，每日每名给钱六十文。

以上各条系开厂应用紧要物事。其煮粥杂款难以枚举，若有应增应减之处，俱可随时查办。

安辑流民事宜

洪水骤发，各州县民田庐舍大半淹没，其逃荒外出，四散觅食者纷纷来省，省城并无隙地，无从安置。且江夏县办理抚恤，系照户口册籍按名给发，异籍民人不能遍及。屡奉上宪饬令，速给口粮，递回原籍。并剀切出示，谕以原籍各州县均办灾赈，安居本籍，尚可得沾实惠，若携家远出，不特不能领本籍之赈，且不能领省垣之赈。两无可得，岂非自误？即领取口粮回籍，听候地方官查办赈济，免致流离失所。无如归籍无业者难免复又外出，且有甫经出境，后又绕道而来。既来之后，亦不便不给口粮，再行资送。旋去旋来，循环不已。在州县经理资送，劳瘁固所不辞，而饥民道路往来，不遑餐寝，转瞬隆冬，饥寒交迫。冀其不填沟壑之中，亦鲜良法。再四思维，拟暂设留养之法，流民之不能回籍者，审问的确，填定姓名口数，酌量安抚。当禀明各宪，将资送与留养兼而行之。其资送之法，专丁督役押送下站，交县收明，取有回照，再由下站逐程资送出境。其留养之法，每大县收养一千人，小县收养五百人，每人每日大口给米三合，小口减半。择城外宽大寺院，或搭盖棚席，暂资栖止。此县收足，余者资送彼县留养。彼县收足，再彼资送别县，俟春融全行分别资送回籍。九月初十日开厂放粥，凡留养流民，一律令其赴厂食粥，以饱为度，毋庸给米。如此办理，在州县所费无几，而流民存活甚众。宫保卢公以所禀拯救饥民，不分畛域，尚属用心周到，即通饬各州县遵照办理。（人当琐尾流离之日，家资荡尽，扶老携幼，以餬其口，于四方旅店，不容安歇，道涂桥上栖身，冷雨零肤，寒风切骨，即壮健者已将病疫，况老弱哉？资送回籍，固属照例办理，其年老残疾孤寡十分困苦，无家可归者，若不量为变通，必至死亡相继。但流养之法，宜各州县均为安插，使此处安插，彼处不安插，则聚集必多，难以济赡。须各处安插，则济养自易，而人亦无拥挤之患矣。昔宋韩魏公知郓州，流民满道，募人人粟，设粥济之。富郑公之青州，河朔大水，民流入境内，妥为安辑，选老弱病瘠者廪之，不但人无路宿，而且所食有资。皆前事之师也。）

抚恤贫生事宜

应抚贫生，例应由学造册，移县核办。该生等均系寒儒，平时教读餬口，差足自给。因大水泛涨，屋宇淹塌，馆童星散，束手无策，是以邀恩请赈，以济时艰。据府县两学移造贫生大小丁口共九十三户，大口三百五十八口，小口二百七十三口，照例抚恤一月。大口日给谷一升，小口五合，共需谷一百四十八石三斗五升。每石折银五钱，共银七十四两一钱七分五厘。查明被水贫生俱系次贫，例应加赈一月。其闻赈归来贫生，甫经回籍，可毋庸给予抚恤口粮，应照次贫给赈一月。共五十六户，大口二百一十一口，小口一百五十七口，统共需谷二百三十五石二斗，共银一百一十七两六钱，俱按照户口，分派给领。嗣又续请补赈贫生十户，应领赈恤银五两二钱；武生二户，应领银九钱。因前次牒送业已详办，未便转详，当即捐廉给发，俾免向隅。（灾民户口清册，黉序中人例不列入，所以别士于民也。洪水为虐，以致栖身无所，乞食无资，竟有非赈不活之势。盖此次水灾，实为数十年所未有，使稍惮烦劳，不加筹计，必至流亡。其可不慎乎？）

弭盗事宜

省垣五方杂处，被灾之后，棚居灾户鳞次相比，群聚萃处，而每日各州县避水灾民陆续搬运，纷至沓来。往往有棍徒窃匪混迹其中，乘机滋事，或藉称乏食，向商旅富户强索，甚且劫夺拒捕，或暗使妇女哄闹，挟制官长，阻挠赈务，以及鼠窃狗偷，恶丐强讨。除出示严禁外，禀经本府专派委员，在各门查办，又添委协查，会同前委梭巡，妥为弹压，并选派妥干丁役，在管辖江面并邻邑毗连各要隘派分段落，驻守巡缉，随时抽查勤惰，以示惩劝。如有前项匪徒，立予惩治。所以设厂放赈煮粥，半年有余，宵小莫不敛迹，地方极为安堵。（弭丰年之盗易，弭凶年之盗难。盖太严则失缓刑之意，太宽又开揖盗之门。有司遇有灾荒，必先榜示，禁其劫夺。不从，则痛惩首恶，以警余众，断不可行姑息之政。倘不识政体，务以煦煦为仁，遇有肆掠，犹目之为饥民，而故为宽纵，徒使良懦无主，而地方日以多事。故例载不法之徒，乘地方灾歉，伙众扰害，挟制官长，照光棍例治罪。盖以父母之于子孙，饥溺之心，不容不切，而约束之令不可稍宽。所以《周礼》荒政十一，必终之以除盗贼也！）

施棺施药施棉衣事宜

水势异涨，猝不及防，外江内河居民有不及引避以致淹毙者，有坍房压毙者，有因渡江之时风涛汹涌中途沉溺者，有埋厝尸棺被水冲出者，殊堪悯恻，当即捐廉，每大口给棺殓银若干，小口若干，除有亲属领埋外，其无主暴露者，著令地保承领掩埋，并置买义冢，妥为经理。其好善绅士，情愿捐备者，亦听其便。地方官查明捐数，具详请奖，不得抑勒派扰。大水之后必有时疫。道光十二年，自春徂夏，瘟疫大行，至有阖门相枕籍而死者。极贫之民，一食尚艰，求医问药，于何取给？宫保卢厚山制府首制药丸，普为施给。道府州县亦各捐资，广购良药，配成丸散。凡有疾者，莫不应手奏效，全活甚众。抚赈兼施，又办理煮赈，所以加惠灾黎，虽已竭尽心力，然衣不蔽体，寒已切肤，不死于饥而死于冻，复难保全其命，亦当早计御寒之策。随又与各绅士熟筹，佥谓善固莫善于绵衣，而需费太多，难以普济，先行广购稻草，编制草衣，即古人所谓牛衣者，约计银一千两，可得草衣二万件。不过暂为应急，实已足卫严寒，赶紧商办。凡此在贫民多保一日之命，叨惠无穷，在捐户多出一分之资，积善匪小。其棉衣一项，盐道本府及余捐制五千件。余又捐制草衣二万件，于散赈之便，察看单寒极贫之男妇，携带散给，有余更以及次贫户口之茕苦者。不得预期声张，更不可委任胥役，惠难为继，弊益滋多，毋自生扰累也。（以上数则，事极琐碎，而于灾民大有裨益。膺父母斯民之责，所当加意尽心。然心虽无穷，力难遍及，有不能不望于富户殷商之好行其德，善为劝导。使之乐从，则泽及枯骨，以顺生气，拯及疫疠，以回天和；至于衣褐足以卒岁，温暖足以御冬，民困稍苏，庶免于沟中之瘠矣！）

捐 输 事 宜

五月中，楚省江河泛溢，为数十年未有之灾，而江邑首区被灾尤重。制府卢公、中丞杨公因灾黎众多，惟恐经费不敷，为日较长，赈济一切应行预为宽备，宜向本地绅商富户熟筹审处，极力劝捐。一邑所捐，能敷一邑之用，自然经理裕如。倘实有不敷，再详请发银，以补不足。时督抚司道府县首先倡捐银自一千两至五千两，并剀切示谕绅衿士庶殷商富民，一体捐输，共襄义举。凡有好善乐施者，或银或钱，及米谷麦面杂粮并席片竹木等类，可以赈济灾民，皆准捐输。并准于事竣之日，核实银数，三十两以上，由县给与匾额；五十两以上由府给与匾额；一百两以上，由道给与匾额；一百五十两以上，由司给与匾额；二百两以上，由两院给与匾额奖励；三四百两以上，由司详请奏明，给与顶戴议叙。捐至一二千两及三四千两，题请从优议叙。如至万两以上，再行据实奏请恩施。其有捐银不及十两与出资较多之人，将其姓名银数于城乡通衢处所，出榜晓谕，统行勒石，以垂永久。倘印委各员并不实心经理，任听胥役人等串通侵扣，不能实惠及民，即属玩视民瘼，办理不善，一经查访得实，官参吏处。当经庞前县及余选举公正绅士，广劝殷实绅民，一体捐输。其中户人等，亦各量力助捐，积少成多。所有绅民商贾人等，均各谊笃桑梓，闻风好义，踊跃输将，于七月二十五日起至九月初六以前，一律完缴，收贮县库，赶办赈抚事宜。将捐输姓名造册详报，查照捐银多寡，分别声请议叙奖励。（楚省被水情形，蒙督抚宪会同具折入告，仰荷谕旨，先行抚恤。复加确勘轻重，查办蠲缓。圣主轸念民生，为灾黎计者不惜帑金，极为周挚。然经费有常，灾区甚广，积水三月不退，低洼之地并不能补种杂粮，相距麦秋，青黄不接，为日方长，实在乏食贫民何以接济？不得不通盘筹画，给钱给米，皆有成案可稽。奏销考成又为成例所格，是官赈当议定章程，而私赈私捐以补官赈之不足者，必当极为推广，俾地方官得以便宜行事，各绅商得以量力施为。夫邻里乡党本有睭恤之谊，仁人君子皆存乐好之心。江邑自设局以来，延请公正殷商综理其事，计士民捐输省平纹银二万二千一百七十五两，商捐输典平色银折实库平色纹银九千一百一十四两零。又奉本府饬发汉镇盐号杨源兴等公捐助钱三千串，照市价折实库平纹银二千一百两，又续捐银一千七百五十两。共银四万五千一百三十九两。数十万枵腹之众既沐皇仁，又得协济，不至委于沟壑。自七月至来春三月，煮赈活民，源源接济，有备无患。盖圣德宪恩所以惠爱黎元者，至优极渥也！）

附修理贡院

道光十一年，大江涨溢，自闸口倒灌入城，贡院悉被湮浸，大门、龙门、号舍水深二三尺不等。维时办理灾赈，已日不暇给；又值辛卯年科场，主试将临，士子云集，睹此一片汪洋，实难措手。余于七月抵江夏县任，因县署毗连贡院，亟通禀各宪，将署内三四五堂添成号舍，棘墙而外闭之，以杜诸弊。将马号改作龙门、大门，于八月初竣工。适江水渐退，仍从原大门、龙门行走。其低洼号舍无从修理，全赖县署所添之号，得以蒇事。惟念贡院重地，科场大典，徒为补葺之计，不为久远之谋，倘遇浮霖积潦，必至临事张皇。此守土者之责也！试毕后，遂与栗朴园方伯、裕鲁珊太守议将贡院地基垫高三尺，将马号地段并入院内，添建号舍，移马号于县丞衙署旧址，又买民房作为县丞衙署，计需费四万余金。一面劝捐，一面选择江汉诚实绅士，督匠兴修。凡竹木瓦甓钉铰，无不预为储备。先将卑矮号舍全行折毁，挑土填筑，一律坚固。乃另建号舍，加高展宽，鳞次栉比，计连旗号，共八千一十九号。地铺石板，又开暗沟出水，然后缭以垣墙，涂以丹粉。经始于辛卯十月，落成于壬辰六月。除各府州县绅士捐输之外，尽系官捐，不费帑金，不病民力。凡兹多士，托万间之广厦，得九日之安居，庶几免于沮洳糁漏之虞乎！（楚省贡院旧号，本系卑隘，仅堪容膝，而地势太低，潮湿过甚。当大水泛滥，尤为众流所汇，几成巨浸。经此次改建之后，不特永无水患，其号舍均极宽敞。又多添号板，俾坐卧得以舒展。盖士子三场辛苦，必应体恤周详，妥为料理。至于以后稍为葺治，固属易易耳。再考试点名，每遇阴雨，必多拥挤，以至入场过迟。余与江汉府县各学商议，于考篮上各贴某府学、某县学纸条，宽四寸，长八寸，书大字于其上，仍按旗牌而进，一望可知，此县不能搀越彼县。是年行之有效，后皆仿而行之。现经江夏县将各府州县学名条预于场前刊刷多张，交于藩宪收卷委员处，俟某府州县学士子投卷时，即付一张，令其自贴考篮，更为周备。又点名时，凡误点士子，卷呈监临案上，由监临随到随补，亦系善政，不可不附记于末。）

水荒吟

清道光十四年刻本

（清）郑　銮　辑

夏明方　点校

水 荒 吟 叙

　　兴化，泽国也，为淮扬下游。自靳文襄增坝座于邮南，受患最频且重。顾今昔异势，苟顺其势而利导之，岂遂无术？而当局者不察，一任吾民与鱼虾为侣。邦之人以得之见闻者，为哀鸿之吟。余游宦久，不尽□忆，因以旧箧所存，与二三同志之士采辑若干首，付剞劂，并附水利说数则于后。诗不云乎"是用作歌，惟以告哀"？此编亦郑监门图也。愿仁人君子见而矜之，以大有造于是邦，则幸甚。

　　道光甲午九月下浣郑銮汇刻并叙

水 荒 吟

李沂（字艾山，号壶庵，著有《鸾啸堂诗集》）

插 秧 歌
（顺治辛卯大水至，李子愍农人之苦，作《插秧歌》）

朝插秧，暮插秧，往视我田中，乃有鳜与鲂。
朝芸田，暮芸田，往视我田中，乃有蒲与莲。
谁者造屋，吾为尔操版筑。谁者有牛羊，吾愿为尔牧。

秋日水上遣怀（康熙庚申）

匝地翻淮水，滔天走浊河。长堤穿小隙，下邑聚洪波。猛仆千间屋，平沉万顷禾。遗黎凋丧尽，有昊意如何？泛滥遭今日，萧条甚往时。城添新溺鬼，野出旧埋尸。网罟墙头设，舟航树杪移。平成无夏后，谁为锁支祁？架木聊为路，登城暂作家。危巢随鸟雀，老屋让鱼虾。雨急夫号妇，风狂子抱爷。何人理荒政，民瘼实堪嗟。

康熙庚戌，堤大溃，予架木而居。
时值立秋，盎粟将尽，慨然赋诗

壮怀牢落对西风，顾影萧然一钓翁。肠断万家眠积水，心惊片叶堕高桐。贻书谁送颜公米，命驾徒伤阮籍穷。但使登山双足健，会携瓢笠上崆峒。

开襟远望暂消忧，踪迹平生似野鸥。岂料沴饥愁妇子，久将高卧傲王侯。沧波雾覆柴门晚，独树风悲海县秋。却怪朝宗原有路，滔滔众壑苦横流。

城西一带爨烟无，邻曲流亡剩老夫。粗粝倘能供旦夕，琴书不厌坐江湖。空庭水涨群鱼跳，旧郭人稀野鹤呼。风物又催时节改，渐令霜雪满头颅。

荒 村 行

荒村年荒气凄楚，屋破土墙留半堵。水底获禾浪打头，连阴不得登场圃。欲炊无粒爨无薪，鸡豚阒寂空四邻。君不见雨淫淫兮风飒飒，灌木萧萧愁杀人！

徐燕誉（槐江）

水上秋夜感怀

松韵石台上，月透花满廊。凉风飘我衣，蟋蟀吟近床。幽菊列瓦盆，夜静时吐香。深坐忽自嗟，年年薄田荒。去夏蝗损苗，今复洪水伤。庭树斫为薪，栖乌巢空梁。闷极欲遣怀，展琴抚藜床。囊中乏酒钱，噫嘻嫌夜长。静念颜子乐，心斋能坐忘。

卜嵩（字箨园，诸生）

水 至 后 作

漫说阳侯厄，须知造化恩。米甘今岁味，水矮去年痕。一枕清秋好，三杯老兴存。连宵风雨后，此日慰惊魂。

水 上 作

卜筑偏宜水一方，五迁门巷接沧浪。已听雨溜稀疏瓦，又见波摇破碎墙。防溺有时忧稚子，枕流终日在绳床。便教卖赋为生计，纸价何曾贵洛阳。

斜枝断木着微躯，四壁萧然水一区。海县穷荒愁病妇，蓬门歌啸老狂夫。先秋已觉波纹冷，有月偏怜夜气孤。遥想江南山耸翠，移家何日挈妻孥？

顾日宣（字枫亭，岁贡生）

杂感十首之四

昨岁村墟爨火稀，今年城市景尤非。倾颓破屋随流水，寂寞残垣冷夕晖。一叶轻舟看尔去，全家枵腹竟谁依。他乡漂泊应无策，鬻尽妻儿不疗饥。

闭门独自倚昏黄，可沐殊恩及老苍。有粟难从书圃种，无年并使砚田荒。谋生计拙空搔首，卖赋才疏合断肠。检点瓮中存晚爨，来朝休复问馀粮。

策杖闲行病骨支，欲寻良友叩门迟。城头树老喧饥雀，市口人稀卧乞儿。到处草深三径外，邻家饭熟五更时。小民一粒关宵旰，此景何堪达帝知。

算来身世总茫然，老至何堪百虑牵。可惜倾囊无剩粒，转嫌负郭有闲田。眼前庚癸呼方切，春到齑盐累更缠。琐屑情怀题不得，绳床终夜抱愁眠。

顾仙根（字藕怡，诸生）

破 屋

破屋寄抔土，水犹未及门。孑残见老妇，独坐愁朝昏。岂无子与媳，空室无一存。惨容坐对水，瞪视默无言。半日水上岸，半日水入屋，半日且安坐，半日无栖宿。我未知所生，只此苦谁告。近城多水村，同声尽一哭。

舟中伤摘瓜者

有妇手摘瓜，啼泣声不已。昨日瓜在田，今日瓜在水。枝蔓瓜不稀，苗长无与比。一日几回看，爱瓜如爱子。如何方幼稚，摘去向城市。手摘肠已断，心与瓜同死。尔田只一方，安用伤至此？乃知堤失防，巨细无生理。水激舟转疾，声声犹在耳。一岁忍饿人，又复从今始。

对 月 篇

华堂照新月，堂与月俱新。我见此间月，月见流离人。流离皆我农，纷若埃与尘。筑堤在上河，潴田在下河；上河堤易开，下河民奈何！昨岁流离者，半未还乡里；今日还乡人，转羡昨岁死。望望苗出田，望望苗入水，行行与苗别，影动波涛里。我心徒伤悲，不如明月辉。月辉犹及人，我忧将何为？

闻鬻子子哭声，作歌以讽鬻者

心伤畏闻哭，哭声入我屋。为问哭者谁，鬻子不去父鞭扑。送去去复回，他人非骨肉，得钱买米瓮有粟，子复回时饭正熟。饭熟可以救父饥，门前子去何时归？

赎子不得死其母，歌和徐西河明府

父鬻其子，母急来奔，其子已入鬻者门。母号泣叩门，子闻是母声，魂惊不定走相迎。子母对哭如再生，伤心不动主人情。母奉主人钱，主人詈且嗔：子非汝子，实为我仆，纸上写分明。此身永不赎，尔子我仆有贵贱，我今许汝一见面。云行在天水在渊，母子顾复宁相悬。驱母出门去，何用多流连。母孤人众人谁亲，呼子不得随母身，一日两日坐视鬻者门。门坚不启，母心亦喜。见门见子，子在门里。门里子生，门外母死，我生无土，我死惟水。骨肉一门隔，生死有如此。吁嗟乎！主人门启母不起，门外之水何时已？

买 人 船

荒岁市不通，来有买人船。船不上马头，常泊野水边。买女不买男，口不惜多钱。似贾却非贾，时亦着衣冠。两三共为侣，去来若闲闲。见人不直视，白日有暗颜。忽然类相逐，男妇为后先。出门复入门，言谈大有缘。日月岂不照，诡谲事多端。谁怜方幼小，鹄面辨媸妍。岂无许嫁者，亦已及笄年。至爱岂能割，好语为缠绵。遂忘鞠育劳，宁顾礼义愆。所得分他人，骨肉已不全。吁嗟父母心，不如金石坚。一船一船去，百去无一还。好鸟不归巢，游鱼离故渊。两岁无一粒，何以救饥寒？

顾麟瑞(字芝杉，拔贡生)

杂感十首之四

传闻高堰日摧颓，淮泗无端又告哀（蒋家坝决，泗州一带皆已被水）。汩没那禁同类痛，死生还起故人猜（谓邱吉人、王石塘、林庚泉诸子）。司农不惜防河费，上将仍烦治水来（德将军留守南河）。圣主忧劳民事亟，临流空忆济时才。

斗大孤城水四围，女墙崩圮薜萝肥。忽看平野成沧海，独上危楼吊落晖。乐岁谋生才尚拙，贫家奉母事全非。何时买屋南山下，荷锸朝朝种豆归？

策杖归来泪满襟，眼看填海有冤禽。救荒已告臣躬瘁，议赈频知帝泽深。农事百年争水利，国维千古在人心。寄声同学须珍重，且抱遗经守故林。

茫茫天地奈愁何，瞥眼繁华委逝波。古渡乱云啼鸟急，空城斜日闭门多。园林咫尺成千里（谓柳园），尊酒悲凉发浩歌。便欲乘风问银汉，生涯未许托渔蓑。

徐庆升（字孟安，增生）

丙寅叠荒感赋十首之四

心惊一事更悲酸，古墓高阡苦急湍。骇浪摧残千尺树，洪涛翻尽百年棺。风凄白骨缠藤蔓，月照青磷闪夜阑。生死何辜同一劫，不堪仁孝两俱难。

万家烟火断朝昏，日日荒斋只闭门。花月场中俱惨淡，啼吟膝下费温存。饱餐旨蓄莼头菜，勤补寒衣犊鼻裈。薄暮怀人兼岁晚，肠枯掬水泪同吞。

清浦堤倾十月天，天涯兄弟有谁怜。死生未卜传闻异，萍絮无踪望眼穿。喜极平安惟一纸，悲来离别已三年。何时得尔归乡井，话尽艰辛亦稳眠（五弟时客清江浦）？

阳回大地水痕低，忍对春风不举犁。万死谋生营百亩，三农微福倚双堤。那堪转盼成沧海，又见洪涛长旧畦。从此孑遗争一息，监门欲绘也凄迷。

薛联元（号琴黢，岁贡生）

丙　寅　水　至

两载堤倾万壑奔，竭来犹未定惊魂。官衙又睹颁新示，水阁还教长旧痕。凫鸟依人登卧榻，耕牛含泪过屠门。最怜满载江南去，妻女如今几个存？

周章日日事千端，课得春耕力已殚。拆骨不辞汤火烈，举头旋见水天漫。童孙膝下三餐缺，老友尊前一聚难。闻说勘灾差可幸，今年只作九分看。

田庐到处总漂沦，转眼支离剩此身。下邑共知成苦劫，羸躯几拟付波臣。催来学俸难餬口，卖尽残书不疗贫。范叔即今寒至此，绨袍恋恋更何人。

万井频年爨火稀，凶荒事事与心违。虚檐浪卷蛇争入，老树城空雀不飞。卧病每闻新鬼哭，逢人都觉旧颜非。便教乐岁从今肇，东作何由荷锸归。

丙戌水上作

门前水涌不得出，拆屋开窗利舟楫。乃知仙人楼居好，所惜经营苦不早。若得元龙楼百尺，放舟直向楼窗入。（开天门。濒河居民门户没于水，始犹架木为阁，蛇行而入。后则于屋上开窗，乘舟来往。俗谓之开天门。）

水痕一日长一日，水阁一日高一尺。春来燕子巢我堂，秋至我居燕子梁。燕来莫讶巢莫保，主人暂作鸡窠老。（鸡窠老）

凶岁厨中活东噪，三月洪流漫厨灶。今朝灶上新炊作，又苦米价珠相若。旧灶炊米巧媳困，新灶炊珠尘积寸。（灶上灶）

水来几日入我房，水来几日上我床。床头架木势陡绝，始知床有上下别。下床泼剌栖水族，上床一家团骨肉。（床上床）

薛树声(字风坪，增生)

丙戌水后杂吟

援以手，负而走，一文两文钱无多，十步五步路坎轲。而今无地无风波，隔巷声声唤渡河。(人负人)

扁舟来，故人绕屋时逡巡。维舟屋之隅，乃见屋上门。升我屋，入我门，屋中之水与檐平。嘻！屋中之水与檐平，屋下之人何以为生？(屋上门)

厨无薪，何以爨？妇来前，尔无怨。囊有钱时薪不匮，今日无钱薪更贵。尔有旧布裙，质钱市一束。负薪归来带湿烧，急切不得麦饭熟。(无薪叹)

驱牛牛不行，卖牛牛无价。踯躅过屠门，牛泣如雨下。牛乃前致辞，而我命相依。死我暂活汝，汝活能几时？吁嗟乎！今年卖牛不值钱，明年谁与汝耕田？(牛上红。俗谓卖牛入屠市，为牛上红。)

水窗书所见

道旁孤儿，嗷嗷哀鸣。中路失母，哭无常声。客过问之，茫乎不知。惟其不知，是为可悯。其子何辜，其母何忍！(母弃子)

夫耕在野，妇卧在室。问尔胡为，夫劳妇逸？妇病不言，夫乃泣诉：我贫无粮，妇贫无裤。无粮则那，无裤奈何？(妇无裤)

水阁吟十首之二

习静惟高卧，生涯不自聊。破床低压水，深巷暗通潮。防踬争扶杖，濒行屡折腰。愁看来往路，新涨又平桥(支木为桥，以通往来)。

腐草沉荒渚，残花落夜缸。风吹纹细细，雨杂浪淙淙。屋漏频移榻，垣颓早护桩。输他梁上燕，安稳语双双。

金德辉(字子石，廪生)

破 围 叹

(丙寅六月，荷花塘决水，较乙丑加长，饥溺莫拯，蒿目伤心，形诸咏叹)

去年五月水星落，今年夏至不愆约。颖异何如夭死儿，濒死犹思求大药。拆屋打围围加高，水来破围不持刀。围破须臾没围顶，围里人家齐堕井，水底青黄摇稻影。

卖 牛 叹

东方欲曙牛阑倒，赶集驱牛卖趁早。出门鞭牛牛不行，蹲水依依啮残草。语牛莫怪主不贤，忘尔竭力耕我田。水来夺去尔我食，尔身不肥我益瘠。牛亦低头泪滴滴。

藻 羹 叹

盲风卷浪日色黄，破艇烟腾釜气扬。河中之毛煮河水，叶叶丝丝碧绿光。儿吞女攫不及熟，儿女同是心头肉。去年水至鱼为米，今年水至夫为鬼，泪眼不干吹湿苇。

刈 树 叹

白日惨淡霜风骄，林木拔尽浪益高。岂无良材及桐梓，一经入爨皆成焦。百里水乡多芦荻，水高荻短为水蚀。穷民忧食兼忧炊，怪煞垂杨不肯肥，春风虽来无处归。

抛 儿 叹

日暮途穷无食觅，怀中有儿呱呱泣。张口索乳乳不得，儿泣母泣声悲恻。掩泪抛儿去不顾，茫茫落叶常辞树，骨肉相捐奈忍何！无如一身犹恨多，草枯风劲摇白波。

卖 妇 叹

冻雨凄凄落不止，伤哉人值不如豕。卖女卖妇忒寻常，几人能甘饥饿死。徒死无裨夫妇情，不如尔活我权生。贩夫交钱速妇走，相顾无言愿分手，三日羹汤不到口。

丙戌六月水荒纪异得六章

筑围岸，狂惑人传水将漫，计田征钱急于官，鸣钲击柝昼夜看。脂膏沥入土，一旦成浮灰。风雨助水水忽飞，风声雨声水声哭声喧如雷。（筑围岸）

漉稻草，穗长盈尺夸稻好，再迟十日稻便饱。晒向檐头风又漂，一夜水狂连屋倒。（漉稻草）

日日雨，城中水深三尺许，架木为巢复皇古。俯枕玩游鱼，仰屋听蛙鼓，蛇钻灶突无烟吐。［日日雨。］（日日雨）

朝涉水，朝朝涉水，白胇两腿，出水犹人没水鬼。水深足短身忽轻，戴米负薪无力撑。薪湿犹可炊，米漂不能归。（朝涉水）

水破屋，巨浪如牛穿屋腹，泥垣沃水腐如粥，梁木不支向水伏。妇女瞋立水中哭，头上戴雨如盆覆，看儿堕水不及摅。（水破屋）

佛亦饿，村里僧逃无一个，香火断绝墙屋破。往来波浪开门大，黄昏饥贼思舡过，常抱慈悲佛脚卧。（佛亦饿）

蝥 虫 谣

（自地而上，声如雷哄，着树则枝叶旋尽，日上不见。灾异也）

虫飞蝥蝥，寝不安梦。气从地奋，如雷斯哄。

不食我禾，仁于螽斯。秋风未作，树树空枝。

匪禾不食，待水蚀之。为水先声，水来没之。

昔有蠓蠓（六年水灾，白日成团），今有蝥虫。知我者智，罪我者蒙。

陆世用（号湘雪，增生）

水 至 杂 咏

今日苦雨，明日苦雨，一雨十日，天漏谁补？雨不止，风不息，西风烈，北风急，沿堤水长一丈一。（苦雨）

朝涉水，暮涉水，足指烂陷涉不悔。水浅犹可，水深杀我。（涉水）

落脚高，水括括，水生脂，落脚滑。妇女彳亍行，状类鹅与鸭。（落脚）

老米贵，新米无，江米来，如珍珠。平粜复闭粜，居民哗然呼：凶年之米珠不如。（米贵）

黄晋卿（字子仲，岁贡生）

卧疾水上诗四首之二

门外无舟未许行，解囊随意散蚨青。（城中非舡不行，适市者必费数钱。）奇形入市嗤蜑蜑，（水浅处，舟不能行，则倩人背负。）古器横街识癸丁。（旧家多出古器入市求售。）断续桥梁支坏木，倾欹门巷蚀浮萍。艰难更抱河鱼疾，一月何曾离术苓。

淫雨经旬日色悭，一竿常验水痕斑。忘机客到惟呼酒，无病人来亦改颜。把钓有时鱼幸得，葺园何日竹先删。（花竹为水所伤。）扶疏尚剩将秋桂，几点余馨放小山。

赵慎修（号竹塘，廪生）

苦 雨 行

十日雨，不肯晴，田中水长与岸平。雨不止，水不落，河伯雨师互为虐。河堤破，雨不休，波浪奔腾上树头，棱棱瓦缝谁家楼？

涉 水 难

涉水难，朝朝涉水水渐寒。皮皴肤裂，水声呜咽，妇女裹足行不前，一步一啼声凄然。声凄然，酸我耳，语伊休得惨如此。来源不竭，水长未已。

大 路 罾

昔日罾，张于浦。今日罾，张于路。游鱼避罾行路侧，甚母入市网愈密。

赵闳中（字沅芷，廪生）

涉 水 谣

涉水难，日出水暖，日入水寒。水暖沤月烂，水寒侵骨酸。吁嗟乎，涉水难！

树葬人

死无干土，葬尸于树，饥乌啄食白骨露。吁嗟乎！今年人饿不如故，君不见前年饿人犹得死于路。

辛卯八月十六日对月

昨宵仵月月不出，今夜月来光瑟瑟。积水满地纵横流，凉波浸月月无色。荒斋寂坐意不欢，秋花萧槭秋风寒。水声汩汩叶声干，对水对月心神酸。河伯不道忍为虐，狂风卷浪助其恶。逃亡织路悲无依，矫首田庐尽为壑。伤心六月淫雨飞，农夫竭力齐筑围。筑围旋随湖堤决，膏血沥尽洪水肥。六年水来早禾熟，今岁水来瓮无粟。日高一日米价昂，饥殍余生形似鹄。洪涛直注东海滨，村墟出没水无垠。皎皎明月共千里，空复下照流离人。流民生计苦日蹙，纷纷卖船复卖屋。粥〔鬻〕妇粥〔鬻〕女更粥〔鬻〕儿，老幼同声尽一哭。白门八月走蛟螭，棘闱文战秋风迟.（乡试改期九月。）几辈振衣上钟阜，俯视万顷如琉璃。功名梦幻覆蕉鹿，菑盐愁思胡逐逐。我欲枕月吸寒流，洗涤胸中愁百斛。明月在天水在庭，呼月告哀月不灵。阶心濯月波影动，惟见清光摇画屏。

顾继华（字子清，廪生）

丙戌纪荒

五坝开，洪水来。水来水不来，五日十日水徘徊。水来来不止，万马奔腾入城市。老人涉水向水指，八十年来未见此。（五坝开）

两脚涉水浸水中，水中用力两脚红。久浸不已红转黑，肤上生霜兼白色。兼白色，不得消，水中支持骨两条。行行深处没至腰，脚不得力身欲漂。头上戴米只一瓢，把持不定行摇摇。（涉水谣）

阁落脚，用绳缚，破板横铺成略彴。左衣衾，右釜勺，八口依栖权此托。水定梦稍安，水长落脚浮。一砖复一砖，加高不得休，小儿嬉笑伏上头。我家大屋化为楼，人居上层鱼下游。（阁落脚）

四围包裹周以薪，悬之树上树葬人，膏血染树赤树身。祝我树上鸦，啄肉勿啄绳。啄月〔肉〕骨尚存，啄绳堕水骨为冰。巢居避水古所云，尔死乃作黄农民。（树葬人）

大众涉水争买薪，买薪到手俱欢忻。薪一斤，钱四文，薪湿倍重薪半斤。归来举火入火焚，入火火避火不焚，以口吹之烟熏人。（愁湿薪）

下河水利说

伏读高宗纯皇帝谕诸臣曰："洪泽湖上承淮颖〔颍〕泗诸水，汇为巨浸，所恃以保障者，惟高堰一堤。天然坝乃其尾闾，伏秋涨盛，辄开此坝泄之，而下游诸州县胥被其患。冬月清水势弱，不能刷黄，往往浊流倒灌。在下游居民深以开坝为恐，而河臣转藉为防险秘钥。二者恒相持。朕南巡亲临高堰，循堤而南，乃知天然坝断不可开。夫设堤以卫民也，堤设而民仍被其灾，设之何用？若第为掣流缓涨，自保上游险要各工，而邻国为壑，田庐淹没，弗复顾惜，此岂国家建立石堤保护生灵之意耶？为河臣者固不当如此存心也。乾隆五十一年谕曰：朕早虑及今年湖水必有盛涨之时，曾谕令该督等将山盱五坝内先开两坝，以资畅泄。今两坝已经启放过水，下游高宝诸湖尽可容纳，而湖水仍有加长之势。若再将仁礼等坝开放，又恐宣泄过多，下河一带民田受淹，于小民生计亦大有关碍。此数坝尚应坚守。朕意若清水再长，莫若将清口东西坝口门再行拆展，俾清口畅出，毫无阻滞，既可将淤垫浮沙刷涤净尽，而下河田禾不致有碍，更为两有裨益。再，濒临运河之车逻等坝，朕屡经临视，洞悉情形，亦应加土谨守，不可令其过水，淹及下河民田。该督等务宜相度机宜，妥协办理，以副朕意。圣谕煌煌，为下河生民计者至矣。夫以清敌黄，以水攻水，以水治水，此河防不易之良法也。自淮黄合流而其间功成底定者，无出于此。乃靳文襄私智自用，为开门揖盗之计，而创建高堰六坝。（至乾隆十六年，遂定为仁义礼智信五坝。）又为亡羊补牢之计，而增设邮南车逻五坝。（五坝名目虽定于乾隆年间，其实皆由康熙二十年文襄增置。高邮南北滚水坝凡八座，作之俑也。）有此去路以为淮之尾闾，遂至清弱黄强，而云梯关之海口愈湮矣。遂至邑沼民鱼，而漕堤东之七州县受害无穷矣。于此而欲筹全局以复故迹，恐非一时一人之所能办也。第即舍源而治流，而文襄之措置乖方，有令人不可解者。洪湖下注，至高宝湖止，有入江入海二路。入江近而捷，且无弊；入海远而纡，而为祸烈。文襄不于入江多置闸口，而于入海多增坝座，此不可解一也。入海之径亦有远近。漕堤以东地势南高北下，扬之属邑近南，淮之属邑近北。文襄不于近北上接洪湖下注海口之区设坝，使水径由盐阜入海，乃转设坝于邮南，使其水由高而甘、泰、东、兴、宝，而盐而阜，而后入海。此不可解二也。文襄为治河能手，而余独以增设邮南之坝为非。悠悠者将谓余言之谬，而文襄必有说以处此。余因深思其故，于万无可解者而曲为之解，有二端焉。文襄时，运河设有浚浅船，河底深而能受，非如今日之遇水即涨也。下坝不着重，无庸频年启放矣。此其一。兴东海口其时尚可出水，不至如今日之愈淤愈高也。虽非捷径而有路可通，姑假道焉。此其二。然余观康熙二十四年文襄疏：下河海口高昂，应于内地筑堤，高一丈六尺，束内水，高过海潮，其趋海之势必速云云。此议尤谬。是明知其事已成，其行不顺，因前之失着而复欲为此险着也。文襄之术亦穷矣。

志有云：他邑之水，治在境内；兴邑之水，治在境外。范公堤本名捍海堰，当日筑堤之意，为障水计也，非为泄水计也。邑志载来去二水，来水从高宝东入县境，邑东各场之水，亦西行入县境。县有五河，去水皆北达盐城以入海。是兴之海口在东，而兴之河流向北，泄水之路不在本境，而在他境明矣。斗龙港受水闸口虽在兴化境内，而出海口面实纡至盐邑伍佑场之北境，逦迤二百余里。问之各场土人，此港去大海近者百余里，远者三百里，当日范堤之外即海，今既淤成数百里之地，沙深土强，民灶杂居。近堤数十里，海变为田，垦荒成熟。港内积水甚深，纡回曲折，势若盘龙。来水既不能容，去水又不能速。若欲于此施功，恐针喉瓮腹，劳费徒然。

下河州县海口，兴不如盐，盐不如阜，泄水要道，无如朦胧喻口者。天妃石礁犹次之。射阳湖旧称三百里，今即淤垫，湖形自在，界连山宝盐阜。下河州县潴水之区，亦无逾此者。然则浚射阳，达朦胧喻口入海，非今日之尾闾秘钥乎？

来源入射阳者，莫便于泾河。府志宗观疏，邑志王永吉议，一览自明。丙戌年开放高邮南关等坝，坝面过水不过二三尺，而泾河闸过水至一丈数尺。此余亲见之者。外如白田铺、子婴沟，皆在运堤东岸，水俱汇入射阳湖。国家欲为一劳永逸之计，酌移邮南之坝于此数处，又多置闸座以分疏，使潦有以宣，旱有以蓄，既不至养痈以待溃，又不至仰沫以待枯，上泄高堰五坝之洪涛，下延海隅七州县之残喘。民命河防，两有裨益。诚目前要着也。

白田铺水趋望直港，过獐狮荡，汇马家荡，入射阳湖。

子婴沟水自临泽镇，东北汇广阳湖，分股注射阳湖。

山阳以南、宝应以北，泾河一闸之水，由射阳湖直达海口。海口在盐阜泄水最畅之路，非若兴东各场海口之河淤港浅也。射阳湖周围三四百里，为向来潴水之区，非若兴泰诸邑之是水皆田也。闸底甚深，过水可至一丈数尺。车逻等坝，过水不过一二尺，宣泄之迟速判然。闸下淹没之田，除军田外，不过宝应之一隅。车逻等坝之水，则甘泉之东北境，高邮之东南境，泰州之西北境，东台之西境，兴化则全境皆淹，利害之轻重判然。泄水既速，为害又轻，且上接洪湖又最近，仰承俯注，诚至便也。乃余于开坝时，拿小舟历河堤，见泾河闸未启一版，以致运河之水仍高于湖。上流如病噎而不下，下流如病肿而不消，为祸实非浅鲜。此固典守者之奉行不力，而当局何以一无见闻耶？

或曰近南者欲移坝以减害，近北者甘移坝以受害乎？余曰不然。坝不移，泰甘东兴淹，而宝盐阜亦淹。坝一移，泰甘东兴可不淹，而宝盐阜亦可不淹。何也？邮邑各坝，踞下河之上游，下河泄水之港均在盐阜境内。各坝下注，必先灌满泰甘东兴，然后入港，泛滥汪洋。区区数港，不能骤泄。不能骤泄，斯骤涨矣。所谓泰甘东兴淹而宝盐阜亦必淹也。若将子婴沟移置一坝，自临泽东北汇广阳湖，南一股趋蟒蛇河，由石砬、天妃二闸下新洋港归海；北一股趋西唐河，由上冈、草堰口、陈冲等闸，下庙湾归海。再将白田铺移置一坝，由坝下蒲草荡田趋望直港，过獐狮荡，汇马家荡，入射阳湖，过通洋港归海。源源而来，亦源源而去。广阳射阳各湖荡，淤垫者疏浚之，或堤防之；庙湾通洋港各闸，浅者深之，狭者广之。无停蓄，自无溢漫。所谓泰甘东兴可不淹即盐宝阜亦可不淹也。（后读巡抚许容奏、御史夏之芳疏，其说亦然。）

或谓宝应以上运河，河面高于湖面，泄水较难。此甚不然。水消时河高于湖，水涨时便湖与河平，且运河上流多减一分，即下流少增一分以为容纳湖水之地。况洪泽湖水出清口，七分入黄三分入运，此平溜时成例也。若至清水盛涨，即大展清口，自四十丈以至八十丈，不得拘泥蓄清之说。若再有长无消，即将仁义礼智信五坝次第启放，直注高宝湖，此盛涨时成例也。愚谓开坝注湖，淹及两郡，何不于清水盛涨大展清口之时，将天妃闸以下越坝一律启除，使畅流入运，旁达泾河等坝，洪湖水势畅出清口而外，又得此预为宣泄，而五坝可得守且守矣。是南关等坝，能泄高宝湖之水在五坝既开之后，泾河等坝，能泄洪泽湖之水在五坝未开之先，其迟速利害何如哉！不独此也。运河自黄流倒灌，淤高河底，水落则漕滞难行，水长则堤危欲溃。若于吃紧之时，由清口分流入运，借溜刷淤，其功百倍于涝〔捞〕浅。河底日以深，河堤日以高，不致水来即涨。是设泾河等坝，不但能泄水，并能蓄水，旱涝皆有备，利赖及无穷。所望于仁人之用心焉。（子彦甫述）

致副河督潘芸阁同年启

高邮以下五州县，素称泽国。兴化一邑，形同釜底。去年洪水为灾，田庐坟墓尽付波臣，甚至架木葬人，乘舟入市，祸至惨烈，百余年来未之有也。今岁自春徂夏，水始涸出，田始可耕，残喘余生，争此一息。顷忽有启放车逻等坝之信，农民失望，远近皇皇，情状迫切，竟有号哭于市而东奔西窜不知所归者。盖大荒大灾之后，闾阎膏血竭于南亩，水不来而生理已枯，水再来而生机立绝。小民以性命为重，事如至此，尚忍言哉？明知皇上爱民如子，年大人受恩深重，上体圣主之心，下恤穷黎之隐，断无即启放下坝之理。所以陈管见于阁下前者，恐左右之人未识下游地势，而狃于己见也。查嘉庆年间，各河帅于水符志桩之时，犹必少为停待，得守且守，恒保至一丈四尺以外。所以有上坝开而下坝未开者，上坝早开而下坝迟之又久始开者，堤工与农田两无损坏，淮扬一带获丰收者十有余年。去岁下坝水志未符，各工并未着重，归江之路亦畅，而车逻等坝已渐次启放。若迟开十日半月，则早禾可收，民间不至大伤元气。且归江之路多消一分，则下游少受一分之水，亦何至城乡内外全无干土。此年大人所目见耳闻而心知其故者也。年大人读书万卷，留心水利已非一日，岂浅识者所能代谋？而厅员或导以金湾等闸入江尚迂、车逻等坝入海较捷之说，殊不知坝下非海，皆民田也。坝去海远至四五百里，较入江之路，迂至数倍。兴东等处地势，又属东高西下，下坝一启，必先灌满民田，次及民居，而后经旬累月，迤逦入海。是启下坝，不能即解上坝之险，惟以重下河之厄而已。夫慎堤工，所以节国帑。各坝之启闭，需帑几何？数州县之钱漕，蠲缓几何？皇上轸念灾区，赈恤又当几何？各大员虽极焦心劳思补苴于后，而民之沾实惠者有几人哉？现在高邮湖河水势尚出志桩之下，而下河水已平田。若早启下坝，势难容受。今年之水惨于去年，去年之荒又重以今年，叠荒奇荒，民胥流亡，恐其时年大人不忍见，圣天子亦不忍闻矣。用敢不辞冒昧，乞命于仁人君子之前，惟执事哀而察之。

进贤县水灾蠲缓抚恤全案

抄本

（清）佚 名 辑

李光伟 点校

进贤县水灾蠲缓抚恤全案

禀△县现被水田〔由〕

敬禀者：窃照〇县地方，坐落省城下游，紧靠鄱湖，汊港从杂，又与抚、饶二河相连，众水汇流，地势最为低洼，一遇水涨，易于浸淹。本年入夏以来，雨水尚属调匀，各乡均经栽种早秧。上年被灾之区，亦经借给籽种口粮，一律栽种，正形长发。讵自四月中旬以后，因上游水势下注，湖水已形暗涨，然尚不过沿河畸零田间有被淹。今于五月十三日起，至十七日，大雨如注，昼夜不绝，内河水势盛涨，外湖更形泛滥，以致近港靠湖一带，低田均被浸漫。各处圩堤甫经修复，亦难保不被水冲决。现拟亲赴各乡，逐加查勘，容俟勘明实在被淹情形，有无淹坏人口、房屋、田禾，另行据实禀报查办外，合将现在被水缘由驰禀宪台鉴核。为此具禀，伏祈垂照。除禀抚宪暨藩、粮各宪外，〇〇△△谨禀。

道光十四年五月十七日，奉府宪批：已据禀各宪批示，仰速遵照另檄，督饬县丞、巡典，分头前诣被淹处所，逐加查勘有无损伤人口，及于民舍、田禾是否不致妨碍，近日水势消去若何，仍一面督令圩业人等，务将圩堤守护，稍有冲决，即行抢救，务保无虞，慎勿泄视讳饰，致干未便。切切。此缴。

奉抚宪批：据禀已悉，仰布政司立即飞饬该县亲诣各乡被淹低田，逐一查勘明确，设法疏消。各处圩堤有无冲决，督率圩堤人等竭力抢筑防护，务保无虞。被淹田屋、人口有无损伤，一并据实照例办理。事关民瘼，勿任稍有讳饰违延，切速飞速。此缴。

禀〇县现在水势有长无退，已请藩司恳请藩宪委员来县合勘，分别轻重酌办由

敬禀者：窃照〇县地方，滨临鄱湖，四面受水。前于五月十三日起，连朝大雨，湖河盛涨，沿港一带低处被水浸淹。经〇〇于十七日肃禀驰报在案。嗣后接连阴雨，上江水皆趋至下游，水又顶阻，不能宣流，以至水势日见增长。县城系最高地方，现在水涌入城，积深数尺。署前仓廒、监狱亦均进水。督同典吏昼夜小心防范，不敢稍至疏虞。今于二十一日，天气虽已晴霁，而水势当有长无退。〇〇乘坐小船，赴被水各处查勘，一片污洋，较上年尤为广阔。居民多有迁居高处，人口尚鲜损伤，惟房屋被水冲塌者不一而足。而下乡之下五坂，地势本低，且系积年灾歉之后，复遭水厄，荡所离居，苦民尤为可悯。现虽捐廉，多带馍饼，见有饥饿不能出户者，量为散给，暂济目前，若水退不能迅速，贫民深虑乏食，必须先为安抚，始可拯救。但人口众多，地方辽阔，〇〇一人不能周历遍查。现已禀请藩司，合无仰恳藩宪宪恩迅速遴委正印官一员，星速来县会同分投查勘，分别轻重，酌

量据实查办，免致灾民流离失所。至各处圩堤，先经○○饬著会同各圩业人等，加意防护。现在水势泛滥，漫过堤面，人力难施。有无续被冲坏，尚属无从查勘。其被淹田禾是否尚可挽救，仰须补种，统俟水略消落，查照实在情形，另行禀办，断不敢稍存讳饰。合将现在水势有长无退缘由飞禀均鉴。除经禀抚宪暨藩宪外，谨禀。

道光十四年五月二十二日，禀奉抚宪批：仰布政司立即遴员驰往该县，会同确切查勘被淹田禾、冲塌房屋实有若干，圩堤有无续被冲坍，应如何设法疏消，乘时补种，是否成灾，妥为安抚，星飞驰禀，据实照例详办。事关民瘼，勿任稍有讳饰违延。切速飞速。此缴。

禀会查进贤县被水田庐情形由（候补进贤县仝禀）

敬禀者：窃照○○德润奉前署藩司程/前署宪程/宪台署藩宪任内札开，五月间连日大雨，河水渐涨，各处低洼田亩、庐舍、圩堤诚恐不无漫淹，饬委驰往南昌府属各县会同查勘，田禾、居民、圩堤有无妨碍，将作何办理缘由，据实飞禀等因。兹即前往会查，案〔业〕将查过南昌、新建、丰城等三县被水情形分别禀报在案。兹于六月初三日驰抵进贤县。查该县先因水势盛涨，田庐被淹，经○○麟趾据实禀奉藩司、宪台、藩宪札委星子县侯令抵县勘办，并会同查勘城内积水业已平落，乡间水已涸出之处，俱赶紧补种。其尚未退涸处，亦令设法疏消，随退随种。地势高低不一，水退即有迟速不同，是否全可补种，此时尚难预见。各处圩堤现尚被水浸淹，有无冲坍，均须俟水退后查办。惟查今次被水较广，民庐多有冲塌，又系连年被灾之后，贫者愈形艰苦，向称无力者现已变为贫乏，糊〔餬〕口无资，栖身无所，情形实为可悯。必须先办抚恤，量给修项，俾灾民果腹，栖止有赖，以免流离失所。除由○○麟趾合〔会〕同侯合〔令〕另行禀办外，合将○○德润抵县会查、应办抚恤缘由禀覆宪台鉴核。为此具禀，恭请崇安，伏祈垂照。除禀抚宪暨臬、藩、粮各宪外，○○△△谨禀。

道光十四年六月初四日，禀奉府宪批：仰进贤县再会同各委员确查，乡间未涸田亩，现在曾否涸出、能否补种，圩堤有无冲塌，迅速另行禀办。事关民瘼，勿稍讳饰违延干咎，仍候各宪批示并移会委员知照。此缴。

奉抚宪批：查进贤县被水，现据司详，酌发银二十两，遴委该管巡道携往督办，仰布政司飞饬该县随同核实抚恤，一面会同委员勘明，被淹田庐实有若干，水涸能否补种，圩堤有无坍塌，据实驰禀核办。事关民瘼，勿稍讳饰违延。切切。此缴。

奉藩宪批：已据该县会同委员王令禀，奉抚宪批司，现已特行，仰南昌府查照另札，督饬照例妥办勿违。仍候臬司/巡道批司缴。

禀会查进贤县被水灾区应先发银抚恤由

敬禀者：窃查进贤县地方，于五月中旬连朝大雨，水涨势异，田庐被淹。经○○麟趾禀奉宪台札/藩宪委△△坼驰往会勘，体察实情，照例妥为安抚，迅将查明水势曾否退落，田禾能否补种，作何办理，先行具禀等因。兹即束装驰往，于五月三十日抵县。当查城内积水业已平落，署前仓廒、监狱，经○○△△督同典吏设法防护倾倒，人犯并无疏虞，仓谷亦未浸坏。城内被水冲塌民房，多有自行修整，居民照常安戢。随于初一、二、三、四等日，会同前诣被水各乡村，逐加查勘，房屋虽多坍塌，人口尚鲜损伤。地势稍高之处，水已涸出，俱令赶紧备秧补种；积水无几，可望速退者，亦令设法疏消，随退随种。其地势较低，积水尚深，稍退不能迅速之处，早禾已被淹坏。是否尚可补种，须俟水退察看督办。各处圩堤，有全被淹没，尚未露出堤埂者；有甫露堤形，堤内之水尚与河水相平者。冲塌轻重情形，亦须俟水退后，勘明工程大小，察看民力，另行查办。惟查上年被水尚轻、今次被水较重之乡，与下五坂连年被灾之地，民气本未复元，今又复遭水厄，早收失望，居庐倒塌，贫者愈形困苦；即向称有力者，现亦变为穷乏，糊口无资，栖身乏所。目击情形，实为可悯。经○○等遵照藩司宪台颁发条谕，到处传述德意，晓以即有赈济，静候查藩宪办，毋得轻离乡井，各灾民均加感激，尚不致有失散。伏查○县上年被水后，查办抚恤，共给散一月折色口粮银八千二百四十五两八分。今次被水较广，约计灾户丁口比上年加增三赔〔倍〕，共倒塌瓦草房屋民力不能修复者，亦约有四千余间。惟地方辽阔，人户众多，现在分投逐村编查，一时难以周遍。若俟统行查明户口间数后，再请发银赈恤，诚恐被水贫民迫不能待，难免流离失所。似□仰体宪台念切民瘼、速期抚恤之意，理合禀请察核，先赐查核，先请筹发一月折色口粮银九千八百两，又修理房费银二千七百两，共银一万二千五百两，迅速发解下县，俾可随查随散，照例分别大小丁口、瓦草房间，核实办理，不令稍滋弊混。如有多余，即当缴还，不敷亦请续发，庶灾民早沾实惠，果腹栖身有赖，不致失所。复以渐图复业，则感戴皇仁宪德，实无涯量矣。再，查高处未经被水各乡村，早禾现已一律抽花结实，可期有收，合并声明。合将查明被水较重地方，体察实情，须先发银缘由，具禀钧鉴，伏候○训示，并请金安。除禀各宪外，○○△△谨禀。
　△△

　　六月初五日，禀奉抚宪批：查前据该县等会禀被水情形，业据批司核办在案。仰布政司飞饬该县随同核实抚恤，一面饬俟水退后，逐一确切勘明，照例详司核办，勿稍讳饬浮冒。切切。此缴。
　　奉藩宪批：查进贤县本年被水，业经本署司汇案详请抚宪奏明请发抚恤银二千两，派委粮道携带前往，督饬该府县查办，并移行遵照在案。该县自应遵照清查户口，其冲塌民间瓦草房屋，亦应查明实在间数，据实照例详办，未便先行动发抚恤银九千八百两、修费银二千七百两，致失核实之意。仰南昌府即遵照前札办理，督饬该县暨委员，随同粮道，确切查勘，将被水贫民烟户若干，内大口若干、小口若干，应需抚恤银若干，又冲坍民房内草屋若干、瓦房若干，应需修费各若干，分别造具清折，照例详办。事关民瘼，勿稍讳饬违延。切切。仍候抚宪暨臬司批示。缴。奉粮宪批：据禀已悉。本道现于本月初九日起巡道程，由丰城前往进贤县查勘被水乏食贫民矣。仰候○藩司核实录报，仍候○抚宪暨○臬司批示。缴。

藩详查明各属被水轻重情形，详酌发银两，
详委道员亲督查办抚恤由

　　署理江西等处承宣布政使司，为详明各处被水轻重大概情形，及酌发银两，由司详委

道员，先行带往，亲督抚恤，详情具奏事。窃照江西省自五月初旬以后，连日大雨，上游山河水发，江湖异常泛涨，宣泄不及，沿河低洼处所田禾、庐舍、圩堤，多有被淹。即经前署司暨本司先后札行遴委丞倅、知县各官，分投驰往被灾各处，会同地方官逐一查勘，妥为办理，俱已报明抚宪在案。旋拟南昌、新建、丰城、进贤、高安、清江、新淦、峡江、庐陵、广昌、建昌等县各报被水情形，蒙抚宪奏明，饬将被灾较重之区，先由司库筹拨银两，遴委监司大员携往，督同该地方官照例核实抚恤，抄折行司等因。正在具详间，续据上高、分宜、新喻、吉水、泰和、万安、鄱阳、馀干、星子、安义、德化、湖口、德安、上犹、赣县某〔等〕县禀报被水到司，本署司覆查本年被水各县共计二十六处，幸水势逐渐而来，居民得以趋避，不过间有损伤之事，田禾、庐舍、圩堤亦间有淹漫坍塌处所。兹以该府县现在报到大概情形而论，内南昌、新建、丰城、进贤、清江、峡江、庐陵、吉水、万安、建昌、德安、上犹等十二县，或圩堤多有被淹冲决，民庐田亩被淹，或衙署、城垣、监狱、仓廒间有淹浸并坍塌之处，或驷马标失，体察情形，为严重；其新淦、新喻、太和、广昌、星子、德化、湖口七县，或因滨临江湖，积淹甚深，或因水至浸损禾稻，情形稍次；又高安、上高、分宜、安义、鄱阳、馀干、赣县七县，水势渐涨渐落，不过一遇〔隅〕中之一隅，情形较轻。本司于接据禀报稍重之区，即经分投通行委员，并又专委干员驰往，会同各该属县多备馍饼，先行妥为安抚，逐一详加履勘，赶紧将监狱修葺，监犯还禁，水浸仓谷妥为晒晾，汕刷残决圩堤抢筑完固，查明人口、田禾、庐舍损伤数目多寡，水势河〔何〕日消退，是否不致成灾，详司禀司核办。现尚未据该印委各员覆到。惟辰下正当早禾刈获之际，忽被水患，已属民力难支，兼之南昌等县又值连年荒歉之后，闾阎益形拮据。虽现在甫交小署〔暑〕，节气甚早，如果水势迅退，及时补种，原可以冀有秋。而当此骤被冲淹，荡析离居，哀号待哺，殊堪悯恻。自应先行妥速办理，俾小民早沾实惠。仰蒙宪台奏明筹拨银两，照例抚恤。查被水各处地方广阔，若待各委员查勘明确，禀覆再办，未免缓不济急。兹本司拟即于司库筹动银三万七千两，内发被水最重之南昌县银九千两、新建县银八千两，由本司亲督该府县查办；酌发丰城县银三千两、进贤二千两，请委该管分巡南抚建道携带亲往，督率该府县查办；又酌发清江县银五千两、峡江县银一千两、庐陵县银五千两、万安县银三千两、吉水县银一千两，请委候补道萨携带驰往，督率该府县查办。又拟于九月江关库借动银二千八百两，内酌发建昌县银二千两、德安八百两，请委该管分巡广饶九南道携带，就近亲诣督同各该府县查办。其德化、湖口三县，虽地处低洼，消泄较艰，但本年据报被水情形尚不甚重，应请即令该管巡道亲督查勘，如果察看应须抚恤，即在九江关库酌量借拨。又拟于赣县关库酌发上犹银两一千两，请委该管赣南道携带，亲诣督率该府县妥办。以上十二县，共发银四万零八百两，以为先抚之资，有余缴还，不敷找给。所借关库银两，将来均于司库动项归还。其余各县，或有原报本轻，因被淹过久，转变为重，或复有泛滥，或本未被水，因邻县灾重，致被漫漫，应须酌予抚恤，又应作何办理之处，俟续报到司，另行确核，请示办理。固不使略有遗漏，亦不任稍事冒滥，总期胥归核实。除一面飞速移行各核〔该〕管道府督饬即委各员，上紧逐细履勘，最重各处，何县不能补种，是否成灾及成灾实有几分，除现发抚恤银两外，应否再予赈恤、蠲缓钱漕，其次重、最轻各处何县，或须给与修房费银两，或须借给籽种，或须给与籽种谷石修复田亩之费，其涸出田亩能否补种晚禾，于秋收大局有无妨碍，是否毋庸查勘，应否缓征钱漕及递缓积欠，冲塌瓦草房屋各若干间，有无淹毙人口，据实照例办理。统俟勘覆到齐之日，再行由司汇详，奏恳皇上天恩。至各县圩堤现在尚漫水内，应俟水退，由各该县亲诣量丈实在冲决号段，确估修费，体察实在情形，另行详办。事关民瘼，本司惟有实力实心，认真督办，务使一夫不致失所，以广皇仁而副宪德，断不敢稍任讳饰，致有不实不尽之处。相应将查明各属被水较重大概情形，及酌发银两，分别由司详委道员，亲督查办，先为抚恤缘由，具文详请^{宪台}^{抚宪}察核具奏。再，省城已于五月十五日平厂平粜，民食无虞。其未被水各厅州县及未被水各处高埠之早稻，均极畅茂。有续报处所，统俟查明归案详办。合并声明。除呈^督^抚宪外，为此云云。

　　奉抚宪批：如详办理，仰候恭折具奏。该司一面酌发银两，分别遴委道员携带驰往，督同该府县照例核实先行抚恤，总期实惠及民，无滥无遗，勿任吏胥滋弊。余已悉，仍候督部堂批示缴。

初奏江西各属被水情形由

　　奏为江西各属被水情形，并请暂留臬司弹压，恭折具奏，仰祈圣鉴事。窃照江西省自五月初旬以来，大雨时行，滨临江湖一带低洼田地、居民，多被水淹，行司查办，业经护抚臣桂良附片奏明在案。旋据南昌府属之南昌、新建、丰城、进贤，瑞州府属之高安，临江府属之清江、新淦、峡江，吉安府属之庐陵，建昌府属之广昌，南康府属之建昌等县各报，被水冲坍田庐圩堤，淹毙人口，间有城垣、监狱、仓库、驲马被淹者，已由该府县捐备馍饼安抚。此外尚有被水未据报到，在均经护抚臣暨臣先后批司，遴员分往确勘。一俟勘覆分别成灾与否，另行据实奏恳恩施。其被灾较重之区，自应先由司库筹拨银两，遴委监司大员携往，督同该管地方官照例核实抚恤，不使一夫失所，亦不使不肖州县藉词捏报，虚费帑金。特江西连年被灾，每有棍徒藉众纠抢。历经惩办，此风未能消息。臬司程先经奏请陛见，正蒙允准，嗣经护抚臣奏请，俟该臬司交卸藩篆，再行进京。现在该臬司已卸藩篆，自应交卸起程。惟正值水灾之际，灾民纷纷来省请赈，其中良莠不一，易滋事端。该臬司在江年余，诸务熟习，自应暂留弹压，以重地方。一俟灾务办有端倪，即令交卸北上。理合恭折具奏，伏乞皇上圣鉴训示。谨奏。

禀恳转请拨发抚恤银两由

　　敬禀者：窃照○县地方于五月间涨发大水，田庐被淹较重。即经禀奉藩宪，委星子县侯令来县，会同勘查，饬令妥为安抚。业将查明被水地方较广，已经退出之处，具令补种，其未退涸及被淹较广并连年被水之乡，民多乏食，屋有倒塌，必须先为抚恤缘由，据实会禀。并因灾户繁众，一时不能遍查完竣，请先筹拨抚恤一月折色口粮银九千八百两、修理房费银二千七百两，俾可随散，免致灾黎失所，谅已仰邀钧鉴。嗣奉粮宪携带银二千两临县，亲督查办，又蒙勘明实在被淹情形，自亦均在各宪洞鉴之中。兹经○○督同丞检等官分投确查户口，除民尚可自给不计外，共有被灾较重，早禾无收，又无谋生别业，待哺情迫者，一万二千八百六十二户。计男女大口三万九千八百二十七口，每口折给银一钱八分，计银七千一百六十八两八钱六分；男女小口二万九千六百一十口，每口折银九分，计银二千六百五十两二钱六分，共需银九千八百三十四两一钱二分。除已奉发银二千两先行散给外，计不敷银七千八百三十四两一钱二分，应请宪台转请藩宪，即赐发解下县，俾可按户散给，使灾民糊〔餬〕口有资，早沾实惠，则感戴鸿慈无既。断不敢消〔稍〕任滋弊，有干严究。此外如有闻赈归来，应行补赈，另行确查，禀请续发。其被冲瓦草房屋，容俟查明，分别有力、无力另办。至已补种晚禾及现在水未全涸之处，是否尚可退出，补种有收，应否办理蠲缓，照例俟水获勘详，圩堤亦俟水落勘明办理，合并声明。合将现在查明户口，应请拨发抚恤银两缘由肃禀宪鉴，并请金安。谨禀。

六月二十八日，禀奉本府转奉藩宪批：仰候据情详请抚宪核示。嗣奉批之日，另札敕遵。仍督率该县暨印委各员，确查被淹瓦草房屋各若干，分别有力、无力，应否给予修费，水势曾否全涸，能否补种有秋，是否成灾及成灾实有几分，照例核实详办，并将查明各乡应恤大小户口，刻日开具清册送查，均勿违延。切切。此缴。

复奏查明各属被水轻重大概情形，分别酌发抚恤由

奏为查明各属被水轻重大概情形，分别酌发银两，照例抚恤，仰祈圣鉴事。窃照江西省自五月初旬以来，大雨时行，低洼田庐多被水淹。先据南昌等十一县各报被水，经护抚臣桂良暨臣先后陈奏，声明被灾轻重之区，先由司库筹拨银两，遴委监司大员携往督办在案。续据上高、分宜、新喻、吉水、太和、万安、鄱阳、馀干、万年、星子、都昌、安义、德化、湖口、德安、临川、上犹、崇义、赣县等十九县并洞鼓营同知报被水，均经批司委员诣勘。兹据署藩司桂良详称，此系被水之南昌、新建、丰城、进贤、清江、峡江、庐陵、吉水、万安、建昌、德化、德安、上犹等十三县，或圩堤冲决，民房、田亩被淹，或城垣、衙署、监狱、仓廒间被浸坍，驮马标失，情形最重。其新淦、新喻、太和、广昌、星子、都昌、湖口、崇义、万年等九县暨洞鼓营，或因滨临江湖，积潦甚深，或因山水骤发，浸损禾稻，仓谷坍塌，〔署合〕情形消〔稍〕次；此外高安、上高、分宜、鄱阳、馀干、安义、临川、赣县等八县，水势渐涨渐落，不过一隅中之一隅，情形最轻。均经委员分饬各该府县，会同逐一详加覆勘，将淹浸监狱赶紧修葺，淋湿仓谷速为晒晾，冲决圩堤抚修完固，查明人口、田庐、损伤实有若干，水势何时消退，是否不致成灾，详晰驰禀核办。所有被水之南昌等县，应请缓〔援〕照历办成案，先行动款抚恤等情前来。臣查南昌等十三县，有连年被灾者，贫民本无盖藏，有再次被水者，田庐一切概被荡析，无不露宿风栖，哀号待哺。虽经臣与司道各府县暨地方绅士捐备馍饼、钱文散给，不过暂救一时之急。现在各处饥民亟须抚恤情形，实有迫不及待之势。臣仰体圣主痌瘝为德，即于藩司酌量在于司库筹动银三万七千两，内发被水最重之南昌县银九千两（此发前与布政司详同）。至借各关库银两，将来均由司库动项解还。仍严饬该道府督省委各员及各该县设法疏消，逐细勘覆，被水最重之区，成灾有几分，除现抚恤银两之外，应否再予赈恤、蠲缓钱漕；其次重、最轻各处，应否给予修费，涸出田亩能否补种，应否借给籽种及缓征、递缓，据实照例办理。此次被水各属散处十二府，统俟勘覆到日，再行奏请恩施。承办各员如有慢〔漫〕不经心，稍任书役捏报侵扣滋弊，立即严参，总期帑不虚糜，民沾实惠，以冀仰副圣主念切民瘼、不致一夫失所至意。理合恭折具奏，伏乞皇上圣鉴。谨奏。

禀会同委员查勘实在无力修复被冲瓦草房间，请给修费银由

敬禀者：窃照〇县地方，于本年五月间涨水，田庐被淹较重。当即禀奉委星子县侯令来县会勘，并奉^{宪台粮宪}亲临督同查办，业经查明乏食贫民户口，详禀拨发抚恤银两到县。现在会同侯令，核实散放，以期无滥无遗。其冲塌瓦、草房屋，亦禀批饬确查间数，分别有力、无力，照例另办在案。并会同查明水淹各乡被冲房屋，除有力之户令其自行修葺不计外，实有被冲倒塌瓦房八百七十八间，[草房二千五百四十八间]每间给修费银八钱，计银七百零二两四钱；草房二千五百四十八间，每间给修费银五钱，计银一千二百七十四两。共计需银一千九百七十六两四钱。仰恳宪恩即赐^{详请移请}发给下县，俾可按照散给，灾民栖止有赖，免致流离失所，感戴鸿慈无既。理合开具清折，禀呈查核，伏候训示，恭请崇安。除禀^{藩粮}二宪外，谨禀。

计禀呈清折一扣。

七月十九日，禀奉府宪批：既据经禀，仰候^{藩粮}二宪批示，缴折存。

奉藩宪批：查进贤县应给冲倒无力贫民瓦、草房屋修费，已经前升司汇录，已奉核奏。应俟奉到恩旨，再行动给。仰南昌府即查另札抄折事理，转饬遵办。仍候粮宪批示。缴折存。

折　　式

南昌府进贤县，今将会同委员查明实在无力修复被淹瓦、草房间应请修费银数，开折恭呈钧鉴。须呈折者。计开：

一、被水冲塌无力修复瓦房八百七十八间，每间照例给发银八钱，计银七百零二两四钱；

一、被水冲塌无力修复草房二千五百四十八间，每间照例给银五钱，计银一千二百七十四两。

二共应给修费银一千九百七十六两四钱。理合登明。

禀〇县现在田禾情形由

经禀者：本年七月十八日奉^{藩司宪台}朱批，^{藩宪}饬将〇县被水地方应作何办理，刻即星驰经禀查核等因到县。奉此遵查〇县于本年五月间涨发大水，低处田庐被淹轻重，当即据实禀奉^{藩司宪台}委星子县侯令来县会勘，并奉^{宪台粮宪}亲临督饬查办，已将查明乏食贫民户口，详奉拨发^{藩宪}抚恤银两下县，现在会同核实散发。被水冲瓦、草房屋、民力不能修复者，现已查明间数，分晰禀司请^{宪台藩宪}发银散给。灾黎果腹，栖身有赖，已不致流离失所。其先被水淹、浸

坏早禾各田亩，于水势陆续消退之后，即经○○督饬各业户随时补种晚禾；其不能补种晚禾之处，亦俱一律赶种杂粮，以冀有秋。惟○县自六月以来雨泽稀少，七月初八日及十一日虽得雨略大，而此后未能续沾透雨。近河及有陂塘可以取水之处，现在禾苗皆形畅茂，而高阜难取灌溉者，颇形亢旱，田禾不能长发。现经设坛祈祷，如即能大沛甘霖，秋成可期稔收，其播种者亦可补苴不足，自当即行照例详办缓征、递缓。倘雨泽愆期，则高处固有干旱之虞，而补种再若无收，两季全行失望，不能不分别详办蠲缓、加赈，以纾民力。此时节候甫交处署〔暑〕，尚不能即望收成大局。伏查定例，民田夏月水溢成灾，若秋禾播种可望收成者，统俟秋获时确勘分数另行等因。今○县夏月被水，秋禾早已补种，可望收成，惟现因缺雨，能否有收，尚难预必。自应俟秋获时确勘是否成灾及成灾实有几分，应缓应蠲，照例详办，以归核实而免贻误。除届时会勘另行详办外，合将现在田禾情形，据实先行驰禀鉴核，恭请○崇安。除禀抚宪暨藩宪粮宪外，△△谨禀。

七月二十日，禀奉府宪批：据禀已悉，仰候续得透雨，查明田禾情形，飞驰禀报勿违。余候各宪批示。缴。奉粮宪批：据禀已悉，仰候抚宪核示遵办。此缴。

粮道禀查勘丰城水退情形由

敬禀者：职道自叩辞后，于初十日由水路行抵丰城县沿江一带查勘。被水之田，现在黎耕反土，间有补种者，亦有播种杂粮。两岸居民房屋间有坍塌，俱系低洼处所。其地基稍高者，虽经水浸，均未［浸］倾倒。至高阜早禾，时已结实垂穗，半月之内即可收获。查该县地方，其最低者莫甚于一、三、五等坊。职道带同委员暨丰城王令，由县城查至三江口，陆行六十余里，历勘被水田亩。自城厢至小塘溪二十五里，其田俱已涸出，惟堤垱冲决之处多成坑坎，积有游沙，其中栽插秧苗者不足十分之一。询之土人云：连年被水，尽皆荒弃。即间有栽插者，亦不敢必其有收。自小塘溪至三江口十余里，地势虽属低洼，而早禾则穗已葳蕤，晚禾亦插有十分之七，见场圃有扑新稻者，其粒亦甚坚好。惟是前月廿旬晴霁后，至今无雨，虽有塘水可溉，而民望雨颇切。职道查竣，即驰赴进贤。丰城县王令亦即赴省垣恭谒宪台，详细面禀。所有藩司发给丰城县抚恤银三千两，业已如数交该县王令收讫，暂贮县库。谨将查勘丰城县水退情形据实禀明，恭请金安。谨禀。

粮道禀查勘进贤县水未全退情形由

敬禀者：职道由司详委查勘丰城、进贤二县被水情形，及发银先办抚恤等因，当经带同委员，督率丰城县王令逐一覆勘，并将银两发县暂行贮库缘由具禀宪鉴在案。嗣于十二日由丰城起行，十三日入进贤县界，尽系小路，稻田甚少。及抵进贤县西门外，见水势汪洋，堤树及居民舍尚半在水中。其稍高之处，亦间露出田埂，尚未能补插，而积水深者或三四尺、五六尺不等，即水退稍速，恐亦不能尽插。次日派委随员分头查勘，其上乡早禾收获已半，不惟无灾，可称丰岁。而一村、五村、六村、七村、上八村、下八村等村庄，多围在水中，其田亩涸出者无几，亦皆未能栽插。至二十七、八、九，三十一、二等村，其地总名下五坂，与鄱湖临近，又与南昌、新建接壤，而抚建、广饶诸水亦皆汇聚于此。

在水小之年，尚不免淹浸。今岁水势过大，加以鄱湖相近，不能迅退，现在水深丈余及七八尺不等。相其地形涸出可补种者不过十分之二三，而民间房屋当时冲塌十居六七，即间有存者，浸淹半月，亦皆倾塌。进贤被水之甚，莫过于下五坂。再查该县共三十三村，被水患者二十九村，在未能全行涸出者四十余村。此时秧苗价贵，种之秧可卖钱四十余千。以积水之灾民，糊〔餬〕口尚且不暇，而又谋及补种，大非易事。○○查竣，除将发银二千两给县查办外，即驰回省垣。所有查勘进贤县水全退情形，理合据实禀明，敬请金安。○○△△谨禀。

奉府宪批：据禀已悉，仰布政司转移知照，仍饬该府督饬印委各员，逐一再加确查核实，照例办理。事关民瘼，勿任稍有讳饬违延。切速飞速。此缴。

札查被淹田禾是否成灾几分，应否蠲缓钱漕，作何办理由

布政使司桂札进贤知悉：案查该县本年被水，前据先后具禀，业将该县列入较重之县，详请奏明发给抚恤，请委粮道亲督府县及委员确勘，照例核实详办。复又迭催查明驰禀各在案。迄今仅据禀及散放抚恤乏食灾黎户口及查办无力贫民瓦草房屋修费，其水田禾是否成灾，自应确切查明，体察舆情，作何办理，即行据实禀候详办。何得仍以游移之词率覆，大属不合，合行飞饬。札到该县，立即遵照节次批札事理，迅将查明该县被淹田禾是否成灾几分，应否蠲缓、递缓钱漕，作何办理，限即日据实驰禀察夺。本司的于本月二十五日详请抚宪覆奏，虚笔以待，立等汇详，断不能改期再迟。此系第四次朱札严催，倘再泄视，片刻迟延，定即将该县严行揭参，决不宽贷，莫谓告诫之不切也。慎速火速。特札。

详送被水各村钱漕分别缓征、递缓，并被水丁口房间各清折由

南昌府进贤县为详请缓征钱漕事。窃照○县地方，于本年五月间大雨时行，湖何〔河〕泛涨，低处田庐被淹较重。当即禀奉委星子县侯令来县会勘，并奉粮道宪亲临督饬查办，业将查明被水乏食贫民户口，详奉先后给发抚恤银一月折色口粮九千八百三十四两一钱二分下县，现在会同核实散放。其无力修复、被冲瓦草房间，现亦查明间数，禀发银一千九百七十六两四钱，以资修费。实〔灾〕民果腹，栖止有赖，已不致流离失所。所有被水冲坏早禾各田亩，于水势陆续消退之后，即经○○督率业户随时补种晚禾；其不能补种晚禾之处，亦一律播种杂粮，以冀有秋。惟自六月以来，雨泽稀少，七月初八及十一日虽得雨略大，而此后未能续得透雨，以致高阜处所颇行亢旱。亦于七月二十日将实在田禾情形具禀在案。并经会同委员侯令前处〔赴〕各乡逐加查勘，原被水淹后经补种晚禾、杂粮各田亩，多系近靠河干，有水可取灌溉，现在俱行秀发；其未被水、有塘取灌之处，晚禾亦一律畅茂，均属可望收成。惟高处无灌灌者，田禾间有受旱。若数日内即能得透雨，亦可有收。现计通县收成大局，尚无妨碍，不致成灾。第查今岁被水各乡早收失望，不仅连年灾歉之后，民间原气未复，若将本年应征钱漕照常征收，民力实有不逮。伏查卑县本年被淹田二千九百九十九倾〔顷〕二十八亩，应征地限等款银若干，又应征正改副耗兵米若干，除本折色兵米若干例不缓征外，应征漕米若干，应请一并缓至来年秋成后，分两年

带征。又查○县原请十四、十五两年带征十三年被水灾田罹剩地丁银若干、漕米若干，又带征十二年被水缓征地丁银若干、漕米若干，及十二年未被水各乡村复请递缓至十四、十五两年带征十一年地丁银若干、漕米若干，应请一并递缓至十五、十六两年带征。又十一年被水缓征、十二年又被水各乡村复请递缓至十五、十六两年带征地丁银若干、漕米若干，应请递缓至十六、十七两年带征。又十年被水原请递缓至十六、十七两年带征地丁银若干、漕米若干，应请递缓至十七、十八两年带征。又○县本年出借上年被水农民籽种口粮折色银若干，同原请本年征收十二年出借十一年被水籽种折色银若干，一并缓至十五年秋后征收。又原请递缓十五年征收四年出借籽种本色谷若干，与十三年出借十二年被水籽种折色银若干，应请一并递缓至十六年秋后征收，以纾民力。其余未被水各乡村，本年早禾稔收，晚禾现亦多有可冀收成，惟高田偶因缺雨，能否即得甘霖，一律长发有收，应完本年钱漕是否可以照常征收，抑亦须办理缓征，容俟秋获勘明另办。是否允协，理合分晰开具清折，具文详请宪台查核汇办。除经详藩宪外，为此备由具申，伏乞照详施行。须至册者。

计详送：

本年缓征钱漕清折$\frac{五}{二}$扣

各年递缓钱漕清折$\frac{五}{二}$扣

本年被水丁口及被冲房间清折各一扣

南昌府进贤县遵〈将〉○县道光十四年分各乡隅被淹田亩应请缓征银米数目，开具清折呈送。须至册者。

今开：

进贤县

一、被淹上则田若干。每亩应征银若干，共应征银若干；每亩应征米若干，共应征米若干。

一、被淹中则田若干。每亩应征银若干，共应征银若干；每亩应征米若干，共应征米若干；

一、被淹下则田若干。每亩应征银若干，共应征银若干；每亩应征米若干，共应征米若干。

以上共被淹上、中、下三则田若干。

共应征银若干。兵折银两，不在此应征之数。除随漕银若干例不缓征外，又除上忙已完银若干，未完及下忙银若干。

共应上征米若干。除本折色兵米若干例不缓征外，尚应征正改米若干、副米若干、耗米若干，实在共应征正改副耗米若干，应请一并照例缓至十五年秋收后，分作两年带征。理合登明。

南昌府进贤县遵将○县原请带征道光十三、十二、十一等年被水缓征银米，应请递缓各数开具清折，呈送查核。须至册者。

今开：

进贤县

一、原请道光十四、十五两年带征十三年被水缓征地丁银若干、缓征漕米若干，应请递缓至十五、十六两年带征；

又原请道光十四、十五两年带征十二年被水缓征地丁银若干、缓征漕米若干，又十一年被水、十二年被水各村庄原缓十一年地丁银若干、漕米若干，应请一并递缓至十五、十六两年带征。

一、原请道光十五、十六两年带征十一年被水、十二年又被水各村庄原缓地丁银若干、漕米若干，应请递缓至十六、十七两年带征。

一、原请道光十六、十七两年带征十年被水原缓地丁银若干、漕米若干，应请退递缓至十七、十八两年带征。理合登明。

南昌府进贤县遵将查明○县道光十四年被水较重地方实在乏食贫民户口及无力修复冲塌瓦草房屋各数，开具清折，呈送查候。须至册者。

今开：

进贤县

一、实在乏食贫民若干。

男女大口若干，每口给口粮银一钱八分；

男女小口若干，每口给口粮银九分。

共应给抚恤一日折色口粮银若干。

一、被水冲塌无力修复瓦房若干，每间照例给银八钱。

一、被水冲塌无力修复草房若干，每间照例给银五钱。

以上瓦、草房屋共应给银若干。理合登明。

禀○县现办被水地方缓征钱漕各事由

敬禀者：窃照○县地方于本年五月间涨发大水，低处田庐被淹较重。当即禀奉委星子县侯令来县会勘，并奉粮道^{宪台}_{抚宪}亲临督办，业将查明乏食贫民户口详奉发给抚恤银两下县，现在会同散放。被冲瓦、草房屋无力修复者，现亦查明间数，分晰禀司请发银修理，灾民不致流离失所。其先被淹早禾各田亩，于水势消退之后，均经督令补种晚禾；其不能播种晚禾者，亦令补种杂粮。惟因七月内未得透雨，高阜所种晚禾略有受旱情形，亦于本月二十日据实具禀宪鉴在案。并经○○会同委员等赴各乡逐加查勘，原被水淹后经补种晚禾、杂粮各田，多系近靠河干，有水可取，现俱秀发；其未被水有塘取灌之处，晚禾一律畅茂，均属可望收成。惟高处无灌溉者，间形亢旱。若能即得甘霖，亦可有收。现计统县收成大局，尚无妨碍，不致成灾。惟○县系连年灾歉之后，民间原〔元〕气未充，令〔今〕又早收失望，民力拮据。所有被淹之田应完本年钱漕，现已分别详情缓征、递缓，以纾民力。其余未被水各乡村，早禾已获丰收，晚禾亦多有可冀收成，惟高田望雨，是否一律全有刈获，本年应征钱漕应否亦办缓征，容俟秋成时勘明另办。○○身任地方，办理灾务，期归核实，无滥无遗，以副宪台惠爱黎元之至意。合将○县现办被水缓征各事缘由，具禀钧鉴，恭请金安。除禀抚宪暨藩粮二宪外，○○△△谨禀。

七月二十五日，禀奉府宪批：据禀及另单均悉。仰候得有透雨，即确查高阜田亩情形，据实飞驰禀报，勿稍刻延。切切。仍候各宪批示缴。

藩详进贤县被水较重，应请俯如所请，如数奉发由

为详请事。窃照进贤县本年被水较重，经本司汇案详奉^{宪台}_{抚宪}奏明，派委该管分巡粮道携带银二千两，亲诣督率该府县查勘，查明实在被水乏食贫民烟户大小口确数，核实抚恤。嗣经粮道勘明，禀奉^{宪台}_{抚宪}批示，复又转行该府督饬照例办理在案。并据南昌府张守详据进贤县顾麟趾禀称，○县地方于五月间涨发大水云云，照前禀叙。至圩堤亦俟水落勘明办理，合并声明等情。由府覆查转详，核发散给等情到司。据此，本司覆查进贤县本年被水较重，灾黎嗷嗷待哺，灾〔实〕堪悯恻。已由该管分巡粮道驰诣亲勘。兹既据该府督饬该县，会同各委员查明，共有实在乏食贫民若干，自应无论极次，照例抚恤一月折色口粮。内男女大口若干，每口给银一钱八分，计银若干；男女小口若干，每口给银九分，计银若干。共需银若干。除先已发过银若干外，尚不敷银若干，应请俯如所请，如数动发，委员解往，核实散放，俾实〔灾〕民早沾实惠，免致流离失所。仍责成该管知府督饬该县暨印委各员，详慎确查，总期实惠及民，勿滥勿遗。如有不实不尽及胥役人等从中克扣滋弊，立即分别严参究办。除一面饬将被水冲塌瓦、草房屋分别有力、无力应否给予修费，水势曾否全涸，能否补种有秋，是否成灾及成灾实有几分，刻日查明，照例详司，统俟接据印委各员勘齐，何县应作何办理，再行汇案详请具奏外，是否有当，理合具文详请宪台府赐核示祗遵。除呈^督_抚宪外，为此备由云云。

奉抚宪批：如详放给。仰即照前详找〔拨〕发德化县等抚恤银两批示，飞速移行，遵照办理。切速飞速。仍候督部堂批示缴。

详报○县偏隅被水情形，应请蠲缓、递缓钱漕各情折由

进贤县为详报偏隅被水情形事。窃照○县地方于本年五月间大雨时行，湖河泛涨，低处田庐被淹较重。当即禀奉委星子县侯令来县会勘，并奉粮道宪亲临督饬查办，业将查明被水乏食灾民户口详奉先后发给抚恤一月折色口粮银若干下县，现在会同核实散放。无力修复被冲瓦草房屋，亦经查明间数，禀请发银若干，以资修费，灾民已不致流离失所。其被水浸坏早禾各田亩，多有补种晚禾、杂粮田，七月间缺少雨水，又经据实具禀。嗣经查勘收成，大局无碍，业于七月二十五日详请将被淹田亩办理缓征、递缓钱漕各在案。兹因仍未得沾透雨，复经○○会同委员细心查勘，所有本年被淹田若干，早禾先已失收，补种晚禾杂粮，又因缺雨，难期一律刈获，已成六分偏灾，自应照例查办蠲缓。查被淹灾田若干，其应征本年地随等款银若干，除随漕银若干例不缓征，又除上忙已完银若干外，尚有未完及下忙银若干，应请照六分灾例蠲免一分银若干、蠲剩银若干，同应征本年正改副耗米若干，除本折色兵米若干例不蠲缓外，实征漕米若干，一并缓至本年秋成后，分两年带征。又本年带征十三年被水成灾蠲剩粮银若干、漕米若干，请递缓至十六、十七两年带

征。又十二年被水，原缓粮银若干、漕米若干，及十一年被水、十二年未被水各乡村原缓粮银若干、漕米若干，请递缓至十七、十八两年带征。又十一年被水、十二年又被水各乡村原缓粮银若干、漕米若干，应请递缓至十八、十九两年带征。又十一年被水原缓粮银若干、漕米若干，应请递缓至十九、二十两年带征。又○县四年出借民欠籽种本色谷若干，同十二年出借籽种折色银若干，一并递缓至十五年秋收征收。又十三年出借籽种折色银若干，应请递缓至十六年征收。又十四年出借籽种口粮折色银若干，应请缓至十七年征收，以纾民力。其余本年未被水各乡村，早收既稔，晚禾亦有可收，应征本年钱漕，仍请照常征收，以应支解。本年被灾各乡极次灾民，现已普赈一月折色口粮。应请照例将极贫之民再行加赈一月折色口粮，于十二月间清〔请〕银散放，以资接济。除被水圩堤另行查办外，合将应请蠲缓、递缓钱漕各数，开具清折，具文详请宪台俯赐核办。应送各项册结，另文申送。合并声明。为此备由。

计详送清折二扣：

南昌府进贤县，遵将○县道光十四年分各乡隅被淹成灾六分田亩应请蠲缓银米，并带征十年及十一、十二、十三等年被水原银米，应分别递缓各数，开具总折，呈送查核。须至清册者。

今开：

进贤县

道光十四年

一、被淹上则田若干。每亩应征银若干,共应征银若干;每亩应征米若干,共应征米若干。

一、被淹中则田若干。每亩应征银若干,共应征银若干;每亩应征米若干,共应征米若干。

一、被淹下则田若干。每亩应征银若干,共应征银若干;每亩应征米若干,共应征米若干。

以上共被淹上、中、下三则田若干，

共应征银若干。除随漕银若干例不缓征外，又除上忙已完银若干，未完及下忙银若干，应请照例蠲免十分之一银若干，蠲剩银若干。

共应征米若干。除本折色兵米若干例不缓征外，尚应征正改米若干、副米若干、耗米若干，实在共应征正改副耗米若干。应请一并照例缓至十五年秋收后，分作两年带征。

一、原请道光十四、十五两年带征十三年被水缓征地丁银若干、缓征漕米若干，应请递缓至十六、十七两年带征。

一、原请道光十四、十五两年带征十二年被水缓征地丁银若干、缓征漕米若干，及十一年被水、十二年未被水各村庄原缓十一年地丁银若干、漕米若干，应请一并缓至十七、十八两年带征。

一、原请道光十六、十五两年带征十一年被水、十二年又被水各村庄原缓地丁银若干，应请递缓至十八、十九两年带征。

一、原请道光十六、十七两年带征十年被水原缓地丁银若干、漕米若干，应请退递缓至十九、二十两年带征。理合登明。

覆奏勘明被水各县已未成灾由

奏为勘明被水各县已未成灾缘由，恭折奏恳圣恩事。窃照江西省五月间大雨时行，南昌等三十县低洼圩堤、田庐，并洞鼓营同知衙署、仓谷多被水淹。当与司道各府县暨地方绅士捐备馍饼、钱文，分投驰散。复酌量轻重情形，动项先行抚恤，遴委监司大员携往督办。经臣先后奏蒙允准。并续据瑞昌、彭泽、云都、兴国四县各报被水，一并委员〔查〕勘。旋据勘覆，有原报被水冲塌房屋、淹毙人口最重之区，因地处上游，水退甚速，而田禾不无伤碍者；有原报次重、最轻各属，因地处下游，诸水汇集，无从宣泄，淹浸日久，变为至重，补请抚恤者，均经批司照例核实筹给。兹据该司道等督饬委员及各该督分府暨各该县确切勘明，铜〔洞〕鼓营同知衙署已经修整，被水仓谷业已晒干实贮，高安、上高、分宜、临川、广昌、赣县、云都、兴国八县涸出之田均已及时补种，于收成实无妨碍，毋庸办理。惟清江县之十九图、德化县之案落、赤松、青一、青二四乡，早禾全被淹浸无收，晚禾杂粮不能补种，已成八分偏灾；南昌、新建、湖口等县被水各乡州，暨星子县下七村与六村之罗家汉等村蓼花池一带被淹田禾，水涸较迟，全来〔未〕补种晚禾、杂粮，复有得雨稍迟，惟望有收，概成六分偏灾；其峡江县一、二、三、四、十三等村，亦成五分偏灾。均请先行抚恤，按成灾分数，照例分别加赈，蠲缓钱漕、芦课。此外，峡江县被水各村图，同德化之仙居、南昌、白鹤、仁贵、德化等五乡，及丰城等县低洼民屯田亩洲地，所种禾苗、杂粮、芦苇虽被水淹，第高阜田亩早稻半收，晚禾畅茂，可冀〔冀〕有收，勘不成灾，惟早收失望，且内多连年被水灾区，分别请将乏食贫民抚恤一日〔月〕折色口粮银，照例给发房屋修费、挖复田亩工本，并将本年应征新旧钱漕、屯余芦课、籽种口粮、借修圩堤，分别缓征、递缓。至淹毙人口，已经地方官绅士捐资掩埋，毋庸动项发给等情，由布政使司桂良确查核实，详请具禀前来。臣细加体察，委属实在情形，合无仰恳皇上天恩俯准，将勘明已成六〔分〕偏灾之南昌、新建、进贤、湖口四县，星子县下七村与六村之罗家汉等村暨蓼花池一带，清江县五村二、三、四图，十村五图，十一二两村各一、二、三、四、五图，十三村一、二、三、四图，已成八分偏灾之清江县十九图，德化县之案落、赤松、青二等四村，已成五分偏灾之峡江西一、二、三、四、十三暨东一、二等村灾黎，同勘不成灾之丰城、庐陵、吉水、太和、万安、鄱阳、馀干、都昌、建昌、德安、瑞昌、彭泽等十二县，并德化县之仙居、南昌、白鹤、仁贵、德化等五乡被灾穷民，无论极次，先行照例抚恤一月折色口粮，并请将已成八分、六分灾黎，照例分别极贫、次贫，加赈折色，已成五分偏灾之峡江县，毋庸加赈。所有应纳钱漕、芦课，按例蠲免；蠲剩银两，同应征漕米，均著缓至来年秋后，分作两年、三年带征。并勘明成灾之德化县仙居、南昌、白鹤、仁贵、德化等五乡民屯田地应征本年钱粮，及峡江县被水勘不成灾各村图，清江县四十六图并城五坊、镇一坊民屯田地应征本年钱粮、芦课，按例蠲免，蠲剩银两同应征漕米，均著缓至来年秋后，分别两年带征。又庐陵、吉水、太和、万安四县冲决沙淤田亩，及进贤、清江、新淦、峡江、庐陵、吉水、泰和、万安、星子、德化、德安、湖口、上犹、崇义等县冲坍瓦、草房屋无力贫民，著分别照例给予挑复工本修费。又建昌县已未被水成熟乡庄田地应征本年钱漕，均著照例全缓，同丰城、进贤、新淦、新喻、庐陵、吉水、太和、万安、鄱阳、馀干、万年、都昌、德安、瑞昌、彭泽十五县被淹民屯田地应征本年钱漕、芦课，并建昌县代征安义县本年寄庄钱漕，著一并缓至来年秋后，分作两年带征。其建昌县十一年被水缓征一半银米，递缓至十五年征收。又丰城、新淦、峡江、庐陵、吉水、太和、万安、鄱阳、馀干、万年、星子、都昌、建昌、德化、德安、瑞昌、湖口、彭泽十八县本年带征十三年被水民屯钱漕，馀干县十年被水钱漕，德化县十年、十一年被水民屯钱漕、余租、芦课，湖口县十四年压征十三年及递缓十一年并带征十二年被水芦课，彭泽十一年被水芦课，俱著递缓至十五、十六两年带征。清江县十三年被水普缓钱漕，着递缓至十六、十七两年带征。南昌、新建、进贤三县十三年被水，丰城十年被水，星子、都昌、建昌、德安四县十一年被水，各缓征钱漕，湖口、彭泽二县九、十两年芦课并元、四两年籽种口粮谷担，俱著再递缓至十六、十七两年带征。又南昌、进贤、新建三县十二年被水缓征及十二年未被水各村原递缓十一年被水缓征，并建昌县十年被水缓征各钱漕，著递缓至十七、十八两年带征。又南昌、新建、进贤三县十二年复被水淹各村原递缓十一年被水钱漕，并南昌县十二年未被水各村原递缓十年被水钱漕，均著再递缓至十八、十九两年带征。又该三县十二年复被水淹各村原递缓十年被水钱漕，著再递缓至十九、二十两年带征。又鄱阳、馀干、安义、瑞昌四县十一年被水缓征民屯钱漕，南昌、新建、丰城、进贤、鄱阳、星子、都昌等县出借十一年籽种谷石折色银两，庐陵、馀干两县出借十三年，万年县出借十一年，德化、德安二县出借嘉庆二十五年及道光三年并十一、十三等年，瑞昌县出借加〔嘉〕庆二十五年暨道光二、三年同十一、十三等年籽种谷石，俱著再递缓至十五年秋后征收。南昌、新建、丰城、星子等县出借十二年、进贤县出借三年、十二年籽种折色银两，万年县十一年被水缓征钱漕，湖口、彭泽两县十一年被水缓征钱粮、余租，都昌、湖口、彭泽三县出借十一年、万年县出借十三年籽种谷石，俱著再递缓至十六年带征。南昌、新建、丰城、进贤、星子、建昌、湖口、彭泽等县出借十三年籽种谷石折色银两，都昌县出借十二县〔年〕籽种折色银两，均著再递缓至十七年秋后征还。又星子县原借未完十一、十三两年、清江县原借十三年、建昌原借十一年、德化原借三年、十一年修圩银两，均著展缓至十五年为始，仍然原限征还。俾穷黎益臻宽裕，感沐恩施，实无既极。至被水各乡，倘有沙淤压田亩，或积压深厚，人力难施，俟秋获委勘查办。坍决圩堤将来修复，应否动借银两，容再察妥情形，酌量办理。绅民捐恤银两，俟事竣照例查办。一面饬司将应给抚恤、修费、工本各银核实动放，严驰该管道府督同印委各员确切散给，务使灾民均沾实惠，事竣取造细数同被淹田亩应蠲应缓银米各确数，照例分别恭疏题报。俟钦奉谕旨，臣即敬谨誊黄，遍行晓谕，俾间阎共知，吏胥无从滋弊，以冀仰副圣主惠爱黎元、圣恩浩荡至意。仍督司道随时查察各官，如有奉行不力，〔无〕纵任胥役人等从中滋弊，即行严参究办。理合恭折具奏，伏乞皇上圣鉴。谨奏。

详请加赈并查明极贫户口应赈银数清折，恳转请各宪由

进贤县为详请加赈事。窃○县本年被水地方，业经△前县○令勘明已成六分偏灾，详奉奏请蠲缓钱漕，并查明实在乏食贫民，无分极次，普行抚恤一月折色口粮。业将应蠲应缓钱漕并散给抚恤银两各数，分别造具册结，详请宪台俯赐核转在案。兹查定例，成灾六分，极贫者加赈一月。经△△会同委员星子县侯令前赴被水各乡村逐加细查，除次贫之户不计外，实有连年被水固苦无告极贫者共计若干户，内男女大口若干口，每口应给一月赈谷三斗，计谷若干；男女小口若干口，每口应给一月赈谷一斗五升，计谷若干，共谷若干。查○县额贮常平仓谷，除清查案内未经领价购补并出借籽种及平粜外，余谷应需多备来春借粜之用。所有应需加赈谷若干，应请照例每石六钱折给银若干，于十二月内请领散放。十二月系属大建，毋庸扣除。其实因被水后逃荒外出灾民，仍先查明注册。如有闻赈

回归，照例取结，另行详办。合将查明极贫户口、应赈银数，先行开折具文，详请宪台核转。为此备由，另文具申，伏乞照样施行。须至册者。

计详送清折三扣。

南昌府进贤县为详请加赈事。遵将查明○县本年被水各乡成灾六分极贫烟户男女大小口丁、应需加赈银数开具清折，呈送查核。须至折者。

今开：

进贤县道光十四年分

六分灾极贫，共计若干户。内男女大口若干，每口折给一月加赈银一钱八分，共银若干；[男女小口若干，每口折给一月加赈银一钱八分，共银若干]男女小口若干，每口折给一月加赈银九分，共银若干。共应需加赈银若干。理合登明。

造送道光十四年奉发加赈银两、散给各乡户口各数总册文结稿

进贤为申送事。遵将○县道光十四年分被水各乡成灾六分极贫烟户男女大小口散给遇〔过〕加赈银两，开造总册，并出具印结，同里民甘结，具文申送宪台俯赐查核，转请汇题。为此备由具申，伏乞照验施行。须至申者。

计申送印结七本、监放结七本、里民甘结七本、清册七本。

江西南昌府进贤县为钦奉上谕事。遵将道光十四年分○县被水各乡成灾六分极贫烟户男妇大小丁口、散给过加赈银两各数，开具总册，呈送查核。须至册者。

今开：

道光十四年分

进贤县

查明共计乏食极贫烟户若干户。内：

男女大口若干口，每口给谷三斗，共应给谷若干。每石折银六钱，共折给银若干。

空白（留写数目多字）

男女小口若干口，每小口给谷一斗五升，共应给谷若干。每石折银六钱，共折给银若干。

空白（同前）

以上男女大小统共若干口，应给谷若干。每石折银六钱，共折给银若干。

归仁乡

极贫烟户若干口。男女大口若干口，每大口给谷三斗，共给谷若干。

男女小口若干，每小口给谷一斗五升，共给谷若干。每石折银六钱，共折给银若干。

以下各县仿此。

江西南昌府进贤县，今于

与印结为钦奉上谕事。实结得道光十四年分○县各乡实在极贫烟户若干户，内男女大口若干口，每大口给谷三斗，共应给谷若干，每石折银六钱，共折给加赈银若干；男女小

口若干口，每小口给谷一斗五升，共应给谷若干，每石折银六钱，共折给加赈银若干。共计大小若干口，应给谷若干，共折给银若干。委系照数散讫，并无浮冒。合具印结是实。

江西南康府星子县，今于

与记结为钦奉上谕事。实结得道光十四年分，△△奉委监放进贤县被水各乡加赈银两，实在极贫民烟户若干内云云，照前全叙至。并无浮冒，不敢扶捏。印结是实。

具甘结。进贤县里民某△/△△今于

甘结为钦奉上谕事。结得道光十四年分民等被水各乡奉查明实在极贫烟户若干，内云云，照前全叙至。并无浮冒。所具甘结是实。

造具道光十四年分散给抚恤/加赈各乡被水乏〔食〕贫民、极贫男女大小花名散册稿

进贤县为遵札申送事。案奉署布政使司札开，案查江西各属道光十四年被水乏食贫民，散给抚恤一月折色口粮并加赈银两，例应造具总册结，送司汇案报销等因到县。奉此遵查〇县道光十四年分散给加赈银两报销总册及印委各结，业经〇前署县章令造送在案。缘奉前因，理合造具抚恤加赈花名散册各七本，具文申送宪台，俯赐核转，为此云云。

计申送抚恤花名散册七本、加赈花名散册七本。

江西南昌府进贤县为钦奉上谕事。遵将道光十四年〇县各乡被水地方奉发抚恤、加赈银两，实在乏食贫民男女大小，一并开具花名散册，呈送查核。须至册者。

今开：

进贤县

道光十四年分

某△某△乡各地方内，共计实在乏食贫民/极贫乏食烟户若干。内：

男女大口若干口，每大口给谷三斗，共应给谷若干。每石折银六钱，共折给银若干。

男女小口若干口，每小口给谷一斗五升，共应给谷若干。每石折银六钱，共折给银若干。

以上女男大小统共若干口，应给谷若干，共折给银若干。

归仁乡

某村某图各地方，共若干户。内：

某都

某△名等共若干户，大口若干口，小口若干口，给谷若干，折银若干。

以上男女大口若干口，每大口给谷三斗，共给谷若干。

男女小口若干口，每小口给谷一斗五升，共给谷若干。每石折银六钱，共折银若干。

长清县倡办义仓有关文稿

清道光年刻本

（清）舒化民 辑

张永江 点校

长清县倡办义仓有关稿

（按：题为原中国科学院历史研究所第三所图书馆所拟）

倡捐义仓谷告示（道光七年六月）

为劝捐义仓事。照得丰年不能屡邀，积储总宜豫讲。清邑地瘠民贫，素无蓄积。一遇灾歉，即民不堪命。蓄积何在，莫过于常平、社、义诸仓。然常社之谷藏于官，不若义仓之谷藏于民，其缓急取携为尤便。本年天赐丰穰，大有秋成，为数年来所仅见。趁此民和年丰，讲求积贮，实力劝捐，较常年尤易为力。本县于春间曾经出示晓谕，拟于麦秋后会同绅民商办此举，并令每保豫举首事数名报县，至今亦无举报者。因思各里保耆，其中多老成公正之人，即可招请商办。查秋季牌甲循环换册，定限于八月初一日，各庄庄长将所存循册挨户查核一遍，有增减者填注，有遗漏者补入，限七月二十以前送交保耆。保耆将册催齐，限二十五日以前送县。八月初一日，本县仍于大堂治酒相款，换给环册，并将劝捐义仓谷簿，每保散给一本。该保耆或邀请各保绅士商议劝捐，或督同各庄庄长分路劝捐，自百十石以至三五斗不等，齐心踊跃，量力输将，不必拘定多寡，何至扰累民间？至庄长中或有品行不能服众，及老实不能办事者，该保耆务须查明禀请更换。即于换册时缴销执照，另报接充。庶于办理义仓，免致贻误。查本境四十四保，本县即拟先捐谷四百四十石为之倡，分与各保，均匀存贮。每保择于适中处所建仓。其或该保内村庄无多，捐谷有限，或与挨连两保三保并建一仓，亦可听从民便。每仓选择公正殷实董事数人，司其出纳，听民出借，秋后还仓，不必官为经理。有抗欠者，赴县呈追。如此经理得宜，纵偶遇灾荒，穷黎可免失所矣。至于善后事宜，一俟捐有成数，自当另有章程。本县前任费县时，倡捐义仓谷三千六百余石，分作八仓存贮，俱听绅民自便，并无窒碍难行。业今定有章程，刻石垂久，详明上宪立案。自十石以上者，给予花红；三十石以上者，给予匾额；五十石以上者，详请上宪给匾；三百石以上者，详请咨部，分别给予议叙。历经办有成案。尔各保保耆，会同绅士商民，务宜踊跃从事，襄成盛举。趁此丰年，不可辜负。各保耆首事，倘有商议事件，本县不惮接见面商，以期办理妥协。须知本县为尔百姓计身家、虑久远起见，并不肯以爱氏〔民〕者累民也。幸勿观望。须至告示者。

刻刷六百张，传各保约地面谕给发。

催各保耆送义仓谷捐簿谕（九月）

谕各保耆知悉：本县劝捐义仓谷石，已于八月初一日发出捐簿。嗣定于九月二十日汇齐捐簿，查核总数，以便建仓收谷。昨据安保保耆王锡耿等业已劝该保捐谷一百五十石，马北保保耆陈兰亭等已劝该保捐谷一百二十余石早将捐簿送县。具见保耆办事认真，里中悦服者众，洵堪嘉尚。容俟催齐仓谷，给予奖励。其余各处捐簿，俱未送到。在各保耆现在劝捐尚未齐全者固多，而因循观望，全未办理者亦不少。兹再差帖面催一次，并展期十日，务于九月三十日以前，各保耆无论劝捐多寡有无，将各捐簿送署面交。有实系不能办理者，亦将所以不能办理缘由具禀，以便本县另举首事劝捐。其现在已写而未齐全者，总尽月内写齐。帖至，即于各人名下自注何日交簿。切勿迟延。此谕。

计开：

东、南、西、北乡保耆各姓名，即于各人名下自注何日交簿。

催各保立仓谕（十一月）

为设仓收谷事。照得本县倡捐义谷，据各保耆汇送捐簿，已写得谷三千余石，具见劝捐者认真，捐者踊跃，洵堪嘉尚。容俟收谷完竣，自当分别给匾奖励。惟捐谷将次齐全，设仓自不容缓。兹定于一百石及七八十石以上者，各在本保安仓。其仅三四十石者，为数既少，则合并两保三保以成一仓。仓既分设，庶交谷可以就便。但思仓廒一事，创建既需时日，筹费亦非容易。倘本里殷实之家有空宅闲房，情愿捐作义仓者，系属义举，本县定当酌给奖励，并将其名姓首列于碑。如无愿捐者，即于该保适中公所或庙内闲房，择其紧固者，略为修补，亦可成仓，即令住持看管，酌给工食，亦可经久。本县所捐仓谷四百四十石，酌定每保各贮十石。有两保三保并一仓者，分贮二三十石。每石照时值发价京钱三千，先将钱文发交首事，代为采买。如粘补仓屋及铺垫席片等用无可筹费，即可先将此钱撙节支用，作正开销，余者买谷。如此办理，庶立仓可期迅速，即可示期收谷矣。各保耆首事务于三日内来县面领谷价，作速办理，切勿迟延。此谕。

义仓谷禀稿（十二月）

敬禀者：窃惟仓储充盈，有备无患，原所以重积贮而防凶荒也。东省州县，常、社二仓，自嘉庆十九年办理清查以后，虽历经买补，尚未足额。而济属则为协济兵糈，更多动缺一空。每遇水旱偏灾，往往无可籴借。如卑县上年二麦被旱，因仓无存谷，禀请借放折色，此其明证。卑职自莅任后，已于上冬买补谷二千石。现又奉文采买谷一千五十五石。常平仓谷虽已日渐充裕，然典守在官，遇有灾歉之年，非经详明批准，不能动借，非若义仓谷之民捐民贮，自权出纳，为尤便也。卑职前在费县任内，体察该处民情，鲜知积贮。曾于五年秋成丰稔之后，设法劝谕，共得捐谷三千六百三十余石，分贮城乡，统计八仓。慎选殷实首事，司理出纳，春借秋还，不许吏胥经手，绅民咸以为便。卑职复将捐数较多之绅民，循例详明沂州府并兖沂道，分别酌给匾额、花红，以示奖励在案。兹查卑境地瘠民贫，素无大商，亦无大富之户。然自上秋大有，今夏二麦丰登之后，民气渐苏，迨至秋成，户有盖藏，劝捐义谷，实可乘之机会。惟事属创始，民难率信，文告榜诸通衢，始无一人应者。继经卑职首先捐谷四百四十石为之倡，并谆切开导，晓谕再三，始据各里绅民，咸知民捐民贮，出纳可以便民，以本里之蓄，济本里之饥，乘丰年之赢，救歉秋之乏，无不欣然乐从，踊跃捐输。现已写有捐谷三千余石，约尚可再写数百石。除俟捐写完竣，仍拟酌定条规，在于各乡适中之处，分设义仓，谕令各举殷实首事，司其出纳，毋许吏役经手滋弊，并将捐谷较多之户，另请奖励外，所有卑县劝捐义仓谷已有成数，拟仍分乡存贮缘由，理合禀报鉴核。肃此具禀，恭请福安。

义仓谷分贮各仓并请免入交代禀（八年二月）

敬禀者：窃前因卑境地瘠民贫，劝捐义仓谷石，以为歉岁之备。随于上年秋成之后，剀切劝谕，并先捐谷为倡。旋据各里绅民捐写谷三千余石，约俟捐写完竣，酌拟条规，分仓存贮，选择殷实首事经理，毋许吏役经手滋弊缘由，经卑职详细禀明宪鉴在案。自具禀后，复督率各里耆老，劝谕绅民，续捐写谷二百余石，连前共捐谷三千二百六十三石三斗。实系出自绅民乐输，查无派累情弊。此卑县先后劝捐义谷之数目情形也。惟谷非一里写捐，仓难归并存贮，自应各就所捐里分，就近安仓，俾出纳既易，小民在所乐从。卑职随选择首事，各就附近地方，修盖仓屋。其或一时骤难修盖者，即公同商借庙舍闲房暂行收贮，俟有余力再捐置义仓，用成善举，而便综核。兹据四乡，各就附近分设五十仓。其已经盖屋者，业已盘入新厫。其尚未盖仓者，或系闲房庙舍，俱由各里首事和衷借备，门窗结实，铺垫高厚，现已将谷次第收竣。卑职勘验无异，当议条规，分发遵照。春借秋还，听民自便。所选首事，俱系殷实老成，吏役人等咸不经理。此卑职劝捐义谷，分仓存贮之现办情形也。除将捐谷较多之户造具名数清册，循例另行详请奖励外，所有义仓坐落处所，及卑职所议条规是否允协，理合缮册禀呈，鉴核示遵。再现捐谷石，系民捐民贮，应请免入交代，合并附陈。肃此具禀，恭请福安。

酌拟义仓条例

计开：

一、首事须慎选公正，专责成也。

义仓藏在民间，不准吏胥经手，务须慎选首事。此番劝捐，各保耆之力居多，然保耆年多高迈，未便偏劳照管。每保须择殷实老成首事二三人，与保耆同司出纳。一切须和衷商议，不可挟一私心，不可存一偏见。该首事等要知此事原为地方生灵起见，如能经理得宜，纵遇凶荒，穷黎之全活者不少，该首事等便有无穷阴骘。公正绅士毋庸一味退缩，以致好事者插入，败坏公事。如或原首事众论不协，或另有事故，则公举接手者更换，不得把持。

一、首事须自爱身名，杜干谒也。

义仓首事，专司仓务，一切词讼无关己者，不得干预。保耆首事等因义仓公事而来，官无不以礼接见，藉以周咨民隐，俾得尽达其情。倘或因假以词色，遂谓熟识衙门，牵涉他事，又或假公济私，欺压乡曲，一经识破，立予退黜，转伤颜面。

一、出纳须报县查核，防侵蚀也。

义仓虽民间经理，亦须官总其成。每年春间放谷，首事先期赴县，报明何日开仓。出放后，须将存仓谷若干、现放出谷若干，并各借户姓名，造具清册，送县查核。秋间收谷，亦将各借户所还之谷，实收本谷若干、息谷若干、总共存谷若干，造册送县查核存案。

一、收放须限定时日，免守候也。

首事经理义仓，皆系洁己奉公，收放若不限以时日，则守候维艰。放谷定三月初旬，开仓以五日为止。收谷定九月下旬，开仓亦以五日为止。该首事先期半月，贴字通知。

一、出借须通盘筹算，示均平也。

放期既定，首事须通盘打算，存仓谷共有若干，某某庄可借谷若干，与各庄长计议定局。该庄长查明本庄借户是否有地，保人是否殷实。其应借户写借帖，保人亲画押，汇齐开一总单。庄长、保人亲送首事查核登簿。首事给与义仓图书发票，即使借户不到，庄长领同保人可以届期照票领谷。领回后照单分给。各户仍将借户姓名某某、借谷若干、某某借谷若干，开写清单，贴于本庄庙首，俾神人共鉴，以杜包揽侵吞。

一、还仓须庄牌汇总，便收纳也。

出借既须庄长、保人总领，秋后还谷，亦应须庄长或同牌长汇齐归仓，不准零星出纳，以免首事人稽候。违者除追还外，次年不准再借。

一、生息须择人借放，防冒滥也。

义谷出借，统限加一生息。息谷不多，愿借者自众。但须择有地力者借给，或地在五亩以上十亩以下者，许借三斗五斗。此在各首事人临时秉公计议。若游手好闲，不务正业之徒，概不准借。

一、借领须认保包赔，惧通逃也。

借谷者须觅殷实保人，届期借户未还，展限半月，着保人追缴，自行送仓。若复逾限，着保人代赔。其有保人不追不赔者，许首事人呈明，官惟保人是问。该欠户次年不准再借。

一、还谷酌年景分数，恤困穷也。

春借秋还，是义仓定例。然或秋成实系歉收，则穷黎未免拮据。自应格外体恤，准其免息还本。歉甚，或缓至来年麦秋时还仓。首事赴县据实呈明办理。其他保或年岁稍稔者，仍照常收纳，不得藉口揸延。

一、生监不须借给，杜抗延也。

义仓原为周济贫民，秀才身列胶庠，即贫士亦可以教读，非贫民之专靠种地，自食其力者可比。若力能捐监，自系家道殷实矣。其中或有年老残废，实系艰苦，亦止准其子侄之成丁者出名借谷。诚恐有不肖衣衿，恃符抗欠，不可不防其渐。

一、妇女不须借给，全颜面也。

穷嫠寡妇，原系无告穷民，未尝不当借谷。但恐有仗恃妇人，撒泼强借，致滋事端。应禁一切妇女，不许至义仓公所借谷。其或实系无子寡妇，亦止准其亲属出名领借，仍须觅妥保，一律办理。

一、丰年须量力续捐，广储积也。

义仓捐谷，原以丰备歉。若果连年丰稔，首事人何妨随时酌量呈请，续行劝捐，官与首事商同办理。如捐有成数，交仓后连前共谷若干，仍开清册，报县存案。盖愈积愈多，偶遇歉年，出借亦略能周遍，穷黎受惠不少。若时势难行，或众议可缓，即毋庸勉强办理。

一、荒年须尽数放账〔赈〕，救灾殃也。

义仓之设，所以备救荒之用也。其每岁散放，仅取薄息，亦无非推陈出新，铢积寸累，为荒年计。倘或天灾流行，饥馑荐臻，室如悬磬，野无青草，此时之民，鬻子卖妻，流离失所，官廪尚仰主仁，义仓能无接济？该首事等即当及时赴县禀请，将仓谷尽行散放，或给米或煮粥，官与首事人妥为办理，务使穷黎均沾实惠。一邑中能救活千百人，即可了此一番心愿。盖至是而贫富贤愚，当无不知义仓之为利溥矣。既知义仓之为利甚溥，则丰年从新劝捐，复有何难？

一、出入须秉公持正，息纷争也。

各乡斗斛不同，须以现在收谷较准官斗为准。放谷还谷，升斗一样平量，不准多收低放。还谷者不准糠秕搀杂，收谷者不得故意挑驳。

一、开销须撙节核实，戒浮靡也。

首事经理，固属洁己奉公，然亦自有零星用度，岂能令其赔累？如粘补仓廒，以及雇工饭食等项，准于息谷项下开除。些微鼠耗，亦准注明开销。务须诸事撙节，不准浮滥。每岁冬底，首事将本年出入谷数、用数，详悉登簿，送县查核，仍发回收执。

一、刁徒须禀官究惩，禁阻扰也。

经管义仓，既有首事，一保之中，便当听首事秉公商办。倘市井无赖之徒，敢有凭空阻扰，或强借多借，不遵公议者，许首事公禀，从重究处，以惩刁风。

一、盗贼须协力巡防，谨盖藏也。

各保义仓，多在庙宇公所，或民间闲宅，有监守者，自当照管。然附近居民，亦须协力巡防。该民人等须知，此仓系尔等荒年藉以活命之资，大家爱护，挨户支更，尤宜加意。倘非收放之时，敢有私行开仓，将义谷枭出者，该民人等确有见闻，即行告官究办。官因公下乡，经过义仓处所，亦随时查验。

以上各条，系大概章程。该首事等务须体倡，始者绸缪未雨之心，实心实力奉行，自然人沾实惠。如果办理三年妥协，县官量为奖励。倘或经理不善，辄成讼端，则中平年岁，毋宁存仓不动，尚不致以便民之端，成累民之举。至于善后事宜，尤在随时变通，斟酌尽善。倘后之主持其事者，复有良法美意以补诸条规之所不及，则不胜翘祷。

长清县义仓谷分贮四乡各仓总目并首事姓名开后

东乡

安保仓：收谷一百五十九石二斗。贮长城寺宅。

保耆：王锡耿、郑泰。首事：李大成、张兴业、王介安、潘士福。

丰保仓：收谷一百五十二石二斗。贮衮家庄张宅。

保耆：张珠、张国训。首事：刘子明、王应孚、张献廷。

硕保仓：收谷一百一十一石八斗。贮石店北庙。

保耆：葛占鳌、王大伦。首事：宋永宁、尹宏昌、岳斌、岳文靖、王树昌。

时保南北仓。收谷一百石二斗。

南牌：谷七十二石。贮古城陈宅。

北牌：谷二十八石二斗。贮金庄庙宅。

南牌保耆：张文成。首事：陈秉礼、邱景文。

北牌保耆：李玉初。首事：谢仁圃、金喜。

戴保仓：收谷六十一石二斗。贮王家庄王宅。

保耆：张方、李坦。首事：刘应选、段保合、王崇功、王崇基。

崮保仓：收谷六十石。贮崮山张宅。

保耆：张绍曾、张淑文。首事：王维翰。

辛屯仓：收谷五十六石九斗。贮张官庄潘宅。

保耆：赵淑礼、李忠选。首事：潘作干、董珍、朱业建、赵得孟。

耿东仓：收谷五十四石。贮罗而庄周宅。

保耆：赵洛。首事：孟式古、周光玉、张殿元、周文振、薛嘉祥。

青保仓：收谷四十五石二斗。贮张夏何宅。

保耆：王文诏、翟善修。首事：任国兰、陈自正。

耿西仓：收谷三十三石。贮三里庄王宅。

保耆：王盛来、吕天枢。首事：王家彦、李继修。

坊东仓：收谷三十石一斗。贮庞庄宋宅。

保耆：乔廷栋、宋荆玉。首事：冯允中、孙丙建、邢大亮。

以上东乡义仓十二所，共贮谷八百六十三石八斗。

南乡

下保^{南中}仓：收谷二百六十石九斗。

南牌：谷一百四十一石五斗。贮檀山胡家庄胡宅。

中牌：谷一百一十九石四斗。贮下巴朱家庄祠。

保耆：朱学能。

南牌首事：胡思连、张好勤、宋泮、刘文远。

中牌首事：郭绣章、赵圣阶、郭金锡、朱善珩、朱学义。

赵保^{南北}仓：收谷一百三十二石。

北牌：谷九十石。贮赵官镇天齐庙宅。

南牌：谷四十二石。贮南方寺李宅。

北牌保耆：李继昌。首事：李成霖、张思逊、刘炎午。

南牌保耆：李有吉。首事：孟继诗、李新来、李楠。

马北^{东西}仓：收谷一百三十一石。

东牌：谷六十七石。贮陈宅。

西牌：谷六十四石。贮芯村铺张宅。

东牌保耆：陈兰亭。首事：董延龄、李殿龙、王凤栖、陈凤鸣。

西牌保耆：石洪坡。首事：邢得明、卢续传。

褚保仓：收谷九十四石。贮尹家庄尹宅。

保耆：尹洪璞、郑部天。首事：王文澄、董介清。

马南^{东西}仓：收谷八十七石。

东峪：谷四十九石九斗。贮刘家庄刘宅。

西峪：谷三十七石一斗。贮马山寺宅。

东峪保耆：刘林。首事：刘兹、刘百合。

西峪保耆：段义谦。首事：王廷佑、张好德。

杜保仓：收谷七十七石。贮杨家庄杜宅。

保耆：于廷现。首事：张兆凤、杜加隆、徐世昌、杜朗。

吴卢保仓：收谷六十六石二斗。贮十里铺赵宅。

保耆：赵淑泗、孟次元。首事：刘国祥、孙万清、刘国玺。

归保仓：收谷五十四石八斗。贮刘官庄观音堂。

保耆：高振堂、赵大起。首事：刘尊三、马景元、路经邦。

贺保仓：收谷五十三石。贮国家庄国宅。

保耆：国良栋、张景。首事：刘文吉、国乐。

正屯仓：收谷三十石。贮于家庄兴福寺宅。

保耆：李献隆、武凤鸣。首事：焦宗尧、庄抡元。

以上南乡义仓十四所，共贮谷九百八十八石九斗。

西乡

尚保仓：收谷九十一石。贮索家庄索宅。

保耆：索捷文、郑兴立。首事：董清太、苏竭庭、郑坦、张立直。

仁保仓：收谷七十七石七斗。贮野雀窝庙宅。

保耆：王承翰、赵彦。首事：高存、龚林、周才魁、周才奇。

潘保东西仓：收谷六十九石三斗。

东牌：谷二十一石。贮刘雾庄王宅。

西牌：谷四十八石三斗。贮潘家店张宅。

保耆：闫明普、王西绪。首事：张永孚、张永慕、杨永吉、孙学武。

吕保仓：收谷六十四石八斗。贮朱家庄朱宅。

保耆：萧允和、黄乔。首事：邢通、刘松凤、朱美章。

潘西仓：收谷五十三石。贮辛店屯王宅。

保耆：王子元。首事：王嘉柱、辛天绪、张元贞、任得全。

薄保仓：收谷五十石九斗。贮傅官屯袁宅。

保耆：傅本夏、袁洪谟。首事：孔继贞、邵忠。

相保仓：收谷四十七石一斗。贮李家庄李宅。

保耆：李曰武、司志堂。首事：房兴安、房宗孟。

辛兴仓：收谷四十一石。贮孔家庄孔宅。

保耆：孔传运。首事：李士贞、张如元、孔继杰。

坊西仓：收谷三十八石九斗。贮庞庄李宅。

保耆：郑怀玉。首事：李元廷、司善经、郑二南、李之楷、李向荣。

辛店仓：收谷三十石五斗。贮臧家庄臧宅。

保耆：闫海。首事：刘之楷、臧星业。

潘东仓：收谷三十石。贮药王庙张宅。

保耆：张信、刘大山。首事：张瑾、宗辉五。

以上西乡义仓十二所，共贮谷五百九十四石二斗。

北乡

王东^东^西仓：收谷二百一十八石九斗。

西牌：谷一百二十五石九斗。贮于家庄于宅。

东牌：谷九十三石。贮田家庄胡宅。

西牌保耆：刘濯之。首事：潘藻、张伍悦、梁材、于夔龙。

东牌保耆：胡明。首事：刘楹、胡嘉乐、刘好玉、李清也。

中保仓：收谷一百二十二石四斗。贮王府庄高宅。

保耆：张如金、夏永宁。首事：赵天池、郭凤诰、王永和、卢占奎。

李南仓：收谷七十四石四斗。贮孙家庄李宅。

保耆：孙兴泽、李盛笃。首事：李殿扬、杨乾元。

王南仓：收谷六十九石八斗。贮南张家庄庙宅。

保耆：叶永泽、宋志爵。首事：吴绍舜、王哲。

季北仓：收谷六十五石。贮季家坊季宅。

保耆：陈得昌。首事：路长宁、季洪藻、季洪训、李馥亭。

莒保仓：收谷六十石。贮何家庄何宅。

保耆：张玉、郝景尧。首事：何福全。

正保仓：收谷五十八石四斗。贮孔光庄孔宅。

保耆：刘孟东、郑思文。首事：孔广烈。

郭保仓：收谷五十五石。贮中店铺庙宅。

保耆：赵立成、邱楚三。首事：张梦龙、张梦箕、胡文斓。

郭屯仓：收谷四十三石。贮马店陈宅。

保耆：陈朋仓、冯志顺。首事：潘凤来、韩兴仁。

莒屯仓：收谷二十七石五斗。贮藤槐屯范宅。

保耆：范思振。首事：于大恺。

下屯仓：收谷二十五石。贮南店庙宅。

保耆：张普。首事：顾勤修、刘保中、席辉廷。

以上北乡义仓十二所，共收谷八百一十九石四斗。

四乡义仓五十所〔大〕，共贮谷三千二百六十三石三斗。

长清县今将义仓捐谷较多，自五十石至一百石以上者，照例详清上宪给匾奖励。三十石以上者，由县给匾奖励。十石以上者，由县给花红奖励。所有分别奖励姓名附载于后。

计开：

五品封典金铭（历城人，有地坐落长清）、文生曹振东，各捐谷一百石。

州同朱统、贡生陈锡文、监生高云占、监生杨乾元（齐河人，有地坐落长清）各捐谷五十石。

以上六名，蒙爵抚部院琦批准，给予乐善好施匾额。

举人孟毓兰、监生宋伦，各捐谷三十石。

以上二名，由县给予惠周桑梓匾额。

训导张汝勖、监生王嘉柱、文童季洪藻，各捐谷二十石。

武举高飞鹏、监生孔广烈，各捐谷十五石。

监生路殿邦、文生林春晓、监生国家桢、监生胡丁隆，各捐谷十二石。

从九品国良栋、监生王泰，各捐谷十一石。

藩经历段作桢、州同张立坤、千总常凤来、文生郝榆龄、监生王治礼、监生李大成、监生孟式古、监生郑坦、耆民郭绣章，各捐谷十石。

以上二十名，由县结〔给〕予花红奖励。

劝捐义仓谷记

积贮者，生民之大命也。汉之常平，尚矣。隋长孙平奏请，令诸州百姓及军人劝课当社，共立义仓。法良意美，后世之社仓因之善。夫致堂胡氏之言曰：赈饥莫要乎近其人。隋义仓取之民不厚，而置仓于社，饥民得食。诚以藏谷于官，不如藏谷于民，专贮于城，不若分贮于乡之为尤便也。丙戌夏五，予从颛臾量移来兹。其时奉宪檄赈荒，散口粮，放籽粒，招复流离，逾月始竣。幸秋来转歉为丰，岁乃顺成。越明年，麦秋称有年，至秋成，则大有告登。父老曰：此十数年来所仅见也。予曰：丰年诚难得，若往者连岁荒歉，遍野饥鸿，疮痍不犹在目乎？际此民和岁稔，自当未雨绸缪，讲求积贮，为有备无患计也。爰集同寅暨诸绅士、保耆商，愿首先捐谷四百四十石为倡。于是保耆、首事各分乡社劝捐。嗣据陆续报捐，得谷三千二百余石。诸董事者咸请于各保建仓，予允所请，乃将捐谷每仓分贮十石，赞府赵君亦将捐谷二十石分贮长城、张夏两仓。自是捐户输粟无后期者，而义仓以成。予惟义仓之设，藏之于乡，守之于民，而所以主持之者，则在乎官与首事之悉心筹画，乃可经久而垂远。昔人谓朱子社仓，因受其事者有刘如愚共任赈贷，是以无弊。其始也，请常平米六百石耳。加二计息，逐年敛散。越十有四年，得息米造成仓廒。以原数六百石还府，余米三千一百石以为社仓。此十四年中，少歉则蠲其息之半，大饥则尽蠲之，而犹积谷如是之多。非官与民实心实力，相与维持，而能若是哉？夫事固难于谋始，而尤莫难于图终。清邑地土硗瘠，差繁赋重，无大富大商可以慷慨集事也。穷村僻壤，诸保耆剀切宣导，细大不遗，乃得以成斯举。然则思其艰，以图其易，当何如慎重乎？所冀董事诸君，秉公持正，和衷商确，毋挟私见害公，致取疑于上，而上之主持者，不以小过苛求，不以虚文拘束，非系侵蠹害事，一概予以矜全。则在乡者，犹之乎在城，在民者，犹之乎在官，官民一体，上下皆有嘉德而无违心，庶几可维系于不坏欤？爰酌定条规，并书颠末以质后之君子。

道光八年戊子仲夏月，知长清县事舒化民记

长清县为清厘义仓酌增条规请示

道光十四年二月十八日，蒙济南府札，蒙布政司札转，蒙巡抚部院钟批。据长清县知县舒化民禀清厘义仓谷数并酌增条规请示缘由，蒙批：查该县设立义仓，著有成效，现复议增条规，益臻周妥，所办甚好。仰布政司即饬督率董事诸人，妥善经理，垂诸久远。仍通饬各属，如能仿照举行，亦各尽心筹办，以裕民食。缴禀抄发，条规存等因到司。蒙此合行转饬等因到府。蒙此除饬各州、县、卫知照外，合行转饬。札到该县，立即督率董事诸人，妥善经理，垂诸久远，毋得违延。速速。此札。蒙此合行刊刷，饬发各仓保耆、首事遵照，妥善经理，以垂久远。毋违。道光十四年二月。

禀

敬禀者：窃卑职于道光八年前任长清县时，倡捐义仓五十所，共积谷三千二百六十余石。酌拟条规，责成保耆、首事经理，业已详明。宪台批准，饬遵在案。惟规模甫定，九年正月卑职即乞病归里，嗣丁忧服阕。本年六月重任长清，复加顿整，虽经理之贤否不齐，仓廪之盈绌亦异。幸雨旸时若，岁稔民和，竭力清厘，各里积谷乃得次第还仓。查核各保送到谷册，有经理妥善者，息谷已增倍余。其次收存未动者，本年亦皆出借纳息。间有亏损一二，亦已勒令弥补。卑职亲诣各仓，通盘查验，除本谷外，得息谷一千四百余石，共收得谷四千七百石有奇。谷于是全数归仓。因思善后之法，首贵任用得人，而能否之分，尤在随时甄别。爰于各保耆、首事中，择其老诚公正而能事者，分别奖励之。有诚实安妥者仍之。有聋聩事故者，则选贤而更易之。至于前定规条，已具大概。兹复添赘数则，或于前之未备者，增补而附益，或于前之窒碍者，斟酌而变通。要使董事诸人，相与和衷商榷，随时随地妥善经营，俾各里各仓可以垂诸久远，庶不负宪台为各州县筹备仓储之至意。理合将重厘义仓、酌增规条缘由禀报鉴核。是否有当，伏乞训示。恭请崇安。

酌增义仓条规

一、义仓谷无论丰歉，宜年年出借也。查青黄未接，即届丰年，民无不倍息称贷。义仓谷仅取一二分息，民间无不乐借者。前条例谓谷以备荒，若年岁稍丰，便可存仓不动，不过恐以出入累民。现在各保管理仓谷出借者，实能接济贫民，久存者不免挪移滋弊。是盘查之意，实已隐寓于出纳之中。而且息谷与年俱增，领借者亦可由渐而遍，一举数善，经理者切勿惮烦。

一、仓所已有定数，不准零散分存也。分仓原以便民，近来五七村庄，或分存二三十石便算一仓，过于图便，转涉零细，殊不成体。况经理人多，难得尽善。首事各存意见，即不侵渔，亦易散失。查各保希冀分存，多缘仓所未定，以致互相推诿，图便己私。嗣后如息谷渐多，准其动槖，于公所修仓，庶可一劳永逸。

一、出借仓谷，宜各庄普及，毋令偏枯遗漏也。查各仓谷册，有一里数十庄，仅十数庄借谷者；有一里十数庄，仅数庄借谷者，殊不足以示公平。嗣后一保中，除不愿借者听其自便外，凡有曾经捐谷村庄，俱准领借。

一、出借仓谷，宜酌村庄大小贫富，以示均平也。哀多益寡，酌盈剂虚之义，在临时斟酌办理，不能预设成局。近闻各庄借谷，有争多竞少者，首事不能裁处，遂查照该庄原捐谷若干，亦准借若干。究届拘泥，非哀益通融之道。然事必不得已，亦平争之一法也。

一、各庄还谷，宜欠户、保人互相催缴也。借谷还谷，责成庄长、保人，本届旧例。乃欠户疲玩，故意拖延，以致首事禀欠，官票差催，首事守候需时，未免劳而受累。嗣后每庄借谷还谷，除仍责成庄长、保人催偿外，各欠户俱令一体查催。如有一户不还，该庄明年概不准借。如此不惟保人认真，即各借户亦自相催紧矣。

一、出借生息，宜察秋成分数，亦宜随各保情形也。加一生息，系属旧例。查现在各里收息，自一分以至二分、三分不等，则又自为其例。但果与地相宜，于民称便，多取寡取，原不必官为限制。然既为接济穷黎起见，三分未免过多。丰年二分，稍歉一分，自较平妥。嗣后各里首事，仍照旧察看情形，酌量时势，以定息谷。先期议定，贴字通知，不必来城请示，务须通变宜民。

一、出入仓谷，宜用官斗，以昭划一也。乡间升斗大小不齐，出纳易启参差。此次每仓制官斗一具，标发交各仓首事存用。以后如有损坏，准经理人照式另制备用，不必呈请再发。

一、各保保耆、首事，宜随时旌别也。经理义仓一事，贤否最易分别，非公正不能服众，非和平不能息争。每年出借收仓，有条有理，安静无事，及早送册，不问而知经理之得宜。每年出借、收仓，迟延推诿，屡滋讼端，不问而知经理之未善。即此事以定人品，各里首事平日之贤否，如指诸掌矣。贤能者分别予以奖励，不善者退黜，另选老成。则中平才力，亦自谨慎小心，有所劝惩观感，而不至坏公。此鼓舞振作之权，又在用人者之随时留心也。

长清县义仓分贮各仓谷数并首事姓名开后

东乡

安保仓：原谷一百五十九石二斗，增息谷二百五十六石六斗，实收谷四百一十五石八斗。贮万德新仓。

保耆：王锡耿、郑泰。首事：李大成、王介安。

丰保仓：原谷一百五十二石二斗，增息谷一百四十七石八斗，实收谷三百石。贮袁家庄。

保耆：张珠。首事：刘子明、刘珠、夏禄、刘士伦、张悦来。

硕保仓：原谷一百一十一石八斗，增息谷一百八十八石七斗，实收谷三百石五斗。贮石店北庙。

保耆：王大伦。首事：岳邲、岳文靖、尹鸿昌、王见隆。

时保南北仓：原谷一百石二斗，增息谷一十四石八斗。

南牌：谷七十二石，实收谷七十七石。贮古城王宅。

北牌：谷二十八石二斗，实收谷三十八石。贮大金庄真武庙。

南牌保耆：张文成。首事：陈丙达、刘希仁、邱景珠、王淑深。

北牌保耆：李玉初。首事：谢仁圃、金喜、阎松年。

戴保仓：原谷六十一石二斗，增息谷三十七石，实收谷八十八石二斗。贮王家庄王宅。

保耆：张方、李坦。首事：王崇功、王崇基。

崮保东西仓：原谷六十石，增息谷二十二石四斗。

东牌：收谷四十五石四斗。贮崮山王宅。

西牌：收谷三十七石。贮兀子张宅。

东牌保耆：张淑文。首事：王维翰、王士凤、陆兆基。

西牌保耆：张绍曾。首事：刘德义、赵旺。

辛屯仓：原谷五十六石九斗，增息谷一十四石，实收谷七十石九斗。贮张官庄潘宅。

保耆：赵淑礼、李忠选。首事：潘作干、陈彦。

耿东仓：原谷五十四石，增息谷一十五石，实收谷六十九石三斗。贮罗而庄庙。

保耆：赵洛。首事：薛嘉祥、周文振、孟广武、周光玉。

青保仓：原谷四十五石二斗，增息谷一十三石，实收谷五十八石二斗。贮兴隆庄邢宅。

保耆：王文诏、邢德立。首事：黄元能、王志学、梁可顺。

耿西仓：原谷三十三石，实收谷三十三石。贮王家庄。

保耆：王岐凤、王盛来。首事：王保全、王克昌。

坊东仓：原谷三十石一斗，增息谷一十九石二斗，实收谷四十九石三斗。贮前兴隆庄王宅。

保耆：乔廷栋、宋荆玉。首事：冯允中、孙丙建。

以上东乡义仓原十二所，共贮谷八百六十三石八斗。今崗保仓谷分牌，共十三所，共贮本息谷一千五百八十二石六斗。

南乡

下保^{南中}仓：原谷二百六十石九斗，增息谷一十三石五斗。

上南牌：实收谷七十三石三斗。贮东赵家庄赵宅。

下南牌：实收谷五十六石一斗。贮杜家庄杜宅。

中牌：原谷一百一十九石，实收谷一百四十五石。贮前辛庄庙。

上南牌首事：胡元祥、张好勤、刘文远、宋泮。

下南牌首事：顾大本、娄从美、董新、杜文成。

中牌保耆：朱学能。首事：郭绣章、郭金锡、赵圣阶。

赵保^{南北}仓：原谷一百三十二石，增息谷三十四石三斗。

南牌：谷四十二石，实收谷五十四石五斗。贮侯家庄侯宅。

北牌：谷六十四石，实收谷一百一十一石八斗。贮赵官镇天齐庙。

南牌保耆：李新来。首事：李南、侯永常。

北牌保耆：李继昌。首事：李承霖、刘炎午、张思逊。

马北^{东西}仓：原谷一百三十一石，增息谷九十九石二斗。

东牌：谷六十七石，实收谷一百二十一石一斗。贮展家庄陈宅。

西牌：谷六十四石，实收谷一百九石一斗。贮苾村铺张宅。

东牌保耆：陈兰亭。首事：董延领、陈凤鸣。

西牌保耆：石洪坡。首事：卢续傅、邢得明。

褚保仓：原谷九十四石，增息谷三十石，实收谷一百二十四石。贮尹家庄尹宅。

保耆：尹洪璞。首事：王文澄、董介清。

马南^{东西}仓：原谷八十七石，增息谷二十七石。

东峪：谷四十九石九斗，实收谷六十三石三斗。贮小刘家庄刘宅。

西峪：谷三十七石一斗，实收谷五十石七斗。贮马山寺院。

东峪保耆：刘林。首事：刘兹、刘百合。

西峪保耆：段义谦。首事：王廷佑、张好德。

杜保^{南北}仓：原谷七十七石，增息谷二十石一斗，连新增共谷一百三十八石九斗。

南牌：谷七十七石，收谷九十七石一斗。贮张宅。

北牌：新增收谷四十一石八斗。贮大刘家庄焦宅。

南牌保耆：张宗珠。首事：张兆凤、杜嘉隆、杜朗、于国基、杜相生。

北牌保耆：焦继侃。首事：徐培元、董大义、董振北。

吴卢保仓：原谷六十六石二斗，增息谷一十三石八斗，实收谷八十石。贮十里铺赵宅。

保耆：孙万清、孟次元。首事：刘进忠、赵福常、刘振玺、朱来仪。

归保仓：原谷五十四石五斗，实收谷五十五石六斗。贮垛庄吴宅。

保耆：赵大起。首事：刘尊三、马景元、路经邦、吴凤鸣、张永栋。

贺保仓：原谷五十三石，增息谷十五石九斗，实收谷六十八石九斗。贮燕王庄铺。

保耆：国良栋、张景。首事：张继清、杨西路、周丕显。

正屯仓：原谷三十石，增息谷二十石三斗，实收谷五十石三斗。贮岳庄兴福寺。

保耆：李汝技、武凤鸣。首事：庄抢元、焦宗尧、李汝林。

以上南乡义仓原十四所，共贮谷九百八十八石九斗。今杜保新增北牌一仓，共十五所，共贮本息谷一千三百零二石六斗。

西乡

尚保仓：原谷九十一石，增息谷七十二石，实收一百六十三石。贮永安寺。

保耆：索大章、郑兴利。首事：张立直、郑坦、董清太、苏竭廷。

仁保仓：原谷七十七石七斗，增息谷七十九石五斗，实收谷一百五十七石二斗。贮野雀窝庙新仓。

保耆：赵彦、李占鳌。首事：高存、龚遴、周才魁、周才奇。

潘保^{东西}仓：原谷六十九石三斗，增息谷六十七石七斗。

东牌：谷二十一石，实收谷二十五石。贮刘雾庄王宅。

西牌：谷四十八石三斗，实收谷一百一十二石。贮潘家店杨宅。

东牌保耆：王西绪。首事：刘云鹄。

西牌首事：张永慕、张启旭、杨永吉、孙学武。

吕保^{东西}仓：原谷六十四石八斗，增息谷一十六石四斗。

东牌：谷二十六石一斗，实收谷三十三石九斗。贮朱家庄。

西牌：谷三十七石，实收谷四十七石三斗。贮朱庄朱宅。

东牌保耆：萧允和。首事：刘松凤。

西牌保耆：黄乔。首事：邢通、朱美章。

潘西仓：原谷五十三石，实收谷五十三石。〈贮〉辛店屯王宅。

保耆：王子元。首事：王嘉柱、孙天绪、任得全。

薄保仓：原谷五十石九斗，增息谷二十五石一斗，实收谷七十六石。贮傅官屯袁宅。

保耆：傅本夏、袁洪训。首事：孔继贞、邵忠。

相保仓：原谷四十七石一斗，增息谷一十四石八斗，实收谷六十一石九斗。贮李家庄李宅。

保耆：李曰武、司志唐。首事：房宗孟、房兴安。

辛兴仓：原谷四十一石，增息谷一十七石七斗，实收谷五十八石七斗。贮孔家庄孔宅。

保耆：孔继林。首事：孔继杰、李士贞。

坊西仓：原谷三十八石九斗，增息谷七石五斗，实收谷四十六石四斗。贮庞庄李宅。

保耆：郑怀玉。首事：李元廷、李向荣、李之楷。

辛店仓：原谷三十石五斗，增息谷一十六石六斗，实收谷四十七石一斗。贮翟家庄阎宅。

保耆：阎海。首事：臧兴业、刘之楷、孟继武。

潘东仓：原谷三十石，增息谷一十四石二斗，实收谷四十四石二斗。贮药王庙。

保耆：张信、刘大山。首事：宗辉五。

以上西乡义仓原十二所，共贮谷五百九十四石二斗。今仍十二所，共贮本息谷九百二十五石七斗。

北乡

王东_{东西}仓：原谷二百一十八石九斗，增息谷六十五石二斗。

东牌：谷九十三石，实收谷九十三石。贮田家庄庙。

西牌：谷一百二十五石九斗，实收谷一百九十一石一斗。贮杨家庄于宅。

东牌保耆：王在孝。首事：刘楹、胡永年、潘永淑、丁怀德。

西牌保耆：刘濯之。首事：张伍悦、梁材、于芳。

中保_{南北}仓：原谷一百二十二石四斗，增息谷二十四石五斗。

南牌：谷六十六石三斗，收谷七十八石五斗。贮郑家庄李宅。

北牌：谷五十七石七斗，收谷六十八石四斗。贮王府庄宁宅。

南牌保耆：张如金。首事：卢占奎、赵天池、李凌云。

北牌保耆：夏永宁。首事：王永和、郭凤浩、宁维锦。

季南仓：原谷七十四石四斗，实收谷七十四石四斗。贮季家寨杨宅。

保耆：苏起庄、李盛都。首事：李殿扬、杨乾元。

王南仓：原谷六十九石八斗，增息谷二十四石三斗，实收谷九十四石一斗。贮吴宅。

保耆：叶永泽。首事：吴绍舜、王元忠、曹柱。

季北仓：原谷六十五石，实收谷六十五石。贮季家坊季宅。

保耆：陈得昌。首事：路长宁、季洪藻、季洪训。

莒保仓：原谷六十石，增息谷二石四斗，实收谷六十二石四斗。贮何家庄何宅。

保耆：张玉。首事：何福全、孟召、葛化远。

正保仓：原谷五十八石四斗，增息谷二十三石三斗，实收谷八十一石七斗。贮正官庄庙宅。

保耆：郑思文、刘孟东。首事：孔光烈、黄丕能、谯正亭、刘怀全、赵凤太、王兴保、吴绍修、姬茂龄。

郭保仓：原谷五十五石，增息谷六石九斗，实收谷六十一石九斗。贮中店铺新仓。

保耆：赵立成。首事：张梦龙、张梦箕、朱兰芳、胡延寿。

郭屯仓：原谷四十三石，增息谷六石四斗，实收谷四十九石四斗。贮马家店陈宅。

首事：赵庆、潘凤来、韩兴仁、陈永太。

莒屯仓：原谷二十七石五斗，增息谷二石五斗，实收谷三十石。贮冷家庄王宅。

保耆：王克光。首事：于大恺、于勤修。

下屯仓：原谷二十五石，增息谷七石，实收谷三十二石。贮张家庄张宅。

保耆：张秉辰。首事：席辉亭、张秉睿、郭杰、张汝霖。

以上北乡义仓原十二所，共贮谷八百一十九石四斗。今中保仓谷分牌，共十三所，共贮本息谷九百八十一石九斗。

四乡义仓五十六所，共贮谷四千七百九十二石八斗。

义仓全案

清道光十八年刻本

（清）鹿泽长　辑

张永江　点校

义 仓 全 案

　　江西巡抚臣裕泰跪奏为吉安府城捐办义仓告竣，恭恳天恩，俯准将捐赀出力各官绅士民分别甄叙，以昭激劝，仰祈圣鉴事。窃照义仓之设，原与常、社二仓相辅而行，最为备荒善政，全在平日先事绸缪，庶几临时缓急有济。江西地方幅员辽阔，户口滋蕃，偶遇收成歉薄，民食动形匮乏。是积贮一事，尤为当务之急。臣于上年到任后，即与藩司体察情形，悉心讲求，并谆饬各属广为劝捐，妥协筹办，务期得收实效，以资储备。兹据藩司花杰详据吉安知府鹿泽长详称，遵奉谕饬，督同署庐陵县知县王楷等，于该府城内相度基址，建立义仓，选举首事，分乡劝捐。遴委前署庐陵县训导廖寅宾总理其事，在郡差委已补峡江县县丞葛忠谟协同督办。现据各首事先后劝捐，共收钱七万三千串，收谷八千石。每钱一千、每谷一石均作银一两核算，共计银八万一千两。建立仓廒三进，统设廒口六十二间，用过工料钱一万九千一串二百文，买谷四万三千二百石，用钱四万九千八百九十八串八百文，合之收捐之谷，共计五万一千二百石，均已实贮在仓，选派诚悫首事经理，并不假手胥吏。尚剩制钱四千串，拟即发商生息，以为修葺仓廒及经理首事、斗级人等薪水工食之费。如有盈余，仍俟存有成数，陆续买谷上仓，以益积贮。所有在事出力及捐赀各官绅士民，请分别量予甄叙等情。并据造具各官民捐数花名清册，出具印结，由藩司覆加确查无异，详请具奏前来。臣查道光十二年，吏部奏定捐输议叙章程，六七品等官捐银四千两以上，八品至未入流捐银至二千两以上，有经该督抚保奏，尽先选用，即按该员等应选之班，予以本班前用。又十五年，吏部奏定章程，士民捐银二百两以上者给予九品顶戴，三四百两以上者给予八品顶带，一千两以上者给予盐知事职衔，二千两以上者给予县丞职衔。其现有职衔者，八品以上，照前项银数减半折算，给予议叙各等语。今吉安府捐办义仓，该官绅士民或在事出力，或踊跃捐输，均属急公好善，自应量予甄叙，以昭激劝。除捐不足数并在事出力较次者，饬府查明，分别给匾奖励外，可否仰恳天恩俯准，将总理其事始终勤奋，复捐银三千两之候补训导廖寅宾免补本班，以府经历县丞归部，遇有缺出，尽先选用。协同督办，始终出力，复捐银三千两之峡江县县丞葛忠谟，以应升之缺升用。捐银四千两之在籍捐纳候选布政司经历王信冲，请归本班，遇有缺出，尽先选用。捐银二千两之在籍捐纳候选府经历萧厚城，捐银二千两之在籍议叙候选府经历郭彦煊，均请各归本班，尽先选用。捐银二千两之在籍捐纳候选盐课提举加一级邱日韶，捐银一千两，复为首事劝捐出力之捐职布政司理问卢晃，捐职州同刘志峻、萧子范，应均请交部照例从优议叙。监生王守谦、童生张景星，同捐银一千五百两之民人萧一才均请照例给予盐知事职衔。捐银五百两之贡生黄廉等九名，及捐银三四百两之监生刘文敬等二十三名，均请照例给予八品顶带。捐银二百两之监生刘永年等九十一名，均请照例给予九品顶带。捐银四百两之现任云南盐法道王赠芳，请交部照例议叙。又经理总局之举人彭光澧，廪生王心垣、李文彬，生员萧子龄、游溶，岁贡生候选训导胡效祖，或管理经费，或督办工程，或劝捐为数最多，或赴乡采买谷石，均能勤奋出力，应请将该举人彭光澧给予六品顶带，廪生王心垣、李文彬，生员萧子龄、游溶均给予八品顶带，岁贡生候选训导胡效祖给予七品顶带。吉安府知府鹿泽长筹设义仓，督率官绅劝捐钱谷，多至八万有奇，俾地方有备无患，实属尽心民事，应请交部从优议叙。前署庐陵县知县王楷、现任庐陵县知县鹿传先，先后随同妥办，亦著微劳，应均请交部议叙，以示鼓励。所贮谷五万一千二百石，应饬该地方官督率首事，加谨收贮。如遇粮价增昂，只准出粜，不准出借，以杜亏缺。此案建仓买谷，系属由外捐办，应请免其报销。除饬取地方官印结、绅士履历并捐银细数清册咨部查核外，谨会同两江总督臣陶澍恭折具奏，并将捐银二百两至五百两各士民姓名另缮清单，敬呈御览，伏乞皇上圣鉴训示。谨奏。

谨将江西吉安府城筹设义仓，捐银二百两至五百两各士民姓名缮具清单，恭呈御览。

计开：

贡生黄廉、黄式金，监生侯可均、林凤仪、萧名播，捐纳从九品萧彦甫，童生张育俊，民人黄光礼、刘流芳。

以上九名各捐银五百两，均请照例给予八品顶带。

监生刘文敬、王芳春，童生罗心传、萧名挹、萧名拔，民人杨邦选、黄锡光、陈国桢、黄子香、卢兆骥、易笃谟、彭大绂、陶柳、萧光华、周维清、彭钟俊、曾凤、王思忠、戴殿墀、康节、刘钟汉、欧阳玠、欧阳琠。

以上二十三名，各捐银三四百两不等，均请照例给予八品顶带。

监生刘永年、叶远抟，民人贺佐廷、王景岑、李钟、罗贞行、罗亮行、萧如砺、陈作校、王以忠、刘乐泮、曾宗忠、卢良儒、王家珍、邓可杰、王朝绩、王必昌、王思敬、萧文华、刘仕元、阮志宣、彭邦文、曾贵煜、游锡绪、胡之璜、胡盛檍、曾贞球、刘才命、邓国材、刘日新、曾忠惠、梁祥经、王续祖、萧璧光、童德孚、黄荣梁、黄孔择、郭嵩浩、戴存厚、陈智叟、吴礼珪、王学成、欧阳必文、萧定选、袁朝干、陈有远、谢光义、胡成章、梁希祖、颜之道、李圣煊、黄信成、郭俊杰、彭德兆、刘文智、罗旺元、刘怀珍、罗祥瑞、李飞鹏、罗得云、郭宜桢、郭清瑞、胡卓立、周履平、欧阳学贵、周发传、刘仕锦、温衍琅、康鹏抟、黄祥云、胡德新、郭帘青、郭得绍、郭寿龄、陈梯云、罗显允、黄尚谦、彭文林、周经纶、萧德廊、李之楠、王德棻、康会廷、王国泰、黄荣组、康登宣、汪春霖、刘钟洪、孙学朱、胡济美、孙学程。

以上九十一名，各捐银二百两，均请照例给予九品顶带。

吉安府正堂鹿，为劝捐义仓经费，以成善举，而裕民食事。照得水旱偏灾，古所不免，有备无患，事在预防。本府自下车以来，查得吉郡地方辽阔，户口殷繁，而仓储积蓄为数无多，一遇灾祲之年，穷檐每致乏食。近年迭遭水患，俱经各殷户捐输钱谷，全活甚众。惟能救当前之厄，而未为裕后之图，始则以富济贫，继且因贫累富，殊非经久之道，诚不若设立义仓之可以一劳永逸也！盖义仓合众人之力，集一事之成，历年愈久，积谷愈多。岁丰则推陈易新，岁荒则减价平粜，法良意美，人所共知。本府自县令起家，宦迹所至，率皆以此为先，历经行有成效。今虽履任未久，而民食攸关，不敢稍存膜〔漠〕视。所愿有力者谊重枌榆，共成义举，实于各绅民有厚望焉。查新奉吏部奏定章程，凡有急公报效，捐银谷以备公用者，数十两以上，由地方官奖以匾额。其捐二百两及多至千万两以上者，俱按照银数多寡，分别给予职衔、顶戴。至原有职衔、顶戴及候补、候选人员捐有成数者，亦得按例具题，从优议叙。是捐输之家，不但保全乡党，造福无穷，亦且光耀门楣，叨荣无既，实属一举而两得者也。除本府捐廉以为之倡，并另立捐簿，分交各首事劝输外，合先出示晓谕。为此示仰阖属士民商贾人等知悉。尔等务须急公好义，踊跃输将，各尽乃心，以勷斯举。一俟捐有成数，即当购地兴工，建设仓廒，以备储峙。本府仍将所捐银数、姓名，详请大宪，分别奏请奖励。将见经费日充，旱涝有备，庶贫者足资均润，富者亦可久安。所以裨益地方而共享太平之福者，端在此矣！各宜勉旃，毋违。特示。

道光十五年十月二十五日。

吉安府正堂鹿为剀切晓谕一体乐输以成善举事。照得农重稼穑，商通有无。农非商则日用无所资，商非农则财利无所出。是商之与农，彼此相须而宜，休戚相关者也。本府为地方备荒起见，亟亟于义仓之设，业经选择首事，分头劝捐，并出示晓谕各殷户踊跃捐输在案。因查外省邻府在吉郡开设店铺者不下数百家，尔等虽籍隶他乡，然在此贸迁已久，所与往来者无一非本地之人，所为通用者无一非本地之财。想平素时和年丰，馂于斯，粥于斯，论交易者几年，获利息者几倍，一旦岁逢荒歉，竟坐视其饥馑而漠不相关，恐于义有所不安，亦于心有所不忍。除将捐簿发交各首事一体劝输外，合先出示晓谕。为此示仰西南两关各乡市镇诸色铺户人等知悉。尔等务须争先解囊，以勷义举，勿以异方而泯好义之心，勿以私念而忘急公之义。或多或少，各尽乃心。为谷为钱，任听其便。如有捐至成数者，本府即按照定例，移知各原籍，饬取清白印结，详明大宪，分别奏请奖励。既积无穷之阴德，又邀难得之荣褒，诚为名实兼收，好善者亦何乐不为哉！将见众擎易举，即藏厥功，从此仓贮丰盈，民情绥贴。商有生财之道，全在民无乏食之虞。此本府一片苦衷，于尔等有厚望也！各宜努力，毋违。特示。

道光十五年十月二十八日。

劝捐义仓启：

盖闻裕国在便民，《周官》有十二条之设；备荒无奇策，王制贵三十年之通。是以历溯前代，于常平仓、社仓而外又有义仓之举。事则资夫众力，惠可被于群生，法至良，计至远焉。不佞下车以来，见地方叠遭水旱，素鲜盖藏，虽年前屡费鸠输，而事后旋归乌有。哀多益寡，始则赖富以济贫，竭忠尽欢，继且因贫而累富，流离可悯，饶足何安？与其至再至三为一时补偏之术，不若爰诹爰度立百年经久之基。此不佞亟亟于义仓之建，而不容或缓者也。顾独力难支，众擎易举，乃集此邦之善士，共筹防患之良规。烟火万家，岂所论于求鱼缘木。官民一体，诚有望乎集腋成裘。慷慨乐施者厚积阴功，利人即可以福己。吝啬饱藏者郁为怨府，惜财非所以保家。富以其邻，允闻斯语；人之好善，谅有同情。不必限以定时，后先弗较；不必拘以成数，细大咸收。凑聚元藉乎零星，绸缪克先于未雨。冀迭增储峙，由积少以成多；须妥定章程，俾有盈而无歉。从此仓箱永裕，更不闻庚癸之呼；闾里均绥，得共享升平之福。是在仁人之好行其德，端非不佞之敢居其功，所望心殷，勿存膜〔漠〕视。

时道光十五年十月福山鹿泽长题。

江西吉安府知府鹿谨禀。敬禀者：伏查立政在养民，莫重于食；救荒无奇策，贵筹于先。自古井田废而积贮兴，于是有常平仓、社仓、义仓，三者相辅以行，皆恤民之实惠。

考义仓肇始隋代，而后世变通尽善，为最便于民。盖常平藏之在官而额有定数，义仓储之于民而利可均沾。社仓分贮各乡，而经理不善，或至日久弊生；义仓萃聚一处，而稽查易周，可以经久无坏。是则义仓之为利甚溥，而积歉之余，尤不可不亟亟筹备者也。吉安一郡，地方辽廓，户口殷繁，近年来水旱频仍，民间乏食，荡析离居之状，言难罄陈。叠蒙宪台，仰体皇仁，或请抚恤，或请赈济，殊恩渥沛，全活者不可胜算。惟是国家之经费有常，地方之丰歉无定。倘因循缓视，而不为之先事预图，若遇偏灾，又形棘手。前奉藩司前藩宪转奉宪台、督宪札，饬各属劝设义仓，以资储积，并奉刊发章程到府，当经前署府张丞转饬遵照在案。仰见苾谟周浃，念切痌瘝，凡属含生皆知戴德。卑府自去年五月履任，因时值旱荒，未能举行。今春早稻丰收，谷价平减，自应及时赶办，以期有备无患。随即督同庐陵县，先于府城内相度基址，建设仓厫，一面出示晓谕绅民踊跃乐输，速成义举。夫民难与虑始，而事贵于有条。兴利必先去其弊端，则信于众而易成，亦垂诸久而不废。即如常平、社仓之法，其见于《朱子文集》及儒先论说者，法良意美，本末厘然。推而广之，存乎其人，遵而行之，端在于法。是以卑府再四筹度，当此纠创之初，尤须不烦不苛，使民共晓。因思此等事件，一经地方官及委员等经手办理，易滋弊窦，且恐有勒捐派捐之事，不可不防。因责成该处绅士金举各地方公正之人，充当首事。并查有前署庐陵县训导廖寅宾，人品端方，素为士林推服，卸事后经卑府留在郡城，督办此事。不时分赴各乡，妥为劝捐。或钱或谷，或多或寡，一切任听其便，不许有丝毫抑勒情事。数月来，人情感悦，捐数甚夥。容俟大局一定，买谷上仓，再行绘具图说，详议章程，恭候钧核。惟念见义必赴，固地方好善之诚，而有善不遗，亦国家甄叙之典。当此历年荒歉之后，该绅民果能谊切桑梓，踊跃急公，则凡乐输多金及劝捐出力之人，必须有破格恩施，方足以昭激劝。查上年南昌府兴办义仓，曾经前宪、前抚宪奏请鼓励在案。今事同一例，将来告竣后，可否仰恳宪恩援照成案一体办理之处，不胜盱恳待命之至。再查道光十五年九月，奉吏部咨行奏定捐输章程，二百两以上者给予九品顶带等因。此次卑郡写捐各户，如数在二百两以上者，可否即照新定章程奏请议叙，伏乞训示遵行，实为德便。肃此具禀，恭请崇安。除禀督抚两院宪暨藩臬巡盐粮各宪外，谨禀。

道光十六年十一月十四日。

布政使司李为檄饬事。道光十六年十一月二十五日，奉巡抚部院陈批：据该府禀，现在兴办义仓，可否将乐输及劝捐出力人等援照成案，奏请议叙，核示饬遵等情。奉批：据禀吉郡现在劝捐义仓，具见该府留心民事，仰布政司转饬金举绅士妥为经理，毋任稍有抑勒。一俟完竣，准将乐输姓名，分别银数多寡及劝捐人等，查照定例，由司核明详请议叙，仍候督部堂批示缴等因。奉此并据该府禀司，除批饬遵照外，今奉前因，合就檄行。为此牌仰该府即便遵照，迅将劝捐义仓、金举绅士妥为经理，毋稍抑勒，一俟完竣，即将乐输姓名分别银数多寡及劝捐人等，查照定例，详司以凭核明，详请议叙。毋违。

道光十六年十二月初一日。

布政使司李为檄饬事。道光十六年十二月二十四日，奉总督部堂陶批：该府禀现在兴办义仓，可否将乐输及劝捐出力人等，援照成案，奏请议叙，核示饬遵等情。奉批：据禀该府郡城兴办义仓，绅民等踊跃捐输，实属急公好义，自应援照南昌府奏请鼓励成案，一俟事竣后，确查详办，以示优奖。仰江西布政司速饬该府，督同首事人等妥为劝谕捐输。俟有成数，即行立仓买谷，议定章程，以垂永久。并将绅民捐输姓名、银数及劝捐出力之人分别妥议详办，仍候抚部院批示缴等因。奉此，查此案前据该府禀司，并据禀奉抚宪批示，均经批行该府在案。今奉前因，合就檄行。为此牌仰该府即便遵照，先令檄行事理，赶紧妥为劝捐，立仓买谷，分别妥议详办。毋违。

道光十七年正月初八日。

江西吉安府知府鹿为捐办义仓业经告竣，请乐输士民及在事出力人员分别奖励事。窃照政以图本为要，民以足食为先。自周有委积之官，汉行平籴之法，至今则为常平、社仓之贮，公私皆备，匮乏无虞。诚博济之成规，救荒之良策也。惟是地方辽阔，生齿日繁，一遇水旱为灾，粮价昂贵，常平之出粜既有定限，社谷之接济又复无多，缓急之施，殊难遍及，固宜于筹备之道益思推广之方。卑府自抵任以来，稔知吉属民情，素称好义，因即遵奉宪檄，劝立义仓。随札饬各厅县一体举行，并督同前署庐陵县知县王楷，先在郡城内相度地址，建设仓廒，选举公正首事，分乡劝捐。一面遴委前署庐陵县训导廖寅宾总理其事，业将办理情形具禀各宪在案。嗣因事繁任重，廖寅宾一员势难兼顾，又经札委在郡候差之已补峡江县县丞葛忠谟协同督办。现据各首事先后劝捐，共集钱七万三千吊，捐谷八千石。仍照旧章，以钱一千、谷一石作银一两核算，共计银八万一千两，建立仓廒三进，统设廒口六十二间，用过工料钱一万九千一百零一千二百文，买谷四万三千二百石，用钱四万九千八百九十八吊八百文。统计买谷及绅士官员所捐之谷，合共五万一千二百石，均已实贮在仓。尚剩制钱四千吊，拟即发商生息，以为修茸仓廒及经管首事、斗级人等薪水工食之费。如有盈余，仍当积存成数，陆续买谷上仓，以期逐渐增益，愈积愈多。所有在事出力及捐输较多人员、绅士，自当量予议叙，以示奖劝。查道光十五年，南昌府捐建义仓案内，将劝捐出力之丰城县训导应奎以应升之缺即行升选试用，县丞程园瑞尽先补用，铅山县湖坊司巡检欧汝忠、瑞金县瑞林司巡检张堃，各请以应升之缺升用，已蒙奏奉允准在案。今卑郡事同一例，自应援照成案，详请鼓励。前署庐陵县训导候补训导廖寅宾，才具开展，办事结实；在郡候差之已补峡江县丞葛忠谟，明白谙练，通达事理，均属教官佐贰中出色之员。该员等在事年余，殚竭心力，始终勤奋。兹廖寅宾又捐谷三千石，合银三千两；葛忠谟捐谷三千石，合银三千两，尤属急公可嘉。又在籍候选之捐纳布政司经历王信冲，向遇地方公事，无不争先解囊，兹又捐钱四千吊，合银四千两。捐纳候选府经历萧厚城捐钱二千吊，合银二千两。议叙候选府经历郭彦煊捐谷二千石，合银二千两。该员等谊敦桑梓，乐善好施，亦应一并优奖。应请详抚宪，奏恳天恩，将候补训导廖寅宾免补本班，以府经县丞归部，遇有缺出，尽先选用。峡江县县丞葛忠谟以应升之缺升用。候选布政司经历王信冲请于本班内遇有缺出，尽先选用。候选府经历萧厚城、议叙候选府经历郭彦煊均请各照本班尽先选用。其余在事出力及捐输二千两以上至二百两以上之士民，另开清折，应请奏恩敕部照例议叙。此外尚有捐银二千、一千，不愿议叙与捐不足数之士民，另行分别详请，建坊给匾，以昭激劝。所有义仓一切章程，由卑府悉心妥议，另详立案，俾垂永久。再此项工程系属捐办，应请邀免造报，合并声明，是否有当。理合造具士民捐数、应叙花名清折，并各士民首事及在局总理委员履历清册，绘具仓图，加具勘结，具文详请宪台，俯赐察核转详。为此备由具申，伏乞照详施行。须至册者。

道光十七年十二月二十五日。

江西吉安府知府鹿谨查道光十五年部议捐输议叙章程，凡士民捐银二百两以上者，给予九品顶戴；三四百两以上者，给予八品顶戴；一千两以上者，给予盐知事职衔；二千两以上者，给予县丞职衔；三千两以上者，给予按经职衔。如候选候补及现有职衔顶戴者，八品顶戴及九品以下人员，仍照士民议叙；八品以上职衔人员，应按士民捐数，将本身职衔照前项议叙银数减半折算，核其捐数，给予应得议叙等因。通行遵照在案。今将捐输银数、应叙士民开具清折，呈恳奏请敕部核议。须至折者。

计开：

捐银二千两以上之捐纳候选盐课提举加一级邱日韶，又捐银一千两以上，复为首事，劝捐出力之捐职布政司理问卢晃，捐职州同刘志峻、萧子范，应请照例从优议叙。监生王守谦，请给予国子监典籍职衔。童生张景星、民人萧一才，请给予盐知事职衔。又捐银五百两以上之贡生黄廉、黄式金，监生侯可均、林凤仪、萧名播，从九萧彦甫，童生张育俊，民人黄光礼、刘流芳等九名，应请照例议叙。又捐银三四百两以上之监生刘文敬、王芳春，童生罗心传、萧名挹、萧名拔，民人杨邦选、黄锡光、陈国桢、黄子香、卢兆骥、易笃谟、彭大绂、陶柳、萧光华、周维清、彭钟俊、曾凤、王思忠、戴殿墀、康节、刘钟汉、欧阳珩、欧阳琜等二十三名，各请给予八品顶戴。又捐银二百两以上之监生刘永年、叶远抟，民人贺佐廷、王景岑、李钟、罗贞行、罗亮行、萧如砺、陈作校、王以忠、刘乐泮、曾宗忠、卢良儒、王家珍、邓可杰、王朝绩、王必昌、王思敬、萧文华、刘仕元、阮志宣、彭邦文、曾贵煜、游锡绪、胡之璜、胡盛榰、曾贞球、刘才命、邓国材、刘日新、曾忠惠、梁祥经、王续祖、萧璧光、童德孚、黄荣梁、黄孔择、郭嵩浩、戴存厚、陈智叟、吴礼珪、王学成、欧阳必文、萧定选、袁朝干、陈有远、谢光义、胡成章、梁希祖、颜之道、李圣煊、黄信成、郭俊杰、彭德兆、刘文智、罗旺元、刘怀珍、罗祥瑞、李飞鹏、罗得云、郭宜桢、郭清瑞、胡卓立、周履平、欧阳学贵、周发传、刘仕锦、温衍琅、康鹏抟、黄祥云、胡德新、郭帘青、郭得绍、郭寿龄、陈梯云、罗显允、黄尚谦、彭文林、周经纶、萧德廊、李之楠、王德荣、康会廷、王国泰、黄荣组、康登宣、汪春霖、刘钟洪、孙学朱、胡济美、孙学程等九十一名，均请给予九品顶戴。又捐银四百两之现任云南盐法道王赠芳，请照例议叙。又经理总局，最为出力之廪生王心垣，举人彭光澧，廪生李文彬，生员萧子龄、游溶，岁贡生候选训导胡效祖等，或管理经费，或督办工程，或劝捐为数最多，或赴乡采买谷石，均能始终奋勉，不辞劳瘁，应请将廪生王心垣给予训导职衔，举人彭光澧给予六品顶戴，廪生李文彬，生员萧子龄、游溶，均给予八品顶戴。岁贡生候选训导胡效祖给予七品顶戴。又劝捐出力之首事廪生王定勖，孝廉方正郭常瑞，岁贡生候选训导刘光修，举人梁苍，捐职营千总胡鸣盛，捐职州同欧阳桢，候选训导刘荣坊，生员旷钦怀，举人候补中书李嵘，举人朱光荣，举人拣选知县黄汉章，廪生赵明诚、王锡，增生阮启元、萧文华，优贡生候选训导刘仪一，岁贡生候选训导王文耀、刘楷、易学醇，监生刘克遂，生员王黼猷，副榜候选直隶州州判罗鸿升，均请交部议叙。

道光十七年十二月二十五日。

江西吉安府知府鹿谨禀。敬禀者：窃照卑府官绅捐建义仓一案，前因工程告竣，业将捐输银谷士民及出力首事委员分别详请藩司、藩宪、宪台转请宪台、抚宪核奏，各在案。所有经理事宜，理合胪列条款，开折禀呈宪台，俯赐鉴核批示，以便勒石，永远遵行，实为公便。肃此具禀，恭请崇安，伏祈垂鉴。除禀督抚两院宪暨巡宪、藩宪、臬宪外，谨禀。

道光十八年闰四月二十一日。

议详经理义仓章程。

计开：

一、义仓存贮谷石，必须经理得人，方可经久无弊。查该县向分八乡，应令各乡绅士金举公正首事共八名，每年派出二名坐仓承管其事，分四年轮流更替。并由府札委经历督同经管，约束斗级看守人等。凡仓内一启一闭，皆须众目共睹。所有各廒及总门锁钥，各备二副。其钥匙一存府署，一存首事。存府钥匙即由该经历请领呈缴，以专责成。仍令该委员及首事等于年终出具并无短少切结，申送备查。如此交相查察，互相钤制，庶可永远遵守，不至日久弊生。

一、仓廒共六十二座，应设立谷数总簿，填明某廒贮谷若干字样，府县盖用印信，首事盖用图记。府县各存一本，委员及首事各存一本，以备查考。

一、设立仓廒，原为地方救荒之用，乃往往有私行出借，不能克期归还，致日久成虚悬者，殊非慎重之道。今议定只准出粜，不准出借，以杜亏短。

一、仓内贮谷，应常川封锁，以昭慎重。该仓建在府署之旁，凡用封条，即由该经历赴府请发，较为省便。

一、坐仓首事督同看守人等，常川在仓查看。凡有潮湿霉变之处，即速回明委员，督同首事人等及时晒晾干洁，仍盘入原廒收贮。

一、招募老成看役二名，晚间巡锣支更，风雨时常查看，遇有屋孔渗漏之处，即行报明检盖。

一、招募明白仓书一名，凡遇谷石出入，逐日登记数目，核对清楚，毋得舛错。

一、遇水旱不齐之年，粮价昂贵，自应及时酌量减粜，以平时价。查义仓现贮谷五万一千二百石，按八乡均分，每乡应派六千四百余石。惟附城坊廓一乡，捐数最多，且有外省外府各铺户捐项在内，自应酌量加增，以昭公允。除坊廓乡分拨九千石以备发粜外，其余作七股均分，每乡应派谷六千零二十八石五斗七升一合。若逢粮贵之时，即由该乡首事会商各绅士凑集钱文，禀明府县，开仓领买，回乡按都分粜。其有未被水旱者，一概不准领买，以免影射图利之弊。

一、平粜向照时价酌减，自应划一办理。惟各乡远近不同，其离城较远之处，往返运脚需费甚多，若不量为变通，未免向隅。今议定各乡设局粜谷之所，离城三十里者，每石比附城粜价减去三十文；六十里者，减六十文；百里者，减去一百文；百里外者，亦以三十里，依数递减，以补长途转运之费。庶遐迩均沾实惠，不至偏枯。

一、发商生息钱四千吊，按年以九厘行息，可得息钱三百六十吊。酌给督管义仓之委员每年经费一百吊，首事二名，每名束脩三十吊，伙食二十吊，共钱一百吊，按季支发。看役二名，每名每年给工食二十吊；仓书一名，工食十六吊。共钱五十六吊，按月给领。或出陈易新，或荒歉出粜，临时雇觅扒夫，按日给与工食，毋需专设斗级，以省糜费。又奉祀仓神牲礼朔望香烛，以及随时修葺仓廒，置备器皿一切零用，均由该首事从俭估给。核计一年息钱，除用外，尚有盈余。俟年终核明，实长若干，复行发商生息，以备出粜时添补人夫工食之用。总期有盈无绌，费不虚糜。

一、粜存谷价，结数后对众算明，将钱易银，统缴府库，暂行发典生息。一俟粮价平减，即将原价提回，责成庐陵县及委员首事等赶紧采买上仓，不容迁延时日，亦不许丝毫挪移。

一、出粜谷价，如买还原谷尚有盈余，均行发典生息，以期愈积愈多。倘积至二千之数，再当添建仓廒，增买谷石，随时分别禀办。

一、年景屡丰，无须平粜，恐贮谷历年太久，或有霉变生虫之虞，议定二年后行出陈易新之法。每年于四五月间，看定早稻必有收成，即乘青黄不接之时，酌卖七八廒。其价禀府发典暂存，毋庸议息。一俟早稻登场，即撤回买谷上仓，务须干洁，每石约重一百零七八斤。倘其中稍有拆耗，不敷买还原额，仍在生息长余项下筹补足数，以重积贮。

一、首事分乡派定，轮流承办。设值年遇有事故，仍在本乡选充接办。其各捐户虽不承充首事，而捐谷捐银在内姓名均经勒石，即非事外之人，如有委员及首事、斗级人等从中舞弊侵蚀，许其指名，禀请革究。

丰乐义仓记

余以道光十五年夏四月来守吉安，至则问民疾苦。言者皆以比年受水患，民无藏盖。每江涨时，沿江村落皆淹浸，市廛尽闭。居民无所得籴，纷纷驾小舟，载老幼妇女就食来城中。而城中米肆见籴者骤多，冀幸获厚利，则以此时居奇增价值，一日之间，升米或累增钱一二十。籴者亦自恃其人之多也，不任骤增，至相争以口舌。而一二无赖之徒，遂挟众势，乘间径前强攘夺，或率众指诣富室，叩门搜困廪，胁出米谷，以至酿成讼狱者。水灾之岁，盖往往有之。当是时，官未尝不念切民瘼，而谷贮常平仓者，于例非申请得允，不能擅发。比文檄上下往返，而民之哄起籴籴，投谍者固已数数矣。每谍多者，牵引或至百人，少亦不下数十人。勘拘讯报，官不胜烦，民不胜扰，上下两病之。余闻是言，与众筹所以备之者，皆以捐议义仓为宜。莅事之初，簿书错杂，余方欲次第为之。而是年夏秋之交，又适大旱，亟勘具报，正赋得缓，民用辑安。于是捐廉为倡，宣示劝谕，官吏绅耆欣然输助。其明年，岁有秋。又明年，岁连熟。收获既饶，施者益易。众力所集，遂得钱八万贯有奇。府署西偏，适有隙地。乃召匠徒，选物购材，绳准胥施，斧斤并作，凡建仓六十二□，堂五楹，门二重。又于中庭为亭一，大门以内为神□三间，堂后为小屋三间。都计用钱二万贯，即于捐□内支焉。仓既告成，乃买谷五万一千二百石，满□□中，专役守之。余钱四千贯有奇，发商生息，以备□□。守者廪食亦于此取给焉。经始于道光十五年秋□，至十八年春间毕事。是仓之设，专备平粜。其粜也□请官行，随时可发，非如常平仓谷申请需时也。粜价多寡，视市价减之。市价过昂，粜价亦可多减，非如平粜常平仓谷，视市价减银三钱以上，必得奏请也。其经理出入，官与绅共任之，非如假手胥役，恐滋侵蚀，委之乡民，不问敛发也。自是后，如前所云。争籴胁粜之事，或庶几免乎，于其成，因记所以设仓之意，以告于众。颜曰：丰乐义仓。以仓基为丰乐园废地，亦以见余之为此，以年丰人乐，乃幸能有成也。是为记。

道光十八年夏六月既望，知吉安府事福山鹿泽长记

道光廿四年荆江水灾后办法

清抄本

（清）佚 名 辑

李文海 点校

道光廿四年荆江水灾后办法

查办酌借籽种

奏为遵旨查明湖北省被水各州县卫，分别请借籽种及毋庸接济情形，据实奏祈圣鉴事。窃臣等于道光二十二年十月十三日承准军机大臣字寄，钦奉上谕：本年湖北江陵等二十八州县被淹，已据该督抚奏明随时抚恤及委员查勘，着迅速办理，并将米麦应否接济之处一并查明，于封印前奏到等因，钦此。仰见我皇上轸念民艰，有加无已。跪读之下，钦感难名。臣等当即恭录转行确查具覆去后。兹据藩司朱、臬司郭、粮道恩会同该管各道员详称：据江夏等二十五州县并屯坐各卫查覆，被水之区，业蒙分别抚赈蠲缓，小民既免催科，又资糊口。现在民屯田地播种麦蔬，春收可望，均可毋容另筹接济。惟成灾较重之江陵、监利、石首三县暨屯坐各卫，查覆被淹田地，涸复较迟，未能补种，兼系频年被水之区，民力拮据，恐来春东作方兴之际，播种无资，应请酌借籽种，以资耕作等情，由该司道详请具奏前来。臣等伏查本年被水各州县，业经饬据该管道府暨部委各员勘明轻重情形，奏蒙天恩，分别抚恤加赈，蠲缓钱粮，小民感戴皇仁，实已沦浃髓，今复仰蒙圣慈廑注，特旨垂询来春应否接济，行据该司道督饬查明，江夏等二十五州县民力尚无支绌，毋容另筹接济。惟江陵等三县暨屯坐各卫实在无力军民，于来春酌借籽种以资接济，被水军民来春播种无资，未免拮据，细加体察，委系实在情形，合无仰恳皇上天恩，俯准将成灾较重之江陵、监利、石首三县暨屯坐各卫实在无力军民，于来春酌借籽种以资接济，所需谷石，请于常平仓谷项下酌量动用，仍照例征收归款。如仓谷不敷，即于司库地丁银内照例折给，并责成该管道府严督稽查，务期贫黎得沾实惠，毋许假手胥役侵扣滋弊，以仰副皇上勤求民瘼，不使一夫失所至意。所有查明被水之江陵等县卫，来春酌借籽种，及江夏各州县毋容接济各缘由，理合恭折具奏，伏乞皇上圣鉴训示，谨奏。奉上谕：上年湖北省江陵等各州县卫被淹，业经降旨分别抚赈蠲缓，小民自可无虑失所，惟念今春青黄不接之时，民力不无拮据，加恩着将江陵、监利、石首等三县暨屯坐各卫无力军民，酌借籽种，以资接济，所需谷石着于常平仓谷项下酌量动用，仍照例征还归款。如仓谷不敷，仍于司库地丁银内照例折给。该督等即刊刻誊黄，遍行晓谕，务期实惠及民，毋任吏胥舞弊，用副朕庆锡春韶恩覃黎庶之至意。该部遵旨转行。钦此。督抚钦遵饬各州县卫查办，并颁发誊黄晓谕。

荆州府江陵县查办成案

为出示晓谕事。案奉各宪札，钦奉谕旨：上年被水地方，今春青黄不接之时，酌借籽种，以资接济，饬即查办等因。奉此，办理籽种，原有定例，如果实系有田无力，受灾较重，未能播种，完纳钱粮在一两及田在三十亩以下之畸零小户，将管业印契粮券，呈候核明，并邀殷实绅耆户族具结保领，方准借给；其完纳钱粮在一两及田一、二十亩以上，并田亩虽少有手艺生力，能自筹之户，暨田被沙压不能种作者，均不准办，历经遵行在案。兹奉上谕，因合行出示晓谕，为此示仰县属被灾各汛垸贫农人等知悉：尔等当知圣恩惠及贫黎，冒滥即于功令。且本邑常平仓谷历年因公动缺无存，兴军之后，藩库经费亦形支绌，以贫民等每亩一升而计，十亩之户需种无多，目下南北两岸及襄河堤塌，同时兴修，工费既巨，为时又久，倘可赴工拓土，所获工资，除糊口之外，尚有余剩，可为布种之资。况借之于今日，仍应秋后征还。与其贻日后差迫之扰，何如自谋食力，无误农时。本县为尔计及深远，谆谆告诫，当知仰体。如有实在贫乏，必须官为借种，与例相符，亦应呈明田亩坐落垸区、完粮的实户名，呈缴契券，邀同殷实绅耆户族赴案具结保借，听候本县汇案详办。如系前项例不准借之户，务各安守本业，不得妄生希冀。倘有棍徒敛费包揽冒混请借，一经察出，定行严拿重究。尔农民且勿受人愚弄，自贻伊戚，凛之毋违。特示。

为特再出示晓谕事

照得县属上年被水成灾各汛垸，今春青黄不接之时，实在无力贫农。钦奉谕旨，酌借籽种，以资接济等因，当将奉到誊黄遍行晓谕，并经本县申明例案，剀切示谕在案。兹值东方兴作之际，急需查办，合再出示晓谕，为此示仰县属被灾各垸贫农人等知悉：如有实在贫乏，必须官为借给，与例相符之户，开明田亩数目及坐落垸区、完粮的实户柱，由各该处殷实绅耆户族汇开清册，赴县呈投，仍由该业户将印契验以凭，着令经书核对清楚，照例详办，互相出保借领，务于四月　日以前一律投齐，过期概不准入册详办，慎勿自误。该绅耆户族亦不得藉隙敛费，冒滥请借，致于察究，凛之毋违。特示。

申详应借籽种谷数由

为详报事。案奉本府宪台札，奉藩司宪台、藩宪转奉宪台、抚宪札，准户部咨开。钦奉上谕：上年湖北省江陵等各州县卫被淹，今春青黄不接之时，民力不无拮据，酌借籽种，以滋接济，钦此。饬令确查实在无力播种贫民造册详办等因。奉此，蒙并颁发誊黄下县，当即遍贴晓谕，即据各垸贫农纷纷禀求酌借籽种以资耕作。△△遵即周历上年被淹各汛垸，逐一勘查。完纳钱粮在一两及田在三十亩以上，并田亩虽少，现有手艺营生，力能自筹之户，概不准借给外，实查得完银在一两、田在三十亩之下无力农民，共计田地八千五百二十八顷一十一亩，按每亩借谷二升，共应需谷一万七千五十六石二斗二升。查△县常平仓谷，因历年奉文碾动无存，应请照例每石折银五钱，共需谷折银八千五百二十八两一钱一分，按户散给。仍取保借各状，秋后征还归款，相应开具简明清册，出具并无浮冒印结，具文详赍宪台查核，札饬藩司转咨请迅速给领，以便乘时散给，俾资播种，深为公便云云。计申赍清册一本，印结一纸。江陵县呈。遵将△县各汛上年被淹垸区无力贫农，应借籽种谷数，理合造具清册，呈请查核。须至册者。

今开：

道光二十二年分，南北两岸堤溃被淹，成灾五、六分不等，共计四百三垸。当此青黄不接之时，播种无资，除勘查完银在一两及田在三十亩以上，并田亩虽少现有手艺营生，或力能自筹之户，概不准借给外，实查得完银在一两及田在三十亩以下贫农，共计田地八千五百二十八顷一十一亩，按每亩借谷二升，共应需谷一万七千五十六石二斗二升。每石照例折银五钱，共应折银八千五百二十八两一钱一分。并无虚捏浮冒情事，理合登明，今于与印结事实。结得△县南北两岸上年被淹成灾四百三垸内，无力贫农应借籽种谷一万七千五十六石二斗二升，每石谷折银五钱，共应领放银八千五百二十八两一钱一分。并无虚捏浮冒情事，理合出具印结。须至结者。

禀藩府宪夹单

敬禀者：窃△县上年被淹成灾田一万五千七百二十余顷，现在饬查无力贫农应需酌借籽种谷一万七千五十六石二斗二升，计田八千五百二十八顷零，不及原报灾田十分之六。查道光七年，△县被灾五分，每亩借谷二升，动借籽种谷二万一千七百余石，本折兼放。又二十一年春，借籽种，全放本色谷七千七百余石，系每亩借谷一升，前后办理不一。△△案查上年被淹情形较重，民间盖藏空虚，贫农举耜乏术，酌情每亩借谷二升，方敷播种。且常平仓无谷可动，应行全放折色，以例价每石五钱而计，如请借二升，折银一分，按时价仅换制钱一十五文。△县现在市值谷价每升需钱十五文，以所得折色二升，例价仅能买谷一升，较之领借本色转形短绌，是以△△体情形，援照道光七年之案详办，理合附陈均鉴。伏乞大人、大老爷俯赐查核，迅速转详，照数动款给领，委员管解下县，以便赶紧散放，无误农时，亿兆蒙恩实无涯涘。除另具领状专丁前诣宪库藩库请领外，肃此具禀，恭叩福安。△△△△谨再禀。

为出示晓谕事

照得本邑上年被水各垸，因值今春青黄不接，仰蒙恩谕，酌借籽种，以资接济。曾将奉到誊黄查照例案遍行示谕，声明每亩借谷一升在案。惟查道光二十一年春借籽种，每亩动支常平仓谷一升，现在仓无存谷，应详请折银散放，而每谷一石，照例折银五钱，每升则止五厘，按照市卖谷价殊有不敷。现经本县援照道光七年之案，每亩借谷二升，能否准行，除俟奉到宪示饬遵外，合行出示晓谕。为此示，仰县属被灾各垸贫农知悉：尔等例得请借之户，务即开明户亩，捡呈完粮契券，邀同殷实户族具结保借，听候确查。俟奉到藩宪拨解银两下县，定期散给，秋后征还。如系力能自筹，不应请借。串同棍徒捏冒，一经察出，定即严拿，分别究办。其各凛遵毋违。特示。

为 详 覆 事

本年　月　日奉抚宪批：据江陵县详，各汛上年被淹，应借籽种谷数缘由。奉批，据详应借贫农籽种谷石，按每亩二升，共需谷一万七千五十六石零，请全放折色银两等情。查该县二十一年出借籽种，详明遵照成案，按每亩一升，本年自应照历届成案办理，何今率请每亩出借二升？实属任意浮开。仰布政司查核，据实删减，详候核夺，仍候督部堂批示，缴册结存等因。奉此，本司覆查道光八年、十二年，江陵春借籽种，按每亩借谷二升，本折兼放；二十一年春，借籽种按每亩借谷一升，全放本色，先后办理，并不划一。今本年请借籽种，每亩二升，据称所得折色银一分，仅能买谷一升，尚属实在情形。但该县上年被灾田亩仅一万五千七百二十余顷，何致无力民田竟有八千五百二十八顷之多，保无冒捏。惟现届播种，若俟饬查确实再行拨银散放，未免失时，应请在于司库地丁款内先行发给一半谷折银四千二百六十四两五分五厘，饬委△△△解交该府转发，迅速散放，俾得乘时布种，其余一半谷折银两，饬令荆州府再行覆查确实，如实需找发，即由府先行筹给，详请找发；如可不需找给，亦即据实详覆。缘奉批饬，相应具文详请宪台察核等因。除详两院宪外，合行札饬，备札行府，立即遵照，再行覆加确查，遵详办理等因。奉此，合亟转饬，札到该县立即遵照，将上年成灾田亩，因何无力贫民田亩竟有八千五百二十余顷之多，是否冒滥，抑实系应借之数，刻日查明，据实禀府，以凭筹发银两，转禀毋违。特札。

为出示晓谕事

照得县属上年被水各汛垸，今春青黄不接之时，实在无力贫农。钦奉谕旨，酌借籽种，以资接济等因。当将奉到誊黄遍行晓谕，并经本县申明例案，剀切示谕，又将详办情形示知各在案。兹奉抚宪批行藩宪减半发银，每亩准借谷一升等因，并奉巡宪转奉抚宪札开，查楚省稻谷，播种系在三月内，栽种系在四月中旬，饬即查明贫农田亩，如现已栽种完竣，以及不能播种，即将前项奉发籽种谷折银两解还司库，以杜冒滥等因。奉此，查前项籽种谷折银两，现在甫奉解到，合亟出示晓谕。为此示仰县属被水各汛垸贫农人等知悉，即便遵照。尔等田亩如已播种完竣，即当遵照宪札扣除给发，其有例得请借贫农，尚未播种，必待官为借给者，迅速开明田亩数目，注完粮花名、里甲、银数，捡齐印契粮券，交给各该垸垸长，汇造清册，邀同殷实绅耆赴县呈投，以凭核对粮柱，履勘的实，分别示期散给。截本月六日为限，一律投齐核办，逾期请借，概不准理。如有棍徒敛费包揽滋事，或例不准借，及田已播种之户，混冒该领，一经察出，定即严拿究办，不稍宽贷，其凛遵毋违。特示。

荆宜施道李为札饬事

本年四月初十日（此札在前）奉抚宪札开：照得本部院衙门为刑钱总汇，其所属地方事件，该地方官自应通详核办，以昭确实。查江陵、监利、石首等县被灾贫农，业经本部院会奏借给籽种，行司转饬确查谷数，详覆核办在案。现仅据江陵县查明应借谷数，经本部院查核有浮，批司核减详办。其监利、石首二县仅详藩司衙门，并不通详本部院，查核已属玩邀。再查楚省稻谷，播种系在三月内，栽种系在四月中旬，该县州等自应早为查办，俾得乘时散放播种，免误农时。乃每多迟至播种之时，始行详办，以致往返发银到县，必在栽种完毕之际。在循良之吏，或者按数散给；其不肖州县，难保以栽种完毕，全不散借，私行侵吞，是体恤民瘼之举，转为若辈肥囊，深为痛恨。此等积弊，急应力除。其现解江陵、监利、石首三县籽种银两，约计四月中旬到荆，由府转发，又需时日，分借贫农，已在栽种完竣，断难仍前颟顸。为此备札行道，立即遵照，确查各该县贫农田亩，如现已栽种完竣，即将前项籽种银两解还司库，以杜冒滥；倘有未经栽种之户，能否播种，如不能补种，已误农时，或藉词捏借入已之员，即据实详揭参办，以为玩视民瘼者戒。该道务须破除情面，认真查办，倘敢扶同徇饰，一经查出，或被告发，定即一并参办不贷。仍将遵办缘由据实禀覆等因。奉此，合亟札饬。札到该县，立即遵照，查照该县贫农田亩，如已栽种完竣，即将前项籽种银两申府，解还司库，以杜冒滥；如尚有未经栽种之户，查明能否播种，如不能补种，已误农时，即据实具覆，以凭禀办，毋稍饰延，仍将遵办缘由先行禀覆查核。切切。此札。

禀复散放谷折银两无误农时由

敬禀者：本年四月十二日奉宪台、遵宪转奉抚宪札开，查楚省稻谷，播种在三月内，栽种在四月半前。现解籽种银两，约计四月中旬到荆，由府转发，又需时日，各贫农田亩如现已栽种完竣，即将前项籽种银两解还司库，以杜冒滥等因，饬即遵照查明，据实具覆，以凭禀办等因。奉此，遵查△县地方土性不一，种植异宜。凡高阜之区，向来播种早稻者，均于四月前栽插完竣，至沮洳地亩种植晚禾，必俟节届芒种，方能栽种。其乡农之有力者，则又多种余秧，以便贫农买取。是以△县历届办理请借籽种，向在芒种前后定期借给。上年被水成灾，每亩借谷二升，全放折色，详奉抚宪驳饬。奉藩宪拨解谷折银四千二百六十四两五分，由府库、宪库转发下县。现在饬传各贫农，定期五月初八日起，按垸散放。本年节候较迟，尚不致贻误农时，务当实惠及民，不准胥役冒滥滋弊。除俟散放完竣，造具借领户亩清册申赍外，缘奉饬查，合肃禀覆。伏乞大人、大老爷俯赐查核转禀，实为公便。肃此具禀，敬请钧安云云。

禀报散发△县籽种日期并以银易钱由

敬禀者：窃照△县上年被灾各汛垸，无力贫农举耜乏术，业经遵奉宪札，查明顷亩，禀奉饬发籽种谷折银四千二百六十四两零下县散发。惟查贫农户口零星，难以逐一剪秤，且该贫农领银之后，必须易钱购买，自应仿照历届办理抚恤章程，以银易钱散放于贫民，实有裨益。查每谷一石，例折五钱，按照△县自报时价，易钱七百四十七文。兹定期于本月初八日传集贫农当堂散发，除俟散放完竣，另行造册申赍外，合将以银易钱并散发日期肃先禀明云云。

禀△县奉发籽种银两分别散放完竣无须找发由

敬禀者：窃照△县上年被水成灾各垸，今春青黄不接，贫农播种无资，请借籽种以资接济。经督饬绅耆查明顷亩，按每亩散借谷二升计，需谷折银八千五百余两，详蒙宪台抚宪批行藩司宪台藩宪减半解给银四千二百六十四两五分五厘下县，并饬查一半谷折银两，如可不需找发，亦即据实详覆等因。遵查△县地方，上年全境被淹，本年三月初旬奉到恩旨誊黄，遍行晓谕，各乡贫农纷纷借领，饬查户亩均系实在贫农，例得借给，是以顷亩较多。又因全放折色，例价较少，按照市价，如请借二升，则止例价折银一分，仅能买谷一升，较之领借本色转形短绌，因复请援道光七年准借二升之案，照数给领。嗣奉前因，仰见^{宪台抚宪于}勤恤民隐之中，寓撙节经费之意，△△复又传集绅耆，剀切谕导。惟时正值种麦之候，有藉佣工以资布种，有同亲友互相周济，无须借给，均即扣除。其实在贫农举耜乏术，则又逐加体察，分别轻重情形，或只借领一升，按亩给发；或须酌借二升，愿将应领谷折钱文呈请拨归岁修堤工，由该贫农担土得钱，既得布种之资，复藉保障之益，均经督同绅耆于五月初八日起，分别散给。仍于秋后各照原借之数，按亩征缴还款。察查△县民间种植晚禾，向俟节届芒种，方能栽插。而贫农之有力者，则又多种余秧以备贫农买取。现于五月初旬散给该贫农，正得及时栽插。核计奉发谷物折银四千二百二十四两零，除易钱散给，合银四千四十三两五钱五分外，尚存剩银二百二十两零，容即另文解缴。所有前请未发一半谷折银两，并请无须找发，以归撙节而杜冒滥。除借放完竣各日期另行具报，并饬造保借册结申赍外，合将奉发籽种谷折银两，分别酌借，散给完竣，无须找发缘由，肃禀云云。

道光二十四年荆州南北两岸堤溃被淹成灾，
二十五年春复禀恩旨酌借籽种，江陵县办理情形

为详请事。案奉本府宪台札开，奉藩司、宪台、藩宪转奉宪台、兼署抚部院札，准户部咨开，道光二十五年正月初四日，奉上谕：上年湖北省公安等州县被水受旱，今春青黄不接之时，民力未免拮据，着将被灾较重之江陵等县卫，酌借籽种，以资接济，钦此。饬即确查详办等因。奉此，并颁发誊黄下县，当即敬谨悬挂晓谕。旋据各垸贫农纷纷禀求，每亩借谷二升，以资布种。△△遵即周历被水各汛垸，逐一勘查，除完纳钱粮在一两及田在三十亩以上，并田虽少，现有手艺营生或力能自筹之户，概不准借外，实查得完银在一两及田在三十亩以下无力贫农，自应分别酌借。惟查△县历届查办籽种，如道光七年，被灾五分，每亩借谷二升；二十二年，被灾五、六分，分别酌借一、二升不等。上年被灾之区，垸田较广，如一律按亩借给二升，为数较多，兹△△体察情形，仍分别灾分轻重情形，被灾六分之区，酌借二升；五分之区，酌借一升，共应借给谷七千八百二十六石五斗二升。查△县常平仓谷，历年因公动用无存，前奉发价采买谷六千石，已陆续买齐。上仓除尽数散给外，尚不敷谷一千八百二十六石五斗二升，应请照例发给折价银九百一十三两二钱六分，或在附近仓贮较多之县，照数拨运，俾得汇同散放。仍听保借各状，秋后征还归款，相应开具简明清册，出具并无浮冒印结具文，详赍宪台俯赐查核，将不敷谷石饬司^咨转请筹拨下县，以便乘时散放，俾资播种。除径赍各宪外，云云。

湖广总督湖北巡抚会议
复奏体察江汉堤工修防事宜条款

为札行事。道光十四年三月初十日，遵旨体察江汉堤工修防事宜会议复奏一折内开，为遵旨体察江汉堤工修防事宜，会议复奏，仰祈圣鉴事。窃臣等承准军机大臣字寄，奉上谕：有人条奏江汉修防事宜一折，湖北省频年水灾，下游各省均受其患，必应及早修防，

永资保护，着将所奏四条，与该省现在情形，悉心体察，详细妥议具奏，务期水利民生均有裨益，原折着抄给阅覆等因，钦此。当即钦遵转饬滨临江汉各府州县查议去后，兹据各按地方情形陆续禀复前来，臣等会同悉心察核，仍按原奏各条款详细筹议，敬为皇上陈之。

一、原奏内称：楚北堤工有官征土方延访绅士领修者，有民间自为修理者，有官督民修者，三者俱不能无弊，而惟官督民修之弊为尤甚。不若改为官修，每年估定实需土方夫价，照钱粮例印土串，限十月以前征收完竣，兴工修筑，以专责成等语。臣等查湖北省滨临江汉，有堤州县二十余处，内除向有筹备生息之江夏、蒲圻二县，及每年修费议有完额之咸宁、嘉鱼、京山三县，均应各该县承修外，其余各处堤工，历年俱于九、十月水落归槽之后，官为查勘情形，估定土方，按照地粮分别核派，金点粮多大户作董事，催收土费，募夫监筑，地方印汛各官往来查催，并不经手费用。盖民堤民修，各期保卫田庐，断不肯草率从事，而董事等身家所系，有目共睹，断不敢从中渔利，误己误人。今若一律改为官修，按地征费，情同加赋，而地方官虑于赔累，浮估浮销，胥役乘间朦蔽，侵费偷工，势必不免。臣等溯查成案，监利县堤曾于乾隆五十四年改为官征官修，嗣以书吏浮派苛索，草率偷减，诸弊丛生，小民不堪苦累，经生员朱楚佩等叠次上控，复于乾隆六十年改为民修。是官修之弊甚于民修，已有明证。所有楚北民修堤工改为征费官修，实多窒碍，应毋庸议。惟修堤董事金派粮多大户，其修费一时难以催齐，向系大户垫用，事后归还，而刁顽之户每多抗延不交，以致董事畏累规避，亦事所时有。原奏内所称楚北民人情愿归之官者，未必不由于此。应通饬各该地方官，嗣后董事垫用之项，如有延不偿还者，应准其据实呈明，由官代为催收，致免偏枯赔累。至岁修堤工，久经议有稽查杜弊章程，臣等现在严饬道府州县恪遵办理，如有汛员工书籍端需索，扰累闾阎，即查从严究办，务使民间出夫出费，胥归实济，以固堤防。

一、原奏内称：楚北堤工向不预备土牛，每致抢险之时，无土可取，应于官修勘估时一并估费征收，预为堆筑；并将洲地应纳芦课钱粮改征柴束，以济工用等语。臣等查堤面堆筑土牛，实系防险切要。惟水患连年，民力拮据，正堤之培厚加高，尚难勉强从事，势不能再令其堆筑土牛。臣等公同筹酌，应归于现在奏办培筑堤工案内一律估办，以期有备无患。至各州县应征芦课租银，例应报部入拨，与正项钱粮无异。而有堤之处，并非皆有应征芦课，如改征柴束运赴工所，势须筹给脚价。况江汉水性与黄、运河不同，向不筑做柴埽，即防险时扎枕搅浪，无论何项柴草，均可就近随处购用。若因征有芦柴加镶护埽，尚须添办蔴缆椿〔桩〕木及人工等项费用，非开销帑项，即派累民间，转滋流弊，似可毋须更改旧例。

一、原奏内称：江、汉二水旧有穴口，湮塞过半，惟虎渡、调弦二穴，尚可分泄江流。其向可潴蓄汉水之三台湖，已淤垫难容，而分泄汉水之泽口，又节节沾阻，应相度情形，开通堤内河港，疏沦虎渡、调弦二穴，并将难以堵筑溃口，顺势利导之，务使水分其势，不致壅遏为患，然后坚筑堤墼以资抵御等语。臣等查虎渡支河间段淤塞，前经臣讷于上年六月亲诣勘定，已于本年正月开工兴挑。调弦口一河，亦拟次第疏浚。其余江汉支河，前据御史朱逵吉奏奉谕旨，饬令派员清查。因洞庭湖港汊纷歧，尚有未经勘明覆到之处，应俟勘报齐全，通盘筹计，另行奏办。

一、原奏内称：楚北近年屡被水灾，所溃缺口多系民修之堤，并不闻官堤有溃决之事。州县以民修堤工毫无考成，漫不经心，应改为官修，照河工条例严定考课之法，分别惩劝。并将事简之同知、通判改为江、汉二防厅，分管修防事宜等语。臣等查湖北通省堤塦，官修者仅止数处，惟荆州万城大堤尤为紧要，系于乾隆五十三年动帑修筑。其堤之宽厚，数倍他处，逐年征收夫土，并动本工筹备生息，加培残缺，每年用费总在四五万两以上。又例由臣等分年督同该道府防守大汛，是以近年江水虽异常泛涨，而该处堤工幸免疏虞。若民修各堤，其宽厚尺寸不及万城堤工之半，防护之难易自属显然。伏思江、汉两大川均因底垫日高，以致旧堤多低矮，前经臣等奏请筹费，一律兴修，已蒙勒交军机大臣会同该部核议。如果准行，自当各按盛涨水痕次第加培，第汛水湍激，冲突为患，尤须实力防守，而堤段绵长，各州印汛人员诚有鞭长莫及之虞。臣等公同核议，应令各州县将境内堤塦，分别平易险要，划分段落，每段至长不得过三十里，以一官管之，于试用佐杂及臣等标下候补弁内遴委办事勤奋之员，分赴各属按段巡防。其间或三里一棚，或五里一卡，均令酌派丁役住宿堤上，往来巡查。遇有险工，即与该汛官随时集夫抢筑，如果十分危险，立即知会该地方官亲往催修。所需防险料物器具及夫价钱文，仍各照旧章程，由州县预备，委员薪水、跟役饭食由司库筹款给发。惟不明立赏罚章程，则人无劝惩之心，仍恐有名无实。其考察之法，应令地方官先于分定堤段内，各立志桩数处，将江河水深若干丈尺，水面离堤顶若干丈尺，确切探量，先行具禀存案。委员到工后，逐日测量水势长落尺寸，按五日一次禀报。查核设有疏虞，如实系水势骤涨高过堤顶，核与上下游开报长水尺寸相符，并非防守不力者，免其参办；若系冲决溃缺者，将该地方印汛各官及专防委员均照防守黄、运河堤失事之例，即行参处。至遇有危险堤工，分管官果能竭力抢护，得以化险为夷，确有所据者，当于事竣后核实奏祈恩施。其寻常防守无误之员，若照原奏立予超擢，未免过优，恐启冒滥之渐，应由臣等存记，量加鼓励。如此分任其事，明示劝惩，庶无顾此失彼之虞，而防险可收实效。

再，原奏内称：以简缺同知通判改为江、汉二防厅分管修防，无论江面辽阔，非一二厅员所能照料，且添一衙门，必有衙门费用，损益之中尤须斟酌。现在民修工程议请仍循其旧，既未归于官修，则官制亦可无须更改。所有臣等遵旨体察情形核议缘由，理合恭折覆奏，伏乞皇上圣鉴，谨奏。

于四月十七日奉到朱批：知道了，钦此。又于第三条勘明覆到之处，句旁奉朱批：勘明妥议具奏，钦此。

再议防堤章程折 *

道光二十五年湖广督臣裕奏为前议防堤章程，声叙尚欠分晰，应请酌量注明，以便遵守，恭折奏祈圣鉴事。窃照湖北地方，外江内汉，湖河港汊，综错其间，素称泽国。各州县低洼之区，业民均筑堤为障，延长自百余里至数百不等。内仅荆州万城大堤有府准生息银两，如遇应行大修工程，始准动拨。又江夏县之荞麦湾、安陆府之钟堤暨沙洋等处，各有本工筹备息银。此外各属堤塦，向于秋深水涸时，按粮派土，官督民修，并不请帑。每逢汛涨，亦由该管分段防护，与黄、运河修防情形迥有相同。道光十四年，前署督臣讷等覆奏《体察江汉修防事宜折》内声明，湖北各属堤塦，应令该地方官设立志桩，将江河水势长落尺寸，按五日一次禀报，查核设有疏虞，若实系水势骤涨，高过堤顶，核与上下游开报涨水尺寸相符，并非防守不力者，免其参办；若系冲决溃缺者，将该地方印汛各官及专防委员均照防守黄、运河堤失事之例，即行参处等因。奏奉俞允，转行钦遵办理在案。迨道光二十一、二十四两年，江陵、石首、松滋等县民堤俱因水势过大，溢于堤顶，致有漫缺，尚非防守不力，按照章程本得免议。臣因该县等究属抢护失宜，奏请摘去顶戴，勒限集费修复，原系随时惩创，经部臣照前奏章程，改议革职留任，固属严益加严。惟查湖北堤工，向系官督民修，并不请帑，在经管堤工各官，如果平时漫不经心，以致堤被冲决，自不能稍纵宽贷；若系水高堤顶，人力难施，因而失事，亦概照黄、运河之例办理，未免无所区别。且须勒限由官赔修，官则又以本系民修，工段仍必责之于民，而民力一时猝难集齐，不免观望迁避，转恐易滋贻误细泽。讷等原奏所称水高堤顶，即漫溢之谓，既已漫溢，则土筑之堤未免不溃决者，而下文又称，若系冲决溃缺，均照黄、运河失事之例办理，不特冲决溃缺而层层字样相同，且未声叙明晰，与上文易滋牵混。臣愚以为立法固当周密，而示罚尤期得中。提防为民业国赋所系，官民无不乐于完善，冀登衽席，断不肯观望偾事，自贻伊戚，似应量为分晰，以免向隅。应请嗣后湖北各属堤工，设有疏虞，如实系水势骤涨漫溢堤顶而致溃，核与上下游开报涨水尺寸相符，并非防守不力者，免其参办；若水未漫堤遽被冲溃者，将该地方印汛各官及专防委员，均照黄、运河堤失事之例即行参处。如此酌量分注，于文义似较详明，而援引亦不致歧异。臣仍严饬各属，将长水尺寸随时核实通报，倘有饰混，即从严惩办，断不敢稍涉迁就，以仰副圣主慎重提防之至意。是否有当，谨恭折具奏，伏乞皇上圣鉴，饬部核覆施行，谨奏。奉旨：该部议奏。钦此。道光二十五年三月十四日。

吏部覆奏：内阁抄出湖广总督裕奏称云云，臣等查湖北各属堤工，据该督奏称，向俱官督民修，与黄、运河修防情形迥不相同，自系实在情形。惟漫溢堤顶因致溃缺，该员等抢护不力，究难辞咎，未便遽此宽免，致与漫溢堤顶并未溃缺者，无所区别。臣等公同酌议，应请嗣后如水势骤涨漫溢堤顶，并无溃缺者免其参处；如水势骤长漫溢堤顶，因而致溃者，将地方印汛等官及专防委员，均照例范不严例降一级留任；未漫堤遽被冲溃者，仍照黄、运河堤失事例议处等因具奏。奉旨：依议。钦此。

湖北承修堤工及接防人员遇有溃缺分别分赔章程

借项办理堤工，例限保固十年。如未满固限，遇有冲溃，将承修接防人员分别参处，着令三七分赔修筑。至保固限内，略有残缺，准其归于岁修案内办理。其挫塌单薄过甚，急应大加修赔者，承修本员在任仍令赔修；如接防人员距原修固限在三年以内者，仍照溃缺章程三七分赔；如在三年以外，接防人员各令分赔一半。

江陵县议详征收大堤土费案
（道光二十三年十一月十四日奉饬，二十四年正月详）

江陵县为核议详覆事。道光二十三年十一月十四日奉宪台札开，以万城堤应征岁修土费，自改议章程以来，各花户并不争先投纳，本届派征土费，完数不及十分之三。兹值勘估岁修，饬即体察舆情，应如何设法催征，其本届悬欠土钱作何力限催输之处，刻日妥议详覆等因。奉此，遵查从前大堤岁修，估定土方后，由县按照田亩均匀核派，责成经书造册，选派董事，分里征收。嗣因不肖差董勾串鲸渔，乡民受其网害。道光二十一年，仰蒙宪台更立章程，禁革差董下乡，设柜宪署大堂，听民自行投纳。差董既无从侵渔，小民自不致受累，所以剔除锢弊，体恤民隐者，洵属法良意美。乃该花户等情无追呼之扰，转得任意抗延，以致悬欠土费数逾巨万，将来陈陈相因，伊于胡底，自应通盘筹划，设法催征。窃思土费按亩匀派，与钱粮照则起科，事同一律。查　县征收钱粮，向系遵例设柜，听民自行投纳，仍选派粮差，督同各里经书，挨户查催。缘该经书等散处各里，凡花户之的名住址，无不周知熟悉，责成催纳办理，颇有成效。所有征收大堤土费，似应照征收钱粮之例，责成经书催缴。第各乡花户淳玩〔顽〕不一，改章以来，亦有踊跃输将者，若不分别立限，概令催追，转无以奋淳之户急公之念。应请嗣后每届土费派定后，定以三月为限，仍照更定章程，自行投柜完纳；如逾三月之限，按照欠数，着落该经书挨户追缴，赴柜掣券，先由宪台刊单颁示，酌定分缴限期，核其完数多寡，分别催征，勤惰予以劝惩，花户抗纳，许经书开具的实户名住址，禀请拿究。如此明定章程，先予花户以三月之限，俾急公之户得以早自完纳，免受追呼，复予经书以分缴之限，俾不肖之徒恐经书指禀，亦不敢任意抗延，似于征收土费事宜较有裨益。至上届岁修土费，早经宪台挪垫，亟应征收归款，前奉饬派县督同经书挨户帮催，并饬传各里保正带赴宪辕给示催纳。业将遵办缘由并差役姓名，开折申复在案。现在勒差传解，听候给示限缴，以免悬宕。所有奉饬核议缘由，是否有当，理合具文，详请宪台俯赐查核。

荆州府程批

据详筹议催征大堤土费，以各乡花户淳顽不一，请于派定土方后，以三月为限，按照欠数，着落该经书挨户追缴，赴柜掣券，先由府署刊单颁示，仍按期限完数，酌示劝惩，如有抗户，许经经书指实，禀请究追等情，所议均属周妥。惟查历来业民输土，必以麦熟、秋后两届丰啬为定凭，若稍值歉薄，即滋藉口。在经书世守所管顷亩册籍，业户之丰盈、瘠薄及田地之高下肥硗，悉属了如指掌。囊年多金董事，适以重滋扰累，迨本府痛除积弊，改章听民投纳，又复群相诿卸，观望不前，实属罔知感奋。兹据所议，示限三月为度，分别完欠，以为劝惩，急脉缓受，似非专责经书立意之本，且复易启推诿之端，核于矜始慎终，难期尽善。溯查向持由县立限，差督比追，及由府加派押差各章程，其中亦有可采，昭铃束而警稽延，仰再遵照指饬，悉心从速筹议，总以责成全在经书，务使一以贯之，不准丝毫旁卸。其麦熟完半、秋成全完，亦宜俯顺舆情，免滋掣肘。现已将督饬改议征土缘由，通详各宪，并即参酌成案时宜，逐细定议另详，以凭查办。慎毋稍有含混，转使徒托空言，所关匪细，挑汛瞬临，悬垫难继，所望于贤令尹相为勚成者尤非浅鲜也，此缴。

为遵批详管事

案奉宪台批：△县详覆征收大堤土费章程由奉批云云等因。奉此，△△自应仰体宪台矜始慎终之意，悉心筹议，以期尽善。誊查万城大堤自道光十二年奉文改归宪辕修守，历届派征土费，由经书金董领催，嗣蒙革除差董之扰，听民自纳，转得情无追呼，相率抗欠，上贻宪台悬垫之累，陈陈相因，殊属罔知感奋。△△前议三月为限，仍令自行投缴，尚冀分别花户之淳顽，以符宪辕设柜经收之意。奉批前因，复即传谕。△县管理户粮民赋等书筹议，据禀经书领催土费，责无可贷，惟县属里分一百二十有奇，经书散处四乡，综计千有余名。里分优劣不同，积疲之区，花户悉多顽梗，兼有频年水旱，业民逃未归者，不少已难责令照册全完，与襄堤派土无多，征缴仅止偏隅情形不同。又业民春麦收成无几，藉济青黄不接，应完土费，应请酌分二限，麦四秋六，俾令从容交纳，经书不致畏累等情，△△逐加察核，所禀当属实情。又检查△县襄堤派土，从前亦因金董扰累，道光二十二年据绅耆呈请裁董归经。前署县沙令示谕准行，现仍照办，所有大堤征土事宜，应请即照襄堤之案，一律责成经书催缴，以免旁卸。而经书散处四乡，或侵收抗缴，或浮勒累民，从前由县设立催差，并宪辕加派押差，固足以示钤制。但虑法立弊生，多一差即多扰累，若辈非尽淳良，耳目难以周察，流弊不免渐滋。拟请立定限缴章程后，考核经书之完欠，急公者免其差催，延玩者随时差拿解比，参酌旧章，分别派差督押，差役中查有需索徇纵并提严究。仍于每届派定土方后，先恃起派科，则分别秋麦，每石派土若干，详报宪案，示谕花户咸知，俾杜浮冒之弊，花户逗刁抗欠，亦即由经书指名禀究。惟江邑频年灾歉之后，业民元气未复，本年改章伊始，所有分缴限期，拟请俯顺舆情，麦收完缴四分，秋后全完，仍以四月、九月分别比期，由宪台酌定赏罚章程，以示劝惩。似此分别办理，在花户于应输土费就近付给，经书交钱得券，无须来城自纳，得免往返失时，似亦众情所愿，而各经书催缴之责，无可旁贷，于征收土费事宜，可冀渐臻完善，且与革除金董累民之德意，亦属相符。是否有当，伏候宪示。饬遵再改章程，设柜投收，已历数年，现议专责经书，应请宪台颁示晓谕各乡花户，并札行主簿、巡典各汛员一体遵照。其从前金董领催，系东郡城隍庙设局，选派绅耆经理，现在应否循旧设局，造办册券，抑仍由该经书亲赴宪辕具领册券，认限完缴之处，理合一并具文，详请宪台查核，示知遵办，实为公便。

奉批：据详筹议派征大堤岁修土折钱文，请照沙市署令任内办理襄堤岁案，裁董归经，俾昭划一，而绝扰累等情，所议均中肯綮，亟应查照赶办。其分限四、九月，按四、六分数催完，延即示比，核与麦熟完半旧章亦相吻合。所有改议，专责经书按户催完新土，准令该经书等赴府投具认领，并限完结听候核给册券，依期照土缴钱，交呈府局截券分给，既免业户往来跋涉，该经书等亦责无旁卸，毋容另行设局，致生枝节。仰候督饬局书再行悉心参酌，定议垂久章程，刻日出示晓谕，并通报各宪，一面筹议分别劝惩各规条，以示观感，仍俟定案后另檄饬遵。此缴。

荆 州 府 禀

敬禀者：窃照荆江北岸万城一带大堤，上自当阳县交界之堆金垱起，下至监利县交界之拖茅埠止，绵亘二百十余里，为邑城下游各州县保障，最关紧要。每届岁修，估需土费，向系饬令江陵县在于合县按照业户田粮均匀起派夫土，金点董事，领册催收，缴局济用，立法本为周密。乃因章行日久，差董从而滋弊，遂至积多悬欠。△△体察情形，通盘筹画，于道光二十二年春间，改定章程，将差董一项悉数革除，随就府署大堂按照征收钱粮之例，听民自到投纳，先行出示晓谕，以期蠲除民累，禁绝侵渔。当设柜之初，各业民颇知感奋，赴纳者极为踊跃。嗣值前年夏讯水患，因而相率观望，且有奸民持无追呼之扰，用意鼓惑愚氓，将应输土费，互相抗悬，遂致两年以来，积欠土钱至八万余串之多，势难停工待费。所有应办大堤岁修工，均由△△设法称贷赶办完竣，而于筹垫济工钱文，至今悬而无薄，若不亟为厘正，在守土者筹垫无方，而各顽民习为故然，置自卫田庐于不顾，陈陈相因，伊于胡底。遂督同江陵县昇△悉心审度，筹议垂久，官民两便之方，计在裕经费而重修防，随据详称，该县岁办襄堤，从前派土金董，多滋扰累，旋由各绅耆呈请将差董裁革，专责管粮经承，按照里分田粮顷亩科则土数，领册催输济工，前年署县沙任内，如禀试行，著有成效，年来均系循率办理，各业民极知感奋。请将催征大堤土费，仿照襄堤章程，责承领催完缴。惟以江陵业民连年叠遭水患，元气久伤，请予分限麦熟秋成，照派完缴，冀舒喘息而示体恤。如有业户逾限抗完，或该经书催缴不力，仍前玩视者，立即分别按名拿究比追。如此一转移间，庶不致始终玩惕，而免官为垫赔，且小民俱有天良，自应共知观感各等情，具详前来。逐加体察，所议均属切中肯綮，自应俯如所请，赶紧督饬奉行，并先出示晓谕，一面饬县督饬经书赶造土册钤印，给发经书具领，执册催收，花户照册交钱，依期赴府呈缴，并饬令传集经书管田粮各书剀切开导，当堂给册，领催缴土济工，掣串执凭。其悬欠上届土费，仍听该业户自行赴府完纳，以杜纷扰而别经〔泾〕渭。合将督议征输大堤岁修土费改董归经缘由，缕晰驰禀，是否有当，伏乞训示饬遵，实为公便云云。

道光二十四年复奉署荆州府
联饬议改章，嗣经详复仍责经书收缴

为札饬妥议详复事。照得万城大堤岁修夫工，向系在于该县北岸按粮摊派土方，金点董事派差催收，在城郝两处设局收缴，发济工用。道光二十三年，程前府因董事催差串同弊混，积欠不清，出示革除，在大堂设柜，听民自行赴柜完缴。初行尚觉踊跃，继而刁民藉无追呼，相率玩抗，悬欠愈多。本年二月，饬据该县议详，裁董归经，将大堤土费责成管粮各经书领册催缴完，如承催不力，拿究比追，经程前府禀奉督宪批司议准饬遵。一年以来，各经书完缴土费，不及原派十分之二，较之花户自完，更形短绌，该县亦未将经书各花户住址及承催土方数目，造册呈送府中，无从拿比。似此愈趋愈下，累官赔垫，无所底止。本年民工阮家湾等三十二工岁修，估需土二十二万零五方六寸六分，合钱三万五千二百串九百零五文，即须派土启征，若仍前有名无实，府库无款可垫，堤工势必贻误，所有征费章程自应筹议更张。查从前金董催收，每年尚得十之七、八，自改董归经，完缴不及十分之二，得失优劣彰明较著，未便因噎废食，致饱蠹者贪蠹。合亟札饬，札到该县立即遵照，体察情形，查考道光廿年以前成法，大堤土费应否仍复旧章，金点董事领册催收，并由县派差督催赴局完缴，抑或设法另立章程，总期事有实济，费不虚悬，保障攸关，事难刻缓。该县本有缓征之责，务即熟筹妥议，迅速详复核办，毋稍率延者，札。

道光二十五年江陵县议详

为札饬妥议详覆事。道光廿四年十二月十六日奉宪台札开：照得万城大堤云云等因。

奉此，卷查万城大堤自道光十二年奉文改归宪抚修守，历届派征土费，由△县经书金点差事领催，选派差役分投收缴。嗣道光廿二年春间，奉前宪程饬议改章，专责△县官粮经书催缴，详奉准行。乃综计上年完数，不及十分之二，较之花户自完，更形短绌。诚如宪谕，若仍有名无实，无款可垫，堤工势必贻误，亟应熟筹妥议，期于事有实济，费不虚悬。推原立法之始，土费金董承催，原使绅民自谋保卫之益，即以杜书役侵蚀之渐。特从前花户各归址段，董事易于催收，无须畏避，迨历年已久，业民田地辗转易手，并有钱粮里甲诡计分歧，遂致董事虑贻赔累，每于报金之期，多方图脱。地方官于绅民粮产之多寡，无由深悉，不得不假手经书指报，而经书即得操金点之权，卖富报贫，营私自利；其贫而不能求脱之董事，于粮户之的名住址，仍属茫然，力难垫赔，终于逃避。该管经书所了然于心目者，从前征土得十之七八，谓系金董之实效，不至严比催差，董事之有力者，设法措垫。后由董事而转责包收之经书，为之收缴，是名为金董催土，实则经书包揽渔利者。程前悉〔府〕深悉其弊，非虑董事之侵渔，实以绝书役之弊，援而革除也。此时舍金董而土费万无征理，即因书役扰累难除，第为万民力谋保障，亦当审其利害轻重，议复旧章，△△断不敢博地方宽厚之誉，置要工经费于不顾。特亟加察访，土费之完欠，全在经书掌握，田里之法，必期于遵守，而杜弊当究其根源。谓裁董归经，法有难行。设复董之后，交相侵蚀，亦岂能终听虚悬。今知弊源之在经书，而因循复金董之旧，仍滋弊流，殊非仰体宪台勤慎恤民隐之意。查上届廿四年土费之不及民缴，自由大堤漫淹成灾，即上年金董承催，值水患流离之后，亦恐征缴不前，是上届情形未可概论。△△熟筹至再，窃谓经书催土之责，万无可贷，而悬欠之弊，非因立法不善，良由立法不善严，所有本年征收大堤土费，应请仍责经书催缴，由宪台严定完缴限期，先期由△县选派干役，分饬经书领册催缴，届期完不足数，或延不领册催缴，勒提该经书严究。差提延不到案，并传该役呈比，或△县书役朋比为奸，并请由宪辕派拨督差查催，务使法立令行，书役无从施其伎俩，于岁征土费，可期渐臻完善矣。是否有当，理合具文，详请宪台俯赐察核，训示祇遵云云。

荆州府刘批

据详筹议征收万城大堤岁修土费，仍责管粮经书缴催等情，所议尚属妥协，应即照议办理。惟堤工例应冬月兴工，春间完工，以备汛涨，堤费一项为办堤要需，无费即难兴工。前据详请酌分二限，以麦四秋六交纳，固属体恤民隐，然麦收总在四、五月间，其时夏汛已发，堤工何能停待？如以遂之府垫，府库并无垫土专款，亦无闲款可挪。每届土费，多者八九万串，少亦三四万串，为数甚巨，设垫亦殊不逮。堤工为业民田庐保障，派征土费，是其自卫，并非别项差徭可比，且估土派土应在上冬，正是收获之后，民有余资，即应乘时催缴，以应工需。麦收之际，即须全完，庶工费不致短缺，可无停待之虞，自应另行酌议完缴限期。但上冬勘估岁修二段，此时当未设局收缴，自应量为变通。仰将本届土费，即遵前札，按估派土方数目，在于未淹及淹不成灾各垸内均匀配派，晓谕各里业户踊跃完纳，责令管粮经书赶造土册，由县盖印散给，迅速催缴。本年四月内总须完缴七分，七、八月内全完，不准拖欠。一面饬承收各里书承管某里粮额，应缴土方钱数，造具清册，注明里书的名、住址、汛保书役姓名，申责查核，并饬皂快总役选举班内干役二十名，由县点验开单送府差遣。其下届完纳土费月分限期分数，仍由县另行妥议，详候酌夺，转详立案，均毋违延，切切。此缴。

前荆州府程禀陈垫用济工实在原委请督饬设法
比追欠土顾全大局俾免偏累由

敬禀者：窃照荆州万城大堤官民各工，溯自乾隆五十三年溃堤后，经钦差阿相国奏明，责成水理同知管理修防，俾资保卫。历久遵循，尚无贻误。嗣缘叠遇灾患，民力渐艰，而该管同知以闲曹散秩，呼应鲜灵，且筹垫无款，几将寝废。蒙前督宪卢俯念民依，遂于道光十二年间，奏请将该堤岁修工程改归荆州府经理，以资筹垫赶办。当改张伊始，所有民间折工，颇能踊跃，在从事者固须先期措垫，而陈陈相因，当不至积成累赔。倭计时越十四年于兹，积久玩生，遂多民欠。△△自二十一年接办岁工，于仅输土费，未尝不上紧督率比追。是年完数仅及分厘，其实在方受血比者，合计侵蚀不过一二分；其棒不及方者，侵渔之数转有七八分。后采访舆情，盖良民之受困，多因江陵县经书金董，大半卖富金贫，稔知中人之户，无不因此破产，情实勘矜欲图力挽颓靡，尤须先除已甚，随详请将金董裁汰，设柜堂皇，听民自封投纳。二十二年春间开收，至四月以前，完数已得有四成。旋于五月溃堤后，具有天良者，犹复交纳一成有余。至二十三年，派土既重，又当续被水灾之后，自应曲体民艰，将传低乡土费扣免，而以加倍之土派及高乡得半之田，民间不无藉口观望，然犹肯交纳数至四成。迨至二十四年派输岁土，因念自到投柜，仍无实效，饬据江邑议清，将应征土费裁董归经。查是年被灾在七月初旬，秋收业已过半，核计经书所催缴数，只有二成，较之二十二年五月被灾完土，转不及半。其为有治法需有治人，已可概见。△△自二十一年垫办岁工，未计土费计二万五千串；二十二年垫办未收者，又计二万五千串，综计两者所垫五万串。犹谓时已隔岁，民困歉收，既称难以科催，应饬令概予豁除，以纾民困。其于二十三年麦秋两熟，更非书役涉手，实欠均系在民，乃复以派输土重，藉词抗纳，悬欠至四万六千余串之多。即就所称派土过重而论，再从亩体量为减半征收，似亦无可狡情透卸，亦当应征二万三千余串。至于二十四年由江陵县责成经书征解，并扰议请分秋六麦四两限催征，是年被灾在立秋以后，麦熟四成之说，完数仅止二成，实为从来未有之事。良由县中专以奏销为重，承催者同此，经书不无泡注挪济，遂置土费为可缓，以是麦熟久逾，征土仅止二成，猝遇水灾，全归无着。查是年派征土费三万八千余串，若止征收麦熟四成，将秋收六成折征三成，亦尚应征土钱一万九千余串，民力似不至大困。复就△△任内共垫出十三万一千余串，若豁除二十一、二两年五万串，又二十四年折半二万三千串，二十四年秋后三成一万二千串外，统共尚应折征钱四万二千余串，以之弥补△△因公挪用款项，尚属有余。且江邑承催大堤土费，历年已久，向来系与奏销钱粮同时并征，初不问有因噎废食之论，若竟视同秦越，恐积久相沿，每况愈下。如不亟为筹议尽善章程，徒以民欠土折钱文，归于后任，势必征陈搁新，多所顾虑。若竟概置不征，在△△挎栎废材，固不足惜，惟岁有常经，攸关大局，苟竟听其悬而无薄，将使奸民专盼典守者一遇量移，即可邀免追呼，似亦未能两昭公允。理合沥情缕禀，伏乞俯垂鉴察，缴府督县，设法将积欠土钱实力催征，或请遴员驻郡督同比追，俾巨款得归有着，而免偏累一已，贻患将来，永戴鸿慈，益无既极云云。各宪批：应如何征缴，饬府核议转行江陵县妥议具覆等因。

江陵县为查议详覆事

案奉宪台札开云云等因，并奉抄发禀稿下县，奉此，尊查万城大堤土费，从前差董催收，尚有成效，自道光二十二年，奉前宪权革除差董，改议设柜大堂，听民自纳，而业民恃无追呼，相率抗欠。嗣二十四年又奉饬县改议，责成管粮经书催办，甫届秋成，又因大堤漫缺成灾，完数仍未及半，其中经书私收侵蚀，难保必无，而业民藉灾延欠，亦所不免。恭绎前宪权所禀积欠土费情形，为二十三年完数之仅及四成，则由前宪权改议旧章，听民自纳。其二十四年责在经书收缴，完数止仅二成，则以△县专以奏销为重，承催者同此，经书不无挹注挪济等因。窃思江陵全境，菁华全在北岸，而北岸全恃大堤为保障，利害所关，无殊唇齿，断无以宪辕慎重修防，△县视同膜外。在各业按粮派土，土费与钱粮同为业户应完之项，何须重奏销而轻土费？且△县历届奏销，亦须自行筹垫，则土费之完欠，更与县中无关损益。若必藉资挪济，从前完土踊跃之年，亦不闻贻误奏销。就本年征土情形而论，承催者犹是昔日之经书，完缴者同是江陵之业户，即△△亦复循旧催征，仰蒙宪台分别惩创，核计缴完土费已得十分之七，较前数年大有成效。诚如前宪权所禀：有治法需有治人，伏思前宪权历年因堤工赔累，所有筹垫各年土费，均系业户应完之项，自应设法催征。除二十一、二两年未完土费奉议豁除外，所有奉议二十三年土费折半催征，又二十四年土费催征麦收之二成，秋后之折半三成，恐花户籍口异同，亦难免经书从中弊混。△△下愚之见，所有二十三、四年民欠未完土费，似应一律减半催征，仍责经书催缴。特体察民情，当连岁被灾之后，民气未尽复元，又今冬岁修工程，又须派新土，似须将旧欠土方分限带征，应否以二十五年春征将起，将二十四年旧欠土方查明未完钱粮，责成经书减半催征，统限四年完缴，以示体恤，而归垫款。理合查议详覆，仰祈宪台俯赐察核。为此云云。

禀南岸江支各堤岁修业民被水
力难派土请借项办理由

敬禀者：窃照△县荆江南岸虎渡汛、东西江支各堤，蜿蜒一百五十余里，为本境及近数县田庐保障。△△抵任后，当即驰赴各工，周历覆勘。除西支堤马家渡溃口工程，业经△前县沙令酌议，移赈归工，禀明钧鉴，其余岁修工段，因本年夏秋徒涨，叠被风浪狂刷，有外滩无存形同壁立者，有由外坍矬卑薄不堪者，亟应分别修培，而情形惟西支堤之八节工为尤甚，不特外无滩岸，且复临深潭，现在堤形残缺过甚，仅存一线，极度形势，非退挽月堤，万难抵御。△△率同虎渡巡检蒋见扬搏节估计，实需夫土银一万六千四百五十七两零；又东岸江支堤，估需钱土银七千七百九十八两零；又西岸江支堤估需夫土银一万两有奇，以上三共需银三万四千二百六十两零。查江支各堤，本系业民按田派土，自行修卫，乃连被水荒，本年又复被淹成灾，民情益行困苦。查上年岁修各工，仰蒙^{宪台督宪}体察民力拮据，奏准借动正项给领兴修，本年民间困苦之状，较前尤甚，万难责令派土修筑。△△甫经抵任，于地方一切公事，已属竭厥支持，无从筹策，而保障攸关，若任其坍废，匪特数县生民无所依赖，且转瞬春汛届临，遇涨即溃，修葺更难，益复上操宪廑。惟有仰悬逾格恩施，俯赐转请筹款，借给银三万四千二百六十两零，赶紧兴筑，以御汛涨。所借银两，即于来年秋后起，分限四年，在于受益业民名下派土征还归款，俾纾民困而资保卫，感戴鸿慈实无涯矣。谨分别造齐清册，赍呈宪鉴。恭叩福安。除禀各宪外，△△△△谨禀。

奉督部堂批：该县江支各堤，均应业民自修之工，乃率请借项至三万四千余两之多，当此库藏支绌之际，断难准行。仰布政司即饬该县，督令受益业民自卫田庐，毋得妄希借项。切切。仍候抚部院批示。缴。册存。

禀△县江支各堤民力实难修筑仍请筹借办理由

敬禀者：窃奉本府、宪台札开，道光二十三年正月二十五日奉藩司、藩宪、宪台札奉宪台、督宪批△县禀南岸江支各堤请项修筑缘由，该县江支各堤，均应业民自修之工，乃率请借项至三万四千余两之多，当此库藏支绌之际，难断准行，饬即督令受益业民自行修筑，以卫田畴，无得妄希冀借项，仍候抚部院批示。缴，册存等因下县。奉此，△△自应凛遵办理，何敢复行渎禀。惟民间疾苦之状，不得不渎陈钧听者。查△县南岸自道光十九年以来，连淹四载，垸民舍产逃生，存者无几。△△周历其地，但见平沙无垠，即有零落村墟，谕以保障攸关，照例派土修筑，该民人惟求官为视其家室，空若悬罄，当此衣舍莫继之候，势难顾及田畴。虽经△△遵照宪示剀切晓谕，未据垸民认办，追呼敲扑，恐法令亦有时而穷。又△县北岸绅富较多，或量筹挹注，设法劝捐，但工有在南岸，本属视同秦越，漠不相关，该令催解，已非众乐从。而去夏北岸同遭水患，或置田而租米无收，或殖货而营财较绌，在绅富亦形竭厥。且曾以灾黎急抚沙市街堤，一再劝捐，察查现在情形，筹措之举，势有所难。此△△朝夕焦思督饬，民间无力修筑之实情也。△△深知兴军之后，国帑不充，何敢市惠于民？因前数年屡经借项，援以为请，上操宪怀。但值此地方情形一筹莫展，如谓南岸江支各堤，本境受益仅在偏隅，则竟坐视坍废，悬工不办，而下游公安、石首、松滋、并邻省湖南之安乡、华容等县，悉资保卫，一任汛水之来，滔滔下注，△△身任地方，何以辞壑邻之咎？此又筹思无策，万不得已，仰求借项之实情也。刻下春汛瞬届，两岸险口林立，△△实深焦灼。查原估西支堤之八节工退挽月堤，及东西两岸江支各堤，共实需夫工银三万四千二百六十两零，不揣冒昧，合再沥情具禀，惟有仰求俯念△县地方困苦情形，转请迅赐项借给，以便赶紧兴工修筑，俾资保卫。渥沐恩施，曷有既极。专肃具禀云云。

八节工借项司详

为详请奏明借项修理堤工以资捍御事。窃查荆江南岸江陵县属之虎渡汛西支堤八节工堤段，滨临支河，外无滩岸，节年坍塌，上年更甚。屡次撑帮，坍塌殆尽，现存一线之形，内系深潭，难以加帮。前据该县勘估退挽月堤道，计长五百七十丈，需银一万六千四百五十七两零。又南岸下游公安县属之沙堤、铺江堤，上年大汛漫溃成口，委经职一在道督同荆州府暨委员勘覆，口门内外冲成深潭，必须由石首县柳平垸横堤起，至公安县张詹李大堤止，挽筑月堤一道，计长一千二百十七丈，需银一万六千二百九十两零。各该处业民被水，供无力修复，禀请分别劝捐，派土修筑，并请先行借项办理。因系民修之工，均奉宪台、督宪批饬，查照旧章，自行集费修办，转行在案。无如业民田土被淹成灾，流离转徙，多未复业，无从派土。至劝捐一层，不特北岸绅民无关痛痒，且虑南岸堤成，北岸险工吃重，群相观望，难冀解囊。抑且南岸士民俱因叠被水灾，困苦异常，无力捐济之用。查该二处堤决，在江陵已属受害，下游之公安、石首受害较重，而湖南所辖之澧州、安乡，华容等州县被淹寝广，民瘼攸关，未便因工费无出，置要工于不问。本司道再三熟筹，必得乘此春汛未至，借项赶办，庶足以资抵御。现将该二处堤工复加醒核，于无可节省之中益求节省，撙节减估。江陵县八节工挽月支堤，原估面宽三尺，今改为面宽二尺，只需银一万二千三百一两六钱五分；公安县沙堤铺挽月江堤，原估银一万六千二百九十九两九钱七分五厘，实系撙节估计，无可再减。二者需银二万八千六百一两六钱二分五厘，应请于盐道库存长虹桥路堤生息项下，借报银一万两；金沙洲堤生息项下借拨银一万三千两；司库老德堤工生息项下借拨银三千八百两；商捐堤河生息项下借拨银一千八百一两六钱二分五厘，一并发交职道带赴荆州，会同职署道督饬各该县上紧赶修，务于汛前完竣，报请验收，并令照例保固。所借银两于来年秋后起，在各该县受益业民名下分限八年摊征还款，以纾民力而重堤防。本司道等系为保卫民生起见，是否有当，相应造具工册，具文详请宪台查核具奏，批示饬遵。再此系民堤借款办理，邀免造册报销，合并声明。又，此案应请宪台、督宪主政，除呈督、抚宪外，为此，云云。

禀△县八节工挽月堤形中段酌量取直
并现在工程分数由

敬禀者：窃△县荆江南岸西支堤之八节工挽筑月堤，仰蒙恩借拨银一万二千三百一两六钱五分，前经△△将具领兴办缘由通报宪鉴。兹△△相度地势，该工退挽月形，通堤均属合宜，惟中段一节绕潭过曲，转恐水流停滞，尚须量为取直，以顺水性而固堤身，于工费亦可节减。当即会同代办虎渡巡检张赓言悉心酌议。查原估长五百七十丈，现改为五百三十丈，计可节省土四千六百八十方，合银八百四十二两四钱。其余脚面高宽丈尺，仍遵照藩司会同本道^{宪台、}^{藩守}宪估册办理。旬余以来，催集人夫认真赶筑，工程已得三分。△△惟有督同该巡检常川驻工，务使层土层碛，连环套打，寸节悉臻稳固，赶于春汛以前一律完竣，以资抵御，上纾慈廑。至该堤原估经费，本属力从撙节，倘值雨多夫少，尚虑工费增耗，现幸天气晴明，未及农忙之候，△△自当加意经理，断不敢虚糜草率。其中段酌减夫工银八百四十二两零，现即留为他处支用。合将八节工挽月堤形中段酌量取直，并工程分数缘由，肃泐禀明宪鉴，恭叩福安云云。

禀岁修工段酌减兴办竭力筹费由

敬禀者：窃△县荆江南岸东西支堤，除马家渡溃口移赈兴办，八节工挽月禀蒙借项，业经次第赶修，先后禀陈钧鉴，其余各段岁修，原估夫土一万七千八百余两，无可筹措。辰下抵汛以来，△△实深焦灼筹思，惟有择要分别减估。惟工段绵长，或内外加帮，或补筑浸漏，而西支堤之上杨林，东支堤之梁家垸，尤为险要，仍复估挽月形，使臻稳固等，计夫土银一万三千四百六两六钱五分，无可再减。查△县前于抚赈项下督饬绅耆议归工用银二万三千九百六十一两六钱内，拨给马家渡并草市堤银各一万两；又焦路河钱二千串，合银一千三百四十两外，尚存银二千六百二十一两六钱；又现存八节工减留土费银八百四十二两四钱。以上两项共银三千四百六十四两，均为岁修各工支银，使贫民担土佣趁，仍符绅民留赈归工之议。实在尚不敷岁修银九千九百四十二两，体察垸民困苦情形，委实无从派土，而藩库、宪库、藩库经费有常，且蒙恩施酌借八节工挽月之费，△△何敢一再禀求？现在惟有竭尽心力，多方措借，陆续济工，一面赶紧集夫修筑，克期报竣，以御春汛而纾宪廑。设功亏数篑，费实不支，而汛期迫届，有不得不渎恳宪恩量为筹济，以免贻误者，尚容随时禀请训示遵办。除兴工日期另文申报外，合将岁修工段酌减兴办竭力筹费缘由，并开具估册，禀呈钧鉴云云。

禀△县岁修工程紧要请借廉济用由

敬禀者：窃△县南岸东西江支各堤，前将酌减兴办缘由，函禀钧鉴。兼旬以来，督同汛员张赓言集夫修筑，牵算工程已得三分。查岁修各工改估需银一万三千四百余两，除移赈归工，并八节工减留土费等银三千四百六十四两，均为岁修支用，尚不敷银九千九百四十两有奇。当此春汛临眉，工难缓待，经△△竭力筹措，向铺户出券认利借银四千两；又南岸贫民请借籽种，愿将谷折银两归工领用，藉获保障之利，仍得布种之资，计可酌拨银三千六百余两，核计岁修工用，尚不敷银二千三百零，委实无可筹措。因查△县年颁应领养廉银一千一百两，除年额奉文各捐款应扣收银五百数十两，尚可领银五百零。万不得已，仰恳大人、大老爷俯念△县岁修工程紧要，准于养廉款内筹借银二千两，迅速给领，以济要工，俾免延误。所借银两，即请分作四千，在于△县廉内坐扣归款，感候恩施实无涯涘。肃此具禀云云。

禀△县八节工月堤挽筑完竣由

敬禀者：窃照荆江南岸西堤八节工因情形危险，应行退挽月堤，仰蒙宪台俯察民力拮据，禀奉奏准督宪拨银一万二千三两零下县，前经△△将具领兴办并中段酌量取直缘由，肃禀钧鉴。月余以来，△△督同汛员张赓言广集人夫，认真挽筑，虽乡农割麦之际，夫价较增，幸天气畅晴，得以催偿赶办。现于四月初二日照估如式完竣，均系层土层碳，连环套打，悉臻坚固。辰下江水渐涨，△△惟有督同汛员加意防护，以仰副大人、大老爷慎重保卫之至意。所有八节工月堤挽筑完竣缘由，肃禀慈鉴云云。

禀△县南岸东西江支各堤岁修筹办完竣由

敬禀者：窃△县南岸虎汛东西江支各堤岁修，前因民力拮据，修费无出，业将酌减兴办竭力设措缘由，及修有工程分数，叠禀钧鉴。兼旬以来，△△督同汛员张赓言倍集人夫，认真修筑。嗣工程九分有余，蒙宪台、督宪亲临查验。兹于本月十四日照估如式一律完竣。刻下江水盛涨，△△率同汛员亲驻工次，并金派管士严督堤圩各分段，加意巡防，务保无虞，以仰副大人、大老爷慎重提防，保乂民生之至意。所有东西各堤岁工完竣缘由，谨肃禀闻，恭请崇安云云。

禀江水盛涨竭力防护及新工抢筑子埝由

敬禀者：窃△△承修虎渡口、西支堤挽月新工一道，业经工竣，禀请验收，并以该工应加高三尺，兼外坦铺砌碎石，缕禀宪鉴在案。辰下川水骤涨异常，△△将江支新旧各工逐一较量，本年所修西支挽月新工，适与上年东支太平工一样陡高，而太平工本年岁修，业既加高三尺，其三节工旧堤亦已加高三尺，惟△△承修新工独未加高，现遇盛涨，是以与委员彭令商酌，先将该工抢筑子埝，务与东岸太平工及上搭脑本工旧堤相等，庶足以资抵御。△△亲驻工次督催，并严饬各工圩长保甲人等，勤密巡防。本月二十日巳刻起至二十二日酉刻止，虎渡口等长水九尺四寸，较上年塌数丈；又上杨林湖堤身逼近大溜老堤，崩矬已尽，仅存本届新修内帮；又王家湖垸及东支堤茂林垸等堤，均有崩矬，△△当即亲诣查覆，设法抢护。其杨林湖工段最险，饬巡检常川督抢，其余就近令该各处圩保监修绅耆加紧抢护。△△仍往来梭巡，务期实力保全，不使稍有疏虞，以仰副△△△△△慎重提防，保卫元元之至意。理合将江水盛涨、△县东西支堤抢险防守及新工抢筑子埝缘由，肃具寸禀云云。

禀江水盛涨抢护险工情形由

敬禀者：△县南岸虎渡汛缘本月二十日巳刻起至二十二日酉刻止，共长水九尺四寸，各工均多报险，业将抢护情形缕禀宪台在案。嗣连日大雨，加北风大作，全江洪流直注虎渡一口，二日之间，水势续又增长四尺一寸，连计共长水一丈三尺五寸，比较上年极涨之时，已多涨二尺六寸。△县江工，上古墙、中古墙、白廓、龙王庙、肖石嘴各等堤工，均报弥漫，水过堤面七、八寸不等。而兴隆工中古墙、江渎官并发大漏，三节工旧堤被风浪洗刷，堤身三十余丈，堤面带矬三尺。△△筹备钱文，多购木料、柴草、棉絮、布袋、板片各物，督饬汛员，带领丁役及圩甲人等，分投抢护。缘大雨倾注，人力难施，△△不惜重资，传令冒雨跑签，每担发钱三、五文不等，先后所报险工，现经赶紧抢筑。至安澜新工，因风浪猛激，前经禀请外帮，兹已多雇踩水人夫抛护完好，以俟水退听候验收。至于子堤，业经会同委员令昼夜冒雨跑签买土，加倍给发钱文，俾人夫争趋，暂资抵御。倘蒙宪慈福荫，雨止水退，各工或可无虞。惟风雨连朝，水势仍长，△△所属南岸江支各堤工段过长，设再瀑涨，定有漫溢之虞。△△此数日除价不计外，即跑签买土，已用钱数千余串，然民瘼攸关，△△仍设法筹款运土，有险必抢，以期仰副大人保卫堤防至意。谨将△县抢护险工情形，肃具寸禀云云。

禀报虎渡汛等处漫溢其余抢险各工均已稳固由

敬禀者：△△于二十四日续将亲驻工次会督汛委各员分头抢护南岸虎渡汛等各工危险

情形缕禀宪鉴在案。正在督率人夫，竭力抢筑，渐臻平稳，不料自二十五日子时至二十六日申时，雨逾狂，江水暴涨，浪如山涌，南岸东西江支各堤处处漫水，安澜新工几至莫保。△△会同△令不避难险，不惜重资，设法加意抢护。其上、中、下古墙各堤，上漫下蛰，势有必溃之危。该堤地居上游，首当加意，△△饬令汛员驰往督抢。其余工段绵长，当措备钱文，拨丁役运送各处，传谕圩业人等集夫赶抢。于据圩甲人等次第禀报，东江堤某处等水漫堤面过深，人力难施，业已溢注内灌。△△当即驰往查看，该处内外汪洋一片，无从措手，居民因抢险多日，俱已迁移高阜。惟水势未平，定必跌成口门，现在漫溢处所深长丈尺，急切未能探量，容俟查明后再行驰禀。所有被水民居，△△先行捐资急抚，不使失所。其余抢护各工，尚获稳固。△△现在加意巡防，重加收拾，以防伏汛。合将△县南岸等处漫溢情形，肃禀宪鉴。

再，查二处本届并未估办岁修之工，理合声明云云。

禀南岸马家渡工程分数并筹办缘由

敬禀者：窃△县荆州南岸虎渡汛、西支堤马家渡民工，上年五月汛涨泛溃，嗣蒙臬司、臬宪临荆查勘，因口门冲成深潭，难以对筑，必须避险就平，退挽内月堤形，计长三百八十四丈，樽节估需夫土碱工银一万三千五百七十两零。业民被灾较重，势难照章派土，据该处绅耆呈请，酌提赈银一万，移归工用。经沙前令造具工段清册，并请将不敷银两，筹款借给缘由，禀呈钧鉴。△△去腊到任后，旋值患病，未能经理，而事关工赈兼施，既不便草率兴办，又未敢迁延贻误，正值忧思适奉藩宪、宪台札委试用，从九品来荆帮办堤务。该员朴诚勤干，人甚可靠，当于正月　日祀土兴修，即令该员亲驻工次，督同圩业人等，分派段落，集夫修筑。察查该处力作贫民，咸皆踊跃赴工，担土佣趁，实于养民两有裨益。日来△△亲赴查催，工程已得五分。趁此天气畅晴，自当保集人夫层碱，妥速催办，克期告竣。惟原估工费，除移赈银一万两外，尚不敷银三千七百五十两零，前经沙令禀求借给。奉宪台、督宪批饬，无款可筹，督令业民自行修筑等因。当此库藏支绌之际，△△何敢复行渎请。而民力实在拮据，工程万难停待，现由△△多方捐借济工，另行筹议具禀。保障攸关，△△惟有竭尽心力，督同张委员认真筹办，务使工臻巩固，上副大人保乂民生之至意。合将南岸马家渡工程分数，并△△筹办情形，肃禀慈厘云云。

禀江支各堤民力难修筑仍请筹借办理由

敬禀者：窃奉本府宪台札开，道光二十三年正月　日，奉藩司、宪台、藩宪札，奉宪台、督部堂批△县禀南岸江支各堤请借项修筑缘由，奉批：该县江支各堤，均应业民自修之工，乃率请借项至三万四千余两之多，当此库藏支绌之际，断难准行，饬即督令受益业民自行修筑，以卫田畴，毋得妄希借项，仍候抚部院批示。缴，册存等因，转行下县。奉此，△△自应凛遵办理，何敢复行渎禀。惟民间疾苦之状，有不得不渎陈钧听者。查△县南岸自道光十九年以来，连淹四载，垸民舍产逃生，存者无几。△△周历其地，但见平沙无垠，即有零落村墟，谕以保障攸关，照例派土修筑，该民人惟求官为。视其家室，空若磬悬，当此衣食莫继之候，势难顾及田畴。虽经△△遵照宪示剀切晓谕，未据垸民认办，即追呼敲扑，恐法令亦有时而穷。又△县北岸绅富较多，或量筹挹注，设法劝捐，但工在南岸，本属视同秦越，漠不相关，强令推解，已非众所乐从。而去夏北岸同遭水患，或置田而租米无收，或殖货而营财较绌，在绅富亦形竭厥，且曾以灾黎急抚沙市街堤，一再劝捐。察查现在情形，筹捐之举势有所难，此△△朝夕焦思，督饬民间无力修筑之实情也。△△深知军兴之后，国帑不充，何敢市惠于民？因前数年屡经借项，援以为请，上操宪怀，但值此地方情形一筹莫展，如谓南岸江支各堤本境受益仅在偏隅，则竟坐视坍废，悬工不办，而下游公安、石首、松滋，并邻省湖南之安乡、华容等县悉资保障，一任汛水之来，滔滔下注，身任地方，何以辞壑邻之咎？此又筹思无策，万不得已仰求借项之实情也。刻下春汛瞬届，两岸险工林立，△△实深焦灼。查原估西支堤之八节工退挽月堤及东西两岸江支各堤等，实需银××××，不揣冒昧，合再沥情具禀。惟有仰求各大宪俯念△县地方困苦情形，转请迅赐筹项借给，以便赶紧兴工修筑，俾资保卫。渥沐恩施，曷有既极。专肃具禀云云。

禀节届霜降△县江支各堤一律稳固由

敬禀者：窃△县荆江南岸江支各堤，为本境及下游石首、公安并邻省湖南之安乡、华容等县民田庐舍保障攸关，前因节次盛涨，设法抢护获安，叠经禀明宪察。伏查南岸自道光十九年以来，江支各堤无年不溃，△△于去腊到任，正值水患流离，目睹疮痍未复，极以保卫攸系，力图修守，而堤段绵延袤长一百五十余里，工巨费绌，窭寠难安。仰蒙宪恩优渥，以险要之八节工内挽月堤费无所出，筹款借给兴修。此外工段较多，残缺过甚，△△经多方措设，于岁修各工筹垫银六千两有奇，又于马家渡挽月工程措捐银二千四百余两，赶于汛期未至以前告竣。匪特领项之工，层土层硪，不容疏懈，即措捐垫办各段，亦俱寸节夯硪，悉臻坚固。凡此设法筹修，自已上缴恩鉴，且亦曾蒙宪台暨督宪亲临查验，殚力经营，罔敢泄沓者也。迨夏秋节次盛涨，两岸险工林立，△△督同虎渡巡检△△先期筹备守水器具、防险料物，分工堆贮。特汛水之来，忽以尺计，忽以丈计，势如怒马奔腾，兼以虎渡支河关则入水既骤，腹小则流壅漫，迎溜陡险之处，守护尤难。此三节等工，数前年之屡筑屡溃，上操宪怀，顾求捍御之策，迫于地形水势之两难也，△△未敢畏难惜费，每当汛水来源涨旺，昼夜奔驰，勤加巡守，或抛碎石以外御，或筑土坫以内帮。其东支堤之吴二垸、西支堤之王家湖，因屡次盛涨，堤脚汕虚，外矬二三十丈，几至全堤莫保。△△与张巡检竭一昼夜之力，设法抢护内帮，幸即化险为夷。又连界公安之黄金口等垸堤，情形危险，△△未敢意存畛域，复即集夫一千五百名暨二千四百名，前往协同抢修，得保无虞。辰下节交霜降，两岸长固若金汤，此皆仰赖大人福星荫庇，俾亿万民生咸安衽席，△△钦感之余，尤深兢惕。窃照△△材质庸愚，当此繁剧，前在奉职京山，以襄堤扼重上游，勉力修防两载，堤臻稳固。今当江陵四年溃淹之后，三汛咸蒙安澜，实由秉承训诲，得所遵循。惟有矢慎矢勤，倍加奋勉，上副大人高厚栽培之至意。合将节届霜降，江支各堤稳固缘由，肃泐禀纾葵廑。

再，县滨临襄河一带堤墼，亦俱一律稳固，合并陈明，恭叩云云。

本府转奉各宪保荐

敬禀者：案据江陵县△令禀称，至悉臻稳固，理合循例等因前来。△△查核县△令恬愉无华，勤求上理，凡于一切庶政，莫不实心讲求，而于修堤防汛诸要，务尤见精详勤敏，劳苦不辞，调任未及一年，民情极为受〔爱〕戴。本年夏秋，汛水虽较历年形势平稳，而水源长发甚骤，由丈而尺，此非止一次，所幸旋长旋消，为时不久，更赖防护得宜，梭巡无间，方克全堤同臻稳固。且该令于北岸万城大堤官民各工，亦复按时随同周察，藉收指臂。其滨临襄河堤段，亦各一律坚稳。洵为十余年未仅之遭逢，而苦心积虑，衽席期民，亦属牧令中不可多得之员。合无仰邀大人逾格鸿慈，准予从优保荐，使其登进有阶，俾昭激勤，同戴作养生成，益无涯量。兹据前情，谨肃缕禀，恭请崇安。

禀试用从九张赓言修防出力悬恩奖励由

敬禀者：窃照试用九从△△△，本年春间奉藩宪、宪台、藩宪札委，来荆帮修△县堤工。旋经本府蒙宪台详委，代理虎渡巡检事务。维时正值马家渡兴工挽筑及八节内挽月堤，并岁修残缺各段，均应逐一修培，工巨费繁，全赖实心经理，力除积弊，方臻巩固而资保卫。该员到任以来，廉谨自矢，随同△△亲督畚锸，率领夫役，层土层砑，认真修筑，妥速竣工。迨夏秋节次汛涨，两岸险工林立，该员无间暑雨，驻守巡防，不遗余力。又七月下旬，东支堤之吴二垸，西支堤之王家湖，堤形陡险，叠经汛涨之后，堤脚汕虚，外矬二三十丈，几至全堤莫保。经△△与该员措集夫费，竭一昼夜之力，设法抢护，内帮幸即化险为夷，当经禀陈钧鉴。刻下节届霜降，清长堤稳固，实赖宪台福庇，得蒙安澜，钦感之余，莫可言喻。伏查防汛委员前于道光十四年，蒙前宪、前院宪奏明，设有疏虞，照防守黄、运河失事之例，一并参处；如抢护得力，果能化险为夷，当于事竣得核实保奏等因，奉行遵照在案。今该员△△△自春徂秋，奔驰工次，督修防守，备极认真，而于吴二垸外矬频危，力加抢护，化险为夷，俾本境下游咸沾利益，洵属奋勉趋上。兼查该员心地朴诚，居官廉洁，尤为佐杂中不可多得之员。可否仰恳大人逾格鸿慈，俯准转请将试用从九△△△奏请免补本班，以应升之缺升用，或遇有本班缺出偿先补用，以示鼓励之处，出自恩施。不揣冒昧，谨肃具禀。

为剀切示谕集夫赶工事

照得荆江南岸东西江支各堤攸关田庐保障，自道光十九年后，连岁溃淹，业民离居荡析，苦不可言。上年本县到任，设法筹修，相机防守，始得三汛安澜，咸歌乐土，今春豆麦又蒙丰收。该业民具有天良，岂不知堤防相依为命？本县于南岸无半亩之田，数椽之屋，所以日夜筹思，奔驰催督，岂有为己计乎？抑为尔民计乎？乃本届岁修工程，前因工长夫少，谕令各垸保甲雇集炯夫，协同担筑，日给饭食，复又酌发工资，体恤不为不至，而该业民转藉年丰米贱，易于糊口，并不遵照集夫，曾不虑及堤工之不固，能有此乐岁乎？殊属顽视。刻下节交夏汛，各工程若不赶修报竣，一有贻误，所关匪细。除谕保甲外，合亟剀切示谕，为此仰两岸业民知悉：堤埝为性命攸关，寸节不坚，百里为壑。与其水患流离，逃亡相继，何如预谋修守，共乐安全。务各按户出夫，多多益善，由局首派赴工段，担土修筑，仍按日给发饭食工钱，趁此汛水未至，均即踊跃趋工，赶修报竣，以资抵御。该业民既得佣趁之资，又藉保障之益，何乐不为？人无远虑，必有近忧。慎毋图目前之安，而贻日后之患。本县谆谆告诫，无非为尔民计及身家，倘仍玩视迁延，或刁民从中阻挠，定即查拘赴县，从严究办，决不宽贷。毋违。特示。

禀道宪夹单

敬禀者：窃△△仰蒙恩植，调补江陵，奉职于兹，倏经载半。诸凡秉承榘训，幸免愆尤，自当益矢慎勤，力图报称。惟江陵一缺疲惫情形，久邀洞鉴，△△当频年水患之后，支持愈难。虽去岁福星遐庇，汛水安澜，秋成尚稔，而民间元气未复，抚字催科，措施匪易。兼值大差络绎，倍于从前，出逾所入，支绌时形。又△△自天门京山调任江陵，悉皆责重堤防，五载以来，奔驰修守，愈觉心力交瘁，困顿难支。自维驽骀庸材，上邀顾盼，敬不敢有未尽之心力，而蹩者之趋，虑难胜任，特恐辜负栽培。合无仰恳夫子大人终始成全，而勿重久羁堤务，庶得喘息稍纾，奋其报效之忱，上副高厚，衔感鸿施，益无涯涘。肃此具禀，恭叩福安，伏乞霁鉴。

捕蝗汇编

清道光二十五年重刻本

（清）陈　僅　编述

张永江　点校

捕蝗汇编目录

卷首　恭录圣祖仁皇帝御制捕蝗说

　　尝读《诗》至《大田之什》曰：去其螟螣，及其蟊贼，无害我田稚。田祖有神，秉畀炎火。则知古人之恶害苗也，甚矣。注曰：食心者螟，食叶者螣，食根者蟊，食节者贼。昔人又云：此四虫皆蝗也，而实不同，故分别释之。且蝗之种类最易繁衍，故其为灾在旬日之间。夫水旱固所以害稼，或遇其年，禾稼被陇，可冀有秋。乃蝗且出而为灾，飞则蔽天，散则遍野。所至食禾黍，苗尽复移。茕茕小民，何以堪此？古人欲弭其灾，爰有捕蝗之法。朕轸念民食，宵旰不忘。每于岁冬即布令民间，令于陇亩之际，先掘蝗种。盖是物也，除之于遗种之时则易，除之于生息之后则难；除之于跳跃之时则易，除之于飞扬之后则难；除之于稚弱之时则易，除之于长壮之后则难。当冬而预掘蝗种，所谓去恶务绝其本也。至不能尽除而出土，其初未能远飞，厥名曰蝻。是当掘坑举火，以聚而驱之，歼之。昔姚崇遣使捕蝗，以诗人秉畀炎火之说为证，夜中设火，火边掘坑，且焚且瘗。盖祖诗人遗意也。又晨兴日未出时，露气沾濡翅湿而不能飞，掘坑以驱之尤易为力。汉平帝时，诏捕蝗者诣吏，以斗石受钱。朕区画于衷，务弭其害。每岁命地方官吏督率农夫，于冬则掘蝻蝗之种，毋俾遗育于土中。或时而为灾，则参用古法，多方以扑灭之计。其所捕多寡，给钱以示劝赏。古人有言曰：螟蝗，农夫得而杀之，为其害稼也。以是观之，捕蝗之事，由来旧矣。但自古有治人，无治法，惟视力行何如耳。苟奉行不力，虽小灾亦大为民患。朕故详指其义，为说以示之。

卷一　捕蝗八论

论化生之始

一系鱼虾遗子所化。凡水涯泽畔，骤盈骤涸之处，鱼虾遗卵，留集草丛湿土，黄色者系鱼子，青色者系虾子。次年春，水涨及其处，则为鱼为虾，淤泳而去。若水漫不及，湿热郁蒸，即变为蝻子。越十数日，生翅而成蝗矣。大约在立夏一个月前后方生，不可失时。

> 任昉《述异记》云：江中鱼化为蝗，而食五谷。段成式《酉阳杂俎》云：蝗虫首有王字，不可晓。或言鱼子变，近之。陆佃《埤雅》云：蝗，鱼卵所化。《列子》鱼卵之为虫是也。《太平御览》云：丰年蝗变为虾。罗愿《尔雅翼》言：虾好跃，蝻亦好跃。一僧云：蝗有二须。虾化者，须在目上。蝗子入土孳生者，须在目下。以此可别。谨案：鱼卵最为难化，虽烹熟食之随粪而出，终不腐烂。惟经火不能复生耳。故产鱼之邑，宜示民，食鱼者必并卵食之，不可弃之于地。

一为飞蝗遗孳所滋。蝗至生翅能飞，腹中子已盈满，不得不下。其性喜燥，恶湿，下子多在山脚土冈坚碻黑土高亢之地。以尾锥入，深不及寸。一生九十九子。盖蝗性群飞群食，其生子亦同时同地。故地上必有数孔，窍如蜂房，易寻觅也。

> 一说蝗至无高阜处，间于低洼湖滩之干实土中生子。次年遇春水，亦变为鱼虾，此亦不可不知。至如《酉阳杂俎》所言，蝗虫腹下有梵字，或自忉利天梵天来者。西域僧验其字，作木天坛法禳之。此特神其说，不足信也。

论孳生之形（附占验*）

蝻子初生，大如米豆，中止白汁，贯串如球。一交春令，浸次充实，因而分粒。一粒中即有细子百余。十八日出土，其形如蚁，尚粘连成片。不三日即大如蝇，能跳跃群行，是名为蝻。又七日，大如蟋蟀。又七日，即长鞍起翅，成蝗而飞。数日后复孕子于地。十八日复为蝻。复为蝗。循环相生，支蔓不绝。种子在夏，则本年复生。在秋则患延来岁。每年自四月至八月，能生发数次。性又最巧，能结聚成团，滚渡江河。其伤百谷，必于其要害之处。此害之所以大也。

> 陈芳生曰：夏月之子易成，八日内遇雨则烂坏。否则至十八日生蝗矣。冬月之子难成，至春而后生蝻。故遇腊雪春雨则烂坏不成，亦非能入地千尺也。

> 一说蝻子初生入土，先后各有一蛆，一引一推。使之深入。春气发动，则转头向土。先后二蛆，仍一引一推。拥至出土，二蛆皆毙。谨案：蝗之孳生虽众，然其始生出土，必十余日始能高飞。苟竭力豫捕，不难尽歼。故蝗自外来，猝不及防，且有寡不敌众之势。而自本境内生者，尚易于为力。若夫天心仁爱，又常先几垂象，俾下民防患于未萌。试占诸五行，博采诸本处更事老农之口语，十已可预得其五六。是视在

上者虚心实政为何如耳。

附占验诸法。《吕氏春秋》：仲春行夏令，则虫螟为害。又孟夏行春令，则蝗虫为灾。又仲夏行春令，则百螣时起。又仲冬行春令，则蝗虫为败。《田家杂占》：自正月至五月五朔皆有大雨，主人饥，蝗起。《师旷占》：春辰巳日雨，蝗虫食禾稼。杨泉《物理论》：正月朔旦有青气杂黄，有螟虫。赤气，大旱。黑气，大水。《便民书》：正月元日有霞气，主虫蝗，蚕少，妇人灾。果蔬盛。《陶朱公书》：二月朔日值惊蛰，主蝗虫。又惊蛰前后有雷，谓之发蛰。雷从巽方来，主蝗虫。又三月朔日风雨，主人灾，百虫生。有雷，主五谷熟。《群芳谱》：四月十六日立一大竿，量月影。月当中时，影长五尺，主夏旱；四尺，蝗；三尺，饥。《田家五行占》：六月内有西南风，主生虫。损稻。(《陶朱公书》同。)《四时占候》：六月雷不鸣，蝗虫生。

论潜匿之地

芦洲苇荡、洼下沮洳、上年积水之区。高坚黑土中，忽有浮泥松土坟起。地觉微潮，中有小孔如蜂房，如线香洞。丛草荒坡停耕之地。崖旁石底，不见天日之处。湖滩中高实之地。蝗性畏雨，如遇骤雨，必潜避于草根石罅。此时急宜冒雨捕捉，不可妄希天幸。一俟晴霁，即飞扬矣。

谨案：道光十六年，湖北蝗患。传闻亦由水边岩石罅中潜伏之蝗而起。江行之人，多见之者。又是年汉阴厅蝻孽，皆孳于路畔种落花生浮沙地内。至次年，居民掘挖花生得之。报官力捕，遗孽顿尽。始知蝻孽无地不可潜藏。查十六年十月间案奉陕西藩宪牛札，据商州禀称，所捕蝻子，不惟松浮熟地比比皆有，而沙滩河坝，遗种尤多。要在随处搜寻，不必拘执等因。可见古人所论，亦但举一隅，切勿藉口成言，转为所误。

又案：蝗虫遗子，一交寒露，百虫咸伏，其子在土，但能直下，不能旁行。一日三寸，三日九寸。入土尺余，伏而不动。必至次年惊蛰，始能举发。其性畏雪，有雪深一尺、蝗入一丈之语。若其地频为雪压，蝻子入土深厚，交春求出不能，即毙于穴内。至石穴崖厂，雪所不到之处，终不能杀。陆桴亭《捕蝗记》后语可证。所当告戒小民，不可泄视。

再案：贾思勰《齐民要术》云：冬雨雪止，辄以蔺之。掩地雪勿使从风飞去。后雪复蔺之，则立春保泽，冻虫死。来年宜稼。田虽薄恶，收可亩十石。此法最妙。如冬雪不厚，更当依用，不容忽也。

论最盛之时

蝗虫最盛，莫过于夏秋之间。地脉松湿，天气炎蒸。入土蝻子，旬日便能生发，较春时更速。当是时，农夫之血汗已竭，一过而靡有孑遗；芒种之节候已逾，百谷则莫能栽补。况蝗之为害，常与旱并。小民各保己田，谁肯借力？骄阳长日，更易乏疲。自非晓以利害，鼓以重赏，躬亲督率，欲除患于已成，难矣。

谨案：蝗灾尤畏秋后。《田家五行占》云：六月内有西南风，主生虫损稻。秋前损根，可再抽苗。秋后损者，不复生矣。谚云：秋前生虫，损一茎，发一茎。秋后生虫，损了一茎，无了一茎。其害盖弥迟弥大也。陈芳生曰：案春秋至于胜国，蝗灾书月者一百一十有一。内书二月者二，书三月者三，书四月者十九，书五月者二十，书六月者三十一，书七月者二十，书八月者十二，书九月者一，书十二月者三。是最盛于夏秋之间，与百谷长养成熟之时正相值，故为害最广。

又案：隔岁复发之蝗，实有蛰蝗、种蝗之异。观湖北蝗患，可知惟蛰蝗之发最早（《宋史》纪于二月），种蝗稍迟（《汉书》纪于三月），本年之初蝗尤迟，则多在四月以后耳。

论不食之物

王祯〔桢〕《农政全书》〔《农书》〕曰：蝗不食芋桑，与水中菱芡。或言不食绿豆、豌豆、大麻、苘麻、芝麻、薯蓣。吴遵路（宋人，明道末知通州），知蝗不食豆苗，且虑其遗种为患，广收豌豆，教民种植。次年三月、四月，民大获其利。

谨案：蝗不食蚕豆，亦见《农政全书》。陆曾禹又加以豇豆，当补入。考《吕氏春秋》云：得时之麻，必芒以长，疏节而色阳，小本而茎坚，厚臬以均，后熟多荣，日夜分复生，如此者不蝗。得时之菽长而短足，其美二七以为族，多枝数节，竞叶蕃食。大菽则圆，小菽则抟，以芳称之。重食之息以香，如此者不虫。是蝗螟诸虫之不食麻豆，自古有征矣。又案：《群芳谱》云：蝗蝻为害，草木荡尽，惟番薯根在地，荐食不及。纵使茎叶皆尽，尚能发生。若蝗信到时，急发土遍壅，蝗去之后，滋生更易，水旱不伤。是天灾物害皆不能为之损。人家凡有隙地，但只数尺，仰天见日，便可种，得石许。此救荒第一义也。盖番薯与芋子、薯蓣，同埋土中，故蝗皆不食，其理甚明。而农书及历来蝗灾条议皆未之及。因谨录俟采（僅任紫阳，劝民种番薯，著有《蓺薥集证》一书，俟续刊）。

《农政全书》曰：用藋草灰、石灰等分为细末，或洒或筛于禾稻之上，蝗即不食。史侍御茂条议曰：每用水一桶，入芝麻油五六两（无芝麻油，他油亦可），帚洒禾巅，蝗亦不食。又一法，于上风处所烧石灰，使烟气被于禾稻之上，蝗即不食。烟气既高，蝗自远避。

谨案：三法园蔬亦可用。此法由来已久。案《周礼·秋官》翦氏掌除蠹物，以莽草薰之。注：莽草杀虫者，以薰之即死。赤友氏掌除墙屋，以蜃灰攻之，以灰洒毒之。注：蜃，大蛤也。捣其灰以扮之，则走。淳之以洒之，则死。蝈氏掌去蛙黾，焚牡鞠，以灰洒之，则死。以其烟被之，则凡水虫无声。《周官》无除蝗之政，而于此三职引其端。圣人百物而为之备，孰谓有遗政哉？又案：汜胜之术曰：牵马令就谷堆食数口，以马践过为种，无蚜蚄等虫也。此法甚奇，附志于此。

论所畏之器

飞蝗见树木成行，或旌旗森列，每翔而不下。农家若多用长竿，挂红白衣裙，群然而逐，亦不下也。又畏金声、炮声，闻之远举。鸟铳入铁砂或稻米，击其前行。前行惊奋，后行随之而去矣。又飞蝗过多，扑捕不及，应于田间牵一长绳，上系铜铃，一人挽绳摇动声响，可驱之使去。如未落地，则鸣锣放枪，群驱之，自不复为灾。（此一条见王凤生《永城捕蝗事宜》。）

陆曾禹曰：欲逐飞蝗，非此数法不可。以类而推，爆竹、流星，皆其所惧。红绿纸旗，亦可用也。谨案：世间动物，虽至神灵，必有所嗜欲与所畏忌。此天地所予人以制物之柄也。如蛟龙畏铁而忌虎，故沉铁以驱龙。铸铁作牛，可以捍水。而扰龙之法，用长绳缒虎骨于龙潭，则潵雨立沛。（事亦见东坡诗中。）此条合上"蝗所不食之物"条。观之古圣人所以类万物之情，通神明之德，不外是矣。

论应祷之神

捍御蝗螟，原有专司之神。刘猛将军专事捍蝗，血食已久。各地方素有忠正卫民捍灾之神，又俱例有专祭。平日务敬谨祭祀，以邀格飨。临时更宜祈祷，以冀默助。（见《安徽捕蝗章程》。）

谨案：捕蝗有政，如专恃神助，岂非大愚？然伊祈大蜡，飨及昆虫。《尔雅·大田》神称田祖。《周礼·族师》：春秋祭酺。注：酺为人物灾害之神。翦氏掌除蠹物，以攻禜攻之。注：攻禜，祈名。自汉魏以下，有百虫将军柏翳之祀。宋人立蚼蝥庙。胜国以来，祀刘猛将军。今载在祀典，不可废也。至本邑社稷、山川、城隍、八蜡等神，（乾隆十八年，曹侍御秀先有请捕蝗先行蜡祭疏。）皆所祈飨。里社土神，则百姓祈之。闻他省有祷文昌、泰山者，各著灵应。《常州府志》载驱蝗使者金姑娘娘事。陆曾禹亦记丹阳祀蒲大王事未宜，竟付诸茫渺矣。

又案：《大清一统志》云：刘猛将军，名承忠，广东吴川人。元末官指挥有功，适江淮飞蝗千里，挥剑逐之，蝗尽死。后殉节投河，民祀之。（案：《坚瓠集》引《怡庵录》所载宋景定敕，以为宋江淮制置使刘锜。《苏州府志》谓是锜弟锐。又一说以为宋刘宰，字平国，金坛人。皆杜撰，不足据。）《畿辅通志》云：本朝雍正二年，总督李维钧以神灵迹显著，奏请所在官司以仲春、仲秋戊日祭之。道光十六年正月邸抄，广西省蝗螟发生，抚宪惠率各官诣刘猛将军庙撰文祈祷。当起西北大风，飞蝗抱竹衔草，自行僵毙。随通饬建庙，并专折奏请钦颁匾额，以答灵贶。是年，陕西省南山各属蝗生，奉藩宪牛札饬设位祷祈，亦有飞鸟啄食、抱草自僵之异。嗣奉通饬建庙，春秋祭告等因在案。

论捕获之利

多捕蝗虫，去其翅足，或用水撩，或用甑煮，焙晒极干，和野菜煮食，味如虾米。惟性近热，贮久后用更佳。以养猪，易肥且大。呈之于官，并获重赏。

陈龙正曰：蝗可和野菜煮食，见于范仲淹疏中。（案：是庞籍疏中语。）崇祯辛巳年，嘉湖旱蝗。乡民捕蝗饲鸭，鸭最易大而且肥。（案：亦可饲鸡。）又山中人养猪，无钱买食，捕蝗以饲之。其猪初重止二十斤，旬日之间至五十余斤。始知蝗可供猪鸭。此亦世间之物，性有宜于此者矣。陈芳生曰：唐贞观二年夏，蝗。民蒸蝗，暴干，扬去翅足而食之。食蝗之事，载籍所书不过二三。乃今东省畿南，用为常食，登之盘餐。臣常治田天津，适遇此灾。田间小民不论蝗螟，悉将烹食。城市之内，用相馈遗。亦有熟而干之鬻于市者，数文钱可易一斗。啖食之余，囷积以为冬储，质味与干虾无异。食此者至今无恙。既明知虾子一物，在水为虾，在陆为蝗，则终岁食蝗，与食虾无异，不必疑虑矣。

卷二 捕蝗十宜

宜广张告示

一、定蝗价。不论男妇小儿，捕蝗一斗者，以米一升易之。捕能跳跃蝻子一升者，以米二升易之。方出土成形，未能跳跃者，一升易米三升。如挖得土内未成形蝻子一升者，破格易米一斗。零星呈易，准此发价，毋得揞勒稽延。如蝗来过多，不能遍量，秤三十斤，作一石。蝻与子不可一例同秤，当以朱子之法为法。

陈芳生曰：给粟以得蝗之难易为差，无须预定。王凤生曰：蝗捕将竣，则捕者愈难。欲净尽根株，自当酌增买价。第须查验本地各处蝗蝻实系稀少，卖者已属无多，方可加价。否恐网取邻蝗赚卖，将不胜其应矣。

一、合人力。小民私情不一，蝻孽既萌，颛愚罔知利害，有恐捕蝗践踏田禾，匿不报官者；有妄冀蝗害不及，不肯出力者；有己田虽有蝻孽，目前为害甚微，望其生翅远飞，贻害他方，以免己累者；有己田微有伤损，或田业不多，遂生忮忌心，但护己田，不肯合助者。必明白晓谕，并申明损禾给价之例，俾知合力同心，踊跃从事。

一、专责成。往年江南《安徽捕蝗事宜》，有设立农长以专责成之法。他省未设农长，自应专责乡约、保长、牌甲等人。必明立章程，示以赏罚，其有隐匿不报，迁延不捕者，罪在必惩。咸使周知，以便使之速派人夫，齐集捕捉。

一、戒畏葸。蝗虫之来，愚民呼为神虫，但事祈祷，不敢捕扑，以为扑则益多，且有后祸。不知秉畀炎火，圣人岂有欺人之语？驱蝗有神，若人能助神以驱之，神正有藉于人力，何至降祸？告示中务须剀切晓解，使知捕蝗之利、不捕之害。其有怯葸不悟者，当谕以福归吾民，祸归邑宰，矢天日以信之。亦因愚而导之一法也。

宜分派委员

一、委官员。除飞报邻封协捕外，州邑地方广大，一身不能遍及，应委佐杂、学职、营弁，资其路费，分其地段，注明底册，每年冬春两次，轮委搜查。如猝报蝗起，印官赴捕，或蝗非一处，即相机分委，察其勤惰，分别据实申请上宪，记功记过。

一、委乡保、农长。未起则饬令分段搜挖，将起则饬令编齐人夫，整备器具，以俟有警，一呼而集。一铺不足，则委附近乡保、农长，四面齐赴，协力围剿。所谓捕蝗如捕盗，当不分畛域，灭此朝食也。

谨案：乡地集夫，最多弊窦。乾隆十七年周侍御焘疏云：有业之民，或本村无蝗，往别村扑捕，惟惧抛荒农务，往往嘱托乡地，勾通衙役，用钱买放免，一二人为卖夫，一村为卖庄，乡地衙役饱食肥囊。再往别村，仍复如故。若无业奸民，则又以官差捕蝗，得口食工价为己利，每于山坡僻处，私将蝻种藏匿，听其滋生，延衍流毒。待应差拨捕之时，蹂躏田畴，抢食禾穗，害更甚于蝗蝻云云。此等情弊，不可不预为禁防。

一、委绅士。派夫督捕乡保之事，要其中良莠不齐，须择贤绅士为乡里尊信者数人，或各处代官晓谕，或察捕务之勤惰，或司厂局之出入，假以事权，待以优礼，俾乡保胥役知所畏惮，不敢欺匿。

一、委至亲子侄。告谕虚文，不如躬亲率作。小民畏祸不前，惟亲率子侄辈至蝗蝻处所，首先捕扑为倡，则愚民自不令而从。惟不可使盗弄威福耳。

宜多设厂局

一、于有蝗各乡适中之地，择附近寺庙公所，设厂数处，为易蝗之所。以多为妙，就近收买，使人易于为力。令忠厚温饱绅士社正副等，或亲信、家属、宾友司之。各带斗一个、升子一个、秤一杆，执笔者一人（醇谨书吏），协力者三人，共勤其事。即于该厂就近处所住宿，以免往返迟误。出入有簿，三日一报，以凭查验。使捕蝗易米者，无远涉之苦，无久待之嗟，无挤踏之患。司厂者不得擅作威福，不得冒破钱粮，不得勒索搢延，不得委靡怠惰。印官每日周流往来各厂，以稽察之。切勿怯暑深居，一切委诸他人，致成虚应。

> 陈芳生曰：先儒有言，救荒莫要乎近其人。假令乡民去邑数十里，负蝗易米，一往一返，即二日矣。蝗盛时幕天匝地，一落田间，广数里，厚数尺，行二三日乃尽。此时蝗极易得，官粟有几，乃令人往返道路乎？若以金钱近其人而易之，随收随给，即以数文钱易蝗一石，民犹劝为之矣。

一、挖捕在冬春之交，捕蝗多在夏令，人夫日夜不得休息，又当严寒酷热之时，纵得钱米，亦难谋食。宜于附近厂内，代为煮粥，或备馒首面馍等食。更于所雇夫内，量点数名运送姜汤、凉水，以济其饥渴。（此条见《安徽捕蝗章程》。盖仿过御史之法而去其弊者。）

宜厚给工食

一、厂中人役任事之时，司厂及执笔者，每日各给官斗米五升。斛手二人，协力一人，每日共给一斗。分其高下，令人乐趋。

一、查安徽捕挖蝗蝻章程，每夫一名日给官斗米一升。挖掘未出土之蝻子，照向例酌减，每斗给银二钱。已出土跳跃成形及长翅飞腾者，每斗给钱二十文。他省亦大略仿此，或增或照，相时酌定。

> 谨案：此系指官中雇夫捕蝗，既日发口食，故蝗价酌减，与乡保民人自捕呈易者不同。

一、乡保农长，有拨夫督捕之责。虽系在公，未便令枵腹从事。应自扑捕之日起，至扑尽日至〔止〕，每日优给夫价二名，以资口食。

一、委员夫役饭食，印官照赈荒例发给。至印官下乡住宿食用，一切官自备办。夫役官给口食，不许胥吏、乡保科派累民，违者究惩。

> 谨案：乡民缴蝗例价片刻不发，即浸至离心。书役办事口食一日不敷，即有所藉

口。故虽两袖清风，必当多方措置，免致临时周章，枉招物议。如邑中义士有自愿捐资者，听之。但不可藉端苛派耳。又案：地方官捕蝗，随从人多。凡差役、轿夫，应各制牛皮巴掌，或旧鞋底一方，给与随带。谕令见即扑打，以钱收买。既增人力，而于口食帮贴不无小补。（此条参用王凤生《永城捕蝗事宜》。）

宜明定赏罚

一、各处乡保农长等，遇有蝻孽萌动，随时报官，捕除净尽，春夏不致长发者，地方官给与花红、酒醴，以酬其劳。如实系持身廉洁，一无滋扰，办事明敏，勤劳懋著者，给匾示奖。捕扑外来飞蝗出力者，事定后亦酌量给奖。如怠玩不行巡查挖捕，或恐派夫扑打及官役下乡受累，隐匿不报，以致生蝗为患，一经发觉，除重惩外，先用小枷押赴有蝗处所带枷罚捕，事定后分别治罪。捕蝗不力者同。

一、向系无蝗之处，今忽有之，乡保、地主、邻人即时迅速呈报者，除易米外，另给赏钱。隐匿不报，首告者赏。乡保地主等各予杖警。隔境乡保首先查出申报者，查实重赏。

一、拨夫捕蝗，事定后一体给赏。有勤奋出众者，随时记名，额外加犒。如有应募受值，但虚应故事，日领钱文，因以为利，即时重惩，并注册著落该乡保追还原给工钱。

一、愚民如恃有拨夫扑打，见蝻不肯自捕，甚者故意隐匿，待至长大捕买，多得钱文，且有等奸民，将厂内已收之蝗偷去复卖，或将树叶土泥搀杂袋内，希图加重者，此等奸弊，最为可恶，地方官随时查察，重加惩治，毋得姑息。

宜预颁图法

蝗灾岁不常有，捕法民不习知。本地孳生，尚可早为预备。若外来飞孽，猝不及防，调集民人，以乌合之众，手忙脚乱，或东打西窜，或逆施紊序，非惟无益，而且滋害。必须先将扑捕方法广为晓谕，勿用文言奥语，且绘成捕蝗图样多张，于各厂分挂，使乡愚易晓，庶人人成竹在胸，得收指麾之效。

宜齐备器具

挖蝻捕蝗诸器具，如铁锹、铁锄、扫帚、粪箕、土箕、簸箕、筲箕、栲栳、口袋（每名夫备两三个）、板片、门扇、耥板、响竹、竹搭、竹竿、木棍、簟席、柳枝（多备）、干草（多备）、草束（多备）、石灰、藕草灰、麻油、荆条（多备）、红白衣裙（各编本户号头）、鱼网、长绳索（多备）、草鞋、牛皮（裁鞋底式）、旧鞋底（此三物坚钉木棍上，多备为妙。未钉者，亦宜备用）、流星（多备）、火炮（多备）、红绿纸张（多备）、大小号旗（乡保、牌甲等所执）、瓦瓮、大瓦盆、布墙、布篷、缀布长竿、铁锅、水桶（水贮满）、炉灶、石臼、木杵（厂中用）、火具、鸟枪、铜锣（寺院中铙钹铃铎等皆可借用）等物，或民间所自有，或可借用，或先期制〔置〕买，或该地殷实绅粮好义捐置，总须照件预备，足用为度。其官中营中所有临期发交。以上诸器具，乡保、农长平日前按户催备齐全诸物，各编本户名号，造册送官。于春间查掘蝻子之时，顺便点验，务在坚固合式。除红白衣裙外，诸物如有公所收贮更妙，至期乡保相事照册取给听用。

谨案：搜捕蝗蝻，各有宜用之器。当甫经出土，如蝇如蚁，结连成片，用竹搭、栁板击之，非惟不死，且易损坏。必用皮鞋底，或草鞋、旧鞋之类，蹲地掴搭，应手而毙，且狭小不伤损苗种。一张牛皮，可裁数十枚，散用复收。闻外国亦有此发〔法〕。（以上陆曾禹说。）如已跳跃成形，聚者用鱼网罩定掴之，散者用布墙、布篷兜逐入沟可也。《安徽捕蝗事宜》云：捕蝗之法，历有成条。锅煮火焚，可施于少，而不能施于多。柳枝扫帚，可施于蠕动之时，而不能施于跳跃之后。布墙、网络，可施于偏隅，而不能施于大块。惟散履钉于木棍之上，应手而击，最见功效。观此语可以类推。

窦光鼐疏曰：捕蝗器具，莫善于条拍。其制以皮编直条为之，或以麻绳代皮亦可。东省人谓之挂打子。宜预制于平日，以便应用。其次则旧鞋底。宜预行通饬，若仍有以木棍、小枝等物塞责者，即将乡地牌甲一并究处。

宜急偿损坏

捕蝗损坏人家禾稼，田地既无所收，当照亩分晰践损分数，官为给还工本，俱依成熟所收之数而偿之。先给五分，余看四边田邻所收而加足焉。预为示知，使之无所顾忌。速为给价，勿令久于怨望。况损禾给价例准开销，地方官切勿惜此小费。

谨案：宋淳熙诏，因穿掘打扑虫蝗损苗种者，除其税，仍计价，官给地主钱数，毋过一顷。可见古人成法已然。

宜足发买价

凡换蝗蝻，不得掺和粃谷、糠粃，及克减勺抄。如或给银，足平足色，照米价分发，不许低昂。若散钱亦同银例，不许掺杂小钱，克扣底串，不许勒取纸笔、平斛等费，不许稽延一时半刻。至有等无业穷民，能自在荒原、僻径、水澨、山陬挖蝻捕蝗，到厂呈缴者，即照例给易米钱，勿计多寡。巡视官应不时访察有弊无弊，用钟御史拾遗法以知之。公平者立赏，侵欺者立罚，则其弊自除。（案：拾遗法，预令饥民进见时，人具一纸，勿书姓名，所开所当兴当革及官吏豪猾有无侵刻横行，散布于地，即与兴革处分。然必择其佥同者而后察之也。）

窦光鼐疏曰：收买飞蝗之法，向例皆用之。其实掇拾、收贮、给价、往返、掩埋，皆费工夫。故用夫多而收效较迟，惟施之老幼妇女及搜捕零星之时则善矣。若本村近邻，力能护田，以精壮之人，持应手之器，当蝗势厚集，直前追捕，较之收买，一人可当数人之用，故用夫少而成功多，且蝗烂地面，长发苗麦甚于粪壤也。

宜不分畛域

一、邻境生蝗，如与本界相离不远，务亲往查勘，于交界处所，挑筑宽沟防备。并雇集人夫，于沟外代为扑打，即远去数里，亦勿存畛域之见。但使不犯本境，则用力少而成功多。即邻封亦知感德，自问无蝗不入境之善政。正不宜妄存希冀也。

　　一、飞蝗落地，尚有地界。若蝻子萌生，藏匿地中，既在交界处所，岂能自保必无。惟须亲诣该地，两邑面议会捕章程，各设厂夫，尽力扑挖。蝻子则分捕，飞蝗则须合捕、兜捕，以免推诿而贻后患。如我处捕挖净尽，而彼境一味玩延，方可禀明本府，移请邻府会勘，亦不必通禀，以揭其短。

　　　　王凤生曰：捕蝗之法，固以收买为最善。倘两邑俱有蝗蝻，邻封并不收买，难免乡民混以邻蝗，赚卖钱文。虽畛域原无可分，而舍己芸人，究应先其急者。故设厂须各就有蝗之地，就近查察方周。

卷三　捕蝗十法

编册齐夫法

捕蝗须用民夫，若无约束，便难齐心。计每铺乡约所管地方，大小不一，或分作二三处、四五处，每处或用牌甲各长或绅粮为首。乡约预于蝗虫未到之先，著令各甲长、牌头沿户派夫，视其种地广狭，酌量出夫多少，造一册簿，交存各首人处。俟蝗发时，无论在何户地中，本户飞报牌甲及掌册首人。即传炮为号，各牌甲速传齐册内人夫，赶蝗发处，首人照册点名。有推诿不到者，于名下书不到二字。俟事毕，乡约禀官究惩，以肃人心。仍一面飞报邻接各铺，预集人夫，三面协力兜截，不使四窜。（老幼妇女愿协捕者，听编作余夫，一切照例。）

临阵捕扑法

点名毕后，即开阵捕扑。然苟无纪律，非惟打蝗不净，且至横损禾稼。定法乡约首人执大旗一竿，（旗上写某地乡约某人名，夫若干名。）锣一面，在阵前督率。牌头、甲长执小旗一竿，（旗上写牌甲长某人，民夫若干名。如系差役，亦写姓名。）带领本牌民夫，分列两边布阵捕打，不许乱打乱走，以锣声为进止。小旗带领民夫，徐行徐进，东边人直捕至西尽处，西边人直捕至东尽处，回环交扑。有未净者，次日黎明再扑。务仿李明府之法行之。如此搜打，在蝗既无漏网之幸，而苗亦无蹂踏之忧。

谨案：蝗蝻不可不捕，然不度地势，不明先后，不分多寡，不审时刻，不知方向，则杂乱无序，转致蔓延，岂徒无功，而且有害。故又逐条分列于后，俾临期择用焉。

平地捕蝗法

蝗在平地，先须掘陡沟、深坑于前，长数丈，深广各三四尺。掘起之土，堆沟对面，为外御沟，底遍铺柴草，两旁用布墙、布篷，或用木板片、门扇，或用芦席、鱼网，沿沟排墙沟外，人夫各持捕扑器具一字摆定。众夫尾蝗后呐喊鸣金，持械围扑赶打，逼至沟边，锣钹轰击不止，蝗蝻惊跳，众人趁势用力埽入沟内，急覆柴草，烈火焚烧。如恐坑底蝗多不即死，或先于沟内燃火，始行驱入。对沟人夫，遇蝗跳跃过沟，尽行埽纳焚烧，毋使逃窜。若有旁逸于谷麦地内者，须顺谷麦之畛，俯身就地，随捆随逐，赶入沟内。焚过之后，将坑沟填土筑实，插标为记。隔一二日再行覆看。其零星错落，不成片段，即随地掘坑，驱而纳之，亦属省便。切忌但用土筑掩活埋。隔宿气苏，穴地而出，仍然为害。凡捕蝗人夫，勿令拥挤，须间二尺或三尺站立一名，则踞地宽而收效广，既易于农力，亦不致虚縻人工。

山地捕蝗法

凡捕山地蝗虫，先宜相度地势。其宽衍者，宜四面围打。狭长者，宜上下对打。横阔者，宜左右对打。若在斜坡之地，宜于下坡掘坎置火，由上驱下。倘蝗行不顺，随宜酌定。如在深谷回坡、草多地少之区，则四面围烧，一炬可尽，不必惜偿价小费也。

水田捕蝗法

蝗落稻田，倘遇不便捕打之时，惟鸣金放炮，多执布缀长竿，呐喊绕逐。如集于稻穗禾巅，须俯身循畛，或用柳枝、苕帚埽之，或用旧鞋底掴之，呼噪逐扑，蝗必惊飞，即如法兜赶，使至旱地停落，乃可合力捕打。如正当三时不飞之际，即用筲箕、栲栳之类，左右抄掠，倾入布囊，或蒸或煮，或捣或焙，或石灰腌贮，或掘坑焚烧。其有跳落水畛者，仍用木棍钉鞋底，逐步掴杀，为力较易。大抵水田难于麦地，捕蝗难于除蝻，藉灰、石灰、麻油、筛洒之法，必不可少。先使其不伤禾苗，然后可相机捕打。苟非豫事谋求，临期必致贻误。

相时捕蝗法

一、捕蝗每日惟有三时。五更至黎明，蝗聚禾稍〔梢〕，露浸翅重，不能飞起，此时扑捕为上策。又午间交对不飞，日落时蝗聚不飞，捕之皆不可失时，否则无功。

一、蝗初生翅，尚软弱，不能奋飞。即翅硬之蝗，遇太阳高，亦多潜伏草根。此时正须急捕。一说蝗蝻夜间身翅沾露，必于卯、辰二时群出大路或地头，向太阳晒翅。此时捕捉亦较易。

一、蝗蝻之性，最喜向阳。辰东、午南、暮西，按向逐去，各顺其性，方易有功。否则乱行，多费人力，剿除无序，反致蔓延。

一、蝗性见火即扑，应于陇首隙地多掘深壕，三更后壕内积薪举火，蝗俱扑入，趁势埽捕，可以尽歼。虽日间捕扑已净之地，恐有零星散匿，难于搜寻，夜间再用此法，始可净绝根株。

一、蝗性立秋前，行向西南。立秋后，行向东北。捕捉、挖沟、围墙，相时顺势，各有所宜。

一、蝗从远处飞来，其力已衰。乘其初落，蜂聚未散，不能遽飞，或用栲栳、筲箕搋取，或急用鱼网罩定，速行合扑，较平时散开方打者，事半功倍。

王凤生曰：捕初生之蝻，必须聚众围打，驱诸沟内烧毁。及其生翅能飞，则以围打之夫画段，饬令散捕。若捕剩无多，零星四散，即责成各地户自行扑捉。三者勿紊次序，亦无难于净尽也。

拦剿飞蝗法

外来飞蝗在空中高低不等，人力难施。惟有多带捕蝗器具，一面枪炮齐发，长竿缀缝布幅，或红绿纸等向空摇动，尾其后路，声金呐喊追逐，仍左右夹护，禁其旁飞，急分拨人夫，或知会前铺，择地势稍旷可以施力之处，迎头拦截飞蝗去路，亦用枪炮、锣钹，摇旗呼噪，四面合截。前队惊落，则群蝗随之俱下，即照前法扑打埽焚。即仓猝不及掘沟，但督率人夫或合扑或散扑，看其所向何方，挨步前进，沿路搜寻，不准间断一处。切勿纵令远去，自谓得计，以致滋毒。

其与邻境交界之处，彼处有蝗，每易窜入本境。须于交界有蝗处所，一律开挖深沟，设立窝堡，拨夫守望。堡外插旗，写堵捕窜蝗字样。如有蝗过界，一面随时堵捕，一面飞报厂员，率夫迎剿。

搜捕遗蝗法

蝗蝻萌动，先后不一。时一州一邑之内，或有数处，难保处处扑净。今日捕完，亦难保明后日不再续生。即果一孽不留，此心亦未敢遽放。况夫役等积十日半月之劳，率多倦怠，兼之厂员勤惰不齐，农长乡保人夫奸良不等，地方官督察偶疏，易堕捏报奸术。故凡境内遇有蝗蝻，不特挖捕时应上紧赶办，即扑尽之后，仍须委员督率乡保人等，不时巡逻，查看有一二遗孽，即行斩绝，不可大意。印官仍当逐处亲探，万勿以公事已竣，遂亏此一篑之功也。

除蝻断种法

一、每年十月农隙，谕各乡保查地方有湖荡水涯、沮洳卑湿、曾经受水之处，水草积于其中者，据实造册报官，集人夫，给工食，悉行挖刈。其丛草晒干作薪，如不可用，就地连根翻掘，纵火焚烧。使草根遗子，悉成灰烬，永绝萌芽，非特得水草炊爨之利已也。

　　谨案：水鸡，一名田鸡，亦名吠蛤，即青蛙也。此物善食蝗蝻，故又名护谷虫。古人禁民食水鸡，亦以其有功于农事也。附记俟采。

一、飞蝗下子之地，形既高亢，土复垆黑，又有孔窍可寻。宜于冬令未经雨雪之时，饬乡保、地主、居民细行寻挖。入土尺余，挖得形如累黍，贯串成球，中有白汁者便是。将其挪破，或呈官领赏。于挖尽处仍用干草将地土焚烧，插标立记。交春后，该乡保率地主居民再加细看，见有松浮土堆，找寻小穴，立复刨挖，勿留遗孽。春间看过无子，初夏再看，以防续生。

一、本年有蝗处所，责令地主、佃户于锄地耘草之便，时加寻觅。见有蝻孔，即便挖净，不可稍迟；将子到官，易粟听赏。如玩不搜挖，次年一经出土，究明起于何处，将佃户枷责，地主罚出夫捕灭，如违并责。（此陈文恭公宏谋遗法，最为便民。）

一、曾经飞蝗停集之地，无论荒熟，本人地土，责成本人搜查。无人管业者，责成连界业佃。河堤、湖滩，责成乡保及附近用水地主。人迹罕到之区及官地，责成乡保。官地有租户者，责成租户。各自周流搜挖。倘敢玩视，交春一经出土，查明责惩，并罚搜捕。

一、北地农夫，于近山滨水土田瘠薄之区，每种二三年即停犁一年，以畜地脉。其停犁之岁，莠草丛生，不异野坡，每易生蝻。应于二三月，土膏既动，农务未忙，责成地主将该土一律犁转，则蝻子自可消灭。至飞蝗遗子在田内者，亦复不少，宜饬各业佃加工翻犁，深耕倍耨，务令孽种深埋，出土较难。既培地利，并弭灾患，切勿大意贻误。

　　谨案：《齐民要术》掩地雪之法最易灭蝻，可以仿行。语见第一卷第三条下。

　　宋陈敷《农书》：将欲播种，撒石灰渥洒泥中，以去虫螟之害。

　　黄河润《耕锄谕》曰：谷既收之后，地未冻之先，即将地犁耕，以受雪泽，明岁无虫患。

　　潘曾沂《丰豫庄课农区种法》云：三伏天，太阳通热，田水朝踏夜干。若下半日踏水，先要放些进来，收了田里的热气连忙放去。再踏新水进来，养在田里。这法则最好，不生虫病。

一、飞蝗停落处所，乡保逐一标记，并先将村庄保长、业佃姓氏，造册报官，遇便下乡，按册查验，有无虫孔，曾否搜挖，分别赏罚，以示劝惩。

一、收买蝗蝻，民瘼攸关。地方官不可自分畛域，以误人自误。如有邻县接壤居住人民挖出蝻孽，就近来县呈缴者，亦一体给价买收，切勿吝费推诿。道光十六年春间，湖北兴国州蒋牧收买江西瑞昌县民人蝗种，可以为法。

一、买蝻自应设厂以便民。或值闲暇之时，厂局停闭，人役散归。小民有挖得蝻子，赴衙门呈缴者，照例速行给价，把门人役如有拦阻需索情事，枷责革役。仍须问明来历，从何处挖得，共有多少，有无余孽。——查明后，或立饬该地乡保查明，或亲带本人驰赴该处亲查，庶免乡保蒙蔽，而奸民亦不敢以邻境之蝗及预藏宿蝻，欺赚买价矣。

　　史侍御茂捕蝗事宜事疏曰：捕蝗不如捕蝻，捕蝻不如灭种。捕蝗捕蝻，非草率而为也。未发塞其源，既萌绝其类，方炽杀其势。生长必有其地，蠕动必有其时，驱除必有其器，经画必有其法。故必于闲暇无事之时，为未雨绸缪之计。谨案：此数语捕蝗之法已备，故附录之。

正本清源法

一、省愆过。孔颖达《诗经正义》以螟螣蟊贼皆长吏贪残所致。王充《论衡》云：虫食谷者，部吏所致也。食则侵渔，加罚于虫所象类之吏，则虫灭息矣。今境内生蝗，上宪不加参劾，许以扑捕赎罪，已属幸免。若不洗心涤虑，速改前愆，有靦面目，诚死不足惜矣。

一、急祷祈。祷祈未效不可怠，既效不可矜，不效不可愠。西山先生之言，所当铭诸座右。素衣蔬食，其文也。殚力竭心，其实也。为民请命，何敢不诚？省己悔罪，何敢不惧？尽捕扑之职，将以体神之意，宣神之威，天工人代，此类是也。

一、理冤枉。邹阳下狱，六月飞霜。孝妇沉冤，三年不雨。怨气结而灾眚见，感召之理，有必然者。故欲化沴为祥，此为首务。

一、宽羁禁。一户株连，六亲废业。一夫缧绁，八口号呼。况被证尚容保候，余人何事留羁？押系之苦，有甚于囹圄者矣。布德行仁，所当加意。

一、省刑罚。农忙停讼，盛暑减刑，所以重民事，顺天时也。况飞蝗在野，宜何如感召天和！呼暑盈庭，忍入耳乎？故盗贼为害者惩治之，捕扑不力者责罚之。其余一切争讼，到案速为讯结。苟有可矜，必加曲宥。万不得已，亦从末灭。

一、缓追呼。捕逐飞蝗，不容稍缓，时刻兼之。先时防范，后事搜遗，黎民救死不遑，乡保奔走靡定。此时催科传唤，一切暂停，俾得专心捕事。

一、缉盗贼。捕蝗之时，倾家俱出，扰攘之际，宵小难防。地方官于蝗发之候，先出示申禁，实力严拿，届期于捕蝗村庄处所，多派干役，昼夜巡守查缉，有犯必从重惩治。

一、任贤能。今之州县佐贰无几，小邑惟一教官、一典史。汛弁之在城与否，尚不可知。除典史居守外，教官又多昏耄，不足委任，势不能不求诸地方贤绅士。然必平时有知人之明，礼士之恩，服民之政，乃能出心力以相报。否则各有身家，恐呼之未必应也。

一、广视听。平日勤恤民隐，虚心下访，绅士进见，随时讲求。乡保农长业佃到案，公事毕后，即历历查询，密行劄记，不厌再三。小民日怵听闻，自不敢怠忽从事。即邻境人来，亦必从容咨探，得以先事堵防。官以民为心，民自以官之心为心。若高居默坐，徒恃文告，寄耳目于委员，未为良法也。

一、勤艺植。愚民之情，燃眉则急，痛定则忘。惟在为上者，申惕其害，顺导其利，使知所以各谋其身家。凡多蝗之区，未来之先，宜广种何物以避害，既尽之后，宜补植何物以救饥，相其土宜，时其节令，择王祯《农书》之说，仿陈〔程〕珦、吴遵路之法，（宋陈〔程〕珦知徐州，久雨，珦谓待晴，种时已过。募富家，得豆数千石，贷民布之水中。水未尽涸，而豆甲已露，遂不艰食。吴遵路，事见卷一。）谆谆劝课，任怨任劳。迨大利既兴，偏灾不害，而后仁人君子之心始无憾也已。

谨案：后汉《桓帝纪》：诏司隶校尉、部刺史曰：蝗虫为害，水变仍至，五谷不登，人无宿储。其令所傍郡国种芜菁以助人食。《宋史·查道传》：知虢州，蝗灾。道知民困极，急取州麦四千斛贷民为种。民困由此而苏，得尽力耕耘之事。又《荒政辑要》载，国朝乾隆八年，高文定公斌疏奏：直隶各属旱灾，乘雨补种蔓菁、蔬菜，藉以疗饥。且久旱得雨，八九月正值普种秋麦之时。民间多种一亩，来春获一亩之益，尤为补救要务。并饬地方官亲诣四乡，劝谕雨后广为布种，资以牛力。秋麦春麦，接种无误，则来春生计有资，民气可复。以上三条，与陈〔程〕、吴二公种豆之法，皆前事可师者，类附记之，以俟临民者采择。

卷 四

史 事 四 证

蝗 避 善 政

汉卓茂为密令，视民如子，教化大行天下。大蝗，河南二十余县皆被其灾，独不入密县界。督邮言之，太守不信。自出案行，见乃服焉。

光武时，宋均为九江太守，虎皆渡江而去。中元元年，山阳楚沛多蝗，其飞至九江界者，辄东西散去。由是名称远近。

戴封，字平仲。对策第一，擢拜议郎，迁西华令。时汝颖〔颍〕有蝗灾，独不入西华界。督邮行县，蝗忽大至。督邮其日即去，蝗亦顿除。一境奇之。

马棱为广陵太守，治化大行。蝗虫皆入江海，化为鱼虾。

鲁恭拜中牟令，郡国螟伤稼，犬牙缘界，不入中牟。河南尹袁安闻之，疑其不实，使仁恕椽肥亲往廉之。恭随行阡陌，俱坐桑下。有雉过，止其傍。傍有童儿，亲曰儿：何不捕之？儿言雉方将雏。亲瞿然而起，曰：所以来者，欲察君之政迹耳。今虫不犯境，一异也。化及鸟兽，二异也。竖子有仁心，三异也。久留徒扰贤者耳。

赵熹为平原太守，青州大蝗，侵入平原界辄死。岁屡有年，百姓歌之。

宋贺德邵，号戎庵，湖广荆门人。宰临邑，遇荒旱，设法赈济，全活数万人。邻境之蝗蝻云涌，而临邑独无，人皆异之。至今崇祀不绝。

修 德 化 灾

唐太宗时，畿内有蝗。上入苑中，掇数枚，祝之曰：民以谷为命而汝食之，宁食吾之肺肠？举手欲食之。左右谏曰：恶物恐成疾。上曰：朕为民受灾，何疾之避？遂吞之。是岁蝗不为灾。

宋太宗淳化二年春正月，不雨，蝗。三月乃雨。时连岁旱蝗，是年尤甚。帝手诏宰相曰：朕将自焚，以答天谴。翌日大雨，蝗尽死。

真宗咸平八年秋九月，时连岁旱蝗。帝问学士李迪曰：旱蝗荐臻，将何以济？迪言：陛下土木之役过甚，蝗旱之灾殆天以警陛下也。帝然之。遂罢诸营造，禁献瑞物。未几得雨，青州飞蝗赴海死，积海岸数百里。

梁萧修，徙梁秦二州刺史，人号慈父。将秋遇蝗，修躬至田所，深自咎责。功曹史王廉劝捕之。修曰：此由刺史无德所致，捕之何补？言卒，忽有飞鸟千群，蔽日而至。瞬息之间，飞蝗遂尽而去。莫知何鸟。州人表请立碑颂德。

元顺帝时，秋七月，河南武陟县禾将熟，有蝗自东来。县尹张宽仰天祝曰：宁杀县尹，毋伤百姓。俄而鱼鹰群飞，啄食之。

明永乐二十二年五月，濬县蝗蝻生。知县王士廉以失政自责斋戒，率僚属、耆民祷于八蜡祠。越三日，有鸟数万，食蝗殆尽。皇太子闻而嘉之。顾侍臣曰：此实诚意所格耳！

> 附录：明顾仲礼，保定人。幼孤，事母至孝。遇岁凶，负母就养他乡。七年始归。时蝗虫遍野，食其田苗。仲礼泣曰：吾将何以为养母之资乎？言未已，狂风大起，蝗虫尽被吹散，苗得不伤。谨案：此亦陆曾禹所记。观此事，知非独长吏当修德化灾，即民人受害者，亦当改过迁善，以挽回气数。陆氏所云，忠孝感神，捷如桴鼓，怨天尤人者徒自增其罪戾。诚非虚语也。

责 重 有 司

唐元宗开元四年，山东大蝗。民祭拜，坐视食苗不敢捕。宰相姚崇奏曰：秉彼蟊贼，付畀炎火，此古除蝗诗也。古人行之于前，陛下用之于后。古人行之所以安农，陛下用之所以除害。卢怀慎曰：凡天灾，安可以人力制？且杀虫过多，必戾和气。崇曰：昔楚王吞蛭而厥疾瘳，叔敖断蛇而神乃降。今蝗幸可驱，若纵之，谷且尽。杀虫活人，祸归于崇，不以诱〔诿〕公也。乃出台臣为捕蝗使，分道杀虫。敕委使者详察州县勤惰者，各以名闻。蝗害遂息。

宋谢绛论救蝗有云：窃见比日蝗虫亘野，坌集入郛郭。而使者数出府县，监捕驱逐，蹂践田舍，民不聊生。谨案：春秋书蝗，为哀公赋敛之虐。又汉儒推蝗为兵象。臣愿令公卿以下，举州府守臣而使自辟属县令长，务求方略，不限资格，然后宽以约束，许便宜从事。期年条上理状参考不诬，奏之朝廷，旌赏录用，以示激劝。

宋淳熙敕：蝻蝗初生若飞落，地主邻人隐蔽不言，耆保不即时申举扑除者，各杖一百。许人告报，当职官吏承报不受理，及受理而不亲临扑除，或扑除未尽而妄申净尽者，各加二等。诸官司荒田牧地经飞蝗住落处，令佐应募人取掘虫子，取不尽因致次年生发者，杖一百。诸蝗虫生发飞落及遗子而扑掘不尽，致再生发者，地主、耆保各杖一百。诸给散扑取蝗虫谷而减克者，论如吏人、乡书手揽纳税受乞财物法。诸系工人因扑掘虫蝗乞取人户财物者，论如重录工人因职受乞法。诸令佐遇有虫蝗生发，虽已差出而不离本界者，若缘虫蝗论罪，并在任法。

《元史·食货志》：每年十月令州县正官一员巡视境内。有虫蝗遗子之地，多方设法除之。

明永乐九年，令吏部行文各处有司，春初差人巡视境内，遇有蝗虫初生，设法捕扑，务要尽绝。如或坐视，致令滋蔓为患者，罪之。若布、按二司不行严督所属巡视打捕者，亦罪之。每年九月行文，至十月再令兵部行文军卫。永为定例。

厚 给 众 力

汉平帝时，诏民人捕蝗者，诣吏以斗石受钱。

晋天福七年，飞蝗为灾。诏有蝗处不论军民人等，捕蝗一斗者即以粟一斗易之。有司官员、捕蝗使者不得少有捎滞。

宋熙宁八年八月，诏有蝗蝻处，委县令佐躬亲打扑。如地方广阔，分差通判、职官、监司、提举分任其事。仍募人，得蝻五升或蝗一斗，给细色谷一斗；蝗种一升，给粗色谷二斗。给银钱者，以中等值与之。仍委官烧瘗，监司差官覆按。倘有穿掘打扑损伤苗种者，除其税，仍计价官给地主钱数。

　　陆曾禹曰：此诏给谷既云详尽，而又偿及地主所损之苗。不但免税，而且偿其价数，捕蝗而至此诏，可云无间然矣。

宋绍兴间，朱子捕蝗，募民得蝗之大者，一斗给钱一百文。得蝗之小者，每升给钱五百文。

　　陆曾禹曰：蝗蝻害人之物，除之宜早，不可令其长大而肆毒也。故捕蝗者，不可惜费。得蝗之小者，宁多给之而勿吝也。盖小时一升，大则岂止数石。文公给钱，大小迥异，不可为捕蝗之良法欤！

成 法 四 证

马源《捕蝗记》

康熙五十四年乙未，桐大饥。邑侯祖公秉珪设赈，至春末，饥者皆有起色矣。而邑东南滨江之地接踵以蝗告，缘去岁蝗所过，遗种土中。及四月中旬，蝻生遍野，厚尺。居民顾麦禾在田，相望骇愕，至号泣。疾赴诉于公。公星驰莅其境剿捕。身自著〔着〕草笠芒鞋，衣便衣，行沮洳中。杖其不力者，而捐谷以酬效力者。量所扑蝗子，以斗如其数尽易之，日百十石。蝻之生者日滋，于是问计于县佐李君。李君前佐蒲台捕蝗有成绩，遂以其法出散于民，循而用之。甫廿余日而蝗灭。滨江之民庆更生，通邑皆啧啧欢异。予闻叩其法，李君曰：蝻所生大约在芦渚麦畦间，扑之先渚而后畦。俟割麦毕未晚，毋为先蹂躏已成之麦。在芦渚者，植木为栅，四周之薙其芦，以缲盖更番击之可尽。然此为蝻生旬日内者言耳。既逾旬，便能跃尺许外。法当分地为队，队役夫五十人，环渚斩芦为一巷，三面以夫守。前掘沟长率三四丈，上阔尺七寸，下二尺五寸，深一尺，两面修，令平沟底。距三尺余，掘一坎，然后伐其芦。自后达之沟边，乃呼三面守者合驱之，鸣金以趋之，蝻跃至沟而坠，厚以土掩之。其芦渚之深广者，距沟远，难尽驱之人，掘两沟则费工。法于中间所掘沟，为二面濠〔壕〕。先驱其一面尽，续从对面驱之，毕入沟而后瘗。其驱之也宜徐，急则旁入。沟所勿容人立，见人则奔回。蝻出十六七日，生半翅，其行如水之流，将食田禾矣。如前以竹栅堵两旁，于中埋苏缸，伺其来之路。蝻行自入于缸中，可以布袋收之。分队之法，每队夫五十，领以亭长。乡三老、吏卒等四五人探芦中有蝻处，立长竿布旐以表之，为一围，次第施治。日限其捕十围，虽不能殄绝，余十之一二，定不能便盛。如捕之散去，至夜定还聚一所。次日又扑之，即绝矣。又曰：蝻子之行也，恒东向；其壮而飞也，能浮水面，渡河渠。其首尾各有一蛆，生十八日而飞。又十八日而遗子九十有九蛆，旋食之而死。蝻之生在白露前者，不久即毙，无遗患。过白露而遗子，则来春始生。土〔士〕人宜各志其处，思所以预防之。至翅成而飞，则无扑灭之法。惟听农夫之驱逐，自守其疆，则不免以邻为壑耳。予闻之而慨然也。《春秋》于宣公十五年书曰：冬蝝生。《传》曰：幸之也。注谓：蝝冬生而不成螽，不为物害。故喜而书。愚谓此圣人谨小慎微之旨，虽不成灾，而犹书示警，非以为幸也。假令生当耕耘之日，不知其忧悚当何如？或以其微小而忽之，毫末不折，将寻斧柯，纵以唐宗之吞食，姚相之诏捕，而南亩之罹其害者已多矣。余故感吾邑令佐两公勤民之厚意，又喜其立法详而欲垂于后世也。是以记。

陆桴亭世仪《除蝗记》

蝗之为灾，其害甚大。然所至之处，有食有不食，虽田在一处而截然若有界限。是盖有神焉主之，非漫然而为灾也。然所为〔谓〕神者，非蝗之自为神也，又非有神焉为蝗之长，而率之来率之往，或食或不食也。蝗之为物，虫焉耳。其种类多，其滋生速，其所过赤地而无余，则其为气盛，而其关系民生之利害也深，地方之灾祥也大。是故所至之处，必有神焉主之。是神也，非外来之神，即本处之山川、城隍、里社、厉坛之鬼神也。神奉上帝之命以守此土，则一方之吉凶、丰歉，神必主之。故夫蝗之去，蝗之来，蝗之食与不食，皆有责焉。此方之民而为孝弟慈良，敦朴节俭，不应受气数之厄，则神必佑之，而蝗不为灾。此方之民而为不孝不弟，不慈不良，不敦朴节俭，应受气数之厄，则神必不佑，则蝗以肆害。抑或风俗有不齐，善恶有不类，气数有不一，则神必分别而劝惩之，而蝗于是有或至或不至，或食或不食之分。是盖冥冥之中，皆有一前定之理焉，不可以苟免也。虽然人之于人，尚许其改过而自新，乃天之于人，其仁爱何如者，宁视其灾害戕食而不许其改过自新乎？故世俗遇蝗而为祈禳拜祷，陈牲牢，设酒醴，此亦改过自新之一道也。顾改过自新之道，有实有文，而又有曲体鬼神之情，殄灭祛除之法。何为实？反身修德，迁善改过，是也。何谓文？陈牲牢，设酒醴，是也。何谓曲体鬼神之情，殄灭祛除之法？盖鬼神之于民，其爱护之意虽深且切，乃鬼神不能自为祛除殄灭，必假手于人焉。所谓天视自我民视，天听自我民听也。故古之捕蝗有呼噪鸣金鼓，揭竿为旗以驱逐之者；有设坑焚火，卷埽瘗埋，以殄除之者。皆所谓曲体鬼神之情也。今人之于蝗，俱畏惧束手，设祭演剧，而不知反身修德，祛除殄灭之道，是谓得其一而未得其二。故愚以为今之欲除蝗害者，凡官民士大夫皆当斋祓洗心，各于其所应祷之神，洁粢盛，丰牢醴，精虔告祝，务期改过迁善，以实心实意祈神佑。而仿古捕蝗之法，于各乡有蝗处所，祀神于坛，坛旁设坎，坎设燎火，火不厌盛，坎不厌多，令老壮妇孺操响器，扬旗幡，噪呼驱扑。蝗有赴火及聚坑旁者，是神之灵之所拘也。所谓田祖有神，秉畀炎火者也，则卷埽而瘗埋之。处处如此，即不能尽除，亦可渐减。苟或不然，束手坐待，姑望其转而之他，是谓不仁。畏蝗如虎，不敢驱扑，是谓无勇。日生月息，不惟养祸于目前，而且遗祸于来岁，是谓不智。当此三空四尽之时，蓄积毫无，税粮不免，吾不知其何底止也。

蝗最易滋息。二十日即生，生即交，交即复生。秋冬遗种于地，不值雪则明年复起，故为虐最烈。小民无知，惊为神鬼，不敢扑灭，故即以神道晓之。虽曰权道，实至理也。镇江一郡，凡蝗所过处，悉生小蝗。即《春秋》所谓螽也。凡禾稻经其缘啮，虽秀出者亦坏。然尚未解飞，鸭能食之。鸭群数百，入稻畦中，螽顷刻尽。亦江南捕螽一法也。是年冬大雪深尺，民间皆举手相庆。至次年蝗复生，盖岩石之下有覆藏而雪所不及者，不能杀也。四月中淫雨浃旬，蝗遂烂尽。以此知久雨亦能杀蝗也。

李令锺份捕蝗法

雍正十二年夏，余任山东济阳令。闻直隶河间、天津属蝗蝻生发。六月初一二间飞至乐陵，初五六飞至商河。乐、商二邑，羽檄关会。余飞诣济商交界境上，调吾邑恭、和、温、柔四里乡地，预造民夫册，得八百名，委典史防守。班役、家人二十余人，在境设厂守候。大书条约，告示宣谕曰：倘有飞蝗入境，厂中传炮为号，各乡地甲长鸣锣，齐集民夫到厂。每里设大旗一枝、锣一面，每甲设小旗一枝。乡约执大旗，地方执锣，甲长执小旗。各甲民夫随小旗，小旗随大旗，大旗随锣。东庄人齐立东边，西庄人齐立西边，各听传锣一声走一步，民夫按步徐行，低头捕扑，不可踹坏禾苗。东边人直捕至西尽处，再转而东。西边人直捕至东尽处，再转而西。如此回转扑灭。勤有赏，惰有罚。再每日东方微亮时，发头炮，乡地传锣，催民夫起早饭。黎明发二炮，乡地甲长带领民夫齐集被蝗处所。早晨蝗沾露不飞，如法捕扑。至大饭时，飞蝗难捕，民夫散歇。日午蝗交不飞，再捕。未时后蝗飞复歇，日暮蝗聚又捕，夜昏散回。一日止有此三时可捕飞蝗，民夫亦得休息之。候明日听号复然。各宜遵约而行。谕毕，余暂回看守城池、仓库。至十一日申刻，飞马报称，本日飞蝗由北入境，自和里抵温里，约长四里，宽四里。余即饬吏具文通报，关会邻封。星驰六十里，二更到厂查问。据禀如法施行，已除过半。黎明亲督捕扑。是日尽灭。遂犒赏民夫，据实申报。飞探北地蝗未尽，余即在境堤防。至十五日巳刻，飞蝗又自北而来，从和里连温、柔两里，计长六里，宽四里。蔽天沿地，比前倍盛。余一面通报关会，一面着往北再探。速即亲到被蝗处所，发炮鸣锣，传集原夫，再传附近之谷、生、土三里乡地甲长，带民夫四百名，共名〔民〕夫千二百名，劝励力大捕。自十五至十六晚，尽行扑灭无余，禾苗无损。探马亦飞报北面飞蝗已尽，又复报明各宪。余大加褒奖，乡地民夫，每名捐赏百文，逐名唱给。册外尚有余夫数十名，亦一体发赏。乡地里民欢呼而散。次早郡守程公亦至彼查看，问被蝗何处，民指其所，守见禾苗如常，丝毫无损，大讶问故。余具以告，守亦赞异焉。

任邱令任宏业布墙捕蝻法

裁白布二段，宽二尺二三寸，长一丈一尺，联为一幅，横披作墙。又于墙根添布半幅备用。两头各缝一木杆，中间分置三杆，相去二尺五寸零。一墙共有五杆，竿头加以铁尖，用时札〔扎〕地作眼，然后以木杆插入，稳立不动。其墙根下幅之布，软铺在地，随取土石压住，不使有缝。盖因蝗子体小，乘隙即逃，全赖半幅软布围障固密，始得便于捕捉。此墙排立，可方可圆，大小随施，长短任意。每两头相接之处，用夫拖住，免致敧斜。凡蝻子初发，状若蚂蚁，如盖簟地而不大，只须用布墙数幅，就地围作一城，遣三四小童进内，各持箕帚扫入簸箕，尽数取出，为功甚速。如蝻子初长，状如苍蝇，行走成片，就于地头先掘一壕，以布墙围壕作城，三面缘障，独留一面。用夫各执小柳条顺势驱蝻，奔投壕内，随即捕收装入布袋，以完为度。如蝻子已长生鞍，跳跃蔓延，宽长不及掘壕，速取布墙，左右分夫排立地头，两墙夹合，互叠七八尺，中留夹道，道口埋瓦瓮，或大瓦盆。用夫驱蝻，逼入夹道。蝻子争跳欲出，堆高尺许。墙外预备人夫，手垂墙内，拦住蝻子，捧取入袋。有逸出者，随在瓮盆，用夫探捉，纳入袋中。倘有跳出瓮盆之外者，预遣数童排立，手指括拾，见即扑杀。虽长行数里，只要多置布墙，逐段分捕，无不净尽。此项布墙，地方官须多制数十幅，以应急需。若村镇中有巨商富户，情愿捐置数幅，左近地亩，遇有蝻子萌动，使种地之人借此布墙，立即围捕，以之除害保禾，且省官役滋扰，于农事大有裨益。

捕蝗汇编终
紫阳县知县陈僅编述

灾蠲杂款

清抄本

（清）朱澍 编

颜军 点校

灾　蠲　杂　款

漕运总督臣朱澍跪奏为臣母年逾
七旬恭折奏祈圣鉴事

窃臣以驽钝之材，仰沐覃恩，又兼难荫，嘉庆十六年引见，以主事用，分发户部。道光三年补缺，五年由员外郎京察一等蒙恩记名以道府用，升授郎中。六年简放甘肃甘凉道，洊升臬司、藩司、巡抚、漕运总督，荷隆施之迭沛，实衔感之倍深。十九年六月接印任事，因漕务公事烦巨，挽运艰难，迥非昔年可比，臣矢慎矢勤，力求整顿。数年来，赖圣主洪福，抵通之期逐年赶早，在君上之宵旰少纾，即臣下之愆尤幸免，亟思勉图报效，何敢以乌鸟私情上渎天听？惟臣母自嘉庆五年臣父殉难孀守，臣至今年已四十六岁，教臣读书立志，报答主恩。以故臣滥叨廪禄，效职中外者三十余载。时时冰兢自守，不敢荡检逾闲，悉皆秉承母教。今臣母年逾七旬，精神日就衰迈，臣系独子，例得终养。查本年新漕已起运在途，按日催趱，自可无误。合无仰恳皇上天恩，准臣终养。一俟简放有人，交卸事竣，即由水路奉母回黔。此臣膝下之晨昏，皆出自高厚鸿燕之所赐。所有微臣恳请终养缘由，理合缮折具奏。奉旨：已录。

灾　荒　要　略

一、二麦被旱，定例夏灾不出六月下旬。民地二麦被旱失收，将被旱失收村庄及现在收成分数通报，造具顷亩分数册结分送。一面查其有地乏食穷民，借给籽种口粮，事竣造具花名细册送转。若灶地被旱，并报盐道。庄头地亩被旱，非与民地归入秋获办理可比，应遵例详报附近大员委员查勘，令该庄头自行呈明内务府，一面造具册结申送上司核转。惟民地被旱，二麦失收，总归于秋灾案内查明分数总计办理。如民情拮据，即于被旱之时，详请将新旧钱粮暂缓催征，汇入二麦实收分数案内题报。若革退庄头地亩系交官征租之项，仍入官旗地内办理。其营田被灾，请缓征工本。秋禾被旱不出九月下旬，必于七月查明枯槁情形，将被旱村庄通报，听候委员查勘。其被灾顷亩分数，照例于报灾之日起，须四十五日限内造册详题。如原被水村庄复经被灾较重者，距先报之期十五日以外，准其展限二十日查办。倘已过正限，均准另起限期。此系乾隆十一年定例。

一、详报被灾情形之后，一面查明被灾户口，若民情待哺孔亟，先请于八月内急赈一月。如普赈期在八月初旬逢小建，不妨详请免扣，再查极次贫民，分别加赈月分。如贫士并报学臣，贫灶并报盐道，旗地另造册报。至庄头地亩，仍俟委员勘明出具册结，着该庄头呈报内务府备查，一面照造送司道核转。其余蠲免停缓带征各事，宜第次举行。被灾情形题报，照交代之例扣算程途日期，倘未逾限者免议。若到省在限外，而查算应扣之程途亦已逾限者，查参州县。逾限半月以内，罚俸六个月。逾限一月以内，罚俸一年。一月以外，降一级调用。二月以外，降二级调用。三月以外者革职。

一、被水。乾隆五年定例：凡水为害，均属一隅，只议借给籽种口粮，秋成免息还项。倘秋月陡遭风水为灾，伤损大田，其有田亩瘠薄而鲜盖藏者，官为借贷之外，仍须量行赈恤等因。是凡遇有水灾，须酌看情形，除被灾轻浅不伤禾稼，量为借给外，如水灾猝至，中有洼地被淹，高地仍然收获，并另有田亩可以资生者，仍止借给，不得滥行议赈。若止靠此洼地数亩藉以活命，别无资生者，时逾立秋，晚禾不及补种，一旦大秋失望，穷民仰屋兴嗟，情堪悯恻。自应借贷之外，仍于十一月内，照依分数拨给赈恤，并借给麦种，令其涸出之后播种，以冀来春收获。一面查明被灾顷亩分数，造具册结，由委员加结呈送。时至立秋，节候已迟，不及补种，且所伤俱属禾稼，别无他处地亩收成，虽属一隅，实与全被无异。此时不必借给籽种，俟秋获之时，酌其地土之宜，借给秋麦冬麦补种。如民情尚在安贴，可以支持者，不须急赈，止于十一月内分别极次贫民，按照被灾分数加赈。其被灾五分者，仍照例蠲缓，毋庸议赈。一面造具顷亩分数册结申送，由委员结转。至停缓带征事宜及蠲免钱粮分数，仍照例办理。如有倒塌房屋，亦须酌看间数，量给银两，令其修盖。如查系有力之户，则不准给予。乾隆十五年赈恤倒塌房屋，每土屋一间给银五钱，土棚偏厦每间三钱。（瓦房每间银一两。）（原书眉注：近年灾案报部，准销成案，乾隆卅六年即系如此办理。再倒房，每户不得逾三间。凡文报与领银文内声明。）

一、被冰雹。遇冰雹损坏田禾，一面通报，一面会同委员查勘被雹顷亩，造具成灾分数册结，由委员结转。一面借给荞麦籽种，令其及时补种。所借种粮，详请于明岁麦后收还，以舒民力。仍照夏灾之例，俟秋获之时，查明分数总计办理。又定例，秋禾被雹四分以下，收成牵有六分以上，即不为灾。（原书眉注：凡被雹案内，须声明东西长若干里，南北宽若干里。）

一、棉虫形带青黑色，长寸许，由湿气蒸暍生发，夏秋之间或有萌动。始食禾叶，继食嫩穗，俱害苗之贼。一遇生发，一面通报，一面督率乡民设法歼除，务期扑灭净尽，不使稍留余孽，致害禾稼。仍将扑尽及现在有无伤损情形，出具并无揑饰印结通报。附查此虫因雾而生，遇大露而灭，或变蚕茧，或变飞蛾。

一、粘虫、䗚虫、蜉蚧，贼苗之虫类，原生谷中，食叶食穗，其生甚速，繁衍无穷，残食更快，呼吸之间，啮伤立见。一有生发，应即率同城员弁分路纠率乡民，讲求捕法，务须竭力扑除；一面禀报具结呈送。

一、被霜。六七月偶被霜灾，多有损伤禾稼，然系一隅偏灾。如或因挞伤不能成活，立即借给籽种。一面通报，仍归于秋获案内总计办理。

一、被蝗。形如蚂蚱，小者为蝻，飞翅为蝗。定例严饬州县于冬月预行刨挖，并严谕乡民，凡草苇、圩埂及水泽、山崖、洞石之处，逐细寻捉。如得蝻子一斗，照例官给银二钱。或止数升，以此减给。乾隆八年定例。

又定例：一有蝗虫萌动，即时速拨人夫立刻扑灭。倘有玩忽，以致长翅飞扬，为害禾稼者，即行严参议处。并令督抚查明萌起之处，将不行扑灭之地方官严参。后有例不参萌起州县。至蝗虫生子，必择坚土高亢处，其用尾栽入土中，深不及寸，仍留孔窍如蜂窝。一蝗所生十余粒，渐次充实，因而分颗，一粒中即有子百余。交冬遇雪，即深入寸许。如积雪尺余，蝻子更难出土。自当加意防范于将萌，使不滋蔓也。一遇生发，立即飞禀各宪，一面亲履出蝻处所，多拨人夫上紧扑捕。凡因扑蝗践伤田禾，查明所损之数，酌量分晰，给与价值。系乾隆十六年例。又上谕所需兵役人夫费用并易蝗夫价之类，准动公项。

若仍致害禾稼，奏请着赔。若自行捐办，去害利稼，奏请议叙。仍将扑灭缘由通报。乾隆十八年。

一、地震。乾隆十一年六月，大兴等州县禀报地震隐隐有声，并无损伤人畜房屋等语。此灾非常所有。如果有此灾，事出偶然，非比寻常。一面通报，一面查其人口有无压毙、房屋有无倒塌，立即加意抚恤，毋使失所，并请示作何赈恤。

一、被火灾。嗣后延烧之户，确查实在被灾贫民，分别酌给应赈银两，并将量动存公银款报部。仍令恪遵雍正六年定例，多设救火器具。地方倘遇火惊，立即扑灭，毋致蔓延焚烧。起火之家，照例治罪。扑救不力之地方官，分别城内、村庄计间议处。乾隆十年定例。（又十一年定例：十间以上议，十间以下免议。又十间以下仍应议处。）

一、乾隆三年部议通行各省凡有被火延烧之户量动存公银两赈恤火灾案内，原令各省督抚临时确勘，分别赈恤，本无定议银数之条。乾隆二年，卢沟桥、长兴〔辛〕店被水冲坍房屋，每间给银五钱。乾隆六年，新城县新庄地方被烧二十九户，火甚于水，每房一间赈给银一两，二间赈给三两，三间者四两，四间以上者赈给银五两，在于存公银内动拨给领，奉部覆准在案。（既称火甚于水，何以赈给少减，似系错误。）

一、委员内如有查灾不据实结报，办灾不实心，挨查草率从事，仍前玩忽者，该督抚查明题参，照地方官查办灾赈不实一体处分。乾隆二十二年上谕。

一、乾隆六年，新城县新庄地方火烧案内，烧毁棺木者，每具加赈银一两。烧毙人口者，大口赈银二两，小口减半。

赈 济 指 南

一、每大口给米五合，小口减半，小建扣除，谷则倍之。银米兼赈，每米一石折给银数，随时酌办。十一月分为大赈，被灾六分，极贫赈济一个月；七分灾者，赈济两个月，次贫者赈济一个月；八分灾者，赈济与七分同；被灾九分者，极贫赈济三个月，次贫赈济二个月；被灾十分者，极贫赈济四个月，次贫赈济三个月。应赈贫灶与贫民一体赈恤，另册造报，应先详报盐道。如专靠种旗地过活之穷旗，亦一体赈恤，另册造报。其鱼户、屯户同灶户，鱼户入民册，屯户入旗册。如系贫士，照贫民次穷月分给赈，每米一石折银一两，须赴司领回，移学散给。

乾隆十五年，固安等州县因永定河漫水，被淹村庄乏食穷民资生无策，亟应赈恤安顿。奏明五口以上者，每户给米四斗；四口以下者给米三斗。极贫下户，困苦无靠之老幼贫民，距冬月给赈之期尚早，有难缓待，先行查明，摘赈一月口粮。如一月赈恤之后，尚距赈期遥远，例应摘出续赈，不拘月分，以接至大赈为率。

一、被灾外出贫民，预为查明，另册登记。如有归来者，查对赈济。如租种官地佃户成灾六七分者，一体赈济。如兵丁之同居［居］兄弟叔侄，与民同赈。灾民家有存粮一石以内而人口过多者，应择其老迈痛瘿之民摘赈。应纳粮银在一两以上而地亩均已被淹，别无资生者，酌量摘赈。能工作贸易而老小多至五六口以上者，亦须摘赈。至租种十余亩或自有业数亩而全数被淹无收，年力精壮而极贫毫无活计，素能手艺佣工而适患病，或被水阻隔不能经营，及夫男外出无亲可靠并现在流寓无依，暨先时外出闻赈归来者，均系应赈。如查有鳏寡孤独、老病残疾，并查有死丧病故并土草房数椽被水浸坍，及种地数亩查时尚在泥水全占者，均应入急赈之例；如现在尚可别业资生者，虽须急赈，宜归入大赈之内。

一、一水一麦之地，照河淤地亩之例，酌免征租，不得复行请赈。乾隆十五年，霸州张贵庄等八村被水，因虽系一水一麦之地，但所属地方被灾过半，禾苗尽被淹没，兼之房屋倒坍，居民栖息无所，情堪悯恻，议请一体给赈。详蒙直督方批：照大势灾歉，仍照定例办理，赈给口粮有案。

一、庄头及庄丁、披甲为旗主当差者不赈。兵丁有月支钱粮不赈。书役有领给工食，僧道募化，及年力精壮，现有雇主贸易，有手艺营生，并捐贡监暨贫士现有处馆者，均不应赈。其居大厦并什物丰富，状类富屋者，亦不应赈。

一、赈济多给米石，在经手之员名下勒令赔补银两。如升迁卸事，接任催追不力，并取职名。

应 造 各 册

被灾村庄顷亩分数册（旗民、灶户、庄头分造）、分别造具蠲免钱粮册（租银另造）、分别缓带征册（籽种银两口粮应分）、各厂佐贰监赈查灾盘费人役饭食册、被灾户口册、贫士花民册、贫灶户口册、闻赈归来户口册、蠲荒工食银两拨补册、赈济户口银米数目册、被灾灶旂地各册，若旗人地内自行取租之地，毋庸造册。存退亦应分别运厂米石脚价册、革退庄头地亩被灾册（系退出入官征租，应照入官房地被灾例蠲免）、当差地亩被灾册（一面送上司委勘，一面令庄头呈报内务府）、造册给票纸张册、倒房给价册。

通 报 各 事 宜

动用赈米（社义例不准销，然亦可借动拨还。如常平不敷，详请动用，俟准销买补）、监赈衔名、设厂处所、普赈及赈毕日期、外来补赈日期、拨运外来米石运到解收日期、贫士户口数目。

一、查灾监赈官役盘费饭食，如本处委员，于办公之日起，查竣之日止；其外来委员，于到厂之日起，事竣之日止。每员按月给银八两，每日给银二钱六分六厘六毫六丝六忽，除零算。无论外来、本处，正印、丞倅例不支给。（如试用人员，不在此例。）水灾案内，每官船一只，准销水手四名。书役，小船一只，准销水手二名。每官一员查灾，用书办二名、衙役二名。监赈官每员用书办二名、衙役四名、斗级四名。（若以银折给，则不用斗级。）每名日给饭食钱四分。如全赈折色，虽无需斗级，但赈银易钱散放，则过数贯串，按名分给，其事甚繁，不亚赈米。所有衙役一项，不妨稍增一二名以抵斗级之数。乾隆八年交河县赈济案内，设立册局书办十名，攒造册籍，饭食银四分，于平粜案内动支。又用过纸张笔墨人工等费，援引乾隆元年七月上谕，请销在案。但究非正办，不如请销为是。

一、各属河淤地亩，如遇一隅偏灾，应勘明成灾分数，照依民地请蠲。只须造册咨部，不必具题，亦不得请赈。如大势灾歉，仍准赈济。

一、霸、永、东、武四州县永定河改移下口案内改粮征租地亩，如遇灾伤，分别半免全免，不得请赈。今于三十一年仍将此项地亩除租升粮，以复旧章，与民地无异。

一、霸、武、大、宝四州县减赋地亩，每亩征银四厘，如遇偏灾，仍于苇渔之利无碍，不得率请蠲赈。

一、地方被灾当时，视灾之缓急以定赈恤。如骤被灾，各处村庄三四面水围，车马难行，小民待哺甚殷，则可援乾隆十五年、二十二年、二十四、二十六等年之例，按五口以上者给米四斗、四口以下者给米三斗之例详请抚恤。盖此时水围甚急，户口难查，只可按五口四口，将米用船往赈其一时之急。倘久雨为患，大旱成灾，则无论高低地亩俱受灾伤者，小民穷苦较甚，不当按五口四口抚恤之例办理。惟有照八年之案，择其灾重州县，委员前往，会同牧令，将六分以上者灾民通行查确，无分极次，急赈一月口粮。每大口给米五合，小口减半，小建不扣。其六分灾次贫亦在应赈之例。惟大赈时将此项剔除不赈。直属二十七年曾被久雨之灾，蒙督臣方饬照此例行之。（原书眉注：亦有将成灾七分以上之极贫，先于九十两月摘出赈济，谓之摘赈。每大口给米五合，小口减半，银米兼放，以期接至大赈之日。）

一、贫生旗户，向来择其困苦不克自存者，与民人一体给赈。惟二十七年赈案，蒙院札令剔除，不入急赈。然将来或遇灾案，当视情形之轻重分别办理，不必拘泥二十七年不赈之案。

一、《义仓规条》内开：遇岁荒人饥灾象已成，急出谷碾米，积柴薪，立粥场〔厂〕，设灶釜缸桶各器具，每日散粥一次，一人给一筹，交筹给粥，先女后男。用米每大口五合、小口二合半计之，米一石可食二百余人，日煮米五石，可食大口小口千余人。铁杓散粥，制如口数大小，虽婴儿准作小口。如成灾重人多，义谷不继，州县劝富户出粟，或认日煮粥，一人兼认数日，数人共认一日。须先期于赈厂揭示所需薪釜等费，准于息谷内动用。

一、直属二十七年被灾，次年开春奏明，择其无赈村庄设厂煮粥。所需米石，动用常社义仓米粮。每大口日给米二合，小口减半，每厂每日总以五石为率。应需柴薪，准其每米一石，用柴二百斤，开销大制钱二百文，饬令先行垫办，事竣报销。一切锅灶缸瓢，令州县借用，事竣给还。此系南路厅议禀通饬。二十七年灾案。

一、直省州县，倘遇查勘水旱等事，凡一切饭食盘费及造册纸张各费，俱酌量动用存公银两，毋许丝毫派累地方。若州县官不能详察严禁，以致胥役里保仍蹈前辙，舞弊蠹民者，着该督抚立即题参，从重议处。元年上谕。

一、凡遇地方赈贷之时，着该督抚、学政，饬令教官，将贫生等名籍开送地方官核实详报，视人数多寡，即于存公项内量拨银米，移交本学教官均匀散给，资其饘粥。如教官开报不实、散给不均及为吏胥中饱者，交督抚学政稽查，即以不职参治。至各省学租，务须通融散给极贫、次贫生员，俾沾实惠。乾隆上谕，系元年。

一、嗣后各该省督抚，可严饬地方官，凡遇猝被之水灾，迅文申报，该督抚即刻委员踏勘，设法赈济。一面办理，一面奏闻，务使早沾实惠，俾各宁居，以副朕悯念灾黎之至意。倘或怠忽滞迟，致伤民命，或有司奉行不力，胥吏侵蚀中饱以及借名捏饰、浮冒开销等弊，该督抚照例严参。倘办理未协，积弊未除，朕惟于该督抚是问。将此永著为例。乾隆三年上谕。

蠲 免 粮 租

（蠲免自详题情形之日起，限扣两个月题报）

一、民地钱粮定例，被灾五六分者，蠲免十分之一；被灾七分者，蠲免十分之二；被灾八分者，蠲免十分之四；被灾九分者，蠲免十分之六；被灾十分者，蠲免十分之七；其四分以下，均作不成灾。又被灾十九八七六分蠲免。雍正六年上谕。（原书眉注：屯粮米豆草照民地钱粮分数一体分年带征。）

一、被灾五分，蠲免十分之一，系乾隆三年五月十五日上谕。

一、被灾灶地，蠲免与民地同，系盐政衙门查办。

一、入官地租定例：被灾六分以下，不准蠲免；被灾七分，蠲免十分之一；被灾八分，蠲免十分之二；被灾九分，蠲免十分之四；被灾十分，蠲免十分之五。雍正十一年部覆直督李。

一、存退余绝旗地，并回赎民典、奴典、公产、庄头、香火地亩租银，被灾蠲免与入官地亩同。

一、被灾蠲免之户，如本年钱粮完纳，银两已征在官者，抵作下年正赋，将花户长完银数造册报明。河淤地亩被灾，照民地蠲免不赈。永定河下游改粮征租地亩被灾，须分作半免、全免。如七分以下，免一半；八分以上，全行蠲免。霸州十六年奏准，今于三十一年将此地除租升粮，以复旧章，与民地无异。

一、庄头当差地亩，按照被灾分数减免差务，造册送内务府查办。一面由本管上司核转，由部移咨内务府办理。其被灾如在五分以下，照民地之例不准报灾。乾隆四十七年例。

一、二麦被旱，无论已未成灾，新旧钱粮不妨详请暂缓催征。二麦实收分数，案内题报。

一、民地被灾不及五分，本年钱粮缓至次年麦熟后征收入官。余绝等地被灾六分以下，亦照此宽缓其旧欠钱粮，缓至次年麦熟后催征。仓粮缓至次年秋后催征。其额征解部黑豆一项，系随同地粮，则应缓至麦熟后。但每年十月内解部或有请缓至秋后者，可以不必指定何时征收，止称俟明岁解部，须汇入秋灾情形题报。被灾五分以上之州县成熟乡庄钱粮，缓至次年秋后征收。乾隆四十七年例。

一、入官回赎存退等地，被灾七分，作二年带征。被灾八九十分者，分作三年带征。

一、灶地被灾，蠲缓带征与民地同。

一、拨补带征地亩租银，蠲免缓带征与民同。（乾隆四十年部覆回咨涞水有不准之案。）

一、带征本年钱粮租银，并缓征未完节年租银，俱于考成册内扣明分数，统于年限案内造报。但年限未完，册久经废弛，地亩存退庄头册内未完，分别缓带，附入本年奏销之后。如入官屯庄回赎民典、奴典、公产奏册，司中向造分年带征一语。如内二三年代征之项，即有缓征之项，俟带征限满，全完无碍，缓征断不先参。

一、如遇特恩蠲免钱粮，仍征耗银。若被灾正耗并蠲，代征地亩应免钱粮，业七佃三，蠲民地听地主情让。

一、代征租银不加耗，其完纳钱粮照额耗一例征收。若地亩被灾，有业户情愿减租者，官司不与减免。

一、民佃旗地旗人自行取租之项，听旗人自行情让。

一、灾户钱粮，除分别缓带外，其余未被灾村庄照旧征收。若非一二乡被灾，通县均可停输。然秋灾题报在九月，该年额征地粮未被灾以前，除所完银两因灾蠲免扣抵下年正赋外，谅必有急公之户，五六月间即有完纳银粮。奏销时，未被灾村庄民欠银两可以一并缓带，然须与复征册照会，冀免纠参。因已完可抵永被水村庄之故也。

一、成灾地亩，次年开征，另行设柜。仍于完票内填明灾户字样，须将灾地都图、里甲、花名先于勘报之日，即于日征册内剔除，另册存案。乾隆二年部覆安潘晏。

一、凡被灾州县应征次年新粮，例于十月内起征。如俸工无项可支，可以赴司借领，征收解还。

一、凡遇恩旨蠲免积欠钱粮，总以奏销截数为年限。乾隆廿七年闰五月户部奏准。

一、凡遇有恩诏，俱将各项入于豁免之内，永著为例。雍正十三年上谕。

一、凡遇特恩蠲免钱粮，其耗羡仍旧输纳。若因水旱蠲免，不得征收耗羡。将此永著为例。雍正八年上谕。

一、特恩蠲免雍正十二年以前钱粮，其耗羡一并豁免。雍正十三年总理事务五大臣和庄亲等议覆御史陈世倌。（乾隆五十九年及嘉庆五年豁免积欠，均系正耗并蠲，亦奉特旨。）

一、雍正十三年，贵州被苗扰害，蠲免本年通省钱粮，并将被贼残害之州县蠲免三年钱粮。其应征耗羡，悉行蠲免。其各官养廉，于别项酌拨抵补。雍正十三年上谕。

一、凡有蠲免，俱以奉旨之日为始。其奉旨之后部文未到之前有已输在官者，准作次年正赋。永著为例。如官吏朦混隐匿，即照侵盗钱粮律治罪。乾隆二十年上谕。

一、三十二年圣驾巡幸天津，将天津府属七州县地粮、灶课、存退、庄头、网户、回赎、民典、奴典、入官、公产、河淤、租银及津军厅所征苇渔课银，均按额征蠲免十分之三。其御道经由宛平等州县，仍照常例，将御道两旁二三里内地亩蠲免十分之三。（五十三、五十九等年，照此蠲免十分之三。）

一、蠲免钱粮于易知单、滚单内一并注明。乾隆五年。

旗 民 地 亩

一、存退。八旗入官地亩，乾隆二年分给八旗作为公产下剩之地，退地庄头革退交官征租之地。

一、余地。圈占之后，丈出余地，交官征租之地。（雍正八年丈出夹空地亩，交官征租。）

一、绝地。旗人绝亡，交官征租之地。旗人病故，并无亲属及远方昭穆承祧；或有亲女，将三分给与存留祭祀，以七分入官；如无亲女者，全行归公。以上四项从前造入地粮，于乾隆二十一年剔出，另册奏报。

一、庄头地亩。大粮庄头承值内务府当差，如有革退等事，交官征租，所收租银解送户部。至钱粮衙门所属银两，庄头投充革退，庄头人等地亩租银，州县征收解交内库。乾隆八年奉部覆准，乾隆二十一年由司奏报以来，租银均解司库。

一、八旗入官地亩内有民地入官者，除粮银外，其所征租银解交司库。乾隆三年八旗入官地亩内纳粮民地，听民售卖，原限未满者，听原主回赎。

一、挖河占用旗地，于余绝地亩内丈拨补给，造册出结送转。

一、拨补新满洲人地亩，于存退余绝地内秋后丈拨，造册出结送转。

一、田地。民间开垦出〔山〕头地角及零星不成丘段之瘠荒地，永免升科。乾隆六年部覆浙江。

一、荒地查勘后，即令赶种。乾隆五年上谕。

一、山多田少之区，其山头地角间土尚多，或宜禾稼，或宜杂植，即使科粮亦属有限，而民夷随所得之，多寡皆足以资口食。即内地各省似此未耕之土，亦颇有之。凡边省内地零星土地可以开垦者，听民夷垦种，免其升科。乾隆五年上谕。

一、新垦与熟地毗连在二亩以上者，即照毗连之处折地计算，分别上中下三等，依水旱地亩年限例升科。乾隆八年部覆直督。

一、老荒地亩，原系瘠薄，从前以荒瘠地亩，概照本处下则年限升科造报。前例。

一、老淤地亩，照下则升科，但日久已成沃壤，应照上中则起科，造册顷亩四至清册呈送。前例。新淤地亩，或有涨而不坍，积淤渐饶，当暂免升科。俟开熟后，仍照老淤之例办理。前例。

一、河城石碛之区，或在山坡，或在高处，如有附近可耕地亩，分别报垦。前例。

直隶淀泊河滩地亩，实在无碍蓄泄之处，查丈实数，分别等次，酌量定租银数，确查实在贫民拨给领垦。其所交租银解贮道库，留为河工之用。遇水被淹，查明免租，不得请赈。如大势灾歉，照例办理。地方官严禁私行典卖。十年部覆。

一、无论官荒民业，凡有关于水道蓄泄者，一概不许报垦。倘有自恃己业，私将塘河坡泽改垦为田者，查出重究。如果有可垦之地，应改之田于水道无妨碍者，听民开垦，征则升科。乾隆十一年二月议覆湖抚杨。

一、凡有关水道淤地，如民人私种，无计亩数，将民人严加治罪。印汛各官，以防范不严请参。该河勒令挑赔，禾稼入官。乾隆二十九年议覆通饬。

新旧河滩淤地分给附近贫民认垦，每户十亩至三十亩，按户分授，毋得逾限。如从前私垦年久未经升科，在百亩以内者，仍听本人自种输租。其百亩以上多余之地，俱行撤出，不许捏名隐占。除已报升科者改为租息，令本人照旧承种。若从前升科时举报未尽，准令自首免罪。将首地招佃，其应纳租，种稻种靛等地，每亩租银八分，于秋后征收。其余旱地，应分二等。上等每亩租银六分，次等每亩租银三分。

一、专种一季夏麦者，于秋后征收；兼种秋禾者，仍分麦秋两季征收，由该管府厅印官汇解河道。纳粮民地，有与小地一亩五分合纳粮地一亩者，又有水草大地系每小地五亩折纳粮地一亩者，各属不一。至河淤地亩，除贫民认种外，其书役捏名冒占等弊，即应撤出，归入养局。其所收租银，除三分六分额租收〔外〕，尚有余租，归入养局。倘余租多于正租，概不准照下则升科，原议续议。乾隆十三年部覆直督。

一、一岁一麦地亩，每亩纳银一分。即系河滩等地坍涨不常，如报部升科，应援照开垦水田例，于六年后升科，每亩纳粮一分，汇入岁底垦荒内题报。然遇升科之年，每地多水占，倘司中因年限已满，竟行题报，势必粮银掣肘，须预酌夺。

一、寄庄地亩。寄庄者，地在彼邑，粮完此邑是也。直属已经改归。

一、红剥船地亩。因顺治年间永定河一带浅阻，粮艘不能抵通，民人另造剥船挽运，授地当差。旋因扰累，将此停止。

一、代征地。因民地被圈，将他邑地拨补，每年将租银关解授补之州县散给花户，另造申送，并取关解印收送。查奏销考成，以十分为率，租银奏后关解，预造全完不妨。

一、井田屯地。惟霸、固、永、新四州县乃有余顷，原系八旗入官地亩，为屯庄。因屯户不能力稼，即归于入官地内，交官召种输租。如有欠项未清，令屯长代种，分年代完。俟完清日，即行撤出交官，但每年升除不一。乾隆十一年于地粮册内划出，并入入官奏销。十九年另立奏销。

一、民屯地亩征收粮石，仍入地粮奏册造报。

一、各地名目。香火地（系庙寺中管业之地）、碱地（地之最欺薄碱白不毛者也）、灶地、猎户地、苇地、牲丁地、军地、网户地、闸地、水草地、籽粒地。籽粒地者，从前直属有河州县有河淤、籽粒、桩草、起运名目，如此项全完河银，考成册内可邀议叙。

一、科则。旱地十年后起科，水田六年后起科，自首垦熟当年起科。积水带地，三亩折作一亩。河淤，每亩征银三分二厘。大粮地，每亩征银七分八厘八毫四丝二忽八微四纤八沙七尘八埃。额外地，每亩征银一钱三分八丝二忽二微九纤八沙二尘。额外地，每亩征银一分。草场地，每亩征银七分三厘一毫六丝五忽五微二纤六沙九尘。腾骧卫地，每亩征银一分四厘一毫九丝二忽。荒洼小地，每亩征银二分二厘五毫三丝。民地，每亩征正杂加银四分一厘三毫七丝六忽九微二纤七沙六埃。武功卫地，每亩征银一分三厘四毫一丝一忽六微四纤。以上钱粮，每两均摊丁匠银二钱七厘二丝六忽八微一纤九沙二尘六埃二渺七漠三湖，每两均摊丁闰银七厘九毫四丝一忽一微七纤八沙五尘八埃二渺一漠二虚七澄四清。按每亩征地闰银二厘五毫四丝一忽六微九纤四沙七尘，内有军地一顷并无地闰，地粮项下房租一项不摊丁匠。此系久有成规，且各处科则殊不尽同。总观地之高下与奏销各项科则比较，或援某项科则升粮，地高则粮重，地瘠则粮轻，总在俯心比较，不必另立科则。

一、盐山县有黑土课粮名目，此系雍正年间网户人等在海边将土用水淋过，即成盐碱，而获利完粮。后虽网户革退，而粮名仍存，现在奏册造报。

又涿州等州县存退项下，有革退网户承种养生免其动拨地亩。此系网户子孙久远承种，如有庄头人等觊觎地亩高腴请拨，不须拨动。

一、直属乾隆二十五年行宫种树占地案内，将所占地亩按上中下三则给价。中地每亩给银三两，下地每亩给银二两，又下下地每亩给银三钱、六钱、八钱、一两及一两五钱不等。树株每棵给银三钱，砖井每眼给银五两，迁移茔墓每冢给银六两。所占旗人正身地亩，移旗转饬本佐领下查明占用属实，准其在于存退余地内拨补。偶存退沙薄不堪，可以声请在于附近州县入官地内拨补。如民典奴典等项地亩，可以作正开销。倘正在给价回赎，于回赎征租内扣存，毋庸按照上中下则等次给价。均奉部覆准。

一、已垦荒田，除山陬地角不成丘段零星地亩永免升科外，其余皆不论年岁久暂，概准执业，一年内为限，自行照例分别升科。倘限满官民仍敢怠玩，因循不行首报，是属有心怠玩，仍请按律治罪，分别处分，毋得姑息从事。十六年湖南奏。

一、江南、江西、湖广等省正供半粮款内有芦课一项。凡芦洲俱系沿江沙滩，坍涨靡定，是以定例五年一丈量，令地方官踏勘新旧沙涨沙地，据实报闻。而不肖官吏往往借此纳贿行私，已坍之地不得豁除正赋，新涨之区反可脱漏升科。此种情弊，甚为民害。嗣后届期丈量，着该督抚于通省道员内选廉能夙著者，率同该州县履亩清查。凡有盈缩，俱按现在实数升除，毋使漏课，亦毋庸赔粮。其不肖官吏，或尚有借端需索情弊，即行指名参处。雍正十三年上谕。

一、旗人在外省居住年久者甚多，或本身归旗，又任所遗留产业，令家人居住，因此生事。是以咨行除弊，本非指各省驻防官兵而言。在地方年久，伊等有所之产业，俱系久已置立，养赡家口。如各尽行变价，伊等生计必致无出，俱系奉行舛错，并非定例之本意。乾隆九年上谕。

一、永定河附近之永清、东安、霸州、固安、涿州、良乡、宛平等七州县，因每届伏汛之时，两堤十里内村庄，例应按里派拨民人上堤防守。此等民户贫苦无业者居多，将新旧淤地各于所居村庄就近拨给。永、东二县守堤贫民，每户拨地六亩五分；宛、良、涿、固、霸五州县，每户拨地五亩；其余分拨龙神庙，每处一二三四顷，以供香火。俱照原定租则一例征收报解。所拨地亩，户给执照，仍令地邻五人互保，以杜盗卖吞并等弊。并饬各该州县各分别界址，造具鱼鳞图册，使地亩之坍涨、花户之故绝认退皆可按籍而稽。此后凡有淤地类，照此办理。至两岸越堤内，亦有淤涸可种之地，除实在旗民地亩未经拨补者，仍听本人领种外，其余俱令厅汛等督率河兵栽种苇柳，按工详记册档，交永定河道率同厅备等稽查培植。卅三年五月直督方奏准。

嗣后，据良乡县以近堤人户半属外来流寓，既无牛种籽本，不能认领承种，而勤力耕作之家又非数亩官滩可以赡其口食，禀请将河滩淤地通融拨给防汛民夫，每户不得过三十亩，仍按地亩出夫。藩司会同永定河道议准在案。

一、革退庄头投充等名下撤出地亩，并庄头投充等名下退出地亩，暂交邻近州县征租解交。如遇安放庄头及拨补投充等处，仍行取回应用。乾隆四年内务府奏准。

一、庄头投充子弟呈讨地亩充当庄头后，倘有拖欠钱粮违误差务之处，着落伊父兄代赔，将原保人一并治罪。二十四年内务府奏准。

一、拖欠钱粮，革退庄头投充等遗缺，不惟伊等子孙顶替。有族中弟兄叔侄及别姓庄头投充，弟男子侄内有情愿承当者，完纳陈欠后，方准顶替。（三十年内务府奏准。）

一、长河开挖稻田，占用旗民地亩，内除与官地所收租息约略相等者，即以官地按亩拨补外，其比官地租息每亩较多一倍以上者，统以官地二亩抵补一亩。如此在伊等既多得地一亩，而所收之地在官租每年每亩三钱者，伊等起租仍可得三四钱，更为便益。嗣后如再有官用地亩，即请照依此例，酌量办理。十九年部覆。

一、民间报垦荒地，令布政司刊刻执照，铨盖司印，预行颁发各州县。俟垦户呈报勘明，即将业户姓名、亩数及四至填明照内，给发业户收执。所有给过司照数目及业户姓名亩数四至，岁底汇册送报藩司查核。其开垦成熟者，于应行起征之年照例催征。其认垦之后，或因壮丁消亡，或因地土瘠薄，实在不能成熟者，准令呈明该地方官勘明缴销。如业户不请司照，即以私垦治罪。地方官查勘不实或私行滥给，亦即严行查参。十八年议覆浙藩。

一、民地被灾五六七分，该年钱粮分作二年带征；被灾八九十分者，分作三年带征。

一、凡遇应行移旗查办之事，查照原奉部文开明某旗并满洲蒙古汉军包衣字样，以免往返行查。乾隆四十八年六月吏部通行。

回 赎 旗 地

一、回赎民典旗地，俟八旗官兵认买并原主回赎。坐落霸州等州县地亩，在十年以内者，俱照原价取赎。如十年以外，每十年减原价十分之一。以五十年为率，按年递减。五十年以外者，概以半价取赎。近来官兵认买原主回赎停止。

一、找价一项。查此项圈地，系乾隆五年四月十九日奏准回赎，应即于五年四月奉文为止。其在五年四月以前，实系原报遗漏，查验中契无伪，时值相符，即行并算取赎，将所找之银仍按找价年分按年递减取赎。其在五年四月以后复行添入契内，概不准给找价，俱照原价按年减赎。契载原价与时价相等者固可无论，若原价与时价互异，是否实价，必质之中保。倘中保物故，文契遗失，质之同庄典当、旗地之人互相引证，并查明契纸新旧、墨迹鲜湮。转典地亩无论价值多寡，总以原典价值为准，按年减赎。如果原典价轻，转典价重，即照原典之价取赎，其转典价着落原典之人，听其自行完补。如册内造系转典，无论价与否，应按契内原典之价回赎，仍将原册讹造之处随文声明。至册内系原典价重，契内转典价轻，仍将原册之价回赎，不得累民。

一、回赎旗地，凡年分最久远者先行赎取，鳞序办理。如典主有事远出，仅有的属在家藉种地糊口者，将地亩撤出，给伊的属领价。如无的属者，则撤地扣价，俟其回家给领报部。

一、原典庄窝场园等地，一例取赎。至原典屋房，或有倒坍，或有拆盖，均照册内原报间数酌除典价回赎。其有民人于原典旗地内自盖房间及造坟茔者，州县丈明亩数，照依头等租数每亩租银三钱，听民租赁，造册报部。

一、各州县民典旗地有原主备价自行回赎者，汇造清册送部。其原业主回赎在先，州县误入册内，亦俱摘出，另册咨查，一并除销。如有捏称转典与族及改典作租情事，悉行查明，按次取赎。

一、民典旗地，原令旗人首报。如旗民图利，私相隐匿不首，将地撤出入官，原主照隐匿官田律治罪在案。若竟照原议撤地治罪，则小民或因一时失报，令其地银两空，情殊可悯。俟此次各案赎竣，将遗漏各案查明从前因何遗漏缘由，并所报之价是否与时价相等，有无捏开情事，吊契验明，汇册补报。此次补报之后，再有民人私相隐匿者，照原议撤地治罪。

一、地亩赎出，即照原议丈明四至。如有不符，亦即确查更正。至赎出地亩，仍给原典之人耕种。应征租银，查明现种之人与现出之租，将佃户租数据实造报。

一、旗地赎出应征租银，如十月给价赎出者，征收本年租银；如十一、十二两月赎出，征收次年租银。钱文照例折算。

一、旗地赎出征收租银，系留为赎地之用，州县汇解司库。旋因地亩赎竣或城工急需，奏请动拨，或解部收贮，均须奏明办理。

一、地亩赎出之后，旗人或买或赎，即照认买公产之例，五年扣交地价。则未经扣交地价之先，仍照从前部议御史赫庆条奏之例，令各旗严行禁止，不许转售。俟地价扣完，本人如有急需事故，许其照例典卖，不得越旗授受。如令赎回民典奴典旗地，原主旗人均不准交价认买。如旗人现守旗地，无论隔旗，均准买卖，不得卖与民人。

一、旗民不许互相典卖。每年岁底交与各旗佐领，各查本佐领人等地亩有无私卖与人之处。如无偷典，该佐领等出具保结呈送都统。民人交与乡长地方，每年岁底，将各村该管民人内查明有无偷典旗人地亩。如无偷典，乡长等出具保结具报州县转详。如有偷典各项，若被查出，系旗人，该佐领等呈明都统治罪；如民人，该州县详明上司照例治罪，将价入官。该管官失于查察，后经发觉，一并议处。　乾隆七年部覆御史赫庆条奏。

一、改归民籍之汉军，有移居外省，不在近京五百里之内居住，并不倚现有旗产为生者，现在老圈地亩并自置旗地一年限内，令其转售旗人。逾限不售，咨部按伊等估计给价，地亩照公产之例令旗人认买。其抵买公产地亩，无论已未完价银，将交过银两咨部给领，地亩撤出，另行召卖。其价有未结扣交完结者，将伊等得过租银扣除，余银找给。如有得过官房者，将官房撤出，另给穷苦兵丁。借过库银者，应令照数交还库项。　乾隆七年部覆和硕庄亲王。

一、改归民籍之汉军，其入籍在近京五百里之内居住人等，所有老圈地亩、自置旗产及抵买公产地亩，如情愿转售旗人者，听之；如倚耕种为生者，准其管业，日后如欲转售，令其仍卖与旗人，不得转售于民。其抵买公产地价未经扣完者，将扣过地价给还，撤地另行召卖；其有仍欲接扣者，仍令按季交纳价银，地亩令其管业。至各旗赏给兵丁官房，今既为民，不便带出为业，应令撤出，另给穷苦兵丁。民佃旗地换佃纳租，听其自便。　乾隆八年部覆直枭翁。

一、回赎民典旗地价银，照京市平给发，每两扣银三分六厘折算。从前给发河工岁修，亦照京市平给发，自应循例办理。　乾隆十年部覆直督高。

一、旗人下屯种地，查原案内令该旗委员前往，会同地方官将地亩查勘均匀，分拨清楚，并相度形势。其随地房间，系附近村庄，与种地之区相去不远，即拨给旗人屯居。如无随地房间，另行盖造在案。嗣准直督那咨称，各属应用地亩，除有地亩空基可建盖者毋庸议外，其无随地空基之处，即在各户所得地内酌留三亩建盖。　乾隆十一年部覆汉军都统。

一、如拨地亩内盖建房间相距村庄或十余里，或五六里，未免距村弯远，孤立无依，且阴雨难免水患。通饬所属，将旗人下屯种地应建房间相度形势办理，令现在查办。凡属拨地内如无建房基地，自应于附近村庄相视建盖，应需地价赴道库领银盖建。　乾隆十一年部覆直督那。

一、拨给满洲官兵地亩离京远者，令地方官征租，转解户部查收，散给本人收领。如催征不力，照杂项钱粮例揭参。再，此项租银，照佃户交纳平色征收。（雍正十三年例。）

一、州县所征定安武庄王内务府香灯、东三省侍卫生息以及鹰手内务府滋生、泰陵广恩库地租等银，例不解交司库，均应照向例径解各衙门查收。

一、民人认买入官地亩应交价银，照旗地之例。价值千两以下者全完；现银一千以上者，分作三限完纳。应将一千两以上民地，准其分作三年交完。　乾隆三年部覆御史宫。

一、旗人认买官地，向例扣俸饷，俱在各该旗具呈咨部认买，令分给公产。

一、奉旨旗民一体认买，除在外旗民在地方官呈买交价外，其在京旗人即在户部具呈，查明旧例，按其具呈先后，准其呈买管业。

一、入官地亩、房屋、场园、地基、树木、碾磨、井眼等项。州县从前造送册内倘有遗漏地亩、房屋、场园等项，应行估价，令其一并认买。本案内查估报部。　五年部覆直督。

一、变价余剩官地，不准拨给开档人户耕种。此等开档人户，本系旗人家奴，准其开户，已属恩逾格外。若仍行拨给官地，则与旗人正户闲散毫无区别。前经户部会同八旗议奏，各旗下家奴及开户壮丁，伊等并非正身，已无原圈地亩，俱不准其认买公产地亩。乾隆六年部覆御史禄。

一、认买入官房地，以具呈先后月日为准。　六年部覆四条。

一、指交旗地，以州县为承办，该管知府即四路同知并委查之同知通判为承催，该管道员为督催。以旗人报照到境之日扣限起，一面通报道府厅，一面亲履田亩，公同指交。如地亩在五顷以内，定限二十日交割；五顷以外，限三十日交割。该管知府四路厅并委员公同严催。如限内不交，该府厅即详明该管道员转详咨参，照钦部案件违限例议处。其或地亩因界址牵连，段落互异，或移丘换段，以瘠换肥，以及故行揑勒，苛求难结之案，应照钦部案件，以奉文之日为始，定例四月〔个〕个〔月〕完结。不完，将承办督催之员一并议处。　六年部覆直督孙。

一、民人承买官地，以咨部准买交价之日为始，定限两个月内即行交地除租。

一、民人不许霸占旗地，私葬坟茔，地方官严行禁止。　七年部覆直督孙。

一、民人带地投充之外，所有私留地亩，仍属民地；旗人自置民地后，仍转卖与民，仍属民地；并非在档官地，不在查撤之例。

一、八旗另户正身，如有情愿下乡种地者，即于存退等地内并未买旗民地亩内，上地给与一百亩，中地给与一百五十亩，下地给与二百亩，令其率领妻子下乡耕种，使子孙皆有常业，不复仰给于官。　乾隆八年部覆。

一、嗣奉部以公产内纳粮民地，不准拨给旗人。初下乡屯，照井田原议之例，每户给房四间、价银十两，令地方官盖造；每名给与牛具、籽种、口粮、工本等项银一百两，在于公产地价项下照数拨给。

一、认买公产人等有情愿令子孙下乡耕种者，其俸饷甫经坐扣地价，不无竭蹶，亦照井田之例办理。所有前项银两，在于公产地价项下给发。

一、旗人取租，佃户揑勒不给，如有此等告发到官，州县即为审理，不得任意迟延，有心偏袒。如并不速审，故意迟延，令上司等提讯，将奸民按例治罪，州县查参议处。倘旗人有欺虐情弊，州县申送上司讯究。

一、旗人下乡取租，计道里远近酌给限期。

一、入官地亩从前漏造，令州县查明，造入旗存旗退房地册内报部。七年部覆直督。

一、庄头壮丁承领官地，春种秋收，赴京交运猪口并圈头草及报粮等差，兼之黍麦两收措办钱粮交官，临庄喂养群马、预备料草等项，差务甚多，嗣后停止充膺管理旗人乡长屯目。

一、八旗存退等地，于乾隆十一年为始，同井田屯地均于地粮册内剔除，另造总撤清册，随同正项题报。其八旗入官地租粮银，应令各归本案造报。十一年五月部覆直〈督〉。

一、开河筑堤占用旗地成熟地亩，原奉题明，旗地就近拨补，民地照例给价，并令开除粮额等因。如有此等拨补及给价之案，州县应于秋获之后履亩查丈清楚，分别造具册结申送。至民地给价，分别上中下等，则上地每亩给银四两，中地三两，下地二两。此系建盖营房占用，于十五年准销。

一、如御道占用，上地给银一两，中地八钱，下地六钱。 乾隆十八年部准。

一、临时查明，酌量定价，预详请示。入官地亩价值，头等每亩计价银一两六钱，二等地亩每亩价银一两二钱六分，三等地亩每亩价银九钱三分三厘三毫，以上三十亩合银二十八两。四等地亩，每亩价银六钱。凡民荒等地，俱作四等地。五等地，每亩价银二钱六分，系旗荒地亩在部承买者。

一、租银每亩自三钱以上者作头等地，自二钱九分者作二等地，自六分至一钱九分者作三等地，自五分以下及无租荒地俱作四等地。

一、场园等地俱作头等估价，房基、房身、场院俱然。又租数过重，按地租定价。如头等地租钱三钱以上者，每亩价钱一两六钱；租银六钱及六分以上者，则地价照租价加倍。

一、弓口凡有升科田地、新淤芦洲以及旗存旗退入官等地，各遵照现今送部弓式查丈。如有将弓式私行增减、任意盈缩、以多报少、以少报多等弊，将丈地官员人等治罪。乾隆六年五月奏准。

一、入官地亩从前已估价尚未交出者，毋庸派员复查，仍照原估价，准令旗人认买。其未经卖出者，仍照原定租数，听民人承种。至未经估价以及后入官地亩，应令该旗派员据实查估。如有以多报少者，立即查参；以少报多者，亦即参处，着落查丈官员、该地方官分赔。 雍正十三年户部奏准。

一、从前入官房屋，除已经倒坏并朽烂不堪修理者，仍照旧例将木料地基估变外，如止系瓦椽渗漏，墙壁倾圮，准于房租银内动用修理，召主输租。其动用过租银数目，先行分晰造册报部。 乾隆二十年部覆直督李。

一、入官地亩分八旗公产内有民粮者，仍行扣征租银，令该州县于秋收后径行解部。其完欠数目并征解迟延，仍由总督汇册查参。至例应准赎及舛错不符地亩，统于嗣后入官地内拨补。再者，不随地之房及地亩已经拨用，下剩随地房屋地亩，准令旗人认买。 乾隆二年部覆和硕庄亲王。

一、入官房地承变之员，如有经胥作奸，毫无觉察，或别经发觉，或被上司访出题参，将该管官照纵役贪赃例革职。至经管胥役，如有占住侵租等弊察出，如系将入官房屋擅行居住及将田亩影射承种者，照侵占官田宅律治罪。其侵收官田房租息者，照常人盗仓库钱粮计赃治罪。仍将所住房屋、所耕地亩追缴赁值及侵收租息一并追出入官。 雍正十三年吏部议覆苏抚。

一、旗人契典房地，俱令报明各该佐领，将价银一并登载旗档。回赎时，仍报明各该佐领销档。其康熙年间将房地典卖与旗人者，概不准指赎。乾隆廿一年户部奏准。

游击以上人员，概不准其在任所置产入籍，督抚亦不得代为咨请。此系乾隆二十年兵部议覆湖督顾咨请游击张胜始入武林县籍。

一、直属入官房地内，分内务府交出余地并八旗抵帑入官二项，将应征租钱粮石自雍正三年起按年征完，钱粮解部，粮石存贮各州县备用，年终奏销。如有未完，照正项年限之例议处。 雍正三年部覆。

一、入官地亩虽经委员查收未奉部行者，不得拨用。雍正九年部覆。

一、入官地内如有民地，毋得拨给庄头。 同上。

一、入官房地租银，因佃户多属穷黎，四时胼胝，终岁勤劳，在五月虽有麦登，究不若西成之获更多，应将地亩租银于麦后催纳十分之三四，余俟十月全完。止种大秋一季者，统于秋后起征。入官房租仍按季完纳。　雍正十二年直藩议详通饬。

一、旗人指俸饷抵买入官地亩，六月以前起扣者，准其收取本年租银；七月以后起扣者，不准收取本年租银，全交现银认买。在十月以前解交藩库、部库者，准其收取本年租银；十一月以后交价者，准其收取次年租银。如三次交价认买，其初次价银在八月以前解交藩库部库者，准其收取本年租银；九月以后交价者，应令次年收租，仍于本年秋后先令管业。如入官房屋系按季按月征收租银，应于准买行知之次月，令其管业收租。如系连地房屋，仍照地亩定限指交。　雍正十二年部覆。

一、凡欠帑人员将本身地亩入官者，除分居之伯叔兄弟情愿认买者，准其一体承买外，其本人及本人之子孙概不准其认买。倘有混行具呈认买并滥行准买者，应将承办之官兵人等分别议处治罪，准其承买之该管官交部议处。　同上。

一、原圈旗地不容民典。其旗人自置有粮之民地现在入官者，不准旗民一体准照原价认买。　乾隆三年上谕。

一、入官田房，令各省督抚遴选贤员彻底清查，照估之价先行造册报部。其田地房屋内有成熟坚好者，仍照原估之价即行变卖；如有荒芜破损，照时估价，咨明户部准其变价。倘一时不能尽行变卖，将田地暂行召佃耕种收种，房屋分别赁租，按季收息，租银租谷交与地方官收存，仍于年终造册送部。如有不肖官役隐匿勒索使费情弊，该管上司即行指名题参。　雍正五年部覆安徽抚臣。

一、民间买产，俱系市平市色。今清厘复估，正期便民变卖，早归帑项。即经清查，逐一估定，应照原估市平市色变价，总以九折倾足部平纹银起解。其原估库平足色之项，仍应照数变价。　雍正十二年议覆苏抚。

一、入官房屋，如价值一千两以上至数千两者，仍照从前，听一二品以上官员兵丁等认买。如价值系数百两者，除三品以下官员并兵丁认买外，其一二品大臣内果无房屋居住，取具该管官印结报部，方准认买；业有房屋居住者，应禁止认买。倘一二品大臣内有房屋居住，捏称无房屋居住滥行认买，及该管官扶同捏结，查出一并交部分别议处。　工部议覆御史陆。

一、旗民人等呈买入官房屋地亩，如经户部批驳，即作废纸销案。其从前停买之时，具呈迟至一二三年之久并未报部，止于原报册内声明某人认买字样，而召变后并未续据承买，尽行注销。均以召变之后按具呈月日先后，准其认买。　乾隆六年部覆。

一、认买入官地亩之后，业主虽欲自种，如青苗已种在地，应于收获之后令佃户退出原地，听地主自行耕种。不许于已经耕种之后，藉口自种夺地。　同上。

一、八旗指俸饷认买官地，户部于该旗咨册到日，查明顷亩等次价值相符者，准其承买。行文直督转饬指交管业，将认买官兵人等应扣俸饷银两，分作五年坐扣还项。如该旗咨册于本年七月以前到部者，本年租银即令收取，将应扣俸饷自八月起按月查扣。该旗咨册于本年八月到部者，租息准于次年令其收取，其应扣俸饷等项亦自次年八月起按数查扣，其地亩即行交直督先行指交。

一、州县征收旗租等银，数在五百以上者，记大功一次；一千两以上者，记优功一次。系乾隆二十二年直藩、臬二司议详通饬。

一、各旗报出入官地亩，毋庸另委旗员，即由该督于户部文到之日，饬司遴派妥员，会同该地方官履亩详勘，传齐佃户问明原佃租额，仍访实邻地租额，据实酌定，出具印勘册结，由该管道府覆核加结送司核转，该督核实咨部入册输租。如有听嘱受贿减租情事，一经发觉，除地亩不准承租外，仍将原佃照欺隐田粮例治罪；其委员及该地方官并加结各上司，俱严行参处。　乾隆三十四年十一月内学士尹议覆直督杨。

一、旗人房间，永远不准民人典买。如有阳奉阴违以及设法借名指买，即照私买旗地之例一并撤房追价入官，仍治以违禁之罪。乾隆四十七年御史西成奏准。

一、旗人家奴契买自住房间，照旧准行。如有另行典卖房间取租者，从重治罪，仍撤房追价入官，并将伊主照管束家奴不严之例治罪。　同上。

乾隆五十一年原议并续议回赎民典旗地例

老典地亩，如在十年以内，俱照原典之价回赎；已届十年者，每十年减原价十分之一；二十年以外，均半价取赎。续议十年以外，仍行按年递减回赎。如原典之年系九月以后立契者，次年起扣减价；如八月以前承典，当年扣减。找价亦照例核计扣减。

一、回赎旗地应以原报在册之价为准。如册报之价有多于契载之价者，仍照契价为准。

一、民人有称将地转典于旗人者，明系民人借旗出名典地，以免回赎之契，一概不准执业，仍按次官赎。

一、民典旗地之中又经转典，其价重于原典价者，仍照原价取赎。其转典之重价，责令转典地亩之人完补。

一、册内如有转典之重价开造者，即查明原典价值回赎，仍即声明更正。

一、原典价外有找价银两，在乾隆五年四月以前及造入原报册内，仍按找价年分递减核赎；其在五年四月以后找价者，概不准算入核赎。

一、回赎务令按年挨赎。如果有典主外出家无的属者，即将地亩价银贮库，俟其回日给领。

一、原典庄窠场园等地，均概行回赎。至原典房屋内或有倒塌拆盖者，应照原报间数酌除典价回赎；其有民人在于原典旗地内盖房造坟者，饬令丈明亩数，照依头等租数听民租赁，仍造册分报旗部存案。

一、原议民典旗地，令民人在地方官处首报。如旗民图利，私相说合，隐匿不首者，将地撤出入官，原主照隐匿官田律治罪。其中如有无知小民或实因一时失报者，统照原议撤地治罪，未免银地两空，情属可悯。应俟此项各案查赎竣日，将遗漏各案查明报赎，仍将补报地亩先行报部。此次补报之后，如再隐匿，即照议撤地治罪。

一、地亩赎出，即行丈明，照现种租额造报征租。

一、地价内有钱文者，每制钱一千，折银一两扣给。

一、给发地价银两，每两应扣京市平银三分六厘。

一、十月内给价赎出者，征收本年租银；如十一、十二月赎出者，征收次年租银。所征租银，解交司库造册报部，留为赎地之用。

一、此后旗民或仍有私相典售者，即照隐匿官田之例一体治罪，将地亩价银一并追出入官。地方官均照失察之例处分。

乾隆十八年回赎奴典旗地例

一、旗下家奴及开户之人典卖旗地，俱定限一年，令其自首报官回赎。 乾隆十九年九月议覆御史岳成条奏。

一、回赎旗奴及开户人等典卖伊本主地亩，比照民典旗地量为加重。十年以内者，即照原价减十分之一；十年以外者，减十分之二；以次按年递减。俟回赎后，听伊家主交价认领。如系典出之地，准其照民典旗地之例，于俸饷内分五年扣交。如系卖与家奴之地，不准分限扣饷，令交呈现银方准认领。

一、旗奴典买别姓旗人地亩，与占据家主产业有间，仍照民典旗地之例，十年以外减原价十分之一，按年递减官赎。但必系典出者，方准原业主扣俸饷认领。其卖出者，即将地亩回赎入官，不准认领，亦不准他人承买。

一、旗奴典买地亩，业主无力并无俸饷可扣不能认赎者，俱交八旗内务府作为公产，官为收租，卖给穷乏旗人，以资养赡。

一、旗奴典买旗地，令该旗及地方官严行查察。倘有逾限不行首报，或经清查之后复违例典买，一经觉察，即行撤地入官，将业主售主俱照例治罪，并将失察之该旗及地方官交部议处。

一、各旗人等于坐扣俸饷认买后复私典于民人者，令其据实自行报出，免其治罪。其俸饷已扣完者，毋庸议；有坐扣未完银两者，仍在伊名下坐扣完结，将地撤出，入为八旗公产，令该都统出结造册送部注册。出结后，如有不实或日后又有典给民人者，察出将原业人加倍治罪，该都统参领严加议处，领催人等从重治罪。

一、官赎旗地，概行扣俸饷召卖，均交该旗作为公产，将所收租息应入本案，为添给贫乏旗人之用。

乾隆十九年清查民典旗地例

一、各项旗地内，有年久原业主病故，子孙年幼，其地亩数目坐落村庄及典地人姓名不能记忆，是以未经报出，现在取租地亩内业已典给民人者，俱不能无〔典〕，令八旗将现在查出地亩册档咨送户部，转行直督，勒限一年，令各州县照册挨村清查，将遗漏及沉没地亩俱行查出，据实造册，送部汇总，造具册档，留贮旗部。此后如再有违例，私行典卖于民人及民人图利私自典买旗地者，一经查出，从重治罪，将地亩价银尽行撤出交旗，照现定条例办理。该管大臣官员、地方官，照例严加议处。 系乾隆十九年二月大学士议覆副都统。

一、报查旗地，务要详查旗分佐领报部。

乾隆十九年续查民典旗地例

一、此次清查旗地，无论例前例后、在外在部，首报者概免治罪。倘再有隐匿，照例撤地追价治罪。

乾隆二十年查汉军出旗随带旗地亩例

一、汉军出旗为民，入籍在近京五百里以内，所有老圈及自置认买公产等项地亩，应照乾隆七年之例，听其耕种管业。日后如遇转售，仍须卖于旗人，不许卖于民人。

一、汉军现在有将老圈及自置认买公产等地在旗典卖与旗人者，应听业主自行清理。俟原业主不能回赎，再行官为查办，毋庸一概查赎。

一、汉军出旗，将随带各项旗地严查造册，报部移旗核对。

一、旗典旗地事在康熙年间者，概不准控赎。嗣后凡有契典，均报明佐领记档。

一、例后复将旗地典与民人，如系扣饷回赎者，撤地归公；如系自行回赎后复典者，免作公产，准其依限交银回赎。

一、嗣后有巧借民人置买香火地名色，串谋影射，均仍照民典旗地例办理，以杜弊端。　乾隆二十一年九月初一日直督方准咨。

一、民人置买旗人房屋，除随地屋仍照例查赎外，其余房屋与旗地不同，不应照民典旗地例一律查赎。

一、凡奏准以后，各旗人始行具呈请赎并各旗移咨回赎各案，及满泰条奏案内回赎候赎地亩，其中该旗虽注有情愿回赎字样而未赎者，一概停其回赎。　乾隆廿二年十二月直督方准咨。

一、各旗另记档案及养子开户人等，出旗为民，除契买民地并开垦地亩准带为业，至于老圈并典买八旗地亩，应仍归于买旗地案内查明官赎正身，仍准随带执业。　乾隆廿三年直督方准咨。

一、汉军出旗为民，伊等所有地亩，除坟茔地亩照例开除外，其余地亩俱官为给价回赎。之后不作公产，仍存留本旗，满洲、蒙古、汉军人等照依原价足现银认买为业。未经认买之先，仍交该旗照例收租解部。至从前汉军为民带出地亩，如系旗产，应亦照此画一办理。　前例。

一、旗人将辗转所典旗地典与民人者，止准尾后典给民人之业，业主回赎。如不愿赎，即照例官赎，作为公产。其辗转典售之人，俱不准控赎。其回赎地价，亦止照尾后出典之价按年递减核赎；如有浮多，查照邻地价值核减。其从前辗转典价多寡，均毋庸议。乾隆廿二年七月直督方奏准。

一、旗地不论旗分，许其买卖，令在左右两翼税契，不许私立契券。如有违例隐匿契券者，将两造按例治罪。　乾隆廿三年副都统祖上贤奏。

一、旗奴开户人等及民人典买旗地二案，将原送册内应赎地亩，即行照原册开载数目查明官赎，造册报部。其中有旗典旗地并指家人出名典买各案，如该旗原报册内已经开载声明者，据实报明，专案咨部查办。其余一概作速即行，照例官赎册报，毋任假捏笼统造册开除，以照画一。　乾隆廿四年直督准。

一、汉军出旗为民，内有原领井田并屯种地亩，仍准随往耕种输租，不许转相典卖与旗民。勘明村庄段落四至，填给印照，注明赏种官地字样。乾隆廿三年五月直督方准咨。

一、汉军出旗，原领井屯官地各户，内有故绝及犯罪远徙，或有全户迁移他处不愿耕种者，仍归旗地项下办理。　前例。

一、汉军原领之井田屯田，其井田每亩仍征租谷一斗，归于屯庄项下奏销。屯地定为三等，上地每亩征租六分，中地四分，下地三分，归于存退案内奏销。租谷照时价折交，同屯田租银一并解部。　前例。

一、八旗户下家奴另记档案及养子开户人等出旗为民，随带地亩应行官赎各案内，有正身汉军准其带旗执业者，自应查明定例办理。　乾隆廿四年四月直督准咨。

一、喇嘛俱不得借旗出名税契，置买旗地。如敢巧立影射，仍照民典旗地之例办理。乾隆廿四年七月直督方准咨。

一、旗地出租三年以内者，听其自便。如有长租三年以外及十余年者，业主租户各治以违禁之罪。在业户名下追价入官，租户名下撤地还给本人。该管官及地方官失于查察，照失察私典之例减一等议处。如业主自首，免其治罪追价，将地撤回。本人租户自首，亦免其治罪，追价撤地仍照前议办理。　乾隆廿五年直督方准。

一、原业自赎之案，在乾隆廿二年十一月廿一日奏准官为回赎例前，有本人自己向地方官自赎者，仍准回赎，查确汇册，造报送咨。至旗人于例前呈赎，其断给日期在例后者，应照近时奉部行查专案，另册取其印结送咨。其有捏称自赎并转典于旗人及改典作租情事，应一律概行官赎。　乾隆廿五年八月藩司通饬。

一、找价应照例以乾隆十九年二月廿七日奏准官赎之日为率，其有在于十九年二月以前找价确实有据者，准按找价之年分递赎；如有十九年以后添找入契者，概除不准核给，惟照原价递减核赎。　前例。

一、回赎地亩，应照原议查明原收租数并邻地租则据实议征，仍按每赎价银一两收租在一钱以上定议，并取具并无征多报少印结送咨。　前例。

一、赎竣议租造报定限，以各州县领到银两之日为始。如领赎银一万两以下，限三个月；一万两以上至二万两，限三个月半；二万两以上至三万两，限四个月；四万两以上，限五个月；造册报咨。再有续多者，总不得逾此限。如有逾违，提承重处，揭参迟延。前例。

一、投充庄头鹰户网户人等之子侄，凡不在档内者，即属民丁，均不准置买旗地。倘有借称名色典买，即照民典旗地之例办理。　乾隆廿五年九月户部覆直藩。

乾隆二十八年五月户部奏准条例

一、奴民典买旗地，果已转售与正身旗人，并旗人自行回赎，则旗产归旗，已于若辈无涉。除业经官赎毋庸议外，其尚未官赎者，行旗确查。如果转售与正身旗人并原业自行回赎属实，出具印结，准其执业；倘有捏饰情弊，将原典各户俱照例从重治罪，出结官交部议处。

一、应追违例典地价银，除本身现在有家产可变者，照例严行追缴。若本人业经物故及家产全无之人，该旗确查属实，取具印结咨部，年终汇请题豁。

一、民租种地亩年限三年以内者，毋庸置议。三年以外者，照二十五年奏准条例撤地给主，分别治罪。其二十五年以前长租地亩，自未便仍照前例给赎入官。嗣后除年限将满者毋庸置议，其余悉照二十年定例办理。

又准户部咨

一、原奏内开无论例前例后，俱遵现在酌定奏准之例之语，系专指二十五年酌议例前十年二十年以外长租案件，照私典例撤地追价入官者，俱改为追价入官地亩给还本人，失察各官照私典例减一等议处，以昭平允。若二十五年例前出租九月以内者，本非长租，是以前后例案俱未禁止，自不得照长租例办理。

一、原奏内称长租案件除年限将满者毋庸置议之语，查将满二字未经明示年限，该地方官办理未免参差。今酌定从前所有长租十年二十年以外案件，已种多年，迄今只剩一年未满者，自可从宽免议。其未满年限在一年以外者，仍当照二十五年酌定议处之条办理。

一、二十五年以前长租十年以外，迄今未满年限在一年以外之案，除照原报已经给赎者毋庸置议外，其未经给赎者，自应遵照原奏并呈明业户、租户曾否首报照例办理，未便仍照前例给赎入官，亦未便俟各案限满日撤地给还本人，致与原奏不符。　此系乾隆二十九年四月直督方准咨。

一、原业正身旗人，于未经典卖旗地之前葬有坟茔，行旗确查属实，加结报部者，如系三品以上大员，其回赎坟地不得过二顷；四品以下职官，不得过一顷；兵丁闲散人等，不得过五十亩。无论已未官赎，俱令交足原价，准其子孙世守。至出旗为民之人典卖旗地内葬有坟茔，行令州县确查属实，加结报部者，如系另记档案曾任职官之人，其请留坟地不得过五十亩，兵丁闲散不得过三十亩，其余养子开户旗下家奴不得过十亩。如已经官赎之地，俱令交足原领价值；尚未官赎者，照数扣除，俱准令管业。如第泛称祭田，无从稽考，一概不准开除，以杜弊端。其或有经部准令管业之后，将坟旁余地典卖与民人者，仍照私典旗地之例从重办理。　乾隆二十九年正月直督方准咨。

乾隆二十九年钦差查勘旗地酌复租银例内条款

一、口外地多山谷，田亩有平地山坡之分。平地稍觉腴沃，惟山坡一种，片段偏斜，所得雨泽不能存润，遇大雨则又随土溜开，数载后土尽沙留，多致硗瘠，不可耕种。佃民往往弃置，另垦他田，名为抛荒。应请嗣后官田中有似此者，地方官据实详报，该管道员亲勘加结，由总督衙门咨部除租。

一、一人名下佃种地一二顷至十余顷者，除查明本户旧日实种若干，令其耕种外，其余地亩皆挨查原佃之户，按种地数秉公分给。应给之执照，亦即按名填注，分给执照，按照纳租。并出示晓谕，如有包揽情弊，许佃户据实呈明，立即具详严加查办。倘更有串通佃户，彼此互相隐匿不报者，将佃户一并分别惩治，并造乡佃细册通送察核。

一、内务府所属一切鹰户、炭军、炸军、灰军并银两庄头，除此次定议以前所有典买产业均毋庸另议外，嗣后一概不准其典买旗地，以杜弊源。如有再行典买及代伊等在民之亲族借名顶冒等弊，或经查出，或被告发，均照民典民买之例分别治罪。　乾隆二十三年二月十三日直督方准咨。

一、旗人置买产业，不准借家人及庄头佃户人等出名，违者照例撤出入官，追价治罪。　五十年十一月例。

一、民人佃租旗地，如租额平允业佃相安者，仍听照旧承租。若因当日原佃交租本轻，现有别佃情愿增租及情愿自种者，均由业主自便。所有从前不许增租夺佃之例，即行停止。倘有巧佃妄控者，仍照例治罪。　五十六年例。

一、租种庄园头官圈等地亩，止准按年清交租钱，毋许任听庄头等预年支取。倘庄园头仍向佃户预支，许佃户在地方官呈控。如佃户希图减省，私行预交，查出一体从重治罪。　五十七年四月户部通行。

一、派拨内务府园头壮丁等屯目乡长杂差，永行停止。　同前。

一、带地投充各户其次既免完粮，又得种地，且服役有年，本与户下家奴无异，令伊等种地日久，缘无定例，多有不服本主传唤，抗不交租者。及其主将地转售，又复藉称投充，揸地不交，殊与情理未协。嗣后投充人丁地亩，即照旗下圈地家奴典卖例，悉由本主自便。　五十六年十二月十四日例。

一、汉军六品以下为民之例，永行停止。其兵丁闲散人等情愿改入民籍者，听其自便。　五十五年。

征 收 解 支

一、滚单为催输良法，法在以保甲为经，实征为纬。五名一单，俱要同村居住；有畸零者，则单内名数不必拘定。如五月完半期内，酌量再分为三限，各将应完日期、银数填明，令乡保交与首户。完竣立即给印串宁家，即交第二户，挨次传单，至末户缴销卧单。不完，摘比本户，不必波及单头。如十月全完之期，法亦如之。仍严禁胥役包揽需索，则事不繁而民不扰。　雍正十三年直督通饬。

一、征收地丁银两，二月开征，五月农忙停征；八月停征，十一月全完。其四月完半之处，应令该督抚查照地方情形，转饬州县酌量征收，不必拘定分数。如花户钱粮在一两以下，皆系田亩无多，生计不足之人。若完不足数，即缓至八月后接征全完。其力能完半者，仍令照数完纳。　雍正十三年十一月定例。

一、花户短平，即将原银发出，较准补足。恐假手书吏，挪移抵换。如当堂面给花户乡民，往返道路，所费倍于添补。议令州县拆封时，如有短少，眼同监拆人员，即于袋面上核明数目，汇立清册，出示晓谕，令其下卯自行补交。　乾隆二年定例。

一、征收银柜，令佐贰官监拆，逐村逐柜详加拆验，填写印簿，出具印结，报明上司。　雍正六年定例。

一、直隶委正印官监拆。如有短少，查出分赔。　乾隆十八年通饬。

严禁设立当官银匠，非其戳记，即不准收，以致有承充银匠之陋规，有发倾元宝之扣平，种种横索害民。如有前弊，立即题参。　雍正二年定例。

一、雍正十三年十二月内御史蒋炳奏准，花户纳粮，不拘何处银铺，听其倾销。

一、滚单照各花户应完实数开明，单内不得额外多开。　乾隆六年上谕。

一、州县征收银米，预将各里、各甲户名额数的名填定联叁板串，一给纳户执照，一发经承销册，一存州县查对。按户征收，对册完纳，即行戳记归农。其未经戳给者，即系欠户，摘查比追。　雍正八年上谕。

一、征收定例二月开征，东作方兴，民间大概完半。若春麦秋粮二麦收获之时，花户输纳争先，自可设柜，听民自封投柜完纳。倘农忙之际，不许催差限比。俟秋获之后，如完不及额数，方许催令陆续全完。务使抚字催科并行不悖，官粮民业两有裨益。

一、花户完粮，依顺庄之法，分乡设柜，设单滚催，实征红簿照旧设立，并立催收印簿以备察核。　乾隆八年威县议详准行通饬。

一、涿州、良乡、昌平、顺义、通州、三河、蓟州等州县，因残圈缺额之区所收钱粮为数无几，留支者多，起解者少。又，怀柔县地瘠民贫，延庆边地苦寒，兼系圈残。又天津府属之津军厅同知所征苇渔课粮，因利水乡栽苇养鱼。永平旧属台界等关营所征地粮，皆系贫户零纳。此十一处，向例止完正赋，不许征收耗羡。

一、零星小户完纳钱粮数在一钱以下者，照例每银一分完大制钱十文，一厘完大制钱一文，不得于此外再加火耗。如有情愿完银者，听其自便。其数在一钱以上，亦不得勒令交钱。丙寅年钱粮奉旨恩蠲，止有应完耗银，其交纳钱粮应量为酌减。应需零星耗银数在一钱以下者，每银一分，交大制钱九文；其不及一分者，均照此数交纳。如有情愿完银者，仍听民户自便。　乾隆十年部覆。

一、存退征收耗羡，如内有起解内库租银之区，将内库租银剔出，不征耗羡，余照地粮例征收。庄头租银如有应解内库，亦照存退。此系三十五年直藩通饬。其余另案回赎公产旗租，每两随征平饭银五分，以三分为州县倾镕折耗并造册解送之费，以二分随同租银解司，为藩司解部之用。　雍正十二年直督奏准。

一、直属收回代征寄庄地亩应征耗银，照依各原拨州县旧额分征。将征额银数于由单内逐一登明，仍明白晓谕。　乾隆七年藩司沈议计通饬。

一、每岁纳粮，照雍正十一年徐本条奏征粮案内，将完纳一钱以下之小户，每银一钱完大制钱一百文，银一厘完大制钱一文。每大户一钱以下之尾欠并拆短封欠，概准完纳制钱。如有情愿完银者，无论大户小户，尾欠短封，俱准完银。　乾隆六年覆江督。

一、士子抗粮，革役完纳，止有尾欠未清，遇赦豁免，准其开复。　乾隆元年上谕。

一、富生上户，遵例五月完半，十月全完。如届期不清，再限二月，以岁底全完为率。其中户、下户、贫生以八月完半，岁底全完。如届期不清，分别再展限数月，以开岁二月四分全完为率，不必严立三限。如逾限不完，始行详革，全完仍准开复。若委系赤贫无力而尾欠仅止分厘，仍照原议免其详革。如有不待限期先行完纳者，令地方官亦遵照原议，量加奖励，以为先事急公之劝。　乾隆元年部覆祭酒。

一、搭放兵饷钱粮，仍照定例，每银一两给钱一千文。自乾隆甲子年为始。　八年上谕。

一、浙江、江南二省饬有漕各州县，于隔岁底刊刻易知单。内将该户田地若干、应纳地丁若干、漕白米若干、其地丁加耗若干、白粮加耗若干、漕截加耗若干，如何均摊匀扣，于单内逐一注明，分给各户，以便照单完纳。　乾隆七年部覆给事中钟。

一、钱粮遇灾蠲免，惟安庆、江西、江苏用易知单。其福建、广东、山西、山东、直隶、湖北、湖南、浙江等省，用滚单、样单，则于给发花户各单内，将蠲免数目一并注明。其西安、四川、贵州等省，则于出示内一并刊刻晓谕。　乾隆五年部覆御史胡定。

一、征收粮科则，州县于岁底刊刻样单，送司核明。科则相符，即发还州县，照式逐户编给。　乾隆元年部覆浙抚雅。

一、前后赏给新满洲人地亩，离京稍远情愿交官征租者，令地方官照数征收，于每年十月内，将所收租银按名包封，批解户部查收，散给各本人收领。如有催征不力，限内未能完解，照杂粮例揭参。如附近京城素与佃户相安，情愿自行取租者，听其自便。再，此项租银非官租可比，应照佃纳私租平色征收转解。　雍正十三年定例。

一、征收入官地租，照地丁钱粮之例，查明各村庄承种官地若干、纳租若干，每年每村庄给发滚单。酌定五户十户为一单，开明夏季、秋季分别完半、全完。每定以五日为一滚，以租最多之佃户为单头，令其先行完纳。单头本户既完，即将滚单交租银次多之户依限完纳，递行转催。十户一卯，通完量给花红奖赏。倘有顽户不依限完纳，将单沉卧，止许单首已完之户禀明，即差役查明，将地撤回另佃，仍严行押追旧欠租银。　直督议详通饬。

一、支解入官地租银，按年照数征收解司，汇解户部。其革退投充庄头浮收各项地租，应遵照汇咨解部，仍知照内务府。　乾隆七年部覆直督。

一、大粮庄头及银两庄头退出地租分解户部并内库，令统由布政司转解户部三库总档房查收。

一、藩司起解各项旗租，每千两元宝，饭银七两，散碎饭银十两，另具小批，随同正项起解。其银在于旗租平饭项下动拨。又给委员杂费，如起解旗租在十万两以上，每万两每站给水脚银四钱；十万两以下，每万两每站给水脚银三钱；五万两以下，每站每万给水脚银五钱［原文如此］；遇冬春时起解，每万两每站增给水脚银五分。又每千两应给鞘箍银三钱。

一、办公带回余剩银两，凡经过地方，俱应粘贴印花。嗣后如有此等前往查赈，将前项余剩银两带回相类差使，遵照部牌应付，一体粘贴印花，仍将应付缘由声明报部。　乾隆四年部覆直督孙。

一、起解硝斤，按每硝一斤，连绳席等项给银二分五厘核发，在于司库地粮银内动拨。

一、直隶岁贡坊仪，以乾隆五年为始，以五百四十名均给，每名应给银四两六钱五厘零。将额多之区余银解交司库，转给额少并向无额设之州县一体均匀给发。　乾隆五年部覆直督孙。

一、马快专司捕缉，不得复值另差，工食照旧支给，均于地粮内开销册报。　廿一年部覆。

一、役食准免扣荒，乾隆三年为始。大小衙门人役，俱准于地粮项下照额定之数全行支给。　乾隆三年上谕。

一、荒歉之年，应捐存留祭祀俸工，俱照成灾分数按额除蠲。内除文武庙春秋二大祭、社稷、山川风云雷雨、城隍、马神等神及无祀鬼魂三小祭等项应蠲银两，已在司库存公银两内照数拨补。又民壮、河工、闸夫并驲递夫马工料应蠲银两，亦径在于本处起运银两抵补足额外，其余存留，向正印各官俸薪、朔望行香纸烛、时宪书二三年带办，并迎春牛神、修理龙亭文庙、霜降祭品、銮驾乡饮酒礼等项，凡遇歉收之年，一体扣蠲，毋庸拨补。惟民壮、堤夫、禁卒、门军、铺司等役以及孤贫、更夫、轿伞扇夫、先农坛坛户、有守祀宇坛庙户并佐贰杂职、衙门门子、马夫、斋夫、膳夫、门斗等项，按款拨补，在于司库存公银内请领拨给，仍造具拨补细册呈送。　乾隆三年五月准咨部覆。

额征连闰正银若干，以额设俸工银若干归之，即得每两应征俸工银数，再以被灾正银若干为实，以每两应征俸工银数乘之，即得留支俸工之数。下余银两，即系起运。再以起运留支各数，以每两应蠲银数乘之，即得应蠲起运留支确数。

一、俸工役食，凡遇水旱停征带征，其佐贰微员应得俸银及胥役应领工食，若有未给者，准在于司库存公银内照数借拨，仍将应征民欠催收解司归款。　乾隆五年上谕。

一、州县起解钱粮，先期三日，将现解△项△数钱粮于△月△日起程缘由通报，并将△州县距省若干里，于文内叙明。　雍正七年定例。

一、忠孝节义并产三男、百岁老人恩赏坊银，俱令州县就近支给具领。（原书眉注：凡请领坊银，应取本人押领送及。）其举人会试盘费，亦就近支给，俱入奏册。　雍正十三年八月定例。

一、直属平粜米价及一应赃变，扣空养廉暨各营用建缺旷等项，毋庸随解平饭。其地粮、兵饷、当杂、住俸、罚俸、缺官俸银、师生带办会试盘费、乡饮酒礼□贫小建、驮站小建、留二廪粮杂税等项，及屯粮改折裁饷暨宣属豆价、外省咨追解部等项，每两应解平饭银一分。

一、起解旗租并余绝房地入官地价等银，每两应解平饭银二分；又赃罚，每两应解平饭银三分；至赴司请领祭祀俸工及准销车价廪粮饭食行粮各价、出口进口马驼草价暨经费桥道长垫等项，每两应扣平饭银五分。　直藩沈通饬。（旗租平饭，后有通饬，于每两二分之外再加六厘。又赃罚免解平饭。借支宗人府滋生银两，解添平火耗银七分。）

一、通惠河通流闸闸官，每年额征麻课银一百二十二两四钱四分八厘。内除开销岁需麻绳银五十两四钱，余钱解司，会同丰润县段木折色钱解部。乾隆二十九年始将黄栌木价段木折色银仍作地粮解司。

一、州县每年冬底，将次年应征钱粮核定征册，钤用印信，名曰红簿。有买卖田地者，即于红簿内照科则收除；其红簿仍存于收粮之处，一任纳赋之人查看抄录。其各花户名下，仍照实征簿刊发易知单，首列田地科则，次列花名应完粮米。数目不符，即于完粮时查明征簿，禀官改正。　雍正十三年部覆御史蒋。

一、上司不时访取州县征收清单与民间输粮执照，与底册抽对。藩司道府等官不时稽查，实力奉行，毋使不肖官吏剥民侵扣。如有前项情弊，立即严参重究。　乾隆二十三年部覆御史朱嵇。

一、凡有钱粮、缎匹、颜料，于未经起解之前，务将批差员役△人，限于△日起程，△日到部之处，同△项银两若干、木鞘箱包若干，俱用印封封固缘由，预行知会大使，并严饬管解官员不得在途任意稽迟，致滋贻误。　雍正二年怡贤亲王奏。

一、微员回籍路费。县丞、主簿、典史、巡检等微员革职解任，或告病身故，实系穷苦不能回籍者，着该抚于存公项内酌量赏给还乡路费，每年造册报销，不得派及现任之微员。　乾隆元年上谕。

教官相隔本地五百里以外者，照此例赏给。

一、各省赎锾，有递年存积至一千两以上者，应令该督抚解交户部。　四年刑部议。

一、该员有荒缺银两，应于督抚大员及府州县正印官俸工内，酌量均摊扣除，以抵所缺之数。至于佐贰教职等官俸工，概免扣除，俾微末官吏得以养赡。若有因地方荒缺而裁减祭祀银两者，着遵雍正十一年皇考世宗宪皇帝恩旨，于该省存公银内拨补，以重祀典。

乾隆元年上谕。

一、回民网户扬名世等每年应交钱粮，停其解交广储司，即令各该地方官催征解交布政司查收，照例交纳户部。　雍正十三年户部奏准。

一、直属州县缺额俸工等银，于乾隆元年为始，在于司库本年地粮银内按时给发，汇入该年奏销册内具题，仍将给过各州县银两细数造入春秋二拨。　乾隆元年部覆直督。

一、直省所解户部钱粮、缎匹、颜料等项投批，另具领批，交与该解员役持赴本档房换掣批回。本档房即将印领收存记档，以备查勘。　元年户部三库总档通饬。

一、一产三男应赏米布，每米一石折银一两，每布一匹折银五钱，按数实给，不得将粗烂米布给发。　雍正十三年部覆直督。

一、小户钱粮数在一两以下，住址离县窎远者，将钱粮交与数多之户附带投纳，于票内注明某户附纳字样，即将附纳之户领回，交给本户收执。如数在一两以上及为数虽少而情愿赴县交纳者，仍遵例自封投柜。其征收旧欠钱粮，务遵谕旨，每年将各乡里书将所管各欠户名下已未完钱粮若干，逐一开明细数，呈送州县查核，出示张帖本里，俾得家喻户晓。仍于比较之日，按照各花户名氏完欠细数，次第摘比。遇有新旧交代，遵照例限，将民欠钱粮逐户清查。如有官侵吏蚀，据实揭报参处。倘地方官奉行不善，需索抑勒，以致小民输纳不前，胥吏蒙混，积欠不清者，该上司查出即行题参。　雍正十三年部覆福藩。

一、征收钱粮，将由单呈送布政司核明，并饬该布政司即将由单内定额应征银数，发示晓谕。该州县查对实征总册，于花户名下应征银数若干、分征若干，填注由单，毋许丝毫溢额，给发各花户按单核算。倘有飞洒增添，即将原单交送甲长，汇交里长，赍单赴州县改正，分发花户。仍令各花户于钱粮完足之日，将原单撤回，该州县汇送布政司查核。再，花户名下除征银分限外，其分厘尾数俱令初限全完，不得再为分限，以杜重叠浮收之弊。倘有不肖官吏仍敢暗行飞洒增添，及里长等赍单赴州县改正而该州县不行更正，或经花户首告或经布政司查出，该督抚立即指名题参，从重究处。　雍正十三年部覆御史蒋炳。

一、州县拆封时，令监拆之员眼同拆封，照部平称兑已足，无庸添补者，将所拆封袋当即销毁，以杜偷窃空袋私索勒补之弊。如果封内短少，该委员验明应补若干，即于单面注明数目，汇开清单，将应补花户姓名出示晓谕，令下卯自行补足。　雍正十三年部覆御史蒋炳。

一、米豆一石，向例征收耗粮八升。嗣后每石免耗四升，止征耗粮四升。以二升为州县等沿途亏折之耗，二升为存仓鼠雀之耗，谅无不敷。均自本年为始，永遵为例。雍正十三年上谕。

一、佐杂微员在籍候选，在省领凭赴任，程途里数五百里至一千以外者，州同、州判酌借银六十两，佐杂三十两；二千里以外者，州同、州判酌借银八十两，佐杂四十两；三千五百里以外者，州同、州判酌借银一百两，佐杂五十两；五千里以外者，州同、州判酌借银一百二十两，佐杂五十两；七千里以外者，州同、州判〈酌借银〉一百五十两，佐杂六十两；八千里以外者，州同、州判酌借银二百两，佐杂六十两。统俟领凭之后，各该员于本省布政司衙门具呈亲身持凭赴领。该布政司验明，即于司库所存耗羡银两内照数给发，按季造册，报部查核。仍一面知照任所各该督抚，俟该员到任后，将所借银两循照在部支借扣抵之例，于各员应得养廉内分作四季坐扣，存贮司库。其有原设养廉数少，不敷扣抵，并有仅敷扣抵者，应循照旧例，准其分作六季扣完，仍于年终时已、未扣完数目专案报部查核。至各员内如有升迁、调任、丁忧、起复、候补以及参革、休致、告病并在途病故，到任后倘未扣清而病故者，悉照在部借支扣追摊赔之例，画一办理。 乾隆二十四年十二月户部奏准。

一、会试举人，凡遇中途患病等事，令其呈明所在地方官验明确实，出具不致扶同徇庇捏饰印结，申报上司，转详督抚，汇册咨部。礼兵二部据册咨明户部，并知照该举人本省督抚查办。至已经到京有丁忧患病等事不能应试者，取具同乡六品以上京官印结径报。礼兵二部据册查核确实，即行知照本省督抚并户部存案，于奏销核对不到举人内有案者，免其追缴。如该举人假捏呈报，而沿途地方官及在京出结各员不行查明，徇情滥结者，察出，该举人照例参处外，其出结各员照不行查明出结例，罚俸一年。至称应试不到举人，应将原领银两照例勒限半年完缴，咨报户部查核。如逾限不清，将承追之员查参，照正项钱粮未完例议处。 乾隆二十四年礼部议覆福藩。

一、云南办解铜斤，酌量情形，约计数十斤熔化成圆。起运时，即以整圆成包，合成一百斤之数，毋许解员錾凿配搭。每包圆数与额定百斤间有参差不足之处，俱令详晰造册，总计各包短少若干，另备补平圆铜同解，以符足数，庶可免沿途零星折耗之弊。遇有沉溺，亦便于按数打捞铜斤。已获十分之八九者，应令解员管押先行，以便及时运局。如或正额不足，先将余铜抵补。其未获铜斤，着落该地方官上紧打捞，务须全获，暂行贮库，交后运带解。 乾隆二十七年户部钱法堂奏准。

一、管解铅斤，令云南巡抚将每年应解之数通融均算，分派府佐州县等官按运领解。其广东办解点锡，亦令一体专委府佐州县等官运送。 前例。

一、运解铅斤、点锡，除一切例给运费为途中必需应用者应发运员随带备用，其张湾运局车价一项，应请照运铜车价预解坐粮厅之例，行令贵州等省核计一车所运铅斤，自张湾运京车价若干，预行拨解通永道库存贮。俟铅船抵湾，解员报明该道，照例委验后，即核算应用车价，照数给发张湾巡检雇车起运，并令该道一面即将给发车价日期，呈报钱法堂衙门扣限查催，如有迟延，即将张湾巡检参处。 前例。

一、京闱中式举人应领坊银，俟顺天府尹将姓名、籍贯造册送部，臣部照册开单。将直隶本省中式者，本由直隶学政录科送试，应即令该学政验明咨部支领，按名给发。其中式旗人，行文各该旗出具咨文印领，赴部关支。其余各省贡监在顺天乡试，例由国子监出考录科咨送应试。如有中式者，应令赴国子监查验，实系本生亲领，陆续汇行咨领放给。乾隆二十七年户部奏准。

一、各省督抚藩臬两司衙门，凡有设额家口亲随马匹饷乾等款，概行裁汰。其所裁饷乾银两，造入拨册。凡兵饷本色粮料，匀给绿旗营，以资接济。至督抚衙门年帖或俸廉，本属微薄，其家口随粮仍请留给。 乾隆二十七年部覆西安巡抚弼。

一、饷鞘到境，每银一万两，例当拨兵二名、拨役四名。数至二万，如以上酌量派拨。文武各衙门派委员弁沿途管束，将兵役姓名开单交给委员，不时查点，毋许雇情代替，亦不得中途潜回。倘有前弊，将兵役重杖，革伍革役。 年同前，部覆安抚。

一、文武丁忧、终养、告病及降调、起服各员，向有续借养廉之例，但前任借过未经扣清，续又续借银两，未免不能依限坐扣。应将此等人员内有前任所借银两已经扣清者，仍准其一体借给外，其有扣过若干尚未全清者，应照该员现在应借数目，扣除未完之项，截算借支。至全未扣缴者，概不准借给。 乾隆廿八年奏准。

一、各员扣抵限期，原定云南贵州银数较多，奉天一省养廉较少，文职俱限半年，武职俱限二年扣清。其余各省，文职俱定限一年。至武职，四川、广东、广西、福建、甘肃、湖北、湖南、江西、浙江、江苏、安徽、西安等十二省，定限年半；河南、山东、山西、直隶四省，定限一年。应令各省督抚府尹按限坐扣。倘有届期不扣不解者，查明逾限日期，咨部议处。　前例。

一、一年外不领文赴补者，该旗籍即在于本员名下按照银数，照例勒限着追。前例。

一、文武各官在省在途病故及到任尚未扣清而病故者，向系在于通省各官名下均摊扣抵，其余升迁、调任、丁忧、起服、候补、参革、休致、告病各项事故未扣养廉，如有实在无着者，俱令原旗原籍取具该管官切实印结，仍于原任地方摊扣还项。　前例。（又，直省在同乡官名下均摊；如无同乡官可摊，在于司库闲款银内归补。此指试用未得缺者而言。如现任病故，仍在通省各官名下均摊。）

一、文武终养、丁忧人员例应于补官日扣抵，但亦有老病不能赴补者，应令各该旗籍查明，各该员如养亲事毕及服阕后一年不领文赴补，即于本员名下按照银两数目，照例勒限着追。　乾隆二十八年户部奏准。

一、《乡饮酒礼则例》内开：各省举行乡饮，事不画一，且竟有频年阙略不举致旷大典者。应令各督抚转饬所属府州县，每岁遵照定例，于正月、十月举行二次。其宾介之数，据旧典所载乡饮酒礼图，有大宾、介宾、一宾、二宾、三宾、众宾，与大僎、二僎、三僎之名。按《仪礼》：宾若有尊者，诸公大夫则既一人举觯乃入。注言：今文遵为僎。又曰：此乡之人仕至大夫者来助，士人、乐宾、主人所荣而遵法者也。或有来不来，用时事耳。又曰：不干主人正礼也。谓之宾者，同从外来耳。大国有孤四命谓之公。又疏言：一人举觯为旅，酬始乃入，即是作乐前人。又载记：坐僎于东北以辅宾。所谓席于东宾，助主人乐宾者也。其言主人亲速宾及介，而众宾自入，三揖至于阶，三让以宾升拜，至献酬辞让之义繁及介省矣。至于众宾升受坐祭卒饮不酢而降阶，无一言及僎者，所谓不干主人正礼者也。嗣后应令顺天府及各省府州县，先期访绅士之年高德劭者一人为大宾，次为介宾，又次为众宾，皆由州县详报府尹督抚覆定举行。其本地有仕至显官，后偶居乡里，愿来观礼者，依古礼坐于东北。顺天府及直省会城，一品席南向，二三品席西向；各府州县三品以上席南向，四五品席西向，无则阙之不立。一僎、二僎、三僎之名，不入举报之内。仍将所举宾介造具姓名籍贯清册送部存案。倘乡饮后有过犯，按所犯轻重详报斥革，咨部除名，并将原举之官议处。　乾隆十九年五月直督方准礼部咨。

一、各省奏销册造折征颜料款目概行删除，如直隶之膳夫、膳军、常兑、参赏等名。此项名色皆系明季流传，各省相沿陋例。凡有似此开载者，一体删除，统归地丁条编造报，并令布政司于奏销册内，将各属批解月日逐一详细载开，送臣部以便稽核。杂税一项，饬令各州县将收过细数造报藩司，汇造总册一本送部查核。花名细册毋庸送部。　乾隆二十三年议覆治事中。

一、朕从前降旨，各省微员离任身故，实系穷苦不能回籍者，令于存公银内赏给还乡路费，以示轸恤。至于参革人员，其中情罪轻重不可不加区别。或经参革而无劣绩者，自应照旧赏给；如有侵贪重款，则系有罪之人，不得仍行给与。　乾隆五年四月上谕。

一、遇有推诿误公等款参革回籍者，停其支给路费。　乾隆廿三年部覆广西抚。

　　一、州县起解司道各库银两，起解之时，预行知会前途经由大路。前途州县已拨兵护送者，倘有疏失，应令起解之州县认赔六分，失事之州县认赔四分。如起解之州县不预期知会，任听解役潜行小路，不请护送，以致失事，令起解州县独赔。致接递州县已准知会，解役原由大路行走，而并不照例拨兵役护送者，其贻误固在失事之州县，而起解之时金差不慎，咎亦难辞，应令失事之州县与起解之州县各半分赔。　乾隆廿五年九月部覆山东藩司。

　　一、烈妇烈女应行建坊者，该地方官给银之后，即督令本家于二月之内建造完竣，上镌旌烈字样，不得任其迟延。其租房寄寓者，即于本烈妇女为墓前建立。完竣之后，地方官仍具结申报上司查勘，并不许胥役藉端需索。　乾隆二十四年部覆山西藩。

　　一、三连串票骑缝用印处，所书数目字样必须端楷大书，仍将填银数目之处画定上下格式，毋许越格留空。如有仍将数目字样省笔、行草及越格留空等弊，该州县立即严加治罪。　雍正六年部覆广东长乐县。

　　一、劝农。督抚首倡于省廊之外，郡首奉行于百里之中，牧令巡行于阡陌之间，实心实力，广行劝农。否则照溺职例题参。　雍正二年部覆工部给事中。

　　一、会试对读生员盘费银两，准其一百里以内者每名给银八钱，二百里以内者每名给银一两六钱，三百里以内者每名给银二两四钱。令各州县于起送时照数按名垫给，一面赴司请领，在于司库存公银两按数给发，即将发过银两送册报销。　乾隆元年部覆直督。（又，乾隆十三年奉部定额准用银一百廿两，如有多余，即行删除。每科按数之多寡并道里远近，照额按名匀摊。）

　　一、会试举人盘费，如有无故逗留者，即离家不远旋即潜归者，仍照例行追。其中途有患病及丁忧者，取其该管地方官印结详明报部，或已到京投文而丁忧患病者，亦取其同乡京官印结报部，免其追缴。倘该地方官将实在丁忧患病之举人掯勒不出结，并无事故之举子混行出结者，察出一并交部严加议处。　乾隆五年礼部议覆湖北布政司。

　　一、乡饮酒期，正月望、十月朔，一年举行两次，照额支销。如举一次，开销额设之半。大宾以致仕乡绅有德者为之，介宾以年高士人有德者为之，耆宾择其年高朴笃乡民为之。三宾既立，依期将事于明伦堂。知县为主，教谕、训导为司正、司训。执事者宰牲具馔、布席。宾位西北东南向，主位东南西北向，僎位东北西南向，介位西南东北向。三宾在宾之右稍后位，北南向；众宾在三宾之前稍右位，西东向；三僎在僎之左稍后位，北南向；司正在主之右稍后位，南北向；僚属在僎之前稍左位，东西向。一人一席，宾以下序齿，主以上序爵。凡在西者皆为宾，在东者皆为主，而僎者助主人乐宾者也。席既定，仍命速宾。主率僚属出迎以序，门外三揖三让而后升堂，再拜就位。正北设香案、悬诰命，以老成廪生读诰，以谙练生员赞礼，于时拷钟伐鼓。读诰律毕，司正扬觯，主官告奠，宾主各就席供馔。奏乐执事唱饮酒三行。初行歌《鹿鸣》之章，再行歌《南山》之章，三行歌《湛露》之章。歌毕，宾主皆坐，望阙谢恩三跪九叩礼，鼓乐送宾而退。昔当湖陆先生作《灵寿志》，言礼事之大严敬，曰：坛墠厢序，宿莽积尘；神主龛龙，倾圮破毁。几案皆鸟鼠之迹，进除皆人畜之粪。为祭届期，斋戒视为具文，执事何尝告戒？拂拭者浊腻重重，涤濯者污垢班班，菹醢不问生熟，牺牛未知洁精。连泥带草之青芹，含蛀蒙尘之枣栗，凡百供陈，尽托仆隶，师生弗躬亲，有司不省视。呜呼！今天下如此者多矣。岂独安州哉？鲁秉周礼，禘自既灌而往，夫子独不欲观，而况如今日乎？知礼之君子其知畏敬哉！其知敬畏哉！

一、州县于开征之时，先将地亩粮额核明，预期编示晓谕。一面顺庄查造滚单，以粮多之户为单头，勒定限期，给与乡地分发，令其遵限完纳。如单头依限完足，即将单阪滚次多之户为单头，其余照此循序改滚。如单头卧单逾限不完，并疲玩奸滑之民如以抗粮为长技者，即专差拘比。于到案时查询花户，如有需索滋扰情弊，先将差役重责革役。倘该州县任役勒索，徇纵不究，本管府州即行详揭。　乾隆五年直藩通饬。

一、征收钱粮，务须照例听民依限自行完纳，毋得仍前私设里社坐差，横索滋扰。至小民完纳零星一二钱及大户尾欠，如愿完钱者，听民遵照定例每银一分，连加耗，准完大制钱十文，以钱折收。有完银完者，亦听民便，不必拘定。其余不得概收钱文，多取勒索。　乾隆五年部覆。

一、起解内库租银，于奏销册内注明交银年分月日，送部查办。　乾隆卅年部覆。

一、无论银钱时值贵贱，请将向不征耗之顺天府属涿州、良乡、昌平、顺义、怀柔、延庆卫、三河、蓟州、通州等州县及永平府属台界等关，天津府同知征收苇渔课银，易州属之广昌县征收匠价银两，凡小户及尾欠交纳一钱以下之钱粮，每钱折收制钱九十文。每两征耗之五分遵化、丰润二州县，征耗之六分房山、正定二县，每钱折收制钱九十五文。征耗之八分武清、香河二县及征耗九分之赞皇，折收制钱九十七文。其余各属征耗在一钱以上者，每钱连耗概收制钱一百文，每分收制钱十文。如有情愿完银者，准听民便。　乾隆廿三年直藩通饬。

一、直省督抚令所属州县，将一应合例旌表之节妇并贞女孝子详细编例，编〔遍〕示乡城士民，令本家开载事实具呈，并饬乡邻族长据实投递甘结。该学查明事实确据，加结详报。不用生监呈报于先，不假吏胥驳诘于后。倘有虚冒，惟详请之官是问。　雍正十三年部覆御史周绍儒。

一、贫苦节孝难以存立之人，取其邻族及印官各结详报，酌量给与口粮。倘有给报不实、冒滥给与者，一经查出，将其具结之邻族及吏胥严加治罪，地方官照例参处。　乾隆十年议覆吏部稽勋司郎中金洪铨。

一、顺天、遵化二府州属每年办解太常寺祭祀黑牛，务须高大膘肥、体角周正，限一月内差役解送顺天府尹，转咨内务府验收，如迟即干参处。倘本地牛只一时难得合式，许详请咨明兵部，给与口票，令州县遣派兵役，预往张家口一带采买。如州县交送牛只，看有一二只倘未合式，当即驳回，勒令补解。若办理不如法，以致未堪入选收验处，即将承办之州县，照大祀牲牢玉帛黍稷之属不如法者笞五十之律议处。至牛只验收之后，即将批回送府尹衙门，注明收牛日期、只数，给发解役持回。所垫牛价，应检同批回备文赴司请领，随时给还垫项。至所送批回，俟给价之后，即由藩司注明给发月日，以杜冒领。

一、定例出征病故文武，三四品官恤银五十两，五六品官恤银四十两，七品以下官员恤银卅两，兵丁恤银二十两。西北两路出兵，军营并中途病故官兵，历经照例给与优恤银两在案。内有行至数千里之外病故者，亦有行至一二站及四五站病故者，道里远近本属参差，若不酌定章程，恐嗣后难以办理。臣等酌议，请嗣后出征官兵行至五百里以外者，照例给与赏恤银两；其在五百里以内者，减半给与。若止行一二站病故，毋庸给与。　乾隆廿三年滇省兴兵案内兵部奏准。

一、起解兵部饭银，先将起程日期报明部科，并令解员到部时亲赍批文送科查验。乾隆四十七年部咨。

一、征收银数以一厘为断，粮以一勺为断，银在五毛以上者作为一厘，不及五毛者概行截去。粮在五抄以上者作为一勺，不及五抄者概行截去。其散杆及科则仍旧开列尾数，统以总数之下卷截。　乾隆三十一年户部等奉旨酌议复奏。

直属州县仓库钱粮稽查事宜

一、直省州县仓库钱粮，将现存数目按两月一次开单呈送本管道府厅州详加察核。如月报不实，核有情弊，该管上司即前往抽验揭报。仍将所属一切款项，于每年五月奏销时并十一月内，各造册一次送府，由司查核详报，该督抚据实年终汇奏。

一、州县征收地丁银内，除应行另解之兵饷及留支俸工等项外，其余银两类行批解司库。旗地租银同杂项钱粮一例随征随解。至米谷粜价，如遇停买之时，并通饬就近提贮道府库内，不许任意存留，致启亏挪。其起解限期定于拆封次日，即使倾镕。如数在三千两以内者，限以十日，每千两加二日，总不得过二十日，具批起解，毋任因循延搁。如有迟延，即行查参。

一、州县拆封，责成教官监拆查报。其州县仓粮，凡遇借粜并一切收支，除与道府同城，即就近报明上司委员监视查封。其不同城者，仍用州县封条。每逢启闭收放，一同教官监视，将开仓日期、收放数目报明，送府厅州查核，仍令道府就近稽查。

文　武　食　俸

一、直隶河工委署人员，如在京命往并题准留工者，俱照委署职衔准其支食编俸。乾隆八年直督准咨。

一、直属养廉，如试用之员，准其全支。若现任兼署，其署任内止支五分，存留五分解司充公。其或原官暂行离任，存留五分，给与原官养赡家口。至教职驲丞等官委署佐杂，亦准支食全数。遇闰统作十三个月分派。　乾隆四年例。

一、月选道府以下等官，分别省分远近、职衔大小，准赴户部具呈借支银两。到任后，于养廉内按季扣还。其分发试用人员，酌借一半，得缺后扣解。　乾隆十四年例。

一、命往人员委署，准食编俸。如候补者，止领薪水；若衔缺不当并开缺，均在司支领。　乾隆十二年例。

一、凡委署人员，除现有本任应食俸廉，兼署别任者，则无论何员委署何职，均应食原任之俸，不食署俸外，如试用人员系县丞而委署知县，则衔小缺大，仍食试用薪水，不准支食署俸。倘试用知县而署县丞，事系衔大缺小，准其支食署任之俸，养廉支食一半，其余一半扣解司库充公。设衔缺相当者，则署俸准支。总之衔大缺小、衔小缺大分别支俸之说，系指试用人员而言。惟养廉则无论试用、委署及邻封兼摄暂署，均准扣半支食。

一、病故休致人员免追编俸，知县以下佐杂人员如因公里误革职者，免追编俸。典史无级可降之员，如遇降级，每案扣解十分之二银若干。今于二十七年奉新例，应将一年之俸全数扣解。

一、凡命往试用同知知州等官，每员每月给薪水银四两；通判知县等官，每员每月给薪水银三两；其分发佐贰杂职，每员每月给薪水银二两。均于存公银内支给。

一、定例武举会试落第后，咨回本省督抚，看其材技优长，晓习行伍者，照年满千总例送部考验，分发别省，以千总补用。其随营学习者，仍给与马粮一分。其考验后分发别省候补千总武举，应给与把总全俸。

一、分发效力武进士，均给与千总俸银。又缘事降级革职人员，有指定职衔分发委用者，有分发酌量试用者，嗣后除降级分发人员应照所降应得职衔给与一半俸薪，其革职人员有指定职衔分发试用，照依指定职衔给与一半俸薪。如未指定职衔分别酌量试用，应照无职衔例，给与把总一半俸薪。又分发武弁到标后，有缘事降革，续经开复，应于开复之日，照应得职衔给与一半俸薪。留标之千总未拔补之前，不准支给候补俸薪。候补守备，给额设马粮一分。千总六年俸满，送部注册候推。年满千总，除注册候推之外，其有发回以守备题补者，并发回原任复经年满留标候补守备，以及预行保举注册年满离营留标候补守备者，均给与千总全俸。

一、特旨简发补用并奏请带往别省补用者，以及水陆改调人员暨裁缺留标另补人员，均照原衔支食俸薪（武职照衔食俸，照缺支薪）。

一、分发侍卫，照原衔给与全俸，毋庸支给薪水。分发世职人员，未得缺之先，支给世职半俸；得缺实授日，支给世职全俸。

一、武职署员内如衔小缺大，应照衔支食一半俸银，照缺支食一半薪银（与文职不同）。以上武职食俸及试用薪水，系乾隆五年乔学尹奏定。

一、凡署事之员，无论有无养廉，原官无论何事暂行离任，俱照例署任与原任各半分支养廉，其三七分支之处停止。又乾隆十年直藩详定，革职之员，知县以上官员仍追食过编俸；知县以下佐贰杂职等官内有贪赃枉法革职者，任内有住罚案件，仍追编俸。如系因公诖误革职，无论任内降革案件多寡，食过编俸，一概免其追缴。 乾隆三年定例。

一、武职千总把总等弁有贪赃及军机获罪，不准免。如因公罣误革职者，照此例免追。 乾隆十年定例。

一、凡降级留任三年无过，方准题请开复。如三年之内复有降级者，即以后降之日为始，计满三年无过，方准题复。其三年之内遇有参罚，如将罚俸银两全完，免扣罚俸月日。若未全完，即按完过数目计算，免其扣除罚俸月日；其全数未扣缴者，仍将罚俸月日扣除计算，年满题请复还原级。

一、加级纪录卓异即升等项，先经抵销降级后又重复抵销者，罚俸一个月。

一、被议之员，有纪级等项应行抵销而司道遗漏失销者，若自行查出检举，罚俸两月。如明知遗漏不行检举，被堂官查出或本员详报者，将司官照不行详查例罚俸六个月。若本员明知隐忍者，除本案不准抵销外，仍罚俸六个月。

一、革职留任四年无过，准其开复。其扣除月日等事，俱照开复降级例行。

一、降级等案如系承督等事，于事完之日开复。

一、不应开复人员，督抚滥行保题者，降一级留任。如应复不复，亦照此例。

一、通惠河通流闸闸官，每年额征麻课银一百二十二两四钱四分八厘。内除开销三闸岁需麻绳银五十两四钱，余银解司库，汇同丰润椴木折色银解部。椴木折色银两，于二十九年奏销案内，作为地粮银两解部。

一、武职现任兼署引见员缺者，均准其支食署任一半随粮。至候补人员委署者，亦照酌给之例，即将此一半随粮准其支食，不敷之数，于建旷内拨足。但引见员缺为时无几，该缺心红纸张既为署员全支，其随粮自应仍照旧令原官支食一半，以为养赡家口并往来车马之费。其余一半，例系扣存，以备修理营房等项公用。倘再令署员兼支，将来遇有公事，动用无资，于营务转属未便，仍照旧例办理。至候补员弁委署引见员缺者，所有应支随粮，亦应仍照旧例酌量支给，造报奏销。至引见各官并给假葬亲之员所遗员缺，原系暂行署理，应如所请，此等员缺，一概停其递行署理。　乾隆四年部覆直督那。

一、武职升迁以及外委拔补把总未经受劄以前，不准支给俸薪，名粮准支。此系乾隆六年部覆直督孙。

一、兵丁中式武进士之后，有情愿回营效力者，应准仍留本身马粮，随营差操。遇有署事之处，准一体酌量委署学习。　乾隆五年上谕。

一、外省地方文武各员，有情愿将议叙加级改作纪录抵销罚俸者，着照在京文武官员之例准其抵销。　乾隆八年上谕。

一、各省分发人员，该督抚委署已经任事尚未接劄之员，照所署之缺给与一半俸薪；其心红马乾银两，准其照署任内支给，以资办公之用。俟接劄之日，照所署员缺，照例全行支给。至现任题升人员已经任事尚未受劄及未经引见者，应照旧任职衔支给俸薪，新任内支给心红马乾等银。　雍正十三年兵部奏准。

一、教职两员同食一俸，未免不敷养赡，着从乾隆元年春季为始，照各官品级给以全俸。永著为例。　乾隆元年上谕。

一、凡大臣中有引年求退，奉旨以原官休致者，均系宣力甚久，素为国家优礼之人，虽经解组，仍当加恩，以示眷念耆旧之意。现在满汉大学士，曾为部院尚书予告在家，俱着照品级给与全俸，在京于户部支领，在外于该省藩库支领。永为定例。乾隆元年上谕。

一、休致病故官员食过编俸概行免追。其革职之员，则追编俸，以示惩儆。　雍正七年上谕。

一、革职后病故官员，未完编俸银两，查明该员病故日期，照例咨请免追，毋庸具题。　乾隆卅年部覆福抚。

一、大小正品各官员遇有降俸一级处分，均照降俸二级应扣银数折半扣缴。　乾隆三十年部覆云南布政司。

一、升调官员，其前任降罚案件未经扣缴及已缴若干尚有未完之案，并离任后遇有前任降罚处分者，统应照京官之例，将现任应得俸银扣缴。至该员在前任内降罚俸银，除前任扣解之外，尚有未完银数带于新任者，应照未完之数扣解。　乾隆三十年议覆湖北藩司。

一、各省道员，俱照正四品支俸银一百五两，停止兼衔支俸。督抚原编俸银，有兼尚书衔食一品俸者，有兼侍郎衔食二品俸者，向不画一。江苏等省总督巡抚、直隶等省督抚，岁支俸银之例，如系兼尚书衔者，支食一品俸银一百八十两；如系兼侍郎衔者，支食二品俸银一百五十五两。　乾隆廿五年部覆湖藩。

一、署事之员不能兼顾本任另行委署者，议令全支署任养廉，本任养廉留与递署之员分别支食。原指升迁事故员缺并无原官，而兼事官又系不兼本任者而言。至出差引见员缺，其养廉一半留与原官支食，一半署任支食。　乾隆二十八年部覆贵州抚。

一、黔省署事人员既系以小署大，递行委署，不兼本任者居多，若概令全支署任养廉，诚恐截扩无余，所有别项脚价工食并另给试用人员一半养廉，均属不敷；而署员原缺补放有人者，该员亦无本任应得之项。应即照现署之缺应得随粮分别支给十分之七，以资办公，于该省建旷项下支销。　乾隆三十年二月户部奏。

一、军机议叙例内，头等军功议以加等，二等军功议以加级。遇有事故，则军功一级，概准其抵降二级。至军功加等，惟千把总等以一等抵降一级，守备以上，概不准抵销。盖缘军功加级别无录用之途，故从优予以抵销。至军功加等人员，守备以上业已兼入衔内，照京俸推升，又可接算次数授以世职，是以遇有事故，例不抵销。其千把总军功加等次数，因其未经兼衔算俸，旧例虽准抵销，但计算军功加等数，即可以功加应得之缺越次升用，原与军功加级仅予抵销者不同，是以销去一等，只准其抵降一级。守备以上凡军功加等人员遇有降调，俱照千把总加功之例，准以军功加一级抵销降一级，不便援照文职军功加级之例，概准其抵降二级。　乾隆十九年兵部议覆御史张若澄。

一、武员去任之时，其亲丁名粮照旧存留，不必归入截旷项下。其现任兼理者，准支给一半，将一半留在本营，以为修葺衙署、添补家伙什物等项之费。每季造册，申报上司查核。　雍正八年上谕。

一、旗人如为绿营官员，遇身衰告休之时，在何任所，即照其何任所之例查办，不得引旗员告休之例请赏全俸。乾隆二十三年正蓝旗满洲都统请游击塞克诺尔告休请赏全俸之上谕。

一、凡降革留任人员咨请开复时，务于文内将该员罚俸案件事由并完解过俸银数目，造入何年何季册报之处，分晰声明，以便查核。　乾隆二十四年吏部议覆广抚托。

一、从前曾经出师效力兵丁，年老辞退并无子孙食粮者，照例给与守粮一分。

一、武职亲丁兵名粮，自提督至守备，马步各半；千总，马粮一，步粮四；把总，马粮一，步粮三。

一、委署出师员缺署都司亲丁名粮，照署游击之例酌减二分，照署守备之例酌增二分，给与八分，马步各半。署千总亲丁名粮，照署守备之例酌减三分，照署把总之例酌增一分，给与步粮三分。　乾隆三年部覆。

一、从前出师官兵及受伤病故官兵，所有预借银两，免其追还。　乾隆五年上谕。

一、江南等省马价俱出十两之外，是以向来赔银定以十两为准。山西等省马价俱在十两之内，其应赔银，令请以七两为准。如骑过一年倒毙者，赔银七两；二年倒毙者，赔银六两；按年递减。五年，准其开报倒毙，动支用银买补。再查直隶马价九两，山东马价十两，亦俱在十两内。其应赔银亦请以七两为准，按年递减。骑过五年，准其开报倒毙。雍正十一年定例。

一、雍正十年闰五月内大学士伯鄂等议奏：直隶、陕西、四川、山西、河南、山东六省在军营大小员弁，有升补拔补别省者，其俸饷菜蔬银两仍于原任省分司库支领；亲丁钱粮，亦照衔于原任省分司库给与。此项支领钱粮，即令各该省入于该年奏销之内，不必新任省分重行移解还项；其科则亦照原任省分。　雍正十二年部覆。

一、外任大小官员，凡遇降革、留任、降职、降俸、住俸、罚俸等项案件，照例分别扣解，按季造册报部，转咨吏部查核。　乾隆七年定例。

一、河工委署人员，如系在京命往者，照伊等委署职衔给与俸银。系乾隆三年部覆。如非在京命往及奉旨留工者，则系在外暂署之员，一概不准支俸。　此例系乾隆八年直藩沈通饬。

一、各官武职官员遇有降革留任者，照文员降革留任支食养廉之例，准其一体支食养廉名粮，以资办公。乾隆八年部覆护山西抚严瑞龙。

一、外省地方文武各员，有情愿将议叙加级改作纪录抵销罚俸者，著照在京文武各官之例准其抵销。　乾隆八年上谕。

一、各省主考路费，云南八百，贵州七百，四川、广东、广西、福建、湖南六百，江南、浙江、湖北、江西、陕西五百，河南、山西、山东四百。　乾隆三年上谕。

一、调简改教计参六法之知县州同以上人员及丞倅解饷押运等差进京引见，司道轮流引见。又题升题署之员已据新任后届实授之期，例应引见者，皆属照例赴部之员。又如因公讹误、奉旨引见及钦奉行取之员，是为奉文调取引见之员。以上各项人员，虽系同为引见，而内中尚有区别。如调简改教计参六法等项人员，例应离任交代清楚，方始给咨赴部引见。其养廉早于卸事之日住支，即使蒙恩录用，已邀格外殊恩，所有引见养廉毋庸停止，仍准半支。其余署理引见员缺养廉，如系正印、兼署正印，半支养廉，足资办公。如丞倅县佐试用等员委署引见，正印员缺者，支署任一半养廉外，仍于空缺养廉项下拨足一半，本任佐贰养廉停支。如试用候补人员署理引见，佐贰员缺，除分支额设一半养廉外，仍于空缺项下拨足一半。　乾隆十四年部覆苏抚。

一、候补试用人员委署，无员之缺者，照例准其支食俸银外，其暂委署出差员缺者，嗣后概不准其另行支给。乾隆三十三年部覆浙抚熊奏请试用知县商又超暂署出差员缺不准支俸案。

一、挑选二等举人有情愿及时自效人员，验看之后，会同学臣挨次委署，无员之缺者，照例准其全支斋俸。其暂时署理而原官仍应回任者，所有俸斋银两，按照在任月日正署之员各半分给，总不得额外增添。　乾隆卅三〈年〉九月户部议覆江西巡抚。

文 职 食 俸

一、现任知县而兼署别任知县、知州、州同，及护理同知通判并兼摄县丞者，应仍支本任知县俸银，署任俸银均作缺官扣解。

一、同知兼署知州，通判兼署知县，应仍支本任同知通判之俸，不准支食署俸。如候补试用人员署理，应准支全俸。现任知县而题署知州府佐等官，虽系试用，俸未曾实授，但该员原任均系另行递署，不便因题署知州府佐而无应食之俸，应将署任俸银归于现任支食。暂行委署不兼本任者，亦准全支署俸。

一、出差人员原未咨部开缺，即间有在外委署，为时已属无几，且〔且〕出差之员往来跋涉，不无车马之费。所遗员缺无论曾否委员署理，将俸银留与出差之员支食；其暂署并代理者，均食原任俸银，不准支食署俸。

一、试用知县而署知县，虽系暂行委署，侯部选及调补之员到日即应离任，但衔缺相当，未便仍支试用薪水，应全支试署任俸，仍食试用薪水。

一、试用知县而署县丞，系衔大缺小，准其全支县丞俸银，试用薪水于署事之日住支。

文职升迁事故员缺应支养廉

一、署理、升迁、告病、丁忧、终养、参革、休致等项事故员缺，额设养廉并无原官分支之例，应视署员如系不兼本任，递行委署及试用候补人员署理者，应准全支。如系现任兼署，兼摄护理者，全支本任养廉，半支署任养廉，下剩一半扣解充公。

一、现任兼署出差员缺所遗养廉，应照例原官与署官各半分支。倘署员系试用候补以及现任递行委署不兼本任者，统照署理引见员缺之例办理。

一、告假修墓、回籍省亲、葬亲等事，原系京官及外官甫经新选、尚未到任以及候补试用人员，始准回籍；如已经到任，一概不准告假，毋庸委员署理。

一、奉旨命往试用同知、知州等官，每员每月给薪水银四两；通判、知县等官，每员每月给薪水银三两；分发佐贰杂职，每员每月给薪水银二两。

文职引见员缺分支养廉

一、引见员缺，如原官系甫经调补、奉旨引见或题升题署之员，已赴新任，后届实授之期，照例引见，仍回原任者，应准其支食原任一半养廉，以为养赡家口并往来车马之费。引见之员系已经革去职衔，并改教调简计参六法，并因事降调离任者，即使蒙恩录用，已属格外施恩，应不准其支食原任一半养廉。

一、引见之员系俸满推升、保举卓异者，或引见后仍回原任，或升调别缺，当卸事之时难以预料，所有署员支剩一半之养廉，应不准其留与引见之员支食。

一、署理引见员缺，系现任递行委署，不兼本任者，半支署任养廉，半支本任养廉；如仍兼本任者，全支本任养廉，半支署任养廉。

一、署理引见员缺，原官既有分支之例，设或暂委候补试用人员署理，亦止准分支一半养廉。惟乾隆十年，经江苏巡抚陈咨请，在于空缺养廉项下拨足一半。又乾隆十四年，经江苏巡抚雅咨请，佐贰署理正印引见员缺，除支食原官支剩之一半养廉外，仍于空缺养廉项下拨足一半，其原任佐贰养廉留于署佐贰之员支食。先后经部覆准在案。然此系江省办理之成规，并非通行直省，不得援以为例。

文职如遇降革等事应追编俸

一、文职额设编俸，向例遇闰不增、小建不扣，惟养廉一项，遇闰之年作为十三月摊派。

一、革职之员，知县以上官员，仍追食过编俸；其知县以下佐贰等官，因贪赃枉法革职，任内住罚案件，仍追编俸。如实系因公罣〔注〕误革职，无论任内降革案件多寡，将食过编俸一概免追。　乾隆三年之例。

一、知县以上革职官员及佐贰贪赃革职者，因住罚案件，原应将该员应食编俸按季扣解，但每多迁延未扣，或虽扣解一二案，而卸事之后有续奉参罚事件，以致所罚之数又系浮于所食之俸者，应将本年食过编俸截至卸事之日照数追还，下剩不敷之项，因业已离任并无编俸可支，应将未支编俸扣除，声请免解（如系先参后病故官员，未完编俸概行免追）。

一、现任官员，上年如有未扣余俸，自三十一年定例以后，均因在于次年编俸内，以奉文之先后逐年挨次扣缴。如未奉定例以前未完余俸，不在此例。如该员已经升调，其上年未扣余俸，应照现任应得俸银扣缴。如前任扣解之外尚有未完银数带于新任者，应照未完之数扣解。

一、升调官员，如有前任内各案参罚事案，系现任内始行奉到及奉旨于现任内降罚者，原应造入现任名下，照依现任编俸扣解。如虽兼署护理，业已回任者，署任内倘有奉到参罚事件，应统归现任造报，不必另列署任衔名。

一、降级降职官员，如遇降一级，扣额支编俸十分之一；如降二级，扣额支编俸十分之二。如典史降一级，将一年俸银全缴。如原参降二级，旋因恭逢恩诏办差等事应加一级之案，经部抵销者，止须完解降一级之俸；其抵销之降一级俸银，扣至奉旨宽免抵销之日而止。

一、命盗案件初参，例应住俸，勒限一年缉拿。如一年限满，凶手盗首未获，例应转参罚俸一年，其应扣住俸银两，均应扣至二参奉旨之日而止。如凶手盗首旋于初参之后同余党伙盗俱经全获者，原应当时具题请旨开复，其应扣住俸银两，止须扣至奉旨开复而止，不必扣足一年之俸。如二参限满，尚未弋获，迨至奉旨议处之后又经全获者，其原参住俸一年并二参罚俸银两，均应追缴。如遇恩旨，准其将恩旨以前原参各案悉行开复，仍将未获凶手盗首，于钦奉恩旨之日起，另行起限查参。如二参以后，三参尚未限满者，应于恩旨之日起另起二参之限，扣限六个月再参。三参迨至四参，不致降调离任者，归入年限案内办理。至原参住俸案件，无论俸银曾否完缴，如缉案未结者，如遇恩旨，俱应造入宽免册内。

一、凡遇圣驾巡幸江浙、五台、河南、天津等处，每逢上谕，令将办差文武各官任内参罚事件加恩开复，其无参罚之员各加一级。向来办理，原应自钦奉上谕之日为限，将恩旨以前各案住俸、罚俸、降俸、降级、革职等案，及议处虽在恩旨以后而事皆恩旨以前者，无论编俸、余俸，一体造册开复，所销纪录并请给还。如办差官员业经病故者，毋庸造册。其余寻常缘事参革人员，如有参罚，应请宽免；如无参罚，不准议叙；如参革有劣绩者，虽有参罚，不准宽免，亦不准议叙。至参罚事件，如有本案内业经声明办差宽免者，仍应造入办差案册内，送部查核。至革职留任案件，不在宽免之例，毋庸造入。其余丁忧改教降调人员，仍照现任之员一体造册宽免议叙。至办差人员，无论司道及州县委办差务，如该员曾经办理无误者，俱准分别开复议叙；如办理不能尽善，经上司详明剔除者，不准开复议叙。

一、应追住俸、罚俸银两，原止须将食过编俸银两按数扣缴，如遇病故、休致人员，应照例免追。其丁忧、终养、告病、解任者，应于补官日完结。如升任他省，咨行该省追解。因事参革回籍者，当时则应完缴。迨至该员病故，应查明病故日期，一律免追。

武职署员支食心红纸张蔬菜烛炭

一、武职额设心红、纸张、蔬菜、烛炭银两，原为衙门办公之需，均不准原官支领，亦毋庸扣缺，应统归现任之员支领，以资办公。

武职升迁事故员缺应支俸廉

一、武职俸薪，应于受劄任事之日起支，交代卸事之日住支。如已经受劄尚未任事，或已经任事尚未受劄，均不准其支俸薪一项。如系现任兼署者，止支本任俸薪，将署任俸薪作为缺旷造报。如递行委署，仍回食本任俸薪。如系候补缺推署理者，照衔支食一半俸，照缺支食一半薪。如外委署千总、把总，酌给守粮二分，例马二匹，不支俸薪。

一、升迁事故员缺，如系候补、候推、试用人员署理，则署任随粮例马自应全支。如系现任递行委署，亦应照所署之缺全支。署任，其末后一缺系现任兼理者，则本任内准其全支；署任内准其支给一半，其一半扣存造报，以为修理衙署之用。

一、外委额支本身马粮一分，养廉、守粮一分。如拔补把总，其未受劄以前，不支俸薪，并于拔补之日住支原食外委名粮。其把总、亲丁、马乾于任事之日起支。如外委之署把总，照例酌给守粮二分、例马二匹外，仍留支本营外委名粮。

武职安站员缺酌给署任养廉

一、现任千总派赴回龙观等处安站坐台，应仍回食原任俸薪、随粮。所遗员缺，如外委及额外外委署理，应自到汛署理之日起，至该千总台站差竣回汛之日止，酌给养廉、守粮一分，例马二匹，扣除小建。其应支守粮饷米科则，应按本营经制银数，核实其例马、马乾银两。如系冬春署事，每匹月支乾银一两二钱；夏秋署事，每匹月支乾银九钱。但各营科则间有不同，应再查对署任原估科则，方为无讹。

一、现任把总派赴回龙观等处安站坐台遗缺，如委候补千、把总署理，应酌给把总一半俸薪，守粮二分，例马二匹，仍扣除小建。至凡遇闰月，官员例不准支俸。如署事之期内有闰月，亦应将闰月扣除，不支俸薪，止支饷米乾银。倘遇圣驾巡幸热河，安设台站，驰递公文，所遗汛务另委署理者，亦照委署台站之例办理。

一、候补千总、委署千总安站遗缺，酌给一半俸薪，守粮二分，例马二匹。候补、候推守备，酌给一半俸薪，守粮六分，例马四匹。

武职候补分发人员酌给署任俸薪

一、候补把总、委署把总，酌给一半俸薪，守粮二分，例马二匹。

一、候补人员已经到汛任事，未经受劄者，止准支食随粮、例马、心红，不准仍支候补俸薪。

一、分发人员署理绿营遗缺，如系衔小缺大者，应照衔支食一半俸，照缺支食一半薪，在于截旷银内动拨，将署任原估俸薪扣缺造报；其署任心红、随粮、例马等银，应令全支，不准酌给。然酌给俸薪如系衔大缺小者，仍照衔支俸，照缺支薪，不准酌给衔大俸薪。如系衔小俸大者，亦不准照缺全支俸薪。

武职引见员缺分支俸廉

一、武职引见员缺，向例止准现任兼理，不准递行委署。所有署任心红纸张，仍归署员支领。其俸薪一项，全归原官支食；并将随粮、例马半归原官支食，下剩一半作为留半养廉，扣解司库，以为修理营房衙署等项之需，仍于年底奏册报销。

一、委署引见员缺，如系现任兼理者，止支署任纸红蔬炭。如系发标候补以及随营候推者，除支领纸红蔬炭外，并照衔支一半俸，照缺支一半薪，仍酌给养廉、饷米、马乾。如衔缺相当，亦止支一半俸薪，在于建旷银内动拨。

一、年满千总内有年力未衰，弓马尚可留原任者，此系不应保送之员，仍在本任，毋庸住支俸廉、马乾。其历俸年满，如有革休等事，同庸劣衰迈勒令休致人员所食俸薪、马乾等银，均于卸事离营之日住支。

一、俸满千总引见后，仍应回任候升。其引见之际，应全支原任俸薪，半支原任养廉、马乾，其余一半扣存造报，以为修理衙署之用。俟引见后回任，仍令全支。至千总，例无纸红蔬炭。其余守备以上引见之员所遗纸红蔬炭，应于卸事之日住支，回任之日起支，不得与随粮一体分半支给。

一、俸满千总保送引见后发回本省，以守备候补者，在于建旷项下支食千总全俸。如发回随营候推者，在于额兵内给与马粮一分。如候补候推守备、委署守备，酌给一半守备俸薪；其心红、例马、养廉，全支署理。

一、署理千总俸满引见遗缺，如委署系候补千总，按其衔缺，给与一半俸薪，例马二匹，守粮三分，以资办公。至委署系现年千总等弁，不过暂行兼理，自应仍支本任随粮，不准支食署任随粮。

武职告假葬亲员缺署员应支俸银

一、武职告假葬亲，定例近者不得过六个月，远者不得过十个月，事毕依限回营。其给假限内俸薪、名粮，不准原官支食。至所遗员缺，因为时无几，不准递行委署，统照兼署引见员缺之例，仍支本任随粮，支食署任心红纸张。如委署系候补候推人员，照酌给之例支给随粮、例马，并给与一半俸薪；其原官所遗俸薪、随粮、例马，照数扣存造报。

武职候补分发效力等项人员应支俸薪养廉

一、随标差操学习武举，尚非候补之员，止准给与额内马粮一分。

一、分发武举系已经保送赴部考验分发，以千总补用者，在于建旷银内酌给把总全俸。如遇署理把总汛务，按任事卸事日期酌给把总一半俸薪，守粮二分，例马二匹。

一、分发各营效力武进士，虽系候补守备职衔，止准酌给千总全俸。如有年满千总引见后留标候补守备者，亦一律酌给千总全俸。如虽留标，系随营候推者，止准给额内马粮一分。

一、降级分发人员，应照所降应得职衔给与一半俸薪。其革职人员有奉旨指定职衔分发试用者，照依指定职衔给与一半俸薪。如未指定职衔分发，酌量试用者，应照无职衔之例，给与把总一半俸薪，其养廉、例马、心红等银不准支给。

一、现任官员因事降革，续经开复者，定例守备以上均系赴部另补，其内如有题请留于该省补用者，其未得缺以前，不便给与候补俸薪。其千总微员，因无部推之例，其未经拔补以前，亦未便给与候补俸薪。

一、分发人员到标后，有缘事降革，续经开复，因系分发之员，仍令留标候补。该员原属分发之员，应于开复之日，照依应得职衔，支给一半俸薪。

一、特旨简发补用者，并奏请带往别省补用，及水路改调暨裁缺留标另补之员，原非该员缘事离营，应仍照原任职衔支给俸薪。其分侍卫系有职无任之员，应照原衔给与全俸，毋庸支给薪银。

一、旗员长支俸银俸米，如遇升迁事故者，照不减不裁之例，免其追缴。如革降离任者，应仍按日追缴。

武职世职官员支俸

一、八旗世职人员补放外任仍兼世袭职衔者，自应仍旧支给世职全俸，例不扣除小建。如已补外任，该员又有绿营俸银可支，应将额设绿营俸银于世职俸银内照数扣除；下剩不敷世职俸银，或任所在于建旷银内支给，或留京在旗支领，均应咨明户部。其世职俸米，则应留京开支，并无外任支领之例。如将外任俸银作为缺旷扣解，则应于到任之日起，仍支世职全俸；其升转离任日期，世职全俸不准支给。

一、在京八旗世职，未及年岁，支食半俸；已及年岁，当差行走，始支全俸。

一、汉军世职人员送部引见，奉旨擢用，及挑选侍卫，或交巡捕三营并补于外省守备、都司等官者，俱准支食全俸。如奉旨令其回籍，督抚、提镇试看不能供职，咨回原籍，并未及年岁、承袭在家闲住之员，一概停其给俸。

一、汉军世职发标效力，未经得缺，及情愿效力非奉旨发往者，俱应支给世职半俸。得缺实授之日，支给世职全俸，例不支给俸米。如暂委署，未经实授者，照世职之衔支食一半俸，照署缺支食一半薪。

武职出师员缺应支俸银

一、出师员缺所遗俸薪、名粮，应留与出师之员以为养赡家口之需；其例马、乾银、原喂饲官坐驼马之需，官员既经出师，本营例马、乾银应照例扣缺，不准出师之员支领。倘署员系递行委署者，所有亲丁名粮、例马、乾银，仍支署员本任应得之数。至委署人员系特旨简发之员，原无本任亲丁名粮可支，应照例，副将酌给二十分，参将十二分，游击十分，都司八分，守备六分，马步各半，署千总酌给米粮三分，兵丁、委署把总酌给米粮二分。至经制外委、额外外委，虽系武弁，尚无品级，应照兵丁之例办理。至兵丁、委署千把，原无本任例马、乾银，应再酌给例马二匹。

一、出师人员在军营升补、拔补别省者，其应支俸饷心蔬等银系留为养赡家口之资，应以升衔照原任省分科则，给发该员家属收领，不必咨查新任科则，将支过银两造入兵马钱粮册内奏报，仍咨新任扣除，以免重复。

一、军营拔补内地绿营员弁，应于拔补任事之日起，至军营受劄之日止，照原营科则找支养廉、例马、乾银，不准支食俸薪，俟受劄之日起支给俸薪。

一、各镇总兵派往军营新疆办事者，委副将等官署理，其总兵任内蔬炭菜烛心红纸张应归署员支食，其俸薪养廉等银全归本任支食，署员回食本任。如副将等缺已奉旨补放，有人不便回食本任，应照署任内应得例分，支给十分之七，在于建旷项下动拨。

武职如遇降革应追俸银

一、革职之员，守备以上，仍追食过编俸。其守备以下千把等弁贪赃枉法、军机获罪革职者，任内有住俸案件，仍追编俸。如实系因公违误革职，无论任内降革案件多寡，将食过编俸一概免追。

一、武职额设俸薪、随粮、例马，应扣除月建。如遇闰月，除俸薪、心红毋庸加增外，其余随粮、例马仍应按日支领。倘遇参罚，应将薪银、心红、随粮、例马仍旧支食，毋庸扣解。其原估俸银，仍应照额完解，未便扣除月建。如有未支编俸自行完缴者，悉听其便。

救贫捷法

一九五八年抄本

（清）冯祖绳　撰

华南农学院农史研究室藏

惠清楼　点校

序 *

民生日用所必需谷、米、肉、菜、油、盐、糖、茶、布、帛而已，自有则不费钱，有余兼可获利。禄邑余米之地，谷米而外，均无所出。油糖取诸易门，布帛仰于河西。合邑一万一千家有奇，每年所需油、糖、布帛，从至少者计之，每家油糖二千文、布帛二千文，则出境钱已四万四千千有余矣。况不止此也。予摄篆此邦，见俗淳则爱之，见民贫又忧之。徒忧而无术以相救，虚有爱之心耳。去秋周历各乡，观风问俗，求民疾苦，编排保甲。所到之处，集老幼训谕，教以安贫守法，教子睦邻，务农以济目前，种树以裕日后，皆欣喜乐从，然务农未知畜粪畜水之方，种树未知栽子栽根之法也。簿书稍暇，取《农政全书》、《致富奇书》、《群芳谱》、《本草》、《草木状》诸书观之，摘谷、菜、树、牲四者，参以见闻，录而编之。但四者之类甚多，不能备载，择其切于日用，既为有益兼可获利者，不嫌烦琐，详细条列，名曰《救贫捷法》。听吾民自度时势，自揣情形，因土性之宜否、地段之广狭、人力之众寡，不必贪多，执一二端以从事，专心致力，始终不倦，自有效验。由自用而有余，由有余而获利，至他年即可致富，在今日先为救贫计。今日之所急者，除种谷为根本外，先从花生、桐、杉、棉、油、菜、蔗、猪始，而徐及他物焉。加以勤俭，男耕女织，食时用礼，民富民仁，其由此矣。岂仅救贫而已哉？书成刊发，愿吾民明者讲之，勤者听之，如法树畜，效速且大。则贫者可富，富者益富，又安见禄丰名邑者之不实称其名也耶？

时道光丙午，花朝知禄丰县事龙平述斋冯祖绳书于官署之五知轩

救贫捷法目录

种　谷

稻

五谷以稻为贵，种之至美者也。逢午花开壳辟，过午花收壳合，得天地中和之气。南方以为常食，北方以为佳品。作饭作粥，养人之首务，至要物也。

秧　田

择肥腴田，于冬间翻犁，谓之晒霜。晒后引水注之，冻过去水，则土脉活，春来易治。浸后晒干，以粪灰水浇之，不生虫，不长草。犁三四遍，耕耙浓热，方可下秧，则子不陷且易生发。又法：以青草或以粪灰厚铺田内，俟腐烂犁熟，方可下种。又法：于冬间收干败叶厚布田中，趁日晒干，顺风焚之，土暖而苗茂，又且少草。

浸　种

早稻宜清明，晚稻宜谷雨。取粒之圆实者作种，簸去稗稊秕籽，用瓦器盛，浸于塘水，昼浸夜收，禁入长流水。浸三四日，微见白芽如针尖状，令长二三分，候天气晴明，捥松晾去水气，清晨水定风和，然后撒〔撒〕种于秧田。至八九日秧青，引水浸之，勿令缺水。糯稻出芽较迟。

插　秧

芒种前后三时内插者为早，宜上旬拔秧。须轻手拔出，就水洗净根泥，拣去稗草，须根齐叶顺，用草束成小把。量田多寡以拔秧，不可多拔，恐秧久烦郁，苗难生发，即日插完。又法：用薄利铁铲，宽五六寸，柄一尺余，连土铲之，不致根伤，苗断勿许去泥。插时以左手托苗，右手随分随插，更妙。俱要乘耙后混水插之。田水勿令清，清则土气冷，落苗久不发。插须六茎为一丛，六稞为一行，宜浅不宜深，约离五六寸许。足不宜频挪，舒手插六丛，足挪一遍，再插六丛，再挪一遍，逐旋挪去，务整齐，以便耘耨。

耘　稻

插秧之后，耘耨为要。松禾根，去稗草，将灰粪或饼渣为末，撒田中，细细耘之。近秋放干水，将田泥荡涂令光，且勿入水，待土干，然后引水还浸田，直至稻熟方可去水。若遇天旱，急将田锄一遍，勿令开裂。俟天兴云，浇肥粪水待雨，勿令缺水，则苗发不遏。耘田以多为妙，勿以无草而止，锄松则苗茂而耐旱。

治　虫

禾苗长至四五寸时，宜于静夜点蒿草，火照游田畔，焚其飞蛾，免至遗蛋生虫。

起　　稻

平日收灰于棚中，收便溺浸透，趁日晒干，仍治为灰。逢日晴有露之晨，清晨持灰撒于苗叶上。得雨洗下禾丛中，苗即勃起。

振　　稻

稻已将熟，薄田竖而不垂，肥田偃如风推。恐收获不及，在田间综错，致子易落。宜以长竿压顺伏，免参差难刈之患。

获　　稻

日至则贵及时收获，不宜过老。禾太老则节折，豆太老则角开。若逢天雨，功损其半。必趁天晴芟收，或挑归，或在田先将稻干打落，其子之圆实者贮于一处。又将稻干再打，收其秕谷，别贮晒干，留喂鸡鸭。用水碓舂成糠以喂猪，甚妙。

稻　　种

稻熟时，择穗之佳美、粒之圆实与土之得宜者，向田中选择收归，徐摊于箕内。每穗去头尾，存中间一节，刮下勿脱皮，晒干，藏贮竹木器内。不可藏瓦器内，恐来岁难生也。

稻　　秆

落子既净，齐其头尾，束把晒干，挑归屋旁。于平地作大木架，高四五尺，宽丈余，次第顺叠于上，积高至八九尺，顶土如盖屋形，四垂而下，使雨不能淋透。俟冬月无草，或雨雪不能放牧，即以饲牛马，或在田焚之以作粪，亦妙。

麦

麦为五谷之一，具四时中和之气，兼寒热温凉之性，继绝续乏，为功甚大，为利亦普，与稻并重，但夜花不及午花耳。可作饭煮粥，磨面作饼饵作酱，亦谷中之至贵者。

麦　　地

中伏五更时，趁露未干，阳气在下，耕之。人得其凉，牛得其快。先任地所喜，种绿豆赤豆之属，俟生花时，翻犁入地，胜于着粪。

种　　麦

白露前后，逢上戊为上时，中戊为中时，下戊为下时。种须择成实无雀麦野荁者，筛簸去草子、秕蛏，得棉子油拌过，则无虫而耐旱。大抵土欲肥，根欲深，耡欲数，种欲匀，以灰粪盖之。喜粪爱雨，苗出数寸，得雨便佳。若初种得大雨，则捶挞难生；小雨为妙。

耘 麦

锄麦惟春间麦未起身时，以三寸利刃锄之。锄去荳豆雀麦，将土耘盖麦苗，留心。遇春雨倍长。苗将苞时，以水溉更佳。

刈 麦

麦半黄带青时，刈一半熟一半。若候齐熟，一遇风雨，必致抛撒。趁晴急宜旋刈、旋收、旋打，即打未净，候所收打遍，将楷再打。大抵农家之忙莫过麦蚕，若迁延移时，秋苗亦误耘锄。

贮 麦

麦之生蛾由湿也。法于中伏内晒极干，趁熟收藏，覆以石灰，则不生虫；少湿则生虫。

荞 麦

荞麦亦大麦类也，其味极美，可饭，可饼，可糕，可羹，可面，可粉。

种 荞

伏中耡土极熟，秋后和灰粪种之，八九月收；春种者六七月收。

苞 麦

苞麦又名苞谷，收获晒干，用大石磨碾之，可酒可饭。饲豕易壮且重；喂鸡鸭，饱经终日，易肥易大。

种 法

山岭险坡杂砂更妙。三月点种，每科隔尺许，种二三粒，苗出六七寸，耨其草，去弱苗，留壮苗一株。三月种，八九月获。获归，置木架透风令干。宜在室中，闭户塞窗，敲之不致耗溉，再晒干收贮。

豆

豆荚，谷之总名也。大者谓之菽，有黑黄二种。其种耘收获皆同，可酱，可豉，可腐，可油。腐之渣喂猪易肥，油之渣粪田胜于他粪，叶可收以饲豕牲，箕可以炊饮食，其用无穷。盐煮黑豆补肾，以黑豆为肾之谷也。

种 豆

宜芒种前后，太早则叶盛，太迟则苗弱，上旬种则花蜜〔密〕荚多。漫种不如点种。

点种者，先作坎，用粪合坎中土搅匀，以水沃之，下种于内，壅以土，勿厚，以掌抑之，令种与土相亲。每科相去八九寸许，每穴只宜二三粒，多则苗不秀。肥地宜稀，薄地宜蜜〔密〕，月内有三卯，宜豆，忌西南风及申卯日。

锄　豆

苗生，开毛叶两瓣时，即锄一遍，易长。少草，苗至四五寸，锄一遍，壅其根。苗七八寸，锄一遍，叶蔽根，耐旱。开花时又壅，切勿以无草而止锄。若秋雨淋霡，叶繁起蔓蓬苗，急刈其嫩颠，掐其蕃叶，令日晒风透，不致浥郁。

收　豆

宜叶落荚枯方获。五六株一束收归，作高架如梯形，级级排列。任迟早敲之，鲜美不蠹。

藏　豆

浥湿则生虫，宜晒。晒又不宜烈日，烈日则皮肤碎烈，宜半阴半晴晒之，不时翻搅，令干，方免腐。

小　豆

小豆，赤小豆也。可煮可炒，可饭粥，可作面食馅。

种　法

宜夏至前后，三月种，六月旋摘。四月种亦可。太迟则苗难长，易生草，难于耘锄，又恐霜临风凛，不及结实；种太早，则叶繁牵蔓，浥郁不花，不能结实。土不宜肥，耕不宜深，宜点种。苗出二三寸，锄一遍，去其弱者、双者，每科只留一株。四五寸又锄，七八寸耘其根，勿使风摇。

绿　豆

绿豆亦济世良谷，可粥饭，可酿酒，可造粉条。生白芽为豆芽，蔬中佳品。饲牲易肥，不生外症。能除暑热烦燥，解金石砒霜毒。

种　法

种宜薄田，宜刈了麻地种之。不宜太早、太迟。四月种，六月收子；再种，八月又收。点种为佳，与小豆同。

薏　苡

薏苡，劲禾也。能益脾润肺，去脚湿气。春米可为粥饭，可酿酒，极甘美。

种　法

宜山地，种与高粱苞麦同。其耘治，候熟收实，刈秸留根。次年宿根复苗结实，但苗弱子稀，不若另种者佳。

落　花　生

落花生，以其开花落地，插土中成荚而名之也。可炒食，可果，可榨油。油色清黄，渣饼可肥田。但用饼作粪，宜先十余日敲碎拌湿粪成灰，或便水浸发过，去其热，乃不坏根，浸饼之水亦肥。凡根须闻其香，即行；若生用，须离根尺许乃可。

种　法

宜砂土、松浮土，不宜实土、湿壤。耕耙极熟，春中点种，喜石灰粪。苗生锄草，愈锄土松，入粪愈茂，不厌频锄，勿以无草而止。开花时不宜锄，秋末成熟，去蔓掘土收实，水淘净晒干收贮。

芋

芋薯皆可以代谷，并可以济谷。有水，有旱。可煮，可煨，可餐，可果，可当谷米，可备荒充饥。根叶可以饲猪，胜于谷实。其叶干汁可解蜂毒。蝗之所至，凡草木叶无有遗者，独不食芋，故宜广种之。

种　芋

择肥润松土，耕极熟。三月将□向上匀种，候生二三叶、高四五寸，移栽。芋性畏旱，宜近水砂土区。行欲宽，可透风；本欲深，深得根大。春宜种，夏种难生；秋宜壅，不壅则瘦；锄宜频，浇宜数。霜降后，宜摈其叶，锄开根边土，加以肥泥壅根，使力回于根，则愈大。

耘　芋

宜晨露未干及雨后耘锄，令根旁土虚松，则苗畅茂；不可对日耘锄。七八月在芋四角掘土壅根，加以灰粪，则土缓而结子圆大，霜后起之。水芋不耘锄，但宜田中加以河泥、麻渣。

芋　种

十月择大而圆者，就屋檐下掘坑，以砻糠铺底，将种下内，以草茸盖之，勿令冻烂。至来春取出，埋肥地内，即便生芽。又法：火房内作半楼，将箩载芋种置楼上，近火不冻。次年春暖，不用下田即自发芽。将芋种身切为两截，以灰压其切口，将有苗之一半栽种，将无苗之一半食之。

薯

薯，俗名红薯，又名番薯。海人以当谷，可以备荒济饥，可生食、蒸食、煮食、煨食，可切片晒干作粥，可磨粉，可饲饵，可酿酒。蔓可饲牛，根叶可养猪，易长，或将叶蔓晒干以俟冬用。旱则汲水浇灌，蝗则用土掩藏，天灾物害，两不能损，且有数倍之收。真农家要物也。久食益人，令人有寿。有隙地皆宜种薯。

种

春分后，先于园中下种，俟苗出成藤，剪分种之。宜高土砂地。耕熟，犁土起畦，作脊成行，以根□脊间加土粪掩之，每生薯根，壅以大粪。若岁逢水害旱灾，七月后不及种五谷，即宜剪藤种薯以救饥。至于虫蝗为灾，惟薯在土，荐食不及。纵令茎叶俱尽，尚能复生。遇蝗信到时，急覆土遍壅，蝗去，滋生便易。若非砂土，须用柴灰和牛马粪入土中，使土脉散缓与砂土同，方可行根。又法，苗生成藤至丈余，除留二尺作老根外，余截二三尺一段，畦起行脊，间八九尺种之，土埋其半，浇水令润。俟生根，而后壅以粪，随长随剪，随种随生，蔓延与原种不异。凡栽须顺栽，若倒栽则难生。在土外者生□，在土内者生薯。各节生根，即从连缀处断之，令各成根苗，生薯自多。三月至八月俱可种，但立秋后种则薯小而味苦，且易生虫。八九月始生薯，冬至乃止。若未须者，勿即掘，令居土内，日渐大，到冬至后尽掘出，否则腐败矣。

薯　种

择近根薯坚实无损皮者，阴干，以软草裹之，置无风暖处。或与芋同置火房楼上，勿令水冻。至春同粪种于畦内，自生苗。

芝　麻

八谷之中，芝麻为最良。可作饭，为蔬润五脏。可以榨油，油饼渣可食，荒年人以救饥。入盐作酱，甚滑腻。又可养鱼作粪肥田。秆入米仓，不蛀。孤梗竖房门内，逐鬼。除夜以茎散卧床，辟邪除恶。艺垦〔垦〕荒土，可腐草木根茎。

种　法

山土初垦〔垦〕者，良。熟地亦可，但须肥土。耕耙极熟，加粪为妙。种以三月为上时，四月为中时，五月为下时。望前种实多而成，望后种子少多秕。每种以砂土拌子，风定撒之，则入地匀。

耘　锄

苗生二三寸，锄一遍。其苗每科宜离尺余，并者去之。苗高五六寸，蜜〔密〕耘锄根。八九寸，再加耘锄，总以多耨为佳。

收　获

拣熟者芟作小束，每五六束自倚一攒，顶合足开，令风透干。候角裂口开，轻取麻束，以杖敲子落。将束仍如前攒立，候三四日，再敲，以净为度。簸净再晒，即可作种。

以上皆谷之切要者，备细列之。其余谷类甚多，不能尽载。但积粪、畜水、肥田，均属要紧，而恳〔垦〕荒以尽地利，占种以察天时，更足以征人工之勤，并列其法于后。

肥　田

土有厚薄，田有美恶。得人之营，可化恶为美；假粪之力，可变薄为厚。法以绿豆为上，小豆胡麻次之。五六月播种于禾麦之间，七八月刈之，犁掩人土，其田自肥，每亩倍收。又法，将耘锄之草掘穴深瘞田中，亦可肥田。

积　粪

积地莫如积粪，地多粪少，枉费人力。宜于秋收场上，所有穰秽等并收停一处，每日布于牛马栏中，厚两三寸，经宿便溺成粪，收除堆积一处，加大路泥土及旧墙土、旧灶灰覆之。每日如此。至春初，于场厂翻晒，敲治极细，播于田亩，收成三倍。又法：草木盛时，芟到在地，待日晒半干，负移阴处，掩罨腐烂，亦成肥粪。又法：冬时收腐草败叶，薙朽秸〔秸〕根荄叶藁，堆焚成灰，用便溺灌之。趁天晴翻晒，再灌，治成末，和以人粪，极妙。又法：禽兽羽毛多收为粪，胜他粪百倍，或用水浸浇亦妙。其骨角烧灰，每采一丛，用灰一钱，置于根下，亦力百倍。又，沟港内淤泥，掀拨上岸，日晒成块，敲碎同大粪和用，比常粪力倍。又，鱼塘及近宅停水处，内有淤泥，其性清凉，冬春放干，挑运上岸，晒干入粪，极佳。又法：农居之侧，必为粪窖。上为屋，以避风雨飘浸；屋内凿深池，每日扫除尘土、灰化糠□、落叶、草穰，积而怄〔沤〕之，沃以厨栈下肥液，及涤器肥水泔液。积之既久，自然成多。晒干，簸去瓦砾以备用。

取　水

凡水源之处，无树木荫土，则水易涸。宜两旁遍植芭蕉，至数千本，排密数里，烈日不能晒土，水自可长流不竭。以芭蕉之物，全身皆水，雨则引水而上，晒则泻水而下，故也。其根亦可酢入米粉，作菜可食，但性太寒凉耳。又于有生成山塘之处，浚深筑堤，平坡有凹下起边处，挖凿成塘，均深八九尺，周方宽十余丈，四围皆种芭蕉、树木，开水道。冬时田不须水，引水灌满。春田用水，即不须引，遇旱即车塘水救田。亦可养鱼，但养鱼四围须密植荆刺，或作竹篱以防獭。又于近村择田一丘，凿作池塘，筑实塘基，勿使漏水。潦则放水于塘，旱则车塘水于田，兼以养鱼。养鱼之利比栽禾十倍。法见后篇。

占　种

五谷皆可植，而岁之所宜亦不可不知。冬至之日，平量各种子，用袋盛埋阴处。冬至后五十日发起，量之最多息者，来年宜种。

恳〔垦〕荒

万物皆生于地，有荒地未恳〔垦〕，是有利而人力不尽也。隙地且不可弃，况成片段者乎？其法先以利刃刈刹草根，排列首尾整齐，晒干，趁天晴风顺焚之，可以作粪，兼免虫患。即种芝麻一季，使草根腐败，然后锄去根抵〔柢〕，纵横犁耕，种莳不致费力，且无芜害之患。

换　种

凡种五谷，肥田不如换种。今年种此色种，明年种彼色种，年年（按：下文原本残缺）。

养 牲

猪

猪,家常豢养之物,妇工之所生息者也。妇女家居,专以养猪为务。若养母猪,其利尤倍,以其一年两胎也。五月戊辰日,以猪骨祀灶,所求如意;腊月以猪耳悬梁上,令人家丰足。穷人无本,日以二三十文买糠糟喂,零星积之。至猪长大,卖得整钱数千,是即本也。

相 猪

喙短扁,鼻孔大,耳根竖,额平正,腰背长,气膣小,尾直垂,四蹄齐,后乳宽,毛稀少,纯白,纯黑,背黑白花,均易饲。凡选母猪作种者,生门向上易孕,乳头匀者产子均。

养 猪

大猪宜圈养。作一长大圈,中用板或竹隔为数圈,一圈内止容一猪,令难转动,各置一槽,乃易肥。每饲时,持糟至圈外,每一槽着糟一勺,轮而复始。若剩糟复加麸糠,散于槽上,令食饱方止。善养者六十日可肥。小猪宜放牧山野,勿减食。常采嫩叶、野蔬、浮萍、瓜菜之属,或楮榆梓叶及荞衣豆叶,捣为末,或晒干收贮,用碓舂成粉,和糠糟米泔,水煮豢之。平田近山,多种芋薯之属以预备。禁豢于星下,致生息米,俗谓癞也。凡可以养猪各物,散见于前后各项,翻看便知。雄猪一月内去其势,雌猪两月劈其蕊,方易大。圈须扫除净。俗云:养猪无巧,圈干食饱。

肥 猪

法用火麻子一升,炒捣成末,食盐一斤同煮,糟内和糠饲之。又法:贯众三斤、苍术四两、芝麻一升、黄豆一升,炒熟为末,和糠糟饲,饮以新汲水:若食不快,萝卜叶食之。此二法,惟大猪将卖乃可用。恐食盐惯,遇淡不食,致退瘦也。

疗 猪

染症,以梓叶食之,宜常切碎入糟中饲,不独治病,且易长。遇疫,以川芎、藿香、藜芦、丹皮、虎头骨、元胡索、细辛、白芷、苍术、朱砂为末,吹鼻内,令嚏三五次,即愈。凡有时症,猪能染牛,牛能染猪,当知避之。冬寒,宜以草茸暖其肤。

猪 糠

就水边及田塍,作水碓二三架,舂秕谷及糠及干薯藤各物。日夜舂之,筛取其细者,粗者复舂，不劳人力。

食 猪 忌

白花、白蹄、息米黄膘母猪，并禁食，食发痼疾。和龟肉食，杀人。食肉伤者，烧骨为末，水调服。受毒者，以芫荽汁或韭汁解。若食内成积，用草果仁、山查〔楂〕煨水服，可消。

牛

物之以力养人者，牛也。代人耕犁，其功不小。一年一胎，孳息亦大。陶朱公养之，因致巨富。有水牛、黄牛二种。论力大、值钱，黄牛不如水牛；论好养，水牛不如黄牛。总之，皆生财之物也。其肉味甘，开胃益脾，作脯甚佳。可耕，可驾，可负，可任重致远。皮可作革韦，骨角可作器皿，乳可为络〔酪〕。骨烧灰作粪甚佳，胜他粪十倍。

相 牛

黄牛，头欲瘦小、不可多肉，脸欲长正，眼欲大而近角，胸欲圆而阔，肩中央欲凸，膝欲圆，尾根欲大，蹄欲竖紧，耳欲竖且厚而近角，角欲近目方短且不后向，鼻欲软大，口欲方大，齿欲白齐，毛欲短密，前足直而阔，后足曲而开，股小而瘦，反是不良。面短及尾稍〔梢〕乱、毛拳曲者，不寿。水牛，眼欲圆大，瞳欲光明，耳欲紧小、去角近者耐暑，角细而长且大过身，鼻扁而长者寿，口齐易肥，齿铁捍力大，头见筋者快，皮欲急而细，毛欲粗而直，颈大胸宽，后足开、四蹄竖者有力，反是不良。余与黄牛同。母牛乳红多子，乳黑少子。一夜下粪三堆者，一年一子；下粪一堆者，三年一子。

牧 牛

凡养牛，每日先令饮水，而后食草，少病易壮。春时扫净牢内，勿致秽气蒸郁及汗汁浸蹄，以招外患；夜间以苍术、皂角焚之。春乃耕作之月，新草未长，宜洁净藁草细锉，拌麦麸豆饼稻糠棉子之属饱饲，方可耕犁。夏耕，天气炎热，人牛两困，夜必饱饲至五更。以水浸绿豆、蚕豆、豌豆，或小便浸苦荞、大麦，于日未出时饲之，则凉而易饱，力倍于常。趁凉耕作，日高即止，当午勿令热喘，宜放阴凉处休息，勿以农忙而竭其力，待喘息定，喂以草豆。旱时，牛牵水中，浸其蹄，濯其角，水牛令沐于池塘，助其精神。秋时草盛耕缓，但多蚊虻。须清晨饱饲，日中放水边，或山坡闲游，晚须牢内积草焚烟以薰蚊虻。冬来天气寒冷，将牛处于温暖之所，勿令受冻。时煮粥啖之。又预收豆楮桑芊薯叶捣碎，积米泔水，和锉草麸糠棉饼饲之。又于秋收之际收积稻草，作禾藁栅，以备雨雪不能放牧，即牵系栅下，任其仰食，随食随下。法见种谷稻秆条下。或以草撒牢内，令其睡暖。天寒，初生犊牛更须与热粥以暖其体。总之，捡点水草，体察行卧，审听喘息，皆养牛不可不知者也。

辨 牛 病

凡牛无病，肠中不时鸣动。如少鸣则病生；或少食草而止，或望天，或暗喘偷鸣，凡异于常者，皆是病兆。

察 牛 生 死

牛目中光照见人全身者，吉；照人影至膝者，半吉；齐人胸者，凶；只见人面者，死在旦夕。鼻汗如水者，吉；如涎者，凶。角心□温者生，冷者死。当晓揭瓦细看尻穴，穴内莹净无晕点者，吉；若有赤晕者，热；黑办〔斑〕者，寒。蚊矢蛀痕、云形雾障者，病隐于内矣。不可不知。

疗 牛

水结，用大黄、蚯蚓、芒硝等末入猪胆汁，半水啖。草结，用大黄、朴硝、麻子仁，或入柏根皮、蜣螂末啖。食草不快，鲫鱼、生姜、砂仁、食言〔盐〕，煎汁啖。久瘦不起，用大黄、水、虾蟆、皂角灌之。辟瘟丹，乳香、苍术、细辛、甘松、川芎、降真香，早晚于槛内烈火焚烧，疫气远避。若遇邻疫，用逐邪散。川芎、藿香、藜芦、丹皮、元胡、白芷、皂角、朱砂、雄黄、麝香，为末吹鼻，日三次，令嚏三五次，染者可愈，未染不染。或移藏他处避之亦好。

食 牛 忌

黑身白首有毒，独肝杀人。赤目、黄目及目闭疫死、夏月卒死，俱禁食。中其毒者，饮甘草水可解；水洗人垢饮，令吐亦解。

马

马之力健，其性敏，能致远，以利天下。可乘，可耕，可驾，可负。皮可韦可革，尾可织网编巾，马尿治鳖症。

相 马

头方而高，汗沟深长，膝本圆起，口红而光，尿举一足，此良驹也。大抵眼欲大、面欲瘦、腹欲张、脊欲强、鼻孔欲大、耳小厚而近目且竖、上唇急而方，皆为良马。

牧 马

马性恶湿，利居高燥。朝饮令少，昼饮禁多，暮饮随之。秋冬干草不可缺。饮后宜骋骑，使精神爽快。凡草，宜新草细铧，筛去石土。凡料，春夏宜小便浸大麦，或苦荞、绿豆、蚕豆、豌豆之属，取性清凉。冬宜煮豆粥以助其温，煮熟铺地晾冷，再入新水净淘，乃喂。夏日不宜熟料，一日须三次。每日清晨喂水草毕，宜出厩系高桩，梳刷毛鬣。候午入厩复饲，饲毕又移于外厩。临晚饮水毕，牵游一二百步，入厩缓饲。凡乘，须饱食方可加鞍。初行宜缓，禁热行饮水。至午休息，带辔微饲。临晚撤鞍，宜汗干，伺息少定乃卸，勿迎风脱辔。先令饲以草，方饮水；器宜洁净，方可着料。

习　驹

马生驹数日，系马母于山半，令驹在下盘旋。母子哀鸣相应，驹力挣而上，乃得乳。渐移渐高，驹亦渐登。其驹长大，跋涉若砥。

疗　马

凡诸病，凤仙花连根叶洗净熬膏抹眼，令汗出则愈。宜收停便，用水伤烧乱发薰鼻，令出黄水；复用胡椒、皂角、瓜蒂末加麝香少许，入竹管吹鼻内外，治一切结症。料结、水结，用萝卜子末和水啖。尿结，用车前子、牵牛子末、蚯蚓汁，以汗衣洗水啖。粪结，用大黄、麻子末、米泔水调啖。脊破伤，虾蟆一个，枯白矾共捣贴患处，留顶，令出气，或煤炭末调油敷。

食　马　忌

肉不宜热食，肝及肉味酸者有毒，鞍下肉杀人。白身黑头、白身青蹄勿食。受其毒者，饮酸酒可解；或鼠矢十四粒为末，水调服。汗气最恶，病阴疮，人宜避之。

骡

骡之形大于驴，力健于马。其劲在腰，脊有骑纹，腿生斑痕，有肝无胆，竖鬃长尾，此与马分别者也。其饲养与马同，可乘，可耕，可驾，可任重致远，皮可韦。

相　骡

骡性顽劣，取纯者良。头欲昂而配身，面欲善而有肉，目欲大而和缓，耳欲竖而无黑稍〔梢〕，四肢欲端，四蹄欲圆，鬃尾欲重，皮毛欲润，行走欲轻，动止欲稳，最忌面无肉、耳软、目陷阌而偷视。

骡　肉　忌

肉动风发，疮痼疾大。禁与酒同饮，至暴疾。妊妇禁食。

驴

驴善走而行快。其性顽，多诈僻。善行陆，恶淤泥，惧津渡。食少易喂。可乘，可耕，可驾，皮可韦。饲养治症，均与马同。

相　驴

面纯、耳劲、目大、鼻空、颈厚、胸宽、胁密、臁狭、足竖、蹄圆，起走轻快，臀满尾垂，可致远。声长大，连鸣九声者，善走。

驴 肉 忌

肉忌与骡肉同。其脑髓味美，尤禁食。鞍下肉毒。

羊

羊，最易滋生之物。牧者云：母羊生母羊，十年一千羊。俗言：养羊种姜，本少利强。其肉甘，补气血，益虚嬴〔羸〕，与参蓍同功。

牧 羊

性恶湿，利居高燥。作栈须高，层级而上，常除粪秽。巳时牧之，未时收之。春夏放宜早，秋冬放宜迟。不宜多饮水，二日一次；饮后驱行，毋使停息。羊成群后，择羊牯以绳系之，群羊始不远散。凡出入，令其倡率，各从而不乱。羊及千头，须种杂粮，而白腊树叶尤喜食，且肥壮。晒干收藏，留雨雪时。或煮豆撒盐水，合于草上饲之，勿多饮水，一月即肥。若有池塘，作栈于池塘边，羊粪下塘，可养草鱼；草鱼出粪，可养鲢鱼。此两利兼收之法也。

羊 种

腊月、正月产者可作种，十一月、二月次之，余不可作种。大约十羊一羝，少则不孕，多又乱群。羝取无角者良，有角恐相触伤胎。

疗 羊

羊食热物，病腹满不能转草者，水洗眼鼻浓污，令净，再以食盐擦舌。凡羊栏四角，每角用大竹筒一，长二三尺，通其节，留底节勿通，以童便灌满，入食盐一二斤于内，再取蛇一二条放入，上用草寒〔塞〕口，其水浸出筒外，羊早夜以舌砥〔舐〕之，自无胀胆之病，且易肥壮。凡染症，扁豆、甘草、芒硝末，和童便喋之，或苦参汁喋。染疫，苍术、皂角、雄黄末，焚薰之，又以吹鼻令嚏。

羊 肉 忌

心能损血，肺能发风，并有孔者杀人。头黑、身白、独角，俱禁食。服地黄补剂，及有宿疾虚热者忌食。同豆腐、荞面食发病。同酢食伤人心。和八角、茴香食，杀人。用铜器煮，有毒。凡羊蹄歫间两岐中有窍藏臭，宜割去之。中羊毒者，饮甘草汤解之。

鸡

鸡，家禽也。鸣能知时，栖知日雨，骨以古年，俗云：鸡鸣时节，家乐无忧。又，养蛊之家，不能养鸡，养鸡辄飞去，以鸡恶蜈蚣也。母鸡日日生蛋，其利无穷。雄鸡壮血，阉之易大。雌鸡补虚，头可治蛊，皮可补人破漏。养生家夏不食鸡，恐其食蜈蚣，有毒也。

养 鸡

宜一雄五雌。雏初出窠，冷水洗爪，耐寒；以烟薰身，耐暑。夏秋勿早放，每日喂以苞麦，甚易肥而且重。一法，择地一所，四围筑墙为园，中作一墙间之，分为左右两所，作屋于内，以避风雨，泼粥及米泔地上，覆以草，数日即生蛆虫。先笼鸡放左所，令其抓草食虫，食毕仍笼鸡回，三五日食尽，仍泼仍盖。次日放鸡右所食虫，左所关闭，数日复生虫。如此轮流，不废力而鸡易肥大。又法，取山坡或平地宽数丈，将草皮连土铲铺地上，煮粥或米泔泼霖之。即将草皮耙起作堆，高二尺，共作数十堆。俟数日蛆生，每日笼鸡放地上，视鸡之多少开堆，令抓虫食之。虫尽仍泼粥起堆，令再发虫，周而复始，日日生蛋且肥矣。此法甚妙。又法用麻子和谷炒熟饲鸡，日日生蛋不休。又法：以油合面，捻成指头大，日饲数十粒，或造硬饭，同土硫磺每次半钱许，喂数日即肥。

疗 鸡

中毒者麻油灌之，或茱萸研末啖。若遇疫，急用白矾、雄黄、甘草为末拌饲之，薰以苍术、赤小豆、皂角、藜芦末。

鸡 宜 忌

黑身、白头、六距、四距，死不伸足，口目不开，掌有八字纹者，均杀人，勿食。四月勿食伏鸡，令人生疽。忌与胡荽同食。和大蒜食，腹疼。与葱，成虫痔。肉得醋易腐，得姜味佳。凡被骨硬者，野苎捣丸弹子大，鸡汤下。中肉蛋毒者，酽醋饮之。

鸭

鸭，家畜水禽也。性不喜陆，居宜近水边或池塘。畜之收利自广。其蛋盐腌，可日久食。

养 鸭

口中五龄者蛋多，三龄者蛋少。俗云：黑生千，麻生万，惟有白鸭不生蛋。取春生蛋以鸡伏之。雏出，先将米糜饱饲，然后以粟饭切青菜和水喂；水浊即换，恐淤泥塞鼻孔。半月，放水中浴片时，即驱岸，少晒，入笼饲之，蚯蚓饲更佳。有炒糠麸伏者，有炒麦伏者，有以马屎伏者，有用热棉被更换伏者。五月五日宜干喂。此一日不可饮水，则生蛋不已。鸭宜一雄五雌，生蛋时勿雌雄杂食。以土硫黄和谷喂，亦生蛋不已。

疗 鸭

凡雏发头旋风，以磁锋刺其掌即愈。中毒者，以扑硝水啖之，芦根汁亦妙。鹅同。

鸭 忌

白目者毒，与蒜豉、鳖、胡桃同食，杀人。病足及肠风下血，禁食。

鱼

鱼，水禽也。随土变形，从流成性。昔人言：治生有五，推鱼为先。草、鲢、鲫、鲤，可以池畜。果能如法，获利无穷。

治　塘

于近水处凿池，池宜深阔，池边植芭蕉、葡萄、柳树，或桃李，以荫鱼栽木芙蓉以避獭，塘边作粪楼以取人粪，作羊栈以取羊粪。其塘基薄处，即筑实，勿令浮，恐漏水也。引活水灌注塘内，来生旺方，去墓库方。水下塘基一尺，以防雨多水溢，则鱼苗随出。先纳螺虾，以活其水，蚌亦可。至冬月后，将水放至底，惟留五六寸深，归于一角，余令日晒土干。或挑塘泥下田作粪，甚佳。俟挑毕晒过后，复引水注之，每年如此，鱼易长肥。池塘忌沤麻，令鱼病。凡田家最宜凿池塘，一可以畜鱼获利，二可以备旱。其山凹可以聚水之处，均宜凿深作池，周围尽种芭蕉，虽不畜鱼，亦可备旱，冬月放干，亦可收粪。如塘底漏水，则放牛于内，令其践踏，自然筑实不漏。

畜　鱼

于二月上旬庚日，取草鱼及鲤、鲫、鲢鱼各种怀子者，牝五尾、牡一尾，纳于池塘，在生方放入，勿令水有声。四月纳一鳖于池，六月纳二鳖于池，八月纳三鳖于池。鳖者，守鱼之神也。至七八月后，鱼长大，饲以嫩草，每日二次。四五六七月宜勤喂，易大。过此则食少而瘦。夜喂更佳。但喂须作草格，用竹四条，长二三丈，竹尾搭扎，成四方格，置草于内，鱼从下食。猪羊粪亦于此下，鱼自然肥。至冬放塘，取大鱼食卖。其三四寸长小鱼，即隔开别塘畜之。来年作种，更快大。

鱼　病

鱼遭毒，则汛〔迅〕急放去毒水，引新水入池。多采芭蕉，于新水来处捣汁，令池鱼吸之以解毒。或截芭蕉树，长二三尺一根，浸塘水中亦好。或收小便倾池内，或着以溷中新粪汁，并可解。鱼食鸽粪则毙，吞杨花则翻白，大忌橄榄、皂荚、莽草、苦葛、巴豆及楂饼。咸水、石灰皆令鱼死。鱼身生白点者名鱼虱，鱼即难肥。或以枫皮、杨皮投池中，即除。或以新砖入溷中，浸一二日，晒干投池中，即除。

食　鱼　忌

鱼头正白如连珠至脊者，无腮者，无肠胆者，头似有角者，目合者，不宜食。又不可同鸡肉食。或受毒及骨硬，橄榄并汤饮。

蚕

蚕，丝虫也。卵生，性阳，恶湿，畏雨，好晴。能动而不能鸣，能食而不能饮。抽丝可作绸缎，其矢作粪甚佳。功甚繁，忌甚大，养者总宜小心。

养　蚕

养法，先备五广：一人、二屋、三桑、四箔、五簇。又有三稀：下蚁宜稀，上箔宜稀，眠时宜稀。又有三光：白光宜饲，青光厚饲，黄光以渐住饲。再加八宜：方眠宜暗，眠起宜明，蚕小并向眠时宜暖，蚕大并起时宜明、宜凉，向食宜风、宜紧饲加叶，新眠起宜忌风、宜缓饲。天寒须温，天热须凉。饥则皮皱，须速食；饱则皮青，须缓食。眠须分抬莫饲，起须就饲。不宜叶太稀，不宜叶太稠。紧饲须未眠之前，慢饲宜既眠之后。初生黑色，渐渐加食，三日擘分如棋子大，零落布于箔上。变白饲宜加，变青饲宜厚加。复变白又宜慢，食宜少加。变黄须减饲，纯黄宜停食，谓之正眠。自黄而白，白而青，青复白，白复黄，又是一眠。每眠俱如此候。加减伺候，宜昼夜无怠。若饲得顿数多者，早老得丝多，顿数少者，迟老得丝少。蚕老则身亮，若头有一二刻未亮者，老气未至，饲忌带露叶、雨水叶、风日干叶、采归澳叶。叶须采归，置净洁处搜开，晾去热气，乃可饲。宜常留三日桑，以防霖雨。至三眠后，天气晴暖，至午中用甘草、酒叶，次以绿豆粉或粳米粉糁之，令饲，每箔可用十余两。隔一日如此一顿，不特解蚕热毒，且收丝益多。缺桑，依此法饲之，可耐饥一日。夜选向阳簇中茧匀美者，堪作种，尖紧者雄多，圆齐者雌多。

（按：以下原本残缺。）

种　　树

杉

杉，材木也。有赤白二种，赤者更良。四时不凋，临冬更茂，斩而复生，剪而又茂。作栋梁造屋，不生白蚁；作棺，入土不坏；作器，中夏盛食不败。价值亦高，木中高品。

种　　法

荒山芜岭，择肥美土，先种芝麻一季。至来年惊蛰前后五日，或芒种时，趁阴雨或晴时，用尖橛一把舂穴，勿翻转原土。截傍生嫩苗尺二三寸长，插下筑实，离八九尺，成行排列，勿杂他木。每年要耘锄，或种麦豆以当耘锄。禁牛马践踏。至高三四尺，不必锄矣。林外割开火路，以防野火焚烧。十年后成林，其利甚大。此斩枝苗种法也。又有秧种之法。白露时收杉球，晒干取子。先以草叶铺黄壤土面，火焚三次，然后作畦，将子匀撒，以细土粪薄掩之，用水频洒则苗生。冬作棚以遮避霜。长至一二尺，于惊蛰芒种后、白露前移栽。独根者难长，伐之。更生萌蘖分插，转易无穷。

松

松为百木之长。千年之松，下有茯苓，上有兔丝。茯苓千年化为琥珀黑玉。其子可食，其节可以代灯，收焰可制墨。若作栋梁板料，恐招白蚁。作柴薪，货之可以获利。植之道旁，可以庇荫行人。

种　　法

宜山岭坡阜，或平地亦可。白露后，收成熟松子晒干，至春分用水浸十日。先治畦，以松子排点畦内，上覆以肥土糠秕，搭篷蔽日频浇，常令润泽。至秋后去篷，撒麦糠覆苗之稍厚一二寸，至谷雨后，手抓净浇之。次年复如是。苗高二三尺，于三月间带土移栽。先掘穴，用粪土纳穴中，水调成泥浆，以树栽内，壅土令满，下水筑实。次日看有缝处，加细土掩之，常浇令湿。独根者难长。五年后成林，飞子遍生，世代无穷。凡移植，过冬至三候春社之前，松、柏、杉、槐，一切树木，皆宜种。最忌伤根。根若断者，烧铁铲烙根，不令汁出，否则难生。切勿开松门取脂，致树空心。

桐

桐木，实之有油者。剖其实，子可以榨油，油可熬炼，刷器光泽入漆。制熟刷器，成紫色。艌舟不离，和石灰为泥，坚固耐久。点灯明亮，鼠不偷食，蛾不近飞。烟可制墨，但其臭气不堪。油饼渣为薪，胜炭；壅田肥，且远虫。以饼还壅桐根，结实繁多。实壳烧灰作粪亦肥，糊皮胥最佳，其利甚大。子食之，令人吐。

种　　法

高山坡阜，凡山地之不堪种禾者，皆宜种桐。先将山地斫伐烧过治熟，犁松作穴，以油少许滴穴中，随纳桐子种穴内，将土覆之。次年芽出，耕耘一遍；或种豆麦、苞麦于中，以当耘锄。芟蔓宜净。三年后成丛，摘子榨油，获利甚速。五六年后树衰，即以栗签缚之，二三年栗生更茂。

竹

竹，亦民用之不可少者。可为柱栋、舟楫、桶斛、弓矢、篱藩，为笥匣、盒杯、箔席、枕几、笙簧、乐器、破篾编笆。实可服食，汁可治病，箬可封瓶，根可作器，叶可为薪，嫩竹可造纸，笋可食、可干、可盐腌、可蒸煮炮酢。其用恒多。墙外及村外，多植勒竹，可当墙围。笋以筋竹为贵。

竹　　时

五月十三为竹醉日，又五月二十八日、初八日，又本命日如正月一日、二月二日、三月三日之类，又每月二十日，又七月间雨晴日，以上各日皆可种竹，若遇雨尤佳。语云：种竹无时，遇雨便移。冬至前后，种竹难活。

择　　竹

竹有雌雄，雌者多笋。法当自根上第一节观之，双枝者为雌，单枝者为雄。宜取西南根栽向东北隅，留西南以为行鞭之地；东北老根，种亦不茂。

种　　竹

竹地宜向阳，忌卑湿。先剧土松，临时用马粪拌湿，不宜作泥浆，最忌猪粪、麻揩〔稽〕。种后勿用足踏，以锄筑土。土实笋难生，土松鞭易行。种竹处当令土高，则雨潦不浸根，寻地脉易生。法宜择大竹，截去上段，留近根三四尺，通其内节，以土硫黄末填实倒种之。第一二年生小笋，随去之，至第三年生竹便茂。又锄地为沟，将嫩竹连头并稍直卧埋土中，节节生笋。又法：择地一所，分为三段。先种中段，中段茂盛。至三年后，先将左段地锄松，加河沙、砻糠之类于上，耙地令平，且肥润，埋死猫狗鼠于外边，引鞭根而左，次年即行□发生。俟三年茂盛，又将右段如法锄治，引鞭而右。俟其茂盛，将中段斩伐，去尽鞭根，如法锄治，引鞭入中段。三年后将左段伐去，锄治引鞭如法。如此轮流代生，竹不碍笋，笋不碍竹，两茂无穷，直妙法也。

移　　竹

先于本根离一二尺，四围剧断，旁根仍以土覆，频频浇水，俟雨后栽，作架扶之。若地有旧树，不必伐去，留以扶持。又旧笋成竹，新竹未老，此时可移。须多带宿土方易生。若换叶似枯，勿遽拔。

护　竹

雍竹，以稻糠或麦糠或河泥，皆可雍；止一样，勿杂。又将死猫狗埋其下尤盛。旁隔四五尺亦能引根。竹到六十年开花枯死，结实如稗。一竿生花，相连满园。于初开时，择其竿稍大者截去，留近根二三尺许，灌以大粪汁即止。

取　笋

每年竹生笋，头一两番，可成竹；至第三番止，可供食。凡笋生，连宿不长。稍带黄枯者，即取供食，留亦难成。谷雨后笋不成竹。

伐　竹

凡竹，未经年不堪作器。竹老不伐，亦不茂发。要留三去四。谓三年者留，四年者伐。六七月及盛夏辰日伐，不生蛀。又，伐竹宜清晨，不宜午未时。

桑

桑，乃东方神木，蚕食可吐丝，利用甚大。养蚕余叶可以喂牲，耐寒且易肥壮。椹可□果，亦可酿酒；皮可作纸，枝可作柴，兼有余利。

辨　桑

桑有荆桑、鲁桑之别。荆桑，芰枝者也。叶薄而尖，枝干坚硬，木不耐老，多椹，宜为树桑。鲁桑，摘叶者也。叶肥厚而多津，干丰枝柔，根固心实。其木多寿而少椹，宜为地桑。荆叶不如鲁叶之盛，当以鲁接荆，则久而又茂。

桑　种

拣叶茂椹少者收黑颗，剪去两头，取中实为种，用水淘洗净，去轻秕，收子沉者，晒干待用。或压条均可。

桑　时

春分前十日为上时，十月小阳春亦可栽，要晴明得阳和之气，惟五月不种不植。

种　桑

平壤、淤壤及虚肥之土皆可，总以土润为要。土太干则不生，太湿则皮腐。治畦既熟，先以灰粪拌子匀种，用草席铺上，水浇之。三五日视桑子生芽，去草席，不用频浇畦。若生草，以手耨去之；苗有独强者去之。此乃薄叶多椹者。至秋时，苗高五六寸，移栽肥壤。每本相去尺许，每根下加以羽毛渣。取根歧枝多者为上，独根者去之。栽讫浇以粪水。至冬以草叶烧灰雍苗，来春条茂，择盛者值之。又，春间摘枝叶茂盛者，于润土开沟尺许，埋枝筑实，自生根叶。遇旱，于根旁开沟灌之，勿令浸根。又腊月内掘深坎约尺余，入土粪和泥浆。先将桑条浸粪水内一宿，然后取出埋于坎内，栽定入内，上略提起，令根舒畅，不致曲屈，覆土壅与地平。次日筑实，饮以水，禁摇动并牲畜践伤。有独根者勿用。

压　枝

选枝叶茂盛且长者，春分时扳下，用别地燥土压之，则生根。次年斩断移栽，胜于种子者。

接　换

雨水前后，择桑本如肘大者，约去土三四寸许截断。刀破口开，取美枝如筋者，长六七寸，削马耳样，插入皮中，用棕皮缚定，以牛粪和泥包缠其处，勿令泄气，即活。

锄　桑

桑土宜肥熟，不宜荒芜；宜耘锄，又不宜近根。犁不着处，劚土令起，斩去浮根，以土粪蚕矢壅之。十二月以浓粪汁灌，余月以清粪汁灌。忌午日，不宜锄苗。初生，种豆麦以荫之，可当耘锄。蚕事毕后，将冗枝枯干髡去，但髡时不可留须角。夏至后掘开根下，用蚕矢或入土粪培壅，来岁叶茂。

疗　桑

桑生黄衣，以龟甲埋入根抵〔柢〕治之，则不生虫，且茂盛。桑有虫，名桑牛，急觅其穴，灌以桐油即死，或以杉木尖塞之。

摘　桑

鲁桑宜摘叶，树高者用梯摘，庶不伤枝。远者强者斫之。于回腕处枝楂既顺，精脉不出，叶必茂盛。高枝不用梯，须置桑几如橙〔凳〕下列桄登级，斯易摘叶，又不伤树。

芟　枝

荆桑宜芟叶，用□□如镰形，一刀一断，不复重斫。重则枝叶难茂，刀下带皮则原枝枯损。审其枝之茂者，留微长，弱者短断之，除去一切枯楂冗枝。若蚕老桑剩，须于小满内外尽斫之。毋宿留，毋越时，致来年不茂。

棉

棉为民生衣被之物，必不可少。有草木二种。木本三年始花，不若草本年年种，年年花。其绒弹之可絮衣，纺之可织布，子可榨油，渣粪田极肥，子饲牛马易壮，秸可炊，叶可饲畜，功用无穷，利益甚大。

种　棉

白沙土为上，两合土次之，恶下湿土。拾棉毕，即划去秸，遍地布粪，随深耕之，须三翻。秋耕两三遍，春中雨过耕一两遍。大抵粪多则先粪，粪少则随种下粪。粪须熟，麻饼末甚佳。临种时取子，用水浥湿。过半刻，淘去浮者，取沉者种之，苗必茂。又用雪水浸，耐旱。用鳗鱼膏汁浸，不生虫。凡穴种，以熟地耕种开沟。就于沟内隔五六寸掘一穴，浇水一大碗。候水入土，然后下种四五粒，以熟粪和灰一碗覆盖其上，用足践实，务令成行；或用石砘砘实。若土浮虚，则芽难出，出亦易萎。

锄 棉

一去草秽，二令浮土附根，三令苗得远行。锄必七遍以上。又当在夏至前，苗宜稀，锄宜密。三锄方定颗，一穴止留粗旺一株，不宜并留两株。苗长后，有干叶特盛者，名杂花，不结实，然又不宜无，少留一三五□则锄去。地中不可杂种他禾，恐分地气。又，不宜稠，稠则□□□实，且易生虫；稀则能肥，肥则易繁而多收。

棉 时

种不可太早，恐春霜伤苗。又不宜太迟，恐秋霜杀桃。大约宜在清明、谷雨之中。

收 棉

花既结桃，待桃开裂绒露为熟。旋熟旋摘，摊于箔上，日晒夜露，待子干方可收贮，作种则绒美而子佳。若桃开遭雨霖湿，收以焙干，则残败色暗，难于纺织，造布不坚，作棉不暖，作种不佳。

苎 麻

苎，葛类也。一科数十茎。宿根在土中，到春自生，不须栽种。每年三刈，收其皮绪绩之，织以为布。轻细可为夏衣，货之其利亦厚。其骨浸于水内，十余日即通，洒净晒干，夜用以代烛照物，可以省油。

种 麻

砂土为上，两合土次之。劚土三四遍作畦，随用肥润土半升、苎子一合拌匀，撒毕以帚扫之，苗生草即拔之。喜润不宜燥，苗未出及苗初生，均不可浇水，用炊帚洒水令润。约苗高三寸，择肥土移种。此种子取苗法也。将移之，先隔宿以水饮苗，明旦将空畦浇过，带土橛苗移栽，相离四五寸。频锄，三五日一浇；至二十日后，则十余日一浇。十月后，用牛马粪厚盖，庶不冻死。二月后耙去粪，令苗出，年年如此。此移苗栽法也。又，用刀将根截作三四指长，栽时四围各离一尺五寸作区，每区卧栽二三根，壅土毕，方浇水，三五日□浇。苗高勤锄，旱则浇之，次年方堪再刈，至年久根科盘结不旺，掘根分栽。若路远，须少带原土，裹以蒲包，外用席再包一重，勿透风日，数百里可活。此移根种法也。又，苎已盛时，宜于周围掘取新科，如法移栽，则本科长茂，新科又多，如代园种竹法。于四五年后，将根科最盛者，间此一畦移栽彼一畦，截根分栽，则此畦既盛，又掘彼畦，如此更代，滋植无穷。此移根代栽法也。日日可栽，但得土润为妙，苗根忌见星日，宜于堂室内收藏，若露头须用苫盖，否则变野苎，不堪用矣！凡盖用粪壤，诸杂草秽，敝席、旧荐俱可，苗高数寸，即以大粪和水浇之，切忌猪粪。

刈　麻

每年刈三次，头一次头麻既长，视根旁小苗高五六寸，即可刈大苎。既刈，小苎便盛，即二次苎。若小苎既高，大麻不刈，不独小芽不旺，亦损大麻。大约五月初刈一次，六月半、七月初刈一次，八月半、九月初刈一次。俗云：头次见秧，二次见糠，三次见霜。但刈后须以粪壅之，旋用水浇，必以夜或天阴，若日下浇，则皮有绣〔锈〕痕。

剥　麻

刈倒时，随用竹刀或铁刀，长三寸许，有柄，阔一寸，将麻折断，翻向外顺剥，则麻骨自离。既得粗皮，将刀向上，以所割粗皮面，将皮横覆刀上，以大指就按括之，皮肤自脱，得其皮内如筋细白者，晒干，即成麻也。但不可遇雨浥湿，即上黑不堪矣。

麻　种

每年霜降后，收子晒干，以沙子拌匀，盛筐内，以草盖之，若冻损则不生麻。头次者佳，二三次皆不可用。种时以水试之，取沉者。

茶

茶为民生日用所必需，植之获利亦厚。有隙地皆可栽种，若山上畦种更佳。

种　茶

宜山岭斜坡走水之处，喜阴，恶湿，好肥。种时以子和糠与焦土匀种之，每窠子三五粒，覆土厚一寸。出苗勿去草，旱则宜浇，得小便和水灌更佳，以蚕矢壅更茂，三年后可以采。凡种，宜二三尺一窠，初生苗不宜去草，与草并长。至成株可采时，宜锄去草净，不可荒芜。采茶宜清明时为最，谷雨次之，以后俱老茗耳。

茶　种

收茶宜于寒露前后，即采即种易生。若路远，以润沙土拌合，盛筐内，不空不蛀。

柑

柑，以其味、香、色，皆足悦人而名之也。其实可食，皮可入药，晒干陈久，调和品味甚佳，以酿酒，曰洞庭春色。其果腐烂勿弃，以罐封口藏之。有火烧及汤烂者，以清水开涂即愈。

种　法

种宜肥地，否则加粪。收实美顶生者，熟时去皮瓤，植润土中，作沟以泄水。春生苗，去草净。冬加篷盖，以蔽霜雪。待苗长二三尺许，移栽排列成行，时加培浇。每株相去七八尺，一岁四锄。冬月以泥壅根，夏月以粪、米泔或水溉之。接枳橘甚美，栽水边更茂。

橙

橙味酸，皮厚，香可薰衣，可芼鲜，可和菹醢为浆齑，可糖蜜制，可和汤，可解酒速醒。

种　法

实熟时，收美者种润土中。苗生一二尺，移植成行，培治如柑法，均以壅土，宜实，种后勿摇动为美，能接换，则实佳。

桃

桃乃易生之物，花早而实繁。其核之仁可入药，枝可压邪。以柿接成金桃，以李接成蜜桃，以梅接成脆桃。

种　法

择向阳暖地为穴，纳湿牛粪于内。桃熟时，收好桃，连肉全埋，尖向上，粪土厚盖。春深芽生，带土移栽，能移至数次更佳。种桃浅则易生，深则难生，故根浅不耐旱而易枯。须于初结实时斫去其树，复生又斫，斫至三次，则根深而盘结，固可以长久。桃三年结实，六七年即老，结实细小，十年辄枯，为其花繁实多，本少泄甚而皮紧也。于四年后，用刀自树根竖劙其皮，直至生枝处，令胶出则皮不账〔涨〕，可多活数年；或伐之使另生枝。又法：先种一行，稀留空所。待至三年，于空所另种一行。如此伐老生新，新茂老伐，甚妙。

卫　桃

桃实大盛，则多坠，以刀斫树干数下乃止。社日捣根土持石压枝，则实不坠。桃子蛀者，以猪首汁冷浇之，或以刀疏砍之，则穰出而不蛀。若生小虫，名蚜虫，用多年竹灯檠挂树梢，其虫自落。

李

李乃木之多子者，树可耐久，虽经三十年，枝枯，子亦不细。以梅接，生子甘红。以本树接，则实更美。

种　法

三沃之土宜种李，种核如桃杏法，但不如植条之速利。春取美树下近根条者栽之。李性爽，宜疏，须南北成行，七八尺一株；太密则联荫，结实不佳。树下草宜净，不宜锄，锄则土肥而无实；宜土坚而瘠瘦，根下藏以牛马畜骨，则甘美。诸树皆然。

嫁李

元旦日或元宵日，以砖石着李枝歧中，可令实繁。或夜以火照之，当年结实美盛。

梨

梨，又名果宗。上巳日无风，其年实佳。味甘，气寒，凉隔，清肺，消痰，降气，寒人禁食。

种法

择树顶果大者熟收，全埋润土中。至春芽生，春分后移栽，多移更佳。至冬叶落，刈之以火烧。头二年即茂。若檎生及种而不栽者，结实迟。每梨内有十余子，惟一二子生梨，余皆成杜。又法：于春分前后，取旺梨笋如拐样，截去两头，火烧铁器，烙精脉，卧栽于地，可活。

接梨

梨性喜接，取棠杜连根如臂大者接之。如路远，取梨之贴枝，就根下烧三五寸，可三五日犹生。贴时先作麻纫缠杜树十匝，以小利锯截杜，约离地五六寸，将原干取利刃贴皮剥开，尖竹签刺入，深寸许。预取梨之向阳旺嫩条，长五六寸，削如马耳，用口含少时，借人气暖，拔签即插，缚紧勿摇，以棉裹杜树顶，封熟泥于上，以土壅培，令梨仅露出头，仍以土壅四畔，当梨沃水，水尽土壅，务令坚密。若梨生后，杜若生枝叶，即去之，勿分地力。

安石榴

安石榴，出安石国，故名之。多子物也。其实可御饥渴，酿酒解醒。

种榴

榴子可种，不若植枝，喜肥爱粪。春生芽时，折嫩枝长二三尺，烧头寸许，环屈为窠，掘穴纳内，留枝稍尺余，填以牛马骨，土覆之，筑令坚实，浓粪浇之即生。花实时，至午对烈日浇之，尤妙。

嫁榴

榴不结实，或结而旋落，以石块安枝歧中，或压根，即结实不落。

栗

栗，百果中之有益者，实可济荒。栗属水，水潦之年，不熟。《汉书》云：秦燕有千树栗，其人与千户侯等。其木坚重，入水土，可经久。作神主，益子孙。栗千年而本不坏，不忘本也。造门阑，远盗。其实益气，补肾，厚肠胃，治腰脚无力，曝干火煨食良。

种　栗

栗种而不栽，栽难活，活亦寻死。法于初熟离苞时，即连苞收埋湿土中，埋筑勿令冻，至二月芽出而种之，芽向上乃生。根既生，近三年内，每到十月，须以茸草裹树，至春暖渐解之。否则冻死。至三五尺高，取生子树枝接之如法。若路远者，合沙以囊盛之；停久及见风日，则枯而难生。

席　草

席草，名龙须草。其草细韧，中实而坚。可以为席，甚固。可织扇、编枕或为蓑衣，获利亦厚。

种　法

宜择肥田，春生芽，分栽，如插秧法植之，上以麻饼末和灰粪壅之。每年刈二次，晒干收制，勿见雨，致湿不堪用。

蔗

蔗味甘美，故名甘蔗。榨汁熬糖，获利甚厚。嫩叶饲牲畜，极易肥壮。但不可多与食，恐食惯，春夏末有叶，别物不食。

种　法

宜松沙肥土，耕极熟。谷雨前后治沟，以蔗杆长一尺，横埋沟内，少斜。芽生五六寸，锄之，起瘠成行。长尺余，根下壅以灰粪麻饼末，耘培成畦。旱宜润，涝宜干，勿令沟内注水。长二三尺许，剥去根旁裹叶。再长又剥之。霜降后芟收，择肥壮者，开窖以草衬底，收蔗杆于中，仍盖以草，用土掩，勿令水浸。明年出之，即可截去作种。地宜年年换，此物甚耗地力也。若生螆，用硬刷每叶刷净。

芭　蕉

芭蕉又名甘蕉，性喜暖，不必肥。其实味甘，根亦可食。树能引水，凡田地、水源、上山，若无树木，焉能畜水？宜于源之两岸排密多植数千本以上。蕉树既密，烈日不能晒土，则出水不竭。池塘菁边，要水之地，均宜植。其茎皮解散如丝，织以为布，即今蕉葛。

种　蕉

春暖，取老蕉旁出之嫩芽种之，当年即开花结实。

桂

木之至贵而可以获重利者，莫如桂。俗云：家有一山桂，发财以万计。有菌桂、牡桂、丹桂三种，以丹桂为良。制玉桂，即此桂也。味辛，性热，治百病。宣导百药，引火归元。制草木毒，补虚治冷。其枝为桂枝，子为桂子，又名桂丁，均可入药。叶可作酒饼。木有文〔纹〕理。色红而坚光，作棹椅器具甚佳，且有香气。桂林之下无杂木。以木作钉，钉木即死；以屑布草面，草亦死，其性相制也。

种　　法

地宜高山峻岭，阳少阴多之处，平地亦然；宜黄壤，土少杂沙亦佳。雨水前后，先将地锄松治熟作穴，以子点种，不深不浅，壅以本土，浇以清水。俟苗生，搭篷遮盖，以避烈日霜雪。至苗高五六寸移栽，仍用篷盖，至一二尺及七八尺高。每年冬，均以稻草包裹树身至根，乃不冷冻，自易长大。此种子移栽法也。若压枝之法，春月攀根着地，土压之。五月生根，次年截断，如法移栽。浇以猪秽则茂，壅以蚕沙则肥，培高根土自活，但不宜粪而喜河泥。八九月结子，俟老择大者收藏，即可作种。

以上诸本〔木〕，杉松竹可为材料器具，桑棉麻以作衣，桐以榨油，蕉能荫水，诸果可以货钱，而玉桂之为利更大，是皆紧要物。但种植以多为贵，杉松桂须万计以上，桐蕉须千以上，诸果亦须一二百株以上，蔗数十亩，棉麻数亩以上，乃能有济。以有余之地，合一家之力，专务一二种，何为不成？十年之后，材木不可胜用矣！若少试之，不济事也。并列诸法于后。

种　　时

凡种树，正月为上时，二月为中时，三月为下时，三春皆发生之月。地不厌高，肥土为上。锄不厌多，土松为良。俗云：种树何时？雨过是期。多留宿土，记取南枝。此为要法。

种实〔子〕

凡种子，必先将子晒干，细者宜浅种面上，盖粪须晴阴日，若遇雨，难生果。实之大者，熟时择向阳地，掘穴尺余，用粪和土填平，取核向上排定，加粪土盖之，至春芽生，候成小树，带原土移栽。

插　　枝

三月上旬，取直美嫩条如姆指大者，长三尺，插芋中，或萝卜、芜菁种之，三年成树，全胜种核者。凡插树，先以熟土治成畦，以水渗之。正月间木芽将动，拣肥旺枝条姆指大者，断长尺余，每条下削成马耳状，先以小杖插土成孔，深比条过半，然后以条插入，以土压实。每穴相去尺许。常浇令润，搭篷蔽日。次年去之，候长成高条移栽。

压　枝

春间屈树枝，就地用木钩攀定枝身，折半断，以土覆之，惟露稍〔梢〕，日以肥水浇灌。至梅雨时，枝叶仍茂，根松乃生。压时，于枝跗相连处，断其半，用土厚封。次年新叶将萌，乃断连处移植。

脱　枝

拣佳果，于秋分中，用牛马粪和土，包其木之鹤膝处。土裹以楮苎片，密缚定，重则杖撑柱之，常用水浇，任其发花结实。来年夏间开包视之。生根者，梅雨中断其本，埋土中，自然生根。又法：用瓦罐去底，或竹筒破开，将美树嫩枝斫半留半，投入其中，露稍尺余，纳土于中，合缚竹筒，筒上枝边束以草把。来年春分，以刀断其枝，连筒种之，浇以水，无不茂。

接　枝

凡果以接为妙者，须缚接之。宜择向阳嫩枝，先将原树身去地五六寸许截断，用尖竹签度如所接枝之分寸，削如马耳状，钉入树身。先削所接枝之头，亦如马耳状，含人口中，借人精液助其暖气，食鳗酒者勿含。拔签即急插之，依照厚薄方向，令其亲贴，切勿相背。插毕以树皮封缠，以牛粪和泥封裹，仍用宽箅盛土培养接头，勿令透风见日，土干则洒以水。芽生非接者之芽，尽去之。培土上露接头一二孔，以通其和气，即生。

过　贴

先移性相近、叶相同、花实相似之小树植其旁，可于枝交相合处，以刀各削其半，皮与膜对合，以麻皮缚固，泥封严密，日久相生，各割其本，生果倍大。

移　栽

凡移栽在望前，茂而多实，望后实少。若树根无宿土，宜锄穴，以清粪水和土成泥浆，将树栽泥中，略轻提起，令根舒伸不屈，三五日后，方用水浇。勿太干，令根难行；勿太湿，致根易腐；勿露孔窍入风。四围用木架缚稳，切勿摇动，无不生活。

浇　树

树初生芽，则下生根。此时勿浇粪水。候嫩条生成，放头花时，止宜浇清粪水。花大开时，又不宜浇。若遇天旱，浇以清水。结实时，浇粪水即落。大约花果忌浓粪，须用停久冷粪和清水浇之。新粪止宜腊月，亦必和清水三之一。用肥粪宜审时，正月粪与水等。二三月木上生嫩芽，下生新根，若浇则伤根；未发萌者不妨。五月雨水时浇，根必烂。六七月可轻浇，八月白露雨至，见粪必伤。正月锄树下土；二月锄树下草；三月离树根五步作畦沟以利水，旱则浇之，水则泻之。

治　虫

凡果树蠹虫，宜着意看之，用铁线作钩以去之。又以雄黄、硫黄作烟薰之。又法：栽时先以大蒜一枚、甘草一寸或百部末一撮，先置根下，永无虫患。又法用桐油纸燃焰塞之。又或败叶腐草，皆虫蛆窝窟，宜尽去之。果树常锄，令草净，若有草，则引虫，亦分土气。又树下勿令有坑坎，恐雨渍根朽，以致叶黄；宜令平满，比平地高三五寸为妙。又用人发悬挂树上，禽鸟不敢偷食，更远蛇虺。又，元旦子时，用草一把缚树上，则远虫。又，清明三鼓，以草缚树，不生戴毛虫。又或二月以杉木钉塞树上虫穴，如有蚁，以清油引之，或以羊骨引之，可除其患。

孕　果

元旦及端午日，以斧杂斫诸果树，又春社日以杵桩果树根，则实繁不落果。不实者亦用此法。又，元旦端午日鸡未鸣时，以火照树下，则结实盛且无虫。

转　树

凡树老不结实，研以石钟乳末，入根皮内，外封以土，则来年如初。

制　果

果未吐芽时，掘开根旁土，将钻心定根截去，惟存四边乱根，覆土筑实，则结实肥美。

息　果

凡果，今年结实，来年必歇。如果树十株，正开花时，止留五株，余五株花息扫去，至来年又摘其今年结实者，年年易换，则树不伤而结果美大。

摘　果

树初结果，护至熟时，以两手拿摘，则岁岁美盛，或令小儿女子采之亦可。大忌孝服、孕妇、僧尼偷摘，若被人盗食，多招禽鼠。

果　害

果忽生有异常者，根下必有毒虫窟穴，食之杀人。凡花六出者，必双仁有毒。果落地久，不可食，恐有恶虫缘过，食之病心漏。凡〈按：以下原本残缺。〉

种　菜

白　菜

白菜四时常见，经霜能茂，蔬中佳品。四时皆可种，秋冬更佳。

种　植

三伏加粪与土和，秋初作畦，掘穴相去八九寸许，填熟粪于内。候五六日，将子三四粒点之。至苗高三四寸时，每穴止留美者一株。其余再择其苗之美者移栽肥畦，须根端苗正，相去八九寸，粪水频浇，马粪护根，将草缓束菜腰，勿令散展，则茂美矣。

留　种

收子不宜太老，宜带微花。去稍角，留根角，每角亦去其稍〔梢〕，留中取子，生苗佳，否则变形。

青　菜

凡菜见霜变味，惟青菜不遇霜则味苦涩，一遇霜后，味更甘美。可晒干菜，可腌咸菜，亦能久留。

种　法

七月择肥土，作畦种子。苗生三五寸移栽，尺余一科。粪水频浇，勤锄土松，勿令干燥。摘外叶为蔬，留心令发，收种与白菜同。

菠　菜

菠菜、同蒿，皆菜之佳者。有隙地，即可以种。作蔬，有余亦可卖钱。

种　法

种时将子水浸二三日，候胀捞出晾干，盆覆地上。俟芽生，择肥地作畦匀种之。宜末旬下种，勤浇。可以旋食。秋社内种者，至将霜时厚加马粪培之，以避霜雪，可充冬蔬。但此菜必过月朔乃生。即晦日下种，亦与先十余日下种者同生，勿心急也。

收　种

此菜分雄雌，雄苗弱，雌苗茂。收种当留雌者，亦留雄者一二科。

同 蒿

同蒿作蔬亦美，微老即不堪啖。鹿食而健，故堪作蔬。

种 法

肥地治畦，春秋社种，粪水浇则苗茂。如欲存种，留春种者收子。

苋 菜

苋菜，春末三夏菜也。粗生易长，旋食旋生，可以经久。红白二种皆同，不可与鳖同食，误食成鳖症。

种 法

熟土作畦，以细粪散土面，劚治与土和，候清明前后下种，再以灰粪薄覆。苗出，去草净，清粪水频浇，旋食旋扯。其苗移栽，更胜菜芽，生复茂甚。老即有子，可以收种。

萝 卜

萝卜，蔬中之最有益者。生沙壤者大而甘，产瘠土者小而辣。根叶俱可食，可生、可熟、可菹、可齑、可酱、可腊、可糖，或片或丝，晒干甚佳。但须用手多搓，即有糖味。用盐全个腌之，可以久食。子名莱服，能制面毒，下气利膈，去痰消谷。用羊肉煮炖食，功抵人参。

种 法

头伏下种，宜沙土，耕耜极熟。得生地种之更良，地宜生，耕宜熟。地生无虫，耕熟少草。子陈者佳，先以熟粪匀布畦内，水饮透，次日以灰粪拌子，匀撒畦间，细土覆之。苗生三四寸，择其密者去之。至六七寸，拔其稠者，旋拔旋食。稀则根大，须厚壅频浇。可常种常食，惟忌露面生虫。摘其心，以土掩覆，且大而肥美。

留 种

九十月，拣良者截去根须，移栽畦中，离尺许一窠，频浇粪水。五六月收子作种。

姜

姜，御湿之菜也。性老愈辛，通神明，辟邪恶，散风寒，去痰湿。留皮凉，去皮热。生热，熟中和，专于发散，能行津液而和荣卫。若早行山谷，取姜一片含口中，不犯霜露蒸湿及山岚瘴气。可以熟食、醋浸、盐腌、糟腌、蜜煎，可蔬，可果，可调和，可入药。冬至去皮，切厚片，盐腌一日夜，线串晒干。冒寒及心闷欲吐者食少许，立止。语云：养羊种姜，本少利强。又云：千畦姜韭，其人与千户侯等。真不可不种者也。

种　　法

沙土纵横耕熟，厚粪广铺。种宜三月，于畦内犁起成行，作脊相去一尺、深五六寸。脊中安姜种，盖以灰粪土壅或鸡粪更妙，再覆以腐草。苗生后有草即锄之，渐加细土覆之。脊令高，不得去土，为芽上生也。候芽长后，掘旁土截采老姜本，耘不厌频，以牛粪浸水浇之，愈茂。但畏湿，恶日，怕水，秋灾宜造蓬〔篷〕以蔽之。

大　　蒜

大蒜，味辛，气温，通脏腑，达孔窍，调和殽〔肴〕肉之不可少者。

种　　法

地耕极熟，广加灰粪，作沟成行。宜秋季择其头之股瓣大者，相去二三寸，将其尖头向上种下。再以粪掩之，上加稻草密盖。苗起，频浇水。三月苔起，采之作蔬，则粒大而实满。至小满后，拔其根，则连颗而起；过小满后，则根败难收。簇束不令日晒，悬透风处自干，秋后即可作种。

葱

葱名菜伯，又名和事草，以其调和诸物皆宜也。

种　　法

春，治土调畦种之，去草频浇。待苗三四寸，锄沟栽之，最宜鸡鸭粪和粗糠壅之。俗云：七月种葱，八月种蒜。是其候也。收种与大蒜同。

韭

韭之为物，愈剪愈发。春初早韭最美，其花亦可腌食，收利最多。

种　　法

春初二八月皆可种。地欲高，土欲熟，粪欲匀，畦欲深，成行排种。每行隔八九寸，以便耘锄。剪后随以粪壅，随剪随生。鸡鸭粪最妙。冬覆以马粪。但不可向日剪。又种子法，掘地作坎，以碗覆土上，从碗外落子，以韭性向内生，不向外生也。须常耘，草净为佳。

藏　　种

夏日收子阴干，留春撒种。或掘其老根，剪去须稍〔梢〕，分种之，亦可。

丝 瓜

丝瓜味甘，行络活血。瓜身起棱，长四五寸方是。若瓜身无棱，长尺余者，名水瓜，非丝瓜也，食之败血且痿阳。

种 法

二月下种，三月移栽。宜造架，高长若棚，使透风见日，背阴向阳。植于池塘水边更茂。瓜老即可作种，切勿浥湿。

南 瓜

南瓜又名金瓜，煮食甘美，可以当饭，荒年可以救饥。子可炒食，花亦可食。喂猪极佳、甜，故猪肯多食，亦最易肥。

种 法

三月将熟地掘起作穴，每穴下种二三粒，苗生移栽。苗生之后，粪水频浇，壅以大粪。结瓜不宜塌土，以砖石搁之，或竹筐盛之亦可，则味甘美，否则味淡。或作大棚以承，更妙。留其大而金黄色，老作种子，子宜晒干。

油 菜

油菜，言其子可出油也。出油胜诸子，入蔬清香，造烛甚明，点灯光亮。其饼壅田苗甚茂，饲猪易肥。苗叶嫩时，摘采其稠密者作蔬。又，用沸汤焯入瓮内一宿，即黄，名黄薤。晒干亦可食。

种 法

肥熟地，耕极细，加以灰粪。寒露时，匀种于肥地。苗起，锄松土，以粪水浇之。苗三四寸，另移栽他地，成行相离四五寸一株。苗青锄一遍，灌以粪水。再耘一次，初生摘过，发枝繁茂，过春不宜摘。又法点种，则以子拌入粪中，掘窝三四寸远一穴，连粪撒子于内。候苗长三四寸，去弱，留强者一二株，再以麻饼浸水浇。又法山种者，高山峻岭，春夏时刈草伐木，排成火路晒干，趁天气晴，顺风焚之，烬后撒子灰中。又法犁地成畦，以子匀撒畦内。

收 获

宜角带青则子不落，角黄子易落，对烈日芟收易耗，逢阴晴月夜，趁急收之。打时以纸糊席箔，免致遗漏，风净去壳，晒干作种。

苦　瓜

苦瓜，其味甚佳，煮须豆豉，有无猪肉拌炒俱好。伏中和肉煮，可经日，且远蝇。若肉臭拌煮，可辟臭气。

种　法

春初治畦，撒子生秧移栽。先挖穴尺余深，填以草粪，掩以肥土，方可栽之。频浇粪水，壅以烟尘、大粪及鸡鸭粪。初长时，每穴止留一科，掐去旁枝，止留正本。待八九尺长，然后任其蔓延，则结瓜壮大。须作棚架引蔓，或于篱边亦可。俟其极老红裂，摘其收子，晒干作种。

扁　豆

扁豆又名蛾眉豆，有红白二种，白者良。芒种前开花，其年多水。农人以为征验。

种　法

仲春下种篱边，以口向上，粒粒出齐；若扁种，十不出一。苗生去草，作棚引蔓，壅以灰，勿太肥。角嫩全食；老剥子食之，即以作种。

慈　菇

慈菇，一岁根生十二子，闰生十三子。根可蔬、可果，荒年可充饥，蝗不能害。凡有水田不及种谷，及有一二尺余田，皆可种。

种　法

于腊月折取嫩芽，种于水田。来年四月移植沃泽中，如种秧法，每株相离八九寸。田最宜肥受粪。

莲　藕

藕，莲根也。其生应月月生一节，遇闰益一节，有孔、有丝，大者如臂。可生、可熟、可粉、可蔬、可果，气味甘平，和血益气，消食解渴。子去心壳食之，交心肾，厚肠胃。或作粥，佳。

种　法

先以沃美河泥晒干，至春时将池塘及田令干，先铺腐席及败荐于底，再填河泥，拣旺盛藕有三节无损痕者顺种于上，大者一枝，小者两枝，藕头向南，藕芽向上。以硫黄末卷纸条，如簪柄粗，缠藕节后，用泥次第填至三四寸厚，勿露藕芽。日晒淤泥干裂，方可少加河水。至芽长，乃引深水浸之。忌生粪，发热伤藕，亦忌桐油。又，莲子熟时，其实坚黑。收实，向新瓦上磨尖头令薄，以泥包之，磨头泥少而尖轻，蒂头泥多而圆重，抛撒池田中，头重向下，自然周正。又皮薄易生，数日便芽，不磨难生。

豆　角

豆角又名线豆，有长至二尺者，甘平无毒，食之不尽，可以晒干，或酢亦可。其叶嫩，可食，喂牲亦可。

种　法

二月下种，灰粪覆之。苗生至二尺后，植二小竹枝五六尺长，于根旁缚其稍〔梢〕，令蔓绕缠而上。每节三叶，开花时摘去一叶，令疏风去水，乃不生虫。此物受粪，宜种于芋旁，豆过而芋长，两获其利。择其实多而荚长者令老，收以晒干，即可作种。

以上诸菜，果能多种，自用而外卖钱，固可畜种。即葱韭小物，日日卖之，亦得零钱，以供日用。南瓜可以省米，油菜可以榨油，丝瓜、藕、豆角，小儿不忌食，皆菜之切要者。并列诸法于后。

治　畦

凡种菜，先几日锄起宿土，杂以蒿草，用火烧之，以绝虫患，并得为粪。临种盖以土粪，地不厌良，薄即粪之；锄不厌频，旱即灌之。

治 菜 易 生

菜子三伏中晒干，杂麻茎内心播之，可速生。晒一年即长一寸，晒二年长二寸，若几许年，即长几许寸。又法：鸡蛋一个，击开一窍，去黄白，纳子于内，封固，令鸡伏四十九日，播湿地，最易生长。

治　虫

凡菜生虫，用苦参根浸水泼，百部水亦可，或撒石灰。

解 菜 毒

受诸菜毒，服小儿溺可解；或甘草或贝母为末，汤调服，即解。

格　言

朱柏庐先生勤俭劝言

勤与俭，治生之道也。不勤则寡入，不俭则妄费。寡入而妄费，则财匮，则〔财〕匮则苟取。愚者为寡廉解〔鲜〕耻之事，黠者入行险侥幸之途。生平行止于此而丧，祖宗家声于此而坠，生理绝矣。又况一家之中，有妻有子，不能以勤俭表率，而使相趋于贪惰，则自绝其生理，而即绝妻子之生理矣！勤之为道，第一要深思远计。事宜早为，物宜早办者，必须预先经理，若待临时，仓忙失措，鲜不耗费。第二要晏眠蚤起，侵晨而起，夜分而卧，则一日复得半日之功。若早眠晏起，则一日只得半日之功，无论天道必酬勤而罚惰，即人事嬴诎亦已悬殊。第三要耐烦吃苦。若不耐烦吃苦，一处不周密，一处便有损失耗坏。事须亲自为者，必亲自为之；须一日为者，必一日为之。人皆以身习劳苦为自戕其生，而不知是乃所以求生也。俭之为道，第一要平心忍气。一朝之忿，不自度量，与人口角斗力，构讼经官。事过之后，不惟破家或且辱身。第二要量力举事。土木之功、婚嫁之事、宾客酒席之费，切不可好高求胜。一时兴会，所费不支；后来补苴，或行称贷；偿则无力，逋则丧德。第三要节衣缩食。绮罗之美，不过供人叹羡而已，若暖其躯体，布素与绮罗何异？肥甘之美，不过口舌间片刻之适而已，若自喉而下，藜藿肥甘何异？人皆以薄于自奉为不爱其生，而不知是乃所以养生也！故家子弟不勤不俭，约有二病：一则纨绔成习，素所不谙；一则自负高雅，无心琐屑。乃至游闲放荡，博弈酣饮，以有用之精神，而肆行无忌，以竭己之金钱，而益喜浪掷。此又不待苟取之为害，而已自绝其生理矣。孔子曰：谨身节用，以养父母，可知孝弟之道。礼义之事，惟治生者能之。奈何不惟勤俭之为尚也。

陆梭山先生居家制用法

每年收成既毕，即当制明年之用。计今年田畴各项所入，除租税种粪之外，所有若干，作十股分之。以三股留为水旱不测之备，以二股为祭祀宾客往来之用。其余五股，再分十二股，为十二个月之用。月用一股，又将此股分为三十股，日用一股。可有余，不可尽用。用至七分为得中，不及五分为啬。每日所余者，置簿收管，以为伏腊、裘葛、修茸、医药、吊丧、问疾、时节、馈送；又有余利，以周邻族之贫弱者、贤士之穷困者、佃人之饥寒者、过往之无聊者。勿以妄施僧道，盖僧本是蠹民，况今之僧道无不丰足，施之适足以济其嗜欲，长其过恶，而费农夫血汗勤劳所得之物，未必不增我冥罪，果何福之有哉！若减奉养衣食、资给亲故之费，以施僧道，其罪更重。至于谓留三股者，为丰余之多者制也。苟所余不能三股，则二股，又至少一股，又不能一股，则宜撙节用度，以存嬴余，然后家可长久。不然一旦有意外之事，必至破家矣。若田畴不多者，日不能有余，则一味节啬，衣服取诸蚕绵，墙屋取诸畜养，杂种蔬果皆可助用，不可侵过次日之股。一日侵过，无时可补，便有破家之渐矣。若其田少而用广者，但当清心俭素，经营足食之路，于宾客、吊丧、问病、时节、馈送、娶嫁、食饮之事，一味节省，不事讲求，不以货财为礼。如吊丧则以先往后罢为助，宾客则樵苏供爨清谈而已，奉亲则啜菽饮水以尽其欢，祭祀则蔬食菜羹以致其敬，如是则礼不废而财不匮，又不至于求亲旧以滋过失，责望故索以生怨，尤负讳通借以招耻辱。家居如此，方为合宜，而远侈吝之咎，量入为出，人固不能责我，而我亦无可歉。积此成俗，不惟一家不忧水旱之灾，虽一县一郡通天下皆可无忧，其利岂不溥哉！世所用度，有何穷尽？盖是未尝立法，所以丰俭皆无准则。好丰者妄用以破家，好俭者多藏以敛怨，无法可依，必至于此。愚就古者经国之制，为居家之法，随赀产之多寡，制用度之丰俭。合用万钱者，用万钱不为侈，合用百钱者，用百钱不为吝，是得中可久之道也。中产之家尤宜奉行。

戒鸦片烟方

炒盐一小碟，安放烟床灯盘之上。当引〔瘾〕起要吸食时，每吸烟一口，先用指头点盐一点，点于舌上，然后吸食。每次如是，不用吃药，并不辛苦。引〔瘾〕深者一月或四十日，引〔瘾〕浅者半月或二十日，自然不食，其引〔瘾〕即断。

鸦片忌盐，遇之即化。于引〔瘾〕起要吸时，先点盐于舌上，然后吸食〈按：原文缺〉化即能过引〔瘾〕而新吸不积盐津咽下而旧〈按：原文缺〉积而旧积渐除，久之自与无引〔瘾〕者等。